U0580786

MEMORY HOUSE
记忆坊文化

再也不要做怨妇

ZAIYE BUYAO ZUO YUANFU

I 大风刮过

著

江苏凤凰文艺出版社
JIANGSU PHOENIX LITERATURE AND
ART PUBLISHING, LTD

图书在版编目（ＣＩＰ）数据

再也不要做怨妇：全3册 / 大风刮过著. -- 南京：
江苏凤凰文艺出版社，2018.9
ISBN 978-7-5594-1709-1

Ⅰ．①再… Ⅱ．①大… Ⅲ．①长篇小说－中国－当代
Ⅳ．①I247.5

中国版本图书馆CIP数据核字(2018)第049434号

书　　　名	再也不要做怨妇（全三册）
作　　　者	大风刮过
选 题 策 划	北京记忆坊文化
责 任 编 辑	姚　丽
特 约 策 划	暖　暖
特 约 编 辑	单诗杰
营 销 编 辑	杨　迎
封 面 绘 图	三　乖
人 设 绘 图	花小白
封 面 设 计	80零·小贾
版 式 设 计	段文婷
责 任 监 制	刘　巍　江伟明
出 版 发 行	江苏凤凰文艺出版社
出版社地址	南京市中央路165号，邮编：210009
出版社网址	http://www.jswenyi.com
印　　　刷	三河市祥达印刷包装有限公司
开　　　本	670毫米×970毫米　1/16
字　　　数	1050千字
印　　　张	56.5
版　　　次	2018年9月第1版，2018年9月第1次印刷
标 准 书 号	ISBN 978-7-5594-1709-1
定　　　价	120.00元（全三册）

影视版权抢订热线　　010-57194853
江苏凤凰文艺版图书凡印刷、装订错误可随时向承印厂调换

目录

楔子·神仙的赌局　　　　〇〇一

第一卷·王府风云　　　　〇一一

第二卷·杜老板　　　　　〇四七

第三卷·你是谁？　　　　二一一

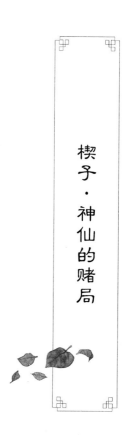

楔子·神仙的赌局

"杜小曼。"阳光下，陆巽站在她面前，墨黑的眸子深深凝望着她的双眼。

天蓝蓝的，白云柔柔的，和风暖暖的，草地上的蝴蝶蜜蜂缠缠绵绵的。

他的嗓音一如既往的温柔。

　　"杜小曼，我们分手吧。"

　　为什么，为什么，为什么，在交往了两个月零三天后，她还是等来了这一句!

　　虽然她早就知道，自己和陆巽交往纯粹是狗尾巴草碰到了一只瞎眼的青花瓷大花瓶，早晚有一天花瓶中会插进名花，但是现在亲耳听他说出来，杜小曼还是觉得晴天炸开了一个大霹雳。

　　"为、为什么?……"她忍不住结结巴巴地问出了口。

　　"对不起，小曼。"陆巽的目光中有愧疚，神情却很平静，"我觉得我们不合适。你的性格和我的性格……"

　　性格，老套借口。杜小曼霍然抬头，直截了当地说："是因为韩美珊吧。"

　　陆巽顿时沉默。

韩美珊，刚转学过来就是公认的校花，被文学社的社长形容成秋水为神玉为骨，成绩优秀身材正点，如同华贵的郁金香，杜小曼这根河沟边的狗尾巴草如何能比？

杜小曼在陆巽的默认中眼前昏黑。

其实陆巽和韩美珊初见又相逢的故事杜小曼早已听说过。

那是个傍晚，陆巽和韩美珊都出了自修室，相遇在学校的喷水池前，据目击者说，当时水瀑飞虹，云浮流彩，金童玉女在无意的瞬间，四目相对，天地凝固。

再之后的日子里，林荫道上不经意的擦肩而过，社团活动中的意外相逢。一切的一切都符合经典偶像剧的桥段，唯一的缺憾是，陆巽身边有个碍眼的女朋友。

那个碍眼的、充当经典偶像剧桥段中女配角色的倒霉女人就是杜小曼。

但杜小曼心中总抱了那么一点点小小的希望，希望满天乱飞的谣言只是谣言，陆巽是只属于她的青花瓷大花瓶，谁也抢不去。

现实总归是残酷的，青花瓷大花瓶最终还是奔向了矜贵的名花，将狗尾巴草抛在寂寞的风中。

杜小曼躺在床上翻来覆去折腾到半夜，好不容易才睡着，却陷入了一个颇有点凄凉的梦境——

傍晚，天色渐暗，她独自走在熙熙攘攘的街道上，灯火阑珊的店铺中飘出幽怨的歌曲。突然失恋，本来已经够颓废了，放学之前，同桌好像还嫌她颓废得不够，握住她的手假意同情地说："小曼，你现在算是个失恋中的怨妇了哦。"又在她的小伤口上吭地砸了一锤。

杜小曼觉得腿有点沉，心中有点涩。

小街的拐角处飘来一阵辣中带酸的香气，是酸辣粉。

杜小曼忍不住停住了脚。

她和陆巽交往的红线就是酸辣粉。说起来真的一点都不浪漫，至少没有喷水池边金风玉露一相逢浪漫。

她和陆巽本来只是同班同学，经常一起做做值日，有时候会聊聊天。某一天无意中说到吃辣，她说自己很能吃辣，陆巽也说自己很能吃辣，各自历数自己吃辣的事迹，互不相让，于是她恶狠狠一拍桌子说："不服的话放学去较量一下。"

学校门外有家小店，酸辣粉相当出名。

杜小曼对自己吃辣的能力和食量都相当有自信，酸辣粉中又多加一勺辣椒，眼也不眨地吞下去两碗。陆巽与她吃了个平手，很震惊，也恶狠狠地一拍桌说："最后一碗定输赢，我赢了你替我做一个月的值日，输了我给你做男朋友！"

她立刻点头道："好。"豪情万丈地在自己的酸辣粉里加了四勺辣椒。然后赢了。

第二天她的嘴巴肿成了鸭子嘴，话都说不出整句的。陆巽在课间给她买温凉的绿茶，轻声说："傻瓜，那么拼命做什么，我会让你的啊。"眼睛里都是亮晶晶的笑意。

那时候他是真的喜欢她的吧。

杜小曼鼻子里有点酸，像酸辣粉的汤呛在了喉咙。

一时之间，忽略了风驰电掣逼近的车灯。

刹车声戛然响起，世界一片黑暗。

飘飘荡荡中，杜小曼发现自己在一个很奇怪的地方。

四周都是白色的雾气，身边站着一黑一白两位酷冷的古装大哥。这是……被车撞进了片场？自己难道还在做梦……

杜小曼正在发怔，一身黑的那位一个跨步上前，将手中的铁链套在了她身上。一身白的那位大哥翻开一本册子，冷冰冰地念道："杜小曼，女，意外暴毙，戌时初刻阳寿终。"

杜小曼大惊："阳寿终……我真的挂了？！……啊啊啊啊啊，这是做梦吧，这肯定是发糊涂做梦吧！"

一身黑的那位不耐烦地抖抖铁链："做梦？你等下辈子吧。"手一伸，杜小曼身侧的云雾顿时散开，露出像穿衣镜大小的一块，映出图像——一大堆人围在一个有点眼熟的小路口前，一辆超大的巨型卡车停在路边，车头前似乎有血淋淋的一摊。

这位大哥指着那血淋淋的一摊说："看见了没，那就是你。车祸，当场死亡。"

车祸，当场死亡。

杜小曼张大嘴，伸出颤抖的手指，石化。

黑衣大哥又抖了抖链子："喂，时辰不早了，快走吧。"

"走？"杜小曼茫然地回头，"去哪里？"

捧着册子的白衣大哥说："地府啊，阳寿尽的魂魄当然要去地府。等着阎君殿下安排你投下一胎。你这一世意外横死，下一世大概能投个好胎。"

投胎？不要啊……我还没活够，不想去投胎啊！

白衣大哥回头看了杜小曼一眼，叹气道："这哪能你说不要就不要呢？阴阳轮回，这是规矩，乖乖走吧……"

黑衣大哥又扯了扯铁链，杜小曼站起身，忽然眼前金光大作，浓厚的云雾中，蓦地闪出两道人影。一男一女，男的穿着墨绿的长袍，女的穿着银红的衫裙，梳着双鬟，比黑白二位酷哥何止美了十万八千里。杜小曼的双眼情不自禁地向那位长袍帅哥飘去。

两位酷哥怔了一怔，向这一男一女躬身道："不知两位仙者来此有何贵干？"

神仙？连神仙都跑出来了？喂，这到底……在搞什么啊……

银红衫裙的女仙纤纤玉手向杜小曼一指："北岳帝座和玄女娘娘想借这个魂魄一用，已告知阎君，两位可否让她随我们同去天界？劳烦了。"

两位酷哥对望了一眼，又看看杜小曼，忽然都满脸恍然大悟。黑衣大哥道："既然阎君应允，仙子就请将她带去吧。"然后从彻底石化的杜小曼身上解下铁链。杜小曼正在两眼发直时，女仙一挥衣袖，她顿时如被一股大力扯住，轻飘飘地到了两位仙者身前。

只听白衣大哥问："玄女娘娘和北岳帝座的赌局还未完结？"

女仙冷冰冰地板着脸道："未完。"

那位男仙笑了笑："不过且看眼下，帝座似乎稳赢此局了。"

"未到局终，鹤白使轻言输赢似乎为时过早吧。"男仙的那句话似乎刺到了女仙的痛处，声音更冰冷了。

鹤白使不以为意道："是本使多言，云霓仙子莫要放在心上。只是，玄女娘娘一方的魂魄，好像又多了一个。"

云霓仙子没再答话，取出一根绛红的绫带，递到杜小曼眼前："随我与这位仙使去天界，抓紧此物，莫要松手。"

杜小曼抓住带子，小心翼翼开口："呃，我能先问问二位究竟带我去哪里，要做什么吗？"

鹤白使很和气地说："到了你便知道。"

云霄仙子衣袖轻挥，杜小曼脚下聚起云雾，云雾将她慢慢托起，鹤白使悬浮在半空，念了一句不知道什么咒语，拂尘一挥，半空中立刻闪现出一道金门。

"进得此门，就是天界了。"

大门离杜小曼越来越近越来越近，最终，金光万道迎面扑来，云霄仙子喊了一声"闭上双目"，杜小曼闭眼，耳中风声呼啸，忽然手中的绫带一紧，身形一顿。

云霄仙子冷冰冰的声音在她耳边道："到了，睁开眼吧。"

杜小曼睁开双眼，瞬间失神惊愕。以前仰望天空时看见的漫天云霞此时铺设在脚下，绚绚烂烂无边无际。

杜小曼怔怔地站着："这、这就是天庭吗……"

长长白玉阶前，几位穿黄色衫裙的少女向他们迎来，最前面的女孩子扑哧笑出声："这是天界的明音坪，天界可大着呢，此处只是小小的一角罢了。"

杜小曼手足无措，干干地笑了一声："是、是吗……"

那少女走上前来，向云霄仙子和鹤白使福了福身："有劳云霄姐姐和使君了，这就是那个新的魂魄么？"

云霄颔首，鹤白使道："此处没我什么事了，我且先行一步，稍后紫薇园中再见吧。"大步流星地走了。

黄衣少女侧过身，上上下下打量杜小曼，笑盈盈地说："你莫怕，刚来天界时，谁都会惊讶的。我是玄女娘娘座下的接引小仙云玳，你随我来吧。"一面又向云霄道，"云霄姐姐，我先带她去紫薇园了。"

杜小曼跟在云玳身后，沿着长长的彩石小道一路前行。片刻后，走到一座白玉雕的大门前，门上的匾额写着"紫薇园"三个大字。

大门前有和云霄云玳一样打扮的仙娥，也有像鹤白使一样的仙使，都向云玳招呼道："帝座和娘娘正在树下。"

仙使和仙娥看起来都很和气，但是，不知怎的，杜小曼觉得，那些仙娥看见她，好像并不是很高兴。

紫薇园是个极大的园子，杜小曼一眼望去，就看见一棵极大的树，仙娥和仙者们在树边左右站着，树下的一个石桌旁，坐着两个人……呃，不，两个仙。

左首的男仙穿着深黑绣金纹的衣袍，头束金冠，右首的女仙一身华贵的衣裙像是用云霞缝就，两位的周身都有种无形的气场，让人不由自主地心生敬畏。

树左边的仙者丛中站着的鹤白使跨前一步道："帝座，新魂魄到了。"

　　那个被称作帝座的男子侧过头，转目的瞬间，杜小曼觉得好像有两道电光从自己身上擦过。

　　还没来得及瑟缩，那位大仙已经又回过头去，向对面笑道："她又来了，九天玄女，你与本君的赌局还要继续下去么？"

　　九天玄女？传、传说中的九天玄女娘娘？！杜小曼目瞪口呆，两眼直勾勾地向那位玄女娘娘身上看去。

　　啊啊啊，看见大人物了……

　　九天玄女也微微笑道："看来北岳帝君已经笃定此局必胜，只是就算我输，也只能看出凡间的男子负心无义多过女子，帝座胜了，亦非光彩。"

　　杜小曼轻轻扯了扯身边云玿的衣袖，小小声问："什么赌局呀？和我有什么关系？"

　　云玿轻声道："北岳帝座某日和娘娘谈论凡间的男人和女人，帝座说凡间的女人多依附于男子，娘娘自然向着凡间女子，说那倒未必。帝座就说，凡间的女人如果没了男人，往往连命也不想要了，凡间的男人有没有女人，倒都无所谓。所以凡间的女人都是靠男人活着的。"

　　女人都是靠男人活的？那个北岳帝君看起来有模有样，竟然这么歧视女人！

　　云玿继续道："娘娘听了这句话，很不高兴，于是就和帝座打了个赌，看凡间究竟是女人没有男人就去死的多，还是男人没有女人就去死的多……"

　　杜小曼抓紧云玿的衣袖："然后呢？"

　　云玿低声说："到现在为止，被男人抛弃而寻死的女人的魂魄总共有一万六千三百二十三个，加上你。被女人抛弃而寻死的男人的魂魄总共有一千二百五十七个……娘娘恐怕是要输了……"

　　一股无名的怒火在杜小曼心中熊熊燃烧起来，她大声道："这是什么赌局，根本就不公平！"

　　云玿吓了一跳，想要阻止她，但已经晚了，所有的仙娥、仙者，包括九天玄女和北岳帝君，都齐刷刷地向杜小曼看了过来。

　　北岳帝君悠然道："哦？怎么不公平了？"

　　杜小曼大跨步走到石桌前："什么凡间的女人都是靠男人活的，纯粹胡扯！这个赌绝对不公平，玄女娘娘这边的女子魂魄里，是古代的女子比现代的多吧？"

　　北岳帝君挑起眉毛，点了点头。

杜小曼冷笑道："那就是了，在古代，特别是宋朝之后，理学兴起，要求女人大门不出二门不迈，还有什么一女不能嫁二夫，男人死了女人陪葬，这个你们也算成了女人为男人死吧？当然女人的魂魄比男人多！"

北岳帝君淡淡笑了笑，鹤白使开口道："就算不是你口里所说的古代，女人离了男人不能活的也不少。"看着杜小曼轻轻一笑，"像你，不就是么。"

像我？什么叫像我？！

杜小曼彻底暴怒了："我正要问你们呢！为什么要把我算到被男人抛弃于是自杀的怨妇鬼魂里面！我明明是很倒霉地被车撞了！我为什么被陆巽那个混蛋甩了就要去自杀！我被他甩了后不小心出了个车祸就算我自杀？！我根本还没活够，我是意外身亡，不是怨妇！所以，我不算！"

四周一片沉默，杜小曼直了直脊背，吼都吼了，我怕谁！

北岳帝君悠悠地开口："你可知道，这么多的魂魄中，为何唯独你能来到天庭？"

杜小曼茫然。她依稀仿佛记起……刚刚北岳帝君曾对九天玄女说"她又来了"。

什么意思？

北岳帝君指间的棋子轻叩棋盘："一入轮回，你果然已将前尘往事忘记。"

鹤白使一挥拂尘，杜小曼面前的虚空中幻化出一幅图景。

"自己看看吧。"

图景中，依然是北岳帝君和九天玄女在对弈，和现在的位置一模一样。

一个穿古代衣服的年轻女子正站在棋桌前，哭着道："我不服，我不服这个命！我们女人，连自己要嫁谁都不能选择，这个赌约根本就不公平！我不是为情而死，我只是不忿我的命！"

"那么……"画面中，北岳帝君问，"若你再世为人，能够自由选择你心仪之人，又当如何？"

女子擦擦脸上的泪痕："当然会找一个能与我相知相伴之人，白头偕老，绝不再误嫁无情无义的男人！"

北岳帝君问杜小曼："看着这些，你是否觉得眼熟？"

啊？有么？她只是觉得这个女人蛮有志气而已。

鹤白使冷冷道："她就是你。"

什么？！杜小曼蒙了。

北岳帝君接着悠悠道："不错，她就是你，多年之前，你也曾这样不服，说身不由己才会有那样的结局。那时本座问你，若你再世为人，又当如何。你说，你一定不会重蹈覆辙。玄女也帮你说话，于是本座网开一面，让你转生到一个可以自主选择男子的时代，可你又回来了，你怨得了谁？"

杜小曼不敢置信地后退一步，眼前金星乱冒。虚空中，飞速掠过许多场景，像一场短暂的电影，内容是刚才那个古代女子的一生。

那女子叫唐晋媗，是承朝德安王的第三个女儿，封清龄郡主。皇帝亲自赐婚，将她许配给庆南王慕云潇。谁料到慕云潇有个从小青梅竹马长大的远房表妹阮紫霁，慕云潇与她情定终身，与唐晋媗拜完天地后，揭了盖头转身就走，再也没有踏进新房半步。唐晋媗贵为郡主，从小娇生惯养，几时受过这种气，便到阮紫霁居住的园中质问。阮紫霁是才名远播的才女，自然有几分傲骨，不愿向唐郡主低头。两人言语间起了些摩擦，唐晋媗盛怒下从几上扫落了一个茶盅，恰好慕云潇赶来，见此情况大怒，抬手一掌打在唐晋媗脸上，当众说要休妻。唐晋媗含恨回到房中，羞愤难当，半夜在房中饮毒自尽。

他们说，这个窝囊女人，就是她杜小曼的上辈子。

简直活见鬼！

"你们就编吧，当我三岁孩子没学过历史啊，古代哪有什么叫承的朝代！"

北岳帝君道："平行的时空中，有许多你不知道的朝代。"

连平行时空都出来了，这个神仙真潮。杜小曼深深地怀疑自己是被车撞到了头，现在正在癔梦中。

"这个女人要真是我的前世，我怎么会看到真相后一点印象都没有！总之，我绝不可能是她！我如果是她，不会这么窝囊！就算生在古代，我也不会这么废物，为了一对狗男女跑去自杀！你们再怎么粉饰真相，我都是意外身亡的鬼魂，别想把我算到怨妇里头去！"

北岳帝君敛了敛眉，对九天玄女道："这个魂魄开始耍赖了，玄女看如何？"

九天玄女看看杜小曼，莞尔一笑："她不记得前世的事情，这么说情有可原。且她的话，亦有几分道理。她这一世，的确不能算为情而亡，我这样讲，帝君不会说我偏帮吧？"

北岳帝君将一枚棋子抛到石桌上，再看向杜小曼："你现在又说，你就算回到前世，也不会重蹈覆辙？"

杜小曼一字字说：“不是重蹈覆辙，是不会像她那么悲剧。我会快快乐乐过一辈子，碰见自己喜欢的人就开开心心生活，就算合不来分了手也不会做怨妇！”

北岳帝君道：“好，为了让你心服口服，本座便再给你一次机会，就让你回到前世重生，看你还会不会最终成为一个如此的魂魄。”又向对面微微笑道，“玄女要不要再和本君打这个赌？”

九天玄女望向杜小曼，神色中含着期许：“当然，我相信她说的话定能做到。”

北岳帝君道：“那本君就赌她做不到。”夹起棋子按上桌面，“定局。”

北岳帝君这个混账老狐狸！

杜小曼站在坠仙桥边，忍不住在心中磨牙。说什么让她去前世重新开始，不是明摆着送她下去做怨妇吗？还是个立刻就要被甩的怨妇！

等等……立刻就要被甩？

慕云潇要给唐晋媗下休书，休书一下唐晋媗不就可以立刻离开王府了？

这个女人真是的，这样的男人，还和他过什么？被休了正好！干吗要寻死？离开牢笼，以后就有无限的可能，嘿嘿……

这个所谓的前世，开头也不算很惨嘛。

云玳同情地看着她：“你上辈子真的太软弱了，娘娘让我带话给你，这辈子一定要好好做人啊。放心，我们娘娘会关照你的。”

嗯！杜小曼点头，望向坠仙桥下：“时辰快到了吧，我是不是该下去了？”

云玳颔首：“你要小心哦。”

杜小曼很感动，来到天庭后，云玳一直对她很关照。

她站到坠仙桥边，云玳念了一句咒语，桥下潺潺的流水骤然分开，杜小曼感觉背后被一股力量猛地一推。

脚下一空，她径直落了下去。

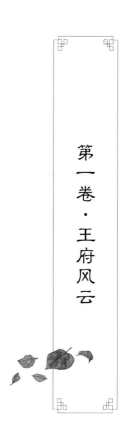

第一卷·王府风云

杜小曼再睁开眼时，第一眼先看见银红的纱帐顶，再来是朱红的床椽，纱帐外隐约可以看见古代房间的陈设。

　　她不敢相信地摸了摸胸口，胸腔里心跳声扑通扑通的感觉好快。这……这是到了哪里？难道还在做梦？

　　她将手举到眼前看了看，发现自己的手纤长了点，柔软了点，皮肤白了点，指甲蓄得很长，不是很舒服。手腕上沉甸甸的，挂着一个两个三个镯子，有粗的有细的，掂掂重量，应该是黄金的吧，镯子上都刻着精致的花纹，镶嵌在花纹上的，这是宝石吧……

　　杜小曼很没出息地咽了咽口水。

　　她撑身坐起，觉得脑袋也沉甸甸的。拉开锦被，杜小曼看了看身上的衣裳。嗯？古装？身上这一件折枝花纹的开襟裙衫，怎么看都像是外衣，里面衬着浅色的内衫，脚上还套着一双雪白的布袜。

　　这场梦，不会成真了吧？神仙的赌局，就这样开始了？她就是清龄郡主唐晋嫱了？

还有，古代的女人都是穿着外衣睡觉的吗？

呃，是了，这个唐晋媗是喝药自杀死的，她既然身为郡主，一定很要面子，想必是穿戴得整整齐齐地喝药，然后躺在床上等死。

杜小曼心中蓦地涌出一股同情，暗暗地合掌，阿弥陀佛，阿弥陀佛，唐晋媗，你放心吧，我一定会好好过日子，赢了这场赌局，不会再吃亏的。

杜小曼掀开纱帐，帐上系着的一串银铃立刻发出碎碎的声音，房门吱呀开了，走进两位穿着同样精致衣裙的女孩子，福身道：“郡主起床了？”

话未落音，看清楚杜小曼的打扮，两名少女都愣了愣：“郡主，你……”

看来这两人是唐晋媗的贴身丫鬟。杜小曼心里有点发虚，她们会不会立刻看出破绽？好在唐晋媗的事情她大概都知道，没办法，就这样演下去吧！

杜小曼这样盘算着，嘴里先编出一句应答的话：“我……昨天晚上心情不好，所以拿衣服出来换着玩，没想到后来一不小心就睡着了。”

左边那个脸形较长看来比较贤惠的少女走上前，替杜小曼穿上绣履。

“郡主昨晚让奴婢们不要在房前侍候，今早未得传唤也不能进来，奴婢们心中都十分担心。”

鞋子穿好，少女站起身，垂手退到床边。

“恕绿琉大胆，多嘴说一句，王爷现在受那位阮姑娘蛊惑，一时不分是非，昨儿只是昏了头才会委屈郡主，郡主且忍一时之气，来日方长。”

绿琉的话未落音，另一个脸圆圆的女孩子立刻道：“正是正是，郡主，碧璃也多嘴说一句，那个阮紫霄装得清高又柔弱，其实是个十足的狐媚子，早晚有狐狸尾巴藏不住的一天！郡主金枝玉叶，和慕王爷的婚事可是皇上赐的，慕王爷他敢休郡主，就是抗旨！到时候让咱们王爷在圣上面前参他慕王府一本，他们全府上下都要进天牢！”

绿琉立刻瞪起眼睛：“去，多嘴什么！郡主这才消了气，你又在这里瞎掺和！”

碧璃鼓起嘴：“姐姐，我只是实话实说。他慕王府只是个虚品王爵，我们郡主嫁过来只能称夫人，连王妃的品衔都没有。咱郡主的爹爹可是真正的王爷。郡主明明是下嫁，凭什么受他们慕王府的气！”

绿琉还想呵斥，杜小曼及时开口道：“碧璃你说得对。我昨天一夜已经想清楚了，从今往后，我再也不受谁的气。他慕云潇爱休我就尽管休，更何况，他不休我我还想休他呢！”

碧璃拍掌："郡主说得好！"对绿琉扬扬得意地吐了吐舌头。绿琉无奈，只得斜了碧璃一眼，轻声道："郡主能想通甚好。只是，没必要和小人计较，平白失了自己的身份。"

杜小曼随口应道："这个我知道。"摸了摸沉重的头，"待我先洗漱一下，这身衣服昨天晚上穿着睡了一夜，也换换吧。"

绿琉碧璃立刻端水服侍她洗漱，再重新梳妆。

杜小曼坐到梳妆台前，向大大的铜镜中瞧。唐晋媗其实是个美人，身形纤细，比原版的杜小曼高些，蛾眉修长，眼睛很大，琼鼻朱唇，面庞清丽，容貌比原版的杜小曼强了太多。也许是因为平时太过端庄，老板着脸，才会被别的女人比下去。

绿琉将她头上的钗饰一件件取下，放下长发，杜小曼顿时觉得头上一片轻松。看古装剧时总是觉得古代女子的打扮特别漂亮，但是这种漂亮是要受罪的。她装作不经意地说："今天头发就别梳那么复杂了，配饰少几样吧。昨天晚上可能没睡好，脖子有些酸。"

绿琉便给她梳了一个比较简单的发髻，头上也只戴了两三件钗饰。碧璃又挑了一件浅碧色的外装服侍她换上，宽宽的袖口和衣襟处镶着深色绣云纹的阔边，十分清雅。再换了双与衣裳相配的轻巧软履。杜小曼再褪了手上的几只镯子，又不顾绿琉的惊诧让她替自己剪短了指甲，一切完毕后，她十分满意地在铜镜前照了照，觉得可以出去熟悉一下庆南王府的环境了。

房门响了几下，门槛处又出现一个婢女打扮的少女，福了福身："总管大人吩咐奴婢来给夫人请安，请问夫人是去厅里用早膳还是端进房中来？"

杜小曼心想，古人饭桌上似乎有很多规矩，自己目前什么都不熟悉，别闹出什么纰漏，还是在房间里吃比较保险，于是努力将口气放得平淡些道："端到房中来吧。"

不久后，便有一群丫鬟排着整齐的队列捧着漆盘漆盒过来，将一件件盛着食物的精致碗碟摆放在桌上，香气四溢，杜小曼口水直冒。

绿琉对送饭的丫鬟们道："你们都先下去吧，等郡主用完早膳再过来收拾。"

为首的一个丫鬟立刻福身："那奴婢们先告退了，夫人请慢用。"

丫鬟们整整齐齐地垂手低头倒退出门去，看得杜小曼目瞪口呆。这些丫鬟们真是训练有素啊，幸亏过来是做郡主夫人而不是小丫鬟，要不然不用半个钟头就穿帮了。

早饭真的好奢华。杜小曼坐在桌前，暗暗数了数碗碟，十八道精致小菜，十六样面点，数碗颜色各异的粥排开，等待杜小曼择选。

杜小曼此时饥肠辘辘，看见如此多的美食更加饿火中烧，又顾虑到当前的身份，只能压抑自己尽量端庄地坐着。绿琉替她在面前的一个镶银花的瓷盘里夹上一块面点，杜小曼回想着电视剧中古人吃饭的模样，轻轻握住粥碗中的小匙，舀出一勺粥缓缓送到嘴边，小心翼翼咽了下去。

一顿饭吃得异常痛苦。

杜小曼唯恐露出马脚，只敢吃到七分饱，就眼睁睁看着大把的美食被撤了下去。她在心中宽慰自己，没有露馅，十分成功，午饭应该比早饭更豪华，留着肚子等午饭也好……

都收拾完毕后，杜小曼假装很随意地对绿琉和碧璃说："天气不错，在房中有些憋闷，出去走走吧。"

慕云潇，还有阮紫霁，最好能碰见这两个人。

在天庭的幻影中，这两人的脸都模糊不清，杜小曼十分好奇他们长什么样。

正要出门，忽然又有个丫鬟出现在门前。

这丫鬟瘦削脸儿，肤色微黄，一双上挑眉，衣裳的颜色与绿琉碧璃她们微有不同。她福了福身，然后抬头直视着杜小曼道："禀报郡主，紫霁小姐命奴婢前来，有话转禀。小姐说，昨日之事因她而起，使郡主受了十分的委屈，小姐自觉罪过甚深，异常惶恐懊悔，望郡主宽宏大量，不与小姐计较。小姐特在月泠居中设宴向郡主赔罪，恳请郡主千万纡尊，移步一叙。"

啊？阮紫霁来向唐晋嬗赔罪？这位阮姑娘，真是一名贤惠隐忍的小老婆呢！

杜小曼很小人地想，恐怕是唐晋嬗昨天刚刚出了个大丑，阮紫霁明为赔罪，实际上是装作大度地补上一刀，向正夫人示威吧。

杜小曼尚未回话，碧璃立刻抢着开口道："如晴，我们郡主今天身子不适，恐怕不能过去了。"

如晴毕恭毕敬地站着，看杜小曼的眼神带着笑意："是吗？是奴婢唐突了。想来出了昨天的事情，郡主的身子一定会不舒服。等郡主什么时候好了，紫霁小姐再来找郡主叙话。"

绿琉道："紫霁小姐问安的这份心意，郡主心领了。"

如晴道："姐姐忒客气了，等过几日紫霁小姐得闲，一定来探视郡主。到时候说不定小姐也会劝王爷一起来的，请郡主不要太懊恼了。"薄薄的唇一抿，嘴角就挑了起来。

碧璃气红了脸，还待说些什么，杜小曼适时地开口道："今天早上我的确有点不舒服，不过现在好多了，既然紫霏小姐诚心相请，哪能不去呢？"

如晴的视线在杜小曼脸上一绕，嘴角的弧度更高了："奴婢知道了，奴婢这就回去禀报小姐。"

她正要退下，杜小曼忽然道："慢着。"

如晴转过身："郡主还有吩咐？"

杜小曼似笑非笑地看了看她："你是王府中的丫鬟？"

如晴甚诧异地看着杜小曼，像看一个摔坏了头的女人，然后勉强躬身道："是。"

杜小曼点点头："王府里的奴才太多，老认不清哪个是哪个。"

如晴的神色有些难堪，道："奴婢一向服侍紫霏小姐，郡主每天都要看见奴婢两三回的。奴婢从三岁时就进王府了，起先一直是服侍老夫人……"

杜小曼道："哦，你既然是王府中的奴婢，三岁就来了，是哪个教你在主子面前这样大胆的？"

如晴脸色大变，猛抬起头来，强笑道："郡主真是欲加之罪何患无辞了。奴婢不知道哪里得罪了郡主，郡主在王爷那里受了气，何必拿奴婢们撒气。就算奴婢做错了，郡主贵为金枝玉叶，又何必和我们下人一般见识。"

杜小曼挑高了眉毛笑了笑："真是个有文化的奴婢，欲加之罪何患无辞这种话都用上了。没办法，我就是个小心眼的女人。我说你错了，你就是错了。"向身边一侧身，"碧璃，赏她几个嘴巴，让她知道什么是做奴才的本分。"

碧璃一个跨步上前，如晴向后退，却被碧璃一把擒住双手。

如晴一边挣扎，一边道："我是王府的丫鬟，紫霏小姐的丫鬟，可不是唐郡主的丫鬟。要罚也要老夫人、王爷和小姐罚我。"

杜小曼迈步向前，笑道："看来你是昨天听说你家王爷要休了我，今天就跑到我面前撒野了。别说休书还没下我还是王府的夫人，就算休书下了，你冲撞本郡主，罪过更大。"扬手，一个清脆的巴掌扇在如晴脸上。

这一巴掌下去，杜小曼觉得心中十分痛快。她现在的形象，可能和古装剧里的恶婆娘差不多。恶婆娘又怎么样，既然都变成狗血爱情剧的女二号了，做反派总比做怨妇舒服。

别说，如晴的脸皮还真硬，硌得杜小曼有些手疼。

杜小曼转身向门内走，身后的碧璃左右开弓，向如晴脸上掴去，噼噼啪啪的甚是清脆。响了二十来下后，杜小曼悠悠然道："碧璃，手累了就歇歇吧。"

碧璃道了一声："是。"

杜小曼侧转过身，眼角的余光瞄了一眼如晴。哇，碧璃这小丫头下手挺狠的，如晴的长脸已经变成了柿饼脸，一双小眼睛越发的小了。杜小曼强忍着笑，蔼声道："回去转告紫霄小姐，本郡主稍后便过去。"

如晴的双眼不敢再看杜小曼，只敢盯着地面，应了声是，垂着双手倒退出回廊，向小路上去了。

碧璃甩了甩手道："好！郡主！真是太痛快了！这个如晴仗着自己是阮紫霄的贴身丫鬟，老是盛气凌人的。尤其每次看郡主时，都好像我们郡主抢了她家小姐男人似的，说话连讽带刺的。昨天要不是她煽风点火，王爷也不会对郡主……总之郡主今天赏她几个嘴巴，真的好痛快！"

绿琉却道："奴婢觉得，她话中带刺，只当是狗叫罢了。喊管事嬷嬷过来，问个调教不当之罪便是。一个下人，怎配郡主动气。"

杜小曼道："绿琉，你说得很有道理，但是经过昨天后，我觉得我忍气吞声已经忍够了。这世界上，有些人就是你退一尺，他进一丈。如果连下人的气都要受，我做人未免太失败了。只要我过得舒心就成，管外人怎么看呢。"

绿琉忧心地看了看杜小曼，欲言又止。

杜小曼笑嘻嘻地道："出了口气，痛快多了。绿琉，麻烦你拿点水来，我和碧璃先洗洗手，然后我们去会会阮紫霄。"

庆南王府给杜小曼的感觉是，很大，十分大，非常大。

沿着彩石路走过一片花丛，绕过一个池塘，一座假山，两个凉亭，居然才出了唐晋嫱住的院子。

唐晋嫱住的院子叫栖锦院，坐北朝南，是正夫人的内房。出了栖锦院向南走，是正厅偏厅等主房。各个院子和主房之间都有游廊相连，朱红的游廊梁上画着精美的画，十分奢华。杜小曼跟着绿琉和碧璃在小路与游廊上东绕西绕，终于明白了，为什么古代的女人大门不出二门不迈，成天在屋里吃吃睡睡，还没变成大水桶，原来光是大门以内就够人跑了。一天这样来回跑几趟，吃再多都能苗条！

终于，走到腿发酸时，游廊尽头出现了一个院门。

这个院门很别致，像是一座白玉的山在山腰开了一个天然的洞口，门洞的上方有一块白石被磨平了，上面刻着两个字，一个写得太奇怪，杜小曼不认识，另一个好像是个月字。

月？月冷居？阮紫霁的院子是叫这个名字吧。

门洞前转出一个粉色衣裳的小丫鬟，向杜小曼福了福："夫人请进，小姐在里面恭候多时了。"

杜小曼点了点头，走进门洞。唉，其实这个门洞上如果流下一道水来，就可以改叫水帘洞了。

碧璃小小声道："郡主，您笑什么？"

杜小曼连忙敛住心神："没什么，想到了一件好玩的事情。"

进了洞……呃，院门，转过假山屏障，杜小曼一眼望去，傻了眼。眼前居然是一片广大的……湖面……

浩浩渺渺，苍苍茫茫。

岸边有一道拱桥，连着一条回廊蜿蜒在水面上，几丛精致的楼阁像海市蜃楼的图景一般，静静飘在湖面上，从远处依稀能看见亭阁上随风飘荡的淡紫轻纱。

本来以为阮紫霁走的是假装柔弱的精明二奶路线，看这个住处的架势，她似乎是走神仙姐姐路线的啊……

望着水上的楼阁，杜小曼蓦然就觉得自己庸俗了，因为她居然在想，湖面上的风这么凉，这些屋子冬天住岂不是要冻死了？

绿琉在她身后轻轻咳嗽，杜小曼连忙回过神，举步踏上通往湖上楼阁的水上回廊。将到湖中心时，杜小曼向前一望，忍不住又愣住了。

水上回廊在此分岔，一条通向湖心的主楼阁，另一条的尽头是个别致的亭子。一个穿湖色长衫的男子正站在亭子里，墨发半散，风吹得他的衣衫飘飘荡荡，竟好像刚刚从云端上落下来一样。男子听见人声，侧身向这里望来，杜小曼瞬间直了眼。

美……

这世上竟然有如斯的美男，杜小曼在一瞬间起了不良的念头，难道……那个叫慕云潇的王爷喜欢的竟是这种……

话说，他们一直都在说紫霁小姐，那个阮紫霁确实是女人吧……

杜小曼丫鬟们一致地福下身去："王爷。"

王爷？原来他就是慕云潇。

没想到居然长得这么好看。嗯，有权有势相貌又好，怪不得连唐晋媗这样的郡主也入不了他的眼。

慕云潇视线淡漠地向这边一扫而过，继续望向湖心，仿佛杜小曼这行人不过是菜市场的一堆普通的胡萝卜。

喂，就算要休了，唐晋媗好歹还是你的正夫人吧，有必要用这种态度么！

对付摆死架子的人就只能也摆一摆架子了。杜小曼将视线从慕云潇身上轻描淡写地收回来，继续向前走。

还在福着身子的丫鬟们愣了一愣，匆匆说了一句："奴婢们先行一步，王爷恕罪。"疾步追上杜小曼。

再走了两三分钟后，楼阁终于近在眼前。

淡紫的轻纱在风中曼妙地舒展，一股沁人的香气扑鼻而来，杜小曼情不自禁地说："好香啊。"

粉衣侍女轻声道："回郡主的话，因为月泠居前的这段回廊和那边的水榭都是用檀香木搭成的，所以这里从来不熏香，天然就会有香味呢。"说话的时候悄悄看杜小曼的脸色，神色有些怯怯的。

哇，檀香木！杜小曼压抑住蠢蠢欲动想摸摸柱子的念头，挤出还算和蔼的微笑点了点头："香味闻起来很舒服，这里确实很漂亮呢。"

小丫鬟结结巴巴地说："是、是的，夫人……"

正在此时，清风中，忽然传来了一个柔柔的声音："多谢姐姐夸奖，姐姐谬赞了。"

这个声音十分轻软，十分优美，正像风中舒展的轻纱一样，绕入耳中，婉转地扣住了人的心弦。

一袭紫色的衫裙袅袅从房门中走出，像一朵紫云从九天碧霄上轻轻落下，清丽绝伦的面庞扬起一抹浅浅的笑容。

杜小曼第一次知道，倾城倾国的美人原来是真实存在的。

如果这个少女确实是阮紫霁的话，唐晋媗输得确实有点理由。

眼前女子的容貌没有半点瑕疵，通身更透出清雅脱俗的韵味，举手投足的气质普通笔墨难以描画。杜小曼悲痛地承认，虽然唐晋媗长得也挺漂亮，但和阮紫霁一比，如果阮紫霁是月夜下荷塘中的白色睡莲，唐晋媗只能算是一朵随处可见的月季花。

紫衣女子在杜小曼面前盈盈敛身一礼："冒昧相约，承蒙姐姐不弃纤尊前来，紫霁好生感激。"

杜小曼连忙挤出一个客套的笑容："哪里，紫霁妹妹你太客气了。你设宴请我，是我要谢谢你才对。"

阮紫霁柔声说："媗姐姐肯称呼紫霁为妹妹？那就是媗姐姐宽宏大量，已原谅妹妹昨日的过失了？"她粲然一笑，微微露出贝齿，望向杜小曼的身后，"潇郎，媗姐姐已经宽恕了紫霁的过失，昨日之事就当未曾发生过，好不好？"

杜小曼诧异地转过脸去，原来慕云潇已经不知何时站到了她身后不远处。阮紫霁突然上前，一把握住了她的手："好不好，媗姐姐？"

呃……杜小曼一时之间蒙住了，这个时候，该说些什么？

眼前阮紫霁的笑脸像清晨的露珠一般清透晶莹，难道她其实没有想象中那么坏？杜小曼的心中微微有点动摇，但是阮紫霁方才说过的一个词忽然跳进杜小曼的脑海——

"潇郎"。

据杜小曼所知，阮紫霁虽然已与慕云潇有了那种关系，但目前的身份仍然只是表妹而已。刚才那一声潇郎，是古代的女人称呼自己的爱人才会用的词吧，也就是说，这个阮紫霁还是在变相地向唐晋媗示威了？

而且，唐晋媗贵为郡主，以阮紫霁的身份，当要行大礼请安才对吧，却一口一个媗姐姐，俨然把自己摆在和唐晋媗同等的位置，更做出协调唐晋媗和慕云潇关系的姿态。

慕云潇和唐晋媗是夫妻，人家夫妻之间的事，阮紫霁有什么说话的立场？而且，她还是这件事的罪魁祸首。

喊，还装得神仙姐姐般温柔脱俗，这个女人果然厉害！

杜小曼脑内正琢磨呢，没空理她，慕云潇也并未作答，阮紫霁只好轻轻唤了一声："潇郎……"

杜小曼立刻打起精神，向慕云潇望去。慕云潇微微皱起了眉头，终于开了尊口道："昨日之事，错并不在紫儿，紫儿你又何须道歉？"

他瞧了瞧杜小曼，像看到什么不干净的东西一样，立刻移开目光，冷硬地说："并非本王偏袒紫儿，昨日的确是你因妒生事，本王本想依照七出之律将你休了，但你我婚事，毕竟是皇上所赐，你父与本王亦同殿为臣，本王此时便再给你个机会，你若向紫儿赔罪，承认昨日之过，本王就暂不追究此事。"

杜小曼将手从阮紫霁手中抽回，扯出一抹笑容："多谢王爷宽宏大量，赏脸让我这个挂名夫人继续做下去。不知道王爷要我怎么向你心爱的紫霄姑娘赔罪呢？是敬茶下跪，还是点香磕头啊？"

她每说一句话，就向前走一步，走到离慕云潇三步远的地方站定，忽地收起笑容，一字一顿地说："你、做、梦！"

慕云潇的脸色陡然变得阴寒，绿琉急急在她身后喊："郡主！"

杜小曼直视慕云潇的脸，继续道："昨天的事情我不觉得我有什么地方做错，你爱下休书就下吧，你不休我，我还想休你呢。你这种男人，除了生了一副好皮囊又有权有势外，一无是处。而且你别乱扣帽子，说什么我在嫉妒你的紫霄姑娘，嫉妒这种东西呢，是要有爱情存在的。我爱你？别开玩笑了！你这种人根本不配做我唐晋嬅的相公！也别写休书那么麻烦了，我们现在就在这里讲清楚，从此时此刻起，你和我再没有任何关系。我，把你——休了！"

尾音落地后，四周一片寂静。

从绿琉到小丫鬟再到阮紫霄……好像都石化了……

果然休夫这种事情在古代是空前绝后的。

慕云潇的脸冷到足以冻死企鹅，漆黑的瞳孔中射出冰冷摄人的光芒，如果这个光芒化成红外线，杜小曼觉得自己早就变成一股青烟了。

杜小曼语气轻松地道："其实这样呢，对你我都好。我现在就回去收拾东西，立刻搬出你的王府。王爷你以后爱娶紫霄姑娘就娶紫霄姑娘，爱娶红云姑娘就娶红云姑娘，娶出一组彩虹更美丽。你们这对真心相爱的人，可一定要白头偕老。"转头向着身后石化的几人道，"绿琉、碧璃，我们走。"

碧璃呆愣愣地站着，绿琉僵着的身子动了动，忽然扑通跪倒："王爷，王爷，郡主她是一时迷了心窍才说出那种话的，求王爷千万不要放在心上……"头在地面上磕得砰砰作响。

搞什么啊！杜小曼快步走过去，一把扯住绿琉："你做什么！快起来！"

她越扯，绿琉磕得越起劲，还一把扯住杜小曼的衣襟："郡主，你一定是鬼迷心窍才会这样做的是不是，郡主郡主，你快收回刚才说的话吧！"

这一番哭天抢地，狗血到无以复加。杜小曼太阳穴隐隐作痛，无奈看了看苍天，向慕云潇摊了摊手："喂，我刚才的话绝对是神志清醒头脑清楚才说的啊！她……说的你千万别听。"

慕云潇的神情已经寒到突破人类的极限，缓声道："方才唐郡主的一番话惊天动地，令本王钦佩不已。郡主既然说要休本王，又说本王一无是处，不如将本王的罪行一一列举，本王也好心服口服。"

看样子慕王爷已经怒火中烧，今天不会轻易罢休了。列举就列举，谁怕谁啊。

杜小曼一脸无所谓地点点头："好啊，王爷你想听，我就说了。懦弱无能、胆小怕事、欺软怕硬、阴险卑鄙、颠倒是非、品格低下，这些都是你的毛病。"

慕云潇怒极，反而笑了："哦，这么一听，确实罪行昭昭。不过这些罪名，还请唐郡主详解。"

杜小曼再点头："好啊。"环视了一下身在的游廊，道，"这个地方，是你专门为阮紫霏布置的吧。"

慕云潇的眉峰冷冷一挑："是。"

杜小曼笑道："看来你很爱她。这里的房屋都不算新了，相信紫霏小姐已经住了很久。那么，王爷爱紫霏小姐的时日，必定要比王爷娶我的时日久远得多。所以，我才说王爷你懦弱无能、欺软怕硬！"

杜小曼身后的阮紫霏终于发话了："嫫姐姐，潇郎他乃王爷，就算姐姐是郡主，在下人面前说话能不能也留意些呢？"

杜小曼不理会身后的紫霏仙女，依然直视慕云潇道："你既然爱阮紫霏，爱了那么久，却不敢违抗圣旨，娶阮紫霏做夫人，反而娶你根本不喜欢的我，是不是懦弱无能？

"胆小怕事不敢抗旨，娶了我之后又做出一副你很委屈、为了真爱不理会我、日夜和阮紫霏在一起的情圣嘴脸。其实你只是不敢得罪皇帝，觉得女人比较好对付，娶过来之后丢在一边，想怎么欺负都行。这又算不算是欺软怕硬？！

"你将我冷落在一边，料定我若是温顺的绵羊，顶多日夜以泪洗面忍气吞声，你就滋润地和你的紫霏姑娘快乐地过日子。我若是稍微有点脾气，一定咽不下这口气，闹出些事，你正好能抓住把柄把我休掉，我在万人指责中回家去，你干干净净光明正大地过日子。有着这种念头，算不算阴险卑鄙？！

"至于颠倒是非嘛，就是你昨天干的那件事。你开开心心地赏了我一耳光，快乐地要给我下休书，今天让我向你的相好赔礼认错，要么你白混了这么多年官场傻到分不清是非，但是最大的可能还是你故意颠倒是非吧。"

顿了一顿，杜小曼轻轻一笑。

"以上这么多，更足以证明你品格低下。而且，你还打女人。欺负女人的男人，是最没品的男人！综上所述，我觉得你实在是一无是处。"

慕云潇望着杜小曼，神色叵测，一言不发。

杜小曼叹了口气："不过还好，我已经休了你，这些事情，懒得再和你计较了。希望你能娶了阮紫霄，好好过日子，改过自新，别再祸害其他女人了。"

她大步向回路走去，慕云潇却抬手拦住她。

杜小曼咽了咽口水。呃，刚才她讲的话确实挺狠的，慕云潇不会气到狂性大发，拿刀砍死她吧。

慕云潇并没有从袖子中摸出一把刀子，只缓缓道："方才郡主的一番剖析，条理分明，令本王十分佩服，本王奉旨娶郡主进我庆南王府后，确实有十分对不住郡主之处，但郡主所列举的昭昭罪行中，有一两条，本王并没犯过。可否请郡主暂且回房歇息，本王下午想再与郡主一叙。"

看来慕云潇确实气到了昏头涨脑的地步，需要点时间梳理下情绪，等下午再找她算账。

于是杜小曼很大度地说："随便。"终于顺利地踏上回房的道路。

回到栖锦院，刚进卧房，碧璃就关上房门，和绿琉一起扑通在杜小曼眼前跪下，四行眼泪哗啦一起流了下来："郡主，郡主，请三思！刚才说的事情可不是好玩的……郡主若真的和王爷恩断义绝回咱们德安王府去，王妃一定会打死奴婢们的……郡主，请三思……"

婢女很难做，杜小曼了解，但是……

"但我若留在王府内，除了吃饱等死之外，好像也没有别的可能。如果回家去，所有责任我一个人承担，一定不会让别人怪罪你们的。"

绿琉哭着向前爬行几步："郡主，奴婢逾越，说一句大逆不道的话，女人的归宿无非就是相夫教子。郡主您这样回娘家去，将来又该如何呢？"

碧璃和绿琉一起哭，将杜小曼哭得心乱如麻。她刚变成唐晋媗，一心只想替唐晋媗讨回公道。但是，就如绿琉说的那样，将来又该怎么办？做出这么大逆不道的事，唐晋媗的父母也不见得能容得下现在的她。万一不小心露出马脚，再穿了帮……

杜小曼想了想，还真有些头大，只好结结巴巴地说："你、你们先起来吧，我再仔细考虑考虑。"

碧璃和绿琉又哭了一阵，终于擦干眼泪，爬了起来。

趁着她们出去洗脸的工夫，杜小曼在屋中发了一会儿呆。

天已正午，有丫鬟来问，午膳要开了，何处用膳。杜小曼有了上午的经验，立刻道："端到房中来吧。"

庆南王府的午饭比杜小曼期待的还要奢华，单捧着食盒的婢女的队伍就让杜小曼很是惊叹了一番。

午饭摆在唐晋媗住的院子的花厅。此厅被一道镂花的木墙隔成两进，内里设着软榻、案几、座椅，乃退步小憩之处。外间摆着一架镶贝琉璃的大屏风，壁上镂空的格子内陈列着各色金玉陶瓷玩器。此外，金丝绣牡丹花纹的毡毯上，还有一个十分大的看起来很漂亮也很值钱的桌子。

杜小曼从看到这张桌子起就开始疑惑，要这么一个尺寸夸张的大桌子干什么，现在她懂了……

婢女们恭恭敬敬地从食盒中捧出一盘盘菜，摆啊摆啊摆……摆满了一桌子……好像还不够摆，婢女捧着的托盘中仍有菜，还将几个汤盆放在了一旁的案几上……

话说……这个……太奢侈了吧……

"朱门酒肉臭，路有冻死骨"这句话写得真好！杜小曼在心中幸福地撒出一把小花。

菜这么多，其实也有缺点，一样尝一口估计就该饱了吧，碰见比较喜欢吃的菜，吃了一圈回来想再多吃两口就吃不下了。

比如，杜小曼刚刚尝了一个冬瓜乳鸽盅觉得很好吃，本来想再吃一个，但是胃里胀得鼓鼓的，杜小曼只好故作斯文地放下筷子，在婢女们撤走菜盘的时候偷偷多看了冬瓜乳鸽盅两眼。

午饭毕，杜小曼站起身想溜达两圈，避免脂肪堆积，门外有侍女轻声传报："郡主，老夫人到了。"

杜小曼疑惑地向门外看去，几个婢女簇拥进一个衣衫华贵的身影，绿琉和碧璃跪倒在地："奴婢给老夫人请安！"

杜小曼反应敏捷，立刻学上午那些婢女的样子福了福身："媳妇给婆婆请安。"

正前方，一个妇人声音温和地道："你这孩子，上午和潇儿怄了气，这时便不喊我娘了。"一双保养得优雅细腻的手轻轻握住杜小曼的手，扶她站直身子，轻轻在她手上拍了一拍。

杜小曼的鼻子嗅到了一股很好闻的沉静的香气。

"不过呢，你还肯叫我一声婆婆，已经很好了。"

老夫人的身子轻轻侧了侧，向地上的绿琉和碧璃道："我要和郡主叙叙话，你们退下，将门合上，谁都不要进来打扰。"

杜小曼只好硬着头皮与慕云潇的娘唐晋婠的婆婆一同进了花厅内间，坐下"谈心"。

慕"老"夫人其实一点也不老，古代的女人结婚生孩子早，估计慕夫人的年纪也就四十多，她保养又好，看起来不过三十余。慕云潇的好皮相应该多半遗传自他娘，慕夫人蛾眉入鬓美目盈盈，仪态优雅气度雍容，浑身上下都在为"贵妇人"这三个字做注解，笑容慈祥话语温柔，但杜小曼却感觉到一股无形的压力。

这个慕夫人，看来很不好对付。

慕夫人依然携着杜小曼的手，语气温和地说："你今日和潇儿怄气的事情，我已经大概都晓得了。唉，此事确实潇儿有错，委屈了你。只因我只有这么一个儿子，与你公公不免从小就溺爱他一些，让他有了这个任性妄为的性子。你嫁进我们慕家，受了这么大的委屈，我却没好好地骂过他，是我这个当娘的教子无方。我原本想，他着迷紫霄那个丫头，不过是年少风流，等腻了，自然就会收手。你是金枝玉叶的郡主，皇上赐婚给我们慕家的正夫人，他无论如何也不敢不敬你爱你。谁知道，我竟错了，才闹出今天的事情来。"

慕夫人轻轻叹了口气，又慈爱地望着杜小曼："今天的事情，实在是潇儿理亏，娘一定替你狠狠地骂他。紫霄那丫头，我会想办法发落。娘保证潇儿他从此后再不会轻怠你，小两口儿，床头打架床尾和，不会有隔夜仇的。好不好？"

慕夫人一番充满善意的话，杜小曼听了，却直想苦笑。

以前怠慢，是他们错了，就这样说一句，在他们看来已经算是向唐晋婠低头了吧。

唐晋婠成亲那天慕云潇扔她在新房自己去找阮紫霄快活，那时候这位慕夫人在哪里？唐晋婠空对孤灯夜夜以泪洗面的时候这位慕夫人又在哪里？慕云潇打了唐晋婠一巴掌扬言要休妻的时候，慕老夫人怎么不来替儿子赔罪？如果不是她今天怒斥慕云潇，扬言休夫，恐怕这位慕老夫人还是睁只眼闭只眼，任凭唐晋婠被慕云潇扔在这个院子里，孤零零地过下去吧！

软柿子就捏，硬柿子就用怀柔政策，倒是挺会做人的。

杜小曼正视着慕夫人的脸，开口道："慕夫人……"

这三个字出口，慕夫人的脸色变了变。

杜小曼继续道："慕夫人，对不起，您来晚了。如果您能在成亲的那一晚，慕云潇掀了我的盖头之后立刻去找阮紫霄快活的时候，或者慕云潇在之前对我正眼都不看一眼的任何一天，甚至昨天慕云潇当众说要休妻的时候，过来和我说这番话，我都会觉得您有一两分的诚意，但是现在，晚了。而且，您搞错了一件事情，我要和您儿子慕王爷分开，并非我嫉妒他喜欢紫霁姑娘，而是我觉得他这个人实在让我无法容忍，我和他不可能再在一起。他娶了阮紫霁，会比现在有我在幸福得多，我不和他在一起，也会比现在幸福得多。为了大家都好，不论是慕王爷休我还是我休慕王爷，都是最明智之举。"

慕夫人的一双蛾眉微微蹙着，再叹了口气，依然和缓地劝："孩子，我知道你心中委屈，从你嫁过来，我慕王府上下确实做错了很多。你贵为郡主，自小娇养，又年轻，自然咽不下这口气。但是你能否再听娘说几句？娘也是从你这个年岁过来的，我刚嫁给潇儿的爹时，他身边的女子，单是已收作侧室的，就有三个。这天下的男人，不都是这个样儿？皇上的后宫之中，有多少佳丽？你的父王，除了你母妃外，不是也有好几位侧妃么？年少时，觉得忍不下这种气，等年纪大了，便渐渐想开了。其实最要紧，是要拿出你正室夫人的威势。我当日不帮你，也是想看看你能否压得住紫霁那丫头。潇儿再爱她，就算真收了她，她也只是个妾，要给你端茶磕头。你不能让这股偏风压住了你的正风。女人哪有不嫁人的，只要嫁人，就有这些事情。就算你嫁的不是潇儿，也要面临这样的事情。庆幸的是我们生在富贵人家，能被娶做正室夫人。这世上有好些女子，就算再才色双全，也注定是做妾的命，她们又该如何呢？你说，娘说的是不是有道理？"

慕夫人松开杜小曼的手，站起身："今天咱娘俩先叙到这里，你仔细想想我说的话。潇儿那里，你只管放心。今日的事情，你虽冲撞了你夫君，但有娘在，不会有人怪你。你先好好歇歇。"说完亲自打开房门，唤了丫鬟，回住处去了。

杜小曼坐在椅子上，琢磨着慕夫人刚才说的那番话，内心十分无力。

慕夫人的这番话，搁在这个年代，其实是挺有道理的吧。但是……有个正室夫人的头衔她就该撒花庆祝，这是什么歪理！凭什么看着老公左拥右抱还要忍着，不忍着就是大逆不道！哈，她才懒得去和阮紫霁演什么《我在王府宅斗的那些年》！这种伦理大戏谁爱演谁演！

不过，看样子慕王府不打算让她轻易和慕云潇说拜拜，她要是硬来恐怕不好办，而和慕云潇拜拜后回到唐晋嫙的娘家，麻烦好像也不少的样子。嗯，这事儿还得仔细考虑考虑。

绿琬和碧璃轻手轻脚进房侍候，看见杜小曼正坐在椅子上做沉思状，都十分欢喜欣慰。

老夫人出马就是不一样！一番话说得郡主现在还在沉思，郡主想着想着，就一定会想开了吧……说不定可以坏事变好事呢！

绿琉和碧璃屏气凝息又退了出去，还体贴地替杜小曼笼上房门。

房门背后，杜小曼眼中兴奋的光芒忽然一闪。既然慕家不打算轻易让自己走，回到唐晋嫱娘家估计也挺惨的，那就只有——

慕夫人回到自己的住处，在偏厅里喝了一杯香茶，也出了一会儿神。她最贴心的丫鬟柔雅轻声道："老夫人，今天郡主如此冲撞王爷，说出多少骇人的话来，您为何还要去安抚她，不让她给王爷赔罪？"

慕夫人放下茶盅："赔罪？你这丫头懂什么。她是德安王府的郡主，我们庆南王府不过空有虚衔，和她娘家比不得。以前王爷弄得有些过，以为这位郡主娇怯怯的好拿捏，可着劲儿地欺负。我每每劝，他每每不听。就是兔子，逼到这个份上也该咬人了，何况她是郡主。她豁出去闹起来，她不好看，我们庆南王府更不好看。德安王这个亲家也得罪不得。无论如何，先将这件事安抚下去再说。"

柔雅似懂非懂地眨了眨眼，低头退到一边。

杜小曼心中拿定主意后，又琢磨了一下方案的可行性，时间不知不觉嗖地就过去了。黄昏时，杜小曼到院子里转了转，借口品品茶静静心，将栖锦院除卧房和下人房外的什么小厅偏厅全遛了一圈。因为当时这个院子本是留给慕云潇和唐晋嫱一起住的，所以院子里还有个书房。

一圈溜达下来，发现各个房间里贵重物品不少，应该都挺值钱的。杜小曼看得很开心。

天色渐渐黑了下来，又吃过一顿豪华的晚饭后，杜小曼在大木桶里洗了个惬意的烛光澡，准备去和周公约会，告别在古代的第一天。

当杜小曼正打算奔向舒适的大床时，房门忽然吱呀一声打开，一个人影迈了进来。

绿琉和碧璃立刻跪下，恭恭敬敬地道："给王爷请安。"

慕云潇？他来干什么？！

杜小曼忍不住脱口而出："你来干什么？"

慕云潇一定对他自己非常非常地有自信，他风流邪魅地"淡淡"一笑，走到杜小曼面前，捞起一绺她刚晾干的头发："夫人，你今日的一番话，让为夫甚是懊悔。自成亲这半年来，为夫一直都冷落了你。为夫决定，从今晚起，不再让你冷被孤灯，独守空房。"

杜小曼华丽地喷了。

大哥！你出场的时候好歹是个帅哥！我知道你金玉其外败絮其中，但是，拜托你别猪成这个样子给我看好吗？！

杜小曼假装一口口水呛在喉咙里，很不给面子地大咳起来。啊啊啊，用咳嗽掩饰爆笑真是好辛苦。

她咳得满脸通红，用袖子掩住嘴，眼眶中迸出了泪。

但这一幕用慕云潇的眼睛看过去，却是他的一番话后，唐晋媗大吃一惊，惊喜到将要昏厥，半掩住口，满面羞红热泪盈眶。

慕云潇不由得在心中冷笑一声，又在唇边勾起一抹自以为偶觉的笑："夫人，为夫的一席话，竟让你如斯欣喜么？"一只手继续把玩杜小曼的头发，低声道，"看来为夫当真要好好怜爱你。"

杜小曼的脸更红了，眼眶里的泪水更多了，浑身还在轻轻颤抖。

娘啊！天上各路打赌的神仙们，拜托能不能丢块石头下来敲晕这个慕云潇啊！他再这样下去我真的撑不住了啊啊啊——

慕云潇将杜小曼的头发抚落到她肩上，然后轻轻握住。杜小曼轻轻一挣，没挣开，她低下头，放下了掩口的衣袖："夫、夫君……您真的肯回过头来，真心地待我了么？"

慕云潇嘴角一勾："怎的？夫人难道还怀疑为夫的真心么？"

杜小曼低着头，细着嗓子说："我……我只是不敢相信夫君会……"

慕云潇握住杜小曼的肩头，低声道："如斯良宵如斯静夜。"

杜小曼半做娇羞半掩面地道："良辰美景自当珍惜。"

慕云潇邪邪笑道："夫人原来如此率真。"

杜小曼终于能抬起头来，咬了咬唇，眨眨眼睛，一只手按上喉咙："夫君过奖了。夫君，光阴易逝不等人。只是我喉咙这里，还略有些堵。"

她再抓抓手臂。

"怎么办，荨麻疹也出来了，我一激动，就容易长疹子。"她卷起衣袖，"夫君，你看，你看，你要不要帮人家揉一揉？"

搁在杜小曼肩头的手僵了僵，慕云潇的表情顿了顿，笑得越来越勉强："原来夫人身子不适，这可怎好？为夫去叫人来替你瞧瞧，你今晚早些睡下，为夫明日再来。"

杜小曼垮下脸，努力透露出失落的气息，伸手扯住慕云潇的衣袖。

慕云潇拍了拍她的手："夫人，你乖乖地养着，为夫明日再来，时辰多得是。"

不能不说，慕云潇此时的表现充分证明了，他的确是个强人。

杜小曼低下头，慢慢松开扯着慕云潇衣袖的手，点了点头："嗯。"

慕云潇留下一句"好好安歇"，便消失在深沉夜色中。

杜小曼反手关上门，掸了掸被摸过的肩头。

慕云潇，你够强悍，但是我比你更强悍！

绿琉和碧璃服侍杜小曼睡下。王爷方才来找郡主，表示两人有复合并开始恩爱的前兆，她二人的心中都窃喜。

躺在床上，杜小曼松了一口气。在这边的第一天，真是精彩丰富。合上眼睛时，她真心希望这是一场梦，她再睁开眼，就会发现自己躺在房间中那张水蓝色的床上，被老妈拎起来，在上课前零点零一秒冲进教室，听听老师的碎碎念打打瞌睡，放学后和好友们逛逛街，大吃一顿再一起去K歌，庆祝自己和陆巽分手。

湿湿的东西从眼里滑出来，渗进距离她本来的世界遥远无垠的枕头里。

她真的真的很想家。

杜小曼在被窝里擦了擦眼睛。

眼下最要紧的，还是过慕王府这一关。看来慕云潇和他娘商量好，打算和唐晋媚同个房把她给哄住了。今天虽然恶心走了慕云潇，但只是暂时的。自己下午才指着慕云潇的鼻子怒斥他一番，晚上就娇滴滴地发嗲，转变实在大了点，慕云潇一时被恶心走，难保回去之后不会起疑，她需要找个暂时能拖久一点的法子对付他。

杜小曼脑中一片混乱，终于睡了过去。

睁开眼，天色已大亮，早饭与昨天的一样豪华，点心小菜完全不重复，杜小曼吃得心情渐好。

早饭刚过，她正要到院子里去踏看踏看，丫鬟传报，王爷来了。

果然又来了。

慕云潇今天换了一件月白锦绣的袍子，做风流潇洒状跨进房门。外表确实很养眼，杜小曼痛心地在心中摇头，卿本帅哥，奈何太猪。

杜小曼起身迎上去："王爷来了。"

慕云潇的目光落在她身上，笑道："昨晚烛色熏熏，夫人娇媚温婉，原来伶牙俐齿外，还另有一层妩媚温柔。为夫昨夜回去后，回味思量，倍觉眷恋，可惜错过了良宵，因此今日一早，就迫不及待过来夫人处。但夫人怎么如斯冷淡，昨日娇口唤夫君，此时又称呼王爷。"

杜小曼闭了闭眼睛，转过脸："昨天王爷到我房中，也许是夜色太朦胧，我一时之间竟不能自已。其实我之前去找阮姑娘也罢，昨天闹那一场也罢，我都是想让王爷不要把我当作一尊塑像，一个死人，好歹看我两眼。"她扯出一丝无奈的苦笑，"就算是当作仇人，也比视而不见的好。"

慕云潇的目光凝在了杜小曼身上，神色微敛，眉峰微微一动。

杜小曼望着虚无的空气，继续道："昨晚王爷回去后，我仔细思量，却想问王爷一句话——昨晚王爷是出于愧疚，还是真的想来找我？"

慕云潇脸色凝重，默不作声。

杜小曼再苦笑："王爷，我虽是个女人，好歹有三分自尊，视而不见我不能忍受，但只是出于怜悯和敷衍更伤我的心。王爷的心里，真的有我这个人吗？所以……"杜小曼按住胸口，"可不可以你我都冷静一下，仔细考虑清楚？从今日起过一个月，一个月后请王爷清楚地告诉我你对我的感情，我再确定今后怎样自处，好吗？"

杜小曼回身望着慕云潇，哀伤幽怨。

她第一次发现，自己真的很适合参加个影视选秀什么的，一定可以大放光彩！

昨天她想到半夜才想出这套圣洁的怨妇说辞，应该很符合慕云潇的想象跟爱好吧。

慕云潇沉默地望着她半晌，终于道："郡主所说，确实符合情理。那就如此吧，一月之后，本王一定给郡主一个交代，也望你我夫妻能重新和睦。昨日郡主斥责本王一事，本王暂不追究。休书之事亦暂且不提。若一月之后，你我能打开心结，郡主仍是我慕云潇的夫人。"

杜小曼长舒一口气，目送慕王爷潇洒离去。顺利争取到一个月的时间，足够充分了，耶！

杜小曼的这一番表演，绿琉碧璃还有栖锦院的所有婢女理所当然都成了观众。绿琉和碧璃半忧半喜，忧郡主尚未和王爷完全复合，喜郡主终于向王爷说出了心意，王爷似有触动，复合在望。其他的婢女们心情各自不同，看法也各自不同。

"原本打算等王爷休了唐郡主，就请月冷居的姐姐们在紫霄小姐面前说说好话，将我也带进去呢。"

"可紫霄小姐身份略低，恐怕扶不了正。王爷再爱她，也是个偏房。"

慕王府中的规矩，正房的奴婢每月的月例银子要高出偏房许多。婢女们自忖，若王爷休妻再娶，未必能再分到正房侍候，阮紫霄出身苦寒，打赏下人更比不了唐郡主豪阔。服侍的人再得宠也不如拿得手的真金白银实际。

婢女们议论之后，纷纷表示："王爷和唐郡主若真的一个月后复合，确实是件好事。"

杜小曼和慕云潇的这番谈话，当然有人第一时间转播给了慕夫人，于是慕夫人又来到了栖锦院，又拉起杜小曼的手，笑得依然很慈祥。

"娘昨日就说，夫妻吵架，床头打架床尾和。只是你这个孩子，还是太刚强了些，说什么为期一个月的话。其实潇儿今天来找你，小两口儿就此和好了不是更好？"

杜小曼低头道："娘，我还是想……"

慕夫人笑道："我知道，你尚年少，这些事情还不通达。一个月就一个月吧，静一静也好，正好能将今后的事都想想清楚。"

杜小曼趁机道："娘，我正是想自己一个人多静静，在府中各处随便走走，散散心……"

慕夫人忽然想起什么似的一笑："是了，明儿正好是初一，你可愿意与娘一起去庙中上香？"

杜小曼双眼闪闪地抬起头，似乎在慕夫人头顶看到了光圈。难道是九天玄女娘娘的小仙女们终于在天上帮了自己的忙？平白送来一个勘察地形的大好机会！

杜小曼心花怒放地点头："当然好，娘，我想去庙中许个愿。"

慕夫人慈祥笑道："娘也是去许愿的。"在杜小曼手上轻轻一拍，"求菩萨保佑你和潇儿好好的，让我早些抱到孙子。"

杜小曼故作害羞地低头。

在这个朝代，名门大户的女人平时足不出户，去庙里烧香是一件相当于囚徒放风的十分了不得的大事。

一大早，杜小曼就被一群丫鬟围着来回摆弄，慕夫人特意调拨了数个大丫鬟来服侍她打扮，几个与绿琉一起侍候她梳头，几个与碧璃一起打开衣箱挑选衣裳，服侍杜小曼穿衣，还有几个替她描眉上妆。

杜小曼的头上堆了高高的发髻，插了一堆金饰珠钗，发根扯得生疼。她身上穿的衣裳里里外外都用香熏过数回，估计一百米开外都能闻见。古代的粉没有现代的粉底那么透气，昨天浅浅地涂了点还不觉得什么，今日隆重打扮时感觉脸上所有的毛孔都被糊住了一样，堵得难受。杜小曼生怕自己被画成了一张日本艺伎的脸，十分忐忑，幸亏镜子里照出来的那个人影还不错，算得上端庄雍容。果然美丽是需要付出代价的。

丫鬟们簇拥着杜小曼出门上轿，杜小曼得以初次瞻仰慕王府气势磅礴的正厅、前院和大门。各处都能看见家丁护卫，很不好混进混出的样子。

杜小曼和慕夫人各坐一顶华车，侍候的丫鬟婆子们坐在后面的几辆大车上。前有家丁开道，左右有家奴护卫，后面还有家仆殿后，成为一个颇壮观的队伍，浩浩荡荡开往杜小曼将要去上香的寺院——法缘寺。

古代的马车是木头轮子，略有些颠簸，车里的座位上铺着厚厚的锦垫，坐着还算舒服。车里的矮几上摆着果品点心，还有两个小丫鬟坐在两个小板凳上，预备服侍她随时喝茶吃点心。

杜小曼微微掀起车帘向外看。京城应该很繁华，一瞥之下能看到古色古香的建筑，还有熙熙攘攘的人头。

法缘寺在京郊处，马车走了三四十分钟左右，终于到了法缘寺门外。

马车停住后，从马车到寺庙大门的一段台阶上，外层站满了家丁，内层站满了丫鬟，围得密不透风。慕夫人和杜小曼被搀扶出车外，杜小曼望着围得铁桶一般的人墙，心道，看守这么严密，要怎么跑路啊！

杜小曼搀住慕夫人的胳膊，二人做婆媳亲密状一起踏上法缘寺大门前的台阶。

进了正殿大雄宝殿，一个披袈裟的老和尚站在殿内对慕夫人一合十："阿弥陀佛，施主近来可好？"

慕夫人双手合十还礼："托菩萨保佑，一向安稳。住持大师近来可好？"

原来这个老和尚是法缘寺的住持，怪不得披的袈裟看起来和其他几个老和尚的有些不同。

住持大师道："出家人以心境修佛，无谓好坏，承蒙施主垂问。今日小寺中善事尤多，敬阳公家眷今日也来小寺中礼佛，现正歇在文殊殿侧的厢房内。"

慕夫人笑道："那可正好，我与敬阳公夫人许久不见，今天可巧都来礼佛，能一同参详些佛理。"

杜小曼有样学样，跟着慕夫人磕头上香，口中念念有词做潜心许愿状，看得慕夫人十分欣慰。

大雄宝殿之后是药师殿、弥勒殿、地藏殿等等无数的大殿小殿，每尊佛像前慕夫人都一一上香，一一磕头，杜小曼只好陪同。好不容易磕到了慈航殿，殿内供奉着观音菩萨，杜小曼上香磕完头后走到慕夫人身边，满面为难，小声道："娘，我有些……想去……"

慕夫人满脸了然，唤了声"玲珑"，随侍的丫鬟中立刻走出一人来，慕夫人道："你知道地方，陪郡主去吧。"又笑向杜小曼道，"我曾在观音大士法像前许过大愿，要在此长跪参拜，你可以先到其他殿阁。"

杜小曼大喜，低头答应。

叫作玲珑的丫鬟领着杜小曼出了门，引她到了厕房门口，杜小曼打量四周，空空旷旷，假装不经意地说："这座寺庙虽然大，却很冷清。"

玲珑笑道："恐怕郡主见过的寺庙都冷清吧。因老夫人和郡主要来参拜，寺院里预先都安排了，乌七八糟的人，哪个能进得来，就连家丁都只能在寺外侍候着。"

杜小曼恍然大悟地哦了一声。看来，法缘寺里面的人不多，防守很薄弱，不知哪里可以突破。

出了厕房后，杜小曼假装在院中佛殿间散步，缓步边走边看。走到一道月门前，玲珑忽然像想起什么似的急匆匆道："郡主，奴婢刚刚想起，将老夫人要布施给寺院的锦盒忘在大车上了。"

杜小曼立刻道："那可要快快去取。这样，你去取，我在这里再走走。"

玲珑面露难色，似在犹豫。

杜小曼道："从这里回慈航殿的路我认得，你方才也说了，寺中并无闲杂人等。我这几日心情不好，正好想在这个清静的地方散散心。要是老夫人正好要布施，找不到锦盒就麻烦了。"

玲珑咬了咬嘴唇，终于道："那、那奴婢先去取锦盒了。"

杜小曼含笑目送玲珑的背影远去，在心里比了个V字。

她向四周看了看，空空落落，老和尚们的清场工作做得很好，从刚才到现在，杜小曼连一个看起来六十岁以下的和尚都没看到。

杜小曼往看起来最偏僻的那个方向走。越走殿阁越少，过了一道月门，门的另一边是一片荒芜的空地，只有几株郁郁葱葱的大树和几丛花草，杜小曼向空地边缘张望，不知道那几道墙头是不是法缘寺的后墙。

她瞄准一道看起来最矮的墙头，准备过去打量打量，墙边的树后忽然走出一个人。

杜小曼吓了一跳，那人看见杜小曼，好像也吓了一跳。

从树后走出来的人，竟是个男的！

非常年轻的男子，一身浅色的长衫，面容异常清秀，头发挺长的，不是和尚。

杜小曼睁圆了眼睛看他，他睁大了眼睛看杜小曼。杜小曼脱口道："你……"

那人窘迫地从杜小曼身上移开视线："唐突了！听闻今日有女眷来寺内参拜，理当回避。但以为女眷不会到此处来，方才到这里闲立片刻。让你受惊，委实抱歉。"

杜小曼急忙道："没关系没关系，我是随便走走无意中闯到这里来的，其实是我打扰你才对。吓到你了，不好意思。"

那人匆匆道："冒犯之处，夫人见谅。"转身走进另一道门内，瞬间无影无踪。

杜小曼吐吐舌头，退出月门，继续向别的地方摸去。

那边的一道门，看起来也挺偏僻的。杜小曼走过去，里面也是两三株大树，几丛花草，还有一座假山，一个亭子。

不知道假山后面的墙头，是不是后墙？踩着假山往上爬，似乎很容易。

杜小曼轻手轻脚地走过去，假山边忽然传来一阵细不可闻的对话声，是年轻男女的声音！

"……淑心……"

"俞郎，我依你。若逃不了，大不了你我死在一处……"

逃？难道是……私会加私奔？

杜小曼倒抽一口冷气，这个朝代的人也蛮开放的嘛，今天就被自己撞到个现场版！老和尚的清场工作其实做得也不怎么样，竟然放进来这么多个男的。她正竖起耳朵听，没留神踩到一块碎砖，脚一歪，险些摔倒。

两道仓皇的身影从假山后转出，望着杜小曼，满面惊慌。

杜小曼站直身子，尴尬地笑笑。这对男女都很年轻，大约二十来岁，男的头戴青色方巾，身穿青色布衫，女的穿得却很华贵。两人都面色灰白，目光里透着惊慌和绝望。

杜小曼咳嗽一声："那个……我不是有意……"

那女子突然扑通跪了下来："求求你，求求你，你要什么都行……求求你发发善心，放我们一条生路吧！"

男子也跪了下来，一言不发，对着杜小曼拼命磕头。

杜小曼顿时手足无措："你们……你们别这样。放心，我不会和外人说的……"

远远的，忽然飘来一阵呼唤："郡主……郡主……"

杜小曼飞快向身后瞭了一眼，对瑟瑟发抖的两只小鸳鸯道："快，躲起来！是找我的！"

公鸳鸯对着杜小曼磕了个头，吱溜钻进了假山后。母鸳鸯却还在地上跪着发抖，杜小曼看她的打扮，忽然想到，她大概是今天也来礼佛的那个什么敬阳公家的家眷吧。

月门外脚步声越来越近，杜小曼一把拉起那个女子："镇定点，快把眼泪擦干，先出去再说，这样他比较安全。"

女子抬起含泪的大眼睛看了看杜小曼，露出感激的神情。

杜小曼拉着她刚出月门，迎面便看见玲珑和绿琉碧璃。碧璃略有点恼火地道："郡主逛到哪里去了，可找死奴婢们了。"

玲珑上前福了福身："老夫人等着与郡主一道布施，命奴婢们来寻。郡主怎的逛到这里来了？"

杜小曼笑道："我随处走走，正好碰见这位大人。忘记路了，就转到这里来了。"

女子的眼泪已擦干，外表上看不出什么破绽，但被杜小曼拉着的胳膊还微微有点颤抖。她的反应也很快，立刻猜出了杜小曼的身份："方才多谢唐郡主，我正好也要回前殿，便与郡主同行吧。"

几人一道走到佛殿群前的路口，玲珑道："老夫人在大雄宝殿。"

那女子道："我要回文殊殿，便不去向慕老夫人问安，暂且别过郡主了。"对杜小曼福了福身，向另一侧去。

杜小曼与玲珑绿琉碧璃一道向大雄宝殿走去，碧璃道："郡主，刚才那位夫人是敬阳公家的女眷吧？"

杜小曼说："对哦，我和她只忙着找路，倒忘了问她是哪位夫人。"

回到大雄宝殿，慕夫人正在与住持大师闲聊，看见杜小曼便笑道："你逛到哪里去了，我参拜完观音大士，又与敬阳公夫人谈了会儿佛理，都要布施了，还不见你的人影。"

杜小曼道："儿媳随处逛了逛，又遇见了一位敬阳公家的女眷，耽误了些时候。"

慕夫人便没有再追问。

布施完毕，又在寺院里吃了一顿素斋。到了近傍晚时，杜小曼才回到慕王府内，刚要把身上的装备卸下来，到床上躺平歇一歇，慕夫人的丫鬟玲珑忽然又来传话："老夫人请郡主去暖厅一趟。"

慕夫人在暖厅内递给杜小曼一张红笺："敬阳公府上刚刚送了这张帖过来，是敬阳公的三儿媳相请，邀你明日去敬阳公府切磋女红。"

难道……今天遇见的那个女子，竟是敬阳公府的三少奶奶？

慕夫人道："敬阳公府与我们庆南王府一向交好，女眷之间时常来往是件好事。你明日便过去吧。"

杜小曼点头道："好。"

第二天上午，杜小曼坐着轿子，到了敬阳公府。

敬阳公陶府和庆南王府差不多豪阔，杜小曼这次到访，算是女眷往来，轿子不走正门，从侧门直接抬进府内。陶府的丫鬟们迎到轿前，绿琉和碧璃搀扶杜小曼下轿。

丫鬟们福身道："夫人这边请，我们三少夫人已经等候多时了。"

领着杜小曼穿过一层层厢房，走过一道道回廊，终于到了一座花园内。

花园深处的亭子里坐着几位女眷，看见杜小曼过来都起身相迎，每一位都衣饰华美，形容端丽，仪态优雅。杜小曼一眼就看到了昨天的那位女子。

还好这些人唐晋嫆本来就从未见过，而杜小曼对此地的礼仪已经有了些了解，一一厮见，都未曾出错。

上首坐的一位富态的中年妇人是敬国公的夫人，其余的就是大少夫人二少夫人三少夫人和小少夫人了。杜小曼昨天碰见的女子果然是三少夫人。

几位夫人坐在一起寒暄了几句，喝了一杯茶后，三少夫人向杜小曼道："我前些时日新学了一套针法，郡主可愿与我去房中看看绣品？这套针法我还有些生疏，劳烦郡主指教。"

杜小曼说："好啊。但我女红不好，指教可不敢当。"

到了三少夫人住的院内，进了一间小厅，三少夫人屏退左右，插上房门，向杜小曼扑通跪下，泪流满面。

杜小曼急忙说："夫人请快起来。"

三少夫人伏在地上低声哭道："昨日多谢郡主。我知道我这么做不守妇道，求郡主千万保密，我与俞郎就算粉身碎骨，来生做牛做马，也会报答郡主的恩德。"

杜小曼实在不习惯被人这样恳求，有些手忙脚乱："三少夫人，你放心，我绝对不会说出去。如果泄露，让我……天打雷劈不得好死！你先起来吧。"

三少夫人伏在地上连连磕头："多谢郡主！多谢郡主！"方才起身，低声道，"郡主，再别称呼我三少夫人，我当不起的。我娘家姓徐，家中父母姊妹都唤我淑心，郡主也唤我淑心就好。事已至此，我也不瞒郡主，索性将我与俞郎的事情都说给郡主听。"

徐淑心拉杜小曼在桌子边坐下，开始低声讲述。

原来，她的娘家本也算有财有势，父亲乃礼部侍郎，与敬阳公交情甚好。但是数年前，她父亲牵扯进一件试场舞弊案，被削官罢职，从此家境一落千丈。她在娘胎中就和敬阳公家的三公子定了亲，家道中落后，敬阳公为了守信的名声，仍然逼儿子将她娶进府内。三公子对她极其冷淡，因她如今家世低微，在府中处处受气，过得连下人都不如。她在娘家时，其实也心有所属，爱着一个叫宋孟俞的书生，宋孟俞每每趁她去庙中烧香时与她私会，两人终于不能忍受偷偷摸摸才能见一面的日子，于是约好一起私奔。

徐淑心低声道："俞郎说，他有一位江湖侠士的朋友可以帮忙，帮我们逃出去……"

杜小曼脑中灵光一闪："你真的要逃？"

徐淑心道："我本是想，在这府中耗着，早晚也是死，还不如……就算死，也算能光明正大和俞郎死在一处。"说到此处，忍不住低头拭泪。

杜小曼一把握住徐淑心的手："那么，如果我替你保守这个秘密，并且在能帮忙的地方帮助你，你能不能答应我一件事？"

徐淑心睁大哭红的双眼。

杜小曼一字字地说："你们逃走，算我一个，带我一起逃出去。"

徐淑心手中的帕子滑落在地，张大嘴："郡主，你、你……"

杜小曼道："其实你我同病相怜，你可能也听说过吧，慕王爷从成亲的那天起，就没看过我一眼。他对我，比你夫君对你还不如。但是因为我是郡主，又是皇上赐婚，他不肯休了我。我如果在慕王府中，只能永远做个挂名夫人白白等死。我若回娘家去，已经嫁过的女人，要怎么能再好好做人？”

徐淑心道："但、但是，郡主你就算逃出慕王府，天地之大，又没人可以依靠，又该如何呢？”

杜小曼顺口胡编道："我也和你一样有一位喜欢的人，但是他没能耐，不能带我走，所以我想逃出慕王府后去找他。”反手抓住徐淑心的手，"现在只有你能帮我了，算我求你，帮我一起走，好不好？”

徐淑心望着杜小曼，迟疑了半天，终于点了点头。随即又道："但是，我与俞郎走，尚不知能否成功，万一不成，拖累郡主……”

杜小曼道："这就需要好好计划一下了，你们原本打算怎么走？”

徐淑心道："俞郎与那位侠士想了两条计策，第一条是半夜潜入府中，弄晕侍卫，带我出府。但是半夜城门紧锁，出不了城，恐怕第二天就很难混出城去。所以又想了第二条，去庙里上香时，从庙中逃走。那位侠士是个江湖的头领，他带了一些人来帮忙。”

计划听起来还算周全，居然还有会武功的大侠帮忙，脱逃胜算很大的样子！

但庙的四周，肯定围满了敬阳公府和庆南王府的家丁和卫士，所以出逃的具体步骤，需要再好好计划计划……

杜小曼内心无比激动，和徐淑心约定好，这个月十五假装去庙中上香，然后执行计策二。

距离这个月十五，也只剩下十来天的时间，关于"如何逃"和"逃出去后怎么生活"都要有个详细的准备。

首先，逃出去后身上不能没有银子。杜小曼现在头上插的身上戴的屋子里摆的虽然都可以拿去卖钱，但如果有现银或银票肯定更好……

回到庆南王府，杜小曼坐在屋子里反复琢磨。一想到可以逃出去，心中就不由得激动紧张。她暗自嘱咐自己，千万不能流露出来，千万不能被看出破绽……

杜小曼去了一趟敬阳公府后回来，慕夫人十分满意，特意叫丫鬟玲珑等去杜小曼那边打探一下。

玲珑领命前往，回来后禀报道："郡主说去了一趟甚是开心，只是听说敬阳公府的三少夫人和自己一样也是个苦命人，有些感慨。”

慕夫人道："这就对了。我早听说敬阳公府的三少夫人在府中受气得很，让咱们的郡主夫人和这个三少夫聊聊，她就能明白，天下的女人不及她的万万千千，各处都是。王爷其实待她不差。"

之后的几日，杜小曼借口散心，在慕王府中各处走动，思索逃跑大计。

慕王府的奢华远在她的想象之外，杜小曼走过一处，痛心一处，可惜这些价值千万的东西不方便搬走，要不然，到外面去她就发财了。

吃吃睡睡逛逛，不知不觉过去了四五天。可惜古代没有电话，不知道徐淑心那边的逃跑行动布置得怎么样了，杜小曼挂念得有些心焦。

慕云潇最近几天偶尔也来她的院子晃一晃，一副"恩赐你看我两眼"的形容，开口也只是问："夫人今日可好？"

杜小曼干巴巴地回一句："还好。"对话就结束。

两人再僵坐片刻，慕王爷便起身走人。

绿琉和碧璃劝她："郡主，王爷既然天天来，一定是挂念郡主，何不与王爷多谈谈心呢？"

杜小曼懒得解释，总是敷衍过去。

又过了两三天，眼看正日子一天天近了，杜小曼心中越发急躁。徐淑心那里动静全无，该不是把她给忘了，或者丢到一边只顾自己跑路了吧？

终于，初九傍晚，敬阳公府又送来一张帖子，正是徐淑心送的，说是府中送来了一些珍稀果点，请唐晋嬅过府品尝。

杜小曼接了帖子喜不自胜，一宿都没睡踏实。

第二天赶大早起来，杜小曼就急着出门，预备去和徐淑心共商大计。

绿琉向杜小曼道："郡主今日去敬阳公府，恕奴婢不能相陪。今日有贵客前来，老夫人那里的巧瑞姐姐病了，让奴婢过去帮忙。"

杜小曼好奇："什么贵客？"

碧璃道："郡主天天什么都不过问，府里从昨天开始就忙里忙外了。王爷请裕王殿下今日到府中品茶。皇上的叔叔来王府，当然了不得，从老夫人到门房，都忙得团团转呢。"又鼓了鼓嘴，"庆南王府老欺负郡主，要是我是姐姐，才不听老夫人的话给他们帮忙呢！"

绿琉瞄了一眼杜小曼，连忙对碧璃使眼色。

杜小曼看她两人神色有异，眨了眨眼问："呃，还有什么我不知道的吗？"

绿琉垂下视线，碧璃则愤愤地道："王爷要带那个阮紫霁到裕王殿下面前显摆！据说是裕王殿下听说那个阮狐媚子琴弹得不错，今天慕名来听。老夫人怕郡主心里不舒服，有意瞒着郡主。正好今天敬阳公府的三少夫人来请郡主，就顺势让郡主去敬阳公府。因为姐姐的茶艺好，还让姐姐去泡茶。要是我的话，就在阮紫霁的茶里放巴豆，泄死她个狐狸精！"

这个皇帝的叔叔裕王殿下，听起来似乎是个很好色的老伯。

杜小曼笑道："那就让紫霁小姐去显摆嘛，别生气啦。万一弹琴的时候，裕王殿下看上紫霁小姐，最后要和王爷抢，那才好玩呢。"

碧璃双眼闪闪发光："不可能的，裕王殿下见过的美人多了去了，阮紫霁那种的，一定入不了他的眼。"伸手拉了拉绿琉的衣摆，"姐姐，你今天泡茶的时候，偷偷看一看裕王殿下，看他是不是和传闻似的那么俊。"

绿琉红了脸道："郡主面前，别乱说话。我们这些人只是在后面预备，哪能看得见裕王殿下。"

绿琉虽然这样说，提起裕王的时候，眼睛里亮晶晶的光芒也不比碧璃差。

嗳？难道这个裕王竟是个传说中的大帅哥？不过他是皇帝的叔叔，应该不年轻了吧。就算是大帅哥，一个老头有什么好萌的。

杜小曼怕乱评论露出马脚，便不多说什么，任凭绿琉和碧璃替她打扮完毕，出发前往敬阳公府。

到了敬阳公府上，几个丫鬟径直将她引进了徐淑心住的小院。

徐淑心道："本来婆婆与几位嫂嫂也要来招待郡主，但今日十七殿下忽然驾临鄙府，府中众人都忙于迎接，怠慢了郡主，望郡主恕罪。"

杜小曼满口道："没关系，没关系。"

话说今天是皇帝的亲戚们的串门日吗？慕王府在招待皇帝的叔叔，敬阳公府招待的这个十七殿下不知道又是皇帝的什么人。

与徐淑心装模作样地闲聊片刻，品尝了所谓的珍稀点心后，徐淑心起了个话头，开始讨论各自的夫君。杜小曼叹了口气，拿手帕揩了揩眼角："唉，淑心姐姐，你不知道，云潇他待我……"环视左右，面露难以开口的神色。

徐淑心立刻向左右道："我和郡主有些私房话聊，你们先下去吧。"

左右的丫鬟们都以为唐郡主和三少夫人又要开始互诉苦水，都告退离开。

徐淑心插紧房门，杜小曼走到各个窗边确定没有人偷听，方才一把拉住徐淑心低声问："怎么样了？"

徐淑心小声道："昨天俞郎给了我消息，他那位侠士朋友十分厉害，已经帮忙计划周详。十五那天在庙里，他们装成匪徒劫财，你我趁乱逃走，把握十分大。"

杜小曼的心激动得像擂鼓，忽然又想起一件事："你和你的宋公子怎么互通的消息？"不会露出马脚吧？

徐淑心笑道："放心，我奶娘每次陪我娘来看我，都替我偷捎俞郎的书信进来。奶娘最疼我，她老人家机敏，绝不会泄露，而且她不识字，就算泄露，也只是知道我和俞郎互递书信罢了。我看完书信后都会烧掉。"

杜小曼稍微放下心："那就好。正好今天慕王府里设宴招待裕王，慕云潇带阮紫霁到裕王面前显摆。我就拿这个当理由，回去假装伤心，然后说十五再去法缘寺拜佛。你就跟你婆婆说，我今天约你十五那天一起去拜佛。"

徐淑心点头道："好。但愿菩萨保佑，此事顺利。"

杜小曼握紧拳："放心吧，有神仙保佑，我们这次一定可以成功！"

九天玄女娘娘啊，还有云玑小仙子，你们一定要在天上帮我的忙，让我这次顺利跑路啊！

商谈完毕，又用了一顿午饭，杜小曼与徐淑心聊到下午，方才告辞。

徐淑心送她到院外。丫鬟们引着杜小曼向侧门处去，穿过一条小径，走到上次去过的内花园边，杜小曼鼻子忽然有点发痒，拿出丝帕掩着脸打了个喷嚏，再要收进袖中时，手一滑，丝帕掉到了地上，被一阵风吹进了内花园内的一丛花枝上。

杜小曼快步走上前，拿起来收进袖中，转身要走时，瞥见不远处有个人影，看起来有点眼熟。

那人身后站着两三个侍从，立在一丛花边，正巧也向这里看来，望见杜小曼，也愣了愣。

杜小曼恍然记起，这个人，好像是那天在法缘寺里撞见的人。难道他是敬阳公府的某位公子？

杜小曼立刻低下头，做害羞状匆匆出了内花园，碧璃紧跟在她身后。敬阳公府的丫鬟们匆匆跪下，一言不发地向着那个人磕了个头，才起身疾步跟上杜小曼。

坐上轿子回慕王府的路上，碧璃在轿子里笑嘻嘻地低声向杜小曼道："郡主放心，今天撞见人的事情奴婢一定不会说。"

杜小曼道："说了也没什么，只是误看见而已。"

碧璃道："但是一说出来，老夫人一定会打听那人是谁，又对郡主念叨。不如不知道的好。"

杜小曼心想，这个年代的规矩真奇怪，慕云潇可以带着阮紫霄向裕王显摆，自己单独撞见个男人就不合礼数。

回到慕王府，满府上下依然一片忙碌紧张。那位裕王殿下竟然还没走，看来色老伯沉迷于紫霄美女的姿色，乐而忘返了。

听说慕云潇招待裕王在水榭那里听曲儿，杜小曼怕撞见了尴尬，特意绕路走。走到一半，忽然有丫鬟匆匆跑来道："郡主，郡主，裕王殿下和王爷一起就要行到这里来了，暂请回避一下。"

杜小曼没奈何，闪进旁边的一间厅内，合上房门。

一阵脚步声渐近，有一个带着调笑的声音透过门缝飘了进来："今日孤甚是尽兴，多谢云潇款待。有如斯佳人在侧，难怪外面传闻说，你对那位一本正经的郡主夫人冷淡得很了。"

色老伯的声音听起来怪年轻的。

慕云潇立刻道："臣的家务事，确实是一本烂账，让殿下见笑了。"

那位裕王殿下继续道："嗳，女人么，就是要妩媚婉转有情趣才好，那些一本正经的，委实难以消受。云潇你的难处，孤王晓得。"哈哈笑了两声，声音渐渐地远了。

杜小曼在门内火冒三丈，裕王这头老色猪，加上慕云潇这只猪，凑在一起，果然臭味相投！

碧璃和其他丫鬟在边上偷瞄杜小曼布满寒霜的脸色，不敢吭声。

等到门外的人走远，杜小曼才打开门回到栖锦院。

晚饭后，慕夫人又亲自过来了，看来是因为今天的事情，特意过来安慰她的。

慕夫人依然发表了长篇大论，从出于什么原因让慕云潇偕同阮紫霄共同接待裕王殿下开始说起，一路分析到当今朝政的局势，将今天的事情上升到政治的高度。

杜小曼做出委屈的表情垂着头听，适时插嘴道："十七殿下今天驾临了敬阳公府，我今天过去时刚好遇到。"

慕老夫人道："羽言殿下性子软弱淡泊，虽和圣上同为正宫皇子，但无心权位。裕王殿下论辈分是皇叔，虽然放荡风流，却很得圣上倚重。我们慕王府蒙祖上功德封了个王衔，皇族中人，多结交一个，在朝中就多一分方便。"由这段话引发，又说了一大套。

杜小曼假装委屈地点头道："娘，儿媳明白了。我只是觉得夫君依然眷恋紫霁，还是有些嫉妒。我这样小气，是我不对。"

慕夫人露出欣慰的微笑，杜小曼趁机道："娘，道理我都明白，但今日夫君这样待我，我……我还是有些难受，因此和三少夫人同许愿心，想十五那天再去法缘寺参拜，多布施点钱财，装点佛像金身，替慕王府和……和我与王爷夫妻和睦祈福，不知娘能不能依准？"

慕夫人欣然笑道："这是大好事啊！难得你有这份心意。你既然发大愿布施，娘明日就让账房预备黄金三百两，让你做一场大功德。"

杜小曼的心花瞬时朵朵开放，羞答答地低下头："娘，儿媳自己出钱就好了。"

慕夫人慈祥地拍拍她的手："你是我们庆南王府的媳妇儿，全府里都是你的，再说什么自己出钱的话，娘可要生气了。"

日期定下了，计划敲定了，路费也搞到手了！

觉得万事齐备后，杜小曼又开始嫌日子过得慢了，恨不得明天就是十五。

慕云潇因宴请裕王一事，特意到栖锦院中走了一趟，向杜小曼道："你在此事上如此大度，甚出本王意料，你且放心，待来日本王一定补偿你。"

杜小曼一派端庄地点头，在心中大翻白眼，慕云潇太把自己当棵葱了，等跑路之后，让他对着空气多多补偿吧。

十三日这天，却出了一件令杜小曼紧张的事情。慕夫人的丫鬟玲珑到栖锦院来，说老夫人有事相商，指明杜小曼带绿琉一起过去。

杜小曼听到这个口信心里扑通扑通多跳了几下，难道是徐淑心那边出了什么岔子？又或者是慕夫人得了什么口风，她们逃跑的计划露馅了？

绿琉的神色有些惶恐，她这几天一直有些不对劲，恍恍惚惚的。杜小曼小心肝颤颤地想，该不会看出我的什么破绽了吧。

杜小曼揣着一颗颤巍巍的心带着绿琉到了慕夫人处。慕夫人笑得分外慈祥，让她坐，再上茶。

杜小曼哪里喝得下去茶，手握着杯子，手心冒出森森冷汗。

慕夫人喝了两口茶，和颜悦色地开口："娘今日请你来，是有件事情和你商议。王爷手下的侍卫曹忠，看上了你的侍婢绿琉，求了王爷，王爷又来托了我替他讨人，不知道你舍不舍得给？"

杜小曼愕然地看了绿琉一眼，只见她脸色煞白，瑟瑟发抖。

天啊，古代也太没有人权了吧。绿琉就在这里站着，不问她愿不愿意，反而像要一件很平常的东西一样开口向自己讨……

绿琉忽然狠狠一咬嘴唇，扑通跪下："老夫人，郡主……奴婢、奴婢不愿！"

慕夫人的神色立刻冷厉起来："我和郡主尚且没有说什么，你怎敢如此放肆？"

绿琉伏在地上，抖得像片风中的枯叶："老夫人，奴婢知罪……奴婢发誓侍奉郡主一辈子，再不想别的事情……求、求老夫人开恩……"

慕夫人脸色越发地寒了。杜小曼适时插话："娘，实在是不好意思，绿琉她从小就和我在一起，没大没小惯了，娘别和她计较，女孩子在这种事上总是比较害羞。等媳妇带她回去，开导开导她。"故意冷冷地向着地上的绿琉道，"你起来，先随我回栖锦院。"

慕夫人的眉头略微舒展了些，道："你若舍不得，娘身边的几个丫头，你觉得哪个伶俐，就挑哪个去。"

杜小曼微笑道："多谢娘，娘放心，媳妇哪会舍不得呢。我先带她回栖锦院去好好说说。"

慕夫人终于点头放行。

回到栖锦院，进了卧房，杜小曼屏退其他丫鬟，只留下碧璃和绿琉，插上房门。

绿琉扑通一声又跪倒在地，扯住杜小曼的衣襟泪流满面："郡主，求求你救救奴婢，奴婢不愿嫁给那个曹忠，求求郡主看在奴婢多年服侍的分上，帮奴婢这一回吧……"

碧璃瞪大了眼："难道老夫人真的要把姐姐嫁给那个曹忠？郡主，你千万不能让姐姐嫁啊！曹忠仗着自己是总管的亲侄儿，一向仗势欺人。之前有几个丫鬟许给曹忠，都被他、都被他……有两个死了，还有两三个虽然没死，也离死不远，被曹忠给扔了……姐姐千万不能嫁给这种人！"

绿琉哭得上气不接下气，杜小曼心中同情大生。看刚才慕老夫人说话的语气样子，其实就是已经决定了，叫她去通知她一声而已。就算现在回绝老夫人，她后天就要跑路，碧璃和绿琉留在这里，还是逃不开魔爪吧。

杜小曼揉揉太阳穴道："我知道了，你们给我一点时间考虑，我一定会想办法。"

碧璃和绿琉一齐点头，绿琉看着杜小曼的眼神中含了一层信任和期盼，让杜小曼的心又软了软。

晚上，杜小曼躺在床上辗转反侧，怎么办才好？天快亮的时候，她终于想到了一个主意。她决定，赌一把！

起床后，杜小曼让一个丫鬟捎话去给慕夫人，说她已经训斥过绿琉了，等到十五参拜完寺院后，就去和慕夫人商定绿琉怎么嫁过去的事情。

杜小曼将绿琉和碧璃叫到眼前，道："这件事情，我已经有了主意，不过要等到去法缘寺参拜完之后，可以吗？"

绿琉感激地磕了几个头。

十五这天，终于到了。

杜小曼这次穿戴得异常雍容，珠宝钗环插了满头挂了一身，沉甸甸地上了轿子，与三百两黄金一起，在慕王府家仆丫鬟们的护卫下，浩浩荡荡到了法缘寺。

敬阳公府的人马刚好也开到。杜小曼和徐淑心在各自丫鬟的搀扶下下轿，一同进入寺院中。

法缘寺清场工作做得和上次一样好，杜小曼和徐淑心先从大雄宝殿开始敬香，各殿都敬了一圈之后，又回到大雄宝殿内。

杜小曼向方丈大师道："今日在佛祖座前诚心发愿，布施三百金，希望能积些微薄的功德，求佛祖保佑我完成心愿。"

阿弥陀佛，佛祖，对不起，今天拿你撒个谎，这些钱财说是布施的，其实是我用来跑路的。求你看在我处境如此可怜的分上，宽宏大量宽恕我，保佑我能够成功跑路吧！

仆役们捧上装满黄金的箱子。杜小曼身边的徐淑心呼吸越来越急促，杜小曼也有些焦急，话说，那些传说中的大侠们怎么还不出现？黄花菜都要凉了！

头顶上忽然蓦地一声响，屋顶裂开了一个大洞，一群黑衣人跟着灰尘瓦片一起飞落而下！

杜小曼双眼放光，心剧烈地跳，大侠们终于来了！

她一把拉住徐淑心，假装受到惊吓地大叫一声："啊——"徐淑心立刻也跟着尖叫起来。黑衣人们在尖叫声中亮出了雪亮的钢刀。丫鬟仆役们连滚带爬，四下逃成一团："快来人啊，有劫匪！"

绿琉和碧璃挡在杜小曼身前，拼命推她："郡主，护卫马上就到，你快走！"

杜小曼疾声道："大家一起跑！"拉着徐淑心转过佛像，出了另一道门，向后院飞奔。殿内黑衣人夺下黄金箱，点倒仆役与方丈大师。

杜小曼扯着徐淑心拼命跑，另一只手扯着绿琉，碧璃拽着绿琉的袖子。守在外面的护卫们此时蜂拥而至，和黑衣大侠们战成一团。

大侠们，你们的功夫一定要过硬，把护卫们全部放倒！

徐淑心大声道："去那天的假山那里！后墙在那儿！"

身后传来急促的声音："快，保护夫人！"

绿琉惊喜道："郡主，护卫到了！"

王府的护卫竟然冲过了大侠的防线！

眼看假山的那道月门就在眼前，绿琉和碧璃反扯住杜小曼的手臂："郡主，别跑了，护卫马上就到！"

杜小曼急得跳脚，眼看护卫们即将赶来，一把甩开徐淑心的手："你先走！"

徐淑心变色道："那你……"

杜小曼大喊道："快跑啊！"绝望地闭上眼。

死了死了，这次跑不了了，被这两个忠心的死丫头害死了！别起同情心想带她们走，在大殿中甩掉她们自己跑路就好了……

护卫们越冲越近……

忽然，砰的一声，四周一片白雾弥漫。

一只手臂抓住了杜小曼的胳膊："跟上我，这里走。"

大侠救场！

绿琉和碧璃尖叫："快保护郡主！"

杜小曼对着抓住自己的黑衣人恳切道："大侠，我身边的这两个丫鬟，麻烦你的同伴大侠们打晕她俩一起扛走。拜托！"

黑衣人一瞬间沉默了，碧璃脱口惊呼："郡主你……"

你字刚出口，便断了声息，绿琉抓住杜小曼的手也蓦地一松。杜小曼在浓雾中看见两个丫鬟各自落进一个黑影的怀抱，刚要说声多谢，忽然眼前一黑，什么也不知道了。

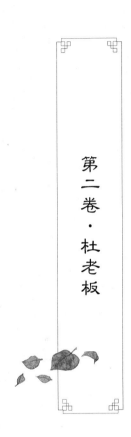

第二卷·杜老板

杜小曼再睁开眼，先看到徐淑心笑盈盈的面容。

　　"唐郡主，你醒了，我们逃出来了！"

　　一抬头脖子就好疼，杜小曼皱着脸挣扎起身，环顾四周。

　　她现在身在一辆正奔驰着的马车内，对面小榻上，绿琉和碧璃一动不动地躺着。杜小曼咬了咬手指，疼，不是做梦。

　　这么说……

　　出逃成功了！耶！

　　徐淑心满脸激动的笑意，眼里还含着泪花，杜小曼一把拉住她的手："淑心，我们真的成功了，我们逃出来了！"

　　慕王府再见了！猪男慕云潇拜拜了！外面的花花世界，我来了！

　　徐淑心含着眼泪点头，轻声道："只是还没出城，不可大意。"拿出几套衣服，其中一套递给杜小曼，"你我先换下身上衣服。"

　　这两套衣服好像道袍一样，水蓝长裙，白色内衫，水蓝色加白袖子的外衫，再用腰带一束就OK，十分好穿。鞋子也是水蓝色的布鞋。

徐淑心卸下自己的钗环，散开发髻，盘出个朴素的发型，看了一眼手忙脚乱卸钗环的杜小曼，扑哧一笑："怪不得郡主要打晕了两个丫鬟带着呢。"过来替杜小曼卸钗环。

杜小曼脸一热，不好意思地低下头。徐淑心替她重新盘了发，两人再替昏迷中的碧璃和绿琉的衣服也换好，将卸下的钗环和衣服团成一团，扔进座位底下。

徐淑心道："郡主的两个丫鬟，不到晚上醒不过来。侠士的性子有点急，为了快些顺利将郡主救出，也打昏了郡主，望郡主不要见怪……"

杜小曼笑嘻嘻地道："没关系，情况需要嘛。还有，你以后别喊我郡主了，从今后再没有唐晋媗这个人。你帮我逃出来，我们是共患难的好朋友，我还有个小名叫小曼，如果你不嫌弃，就喊我小曼好不好？"

徐淑心望着杜小曼恳切的面容，点点头。

行进的马车忽然一顿，一个声音冷冷地飘进来："西城门要到了。"

门帘跟着一动，一沓薄薄的东西抛进了马车里。杜小曼捡起抖开，面具。难道这就是传说中行走江湖杀人越货隐姓埋名必备的……

杜小曼双眼闪闪发亮，声音中带了一丝不可置信的颤抖："人、人皮面具？"

徐淑心的脸一下变得雪白，惊慌地看杜小曼手中的东西。这个手感，这个柔韧性，真的是从人脸上剥下来的皮肤吗？杜小曼的心里也有点发毛了。

车帘外冷冷的声音送进四个字："只是面具。"

只是面具，就是说不是人皮做的。

杜小曼拿起其中的一张，糊到了脸上，徐淑心战战兢兢也拿起一张贴好，还给碧璃和绿琉的脸上也各贴了一张。

薄薄的一层面具，做不到像电影演的那种把瘦子变成胖子，把尖脸变成圆脸那么夸张，只是肤色变得稍微黄了一点，多了几颗痣或几个雀斑，双眼皮变成单眼皮，鼻形和嘴形略有改变而已。但就这些改变，足以让一张熟悉的脸变成一张陌生的脸了。

杜小曼看着徐淑心转眼就变成了一位细眼吊梢眉面容冷漠的少女，惊讶道："哇，真的变化好大。"

徐淑心也很惊讶地望着她："你也变得好厉害。"

车外冰冷的声音又飘进来，依旧简洁的四个字："不要作声。"

杜小曼和徐淑心立刻噤声坐正，车外声音嘈杂，应该是城门到了。有人喝道："车中什么人？"

车子停下，那个冰冷的声音道："月圣门人，有弟子重伤，护送回圣山。"

车帘唰地被拉开，两个戴盔帽的人探身到车门前，向车内看。杜小曼与徐淑心端坐不动，戴盔帽的其中一人皱起了眉头，杜小曼有些忐忑，冷声道："看完了就滚出去，再多看挖了你的眼！"

戴盔帽的另一人立刻变了脸色："大胆！竟敢对总兵大人无礼！"

车门前站着一个蓝色的身影，用冰冷声音道："总兵大人，多有得罪。先皇钦赐谕令，月圣门人可自由出入京城，昼夜无阻。我等实在有要事，请总兵大人速速放行。"

留着小胡子、被称为总兵大人的那人哼了一声，摔下车帘，大喝道："放行！"

马车重新颠簸前行，杜小曼大大松了一口气。

马车疾驰了约十分钟后，她才出声道："刚才紧张死我了！"

徐淑心吐出一大口气："真真是好怕人，我还以为他要看出来了。你居然敢那样说话，真是临危不乱。"

杜小曼笑道："我看过某本书上说，越是心虚的时候，就越要表现出强势来，这样可以混淆视听。"

徐淑心似懂非懂地点点头。

马车疾驰了大概两个多时辰后，渐渐缓下来，杜小曼听见外面有其他人的说话声。

"真、真的是到了，终于到了……"一个年轻男子的声音，十分激动。

徐淑心抓紧了胸前的衣襟，一把取下面具，眼中渗出激动的泪水。

马车停住，那个冰冷的声音恭恭敬敬地道："少主，人平安带到。"

车外那个年轻的男声带着颤音欣喜地呼道："淑心……"

徐淑心一把掀开车帘，飞扑出车外："俞郎！俞郎！"

杜小曼扒下自己脸上的面具，也爬下车。车外一片碧绿，树木参天，青草长长。徐淑心和一个长衫男子抱成一团，抽抽噎噎，一下哭，一下笑。

那位声音冰冷兄恭敬地站在一个黑衣人身边。那黑衣人向徐淑心和长衫书生朗声笑道："孟俞，我早就说过，卫棠做事绝对可靠，一定把人平安带到。怎样？见到了嫂夫人，知道我没骗你了吧。"

好年轻的声音，这人就是声音冰冷兄口中的少主？

徐淑心终于和宋孟俞分开来，徐淑心满脸通红地低着头，宋孟俞温声道：“淑心，这位就是你我的恩公，白麓山庄少主谢况弈。”

杜小曼向前走了几步，看清了黑衣人的面容。

这位谢少主竟然很年轻，看起来只有十八九岁，两道墨黑的剑眉斜飞入鬓，脸上明明白白写着“帅！十分帅！非常帅！”几个大字，整个人英气勃勃神采奕奕。

谢况弈对着宋孟俞爽朗一笑：“孟俞别这么客气，你我既然是结拜兄弟，抢回大嫂这种事情我自然义不容辞！”

本来以为侠士头目是那种武侠小说里眼神锐利气质冰冷孤僻白衣飘飘的冷酷型大侠，没想到是和自己年纪差不多的阳光帅哥。倒是他手下那位声音冰冷兄，似乎是走酷哥路线的。

谢况弈的视线转到杜小曼身上，嘴角扯动了一下，漫不经心道：“不过这位什么郡主，真是有点费事，拖拖拉拉的，还拖了俩丫鬟，若不是我最后敲晕了她，可能都跑不出来了。扛得我手都有点发酸。”

……

好吧，她收回刚才的评价。

这个少庄主原来走的是耍贱路线。

白麓山庄京城分部是一个非常非常贱的地方，几乎和它的少庄主贱在同一水平线上。

它地处一个前不着村后不着店的荒凉山头边，四周都是青青野草和森森野树，旁边还有一条蜿蜒的小河流。杜小曼想，山庄的厨子买菜一定不容易。

别庄的大门盖得相当气派，门头上悬挂着书写“白麓山庄”四个大字的大匾，足以让一个五六百度的大近视在三百米开外看清楚。别庄的大门漆得红艳艳的，搭配四周的独特环境，十分适合在半夜做《聊斋》的外景拍摄地。

在山庄门外下了马车，宋孟俞拉着徐淑心的手，引她瞻仰别庄的外景：“淑儿，此处就是况弈贤弟的别庄。”

徐淑心惊叹地道：“果然别有一番江湖的豪情风骨。”

谢况弈立刻笑道：“嫂夫人谬赞了，不过是一座寻常的庄子，偶尔来此一住，过得去就算了。”

杜小曼觉得，既然大侠都把自己救出来了，可能以后还要靠人家帮忙，现在多说点好听的准没错，便装作崇拜地仰望了一下红艳艳的大门，道："依山傍水，风景优美，真的是个好地方呢。"

谢况弈无视了她的赞美，引着宋孟俞和徐淑心向庄内走。杜小曼快步跟上，随他们到了别庄的正厅。

一进正厅，谢况弈就道："孟俞，你和嫂夫人随便坐吧，千万别客气。"自己在一张木椅上随意坐下，依然无视杜小曼。

杜小曼厚着脸皮自己找了张椅子坐下来。

丫鬟们端上茶，谢况弈问宋孟俞道："孟俞，你与嫂夫人今后有何打算？"

宋孟俞道："我想与淑心回牧州老家，隐姓埋名，厮守终老。"徐淑心红着脸低下头。

谢况弈漆黑的剑眉略皱了皱："我这几天有件十分要紧的事，须赶去杭州。京城追兵甚众，你和嫂夫人须尽快动身。我不亲自相送，实在不放心。"

宋孟俞道："贤弟莫要再多费心，你将淑心救出，愚兄已是来生做牛做马也不能相报。愚兄已经盘算好，回牧州一路，我和淑心只扮作寻常百姓夫妻，再借你的易容物一用，一定万无一失。"

谢况弈道："那怎么成，嫂夫人弱不禁风，孟俞兄你又不会武功，行途漫漫，兴许还有山贼野寇。这样吧——"转头向门外，喊了声卫棠，那位冷冰冰的大哥立刻像从地底钻出来一样，咻地出现在门槛边，恭恭敬敬地道："属下在。"

谢况弈道："我将宋公子与宋夫人托与你，由此一路到牧州，不能出半点差池。"

卫棠恭敬道："属下领命。"

宋孟俞和徐淑心顿时露出既欣喜又感激的神情。卫棠大侠浑身上下都透露出高手的气质，有他做保镖，走路一定很放心，杜小曼有些羡慕。

宋孟俞握着徐淑心的手，对谢况弈大大感谢了一番。谢况弈笑道："孟俞你和嫂夫人平安就好，别说这些虚词了。等来日我到牧州时，请嫂夫人亲自下厨，你我兄弟痛饮一番！"

宋孟俞道："那是自然。"

徐淑心抿嘴笑道："只要少庄主不嫌弃我的手艺。"她转过头，关切地问杜小曼，"郡主眼下有什么打算？"

杜小曼明白，明天徐淑心和她的情郎离开，她势必也不能在这里待了，开口道："我……"

徐淑心道："郡主当日曾说，想到一个地方去找一个人，不过天下之大，人海茫茫，郡主与两个丫鬟结伴行路，实在不方便。郡主如果不嫌弃，可以与我和俞郎一起去牧州。牧州地方偏僻，民风淳朴，来日方长，其余事情可以慢慢计较。"

归隐田园，过安稳日子确实很不错，但是……好不容易来到了古代，花花世界摆在眼前，还有大把金子可以挥霍，钻到个穷乡僻壤的小地方实在对不起自己啊。游遍秀丽河山，看遍世态风情才算够本嘛！

杜小曼拿定了主意，向徐淑心道："淑心你的好意我心领了，但是……我不能与你同行。"

看着徐淑心担忧的神情，她心中有些酸酸的触动。徐淑心算是她到这边来的第一个朋友吧，虽然共处的时间不长，但确确实实是共经患难的好朋友。杜小曼深吸一口气，露出一个微笑："淑心，这次多亏了你帮助我，我才能逃出来。我保证，有朝一日，我一定去牧州看你，到时候我一定多备几个给你和宋公子子女的见面红包。"

徐淑心抬袖子擦了擦眼睛，向杜小曼含泪笑了笑："那郡主究竟要去何处呢？"

杜小曼转过头，双眼闪闪发亮，满面恳求，望着谢况弈。

谢少主正百无聊赖地赏玩着手中的一把匕首，杜小曼热烈恳切的目光火辣辣地飘来，让他吃了一惊，拿着匕首愣了愣。

杜小曼开口了，楚楚可怜，万分恳切："谢大侠。"

谢况弈清了清喉咙道："这位什么郡主，你有何事？"

杜小曼的恳切之色更深："谢大侠，方才听说，你要去杭州。实在是太巧了，我要去的地方也是杭州，不知道大侠能不能捎带上我一起同行？"

在古代，出行是件危险的事情，保不准就会遇上山贼啊路霸啊开人肉包子铺的黑店啊什么的，她不熟悉古代环境，又没有江湖经验，说不定花花世界还没看到，就变成黑店里的一笼肉包了。因此，出行一定要傍个大侠！

谢况弈似乎是一家看起来蛮大的山庄的少主，武功应该差不了，周围也有不少护卫丫鬟，跟着他一定安全，还不吃苦。

谢况弈像看见了一只苍蝇变成滑翔机一样，一脸诧异地看着她，眉头略皱了皱。

徐淑心急忙扯扯宋孟俞的袖子，向谢况弈轻声道："少庄主，唐郡主自小养在深闺，两个丫鬟也没见过世面，前去杭州路途遥远，恐怕……若是少庄主方便，能不能答应这个请求？"

杜小曼看看谢况弈的脸色，继续道："我知道，这个不情之请有点强人所难，但是谢大侠你大仁大义，侠肝义胆，古道热肠，义薄云天，能不能就当随手做件好事？我只要跟你带的丫鬟或者小厮们在一起就行了，保证绝对不会给你添麻烦，而且一路吃住的费用，我会照数给你。请你……"

谢况弈冷冷道："这位郡主你提钱，是看我们白麓山庄寒酸么？"

呃，好像说错了话，触到了谢少庄主的逆鳞。杜小曼连忙道："大侠，我不是这个意思，只是……"

谢况弈将匕首在手中转了个圈，截断杜小曼的话头："宋兄告诉我，你是德安王府唐王爷的郡主，庆南王慕云潇的夫人。这次逃出来，是为了去杭州找情郎？"

话说得太直接了吧。杜小曼干脆地道："我逃出来不全是因为情郎，而是在慕王府里过不下去了。慕云潇眼里只有个神仙一样的表妹，看也不看我一眼。再过下去他窝心我也难受，回娘家也过不了什么好日子，还不如逃出来，逍遥自在。"

你问得直接我也答得直接，看谁更直接！

谢况弈将手中的匕首放到桌上，挑眉一笑："待得不痛快了便走，你的做法倒有几分江湖女子的豪气，没想到皇亲国戚的金枝玉叶也做得出来。好吧，看在孟俞和嫂夫人的情面上，夫人便和在下一起去杭州吧。"

杜小曼心花怒放，真是太好了，成功出逃，成功傍上大侠！

一席话谈完，天已黄昏，谢况弈命人做了一桌酒菜，杜小曼填饱肚子，十分满足。

席间，卫棠又出现了一次，跪在谢况弈身边低声禀报了数语，复又离开。谢况弈得意地道："刑部的官差已被咱们故意做的局哄骗住了，刚才在沿途搜查时，将那些东西当作证物，带回衙门去了。哈哈，有他们查的。"

将要来别庄之前，谢况弈命人将杜小曼和徐淑心以及绿琉、碧璃换下的衣物撕裂划破，洒上血，扔到某土山的断崖边，再将马车推下，造出被劫持后凶多吉少的假象。这种布局十分老套，居然挺管用的。

宋孟俞叹道："官府无能，让我们钻了空子。"

谢况弈道："此事听说连皇帝都惊动了，命暂代左相的李孝知督办，我就猜到是这个糊涂老儿，所以用些寻常的障眼法糊弄糊弄算了。刑部尚书和李老儿一样是个糊涂蛋，靠他们，下辈子也猜不到。哈哈。"

宋孟俞感叹道："正是，幸亏宁相告假返乡未归，若他督办此事，恐怕我们连贤弟你这别庄的凳子都不能沾，必须马不停蹄，赶夜路向牧州去。"

谢况弈转着酒杯，哼了一声："孟俞兄太多虑了，真换成那个宁景徽追查，大不了费些工夫多布些假套儿，一样让他查不出。人人都说这位宁右相是个厉害人物，我还真想会会他，看看此人怎么个厉害法！"

晚饭之后，天已经漆黑，白麓山庄的丫鬟引着杜小曼去客房。杜小曼问到绿琉和碧璃，丫鬟答道："夫人的两位丫鬟已经醒了，在客房中，请夫人去看看吧。"

杜小曼被丫鬟们引着，到了一间厢房前，推开门，绿琉和碧璃正忐忑不安，看见杜小曼，立刻扑了过来。

"郡主郡主，我们怎会……"

"她们说是郡主和敬阳公家的三少奶奶计划好的，可这样逃出来不单是慕王府，王爷和王妃也会挂念的，郡主现在回头还来得及……"

白麓山庄的丫鬟们很识趣地退出去合上房门，杜小曼神情严肃地看了看绿琉和碧璃："你们两个，可不可以先冷静一下，听我说件事情？"

绿琉和碧璃咽下口中的话，一齐等待。

杜小曼缓缓地道："其实我，不是你们的郡主。"

杜小曼此时，正要说她平生编得自认最得意的一个谎。她仔细地想过，自己从脾气到行为哪里都和唐晋婳不一样，在慕王府混得过去纯属侥幸。唐晋婳身为郡主，应该读过诗书，懂得琴棋书画。杜小曼对古人写的繁体毛笔字只能连猜带蒙认个七七八八，古文更是只停留在学过的几篇文言文和几首地球人都会背的古诗上，装成饱读诗书是不可能了，恐怕哪天要拿笔写字的时候就露馅了。与其被揭穿，倒不如编个谎话，从今后痛痛快快地做杜小曼。

她这句话一出口，绿琉和碧璃就石化了。

杜小曼继续郑重地缓缓道："听起来可能有点匪夷所思，但我确实不是唐晋婳，我只是一个和你们郡主长得一模一样的人而已，你们的郡主早已走掉了，慕老夫人第一次和你们郡主去法缘寺烧香的时候，她就跳墙逃走了。至于我为什么会顶替你们郡主，这件事说来话长……"

第一次去法缘寺烧香的时候，杜小曼曾独自一人在庙里晃荡过一段时间，说唐晋媗是在那个时候逃走的，可以说得通。

绿琉和碧璃望着杜小曼，两人的眼睛都直直的。

杜小曼将视线换了个角度，觉得这样可以看起来伤感一点，再把语调换成适合回忆的更舒缓的节拍。

"唉，其实我并不是你们这个国家的人，我家在一个很远很远的地方，从这里到我的家乡，需要翻过一座很高的山，渡过一片大海，再走过一个盆地。我的本名叫曼曼杜，我爹是经商的，他贩葡萄干和鳄鱼皮到你们这里来卖，很多年都没有回家，于是我就千里迢迢到这里来找他。"说到这里，抬起袖子，擦了擦眼角。

"我好不容易来到你们这里后，到处都找不到我爹，身上的钱又花光了，眼看就要饿死在街头，就在这个时候，你们郡主的情郎救了我。他想救你们郡主出来，见我和你们郡主长得一样，就想出这个以假换真的方法，许给我很多很多银子，在法缘寺中救走了你们郡主，让我冒充。我本来以为，顶替你们郡主做王爷的夫人享荣华富贵挺好的，但是过了几天，我发现自己还是适应不了，于是就和敬阳公府的三少夫人打好了关系，顺路逃出来了。"

绿琉和碧璃望着杜小曼，眼还是直直的，浑身颤抖，流着眼泪捂住嘴："郡主……"

杜小曼露出微笑："我不是你们的郡主，我也有个你们这边的名字，叫杜小曼，你们以后喊我杜小曼或者小曼姑……"

话没说完，碧璃和绿琉一起扑过来抓住她的手，碧璃哇的一声大哭出来，绿琉拼命咽了两口气，吐出断断续续的字眼："好、好……奴婢、奴婢们不……不多说……什么……就、就喊郡主小、小曼姑娘……让奴……奴婢们喊什么都行……"

碧璃迅速点了一下头，呜呜抽泣。

貌似已经开始接受了，看来这个谎编得挺成功的。

杜小曼笑道："怎么还自称奴婢啊，我们都是平等的，还有，我这里有很多金子，你们如果有别的去处，这笔钱我们平分，你们想去哪里就……"

绿琉推开碧璃，紧紧抓住杜小曼的手："郡……小曼姑娘……奴婢们哪里都不去！不管……不论如何……奴婢们……都……都会跟在小曼姑娘身边……"

碧璃也扑了过来，钳住杜小曼的另外一只胳膊："奴婢们哪儿都不去，哪儿都不去！小曼姑娘说什么就是什么……我们哪儿都不去……呜呜呜……"

杜小曼抬眼看了看房梁，呃，这算是成功地让她们相信了吧。

杜小曼让她们好好安歇，但是绿琉和碧璃越哭越厉害，杜小曼只好默默离开了。

别庄的丫鬟引她到了另一间厢房。今天实在过得太精彩，杜小曼累得够呛，一沾到枕头立刻呼呼大睡，直到天微微亮时被叫醒。

叫醒她的依然是白麓山庄的丫鬟，说少主要赶大早出发去杭州，正在等候杜小曼。杜小曼洗漱完毕，三口两口吃完饭，出了房门，抬眼便看见谢况弈站在院中，绿琉和碧璃竟然都站在谢况弈身边。

绿琉和碧璃看见杜小曼，立刻走过来。碧璃道："郡……"绿琉飞快地斜了她一眼，压住她的话头："小曼姑娘，奴、我们在这里等你起身，谢少主已经等你多时了。"

杜小曼向谢况弈道歉，谢况弈摆摆手："没什么。"两只眼睛却上上下下打量着杜小曼，眼神有点奇怪。

杜小曼问："现在就出发去杭州吗？"

谢况弈说："是。"

杜小曼向谢况弈露出个谄媚的笑容："谢大侠，可不可以再商量一件事情，不知道府上有没有适合我穿的男装，我觉得穿男装出门比较方便一点。"

谢况弈两道剑眉顿时一皱，道："你穿男装？未免……"

绿琉和碧璃一齐转过头，恳切地望着谢况弈。谢况弈的嘴角抖了抖，无奈地挥手道："好吧好吧，男装就男装。来人，给这位夫人，呃，姑娘……找一套男装换上。"

幸亏唐晋媗的身量不低，找件合适的男装不算困难，杜小曼绑胸换装束好头发，男装果然比女装清爽了许多，蹬上靴子后走路也很舒服。杜小曼大踏步出门，问绿琉和碧璃："还混得过去吧？"

绿琉和碧璃立刻点头道："好！扮得太好了！十分像男人！"

杜小曼有一丝得意，谢况弈瞧了瞧她，像是想说什么，又忍住了，大步流星地向前院方向去。

杜小曼到了前院，看见空地上停着好几辆马车。徐淑心和宋孟俞正站在其中一辆马车前，杜小曼走上前向徐淑心道别。

徐淑心看着她，神色很伤感很担忧，她在车门前握住杜小曼的手："唐……

小曼姑娘……多保重，以前的事情慢慢就淡了，以后就好了。"

马车向门外驰去时，徐淑心还从车窗里探身回望，杜小曼对她挥了挥手。

徐淑心的马车远去后，杜小曼放下手左右四顾，发现周围人都在看自己，但见她有所察觉，立刻转过目光假装看别处。只有谢况弈还在瞧着她，杜小曼忍不住低头看了看身上，难道是穿错了衣裳？

谢况弈忽然开口问："这位小曼姑娘，你看我身后是什么？"

杜小曼疑惑地张口道："马车啊。"

谢况弈笑了，笑得十分假："喔，那么车前拉车的呢？"

杜小曼道："当然是马啊！"再看了看露出白牙的谢少庄主，"难道是驴或者骡子？"

谢况弈立刻道："没有没有，没错没错，确实是马。"

问这种问题，谢况弈是脑残么……

绿琉和碧璃连忙道："啊，小曼姑娘，时辰不早了，咱们还是快上马车吧，免得官兵追来连累谢少庄主。"

绿琉打起帘子，杜小曼进了马车，绿琉和碧璃才跟进，却曲着身子，并不去坐。杜小曼道："你们坐啊。"绿琉和碧璃互望了一眼，这才坐下了。

马车飞奔前行，奔驰了约三四个时辰后，到了一处码头。

杜小曼下了车，一股含着水汽的凉风扑面而来，她正身在一条石路边，不远处，是一片宽阔的水面，浩浩荡荡，一道宽阔的木桥从路上延伸到水中，水岸边泊着一艘庞大的……船！

没错！是船！原来古代的大船这么的气派豪华！

更远处的水面上，似乎还有一艘大船，在缓缓航行。

赶车的那位白麓山庄的门人道："少主预备从水路坐船南下，再改陆路去杭州，请几位上船。"

杜小曼的心中有一种澎湃的激动，欣喜地点头。

正要走过去时，眼角忽然瞟到路边有样东西，杜小曼快步走上前去，弯腰捡起，是根笛子，玉做的，通身碧绿，沉沉的凉凉的，还挂着一只小小的坠子。这么精致的东西，哪个有钱人掉的？

杜小曼正在端详，绿琉催促道："姑娘，快上船，那边好像有其他人过来了。"

杜小曼急忙抬头张望，果然看见路的另一侧转过来几个人影，边走边看像在找什么，其中一个远远看见了她们，大声说了句什么话，用手一指，那行人立刻快步走过来。白麓山庄的人立刻全体戒备，谢况弈也敛起神色。

杜小曼看见那行人中为首的一人，愣了愣，是她在法缘寺和敬阳公府分别见过一次的俊秀少年。难道敬阳公府的人……

那行人中几个随从模样的人大步欲上前，少年抬手挡住，徐步走到杜小曼面前，温雅地开口道："这位公子，你手中的……"

杜小曼要跳出喉咙的心噗地回归原位，急忙将手中的笛子向前一递："啊，这支笛子是你的？我方才在地上捡到。"

少年伸手接过，欣喜地笑了笑："不错，正是我的，多谢。"看着杜小曼，清澈的双目中却透出了一丝犹豫，"这位公子，看你十分面善，可是在哪里见过？"

杜小曼立刻道："有吗？我不记得见过公子你啊。可能是我这人长得比较大众，所以看着脸熟，哈哈。我还有事，先告辞了啊。"

少年微笑着点了点头。杜小曼转头迅速向大船走去。

谢况弈站在岸边，不悦地皱着眉。碧璃低声道："姑娘，你刚才应该马上赶到船上，幸亏是掉了东西的人，要是是追查此事的官兵，那就糟了。"

杜小曼十分自觉地向谢况弈低头道："对不起，刚才是我做错了。"

谢况弈的脸色和缓下来，道："算了，反正你本来就没有江湖经验，又……"又字下面却刹住，不再说什么。

杜小曼踏着踏板走上船沿，要跳上甲板时，脚一歪，差点跌倒，幸亏旁边伸过一只手来及时扶了她一把。杜小曼对那只手的主人谢少主感激一笑："多谢。"

谢少主斜眼看了看她，略一领首，算是收下她这声道谢。

岸上忽然传来一声大喝："此船暂留！"

杜小曼忙转头看，只见一队人马挟着浓烟疾驰而来，为首的一人高声道："我等奉命追查凶匪劫王公家眷一案，刑部有令，所有船只，一律盘查之后，方能离京！"

官兵还真来了。

谢少主跺跺地道："不要理会，马上开船！"

众手下领命，其中一人高声向岸上道："各位官爷，此船乃白麓山庄的船只，我等有要事待办，不能耽误，望各位官爷恕罪！"

刑部的差役们翻身下马，正要来挡，丢笛子的俊秀少年还未离去，被差役们一眼看见，其中一个小差役大声喝道："你们又是何人，速速报来！"

少年身边的随从立刻喝了声："大胆。"亮出一块令牌。

众差役簇拥的令官翻身下马，跪倒在地，叩头不止。

杜小曼和谢况弈等人在船上远远看着，都有些惊讶。杜小曼道："那人看样子很了不得，刑部的人头磕得挺凶的。"

谢况弈嗤了一声道："横竖不是皇亲就是国戚。他倒替我们挡了一下，这次挺有运道。"

杜小曼在心里说，当然是因为我人品好又在天上有神仙照应啊。

刑部的众人猛磕了几个头后，少年淡淡道："无须这么大礼，都起来吧。"

为首的令官战战兢兢道："微臣多谢十七殿下。"抬头却看见那艘大船已经离岸很远，顺流而下了。

十七殿下道："这艘船上的人方才我见了，并无可疑，何尚书那里，待我回去后和他一说，定然不会为难你。"

令官忙又趴下磕头："多谢殿下体恤，微臣愧不敢当。"

船行缓缓，江上浪平。

杜小曼和绿琉碧璃被安置在两间精致的舱房中，绿琉和碧璃去舱房中收拾，杜小曼眷恋水面的风景，流连在甲板的船舷边。

谢况弈在不远处听手下汇报完工作，侧首看见了杜小曼，大步流星走了过来："船上住得还习惯么？"

杜小曼大力地点着头："很习惯，这艘船真是又大又漂亮，而且很稳，一点都感觉不出在行驶。"

搭人家的顺风船，多说点好听话准没错。

谢少庄主果然爱听好话，嘴角一扬，勾起一个阳光灿烂的笑容："习惯就好，我本以为金枝玉叶的女子都娇滴滴的坐不了船。"

杜小曼道："喂，你别这么看不起女人啊，深闺里的女人做起事情来未必比男人差，你们江湖上也有不少很厉害的侠女吧。"

谢况弈道："唔。"揉了揉前额，眉宇间有些倦色。

杜小曼道："谢大侠……你的脸色似乎不太好……该不会是晕船吧。"

谢况弈立刻放下手冷笑："晕船？哈，本少主会晕船？！笑话！我是昨晚一宿没睡，现在有些倦了。"

杜小曼说："那就快去补个觉，补觉之前，最好先让厨房给你做碗热汤喝，再蒙头大睡，醒来就会好了。"

谢况弈上上下下将杜小曼看了看："你这几句话挺清楚明白的。"

他这是在夸人吗？

谢况弈又说了句没头没脑的话："你的两个丫鬟十分忠心，很难得，虽然啰唆了些。"

谢少主说完，转过身，跩跩地走了。

杜小曼被说得一愣一愣的，望着谢少主的背影摸了摸鼻子，也回到船舱中去。

这艘船很大，船舱分成两层。上层大厅地铺红毡，排放着矮几矮凳，留待宴饮时用。下层被分成各个小间，供客人使用，小间内摆着精致的床帐和雕花的桌椅，墙上还挂些字画，布置得十分雅致。

杜小曼被安排在最尽头的雅间，白麓山庄的人十分有心，床上挂着水墨画似的纱帐，案几上焚着淡淡的熏香，供着一瓶鲜花，桌上还摆了一架瑶琴。

圆桌上，瑶琴边，摆着两个摞在一起的红木包铜边的箱子，十分突兀醒目。绿琉和碧璃就站在这两个箱子边，看见杜小曼进来，立刻道："郡……啊，小曼姑娘，这两个箱子该怎么办？"

杜小曼指着箱子问："这是什么？"

碧璃道："姑娘您忘了，这两箱就是带去法缘寺的黄金啊，方才谢少庄主命人送了过来，还让我们点点数，看看有没有少。"

杜小曼猛地想起来，是了，光顾着跑路，把弄到手的路费都给忘了！

打开箱子，金光闪烁，杜小曼一脸痴迷，爱抚着金条优雅的身体。

碧璃道："方才奴……我和绿琉姐在这里发愁，这么多黄金，这么沉，要怎么才能放得隐蔽点啊？"

人不可露富，财不能露白，这是行走江湖的铁律。杜小曼伸手抱抱其中一个箱子，哎哟，死沉……

想想看，三百两黄金，二十来斤重，再加上木头箱子，不沉才怪。就算三个人分着拿，每个人身上也要背着七八斤重的金子。

杜小曼想象了一下自己背着七八斤的金子吭哧吭哧地走在江湖路上的情形，不由得一头冷汗。暗下决心，上岸后立刻找个钱庄换成银票。

绿琉将一个布包袱打开："这些都是当日郡……小曼姑娘身上戴的首饰，谢少主也命人送了过来。但是这些首饰都是陪嫁，还有几件慕王府的东西，如果脱手，恐怕会暴露行藏。"

杜小曼摸摸下巴："如果将它们切成一块一块的，把上面的珠宝拆下来单独换钱呢？"

绿琉和碧璃愣了愣。绿琉道："不太好弄吧。"

杜小曼想了一想，道："我有办法。"

傍晚，杜小曼在甲板上拦住一个白麓山庄的弟子，询问谢少主起身了没有，弟子回说，少主下午便起来了，此时应该在房中。

杜小曼走到谢况弈的舱房前，敲了敲门。

在这个时代，女人主动去敲男人的门应该是件相当惊人的事情，目睹杜小曼敲门的几个白麓山庄弟子神情都很惊骇。

房中传出一声进来，杜小曼推开门，见谢况弈正半躺在一条长椅上，一只手拎着一个小酒壶，一脸无聊，一口口地灌酒。

谢况弈瞧见是杜小曼，怔了怔。杜小曼竭力露出甜美的笑容："谢大侠，不好意思，打扰了。"

谢况弈放下酒壶，从躺椅上翻身站起："你找我何事？"

杜小曼道："谢大侠，你的武功很厉害吧？内力深厚，剑法通神，已经是飞花落叶都能伤人的境界？"

谢况弈皱眉看她，双臂环在胸前，并未回答。

杜小曼眨了眨眼，笑道："有件事情谢大侠一定能不费吹灰之力就办到。"迅速从手中的包裹里摸出一样东西，放在桌面上，"谢大侠能不能把它碎成一段一段的，弄得越碎越好？"

谢况弈低头看了看桌上那个手指粗的金镯子，眉头跳了一跳。

杜小曼眨着星星眼："拜托拜托！"

谢况弈问："你来我房中，就是为了此事？你要弄碎这个做什么？"

杜小曼道："弄碎了换银子花啊，这些首饰都是唐晋媗的陪嫁或者慕王府的东西，如果不弄碎的话拿去换钱一定会暴露行藏。所以才想请大侠你帮忙……"

谢况弈一脸无语表情地看了看她，忽然哈哈大笑。

"喂，谢大侠，你干吗笑得跟抽筋似的，有什么可笑的！"

谢况弈勉强忍下笑，擦着眼角道："这位郡主，你好歹做过人妇，怎么连这种小事都不清楚，这些首饰如果碎掉，是不能当钱花的，你难道要支个火炉自己化成金块用？哈哈哈！"拿起金镯子，"这砍痕，是你剁的？用菜刀？"

杜小曼道："是，怎样？"

谢况弈像被踩到了笑筋一样，又开始狂笑："哈哈，菜刀！哈哈哈——"

杜小曼恼羞成怒，大声道："喂，谢少主，算我没有江湖经验，不知道首饰碎了不值钱，再加上我没有武功，用菜刀劈不开金镯子，你也不至于笑成这个样子吧。我不过是想多弄点钱花，又怕暴露行藏……"

谢况弈点头："是，是，你考虑得很周详，怪不得你那两个丫鬟当你失心疯了，哈哈哈哈！"

绿琉和碧璃当她失心疯了？怎么回事？

谢况弈收住笑容："这位唐郡主，我答应了孟俞兄和嫂夫人照应你，你若是缺钱花，不妨向我开口。还有，你完全不晓得江湖事，这几日需多看着些。你那两个丫头，傻头傻脑的不大禁吓，你就算想甩了她们俩，那种不着边的瞎话还是少编为妙，免得再被当成失心疯。再有什么难处，只管开口求我好了。"

原来那套谎话绿琉和碧璃压根就没信，原来她们两个一直把我当成了失心疯。杜小曼心中无限羞愤，无限失落，无限……

她愤愤道："多谢少庄主提点，多谢少庄主慧眼如炬，知道我不是失心疯，把我当成个正常人。"

谢况弈道："哪里哪里，谁疯谁没疯这种小事，本少主还是看得出来的。你虽然偶尔傻了些，行为不大检点，和真疯子还是有些差别。"

杜小曼磨着牙道："谢少主，不带给人乱扣帽子的，我哪里不检点了？"

谢况弈上下看了看她，故作痛心状摇了摇头："唐郡主慕夫人，你已是人妇了吧。但我看你言行举止，实在豪放，一点都不像深闺里的金枝玉叶。"露出白牙，灿烂一笑，"不过像今天这样来敲我房门的行径，虽然会招人闲话，但本少主很喜欢。"

杜小曼觉得一股热流直冲头顶。谢况弈含笑看她踉踉跄跄奔向房门。

走到门口，杜小曼忽然回过身，朝着谢况弈露出一抹甜笑："少主说得很是，我以后会注意点，一定不再冒昧前来了。我这种嫁过人的成熟大婶，万一教坏或者吓到了年幼清纯、不谙世事、乳臭未干、天真无邪的少主小朋友，罪过可就太大了。"飘然走出房门。

杜小曼在这艘船上一待就是三天。

那天她从谢少主房中走得太潇洒，没能欣赏到谢少主的脸色，十分遗憾。知道绿琉和碧璃当她脑子坏掉了之后，她又好气又无奈。

她自暴自弃地想，等到她们慢慢地看出她和唐晋嫚完全不同的地方，应该就会逐渐接受现实了。

白麓山庄的大船上食材丰富，菜色以鱼虾蟹居多，船上的大厨常年在水上漂着，乃烹调河鲜的高手，清蒸葱白丝鲶鱼片、鱼皮三鲜饺、荷叶醉蟹、金丝虾丸等等等等，鲜且不腥，杜小曼吃的时候很没出息地恨不得自己多生一个胃。晚饭的时候，有一道菇丝鱼肚汤甚得杜小曼欢心，一口气喝了两碗，果然吃撑了……半夜睡在床上的时候，胃部还胀胀的。

杜小曼摸了摸肚子，很悲愤，唐晋嫚的胃太小了，如果换成原装正版的杜小曼的身体，再喝两碗都没事，唉唉……

第二天早上，杜小曼去甲板上透气，船夫们正在捞鱼，鱼儿在渔网中挣扎跳跃，网落到甲板上，鱼越发扑腾个不停。船夫向杜小曼道："夫人请后退些，免得被腥水溅到。"

杜小曼提着裙子后退了几步，大的小的银白的黑脊背的扁扁的圆滚滚的，甚至还有金红色的鱼，船夫将它们一条条扔进大木桶里，偶尔手一滑，鱼就立刻飞落到地上扑腾腾地挣扎。

碧璃惊呼了一声："哎呀！"指着前方某处。

只见一只螃蟹迅速地从渔网中爬到了甲板上。这只螃蟹的壳和甲板的颜色差不多，真方便落跑。

杜小曼玩心顿起，卷起袖子，慢慢靠近那只螃蟹，利落地擒住蟹背，将螃蟹拎了起来。

螃蟹在杜小曼手里不甘心地舞动细腿，两对大钳子高高举起，突出在外的小眼睛似乎冒着恶狠狠的光。

"夫人年长端庄，不想偶尔也如此童趣。"

一个声音冷不丁地从身后冒出来，将杜小曼吓了一跳。螃蟹趁机更拼命地扭动起来。

喂，这个谢少主，无声无息地站在别人背后，装鬼吓人吗？

谢况弈今天穿了一件墨蓝色的袍衫，外衫微短，袖子略窄，头发束得很随便，一副典型的江湖侠少的打扮，皮笑肉不笑地说："在下记得，五六岁的时候经常抓螃蟹玩。夫人年事虽长，却还有这份稚子之心，实在难得。"

这个表情，这个话语，明显表现出少主他还在记仇。

杜小曼道："老夫偶发少年狂是怀旧的表现。唉，谢少主，你还年轻，当然理解不了我们沧桑人士的心理。青春很值得怀念，你要珍惜啊！"

绿琉和碧璃偷偷地看谢少主再偷偷地看杜小曼，不敢插嘴。

谢少主露牙一笑："受教了。但看夫人面貌青春少艾，似乎比在下还略年幼。能否唐突请教尊齿几何？"

呃……

杜小曼反问道："谢少主，你贵庚？"

谢况弈道："年底方可及冠。"

古代男子行及冠礼，好像是二十岁吧。

杜小曼干笑道："啊，才十九，谢少主风华正茂，佩服佩服。"

谢况弈道："哪里哪里，我听闻夫人你芳龄十七，不知是否有误？"

杜小曼在心中默默擦汗……谢况弈从哪里打听来的消息，本来还打算骗他自己今年三十了！没错，唐晋媗和她同岁，都是十七，压不过谢况弈。

杜小曼面不改色地道："谢少主难道没有听说过，成熟其实并不是指年纪，而是指心态和阅历吗？有的时候，人一个月的经历，就可能抵得上普通人的十年。"她将视线转向空旷的远方，"我现在的心态，就和落山的夕阳一样，日暮黄昏，有一种已经过了几十年的沧桑……"

凉风，苍茫的水面，寂静的四周，真的霍然有了一种沧桑的气氛。

谢况弈面色平静地吐出两个字："螃蟹。"

杜小曼从这气氛中回过神来："嗯？"向手中的螃蟹看去，螃蟹的腿仍在拼命地舞动，一只大钳子正夹着她胸前的……一绺头发……

绿琉和碧璃急忙扑过来，一个帮忙按住螃蟹，另一个企图将杜小曼的头发从蟹钳中拉出来。三个人六只手反而越弄越乱，螃蟹紧紧地钳住那绺头发不松手，绿琉的手一滑，螃蟹脱出了掌控，钳着杜小曼的头发，啪地荡向她胸前，杜小曼赶忙弯下腰，螃蟹扭动着身体在半空中荡，谢况弈哈哈大笑。

杜小曼脸发热，正手忙脚乱时，谢况弈伸手捞住杜小曼的那绺头发，另一只手在蟹钳上一弹，螃蟹钳子松开，啪嗒掉在地上，差点掉到杜小曼脚面，杜小曼立刻向后跳了一步，悻悻地对一脸嘲笑的谢况弈道句多谢。

谢况弈笑着道："老夫人，抓螃蟹这种事情，你还需多多历练才是。"

中午，白麓山庄的丫鬟给杜小曼送菜，将一个白瓷盘摆到桌子正中，盘子里没有别的配菜，只有一只被蒸成红色的螃蟹孤零零地卧在中央。

丫鬟道："这道菜是少主特别吩咐厨房为杜姑娘准备的，少主说杜姑娘一定会喜欢。"

杜小曼毫不淑女地伸手抓起螃蟹，狠狠掰开蟹壳，倒进酱醋，冷笑道："请转告你们少主，我非常喜欢！"

一笑之间，露出森森白牙，我咬——

傍晚，她又在甲板上碰见谢况弈。谢况弈向杜小曼道："中午的饭菜可还对胃口？"

杜小曼道："嗯，还好吧。"

谢况弈仔细看了看她，笑道："你的脾气比我想象中的好。"

杜小曼道："其实中午挺生气的，但是想一想，前天我气了你，今天你气了我，算是扯平了。再说大侠你是我的恩人，我不能恩将仇报嘛。只好就这样算喽。"

谢况弈瞧着她，忽然舒展两道剑眉，灿烂一笑。

杜小曼也对着他笑，这下算是相对一笑泯恩仇了吧。

果然是泯了恩仇，晚上，白麓山庄的丫鬟在少主的差遣下往杜小曼房中跑了N趟，询问床睡不睡得惯，枕头软硬高低合不合适，晚饭爱什么口味，要不要再送些玩意儿来消遣。跑得杜小曼都有些诚惶诚恐，碧璃和绿琉更是连声道谢。

绿琉道："这位谢少庄主真是位侠义心肠的好人。"杜小曼抱着茶杯点头，茶杯里是谢少主命人新送来的茶叶泡出的新茶。

茶喝多了的下场就是……晚上睡不着。

夜近三更，蜡烛昏黄，杜小曼神采奕奕地在舱房中寂寞徘徊，想找东西来消遣一下都找不到。下棋，不会。看书，字认不清。那么……杜小曼的目光飘向桌上的那架瑶琴，古代的美女，都会在寂寞的时候抚琴一曲，既优雅又高贵。这架瑶琴摆在桌上，杜小曼心中早就痒痒的，终于忍不住坐到桌边，将前爪伸向琴身。

铮……铮铮……铛……铛铛……

绿琉和碧璃面色僵硬，杜小曼嘿嘿笑了一声缩回手："我、我在试音，哈哈。"

第二天，甲板上，谢况弈眉头紧皱，面带倦意："敢问你昨天半夜在房中，是在弹棉花吗？"

杜小曼吸了吸气道："是我新创的曲子，叫《棉花曲》，不过曲风比较特别，平常人欣赏不了。"

谢况弈面无表情地看了看她。

船在第三天下午，终于靠了岸。

大船上居然装着预备用的马和车，在岸上分好马匹套上车，杜小曼又换了男装。谢况弈将她从头到脚扫了一眼，目光颇为不屑。

杜小曼道："我只是觉得这样穿行动起来方便一点。"唰地展开折扇，"难道谢少主你怕我扮相太风度翩翩抢了你的风头？"

谢少主从牙缝中哧地一笑。

马车行到傍晚，到了一座小城池渊城内，谢况弈提前已命人先策马到城内，将最好的客栈包下来。杜小曼进入客栈，见一个白麓山庄的弟子躬身向谢况弈道："少主，上房中的几个人不愿搬出。"

谢况弈道："多赔些银子，告诉他们这间客栈被白麓山庄包了。"

弟子答了喏，匆匆上楼，仆役丫鬟们搬着些物事上楼收拾房间。客栈的掌柜满脸巴结，亲自过来招呼，请谢少主在堂中座椅上先坐，又支使小伙计上茶。

谢况弈转头向杜小曼道："怎么不坐？"

杜小曼便毫不客气，在谢况弈对面的椅子上坐下。小伙计刚刚斟上茶水，方才上楼赶人的弟子又下楼来了，走到谢况弈身边，一脸吞吞吐吐的模样。

谢况弈皱眉道："怎么，他们不肯走？那便再赔多些银子，把他们扔出去吧。"

话未落音，楼梯上有个洪亮的声音传来："各位江湖侠士，我们家公子路过此地，比你们早订了房，这般赶人，有些不讲道理吧。"

看来订了那两间房的人和谢况弈的人杠上了。杜小曼兴致勃勃地抬头看，只见楼梯上站着一个仆役打扮的中年络腮胡大叔。

白麓山庄的一个弟子立刻道："我们白麓山庄的少主人住店，一向是包下整个客栈，我们多赔些银子，你们搬出去，再找家客栈就是了。"

胡子大叔冷笑道："未免欺人太甚，即便官家也不敢如此霸道。"

另一个弟子立刻再道："我们江湖人就是这么霸道，怎样？"

胡子大叔面露怒色，正要开口，一个清雅和缓的声音忽然传来："我等虽不是江湖客，萍水相逢，即是有缘，可否行个方便？"

一袭青衫，自楼梯的转角处出现，缓步走下。

杜小曼的眼睛大了。

杜小曼自认是见识过不少美男的，但是，她看见这个人的时候，还是忍不住惊诧。

她曾经见人形容古代美男"雅致如竹，温润如玉"，觉得这种比方一定会有些夸张。但是现在，她才知道，原来真的有贴切这种比方的人存在。视线中的这个人穿着一袭朴素的长衫，长发只被一根普通的木簪束着，却有一种淡雅清华的气质直逼过来，墨玉般的双眸澄澈清透，微微一笑，像和煦的暖风，又像四月的清晨湖面的波光。

"在下与三位家仆偶过此城，在客栈中留宿。夜色已至，再觅客栈十分不易。有幸得与诸位同留一店，亦是有缘，不知可否行个方便，让在下与小仆仍宿在店中？"

谢况弈站起身："在下等人强包客栈，只是怕我们江湖人物，身有戾气，又携带刀剑，吓到寻常百姓。既然公子不介意，同住亦无妨。"吩咐左右道，"收拾其他房间，不必惊扰这位公子。"

嗯，小谢少主很会看人下菜碟嘛，这个青衫人必定来历不凡。杜小曼坐在一旁，只管暗中继续欣赏青衫人的美色。

青衫公子微微笑道："多谢。"

谢况弈也笑道："客气客气，刚才多有得罪，阁下不要怪罪。在下谢况弈，请教阁下名讳？"

青衫人道："鄙姓安，名少儒。谢少主乃江湖中年少一辈的翘楚，在下虽只是一介书生，也久仰大名。"

谢况弈相邀安少儒同桌喝茶，安少儒婉拒，与那位胡子大叔在另一张桌子上坐了。掌柜的见包场的银子到手，又另有两间上房的钱可以继续赚，笑得越发谄媚，小伙计也腿脚飞快地端茶送水递点心。

谢况弈将茶杯举到嘴边，忽然低声道："这位夫人，你这样眼巴巴地盯着人看，实有违妇道，即便是江湖中的女子，也嫌豪放了些。"

杜小曼的脸热了一热，收回目光，也端起茶杯："多谢谢少主提醒。"

谢况弈面无表情地喝茶。

仆役捧着一个被布包着方方长长的东西走过来："少主，此物可是还送进这位……公子的房中？"

杜小曼看着那个东西的形状，恍然猜到，是那架瑶琴。

谢况弈道："不用了。这位公子弹琴像杀鸡一样，恐怕对这琴没多大兴趣，随便找个地方放吧。"

仆役捧着琴走了。杜小曼羞愤无比，眼角的余光扫到斜对面桌上的安少儒，他手拿茶杯斯斯文文地喝着，嘴角却像噙着一丝笑意。

啊啊啊，丢人丢大了！

谢况弈再端起茶杯咳了一声，低声道："这位夫人，眼神，克制点。"

在大堂中坐了大约半个钟头后，白麓山庄的弟子们禀报说房间已经收拾干净了。杜小曼跟着谢况弈起身上楼，路经安少儒的桌子，谢况弈和安少儒客套了一句，杜小曼学着谢况弈的样子对安少儒拱了拱手，安少儒回礼一笑。

谢少主很绅士地将天字一号房给了杜小曼，自己住天字二号，还亲自送她到门前，道："这间客栈中都是白麓山庄的人，你可以安心。"

杜小曼真心诚意地说："多谢。"

谢况弈很有侠义精神地抛出一句不必客气。

第二天早上，吃完早饭就要退房动身，杜小曼到了大堂，先四处看了看。谢况弈的声音突然在她身后道："不用看了，那位安公子没有下楼。这位夫人，你是看上了安书生，还是他脸上开了花？"

杜小曼其实只是在看谢少主下楼了没有，她懒得辩解，道："那位安公子长得很好看，我想要多看两眼，愉悦眼球，也没什么大不了吧。"

谢况弈啧啧道："答得真豪放。"

他们身边有一扇门咯吱开了，一袭青衫从里面走了出来。

原来这间客栈内，大堂内喝茶，吃饭可以去堂内隔出的雅间，杜小曼和谢况弈站在雅间的门前说话，没料到话题的主角居然就在雅间内。

乍看见安少儒的瞬间，杜小曼的脸火辣辣地烧起来。

完了，被他听到了……没脸做人了……

谢况弈拱了拱手："安公子。"

安少儒抬手还礼："谢少主，要再启程了？"神色斯文有礼，并没有什么异样。

也许雅间的隔音效果比较好，他其实没有听到？

谢况弈道："对，安公子还要再住一日？"

安少儒道："也是立时便要启程。便不耽误少主，先行一步了。"举步前行时，视线转到杜小曼身上，脸上浮起淡淡一笑。

杜小曼像男人一样拱了拱手，目送安少儒上楼。

启程之后，在马车里，绿琬向杜小曼道："姑娘，你在谢少主面前说的那番话，实在……实在是太有违规矩了些……"一边说，一边偷偷看杜小曼的脸色，唯恐刺激到她的邪筋，"其实就算是谢少主……姑娘也避忌点好……"

杜小曼道："谢少主只是顺路捎带我们到杭州，到了杭州地界就分道扬镳，没什么好避忌的。"

绿琬和碧璃便不敢再深说了。

又赶了三天的路后，第四日的中午，一行人马终于到了杭州城的城门外。

马车在离城门不远的一处空地上停下，杜小曼走下马车，心旷神怡。杨柳依依，暖风拂面，风里带着醉人的香气。

谢况弈下了马，用马鞭遥遥向远处一指："前方便是杭州城，你要找的人在杭州何处？"

杜小曼顺口编道："他住在西湖边，我有记下他的地址。谢少主，这一路多谢你照顾，你好像有很要紧的事情待办，就不必管我们了，大家在此处别过。你帮了我这么多忙，我现在没什么可报答你的，等到他日有机会，我一定肝脑涂地。"

谢况弈轻描淡写地道："我不过是救嫂夫人的时候顺手救了你，这次也是顺路。"从怀中取出一块玉牌，"你若是找不到认得的人，一时没有落脚处，拿这块玉牌到南街谢家巷。我五月之前，应该都在杭州。"

杜小曼接过玉牌，连声道谢。这位谢少主真是充满侠义精神！

她向谢况弈抱了抱拳："那么谢大侠，就此别过，青山不改，绿水长流。"和绿琬碧璃转身到车里拿行李。

杜小曼正视了她一路上都逃避的两口小箱子片刻，向上提了提袖子，抱住其中一口的箱身，用力一搬——

真是……沉……

十来斤的东西嘛，这是当然的……

绿琉和碧璃连忙争着伸过手。

谢少主遥遥站着，冷眼旁观一会儿，终于道："你们，就打算这样搬着箱子进城？"

杜小曼道："不然还怎样？这是我们全部的身家，爬也要带着它们爬进城去！"这句话说得悲壮豪迈，手又伸向另一个箱子。

谢少主扶了扶额头："先坐回马车吧，说你们要去哪里，本少主好人做到底，送你们到门口。"

杜小曼双眼闪闪发亮："真的？谢少主，你真是好人中的好人，大侠中的大侠！你知不知道杭州城最有信誉的钱庄在哪里？送我们到那家钱庄门口就行了。"

谢况弈皱起眉："你若是想要尽快被抓回去，我就立刻送你们到钱庄。你的这两箱金条，全是京城铸造，其中一端还有印记，若是一下存进钱庄……京城中三百两黄金与两位王公家眷被劫一案正闹得轰轰烈烈，你说官府会不会来查？"

杜小曼无语，这事儿是她考虑不够周详。不过，首饰不敢拿出来换钱，黄金也不能用，难道她们一行三人就要抱着金子饿死在杭州城里？

谢况弈皱眉看她青白的脸色："你很急着用钱？"

杜小曼悲痛地点头。

谢况弈又扶了扶额头，叹了口气，侧首道："何承，取二百两银票过来。"

一个白麓山庄的弟子立刻走上前，从袖中摸出两张纸递上。

谢况弈又从腰间解下一个鼓鼓的锦囊，连那两张纸一起递给杜小曼："你先拿去用。"

杜小曼后退一步："谢少主，这个我不能收。"

谢况弈道："你不是一向豪放吗，怎么此时婆妈起来！"

杜小曼摇头："你帮了我这么多，我很感激，但是你的钱我万万不能要。黄金我拆开了一根一根地换成银子，应该不会惊动官府。"

谢况弈冷笑道："你若是以为不会惊动官府，只管去拆了用试试。"

杜小曼噎了一噎，谢况弈挑起眉："我知道有一个地方，能让你换出这三百两黄金。"

杜小曼和绿琉碧璃又回到了马车内，车行进杭州城内，转过几条街，停在了一间店铺门前。

　　杜小曼随谢况弈走进店铺，店面宽阔明亮，客人很多，柜台的算盘珠子噼里啪啦地响。

　　铺中伙计见了谢况弈全部躬下身，谢况弈摆了摆手，大步流星走到一挂蓝布门帘前。小伙计打起帘子，门帘后是一座院子，四周回廊环绕。

　　谢况弈进了内院的一间厢房内，在桌边坐下，仆役捧上笔墨纸砚，将杜小曼的箱子放在桌上。杜小曼不明白谢况弈葫芦里卖的什么药，只见他提笔在一张纸上龙飞凤舞写了些什么，拿起一个印章盖了戳儿，又对左右吩咐了两句。

　　片刻后，有人用托盘托了一沓纸、两个纸包过来。

　　谢况弈将托盘放到杜小曼面前，再放上他方才写了字的纸："这是三千两银票、二十两碎银和一百文散钱，你的两个箱子就算抵押在此铺内，这家是当铺不是钱庄，有当票在此，你来日有了钱，再来将这两个箱子赎出。"

　　杜小曼看着银票和包着碎银铜钱的纸包，低声道："谢少主，真的很谢谢你。"

　　谢况弈道："无妨，我也是做生意。你这个弱女子，连一根葱值几文钱都不知道，怜弱济贫，本是我们江湖中人当做之事。"

　　杜小曼捧着银票银子铜钱，随着谢况弈出了这家店铺，郑重道："谢少主，受了你这么多恩惠，我来日一定报答。暂时先别过了。"转身欲向街的一头走去。

　　谢况弈问："你要去西湖？"

　　杜小曼立刻回身道："是，不过我自己走着去就行。"

　　谢况弈道："我只是想对你说，去西湖要向另一边走。"

　　杭州的大街店铺林立，间或亭台楼阁，雕梁画栋，路上车水马龙。

　　绿琉和碧璃穿着小书童的衣服，匆匆跟在杜小曼身边："公子，我们要到何处去？"

　　杜小曼展开她扮帅哥的专用折扇，悠然地挥了挥，"没哪里可去，四处逛逛吧。"

　　"可……"绿琉和碧璃的脸色唰地变了变，"不是说来杭州有去处吗？"

　　杜小曼挥着折扇道："那不是哄徐淑心和谢况弈的吗？我怎么可能在杭州有

熟人，只是觉得这个地方不错，适合定居发展。不要发愁啦，四处逛逛，兴许马上就有能安家的机会。”

这是家残花败柳的店。

门外冷冷清清，里面东倒西歪，总结起来就是一塌糊涂。

杜小曼坐在油腻腻大桌子边东倒西歪的大板凳上，晃着那把耍帅用的扇子，上上下下打量这家店。

在那熙熙人流中，不经意地一瞥，让她意外地发现了这家店，就像在灯火阑珊处望见了那个要等的人，又像是油头粉面的地主阔少，看见了大街边卖身葬父的小姑娘。

那个惊喜，那个怦然心动。这就叫一见倾心，又叫一见钟情。

就在千分之零点零零零一秒的瞬间，认定，就是它。

店铺的柜台后坐着一个一脸颓废的老伯。一个无精打采的小伙计将一条大手巾甩在肩头，斜着肩站在桌前：“几位，想点什么菜？”

杜小曼看看这店破败的程度，道：“三碗牛肉面吧。”

小伙计抬了抬眼皮，说了声：“几位暂等。”晃向清冷的店铺深处，挑开一挂门帘，大喊一声，“三碗牛肉面！”慢吞吞地钻进帘子，片刻之后，慢吞吞地钻出来，“客官，牛肉没了，不然几位要些别的？”

杜小曼道：“那就三碗鸡蛋面吧。”

小伙计慢吞吞地又钻进那个蓝帘子，片刻后又钻了出来：“客官，对不住，鸡蛋只够做一碗面，不然另外两位再改要些别的？”

绿琉低声道：“公子，不如……”

杜小曼压住她的话头，向小伙计道：“这也没有那也没有，你们店里有什么？喊你们掌柜的过来！”

柜台里那个愁眉苦脸的老伯听到了这句话，起身走到桌前。

杜小曼用扇子敲了敲桌面：“掌柜的，你们店里连鸡蛋面都做不出来，还怎么做酒楼？”

掌柜的急忙赔笑道：“这位公子爷对不住，小店生意不好，后厨的食材未能备足，还请大人有大量，不要计较不要计较。”

杜小曼将语气放得和缓些，道：“那就看你们厨房里还有什么，随便上些吧。”掌柜的连忙答是，向那小伙计道：“快去后厨，整治些最精致的饭菜给客官们端上来！"小伙计耷着眼皮应了一声，慢吞吞地走向那挂门帘。

掌柜的又拱手赔了几声不是，杜小曼道："掌柜的，在下刚到杭州城，还不熟悉环境。但是我看您这家店开在一条如此繁华的街上，店面也挺大，怎么会如此冷清？"

掌柜的叹了口气，摇了摇头："公子爷有所不知，这条街临近西湖，确实繁华，我当初也以为在此处开酒楼一定生意兴旺，方才用光了手中的所有老本，买下这间门脸。哪知道正因为此处繁华，酒楼勾栏的也分外多，竞争特别激烈。我这人不擅经营，酒楼中没有什么新鲜玩意儿，那些酒楼茶坊中，要么有师从御厨的大厨，要么有弹唱的美貌女娘，要么有名震杭州的说书先生。因此小店的生意开张后就没好过，一直破败到今日。"

杜小曼惋惜地听完，又打量了一下店面："真是可惜了，这么好的店。"抬头向上望了望，"楼上还有雅间？"

掌柜的道："有，楼下吃茶楼上用饭，原本是这么打算的，现在……唉，喝茶的吃饭的一天统共有十来个已是不错了，楼上用不上，就这么闲着。"

杜小曼若有所思地点了点头。掌柜的又唉声叹气地回柜台后坐着。

又过了一刻钟左右，小伙计慢吞吞地端了个托盘上来，放下一碟糖拌莲藕、一碟清炒菜心、一碟炒蚕豆，还有一个大碟子，放了五个馒头。

杜小曼被慕王府和白麓山庄的大厨养刁了胃口，看着这些菜就没有下咽的欲望，从筷筒中抽起一双筷子，也不知道干不干净，夹起一筷青菜，勉强放进口中。绿琉和碧璃则一脸担忧地看她。

杜小曼本意也不是吃饭，大概吃了几口，就结账出门。

出了门后，走了一段路，碧璃才小声开口问："公子，为什么进那么破的店吃东西？"

杜小曼道："其实我不是想吃东西，是想要他的那家店。"

绿琉和碧璃呆了呆，啊了一声。

杜小曼得意扬扬地道："杭州城够漂亮繁华，离京城又远，我们不妨就住下去，但没有收入是不行的。不需要太多专业知识就可以做的生意，只有酒楼和客栈而已。开店当然要选好位置，但是繁华地段的店，生意好的，人家肯定不会卖，就算肯卖，我们也未必买得起。像刚才那一家，位置不错，生意又差，真的是难得中的难得了。"

绿琉和碧璃瞪大眼睛听，片刻后碧璃道："可是，方才那个掌柜的也说了，这条街上的酒楼茶肆很多……"

杜小曼摇了摇扇子："竞争大不代表没机会做好，他不懂经营。我们先买下店，再慢慢考虑不迟。"

碧璃道："那么我们为什么还要出来，不直接买下呢？"

杜小曼眨眨眼："这就是买东西的技巧喽。"

杜小曼的购物技巧，出师自与学校门口和商业街的各家小店中的导购或店主大婶之间的杀价大战。看上的东西，千万不要表露出很想要买的欲望，而且不要买得太迫切，不妨先踩点，都比较完毕后再出手不迟。

三人在其他街上又逛了一逛，果然只有那家店最合心意，买下的可能性也最大。

杜小曼三人找了一家客栈，要了两间上房住了一夜。第二天，又一大早直奔那家落魄的店。

掌柜的还和昨天一样颓废，在柜台后看见杜小曼三人进门，顿时满脸惊喜，亲自过来招待："三位客官今天要什么？牛肉面和鸡蛋面今儿都有。"

杜小曼说："三碗牛肉面，再要些和昨天一样的小菜吧。"

掌柜的连忙答应，吩咐小伙计去办。小伙计还是昨天那个，依然无精打采慢慢吞吞。

杜小曼问："掌柜的今天生意怎样？"

掌柜的道："还能怎样，就是每天开着门等关门。"又叹了口长气。

杜小曼道："这样不是长久之计，掌柜的有什么别的打算没有？"

掌柜的又叹了口气道："其实我想过将这家店卖了，但想买店的人都因为生意不好，拼命压价，卖了一定赔本。不卖在这里耗着也是赔，难啊。"

话题终于引到了正题上。

杜小曼拿着折扇转了转道："在下虽第一次来杭州城，但已经决定要在这里定居了。昨天看掌柜的您这个铺位，就觉得很好。这家店您打算卖多少钱？"

掌柜的听见这句话，惊而且喜："公子你斯斯文文的，看来像个读书人，肯从商么？"

杜小曼道："我觉得做生意挺好的，尤其是做酒楼生意，既能赚钱，又能结交各路朋友。"

掌柜的搓手道："那敢情好，那敢情好。公子瞧上了小店，不知道打算出什么价钱？"

杜小曼道："掌柜的先报个价。"

掌柜的道："小店生意确实不好，摆设也不行，但地方够宽敞，地段也好。我带公子先在店里四处看一圈，看看环境。"

杜小曼先看了一圈楼下，除了破桌子破板凳，楼下大厅里没什么别的看头。那挂神秘的布帘后果然是酒楼的厨房，无精打采的小伙计就袖着手站在门口。

原来这家店里就一个大厨、一个打杂的下手、无精打采的小伙计和掌柜的四个人。杜小曼刚踏进厨房，就有只绿头苍蝇嗡嗡地飞过来，啪地撞在她脸上。厨房很大，锅灶不少，盘筷碗碟胡乱堆成一团，地上扔着一堆青菜和大葱，厨房中散发出一股可疑的味道。墙壁上是黏糊糊的油垢，墙角挂着蜘蛛网。

杜小曼忍不住想捂鼻子，掌柜的观察她的脸色，立刻道："因为生意不好，一直没怎么收拾。但厨房绝对大，给皇上做御膳都没问题！"

厨房有两个门，掌柜的指着另一扇道："这是通往后院的，厨房后是柴房。从楼上也能通到后院，公子爷先去楼上看看吧。"

杜小曼随着掌柜的又回到大厅中，从厅中的楼梯上了二楼。

二楼也很宽敞，一样摆着破桌子破板凳，另有一道走廊。掌柜的道："这条走廊，是悬空的，连着后面的一栋小楼，公子爷请看。"

走廊尽头果然连着一栋精致小楼的二楼，掌柜的道："楼上的几间房，现在小老儿我和婆娘就住在这里，可以当作公子的卧房书房，这两位小童，可以在楼上住，也能在楼下住，楼下还能做账房。斗胆问一句，公子爷可成亲了没有？"

杜小曼咳了一声道："嗯，还没有。"

掌柜的老脸笑得如花一般道："公子看这小楼多精致，好好布置布置，将来成了亲，和夫人住着多么和美！"

杜小曼心道，老爷子说话开始越来越忽悠了。

从小楼的一侧下了楼梯，有个挺宽敞的院子，掌柜的在后院还算花了心思，拉了道小花墙，将厨房后门、小伙计和大厨的住房、柴房、水井、石磨那些地方与后院隔断，留一扇小门可供进出。

从小楼下楼梯这一块儿通的地方又划拉成一个小院，种了几株花，几棵树，树下摆了石桌石椅，竟还有一两分风雅。掌柜的将其称之为主房的私院。

私院与厨房院子的中间一块，被掌柜的称为中院，种着几畦青菜。掌柜的说："公子请看，其实单后面就能算三进三出了。"

杜小曼心想，你再多拉点墙头，岂不是五出六出也能搞出来？皱眉道："只是略狭小了些。"掌柜的干笑几声。

大概都转了一遍，又回到大厅中。

掌柜的殷勤笑道："公子看如何？"

杜小曼做沉思状，皱了皱眉头："请先报个价给我听听再说吧。"

掌柜的满脸沉痛道："唉，这么好的地方，要不是我实在不会经营，也舍不得卖。我看公子是好人，不报虚价，咬咬牙，三千两银子吧！"

杜小曼将折扇打开："掌柜的，报个能卖的价吧。"

掌柜的道："公子，如此大的店面，后面还有栋小楼，三进三出的后院，再减下去我老儿全家就要跳西湖了！两千八百两，再少真就活不了了。"

杜小曼叹气道："那可不好办，我到杭州城，也是在别的地方过不下去了，身上没带多少银子，这个价钱我接受不了。算我和这家店铺没缘分吧。"

掌柜的再长叹了口气，满脸悲痛地抬起头，好像真的马上要带全家一起去跳西湖一样："那公子开什么价？"

杜小曼长叹道："我的价钱，不知您能否接受？一千两。"

掌柜的神情近乎风化："一、一千两……"

杜小曼无辜地耸肩："早说你可能不会接受啊。算了，真的是没缘分，耽误了您不少的时间，告辞了。"转身要走，就听见掌柜颤抖的嗓音："公子，再升升吧……再升一升，两千五百两，两千五百两成么？"

杜小曼道："最多一千一百两。"

掌柜的又沉默了。杜小曼满脸遗憾地摇了摇头，向门口走去。

身后掌柜的道："两千两！"说得像在刑场上喊"再过二十年，又是一条好汉"似的。

杜小曼继续向前，一只脚眼看要迈向门槛，掌柜的大喊一声："一千五百两！"

杜小曼回过头："一千二百两。"

又沉默片刻后，掌柜的嗓音寂寞地飘荡在空中："成交。"

谈妥价钱，杜小曼重新回到店内，掌柜的去拿房契，杜小曼坐在大厅中等。

大约半个时辰后，掌柜的才从楼上下来，手捧一摞黄纸，向杜小曼道："公子，是不是这就去衙门立下字据转让房契？"

杜小曼蓦然一惊："衙门？"

掌柜的道："公子放心，杭州的知府牛大人是位清官，衙内的其他官爷也都是好人。转让房契地契之类的事情，办得极快。公子打算在杭州城长住，还未去衙门登记户籍，正好可以顺便将此事办了。我们杭州经商者多，朝廷特别颁旨，杭州的户籍登管与别处不同。公子有了店铺房产，可以不用入客户，直接转入铺户，一年之后，就能入杭州的商籍了。"

客户、铺户和商籍是朝廷对流民和商人的一种户籍管理，背井离乡到另一个地方居住的流民，都会被编入本地的客籍，称为客户。在某地做生意的外地商人，统一编入客商户籍，称作铺户，但是如果小商人版本升级为大商人，有房有店铺有资产，就可以直接编进当地的商籍。

杜小曼当然不会懂得这些东西，掌柜吐出的几个名词让她有些头晕，难道不是她和掌柜两个人签个合同按个手印，她交出银票掌柜交出房契，此事就可以了吗？

绿琉和碧璃听到衙门两个字，表情都显得有些紧张。

杜小曼暗示她们镇定点。衙门怕什么？去就去。古代的画像技术实在不敢苟同，别说是养在深闺大门不出二门不迈的唐晋嫱，就算是皇帝，恐怕全国也没几个人认得他长什么样。除非有慕王府和唐王府的人在，否则没人能认出她。

杜小曼装作斯斯文文地一抬手："那么，事不宜迟，掌柜的，咱们走吧。"

在衙门办事和想象的一样顺利。转卖房契和登记户籍分别由两位主簿办理，先在一位周主簿那里签字画押，转让房契地契，由主簿大人拟好买卖转让的字据，先朗读一遍，再让杜小曼和掌柜各自签上大名按个手印。

掌柜名叫张大旺，杜小曼临时给自己起了个名字叫杜晓，临到签字时，杜小曼抓起毛笔，大笔一挥，签上两个蚯蚓爬一般的大字——杜晓，再按上手印。周主簿看着纸上的字，皱着眉又悄悄看了一眼杜小曼，心道此人长得清秀文弱，竟然胸无点墨，字写得如此丑陋，可见人不可貌相。

周主簿在心中叹息一声，举起官印，砰地盖在字据上，杜小曼现场掏出银票，递入张掌柜手中，周主簿再将字据递给她，转让完成。

张掌柜摸着银票，笑得很欢喜，让杜小曼怀疑自己这店铺还是买贵了。算了，掌柜的看起来也挺不容易的，反正是慕王府的钱，贵点就贵点。

张掌柜又好心地指点杜小曼去另一位马主簿那里报户籍。

登记户籍需要报上姓名、生辰、原籍、原家中人口以及在家中的地位排行。杜小曼前面刚好有个穿着破烂的青年在报户籍，正对马主簿道："小民洪贵，丙寅嘉元三年四月十二生，实岁二十一，原籍……"

杜小曼听着，在心中擦了一把汗暗呼庆幸。幸亏前面有个人做例子，要不然真的报生辰年月，她可不知道××年是什么。

正想着，便轮到了她。马主簿将户籍册翻过一页，提笔问："姓名？"杜小曼连忙答："小民杜晓。"

马主簿抬头端详了她一下道："可有字？"

杜小曼眨眨眼："字……字小曼。"古代好像有不少男人叫小这小那的，字小曼应该可以的吧。

马主簿一边记一边道："杜晓，字晓慢，应是出自太祖皇帝《咏晨》一诗中'杜啼春晓晓光慢'一句，此名甚好。"

杜小曼道："是，是这样没错，多谢大人夸奖。"

原来随便把名字改一改就这么有来历有文化，可见自己真的很有才华，嘿嘿。

马主簿又问："生辰年岁？"

杜小曼立刻道："小民丙寅嘉元三年七月初三生，实岁二十一岁。"

前面那位大哥，真是谢谢你啊。

主簿又问籍贯，杜小曼想，最好不要提到京城，但是其他的地方……忽然想起徐淑心去的地方，立刻道："小民原籍牧州，父亲姓杜名建胜。"

这是如假包换的老爸真名。

"母亲……杜何氏。"

呜，老妈，对不起，给你起那么雷的名字，这也没办法。

"小民在家中是独子，没有兄弟姐妹。"

主簿又问杜小曼是打算继续用这店面做酒楼还是改做别的生意，杜小曼斩钉截铁地说："继续做酒楼！"

终于，户籍登记完毕，杜小曼长出一口气。

马主簿忽然看了看绿琉和碧璃，向杜小曼道："你有铺位与房屋地产，可以入铺户，经营一年能入杭州府商籍，但你的两个仆役便只能入客户了。"

杜小曼立刻说："那便客户吧，劳烦大人。"

主簿略点了点头，一双眼落在碧璃身上。

杜小曼知道不妙，碧璃长得太可爱，圆圆脸圆圆眼还有酒窝，虽然穿了男装，明眼人一看就知道是个小姑娘。

杜小曼向主簿笑道："大人，对不住，刚才没来得及说，她其实是我的丫鬟，让她穿男装，只是为了方便行路。"

马主簿道："原来如此。"也没多说什么。绿琉和碧璃编了姓名籍贯报上，被录入客籍。杜小曼做主户，她二人并入户内，注明为商贾杜晓之仆。

中午，杜小曼主仆三人从杭州府衙出来，顿时觉得一身轻松。她们不但有了住房店面，还经过官府认证，变成了有户籍的正式居民。真是不能更顺！

杜小曼暗自在心中道：玄女娘娘和各位仙女姐姐们，多谢多谢，我一定会在这里过得快快乐乐的，赢下这一局，请继续关照我呀。

绿琉和碧璃见她站在街上不动，低声问："公子，你怎么了？"

杜小曼连忙收回神志，笑嘻嘻地说："我是在想，我们一切都办妥了，真是太好了。不过那位张掌柜要三天后才能彻底搬出去，我们现在要干什么？"

这一路行来，绿琉和碧璃已经渐渐有了变化，不再唯唯诺诺毫无主意。碧璃想了一想，抢先道："我知道，咱们要先去市集上逛逛，看看有没有手艺好点的木匠工坊。店里的桌子椅子又脏又破，一定要重买新的。"

绿琉跟着道："我看那家店也只有房子可以用，其他的都要重新置办。回头先将那栋小楼收拾出来，咱们搬进去住着，便不用再花住客栈的钱，店面再细致收拾。要住进去，床铺被褥还有换洗的衣服，首先要置办。"

杜小曼道："还有，我们刚来杭州，对开店实在一点经验都没有，店内应该怎样摆设，装修成什么档次，招大厨伙计几个人合适，统统都不知道。所以我们要到别的地方去蹭点经验，把杭州城内各大酒楼茶馆都逛一逛，你们看怎么样？"

碧璃说："好啊，不过……"忽然低下头，耷下嘴角，"公子你在马主簿面前说了我是女子，我这个样子，是不是不方便再在街上走动了？"

原来她在纠结这个！杜小曼立刻说："怎么可能呢？马主簿听了原委后并没说什么，他一定不会到处乱说。再说，就算所有人知道了又怎样？"随便向路上指了指，"你看，行走的摆摊做生意的不都有女人吗？这次开店，我们三个人赚的钱说不定比那些男人都多！"

碧璃咬咬嘴唇笑起来，重重点头："嗯！那我们往哪里去？"

杜小曼道："来了杭州，当然要先去杭州第一名胜——西湖！"

为什么不管是现代还是古代，著名旅游景点的人都那么多！

杜小曼站在西湖的岸边，望着乌泱乌泱的人，怨恨地啃着糯米粉软糕。

绿琉和碧璃在她身边站着，一人捧着一块糕，无奈地充饥。

原本以为现代人喜欢旅游，没想到古人也是。尤其春暖花开的三月，更是旅游旺季。像杭州西湖这么一个排行在古代旅游景点前三甲的地方，客流量那叫一个高。杜小曼在西湖边什么也没看到，只看见人了。

她们逛到西湖边时，肚子已经有点饿了，于是瞄准了几家酒馆，但每一家都是踏进门槛后，又悲痛退出，里面人实在是太多了！

杜小曼饿得两眼昏花，却没能进得了一家酒楼，只能和绿琉、碧璃三人蹒跚来到西湖岸边，买了几块糯米糕充饥。

西湖的观光人群中，有不少长衫飘飘的文艺客。本来嘛，提起西湖会想到什么？诗，词，画，还有许仙白娘子惊天动地的爱情故事，当然……更有古代色男们的最爱——美貌的名妓们……所以，西湖就是那文艺老中青年的最爱，吟诗作对扮风流的首选地。

譬如现在，杜小曼站的这棵歪脖子大柳树下，就挤着十来位游人，有五六个都是文艺中年，站得离杜小曼最近的，是位三四十岁的大叔，留着古代最风雅的三缕长须，一手背在身后，一手摸着胡子，双眼迷蒙地看向前方，口中念念有词："傍得青山一带青。两个青字，似乎不妥，但改成一带绿……绿字不好。傍得远山一带青，远山尚可，只是平仄又不对了……"

杜小曼顺着大叔的目光往前看，哪里看得见远山，哪里看得见青啊，穿青衣裳的人倒有不少个。大叔真是强悍的文学中年，在这种情形下都能吟得出诗来。

杜小曼有点寂寞，索性目光乱飞，看看人群中有没有帅哥可以养养眼。

杜小曼之前见到的几个男子，从猪头王爷到笛子少年到谢少主再到安少儒，可以说是各有风姿，都很惊艳。连徐淑心的情郎都长得清秀斯文。这给了杜小曼一个错误的印象，以为她来到的这个时空是个容貌基准线严重高于现代的地方，但是现在这么一一瞄过去，她发现自己错了。

并不是这里的美型男多，而是她的运气比较足，之前碰见的几个全是典藏级别的。

此时的西湖边，放眼望去……大叔一大片，老伯一大片，年轻人中，土豆茄子地瓜大葱一片片，偶尔有端正的一两只，明显在土豆茄子中找到了自信，满脸骚包样。

杜小曼快快地收回视线，打算去喝点茶水。

茶摊前人也挺多，所有的座位都已经有人了，只能站着喝。就在杜小曼把茶碗送到嘴边时，不经意一瞥间，看见了一个人影。

杜小曼顿时觉得，大叔老伯和土豆茄子们嗖地渺小了，西湖的阳光嗖地更加耀眼了，连人群也好像没那么拥挤了。

美男就是要在阅遍地瓜后才能凸显出珍贵啊！

杜小曼几乎是热泪盈眶地盯着那个让天地一片光明的身影——安少儒。

原来，他也是来杭州的。

安少儒独自一人，正信步前行。杜小曼拉着绿琉和碧璃向后面退了退，虽然安少儒很养眼，但她本着安全第一的原则，并不打算与他打交道。直觉告诉她，这个人不简单。

路上太拥挤，她后退时一个没留神，撞到了路边的一个算命摊，算命的签筒被撞落在地，竹签全撒了出来。

杜小曼连忙和摊主赔不是，绿琉和碧璃手忙脚乱地帮着收拾签筒，好容易收拾完，一抬头，发现安少儒近在眼前。

安少儒含笑道："这位公子，你是在池渊城内和谢少主同行的……"

杜小曼立刻拱手道："正是正是，没想到在这里碰见安公子。在下姓杜，名晓，字晓慢，原来安公子也是来杭州的。"

安少儒道："再次相逢，当真是有缘。在下本就是杭州人氏，那日是去接一位旧友，归途遇见杜公子与谢少主。不想两位竟也是来杭州，杜公子今日出门，未和谢少主同行？"

杜小曼道："哦，谢少主啊，我只是路上碰见，搭他的顺风车船到杭州而已，进城之后就分开了。今天只是随便逛逛。"

安少儒又笑了笑，道："既然有缘相遇，不知在下可否冒昧请杜公子进酒肆一饮？"

杜小曼犹豫了一下，既然已经遇见，太拿捏作态反而会引人怀疑，于是大方地道："多谢安公子，我这人一向脸皮厚，可就真的答应了啊。"

于是乎，片刻之后，杜小曼就和安少儒坐在西湖边最大的酒楼二楼精致的靠窗雅座上，赏风景，品香茶，观美男。

他们能有位置吃饭，并不是安少儒面子大，而是酒楼中的人突然少了很多，只剩下店内满桌的杯盘狼藉。剩余的几个客人都在神色匆匆地催着结账，像是有什么事情赶着办。

杜小曼奇怪道："刚才我来的时候人还挺多，怎么一下子全没了？"

店内的小伙计边上菜边道："原来几位还不知道，今天下午杭州城的三大花魁游湖，大家都到西湖边上占位置去了，几位快些用饭，兴许……"双眼在杜小曼和绿琉、碧璃的脸上转了一圈，笑嘻嘻地转过话头道，"其实不过是三个勾栏姐儿出来逛而已，没什么好看的。几位慢用。"

杜小曼等小伙计离开后道："这个小伙计，前言不搭后语的。安公子，莫非你也是来看花魁游湖的？"

安少儒道："在下只是忽发兴致，想来西湖走走。昨日刚回杭州，未想到竟有这样的风流事。"执起酒壶，要替杜小曼添酒。

绿琉和碧璃连忙从下首起身："公子爷，这种事情理当小人们来做。"

杜小曼对安少儒抱抱拳头："安公子，不好意思，在下对酒这种东西有些过敏，沾一滴就全身发痒，实在是失礼了。"

安少儒温和笑道："无妨，其实在下也不擅酒，既然杜公子不能饮，不如换茶上来。"喊了小伙计撤下酒壶，换上香茶。

杜小曼和安少儒边吃边攀谈，偷空打量店中的摆设。这家酒楼装修得不错，楼下清一色朱红色的方桌方凳，楼上的雅座用屏风隔开，桌椅奇巧雅致，碗碟与楼下的样式不同，玲珑别致。墙壁上挂着字画，雕花的窗户也很漂亮。装修到这个水准，不知道要花多少钱？

杜小曼想得出了神，碧璃坐得离她近，小小声地咳嗽了一下。杜小曼急忙回过神来，对安少儒笑道："对了安公子，我正好有件事情要请教你，你是杭州人，知不知道在哪里订桌子椅子之类的比较便宜一点？"

安少儒微微皱了皱眉："在下还真的不曾留意过。杜公子是否急用？"

杜小曼道："实不相瞒，在下刚刚买下一处店面，也准备做酒楼生意。唉，就是置办摆设比较麻烦……对了安公子，等我们开张之后，请多来捧场啊。"

安少儒笑道："原来杜公子竟是位豪商。桌椅的价钱，在下虽不懂，但可以打听。开张之日，一定备礼以贺。"

杜小曼连声道谢。她并没有告诉安少儒她的店在什么位置，安少儒也没有问。人都是会讲些客套话的，不能句句当真。

又坐了片刻，安少儒说还有事待办，先行告辞，杜小曼也想赶着去其他家酒楼看看，于是安少儒结了酒钱，几人客客气气地互相道别。

三人沿着西湖，再逛了几家茶楼酒楼，杜小曼吃得肚子发胀，绿琉和碧璃也连声说撑得难受，于是市场调研工作暂停。路过绸缎庄时，又顺路订了几套衣裳，再回客栈去。

　　第二天，杜小曼向老板打听了最繁华的市集所在，和绿琉碧璃去市集上踩点。

　　市集上的小摊一个接着一个，小到绣花针大到房梁木材，全有得卖。杜小曼只觉得眼睛不够用。啊啊啊，那个摊子的镯子钗子好漂亮，呀呀呀，这边摊子的小荷包小香囊好精美，胭脂花粉的摊子上味道也很香……还有这家摊子上的珠花……

　　碧璃轻轻扯着杜小曼的衣袖："郡……公子公子，你看！那只风筝！"

　　杜小曼压抑住蠢蠢欲动的购物之魂，小声说："别那么露骨，镇定点，我们现在穿男装呢。"

　　碧璃连忙直了直脊梁。杜小曼说别人一套一套的，自己却没抵挡住前面摊子上悬挂的一只造型别致的镯子的诱惑，目光灼灼地飘了过去。

　　摊前围了一堆女子，正在叽叽喳喳地挑选，前方的人忽然纷纷闪避，让开的空道中有四五个穿着水蓝色衫裙白长袖的女子走了过来。

　　嗯？这身装束怎么看起来这么眼熟呢？杜小曼恍然记起，这不是她和徐淑心逃走的时候在马车里穿过的衣服么？

　　这几个女子腰间插着拂尘，配着宝剑，既有些像江湖侠女，又有点像道姑。她们走向那个卖镯子的摊子，摊旁的人顿时放下手中的东西，低着头匆匆走了，拥挤的四周一瞬间变得很空旷。

　　几个女子绷着冷冰冰的神色，其中一个拿起杜小曼刚刚看上的那只镯子看了看，也不问价钱，直接丢了一块碎银在摊上。

　　摊主拾起银子，低头哈腰一迭声地道："谢谢仙姑打赏，谢谢仙姑打赏！"这几个女子看也不再看他，径直走了。

　　杜小曼忍不住自言自语道："这几个女的是什么人，看起来和皇亲国戚差不多。"

　　周围有人听到这句话，顿时满脸惊恐地瞧了瞧杜小曼，缩着脖子闪开。

　　一个烧饼摊前，有个大婶正在训斥在她脚边打滚撒泼要烧饼吃的孩子，抬起巴掌狠狠地扇下去："哭！叫你哭！半夜里长毛老姑把你个小崽子抓进黑窟窿！"

那孩子立刻倒咽了两口气，不哭了。

长毛老菇？民间传说的一种蘑菇妖怪？

杜小曼和绿琉碧璃在集市里一直逛到中午，找了几家卖碗碟的小摊询问了价钱，相中了几套，准备等过两天就来下订单。有几家木匠铺也很不错，店铺前摆的窗扇花样都很精细。

近中午时，杜小曼三人从市集中抽身，再到酒楼去吃饭考察。临街上有家酒楼外表十分气派，杜小曼敲着扇子道："先去这家！"

刚走到门前，酒楼的门里砰地摔出一个人。

那人跌了个狗啃泥，模样十分狼狈，一边挣扎爬起身，一边絮絮叨叨："你这店家，欺人太甚！吾不过是无钱付账，所谓猛虎也有落困时，大不了吾自贬身价，替你们洗盘子擦地。出手伤人，辱我斯文，非君子行径。"

两个小伙计卷袖子站在门前，大声道："没钱付账敢进酒楼？今儿我们掌柜的心情好，不与你这个穷酸计较，再啰唆打断你的腿！"

那人并不理会，仍絮絮叨叨地拍着长衫上的灰尘。他的这身长衫上补着五六个补丁，洗得早看不出原本的颜色，头发乱草一样蓬在肩头，头顶却还似模似样地束了块方巾。

小伙计不屑地啐了口唾沫："方才怎会瞎了眼，放了这么个玩意儿进店！"接着脸色一变，打起帘子，对着杜小曼几人热情招呼，"几位客官，要吃酒么？里边请。"

被丢出门的那个书生摇头大叹一声："狗眼！真是狗眼不识真君子！吾进你们店是看得起你们！"又对杜小曼拱了拱手，"这位兄台，此店恶犬甚多，兄台一表斯文，还是不要入内为好。"再摇头大叹世风日下，晃晃悠悠地走了。

杜小曼三人进了酒楼。店内装修得大气豪阔，小伙计们也训练有素，嘴巴像刚喝完猪油一样，说话又滑又快，态度殷勤，腿脚灵便。

嗯，开酒楼，服务人员也很重要，这也得学着点。

这一天三人又逛得个腰酸腿痛，但收获甚丰，得到了不少宝贵经验。回到客栈时，张掌柜派了那个无精打采的小伙计来送口信，说他已经把所有的家当都搬走了，她们可以进驻了。

三月二十六日，杜小曼正式接手了那家破酒楼。

酒楼的前名叫作寒梅居，一听名字就寒碜又小气，怪不得总做不起来。杜小曼打定主意，一定要给酒楼起个气派又抢眼的名字，一扫颓丧。张掌柜将钥匙交到杜小曼手里，又领着她里里外外看了一边，确认房子完好无缺，才依依不舍地走了。

张掌柜离去后，杜小曼站在酒楼的二楼俯瞰楼下，蓦然生出一股自豪的心情，从今天起，这些地方可全是她的了。

一楼的大厅里站着三个人，此时正讨好地看杜小曼。一个是这座酒楼里的前任大厨曹师傅，另一个是给曹师傅打杂的小工小三，还有那个无精打采的小伙计胜福。

绿琉轻声在杜小曼耳边道："他们还想在这家店里做下去。"

曹师傅说，他从这家酒楼刚开张起就在这里做事，对这家店很有几分感情，而且他家上有八十老母，下有嗷嗷待哺的小儿，若丢了饭碗，全家就只能去街头要饭。说的时候，两个眼泡中蓄满了忧伤的泪。

小三说，他从小父母双亡，流落街头，幸得以前的张掌柜收留了他，现在如果不在这个酒楼里做，他实在不知道该如何处去，这个酒楼就是他唯一的家。说这段话的时候，小三几次哽咽不能言语。

胜福说，他自幼无母，老父好赌，将他家赌得倾家荡产外加欠了两肋骨的债，日日债主逼门，不得安宁，全靠他在这里挣几个钱接济家里，到现在二十好几还没有娶媳妇。如果没了这个饭碗，他和他爹就只有在喝完西北风后被债主抓去剁成人肉包子，或者扔进臭水沟里，死了也无人收尸。一边说，一边涕泪直下。

杜小曼看着眼前的三人，觉得如果不继续留他们在店里，她就是黄世仁，就是南霸天，就是胜福横尸街头的罪魁祸首。这个朝代史书中的千古罪人里，说不定就有她的大名。

但是留他们下来，他们目前的这个工作态度……

杜小曼开口道："留你们继续在店里，不是不可以，但你们现在的毛病都要改一改。"

曹师傅、小三和胜福立刻一起点头："请掌柜的吩咐，我们一定改。"

被人叫作掌柜的，感觉真的不一样，杜小曼将双手背在身后道："第一条嘛，就是曹师傅你，厨房中一定要备好充足的新鲜的菜，不能客人点菜的时候，回答没有。做菜之前一定要将材料洗净，每道菜都要用心做，把客人当作自己的……玉皇大帝。"

曹师傅立刻点头："好！好！记得！记得！"

杜小曼满意地点了点头，接着道："小三你，要把厨房打扫得干干净净，厨房重新整修后，不许墙上再有油污蜘蛛网，也不能再有苍蝇之类的东西存在，更不能有怪味。"

小三急忙弯腰道："知道知道！谨遵掌柜的教诲。"

杜小曼把目光转向胜福："你要改的地方最多。首先请打起精神，别好像总没睡醒一样，招呼客人一定要热情周到。对待看起来很阔的客人，要态度殷勤；看起来很穷的客人，也要热情招待。我们挣的钱，都是从他们身上来的，所以态度最重要。另外，手脚要快，要记住，顾客就是我们的玉皇大帝，对待每个客人，都要像对玉皇大帝那样尊敬。"

胜福惶恐地应道："知道了，掌柜的，一定按您的话做。"

杜小曼道："那我先给你们一个月的机会，看你们的表现，如果表现不合格，我会毫不留情地开除哦。"

三人立刻又弯腰点头道："明白明白。"

杜小曼训话完毕，很有成就感。

绿琇在一旁提醒道："公子，店内的门锁之类的要先换一下，还有后面的小楼具体怎么布置，还没个议程，咱们先去看看吧。"

小三很机灵，立刻道："掌柜的，我也同你们一道，看看有什么可帮忙的。"

刚上二楼，楼下忽然传来一个声音："小二在哪里，过来侍候。"

是个女子的声音，冷冰冰的。

小三低声道："是了，忘记先将门前的招牌和酒旗拆下来了，恐怕是有客人以为店还开着。这几天都没客，偏偏今天有了。"

杜小曼向楼下看去，只见大堂内站着几个身穿水蓝衫裙的女子，和前日在市集上看到的几个女人装束一样。

小三也看见了，啊了一声，神情惊恐。

楼下，胜福弯着腰，结结巴巴地道："几位仙姑对不住。小店刚刚换店主，正要关店整修，店内腌臜，招待不得，望仙姑们垂慈体谅……"

蓝衣女子中的一个轻声道："姐姐，我看这家店内脏得很，确实像不能开了，咱们再换另一家吧。"

为首的年长女子却冷冷道："他口口声声说不能招待，难道竟敢不做我们生意？我们今日就在这家店里吃。"走到一张桌前，立刻有两个水蓝衣裙女子在椅子上和桌面上铺上黑色的布。为首的那个女子在桌旁坐下，将长剑横上桌面："泡壶香茶，再整治一桌最好的素菜上来。"

杜小曼心道，这些老女人什么来历，这么嚣张。小三低声在她身边道："掌柜的，月圣门的人得罪不得，小的这就下去备买材料。"一溜烟绕向酒楼的后门。

碧璃小声问："怎么办？"

绿琉道："既然要做生意，恐怕这些女子真的不能得罪。"

杜小曼道："那就下去应付应付吧。"下楼走到那几个蓝衣女子的桌前，赔笑道，"几位仙姑对不住，在下刚刚接手这家酒楼，还没有重新翻修。几位仙姑到小店内，是小店的荣幸，小店一定去找最好的食材，给几位仙姑做最好的饭菜，一丝都不会马虎。"侧身向碧璃道，"你先去弄些精致的点心，别让仙姑们饿着了。"又向绿琉道，"你去泡壶香茶来。"绿琉和碧璃低头应了声喏。

为首的那个女子道："你这个掌柜的，还算有几分眼色。"

杜小曼道："那是那是，我们做生意，服务是第一位的嘛，点心茶水都是小店免费赠送，希望几位吃得开心。在下先失陪一下，去后厨交代交代。"

走到后厨，胜福在门口望风，绿琉、碧璃和曹师傅此时都摆着一张苦脸。

杜小曼小声说："外面这几个老女人看起来像内分泌失调外加更年期提前，很难对付，是不是来头都很大？"

还要尊称她们"鲜菇"，老干菇还差不多！

曹师傅和胜福一脸痛苦地点头。

杜小曼道："嗯，所以更要哄她们开心。别在这里站着了，我记得街角就有家糕点店，好像还有卖茶叶的，快去买点心，最好的茶叶称点过来，快！"

碧璃应了一声，一溜烟地走了。

曹师傅说："掌柜的，我我我我，这锅灶——"

杜小曼道："曹师傅你别急，考验你专业水平的机会来了。趁着小三买菜还没回来，先把锅洗干净。还有没有没缺角的碗和碟子，赶紧拿出来洗。"

绿琉道："可是，公子，就算有茶叶，没有好水好容器，也泡不出好茶。"

曹师傅说："后院的井水很甜，可是容器……"面露为难。

杜小曼忽然想到："刚才我们去后面的小楼，二楼的一间卧房里好像有套做摆设用的茶具，张掌柜的说就当送我们的。唔，还有几个摆水果的小盘子，也很精致。"

绿琉也一溜烟地去了。

杜小曼让胜福去前厅好生伺候着那几个女人，自己在厨房里转悠，看有没有可以帮到曹师傅的地方。转到厨房的一角，忽然看见一个大盆里泡着半盆黄豆。

杜小曼道："曹师傅，这个是？"

曹师傅道："回掌柜的话，以前的掌柜的每天早上的饭都是我们自己预备，豆浆也是自家现磨的，不会掺水。今天太忙没有吃，豆子就剩下了。"

杜小曼眼前豁然一亮："曹师傅，现在磨豆浆方便么？"

几个蓝衣女子在前厅等了片刻，觉得有些不耐烦。其中一个女子便道："饭菜几时能上？点了许久，怎么全无动静！"

胜福连忙弯腰赔罪。正在这时，门帘一挑，杜小曼和碧璃每人端着一托盘东西走了出来。

胜福连忙道："掌柜的你怎么亲自……"

杜小曼笑眯眯地道："招待几位仙姑，乃小店三生有幸，自然要服务到位。"

胜福接过她手里的托盘，杜小曼将托盘的东西先放到桌上，是四碟精致的点心。

杜小曼再将碧璃托盘上的几个瓷杯分别放在蓝衣女的面前，杯口还冒着热气。

一个蓝衣女立刻皱眉道："这不是豆浆么，你当我们来你这店中吃早点？"

杜小曼笑道："这位仙姑请听在下解释，其实呢，豆浆并不是只有早餐才能喝的饮品。饭前喝一杯，开胃又养颜。茶水苦涩，喝多了冲在胃中，对消化不好，豆浆配点心才是绝配。几位仙姑容貌美丽，多护养护养准没错的。"话未落音，颈上忽然一凉，一把明晃晃的长剑横在了她脖子上，一个瘦长脸的蓝衣女子手握剑柄喝道："大胆，竟敢妄论我等容貌！"

喂，有没有搞错啊！几个内分泌失调更年期提前的老干菇，我本着专业的服务精神对你们赔笑脸，对着你那张马脸夸漂亮，你还敢找茬？

杜小曼刚要发飙，为首的那个冷冰冰的女子忽然道："五妹，这位小掌柜并无恶意，先将剑收回去。"

马脸女哼了一声，收起长剑。

杜小曼道："果然是这位大仙姑你比较明事理。不过我也有错，仙姑乃是天上人，像我这种凡人怎么能妄论呢。"从碧璃的托盘中又拿出一碟糖放在桌上，"在下不知道几位仙姑喝豆浆喜欢微甜中甜还是很甜，请几位酌情往里面加吧。"

回到后厨后，碧璃吐出一口气："公子，刚才那几个女的吓死人了。"

杜小曼道："小心点，别被她们听见，惹不起就先不惹，我不就好好的没出事？"

小三很神勇地买回一大堆菜，杜小曼几人都很惊讶他是怎么把这么多菜提回来的。曹师傅其实颇有点专业技术，开火之后速度飞快，热的冷的一盘盘端出去，从外面风平浪静的情况来看，老干菇们对这些菜挺满意的。

等那些女人用饭完毕，杜小曼带着绿琉端着茶盘走了出去："各位仙姑，吃完饭请再用杯清茶漱口。"

胜福撤下菜盘，绿琉斟上茶水。

绿琉的泡茶技术当然也是一流的，老干菇们虽然神色冰冷，杜小曼猜想她们一定都喝得很开心。终于，茶罢结账，几个女子拍下一锭银子，昂然走了，留下那几块铺桌子板凳的黑布。

杜小曼拿起银子在手里掂了掂，十两的一整锭，嘿嘿，赚了。她摆摆手："大家收工了，胜福你把这几块黑布扔掉吧。阿绿阿碧，咱们再回楼上去看看房子。"

阿绿和阿碧是绿琉碧璃做小厮的化名。

上了楼，绿琉和碧璃道："真不知道那个月圣门是干什么的，别人像很怕她们。"

杜小曼说："是啊，刚才曹师傅他们说话吞吞吐吐的，等忙完了咱们去问问他们。"

三人到了后面的小楼，商量卧房的安排。杜小曼的意思是三个人都睡楼上，每人一间。绿琉和碧璃却认为不合规矩，坚决推辞。争论了一番，好歹有了个定论，又商议每间房应该怎么布置，门上用什么锁合适。

正在这时，小三忽然急匆匆地跑来："掌柜的，掌柜的，楼下又来了个要吃饭的。"

杜小曼道："反正今天也做了一顿了，再招待一个客人也不成问题，就随他点吧。"

小三带着指示一溜烟下楼去了。

三人继续讨论该不该换新桌子新床，过了一时，小三又匆匆地跑过来："掌柜的，楼下那客人难缠得很，点的菜都稀奇古怪的，材料很贵。"

杜小曼说："他要吃就给他做，他吃东西用的这些材料肯定要算在他的饭钱里，他爱吃就让他吃。我们对待客人要像对待玉皇大帝一样。"

小三答了喏，又下楼去了。

再讨论了一会儿，绿琬和碧璃说，楼下的房间里没有床，不如将这些房间中的旧床和桌椅平均分配到其他房间去，先买些枕头被褥，大家在其他房间中住着，把楼上几间重新装修得精致些，再添新床和新桌椅。杜小曼觉得这样挺好。

商议了一个多时辰，她有些口渴，就去楼下大厅里去找点水喝。

走到楼梯前，杜小曼看见一个人坐在大堂内的一张大桌前，一边拿着一根牙签剔牙，一边向胜福道："……鱼翅，炖的火候稍微久了些，将鲜味炖失了。松菇不甚新鲜。这碗燕窝粥勉强尚可，只是糖味不正。鲤鱼尾稍油用错了。唉，总之也就勉强能入口吧。"

杜小曼看这个人，觉得有点眼熟。

虽然今天此人的头发齐整油光水亮地垂在肩上，但是这个声音，这身四五个补丁洗到看不出是什么颜色的破长衫，还有顶上那块头巾……

小三蹿到杜小曼身边，殷勤地搓着手。

杜小曼问："谁让他进来的？"

小三睁大眼道："是小的去请示您，掌柜的您亲自吩咐的，您忘了？"

杜小曼目光虚浮地道："他点了什么菜？"

小三道："说起来，菜还真点了不少，都是稀罕花样，最平常的是一碗燕窝粥，其他的像什么糟酿鱼翅、松茸五仁醉仙鸡、柳香云絮蛋……乱七八糟的。还挑得很，鲤鱼只吃尾稍那个胭脂红的尖儿，还要活鱼拿到桌前现剐给他看，再加多少佐料进去炸，单那一盘菜，就用了三十多条鲤鱼，我在市集上求了卖鱼的半天，好容易凑了一车拉进院子来。整条街的人都夸掌柜的你做生意大手笔哩。这一桌菜，成本起码得十几两银子了，啧啧。"

杜小曼面色僵硬，眼神空洞："那你们就做给他吃？"

小三眨眼道："是掌柜的您吩咐的，他点什么咱们就做什么，对客人要像对待玉皇大帝一样。"

杜小曼恨不得一头撞在墙上。

楼下，胜福正恭恭敬敬地对那个破烂衣衫的书生道："公子爷，您该结饭钱了。"

书生将手里的牙签放下，慢吞吞道："哦，饭钱么，可不巧，吾身上今日没带钱。唉，要不然叫你们掌柜的下来吧。"

胜福神色一僵，杜小曼慢慢从楼上走下，胜福回头道："掌柜的，您下来了，这位客人……"

书生站起身，对着杜小曼拱了拱手，面露惊喜道："这位兄台，吾看你面善，似乎曾在哪里见过。再次相遇，真是有缘。吾在你店中食一桌餐，身无余钱可付饭资，不如这样吧，吾在你店中做做帮工，以此还钱，你看可否？"

杜小曼很火大，十分火大，非常火大。

刚刚对着一堆老女人赔笑脸，挣了点银子，现在来了一个吃霸王餐的无赖，一下全赔进去不说，还得倒贴几两。

无赖一双上挑的桃花眼眯得弯弯的，一脸山花烂漫的笑容，摆明了要将霸王餐进行到底。看样子，他似乎还挺期待杜小曼喊人将他暴扁一顿，然后踢出门去。

杜小曼双臂环在胸前："好啊，你要卖身还债是吧，先说说你能干什么？"

卖身？让你卖！以为卖身做帮工很容易么？我不把你剥削到骨髓都不剩就不姓杜！

书生立刻道："小生时阑，滁州人士。兄台你莫看吾似乎手不能提，肩不能挑，其实吾家中本是诗书世家，只不幸在吾这代败落，吾科举未能及第，无颜见江东父老，因此流落江南。吾虽落第，但诗书经史骑射乐礼无一不精通。店中事务，迎客算账端茶送水涮锅洗地吾样样能做，只要有吃有睡便可。"

竟然还想包食宿？！

杜小曼点点头："唔，挺全面。"走到他面前仔细打量了一下，"看你这张脸，似乎长得十分不错，清清秀秀的，嗯，下次什么仙姑蘑菇之类的进店，还能专门派你出场，去迷惑一下，当个牛郎用。挺好挺好。那就这样吧，你吃的这桌酒菜，我们店里的价格是一百两银子，休业整顿期间打六折，算你六十两。你以工抵债，从今天起，你就是店里最低等的小工，掌柜的我厚道点，给你年薪六两，你签给我个十年的卖身契，我也不多收利息了。如何？"

书生立刻点头。

杜小曼一甩袖子道："胜福，麻烦你先随便找个什么窝让他去睡，明天和我到知府衙门去签个卖身合同，上个户口。"

留下这个叫作时阑的穷酸书生，杜小曼乃是一时意气，等到胜福真的带着时阑去安顿的时候，杜小曼又有点后悔了。毕竟这个人来历不明，谁知道他会不会等到天黑后干出点放放迷烟打打劫的事情来。

绿琉和碧璃也很不赞成，理由是："公子，这个人来路不明，身份不清，贸贸然留下来，恐怕不妥当……"

但是杜小曼话已经说出来，不好改口，只得吩咐伶俐的小三道："你晚上留心点他，有什么不对劲就立刻打晕了，天亮送去官府！"

这天晚上，是杜小曼睡在自己的酒楼中的第一个晚上。可能这个地方就是自己今后很长一段时间的家了，想到这一点，杜小曼心中有些小小的感慨，除此以外，睡得意外的舒坦。

第二天，杜小曼起床洗漱完毕，大厅内已经备好早饭，杜小曼一眼看到了站在饭桌边，望着早餐笑得很欢喜的时阑。

早餐很简单，曹师傅亲手磨的豆浆，小三从街头买回的油糕和小烧饼，另外还有两三碟咸菜。

曹师傅诚惶诚恐地道："以前张掌柜早饭都是吃这些东西，不知掌柜公子可吃得惯？"

杜小曼笑道："挺好啊，我挺喜欢的。"

时阑立刻接腔："甚好甚好，掌柜的说甚好，吾看它也甚好。既然都甚好，大家就都不要客气，举箸食之。食而饱之后，更加甚好。"不客气地在桌边坐下，举筷夹起一块油糕。

真是脸皮厚似城墙！杜小曼心中磨牙，面上却装得毫不在意，拉开凳子坐下道："大家一起坐下吃吧。"

时阑的口中含着油糕，含含糊糊道："正是正是，此物凉了就不好吃了，赶紧赶紧。"

杜小曼剜了他一眼，但时阑皮厚肉粗，无知无觉。

时阑的胃口挺大，喝了两碗豆浆，吞了三个油糕两个小烧饼，方才一脸意犹未尽地放下筷子，摸摸腹部，大呼一声："妙哉。"

小三好心地道："那边的桌上放了抹脸布。"

时阑道："不用，吾自有惯用的。"抬起打着补丁的袖子，抹了抹嘴。

见杜小曼也放下筷子，时阑道："掌柜的，几时去衙门，将卖身契签了？"

杜小曼道："你问得那么积极，难道巴不得卖身，觉得十年太少？"

时阑正色道："否，否。当偿则偿，有欠必还，此乃吾家祖训。吾虽今日落魄，仍不能忘。所谓早还早清，签文书亦要趁早。"

杜小曼不耐烦地挥手道："知道了！现在吃完饭了吧？那就和我一起去衙门吧。"

签卖身合同，也分两步，和买房一样，先去周主簿那里签字画押。周主簿还认得杜小曼，很客气地将和合同拟了出来，无外乎是说滁州人士时阑，因欠商者杜晓饭资银六十两，无力偿还，今愿抵己身为仆偿还债务十载云云。

时阑挽起袖子，提笔签下大名。

杜小曼道："慢着，再按个手印上去。"

时阑道："掌柜的，我已签名，无须再按手印吧。"

杜小曼冷笑道："谁知道你的名字真的假的，按个手印保险。"

时阑只得将右手的拇指沾了些印泥，按了个手印。杜小曼满意地点点头，抓起笔签上杜晓两个大字，拎起契约纸吹了吹墨，就要往怀中塞。

时阑道："慢着，掌柜的，你还未按手印。"

杜小曼瞪起眼睛道："我为什么要按？是你将自己押给我又不是我押给你，我这个名字如果是编的造的，这纸合同作废，难道占便宜的不是你？"

时阑思索了一下："如此一说倒甚是。"

杜小曼道："就是喽，和我到隔壁办户籍吧。"

马主簿也还记得杜小曼，连问都不问杜小曼的名字，直接就翻到了铺户杜晓户籍及名下客户籍的那一页，提笔记录。

时阑摸出一本册子，递给马主簿旁边的录事，道："学生时阑，字阑之，滁州人士，丙寅嘉元三年六月二十九生，时年二十一足岁，庆化五年滁州府京试科生员，无兄姊弟妹，家严家慈均已逝矣。"

杜小曼在一边听着想，不会那么巧吧，难道自己真和丙寅年有缘？这又来了一个丙寅年生，二十一岁的。

录完户籍后，出了衙门，杜小曼又顺道买了些碗筷茶具之类的日用品，杀了半天价钱，都让时阑提着，回到酒楼中。

　　绿琉与曹师傅、胜福一道去买东西了，剩下碧璃和小三看门，见时阑抱着大堆东西，立刻上前接。杜小曼道："不用接，让他搬，他现在是店里最小的小工，什么重活脏活都交给他就行了。"

　　碧璃和小三只得缩回手。杜小曼向后面的小楼走去，时阑拎着东西跟上。

　　进入二楼的一间屋内，时阑将东西放下："掌柜的，若无别的事情吾先出去了。"

　　杜小曼道："呃，掌柜的我，现在还有几件事情要交代你一下。第一，从今后你说话说得简略些，别满嘴吾吾呜呜的，冒一些文言字眼儿，我听不大懂，沟通交流有障碍。第二，'掌柜的'三个字我听着总有些别扭，换个称呼，我姓杜名晓，字晓慢，你喊我曼公子也成，老板也行，随便了。第三，就是你从今往后机灵点，懂得看眼色行事就行。"说到这里，邪邪一笑，"如果再有什么冬菇蘑菇仙姑之类的进店，她们看你很满意，我不反对你向她们提供额外服务。"

　　时阑看着杜小曼，舒展两道长眉，微微一笑："我晓得了，老板娘。"

　　杜小曼像被雷劈中一样跳起来："你、你说什么？！"

　　时阑无辜地眨了眨眼："是老板娘你说让我随便喊，只要不喊掌柜的就成。"

　　杜小曼后退一步："你、你你你你你怎么看出来的？"

　　时阑露出白牙："啊，老板娘你是男是女，明眼人都看得出。楼下的那两位随从其实是你的丫鬟吧？上户籍的时候我还奇怪，为什么衙门会看不出你是女子，还给你上了户籍。"

　　杜小曼警觉地冷下脸："喂，你想怎么样？"

　　这个人眼光够犀利，而且此时他的气质与破落书生的气质十分不符，难道是个深藏不露的大角色？

　　时阑却又露出很无辜的神色瞧她："老板娘你怎么如此说？不管你是男是女，我欠了你的银子签了契约，就会在这间酒楼将债还清。老板娘你愿意假扮男人，其他人兴许也没看出，我就再喊你老板或曼公子也行。"

　　杜小曼皱眉看看他："算了算了，你还是喊我掌柜的吧，男女通用，就这样了。你说实话，真没别的什么目的？"

　　时阑扬起双眉道："掌柜的，我一介书生，手无缚鸡之力，自幼读圣贤书，受圣人教诲，管你信不信我，伤天害理的事情，我断不会做。"忽然又叹了一口气，"此时便说了实话吧。我已身无分文，走投无路，卖身为奴，总有一口饭吃，片瓦遮头，比饿死街头好。但我怎么说也是读书人，家道未败落前亦有些名望，委实拉不下脸主动做仆役，方才出此下策。我已和盘托出，确无欺瞒。"

唔，听他这样说话，确实只是个落魄的富家子。

如果时阑想打劫，昨天晚上就该下手了，用不着和她一起去签卖身契。时阑的模样，如果做女人，比那位神仙姐姐阮紫霏还强出不少，想也不会对她这种姿色的女人劫色。其他的地方，也没有什么值得谋划的吧……

杜小曼勉强道："那我就暂时相信你，你在店里先好好表现。"

时阑立刻道："多谢掌柜的，我晓得了。"脸色一变，一本正经道，"我伙计跑堂账房样样都能做，但有件事情须言明在先，在下身负圣人教训，谨守礼仪规矩，若掌柜的你夜深寂寞，需人，咳，陪伴的话，想我不能从命。"

杜小曼听古人说话，还是需要先在脑子里转换一下才能明白。等她明白了最后一句话的含义的时候，时阑已经施施然走出了门。

杜小曼怒声大喝："时阑你给我滚回来！我怎么会做那么不要脸的事情！"

时阑已沿着回廊踏进前楼。

杜小曼恨恨地踹了椅子一脚。

装修是一件很累人的事情，杜小曼深刻地体会到了这一点。

她召开了一个研讨会，讨论酒楼的风格定位与装修。

胜福问杜小曼："起先这座酒楼是楼上酒楼，楼下茶座，咱们现在是要把它改成整个儿的酒楼，或者整个儿的茶楼，还是和以前一样？"

杜小曼犹豫地说："这件事情我也想了很久，一直没有拿定主意，如果两样兼营，是不是可以多挣点钱？"

她话刚落音，立刻有一个声音哧地笑了一声："错，错，大错！"

杜小曼皱着眉，很不爽地盯着一脸不以为然的时阑："错？哪里错了啊？"

时阑勾起一边的嘴角："掌柜的，恕我直言，这家酒楼之所以如此萧条，大半的原因就是因为之前的主人太贪，想出酒楼茶楼一起做这个傻主意。你要是一起做，下场多半也是如此。"

杜小曼冷笑："傻？傻在什么地方？有请时大高人详细地解释一下。"

时阑道："进茶楼喝茶的人要么穷得很，喝喝粗茶，听书听小曲，在茶楼里耗一天，可能花不了十个铜子儿，赚不到大钱。再一种是能让你赚钱的金主，但这些人喝茶多半是想找一处静所，偷得半日闲散，看重的是雅，是清静。品茶的时候鼻中熏香与酒肉之气混杂，耳中丝竹之乐与划拳声和鸣，茶座怎么能招揽到客人？茶座占了一层，酒楼就只有大堂，连个雅间都没有，又哪有体面酒楼的样子。最后，就只得一个关门大吉的下场。"

杜小曼觉得确实有点道理："那么，就否掉酒楼茶楼合开的计划。那，是单开酒楼好呢？还是茶楼好？"

小三搔搔后脑，嘿嘿笑道："小的们当然是觉得酒楼好。茶楼太雅，小的们粗鄙，怕侍候不了那些爷。"

曹师傅和胜福都满脸赞同。

杜小曼思考片刻后拍板："唉，茶文化博大精深，掌柜的我也不风雅，挑战起来有难度，还是做酒楼吧。"

曹师傅等人顿时满脸欢喜。

时阑也向杜小曼赞道："掌柜的决断英明。"

杜小曼点头微笑："还好还好。"

又经过一番详细讨论后，定下装修方案。小三保举了他的一个开工匠铺的亲戚，据说此人专门给大户人家和酒楼做装修，包工包料，手艺好，价钱公道。他下午就将这位亲戚带了过来，是个三四十岁的中年大叔，长得十分忠厚。

杜小曼请他初步估算了一下，酒楼和后面的小楼重装门窗，重修楼梯，铺上地砖，楼上再隔出雅间，楼内外重新漆刷，加在一起大概要八百两银子。

杜小曼满脸惊讶："这么贵？"

大叔诚恳道："已经不贵了，公子爷您要修得阔气，用的全是好材料，整个杭州，也只有我有这个价钱，在别处没有一千两银子是不成的。不信公子可以去打听打听。"

杜小曼想了想，满脸笑容地道："嗯，知道了，不过厨房和后院我其实还没想好要怎么装修，我今天明天再想想，然后再找您谈吧。"

大叔很豪爽道："好！"告辞离去。

大叔出门后，时阑低声问："掌柜的明日要去集市卜看看？"

杜小曼理所当然地点头："货比三家不吃亏，再打听一下市场价比较保险。"

时阑笑道:"老板娘真是精明。"

杜小曼道:"除非是傻子,才不搞清楚价钱就定吧,还有啊,再让我听见'老板娘'这三个字,小心我把你调去扫茅厕倒马桶。"

时阑向她身边凑了凑,声音压得低低的:"放心,我只会偶尔在没人的时候喊一声,一定不让外人知道,老、板、娘。"

杜小曼眉毛一抬,时阑立刻向后退了一步,脸色蓦然变得一本正经:"掌柜的,方才是玩笑,你大人有大量,别和我计较。你明日如果出去,能不能带上我同行?"

这个人在打什么阴险主意?杜小曼一脸怀疑地看着时阑,他咳了一声,道:"我看胜福小三两人在掌柜的面前都十分卖力,掌柜的对我似乎还有些成见,不如多让我做些事。掌柜的明日去集市,问到的东西琐碎,若有个人帮你一笔笔记下,总是好些。"

杜小曼充满怀疑地盯着时阑看了看,挥挥手:"我考虑考虑吧。"

第二天上午,杜小曼无视时阑,留下绿琉在店中照应,和碧璃一起去了集市。

在集市上问了几家木匠铺,的确比大叔报的价钱还高些。逛了一圈,接近中午,正要回去时,她忽然在街上看见了一个熟悉的身影。

那个身影也看见了杜小曼,迎面走来,杜小曼拱了拱手,笑道:"安公子,好巧。"

安少儒淡淡笑道:"杜公子近来可好?上次听你说欲开酒楼,不知整修得如何了?"

杜小曼道:"还没开始装修呢,等开业之后安公子你一定要来捧场啊。"

安少儒道:"一定。杜公子此时可有急事?不知可否冒昧请公子同去饮杯清茶,稍坐片刻?"

杜小曼正好又热又渴,遂痛快地说:"好啊,谢谢安公子,一起去吧。"

茶楼布置很风雅,竹帘后还有人现场弹瑶琴,杜小曼随着安少儒点了杯雨前茶,抿了两口后,感觉没那么燥了,心中舒服了一点。

安少儒道:"今日炎热,稍饮些淡茶,略憩片刻,可安神解乏。"

杜小曼恍然想到,自己跑了一上午,肯定跑得油光满面,嘴唇发干,安少儒不会就是看见了自己的这个形象才说一起来喝茶的吧。

喝了一壶茶，略微聊了几句，杜小曼和安少儒一起出了茶楼，拱手作别。

今天注定是个遇见熟人的日子。走到另一条街上，杜小曼正弯腰看一户木匠工铺前摆的窗扇样品，迎面有几骑人马疾奔过来，一匹马在她身边停住，杜小曼抬头，看见又一张熟悉的俊脸在马上低头惊讶看她："你？"

杜小曼也很惊讶："谢少主，好久不见！"

谢况弈下马，上下看了看杜小曼，扬起两道剑眉："你近些日子还好么？在亲戚家可住得惯？在木匠铺前做甚？"

杜小曼立刻道："谢少主，对不住，我之前对你撒了个谎。我是想蹭着你赶路比较平安，才说我也要到杭州的。其实我在杭州没有亲戚。我最近买了个酒楼，想在杭州长住，酒楼还没开业，正在翻修，来集市上看看翻修材料。"

谢况弈满脸震惊，上上下下将杜小曼看了好几遍，脸上清楚明白地写着一句话——开酒楼，就你？

如此露骨的神情让杜小曼受到了打击。她扯了扯嘴角："我是没什么经验，不过我正在努力，才会来集市上跑一跑，了解下行情。"

谢况弈看她的眼神已经从震惊转成了怜悯和同情，像在看一个用银子向阴沟里砸着玩的傻瓜，片刻后问："你的酒楼在哪条街？"

杜小曼悻悻地说："西子街，挺繁华的地段，店面也很……"

谢况弈不待她说完，侧身向随从吩咐了句什么，随从立刻牵了一匹马过来。

谢况弈对杜小曼说："上马吧。"

上马？去哪里？

谢况弈道："去你的酒楼看看，能去么？"

杜小曼点点头："当然能……但……但我不会骑马。"

谢少主于是迁就了杜小曼，纡尊降贵地没有骑马，和她沿街步行，吩咐其他随从先走，只留下两个随从替他牵马。

到了西子街，走近杜小曼的酒楼，谢况弈瞧了瞧一脸萧条的酒楼外墙皮，还没说话，杜小曼立刻道："楼里楼外都要重新整修，正计划开工呢。"

谢况弈不发一言，抬腿进门。

曹师傅、胜福、小三几人正将各个角落的破烂东西扒出来堆到大堂内，绿琉在旁边帮忙，时阑手拎一块抹布，看见杜小曼和浑身上下写满"我是少侠兼阔少"字样的谢况弈一起进门，都愣了愣。

谢况弈瞧了瞧堂中的一堆破烂，目光再扫过东倒西歪的桌子，和破败的楼梯。

杜小曼介绍道："这位是白麓山庄的少庄主，江湖知名少年侠士谢况弈谢少主。"

曹师傅、胜福和小三立刻满脸崇敬，时阑也拎着抹布抱了抱拳头："久仰久仰。"

谢少庄主显然经常面对这种情形，淡淡一笑，用领袖般的姿态摆了摆手："江湖虚名而已，不必客气。"以示随和。

杜小曼指给他看店内："后面还有一栋小楼，小院子也挺精致的。现在比较破，但是马上就会整修。"特别在"马上"和"整修"上加了重音。

小三端了一壶茶水出来，时阑在一张看起来最完整的桌子上用抹布抹了两把："谢少庄主，请这里用茶。"

谢况弈坐下，喝了口茶水，再上下打量了一下店内："面积尚可，你预备怎么修？"

杜小曼道："楼上做雅间，楼下大堂修得大气点，门窗楼梯桌椅都要换，内外都要重新漆刷，地面也要重弄。后面的小楼自己住，也想布置布置，大概是这么打算的。"

谢况弈道："找好工匠了？"

杜小曼点头："昨天谈了一个，要八百两银子。对了，谢少主你见多识广，你说这算贵还是便宜？"

谢况弈道："价钱还好，但是用木料的地方，恕我直言，容易动手脚。"

杜小曼拍拍额头："这可难办了，这种木料和那种木料，我还真分不清楚。"

谢况弈抿着茶，轻描淡写道："这样吧，我安排工匠来给你修。"

杜小曼惊讶地瞪大了眼，哇，谢少主真的太仗义了！

谢况弈看她呆住了，便皱皱眉："你如果你找好了人，就当我多事……"

"没有没有！"杜小曼立刻抱住拳头，双眼闪闪发亮，"谢大侠你真是侠气冲天义薄云天，工匠的事情就拜托你了，我对你的感激之情犹如滔滔江水，连绵不绝！不过，话先说好，银子我会按实际的价钱给，如果你少收或者不收，就是看不起我。"

谢况弈笑道："好啊，材料与工钱你照付，然后再另谢我也成。"

杜小曼道："当然要谢，你帮了我那么多忙。喂，我骗了你，你不生气？"

谢况弈摸了摸下巴："你一个……人，能做到这样挺不容易，我还没那么小气。"

杜小曼感动得要死，一脸正色地道："多谢你一直帮我，无以回报，你日后来我酒楼吃饭，所有饭钱就全免了！"

谢况弈挑眉："我进酒楼，一向与一大帮弟兄一起，你不怕你酒楼赔钱倒了？"

杜小曼笑眯眯道："放心，我会从其他客人身上宰回来。就这么说定了！"

谢况弈望着杜小曼，阳光灿烂地一笑："好。"

杜小曼忽然留意到，说话举止间，谢况弈的右手活动不如平时自如，便问："谢少主，你的右手臂是不是受伤了？"

谢况弈站起身："没什么，因一些江湖事，伤了点皮肉，养两天就好了。我还要去城南赴宴，先走一步。明日工匠定然能到。"

杜小曼满口道谢，送谢况弈到门前："谢少主，别怪我多嘴，你身上有伤口，还是不要喝酒最好，万不得已，也少喝为妙，否则伤口不容易愈合。"

谢况弈不耐烦道："哪有那么多忌讳，行走江湖，刀剑之下难免磕磕碰碰，若是都忌口，那还了得。"

杜小曼语重心长道："话虽如此，身体才是走江湖的本钱嘛，还是多留点意吧。像是牛羊肉和海参之类的发物也影响伤口愈合，少吃些。忌口这事儿很需要毅力，像我虽然很会说，到了我需要忌口的时候，我还会忍不住偷偷吃，越不让吃就越想吃。谢少主你一看就是意志坚定的人，一定能抵抗诱惑。"

所谓千穿万穿马屁不穿，谢况弈听了这几句话，立刻满脸受用："唔，如果为了给你做做意志坚定的榜样，本少主说不定可以考虑忌一下口。"说完潇洒地跨上门前的骏马，策马远去。

杜小曼留在原地，喃喃自语道："什么叫为了给我做做榜样。我劝你忌口是为你好啊。"

返回店内，绿琉和碧璃正在收拾桌面。绿琉道："公子，你还未吃午饭吧，我让曹师傅去弄些。"

杜小曼摆摆手："大家都在忙，太累了，别做了，去外面买些回来吃吧。"

小三和胜福跑腿从外面的饭馆里买了饭菜回来。吃完饭后，曹师傅忽然向杜小曼道："掌柜的，你这样体恤我们这些人，真是个好人。"说的时候在围裙中绞着双手，满脸感动。

杜小曼愣了愣，中午没让曹师傅做饭，就可以让他感动成这个样子吗？

收拾桌子的时候，时阑笑嘻嘻地说："掌柜的真是交游广阔，居然认识谢少主这样的人，日后酒楼能省去很多麻烦，还能多很多生意。"

杜小曼未理会。时阑又絮絮叨叨地继续道："只是白麓山庄一向与月圣门敌对，如果月圣门的人因此来寻你的麻烦，怕有些不好办。"

杜小曼的耳朵立刻竖起来："月圣门？你知道月圣门？"

时阑满面得色："这个自然，天下间秘闻，我时阑不知道的少之又少。"

杜小曼的眼中立刻燃烧起八卦的光："能不能透露一点？"

时阑做犹豫状："我正在干活，若是半途而废，掌柜的肯定嫌我偷懒。"

杜小曼道："我给你放假。"

时阑立刻放下抹布，却慢吞吞地道："但是掌柜的，大厅之内说话，似乎有些……"

杜小曼立刻说："那去后面小楼中吧。"

到了小楼二楼的一间房中，时阑又摸摸下巴："唉，中午吃咸吃得太多，口有些干。"

杜小曼几乎要拍案而起，这货，竟然蹬鼻子上脸了！

"难道你还要我给你泡茶喝？"咬牙切齿。

时阑无辜地看她："啊？掌柜的，你竟然要给我泡茶喝？掌柜的这样体恤我们这些人，真是好人。"

和曹师傅的话一模一样，但是味道大变。

好，算你能耐，杜小曼的八卦精神战胜了怒火，去楼下提了一壶开水上楼，掀开茶壶的盖子，捞起一把茶叶向里丢。

时阑连忙阻拦："且慢，你就这么泡茶？"

杜小曼的手悬停在茶壶边："是啊。"泡茶不就是把茶叶丢进茶壶再倒上热水吗？

时阑一脸痛心地望着她："你停手，别糟蹋了好茶叶。"

杜小曼乐得从命，拍拍手上的茶叶末坐下，看时阑抬袖泡茶。手法看起来很纯熟，工序也很复杂，比绿琉还像那么回事。

"看不出你好像还挺懂茶的。"

时阑轻描淡写地笑道："掌柜的不要忘了，我也曾是富贵人家子弟。"

茶已泡好，时阑抬手替杜小曼斟了一杯，又将自己的茶杯注满。茶烟袅袅，时阑方才道："月圣门中事，说来话长……"

月圣门的内幕确实挺长的，杜小曼听了半天，惊心动魄。

原来月圣门是一个怨妇团体。

月圣门的门徒，都是被男人玩弄了感情或被抛弃的女人，对男人有一颗憎恨之心。

数十年前，太祖皇帝有位十分宠爱的女儿德慧公主，这位公主嫁给了丞相之子。公主品性贤淑温柔，下嫁之后不摆公主架子，竟比普通女子还贤惠。但谁料驸马与一女子有私情，对公主假意敷衍，私下与那女子密约幽会，终于有一日被公主知晓。公主大为惊诧悲伤，但仍然心系驸马，隐忍退让，居然让驸马娶了那女子做妾。

事实证明，公主的伟大毫无意义，驸马娶了那女子之后，仍对公主假意敷衍。有一次，公主生了病，到园中散步，无意中竟听见驸马对小妾说："老天若怜惜你我，就让公主早日归西。我当年迫不得已才娶她，你一直是我心中的正妻，我今生今世只爱你一个，再容不下其他。"

公主听后悲愤异常，后来，御医查到，驸马伙同小妾竟然偷偷在她的饭食中做了手脚，公主并不是生病，而是中毒。

罪行揭穿，公主几乎崩溃，问驸马为什么要这样对她。

驸马反倒大骂公主，说，反正我与卿卿已是死路一条，不怕在你面前直说。你是帝女，高高在上，男人娶了你回家，只能将你供在家中，像侍候祖宗一样地侍候你。哪个男人会喜欢服侍一个女人？在你面前，你是主子，我们全家都是下人，与其长久受罪，还不如为了我和卿卿的爱放手一搏。

后来驸马与小妾均被处死，临死前还诅咒公主不得好死，高呼要彼此生生世世不离不弃。公主被大大刺激了一番，之后性情大变，本打算遁入空门，却在京郊的山上遇到一位隐士高人。高人对公主说，这些都是上天给她的种种历练，目的是让她拯救天下所有被男人遗弃之女子。高人传授给公主秘法，然后飘然离去。

公主在山上建了一座道场，挂出招牌，收纳广大被男子负心的可怜女子，建立月圣门，传授前来投靠的女子们武功，号称专惩天下负心汉。

月圣门中的女子们武功诡异，出没飘忽，凡有男子负心传闻出来，月圣门的令牌会立刻出现，那个男子就一定会在数日之内遭殃。

杜小曼觉得，虽然月圣门这个名字和诡异的作风有点像邪教，但是惩罚负心男的做法，她挺赞同的。古代的女子地位不高，被男人随便欺负，难得有这种女权团体出现，替受欺负的女人出气。说起来，月圣门怎么没去找过慕云潇的麻烦呢，这种极品男，就应该被月圣门的人狠狠地痛扁一顿。

嗯，想到慕云潇，杜小曼都有些手痒。

时阑眯了眯眼，笑了一下："掌柜的对月圣门有些欣赏？"

杜小曼承认道："对啊，有时候有的男人确实欠扁，有这样的门派代为修理，真是大快人心。"

时阑意味深长地抿了口茶，继续说月圣门的历史。

月圣门专门修理负心男，得到了很多女子的拥护。德慧公主又是太祖皇帝最宠爱的女儿，太祖皇帝驾崩后，即位的先帝对公主也是礼让三分。因而月圣门迅速壮大，在全国各个地方都设立了分坛。

月圣门一天比一天显赫，德慧公主去世后，圣女云龄继任教主，云龄也是皇族中的女子，其夫生性风流，如夫人无数，还时常出去寻花问柳。因嫌弃云龄相貌丑陋，一直冷落她。于是在一个月黑风高的夜晚，云龄将其夫乱刀砍死，投奔月圣门，立刻被提升为圣女，德慧公主对她重点栽培。

云龄继任教主后不久，京城与民间各地就开始出现男子暴亡事件。这些男子大都是负情郎，被杀的手法各不相同，官府追查多年，始终抓不到凶手。到了现在的皇帝登基后，这类案件的发生率越来越高，官府知道是月圣门的人干的，但苦于抓不到月圣门的把柄，所以难以缉拿归案。而月圣门的民间势力，也越来越大。

杜小曼流下了冷汗，天啊，虽然那些欺负女人的男人是很欠扁，但是恨到杀人就有点恐怖了吧，怪不得月圣门的弟子走在街上都人人让路。

时阑道："民间传说，月圣门弟子信奉的圣规中，有一条就是在月圆之夜，以三名男子的血献祭月君，祈祷月君保佑月圣门繁盛永固。所以每月十五十六两日，总会有青壮男子失踪或暴亡事件。"

杜小曼听得脊背发寒，汗毛根根竖起。这分明是邪教，是利用女人一时的报复心理进行洗脑后从事血腥暴力活动的邪教！

皇帝和官府也太窝囊了吧，就算没有证据，好歹想办法打压下她们的嚣张气焰啊。这样下去，不但人会越死越多，还会有不少被男人欺负过的女人被所谓正义迷惑，经洗脑后变成邪教徒啊！

时阑慢悠悠道："据说，月圣门的总坛并不在京城，而是在杭州。"

杜小曼诧异地问："为什么，它不是在京城创教的么？"

时阑望着茶烟，脸上浮起一抹淡笑："可能是因为，在西湖边上看到的月亮，是最美的月亮。"

杜小曼听得寒气入骨，忍不住打了个哆嗦。

时阑放下手中的茶杯，起身道："掌柜的，我所知道的已经言尽了。掌柜的听得满意么？"

杜小曼抖了抖身上的寒意，道："满意了，满意了。"

时阑告辞出去，走到房门前，忽然回过头，桃花眼中暗芒闪动，嘴角微微挑起，声音中带着一丝不寻常的懒散："你觉不觉得，在西湖边上看见暗红如血的明月，是一种很美的景色？"

杜小曼浑身的汗毛警觉地竖起，倒退一步："美个鬼！"

时阑哧地一笑，转身离去。

第二天大早，谢况弈派来的工匠就到了酒楼内。

为首的工匠师傅姓姜名盛，四五十岁年纪，矮小精瘦，双目炯炯，一踏进店内，目光就开始四处打量。杜小曼客气地请各位工匠师傅先坐下喝杯茶，却被姜师傅一手制止："不必客气。"再一转头，直接向他身后的工匠众人道，"开工。"两句话之间完全不留插话的余地，杜小曼只好乖乖到一边站着。

工匠们开始散开，各司其职，拿着软尺角尺分头测量。

姜师傅目光如电，将大堂和楼梯上上下下又扫视一遍，再向杜小曼一拱手："可否各处看看？"

杜小曼亲自领路，带着姜师傅楼上楼下前楼后各转了一圈。姜师傅一边看一边掂量，间或微闭双目，凝神沉思，浑身都散发着专家的气场。

杜小曼等人均被姜师傅的大师气场折服，满面景仰。

察看完后，回到大堂中，姜师傅问杜小曼："不知公子想将店整修成什么模样？"

杜小曼早已经在膜拜姜师傅的专家气场时将自己对酒楼的种种装修设想抛

到了九霄云外，此时脑中一片空白："呃……没什么特别具体的想法，您比我专业，您看着办吧。"

姜师傅的下巴微微点了点，沉吟。

杜小曼连忙接上一句道："只要够华丽或者够雅致就好。"

姜师傅的下巴再微微点了点，继续沉吟。

一个月之后，杜小曼站在闪闪发亮的崭新大堂中上下左右全方位欣赏，幸福得星星满天闪耀。

富贵！华美！雅致！很好，很强大！

谢况弈在她身边扬扬得意地笑："本少主推荐的人不错吧？"

杜小曼连连点头："太不错了！"

谢况弈头高高仰起："不是我吹嘘，姜盛在我白麓山庄几十年，经他的手休整过的房子，无一不是精品。白麓山庄在杭州的宅子也是他督管的，等哪天我带你去看。"

杜小曼仍美美地欣赏着自己的酒楼，晕乎乎地道："好。"

时阑站在楼梯边，手里拎着抹布环顾四周："酒楼如此翻修确实不错，但掌柜的你非要挂的那几盏灯实在花哨了点，于雅字上略有欠缺。"

杜小曼竖起眉毛："我开的是酒楼，又不是什么高雅会所，要那么雅做什么？这几盏灯，乃是一种活泼的点缀，这叫庄谐并重，雅俗共赏，懂吗？"

时阑的嘴角抽了抽，无奈地摇了摇头。

杜小曼指着头顶的几盏灯问谢况弈："难道很俗吗？"

这几盏灯是杜小曼和绿琉碧璃从夜市上淘来的，灯罩外画着牡丹海棠、金鱼虫鸟，五颜六色的，杜小曼觉得店里的颜色太过单一，特意买来挂在大堂中调节气氛。

谢况弈仰首欣赏了片刻，然后诚恳地说："挺花哨。"

杜小曼觉得自己的审美观被鄙视了，四下看了看说："可能是因为现在墙上太空太白了，才显得它们比较花，等回头买几幅字画什么的楼上楼下挂挂贴贴，不就雅了吗？"

谢况弈这次很给面子地转移了话题："说起字画，我看一般酒楼的堂中大都挂着菜牌，你是不是先写好菜牌挂上去后，再去想字画？你不是三天后要开业吗？"

杜小曼倒吸一口气："惨了！"

一屋子的人都满脸惊诧地看向她。

杜小曼懊恼地拍了拍额头："这几天都忙糊涂了，到现在，新的店名还没想呢！"

也就是说，他们必须在两天之内确定新店名，再留一天制作门匾。

酒店的大堂内，气氛很凝重。

两张大桌拼在一起，众人围桌而坐。

杜小曼坐在上首，先发言："新店名一定要大气点，要够响亮够气势，还朗朗上口。"

谢少主于贵宾席就座，不愧是江湖第一山庄的少主，名字张口就来："叫山河酒楼如何？"

时阑的面前放着笔墨纸砚，负责记录大家想出的店名，他听了谢况弈的提议后立刻反对："这个名字，不大像酒楼。"

杜小曼表示赞同："听起来比较像某江湖势力的分舵。"

时阑道："揽月楼如何？"

杜小曼皱了皱眉："欲上青天揽明月，这个名字有点清冷，再热烈一点。"

时阑挑了挑眉："难道掌柜中意念奴娇和眼儿媚？这种名字可够热烈……"

杜小曼脸色一变，团起一团纸咻地丢了过去。时阑举手挡住，笑嘻嘻地道："玩笑，玩笑而已。掌柜的大人有大量，不与我计较。掌柜的，你自己有没有想出来的名字啊？"

杜小曼在心中磨牙，君子报仇十年不晚，等酒楼开了张我不把你时阑放出去做男公关老娘就改名叫Hello Kitty！面上却一本正经道："不二酒楼，你们看怎么样？"

小三支支吾吾道："小的多嘴说一句……有些像当铺……"

杜小曼道："不二的选择，这个意思多好。"

谢况弈皱眉道："还有一个不二价的意思吧，这不会有歧义吗？"

杜小曼道："有时候歧义也是一种吸引力。"一拍桌子，"反正也没有比这个名字更好的，就这么定了！"嘿嘿，我是老板我最大，我想叫什么，当然就要叫什么！

她心情大好地挥挥袖子："名字定好了，可以散会了，多谢各位帮忙！"

谢况弈敲敲桌子："且慢，门匾你打算怎么办？"

杜小曼满脸茫然地道："什么怎么办？"

时阑边收拾笔砚，边笑道："店名虽然定下了，但题门匾的人还未定，按照习惯来说，题字的人首要当然是能写一手好字，其次，若有些来头就更好了。"

谢况弈大模大样地袖手看着她，脸上一副"如果你求本少主帮你题匾我可以考虑答应"的神情。

可惜杜小曼尚且沉浸在对"不二酒楼"这个店名的满意与喜悦中，根本没有注意谢况弈的表示，随口道："啊，这个我考虑考虑，明天再说。"

谢况弈的脸色冷了冷："那你就先想着，我下午还要处理一些门派中事，就先告辞了。"

杜小曼一看时辰，挽留道："吃了午饭再走呢？"装修这阵子谢少主时常过来晃一晃，有时顺带蹭顿饭，杜小曼他们都已经习惯了。

谢况弈道："今天这事比较急，下次再说吧。"匆匆离去。

下午，写菜名用的漆牌送了过来。店中只有时阑能担写菜牌的重任，杜小曼还是有些不放心，先拿了张白纸铺在桌上，对时阑道："你在这张纸上写几个字看看。"

时阑对她此举很不以为然："掌柜的难道怕我的字丑，要先验验？"抬袖提笔，一行字行云流水而下，然后转目望着杜小曼，面带得意的笑容，"如何？"

杜小曼叹息道："让你先写几个字看看果然是对的，要是你用这种字写在菜牌上，那可就完了。"

时阑神色一凝："难道在下的字，掌柜的竟不看在眼里？"

杜小曼道："书法我不懂，但是你的字写得像水草一样，我一个字都认不出，写在菜牌上谁能认识？"

时阑的嘴角抽了抽："在下写的是行草，自然是草的。不过多谢掌柜的你提醒，写菜牌时，在下一定写正楷。"说完又写了几个字。

杜小曼这才满意地点点头。

菜牌写好挂上，只欠门匾未题，而后便等着开业了。杜小曼蓦然有了种无事可忙的空虚感，于是在傍晚来临之前，独自去街上逛逛。

夏日已至，天气有些炎热，傍晚的地面热腾腾的。杜小曼信步闲走，不知不觉走得远了点，来到一条不常到的街上，看到路边小摊有卖荷叶糯米糕的，打算去买块尝尝，无意中又瞥见一个熟悉的身影。

杜小曼快步走过去，笑着拱了拱手："安公子，好久不见。"

对面的人浮起一个清雅的笑容："杜公子，许久不见。"

又是茶楼，又是临窗。

茶香袅袅，安少儒问："杜公子的酒楼整修得如何了？"

杜小曼道："十八日那天开业。对了安公子，我的酒楼就开在西子街，开业那天安公子如果能大驾光临，在下感激不尽。"

安少儒答应得很爽快："多谢杜公子盛意相请，只是恐怕备不得什么厚礼，到时杜公子不要嫌弃寒酸。"

杜小曼连忙说："安公子，我只是真心请你在开业的时候来捧捧场，可不是想要你什么贺礼。"

安少儒笑了笑，杜小曼忽然想起一事，双目闪亮："安公子，我看你气质不凡，仪表高雅，一定是个饱读诗书的君子，想来字写得也很好看。我酒楼的门匾还没有找到人题，想请你题个字，不知可不可以？"

安少儒愣了一愣，而后温雅笑道："在下自是荣幸备至，但字迹鄙陋，恐怕……"

杜小曼道："安公子就不要推辞了，我知道你字写得一定漂亮。更何况，马上就要开张了，我现在还找不到合适的人来写。"双手合十，"拜托拜托！"

安少儒微微颔首："那在下就先试题一幅，杜公子看看是否合适。如若不妥，再请他人另题吧。"

杜小曼搞定此事，十分开心，连声道谢。

安少儒又问酒楼的名字，杜小曼道："不二酒楼。"

安少儒颔首道："此名不俗，新鲜之中又带雅趣，让人听而不忘。"

杜小曼心花怒放地笑道："这个名字是我起的，多谢安公子你夸奖。"安少儒果然是她遇见的人中最有学问的，欣赏水平明显比那些人高。

安少儒道："在下今日回家写好，明日上午在此茶楼中交给杜公子。"

杜小曼和安少儒约好第二天拿字画的时间，开开心心地回了家。

次日上午，安少儒如约将一卷纸交给杜小曼。杜小曼打开来，"不二酒楼"四个字跃然纸上，字迹清俊，风骨飘逸，欢欢喜喜地连声道谢。

安少儒含笑道："杜公子看得上便好。"

杜小曼捧着纸卷欣喜不已地回到酒楼，展开让大家一同欣赏。

众人齐声称赞。碧璃问："公子，这几个字请谁题的？"

杜小曼道："就是前些日子在客栈中遇到的那位安公子，他不是也住在杭州城么，又碰见过几次，算是熟人了，就厚着脸皮请他帮忙题字。我已约他开业那天过来，算作答谢。"

碧璃瞪大眼睛，点了点头。

时阑仔细看了看，道："只题了字，未落款。"

杜小曼道："只有字就好了嘛，落款什么的我觉得无关紧要。"

时阑看了看她，又看着那卷纸，微微笑道："帮掌柜的题字的这人，似乎来头不小，没有落款，有些亏了。"

杜小曼睁大眼："嗯？"安少儒气度不凡，确实像是个有身份的人，难道时阑看出了什么？

时阑摸着下巴道："因那人的笔迹，我也只见过一两次，不能确定是不是他。等到开业那天他来了，我应该就能知道了。"

五月十八，杜小曼的酒楼终于开业了。

酒楼四周用红布装饰得喜气洋洋，杜小曼预先让时阑写了很多张小传单在街头发送，传单上写：

开业七天内，饭费八折，消费满一两银子者有惊喜礼品赠送。不二酒楼，你不二的选择！

传单散发得颇有成效，开业时，长长的开业鞭炮点燃后，吸引了不少人驻足观望。杜小曼站在二楼看着大堂内黑压压的人头，十分开心。

近正午时，大堂内等位置的人都排到了门外，曹师傅在厨房忙得人仰马翻，小三、胜福、绿琉、碧璃、时阑全部在堂内端茶送菜，也忙得几乎脚不沾地。谢少主一看这场面，又让手下介绍了两个厨子过来帮忙，否则厨房里只有曹师傅一个，恐怕要忙晕在灶台上。

正午时分，店内又进来一大群人，走在最前面的少年神采奕奕，一身蓝色的衣袍衬着他英气勃勃的眉目，俊美得让人移不开双眼。

杜小曼满面笑容地迎上去："谢少主，多谢大驾光临。"

谢况弈扬眉笑道："我一直说要在开业这天白吃你一顿，怎会不来？今天我可带了不少弟兄来，你不会心疼吧？"

杜小曼道："不心疼不心疼，我就怕没有人来吃。各位楼上请。"

二楼的雅座，杜小曼特意空出来，专门招待谢少主等贵客。

谢况弈爽朗一笑，身边的随从捧上两个红布包裹的盒子。

杜小曼连忙道："谢少主，你帮了我那么多，我怎好意思再收你的礼。"

谢况弈道："喝开张酒，没有空手的道理。不是什么值钱的东西，你收着吧。我今天带的人都好饭量好酒量，你可要拿最好的酒菜来招待。"

他身后的白麓山庄弟子道："正是，少庄主说了，杜掌柜为人最是大方，所以从昨天起弟兄们就没好好吃饭，专等着今天晌午这一顿哩！"

众人哈哈大笑，杜小曼接过两个盒子，转手交给身边的绿琉，笑逐颜开道："一定都是最好的酒菜，各位楼上入座，稍等片刻。"

白麓山庄的一行人在楼上就座，绿琉和碧璃先送上事前预备好的凉菜和酒水，杜小曼亲自替谢况弈斟酒，谢况弈道："今天开张这么多人，不错嘛。"

杜小曼道："还好还好，刚开业又打折，人会多点，不知道以后怎样。对了谢少庄主，我记得之前你曾说过，只有五月之前会留在杭州，现在五月已经过半，你怎么还在城内？"

谢况弈的眉峰略敛了敛："哦，近日杭州城内的事情有些棘手，一时半刻平息不了。"端起酒杯抿了一口，点头，"嗯，陈年的竹叶青，果然是好酒。你频频向楼下看，有什么事情么？"

杜小曼笑道："没什么，是在看前几天请的一位贵客什么时候到。"

谢况弈哦了一声，没太在意。

杜小曼刚放下酒壶，就听见小三的一声招呼："几位贵客里面请——"声音中带了一丝激动与惶恐。

杜小曼扶着楼梯栏杆向下看，门外缓缓迈进了三个人，大堂内的嘈杂繁乱似乎在一瞬间停住。

这三人之中的一位正是杜小曼等了很久的安少儒，他今天仍然一袭淡青的长衫，飘逸雅致，周身依旧笼着那种难以言喻的儒雅之气，似乎与这万丈红尘的酒楼大堂格格不入。

安少儒左侧的年轻男子衣饰华美，贵气逼人，不知道是什么人。安少儒右侧的人却让杜小曼吃了一惊。

那少年身形修长纤瘦，清秀的面庞带着说不出的沉静气质，似乎是杜小曼曾在法缘寺、敬阳公府中以及离开京城前河边见到的人……

杜小曼的心打鼓一样地猛跳了几跳。这少年身份肯定非同寻常，今天再见到，自己会不会穿帮？

平复了一下情绪，杜小曼浮起笑容下楼，迎上前去。

见到就见到吧，反正那次在河边时，这位少年并没有认出自己来，想必今天也认不出。堂堂的唐郡主、慕王府的少夫人怎么会开酒楼做掌柜呢？

杜小曼走下楼梯，笑容满面地走向安少儒，拱了拱手道："安公子，你可算来了。"

安少儒笑道："恭喜杜公子酒楼开张，这两位是我的两位旧友，新近刚到杭州，今日一同过来。"

杜小曼立刻道："酒楼今天开张，就怕客人少呢，多谢安公子带人给我捧场。如果各位今天吃了觉得满意，还望以后常来啊。几位楼上请吧。"

安少儒与那位华服男子举步上楼，秀美少年却落在后面，望着杜小曼，面露犹豫的神色："这位杜公子，你似有些……"

杜小曼笑嘻嘻道："有些面善是吧？我们之前见过的，多日前在京城的河边，丢笛子的，应该是公子你吧。"

美少年的双眼亮了亮，露出柔和的笑容："原来公子便是当日拾笛之人。"

杜小曼笑道："今天再见，也算是缘分了，公子请楼上就座，小店刚开业，可能有些服务还不能做到位，对酒菜有什么不满意的，尽管和我说。以后再到店里来，一定给您打八折。"

阿弥陀佛，玉皇大帝、九天玄女和小仙女们，保佑这位美少年千万别再想起更遥远的那两次见面。

美少年显然已被她的一套说辞打发了过去，很友好很天真很愉快地到了楼上。楼上的雅座一侧已被谢况弈和白麓山庄的大侠们占据，杜小曼将安少儒等人引向另一侧的一个用细竹镂空墙隔出的雅间。

谢况弈正在和手下的弟子们拼酒，侧目时看到了安少儒，放下酒杯，大踏步走了过来，抱了抱拳："安公子，客栈一别后，没想到竟在此处又遇见。"

安少儒抬袖道："得幸与谢少主再相遇，十分欣喜。"

两人寒暄了几句，谢况弈又向杜小曼道："原来你等了半天的那位贵客，就是这位安公子。"

杜小曼道："嗯，安公子帮我的酒楼题字，我感激不尽，特地邀请他今天过来坐一坐。"

时阑端着替安少儒一桌预备下的凉菜和酒上楼，看见一行人还没落座，便端着托盘闪在一边候着。

谢况弈的眉峰动了动："原来酒楼的门匾，竟是公子手迹，字迹飘逸，风骨不凡，在下十分佩服。"

安少儒淡淡笑道："少庄主谬赞。笔拙字陋，得杜公子抬爱，十分惶恐，少庄主见笑了。"

彼此又寒暄了几句，谢况弈回座，杜小曼引着安少儒三人就座。时阑上前将凉菜摆上，放下酒壶，提起酒壶要斟酒时，清秀美少年缓声道："我们自己来就好，不需劳烦。"

时阑放下酒壶，含笑道："几位贵客请慢用。"夹着托盘离开。

杜小曼也招呼道："几位慢用，有什么不合口味的，就喊人过来调换，我先到别处看看。"

安少儒微笑道："店内繁忙，杜公子还当各处照看，在下几人自在慢饮就好。"

靠窗坐的华服男子道："我等都自在惯了，掌柜的不必客气。"美少年也对杜小曼笑了笑。

杜小曼刚走下楼梯，时阑就夹着托盘凑过来，露出一抹莫测的笑容："掌柜的，你的门匾没让那位公子落款，果然是亏了。"

杜小曼两眼放光地小声问："你真认得安少儒？他是什么来头？"

时阑唇边的笑意深了一些："安少儒？好个化名。他是当朝右相，宁景徽。"

什么！杜小曼被震得眼前金星闪烁。宁景徽！安少儒居然就是那个传说中极其厉害的右相大人宁景徽！啊啊啊，她这是什么运道，来这个朝代遇见的都是大人物，而且都是极品美貌的大人物！

时阑一脸佩服地看着她："能让右相大人亲自替你题门匾，你是不是觉得很有运道？"

杜小曼猛点头。

时阑悠悠地说："掌柜的，你确实很有运道。能在开张时，让右相宁景徽、十七皇子秦羽言与裕王秦兰璟同时在店中，你这家酒楼，也算天下难得了。"

杜小曼激动得不知道说什么好，颤声问："那三个人中，安少儒是宁景徽，那么十七皇子秦羽言是那个穿淡紫衣服的清秀美少年？"

时阑点头。

杜小曼喃喃道："裕王秦兰璪，不用说，就是另外那个穿得挺华丽拿描金扇子的了……话说，这些大人物你为什么都认得？"

时阑满脸无辜道："掌柜的，你忘了，我家原本是豪门，我亦曾住在京城数年。这几位在京城哪个不认识，虽然他们不可能认得我，我认他们是绝对不会出错的。吾父曾教导吾说……"

眼看时阑滔滔不绝，又要将他的曲折家史背出来，杜小曼连忙截住他道："行了行了，我相信你的眼光。"

她抬眼向二楼望去，认真地想，如果现在她大吼一声，裕王十七皇子右相都在这里，酒楼会不会被挤塌？

这几位京中的大人物同时出现在杭州，难道杭州有什么大事件？

杜小曼立刻想到自己的逃犯身份，心中有点小虚。

正瞎琢磨，绿琉端着托盘走了过来："掌柜的，楼上安公子的热菜好了。"

杜小曼点头："送上去吧。"

时阑玩味地看着她："掌柜的，现在咱们怎么办？"

杜小曼平静地道："什么怎么办，装作什么都不知道啊。"几位大人物隐藏身份来到杭州，肯定有什么重大的事情。凡是知道了什么不该知道的事情的人，下场都会很难看，自己还是装作什么都不知道比较明智。

时阑凑近她耳边，低声道："掌柜的，有时候你还是挺精明的。"

杜小曼不动声色地后退一步，挑眉："你才发现吗？"

虽然打算装作什么都不知道，但是杜小曼还是忍不住想多看那三人几眼。尤其是裕王秦兰璪。

宁景徽杜小曼见过数次，该流的哈喇子早已流了不知道多少丈。

十七皇子秦羽言杜小曼也见过几回，虽然都是匆匆打个照面，但如此秀色可餐的美少年，杜小曼印象自然深刻。

只有裕王秦兰璪，刚刚进店时，她的注意力都在"安少儒"和十七皇子身上，对这位华服男子只是匆匆瞥了一眼。

传闻裕王秦兰璪堪称女性杀手，从八岁到八十岁的女人统统抵挡不住他风流的一笑。因为他是皇帝的亲叔叔，杜小曼一直认为他是一个风韵犹存的老头子，现在偷偷看过去，这位大叔要么是保养太好，要么根本就是很年轻，左看右看，都最多二十七八年纪。身形高大，面部轮廓清晰，棱角分明，五官深刻，嘴唇很薄。虽然十分有味道，但杜小曼觉得他比清秀的十七皇子差了一些，更加比不上儒雅斯文的宁右相，也不如谢况弈俊朗帅气，不明白他为何常年盘踞在京城美男排行榜的榜首。可能胜在他身上散发出的某种杜小曼观察不到的特殊气质，更可能因为他是皇帝的叔叔，身份高贵，比别人多了层光圈。

杜小曼忍不住又把时阑拉到一个僻静的角落里问："喂，裕王不是个老伯吗，怎么看起来这么年轻？"

时阑瞪大眼："哪个告诉你裕王是个老伯的？还有，掌柜的，作为一个女人，如此露骨地打听一个男人，可不是很合体统。"

杜小曼嗤之以鼻："体统？什么体统啊！我只是好奇裕王是皇帝的叔叔，怎么还那么年轻而已。偶尔八卦有益身心，别把人想得太龌龊啊。"

时阑的神情有些无奈："裕王的年纪比当今皇上还小了两岁，叔叔比侄儿小，这种事情并不少见吧。"

杜小曼了然地唔了一声。确实，这种事情在古代不算稀罕，尤其是放在皇帝家。

时阑似笑非笑道："我看你偷偷摸摸地窥视十七皇子右相大人和裕王半晌，难道掌柜的心如桃花坠流水，有意随波逐良人？"

杜小曼嗤了一声："早叫你别把人想那么龌龊了，爱美之心人皆有之，多看两眼就叫作爱上人家了？这种想法也太老旧，将感情也看得太肤浅。对于美，就应该随心所欲地欣赏，这是既舒适眼球又愉悦身心的雅事。而对于美人，则需要从相貌、气质等不同的角度进行综合的欣赏，这没点美学基础是不行的。唉，在我的家乡，欣赏美人可是一种大众风尚。像你这种人，是无法理解的……"

她眼也不眨地将自己的花痴行径上升到学术高度，大大吹嘘了一通，反正时阑这个朝代的人也不会明白。

时阑果然像是被她的长篇大论糊弄住了："那掌柜的你欣赏了如此久，对楼上的三位可有什么见解？"

杜小曼思考了片刻，道："如果用植物来比喻，宁景徽像君子兰，十七皇子像文竹，那位裕王么，嗯，因为我第一次见他，不是很了解，凭目前的印象，与其说像植物，不如说更像兵器，比如宝剑或者锋利的长矛之类的。"

时阑笑一笑："掌柜的比喻确实精妙。"

杜小曼傲然道："那当然，我可是专业级的。"

时阑的桃花眼波光粼粼，眨了一眨："不知掌柜的看区区我，像什么？"

杜小曼凝神想了想，诚恳地说："你吗？真的看不出来……四不像吧。"

时阑故作忧伤地叹了口气："唉，也是，先有谢少庄主这种英雄侠少，后有王爷皇子和右相大人，掌柜的这看惯了大人物的眼，怎会装进我这种落魄之人。这种事情，吾已经习惯了，能够明白。"

杜小曼明知道他是在装腔作势，仍忍不住开口安慰他："也不是啦，其实你不差了，打扮打扮，估计比宁右相都强。"

我还指望用你做男公关，给酒楼涨涨人气呢。

"咳，但你这人，总感觉有些滑溜，所以没有固定印象……"

时阑满脸的惆怅貌似淡了一些，点头："多谢掌柜的安慰……"

杜小曼还想再说些什么，忽然发现碧璃站在不远处，正偷偷对她使眼色。她快步过去，碧璃扁了扁嘴道："公子您可算聊完了，楼上那三位贵客就快吃完饭了，一定要付账，绿琉和胜福他们不敢收，正在上面推辞呢。"

杜小曼急忙赶到楼上，见绿琉和胜福正站在宁右相那一桌的旁边，正拼命摆手。而谢况弃坐在这边，手中转着酒杯饶有兴致地看，见杜小曼上楼，就对她扬了扬眉，笑道："你请来的贵客，似乎不大想让你请客啊。"

杜小曼走到宁景徽桌前，胜福看见她，松了口气："掌柜的，这几位公子爷执意要付账，小的们……"

杜小曼笑容满面地对宁景徽道："安公子，这顿酒菜乃是小店开业请的酒席，更是为了答谢安公子替小店写了门匾。我诚心请客，如果安公子执意付钱，就是看不上我这顿饭，更不愿意交我杜晓这个朋友。请安公子给我个面子，这顿饭让我请，好不好？以后各位来这里吃饭，饭费我是会毫不客气收的，只要各位肯再赏光。"

宁景徽还未说话，裕王先笑了起来："看来这顿饭我们确实不好意思再付账了，这位掌柜的话放在这里，我的银子是给不出了。少儒，今天我未请成你吃酒，待来日再说吧。"

宁景徽笑了笑，向杜小曼道："那便承杜公子美意，多谢今日款待。方才之事，望莫要见怪。"

杜小曼连声道："不客气不客气，安公子和这两位公子不嫌弃饭菜简陋就行。"转头向绿琉道，"再拿几杯果汁上来。"杜小曼在酒楼整修的这些日子，本着自己对果汁的天然狂热，终于将曹师傅和两个丫头都变成了榨汁和调果汁的高人。

绿琉立刻下楼，片刻后端着一个托盘回来。

杜小曼亲自将托盘上的瓷盅端到宁景徽、秦兰璪和秦羽言三人面前，介绍道："这是本店特制的果汁，饭后喝，既爽口，又有助于消化，这种热天，还能解暑降温。"

绿琉端上的这三杯果汁，乃是用蜜桃、苹果和甜杏三种果汁按一定比例混合后调成的，都用深井水湃过，很清凉，莹透的果汁盛在素淡的瓷盅里，卖相甚好。

宁右相、裕王和十七皇子各自端起喝了一口，神色不一。

宁景徽颔首："很爽口。"

十七皇子的双眼亮了亮："我从来未喝过，原来竟可以这样。"

裕王声色不动地道："嗯，尚可。"

杜小曼笑了笑，转眼看见谢况弈正举着酒杯向这边看来，便走过去问是否有事。谢少主道："那一桌上似乎有好东西啊。"

杜小曼有些好笑："谢少主，你放心，不会忘了你的。果汁是饭后送的，因为你还在喝酒，才没有送上来。要不然，我现在让他们端来给你喝好不好？"

少顷，果汁端到。杜小曼特意挑了个大碗盛，谢少主果然满意，问："这是什么水？"

杜小曼道："是西瓜汁，给那边送的是桃子、苹果、杏子的混合汁。"

谢少主又挑起眉毛："那边的有三样，我这儿只有一样。"

杜小曼忍不住在心里翻了翻白眼，无力地道："谢少主，其实是西瓜汁比较贵，大碗大碗喝又很痛快，才留给你的。我觉得那桌的人，咳，比较拘束啦，小杯喝的饮料更适合他们。"

谢况弈对这个解释像是满意了，杜小曼又补充道："那边的果汁喝多了有点腻，西瓜汁更爽口，我觉得你可能更喜欢这种清爽型的。"

谢况弈赞道："有眼光。"心满意足地端起西瓜汁喝了一大口，而后道，"其实将西瓜弄成汁多麻烦，直接吃瓜，岂不更爽快？"

杜小曼无语。

另一桌的三位BOSS级贵宾对果汁很满意，尤其是美少年十七皇子，神色中似乎有些意犹未尽，杜小曼于是又友情赠送他一杯谢少主喝的那种西瓜汁。十七皇子含笑道谢，面带羞涩。

又坐了片刻之后，宁景徽和裕王、十七皇子起身告辞。

走的时候，裕王环视四周，道："装饰不俗，菜品别致，还算不错。"

杜小曼客客气气道："多谢夸奖，日后还望时常光顾。"

裕王手中的描金折扇扇了两扇，嘴角勾了那么百分之零点三的笑容道："哦，以后再看吧。"

到了楼梯口时，十七皇子忽然侧身，回头向杜小曼道："这位掌柜，请问方才的果汁，是用何方法调成？"

原来美皇子也是个果汁控，杜小曼立刻热心地答道："并没有什么特别的花样，将几种不同的水果挤榨出汁来，再按一定比例调在一起，如果是比较酸的水果就稍微加点冰糖，像西瓜这种本身就很甜的水果直接原汁就可以。调果汁的时候注意把各种不同性质的水果分开，温性、凉性还是热性，要中和配制，这里面的讲究比较大……"

秦羽言凝目望着她，一脸认真地听着。

一旁的裕王等得有些不耐烦，将扇子在手心敲了敲，截断杜小曼的话道："你若是喜欢，回去吩咐厨子做便是。"

十七皇子温和地向杜小曼道："那便等日后再讨教了。"

杜小曼送这几人到门口，门前早有三乘小轿在等候，杜小曼目送三人上了轿，才走回酒楼。

十七皇子上轿前还遥遥望着她对她笑了笑。美少年的笑容十分赏心悦目，杜小曼转身回楼上时，心情甚好。

谢况弈与白麓山庄的众人不一会儿也吃罢散席，白麓山庄的弟子纷纷告辞，谢况弈却还逗留在店内。

此时已是下午，大堂里吃饭的人散了不少，胜福小三他们正在收拾碗碟，谢况弈踱到楼上的扶栏边，与杜小曼并肩站着闲聊："那安少儒，来头不小。"

杜小曼惊诧地抬头，谢况弈瞧着她道："看你的模样，已知道了他的身份？我查到那个在码头上的少年，是十七皇子秦羽言。当日我为了救孟俞兄和嫂夫人出来，曾事先到过法缘寺几回，这位皇子经常到法缘寺与老和尚下棋。"

杜小曼道："嗯，我也是刚刚从时阑口中知道了这三人的身份，时阑说他之前在京城住过，认识他们。安少儒就是右相宁景徽。"

谢况弈哦了一声，道："原来是他。我看他模样和举止，猜测他来历不小，没想到竟是当朝的右相大人，隐姓埋名到了杭州。"

杜小曼道："另外那个，来历也不小啊，据说是皇帝的叔叔，裕王秦兰璪。"

谢况弈惊讶："哈，这位可是真的位高权重啊。右相、裕王、十七皇子一起来到杭州，看来月圣门已闹腾得连皇帝都担忧了。"

杜小曼兴致勃勃地道："啊？"

在这件事上，谢况弈似乎不愿多说："这种事情知道多了没什么好处。你要记住一点，月圣门的人，能离多远就离多远，千万不要去招惹。"

谢况弈说这些话的时候，神情中难得带了几分严肃郑重。

"月圣门的人，目前还不伤女人，因此，如果遇上月圣门人并起了冲突，你就立刻告诉她们你是女人，明白了没？还有，京城、朝廷、你的娘家还有夫家都派人在全国搜查你，派出的人中，有些是认得你的，你这么公然在杭州城里抛头露面，一定要格外当心。"

杜小曼浑身一凛，低声道："我会注意的。"

开业的第一天终于将要过去。晚上，杜小曼躺在床上辗转反侧，不能入眠。

右相、裕王、十七皇子……她从到了这个朝代后，过得实在太精彩，遇到的人更加精彩，也不知道是好是坏。

此时在她脑中徘徊不去的，是谢况弈叮嘱她的话，以及时阑曾经跟她说过的月圣门的历史……

月圣门月圣门，这个怨妇团体真是很邪门啊，还引来了这么多大人物。

打了个呵欠，杜小曼翻了个身，沉入梦乡。

开业前三天都宾客满座，这让杜小曼有了一个很愚蠢的观念，就是在古代做生意很容易。

看看，刚开业客人就这么多，每天多忙啊，进账的银子多么令人喜悦啊。

当一个人的脑子里有了愚蠢的念头，开始盲目自信的时候，必定会在不久之后见识到现实的残酷。

开业三天之后，光顾酒楼的客人开始逐渐减少，七八天之后，已客人寥寥，眼看就向着这座酒楼的前身寒梅居的客流量大步奔去。杜小曼先是震惊，然后惆怅，再而后开始忧郁和反省。

究竟是为什么呢？

明明既有本店特色的菜肴，又有有吸引力的优惠活动，为什么客人还是越来越少呢。

胜福吞吞吐吐地说："客人都说，其实我们酒楼和别家酒楼的菜也差不了多少，而后……"

杜小曼紧盯着他问："而后什么？"

时阑靠在柜台上拎着抹布接口："而后，开业几天想看热闹的新鲜劲儿已经没有了，这条街上的酒楼茶肆各有特色，恐怕我们真的比不上。"

杜小曼恶狠狠道："那我们就去探探，他们的店都有什么好的！"

时阑笑眯眯地问："可要在下相随否？"

杜小曼无所谓地道："也行啊。"

刺探敌情的第一站，杜小曼选择了西子街上名声最大、口碑最好、客流量最多的酒楼福喜楼。

杜小曼穿着一身月白色的长衫，手握纸扇，做风流潇洒的公子状，踏进福喜楼的大门。她身后的时阑则身穿粗布短衣，一副跟班打扮。

杜小曼进门后环视福喜楼内的装修，挺富贵，可以和她的不二酒楼打平。小伙计们都很殷勤，不比小三和胜福他们差。现在是下午，但是大堂中仍坐了很多吃饭的客人，因为有一个说书先生在台上口沫横飞。而台下，叫好声、哄笑声一阵一阵。

杜小曼若有所悟地点了点头，举步上了二楼。

二楼临窗桌边坐着一个弹琵琶的女子，正在边弹边唱，歌声和琵琶声婉转动人。

呀，原来他们有这种服务！

杜小曼正又有所悟，一个穿着华服的胖大叔大步流星前来，拱了拱手，呵呵笑道："这位是不二酒楼的杜掌柜吧，今日光临鄙店，稀客稀客。"

竟被认出来了。杜小曼心虚地笑了笑，她身后的时阑道："我家掌柜的仰慕江掌柜的酒楼宾客多，善经营，特意过来看有没有什么可学。"

喂，就这么掀我老底啊，杜小曼在心中敲打了时阑一下，道："是啊是啊，我敬佩江掌柜很久，今天过来想学点经验，江掌柜不会怪我吧。"

江掌柜又哈哈一笑："杜掌柜倒是个爽快人！大家同做此行生意，彼此应多多关照。不瞒杜掌柜说，你酒楼开业后，老夫也曾去过一两次！"

怪不得大叔能一眼认出她，不过杜小曼对大叔印象不错，至少他人挺爽快的。

杜小曼笑道："那我和江掌柜真是彼此彼此了，望以后多多关照。"

江掌柜道："那是当然。对了，杜掌柜还未进过商会吧。两日之后就是商会的月会，杜掌柜可愿前来？"

就这样，杜小曼稀里糊涂进了什么杭州城城南商会，是杭州城城南实力比较强的商户们结成的组织。

两日后，杜小曼去赴那个商会所谓的月会。月会在江掌柜的私宅里举行，其实就是一群店主们在一起讨论最近的行情、官府的税额以及其他的一些闲杂事情。

江掌柜将杜小曼引见给其他人。满座几乎都是一张张沧桑的老伯面孔，杜小曼在里面最青葱少，老伯们纷纷赞他少年有为，杜小曼谦虚地接受了。和老伯们比，她确实够年轻的。

和老伯们聊了半天话后，回到不二酒楼的杜小曼望着除了曹师傅外，都很青葱很年少的大家，感动了。

客人逐渐减少的现象仍未得到改善，杜小曼综合了几天打听到的别家的店内情况，悟到了一项需要弥补的地方。

这个酒楼里，缺少娱乐。

于是，灯色昏暗的夜晚，杜小曼坐在大堂的大桌前，对着正在假装积极地擦桌子的时阑勾了勾手指，邪邪一笑："过来一下。"

时阑抬头，手握抹布捧在胸前，满脸贞烈："掌柜的，吾曾说过，吾刷锅洗碗跑堂记账样样都做，但绝不卖身！"

杜小曼眉毛挑了挑，继续邪笑："放心，不是让你卖身，卖艺而已。我记得当时你说过，你琴棋书画什么的样样精通，掌柜的我才用每年六两银子的高薪签下你，当然不能只让你擦擦桌子就算了。现在，你为酒楼的发展做贡献的时候到了。弹弹小曲娱乐一下客人，替酒楼挣点人气，这点你总能做到吧。"

时阑的神情僵了僵，店内的其他人也僵住了。

小三小心翼翼道："掌柜的，弹曲子什么的，美貌的姑娘更合适吧……"忽然想到什么似的瞪大了眼，看看杜小曼，又看看时阑。

时阑神色僵硬，咳一声："掌柜的，在下的身量太高，扮女人的话，有些……"

杜小曼笑眯眯地说："你挺聪明嘛，不错，你的脸虽然好，身形也不错，但扮女人确实太高了，不过……你有没有听说过，有时候朦胧，会更加显得美？"

店中寂静一片，所有人都无语地看杜小曼。

杜小曼得意地正要往下说，忽然店门口传来一个声音——

"什么朦胧，什么美？"

杜小曼一回头，见一个人大步流星走进来，立刻惊喜地笑起来："谢少主，许久不见，欢迎欢迎。吃饭了没？"

自开业那天后，谢少主就被帮务或江湖事务缠身，来得比较少，偶尔来了，也是匆匆来，匆匆走。

谢况弈道："吃过了。我在别处饮宴，回府的路上途经此处，就过来看看。"他看了看杜小曼，似乎是不经意地道，"正好想起一件事，顺便问问你，明天有游园会，你可愿同去？"

杜小曼茫然地眨了眨眼："游园会？"

谢况弈道："就是一些熟人一起聊一聊喝喝酒。洛湖山庄的洛庄主在杭州的私邸刚盖好，恰逢他邸中的白荷花盛开，所以筹划了明日的游园会，我一个人没啥意思，顺路过来问问你要不要同去。"

杜小曼兴致勃勃地道："好呀。"游园会耶，她还从来没见识过。想必杭州城中的名流与帅哥美女不少，场面应该很有趣。"多谢多谢。"

谢况弈含笑看着她："你想去就行，那我明日早上来接你。另外，我虽姓谢，你也不必每见了我总要谢字说个不停。"

谢少主又说了点别的，告辞离去。

小三望着他离去的身影，感叹道："这位谢少庄主，真是位好人啊。"

时阑也表示赞同："若有哪个女子能嫁给他，真算作得遇良人。"

杜小曼瞄了瞄他那张不咸不淡的脸："你心动了吗？可惜现在没有改变性别这么一说，你尝试去跳个西湖，而后重新投个女胎，大概能来得及。"

曹师傅和胜福小三在一边咳嗽打岔，急忙各自散了。

时阑抬头看了看杜小曼，目光一瞬间有些琢磨不透，而后满脸无奈，摇头晃脑地说："唉，吾是斯文人，掌柜的说话忒刻毒，吾说不过你。吾那句话只是寻常话，得罪谁了？掌柜的竟然……唉唉！"

杜小曼当没听见，开开心心地上楼去了。

第二天一大早，谢况弈果然如约来到店内。杜小曼早已收拾穿戴完毕，下楼候他。

谢少主今天穿着墨青色的衣衫，依然一副侠少打扮。杜小曼则穿着新做的薄绸长衫，当然还是男装。谢况弈上下打量了一下她，露出些不以为然的表情。

门外很贴心地停了一辆马车，杜小曼见了，心中一暖。因为杜小曼不会骑马，所以谢少主这是在迁就她。

谢况弈在车厢中随意地坐着，杜小曼则坐在他的对面。她看见谢况弈腰间的佩剑，不由得有些诧异："谢少主，你去游园会，还带兵器啊？"

谢况弈唔了一声，摸了摸剑身："一直都随身带着，习惯了。今天来的大部分都是江湖同道，恐怕都是如此。"

杜小曼再八卦地问游园会有哪些规矩，去的贵客多不多。

谢况弈道："大多是江湖中人，洛湖山庄和我白麓山庄一样，同是江湖门派，没那么多规矩。你随便走走看看园中的景色，再吃吃喝喝就行。"

杜小曼虚心地点头，听起来和现代的自助餐会差不多。

不多时，洛湖山庄的新府邸就到了。

这座府邸当然十分气派，但杜小曼毕竟见识过慕王府，因此也不太惊讶。只是江南建筑与京城不同，气势中又带了一层婉转的韵味。

谢况弈从下了马车就开始不停地与人拱手招呼寒暄，寒暄时还一定要捎带介绍一下杜小曼："西子街不二酒楼的杜晓，在下的好友。"

杜小曼也只能一边微笑，一边与人打招呼。不知说了多少次幸会幸会久仰久仰，笑得脸都酸了，才终于来到洛府的花园中。

刚想长舒一口气，谢况弈又道："先去和洛庄主打个招呼。"

杜小曼扯动了一下酸涩的嘴角，求饶道："谢少主，你自己去打招呼，我在这里等你行不行？"

谢况弈一副你为何这样不上道的沉痛表情看她，道："你既然开了酒楼，多认识些人，对你的生意会有些帮助。"

杜小曼恍然道："谢少主，难道，刚刚介绍那些人给我认识，是因为我最近生意不好？"

谢况弈不自在地咳了一声，转头做无所谓状说："别想多了，不过是顺便罢了。"

杜小曼诚恳地望着他道："就算你是顺便，对我也是很大的帮助啊。多谢。"

谢况弈皱眉："我已说过，我虽然姓谢，你不要每次都谢个没完。我们都这么熟了，你喊声我的名字很难么？我先去和洛庄主打个招呼，你四处走走，我等下过来找你。"大步流星离去。

杜小曼在园中随意地四处溜达。佩戴兵器看起来一副江湖人士的老中青年这里一堆，那里一簇，互相寒暄或谈笑。也有穿着优雅长衫的风雅人士，衣上熏香四溢。游园的客人中甚至有不少娇媚漂亮的少女们。杜小曼谁也不认识，便到处乱走，那些人都没有太留意到她。

走到一丛灌木旁，灌木丛的缝隙中忽然猛地闪出一个人影，正撞在杜小曼身上，将她撞了个趔趄。

那人稳住身形，急忙向杜小曼道歉。

杜小曼听他的声音有些耳熟，定睛望去，还没看清来人，眼前一花，突然又不知从哪里跳出一个翠衣少女，挡在她和方才撞她的人之间，一迭声地对那人道："李公子，对不起，我刚才手劲大了，我没想到……你、你哪里撞到了吗？"

那人在翠衣女孩的追问下却像有些无措，杜小曼好笑地向一边闪了闪，错身的瞬间看到了他的脸，不禁惊讶："原来是……"

清秀少年的双眼顿时亮了亮，像看见救星一般惊喜道："杜……杜公子，是你？！"

汗，十七皇子怎么也在游园会中？他旁边这个满脸热切纠缠他的女孩又是谁？

杜小曼还没来得及多想，十七皇子突然拉住了她的衣袖："杜公子，上次我有件很要紧的事情没和你说，不想正在此处遇见你……"

他的话说得有点磕绊，目光中带了一丝恳求。

杜小曼看了看旁边的翠衣女孩，了然地一笑。那女孩依然双眼闪闪发光地看着十七皇子，如果此时坏了她和十七皇子相处的机会，恐怕会被她诅咒一万年。杜小曼犹豫了一下，还是在美少年恳求的目光中投降了："啊，是啊，我也正想找……找公子你来着……"

十七皇子立刻道："可否到那边详谈？"

杜小曼点点头，十七皇子立刻如蒙大赦般微笑道："那么杜公子这边请。"又向那少女彬彬有礼道，"我有些要事，先行告辞，下次有缘再见。"

翠衣少女的脸上写满了不舍，眼睁睁看着十七皇子与杜小曼一前一后向远处去。

到了荷花池边一处僻静空旷的所在，十七皇子才停下脚步，对着杜小曼抬袖道："方才多谢杜公子解围。虽已有数面之缘，在下还未向杜公子告之名姓，在下姓李，单名一个言字，方才让杜公子见笑了。"

十七皇子说到那个"李言"的假名时，声音中明显能听出底气不足。看来这位皇子没怎么说过谎，也没怎么微服出游过。

杜小曼假装惊讶地问："李公子，方才的那位姑娘是？"

秦羽言柔和地笑了笑："在下是随少儒，和……和叔父一同前来，方才那位姑娘，实为初次遇见……"

原来，方才十七皇子正和杜小曼一样四处闲逛，偶然看见这名少女差点跌入池水中，就伸手拉了一把，而后这位少女就开始千恩万谢地问他姓名，更亲热地缠着他。可怜十七皇子长在宫中，从没见过如此热情的女孩子，吓得手足无措，只好拼命地躲。

杜小曼有点想笑，古代也有这么主动的女孩子啊。这个女孩应该也是江湖中人，或是某门派的女弟子，或是某掌门的闺女，才会如此豪放。不过，也是十七皇子太过标致所致。

杜小曼听着十七皇子吞吞吐吐地解释，还有些无措地四顾，忍不住想逗他一下，便笑道："李公子，恕我直言，听你描述，恐怕这位姑娘是对你一见钟情了。人家女孩子一片好意，你这样无视，她会很伤心的喔。"

秦羽言的脸染上了一层淡淡的红色："但……但是……在下并未有意……"

杜小曼摇了摇折扇："哎呀，李公子你不用不好意思，有女孩子主动接近你喜欢你，说明你很受欢迎很有魅力，这是件好事。嘿嘿，在下可是十分羡慕。"

秦羽言的脸上红晕更重，却正色道："这、这并无什么可羡慕的。方才那位姑娘虽不错，我却不能……而且只是初次见面，想来她是……"

杜小曼终于忍不住哈哈笑起来："对不起，李公子，我只是和你开开玩笑，哈哈，你的反应还真可爱。对不起对不起，是我不好，请你原谅，哈哈哈。"

秦羽言又愣了愣，而后变了变神色，垂下眼帘道："让杜公子见笑了。"

杜小曼忙压住笑意："李公子你不会生气吧。有人喜欢真的是件好事，你不喜欢她也不必有什么愧疚。初次见面，她就算喜欢上你，大概也不是多深厚的感情，很快就会淡掉忘掉的。"

秦羽言像是有些诧异地抬起头："杜公子竟对感情之事有如此深刻的体会。"

杜小曼谦虚地说："没什么，只因为我见得比较多，所以略有些体会而已。"转换话题道，"李公子你是要继续随处走走，还是回去找和你同来的人？"

秦羽言道："我……还想再四处走走，"转眼看着荷塘，"我本就是想来看看荷花。此园中的白荷端庄素雅，在每一处看，都有些独特的风韵。"

杜小曼向荷花池中望去，层层荷叶几乎将整个水面完全覆盖，托出一枝枝婷婷的白荷，或开或半开，或含苞待放，确实美不胜收。

杜小曼情不自禁感叹："的确很有风韵！嗯，这个时候，本来应该念首诗作个词什么的烘托气氛，可惜我会背的诗不多，唯一记得的和荷花相关的两句，就是'接天莲叶无穷碧，映日荷花别样红'。可是这个池塘中是白荷，又有点不符合。要不，改成'接天莲叶无穷碧，映日荷花别样白'？"

秦羽言听到这里，似是情不自禁地轻笑了一声。

杜小曼不好意思地拿扇子扇了扇风："见笑了。见笑了。"

秦羽言忙道："杜公子别放在心上。其实杜公子这种率直个性，在下十分羡慕。"又犹豫了一下，轻声道，"上次在杜公子酒楼中所饮的果汁，我一直念念不忘，但调配几次，味道始终有所不如，不知杜公子若有空闲，能否容我讨教一二？"

杜小曼眨了眨眼，觉得这位十七皇子越看越可爱，爽快地道："当然可以了。你能喜欢，我很荣幸。看哪天有空吧。"

十七皇子露出欣喜表情来。

杜小曼又想起一件事："对了，李公子你会吹笛子吧，也等哪天有空了，能不能请你吹一曲，就当是我讨的一点点报酬。"

秦羽言的双眼又亮了亮："杜公子也喜音律？"

杜小曼道："我……我其实不懂，也不会吹，但是我喜欢听。"其实她是在盘算，能不能从秦羽言身上知道点京城最流行的曲子，她回头可以找时阑练习一些曲目，作为酒楼的娱乐。

秦羽言微微一笑："杜公子若是想听，此时便可。"从袖中取出一根晶莹的玉笛，"这一曲，就当是杜公子替我解围的答谢。"

清婉的笛声在风中漾起，杜小曼情不自禁地呆住了。

吹笛的少年清雅俊秀，荷花池边清风拂动，水面上荷叶如水波般层层起伏，白荷摇曳，少年淡紫的衣袂和漆黑的发在风中微扬，飘飘似从九天云端落下。

正在陶醉时刻，一个声音突兀地插进清幽的笛声中："阿言，四处寻你，你竟在此处。"

一个华服男子从远处大踏步行来，看见杜小曼，微皱了皱眉头。

杜小曼立刻认出了他。十七皇子的叔叔，裕王秦兰璪殿下，来找侄儿了。

杜小曼很识相地向十七皇子道："那个……李公子，你看来还有事，我就先告辞了，耽误了你这么久，真不好意思。以后有什么需要我帮忙的，就去不二酒楼找我吧。"顺便也对秦兰璪笑了笑，拱了拱手。

多个人情好办事，秦兰璪身份不低，态度好点不得罪他总没坏处。

秦羽言温和地笑了笑："今日多亏杜公子帮忙，改日再行道谢。"

杜小曼顺顺利利道了别，转身向另一条路走去。

杜小曼在庭院里转了几圈，居然遇到了不少熟人。商会的富商老伯们，竟有不少参加了这个游园会。杜小曼不得不和老伯们客套了几句。

老伯们似乎对她初来乍到就能参加这个游园会很惊讶，杭州城最大的绸缎庄老板温员外道："杜公子年纪轻，生意手段高，人脉又广，可谓当仁不让的少年才俊。"

杜小曼赔笑道："员外您过奖了，我不过是个做酒楼生意的，才俊两个字哪里当得起，今天也是被朋友捎带上，才能见识这种大场面。算是开开眼界啦。"

温员外问："唔？不知杜公子的朋友是哪位？"

杜小曼回答："是位江湖上的朋友。"正说着，身侧忽然冒出了一个声音："原来你转到此处来了。"

杜小曼惊讶地回头。哗，一提到谢少主，他本尊就出现，比召唤兽还迅速。

谢少主客客气气地与几位富商老伯打了个招呼。老伯们态度越发地亲切起来。

温员外道："原来杜公子的朋友就是谢少庄主。"看看谢况弈，又看看杜小曼，意味深长地一笑。

和老伯们道别后，谢况弈扬了扬眉："没想到啊，你竟然也已有了些人脉。"

杜小曼道："是啊，我还进了城南商会来着。所以说，我其实很有做生意的天分。"

谢况弈见她这么自恋，实在是无话可说。

杜小曼走得有点累了，和谢况弈一起在一处石桌边坐下，立刻有仆役端上香茶。

杜小曼情不自禁地感叹："有眼力见儿，服务态度比我的酒楼都好。"

谢况弈端起茶杯笑道："敢情你最近做生意做得上了瘾，张口闭口都是酒楼。"

杜小曼理所当然道："人要做一行爱一行，才有敬业精神嘛。"

谢况弈的嘴角轻轻撇了撇："等杜掌柜你的酒楼赚了大钱，再吹点奇怪的牛皮不迟。"

杜小曼的神色僵了僵："咳咳，谢少主，拜托给留点情面，揭伤疤不要揭得那么彻底嘛。"

谢况弈露齿一笑。

杜小曼和谢况弈边喝茶边随意地说笑，无意中看见远处的花丛边有一袭绿裙，是方才纠缠十七皇子未果的少女，她正远远向这里看来。难道她还在记恨方才自己搅局?

谢况弈饮了口茶水，问："你在看什么?"

杜小曼随口道："哦，看见那边的一丛花很漂亮。"又随便东拉西扯了几句。目光扫过去，那个少女还在向这里看。

少顷，谢况弈又看见了一位故人，不得不前去打个招呼。杜小曼放下茶杯，继续到处溜达，转身看时，方才的那个绿衣少女却不见了。

绕着花园中的假山拐了几个弯后，在一丛翠绿的修竹旁，杜小曼看到了一袭青衫。

方才听到十七皇子提到了他，所以再看到宁景徽，杜小曼并不诧异。右相大人似乎对青色情有独钟，十次见到他，有九次都穿青衣。

"安公子，居然在此处遇上，真是巧。我不久前才见到李言与另外一位公子，你没和他们在一起?"

宁景徽并未答话，缓步走到杜小曼近前，抬起手，轻轻从杜小曼头上拿下一片方才不小心沾上的柳叶。

浅青色的丝绸布料拂过杜小曼的头发和脸侧，能闻见他身上淡淡的幽香。杜小曼的脸莫名有点热，急忙笑道："可能是我刚才在那边的柳树下路过时不小心沾的，多谢多谢。"

宁景徽的笑容清浅："今日的游园会虽为赏荷，但园中其他景致，也都各有风韵。比如湖边的这些杨柳。"柳叶从他指尖上随风而去。

杜小曼张了张嘴，发现不知道该说什么好，第一次觉得有些尴尬，结结巴巴道："是、是啊，安公子你既然喜欢杨柳，为什么站在竹林这里？"话一出口，自己都觉得傻透了。

宁景徽道："杨柳随风，自如自在。翠竹修而立，静且清幽。"

杜小曼从未像现在这样痛恨自己没好好念书，尤其是念书的时候没好好学古文。她只能迷茫地看着宁景徽，小心翼翼地试探着说："杨柳和翠竹，确实是各有韵味呢。"

宁景徽含笑看着杜小曼："杜公子的酒楼，近日可还好吗？"

杜小曼叹了口气道："还好吧，这些日子有些冷清，可能是经营方法上出了点问题，我正在想办法解决。"

宁景徽道："生意之事，我不大懂，帮不上杜公子的忙，很是惭愧。但近日天气炎热，杜公子劳心酒楼生意，也要多注意些身体。"

杜小曼心中莫名地有了一丝暖意，自遇见宁景徽以来，总觉得他像在云端上似的不好接近，但每每又在细微处不落痕迹地流露出对她的照顾。

杜小曼道："安公子你也要多注意保养身体啊，现在正是炎夏，多喝喝莲子粥之类的就不错。"

宁景徽问："不知杜公子的酒楼中可有卖？"

杜小曼立刻说："当然有。我是很欢迎安公子你天天过来喝粥，但是不知道你住的地方离我的酒楼远不远，要是每天跑大老远的路只为了喝一碗粥，那就不太合算了。"

宁景徽唇边浮起笑意："杜公子做生意很厚道。"

杜小曼眨眨眼："我就算是个不厚道的奸商，安公子好歹是帮我写过门匾的人，总不能连你也坑吧。"

宁右相，如果你肯把真姓大名落在那块门匾上，我天天请你喝鲍鱼粥都行。

宁景徽闻言，轻轻笑起来。

杜小曼与他目光相碰，心突然极快地跳了几跳，支支吾吾说："安公子，你……你还要在这里再站一会儿么？我和别人约了要等下见面，就先走了。”

宁景徽微微颔首，杜小曼向他道别，绕开竹子丛向另一边去。宁景徽这种儒雅的美男，本就是杜小曼最不能抵抗的类型，不知不觉，就想对他了解得更深些。这太危险了。

杜小曼拍拍头，清醒点，这位来头那么大，能做右相这种高官，肯定不像表面看起来这样好打交道。这种心机深沉的主儿，你惹不起啊惹不起。

杜小曼一边走，一边脑子转风车一样地乱想，没留神一脚踩上了一块碎砖，身子一个不平衡，向前扑倒。面前忽然嗖地出现一堵肉墙，及时挡住她扑地的身子。她一头撞到了那堵肉墙上，鼻子生疼。

杜小曼捂着鼻子抬起头，看见那堵肉墙的脸，呆了呆。

居然是那位裕王殿下。

杜小曼本能地捂着鼻子迅速向后退了几步，满脸羞愧：“对不起对不起，刚刚我走路走神没有看路，实在对不起。多谢你帮忙。”

裕王殿下冷着一张冰山脸：“下次走路留神些。”

杜小曼连连道歉道谢加点头。

裕王的神色稍微和缓了一些：“对了，你叫什么？”

杜小曼笑了笑：“在下杜晓，字晓慢，敢问公子尊姓大名？”

裕王一字字施恩般地道：“李史。”

历史？倒挺好记的。杜小曼再笑一笑道：“李公子，在下要去那边赏赏花，就不耽误你，先告辞了。你如果要找安公子的话，他在那边假山旁的竹林边站着。”

裕王眼神犀利地看过来：“你方才见过少儒？”

杜小曼点头：“嗯，刚才无意间碰到，说了几句话。那个……我先走了啊。”正要再往另一边去，裕王却道：“你已经赏过白荷，方才又在竹林中怡神，不知现在要去赏什么花？”

我赏什么花和你有关吗？杜小曼有些莫名其妙，随口说：“哦，我也是随便走走看看，有漂亮的花就多欣赏一下，这园子中的花都挺好看的。”

裕王却笑了起来：“你这种随兴所至的性格极好，但百花姿色各妍，总有一二种最喜欢的吧。”

裕王这话，真是有些莫名其妙，但他笑起来，却有种说不出的味道。仔细看去，大叔倒是耐看型，看来他蹲在京城美男榜的榜首，也还是有几分实力的。

杜小曼虽然不理解裕王为什么要问她喜欢什么花，但还是老实回答道："我其实，没什么特别的爱好，花譬如美人，每种都有不同的气质，我就是什么都喜欢的博爱型。"

裕王忽然大笑了两声，而后道："你我居然见识相同，十分难得。"凑近到杜小曼身前道，"当日在酒楼中匆匆一见，未得深交，改日若有闲暇，一同品茶赏花如何？"

裕王的态度前后变化实在太大又太快，让杜小曼有些傻眼，难道他走的是时阴时晴捉摸不定的路线？

裕王满脸玩味笑容地看她，杜小曼只好一本正经道："承蒙李公子看得起，改日若有空闲，一定从命。"

裕王将折扇在手心里敲了敲："那便先如此定下了。待我有空时，就来找你。"转身大步向竹林方向去，留下杜小曼满脸莫名地站在原地。

愣了半晌，杜小曼正准备回身去找谢况弈，突然看到不远处的花丛边冒出来一角绿色的裙边。她假装没看见，自顾自地走远。

杜小曼在园子中央转了一圈儿，都没找到谢况弈的踪影。天已近正午，异常炎热，她打算去湖面的长廊上先避避暑歇歇脚，再继续去找谢少主。

不知道游园会的主人回头会请吃什么饭，又在哪里吃。逛了半天，她都有些饿了。

在长廊上，杜小曼惊喜地发现了谢况弈就在不远处，他满脸笑容，正在和身边的一个女孩子说话。那少女容貌娇俏，绿色的长裙曳地，竟然就是纠缠过十七皇子，方才还一直偷偷尾随杜小曼的女孩！

杜小曼快步走过去，谢况弈向她道："你又逛到哪里去了？"指了指身边的女孩子，"这位是洛庄主的千金雪蝉。"

洛雪蝉甜甜地笑着向杜小曼道："这位是杜公子吧，方才弈哥哥正在和我说你。"

谢况弈道："雪蝉虽是洛庄主的千金，但我们江湖中人不像寻常人家那么保守，你见到雪蝉，不用太拘束。"

洛雪蝉点头道："是呀，我方才正和弈哥哥说，让他哪天带我到杜公子的酒楼去见识一下。"

杜小曼客套地笑笑："不胜荣幸。"

花园中的敞阁内已摆下数桌酒席，预备中午时款待客人。杜小曼打定主意大吃一顿，顺便看看席上有什么特色菜可以学习借鉴。

洛雪蝉一直和他们在一起，大部分是和谢况弈说笑。谢况弈似乎从小就认识她，对她像对妹妹一样宠爱。

临近要去敞厅吃酒席时，谢况弈又碰见了熟人，前去招呼，留下杜小曼和洛雪蝉站在空地上。杜小曼正想找个话题和洛雪蝉聊聊天，洛雪蝉紧紧盯着她，收起天真的笑容："杜晓，你其实是个女的吧。"

杜小曼吓了一跳："啊？"

洛雪蝉杏眼中精光四射，低声道："你瞒得了别人可瞒不了我，我一眼就看出你是个女人，假扮成男人，偏偏还和不同的男人举止暧昧，弈哥哥怎么会认识你这种人！"

杜小曼觉得，自己身上一定存在着一个恶毒女二号的开关，只要因某些事情被触发，这种阴暗人格就会充分暴露出来，比如说现在。

她笑了笑，也放低声音道："你的弈哥哥从一开始就知道我是女人。另外，和男人说话就叫举止暧昧？那么方才洛姑娘你扯着男人不放，又叫什么呢？"

洛雪蝉被噎了一噎。杜小曼接着道："喔，对了，我还有一件事不明白，洛姑娘你既有武功，又在自己家的园子里，为什么还会差点掉进池塘，又恰好被那位李公子救了呢？啊，真的是恰好呢。"

她断定自己现在的笑容一定很恶毒，洛雪蝉瞪着她，小脸通红，像要把她的脸用眼神戳成马蜂窝。

杜小曼将折扇在手心敲了敲："爱美男之心人皆有之，喜欢上什么人有意去接近不丢人，真的。只是拜托洛姑娘你下次说话别这么刻薄了。我和那位李公子只是碰巧认识而已，不会和你抢他的，你放心啦。"

洛雪蝉咬着嘴唇，满脸通红浑身颤抖地吐出几个字："你、你、你……"扭身飞奔而去，一头撞上和别人打完招呼回来的谢况弈。她立刻抓住谢况弈的衣襟，哇的一声哭道："弈哥哥，呜呜呜……她她她……"

谢况弈迷茫地望向杜小曼，揉着额角："怎么了？"

洛雪蝉捏着手绢抽噎着瞪起眼睛："弈哥哥，你怎么会认识这种人，她她她……"

谢况弈道："啊，我知道了，你方才找杜晓的麻烦了吧。你说不过她的，省省吧。不是和谁吵你都能占到便宜。"叹了口气对杜小曼道，"雪蝉她就这样，从小就嘴巴刁。你居然能收拾了她，厉害。"

洛雪蝉捏着手绢，双手颤抖："弈哥哥，你从来都只会帮着外人欺负我！"

谢况弈满脸理所应当："因为从来都是你不讲理。"

洛雪蝉跺了跺脚，愤愤地飞奔而去。

杜小曼忽然有些同情她："谢况弈，她好歹是个女孩子，你……"

谢况弈无所谓地道："你不知道，她从小被洛伯父和几位伯母惯着长大，任性得要命，多吃点苦头也好。不过她只是任性罢了，不是个坏丫头。"全然一副说妹妹的口吻。

终于开席了，杜小曼跟着谢况弈在敞厅右犄角的一桌上坐了。宁景徽、秦兰璪和秦羽言三人在临近的一桌落座，宁景徽笑着向杜小曼和谢况弈点了点头，秦羽言也羞涩地笑了笑，坐下后还又向这边看了几眼。

洛庄主在主席上就座，端起酒杯说了一堆感谢大家来捧场之类的谢词。他是个四十来岁的中年大叔，白面长须。洛雪蝉的眼睛长得有些像他。

杜小曼这一桌坐的都是江湖世家的子弟，与谢况弈很熟络，纷纷和杜小曼攀谈，又来敬酒。杜小曼急忙推辞，谢况弈很讲义气地杀出来替她挡了。一群侠少拼酒聊天，眉飞色舞不亦乐乎。

他们讲的大多是江湖轶闻，杜小曼一边埋头吃菜，一边竖着八卦的耳朵听，在关键时刻还凑趣笑两声，少侠们因此觉得和她很投缘。

划拳行令各喝完一圈后，庐山剑派掌门的大公子何宏书道："这样喝无趣，不如换个方法。"把桌子正中的几碟菜拿开，将一个酒盅平躺着放在桌面上，再架上一根筷子，"筷子尖转到谁，谁便说个笑话或出个谜题，能让大家笑出来或猜不出的便不用喝，否则就罚三杯，怎样？"

众少侠们都拍桌赞同。

杜小曼在心中翻了个白眼，这些江湖少侠真是没创意加无聊。

身边的谢况弈忽然用手肘撞了撞她，杜小曼愕然抬头，发现谢况弈正满脸同情地看着她，同时指指桌面。那根躺在酒杯上的筷子的尖端正直直地对着她。

谢况弈豪迈地说："没关系，你尽管说，输了我替你喝。"

满桌的少侠们都目光灼灼地望着她，杜小曼只好放下筷子，清了清喉咙，讲了个十分烂熟的冷笑话。

"包子和米饭有一天因为一件事情打了起来，米饭人多势众，把包子打了个落花流水。豆沙包、小笼包、水煎包等等都被米饭堵住围殴，米饭打红了眼，无意中发现了粽子，立刻冲上去，正要抢起拳头，粽子把衣服一脱，大叫一声：'不要打，我是卧底！'"

四周一片沉默，似乎有冷风吹过。

杜小曼夹起一筷子菜，淡定地放入口中。

再片刻之后，满桌的少侠们忽然捂住肚子，哈哈大笑起来。

喂喂，各位也反应太慢了吧。杜小曼看着四周笑得人仰马翻的少侠们，心里又翻了一个白眼。有那么好笑吗，乐成这样。

谢况弈捂着肚子拍着桌子道："厉、厉害。"挥挥手，"再转。"

又玩了几轮，那根筷子和杜小曼过不去似的，筷子尖又指向了她。

杜小曼只好继续讲冷笑话："包子和米饭打架失败后，没过几天，包子因为某件事又和面条打了起来。包子再次打输了，很不甘心，约了几个馒头助阵。在路上遇见油条，包子立刻冲上去，按住油条就打。馒头很奇怪，问包子为什么要打油条，包子一边打一边恨恨地说：'别以为发福了再换件黄黄的衣服我就不认识你了！'"

少侠们扑哧一声，又笑得人仰马翻。

杜小曼再夹了一筷子菜，正要放入口中，旁边桌上忽然有人道："好利的眼，洛庄主请来的人，果然都非泛泛之辈。"

杜小曼茫然地侧首，只见邻近的一张桌子旁噌地站起一个穿油条色外衣的大汉。大汉冷笑道："既然我的行藏已被看破，再遮掩也无用。洛君行，你灭我一门，今日纳命来吧！"

这、这是什么状况？杜小曼愕然地看见大汉甩掉油条色的外衣，再往脸上一抹，忽然变成一个黑色劲装的瘦子，手中不知何时多了一把雪亮的大刀，飞身向洛庄主砍去。

厅中大乱，洛庄主拔剑抵挡，在座的江湖客们以及和杜小曼同桌的少侠们也纷纷亮出兵器冲向黑衣人。一场现场版的武侠剧就此激烈上演。杜小曼半张着嘴，在一旁傻傻地看。

一把飞刀咻地落在不远处，杜小曼立刻领悟到刀剑无眼，赶紧向后退到一个角落，身后有人拉了拉他的衣袖。

杜小曼回头，看见了十七皇子。十七皇子轻声向他道："杜公子，你向这边站一些。"

美少年心肠真好，杜小曼感动地道了声谢，站到墙角秦羽言身边。墙角还有几个人，其中宁景徽对杜小曼笑了笑，裕王摇着扇子目光玩味地打量她："这位公子真是真人不露相，居然看出邻桌那人是假扮混入进来，别有意图，还出言警示，令人佩服佩服。"

观战许久，杜小曼才明白过来，原来今天有个洛庄主的仇人混进了宾客中，很凑巧的是他易容成了一个胖子，又穿了件油条色的外套。刚才听了她说的两个冷笑话，倒霉的刺客就以为自己被看穿了，主动跳了出来。

杜小曼无语望苍天，大哥，我真的只是随便讲了两个冷笑话而已啊，这实在是人生太奇妙事情太凑巧你的人品太不好，真的真的不是我的错啊啊啊——

杜小曼悲愤兼无语，远眺着刀光剑影的战场道："我……如果说……那两个笑话是我随便讲的……只是事情凑巧，你们信不信？"

十七皇子惊讶地眨了眨眼，宁景徽的神色看不出什么想法，裕王的脸上明白地写着两个字——不信。

杜小曼无奈，继续望向打成一团的大厅中央。

猛虎难敌群猴，况且黑衣人看起来并不那么强悍，围殴他的又都是高手。片刻之后，争斗结束，黑衣人血迹斑斑鼻青脸肿地被生擒，捆绑在地。谢况弈和一群侠少们像还没打够似的，满脸意犹未尽地走到一边。

黑衣人怨毒的眼神穿过重重人群，直直盯在杜小曼身上："萧白客的易容术天下无双，没想到竟被你看穿，可否请教阁下师承何处？"

杜小曼在心中狂汗，老实地答道："大叔，这是事情凑巧，我真的没看出你，我只是讲了个笑话，我不懂武功，真的。"

黑衣人显然不相信，眼神越发炙热怨毒，冷笑数声："好吧，阁下既然不愿表露身份，今日我被擒住，是我时运不济，要杀要剐随你们！"说完闭上双眼。

黑衣人被拖出大厅，满大厅的人都用看高人的眼光看杜小曼。谢况弈走过来，站在她身边，也上下打量了杜小曼几眼，杜小曼再次辩解道："我真的只是随便讲了两个笑话而已，这件事情只是凑巧。"

谢况弈点了点头："我知道，你的运道真足。"

杜小曼热泪盈眶，谢况弈接着道："但你觉得他们信么？"

杜小曼再次无语。

不远处的洛庄主捋着须子，神色复杂地看了看杜小曼，又看了看她身边的谢况弈，咳了一声，呵呵笑道："或许这位公子说的是实情，此事实属凑巧。多谢各位帮忙，方才让各位受惊，实在惭愧。老夫即刻重新整治酒席，一为答谢，二为赔礼。"

片刻之后，厅中收拾干净，桌上重新摆上酒菜。谢况弈抓住杜小曼的手臂："先回去坐吧。"

杜小曼回头看了看十七皇子、宁景徽和裕王，十七皇子温声说："杜公子请便。"

杜小曼知道他们可能另有安排，客气了一下就随谢况弈到另一桌坐下了。

同桌的江湖侠少们神色却与之前大不相同，用打量高人的目光打量着杜小曼，看得杜小曼浑身都不自在。

谢况弈又将桌子中央的几个盘子拿开，放上一个横倒的酒杯和一根筷子："方才只喝到一半，咱们继续。"同桌的侠少们立刻附和。

筷子和酒杯转了个圈儿，筷子尖再次好死不死地指向了杜小曼。

杜小曼在众人的注视下不自在地笑了笑，包子打架的笑话打死她也不敢再说了，随便找个烂大街的冷笑话说吧。

"我……说个谜题大家猜吧。把一头大象放进一只小木箱，需要几个步骤？"

谢况弈道："把大象剁成肉酱，再装进木箱？当然箱子要够大才行。"

杜小曼摇头："分三个步骤，打开箱子盖，把大象放进去，再盖上箱子。"实在是太无聊了，她自己都说得无精打采。

话音落后，又有冷风吹过。

杜小曼环视了一圈，索性继续道："其实这个谜题是个系列，后面还有个问题：森林里所有的动物开会，有哪个动物不会到场？是那只大象，因为它还关在箱子里啊。"觉得四周空气实在太冷，自己干巴巴地笑了两声，"呵呵。"

正在此时，邻桌忽然有位大叔一拍桌子道："是了，方才此人顶替了乔老四过来，那真的乔老四现在何处？"

众人纷纷露出恍然且大惊的表情。洛庄主迅速起身："各位，事不宜迟，先找到乔大侠要紧。今日此事因老夫而起，老夫就算寻遍天涯海角，也要将乔大侠救出。"

厅内众人纷纷起身离席，无数道打量的玩味的猜测的目光又向杜小曼看来。

喂，这个问题你们刚才抓住那人的时候就该想到吧！没想到才是缺大脑缺心眼好吧。杜小曼已经连望天都懒得望了，话说，今天的运道怎么就足到这个份上！

连谢况弈都用满含深意的目光看她，杜小曼苦笑道："我真的只是随便说说啊。"

谢况弈思虑片刻，郑重地道："以后你千万别说什么不吉利的话。"

江湖众人自发分成几组，去寻找那位被人顶替的乔老四。这饭也吃不下去了，其余的非江湖人士纷纷起身告辞。

杜小曼也不敢再待下去了，向谢况弈道："你很忙的话，我就自己回去好了。"

谢况弈皱眉："你自己行么？我还是先送你回去，然后再过来看看。"

杜小曼正要推辞，旁边有人道："如若不嫌弃，杜公子可与我们同路。"

说话的人竟是宁景徽。

"我们帮不上什么忙，留下只能添乱，便先行告辞。不知杜公子是否愿意同行？"

杜小曼立刻道："当然愿意，多谢多谢。"

谢况弈看了看宁景徽，又看了看她，随口叮嘱道："路上小心。"

两位殿下和丞相大人也是乘马车来的。车很朴素，但赶车的几位大哥看起来很有武侠剧中大内高手的气质。

杜小曼一言不发地坐在车里，宁景徽缓声向她道："世间难免巧合事，杜公子无须太介怀。"

杜小曼顿时感动得热泪盈眶，宁景徽不愧是传说中的右相，聪明啊，完全明白了方才事件的真相，体会了她的处境。

"安公子，多谢你。今天的事情实在太离奇，我都有些不知怎么办才好。"

宁景徽温和地宽慰她："你不必担心，待此事过后，他人想一想，就能明白了。"

杜小曼几乎能在宁景徽的头顶看见天使的光圈。宁右相，你真的是个好人。但……其他人哪那么容易明白啊，比如坐在你旁边这位一直摇扇子的裕王，他现在显然很以为我有问题，很没想明白。

有了宁景徽的安慰，杜小曼心情稍微平缓了一点。

一直安静地坐着的秦羽言开口道："今天杜公子讲的故事与谜题，细细想来，都很有禅意。不知他日，是否能再说一两个与我听？"

杜小曼看着十七皇子纯善且诚恳的脸，冷汗狂流，禅意？冷笑话有禅意？

"好吧，只要李公子你，咳咳，不嫌弃。"

秦羽言的双眼又亮了亮。

车停在不二酒楼前，裕王殿下、十七皇子和右相大人都婉拒了杜小曼邀请他们进去坐坐喝杯茶的建议，杜小曼连声道谢，下了马车，目送车子走远，然后大步走进酒楼。

绿琉和碧璃立刻迎上来。绿琉端来一杯凉茶，杜小曼在桌前坐下，端起茶喝了两口，长舒了一口气。今天去参加的这个游园会，还真是精彩！

游园会后的几天里，杜小曼的酒楼中常常有持刀佩剑的江湖人士到来，往往只是拣一张桌子坐下，要一壶茶或一两个小菜一壶酒，慢慢吃喝，而后离开。

也有的会主动和杜小曼打个招呼，通报姓名，再说一说因游园会一事对她很是佩服之类，最后寒暄几句后走人。

江湖客们来来往往，他们吃得不多，但普通客人看见店中有拿刀拿剑的江湖人在，往往闪避开不敢进来。而结果就是，杜小曼酒楼的生意又差了几分。

偏偏这几天谢况弈又有帮务要忙，没有过来。杜小曼一个普通人，愁得有些头大。

时阑安慰她："掌柜的，你就认了吧。谁让你现在是江湖名人呢？当今世上，能在那么短的时间内拆穿萧白客的易容，你还是第一个。这些人都是来瞻仰你的。"

萧白客是天下第一易容高手。在这个山山水水街头巷尾都埋伏着高人的江湖中，敢光明正大顶着"天下第一"四个字出来混的，必定有过人的本事。

萧白客的易容术等同于江湖中的一个神话。他曾游历西域，精通西域异术软骨功和缩骨大法。在最经典的一次易容中，他将自己打扮成了一棵歪脖矮树，站在正道和魔道互殴的战场上，两派人从头打到尾，都没有发现他的存在，互殴完毕后，各自收拾残伤人员扬长而去。

杜小曼颤抖了，能做到上面的境界，已经不仅仅是易容术的范畴了，萧白客的作为搁在现代，就叫作高级行为艺术。

她颤声问时阑："这位……萧大侠……有什么别的特点吗？"

时阑沉吟："像萧大侠这种高人，自然有一些怪癖。传闻……萧大侠的气量有些狭窄，凡是能看穿他易容术的人，他一定不会放过。"

杜小曼听了，脸色更加苍白。

时阑的神情怎么看怎么有点幸灾乐祸："唉，掌柜的，世事皆有凑巧，你就认了吧，别太忧愁，兴许过两天，他们想通了，就好了。你放心，倘若真有什么事情发生，我一定会保护你周全。"

差不多意思的安慰话，从时阑嘴里说出来和从宁景徽口中说出来感觉真是天地之差。

杜小曼垂头丧气地点点头，敷衍地笑笑："多谢多谢。"嘴上说得如此动听，等萧白客杀出来，说不定逃的最快的就是你。

时阑眼神锐利地看着她："你不信？难道我平日看起来竟是那么不堪的人？"

杜小曼赶紧道："不是不是。"赶紧转换话题，"时阑，你一副，咳咳，文质彬彬的书生样子，想不到竟然会知道这么多江湖中的事情。"

时阑云淡风轻地笑了笑："当然，早年家门的辉煌就不提了。就算家道中落后，我虽只是一介困顿书生，但四处漂泊时，仍不忘时刻增长见闻，精进学识。唯有通达天下事，方能洞明事理，察解百态。先人教训，吾时刻铭记于心，不敢轻忘。圣人有云……"

杜小曼满头冷汗地听着时阑滔滔不绝自吹自擂，直到日落西山，一个牵着小孩的老人蹒跚进了店中，杜小曼亲自迎上去时，时阑才结束了长长的论述。

老人牵着男童在一张靠窗的小桌前坐下，要了两碗阳春面。

杜小曼回到柜台内，时阑又凑了过来，笑嘻嘻地说："掌柜的，我有个不情之请，你说的那个包子打架的笑话，还有没有别的，能再说一个么？"

无聊。

但是时阑满脸渴慕地盯着她，确实像是十分想听，讲个冷笑话总比继续听时阑吹牛皮好。杜小曼环顾了一下四周，店中只有那个老人和小孩而已，应该没关系吧……她点了点头："好吧，我说给你听。"

包子打架的笑话有很多个版本，再讲哪个比较好呢？杜小曼的目光瞟到了那一老一小身上，脑中灵光闪动。

"包子在街上错打了油条后，油条非常恼怒，主动去找面条结成联盟，再回头去找包子报仇。油条和面条气势汹汹走在大街上，看到了正走在街边的蒸饺，立刻冲上去，围住蒸饺一顿痛殴。面条打得尤其用力，一边打一边说：'太不要脸了，怕被认出来，居然穿童装扮可爱！'"

时阑哧地笑出声。

就在此时，杜小曼听到了一个苍老的声音："果然好不简单，又拆穿了老夫的易容！"

木桌前的一老一小都站起身，店中的空气莫名地像是凝结住了。那个苍老的声音，竟然是从那小孩子的口中说出来的。

看起来只有七八岁的孩童忽然之间手脚暴长，又从头上扒下假发面具，一瞬间变成一个身长七尺、头发花白的无须瘦削老者，眯起眼睛，冷冷地看着杜小曼："老夫萧白客。小娃儿当真有些能耐，今日领教了，待他日一定再来拜会。"

他身前一阵烟雾弥漫，烟雾散去后，萧白客和那名老者都消失不见。

这——是老天在玩我吗？

时阑望着石化的杜小曼，缓缓说："恭喜你，掌柜的，你会变作另一个江湖传奇。"

幸亏那天现场没有其他的目击者，杜小曼大败萧白客这件事未被泄露出去。

又过了一段时日，店中的江湖客逐渐减少，杜小曼才松了一口气。只有萧白客留下的最后一句话让她一直提心吊胆，不过时阑说，看萧白客的举动，他下次再来顶多还是易容改装，到时候杜小曼认不出来，他就会心满意足地离去了。他老人家在江湖上是辈分高名头响的大侠，自恃身份，应该不会对一个后生小辈多加为难或背地里放冷箭。

这话大大安慰了杜小曼。眼看江湖客们已经近乎绝迹，杜小曼心中的酒楼整改大计再次浮上心头。就在她正要宣布开始实施新的经营方式时，店中来了一位意外之客——

那位洛庄主的千金，洛雪蝉。

洛雪蝉的出场方式很与众不同。

当时杜小曼中午睡了个午觉刚起来，想到院子中站站清醒一下。正沿着小楼通往院子里的楼梯向下走，忽然膝盖被什么东西重重击中，腿一软，整个人重心不稳向下栽去，还好已经是最后一阶楼梯，杜小曼及时抓住扶手，但还是一个踉跄，半倒在楼梯上，十分狼狈。

洛雪蝉从院子的大树后跳出来，拍了拍手，笑吟吟地看着正爬起身的杜小曼："我猜得果然没错，你就是个不懂武功的女人。你没发现院子里有人，连我用石子打你膝盖你都能中招，跌得这么狼狈，那天大出风头只不过是瞎猫碰上死耗子！"

杜小曼拍着身上的灰站直，无奈地看了看扬扬得意的洛雪蝉："这件事本来就是我瞎猫碰上死耗子，可是我解释过，别人都不信，有什么办法？我可不愿意被人家当成高人。洛姑娘证实了自己的看法，现在可以满意离去了，好走不送。"

洛雪蝉扬起下巴："喂，我刚刚让你从楼梯上摔了一跤，你不报了仇再让我走？"她今天穿着一身鹅黄的衫裙，袖口微窄，腰中插着一根七色的软鞭，一副来砸场子的架势。

杜小曼笑了笑："被你害得跌了一跤，确实有点生气。但是一来，我不懂武功，我的酒楼里的伙计们也不懂，加在一起，也打不过你，会吃亏的事情我不做；二来，也知道你其实手下留情了，在我下到最后一阶楼梯的时候才动手，如果你在我下第一阶的时候就扔石子过来，我就不会好好地站在这里了。"

洛雪蝉歪着头打量了一下杜小曼："你很有趣嘛，出我意料地明白事理，并且上次居然吵架还能赢了我，和那些动不动就哭叽叽歪歪的女人不一样。嗯，我看你忽然有些顺眼了。这样啦，上次你气了我一回，这次我打了你一下，以后大家算扯平了，互不相欠，无仇无怨，好不好？"

杜小曼还没来得及说话，洛雪蝉已经一拍手道："好，就这样定了！"

杜小曼期待她下面说出一句"青山不改绿水长流"而后飞身离去，但洛雪蝉明显还有下文。

"我今天来，主要目的不是试探你，而是想问你一件事情。你觉得，弈哥哥这个人怎么样？"

杜小曼愣了愣，那天在游园会上看见洛雪蝉对着谢况弈一口一个弈哥哥，叫得非常亲热，据说两人还是青梅竹马……

咳咳，不会离开慕王府，她又要与另一个女人上演两女抢一男的戏码吧……

杜小曼立刻诚挚地回答："谢少庄主是位侠肝义胆年少有为的侠士，我和他只是泛泛之交的朋友，一向承蒙他照顾，我对他只有感激而已。"

洛雪蝉眨了眨眼："喂，你就没一点喜欢弈哥哥吗？他这个人虽然又自大说话又刻薄，但相貌英俊，嗯，仪表堂堂，又年少有为，可没几个人比得上他。我不信你对他没动心，见过我弈哥哥的女人很少有不倾心于他的。"她向杜小曼走近了两步，认真地说，"你如果喜欢他，不用害羞，只管告诉我！"

杜小曼再次诚挚地重申："我对谢少主只有感激，绝不会有任何其他的感情。"

所以，洛大小姐，我绝对没兴趣和你抢谢况弈啊。

洛雪蝉又向杜小曼跟前凑了凑，两个小酒窝忽闪忽闪的："哎呀，你不用不好意思。弈哥哥和我从小一起长大，他有什么爱好，喜欢吃什么穿什么玩什么，喜欢什么样的女人，我最清楚。我知道怎样能让弈哥哥喜欢你。不过，我有个条件，你和那天游园会遇见的李公子很熟吧，你能不能告诉我一些他的事？"

杜小曼彻底无语，对着洛雪蝉灼热的视线和非常期待的神情，不知道该露出什么表情："那个……洛姑娘，我确实，真的，对谢少庄主没有非分之想。那位李公子……我只见过几面，并不熟，除了知道他喜欢果汁，喜欢吹笛子之外，别的就真的什么也不知道了……"

洛雪蝉似乎整个人都发起光来，脸上浮起兴奋的红晕："真的吗？真的吗？原来他喜欢音律，果汁是什么？"

杜小曼僵硬地笑道："果汁……我们酒楼里就有，你要不要尝尝？"

在下午这个两头不着的时段，店内居然有一位客人，这位客人居然是位美貌的少女，这位美貌的少女居然什么酒菜都没点，只将酒楼内所有种类的果汁都各要了一杯，坐在桌前拼命喝，真是一大奇观。

整个不二酒楼的人，都在围观洛雪蝉。

"果汁，确实很好喝呢。"喝下一杯桃子汁后，洛雪蝉满脸幸福，"喜爱这种饮品，李公子真是有趣又风雅的人。"

杜小曼立刻笑着猛点头："是啊是啊。"恋爱中的女人大脑短路，看对方什么都是好的。这果汁还是我做出来的，洛大小姐你会不会夸我有趣又风雅？

洛雪蝉凝视着面前还没有喝的五六杯果汁："这个，很难做吗？"

杜小曼连忙说："不难不难，只要将水果榨出汁来，比较酸的再加点糖，适当调制就行。非常简单。"她很奸商地补充了一句，"欢迎洛姑娘经常过来，我可以给你办一张一年或半年的消费卡，凭这个卡在我们店中喝果汁，能享受贵宾级的九点五折优惠。"

洛雪蝉若有所思地点了点头："嗯，我想回去做做看，你能不能给我果汁的配方？"

她话刚落音，立刻有张纸被一只手递了过来。

时阒的一双眼眯得桃花荡漾："姑娘是我们掌柜的朋友，这张秘方就收你个成本价，十两金子。"

洛雪蝉虽然一颗芳心都挂在秦羽言身上，对着时阑的笑颜和目光还是红了红脸，立刻从怀中掏出一只金灿灿的锞子，递给时阑，接过那张纸，小心翼翼地折好装进袖中。

杜小曼忍不住斜眼瞄了时阑一眼，这小子，果然有做公关的天分和资本，不错不错。

洛雪蝉又将其余的果汁都尝了尝，就在杜小曼担心她的胃会不会胀坏时，洛姑娘终于起身道："今天先这样了。"又放了一锭银子在桌上，"这些是果汁钱，多了就不用找了，当我打扰了这么久又冲撞了杜晓你的赔礼。"

杜小曼笑道："不打不相识嘛，能结识洛姑娘你这个朋友，就再好不过了。"

洛雪蝉看杜小曼的眼光充满了感激与友善："嗯，你是个好人，从今后你我就是朋友，你喊我雪蝉就行了，我要是有事情就再来找你。"忽然凑到杜小曼耳边轻声说，"多谢你，今天的事情拜托替我保密，我一定在弈哥哥面前多说你好话。"

敢情洛雪蝉已经认准了她暗恋谢况弈，杜小曼不由得哭笑不得。

洛雪蝉又搁了一块银子在时阑面前的木桌上："打赏你的，你这小伙计倒是很有眼色。"再闪着小酒窝说了一声告辞，转身离去。

杜小曼目送她的身影渐渐远去，掂了掂一金一银两个锞子，心道，洛雪蝉虽然有点小姐脾气，却真的挺可爱的。不过如果自己是她的爹娘，非好好教育教育她不可。这败家孩子，太能花钱了。

时阑笑嘻嘻地将洛雪蝉赏给他的那块银子也递给杜小曼。

杜小曼说："她既然给你的，你留着做私房钱吧，但别指望用这钱赎身。"

时阑摇头："我用不着，近日在店中能吃能睡，没做多少事，不敢乱拿奖赏。这钱本来就应该是店中的。酒楼刚开业不久，生意清淡亦在情理之中，掌柜的不用太忧心，也不要为此事太伤神，总会好起来，最近天气炎热，当心些身子。"

口气中充满了关怀，杜小曼听了却鸡皮疙瘩一层层冒出来，想问问时阑是不是吃错药了，又怕伤害他纤细的神经。

"你要是有什么甜言蜜语不说急得慌，可以去多和客人说说。就像今天和洛雪蝉说的一样，表现很好，再接再厉。"

时阑用力点了点头，桃花眼又眯起来，声音之中多了一丝慵懒："我记下了，一定听掌柜的教诲。只要你喜欢，我便去做。"

杜小曼露出牙齿笑了笑："最近几天，一定有好差事让你做。"

当天晚上，许久不见的谢少庄主带着一股夜风大步流星进入店中，对着杜小曼劈头就问："今天雪蝉来过酒楼？到底发生过什么事？"谢况弈脸色憔悴，看着杜小曼的目光透着一股虚浮。

杜小曼一头雾水，小心翼翼道："并没有什么事情，洛姑娘她在这里喝了两杯果汁，就回去了……"

谢况弈满脸痛苦："对，就是果汁！你到底在果汁里放了啥，让那个丫头喝上了瘾，下午在厨房里捣腾了半天，到处送人喝。我运气背，正好在洛家，被她逼着灌下去三杯。"

谢况弈的脸色憔悴中还透着青，可见洛雪蝉做的果汁口味确实独特。

杜小曼无奈道："她要喝我也只能卖啊，总不能不做生意吧。要不这样，你吃过饭没有，我让厨子给你做几个好菜，抹掉果汁带给你的痛苦回忆。"

谢况弈看了看杜小曼，目光和神情中都带了些和平时不大一样的色彩，点点头："唔，好吧。"这句话说出口时，好像还先犹豫了一下。

少顷，饭菜做好，杜小曼又亲自端了壶酒到谢况弈桌上："我记得你觉得这种酒不错，这一壶送给你，喝了之后，就记不得什么果汁了。"

谢况弈又用那种奇怪的眼神看了看杜小曼，再看了看那壶酒，才伸出手，倒了一杯。

杜小曼照例和谢况弈闲聊，问他最近在忙什么，都没有见他过来。谢况弈的神情再次古怪起来，顿了一顿才道："最近……有一些江湖事务要忙，来得少了……"说到这里，却只是大口吃菜，什么都不说了。

吃完饭，谢况弈立刻起身告辞。杜小曼送他出门，到了门口谢况弈回身道："到这里就行了。你……快进去吧。"

杜小曼伸手拉住谢况弈的衣袖。谢况弈吃了一惊："你……做什么？"

杜小曼道："谢少主，这里不大方便，我们去那边角落里站站，我有话跟你说。"

她快步走到门外大树边的僻静角落，开门见山道："谢少主，今天洛姑娘回去，是不是和你说了些关于我的话？"

谢况弈怔了一下，杜小曼接着说："我从刚才起，就觉得谢少主你有点不对，吞吞吐吐犹犹豫豫的，和平时很不一样。我想十有八九是那位洛雪蝉小姐回去和你说了什么。她今天拜托了我一件事情，又因为我和你一起去游园会，便以为我暗恋你，还说要帮我在你面前说好话。这件事情实在乌龙，我可以对天发誓，对少主你除了朋友和感激之情外没有任何非分之想。所以你要是觉得别扭，现在可以放心了。"

谢况弈顿了一顿，一脸了然："原来你猜成了这件事啊。哈哈，不错，雪蝉今天下午确实和我说了一堆有的没的，我刚才态度有些犹豫，并不是因为这个。我喝那个鬼果汁喝得有点狂躁，刚刚过来时，说的话有点向你兴师问罪的意思，我这人没怎么和人道过歉，又觉得对不住你，所以就……"

谢况弈在黑暗中笑了一声。

"你方才的话很有趣，难道本少主会是个被女人喜欢就不知道怎样好的没用家伙？哈哈，喜欢我的女人，足能从京城排到杭州，多加个你，我很欢迎！"

杜小曼瞪起眼，少主你的自我感觉太良好了吧。

谢况弈的笑声很是得意："唉，本少主如此英俊潇洒，风度翩翩，你若是真的爱上了我，说明你的眼光确实不错。你千万不要害羞，更不要急着否认，大胆地告诉我，说不定我可以考虑回应你一下。"

杜小曼无奈地抬头看了看夜空，谢少主，对不起，是我对你了解得不够多。

"掌柜的，吾宁死，也不卖身！"

时阑紧紧捂住领口，双眼中盛满了无辜和悲愤，满脸贞烈。

杜小曼觉得现在正在上演一出逼良为娼的古代伦理悲剧，她是悲剧中逼迫良家大姑娘接客的妓院老鸨。那个三贞九烈宁死不屈似乎将要上演一哭二闹三上吊的良家女，就是时阑。

杜小曼终于忍不住一拍桌子："至于么，不就是让你弹弹琴给酒楼里弄点娱乐氛围出来，什么卖身不卖身！"

这个计划，她准备了挺久，对比其他家生意兴隆的酒楼，杜小曼觉得不二酒楼之所以会清冷，就是缺少了说书、弹琴之类的娱乐。曹师傅推荐了一对弹弦子说书的父女，可以在楼下表演，但是楼上的雅座杜小曼觉得需要点高雅的节目，于是她第一时间想到了时阑。时书呆动不动就吹嘘自己琴棋书画样样精通，弹弹琴之类的，应该难不倒他吧。

楼上装修时设了几重隔墙屏风，隔音效果十分好，基本听不到楼下的喧哗，配上点优雅的丝竹音乐，对比楼下的热闹嘈杂，别有一番洞天，可符合不同人群的需求。

但杜小曼又想到，倘若时阑穿着一身小伙计衣裳，蹲在楼上弹琴，实在很不搭调，再好的气氛也被败坏干净了。优雅的音乐，需要朦胧而优雅的视觉效果。

杜小曼置办了一张瑶琴，让人在楼上通往后楼走廊的门扇处用屏风和软纱帘围出一个隔间，又替时阑置办了一套风骚的衣裳，穿着这套衣裳在隔间中弹琴，在外面看来，朦朦胧胧，配合琴声，既飘渺，又优美。

杜小曼原本觉得时阑一定会十分乐意，坐在那里弹琴，既不用跑腿，也不用端盘子扫地，多么轻松和悠闲。哪知道她今天将时阑喊过来正式告诉他自己的计划，刚刚拿出那套准备给他弹琴时穿的衣裳，时阑立刻捂住领口，高喊他不要卖身。

杜小曼拎起衣服磨着牙问："这件衣服哪里能让你感觉出我要让你卖身？"

这件衣服乃是她和绿琉碧璃在绸缎铺里挑了半天的料子，讨论了半天的式样才最终决定下的，花了杜小曼不少钱，时阑居然这种反应，让杜小曼十分不爽。

时阑望着杜小曼手中水玉色长衫薄薄的软绸料子，长长的袖口和宽大的袍身，义正词严说："这种衣衫，轻浮浪荡，有违圣人教训。我不穿！"

杜小曼有股捏死他的冲动，时阑的真面目绝对是个精明又狡猾的家伙，偏偏在这个时候死装出一副迂腐书呆的嘴脸，杜小曼气得手痒，冷笑道："你愿意也得愿意，不愿意也得愿意，你的卖身契都签给我了，我让你做什么你就要做什么。你的孔夫子大圣人教你说话不算话？还是你其实不会弹琴，之前的话全都是吹的，现在临阵退缩想找借口？"

时阑挺了挺脊梁："琴，吾自然会弹，想吾自两岁习字，未三岁时便修习音律，至今……"

杜小曼赶紧将琴往他面前一放，截住他的话头："空口无凭，我不信，你先弹一首我听听。"

时阑脸上露出一丝笑意："掌柜的，你这是在用激将法么？"

杜小曼点头："对，我就是在激将你，怎样？"

时阑沧桑地叹了口气："罢了罢了，谁让我是落魄潦倒寄人篱下之人……"拉过琴，调了调弦，手指轻拂琴弦，一首有点沧桑的曲子顿时流泻而出。

杜小曼点了点头："还行，你确实会弹，不是吹牛。那就这样定了，从明天开始，正式在楼上弹琴。"

时阑却神色郑重，道了声："且慢。"

杜小曼不耐烦地皱眉："又怎么了？"

时阑抬眼看她："掌柜的，这张破琴你在哪里买的？"

烈日炎炎的下午，杜小曼和时阑一起到市集中寻觅琴铺。时阑将她买回来的那架琴说了个一钱不值，恐吓杜小曼说没有好琴弹不出好曲子，会影响酒楼的生意，杜小曼只好带着他出来重新挑一架像样的琴。

至于么，好歹那架琴是她蹲在旧货摊边和人砍了半天价才抱回来的，花了八十文的高价，怎么会如此不入流。

杜小曼心中正愤愤不平，时阑遥望着前方道："那边有家琴铺，过去看看？"

琴铺布置雅致，店内熏着幽幽的沉香，陈列着古筝和瑶琴，墙上还悬挂着胡琴、琵琶和箫笛。

店内没有小伙计招呼，只有一位穿着土褐色长衫的中年男子迎起身道："二位想来是要觅一件称心的乐器，不知小店中的哪件与二位有缘，请慢慢看。"

杜小曼跟着时阑在琴架处一一看去，时阑踱步徘徊，眼神在几张琴上扫视，伸手触了触一张琴的琴身。

店主在不远处打量了一下时阑，笑道："这位客人是识琴之人，此琴乃小店中最名贵的一张，琴身木和琴弦都是极难得的材料所制。"

杜小曼看了看那张琴，觉得它和旁边几架琴并没有太大的区别，只是琴身上的漆颜色更重了些，店主是看到时阑摸了这张琴所以才说它名贵，想抬抬价钱吧。

她问："请问这琴要多少钱呢？"

时阑抢在她的话后道："先生莫怪，在下的这位朋友不识乐器，方才鲁莽一问，我二人今日只是挑一架寻常琴足矣，此琴虽好，奈何在下不能配此琴。"

店主微笑颔首，没再说什么。杜小曼满头雾水，时阑低声道："掌柜的，这琴很贵，买不起的。"走到后面的一排琴架前，仔细挑选了一架，"请问先生，此琴何价？"

店主道："此琴寻常，五十两银足矣。"

杜小曼倒抽一口冷气，五十两！老伯你宰人啊！琴弦又不是金丝做的，要那么贵！她笑嘻嘻地说："价钱有些高了，便宜点吧？"

店主道："这位公子，小店乃是琴铺，并非经营买卖的市集，你这般开口，倒叫我不知如何是好了。"

时阑道："先生，在下等人只因囊中羞涩……"

店主摸了摸长须："公子乃识琴之人，此琴合了你的眼缘，倘若错过，确实可惜。"

杜小曼笑道："是啊是啊，所以您就稍微便宜点，只当我们交个朋友，十两银子，怎样？"

店主脸色一变，勃然大怒："这位公子，若是想讨价还价，请移步出门。十两银子？哈哈，十两银子的琴，小店中从未有过。小店今日不做二位的生意，慢走。"一甩袖子，径直走向里间。

杜小曼眨了眨眼，喃喃道："喂，开个琴铺用不着这么个性吧，不过是还还价而已。"

时阑摇头叹了口气，拉了拉她的衣袖道："掌柜的，走吧。"

出门走在大街上，杜小曼仍然莫名："他干吗这么大的火气？是不是我刚才讨价还价伤了他的自尊？"

时阑道："卖琴的与市集上卖字画者相似，大多是文人雅士做的营生，此类人都有些怪癖，不必介怀。杭州城内，绝对不只此一家琴铺，再去别处寻寻看。"

杜小曼吐了吐舌头："我下次绝对不乱还价了。但任由老板要价，被宰了怎么办？"

时阑摇头笑了笑，没回答。

沿着市集一路慢慢走去，杜小曼又远远看见了一袭熟悉的青色身影。

为什么逛街时经常遇见他？宁右相是不是很喜欢逛大街？

杜小曼快步走上前："安公子，好巧，又遇见了。"

宁景徽像也有些惊讶，看了看杜小曼，又看了看时阑道："每每在街上遇见杜公子，确实是巧。"

杜小曼笑道："可能是因为大家都住在杭州城里，又都喜欢出来转转。对了，安公子，为什么每次见你，都是你一个人在街上，不坐轿子也没有家仆什么的跟着。"

宁景徽道："一个人出来转转较悠闲自在，今日乃是家中的纸用完了，出来买些，顺便走走。杜公子出来，可是又因为酒楼事务？"

杜小曼道："正是，要不然天这么热，才懒得满街跑。我让我旁边的这位伙计在店中弹弹琴，搞点娱乐，所以就出来挑架琴。"

宁景徽闻言看了看时阑，时阑对他客客气气地一笑："这位公子开业那天到酒楼中来过，还是我招待的，不知公子还记得么。"

宁景徽微微笑道："记得，上次多劳了。"又转目望向杜小曼，"杜公子你身后不远处便有家琴铺，在杭州城十分有名，可以去看看。"

杜小曼苦着脸说："别提了，就是从那里被赶出来了。我嫌掌柜的要价太高，想和他还还价，结果就被赶了。"

宁景徽道："那位店主，似乎确实有些文士的怪癖，杜公子无须介怀。冒昧一问，不知杜公子想要怎样的琴？"

杜小曼踌躇道："我不懂琴，大概只要架寻常的，音质差不多就行。"转头看看时阑，时阑点了点头。

宁景徽展眉道："在下家中，倒有架琴，因我不大会弹，一直闲置。如果杜公子不嫌弃，可赠予公子。"

杜小曼惊讶道："多谢安公子好意，但是你家的琴很名贵的吧，怎么能白要呢？"

宁景徽淡淡笑道："没什么不好意思的，我不会弹，白白放着，倒是对不起这张琴了。你放心，它只是寻常的琴，也不怎么名贵，若你不嫌弃就好。"

能白弄到一架琴，杜小曼心里却不怎么窃喜，更多的是过意不去。宁景徽送琴送得很诚恳，杜小曼推辞再三未果，心想，如果掏钱给右相大人，绝对是对大人的折辱，就以后补份厚礼答谢吧。便和时阑随着宁景徽进了一家店订了纸张，再一同去他的住处拿琴。

宁景徽住的地方很僻静，是一条不怎么起眼的小巷子中的一座宅院。但宅院里面很大，一进门，就有一股花香扑鼻而来。

杜小曼和时阑随着宁景徽绕过郁郁葱葱的木香花架，沿着长长的回廊走到院中的一间敞厅内。杜小曼和时阑在厅中暂坐，有训练有素的婢女奉上茶水，宁景徽去拿琴。

杜小曼好奇地四处打量，小厅的陈设很简单，只有一架屏风，几张桌椅小几，墙上挂着一幅水墨山水图，仅此而已。但不知为什么，整个屋子看起来精致而风雅。

时阑喝了口茶水四处看了看，咂咂嘴，低声说："这间屋子里，都是值钱玩意儿。"

杜小曼小声问："你怎么看出来的？"

时阑郑重且严肃地道："掌柜的，你忘了，我虽现在落魄，但是我家当年……"杜小曼的太阳穴开始隐隐作痛，完了，又来了。

就在时阑动情地回顾他外公五十岁那年曾经养过的一只画眉鸟时，宁景徽手托着一个长方的布包从屏风后转了出来。他身边还跟着那位十七皇子秦羽言，秦羽言依然有些羞涩，双眼在杜小曼和时阑身上看来看去，像要问什么又在犹豫，半晌后终于开口道："方才听少儒说，杜公子准备在酒楼里让人弹琴……"

杜小曼点头道："是呀。"指了指时阑，"就是他。"

时阑早已站起了身，在秦羽言看他时，报以谦虚的微笑。

羽言皇子有些惊讶地看着时阑，杜小曼连忙说："我这位伙计，看起来虽然浮夸，但还是些内涵的，琴弹得不错。明天就开始弹了，李公子若是有兴趣，欢迎来我的酒楼中听。"

羽言皇子对音律的爱十分热烈，听了杜小曼的邀请双眼闪闪发亮："多谢。那我……便不客气地过去了。"目光又移到时阑身上，时阑再次报以谦逊的微笑。

宁景徽将手中的布包放在案几上，打开道："这张琴杜公子看看能不能用。"

琴身确实看起来颇朴素，时阑抚摸了一下，含笑道："此等好琴，公子竟然慷慨相送，让在下有些惶恐。"

啊？果然还是很值钱吗？

杜小曼刚要开口推辞，宁景徽道："虽是好琴，白白放着也可惜，我只是想替它找个会弹的人。如若不想收，也可以当作是我出借的，待哪日不想用了再还我吧。"

杜小曼听他这么说，也不好再推辞，收下琴，千谢万谢，然后起身告辞。秦羽言只在厅中和他们道别，没有再向外送。宁景徽亲自送他们出门，路过中庭时，那位裕王殿下从另一处大步走来，看见杜小曼和时阑，愣了一愣。

杜小曼和他打了个招呼，裕王敷衍地点了点头，面色凝重，目光像不经意地注视了时阑片刻。杜小曼觉得，他的眼神很是奇怪。

时阑自始至终满脸谦恭，没什么特别的反应。

离开宁景徽住的巷子，杜小曼抱着那张琴，脸上还挂着笑意。

时阑意味深长地道："掌柜的，你从方才起就面带微笑神游物外，恐怕不只是因为这张琴，难道你……看上了那位宁右相？"

杜小曼愣了愣，连忙说："当然不是，宁右相人确实不错，但是……不过是认识又见过几次面而已，哪能就喜欢上人家了。"

时阑慢悠悠道："不是最好，我多事说一句，你若倾慕于宁景徽，恐怕没什么好结果。"

杜小曼立刻说："我知道。他是高高在上的右相，我这个开酒楼的就算想高攀也高攀不起。而且，像宁景徽这种完美得有点不像话的人，和他在一起会很有压力，他还是适合在远处观赏啦。"

时阑笑眯眯地道："观赏，这话可真大胆，总说这种话可会找不到婆家。"

杜小曼满脸无所谓："找不到就找不到，反正我目前还没这个打算。"在古代做已婚妇女，只能窝在家中相夫教子，想想就头疼，还是现在这样比较自在。

金乌西垂，天上的云霞像锦缎一样绚烂，夏风炎热却纯净，这是与她本来的时代隔着遥远时空的夏风，一时之间，杜小曼有些恍惚出神，望着身边来往往的人们，仍然有种梦般的感觉。

时阑慢吞吞地说："喔，我只是有点担心，掌柜的你哪天忽然想找婆家了，一时没有对象，于是顺便想起了饱读诗书温文儒雅又忠厚的在下我。唉，我毕竟签了你十年的卖身契，到时候该怎么办才好……唉哟！"

杜小曼冷笑着看时阑捂着头倒抽冷气闪出数尺远："你要是想继续测试这张琴的木材够不够结实，就继续往下说。"

时阑揉着头上刚刚被敲过的地方嘀嘀咕咕嘟嘟囔囔，似乎是什么"最毒不过妇人心""圣人说得不对，女子比小人还难养"之类，杜小曼只假装没听见。

第二天，时阑正式开始在楼上弹琴。

他先前叫苦连天，真的开始做了，却很兴致勃勃。

他先同杜小曼谈条件，要求从伙计房搬到杜小曼和绿琉碧璃住的那栋小楼，理由是他许久不弹琴，技艺恐怕生疏，晚上练习会打扰其他人休息，而且弹琴是件风雅事，需要有幽静的环境才能精进琴艺云云。

毕竟目前要靠时阑拉客，杜小曼觉得稍微让步安抚他一下未尝不可，绿琉和碧璃也很赞同，更何况，她们和杜小曼住在楼上，总觉得楼下空荡荡的有些不安全，有个人住会保险一点。

于是时阑如愿以偿地挪进了小楼下的厢房内。

杜小曼语重心长地说："你的几个要求我都满足了，你要好好弹琴啊。"

时阑笑容满面地点头："掌柜的放心，在下一定肝脑涂地，万死不辞。"

次日，当一个抱着琴的人影出现在酒楼二楼的时候，杜小曼和其他人的眼都直了直。

果然人要靠衣装，时阑换上了那件风骚的水玉色长衫，头发未束，散在身后，发尾用同色的水碧色发带松松绑住，晨光暖风中，他从发丝到衣角，无一处不风流，无一处不优雅，桃花眼中似乎敛尽了江南的湖光山色，周身又透着一丝流云般的闲适与慵懒。

怦怦怦，杜小曼听见自己的心脏剧烈的跳动声。

真……

真……是让人有种冲动，拿个笼子把他罩起来然后卖票开收参观费啊……

啊啊啊，我为什么会从一个纯洁烂漫的少女堕落到有了做老鸨的念头。杜小曼惭愧地反省自己。

恍惚中，时阑的声音飘呀飘呀飘过来："掌柜的，现在就开工吗？"

杜小曼急忙回神："现在还不用，等到靠近中午时客人来了再弹吧。"

时阑露出笑容点了点头，抱着琴进了纱帘内，不知道从哪里摸出一本琴谱翻开看。

倒是很悠闲……

杜小曼咳了一声："你如果寂寞，可以先看看账本。"指望从早上起就不用干活，没那么容易。

时阑从琴谱上抬起目光："哦……好。"

碧璃双颊通红，结结巴巴道："那、那么，我下去替时阑拿账本。"转身飞快下楼，片刻后拿着账本和算盘上来，往时阑面前的桌上一放，急忙又转身跑开。

上午时，谢况弈意外来访，照例神采奕奕地大步进店，笑着问杜小曼："几天不见，酒楼的生意好点了没？"

杜小曼笑容满面地迎上去："应该过两天就会好，因为我已经找到了生财秘诀。"开开心心将自己的计划和谢况弈简略述说一遍。

谢况弈挑起一边眉毛看她："你这些乱七八糟的点子是从哪里学的，没一个上道的。"对她的生财计划颇为不屑，"弹弹琴说说书之类的小玩意儿谁会在意，男人喝酒，就是为了痛快与豪气。你当把眼光放得开阔些，不要小家子气，要有那种广纳天下客，广交天下友的气魄，这样酒楼不愁不天天满座！"

杜小曼诚恳地说："谢庄主，你不在意一些小玩意，那是因为你是大侠，但有的客人还是在意的。我先试行一段时间再说。"

广纳天下客，广交天下朋友，谢况弈以为酒楼是土匪开的山寨么？

谢况弈满脸不以为然，显然觉得自己的看法才是真理。

和他这种彻头彻尾的热血江湖青年争论酒楼经营策略没有什么结果，杜小曼选择放弃。

谢况弈上楼去参观了一下弹琴的小间，依然满脸不以为然。眼下还没开始做生意，纱帘没有放下，谢况弈走近，时阑放下账本站起，对谢况弈客气地笑了笑。

谢况弈也点头一笑。

下楼之后，楼下大堂中没有其他人时，谢况弈皱眉向杜小曼道："你的这个伙计，之前衣衫褴褛，蓬头垢面时，我就感觉有些不寻常，今天再一看，他的样貌气度不凡，绝非等闲，你要留意些。"

杜小曼嗯了一声："我也一直觉得他有来历，但是我这里没什么好图谋的，不值得他大费周章。"

谢况弈沉思道："兴许他是为了躲避什么才隐瞒身份避到此处。我再去查查，总之，要是他给你招来什么麻烦，记得快些来找我。"

杜小曼知道他是为自己好，心中暖暖的，点头："知道啦。"

谢况弈又问："对了，你说你伙计要弹的那张琴是宁景徽送的？"

杜小曼再点头："宁景徽他执意要送，我就收下了。"

谢况弈唔了一声，又做深思状："我觉得宁景徽对你的态度很是奇怪。按理说，像你这种人，不该让他对你这么留意，但他又送字又送琴……就算是查到了你的本来身份，区区小事，也不值得他一个右相如此费力。"

杜小曼阴森森地道："像我这种人……谢少主，你有必要说那么直白吗？"

你就不能猜测宁景徽他是对我一见倾心，所以才对我这么好？我有那么差劲么？

谢况弈露出一口上好白牙："我一向直接。你也无须太自卑，虽然你有些傻头傻脑，至少在本少主眼里，你还是有一点点长处的。唉，要不是我亲自把你带出来，我还真的有点怀疑，你是不是那个养在深闺又嫁过人的金枝玉叶。"

谢少主，你的怀疑很正确……

杜小曼哈哈地笑了两声，岔开话题转移谢况弈的注意，问谢少主最近忙不忙。谢况弈果然眉飞色舞大谈最近他的江湖侠少事迹，末了眉间却露出一丝愁色："还是有几件事情比较棘手。"抬眼望了望外面的天，"嗯，时辰不早，我要走了。"

杜小曼大惊："啊？还没到中午你就要走？吃个午饭再说吧。"

谢况弈眯眼看了看她："我是顺道过来探望一下你的近况，你当我闲着没事，就为了来你酒楼中吃喝？"

杜小曼汗颜了，诚挚致歉道："对不起……一直都麻烦你……"

谢况弈不耐烦地挥了挥手："又来了，早说让你别天天客套话说个不停。等我有空再来看你。"拍拍杜小曼的肩膀，转身大步出门，潇洒上马，策马离去。

绿琬恰好端着茶盘从厨房中出来，目睹了谢况弈告辞前的举动，看着杜小曼，目光中有些忧色。

近中午时，有客人上门，时阑在楼上开始弹琴。那对说书的父女也过来了，在楼下大堂内说书，客人果然比往常多一些。

那对父女的书说得很精彩，情节高潮处还会有叫好声。

楼上时阑在纱帘后弹琴，琴音悠远流畅，楼上的客人们起先有些惊异，继而被琴声吸引，静坐聆听，兼带好奇地向纱帘处打量。

杜小曼楼上楼下来回遛遛，计划初见成效，她满意地点点头。

天将正午，有稀客上门。

宁景徽、十七皇子与裕王三人组出现在酒楼门前。杜小曼急忙下楼迎接，宁景徽向她微微笑了笑，裕王摇着扇子在旁边站着，一副很摆谱的模样，羽言皇子向杜小曼斯文地笑了笑后，好奇地四下观望。

杜小曼亲自引他们去楼上雅座。

踏上楼梯最高几阶，琴声清晰流淌入耳，羽言皇子的双眼亮了亮，目光循声落在纱帘之上。

杜小曼笑道："安公子，承蒙你送了架好琴，琴音确实不错呢。"

宁景徽的视线也落在纱帘上："还是因为弹琴之人琴艺高超。"

裕王盯着纱帘中时阑的身影，神色高深，一言不发。

羽言皇子迟疑地向杜小曼道："杜公子……我能否，进纱帘内看看？"

杜小曼道："当然可以啊。"

二楼还有其他的客人在，杜小曼为了营造神秘气氛，故意不让时阑露脸。她小心翼翼将纱帘掀开一条细缝，十七皇子询问般望了望宁景徽，率先闪身进入帘内。裕王和宁景徽也先后进入，杜小曼最后跟了进去，小心地又检查了一下帘子有没有露出缝隙。

时阑停手起身，众人不便在这里说话，就都走到了两个楼之间连接的回廊上。

时阑方才笑道："原来是三位贵客，承蒙安公子赠琴，久已不弹，技艺生疏，让三位见笑了。"

宁景徽道："公子不必太过自谦，如此动听的琴声，在下已久未听过，十分佩服。"

时阑露齿笑道："过奖过奖。"

羽言皇子站在一边，双眼亮晶晶地望着时阑又望了望那张琴，轻声道："公子的琴声实在清雅不俗，不知我能否经常过来讨教音律？"

时阑看向杜小曼："这就要问我们掌柜的肯不肯放人了。"

十七皇子迫切的目光立刻也跟着转过来，杜小曼干巴巴笑道："没问题。"

羽言皇子的神色中含了一丝喜悦，裕王始终站在旁边一言不发，时阑忽然看向他："这位贵客从方才起就没怎么说话，莫不是在下的琴声中有什么失误，所以不好意思开口？"

这话突兀得有些像挑衅，杜小曼愕然。

裕王目光微有些闪烁："没有。"扇子在掌心轻轻敲了敲，"琴声十分不错，但我是个不大懂音律的人。"

杜小曼恍惚记起，当初在慕王府时，慕云潇招待裕王，就是请他听阮紫霁弹琴，可见裕王殿下其实是很喜欢听小曲的。难道因为弹琴的是个男的，所以他不感兴趣？

宁景徽又温声开口道："公子弹得一手好琴，气度不凡，敢问家乡何处？"

时阑与宁景徽一起站着，真是一道赏心悦目的风景。宁景徽谦和温雅，如兰草美玉，时阑却像天边绚烂的流云，有一份捉摸不定的飘忽。更何况，旁边还有清秀的十七皇子和俊美成熟的裕王，四个美男凑在一起，杜小曼觉得眼前闪满了璀璨的星星。

可惜这里没有照相机，要不然把这份美景拍下来永久保存多好，印它个几百几千张去卖，一定赚翻了！

杜小曼在一旁想入非非，这边的对话还在继续。

时阑轻飘飘地道："哦，在下乃落魄之人，原先家中勉强算诗书门第，后来败落，进京赶考又未中……"扯着嘴角笑了笑，"说起来，在下参加的科试还是当朝的宁右相奉旨定的试题，听闻是右相大人亲自择卷。可惜啊可惜，在下的文章没能入得了这位贵人的眼。唉，在下身上的薄资用尽，无法在京城立足，只得流落江南……"

杜小曼听他一口一个宁右相，有滔滔不绝的趋势，赶紧假装嗓子痒，大咳了几声，打断他的话头："那个……安公子对不起，我这位伙计就是有点啰唆。"

宁景徽淡然地笑了笑："公子才华出众，将来定有施展之处。"

时阑眯眼笑道："安公子说得很是。我虽然不能像那位宁右相一样，少年封相，春风得意，但居于这江南水乡处，市井之间，勉强糊口，倒也安逸。"

宁景徽又笑了笑。

气氛似乎有些不对，难道时阑与宁景徽曾有宿怨？古装剧中的爱恨情仇一一浮上心中，杜小曼睁大了双眼看。

还好十七皇子插话道："在下有个不情之请，望这位公子能答应。方才听得公子的琴音，委实钦佩，我也粗浅懂些音律，不知能否合奏一曲？"

时阑爽快地应道："贵客肯赐教，不胜荣幸，不知掌柜的意下如何？"又看向杜小曼。

杜小曼只得说："当然好啊。"

喂，别每次这个时候就做出一副五好员工的嘴脸好不好？从来没见你这么乖巧过。

羽言皇子羞涩地笑道："指教当不起，我只会吹几曲粗浅的笛曲，若说是指教，还是请你多多指教才是。"

杜小曼和时阑合力将琴桌凳子抬到连接两楼的悬廊上，时阑在桌边坐下，秦羽言从袖中取出玉笛。时阑并没有开口问秦羽言要合奏什么曲子，径自抬袖，手指拂过琴弦，流水般的琴音便倾泻而出。秦羽言凝神听了听，玉笛横于口边，清婉的笛声悠扬响起。

杜小曼不知道他们在合奏什么曲子，只觉得琴声如绿水流淌又如浪溅于石，笛声宛若轻舟浮于流水之上，相偕相和。

片刻后，琴音停住，笛声袅袅淡于空气中。

杜小曼意犹未尽地道："好美的曲子。"

时阑懒散地笑了笑，羽言皇子握着笛子，神色中带着欣喜："与公子合奏一曲，受益良多，他日还会再来打扰，望不要嫌弃。"

时阑道："公子的笛声亦十分高超，在下钦佩不已，他日能再切磋，是在下的荣幸。"

裕王、十七皇子和宁右相又逗留了一会儿，在二楼雅座上坐下喝了几杯果汁，方才告辞离去。

下楼的时候，十七皇子无意中绊了一下，杜小曼当时离他很近，随手扶了他一把，十七皇子顿时满脸通红，结结巴巴地道谢，杜小曼莫名地觉得他有点可爱。

快到门口时，裕王忽然欺身到她近前："你身上熏的什么香？"

杜小曼一时无措："哦……我、我不熏香。"难道裕王的鼻子有问题，觉得皂角味是种很美妙的香气？

裕王露出了些薄笑："我从进来时就闻见，似乎不寻常。"

杜小曼向后退了一步，干笑道："啊，那个那个……是不是你嗅觉出错了？"

裕王紧紧望着她的双目："你虽然不算是个姿色极其出众的女子，但方才的神情却十分有趣。"

杜小曼瞪起双眼，裕王的折扇唰地一张，奸诈地笑了两声，飘然快步前行。

色狼大叔！

杜小曼磨着牙盘算，下次裕王再进店，是向他的茶饭里下一把巴豆好，还是两把巴豆好？

再一抬头，眼前又是一个人影，吓了她一跳，浑身的汗毛戒备地立起，却发现眼前的人是宁景徽。

杜小曼立刻放松下来，笑道："安公子慢走，以后常来。"

宁景徽轻声道："记得马上用热水敷一敷手腕，快些上药。"

杜小曼又愣了愣，今天怎么总看见高深莫测的场景，听见高深莫测的话？

宁景徽的目光低了低，掠过她的衣袖："你方才下楼扶住李公子的时候，右手腕扭到了吧。"

杜小曼这才明白过来，她刚才扶住十七皇子，手腕磕到楼梯栏杆上，确实闪了一下。杜小曼握住右手腕，点头感激地笑了笑。宁景徽又露出淡淡的笑容。

杜小曼目送着宁景徽的身影在裕王和十七皇子之后上了马车，马车缓缓离去，杜小曼看着它渐渐隐没于人群中，才转回身去。

自从楼下说书楼上弹琴之后，酒楼的生意果然好了很多。而且最近几天，客人有越来越多的迹象，让杜小曼很是开心。

不过，很要命的一点是，客人越来越多，大部分是奔着楼上去的。因为近日有传言，不二酒楼的二楼有位神秘的绝色美女，每天弹琴。

来得最勤的一位客人是住得离这条街不远的一位财大气粗的朱员外。

朱员外做卖猪肉的生意起家，城中的豪门大户们鄙视他是个粗俗的暴发户，都不大与他往来。朱员外的人生很寂寞，他时常找些风雅的事做做，以示自己颇有几根雅骨。

努力风雅的朱员外在一个特别闷热的傍晚进了不二酒楼的大门。

杜小曼与酒楼里的其余人只见一个身穿宝蓝色长衫的中年胖子进了门。朱员外在仪表上也注意风雅，宝蓝色的薄绸衫外面还罩了层纱衫，看起来像个包了层纱的宝蓝色酒坛子。朱员外觉得自己这样穿很飘逸。

朱员外手里摇着一把画着水墨烟雨的扇子，他明明汗流浃背，但因用力摇扇太过粗鲁，因此只是将扇子轻轻晃动，无视脸上脖子上奔流的汗水。汗水快滴到眼中嘴角时，朱员外就从袖子中拿出一块汗巾，翘着兰花指轻轻揩拭，再收进袖中，面带微笑："掌柜的，区区想饮一二雅酒，略食餐稍许，空位能否引区区前去？"

朱员外爱自称区区，认为这种自称让自己平添了几分诗人的气质。他故作风雅的话说得颠三倒四，其他人一时都愣住了。幸亏杜小曼比较熟悉这种颠三倒四的语境，居然听懂了。

她殷勤地扯出一抹笑："当然当然，我们楼上是雅座，客官您请随我来。"这个胖子看起来金光闪闪，大有油水可捞。而且听他大着舌头转文，就知道是个附庸风雅的家伙，这样的肥羊不狠狠宰一顿，真是对不起自己！

杜小曼一边亲自引朱员外上楼，一边拍胖员外的马屁："这位客官您一看就是个异常有品位又高雅的人。像您这种客人，绝对不能坐楼下那么嘈杂的大厅，楼上的雅座才适合您的身份。您是喜欢靠窗的座位欣赏风景，还是喜欢在屏风后比较幽静地独处？"

朱员外双目闪闪，抖动着脸上的肥肉惊喜笑道："哦？你这个掌柜的倒有眼色，一眼就看出区区是个文雅之人。区区甚欣喜。"

杜小曼假装诧异道："啊？这不是一眼就能看出的事实吗？像您这样衣饰不俗，谈吐高雅的，怎么可能是普通人。"

朱员外笑得脸上身上肥肉乱颤，小三和胜福与两个新来的小伙计听了这一番对话，在楼下膜拜地仰望。

杜小曼领着心花怒放的朱员外到了二楼，转过屏风隔墙，悠然的琴声迎面而来，朱员外的目光立刻粘向时阑弹琴的隔间的纱帐。

杜小曼含笑问朱员外："我们楼上的雅座各有特色，您觉得坐在哪里最合心意？"

朱员外紧紧盯着纱帘，挪到靠近纱帘的一张桌边。

杜小曼立刻道："客官果然是绝顶风雅的人，这个座位，是我们酒楼中最有情调的一个，客官一眼选中，眼光真独到！"

朱员外稍微回了一丝神，觉得头有点晕，脚下有点飘，哈哈笑了两声，在桌前坐下："说得好，说得好！杭州城如此多家酒肆，汝酒肆最合区区之心意，区区欣喜。"

杜小曼道："客官您夸奖了，我只是实话实说罢了。对了，楼上的雅座与楼下嘈杂的大厅不同，因此要加收六十文的费用。您这座位又是最有情调的一个，本来还要另外多加三十文，但是客官第一次过来，我给您打打折，只当交您这个朋友，减去十文，八十文，好数字，又配得上您的身份，您看如何？"

朱员外轻摇折扇，驴唇不对马嘴地说："妙哉妙哉。"

杜小曼明白他是答应了，喜滋滋地道："那您在这里稍坐，上好的茶水马上就来，我安排我们酒楼的伙计拿最高雅的那张菜谱上来！"

杜小曼跑下楼，吩咐上茶水送菜单。

胜福愁眉苦脸道："掌柜的，我们哪有什么最高雅的菜单？"

杜小曼翻了个白眼："笨！就把现在的几个菜临时改改名字，价钱翻一翻，赶紧找张漂亮的纸写了报上去。比如香菇炒青菜改成两两相望，凉拌黄花菜改成春花秋月何时了，水蒸蛋改成海上生明月，赶快找纸笔。"

碧璃上去送茶水，绿琉粗通文墨，纸笔拿来后由她临时草草写了张菜单。折腾菜单这中间花了点时间，但朱员外一边喝茶水，一边将目光紧紧粘在纱帘上，没怎么察觉。

不出杜小曼所料，朱员外对那张特制的菜单又甚喜加妙哉，而且专挑贵的点，点了一堆天价菜。等到酒菜上来后，朱员外举起酒杯，忽然对着纱帘道："姑娘。"

在一旁指挥上菜的杜小曼险些打了个趔趄，纱帘中的琴声一抖，很明显走了个音。

朱员外继续风雅地深情款道："姑娘，区区聆听这个琴音，便明晓姑娘定是位绝色佳人。现在区区有酒之，有菜之，不知姑娘可否移步出来与在下同饮之？"

不知道是否是错觉，琴音虽然在抖了一下后四平八稳地继续，杜小曼却隐约感觉到了一丝杀气。

杜小曼急忙道："呃，客官，我们这位琴师，怕羞……不方便出来见人。"

朱员外的神情更向往了："多么惹人怜爱的人儿。"

琴声中的杀气更重了。

杜小曼抖抖身上的鸡皮疙瘩，再赔笑说："呃，客官，您不觉得，这样隔着纱帘，只能听到琴声却不见人，才有一种缥缈的虚无的美吗？天下的美人有很多，但见着面了，反不如这样似远还近的，来得空灵。朦胧的美，是最高雅的美，只有像客官您这样最高雅的人，才能体会到这种境界！"

杜小曼感觉有冰箭透过纱帘扎在自己的脊背上，那首悠闲的小曲越来越铿锵有力杀气腾腾。

朱员外的眼神迷离了："不错不错，说得好说得好。区区妙哉甚喜。唉，佳人不得见……"

朱员外终于收起了要与佳人见面的念头，独守着这份朦胧的高雅。他端着酒杯，抿了一口，眼神缥缈地道："掌柜的，可有纸笔否，着人拿来，区区忽然诗性翻涌，想赋诗一首，能否一旁替区区记录之？"

杜小曼使了个眼色，一旁侍候的胜福立刻跑下楼，不一会儿带着会写字的绿琬和笔墨纸砚上来。

朱员外擎着酒杯，对着纱帘，幽幽地赋了一首诗："一顶小纱帐，美人坐中央。有声不露面，让人急得慌。"

朱员外赋诗完毕，盯着纱帘，喝光了酒，吃完了菜，依依不舍地走了。

待楼上客人都结账走了，杜小曼才很有良心地钻进纱帘内，问时阑："你还好吧？"

时阑满脸惊悚到了的表情，看起来不怎么好。

杜小曼拍了拍他肩膀："唉，你为酒楼牺牲的，我都记住了。这次挣了不少钱，有你一份功劳。"

时阑扫了她一眼："方才你对着那个胖子马屁滔滔，肉麻至极，啧啧，真无耻。"

杜小曼不以为意地笑道："嘿嘿，做生意，只有无耻，才有前途！"语重心长地又拍了拍时阑的肩膀，"少年人，只有懂得在适当的时刻奸诈才能无敌！"

时阑拖长了音道："是——掌柜的你今日的表现让我另眼相看，佩服至极。"

杜小曼握紧拳头，双眼闪亮亮地说："做一个无耻狡猾的奸商，就是我目前的追求！"

时阑眼神直直地看了看她，露出一丝笑容道："努力吧。"

朱员外之后频繁地光顾，且此后酒楼的客人骤然地多了不少，大都是脑满肠肥的朱员外一类的暴发户，来了之后就一边吃酒菜，一边直勾勾满脸垂涎地看着纱帘。

时阑像是也领悟到当无耻时就无耻的道理，居然十分合作，小曲弹得活泼又妩媚，让来观望的有钱肥羊们心痒痒的。

之后，大约是消息越传越远，渐渐也有那真正豪阔的公子，与文人墨客一类的人物光顾酒楼。

时阑很懂得看人下菜，他在帘子里听动静，如果来的是阔佬，他就弹弹时兴的小曲，如果来了风雅的文人，他就弹些高山流水般高雅的曲目。一来二去，不二酒楼中有绝色佳人的谣言越传越远。

杜小曼每天大把捞银子，十分开心，另一方面，时阑如此放得开后，她心中又有了点复杂的滋味。

让她心情更加复杂的是，那个看起来很天真的美少年十七皇子，最近也来了几趟酒楼。他每次都坐在一个安静的角落里不怎么出声，但杜小曼总觉得，他望向纱帘的眼神十分迷恋。

杜小曼暗自猜想，美少年羽言皇子，该不会是那次琴笛和奏之后……对时阑有了……吧……

杜小曼在心里挣扎地想，我是就这样眼睁睁地看着他们堕落下去，还是稍微地提醒和阻拦一下？

十七皇子的迷恋貌似还是单方面的，时阑对他没什么特别，只是客套地敷衍。时阑目前似乎和她一样，对银子更有兴趣。

某天，十七皇子又来到酒楼内，坐在安静的角落里。他每次来都不怎么吃东西，只喝果汁，今天也是一样。

难道他对时阑的痴迷已经到了不食不寝的地步？

杜小曼观察了一下十七皇子，觉得他果然好像瘦了一点。

她亲自替十七皇子端上果汁，而后放下两碟小菜。

秦羽言讶然地抬头看了看杜小曼，杜小曼微笑道："李公子，夏天的天气很热，可能会让你胃口不好，但是饭还是要多吃的，这样才能保持体力，避免生病。我看你不喜欢吃油腻的东西，这两道菜是特别让厨房做的，比较清淡，你尝尝？"

秦羽言望着杜小曼的眼神亮了亮，举筷子夹了一筷菜。这盘是曹师傅的拿手蒸菜，其实是贫穷人家经常当饭吃的一种，曹师傅把野菜拌上面，再加稍许盐蒸熟，很香又很清淡。

秦羽言吃了一口之后神情果然惊喜，他低声问杜小曼："这个……是……是你特意准备的？"

杜小曼笑道："是，我看你胃口不好，觉得这道菜你吃起来大概会觉得新鲜，就让厨房做了一份，合不合口味？"

秦羽言一脸欣喜地点头。

粗茶淡饭还那么开心，这位十七皇子还真好养。

杜小曼笑眯眯地说："你喜欢就行了。"

她转身准备离开，秦羽言却开口唤住了她，迟疑地道："杜……公子，你可愿和我一起到静处走一走？"话刚说话，他马上又说，"可能唐突了，我只是……忽然想到……你如果不愿意……"

杜小曼立刻道："我当然愿意啊。"

秦羽言的语气又欣喜起来："真的吗？"

杜小曼的酒楼在闹市，酒楼中更是闹市中的闹市。唯一可以算作僻静的地方，应该就是连通小楼的那个后院。

杜小曼便和秦羽言一道在后院大树下的石桌边坐下。

太阳已经落山，热风渐渐有了点凉意，石凳上仍然保留着被太阳晒过的温度。

杜小曼不好意思地笑道："酒楼在大街上，附近实在没什么僻静的地方，就这里还算安静一些。"

把通往另一层院子的门合上，这个小院确实还算一方独立的幽静小天地。

秦羽言道："此处虽小，却很不错。"

杜小曼道："你不嫌弃就好。"

秦羽言看了看他，慢慢开口："其实……我今天下来，是有些话，想要和你说。"

啊？难道是十七皇子被禁忌的感情压抑得太久，想找个人倾诉？

杜小曼立刻振奋精神："说吧，我一定会保密！"

秦羽言将目光转向了远处，才又轻声说："我……我自幼家中兄弟姐妹就很多。我母亲生我的时候，被其他的女人夺走了父亲的宠幸，所以她很恨我，父亲也并没有怎样关心过我。兄弟很多，但能够像一般的手足一样亲密的，几乎没有……"

啊，原来十七皇子是个从小缺爱的孩子，他的心灵一定很寂寞脆弱，这样的人，最容易陷入与世俗不同的、无望的迷恋中！

杜小曼竖着耳朵听秦羽言继续说："自从……见面后……我第一次见到与我接触各不相同的人……"

果然，单纯的小皇子乍一看到油头油脑但有一张好皮囊的时阑，觉得这人大不一样，于是就不能自拔了。

杜小曼小心翼翼地说："我可以理解。"她唯恐伤害到十七皇子纤细的心灵，将话说得很隐晦。

秦羽言眼神亮了亮："你明白？真的吗？还是……嗯，我想你还是不大明白的。我，我其实，我其实，"他难以启齿一样望着桌面，"我其实早就知道你……"

早就知道我看出了端倪？杜小曼反省自己，大概最近观察十七皇子和时阑的眼神太赤裸裸太露骨了。

她汗颜地低下头。

秦羽言继续断断续续地道："你、你放心，我并非别有居心。我绝不会……我只是……只是……"

我知道，十七皇子你不奇怪，我理解的，你没必要有太大压力，我不会说出去的。

杜小曼心情复杂地望向秦羽言，秦羽言脸红了红，慌乱地道："我、我不大会说话，这样吧，我又新作了一首曲子，你愿不愿意让我吹给你听？"

可怜的十七皇子，这首曲子一定是他抒发心底的迷恋而作的。杜小曼点了点头。

秦羽言从袖中拿出笛子，横到唇边。

清婉的笛声随风荡漾，像三月江南最柔软的春风。春风拂过明秀的山水，拂动翠绿的柳枝，水波荡漾着最温柔的诗句，柳枝缠绕着绮丽的梦。

杜小曼努力地听着。

最近酒楼中客人暴增，她忙得不可开交。赚了不少钱让她很兴奋，又琢磨如何赚得更多一点，因此许多天晚上都没休息好。

温柔的笛声让她不知不觉变得很放松，恍惚看见青山绿水，她的眼前有些朦胧，仿佛置身于青山绿水之中。终于，她合上眼皮，趴在桌上，酣然入梦。

笛声继续随着夏日的晚风飘散，渐渐淡入风中。

吹笛的少年放下长笛，深深注视着酣睡的杜小曼，轻轻拈起一片落在她脸颊上的碎叶。

越来越浓重的暮色扩散开来，石桌边静静坐着的少年和他身侧酣睡的男装少女，组成了一幕恬静的图景。

鼻子尖痒痒的，杜小曼在睡梦里皱皱鼻子，打了个喷嚏，醒了。

天色已近全黑，石桌边影影绰绰坐着个人影："醒了？"

杜小曼猛地一惊，急忙揉揉眼，石桌边的人已经不是十七皇子，而是时阑。

"有人来接那位皇子殿下，他已经回去了。因为掌柜的你当时好梦正酣，口水横流，十七殿下没有扰你美梦。但眼下天黑了恐怕有露水，谢少庄主又大驾光临，鄙人方才很不识相地来叫醒掌柜的你。"

杜小曼下意识地抬头看，连接后面小楼和前面酒楼的回廊上隐约站着一个人影，依稀是谢况弈。

杜小曼急忙忙起身，向楼梯处走去，忽然想起来一件事，回头小声问跟在她身后的时阑："刚刚，你走的时候，十七皇子和你……咳咳……有没有说点什么？"

时阑的口气很正常地道："只说你正睡着，莫要惊扰，别的没说什么。"

唉，可怜的十七皇子！

时阑笑了笑："掌柜的，你觉不觉得这些皇子贵族，与我们平头百姓离得太远？我们就像地上的池水，他们如天上的月亮，映在池水中的月亮再美，也只是一个影子而已。"

杜小曼觉得他的话饱含深意。但这种事，她这个局外人还是不要瞎搅和为妙。

她点点头："你说得……很对。唉。"她替羽言皇子叹了口气，爬上楼梯。

时阑在她身后轻声道："掌柜的你能明白，那就最好。"

廊上站的那个人果然是谢况弈。杜小曼连忙迎上去，满怀歉意地道："对不起，我没留神，在后院睡着了，你什么时候来的？"

谢况弈道："唔，也才刚到。"

时阑在杜小曼身边对谢况弈拱了拱手："谢少主，掌柜的我已经叫起来了，便不打扰你们谈话。"悠哉地走了。

谢况弈侧眼看了看时阑离去的身影，在昏黄的灯光中拧了拧眉毛："后园相会，暗夜私语。你一向不拘小节，但该避忌的还是避忌一下好，别成天穿着男装，就真把自己当成个男人了。"

这话听来口气不善，杜小曼愕然："谢况弈，你今天怎么了，说话好像带刺一样。"

谢况弈不答话，杜小曼继续说："喂，谢少主，你该不会以为我……你不像那种人啊。我是因为有点别的事情，所以才……总之，我自问光明正大，管别人怎么说呢。"

谢况弈斜了她一眼，神情和缓了些，拧起的双眉也松开来："本少主当然不是那种胡乱猜测的人，但其他人岂能像我这样了解你？你啊，总之，还是小心点。"说到这里，脸上已浮起笑容。

谢况弈的火气来得莫名其妙，去得也莫名其妙，杜小曼将之归结为谢少主一时的情绪起伏，笑嘻嘻地说："知道啦，多谢提醒。"

谢况弈满意地嗯了一声，继而打了个呵欠："唉，最近因为些乌七八糟的事情忙得脚不沾地，今天晚上你酒楼里有什么好菜？上点来，再来壶好酒。"

吃饱喝足后，谢况弈露出满意的微笑。

绿琉端上新沏的香茶，杜小曼随口问道："谢少主，看你最近都很忙，是不是白麓山庄有什么重要的大事？"

谢况弈端着茶杯道："不只我忙，最近整个江湖都很忙。"

杜小曼啊了一声："为什么？"

谢况弈端茶的手顿了顿，吐出三个字："月圣门。"

又是那个怨妇邪教组织？杜小曼睁大眼，一旁正在低头擦桌子的时阑动作似乎停滞了一下。

谢况弈淡淡道："近十天内，又有两条人命。"

那两件命案，其中一件是杭州城近郊的一户姓齐的富户被杀。那个齐姓富户原本贫寒，他的妻子会一种失传的刺绣针法，没日没夜地刺绣，替他还清了所有的债务，还渐渐置办了些家业。此人阔绰后，立刻收了一位青楼名妓做妾，将妻子冷落一旁。他的妻子年近五十，眼睛也不太好了，做不了活计，唯一的儿子出天花死了，她被赶进大宅后院的破屋中，天天吃糠咽菜。齐富户因妾室最近生下了一个男孩，越发苛刻对待正妻。七八天前，齐富户被发现暴毙在家中，七窍流血，身上有十几处刀伤，怀疑是被人下毒之后，又乱刀砍死。他的妻子不知所踪，那位妾室已经疯癫痴傻，只会喃喃自语说"红色的，月亮，红色的……"妾室生的男婴倒平安无事，男婴的身边还留了一个锦囊，里面装着两锭黄金。

另一件命案，死者是杭州城一个姓王的浪荡子。这个人会画两笔画，写几句诗，人又长得英俊风流，不少青楼中多情的妓女觉得他是个才子，心甘情愿倒贴他。被他榨干私房钱抛弃的妓女有许多个，有两三个妓女还被妓院毒打至半疯癫。四五天前，王生暴毙在西湖边的一个亭子内，也是七窍流血，身上十几处刀伤，他的右手下的地面上有个血画成的月牙，应该是临死前偷偷画下的。

这两个人都是应该受到惩罚的负心男，不过这种报复行为实在是太残忍过激了吧。杜小曼实在不敢苟同。

谢况弈离去后，夜深酒楼打烊时，杜小曼忍不住道："如果这两件命案真的是月圣门做的话，手段实在太残忍了。"

正在算账的时阑抬头不动声色地看了杜小曼一眼。其余的人都僵了僵，曹师傅和小三打了个寒战，胜福四处看了看，压低声音道："掌……掌柜的……此事不当乱说的，万一……"面色十分惊恐。

杜小曼识时务地闭了嘴。

时阑拨着算盘，慢慢说："这两个人，确实都是负情负义之人，得此结果，也可以说成是报应。"

杜小曼皱眉道："报应也不至于要人命吧，也不至于把人先下毒然后再砍个十刀八刀那么惨吧。"

时阑手中抄着账目，头也不抬地说："假如这两个人没有这种结果，可能齐氏正妻还在受苦，王生依然欺骗女子。"

杜小曼道："是这样没错，不过杀人实在太过激，可以找点别的方法，小小惩罚一下……"

时阑似笑非笑地停笔抬头："惩戒这种事情，要怎样定一个度？何种程度的惩戒为好，何种程度的惩戒为坏，你觉得应怎样区分？"

杜小曼噎了一噎。没错，在这种封建又男权至上的朝代，男人欺负女人是被默许的，假如没有月圣门杀人事件，可能那个富户的老婆会被丈夫欺负至死，青楼那些可怜的妓女们会继续被骗。但是……月圣门的手段，还是让人不敢苟同……

曹师傅小三胜福等人手忙脚乱关好门收拾好东西，假装什么都没听见，遁回房中去了，绿琉和碧璃在一旁想打断杜小曼的话，嘴张了又闭上。

杜小曼哼了一声，向时阑道："没想到你还挺能站在女人的立场上说话的。"

时阑慢吞吞地眨了眨眼："因为区区一向是个怜香惜玉的人。"

夜半，杜小曼在床上辗转反侧，月光透过窗纸洒进房内，让她又想起了月圣门。这个门派中的女人一定都有段不幸的往事，但如今沦为暴力团体成员，实在更加不幸。

杜小曼又很不厚道地想，为啥月圣门一直没找上慕云潇那个烂男人呢，唐晋婳其实也是被他欺负死的，让他挨顿揍也好么。

唔，这样想是不是太暴力？自己可别被月圣门这种邪教洗脑了。杜小曼拍拍额头，喃喃自语："什么乱七八糟的统统退散！我要好好睡觉好好睡觉！"最近几天，杜小曼的房间很不幸地闹了白蚁，所以她暂时从小楼二楼的房间搬出来，住到了一楼的厢房内。

她自言自语的声音不大，但如果是武功高强的绝顶高手，隔着墙在窗外还是能听到的，譬如——

月光下，窗台墙根处一块长满青苔的黝黑石头动了动，外皮脱落，一个以奇怪的姿势蜷缩的人影慢慢站起，捋了捋胡子，对着窗子冷笑一声："小丫头果然有些本事，竟再次看透了老夫的易容。呵呵，今日愿赌服输，来日再请教！"

萧白客飞身而起，踏着清冷的月光绝尘而去。

他冷笑之后的话，是用密音大法穿墙而过，送进房内。这是绝顶高手才能做到的事情，同样只有绝顶高手才能接收到。

杜小曼这个什么武功都不懂的俗人当然没有接收它的能力，她自言自语完毕，就翻了个身，呼噜呼噜地睡了。

好梦正酣时，一枚石子破窗而入，打在帐子上，又反弹回来落到桌面，嗒的一声脆响。

杜小曼一惊，一骨碌爬起身："嗯？"

窗外，一个清脆婉转的女声朗朗道："杜老板，可否出门一叙？"

杜小曼愣了半晌，爬下床，打开房门。

月色下，一道人影站在小院中的树下。奇怪的是，这人方才喊得那么大声，其他的人居然一点动静都没有，院子里寂静一片，其余房间的房门和窗户都紧紧闭着。

树下的女子似乎看出了杜小曼的疑惑："请放心，院中的其余人，我都让他们暂时安睡，你我的谈话绝对不可能有第二个人听到。"

杜小曼硬着头皮走近，那女子摇亮了一个火折子，一瞬间，杜小曼看清了她的脸，倒抽一口冷气。

是那次来酒楼吃饭的几位月圣门的仙姑中领头的那一位！

女子熄灭了火折子，声音里含着笑意："杜老板应该认得出我吧。我叫月芹，乃月圣门第三十二分舵的舵主。"

杜小曼惊恐地后退一步，月圣门的仙姑半夜找上门来，难道她们把自己当成了个什么负心男人，或者要抓去做祭品？

月芹继续道："你也可以喊我芹姊。杜掌柜，我就免了拐弯抹角，开门见山说话了。你其实是个女子吧？"

杜小曼听见这句话，心里一块石头落了地，阿弥陀佛，这位鲜菇知道自己和她一样都是女人，就不会是来要自己小命的了。

杜小曼用力点头。

月芹走近两步："那天在酒楼中，我一眼就看出你是女扮男装。一个正青春少艾的女子，背井离乡，隐姓埋名，不惜扮成男人抛头露面，做市井生意，十有八九，是被男子所负，有不得已的苦衷。"

杜小曼默然，月圣门的鲜菇确实厉害，自己的来历竟被猜了个八九不离十。

月芹在杜小曼面前站定，杜小曼感到两道犀利的目光正落在自己身上。

"你既然有钱开酒楼，一定是大户人家的女儿。被逼到如此地步，每天还要提心吊胆会不会被抓回去，却没有妥协，这份气魄，我很喜欢。"

杜小曼支吾了两声，想再往后退两步。

月芹望着她，缓声道："你愿不愿意入我月圣门？"

天啊，月圣门，月圣门来招我入伙了！

杜小曼的心扑通扑通跳起来。收到传说中秘密团体的邀请函，她居然有种莫名的激动。

月芹说："你现在可以不必回答，我给你六天时间考虑，六天之后，仍然是这个时辰，我再来找你。"

杜小曼立刻说："不必了，我现在就可以回答你。多谢仙姑的好意，我很荣幸，但是，我目前并不想加入。"

月芹像是料到她会拒绝一样，紧跟着开口道："我明白，民间那些愚昧百姓，对我圣教一直颇有污蔑。入我圣教，对你来说可能是比离家出逃更加难以决定的事情。你现在先别把话说那么死，六天之后，说不定你就有另外的看法。"

杜小曼摇头："我并不是害怕江湖，也不是听了不好的传言而害怕贵派。只能说，是人各有志吧。我想过另外一种人生，能够做自己喜欢的事情，有钱花，快快乐乐地生活就可以了，以前的事情，我不想再提。"

月芹笑了笑："你果然还是太年轻，应该是刚逃出来不久，不知道世间的辛苦。你被迫逃出来，对当年逼迫你的人，真的能不再怨恨？就算放下了，你以为在这市井之间就可以万无一失地过活下去？你一个女子，竟然开酒楼，被你家人知道，真的能容你？他们如果抓到了你，会怎样对你？他们逼迫你，有机会也不会放过你，你又何必放过他们？天下的女人已被逼得没有了活路，为什么我们不能靠自己找出一条活路？世道不公，我们要替上天，在世间立一道公正！"

这一番话，说得似乎很有道理，也很有煽动性。但杜小曼叹了口气，道："是啊，你说得很对。但我这个人，就是走一步算一步。我觉得我现在活得很好，按自己的心意过最重要，所以我暂时还是不想加入贵派，非常抱歉。"

月芹沉默片刻，道："杜妹妹既然现在无意，我们不会强迫，但愿有朝一日，你不要后悔。"飞身跃上树枝，踏月而去。

杜小曼站在原地怔怔地走神。假如陆巽没有和她分手，她大概不会精神恍惚出车祸，现在还在快快乐乐地上学。但是怨恨么？杜小曼皱了皱眉，如果陆巽现在站在她面前，她顶多就是觉得无语吧。

唐晋嬗被慕云潇羞辱，负气自杀，她会想杀掉慕云潇和阮紫霁报仇雪恨吗？不知道，她只想离这些人渣远一些再远一些。

杜小曼抬头看了看天上的月亮，慢慢转身准备回屋，一楼一扇门忽然吱呀开了，一条人影立在门前："掌柜的，你在犹豫要不要加入月圣门？"

杜小曼吓了一跳。

时阑走过来，在她面前站定："掌柜的请放心，其他人应该被迷香迷着，一时半会儿醒不过来，没人听到你我说话。"

杜小曼戒备地后退一步，紧紧盯着他："那，你怎么醒着？"

时阑笑了笑："在下的体质比较特殊，天生不容易被迷香迷倒。"

不是体质特殊，是大哥你武功精湛，平常迷香对你不起作用吧。杜小曼懒得戳穿他，反问："你刚才都听见了？"

时阑大方地承认："吾一直趴在门缝上，从头听到尾。掌柜的，你真的无意加入月圣门？"

杜小曼坦荡地点头："没错，我不打算加入，我对月圣门暂时没有兴趣。"

时阑道："哦？你觉得月圣门是邪教？这世上，什么是正，什么是邪，其实并没有定论。"在月色中，他的声音有种平时没有的清冷。

杜小曼耸耸肩："嗯，没错，是没有绝对的正邪，但是她们的做法我没法赞同。月圣门从创立起，好像就被一种很奇怪的理论控制，越走越远。比如谢少主说的那两件案子，她们现在可以动手杀掉寡情薄幸的丈夫，留下那个小孩，但保不准哪天就会说负心男生下的孩子也不会是好东西，留下也是祸害，咔嚓也给杀掉了。"

月圣门顶着维护正义的名义，实际是想把自己变成真理和正义，凌驾在法律之上，随意制裁他人。这其实非常恐怖。

时阑悠然道："你认为那些被月圣门杀掉的男人无辜？他们寡情薄幸，甚至逼死结发妻，你应该也有过近似经历，难道你认为该对他们手下留情，或者放了他们？"

杜小曼顿了一顿，说："这就是月圣门高明的地方，偷换概念。没错，那些男人个个都不是什么好东西，非常应该被唾弃，抽打。所以，忽然有个组织跑过来，告诉那些被渣男迫害的女人，可以让她们报想报的仇，出想出的气，对她们来说真的很诱惑。于是，这个组织越来越大，组织的领导人成了这些女人的救世主、她们的神，她们无条件地崇拜，久而久之，她们就会认为，组织命令要杀的人就等同于该杀，丧失掉自己的判断，代表月亮到处消灭那些组织想杀的人。"

这样的桥段，真的是影视小说中屡见不鲜的。哼哼，什么替天行道，帮助可怜的怨妇们杀掉负心人，都是扩大邪教的手段而已。

月圣门，它就是个邪教！利用可怜女子的报复心理，将女人都变成变态鲜菇的邪教！

时阑忽然哈哈笑起来，笑得前仰后合。

杜小曼诧异地问："你傻了么？"

时阑擦着笑出的眼泪摇头："没有，只是发现……我确实错得很厉害而已。"

他强忍住笑意，伸手揉了揉杜小曼的头顶："你啊，我还真的需要刮目相看。"

杜小曼的鸡皮疙瘩森森地冒了出来，猛地后退两步。

时阑忽然又说："对了，你刚才说负心人说得如此咬牙切齿，应该是也有此种经历吧？"

杜小曼和时阑一起在树下的石桌边坐下，夜风清爽，月光从头顶上洒下来。

反正也没什么可隐瞒的，杜小曼就直爽地说："我的事情说了你可能也不相信。我是从一个……很遥远的地方来，那个地方和这里，完全不一样。"

时阑坐在杜小曼对面，静静聆听，月光下只能辨认出他的轮廓，但杜小曼却下意识地知道他正在凝视着自己。

她继续往下说："我们那个地方，有很多这里没有的东西，民风比这里开放得多，男女可以在同一个学校上学。我喜欢的人，他就是我的同学。"

时阑的声音中充满了怀疑："你念过书？你明明字写得像狗爬一样。"

杜小曼悻悻地说："那是因为我不会用毛笔！我们用的字和这里的文字虽然很像，但有很多都不一样，叫简化字。你见过横排的书吗？你知道什么叫钢笔圆珠笔么？不知道吧，不知道就别乱插话。"

时阑叹了口气："好吧，你请继续，我不说了。"

杜小曼接着往下说："我喜欢的人，他很帅，我很一般，没想过他能喜欢我。"

她开始回顾自己和陆异因酸辣粉开始交往的历史，回顾陆异曾经陪她逛街，和她牵手一起走过灯火灿烂的街道，等等等等……

"在我们那里，这样交往是很正常的事情。后来……后来他看上了一个漂亮的女孩子，就把我甩了。"

时阑一言不发地坐着，杜小曼扯着嘴角笑了笑："当然了，那个女孩子又漂亮又聪明，什么都比我好，他们才是最般配的。他的选择很正确，但我还是有点伤心。后来……后来我因为伤心，流落到了这里来。"

时阑还是静静地未发一言。

杜小曼揉了揉鼻子："到了这里之后，就过得很精彩了。我被……误认为或者说是变成了另外一个人，那个女子其实早已经不在了。她的相公有一个很喜欢的表妹，两人一起羞辱了她，让她再也回不来了。我被当成了她，从那家里逃了出来，到这里开了酒楼。就是这样。"

时阑还是静静地坐着，不出声，也不动。

杜小曼试探地凑到他近前："喂喂，你听了这么多，总要有点表示吧，我说得口干舌燥的。"

时阑这才猛地一顿，像被惊到一样，动了动："啊？掌柜的已经说完了吗？真是让人感叹啊……"他的声音里透着浓浓的睡意。

杜小曼眯起眼："你不会……刚才一直在睡觉吧？"

时阑立刻笑道："没有没有，我一直在很认真地听，真的。啊呀，现在夜深露重，咱们还是早点回房睡觉吧，要不然明天就开不了店了。"

杜小曼怒火冲天："混账，让人背情史总要认真听完吧！"

时阑从石凳上站起来，迅速向房门移去："真的不早了，赶紧休息吧，赶紧休息吧。"

混账！

房门前，时阑忽然回过身，笑了笑，声音低而和缓："我确实一直都听着，一直都记着。这些，都已过去了。掌柜的，今晚好好睡。"

白色的月光下，他的身影蓦地有了种朦胧飘逸感。杜小曼不由自主地怔在原地。

时阑随即进入房内，嘎吱一声，门扇合拢。

第二天，不二酒楼中一切照旧。曹师傅等人在后厨忙，小三胜福等人打扫店里准备招待客人，绿琉和碧璃一边帮忙一边留神跟在杜小曼左右，时阑一副油条相在店里瞎晃悠。

昨夜的种种，仿佛真的不过是个梦而已。

但杜小曼很快就确定昨晚不是梦了。离中午还早，没客上门，时阑趁着空闲晃到杜小曼面前，满脸郑重问："掌柜的，我一直在想，你昨天说的，你吃的那个赢了某人的酸辣粉，究竟是什么？"

酸辣粉？昨天浪费了半天的口水回顾惨痛的过去，就让他惦记上了这个？

杜小曼淡定地道："是一种食品，酸酸辣辣的，用土豆粉做的。土豆粉……"呃，在这个世界中，她见过辣椒和花椒，但没有见过马铃薯。

"土豆粉，是我家乡的一种特产，这里没有，不过用米粉条应该也能做。"

时阑满脸兴致勃勃："要怎么做？"

杜小曼想了想："就是汤碗里面放一些辣椒花椒之类的调料，又麻又辣，把粉条啊青菜啊海带丝豆腐丝放进水里一起煮熟，捞出来放到汤碗里，再加上醋，撒上葱花和炸的黄豆。大概是这样吧。我以前不是开饭馆的，只是经常吃，不清楚真正的做法。"

时阑若有所思地点点头，走了。

杜小曼没理会他，谁知道一段时间之后，小三忽然端着一个大托盘到了厅内，时阑跟在他身后。小三将托盘放在桌上，曹师傅从通往后厨的帘子内钻出来，在围裙上擦着手笑容满面问杜小曼："掌柜的，你看看味道对不对，我根据时阑说的琢磨着做的。"

杜小曼望着桌上冒着腾腾热气的两个碗，无语了。

碗里红红的汤，浮着花椒粒，青青白白的葱花缀在上面，还有炸得酥酥的黄豆。杜小曼用筷子搅了搅，捞起粉丝看了看，轻轻咬了一口，其实味道还是不太像，但她忽然觉得眼睛有点酸，可能是被辣椒油冲到了。

她重重点头："嗯，就是这样的。"

曹师傅笑得更灿烂了："掌柜的说像就行。"小三和胜福等人跟着咧开嘴。

时阑在她对面坐下来，挽了挽袖子，将另一碗拉到自己面前："掌柜的，正好我也很能吃辣，你要不要和我比一下？"

杜小曼充满怀疑地盯着他，这个家伙在打什么主意？

时阑笑得无辜又纯良："假如掌柜的你输了，这个月多给我发六十文的工钱。假如我输了，我输给你一样宝贝。这个赌局你绝对不吃亏，怎样？"双眉挑了挑，"莫非掌柜的你不敢？"

激将法？杜小曼扬眉说："好啊，你输得起就行！"

一碗酸辣粉，多放三勺辣椒，杜小曼面不改色地全都吃了下去，从容地拿手巾抹了抹额头的汗，悠然地望着对面不断用手扇风，最终捂着嘴退场猛灌凉茶的时阑："年轻人，吃辣这种事情，纯粹是依靠天分与实力，光吹牛没用。"

时阑满脸通红，拿手巾捂住口鼻，又打了两个喷嚏，眼泪汪汪地说："算、算你厉害，我愿赌服输。"

杜小曼好整以暇地伸出手："输的东西，拿来。"

时阑立刻道："当然，愿赌服输，我岂是那种赖账之人。"

杜小曼凉凉地说："你一贯都是。"再动了动手指，"拿来。"

时阑满脸我不与你计较的表情，手插进怀中，忽然四处望了望："在下要输给掌柜的这件东西，是我的传家之宝，各位可否回避一下？"

又玩什么花样？杜小曼皱了皱眉，其他人立刻很迅速很配合地撤了，大厅中只剩下杜小曼和时阑。

杜小曼道："喂，现在可以拿出来了吧，什么神秘的宝贝？"

时阑这才把伸进怀中的手抽了出来，送到杜小曼面前。

他的掌心中，躺着一块圆形的玉佩，配着黄色的绳子和穗子。杜小曼拎起玉佩，看起来旧旧的，一面刻着祥云的花纹，另一面刻着一丛杂草。

杜小曼反复地看了看，怎么看怎么觉得像现代的天桥上摆地摊卖十块钱一个的那种冒牌古玉。

时阑极严肃地道："掌柜的，这可真的是我的传家宝，乃稀世的好玉，能避邪招财，逢凶化吉。你从现在起将它刻时带在身上，一定没错。"

眼看他又要唠叨一大串，杜小曼赶忙把玉收起来："知道了知道了，我一定照做。"

时阑像还不放心一样，补充道："一定要随身带着。"

杜小曼敷衍地点头。门外忽然有个声音道："什么随身带着啊？"

杜小曼猛转头，看见谢况弈大步进门。

谢少主最近来得真勤快，杜小曼惊奇地问："你怎么来了？你最近不是在忙着查案么？"

谢况弈走到桌边，拉了张凳子坐下："嗯，今天难得无事，闲一天。顺路过来瞧瞧。"眼却瞄上了桌面上的两个碗，"这不上不下的时候，你才吃早饭？"

　　杜小曼还没开口，时阑先道："是在下和掌柜的比吃辣来着，这是掌柜家乡的名产酸辣粉，谢少主要不要也来一碗尝尝？"

　　谢况弈双目炯炯地问："比吃辣？怎么比？"

　　杜小曼干笑："就是在很酸很辣的酸辣粉中再加辣椒，比谁更能吃辣。"

　　谢况弈盯着桌上的碗："唔，本少主一向很能吃辣。"

　　时阑在一旁适时地说："掌柜的很厉害，方才在下一败涂地，惭愧不已。"

　　谢况弈双眼更亮了："哦？"

　　拜托，谢少主，你不要一听到"比"或"打赌"就兴奋好不好？

　　杜小曼赶紧说："但是，我刚刚已经和时阑比了一场了，到了极限，恐怕不能和你比了。谢大侠你也不会和我这个已经上过战场的人比，落个胜之不武的名声吧。"

　　谢况弈露出了遗憾的表情，没再说什么。杜小曼刚松下一口气，谢况弈忽然看向了门的方向，露出笑容，双目再度焕发神采。

　　他起身大踏步向大门方向走去，拱手笑道："安公子，真巧，居然在这里碰上。安公子你前来此处，必定很有闲暇。"

　　杜小曼瞠目结舌地起身，看着谢况弈向那个温雅如玉的身影露牙一笑："安公子，既然今天有缘相逢，不知你有无兴趣，和在下比比吃辣？"

　　不要答应他！

　　杜小曼满头冷汗地看着宁景徽。宁右相，青年的楷模，朝廷的栋梁，一定不会理会谢况弈这个无聊的家伙，干这种比吃辣的无聊事。

　　宁景徽随和地一笑："好啊。"

　　杜小曼默默地擦掉额头的冷汗，好吧，今天大家都不正常。

　　两碗酸辣粉摆在桌上，宁景徽优雅地抬手往自己面前的碗中放了五勺辣椒。杜小曼小小声地说："安公子，我们店里的辣椒很凶猛的。"

　　宁景徽向杜小曼温和地吐出两个字："无妨。"

　　清醇的声音让杜小曼的心怦怦多跳了几下。咳咳，既然人家都说无妨了，那她也不好再说啥了。

　　谢况弈斜眼瞥了她一眼，也舀了满满五勺辣椒放进自己碗中，抓起筷子，看了看对面的宁景徽。宁景徽也拿起长筷，不愧是宁右相，拿个筷子的动作都如此优美。

　　杜小曼在一旁担忧地看着，谢况弈乃江湖侠少，耐锤耐炼，而且身有内功，再怎么看都比文弱的宁景徽强悍得多,宁右相不要输得太惨啊。

但是,面前的一幕让杜小曼目瞪口呆——

谢况弈汗湿衣衫,满脸通红,满头大汗,捧着一块手巾,不断地打喷嚏,连双眼都是通红的。

而他对面的宁右相恰在此时放下筷子,拿一方手巾轻轻揩了揩嘴角,依然优雅如拈花微笑,脸上不见半丝不同的颜色,更没有半颗汗珠,神清气爽,好像刚刚不是吃下去加了五勺辣椒面的酸辣粉,而是喝了一杯清茶。

神!宁景徽是辣神!

杜小曼用看天神的目光崇拜地看着他,恭敬地奉上一杯凉茶。

宁景徽接过茶杯,随口道:"再多放些花椒,味道会更好些。"

比吃辣也比过了,茶也喝了,杜小曼自然要问宁景徽,今天前来,所为何事。

宁景徽放下茶杯,道:"哦,偶尔路过,顺便来拜望杜公子,没想到白吃了顿不花钱的饭。"又像不经意般地问,"对了,最近听说杭州城内,半夜入室盗窃者甚多,不知杜公子最近夜半可听到什么动静?"

杜小曼心里一惊,看了看宁景徽那双云淡风轻的眼,心道,难道月圣门昨天晚上来招安她的事情,宁景徽已经知道了?

若宁景徽知道了这件事,那她女扮男装的事情他是不是也知道了?他又有没有将慕王府的夫人被劫和这件事情联系起来?

杜小曼心中七上八下,面上却云淡风轻的,语气极其平常地道:"我晚上一般都睡得很死,什么都没听见。最近闹盗贼?哎呀,那还真要小心点了。"

谢况弈在一旁插嘴:"你害怕么?要不然我叫几个弟兄来你楼中值夜?"

杜小曼连忙道:"不用不用,这条街上店铺酒楼这么多,大部分店铺酒楼都比我这里豪华,哪里就看上了我这个穷店。"

谢况弈脸上辣出的红潮已经消退干净,此时正慢悠悠地品着茶:"唉,杭州城真是一天比一天乱,最近又闹出几宗命案,至今仍未拿到真凶。成天见那些当官的大人们忙个不停,真不知在忙什么,正经事情没办多少,光看见他们喝茶了。"

谢少主本来就对宁右相心存芥蒂,刚才吃辣又输了,所谓仇上加仇,话就说得凉不凉热不热的,让杜小曼听得直冒冷汗。

宁景徽倒不以为意地笑道："谢少主不愧为少年侠士中的翘楚，如此忧心百姓安危，碌碌庸庸的官员们委实应该汗颜。"

谢况弈正色道："安公子，说真的，杭州城内如今人人自危，不知哪天哪家的男丁就性命不保。真凶一日不除，杭州一天不得太平。不知安公子你对月圣门，有何看法？"

杜小曼发现貌似自己此时已经插不进什么话，索性退到一旁拖了张凳子坐着听。

宁景徽道："月圣门人，其实是一群可怜的女子。"

杜小曼怔了怔。右相大人肯说这句话，就算是假惺惺说的，也很不容易了。

一旁一直站着的时阑忽然说："杀了这么多的男人，还说可怜，安公子说此话，似乎有些矫情了。"

当下的局面似乎颇暗潮涌动，杜小曼老老实实地坐着。

宁景徽淡淡道："本是可怜女子，入了月圣门，做出这些行径，却更可怜。"

时阑不再说话。谢况弈道："管他可怜不可怜，总之闹到这一步，不收拾是不行的。我虽看不惯朝廷官员的做派，但唯独此事，倘若有需要我白麓山庄出力的地方，白麓山庄义不容辞。就算朝廷查不出来，武林同道们也不会罢手。"

话中隐藏的意思，十万八千里外都听得见。

宁景徽向他笑笑："谢少主这番为民的好意，如果朝廷的官员得知，在下相信，也一定会很感激谢公子。"说罢，站起身，抬了抬衣袖，"打扰了半日，在下还有些事情，便先告辞了。"与众人客客气气道别，抽身走了。

宁景徽走后，谢况弈又坐了坐，才告辞离去。走到门前时，他忽然想起什么似的折了回来，向杜小曼道："你随我到门外一下，有件东西想拿给你，忘了从马上取下来。"

杜小曼和谢况弈走到门外，谢况弈从马鞍上的袋子里拿出一个盒子，递给杜小曼："这东西是我无意中得的，反正也用不上，就拿给你了。"

杜小曼刚要打开，谢况弈又说："等你回房的时候再看吧。"翻身上马，策马而去。

杜小曼一头雾水地抱着盒子回到房内，打开一看，愣住了。里面整齐地叠着几块漂亮的布料，软绸像流水光亮，轻纱轻软如烟，纱上绣着精致的花纹。这样的绸子和轻纱，杜小曼曾在绸缎庄中见过，据说是当下杭州城中最时兴的，大户人家的小姐们做新衣都爱用。她当时眼馋得不得了，但是她要扮男人，穿不了女装，只能偷偷地看了又看解解馋。

这些衣料，做两套裙装应该绰绰有余。杜小曼看了又看，不敢相信这是谢况弈送的。

碧璃和绿琉端着茶水推门进来，碧璃一眼看见布料，立刻扑过来："哎呀，好漂亮的料子。"

绿琉惊讶地看看布料，又看看杜小曼："难道是方才谢少主送的？"

杜小曼点头。

碧璃抚摸着软绸："用这个料子做衣裳，姑娘穿上一定好看。"

杜小曼道："可惜就算做了，现在我也穿不了。"

绿琉满脸欲言又止，片刻后才吞吞吐吐道："其实……谢少主真是个可以托付终身的良人。"

杜小曼假装没听懂："是啊是啊，不知道哪家的姑娘可以配得上他。"

绿琉顿了顿，放下茶水，替杜小曼整好床铺，和碧璃一起退出房门。

杜小曼看了看那些布料，谢况弈照顾她，可能只是因为侠义精神，白麓山庄的少主，还是该找个活泼的江湖千金，两人策马江湖快意武林。

杜小曼拍了拍额头，眼下的自己，还是想着赚钱就好。

再一日傍晚，杜小曼正在柜台中打瞌睡，门前又有客人到。来者直奔柜台前，杜小曼从迷迷糊糊中清醒，看见来人，吓了一跳，居然是十七皇子。

杜小曼下意识向他身后看，没看见宁景徽和裕王的身影。

秦羽言像是有什么大事一样，急匆匆向她道："杜……公子，我有件要紧事想和你说，此处不大方便，可否……一同出去走走？"

杜小曼迷茫地点了点头，随着秦羽言上了一辆停在门外的马车。

车中，秦羽言端正拘谨地坐在一个角落里，杜小曼坐在另一个角落里，马车颠簸前行，秦羽言始终垂着眼，一句话也不说。

马车停在了一个空旷的郊野处。下车后，秦羽言又引着杜小曼走到了几行柳树边，方才道："你……放心……这些车夫都是口风极紧之人，绝对不会泄露今天你我见面的事情……"

气氛被营造得神秘而紧张，秦羽言难道准备和自己说什么要命的大事？

杜小曼屏息肃立，秦羽言看了看远处，又看了看脚下，方才再看了看她："昨日，少儒他去找你，是否……杜……掌柜……少儒他可能猜到了你是女子，但这并不是我告诉他的。其实……"

秦羽言的目光又飘向远方，再折回来："其实……第一次在酒楼中见到你后，我……就已经猜到了你是谁。陶夫人……不，应当是徐姑娘，少儒他看出你是女子，早晚会猜到你的身份。我一定会设法，让他当作不知此事。少儒他其实极好说话，只是有时不得已才为之，别人却当他不留情面。你放心。"

杜小曼半张开嘴，原来，十七皇子早就看出了她是女人，而且，还记得自己曾在庙里和敬阳公家见过自己。但是，十七皇子貌似正因如此，才把自己当成了陶家的三少夫人徐淑心。

既然已经差不多被猜出了身份，要不要还是向秦羽言解释清楚比较好？

杜小曼斟酌着语句说："十七殿下，我也早就知道了你是十七皇子殿下。你……弄错了，我并不是敬阳公家的三少夫人徐淑心，我是慕王府的那位慕王爷名义上的夫人唐晋嬗。"

秦羽言看起来十分震惊，怔怔看着杜小曼。

杜小曼无奈地笑了笑："十七殿下，你想必也听说过，慕王爷他有位红颜知己，却不得不奉旨与我成婚，后来大家彼此也都很痛苦……于是我就……逃了出来，而后就……"

秦羽言依然沉默地站着。杜小曼恳切地说："拜托你，十七殿下，你就算看在我也很不容易的分上放我一马。现在抓我回去，只能彼此都难堪而已。倒不如就当唐晋嬗已经死了，大家各自皆大欢喜地活着，岂不更好？"

这个十七皇子看起来很容易心软，杜小曼打算走哀兵政策，只要这几位大人物睁只眼闭只眼，想来慕王府的人也巴不得当成她死了。

秦羽言沉默半响，轻声道："你放心，此事我不会说的。少儒他，既然一直都没有点出此事，应该暂时不打算说破。但——"他凝视杜小曼，"郡主失踪后，我听闻德安王与王妃悲痛万分，郡主可需向家中报个平安？"

对了，还有唐晋嬗亲爹娘那里，杜小曼都快忽略了这件事，她垂下眼帘："我有打算传书回去，告诉他们我尚在人世……多谢殿下愿意帮我隐瞒。"

秦羽言将视线落向别处道："我、我也只是举手之劳而已。你的遭际，其实……与我母后，有些相似。"

啊？杜小曼诧异地睁大眼。

秦羽言像是回忆起什么一样看向旷野远处的荒草："母后，是被父皇当作替身，抓回宫中的。"

秦羽言开始讲他母后的故事——

有一个皇帝，他心爱的妃子林德妃亡故之后，他悲痛异常，某次微服出游，走到街边时，恰好路过的一乘轿子被风吹开轿帘，让他看见了里面的少女的脸，居然和林德妃非常相像。于是皇帝就下令打听出了这个少女的来历，将她纳入宫中。

少女是公侯之女，出身高贵，便被封为了皇后。但她的个性高傲骄纵，与出身平平、温婉娇媚的林德妃大不相同。皇后不能忍受自己是别人的替身，皇帝对她的爱恋也渐渐消磨，在她生第二个儿子的时候，林德妃的妹妹已长大成人，进入皇宫，年方二八，娇怯妩媚，尽得德妃神韵，立刻被封为贤妃，夺去了皇后的宠爱。

秦羽言涩然一叹："父皇驾崩，皇兄登基之后，母后让贤妃殉葬，却又不准她埋在帝陵附近。母后做了太后，看似大权在握，称心如意，却没几年就郁郁而终，让皇兄一定要把她与父皇合葬。我想，她一定一直都很爱父皇，才这样……郡主……"

杜小曼急忙说："我现在用的名字是杜小曼，十七殿下你喊我小曼就好。"

秦羽言转而注视着她："杜……姑娘，倘若你如今真的能放下前事，不再怨恨，未尝不是件好事。"

杜小曼扬眉："是啊，大好的青春，去怨恨人实在太不划算了。所以，我现在只当唐晋媗已经死了，我要做一个全新的人活下去。至于慕云潇他们么，爱干什么干什么吧，成全了一对有情人，我也算做了件好事呢。"

秦羽言看着她，若有所思。

回到客栈，天已近全黑，杜小曼刚刚拉张凳子坐下喝了口水，时阑立刻踱过来低声问："那位十七殿下找你，所为何事？"

杜小曼含糊道："唔，一些无关紧要的小事。"

时阑挑眉道："你最近无关紧要的小事可能会比较多。"将一封书信送到杜小曼鼻子下，"方才，那位安公子派人送了封信来。"

杜小曼接过拆开，是宁景徽极其客气地约她明天中午某茶楼相见。

难道最近她桃花盛开，要走和不同美男约会的大运？

时阑打着哈欠踱远。

第二天，杜小曼按照约定时间前往约定地点。她心中突然有种隐隐的感觉，这次去赴的是场鸿门宴。

西湖边的茶楼，二楼最精致的包间。杜小曼一进去，就看见宁右相大人温和的笑脸。平时看来，颇赏心悦目，不知为什么，今天总有种让杜小曼汗毛直竖的感觉。

茶博士端来茶点，斟上茶水。

像是验证她的预感一般，茶雾袅袅中，右相大人第一句话就是："今日相请，实在是有务必要问之事，望勿见怪。昨日十七殿下已经找过郡主了吧？"

杜小曼正抿在嘴里的一口茶一个跟头噎进了肚子。

宁景徽依然温和地笑道："在下今日，只有两件事想请问郡主。"

杜小曼挺直脊背坐正："右相大人请讲。"

宁景徽的目光清澈，神色从容："第一件，素闻唐郡主通晓诗书，仪态端方，尤其精于琴画，但我近日所见之唐郡主，却与这些传闻大相径庭，不免心中疑惑，究竟是传闻失实，还是眼前的唐郡主，其实并非唐郡主？"

杜小曼又一次被震撼到了，她还没来得及回答，宁景徽已经问了第二个问题。

"其二，我想请教，唐郡主如何得知在下与十七殿下的身份？是自己猜到，"宁景徽的唇边再次掠过一抹薄薄的笑，"还是另有人告之？"

杜小曼想了想，答道："第一个问题，答案比较长，要不然我先回答第二个？"

宁景徽道："唐郡主请随意。"

杜小曼于是说："我曾经在寺院和敬阳公家见过十七殿下，所以知道他的身份。至于右相大人你，有人认出了你写的字。"

她很有义气地没有供出时阑，宁景徽微微颔首，没有再追问。

杜小曼耸耸肩："至于第一个问题嘛……宁右相，你知道大千世界，无奇不有吗？"

下午，杜小曼拖着步子回到不二酒楼。绿琉和碧璃跟着她到了卧房，紧张地小声问："是不是那位宁右相看出了什么？听说他很厉害，万一……"

不是万一，他全部都看出来了。

说出实情肯定会吓坏这两个丫头，杜小曼摆摆手："没事的，放心吧。"

绿琉和碧璃仍然满脸忐忑，反复地问了又问，杜小曼都含糊过去。

杜小曼换了衣服巡视了一遍酒楼，趁二楼没有客人的时候，时阑钻出纱帐，笑嘻嘻地问："掌柜的看起来没什么精神，难道是中午被右相审问了？"

杜小曼把他赶回纱帘后，自己也走进去，懒懒地回答："嗯，审了，我也如实交代了，我是从很远的地方来的，只是和某个人长得很像，被错误地当成了她一段时间，至于信不信就是他的事了。"

她就知道，她说实话，没人会相信。

当时，她问宁景徽，知不知道平行世界。

她再问宁景徽，相不相信这个世界上有神仙。

她接着说，我真的叫杜小曼，其实我来自另一个世界，是神仙让我到这里来的，我取代了唐晋媗的身份，在这里是为了完成一个神仙的赌局。宁右相，你相信我的话吗？

整个场面就这样被她华丽丽地镇住了。

宁景徽默默地坐了许久，才说："郡主的话的确离奇，本阁之前，闻所未闻。"

杜小曼大方地说："右相你不能接受没有关系，不过，请别把我当成妖魔鬼怪抓起来做研究啊。"

宁景徽笑了笑："郡主请放心。最近天气炎热，酒楼事务繁杂，留意多休息。"

哈哈哈，他肯定以为我脑子坏掉了！杜小曼在心里大笑几声。

时阑摇了摇头："掌柜的，你真蠢。"

杜小曼眯眼："你说什么？"

时阑一脸痛心地望着她："我说你蠢。宁景徽今天找你真正的目的你竟然没看出来？他在试探你是不是月圣门的人，你被当成圣姑啦。"

杜小曼张大嘴："什么？"

"剩菇"是鲜菇的终极进化版吗？多么不吉利的名字。

时阑叹息："裕王、十七皇子和宁景徽十有八九就是为了铲除月圣门才待在杭州，月圣门的一举一动他们都会监视，包括昨天晚上，月圣门有人到这里来的事。传说，月圣门的上一代圣姑已经仙去，新圣姑继位，却没有人知道她的身份。掌柜的你带着两个举止不俗的丫鬟，豪气冲天地开酒楼，在杭州城招摇过市，在这个腥风血雨的时节，你说他们会不会怀疑你？"

杜小曼结结巴巴地说："可、可我这么纯洁善良，哪点和鲜菇们沾边了！"

时阑闻言抖了一下。

杜小曼捂住头，是了，月圣门最开始就是由某个公主创建的，唐晋嫄是郡主、慕王府的正夫人、被无情男深深伤害的怨妇。有这几样先决条件，如果她是宁景徽，她也会优先怀疑此女是不是新的剩菇……

回想之前与宁景徽的几次"意外遇见"，堂堂右相怎么可能闲着没事在杭州城里轧马路呢，还刚好总能遇见她，还每次都和她聊半天，十有八九是在试探她吧。

还有十七皇子……

十七皇子那句如果你真的放下了，是件好事，其实是在委婉地劝说她，回头是岸，放下屠刀就立地成佛？

杜小曼热泪长流："天哪，我真蠢……"

时阑说："是啊，所以我才说你蠢。"

杜小曼猛抬头："我蠢也用不着你说！"

时阑一脸无奈："好好，掌柜的，你真笨。这样行吗？"

杜小曼已经没有心情和时阑耍嘴皮子了，她陷入了深深的郁闷和愁苦中。

时阑却不放弃地继续在她的伤口上撒盐："被人冤枉是不好受，不过掌柜的你如果问心无愧，应该能证明自己的清白呀。对了，你在杭州城里的户籍，是谢少主帮你办的么？那你要通知他一下，这事可能会牵连到他。"

杜小曼回过一丝神，茫然地问："户口？我自己去上的啊，不是到衙门里登个记就行了吗？"

时阑道："对，但你要有原籍的文书和迁籍许可，衙门才会给你办啊。"

杜小曼依然一脸迷惘："可是，我啥也没有，到那里他们就给我办了。"

时阑的嘴角抽了抽："哦，哈哈，掌柜的，你跟我来。"

时阑的房间颇为凌乱，衣衫这里一堆，那里一沓，被子也胡乱地卷成一团，颇有杜小曼当年自己的房间的风采。

时阑在柜中翻找了一阵，取出几张纸，把桌上的水杯砚台旧纸之类扒拉到一边，将那几张纸一张张铺开在桌面上。

"这是户籍的原本，这是出身证明誊本，这是入城的文书……"

几张纸上，都盖着官印。

"没有这几样东西，官府吃了豹子胆，也不敢给你入户籍啊！话说掌柜的，你带我去签卖身契的时候，我可是带了这几样文书的，你忘了么？"

啊？有吗？她真的没留意，只记得时阑和她一样，报上了出身户籍，也是生于丙寅年，并没有留意他之前还提交了文书。

"我上户籍的时候，前面有人就是直接报的，然后就登记了，我也一样。"

时阑一脸无语地看着她："办户籍之前，先要把文书交给录事官，在主簿面前报的那些话是用来与文书核对用的。我因临时卖身为奴，只有可以进出各城的文书，并没有迁徙文书，我还纳闷为什么官府没有让我补办，看来我是被当成你的同党了。"

接二连三的打击已经让杜小曼暂时失去了分析能力，她只能直着眼睛问："为什么？"

时阑苦笑："还能为什么？我的好掌柜的。一定是有人安排，让你过关。"

有这么大能耐的，肯定是裕王或者宁右相了。

杜小曼想象着，她去办户口的那时候，有个黑影在角落里默默地注视着这一切，一摆手，吩咐道："给她过了。"

抖……

自以为计策无双，自以为春风得意，满杭州城蹦跶，原来早就是人家网中的鱼、盘上的蟹、锅里的麻辣小龙虾。

不知道慕云潇那个渣男是否也从一开始就掌控着她的行迹。嗯，裕王和他有交情，说不定会时刻发给他实况转播，慕渣男恐怕现在肠子都要开心断了。

大概他正在慕王府的花园里喝着小酒，搂着阮紫霁说："亲亲霁妹妹，我们可以放心地双宿双飞，白头到老。"

啊啊啊……

杜小曼的思维开始不受控制地奔逸，沉入更深的深渊。

时阑揉着额头："如果真的是宁景徽放你过关，他看到你两爪空空就敢去上户籍这种二傻子的行径，也不应该再怀疑你了。"

杜小曼捂住眼："我就是二傻子，行了吧！我要去冷静一下！"踉跄着出了时阑的房门，奔回自己的房间。

把自己关在房间里，杜小曼想了很多。

她想的最重要的一件事就是——她该怎么办？

全部行踪都被掌握，还被怀疑成月圣门的剩菇，还连累到了谢况弈。

谢况弈和徐淑心夫妇都能做她的证人，证明她不是月圣门的人。可是，她不能说出徐淑心夫妇，他们千辛万苦才能在一起。而谢少主，他应该已经被算作她的同伙了吧。

疾恶如仇、正在一心对付月圣门的谢少主，如果知道他自己被当成了月圣门的同伙，会不会暴跳如雷……

杜小曼抱住头，在这个朝代，能出个国避个祸吗？要想彻底摆脱一切，从头再来，只能出国了吧。

这里的番邦都有哪些国家？饮食什么的怎么样？番邦话好不好学？翻译好找吗？万一番邦的居民们都还是抱着椰子跳草裙舞的原始人状态怎么办？

不行，先不能想着逃跑，还是先通知谢况弈吧。

杜小曼猛地起身，拉开门，碧璃一头扎了进来，差点摔倒在地，她结结巴巴地说："郡、郡主，啊不，小曼姑娘，我、我只是想看看你……"

杜小曼一把抓住她："我要出去一趟，假如在此期间谢少庄主来了，就告诉他我去他住的地方找他了。"

碧璃瑟缩地看着杜小曼："谢、谢少主已经来了……"

杜小曼大喜："真的？他在哪里？"

碧璃依然吞吞吐吐的："他、他在……"指了指前楼二楼的方向。

杜小曼奔上楼梯穿过长廊，刚撩开纱帘，便看见了一幅震撼的景象——

时阑背靠墙站着，头发蓬乱，脸上有几块瘀伤，一把长剑架在他的脖子上，拿剑的人是谢况弈。

怎么回事？

谢况弈瞥了一眼愣住的杜小曼，硬邦邦地说："你来得正好，这人对你做过什么？不要怕，尽管告诉我！"

杜小曼脑子有点当机，持续迷茫中。

时阑幽怨地开口："掌柜的，你要证明我的清白啊！谢大侠以为我对你做了什么非礼之事，天地良心，我不是这样的人！"

碧璃气喘吁吁地站到杜小曼身后，杜小曼转身问她："怎么回事？"

碧璃的脸涨得通红，含糊地说："因为……公子你哭着跑回自己的房间，我们不知道发生了什么……我去和绿琉姐姐说，恰好谢少主就来了……"

杜小曼恍然明白，她和时阑在纱帘中说了半天话，之后又到了时阑的房中，再然后她哭奔回自己的房间，在外人看来，就是时阑对她做了什么不道德的事。

她的脸顿时像铁板烧一样滚烫，斩钉截铁地说："没这回事。我当时在和时阑谈很重要的事情，绝对不是那啥……"

谢况弈眯起眼，一脸怀疑。

时阑扯动嘴角："谢侠士，你不相信在下，总该相信掌柜的吧。"

杜小曼走上前去夺谢况弈手中的剑："谢少主，这事绝对是个误会，我现在有非常要紧的事情找你，我们去后面小楼的静室谈可以吗？"

谢况弈顿了顿，握剑的手总算松开。

时阑长吁了一口气："谢天谢地，奇冤得雪……"

谢况弈冷冷哼了一声，杜小曼匆匆带着谢况弈到了后面的小楼，找了间没人住的静室。

锁上房门，谢况弈双臂环在胸前，脸黑得像万年老铁锅的锅底："你最好留神避讳一点，你虽然扮成了男人，总归不是个男人。今天就算没有那回事，惹人说了闲话，也不太好。"

杜小曼抬起手："OK，谢少主，谢谢你，我下次会留意。但是我和你谈的这件事，非常重要，不能在这种问题上太计较。"

谢况弈冷冷道："不是说你我现在，是说之前你和那个时阑。"

谢少主的三纲五常模式全开，杜小曼绕过这句话，直截了当地说："今天中午，宁景徽约我去吃饭。"

谢况弈的脸色更难看了："怎么还有宁景徽？"

杜小曼摊手："这顿饭算是右相大人的审讯餐吧，他知道了我是唐晋婳，也知道我晓得他、裕王和十七皇子的身份。他问我是怎么知道的。他可能……把我当成了月圣门的人。我们在来杭州的路上就遇见过宁景徽，如果是这样的话，那么他从一开始就掌控着我的一举一动，而且我还连累你变成了我的同党，也就是月圣门的同党。"

说到这里，谢况弈的脸色居然和缓了一些。

杜小曼接着说："我和时阑就是在谈这件事，他提醒了我宁景徽找我的用意，还有我户籍办理上的疏漏。"

她索性从月圣门要招她入伙说起，把和十七皇子的谈话、宁景徽的饭局，所有的内容统统都告诉了谢况弈。谢况弈的脸色顿时又黑了，和她之前料想的一样，暴跳如雷。

"蠢！太蠢了！猪的心上都比你多长了一个窟窿！宁景徽是套你话，时阑何尝不是？你等于把老底都兜给他了，你知不知道！带着两个京派十足的丫鬟，不明白户籍怎么上，手里的银子多到能不眨眼地买下一座酒楼，认识本大侠，被月圣门招安，被宁景徽盯梢，裕王和十七皇子还时不时地来看看你，你说你还能是谁？要不要在脑门上写着'唐晋婠'三个字到街上跑啊？！天下人总有相似，宁景徽和十七皇子定是不能确定你的身份，才会当面和你谈，诈一诈你。你先被那皇子诈出了实话，到了宁景徽面前又编什么一听就是发疯的谎话，你的丫鬟都不信，你用这套话来骗右相？这就罢了，可能宁景徽为了查月圣门，不会立刻通知你的夫家，你还可以趁机再逍遥几天。你倒好，回来又和那姓时的说。我提醒过你，他不简单，你要小心他，你的耳朵长到哪里去了？！说不定宁景徽还没有点破你的身份，姓时的已经给慕王府报信领赏了！"

杜小曼昏头涨脑，双耳嗡嗡作响。

谢况弈一把扣住她的肩膀，咬牙切齿道："我从来没指望过女人长脑子，但你连不长脑子的都不如。不但无自知之明，还自作聪明。你就是属虾的，一脑子大粪！"

杜小曼恨不得挖个洞把自己埋起来。

谢况弈松开她的肩膀，一手按住额头，一手叉腰，如动物园笼子里狂躁的大猩猩般走来走去。

杜小曼怯怯地说："如果，事情无法挽回……我想干脆逃到别国去……"

谢况弈停下脚步，瞥了她一眼，仿佛在看一头想跳芭蕾舞的猪："如今，我能把你带出杭州城，就已经不错了。"

杜小曼乖乖闭上了嘴，好吧，她脑残，她的脑子完全跟不上这个时代。

谢况弈用力刨了刨头发："而今之计，只能暂时以不变应万变。裕王和宁景徽目前对你应该会以稳为主，不会有大动作，那个时阑……"谢况弈放下手，俯视杜小曼，满脸严肃，一字一句说，"你听好了，从现在起，你就和平时一样，该做什么做什么，不要表露出任何的异常。我会派人在附近守着，防止姓时的那里有风吹草动。他如果想给慕王府报信，从刚才到现在，应该还没有机会。下一步怎么办，我回头再通知你。"

杜小曼低着头很不安："但……这样会彻底连累你。"

谢况弈又用那种鄙视和无奈的目光看着她："你觉得现在，我就脱得了干系么？"

杜小曼猛点头，不错，她现在和谢少主是一根绳上拴的蚂蚱。她是暂时犯了脑残病的一只，听头脑比较清醒的另一只的是明智之选。

"我明白了，我会按你说的做。"

谢况弈哼了一声："希望你能真的记住了。"

杜小曼收拾好表情和心情，拉开门，像没事发生一样走到前楼。

可她的酒楼中，现在却有大事发生。

此时已近傍晚，原本这个时候，酒楼里会有不少客人，但现在，二楼的雅座空空荡荡，一楼的大厅内，只有一桌人。

杜小曼看着那熟悉的蓝衣白袖，心里咯噔一下。坐在上首的女子向她颔首微笑，正是月芹。

杜小曼捏着一把冷汗，回头瞥了一眼谢少主。

谢况弈眉毛挑了挑，对杜小曼说了一句："我先回去了。"径直下了楼，大摇大摆地走了。

月圣门的几个女子淡然地喝着茶，似乎对谢况弈并不在意。但谢况弈经过大堂的时候，杜小曼明显感到酒楼的温度下降了好几个度，暗含着危险的锋芒。

这就是传说中江湖高手散发出的杀气吧，终于真实体验到了！

杜小曼对着月圣门的人赔起笑脸："呵呵，仙姑们又大驾光临，小店真是太荣幸了！"跟着佯装拉下脸训斥绿琉和碧璃，"怎么能让仙姑们坐在大厅里？赶紧带入楼上雅座！"

月芹含笑道："不必了，我们今天就是随便坐下来歇歇脚。上次喝了杜掌柜推荐的豆浆，味道甚好。听闻杜掌柜的酒楼里有许多新鲜茶饮，我们姐妹正好有些口渴，就进来坐坐。不知道杜掌柜有什么好推荐？"

杜小曼赶紧让绿琉拿来果汁单，月芹点了一杯梨汁，另外几个女子却都皱了眉。

"这是凉的？"

"我胃寒。"

"最近，我不太能吃凉。"

……

这可怎么办好？鲜榨果汁如果加热，味道就会改变。杜小曼在心里叹气，脸上依然笑容满面："那么，小店还有其他惊喜饮品送给仙姑们，请等待一下。"先让绿琉和碧璃上点心干果。

那几个鲜菇脸色都不太好看。

"好吧，快一点啊。"

"最要紧是新鲜点儿。"

"我不大喜欢吃甜的，有咸的吗？"

"我觉得还是甜点儿好。"

……

杜小曼连声应着，快步走到后厨，曹师傅、小三、胜福还有几个新来的小伙计都捏着围裙眼巴巴地看她。杜小曼拍着额头走了几个来回，停下脚步问："曹师傅，后院那头牛，还挤得出奶吗？"

杜小曼从果汁上尝到了甜头，致力于开发新饮品，把脑筋动到了牛奶上。

本朝的百姓日常饮牛乳羊乳，大户人家则是喝鹿奶，还有胡人开店铺，贩卖晒的干酪和奶制糖球。因为杭州城在江南，居民口味清淡，多嫌牛羊乳腥膻，不常直接饮用，只在做菜时稍放一些，做吊鲜之用。

曹师傅祖上并不是杭州人，偏漠北，靠近番邦。当杜小曼前段时间说到想开发牛奶饮品时，曹师傅兴奋不已，立刻拿出祖传的祛腥方法，以及熬制咸奶茶的方法。杜小曼让胜福去市集上买了一头产奶的水牛，养在后院挤奶。杜小曼和曹师傅守着这头牛，互相切磋开发牛奶饮品的技艺。

曹师傅先煮了一锅家传的奶茶给杜小曼尝，将粗茶和奶一起煮，放进盐巴，再稍滴上几滴酒，再鲜美不过，杜小曼差点把舌头一起喝下去。

最后，连嗷嗷叫着绝不喝腥膻之物的时阑都连喝了几碗。

杜小曼这阵子正准备把曹师傅的奶茶选个特别的日子，隆重推上菜单，这次正好让仙姑们先体验体验。

曹师傅听到杜小曼问，立刻回答鲜奶还有很多。杜小曼一面让曹师傅赶紧煮，一面自己着手准备。

她很喜欢喝奶茶，但是只会冲那种先放奶再放红茶的傻瓜奶茶，不过，这种奶茶这儿似乎没有，胜在别致，拿去糊弄糊弄仙姑们，应该绰绰有余。

咸奶茶和甜奶茶，这是两样了，还差点儿……

杜小曼再回忆了一下那几位鲜菇给她的印象和他们的要求，其中的一个女子说话鼻音稍重，疑似伤风了。

杜小曼对曹师傅说："再做个姜撞奶吧。"

饮品都准备完毕了，杜小曼亲自端到鲜菇们的桌上。

月芹看了看托盘中的杯与碗，道："杜掌柜倒是很能花心思。"

杜小曼把咸奶茶给了要咸的那位，甜奶茶给了能喝甜的几位，再把那碗姜撞奶端给疑似伤风的那位。

其他几人都端起杯子尝了尝，都露出了还过得去的表情。

"是奶？"

"里面加了茶？"

"倒是不腥。"

……

其中一位居然对杜小曼点头笑了笑："很别致。"

杜小曼长吁了一口气，那位疑似伤风的却皱起了眉："是奶？腥死了，谁喝这个！还有姜味……为什么她们用的都是杯子，我的却是碗，味道还这么恶心？"

不好，这位偏偏是个讨厌牛奶又讨厌姜的人。杜小曼赶紧解释："我看见仙姑你稍微有些鼻音，想着你是不是伤风了，所以做了这道姜撞奶。"

几位月圣门的女子都对"姜撞奶"这个词露出疑惑的表情。杜小曼解释说："就是把鲜姜剁碎，挤出姜汁，倒一些在碗底，再把牛乳加入糖烧开，晾到八成热，冲进放了姜汁的碗中，牛乳就能凝结成一块。它能驱湿治伤风。牛乳已经去过腥，不膻的，姜味也不重。我不知道仙姑的口味是重是轻，糖放得稍微少了点。仙姑要饮品，我上了这个，的确不太合适，不过我还是推荐你尝一尝，很多根本不吃姜或牛奶的人都爱吃这个。"

刚才称赞过杜小曼的那个女子说："珍娘，他们家的牛乳真的不太膻，你尝尝吧。"

那个叫珍娘的女子犹豫了片刻，拿勺尖舀了一点点送进口中。

杜小曼提心吊胆地紧盯着她，还好，约两秒的空白之后，珍娘的神色慢慢温和，点了点头："是尚可。"

替杜小曼说话的女子笑着伸出勺子："那我也尝尝。"

另外几个女子也都纷纷伸过茶匙。眼前的场景温馨而美好，让杜小曼回忆起和好友们一起去甜品店的情形。月圣门的女人，也会和普通的女孩子一样嬉闹开玩笑。

这样看来，月圣门或许没有传说中那么邪性？

杜小曼笑着说："仙姑们喜欢的话，我这就让厨房再做一些。"

月芹微微颔首："好。"意味深长地看着她离去的背影。

大约半个时辰之后，月圣门的人终于心满意足地飘然离去，又拍下了一锭十两的银锞子。杜小曼拿着银子，觉得有点烫手。

月圣门的人走了之后，酒楼一直没有客人进门，连最捧时阑场的朱员外都没有来。杜小曼有些寂寥，于是早早地关门打烊。

时阑拎着抹布说："掌柜的无须太惆怅，如果仙姑们天天来捧场，一天赚这十两银子，也足够了。"

杜小曼一阵肝火直往上升："那么我的酒楼干脆改成月圣门的食堂算了？我可不干。"

一旁打扫大堂的几个小伙计手颤了颤。

杜小曼一时气闷，拎着草筐去后院喂那头牛。

胜福在后院拦住她，吞吞吐吐说："掌柜的，我们……从来没有对圣教不尊敬的意思，真的。如果能天天服侍仙姑，我非常荣幸。"

杜小曼愣了愣，蓦然反应过来，对胜福说："我没有加入月圣门，以后也不会，放心吧。"

杜小曼拎着草筐走到了牛圈旁，突然觉得有点腿软，就在牛圈边坐了下来。

其实，曹师傅、胜福、小三……这酒楼里的所有人，大概都看出她是个女的了，只有她还一直自以为是地演戏，大家也都配合地没有戳穿。

依胜福的话，他们还都以为她和月圣门有了瓜葛。

杜小曼从草筐里取出一把草，丢给那头水牛，恨恨地自言自语："我看起来就那么像怨妇？我脸上写着怨妇两个字？！"

明明我还很年轻，为什么不猜我是离家出逃的贵族千金什么的？

水牛淡定地叼起几根草，悠闲地咀嚼着。

"是怨妇就一定要与月圣门有关？就没人相信我跟月圣门一毛钱的关系都没有吗？"

一个苍劲的声音幽幽说："老夫信。"

杜小曼吓了一跳，四处张望，左右无人。

圈中的牛抖了抖身体，缓缓开口："小女娃，你今天心不在焉，竟没有看穿老夫的变装？"

杜小曼目瞪口呆地看着牛头掉了下来，牛身上的皮裂开，从一堆可疑的填充物中走出了——萧白客。

牛棚上悬挂的风灯摇晃，萧白客在灯下眯起眼："月圣门的那些婆娘，从未看穿过老夫的易容，而你却能。所以老夫能肯定，你不是月圣门的人。"

呃呵呵……杜小曼一时大脑空白，不知该说什么好。

如果牛=萧白客……

那么，每天挤的奶从哪儿来的？

萧白客接着说："你明明不像有武功，面对老夫时又如此从容，竟连我都看不出你的深浅。小女娃，你到底师承何处？"

萧大侠，我是被你吓傻了，好吗？

杜小曼下巴颤了颤，诚恳地说："我只是个普通的群众。呃，那个，萧大侠，您从什么时候起，变成了这头牛的？"

萧白客一脸满足地问："你没看出来？呵呵，今天傍晚，月圣门的那群婆娘们到来时，老夫就在棚中了。"

傍晚……还好，以前的那头牛不是萧白客。

那我花大价钱买来的牛呢？我的牛！！！

杜小曼脸上的心痛表现得太明显，萧白客道："放心吧，你的那头牛，被老夫迷晕之后，搬到那边的空房中了。"

能够神不知鬼不觉地徒手把一头牛运进空房，萧大侠真是高人。

唉，不知道牛身体里的迷药毒素，对牛奶有没有影响。

对了，杜小曼蓦然想起，晚上，胜福或小三曾经挤过一遍奶来着……那么挤出的是？

杜小曼的下巴抖了又抖，萧白客满足又寂寥地叹了口气："老夫许久没有遇见像你这样有资质的后生了。你如果没有师父，愿不愿意投到老夫门下？我平生从不收徒，对你，可以破例。"

杜小曼当机了两秒钟，一个疯狂的念头从她的脑子里冒了出来。

如果拜萧白客为师，学习到强大的易容术，是不是月圣门、宁右相、慕王府什么的，统统不用怕了！从此可以纵横四海，逍遥江湖？

杜小曼两腿一弯，就要跪下："师……"

一道黑影嗖地扑过来，一把拉住她："萧前辈，她，咳咳，恐怕不太方便投到你的门下……"

杜小曼拼命挣扎，却挣不开时阑的掌握。

萧白客对突然冒出的时阑并没有任何表示，淡然地说："老夫懂了。"深深地望了一眼杜小曼，飞身而起，踏风而去。

杜小曼望着萧大侠的背影流下了辛酸的泪。萧前辈，您别走这么快啊！

萧白客化成了月光中的一个黑点，彻底消失后，杜小曼的手脚才能动了。她转过头，怒视时阑："你从什么时候开始偷听的？"

时阑摇头晃脑地说："幸亏吾拦得快啊，掌柜的，萧大侠的武功不适合你练，真的。"

他走到牛圈中，捡起假牛头和牛皮，从填充物中取出了一个鼓囊囊的皮袋，里面盛着牛奶，就是让萧白客伪装的牛可以挤得出奶的道具。

杜小曼看着那个玩意儿，嘴角抽了抽："为什么不适合我？"

时阑直起身，懒懒地说："萧白客曾经是江湖数一数二的美男子。他起初是以轻功和扇子功著称，江湖绰号玉湖公子。"

数十年前，萧白客在洞庭湖与人一战，当时他一身白衣，凌波踏在水上，月光之下，真是美男如玉，折扇一挥，挥走了一半江湖女人的魂魄。

大胜之后，萧白客到岳阳楼的屋脊上饮酒，还横起玉笛，吹了一支风雅的小曲，于是江湖上剩下的那一半女人的魂也被吹走了。

这些女子为了争做萧白客身边的女人，差点打破了头。不少女子已经嫁人了，她们的相公大都是江湖名宿……于是萧白客就成了江湖男人们心中的公害。他到哪里，都有女子围观，到哪里，都有男人寻仇。萧白客一为了躲仇家，二为了能更自在一些，就开始修炼易容术。

杜小曼寒了一下，实在不能把萧白客那张老脸和时阑所说的祸水美男联系起来。

"谁知道一学易容术，他就对其沉迷不已，渐渐走上了一条不归路。"

易容的物品中都含有一定的药剂，要想固定在脸上，还需要胶水。

在长期的药剂和胶水试验中，萧白客英俊的脸渐渐被腐蚀。他为了改变身形，又开始修炼西域的秘术，学了软骨功、缩骨功等等，对骨骼也有一定的影响。经过多年的努力，萧白客成了天下第一易容高手，也成功完成了从一位玉树临风的美公子到一个猥琐大爷的本质飞跃。

时阑瞥向杜小曼："萧大侠有那般的本钱，都经不住他折腾，他现在的模样，你也看到了。你觉得，你要是练了，会变成……"

杜小曼僵硬地笑了两声："呵呵，我哪有要练？我这个年纪，学啥都晚了，都不好练了呀。话说，时书呆，你知道的东西真不少。"

时阑的神色突然正经了："人生在世，学无止境。大千世界，广博无限。营营碌碌如我等，岂能短视止步乎？"

杜小曼翻了个白眼，走出牛棚。

与酒楼的众人一起弄醒了昏迷的水牛，把牛牵回了牛棚，杜小曼浑身散发着牛气。但她忽然发现，绿琉和碧璃不见了。

难道是在房间里帮她收拾屋子，准备洗澡水？

杜小曼揉揉酸痛的肩膀和手臂，推开自己的房门。

昏黄的灯光中，月芹坐在桌边看着她，唇边挂着笑意："妹妹。"

绿琉和碧璃一动不动地半躺在旁边的椅子上，应该是昏过去了。

杜小曼的火气一下子冒上来，谁是你的妹妹！我宁愿做鳗鱼饭团也不要做干菇妹妹！她压抑着怒气说："芹仙姑，虽然答复你的时间未到，但我已经可以肯定地回答你，我真的无意加入圣教。"

月芹一脸了然地微微颔首："你不愿加入我们圣教，是因为又有了心仪的男子吧，白麓山庄的谢况弈？"

杜小曼立刻否定："当然不是。"

月芹意味深长地望着她："好妹妹，身为过来人，我提醒你几句话，女人喜欢上一个男人的时候，便会心里只有他，想要依靠他，一生跟着他。但当一个女人想一辈子跟着哪个男人时，往往就是她不幸的开端。"

杜小曼无奈地听着，拜托，我跟谢少庄主真的没啥啊，我一直靠自己的好不好？

月芹站起身："妹妹不要不把我这句话当回事，总一天，你会明白的。世人对我圣教多有污蔑误解，但今天你也看到了，我们姐妹之间亲昵友爱，就和亲姐妹一般。我们都是一家人。若有一日，你想要加入圣教，姐妹们都会欢迎你。"

啊，原来今天在酒楼里，月圣门那几位鲜菇的一番友爱场景是作秀宣传！杜小曼顿时像吞了只苍蝇，敷衍地点头："好的，谢谢仙姑。"

月芹走到门边，又道："这两位妹妹只是中了些迷香。为了方便和杜掌柜说话，得罪了她们，对不住了。过一时，她们就会醒了。"

月芹走了大约一炷香之后，绿琉和碧璃才醒过来，两个人都很茫然，以为自己不小心睡着了。杜小曼见她们没事，松了一口气。

夜晚，在哪里都能睡着的杜小曼居然失眠了。第二天，她顶着黑眼圈浑浑噩噩地开工，悲催地发现依然没有客人上门。连那对弹弦子的父女也不见了。

杜小曼纳闷了，月圣门的人又不是第一次来吃饭，为什么上次酒楼照开，生意照做，这次却会是这个结果？

天气热，采买回的食材再不消耗就会变质，杜小曼光想着，就心痛不已。

有两个新来的小伙计不敢找杜小曼，畏畏缩缩去求曹师傅，想要辞工回家。

曹师傅委婉地过来告知杜小曼，杜小曼摆摆手："想走的话，就走吧。过几天酒楼缓过来了，我们再招新人也就是了。"让时阑给他们结算了薪水。

到了中午，还是没有客人登门，杜小曼说："以往客人多的时候，我们都顾不上好好吃午饭，要么就是在厨房随便吃点，今天刚好没人，我们在大堂吃！"

一道道菜端上桌，杜小曼去后厨招呼大家过来吃饭。几个小伙计抖索索地说："掌柜的，饭就不必了，我们家里也有些事情，不知道能不能……"

杜小曼僵了三秒钟，点点头："好，等吃完饭，我让时阑给你们结算工钱。"

最终，在桌上吃饭的只有杜小曼、绿琉、碧璃、时阑、曹师傅、小三和胜福。

坐在空荡荡的大厅里，好像一切都回到了酒楼刚要开业的时候。

时阑笑嘻嘻地夹菜："这个滑鲶鱼片做得甚好，嗯嗯，鲜极，妙极。掌柜的，你也来一块尝尝？"

杜小曼悻悻地说："我自己会夹。"

时阑遂夹起一大块鱼片又放进自己碗中："掌柜的，现在的情形，是必然的。不单今天，恐怕明天、后天，酒楼依然不会有客人来。"

杜小曼闷不吭声地扒着饭，绿琉忧心地看着她，碧璃则狠狠地瞪了时阑一眼。

曹师傅打了个哈哈："鲶鱼片好吃吗？我还以为姜放多了，呵呵……"

时阑咽下一口鱼肉，接着道："其实客人不敢上门，可以体谅。谢少庄主在酒楼里进进出出，整个城里的人都知道这家酒楼是被白麓山庄罩着的，所以掌柜的你开张许久，从没人敢来找茬砸场。但月圣门的人昨天在这里吃饭的情形，很明显是对掌柜的你另眼相看了，白麓山庄又是月圣门的宿敌，不管月圣门是想拉拢你，还是要与白麓山庄正面交锋，这座酒楼都已成危险之地，平常的老百姓自然不敢再来凑热闹。"

原来如此，怪不得酒楼重装之前月圣门的人来吃饭没事，这次来吃这顿饭却有问题了。

时阑把话挑明了说，堂中的尴尬气氛反而消退了很多。

杜小曼无奈："就算知道原因，也找不到办法解决。酒楼要是一直没生意，怎么办？"

这次时阑却不说话了，曹师傅又打哈哈道："人总是健忘的，说不定，过几天就好了……"

吃完饭，杜小曼没精打采地到空荡荡的二楼坐着，时阑挑起纱帘，拿着一块软布擦琴："掌柜的，这家酒楼反正你也不会开下去了，何必在意这两天的生意？"

杜小曼一惊，猛地抬头："谁说的？"

时阑截住她的话："掌柜的你被月圣门和右相同时盯上，最好的办法就是离开杭州，恐怕曹师傅他们都要重新找事做了。"

杜小曼捂住额头："我不想走。"

对，她连逃到番邦去都想过，但是这家酒楼是她花了心血一点点做起来的，也是她来到这里之后真正意义上的一个家。相处了这么些天，曹师傅他们都像她的家人一样，她不想丢弃。

想当初她雄心壮志开了酒楼，梦想着能够赚大钱，好好做生意，原来梦想只是梦想，现实就是一根冷酷的大棒槌。

时阑弯着桃花眼，笑嘻嘻地说："其实，眼下有一个好办法。谢少庄主与掌柜的看起来郎情妾意，假如你嫁给了谢况弃，自然证明你不恨男人，那么月圣门就会放弃你，宁右相也不会盯着你了，岂不两全其美？白麓山庄在杭州城有不少生意，掌柜的你做了少庄主夫人，可就不只有这一家酒楼了，你想开多少家玩，就开多少家。"牙齿露得更多了些，"说不定，区区还能混到一个二掌柜做做。"

杜小曼感到头顶有乌鸦飞过："哈，哈，你还能更扯一点么？"

她和谢况弃只是纯洁的革命友谊，什么时候郎情妾意了？

时阑正色："我说真的，你一个孤身女子在外面，总不是个办法，总要找个男子做依靠。"垂下眼帘，手指一拂琴弦，"谢少庄主，其实挺不错的。唉，我可是卖身给你了，如果你总不嫁人，很可能我就是候补啊。"

为什么女人非要找个男人做依靠，难道就不能靠自己？

杜小曼懒得和他辩解，站起身："放心吧，我嫁过人，还没和离，再嫁就是重婚，是不会残害你这良家少男的。"

你不是已经猜到我是唐晋嫚了？还假惺惺废什么话！

她眼前一花，蓦然多出一堵人墙。刚刚还坐在椅子上的时阚，居然挡在了她面前。

"掌柜的嫁过人？"他低头看她，桃花眼中的光芒闪烁不定，"我看不像。"

杜小曼打了个哆嗦，汗毛直竖，猛地后退一步，就在这时，楼下传来了嘈杂声。

二楼的隔音效果如此好，还能传到楼上来……杜小曼不及多想，快步奔到楼梯处，楼下的大厅中，站着几个衙役打扮的人。

"少废话，把你们掌柜的叫出来！"

杜小曼脑子嗡地一响，两手发凉，慢慢走下楼梯。

为首的官差抬头看见了她，横着眉毛问："你就是酒楼的老板杜晓？"手中的镣铐一扬，"和我们回府衙一趟。"

杜小曼听见自己的声音僵硬地说："几位官爷为什么抓我？"

那为首的官差道："朱宝桂朱员外，你认识么？"

杜小曼点头："朱员外是我们的老客户，经常来吃饭。"

那官差冷冷道："昨天夜里，朱宝桂暴毙在家中，疑似被害。杜掌柜，和我们走一趟吧。"

杜小曼的脑子一蒙。

朱员外……死了？

这是她第一次遇见不久前还活蹦乱跳的人突然就没了，一时间不能接受。

杜小曼其实一直挺喜欢朱员外，他只是有些附庸风雅，但付钱爽快，从不挑三拣四，也不拿架子，不对小伙计使脸色，比一些文绉绉的老爷好伺候得多。他一到店里，小伙计都争着去服侍他那一桌。

怎么会好端端的就……

那官差看了看僵住的她："另外，你们酒楼中有位琴娘，是哪一个，我们也要带她回府衙。"

杜小曼还没来得及回答，她身后时阑道："几位官爷，弹琴的是区区。"

几个官差的神情都变了变。

时阑走到杜小曼身边，恭恭敬敬一揖："因店中一时没有找到琴娘，故而先由区区弹琴，以纱帘遮挡，许多人以为区区是个女子，实则谬误也……"

那官差不耐烦地一挥手："什么蛐蛐蝈蝈的，一起带回衙门！"

几个官差一拥而上，往杜小曼和时阑身上套上锁链，推搡出门。

绿琉和碧璃扑上来阻拦，却被官差们推倒在地。

杜小曼第三次踏进杭州府衙，却是第一次上公堂。她跪在堂上，心中百味杂陈。

为什么朱员外会死？为什么她会变成疑犯？凶手到底是谁？难道和月圣门有关？

时阑昂然不肯跪："吾是读书人，可见官不跪。"捕快在他的腿弯处踹了一脚，正要把他按倒在地，鼓声三下，周围衙役高呼威武，一个身穿红色官服的人从屏风后转出——知府大人升堂了。

时阑到底还是被按着跪倒在杜小曼身边，杜小曼偷眼去看那位知府大人，吃了一惊，脱口道："原来未成年也能做知府。"

端坐在堂上的红衣官员，官帽之下，赫然是一张无比年轻的娃娃脸。长眉明眸，玉肤红唇，脸虽然绷得紧紧的，仍尤带稚气，看起来最多十六七岁。

啊啊啊，这个朝代太彪悍了吧，惯出美男神童的吗？一个美青年右相，还有个美少年知府，皇帝的眼光太好了！

时阑悄悄用手肘撞撞她，低声道："牛知府年已近而立。"

杜小曼倒抽一口冷气，两眼发直地看着牛知府。不可能吧，这张脸说十八都嫌大，居然快三十了？

时阑再小声说："谨慎，谨慎，牛知府最不喜欢别人说他看起来小，你我要倒霉了。"

堂上的牛知府神色又冷峻了几分，一拍惊堂木："堂下二人，哪个是不二酒楼的掌柜杜晓？"

杜小曼连忙说："是我。"

时阑悄声提点："知府大人面前，要自称草民。"

牛知府冷冷向他一瞥："本府未曾问话者，不要叽叽咕咕。"

时阑一脸恭敬："学生时阑，知错了。"

牛知府无视了他，又皱眉问堂下的捕快："本府让你们拿不二酒楼的琴娘，为何没带来，却有个不相干的人？"

捕快答道："禀大人，那个男的，就是琴娘。"

牛知府的眉皱得更紧："据本府查得，朱员外每天去不二酒楼，是听一名女子弹琴。"

杜小曼指向时阑："那名所谓的女子就是他。我，草民为了赚钱，让他在纱帘里弹琴，如果知道了他是男人，还是我店里本来就有的小伙计，来听曲的人就没那么多了，所以……我们就没有说他的性别，是朱员外把他当成了女子……"

时阑接着说："杜掌柜所说，句句属实。全酒楼的人都能做证。"

牛知府的双唇动了动："来人，验看他是否是男子。"

几名精壮衙役走上前，把连呼不要的时阑拖出了公堂。

约二十分钟之后，时阑又被拖了回来，头发稍有凌乱，衣襟微敞，衙役们肯定地禀报："大人，小的们把他扒光了仔细查过，的确是个男的。"

杜小曼同情地看了看时阑。

牛知府微微颔首，俯视堂下："昨天晚上，你二人身在何处？"

果然不管在什么年代，判案都要问疑犯这些问题，有没有不在场的证明，有没有时间证人。

杜小曼底气十足地说："昨天草民的酒楼没什么客人，很早就关门休息了。全酒楼的人都是我们的证人。"

牛知府冷冷道："酒楼中的人，皆是你的伙计，他们的证词，不足以让本府相信。除此之外，还有无其他人证？"

有……萧白客。问题是，要怎么联系萧大侠？

牛知府看着杜小曼呆滞的脸："那就是没有了？本府看你脸色黯淡，眼中有红丝，眼外有黑晕，可不像很早就睡了。"

杜小曼道："我失眠了。"

牛知府冷笑一声："还有那时阑，你脸上的伤，应是斗殴留下的瘀伤，痕迹清晰，伤不过两日，伤从何来？"

杜小曼张了张嘴："那是被谢……"

牛知府截断她的话："本府还有一个问题想问，杜晓，你与那月圣门，有什么关系？"

没有关系！！！

杜小曼急了："知府大人，我真的和月圣门不熟！她们来我这酒楼吃过两顿饭而已！你们官府把月圣门惯得在杭州城横着走，人人都怕，喊她们仙姑，仙姑登门我哪敢不招待？我开门做生意，怎么能赶客人？这也有罪？"

牛知府再冷笑一声："是吗？"屏风后忽然闪出一个蓝衣山羊胡的中年男子，在牛知府耳边低语了几句。

牛知府神色越来越黑，最终冷冷一瞥堂下，一拍惊堂木："今日先审到这里，且将这两人暂时收押，退堂！"起身匆匆走向后堂。

时阑和杜小曼被衙役们牵着，到了州府的大牢中。牢里阴暗潮湿，一股股恶臭让杜小曼几欲作呕，她心中无限苦逼，无限凄凉。

这几天咋就这么倒霉呢？接二连三出状况。这回好了，成了杀人嫌犯，还坐牢了。看那个牛知府一脸"凶手就是你"的样子，说不定就这样给她定罪了，她就要变成这个朝代的窦娥了。

这是什么糟烂的命运啊！肯定是北岳帝君在天庭使绊子！玄女娘娘，拜托你和小仙女们给力点啊。

就算不做怨妇，我也不要做冤死鬼！

衙役把杜小曼和时阑推进最尽头的一间空牢房中，杜小曼满心悲愤，忍不住发牢骚："朝廷选官员，就不能不看脸，选几个实干的吗？又不是搞偶像团体，要美男有个鬼用，一个个只会判冤假错案！"

宁景徽、牛知府，一个两个都看不清事实，只会想象脑补！看看萧白客，多么睿智的伯伯！看来眼神和分析能力，还是要岁月的沉淀和磨炼！小白脸，不行。

时阑被那道检查打击得很深，说话的声音有气无力："牛瀚古，是个意外，朝廷本来也不想的……"

杜小曼发现，时阑和游戏里的NPC一样，有爱讲八卦的癖好。

比如现在，他从地上爬起来，坐到草堆上，又开始滔滔不绝地给她讲牛知府的八卦。

"当年，一个宁景徽少年得志，十几岁被点为状元，升迁又快，许多大臣都有非议，那些读书读到胡子都白了的人也说，朝廷爱少年，他们寒了心，所以皇上打算提拔些年岁稍长的人，做做均衡。唉，像我这种年轻的读书人，就这么开始倒了霉。"

宁景徽中状元之后的几届科考，皇帝都吩咐审卷的官员，挑选那些笔迹成熟、文字沧桑的卷子，凡是字里带着稚气，文中透着青春气息的，一概弃之。

在某一届，审卷官奉命择卷，发现了一张字迹特别旧派、文章尤其陈腐的卷子。论证有据，条理清晰，引经据典，无不古板，似乎还透着一股经年不得志的愤愤之气，遂大喜，当即把这张卷子呈到御前。皇帝打开，顿觉一股老迈沧桑之气扑面而来，打开封条，见卷子上的名字叫牛瀚古，亦充满了老学究的气息，立刻提起朱笔，亲自点选。

到了殿试的时候，皇帝发现，一群沧桑的中老年里，居然站着一个嫩嫩的少年郎，不禁大惊："你是何人？"

那少年端端正正答道："淮南郡试子牛瀚古。"

杜小曼不禁说："真是个悲剧。"

殿试的时候，皇帝稍微安慰地发现，这个少年虽然长得嫩，其实已经及冠了，还有一颗沧桑的心，一派陈腐带酸的言辞，居然压倒了大多胡子一大把的中年。最终，皇帝不得不叹服地给了他个榜眼。

时阑叹了口气："那牛瀚古是命好，像吾这种既不迂腐，也不古板的少年才子，就只能郁郁不得志矣。"

杜小曼怎么听，这句话里都含着深深的嫉妒。

她安慰时阑："不要紧，人总会老的。再过几十年，你就有机会了。"

时阑一脸悲愤地看了看她："对，掌柜的，你也不用担心，我们肯定不会在牢里待太久，宁景徽既然怀疑你，对你的动向自然了如指掌，一定会派人暗中监视酒楼，你昨晚有没有出去杀人，他最清楚。"

杜小曼不解："那为什么牛知府还抓我？"

他难道不是宁景徽的手下？难道不是宁景徽命令他在户口问题上放她过关？既然宁景徽知道她昨晚没有离开酒楼去杀人，为什么姓牛的还要把她抓到衙门审讯加蹲监狱？

时阑再叹了口气："牛知府的脾气和他的姓很像，那位宁右相，可能不大能拿得住他。"

牛知府去年年底刚刚调任杭州知府，之前一位知府疑似与月圣门有勾结，被朝廷找个借口撤了，调来了作风凌厉的牛瀚古。但是，现在朝廷可能有点后悔，因为牛瀚古激进且不服从上级调派，常常自作主张，还质疑朝廷太放纵月圣门，据说已经磨刀霍霍，准备端掉月圣门的老巢。

裕王、十七皇子、宁景徽三巨头一起秘密驾临杭州城，大约也是为了压制蠢蠢欲动的牛瀚古，让他不要打草惊蛇，坏了朝廷的灭邪教大计。

杜小曼听得一愣一愣的。原来朝廷做个事，也这么曲折精彩。时阑到底是什么来历呢？居然能把江湖的秘闻和朝廷的八卦都了解得这么清楚。

时阑道："掌柜的，假如是宁景徽让牛瀚古放你上了户口，那牛知府心中一定早有不满，这次便是故意把你抓进衙门。公然在堂上问你是否和月圣门有瓜葛，他一定认定你与命案有关，此举也是和宁景徽较劲，但有宁景徽在，他就动不了你。"

真复杂……杜小曼听得有点晕。

正在此时，牢房外响起脚步声，他们谈论的主角站到了牢房外。

杜小曼看见那大红的知府官服，大喜。难道时阑的分析这么快就应验？牛知府是来放他们的？

她欣喜地向外望，正对上了牛瀚古毫无感情的视线。

牛知府的身量其实颇高，但那张娃娃脸在昏黄的灯光里显得更稚嫩了。他向牢中看了看，转头问身边的狱卒："为何把这二人关在了一间牢房？"

狱卒道："未得大人发话，小的不敢擅做主张，便把他二人暂时关在这里。"

牛瀚古淡淡道："一个继续关着，另一个带到女牢房。"

狱卒取钥匙开锁，杜小曼站起身抗议："有没有搞错啊，你们不是把他扒光检查过了吗？怎么还要带他去女牢房？"

牛瀚古看都懒得看她："不是他，是你。"

狱卒抖抖手里的铁链："小姑娘，走吧。"

好吧，我是女扮男装的全世界都能看出来！杜小曼认命地摸摸鼻子，出了牢房，被狱卒牵到了另一个小牢房。

单人单间，牢里还有床铺木桌小板凳，床铺上还有凉席薄被，墙角的恭桶前被一块木板挡住，比较干净，没什么臭气。

这就是女牢房和男牢房的区别？好像待遇是好一点。

杜小曼四处打量了一番，在床上百无聊赖地坐了许久，摸摸咕咕叫的肚子，等一下应该就能尝到牢饭是什么味道了吧。

牢门锁链又响了，杜小曼抬头，走进牢门的人，是宁景徽。

宁右相站在这污秽的大牢里，依然像一幅淡雅的江南水墨画，杜小曼殷切地看着他，似乎在他的脑后看到了光圈。

她在心中痛哭流涕："右相，你可来了！"

宁景徽温和地看着她，歉疚地道："让你受委屈了。"

杜小曼的内心澎湃得更厉害了，连声音都有点哽咽："不要紧，能出去就行！"

宁景徽向她伸出手："走吧。"

宁景徽牵着杜小曼的手，带她走出大牢。杜小曼在走道里站住："时阑和我一样没罪。"

宁景徽微微笑了笑："他已经出去了。"

呼，那就放心了。

宁景徽的手又握得紧了些，他的手修长温暖，莫名有种安定感。杜小曼的心不禁怦怦跳得飞快。

这种反应太花痴了，她很鄙视自己。一出牢房，她就赶紧把手抽回来，结结巴巴说："谢谢你，知道我不是杀人犯，放我出来。那……我先走了。"

宁景徽却拦住了她："后园备了饭菜，略做洗漱，吃完后再走吧。"

杜小曼低头看了看身上，是哦，被抓到官府这一路，再加上进牢房，她现在浑身散发着牢房的臭气，想来头发也乱了，脸也花了，肯定超级不成样子。

唉，宁右相真是个体贴的君子啊！

她点点头："好啊，太感谢了。"

等继续走时，她才发现，原来宁景徽从另外一个门带她出了牢房，绕过几道高墙，跨过戒备森严的层层院落，竟然走到了知府衙门的后衙内院。

牛知府一身便服，黑着脸站在院内，看见宁景徽带着杜小曼走来，哼了一声。

一个温柔美貌的丫鬟带着杜小曼到一间静室中，取香汤让她沐浴。

又有几个丫鬟捧着衣服钗环进来，福身道："未能找到适合姑娘穿的男装，就备了女装，姑娘莫怪。"

丫鬟们帮杜小曼更衣梳发，还稍微擦了点脂粉，淡粉的薄裙配着藕色的纱衫，当然比不上杜小曼在慕王府穿的那些衣服，但料子舒适轻软，杜小曼觉得更舒服一些。

收拾完毕，她已经饿得前胸贴后背了，还好丫鬟们撤下沐浴用品，立刻就上了饭菜，杜小曼两眼冒着绿光，向着一笼晶莹剔透的蒸饺扑了过去。

刚把饺子塞到嘴里，房门哐地开了。一道人影迅捷无比地扑向杜小曼，一把揪起她："走！"

杜小曼咬着饺子傻了，这这这这这怎么是谢况弈？这个场景是他应该出现的吗？

她含糊地唔了一声，嘴里的饺子吧嗒掉在地上，她挣扎了一下："你怎么……"

谢况弈脸阴得像世界末日："你这个蠢女人，一天不看着你，你就能出事！赶紧跟我走！"

门外侍卫们已经赶来，兵器乌泱乌泱指着他们，很明显谢少主不是通过正常途径进来的。

谢况弈把杜小曼往背后一甩："抓紧了。"噌地抽出雪亮亮的剑，就要往外冲。

就在此时，一个声音道——

"且慢。"

举着兵刃的侍卫分开，宁景徽慢慢走上前，含笑道："谢少侠来接杜姑娘，不妨吃了饭再走。"

谢况弈简短地说："不必了，衙门的饭，不好吃。"

宁景徽依然好脾气地道："也罢，那我就不强留了。"抬抬手，让侍卫们都退下，"两位请自便。"

谢况弈抓住杜小曼的胳膊，拖着她大步走到院中。

突然，暮色中遥遥传来一声惨呼："来人啊！大人！大人——"

宁景徽敛去笑容，向某个方向赶去，嘈杂声更响。

"快追！""请大夫！""别追了！快请大夫！"……

杜小曼隐约觉得有大事发生："衙门好像出事了。"

谢况弈皱了皱眉："过去看看。"

杜小曼和谢况弈朝着宁景徽去的那个方向跑，只见院中侍卫婢女小厮东跑西撞，宁景徽从地上扶起一个人，那人僵硬地瘫在宁景徽的胳膊上，左胸插着一把匕首，身上一片血迹。

是不久前还好端端的牛瀚古。

谢况弈道："匕首上可能有毒！别乱动他，让他平躺，快叫大夫！"待要上前，却被侍卫阻拦。

宁景徽将牛瀚古小心平放回地上："放这位侠士和那位姑娘过来。"

谢况弈上前，俯下身，点了牛瀚古胸前的几处穴道。一个胡须花白的老大夫佝偻着脊背提着药箱气喘吁吁地赶到，谢况弈伸手："布。"

老大夫愣了愣，终被谢况弈的气场震慑，从药箱中取出净布。

谢况弈又道："止血药。"

老大夫立刻再递上药瓶，谢况弈把伤药撒在布上，按住牛瀚古的伤口，一抬手，干净利落地把匕首拔了出来。血立刻染透了布，是暗黑色的。老大夫赶紧上前再换药，用新备好的布按住。

谢况弈把那柄匕首放到鼻子前嗅了嗅，冷笑："月圣门的恨饮香，官家养的好圣教！今天行刺了知府，是不是要等他们进皇城把刀子架到龙椅上，朝廷才管？"

宁景徽站起身，杜小曼初次在这位右相脸上看到了肃穆的神情。

他看着谢况弈，极慢、极清晰地道："一定会管。若不除月圣门，国中便无律法，世间便无公道，朝廷便不是朝廷。但今日牛知府遇刺，凶手是何人，还需要查证。"

谢况弈冷笑道："万幸那个刺客准头不好，希望阁下言能符实。"拉起杜小曼，大步离开。

宁景徽缓声道："来人，送两位贵客到后门。"

谢况弈带着杜小曼大摇大摆从知府宅邸的后门离开，登上了一辆马车。

果不出杜小曼所料，进入车中之后，谢况弈再度狠狠教训了她一顿。杜小曼很委屈，这件事真的是从天上掉下来的，谁会嫌自己死得不够快，跑去做杀人嫌疑犯，还蹲大牢？

谢况弈眉毛拧得像麻花一样："如今事情越来越复杂，你留在杭州只能越来越危险。这样吧，你回去收拾收拾，趁着牛知府遇刺，知府衙门顾不上我们这边，今天半夜，我看能不能把你送出杭州。"

杜小曼惊了一下，迟疑说："有些太快了吧？"对上谢况弈鄙夷的视线，乖乖闭上了嘴。

谢况弈又道："我一早就反复提醒过你，宁景徽，还有你那个伙计时阑，都不是等闲角色，你偏偏就是和这两个人牵扯不清。"

杜小曼赶紧岔开话题："谢少主，你今天太冒险了。其实以你高超的武功，悄悄地、不惊动任何人地把我弄出去，肯定没问题，何必光明正大地得罪官府呢？"

谢况弈冷笑："我本好言好语，找了那牛知府请求探监，他却端什么刚正不阿的架子。"

谢况弈带着重礼去找牛知府，牛知府说杜小曼是要犯，不准谢况弈探视，还说谢况弈送礼叫行贿，含沙射影地问谢况弈有没有和月圣门勾结。谢况弈怒火中烧，遂闯进大牢晃了一圈儿，结果那时候杜小曼已经被宁景徽带出了大牢。

谢况弈见她没回酒楼，又找了一圈儿，抓住一个侍卫，问出杜小曼进了知府宅邸，就闯了进来。

"既然你没罪，我去接人，你为什么要躲躲闪闪？"

杜小曼默默地擦了擦冷汗，好吧，低调不是谢少主的风格，他其实还是想闯牛知府的家泄愤吧。

谢况弈道："不过，那刺客武功不俗。推算时间，我到知府大宅的时候，他应该也到了，我竟然没有发现他。"

杜小曼小声说："我听宁右相话里有话，他该不会怀疑你吧？"

当时宁景徽看着谢况弈说话时那个表情，那个气场，喔喔，果然右相就是右相啊！

谢况弈一脸不以为然："宁景徽不至于如此愚蠢吧，我是那种刀上抹毒的下三烂小人吗？更何况，如果是我动手，牛瀚古还会有命在？"

马车停了一停，谢况弈掀开窗帘看了看，脸色不太好看："满城戒严。"

杜小曼立刻再建议："要不然离开的事先缓一缓？牛知府遇刺，三个大人物都在杭州，可能城里戒备会更森严。"

谢况弈放下帘子："也罢，我先摸一摸轮值的兵卒数目和日程。"

杜小曼松了一口气。

回到酒楼，哭花了脸的绿琉和碧璃扑上来抱住杜小曼，曹师傅、小三和胜福也擦着眼角说："我们都说，掌柜的吉人自有天相。"

杜小曼歉疚地说："不好意思，我一直扮成男人，骗了你们。"

胜福摸摸后脑，咧咧嘴："其实我们早就看出来了，掌柜的一个女子做生意不容易，换换装束是能更方便一些。"

曹师傅和小三附和："是啊，是啊。"

杜小曼摸摸胃部："曹师傅，有饭吗？我快饿死了。"

曹师傅忙猛点头："有、有。"奔向后厨。

绿琉和碧璃哽咽着擦擦眼睛："我们去烧水，让姑娘重新沐浴，去去晦气。"

狼吞虎咽解决掉了一大碗面两盘菜，杜小曼满足地打个饱嗝，这才想起一件事。

"时阑呢？"

其他的人面面相觑。

"他也被放出来了？"

"我还以为只有掌柜的被放了出来。"

"怎么不见他人？"

……

奇怪，宁景徽说时阑在她之前出狱了，应该不是说谎，为什么现在还看不见他？

小三和胜福自告奋勇去街上找时阑。到了半夜，却依然没有时阑的踪影。

绿琉和碧璃烧了洗澡水，放进了柚子叶，杜小曼又重新洗了个澡。替她梳发的时候，绿琉说："赶明儿用谢少主送的那块料子做套衣裳，姑娘还是穿女装好看。"

杜小曼正在想别的事，随便嗯了一声。

终于可以睡觉的时候，杜小曼又睡不着了，明明很累，很疲倦，但心中总是有一股莫名的不安，让她辗转难眠。

她隐约觉得，最近发生的事，哪里有些不对劲。她正处在一个黑洞般的旋涡边缘，稍不留神，就可能被旋涡卷住，陷入无底深渊。

杜小曼做了一个长长的梦，醒来时日悬中天，已是晌午了。

杜小曼走到院中，竟看见时阑拎着奶桶对她微笑："掌柜的，今天起得有点晚啊。"

杜小曼诧异："你什么时候回来的？昨天跑到哪里去了？"

时阑叹息道："唉，先被谢少主冤枉，又有牢狱之灾，吾想最近连走衰运，可能是陷在红尘俗世中太久，于是就到城中的夫子庙中静坐了一宿，涤荡心绪。"

杜小曼当然不信，反正时阑也不会说实话，她就没有再问，只说："回来了就好，记得去谢谢胜福和小三啊，他们很担心你，昨天去找你找到半夜。"

时阑一脸感动，又感伤地叹了口气："唉，可惜掌柜的不担心我。"

杜小曼挑了挑眉，没理他，径直去前楼了。

今天还是没有客人。

杜小曼和时阑蹲了一回大牢，越发没人敢来吃饭了。

杜小曼对绿琉和碧璃说了最近可能要离开杭州的事情，出她意料之外，绿琉和碧璃竟然非常赞同。

绿琉说："杭州城太乱了，早应该做此决定，只是又要麻烦谢少主了。"

碧璃眨着眼睛问："那么郡主，离开杭州的时候，要不要带着时阑？他不是签了卖身契给你吗？还有，酒楼怎么办？"

杜小曼说："还卖身契呢，时阑不把我卖了算好的。这件事千万不能让他知道。至于酒楼，我另有处置。"

碧璃点头。

杜小曼认真地思索，如果真的必须离开杭州，酒楼带不走，也不方便卖，索性就送给曹师傅他们吧，就算开不下去了，他们把酒楼卖掉，至少也能赚点钱。

那么临走之前，是不是需要先写一张把酒楼转让给曹师傅他们的契约？唉，她又不怎么会写繁体字，也不知道契约的具体格式。

想到这里，杜小曼烦恼地抓抓头。

就在她为出逃做打算的时候，谢况弈那边，竟然就一直没了消息。

杜小曼捏着汗等了两天，谢少庄主既没有出现，也没有派人传信。她憋不住出去逛了逛，却一无所获。既没有碰见宁景徽或者裕王和十七皇子，也没遇到月圣门的人。

牛知府遇刺的当晚，城中森严的兵卒防卫也都撤下了，此时的杭州城，和以前一样热闹。

但杜小曼有点惴惴不安，根据她多年看电视剧和小说的经验，越平静，就越说明有大事要发生。

中午时，酒楼的众人又坐在空荡荡的大厅中吃饭，门嘎吱一响，杜小曼猛转头，原来只是风吹动了门扇。

午饭后，时阑在两座楼之间的悬廊上喊住了杜小曼："掌柜的，你这几天都没有精神，是因为那位谢少庄主没登门？"

杜小曼暗暗警惕地看着他："哦，谢少庄主啊，不管他还是别的谁，我只想酒楼里有个客人就行了。"

时阑道："掌柜的心里琢磨着生意，是件好事。假如你觉得酒楼不好开，关门了，甚至是不想在这城中待了，可有些麻烦。"

杜小曼假装迷茫地说："啊？怎么了？"

时阑笑了笑："最近杭州城应该不太好进出，掌柜的你如果想要出城散心，最好也往后延一延。"

风吹动他头上的发带，他侧首看了看廊外："今天是十五，今晚杭州的月，一定很美。"

这晚杭州的月，的确很特别，杜小曼一辈子都不会忘记。

这晚的月亮，是红色的。

诡异的红色圆月高悬在夜空，半边杭州城的天比月色更红。

因为地上火光的映照，因为那些流出的血。

杜小曼都不知道怎么就突然打起来了。

眨眼之间，她听到行人奔逃的脚步声，听到了士兵喝令百姓回到屋中的通知。曹师傅和小三、胜福搬着桌椅，紧紧顶住了门窗，门外兵刃相交声、厮杀惨呼声好像翻涌的钱塘潮，不断涌进杜小曼的耳膜。

胜福颤声说："朝廷的兵马在剿灭月圣门，杀的全是女人。"

杜小曼到后院找木条，钉窗户用。牛棚中的水牛哞哞叫，杜小曼走到牛棚边，突然，草堆里伸出一只手，抓住了她的衣襟。

杜小曼吓了一跳，连尖叫都忘了。昏黄的灯光下，手的主人爬出了草堆，竟是月芹。

月芹浑身是血，身上的衣衫破损，勉强挣扎着撑起身，一只手紧紧抓住杜小曼的裙子，另一只手颤巍巍地抬起："杜、杜掌柜……求……求求你……拿着这个东西……"

杜小曼怔了怔，月芹把那件东西硬塞到她手中。

杜小曼感到手里濡湿一片，她抬起手，手中全是血，一块黑黑的东西躺在她的手心里，好像是一块玉佩。

月芹的喉咙中咯咯地响着："他们、他们灭圣教，是为了灭口，他们要……要……"

话未说完，她的目光陡然呆滞，口中涌出黑血，摔倒在地。

杜小曼听到了身后的破门声、呵斥声、脚步声。刺目的火把光晃花了她的眼，闪着寒光的兵刃全部对准了她。

火光中，宁景徽缓缓向她走来，他的神色依然平淡温和，碧色的衣衫纤尘不染，好像水墨中走出的谪仙，杜小曼却不由自主后退了一步。

宁景徽身后的人，居然是——慕云潇。

宁景徽微微笑了笑，向杜小曼伸出手："唐郡主，你的夫君慕王爷来接你了，把你手中的东西给我，和王爷回京吧。"

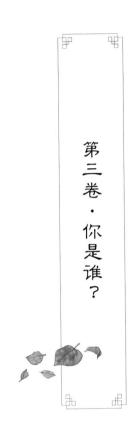

第三卷·你是谁？

马车行驶在平坦的官道上。

古代的马车没有轮胎，即使最好的马，王公贵族的车，走在路上，也依然颠簸。

杜小曼坐在马车内，思绪也跟着颠簸。

四个丫鬟陪同杜小曼坐在车内，其中两个虎背熊腰，另外两个略瘦小些的，双眼中闪烁着内敛的精光，严密地监视着杜小曼的一举一动，偏偏脸上还要挤出个笑来，时不时地问："郡主要喝茶么？""郡主可要吃些果品？"……

杜小曼毫不客气地要了茶，吃掉了几盘点心，又啃下几片西瓜。

腥风血雨的杭州城之夜，让她的脑内混杂成血色与火光的一片。

在慕渣男自宁景徽背后闪亮登场的时候，她就彻底地木掉了，之后怎么被押上了车，怎么离开酒楼，她已经有些记忆模糊了。

她唯一担心的就是，酒楼里的其他人，尤其是绿琉和碧璃，会不会被她连累。

她板着脸对那四个凶猛的丫鬟说："为什么是你们？我还是习惯让熟悉的人服侍。"

其中一个尤其雄壮的丫鬟轻声慢语地道："奴婢们的确拙手笨脚，服侍不周。郡主请放心，奴婢们听说，郡主的两位贴身婢女会尽快被找回来。只是，即便被找回来，她们能不能立刻过来服侍郡主，奴婢们不敢擅自揣测。"

杜小曼松了一口气，这就是说，绿琉和碧璃逃掉了，那么酒楼里的其他人应该也逃掉了。知道这些，她的心里此时只剩下了死猪不怕开水烫的豁达。

有啥可怕的呢？

她已经被定成了月圣门的同党，或者还是圣姑。这次被押回京城，说不定就会被处理掉。

处理掉也没什么可怕的，又不是之前没死过。

杜小曼想，那两位大仙会不会让她那么轻易地GAME OVER呢，这个时候回到天庭，那就不算怨妇魂魄了吧，北岳帝君就要输掉了吧。

为了面子，帝君也不能让我死啊，对吧，大仙？

马车颠簸了一天，驰进了某个荒山野岭中一座孤寂的宅院。

四个丫鬟扶着杜小曼下了车，杜小曼都没来得及打量宅院内的情形，就被凌空架着几乎脚不沾地塞进了一间厢房。

两个丫鬟看守着杜小曼，另两个掌上灯烛。

天已经快黑了，灯烛亮起的瞬间，浓重的人影投射到墙上，房门吱呀一声开了。

一个人缓步走进房中，四个丫鬟立刻福身："慕王爷。"

她们对慕渣男的称呼是"慕王爷"而非"王爷"，看来不是慕云潇带来的。

杜小曼毫无表情地瞪视着慕云潇，慕云潇用怜悯的眼神俯视她："夫人可有什么话想和本王说？"

杜小曼翻翻白眼："我和王爷你，一向无话可说。"

几个丫鬟行礼："慕王爷要与唐郡主说话，奴婢们不便在场，暂时先告退了。"倒退出房门。

慕云潇轻叹一口气："夫人，我知道，你一直都爱着本王。"

杜小曼哆嗦了一下。许久不见，慕云潇还是这样令人销魂。

慕云潇再叹息，带着淡淡的忧伤："本王不是一直无心怜爱你，只是，纵然本王娶了你，亦不可能一生只有你一个女人。你竟然连一个紫霁都容不下。你不应把你的爱变成了妒，走上邪路。唉，那天，如果本王能从你的话里听出你的不对，也不至于……"

杜小曼无力地说："王爷，你误会了，我们不熟。"

慕云潇抬手抚摸了一下她的肩膀，杜小曼猛地从凳子上跳起来，向后闪去。

慕云潇微微皱眉："夫人，本王深知你对我有情，才会只是跑到杭州散心，并未做出其他的事情。你若肯把事情说出来，你我夫妻，并非没有复合的可能。"

杜小曼诚恳地说："慕王爷，我情愿被宁右相砍了，也不想和你有任何关系。"

慕云潇摇头："你的个性，始终是太强了。本王会向宁景徽说情，至于肯不肯把握这次的机会，就看你自己了。"

趁慕云潇走出房门，四个丫鬟还没有进来的空当，杜小曼假装拨弄头发，迅速扒开右衣袖内看了看。

她的衣袖内，印有一块血迹。

那时，她下意识地把月芹给的玉藏在衣袖内，玉上沾染着月芹的血，在她的衣袖内留下了一个痕迹。

玉被宁景徽拿走了。上午在马车上时，杜小曼无意中发现了袖子里的这块血印，但当时被严密地监控着，她没能细看。

就着灯光，杜小曼看到模糊的血印依稀是几片祥云中，有一轮月亮。

丫鬟们的脚步声响起，杜小曼赶紧放下衣袖，假装若无其事。

那个模糊的图案她竟然觉得好像在哪里见过，一下子又想不起来了。

丫鬟们备了晚饭，再服侍杜小曼沐浴更衣。沙漏的时间显示已将二更，丫鬟们柔声细语地说："郡主，请早些歇息吧。"

杜小曼嗯了一声，上床就寝。

灯烛熄灭，房中一片沉寂。四个丫鬟依然守在房内，像四根柱子，浓黑的夜色中，杜小曼只听得见轻微的呼吸声。

她合眼躺着，不禁想，绿琉、碧璃、曹师傅他们现在怎么样了？是谁帮助他们逃走的？难道是谢况弈？

谢少主会不会在今天夜里突然出现，就像那天从牛知府家把她带走一样，猝不及防地从天而降，帮助她逃跑？

宁景徽一定会严密防范，谢况弈这次没这么容易得手吧。

她想着想着，不知不觉睡着了。

第二天，杜小曼睁开眼，谢况弈并没有出现，四个丫鬟像昨天一样恭敬地服侍她洗漱完毕，吃了早餐，又挟着她走上了马车。

马车停在院中，孤零零的，只有一辆，且没看见车夫。

杜小曼趁机四处张望，自她从房中走来到现在，都不曾看见其他人，也未听见别的响动，这座宅院像一座鬼宅。

丫鬟们打开车帘，杜小曼眼角的余光瞥见廊下有人影一动。

她转过脸，看清了那廊下的人是秦羽言，他穿着秋瑰色的薄衫，仿佛晨曦之中的一抹薄烟，神色中依稀带着一丝怜悯。

杜小曼与他对视了几秒，一个丫鬟在她背后推搡了一把，把她推向车内。杜小曼踩到了自己的裙角，趔趄了一下，总算及时稳住，没有以狗啃泥的姿势趴在车里，有点狼狈地坐到椅子上。

丫鬟们举止轻柔地在她的背后加了个软垫，帮她把裙摆整理好。杜小曼一直没听到有车夫过来的声音，过了片刻，马车却动了起来，颠簸前行。

杜小曼寂寞无聊，开始和这几个丫鬟搭讪。

"几位美女，你们不是慕王府的丫鬟吧，那么是宁右相家的，还是朝廷的？每个月拿的钱多不多？福利待遇怎么样啊？"

一个瘦些的丫鬟笑盈盈地说："郡主，这些问题，奴婢们是不能答的。"

杜小曼立刻说："那我们说点可以回答的话题呢，你们总能告诉我你们的名字吧。这一路上可能都要麻烦你们照顾我，不知道名字多不方便啊。"

那丫鬟这次总算松口了，告诉了杜小曼她们几个的名字。

她和另外一个瘦些的丫鬟叫系香、萦月，那两个壮硕的丫鬟叫穿蝶和采蕊。名字都很活泼俏皮，可惜都是母夜叉。

杜小曼捶了捶腿："我们就一直走陆路么？"

系香谨慎地说："奴婢们也不知道。"

杜小曼再找出一些话题说，依然只有系香含糊回答她。杜小曼说得嘴都干了，越说反而越无聊，只好重复昨天的状态，用吃的塞住自己的嘴。

傍晚，马车又驰进了一处寂静的大宅，杜小曼被挟着下车时，有些恍惚，院中的布局，和昨天的那个大宅几乎一模一样，连她进入的厢房也是一样的，就如同她根本未赶过路一样。

难道朝廷的秘密留宿点都是一体化的制式建筑吗？

丫鬟们掌上灯，房门嘎吱一响，慕云潇又走了进来，用与昨天同样的表情问："夫人，本王所说的话，你考虑得如何了？"

杜小曼有气无力地看着他："慕王爷，我真的没什么可说的。我说了，你们也不信。"

慕云潇的嘴角轻轻挑起："夫人不说，怎么知道为夫不信？"

杜小曼抖抖身上的鸡皮疙瘩："好吧，那我说，我和月圣门一点关系都没有。真的没有。你们信么？"

慕云潇淡淡地说："夫人，你累了，先歇着吧，记得再想想为夫的话。"转身踱出了房门。

杜小曼再冲他的背影翻个白眼，沐浴就寝。

躺到床上，她却睡不着。白天在马车里太无聊了，只是吃和睡，早就睡饱了。翻来覆去到半夜，心里越来越躁，索性一骨碌爬起身，对着床边的四根人柱说："掌灯。"

穿蝶拿火石点燃了蜡烛，杜小曼直着眼睛问："我睡不着，这里有什么可以娱乐的东西？"

系香软声问："郡主想下棋、作画，还是……"

杜小曼说："随便给我找一样什么乐器来吧。"

四个丫鬟在灯下交换了一个暧昧的眼色，系香福了福身："好，郡主稍等，奴婢去去就来。"

一刻钟之后，系香回来了，果然抱来了一样乐器。

系香把那长方形的东西放在桌上，掀开盖布，杜小曼大喜，是一架琴。她立刻拉了把椅子坐到桌边，两只爪子按到琴弦上，用力拨挠起来。

铮铮铮，铛铛铛——魔音刺破夜空，杜小曼一边恶狠狠地挠，一边邪恶地瞟着系香四人扭曲痛苦的表情。

烦死你们！冤枉老娘，说我是邪教，还让慕渣男天天来硌应我！好！我睡不着，就让你们统统不得安生！！

她清清喉咙，和着铮铮琴声，开始唱："弹棉花呀，弹棉花——旧棉花弹成新棉花——旧棉花不弹还是旧棉花——啊啊啊——弹棉花呀，弹棉花……"

歌声与琴声交汇，嘹亮地回荡在夜空。马厩里的马匹打了几个喷嚏，不安地躁动。

折腾半个钟头后，杜小曼才停下来，端茶润了润喉咙，问四个明显松了一口气的丫鬟："我唱得好听么？"

系香敬业地笑着说："好听，郡主的曲子好别致啊，不知是在哪里学到的？有些晚了，明天还要赶路，郡主早些休息吧。"

杜小曼慢条斯理地说："不急不急，不知道为什么，今夜我心中有一种莫名的情绪，特别想唱歌。可能因为月色太美了吧。"

她一脸深沉地看着窗纸，正因为窗户合着，她不知道，其实今晚是阴天。

系香再问："郡主的这支曲子到底叫什么名字呢？"

杜小曼用手缓缓抚摸着琴身："这首歌，叫《月下弹棉》，抒发了一种……期待的情怀。"

系香的双眼在灯下亮了亮："期待？"

杜小曼深沉地缄默了。

系香再试探着问："郡主，还想再唱么？"

杜小曼犹豫了一下，叹了口气："今天真是，心绪混杂啊……那就，再唱一首吧。"她看看那架琴，"只是，这首歌会更激烈一点，不能用这件乐器了。你们去给我找根棍子来吧。不用太粗，用鸡毛掸子代替也行。"

系香等人又交换了一个复杂的眼神。穿蝶奔了出去，不多久，真的找来了一根不粗不细的木棍。杜小曼从盆架上取下脸盆，倒扣在桌上，用棍子敲打了两下，试了试音。然后用力击打盆底，清唱了一支劲歌。

"嘿，蛋炒饭！最简单也最困难！饭要粒粒分开！饭要裹着蛋！嘿，蛋炒饭……"

在距离这个房间两道回廊的静室内，坐着三个睡不着的男人。

慕云潇揉着眉心，喃喃道："弹棉花……蛋炒饭……这定然是一种暗语。月圣门的余孽也许就在附近，宁相，千万不可松懈。"

宁景徽缓缓地道："王爷，你当初不该那么对待唐郡主。"

慕云潇目光涣散："是，本王是应该对她好一点。当初她刚进门时，只是有些郡主的傲气，却不曾想越来越癫狂，时至今日……是不是月圣门有什么药物，能够乱了人的神志？"

宁景徽垂下眼帘，看杯中的茶水："我觉得，并非如此。"

秦羽言听着窗外的歌声，一言不发。

终于，杜小曼敲得手酸了，也唱累了，停下来喝水准备睡觉，敲门声响起，一个丫鬟端着托盘走进房内，把一盏小盅放到杜小曼面前。

是炖好的雪蛤梨羹，杜小曼拿起银匙，挑了一勺尝了尝，绵香甜软，不热不冷，恰到好处。

杜小曼很受用地把梨羹喝了，爬回床上睡觉。

灯烛刚熄，浓重的夜中忽然响起清幽的笛声。

笛声恬淡婉转，如银星的光辉下静谧的湖泊，如幽深的山谷中，最柔软的风。

杜小曼躁动的情绪在笛声里渐渐沉静，这是秦羽言在吹吧，和他之前吹的乐曲风格很像。

明明是青春年少的皇子，却总让杜小曼联想到暮霭与晚钟，令人沉静安详。

杜小曼想着想着，不由自主地睡着了。

她做了个梦，梦里是烟花三月，江南柳堤，她手挽着柳枝站在河畔，看燕翅点出水面上的涟漪，忽见一叶扁舟自远山薄雾中来，淡紫衣衫的男子立在船上，被雾霭隐去了眉目，衣袂风流。

那船渐渐行近，船上的人似在唤她的名，浅白的雾气一点点褪去，他的轮廓渐渐清晰……

杜小曼一个激灵从床上坐起身，捂住额头。

神啊，这是怎么回事……为什么她梦见的是……内容还如此言情！不，不，肯定是这两天受的刺激太深，大脑抽掉了！肯定的！

天已大亮，室内一片光明，床前的几个丫鬟都目光炯炯地看着杜小曼。系香试探地问："郡主可是做噩梦了？"

杜小曼瞥了一眼她饱含期待的双目，揉揉额头："没有，梦见了一只苍蝇在跳舞，被雷到了。"

洗漱完毕后，丫鬟们端来早餐，清粥细点外，还有一碗蛋炒饭。金黄的蛋花裹着饭粒儿，油汪汪蓬松松的，杜小曼立刻舀了一大勺塞进嘴里，等咽下肚子，才想起故作矜持地说："早饭吃这个，是否有点太油了？"

采蕊道："是相爷特意吩咐给郡主预备的，郡主若是嫌油，奴婢这就让厨房送其他的吃食过来。"

杜小曼把蛋炒饭拉到跟前："不用了，蛋炒饭很好吃。"

再上了马车之后，杜小曼又开始和几个丫鬟说话："原来你们，都是归宁右相管的啊。"

四个丫鬟集体保持沉默。

杜小曼再问："你们这两天晚上都守着我没睡觉，熬得住么？"

系香道："谢郡主关怀，奴婢们不累的。"

杜小曼又问："为什么只有你和我说话，她们都不怎么出声的？"

系香笑道："因为只有奴婢贫嘴些，她们几个不会说话，怕惹得郡主不高兴。"系香这两天被杜小曼折腾得够呛，话里不由自主带上了讥讽。

杜小曼假装听不出来，揉了揉颈后："唉，这么待着，腰酸背痛的，马车能先停一停，让我出去透透气不？"

几个丫鬟又互望了一眼，系香道："郡主若是身上不舒服，奴婢们可以替你揉捏一下，但这会儿正急着赶路，出去恐怕……"

萦月张口截住系香的话头："香妹妹，郡主要出去透气，我等做奴婢的不便阻拦。"向杜小曼福了福身，"奴婢要先去请示一下。"

杜小曼笑笑："好啊，但不知道，你们要向谁请示？我乃郡主，没定罪前，就不是罪犯。慕云潇虽是我夫君，又是王爷，但品级与我父王差了许多，我嫁他是下嫁。宁右相实权在握，不过在王侯面前，依然是个臣子。十七殿下一个未婚少年，管我这个已婚妇女好像有点于礼不合。这一路上，指挥着你们，把我当囚犯一样关着的，到底是谁啊？"

丫鬟们的表情努力维持着平静，杜小曼猜想，她们肯定在心里骂，都已经阶下囚了，还这么嚣张。

不好意思，就是这么跩，反正也被冤枉了，月圣门剩菇的帽子也摘不掉了，还忍气吞声做低伏小太对不起自己了，也不是她的风格。就算坐冤狱，也不能低了气势！

萦月无视了杜小曼的这些话，垂首道："郡主请在此稍坐，奴婢去去就来。"撩开车帘，向外做了个手势，马车停下。

萦月钻出马车，过了几分钟后，又打开车帘回来，笑吟吟道："郡主可以出去了，只是，真的急着赶路，请郡主体谅，不要在外面待太久。"

杜小曼下了车，左右打量了一下，他们现在正在一处山林中，巨树在头顶撑开绿色的穹罩，连正午的阳光也难以穿透，阴凉幽静。

令杜小曼惊讶的是，她没有看到大把的护卫，道路边，只停着三辆马车，车夫都是四十余岁年纪的瘦削中年，头戴斗笠，穿着普通的粗布衣裳。一个蹲到路边纳凉，一个把斗笠拿下来，靠在车上打瞌睡，杜小曼那辆车上的车夫则从马背上的兜袋里摸出干硬的面饼，就着水慢慢咀嚼。

嗯，看来，朝廷的高手们都隐藏在暗处。

杜小曼敢打赌，如果她现在撒丫子逃跑，立刻会有大批护卫从天而降，像老鹰抓小鸡一样把她逮住。

她假装看风景，左右来回踱步，想查看高手们到底都藏在什么地方。

路边第一辆马车的车帘动了动，慕云潇放下车帘，向宁景徽道："昨晚她那一场疯癫，看来的确别有用意，月圣门的余孽应该就在附近了。"

宁景徽笑了笑："亦可能只是郡主想同我们开个玩笑。"

杜小曼在外面溜达了约十分钟，回到了车内。

系香一面帮她整理靠垫，一面笑盈盈地说："郡主的气闷好些了么？慕王爷让奴婢们转告郡主，今晚，郡主会见到两个人，一定会很开心。"

杜小曼的心猛地一凉，不好，难道是绿琉和碧璃被逮住了？她故作镇定地点了点头："好啊，我很期待。"

晚上的歇脚地，依然是和之前一模一样的宅院。杜小曼走下马车，不用丫鬟们挟持，就能笔直地走向她该待的厢房。

但今晚的厢房有些不同，里面已经亮着灯。

杜小曼在门口停下，转头问："难道我今天不住这一间？"

系香答道："还是这一间，郡主。"抬手在门上轻叩，门吱呀开了，两个青绿色衣衫的娇俏丫鬟向一旁退让，屋内的灯下，端坐着两个华服妇人。

杜小曼愣了愣。其中一个妇人她认得，是慕云潇的娘慕夫人。另一位陌生的贵夫人起身向杜小曼走来，杜小曼还没来得及细细打量，忽然脸颊被重重一击，踉跄退了一步，耳朵嗡嗡地响着。

杜小曼愕然抬头，嘴里蔓延开一股腥味，金星闪烁中，只见那美妇柳眉倒竖，神色狰狞，咬牙切齿道："不知羞耻的东西！还有脸站着！我们唐王府怎么会养出你这个孽畜！跪下！"

杜小曼晃晃昏沉沉的脑袋，明白了，这位贵妇人就是唐晋嫣的亲娘，唐王妃。

她还没来得及做出反应，啪一声脆响，另一边脸上又重重挨了一掌。

杜小曼立足不稳，扑倒在地，王妃再厉声喝道："跪下！"

慕夫人上前拉住王妃的衣袖："亲家母，嫣儿这孩子这段时间在外面受了不少苦，不过是小孩子使性子，别罚得太重。"

王妃摇头:"亲家别再替她说情了,我也无颜再与慕王府做亲家,养出这种女儿,是我今生之耻!"

慕夫人温声道:"小孩子年轻的时候,谁能不犯点错?肯回头就好。"

王妃冷笑:"她犯的是一般的错?丢尽脸面,恬不知耻!"

杜小曼在地上趴着,没有人来扶她。她知道,现在起来,可能还会接着挨打,就趴着没有动。

王妃再厉声呵斥:"不知耻的东西!快先向你婆婆磕头!"

杜小曼纹丝不动。

王妃浑身颤抖,颤声向慕夫人道:"我已再无脸面和慕王府说什么。慕夫人能否先去休息,容我和这不要脸的丫头单独说几句话?"

慕夫人双眉微皱,轻叹了一口气:"也罢。亲家请千万莫太动怒。媗儿是个知书达理的孩子,只是一时犯了糊涂,我们慕王府也有过错,好好开导便是。"带着两个丫鬟缓步出屋,合上房门。

慕夫人走后,屋中沉寂了片刻,杜小曼听见王妃的声音道:"你们先扶她起来。"

杜小曼被几双手搀着,踉跄站起。她的头发散了,半挡着视线,王妃又冷冷道:"先打水,替她洗脸。"

几个丫鬟取来水,帮杜小曼净面梳头,温热的水敷在她高高肿起的面颊上,火燎般地刺痛。丫鬟们的动作都很轻,净面之后,又打开妆匣,为她梳头理妆。唐王妃自始至终都端坐在桌边,面无表情。

杜小曼有些疑惑,刚才是又打又骂,现在是闷不作声,王妃葫芦里到底卖的什么药?

或者刚才她是有意做给慕夫人看的?王妃毕竟是唐晋媗的亲娘,唐晋媗之前在慕王府受的欺负,她不信唐王妃不知道。那么王妃应该能理解她出逃这件事吧。再怎么样,做母亲的,心里应该还是向着自己的女儿。

丫鬟们帮杜小曼梳妆完毕,搀着她坐到桌边,斟上一杯茶。

杜小曼的唇舌干燥,口中腥味难耐,端起茶杯,一饮而尽。丫鬟们站到一边,没有再帮她添茶。

唐王妃凝视着她,缓缓开口道:"我十六岁时,嫁给你父王,一共生了四个子女,你从小听话,不像你的哥哥般喜欢惹事,也不像你的姐姐那么挑剔,我以为你是最让我省心的那个。"

杜小曼一言不发地坐着。

唐王妃接着道:"你嫁给慕云潇,与你的姐姐们比,是嫁得低了。娘也听说了,慕云潇对你不好,为了一个小狐媚子冷落你,你心中委屈。可你是嫁出去的女儿,不能再靠娘家帮你做主,不管你嫁给哪个男人,你若想坐稳自己的位置,就不能被那些小妖精斗下去。我本以为,慢慢地,你就能学会了怎么为自己谋算,就像娘当年那样,却没想到,你竟然挑了另一条路……"

杜小曼张了张嘴,刚要说些什么,突然,她的肚子有点疼。刚开始只是像针扎一样,渐渐疼得难以忍耐,她捂着肚子痛呼了一声。

唐王妃看着她,脸上一片淡漠。

"嬗儿,别怨娘心狠。你这次犯的错,再不能回头了。唐王府的名声,慕王府的脸面,全都毁在了你手里。"

杜小曼疼得冷汗直冒,再次跌倒在地,手脚不受控制地抽搐。她强撑起身体大声喊:"你……为了面子你就要毒死自己的亲女儿?虎毒还不食子!"

这都是些什么人!唐晋嬗的婆家和娘家就没有一个正常人!

唐王妃站起身,俯视着她,神色依然淡漠:"嬗儿,你这么走,还能走得干净点。倘若回到京城,受到刑审,那会比这痛上百倍千倍,当真是求生不得,求死不能。到那时,大家都不得安生……好孩子,再忍一忍……再等一下,就好了……"

杜小曼的牙齿咯咯颤抖,有湿黏的液体正从她的喉咙里向外翻涌。丫鬟们都和唐王妃一样淡然地站着,俯视着她在地上打滚抽搐。

杜小曼不怕死,可此时此刻,她的心中有一股强烈的不甘。她不甘心就这么窝囊,她不甘心就这样被冤枉。

这一刻她才彻底明白了,自己什么东西都不是,背上不属于自己的罪名,不能分辩,一举一动从生到死都由别人掌控。只要别人高兴,她就要像一条喝了杀虫剂的臭虫一样,在地上挣扎着等死。

这是什么世道!

杜小曼咬紧牙关,颤着手抓住地上的凳子腿,拼尽最后一丝力气向门上砸去,高声大喊:"宁右相!唐王妃要毒死我!我死了你就查不到你想查的东西!"

她的眼前一黑,一股腥臭的液体冲口而出。她不知道自己刚才的那句话到底喊了多大声,耳朵嗡嗡作响,眼前有好多小星星在飞。

金色的，银色的，血红色的……最终变成了浓重的黑暗。

杜小曼再睁开双眼时，发现自己身在一个神奇的地方。

入眼的先是一团银藕色烟雾，等到眼前再清晰了，才看清烟雾其实是长长的纱帐，帐上绣着精致的花纹。她转动眼珠，太阳穴一阵刺痛，她企图撑起身，耳边一个声音道："哎呀，醒了，快去通报。"

两双手把杜小曼扶了起来，手的主人是两个秀丽的少女，穿着亮色的衫裙，绑着双鬟，七彩的发带垂在肩上，娇俏可爱。

杜小曼张张了嘴，问："我……"喉咙火燎般疼痛，声音沙哑无比。

其中一名少女道："姑娘，你的嗓子受了伤，还没全好，要再过几日才能清楚说话呢。"

杜小曼转目四望。纱帐外，墙上挂着春蝶嬉戏百花图，镶着玲珑八宝珍玩格，墙角的镂花暖玉大花瓶中插着孔雀毛。琉璃台上，金莲花的香炉中袅袅升起香烟。雕的梁，画的栋，花样奇巧的门窗，青玉般镂花的地砖。这间屋子，比当年杜小曼在慕王府中所见，还要精致了许多倍。

杜小曼揉了揉仍在隐隐作痛的肚子，又按了按太阳穴。

她没死，那么，这是什么地方？

被唐王妃下一次毒，就能换到这么好的待遇？

她哑着嗓子低声问："这是……哪里……"每吐出一个字，都艰辛无比。

少女柔声回答："这里是裕王殿下的别苑，奴婢叫舞绣，姑娘有什么吩咐，只管唤我便是。"

哦，原来是裕王的地方，怪不得这么华丽。

杜小曼猜想，大概是她那天快被毒死了，宁景徽等人对她紧急施救之后，就把裕王的住处当作临时落脚地了。

舞绣的说法与她猜想的类似。

"姑娘你已经睡了好几天了。王爷把你带回来的时候，还以为你没救了，用了好多个大夫，又是施针又是灌药，好容易才救了过来。幸亏姑娘你昏着，那针扎的，我都怕得慌，到处是青紫。这几天姑娘洗不得澡了，只能用水擦身体，暂时将就一下吧。"

杜小曼点点头。几个丫鬟端来了药，苦得难以下咽，杜小曼嗓子疼痛难耐，每咽下一口药，都要逼出一头冷汗。

唐晋媗的妈真是太狠毒了！杜小曼不禁在心里叫苦。

唐王妃要毒死她，其实就是怕她丢了唐王府的脸面而已。面子这么重要吗？可以不问她是否冤枉，直接下手杀自己的女儿。

杜小曼后悔自己太相信人性，居然丝毫没有怀疑地喝了那杯茶。事后想起来，那茶当时只倒给她，没有倒给王妃，她就应该警惕。

万幸，她只是杜小曼，不是真正的唐晋媗，唐王妃对她来说只是一个陌生的女人。假如是唐晋媗要被自己的亲生母亲毒死，会是什么样的心情呢？

她无法想象。

杜小曼只是很想家，很想自己的妈妈，那个天天骂她学习差，陪她熬夜做功课，一边说你需要减肥啦，腰粗了穿衣服不好看，一边又在吃饭的时候把最好的菜都往她碗里夹的老妈。

她用力吞咽着那苦苦的药，眼里有湿湿的东西滴落下来。

舞绣体贴地说："哎呀，药太苦了吧。等药喝完了，郡主就能喝这碗雪梨羹了，冰镇过，凉凉的，喝下去嗓子一点都不会痛的。"

杜小曼抬起眼，用力对她笑了笑，哑声说："谢谢。"

喝完了雪梨羹，杜小曼想下床走动，发现全身每个关节都在痛。她一向自恃雄壮如牛，总算体会了一把弱不禁风的感觉。

感觉……真不好！

两条腿软软的，根本使不上力气，被风一吹，从皮到骨头缝都在疼。

杜小曼好容易挪到门口，发现这间房在一栋小楼的二楼。楼下是一个花园，园内繁花盛开，山石边傍着芍药，白墙下依着芭蕉，池塘中的荷花亭亭，梧桐树叶浓密如盖，蔷薇花架下，石桌幽凉。

舞绣道："这园子叫作云织园，此楼名叫伴星阁。乃林叟老人亲自规建。当年我们王爷亲自去了江南五趟，才请得他出山，建了这座别苑。园子建成后没两年，他老人家就辞世了。王爷常说，世上再难得有这座别苑般雅致的园林了。"

杜小曼的眉毛跳了跳，看来裕王是个颇自恋的人。她不懂得什么园林布局的精妙，只觉得眼前的景色的确非常漂亮。

只是，园子再美，身为一个囚犯，蹲在这里，心情也难以好起来。

杜小曼直截了当地哑声问："你们王爷，还有宁右相……打算什么时候审问我？"

舞绣睁大了眼，清透的明眸中写满了愕然和不解："姑娘……此话……何意?王爷吩咐过奴婢们,说杜姑娘是贵客,万不可怠慢,为何姑娘却说……"

杜姑娘?不是唐郡主?

或者裕王不想让自己家的小丫鬟知道这件事情,毕竟月圣门是个邪门的秘密组织嘛。

于是杜小曼说:"那请你转告你家王爷……还有和他在一起的其他人……就说,我醒了,他们想问什么,可以尽管问了。"

舞绣犹豫了一下,点点头,匆匆离去。

杜小曼靠在栏杆上,对着楼下的花园唏嘘不已。唉,真是世事难料,本来以为可以开酒楼赚大钱,快快乐乐,畅意江湖,眨眼就沦落到了这个地步。

到底神仙们准备搞什么?九天玄女和小仙子们怎么就眼睁睁地看着她这么惨呢?

可见神仙也靠不住,归根结底,还是要靠自己!

眼下这个地步,又要怎么靠自己?唉唉,好烦恼!

裕王的宅子真奢华啊。身为一个人,他的人生真成功。如果她也能靠自己弄到这样的豪宅,有那么牛气的身份,谁的气都不用受,在大豪宅里吃喝玩乐该多好!

唉……

杜小曼正在感怀嗟叹,舞绣又匆匆回来了,轻声道:"王爷说,请杜姑娘先安心养好身体,不要顾虑别的事。"

有没有搞错啊?审个犯人还拖拖拉拉的?裕王和右相这么搞,这个朝廷还有办事效率吗?

难道是嫌她现在嗓子太烂,说不清惊天动地的秘密?

也罢,杜小曼想,她现在的待遇,也就是个死缓吧。等养肥了,再杀。

现在什么都是人家说了算,让等着,就等着呗。

当然,等的时候看看有没有机会越狱也行。

因为嗓子还坏着,体内还有余毒未清,杜小曼虽然住在裕王的豪宅里,却只能顿顿吃素,清汤寡水。吃到最后,她看见雪梨羹就想逃跑,半夜梦见啃鸡腿,醒来时嘴里咬着被角。

每天,裕王请的大夫都会来给她号脉扎针。

杜小曼最怕扎针了,其实扎针不疼,但全身都是针像箭猪一样挺在床上,她一想就情不自禁地哆嗦。

裕王确实是个色狼，连请来的大夫都是个如花似玉的美女。看到她，杜小曼才知道什么叫作蛾眉，什么叫作杏眼，什么叫作雪肤。

美女大夫名叫妩娘，人也特别温柔，说话时轻声慢语，连杜小曼的骨头都要被化掉。

侍女们都像园中的鲜花一样，桃李芭蕉，各有各的妩媚娇俏，言行举止都和杜小曼之前接触的那些丫鬟不一样，更加恣意活泼。嘻嘻哈哈叽叽喳喳聊天的时候，好像廊下摇晃着脆脆的银铃。

连侍女为杜小曼准备的衣服，都比平常的，领口低点。

裕王他住在这豪宅之中，被满园的美女环绕，说不定还怀抱着更美丽的、倾城倾国的姬妾，真是一个幸福的男子啊。

杜小曼也想这么幸福！

等她有了钱，她也要搞一个这样的大宅子，然后把这些美女全部换成小帅哥！

要个像宁景徽那么美的，给她端茶。

一定再要个像十七皇子那么好看的，给她弹小曲。

还要个谢况弈那么帅的，做侍卫。

谢况弈还有个手下叫卫棠吧，也很帅啊，也做侍卫好了。和谢况弈一个站左边，一个站右边。

裕王……面相稍微老成了一些，杜小曼喜欢嫩一点、青葱点的，不过擦桌子扫地还能将就着用吧。

时阑……人比较油滑，但是脸的确没话说，让他捏捏肩膀捶捶腿啥的，还行。

唉，她不是个贪心的人，暂时先这样，就可以了，其他的慢慢再说……

"什么可以了？什么慢慢再说？"

杜小曼猛地从床上弹起。此时是半夜，漆黑一片，她的房间。

床前却站着一个人影，依稀有些熟悉。

那人影再开口，声音让杜小曼觉得更加熟悉："掌柜的，你抱着被子吸口水，到底在做什么好梦？"

杜小曼大惊，嘶哑着嗓子问："怎么是你？！"惊觉自己声音高了，赶紧捂住嘴。

时阑从怀中取出一个发绿光的布袋，举到眼前，荧荧绿光中映出那标志性的油笑。

"唉，掌柜的，我能进这里救你，着实不易啊。若非萧前辈相助，想我一介手无缚鸡之力的书生，只能有心无力……"

杜小曼赶紧打断他："行了，你不怕被抓啊！"

时阑双眼笑得弯弯的："王府上下，已经都被萧前辈的迷药迷倒了。事不宜迟，掌柜的，我们快逃吧。"

杜小曼想伸出手，又犹豫了一下。

该不该相信时阑？裕王和宁景徽手下有那么多朝廷的高手，仅仅靠一个萧白客，就能全部放倒？

即便这是真的，时阑又怎么会知道她在裕王的别苑，又怎么联络到了萧白客？

疑点太多了。

可是，就算时阑是骗子，最坏的结果，也坏不过留在这里被审讯。杜小曼坚定地抓住了时阑的手腕："走吧。"

时阑反握住她的手，带着她走出房间，下了小楼。一路上遇见不少倒在地上的婢女和侍卫们，的确是中毒昏迷的模样。

空气中一片死寂，只有杜小曼和时阑的呼吸声。

杜小曼悄声问："萧大侠在哪里？"即使是极低的声音，在这片寂静中也格外突兀。

时阑低声道："摸清地形，告诉了我，放倒了这些人，就走了。"

萧大侠真是高人做派，来无影去无踪啊。

杜小曼还是忍不住问了："萧大侠混进来的时候，扮成了谁？"

时阑道："就是给你看病的那个女子，叫什么娘的？今天还帮你诊过脉。"

杜小曼回想了一下今天的妩娘，她婀娜的身段，柔媚的举止，以及……半袒在内衫领口外，洁白真实硕大的……酥胸……

萧大侠，您是神。

时阑拉着杜小曼穿过一层层院子，一道道回廊。

杜小曼的心跳得很快，手心中渗出了汗。一道月门前，时阑停下脚步，在她耳边轻声说："别担心，有我在，从那里翻出院墙，就能逃出去了。"

杜小曼的身体还没完全恢复，跑了这么远的路，她的腿已经开始打战。她咬咬牙，点点头。

夜风吹着树叶沙沙作响，时阑半扶半拖着她攀爬上假山，爬到一半时，远处隐约有嘈杂声。

时阑急促地道："不好，可能有人醒了！放心，他们一时半刻不知道我们已经到了这里。墙外有马车！"

杜小曼奋力向假山上爬着，那嘈杂声响了一阵，却突然又沉寂了。

杜小曼站在假山的顶端，回头向别苑里看了一眼。月光下，有一道黑影掠过层叠的屋脊，纵轻功向这里飞来。

是朝廷的侍卫？萧白客？还是……

杜小曼双脚像钉住了一样一动不动，时阑迅速挡在她身前。那黑影的速度极快，即便他们现在跳下去，也来不及跑了。

黑影眨眼已到了近前，清亮的月光把他的轮廓勾勒得分外清晰。杜小曼不由得呆住。

大概，有许多女生都做过这样的梦。

梦的主角是一名少年侠士。他会在你最水深火热的时候陡然出现，踏风而来，衣袂翩飞，宛如天神。

这样的月光下，眼前的情景实在像足了那个梦境，梦境变成了现实。

杜小曼定定地站在假山上，看谢况弈披着清亮的银辉从天而降。他向她伸出手，简单地说："走。"

只这一个字，杜小曼便伸出了手，就在她即将把手放到谢况弈手中的刹那，时阑上前一步，抓住了她的手腕。

"掌柜的，马车在下面等着。"

谢况弈看都不看时阑，再望着杜小曼开口："那些人都被我打晕了，但等不了太久，快走。"

杜小曼挣扎着要从时阑手中抽出手腕。

时阑看着她，月光下的神情是她从没有见过的冰冷："掌柜的，是我先救你到了这里。你是跟我走，还是跟他走？"

杜小曼心道，废话，当然，谢况弈比较可靠！

时阑扯扯唇角："看来掌柜的要选谢少侠，你为什么不想一想，他怎么现在才来救你？这些天，他在哪里？你真不怕跟他走是另一个圈套？"

杜小曼犹豫了一下，还是直说了："但是……这些疑问也能用在你身上。"

她绝对相信谢况弈的人品，绝对不相信时阑。

时阑轻笑一声，松开了手："看来掌柜的太不信任在下。唉，是我太自作多情了。"

谢况弈抓住了杜小曼的手，带着她跃下高高的围墙。杜小曼半靠在他的手臂中，有一种在飞的感觉。

双脚触到了地面，谢况弈打了个呼哨，一匹黑色的马从远处急奔而来，谢况弈从马兜里取出一个带着纱帘的斗笠，罩在杜小曼头顶，拉着她跃上马背。

时阑也跳下了围墙，围墙外，真的有一辆马车。时阑站在马车边，向马背上的杜小曼道："掌柜的，我是签了卖身契给你的。若哪一天，谢少主变卦了，你要记得，在下一直都在。"

杜小曼正想要说，卖身契这事，大家就当它不存在了吧。谢况弈一抖缰绳，马头掉转，向着远方飞奔而去。

时阑站在原地，望着杜小曼和谢况弈消失的方向，良久，才跳上马车，掉转向另一个方向，马车融入夜色。

杜小曼不知道跟着谢况弈在夜色里赶了多久的路，也不知道到底去的是哪个方向。

直到前方渐渐变亮，一抹阳光破开晨雾，她才知道，原来去的是东方。

太阳半露出地平线时，谢况弈勒住马，在一处树林里停下。不远处有一座不高的山坡，一条溪水从那座山上蜿蜒流下，一直流过他们身旁。

谢况弈拿水袋装了要喝的水，又饮了马。

杜小曼哑声问："有什么要帮忙的么？"

谢况弈说："没有。"一路上他的神情都很奇怪，眉头皱着，一脸很不高兴的样子。

难道后悔救了她？杜小曼的小心肝微颤。她昨晚爬高上低，又在马背上颠了一夜，浑身都疼到麻木了，便在大树下坐着歇口气。

谢况弈从溪水中叉了两条鱼，生了个火堆，把鱼放在火上烤，又从包裹中摸出了两张饼。

饼很硬，杜小曼的嗓子还没全好，咽下去一阵刺痛，就喝水在嘴里化软了，一点点吞下去。

谢况弈守着火堆，忽然说："他说得对。"

"嗯？"杜小曼一时没有反应过来。

谢况弈板着脸："时阑，他说得对。一开始，是我故意没救你。"

杜小曼含着一口饼，呆愣愣的，不知道该做什么反应。

谢况弈生硬地接着说："宁景徽，他来找我，说你是月圣门的人，让我和他合作，等十五的晚上他去抓你时，让我把你救走。这样你就会信任我，把秘密全部告诉我。所以，那时，我不能救你。"

杜小曼默然，她明白，如果当时谢况弈救了她，他们也会被朝廷严密监控。而且那样做等于是谢况弈答应了宁景徽的条件，依照谢况弈的个性肯定不愿意。

谢况弈胡乱抓了抓头："后来，我一直跟在你们后面，本打算在路上救你……"

结果，第一天晚上，谢况弈没摸清朝廷暗卫的布置，未能贸然救人。

第二天晚上，谢况弈摸清了布置，埋伏在马厩里，杜小曼开始唱歌……

"马惊了，狼都被你引来了，我只能走了。"谢况弈面无表情。

杜小曼默默地擦汗。

第三天晚上，谢况弈还没来得及下手，杜小曼就中毒了，朝廷的人带着她转移到了裕王的别苑。

"你中毒太严重，不能动，我不能保证成功，也不能保证救活你，所以等到了今天。"

杜小曼局促地抓着饼："你、你别解释了，我都明白。你能来救我，已经是对我最大的恩惠了……我真的很感激……"

谢况弈不耐烦地皱紧了眉："我说过多少次了，和我别用这种口气说话。干巴巴的，一听就没劲！"从怀里抓出了两个瓷瓶，"白色这瓶是喝的，蓝色这瓶是涂的，别弄混了。"

杜小曼接过那两个瓷瓶，嗓子有些发硬，鼻子不知怎的有点酸。

"嗯。"

这一刻，她突然有种前所未有的放松，什么江湖大计，什么豪宅美男远大的理想，统统都抛到了脑后。倦怠与软弱涌了上来，她想要抓住一只强有力的手臂，可以依靠，她喜欢听到有人粗声骂她笨蛋。

她很开心有人能这样对她说:"以后什么都别管了,听我的。"

突然觉得,仿佛,触碰到了幸福。

她握着瓷瓶,小声说:"我以后……听你的……"

可惜这句话谢况弈貌似没有听见,他的眼正看着别的地方,然后猛地蹿起身:"嘿,好大一条鱼!等我把它逮住,午饭也有了!"

杜小曼无奈地站起来:"喂,吃饱了就放它一条小命吧,带着一条腥气扑鼻的死鱼,要怎么赶路啊!"

谢况弈没有逮到那条大鱼,自称剑法暗器弓箭从不失手的谢少主,居然眼睁睁地让一条大肥鱼从自己的眼皮底下脱逃了。

谢况弈相当恼怒。他几乎要忘掉了,正拐带着一个朝廷要犯逃跑中,准备更改路线到下游去追堵那条鱼,不把它吃下肚誓不为人。

杜小曼努力想打消谢少主这个疯狂的想法:"你就算到了下游,这么多条鱼,你能认得哪条是它?"

谢况弈斩钉截铁地说:"我认得它!能从我手下逃跑的,我永远都认得!它的嘴旁边有条金边,胡须也跟别的鱼不一样!"

胡须……好吧。杜小曼不认为一条鱼有个性的胡须算什么明显的标志。

谢况弈对她的不以为然表示愤怒。

两人就鱼的胡子到底在鱼的相貌中起怎样的作用进行了一下辩论。杜小曼的嗓子受伤,辩论了两三句就败了,嗓子更疼了。

谢况弈又掏了一瓶药给她,辩论总算告一段落,谢况弈总算也想起了正事,放过了那条长着另类胡须的金唇鲶鱼,带着杜小曼继续赶路。

马儿奔驰在广阔的荒野中,谢况弈忽然哼了一声。

杜小曼有些不解:"你怎么了?"

谢况弈拖长了声音说:"没什么,只是想起,不久前刚听到有人说以后都听我的。女人的话,不能信。"

啊?原来这句话其实他听到了。

杜小曼清了清喉咙:"那个,我的意思是……我以后都会好好听你说话,然后再发表不同的看法。"

晚上,谢况弈带着杜小曼在荒野中过夜。

他们很走运，找到了一处还算干净的山洞。谢况弈生了一堆火，从包裹里拖出一条长披风，丢给杜小曼，踉踉地说："盖着。"然后抱着剑走到洞口坐下。

杜小曼裹着长披风躺在冷硬的沙石地上，这一夜却睡得比在裕王别苑奢华的大床上要安稳得多。

酣梦里，她嗅到烧烤的香味，睁开双眼，天已大亮。

阳光从洞口洒进来，整个山洞里一片金红，一只油汪汪的烤鸡在树杈上转动，香气四溢。

杜小曼擦着口水："哇，你太神勇了，哪里都能找到好吃的东西。"

谢况弈很是受用地笑了："捕猎野味只是小事，等到家了，我给你看我在雪山猎到的白熊皮，我娘一直整张放着，没舍得裁了做斗篷。"

杜小曼顿了顿："你是说……我要和你……"

谢况弈一脸理所当然地道："当然是回我家。除了白麓山庄，现在有什么地方敢留你？"

可是……

"可是宁景徽肯定能猜到是你救了我，也会追查到白麓山庄去吧。这样不会连累你们么？"

谢况弈不屑道："他来，难道我怕他？朝廷的那帮人，不过是群废物。"

江湖人士的势力再大，也不能和朝廷作对吧。这点常识，杜小曼还是有的。

她坚持地说："不行，我不能和你回白麓山庄，要不然，还是找一处秘密的地方，我暂时避一避吧。"

谢况弈思索了一瞬间，手中转动木叉："也罢，这时候你就过于谨慎了。秘密的地方，倒是有一处，我带你去。"

早饭后，谢况弈带着杜小曼，掉转了马头，不再向着正东，而是向着东南方向赶路。

杜小曼问他，那处秘密的地方是哪里，谢况弈却总是卖着关子："到了你就知道了。"

他们仍在偏僻的山林里绕行，只有一次，谢况弈去集镇买了一只竹篓。他把篓子给杜小曼抱着，一路上采集了一些奇怪的草丢到篓里。

杜小曼于是问："你要带我去见的那个人，不会是个大夫吧？"

谢况弈有些意外地看了看杜小曼："没想到，有的时候，你还有一点脑子。"

杜小曼无力。大哥，你让我抱着篓子，沿路拔草，肯定是送给那个秘密所在的主人的。对奇草感兴趣的，十有八九就是医生了。这种推断没什么技术含量的好吧？

谢况弈将一株根茎通红的草放进篓内，脸上露出一丝微笑："我带你去见的那个人，很有脑子。"

杜小曼八卦的天线一下子竖起来了。

很有智慧，又隐居在神秘山林的医生，会不会是电视里演的那种白衣白胡子仙风道骨的老者，或者是白衣清冷的美男？

杜小曼偷偷擦了擦口水，要是后一种，那就太美了。

谢况弈奇怪地看看她："你又饿了么？"

杜小曼赶紧含糊过去："没、没有。"

连着赶了五六天的路，道路越来越难走，山林越来越幽深偏僻。最终，在一个下午，谢况弈指着前方一座陡峭的山峰说："到了。"

杜小曼按捺着激动的心情仰望着山峰，峰顶隐藏在缭绕的云雾中，像神话传说中的世外仙山。

没有通往山顶的道路，他们牵着马，沿着陡峭的山壁攀树前行。

谢况弈走得轻车熟路，杜小曼则气喘吁吁。

快接近山顶时，天已黄昏，薄雾氤氲在山林间，泥土的味道融进花木的芬芳。

杜小曼抬头打量还有多远到山顶，在缭绕的雾气中，她似乎看到了仙子。

一名白衣少女在薄雾中向他们婷婷走来，她的黑发未束，几乎要垂到地面，肩上架着药锄，提着一只竹篓，好似误入凡间的精灵。略苍白的面庞上，明眸如夜幕中最璀璨的星。

世间真的可以有如此美、如此空灵的少女？杜小曼一时不能判断自己看到的是人是仙。

她身边的谢况弈大步上前，含笑朗声道："箬儿。"

那少女绽开喜悦的微笑，清声应道："弈哥哥。"

少女放下药锄和药篓，提着衣裙向这里走来，谢况弈向着那少女飞奔而去。

箬儿……

弈哥哥……

还有眼前的这个场景……

杜小曼揉了揉鼻子，怎么嗅到了一丝不一般的气息呢？

谢况弈带着那少女向杜小曼介绍："她叫孤于箬儿，是竹幽府的主人。你在她这里住，那些朝廷的人绝对想不到。"

孤于？好奇怪的姓。

杜小曼向少女笑了笑："你好，我叫杜小曼。你叫我小曼就行了。"

少女望着杜小曼，双眸亮晶晶的："我一个人住在这里太闷了，有小曼姐姐来做伴，再好不过呢。"

杜小曼赶紧把手里的篓子递给她："这是谢少主一路上帮你摘的。"

孤于箬儿接过篓子，看了看，撇了撇嘴："弈哥哥，我说过，你不会采药的话，以后就不要采了。好多都是草，有几株都采坏了，太可惜了。"

谢况弈尴尬地笑笑："那么多草，有的长得实在太像了。"

杜小曼见一路上谢况弈都采得一脸专业，没想到真相竟然如此，不由得偷笑："咦？采药也能采坏？"还以为只要把药草连根拔起来就行了。

孤于箬儿一听到采药，双眼顿时更亮了："采药啊，讲究其实并不大，但不能伤了茎叶，有些药材，在挖根部的时候也需要留意，就像这一株……"

谢况弈一脸认命地捡起了孤于箬儿放在地上的药篓和药锄，牵着马往前走，孤于箬儿一边走一边滔滔不绝地向杜小曼讲起采药的要领。

走到一处山壁前，谢况弈停下，无奈地道："先停一停吧。箬儿一讲起采药，能讲三天三夜，那我们就要在外面过夜了。"

孤于箬儿不好意思地吐吐舌头："对不起，小曼姐姐，我一提到药草，就容易停不下来。"她抬起手，在山壁上一划，一推，山壁隆隆作响，竟然转开一扇石门。

孤于箬儿站在门前，笑盈盈道："小曼姐姐，我来替你引路吧。"

石门之内，别有洞天。

穿过一道石廊，前方悬挂着一帘瀑布，孤于箬儿不知道扳动了哪个机关，一转，瀑布从两边分开，露出了一架石桥。

杜小曼目瞪口呆地想，不知道从这座桥上走过去，会不会看见一座神仙洞府，门两旁各刻着一行字——

花果山福地，水帘洞洞天。

孤于箬儿引着他们走到桥上，桥的另一端是一座花园。

花园五彩缤纷,杜小曼都叫不上来名字的花朵在碧草间怒放,蜜蜂嬉戏,彩蝶互逐。再仔细看,这些花草其实被分割成了一块块整齐的花圃。

谢况弈道:"这些都是箬儿种的药草,有些有毒性,不要随便碰。"

杜小曼点点头。

花园深处,是一片翠竹,竹荫半掩着一个洞口,上面写着三个清逸的字——竹幽府。

杜小曼站在门前,就觉得一股清凉之意渗入骨髓,说不出的适意。

孤于箬儿触动门旁的机关,洞口的石板打开,里面是一间厅堂,陈设得极其简朴,飘着一股奇异的幽香。桌椅都是石头刻的,石墙上挖出的架子摆放着各种罐子和瓷瓶,根本看不到有什么玩器。

孤于箬儿在架子下翻翻找找,找出了两个坐垫:"弈哥哥,小曼姐姐,石凳你们可能觉得硬,这里有垫子……"又跑到石墙边抱下几个罐子翻找,"我平时喝的药茶太苦了,小曼姐姐肯定喝不惯。弈哥哥,你还是喝白水吗?小曼姐姐,你喝玫瑰茶、茉莉茶还是桂花茶?我还有特制的蜜卤,你要不要尝尝?"

杜小曼很不好意思:"我什么都行啊。你不用太忙啦。"

谢况弈挑了挑眉:"她就是这样,平时太少见到人了,尤其是和她年纪差不多的女孩子。你随她去吧。"拎起墙角的茶壶,"我去后面接水。"

孤于箬儿配好了茶,又不知从哪里抱出两个大罐子:"小曼姐姐,你吃腌渍的梅子吗?还是琥珀核桃仁?还是蜜饯松子?"

杜小曼还没来得及回答,孤于箬儿又喃喃说:"我还是每样都拿一点吧。"又抱着罐子去找碟子。

一刻钟之后,杜小曼对着满桌子的零食喝着玫瑰茶,孤于箬儿双眼闪闪亮地问她:"小曼姐姐,你要在这里住多久呢?"

杜小曼油然生出一股罪恶,偷偷拉拉谢况弈的衣袖,悄声说:"你要不要先告诉她,我是个逃犯……"

谢况弈笑嘻嘻地对孤于箬儿说:"啊,对了,忘了和你说,她是个逃犯,正被朝廷追捕。什么右相、皇子啊,皇帝的叔叔裕王啊,都在抓她。她还被人下过毒,差点命都没了!"

孤于箬儿的双眼更亮了:"真的吗?小曼姐姐你太厉害了!"

杜小曼头冒冷汗,干笑道:"还好啦……"

谢况弈又补充："还有啊，杜小曼她还开过酒楼，很会讲笑话，你可以让她多给你讲讲。"

那些亮晶晶的小星星似乎要从孤于箬儿的眼睛里飞出来。

杜小曼只好说："当然，比起你英武不凡的弈哥哥，我还是差太远了。"

孤于箬儿叹了口气："可是弈哥哥每次都不在这里多待，东西也吃得很少。"

谢况弈一脸无可奈何："箬儿你这里的零嘴儿都太甜了……对甜的，我实在是……"

孤于箬儿拍手道："啊，弈哥哥，我晾了好多咸鱼，就是上次你说很好吃的那种。小曼姐姐你爱吃咸鱼吗？你们在这里坐着，我去做晚饭！"

杜小曼还没来得及说什么，她已经轻盈地跳起身，向石室内通往后方的一处门洞奔去。

谢况弈一脸自在地喝着白水，杜小曼小声问："箬儿她……自己一个人住在这里？"

一个女孩子，独自住在寂寞的深山，虽然环境很雅致，但也太不安全了吧。

"她的父母呢？"

谢况弈道："在她没多大的时候就死了。她只能一个人住在这里，这是他们的……规矩。"

规矩？杜小曼奇怪地向箬儿离开的方向看了看："她和平常人有什么不一样的地方吗？"

谢况弈刨刨头发："其实箬儿她和普通的女孩子没什么两样，多接触你就知道了。她很可爱，没心眼儿，因为没出去过，有时候就像小孩子一样，老爱问这问那。"

杜小曼揣着疑惑点点头，总觉得谢况弈的话里隐瞒了什么。

谢况弈喝完了水，就出去捡柴。杜小曼绕到厨房，看有没有什么可以帮忙的地方。坐着不动让孤于箬儿这样一个柔弱的小姑娘忙前忙后，她觉得有点羞愧。

这座石府的地方并不算大，从走道再绕出去，后面还有个院子，在山腹中，阳光可以照进来。

厨房在院子里，屋后有一口井，两块菜地，种着些蔬菜，还有一洼水塘，养着几条肥鱼，收拾得整整齐齐。

孤于箬儿正卷着袖子、围着围裙坐在井边，清洗两条咸鱼，旁边的两棵小树之间拉着一条绳子，晾晒着一条条鱼干。

杜小曼走过去帮她洗鱼："这些鱼都是你自己做的？"

孤于箬儿不好意思地笑了笑："嗯，我不太会做咸的菜，因为蜜糖是我自己养蜂采的，但是盐之类的调料都是弈哥哥从山下带给我，我用得不多。每次弈哥哥来，我做饭给他吃，他都吃很少。只有上次我做了这个鱼，他夸我了。对了，小曼姐姐，你开过酒楼，是不是很会做饭，能不能教我？"

杜小曼点点头。其实她本来也不太会做饭，但在开酒楼期间，有幸从曹师傅那里偷师学了一点。

咸鱼洗净后，杜小曼到孤于箬儿的厨房里看了看，发现各种调料都齐备。孤于箬儿做菜的水准比她想象的要强大很多，她先把咸鱼放在酒和一些香料中去腥，再调制料汁放在锅中蒸，不一会儿，就满院飘香。

杜小曼口水直流："哇，你这个鱼做得太有水准了，我酒楼的掌勺师傅都没你做得好。"

孤于箬儿两颊泛出红晕："是……是吗？我还怕做得不好吃。"

鱼蒸好，杜小曼夹了一块吃，一边用手扇风忍着烫，一边往嘴里塞，含糊地说："太好吃了，你这种厨艺啊，谁要是娶了你，那太有福气了。"

孤于箬儿羞涩地低下头。

吃饭的时候，杜小曼和谢况弈为了抢鱼，险些打起来。最终当然是谢况弈赢了。谢况弈扬扬得意地把鱼放进碗里，扬扬得意地说："箬儿做饭很好吃吧？你在这里住着，绝对会不想走。"

孤于箬儿捧着碗偷偷地笑，杜小曼的脑子里突然冒出一个念头，孤于箬儿这么可爱的女孩子，谢况弈为什么没和她在一起呢？不会是谢少主的眼睛有什么问题吧？

这个念头没来得及在她脑子里多停留，就被面前的美食占据了。

吃完了饭，杜小曼去后厨洗碗，孤于箬儿帮她收拾了一间简单的石室，里面只有一张床、一张桌子、几把椅子而已。杜小曼躺在床上，闻着石室内特有的幽香，很快就睡着了。

第二天早上，杜小曼起床梳洗，孤于箬儿拿了自己的镜子和梳子给她，歉疚地说："因为一般只有我自己住，没有别的东西，抱歉。"

杜小曼很感激地接过来："没有啊，是我来打扰你，应该我说抱歉才对。"

以往都是别人帮她弄头发，故而这几天只能靠自己以来，她也就是简单地把头发绑一绑束一束，但求不碍事，美观什么的，就是浮云了。

收拾齐整，杜小曼去厨房给孤于箬儿打下手准备早饭，只见谢况弈在院子里、屋里、花园里走来走去，脸上写着四个大字——"我很无聊"。

吃早饭的时候，谢况弈说："我去山下的市集看看有没有什么可以添置的，晚上才回来。"

听到谢况弈说要走，孤于箬儿的神色立刻黯淡了，待听见最后一句，又重新振作起来，点头道："嗯，那我蒸鱼等弈哥哥你回来吃。"

吃完早饭，谢况弈牵着马一溜烟地走了。

杜小曼觉得，谢少主其实是寂寞了，要去山下跑跑散散心。

闲着没事，孤于箬儿拉她去药圃，对她说这种那种药材的功用，说起药的时候，她的眼睛就特别明亮。

她又替杜小曼诊脉，帮她寻找药材重新调配恢复的药物。

她调的养嗓子的药剂里加了蜂蜜，凉凉甜甜的，特别好喝。不知怎的，话题就从养身体到了护肤之类的心得。

"对了小曼姐姐，山涧的溪水边有种泥，与草汁和在一起，敷脸特别好用。有痘痘的话，敷一下立刻就好。"

杜小曼和谢况弈赶了几天的路，下巴和鼻子旁边早就冒出了几颗大痘，一听这个立刻兴奋起来："那我要试试。"

孤于箬儿带着杜小曼出了洞府，顺便提上了药篓采药。

杜小曼在河边挖泥，孤于箬儿在一旁轻声说："小曼姐姐，我想去摘几朵草菇，放在鱼里一起蒸，味道会更好。"

杜小曼点头："好啊，我先在这里挖着，你去那边摘吧。"

孤于箬儿提着竹篓轻快地走了。

杜小曼挖了一小罐湿泥，按照孤于箬儿的说法，捧了山泉水放进泥里，把罐子封好，在泉水里洗干净手，孤于箬儿依然没有回来。

她站起身张望，远远看见那边的树后，依稀是孤于箬儿和一个人站着。

难道是谢况弈回来了？不像。谢况弈今天穿的不是月白色的衣服。

杜小曼小心地凑到近前，还没看清人，先听到了一个熟悉的声音："……多谢姑娘指路，小生感激不尽。姑娘，怎么你会一个人在这深山老林之中？"

杜小曼大惊失色，是他！他是怎么爬来的？！

孤于箬儿很明显不太会应付这种人，小声道："公子不必客气。我家就住在这里。"

"啊？姑娘竟住在这山林之中么？也是，唯有这般灵秀的山水，才能生出姑娘这样的绝代佳人。唉，天气炎热，小生迷了路，已是疲惫不堪，敢问能否向姑娘讨些水喝？"

孤于箬儿犹豫道："如果公子不嫌弃，就请……"

杜小曼箭步上前："那边就是山溪，想喝多少有多少！"

那人睁大眼，一脸不敢置信："掌柜的！真是人生何处不相逢，有缘千里来相会！"

杜小曼冷笑一声，避开时阑扑来的身形，从牙缝中说："是，真的太巧了。"

孤于箬儿看看杜小曼再看看时阑，露出迷茫的笑容："原来公子是小曼姐姐的朋友，请到我的洞府坐坐吧。"

杜小曼赶紧说："不是朋友，箬儿你离这种奇怪的人远一点。"

时阑耷拉下脸，伤感地叹了一口气："我怎么配做掌柜的朋友呢？我是奴仆，签了十年的卖身契。"从怀里摸出一张纸，摊开，"看，还有官印。"

孤于箬儿的表情更迷茫了。

杜小曼一把揪住时阑，强笑着对她说："箬儿，我有话先和此人聊聊，等一下就回来。"

她拖着时阑到了另一边的大树下，松开手："好了，时公子，我们开诚布公地谈一谈。你肯定不是无意找到这里来的，你到底有什么目的？你到底是什么身份？我这人最不爱绕弯子，反正我和月圣门没关系，你从我这里什么都得不到。"

时阑无辜地眨眨眼："掌柜的，你疑心病太重了。别人不信你和月圣门没有关系，但我从来都信。"

他说得这样诚挚，杜小曼几乎都要感动了。

时阑再叹了口气："还有，掌柜的，你放心，绿琉、碧璃还有曹师傅都没事，好好地在杭州城里。宁景徽和月圣门的注意力都在你身上，没人找他们的麻烦。我真的是无意间路过这里的。掌柜的不肯跟我走，我太伤感了，附近有一座书院，我就想来这里散散心，听听书，顺道再回杭州……"

杜小曼在心中大翻白眼，时阑这人就是这样，说话半真半假，搞得人一句话都不敢相信。

好不容易等时阑絮叨完了他是怎么爬上了这座山，怎么迷了路，怎么"偶遇"孤于箬儿。

杜小曼挪动一下站酸的腿："你想去书院散心就继续去吧，再见拜拜，好走不送。"

时阑的表情有点伤心："掌柜的一定要这样对待吾吗？"楚楚可怜的眼神看得杜小曼一阵恶寒。

杜小曼抖抖鸡皮疙瘩："说正经的，既然你找到了这里，我也藏不住了。但不管怎样，谢少主和孤于箬儿都是无辜的，他们只是行侠仗义而已，麻烦高抬贵手，放过他们。"

时阑的神情未变，树叶下漏的光落进他的眼中，衬得他的双眸深不可测。他扯动嘴角："假如我与宁景徽是一伙的，便不会在此处，与你说上这么久的话了。"

杜小曼一时沉默。

时阑又笑了笑："对了掌柜的，原本我以为，依照你的个性，绝对不会做低伏小，没想到你与谢少主的未婚妻居然相处得这般融洽。"

杜小曼微微一惊："你说什么？"

时阑道："刚才听你称那女子为孤于箬儿。两年前，白麓山庄庄主办寿宴的时候，亲自向整个武林宣布，少庄主谢况弈的亲事已定，是他至交好友之女孤于箬儿，这件事世人皆知。怎么，谢少庄主没告诉你？"

杜小曼如五雷轰顶。

时阑对着她目瞪口呆的表情咂了咂嘴："唉，江湖传闻，孤于箬儿乃天下第一美女，精通药理，都称赞谢少庄主好艳福，今日一见，果然好像世外仙子。孤于姑娘的个性温柔，善解人意，看来掌柜的你和她已姐妹相称，处得不错。将来你改嫁谢况弈，说不定也不是做妾，能够直接做个平妻。"

杜小曼的大脑一片空白。

她僵硬地转头望向不远处的孤于箬儿，箬儿正拎着药篓，担心地向这里看，一脸单纯无邪。

天啊！这、这算什么！

杜小曼捂住额头，踉踉跄跄后退。

孤于箬儿见这边情形不对，匆匆跑过来："小曼姐姐，你怎么了？你们谈了什么啊？你在冒冷汗，我替你诊诊脉。"

杜小曼扭过头，不敢看孤于箬儿的脸。被这样关照，她感到羞耻无比。

时阑凑到她耳边，低声道："掌柜的，你身体不适，先和孤于姑娘回去休息吧。我就住在山下不远处的闻道书院。有什么需要的，只管来找我。"转身离去。

杜小曼木木呆呆跟着孤于箬儿回到了竹幽府，孤于箬儿帮她把了脉，又屋里屋外给她拿好吃的，泡药茶，还点上了药香帮她定心。

看到这样的箬儿，杜小曼越发羞愧得不敢抬头。

神啊！她、她竟然差点做了小三！

谢况弈早就有了未婚妻，他和箬儿之间的互动，她应该看出来的，居然还视而不见……

谢况弈帮她，只是行侠仗义而已。她却以为……

杜小曼用手捂住眼。她想起自己在箬儿面前，还对谢况弈做过这样那样那样这样稍显出格的事，就恨不得挖个洞把自己埋起来。

也就是箬儿天真无邪看不出来，如果换了另一个稍微聪明点的女子，肯定会唾弃她的吧。

啊啊啊，我是人渣！！！！

其实杜小曼以前从没有对谢况弈起过什么不良的念头，但在最绝望最无助的时候，从天而降的谢况弈恰好触发了她心里那个少女梦幻的开关。

那时候她想，能够放心地抓住一双手，靠住某人的手臂，真好。

哪怕是在最黑的夜晚，最孤寂的深山，只要知道自己身边守着一个人，他会保护你，让你不受到任何侵扰，这样安全的感觉，真好。

但，这些都是她想多了而已。

她终究还是把行侠仗义，曲解成了别的意思。

想起曾对谢况弈说过的傻话，杜小曼就恨不得割了自己的舌头。

太丢脸了！做出这种事情的她，有什么脸面再唾弃慕渣男，唾弃阮紫霁？

我是人渣！

杜小曼抱着杯子，狠狠地灌着茶。她几乎能想象北岳帝君在天庭上得意的表情！

万幸啊！时阑不管怎么诡异吧，他出现得很是时候，提醒得很是时候。大错尚未筑成，补救不算晚，能够让她收起邪念，端正态度。

孤于箸儿坐在她对面挑草菇，一脸烦恼："弈哥哥好像也不太喜欢蘑菇。除了咸鱼之外，他还喜欢吃什么？"

杜小曼说："他比较喜欢喝酒吃肉吧。江湖侠士都这样，你多做点荤菜，口味重点试试。"

孤于箸儿的双眼亮了亮，点点头："好。"

杜小曼借口身体不舒服，把自己关在房间里睡觉。

她在想，要不要继续在这里待下去。不管箸儿知不知道，她毕竟对人家的未婚夫起过不良之心，还要住在人家的洞府里白吃白用，让人家照顾，脸皮也太厚了。

她翻来覆去地思考，外面传来动静，是谢况弈从山下回来了。他砰砰地敲杜小曼的房门："喂喂，我买了好菜，快点来吃，还热着。"

杜小曼只好出了房间。

谢况弈正在往桌上摆菜，烧鸡、卤鹅、酱蹄筋……摆了满满一桌，还有一小坛酒。

孤于箸儿小小声地说："弈哥哥，你先吃着，我去蒸鱼，我采了蘑菇，蒸出来的鱼能更鲜。"

谢况弈摆摆手："别弄了，现成这么多菜，吃都吃不完。咸鱼那东西，没什么好弄的，吃多了就烦了。你洗手坐下，我还买了蒸蟹，连姜醋汁也是配好的！"

孤于箸儿眼中的神色立刻就黯淡了，却依然努力笑着点点头："好。那……弈哥哥，我去打水，你洗洗手吧。"

杜小曼跟了出去，把水盆里泡着的蘑菇捞出来："晾干了，明天应该还能用。"

孤于箸儿点点头，眼眶有些红。

吃完饭，孤于箸儿收拾了碗去厨房，杜小曼一边擦桌子，一边假装不经意地向谢况弈道："箸儿是你的未婚妻吧？"

谢况弈顿了顿，哦了一声，点点头，半晌又问："箸儿告诉你的？"

杜小曼笑道："不是，我看出来的。别小看我的眼神，你们这么般配。"

谢况弈刨刨头发："箬儿，唉，父母之命，我一定要娶她。"

杜小曼手里的抹布吧嗒掉到地上，她弯下腰去捡，然后慢慢直起身。

她万万想不到，这句渣男的经典台词，竟然会从谢况弈的嘴里蹦出来。娶到这样的女孩子，是个男人都该傻笑吧，他却这么不知足。

此刻的场合，不便多说什么，杜小曼只能僵硬地用开玩笑的口气说："箬儿是个好女孩，娶她你该偷笑啦，要惜福啊，少年。"

谢况弈的表情僵硬，转过脸："你不懂。"

杜小曼皱了皱眉，眼角的余光突然瞟到白衣一闪。

她提着簸箕到了后院，孤于箬儿背对着她站在花圃前，杜小曼不知该怎么办，缓缓放下的簸箕，试探着走到箬儿身边。

箬儿正在哭，泪水从她的脸颊上滑下，杜小曼手足无措。

箬儿抬袖擦了擦眼泪，勉强对杜小曼笑了笑："我没事的，小曼姐姐，弈哥哥他娶我，的确只是因为还上一辈的恩惠。本来，像我这样的怪物，谁会喜欢呢？弈哥哥他是好人，是个君子。小曼姐姐，我知道，你和弈哥哥……我、我不介意的……"

杜小曼再次有被雷劈的感觉。

这狗血的、八点档连续剧一样的情节，为什么正在她身上演？

苍天啊，这到底是什么状况！

她赶紧说："没有没有，谢少主他救我只是行侠仗义，我对他也只有感激之情。我、我其实是个已婚妇女，所以你千万相信我，相信你弈哥哥……"

孤于箬儿闭上眼，轻轻摇了摇头："小曼姐……你不懂的……"

杜小曼被这个狗血的剧情打败了。她有种冲动，立刻收拾东西滚下山，哪怕被狼啃了，也比待在这里强。

不过，直接滚不太可行，势必遭到阻拦，再一撕扯，场面就更狗血了。于是她咬牙挺住了，准备等到夜深人静，大家都睡着的时候，再悄悄滚走，不带走一片云彩。

到了半夜，杜小曼从床上爬起来，开始实行自己的计划。考虑到山比较高，她想到厨房里去顺一只今天没吃完的猪蹄，留到路上做干粮。

石洞中很寂静，杜小曼蹑手蹑脚走向后厨，刚到通往后院的门口，她就吃了一惊。

白色的月光下，院子里，有一个陌生的少年。

一身白衣，散着一头黑发，站在银白的月光里。

少年的容貌并非绝世罕有，但有一种独特的清丽。这个苍白的、清冷的、寂寞的少年好像月光化成的精灵，无意间落进了这个孤山小院。

他微微仰着头，脸上带着淡淡的忧伤，望着——绳上晾的那一排咸鱼。

杜小曼呆呆地站着，忘记了呼吸。她就看着那少年这样忧伤地持续望着望着望着咸鱼……许久许久之后，她才小心翼翼地说："呃，你很想吃吗？想吃就拿一条吧。"

少年似是吃了一惊，回头望着杜小曼。

这样正面直视，他的容颜越发炫目。杜小曼咽了咽口水，生怕一个大喘气吓走了他，抬手努力用最友好的姿态笑了笑："嗨，你好，我叫杜小曼。"

少年的睫毛颤了颤，微微垂下，轻声道："小曼姐姐，我……我是……孤于箬儿。"

……

啊，怎么回事，她怎么好像幻听了呢？

少年的眼睫上挂着泪水，像清晨花瓣上的露珠，轻轻颤抖，然后顺着脸颊滑下。

"小曼姐姐，现在你知道了，为什么弈哥哥他，不愿意娶我。"

呵呵，今晚的月色真美啊！我一定是睡迷糊了……呵呵呵，我要回去继续睡……继续睡……

杜小曼僵硬地转过身，谢况弈环着双臂正对着她站着，一脸烦恼："唉，现在你知道了。"

石厅，桌边，昏暗的灯烛。

杜小曼抱着茶杯，一口气灌下了两大杯凉茶，这才冷静了下来，能够淡定地打量着对面坐着的那个……白衣少年。

孤于箬儿，"她"变成男人的时候，叫孤于箬。

"箬儿他……是精灵……或者神仙？"杜小曼斟酌着词语，没有说出"妖精"这两个字。

妖精也没啥，她是见过大世面的，天庭去过，九天玄女和北岳帝君都见过，她自己来历神奇啊，孤于箬儿就算是妖精又怎么样？

孤于箸凄楚地苦笑一声："像我这样的怪物，怎么敢沾一个仙字。"

谢况弈放下茶杯："他是人，怎么说呢，算是被诅咒了吧。"

孤于箸低声道："是我们孤于家作的孽，必须由子孙后代来还。"

杜小曼就着茶水，听了一个长长的、曲折的故事。

许多年前，孤于家居住在南海一代，不仅是江湖名门，还是一方豪绅，有良田千顷，奴仆无数。

有一年夏天，孤于家门下的租户前来交租，向当时的孤于氏当家人进献了一样奇物——一只从海中捕捞出的大蚌。

据说那蚌夜晚时能从缝隙中冒出七彩的瑞气，众人猜测蚌壳中定然有异宝，但不管用什么方法，始终都无法打开。

当时，恰好有一个云游的道人在孤于府做客，他对孤于主人说，这是一只即将修炼成精的蚌，凡人无法对付。如果想要打开它，必须要用佛法儒的三件宝器同时镇压，再拿金刚鼎熬炼。但他劝孤于主人不要这么做，因为这只蚌吞吐的是七彩的瑞气，而非黑烟，说明它有仙缘，修的是正道，放它一条生路，可以福泽无边。

但是孤于主人对蚌壳中藏了什么东西更有兴趣。他的藏宝库中恰好有一尊金刚鼎，他便立刻到当地的名观、名寺和书院中借来了三样宝器，准备打开蚌壳。

就在当天夜里，孤于主人做了一个梦，梦里有一个女子哭泣着向他求情，说："我情愿送上至宝，换我性命，倘若你肯放我，我定然保你孤于氏一族世代昌隆。"

第二天，孤于主人起床，仆人向他禀报，说那大蚌昨天晚上吐出了一颗硕大的明珠，到底价值几何，无法估量。

孤于主人却没有放了大蚌，他反而觉得，这蚌能够化形托梦，已经成妖，孤于氏权势极大，金银或福泽都无法打动他，他想要的是能够长生不老，修道成仙。

孤于主人拿了明珠，用三件宝器镇住了蚌精，再用金刚鼎熬炼。熬了七七四十九天，据说鼎中一直传来凄厉的呼声，四十九天之后，大蚌的蚌肉彻底熬成了一鼎浓汤。孤于主人把汤喝了下去。

喝了汤的孤于主人并没有飞升成仙，他突然得了一种怪病，身上的皮肤都变成了坚硬的甲壳，一寸寸变化，最终连口鼻也长实了，无法呼吸，极其痛苦地死去。

孤于府也连连遭遇劫数，最终破败。

孤于氏的人各处去寻找当年告诉孤于主人那只蚌来历的道人，道人开坛，做了一场法事，总算驱逐了蚌妖。

但是蚌妖的邪性已经深种进了孤于家的血脉里，孤于氏的后代们从此有了一种怪病，男女同体，男子会在每月的特定几天变成女人，女子会在每月的某几天变成男人。

"我们孤于氏为了不祸害其他人，一般不与旁姓通婚，即便成亲，也不要子女。如今，正族大概只剩下了我一个人了。"

谢况弈的父亲在几十年前曾经遭遇一次危险，差点丢掉小命，幸亏路过的一个男子出手搭救。他就与此人结成了异姓兄弟，并且定下儿女亲事。

这个人就是孤于箬儿的爹。孤于箬儿的爹不想祸害老谢家，把自己的情况据实相告，谢况弈的爹却坚定地表示没有关系，执意给当时还在吃奶的谢况弈结下了这门亲事。

当时孤于箬儿还没出生，她父亲觉得，自己的妻子也未必会生女儿，如果是儿子，就做结拜兄弟了，便点头答应了。

没想到，居然真的生了一个女儿。

孤于箬的泪又流了下来："是我害了弈哥哥，要是我是个男的就好了。"

杜小曼唏嘘不已，这也太苦情了："没有破解的方法吗？既然是邪术，应该有破解的方法吧。找一找这世上的高人帮忙呢，说不定还有神仙路过凡间，顺路就给解除了。"

孤于箬闭上眼摇了摇头："没有，这么多年来，孤于氏，包括我的父母都在四处寻找破解的方法，都一无所获……等我们正族一个不留的时候，就是破解的时候吧……"

杜小曼的心都有些隐隐作痛了。

孤于箬抬起眼："弈哥哥，婚约这件事，你就当不存在吧。我这种人，即便你娶了我，也过不上开心的日子。我想就这样孤独终老。希望下辈子，我不再姓孤于。"

杜小曼一阵揪心，红颜薄命啊！不管是男是女，都是大美人，怎么就有这样离奇的命运呢？

谢况弈斩钉截铁地道："我们谢氏，允诺之事，必定会办到！"

孤于箬惨然一笑："执着于遵守这样的约定，有什么好处呢？只要我一天是这种不男不女的样子，弈哥哥你就不会喜欢我。与其受这种煎熬，还不如早早罢了。"

杜小曼最看不得别人哭，尤其是看这么美的一个少年在绝望地流泪。谢况弈真是的，不就是每月变几天么。孤于箸儿即便变成了男人，那也是一个赏心悦目的美少年，有啥难以接受的？

她拍拍孤于箸的手，安慰道："你不要这么悲观，要相信真爱！真爱是不分种族、不分性别、不分年龄、没有界限的！有了真爱，别说你偶尔变成男人，即使你变成树，变成石头，变成咸鱼，他也会永远爱你！这才叫爱！"

她眼都不眨地背着从漫画书里抄来的台词，孤于箸怔怔地望着她。

杜小曼豪迈地一挥手："总之，你要明白，真爱无敌！别想太多，不管什么，在你和谢况弈的真爱面前，都不是障碍！"

孤于箸看着杜小曼的双眼亮了起来，谢况弈的嘴角抽了抽，似乎想说什么，又忍住了。

杜小曼再拍拍孤于箸的手，美少年的小手，摸起来手感这么的好："乖，别纠结了，好好回去睡一觉。这世界上，没有解决不了的问题。你看，外面的天空多辽阔，繁星多灿烂。人是很渺小的，你心里的烦恼，那就更渺小了，如果你不想看见它，根本就不会看见！"

孤于箸咬住嘴唇，点了点头。

把孤于箸送回房间，看他睡下，杜小曼觉得自己的人生升华了。

开导别人，感觉这么好！怪不得寺院里的高僧，修道院的神父，都一脸的充实。人生，因为帮助别人而伟大！

她脚下踩着飘飘的云，飘向自己的房间，已全然把要偷偷滚下山这件事抛在了脑后。

在走道里，一个黑影堵住了她的去路。

是谢况弈，他斜倚在门上，沉声问："你愿意嫁给你酒楼里养的那头牛么？"

杜小曼愣了愣："牛？那是头母牛欸。"

谢况弈懒懒道："你不是说，在真爱面前，是人是畜，是公是母都没有关系？"

杜小曼被他噎得一时愣住。

谢况弈冷哼一声："所以，什么大道理，都是说得轻巧。"转身进屋，轰隆，合上石门。

杜小曼呆站了一会儿，她怕刚才谢况弈的话被孤于箸听见，万一脆弱的心碎了，一个想不开……

她蹑手蹑脚地走到孤于箸门前，听了好一阵儿，确定没有异常的动静，外面的天隐隐发白，这才回到自己房间躺下。

没多久，天就大亮了，杜小曼记挂着孤于箸，忍着倦意爬起身，看见白衣少年在厨房里熬粥，这才松了一口气，假装神采奕奕地和他打招呼："早啊。"

孤于箸抬起脸："小曼姐，起来了？"

孤于箸儿少年的形态不如少女的形态活泼可爱，很少笑，显得比较忧郁，话也少，亦可能是昨晚刚刚受过刺激的缘故。

吃完了早饭，谢况弈收拾了一下东西，向杜小曼道："山庄里有些事，我要离开一下。且如果我留在这里，比较引人注意。我先离开，你在箸儿这里好好住着，等风声过去了，我再来接你。"

杜小曼目送他离去，有点烦恼。她已经打定了主意今天离开，时阑昨天提到了绿琉碧璃她们，总让她不放心。而且她到底还是介意谢况弈和孤于箸儿的关系。

太复杂了。杜小曼清楚地知道，她留在这里，会让事情更复杂。

她在石洞里转来转去，犹豫该怎么办。是和孤于箸儿打声招呼再走，还是悄悄地走掉比较好？

她本来想光明正大地离开，但不知道为什么，做的时候却选了后者。

"呃，那个，箸儿，我想再去挖一点昨天你说的那个泥。你不用和我一起去了，我认得路，我自己去就行……"

孤于箸点点头，带她走到门前，打开洞府的机关。

杜小曼心虚地对他挥挥手："我很快回来，拜拜。"

她刚转过身，孤于箸忽然在她身后说："小曼姐，等一等。"

杜小曼转过身，孤于箸递给她一张纸和一个包裹："这是下山的地图、水袋和干粮，还有治你身上余毒的药，竹纹瓶内服，白瓶外用。"

杜小曼愣了五秒钟，木木地伸手接过。

孤于箸垂下眼帘，不再看她："小曼姐，保重。"

他转身进入洞府，石门轰隆隆在杜小曼眼前合拢。

杜小曼抱着包裹，一脚深一脚浅地跌跌撞撞下山。

那天和谢况弈一起上山的时候不觉得什么，此刻一个人走在山里，她才发现，山路很崎岖陡峭，到处是乱石树根。一不留神，她已经跌了好几跤。

孤于箬儿画的地图非常详细易懂。但是，当你站在一片野林子里，根本不知道自己现在处在山的哪个方位，举目四望，前边后边左边右边都没什么区别，这时候，地图再精密也没用……

老天赐我一个GPS吧！杜小曼在内心咆哮，我需要先搞清楚自己的位置啊！

仿佛回应她无声的呐喊，一坨东西啪嗒掉在了她头上。当然不是GPS，而是一块鸟粪。

杜小曼薅了两把草叶，用力擦擦头擦擦手，继续凭着感觉向前走。好不容易望见了山下的平地，天上打了两个闷雷，哗啦啦下起大雨。

水帘模糊了视线，杜小曼把水袋挂到腰上，包裹里的东西塞进怀中，把包裹皮顶在头顶，躲在大树下避雨。闷雷一声接着一声，她哆哆嗦嗦地想，雷公大人，看在我是两位大仙打赌工具的分上，千万不要劈我啊。

不知道是不是雷公大仙听到了她的祷告，雷渐渐小了，雨下了一会儿也停了。

杜小曼继续向前走，山林里又湿又滑，她踩了满脚的泥，即使在草上树上用力蹭鞋底，脚还是越来越沉。好不容易走到了山下，杜小曼举目四望，只见前方一道白水浩浩渺渺，不像是通往闻道书院的方向。

杜小曼去摸孤于箬儿画的那张地图，发现早就被雨水泡糊了。这下惨了，彻底不知道身在何处了！

杜小曼正在懊恼，忽然见远处的河边，有个黑点在晃动，好像是个人。

她大喜，赶紧跌跌撞撞跑过去，那黑点渐渐清晰，的确是个人，头戴斗笠，身披蓑衣，正在垂钓。

听见杜小曼跑近的声音，他回过头，掀开斗笠，露出一张六十余岁老者的面孔，讶然地道："你是谁家女娃，怎么一个人在这荒郊野地里？"

杜小曼拧了拧湿透的衣角："我是到闻道书院找我表兄的，不小心迷路了。敢问老伯，去闻道书院怎么走？"

渔翁放下钓竿："闻道书院？女娃娃，你走错路了。闻道书院在山的另一边哩，还要再过两个山头，你顺着山脚绕，今天晚上，也不一定走得到。"

啊？有没有搞错！时阑那个谎话精，说什么就在山下，居然有这么远。

老渔翁打量着杜小曼："你一个女娃儿，自己走山路，也真胆大。"

杜小曼从甲板上爬起来，沉默地坐到船头。此时此刻，叫天天不应叫地地不灵，她只能暂时老实地听郭婶的话，再想对策。

船在芦苇荡中七拐八拐地飘着，又转进了一条分岔的河道，再迂回曲折地前进。傍晚时分，茂盛的芦苇荡中渐渐出现了一座小岛，郭婶撑着桨，把船靠到小岛边。

岸上站着一个四十余岁面目猥琐的中年汉子，搓手笑道："妈妈真是好福气，又请来了一位如花似玉的小娘子。"目光如钩般把杜小曼从头到脚扫了数遍，绽开黄牙涎笑着伸手，"小娘子，小生名叫鬼六，这座桃花岛里里外外都是我照应，日后我们亲近的日子多得是……"

郭婶扯着杜小曼，一把拍开鬼六的手："喊！这位小娘子可是金贵人物，妈妈我的眼再不会错的，看看这细皮白肉的，就不是寻常人家的姑娘，来日定然有贵客疼她爱她，你粗手粗脚的怎能伺候？趁早有多远离多远！倘若被我知道你对小娘子有冒犯，仔细你的狗腿！"

鬼六再搓搓手，嘿嘿笑道："知道了，知道了，那我一定离得远远的，只闻个香气儿便是。"

此岛虽然叫作桃花岛，但因为是夏天，杜小曼并没有看到桃花。岛上的屋子盖得充满了风月气息，花哨的屋内熏着浓香，杜小曼刚一进去，就被呛得打了个喷嚏！

她才进大厅，只见一个女子急匆匆地从楼梯上跑下来，气喘吁吁道："妈妈，那个顾婉娘刚刚上吊了，还好没死，正救着。"

郭婶瞪了那女子一眼："嚷嚷什么，大惊小怪，没死就成。"又转头向杜小曼叹道，"唉，她说的这个婉娘啊，是我们岛上一等一的美人，因那张员外新近纳了小，不来看她，她就想不开了。真是太实心眼了。没了张员外，王掌柜、李老爷，不都是识情知趣、体贴温存的男子么，还捧着大把的银子等着她花呢！女人，对这些男人，只要玩玩就好，千万不能动真情！"

她把杜小曼塞给几个花枝招展的女子，吩咐她们把杜小曼"好好拾掇拾掇"。

几个女人带着杜小曼到了楼上一个房间，洗澡更衣，替她梳了个牡丹般的头，擦出面粉般的脸，勾出一张血红的唇，眉心还按了一朵恶俗的花钿。

杜小曼一向对唐晋媗的脸很满意，现在都不太忍心看镜子。

那几个女子一边往她头上插上大朵绢花,一边说:"妹妹莫板着脸。一开始啊,我们都和你一样,后来看开了,日子也就舒心了。"

杜小曼反问:"你们也和我一样,是被拐来的?那些以前好人家的女子,也都真的甘心留在这里?"

几个女子互相看了一眼,一个穿桃红纱衣的女子笑道:"当然啦,妹妹习惯了这里,一定会喜欢的。"

杜小曼还想再说什么,突然隐隐听到有女子凄厉的呼叫。那几个女子又互相看了一眼,赶紧七嘴八舌地和杜小曼打岔说话,杜小曼木木地应着。

郭婶对杜小曼不哭不闹不喊不叫的态度很满意,赏给了她一顿丰富的晚饭,边看杜小曼吃,边问:"觉得岛上的饭还合胃口么?"

杜小曼怯怯地点头:"还……好……"

郭婶慈爱地拍拍她的手:"你啊,就是还放不下。不要紧,在这里跟着她们多多学习,很快,你就会把这个岛当成家了。"

杜小曼听了,半垂下眼皮。

半夜,杜小曼从床上爬起。那几个女子帮她梳妆的时候,她旁敲侧击打探过,因为这是一座四面环水的孤岛,不太容易脱逃,故而郭婶并没有设太多的岗哨。

杜小曼不指望今天晚上就能逃走,她想先探探路,摸清门道,寻找机会。

她屏住呼吸,仔细听了听外面有无异常的响动,轻轻地打开门。楼里漆黑一片,静悄悄的。

杜小曼在黑暗中摸索前进,猫着腰走下楼梯。突然,楼下有动静传来,她赶紧躲到楼梯下的阴影中,刺眼的火光逼近,两个大汉缓缓地拖着什么向门外去。

杜小曼倒抽一口冷气,火把的光中,她看出他们拖的是一个女子,她满头满身都是血,头发拖在地上,在地面画出长长的血痕。

那两个大汉就像拖着一袋垃圾一样把她拖出门外,杜小曼听到砰的一声,是那女子被重重地抛到了什么地方,她的手心渗出冷汗,捂住嘴,压下险些冲口而出的惊呼。

一个声音在她身边幽幽响起:"小娘子,好看么?"

杜小曼惊得猛地跳起,哆嗦了一下。

那人摇亮一个火折子,露出一口黄牙:"小娘子,别怕,是我,鬼六。妈妈知道你不哭不闹，肯定是想要逃了，有意让你看看今天这场面。"他涎笑着逼近，"小娘子，看到这个婉娘的模样，你还想逃么？在这个地方，即使你想死，也要按照岛上的规矩死。"

鬼六一步步逼近，杜小曼一步步后退。

鬼六的黄牙在她眼前越来越清晰："小娘子，你太羞涩了，这可不行，妈妈不会喜欢。你别看她现在惯着你，脾气上来，有你受的。哥哥可以教你讨人喜欢的方法……"

杜小曼已经退到了墙边，她假装瑟瑟发抖，悄悄把事先准备的一根锋利的钗子握紧，猛地扎向鬼六。

她的手刚伸出，就被紧紧抓住。鬼六的狞笑在她眼前放大："每个小娘子到了岛上，都会先来这一手，你……"

他的声音戛然而止，神情突然凝滞，慢慢地倒了下去。杜小曼眼前白影一晃，一道如雪的人影轻盈地落到她面前，抓起她的手："走。"

杜小曼不敢相信地看着眼前的人："箸儿？"

孤于箸转过头，不看她："我曾想过不要管你的，但你如果出事了，弈哥哥会恨我。"

杜小曼有种心酸流泪的冲动。

多么萌的妹子啊！（虽然现在暂时不是妹子……）

谢况弈你个睁眼瞎！

她抓紧孤于箸的手："我绝对不会插足你和谢况弈之间的，你放心。"

杜小曼想不到，孤于箸竟有这么好的武功。

每一个冲上来的人，他都只是一挥手，然后那个人就倒下了。

孤于箸就这样一边挥手一边带她快速奔向码头。在小树林里，他停下脚步，转头问杜小曼："你会划船么？"

杜小曼顿了一下："当然……不会。"

孤于箸淡然地说："哦，我也不会。"

杜小曼再顿了一下："那你……怎么过来的？"

孤于箸还是淡然地说："用轻功。"

杜小曼愕然："这么长的河，你用轻功就行？你轻功真好！"

孤于箸垂下眼帘："不太好，我只能自己过河，带不了人。"

"......"

夜风，吹过树林，树叶沙沙作响。好凉的风啊……

杜小曼无语地望向不远处的滔滔河水，不知该怎么办好。河面上，突然泛起漫天红光。

无数条船只像突然从水底冒出来一样，整齐地向这座岛上飞快飘来。船上火把熊熊，映红半条河水，半边天空。

一根根燃着火的箭嗖嗖地射向岛上，孤于箸挥袖格开几根箭，带着杜小曼隐蔽在一处乱石后。

杜小曼偷偷探出头，心想，这就是命吗？

为首的大船船头，站着三个她再熟悉不过的人，宁景徽、裕王、慕云潇。

为什么，为什么这几尊大神会突然出现在这里？来端掉郭妈妈的淫窟，还是来抓她杜小曼？

杜小曼不愿自恋地把自己想得太重要。但是，仅仅一次扫黄打非任务，没必要皇叔、右相、王爷一起出马吧……

怎么办？要往哪里逃？

前面是朝廷的兵马即将登岸，身后郭妈妈淫窟的爪牙也不是吃素的。杜小曼和孤于箸就好像三明治中的熏肠切片，进不得退不得。

杜小曼瞥了一眼孤于箸身上刺眼的白衣，脱下外衫递给他。

孤于箸接过外衫，犹豫了一下，披在身上。杜小曼这件外衫颜色虽然恶俗花哨，但在黑夜中，比白衣服低调多了。

趁着火光冲天，此处的光线相对黑暗时，孤于箸抓住杜小曼的手臂，轻声说："向上跳。"

杜小曼依言跳起，孤于箸纵起轻功，顺势把她拉上身边的大树。树叶茂密，暂时遮蔽了身形。

杜小曼低声对孤于箸说："如果真被发现了，你一个人逃走应该没什么问题吧？"

孤于箸摇摇头："我要带你回去。"

杜小曼对他的一根筋有点无奈："如果只是我被抓了，你和谢况弈两人可以一起来救我一个，如果你我都被抓了，你的弈哥哥就要一个人救我们两个。你觉得哪种划算？"

孤于箸不说话了。

朝廷的兵马已经登岸，杜小曼屏住呼吸俯视着下方。

方才还没登岸，就一阵带着火的箭乱射，难道朝廷的兵马不怕误伤了被囚禁的女子们？还是说，他们打算这个岛上一个活口都不留？

杜小曼打了个冷战。

孤于箬悄声说："冷吗？衣服还你？"

杜小曼勉强摇了摇头。

士兵们正在四处搜寻，暂时没有留意树上。

和宁景徽、裕王、慕云潇一起站着的，还有一个身穿官服的人，杜小曼凑着火光朦胧地觉得，他的衣服样式和杭州的小白脸牛知府一样。果然，不一会儿，一个兵卒大声向他禀报道："知府大人，匪徒们都窝藏在屋中，是否入内？"

知府转身看向宁景徽和裕王。

裕王道："既然藏着不出来，那么，屋中可能另有逃命的门路。"

知府躬身道："是，是。"转而向着兵卒一扬手，"进！"

他们就站在杜小曼和孤于箬藏身的大树不远处说话，杜小曼屏住呼吸，身畔的孤于箬散下来的长发落在她的肩窝和手臂处，扎得有点痒，她竭力忍住，一动不动。

兵卒们举着兵刃，向屋舍冲去。

裕王又道："且慢。入内的时候，务必小心些，千万不要误伤了那些被掳来的女子。"

杜小曼不由得赞赏地看了看裕王，还是这位色狼兄比较有人性。

知府立刻道："那是，那是。"吩咐兵卒道，"万不可误伤无辜！"

那名向知府请示的兵卒却犹豫道："大人，一眼看去，都是一样的人，小的不知如何判断无辜或不无辜。"

知府大人怒斥道："蠢材！蠢材！"却也说不出怎么判断是否无辜。

裕王悠悠然道："你等只记得，见到了不会武功的年轻女子，只擒住便可。"

兵卒低头应了声喏，向众兵卒传达了裕王殿下的指示。

宁景徽微笑着看向裕王："你也越来越怜香惜玉了。"

裕王呵呵笑了笑，知府又躬身道："请殿下、宁相暂回船上休息，此处有下官在足矣。"

宁景徽道："这岛上倒是有几分别致的趣味，只当是赏玩夜色，我等就随着兵卒四处看看吧。"

知府有些迟疑，裕王道："姜知府，岛上拐卖女子的匪寇不过是一群乌合之众，堇州府的兵卒如斯骁勇，宁相、慕王爷与我只是跟在他们后面四处转转，不会有什么闪失，你不必担忧。"

姜知府一脸为难："那请让下官一路陪同。匪寇凶悍多诈，此处是他们的老巢，谁知道会不会有机关暗道？下官实在是不放心……"

宁景徽道："也罢，便请姜知府与本阁同行。慕王爷……"

慕云潇道："本王就是个看热闹的，只跟着宁相罢了。"

这群人一边说，一边离杜小曼藏身的大树越来越远。

杜小曼在心里祈祷，快走吧……快走吧……千万别抬头……

裕王突然停下脚步："我想到那边瞧瞧，就不与宁相同行了。"

宁景徽微微颔首："也罢，多加小心。"

杜小曼觉得下面的场景很微妙。裕王和慕云潇在身份上都要高于宁景徽，但看他们几个的言谈，隐隐却都以宁景徽为尊。

慕云潇是个空壳子的虚衔王爷，看右相的脸色行事并不奇怪。可是，连身为皇帝叔叔的裕王刚才说话的时候，都对宁景徽礼让三分，这就很有趣了。

难道，宁景徽就是传说中的权倾朝野？

杜小曼油然而生了一股钦佩，右相大人真是古代公务员的楷模！就是有时候虚伪了点，是非不分了点。比如，对待她。但是，人无完人嘛。

宁景徽、慕云潇与知府一群人向着远处去了，杜小曼刚想松口气，本应去往另一方的裕王却流连不去，还向树下走了走。

杜小曼在心里碎碎念，快走吧！快走吧！

裕王蓦地抬起头，向树上扫了一眼。

杜小曼打了个寒战，树枝微微颤动。

裕王身边的兵卒敏感地喝道："什么人！"举起弓，取出一支羽箭。

裕王摆摆手："一只鸟而已，可能是被火光惊了。"带着兵卒向另一个方向去。临走之前，仿佛不经意地，又向树上瞥了一眼。

这一眼，让杜小曼脊背的衣裳都汗透了。裕王的视线正与她的视线相遇。他发现了！但为什么故意放水？是猫玩耗子，还是诚心放她一马？

正在这时，屋舍的方向喧嚣声大起，杜小曼小心地探头望，隐约听到那位姜知府的咆哮声："蠢材！……竟跑了！要尔等何用！挖地三尺也要把密道找出来！"

依稀是裕王的声音道："不必挖地三尺，对机关密道，我略懂一些。他们大概从宅子的什么方位进了密道，你们有数么？"

一个结结巴巴的年轻男声回答："是……东南角。"

姜知府道："一层二层？"

裕王的声音含着笑意："自然是一层，谁家的地道挖在二楼？"

姜知府连声自责请罪，杜小曼再看了看河岸的方向，不知道能不能趁他们的注意力在屋舍中的时候，趁乱抢一条船逃跑……

只望了一眼，她就知道，这是痴心妄想。

河岸一圈被围得密不透风，只看见火光和人影一片片。明明看到有很多士兵和宁景徽他们冲向屋内去了，居然还剩下这么多守在岸边！

杜小曼悻悻地回过头，怎么办啊怎么办？总不能一直趴在树上等着别人来活捉吧。她相信，依宁景徽滴水不漏的个性，临走前肯定不会放过每一根树杈。

孤于箬轻声说："房子里，打起来了。"

杜小曼不懂武功，耳力自然比不上孤于箬，竖着耳朵听了片刻，什么都没听到。

"大概是郭婶等人逃逸的密道被发现，快要被抓到了，拼命反抗吧。"

孤于箬秀气的双眉微微皱起："不太像。"

嗯？难道是郭婶他们绝地大反攻？杜小曼觉得，除非郭婶在地下藏了一个师的兵力，否则不可能扭转局面，被抓只是早片刻和晚片刻的差距而已。

杜小曼在逃脱无望的境地中，仍深深地盼望，朝廷能把郭婶这帮人拐子都抓起来，然后判重重的刑！

可怜那些女子，被迫做了这样的营生，即便被解救出来，在观念保守的环境下，恐怕以后的日子也不会好过，这等于她们的一生都被毁了。

真是不公平，明明她们是受害者。

女人总能这么轻易地被毁掉，这个社会的观念、道德的标准，总是对女人特别的严苛。

杜小曼情不自禁地抬头看了看天："如果有一天，这个世界对男人和对女人的标准完全平等就好了。"

孤于箬疑惑地问："你在说什么？"

杜小曼才惊觉自己不知不觉把这句话说出了口："啊，没什么……到底咱们怎么才能……"

孤于箬再望向房屋的方向："我又听了一下，好像他们自己打起来了？"

杜小曼愕然："啊？"

孤于箬认真地说："应该是的，这些官府的人，自己和自己打起来了。"

杜小曼还来不及目瞪口呆，房屋方向的天空上，突然绽开一朵烟花。然后河边传来了喊杀声。

河岸上、船上的一些兵卒抽出兵刃，向着自己身边的其他兵卒砍了下去。那些被砍的兵卒们猝不及防，很多还都来不及拔出兵器就倒了下去，落水声不断。

孤于箬抓住杜小曼的袖子："你看，他们的衣服不一样。"

我没你那么好的视力……趴在树杈上努力睁大眼的杜小曼在心中流泪。

孤于箬贴心地向她解释："砍人的那些兵，衣服上没有纹饰，铠甲下的布衫是蓝色的。被砍的那些兵，衣袖上都有一只鹰，铠甲下的布衫是红色的。"

杜小曼愣怔了片刻，脑中闪过一个大胆的念头，推推身边的孤于箬："你能不能趁乱下去，把士兵的衣服弄两套来？"

双方在互砍，只是凭衣服判定敌我，来不及详细确定，比较方便浑水摸鱼。

但稍一冷静，她就知道这个主意不可行。场面再怎么乱，孤于箬要接近混乱场面拖两具尸体，扒下衣服，再抱着两套带铠甲的衣服回到树上，再换装备……

步骤太多了，太需要时间，不可能。

她立刻说："你当我没说过。"

孤于箬却道："应该可以的，你要什么颜色的衣服？"

杜小曼摇头："不行不行，绝对行不通，你做不了。刚才是我脑残了，你当没听过。"

孤于箬看看她，转过身，纵身跃下树。

杜小曼在树上跺脚，箬儿这个一根筋的傻娃！这该怎么办！万一箬儿有个什么意外，她真的是罪孽深重，只能回天庭任北岳帝君耻笑了。

她向树下张望，看不见孤于箬的身影。

河边的灌木丛中微动，一个刚刚砍倒红衣兵卒的蓝衣士兵察觉到了，端着长矛走向灌木丛。杜小曼捏了一把汗，却只见那个士兵一个猛子扎进了灌木丛，就再也没有动静了。

过了片刻，灌木丛又簌簌地动起来。

有两个打倒了对手的红衣兵卒发现了动静，互相看了一眼，举着长刀逼近灌木丛，喝道："什么人！"

灌木丛中跃出一个蓝衣兵卒，手中的木棍以快得不可思议的速度点出，两名红衣兵先后倒地。

蓝衣兵迅速地把他们拖进了灌木丛，周围的兵卒们都在忙着互砍，都没有在意这边。

蓝衣兵卒从灌木丛中走了出来，径直走到了杜小曼躲藏的大树下，敲敲树干，擦亮手中的火石，抬起头。

火光照亮了孤于箬的脸，他做了个下来的手势。

杜小曼看着距离遥远的地面，腿有些软。

孤于箬似乎想起了她不会轻功，下不了树，转身走开，片刻后抱着一个包袱走到树下，就这么大模大样地跃上了树，把包裹丢给杜小曼。

杜小曼吃了一惊，果然看见他们这边的动静被注意到了，树下有几个蓝衣兵卒走了过来，喝道："树上有什么人？"

孤于箬纵身跃下树："没什么。"说话间一扬手，几个蓝衣兵趴倒在地。

不远处，又一个蓝衣兵看到了这一幕，却飞快地转身向别处去了。

杜小曼在树上手忙脚乱地换衣服，这套衣服是红衣兵卒的，她一边担心着脱下的衣服鞋子别不小心掉下去，另一边又在苦恼衣服铠甲怎么穿，树上难以行动，她动静太大会被发现，于是更加小心翼翼。

好不容易穿好了衣服，扣对了腰带，套上了靴子，又费了半天才把头发塞进头盔。她把换下的衣服打了个包，小心翼翼地藏挂在树上，探身朝下面比了个可以了的手势。孤于箬再度跳上树，把她带下树。这一举动又被几个打到附近的兵卒发现了。

那几个兵卒都对孤于箬居然从树杈上带下了一个红衣兵感到惊讶，一时互殴的手都慢了。

孤于箬扶着杜小曼站定，再一扬手，这几个目睹此事的兵卒，不管红的蓝的，统统都倒地不起。

孤于箬丢给杜小曼一把刀："我们先装作互砍的样子，边打边靠近河边，看看有没有机会。"

杜小曼发现，孤于箬其实比她想象的聪明多了。她点点头，抢起刀。

一路上，蓝衣兵或红衣兵有想过来帮忙的，都被孤于箬轻描淡写地料理掉了。

杜小曼赞叹地说："箬儿，其实你的武功很棒啊，为什么总谦虚地说不好呢？"

孤于箬认真地说："不好，比不上弈哥哥。"

这孩子的心里，满满的全是弈哥哥。

杜小曼一时走神，孤于箬的声音再度把她拉回现实："小曼姐，红衣兵好像都倒了……"

杜小曼转头，果然旁边站着的，只剩下一排排的蓝衣兵，不少正噙着残酷的笑容向她看来。

幸亏正在此时，突然传出两声长笑，好像游戏里的大BOSS发大招之前的笑声，吸引了那些蓝衣兵的注意。杜小曼趁机假装在孤于箬的矛尖上一撞，扑地装死。

她用胳膊盖住脸，只听见刀兵声止，宁景徽的声音在远处道："本阁没有猜错，区区一个水寨，几个乌合之众，竟能拐卖女子多年，这背后若无官府撑腰，绝不可能。"

姜知府的声音道："宁相在说什么？本府一时没有听清。"

裕王的声音冷冷道："败类，朝廷的蛀虫！"

姜知府叹了一口气，充满了遗憾和沉痛："唉，想不到一个拐子淫窝竟如此厉害，与那月圣门勾结，设下埋伏，让禁军弘统领当场殉职，慕王爷误中流箭身亡，宁右相身中毒镖，伤重不治亡故。本府留守对岸，未能在场身先士卒，致使朝廷连损三名栋梁，自责难当。好在已踏平贼窝，所有贼寇均就地凌迟处死，以慰王爷、右相和弘统领的英灵。"

裕王怒喝："你敢！"

趴在地上的杜小曼一听，顿感心惊。

姜知府居然是一只黑暗大BOSS！难道她真要亲眼见证朝廷的几个巨头一起折在这个岛上？

虽然她挺厌恶慕渣男，但是包括他在内，她还是不想看到他们死的。

可是现在她自身难保，就算箸儿武功挺高，也肯定打不过这么多人，救不了他们。怎么办？

姜知府长叹了一声："唉，诸位在杭州劳心劳力，血染西湖，平定邪教，实是应该直接回京复命，不该再到堇州来。"

慕云潇道："姜知府把一个拐卖妇人的小水寨夸大成月圣门的分舵，引我等来此，真是费心费力。"

姜知府道："那也是诸位先疑了我，带着如斯多的兵马同行。只是我占了先机罢了。"

宁景徽道："姜知府，你乃朝廷四品官员，为何会入了月圣门邪教？"

杜小曼再度心惊，姜知府居然竟是月圣门的人？月圣门不是专杀男人只收女人么？

姜知府阴沉沉道："邪教？月圣门乃公主承天命所建，先皇亲封，怎么到了宁相这里，就成了邪教？宁相污蔑圣教为邪教，就是污蔑先皇，居心何在？"

裕王道："姜绂，你是个男人，如夫人娶了好几个了吧？你正是月圣门最爱杀的那种，你进去了，难道还想娶圣姑，做圣爷？不怕赶个月亮圆的时候，她们先杀了你祭旗？"

姜知府道："月圣门只杀该杀的人，违逆天命的人。"

裕王冷笑两声："竟然连天命二字都用上了，真不得了。"

姜知府慢悠悠道："弘统领若有不忿，可以到阴曹地府亲自去问问，天命是否属实。"

杜小曼又疑惑，姜知府为什么要叫裕王为弘统领？

大概是裕王故意隐藏身份吧，怪不得刚才裕王对宁景徽的态度那么奇怪了，如果姜知府知道自己抓住的人中不但有右相和慕云潇，更有裕王，恐怕会更得意。

听他们话里的意思，宁景徽他们是被姜知府骗了，以为这里有月圣门的余党，才带着兵马同行，并不是来抓她杜小曼的。

她又自作多情了。

裕王再扬声道："你们这些兵卒，领朝廷粮饷，个个都是七尺男儿，难道真要背叛朝廷，投靠一个已被铲除的邪教？"

杜小曼的周围，鸦雀无声。

姜知府道："弘统领，你怎么就不明白？他们现在是朝廷的兵马，将来还是朝廷的兵马。右相、慕王爷和统领大人不幸罹难，他们从贼寇手中夺得了几位的全尸，圣上痛惜之余，还会赐予他们封赏。"

杜小曼听得毛骨悚然。

宁景徽缓缓道："姜绫，本阁再给你一次机会，放下屠刀，为时未晚。"

姜知府哈哈笑道："宁右相，下官定然会为你等食素三日，多烧高香，多找几个和尚道士作法。"

他的笑声戛然而止，杜小曼的身边突然响起此起彼伏的惨呼，有什么湿热的东西滴落在她的身上，砸得盔甲和头盔啪嗒作响，一股腥味弥漫开来。

杜小曼大胆地偷偷抬头，彻底傻了。原本倒在地上的那些红衣"尸体"又爬了起来，一批又一批蓝衣兵卒躺倒在地。而孤于箸此时正在被几个红衣兵围砍，杜小曼赶紧跳起身，孤于箸向她使了个眼色，然后迅速往河边退。杜小曼也跟着他向河边奔去。

孤于箸打晕了几个红衣兵，抢到了一条船，扯过一个蓝衣兵："会划船么？"

那兵卒险些命丧刀下，被孤于箸一扯才捡回一条命，愣怔了一下，拼命点头，连滚带爬上了船。

杜小曼跟着要跳上船，那蓝衣兵卒抢起刀没头没脸地向她砍来，孤于箸一枚石子打飞了他的刀，杜小曼赶紧举起手："我是自己人。"

跟着杜小曼一道奔到船边的几个红衣兵卒闻言呆了一呆，还没来得及掉转刀刃，就先后扑倒在地。

杜小曼踉踉跄跄爬上船，孤于箸砍断船缆，此时，岛上的局面已完全逆转，杜小曼遥遥听到宁景徽声音淡淡地道："本阁奉旨剿灭邪教，获赐便宜行事。今堇州知府姜绫与邪教勾结，更妄图行刺，就地免职，押回京城待审。其余同党，顽抗不肯认罪者，立斩无赦。"

半片河水，满目猩红。

有些蓝衣兵卒也抢船企图逃跑，岸上红衣兵卒搭起弓箭，箭矢如雨而下。

孤于箸挥刀划向水面，河水飞溅而起，如同幕帘，弹开了箭矢。小船飞快离岸，飘向水中央，杜小曼冲那个瑟瑟发抖的蓝衣兵卒喊道："喂，快划呀！"

蓝衣兵听见她是女子的声音，眼睛居然亮了亮，赶紧拼命摇起船桨。

孤于箸站在船尾抵挡流箭，杜小曼抓紧船帮，催促那个兵卒赶紧划。后面的水面上，有几条船箭一般地追了上来，还嗖嗖地放着箭。

孤于箸再度激起水浪，蓝衣兵趁势摇桨调头，小船一头扎进了芦苇荡。

孤于箸飞跃而起，旋身斩落追来的飞箭。船身摇晃，芦苇丛中传来水响，杜小曼担心地回头望，正看见孤于箸跌回船中，一根羽箭深深地插在她的右肩上。

杜小曼吓得手都凉了，连声喊："箸儿，箸儿……"

孤于箸撑起身体："小曼姐，我……"

女孩子的声音，不是孤于箸，是孤于箸儿，变身期结束了。

孤于箸儿断断续续道："伤，不碍事，但是我这个时候……"

有火光逼近，孤于箸儿咬了咬牙，抬手丢出衣袋中的最后几个石子。

扑通，扑通，哗啦——

有落水翻船的声音，火光熄了。

孤于箸儿瘫回甲板上，杜小曼转头向那蓝衣兵喝道："你认得水路么？这里去闻道书院近不近？"

蓝衣兵点头不迭："禀仙姑，认得！去闻道书院要转过一个河道，小的在此地当差许久，知道有条隐蔽的水路……"

杜小曼冷冷道："认得就好。"

孤于箸儿眼下的状况，不适合再爬山回她的洞府，要尽快找到落脚点，只能去闻道书院找时阑了。

杜小曼脱下头盔和身上的铠甲丢进河中，孤于箸儿咬住下唇，掰断了肩膀处羽箭的箭柄，杜小曼小心翼翼地帮她脱下铠甲和头盔。

河风寒冷，孤于箸儿的手冰凉，杜小曼心急如焚，歉疚不已，却一点忙也帮不上。

那蓝衣兵充满期待地问："仙姑，书院之中，是否有圣教接应？"

杜小曼含糊地道："你只管划就是了，问这么多干吗！"

蓝衣兵应了一声，继续努力划船。

杜小曼又问："你是个男子，好好地在朝廷当差，怎么会想到加入圣教？"

实在太奇怪了，她一直以为月圣门招的都是女人。

蓝衣兵道："小人效忠于朝廷，圣教是护国神教，只是被别有居心的人冤枉。小的虽是个男人，亦愿为了朝廷，保护圣教！"

夜色中，杜小曼没太看清这个蓝衣兵的长相，但听声音，是个顶多二十来岁的年轻人。

今晚被杀的蓝衣兵中，又有多少和他一样被别有用心的姜知府和月圣门忽悠利用了的年轻人呢？

杜小曼有些心寒，嗯了一声："本仙姑虽然讨厌男人，但觉得你是个不错的小青年，等来日，定然重重地赏你！"

蓝衣兵连声道谢，更勤奋地继续划船。

幸好，身后再没有追兵追来。小船在芦苇荡中进进出出，又拐进了一条河沟，许久许久之后，前方隐约可见树木的影子，河岸终于要到了。

蓝衣兵把小船靠了岸，轻声说："两位仙姑，往前再走两里路，就到闻道书院了。"

杜小曼本想在这里就把蓝衣兵打发走，但一则她实在不确定自己能找对方向，二则孤于箬儿已经是半昏迷状态，多一个人搀扶会更好一点。

蓝衣兵自告奋勇，抱起了孤于箬儿，和杜小曼一路前行。

树木的间隙中，隐约可见围墙的影子，蓝衣兵喘了口气："仙姑，前方就是闻道书院。"

杜小曼示意他把孤于箬儿放下，道："趁着没人注意，你脱下铠甲衣服，赶紧走吧。"

蓝衣兵怔了怔："仙姑不愿意让小人服侍？"

杜小曼摇头。她和受伤的孤于箬儿两个女子，这样贸然地到闻道书院投靠时阑，必定会引人注意，说不定明天上午官兵就来了。蓝衣兵自身逃走，风险肯定比和她们在一起小得多。

她身上的佩饰在换兵卒衣服的时候都脱下来了，只有一根簪子，应该是银的。她便拔下簪子递给蓝衣兵："这个，可以当点盘缠用，你别回家，先找个荒野窝藏几天，等这件事过去了再说。"

蓝衣兵接过簪子，连声道谢："多谢仙姑赏赐！不知仙姑能否开恩，赐予在下解开圣药的解药？"

杜小曼愣了愣，怪不得这些兵卒肯乖乖和姜知府一起搞阴谋，原来已经被月圣门用药控制了。

她看了看半昏迷的孤于箬儿，如果箬儿醒着，说不定能配出解药……

她思索片刻，向蓝衣兵道："我今天身上没带。告诉我你的名字，如果没有意外，一个月之后，我们约个地方见面，我给你解药。"

蓝衣兵连连作揖："多谢仙姑！多谢仙姑！小的名叫鲁禾，请仙姑告知相见的地点。"

杜小曼道："这里你比我熟，你定地方吧。"

鲁禾犹豫了片刻，支支吾吾地说："离这里十来里地，有座三婆婆山，山顶有棵歪脖老树，挺好认的，不知仙姑……"

杜小曼点点头："好，就那里吧。如果没有意外，我们就一个月后的下午在那里碰面，天黑了等不到人，就是对方有事，不能赴约，各自离开。"

鲁禾点点头，脱下铠甲罩衣抱在怀中，又向杜小曼作了一揖，快速地蹿进了黑暗中。

杜小曼架起孤于箸儿，走到闻道书院门前，用力拍门。

许久，大门方才嘎吱开了，一个穿着儒衫、蓄长须的老者提着灯笼，把杜小曼和孤于箸儿上下照了照，眯起眼："天色未明，怎会有两名女子叩门？快去吧，这里不是女子来的地方。"

杜小曼挡住孤于箸儿的伤口，道："我们来闻道书院找表兄，路上我妹妹受了伤，请老先生让我们进去。"

老者道："表兄？本院第一条戒律，就是但凡来找表兄的女子，一概请回。快走吧！"说着就要关门。

杜小曼赶紧说："我表兄叫时阑，他之前应该和这里的人说过。"

老者道："不管你表兄叫石栏还是木栏，就算是铁栏，本院的规矩也不能改。"砰地合上了门，差点撞到杜小曼的鼻尖。

杜小曼肝火噌噌地升起。

什么意思啊？就算没听说过这件事，看见两个落难女子在外面，其中一个明显状态不对，难道不应该起一点同情心么？

罢了，求人不如求己。

她咽咽唾沫，润润喉咙，运一口真气，扯起嗓子大吼："时阑！姓时的！你在里面吗？！赶紧出来！时阑——姓时的……"

几分钟后，门吱呀开了，有人挑着一盏灯笼快步出来："表妹！我的好表妹！你可来了！"

杜小曼止住吼叫："你总算出来了。"

时阑照见了杜小曼搀扶着的孤于箸儿，怔了怔。

杜小曼简洁地道："别废话了，能进去么？"

方才那个应门的老者一脸无奈地出现在门边。

时阑叹了口气:"当然能。表妹,我没想到你会这个时辰来。"

我也没想到会遇见那么多神奇的事情。杜小曼不便解释,索性闭嘴。

时阑提着灯笼,文绉绉地向孤于箬儿拱了拱手:"孤于姑娘,在下能否唐突……"

杜小曼道:"都这样了,还管什么唐突不唐突,她需要赶紧进屋。"松开手接过灯笼,时阑趁势小心翼翼地将孤于箬儿打横抱起。

门旁的那老者一见,表情更复杂了。

杜小曼假装没看到,提着灯笼替时阑照亮,终于迈进了书院的大门。

那老者唏嘘一声,合上了大门,杜小曼诚恳地向他道:"打扰您了。"

老者一脸痛苦,摆摆手:"罢了,罢了。"

书院中虽有空厢房,但未曾收拾,时阑便请那老者先去找大夫,把孤于箬儿暂时安置到自己的住处。

孤于箬儿此时已经处于半昏迷状态,杜小曼急得团团乱转。时阑安慰她道:"表妹,你放心,书院中的蒲先生不单是位名儒,亦精通医道,朝中御医都千方百计想得他一次指点。有他医治,孤于姑娘定然无碍。"

杜小曼点了点头,时阑搬过一把椅子:"你先坐一坐,眼下你再急都没用。"

杜小曼依言坐下,这才发现自己的腿异常僵硬,都要打不过弯儿。时阑斟了一杯茶,她接过,热茶暖着手心,让她冷静了许多。

时阑双眉微皱,看看左右并无闲杂人等,便低声问:"难道宁景徽带人去了竹幽府?"

杜小曼摇头:"那倒没有,只是我本来想过来找你,结果路上遇到了一些倒霉事,箬儿去救我,被我害成了这个样子……"

具体怎么倒霉的,实在太复杂,现在不是啰唆这些的时候,她也没精力描述了。

时阑也没有追问,难得安静地站在杜小曼的身旁。天色已渐渐变亮,不多时,那名开门的老者带着另一个须发斑白的老者进了厢房:"蒲翁,伤者在床上。"

杜小曼一时看得怔住了。那名后来的老者白团脸,酒糟鼻,身材五短,腰腹凸出,懒洋洋一双小眼,稀稀拉拉几根髭须,穿着一件黄不黄白不白的衫儿,戴着一顶皱巴巴打着褶的头巾，摇着一把毛了沿边漏了风的蒲扇，趿着一双敞方口灰扑扑的鞋。

这份风采，不太像名儒，比较像名厨啊。

蒲姓老者往床上看了一眼，转头向另一名老者道："乔翁，你诓我，怎的不说是个女子？女人老夫不治。"回头就要走。

杜小曼心里咯噔一下。这闻道书院是蔑视妇女基地是吧？居然搞什么性别歧视。她心头火起，但这时候身在闻道书院屋檐下，要求蒲老者救命，不能太强硬，就恳求道："蒲先生，我妹妹真的伤得很重，救人一命，胜造七级浮屠，求您破例一次。"

对比之下，乔姓老者倒显露出了人情味，他拦住蒲姓老者道："蒲翁，刚刚进来时，我见那位姑娘真的伤得挺重，再不治恐怕就晚了。一时半会儿，除你之外，寻不到别的大夫。你就真的见死不救？万事皆要变通，才是中庸之理。"

时阑亦在一旁帮着求情。

蒲姓老者终于松口道："并非老夫不想救，这女子伤在了肩处，血流得不多，应是伤她之物还留在皮肉里吧。老夫医她，有些礼不合了。"

杜小曼反应了一会儿，才悟到，要把孤于箸儿肩头的箭拔出来，必须脱掉她的衣服。在这个男大夫帮女人诊脉，女人都要坐到屏风纱帐等遮蔽物后，只伸出一只手，或者干脆悬丝诊脉的保守年代，确实……

她想了想，道："先生，只要您肯救，请放心，我有办法。"转头问乔老者，"你这里还有干净床单么？"

乔老者立刻着人取来一块干净床单，杜小曼用它把孤于箸儿从头到脚盖住，只在肩膀那里剪了个洞，道："蒲先生，您看这样……"

耽搁了这么久，孤于箸儿的气息越来越微弱。蒲先生看了看杜小曼急红了的眼，勉强点点头："好吧，待老夫去取药箱。你们烧壶热水，备上干净的盆巾。"

杜小曼大喜，忙不迭地道谢。

片刻后，需要的物品送过来，杜小曼和时阑用沸水和烧酒把盆和手巾一一烫过。

蒲先生取来医箱，套上一件罩衫，先用酒和热水净了手，再取出一把银剪，在火上烤过，剪开孤于箸儿伤处的衣服，因路途颠簸，箭一直在肉中，伤口又有磨损，皮肉外翻，惨不忍睹。

蒲先生道："箭上恐怕有倒钩，老夫只能切肤取箭。"吩咐杜小曼从医箱中取出了一个青玉小瓶，把瓶中的药剂倒进孤于箬儿口中几滴，再滴于伤处，又让杜小曼再找出一个白瓷蓝塞的小瓶，把里面的一些淡黄色的粉末撒在伤处。

杜小曼想，这大概就是古代手术的消毒措施了。

蒲先生拿起一把小巧的银刀、一根银挑、一把小镊子，亦都在火上烧了一下，再洒上烧酒，又在一瓶药水中浸过，执刀割开伤处。

孤于箬儿意识模糊地痛呼，箭头终于取了出来。杜小曼松了一口气，蒲先生看了看箭头，欣慰地道："幸好无毒。"倒上伤药止住伤口的血，让杜小曼按着，又道，"你仔细瞧着，我教你如何包扎。换药与包扎，老夫做不得，都要你来了。"

杜小曼连连点头。蒲先生遂取了一条长布，拿乔老者做模特，向她演示了一遍如何缠裹包扎，以及上药的要领。杜小曼一一记下，蒲先生、乔老者和时阑都退出了房间，杜小曼掀开孤于箬儿身上的盖布，按照蒲先生的步骤净了手，战战兢兢地替孤于箬儿包扎。

她第一次实践，包得实在不算好，还好孤于箬儿一直都在昏睡，不知道是疼晕了，还是蒲先生喂她喝的麻药仍在起作用。

完工之后，杜小曼有点腿软。她再盖上盖布，蒲先生又进了屋中，看了看裹好的伤处，勉强点点头："尚好。"转身向杜小曼道，"把手伸出来，老夫看一看脉。"

杜小曼赶紧去盖布下找孤于箬儿的手，蒲先生道："不是她，是你。"

杜小曼愣怔了一下，茫茫然按照蒲先生的示意坐到桌边，伸出右手，蒲先生替她搭了搭脉，道："风寒，发热。"

杜小曼道："不会吧，我怎么什么感觉都没有。"

时阑无奈地道："表妹，你看不见你现在的脸，脸黄唇紫眼赤，和鬼不差什么了。"

蒲老者写了张纸条，递给时阑道："药材院中都有备的，待老夫配了拿来，按份煎熬服下便可。"

时阑接过，乔老者又道："空厢房已收拾出来了，这位姑娘此刻便能过去休息，只是另一位姑娘暂时不宜移动……"

时阑立刻道："无妨，我也换到另一间房。"

乔老者点点头，杜小曼看着床上的孤于箸儿，不想走："万一……"

时阑道："要是你趴下了，孤于姑娘可就真没人换药了。乔院主着人去喊他家中的仆妇过来了，大概中午就能到，你不必担心。"

原来那位乔姓老者竟是书院的主人，杜小曼意外之余，坚持地说："那喝药之前，我先在这里待着。"

时阑叹了口气："好。"从柜子里翻出一条毯子，抖开裹到杜小曼身上。

杜小曼赶紧说："不用吧。"眼下天还挺热的，那毯子厚实柔软，花纹五彩斑斓，十分有异域风情，肯定不便宜，也不知是时阑从哪里弄来的好东西，还是书院的配置，她现在身上可不比要饭的干净多少。

时阑按住她："听话，裹着。"

杜小曼坚定地拒绝："弄脏了，不好洗。"

时阑更坚定地用毯子硬把她严严实实裹住："脏了，我洗。"

杜小曼总算裹着毯子坐下了。嗯，好吧，太拒绝别人的好意，也不太好。

房门响了两下，一个梳着鬓髻的小童捧着托盘站在门外，低头稚声道："院主让我来送早膳。"弯腰把托盘放在门口，嗖地转身跑了。

杜小曼要站起身去取，时阑一把按住她的肩膀，起身到门外，端过托盘。

托盘上只有两碗白粥，两小碟一模一样的咸菜，还有两个包子，两块切成三角形的菜饼。

时阑道："孤于姑娘上午不宜进食，我们先吃吧。"

杜小曼点点头，她闻见包子味儿，顿时就觉得饿了，大脑还没下达指令，手已经本能地抢过了一只大的，送到嘴边时，才稍微恢复理智，赶紧向时阑笑笑："这只……比较大一点，你吃么？"

时阑望着她，表情又带上了些无奈："不用了，我吃小的就行。"夹起一块菜饼，放到杜小曼的碟中，"来，掌柜的，这块大饼也给你。"

杜小曼咬了一口包子，含糊地感激道："时书呆，我忽然发现你还是很有品德的，要是我还有机会开酒楼，一定给你涨工资！"

时阑点点头："好，好，你先吃，别噎着。工钱的事，可以从长计议。"

也不知是书院少盐还是怎的，杜小曼吃完包子，觉得香是香，就是太淡了，再尝了一口菜饼，依然寡淡无味，就了一口咸菜丝，竟然也不算咸，粥也有点发苦。

她不由得说："要是有一碟辣酱就好了。"

时阑皱眉："居然还想吃辣？你这是发热烧的，嘴寡。嗓子还没好全，又染风寒，辛辣油腻，你最近是碰不得了。"

杜小曼只好悻悻地吃完了饭，时阑让她到一边裹着毯子坐着，自己收拾好碗筷，居然还拿了一块布巾，要帮她擦嘴。

杜小曼惊得从椅子上跳起来。时阑没撞到头吧？她一早发现时阑有点不对劲，举动肉麻兮兮的，说话时更像嗓子眼里含了一块猪油一样，腻得令人发指。

她后退一步，盯着时阑："你……还好吧，你真的是时阑吧？"

时阑握着布巾的手僵了僵，苦笑一声："看来我想多涨点工钱，不那么容易。"

门外咳嗽一声，刚才的那个小童又出现在门口，捧着一只药煲、一摞药包，依然低着头道："院主让我来送风寒药。煎半个时辰，晾半刻钟后服下。"

时阑接过药，小童向他讨要刚刚用完的碗筷，连刚才送饭时的托盘一起端着，又一溜烟地走了，自始至终只站在门口，且一直都不抬头。

这孩子挺古怪啊。

时阑拆开药包，到院中舀了水煎药，向杜小曼道："掌柜的，喝完了药，你就得回房去睡了，待发了汗，祛了风寒，再照顾孤于姑娘不迟。"

杜小曼道："我总得等你说的仆妇过来，箸儿也要吃药吧，否则……"

她话没说完，那个小童又出现在门口："受伤的那位客人的药，院主命我送来，要即刻服下。"

时阑去接药碗，杜小曼终于忍不住问："小朋友，你怎么不进来呀？"

小童挺起胸脯，却依然低着头，涨红了脸道："这位婶婶，圣人有云，男女授受不亲，小子虽尚年少，仍不可违背教训。请婶婶不要再同小子说话。"

小童飞奔而去，杜小曼石化在椅子上。

小朋友假正经假道学什么的都恍若浮云，她的脑子里只不断回放着两个字。

婶婶，婶婶，婶婶，婶婶……

一个七八岁大的娃，居然叫她婶婶！！！

啊啊啊啊啊啊啊啊——

杜小曼老泪纵横，不由自主地颤抖出声："我、我明明还是祖国的花朵……"

时阑淡然地望着她："表妹，知道你此刻的尊容了吧。乖，喝了药赶紧去睡，别逞能了。"

婶婶两个字对杜小曼产生了毁灭性的打击，她唯恐风寒传染给孤于箬儿，拿布巾蒙住了口鼻，颤着手给孤于箬儿喂完了药，等自己的药煎好，赶紧喝下后，跟跟跄跄到厢房中去睡了。

她本来一点也没感觉到睡意，但一沾到床铺，眼皮立刻像磁铁和铁皮一样，不受她控制地黏在了一起。

再睁开眼时，她发现屋中半昏半暗，房中有幽幽的香气。她一动，窗边的一抹剪影放下手中的书册站起身："醒了？"是时阑的声音。

杜小曼坐起身，觉得衣服黏着后背，浑身像刚出完一场大汗。

"现在什么时候了？箬儿呢？"

时阑走到床边："傍晚了，你睡了一天。放心，乔院主家的仆妇已经到了，孤于姑娘被照顾得很妥帖。"手掌轻轻覆上杜小曼的额头，"看来汗发出来了，应该已经退热了。"按住要下床的杜小曼，"别动，再睡回去，我再去煎药，喝了再起来，否则乍一冲了风，可能又犯了。"

杜小曼挣扎着说："我能洗个澡么？"

她身上头上都脏得难受，觉得浑身都散发着经过蒸制的臭咸鱼的气息。

时阑一脸忍耐，表示对她身上的气息也不敢认同，拿起一块手巾擦擦刚刚摸过她额头的手，道："蒲先生说，今明两天都不宜沐浴，表妹你只能臭着了。"

杜小曼绝望地瘫回床上。

时阑把熬药的家伙都搬进了这间屋中，一边扇火熬制，一边絮絮叨叨和她说："晚上仍然要吃清淡的，你且忍着吧。"

杜小曼苦着脸，时阑又和她说了刚刚发生的趣事——孤于箬儿醒来后，问了蒲先生的方子，改了几味药材，又要自己另写个方子配药，把蒲先生气了个半死。多年以来，一直都是旁人求爹告娘请蒲先生赐教，第一次有人敢挑战他的权威，还是个女娃。蒲先生遂也不管什么礼教不礼教，杀到厢房中，与孤于箬儿辩论了一通。

辩论着辩论着，蒲先生与孤于箬儿居然开始惺惺相惜，一起探讨起奇草与秘方来。

"久闻竹幽府精于医道，果然名不虚传。只是掌柜的你要吃亏了，孤于姑娘和蒲先生准备今晚再替你会诊一通，重新配药，我听他们在讨论什么新方子，可能想拿你试试……"

杜小曼打了个哆嗦，她很相信孤于箬儿和蒲先生的医术，但是做试药小白鼠这种事还是算了吧。

"我能不能申请保守治疗？"

"那你就得快些好了。"时阑把已晾得差不多的药端到床边，坐到床沿，挑起一勺，吹了吹，送到杜小曼口边，"来，喝药。"

杜小曼对这种过于到位的服务有点招架不住："呃，我还是自己来吧。"

时阑笑眯眯地道："喝完药之前，不能受风。或者你想试试孤于姑娘和蒲先生一起研制的新方子？来，把胳膊放回被子里，张嘴……"

杜小曼只好张嘴把药喝了，然后皱起眉……苦哇！

时阑举着勺子道："来，再一口，喝完之后，有蜜枣吃喔。"

杜小曼被他油腻的语气雷得一口药呛在喉咙里，不由得咳嗽起来。时阑把勺子放进碗中，空出的一只手拿着布巾替她擦拭嘴角："小心点。"

门外，咣当一声。

杜小曼转头，发现早上那个小童又站在门口，目瞪口呆地看着屋内，地上躺着一堆摔碎的碗碴。

小童愣怔了几秒，涨紫了脸，像受惊的兔子一样跳了一下，飞快地跑走了。

杜小曼僵硬地眨眨眼，时阑则好像什么事都没发生一样，笑嘻嘻地用勺子敲敲碗："来，掌柜的，继续喝，这次别再呛到了。"

等喝完了药，时阑真的从袖子里变出一个纸包，里面躺着几颗蜜枣。他放下药碗，找扫帚打扫门口的狼藉，再去重新取来晚饭。

杜小曼看他脚不沾地地忙碌，真心不好意思起来，说："你歇一会儿吧。"

时阑把筷子放到杜小曼面前，笑嘻嘻地坐下，突然一脸郑重地问："掌柜的，你看我刚刚的作为，升做个二掌柜，应该可以吧？"

杜小曼满头黑线道："没什么问题，年轻人，我看好你！"

时阑又扬起嘴角："多谢掌柜的认可。来，这块糕比较大。"

吃完晚饭，杜小曼裹着毯子去看孤于箬儿，孤于箬儿状态的确不错，被仆妇搀扶着从床上坐起身，还能和杜小曼虚弱地说笑两句，只是右手臂活动不灵便。

乔院主家的仆妇帮她擦身梳洗过，看起来比臭烘烘的杜小曼清爽了许多。

杜小曼悬着的心总算放下来了一些："你没事就好，我把你害成这样，实在是……"

孤于箬儿打断她的话："小曼姐姐，若非我有错在先，你也不会……所以，我们谁也别道歉了，好吧？"

杜小曼点点头，孤于箬儿趁着仆妇出去的空当拉住她衣角，悄声道："小曼姐，我要告诉你一件事。在岛上面，我们看见的那个叫宁相的人，我见过。"

杜小曼诧异："你怎么会认识他？他的名字叫宁景徽，是朝廷的右相。"

孤于箬儿道："他曾经到竹幽府来过，不过那时候我不知道他是朝廷的人。"

宁景徽找孤于箬儿做什么？

杜小曼八卦地问："他到竹幽府去找你治病么？"

孤于箬儿点点头："我不清楚他怎么找到竹幽府的，弈哥哥不让我接触外人，但是当时我不知道他是朝廷的大官，看他为了自己的夫人不惜跋山涉水，诚心恳求，就……"

杜小曼更诧异了："宁景徽没有结过亲啊。"

朝廷中最璀璨的两颗钻石王老五——没娶过媳妇的宁右相、还没立正妃的裕王。这还是时阑暴露给杜小曼的小八卦，在八卦消息上，时阑还是挺靠谱的。

孤于箬儿愣了愣："那个女子不是他的夫人？我当时下山，到那栋大宅子里诊了脉，告诉他，他夫人的病我也没办法，只能延缓，但治不了了。他听了，脸色就和死人一样，差点要晕过去了……"

杜小曼瞪大眼："晕过去？"

虽然宁右相长得又美又文弱，但她实在想不出他晕过去的样子。

孤于箬儿道："他当时扶着桌子都站不稳了，浑身虚汗，我帮他扎了两针他才缓过来。"

看来，宁景徽一定是极爱那个女子吧。会是什么样的女人呢？能让宁景徽如此深爱，一直未娶。

杜小曼再八卦地问："这是多久之前的事？那个女人长什么样？"

孤于箬儿想了想，道："就是几个月前，我用了悬丝诊脉，没见到那个女子的模样。"

杜小曼深深皱起眉。这个情节，太诡异了。

孤于箬儿担心地看着她:"小曼姐,你是不是不舒服?你的发热严重吗?"

杜小曼赶紧道:"没事,没事。一点小伤风而已,已经好啦。"

孤于箬儿道:"小曼姐,你别骗我,我可是懂医术的。来,我帮你诊诊脉吧。这里的药太差了,若是在洞府中,用我的药剂,再加上补药,我这点小伤,根本不用躺着,说不定已经能做饭了。小曼姐你的病,更没事了。"

杜小曼赶紧回头看看门窗处,心道,千万别被蒲先生听见。

"你正伤着,不能太费精力,快躺下把自己的身体养好吧。我喝了两碗药,真的已经好了,你看,我现在多精神!"

孤于箬儿锲而不舍地道:"小曼姐你都喝了两碗药,脸色仍这么差,还裹着毯子,肯定是药方里有药材没用对。诊脉不耗精神的,伸手吧。"

杜小曼张了张嘴,还没想好婉拒孤于箬儿好意的说辞,闻风而来的蒲先生已迈进了门槛。他满意地望着杜小曼微笑道:"已这般精神了?甚好甚好。我听时公子说,你已发出大汗来了?那就无碍了。看来老夫的药,用得十分精到啊!"

真是怕什么来什么,杜小曼僵笑两声,还没回答,孤于箬儿就道:"小曼姐,你发出的汗是热汗还是黏汗?若一味是潮汗,发得大而多,并不见得好。症毒未去,毛孔打开,更容易再感风寒,可能是药中的某一两味配来辅用的药错了,而且小曼姐的脸色泛黄,双眼微肿……"

杜小曼还真不知道自己出的汗到底是热汗还是黏汗。

蒲先生哂笑两声:"小姑娘,你虽精通医理,到底没见过几个病者,经验太浅。望诊一项,连同天时、病者自身,都要思虑到。现下天色已黑,油灯下看人的脸色,自然要比天光中黄,且杜姑娘睡足一日,还没洗脸,等洗过之后,可能你看又觉得不同了。"

孤于箬儿道:"但是小曼姐她……"

杜小曼夹在两人当中,如同站在钉板上,幸而时阑及时地出现在门口:"表妹,你今日让我代写的家信……"

杜小曼两眼一亮:"啊,对,我还有几句很重要的话要和我娘说,表哥你一定要帮我加上!"扑上前一把抓住时阑,迅速逃回自己的厢房。

她插紧房门,第一次觉得时阑如斯可爱。

时阑在桌边坐下,含笑道:"只是,说了这种谎,我就必须要在你房中多耽搁一会儿了。"

杜小曼合掌："千万多待一会儿！求你了！"

按照孤于箬儿和蒲先生的劲头，如果不耽误到孤于箬儿没有精力、蒲先生觉得不好意思打扰的时辰，这两位绝不会善罢甘休。

时阑轻笑一声："好。只是，这么长的时间，在房中做些什么好？"

杜小曼拖过椅子："聊天吧。你还没详细告诉我，绿琉碧璃曹师傅他们怎么样了。你们怎么跑掉的？"

她最挂心的始终是这件事。

时阑在摇曳的油灯光中敛去笑意："这得多亏谢少庄主安排下的人，他们没能救得了你，但趁着你被抓的时候，把其他人带了出去。"

杜小曼一脸茫然："可是……谢况弈为什么没和我提呢？"如果谢况弈知道绿琉碧璃没事，应该会告诉她的。

时阑道："谢少主的手下只是护送他们离开了客栈，可能不确定他们是否安然无恙，抑或许，谢少主忘记了提起。难道救走他们的不是谢少主的人？掌柜的你认识的会武功的人，除了白麓山庄之外，就只有萧白客了吧。反正我们被那几人带了出去，就当他们是白麓山庄的人了。"

杜小曼觉得有点蹊跷。时阑又接着道，出了这种事，绿琉碧璃都不好在杭州待了，连同曹师傅他们都要避避风头。曹师傅的夫人家在外县乡下还有处住宅，他们就连夜过去了。穷乡僻壤民风淳朴，尚可安居。

"他们更着急掌柜的你，唯有我最方便走动，所以我来找你了。我只知我离开时他们安然无恙，至于眼下，就不知道了……"

杜小曼想起被拘禁在马车里时，宁景徽安排的丫鬟们的恐吓，心里更七上八下了。

时阑道："你虽惦记他们，但不和你在一起，他们反而能更安全些。"

杜小曼黯然道："我知道。"

时阑叹了口气："掌柜的你真的出乎我意料。遇到了这么多事儿，我以为你会挺不住。"

杜小曼故作轻松地笑笑："怎么可能啊，我妈妈教过我一句话，人生没有过不去的坎儿。比这更难的事情我都经历过。"

时阑的眼中倒映着油灯的幽光："有多难？"

杜小曼含糊地说："死了一次又活过来吧，够不够难？"

时阑道："唐王妃真的把你当成了她的女儿。不过，她也的确够狠，为人父母者,鲜少能做出弑子之举。"

杜小曼知道他领悟错了,并不去纠正,只道:"还好我真的不是她女儿,倒是没什么精神上的伤害。"

时阑站起身,又拿药到炉子上煎。还好桌上的水罐中有现成的清水,不用担心出去取水时,被蒲先生或孤于箬儿乘虚而入。

噼啪的炉火燃起,时阑摇着扇子守着炉火,道:"对了,掌柜的,我还没问,你怎么会带着孤于姑娘来寻我,孤于姑娘又怎么受了伤?"

杜小曼叹息道:"一言难尽啊,真的是太衰,我本来是来找你的,结果迷了路,被人贩子拐卖了。"

她也不打算把这事瞒着时阑,遂一五一十和盘托出。

时阑的表情在灯下越来越少,杜小曼觉得他也被自己的遭遇震撼到了,越说越起劲。

"那箭就这样嗖,贴着我的耳朵过去,我……"

时阑已完全没了表情,打断她道:"你差点就没命了,竟还觉得有趣?"

杜小曼嘿嘿笑了笑:"我觉得我不会挂在那里。"我可有神仙开外挂!

"箬儿她武功很高,我们……"

时阑再打断她:"她若武功高,就不会躺在隔壁了。宁景徽就算知道你不是月圣门的人,那种情况下你若出现,也绝对难逃干系。你……"

杜小曼摊手:"不过现在我们都还好啊,只是,朝廷的人可能会到各处搜查,万一查到这里,或许你会受连累。"这是她的心还一直悬在半空中的原因。

宁景徽可能会搜查那些知府的同党,说不定就会搜到这里。如果在这里搜到她,她一样说不清楚,还连累得这里的人也说不清楚。

时阑低头看她:"你……唉,你啊……"拿起杜小曼滑落在椅背上的毯子,重新将她裹住,"有些事,没必要太逞强。"

杜小曼不能苟同,她并没有逞强,事实上她一点都不想逞英雄。

她站起身,打了个呵欠:"谁愿意遇上这些事啊,但是事情落到了头上,跑不掉,那就只能去应对。"

时阑看了她片刻,转身把炉上的药端起,倒进碗中:"喝了药早些睡吧,这个时辰,孤于姑娘应该早就歇下了,蒲先生也不会过来了。"

杜小曼点点头,时阑守着她喝完了药。杜小曼嗅嗅自己的袖子:"这种味道，真不好意思进被窝。"

时阑满脸赞同："我觉得自己是和一条穿了半年的袜子谈了一晚上的天。"

杜小曼抖了一下："喂，没那么夸张吧？"

时阑笑了一声，在香盘中点燃一盘线香，端着空药煲和药碗出了门。

杜小曼熄灭灯烛，钻进被窝。虽然白天睡了很久，虽然浑身脏得难受，但她还是很快睡着了。

夜半，插牢的房门竟缓缓打开了，一道黑影走到床前，注视杜小曼良久，轻轻把她丢开的薄被盖回她的身上。

杜小曼丝毫没有察觉到，"夜半影子帮你盖被子"这桩颇有些灵异的事件正发生在她身上，兀自在梦里睡得香甜。

躲得过初一，躲不过十五。第二天，杜小曼到底还是被孤于箸儿和蒲先生抓住了。两人轮流帮她诊了一遍脉，激烈讨论到下午，才合伙拟定了一张药单，立刻让乔院主家的老妈子煎了，让杜小曼喝下去。

杜小曼颤声说："我觉得我已经好了，能不喝吗？"

两位名医都表示，她目光呆滞、脸色青灰、双唇惨败、气息不稳、脉象激烈，一点都不像很好。

杜小曼只得咬牙把那碗药喝了下去，又在两位名医的监督下回到房中睡了一觉。不得不说，这张药方真的异常有效，杜小曼又出了一身又黏又臭的汗，起床时，觉得身体轻了两斤，四肢都稳健了。

蒲先生欣慰地与孤于箸儿一起再改了改药单，到了又一天早上，杜小曼精神奕奕地起床，蒲先生和孤于箸儿满意地替她诊了脉后，杜小曼终于获准彻底洗了个澡。

从澡盆爬出来，换上了乔院主家的女眷提供的干净衣服，杜小曼感受到了某知名品牌广告词中所说的那种——"全身细胞都被唤醒般的活力"。

孤于箸儿的伤势也大有起色，暂时也没有官兵前来滋扰书院。但杜小曼深知此地不能久留，她盘算着什么时候走比较合适，又要往哪里去。

中午，她又去看孤于箸儿。孤于箸儿悄悄问她："小曼姐，我们什么时候回去呀？我怕弈哥哥回来找不到我们着急，再说，洞府里，我的药也多一些。"

她一直对在这里不能任意调制药品耿耿于怀。

杜小曼并不打算和孤于箸儿一起回去。可孤于箸儿受着伤，一个人在洞府，她又有点不放心,总不能让一个伤患自己刷锅做饭洗衣服吧。

"还是等你的伤再好一点吧,山上什么都不方便,书院里起码吃饭洗漱什么的都有人照顾。"

孤于箸儿吐吐舌头:"可是在这里白吃,还被照顾,感觉太不好意思了。等我好了,取些灵芝什么的谢谢他们吧。"

午饭后,孤于箸儿要小憩,杜小曼这几天睡够了,就到外面溜达。

她、孤于箸儿和时阑所在的地方竟然是个独立的小院,门扇掩着,外面白天时偶尔会传来说话声。

杜小曼套问过时阑:"你不是很穷么,怎么还能在书院里住这么好的院子啊?"

时阑道:"掌柜的,你不要把人人都看得像你这么市侩,乔院主对我礼遇,自然是因为我的才学。吾的字,吾的诗,吾的文章……"

杜小曼一边左耳进右耳出地听他自吹自擂,一边在心里说,鬼才信你。住在这样的地方,还好吃好喝有专人伺候着,要真仅仅因为"才学"才怪。

身为一个逃犯,最好还是不要四处乱逛,给自己或别人找麻烦,所以杜小曼压抑着参观书院的念头,只在小院里转。

她绕着花池,已转了两圈,院门吱呀开了,之前那个送东西的小童闪进门内。杜小曼看看他,他也睁着圆圆的眼睛看着杜小曼,然后噌地移开视线。

杜小曼有些好笑,没想到小童挺起胸膛,清了清喉咙,大声道:"婶婶,时公子在么?"

杜小曼诧异:"咦?你怎么和我说话了?时阑出去了,不在院里。"

小童肃然道:"多谢婶婶告知。那日小子回去之后,询问院主,不与婶婶说话是否做对了,没想到院主责备了我,道,礼法之外,亦要有变通。那日是小子古板了,请婶婶见谅。"一本正经地向杜小曼作了一揖。

杜小曼有些冒冷汗:"不用道歉。对了,你叫什么名字?"

小童答道:"小子名叫守礼。"

真是个守礼的名字。杜小曼循循善诱道:"其实,如果……你叫我姐姐就行,婶婶这个称呼太郑重啦。"

小童立刻直起身,肃然道:"辈分万万不能乱。婶婶是时公子的长辈,小子怎能胡乱称呼。"

我、我看起来都已经像时阑的长辈了?杜小曼两眼一黑,最近接二连三的遭遇到底将她摧残成了什么模样！

小童道："婶婶，小子要去寻时公子，先告辞了。"又规规矩矩施了一礼，转身走出院子。

杜小曼兀自沉浸在悲伤中，她杀回房间，翻出铜镜，揽镜自照。

古代的铜镜太不给力了，照得不够清楚。她正对着亮光左照右照，门口时阑的声音道："大白天的，怎么照起镜子了？"

杜小曼赶紧放下镜子："呃，刚刚那个叫守礼的孩子找你，好像有急事的样子。"

时阑道："哦，方才在院子外遇见了，没什么大事，就是说了些采买事务。晚上你就能吃肉了，高兴么？"

杜小曼大喜："真的？"

嗷嗷，肉肉肉肉肉肉肉！！！

时阑看着杜小曼饿火熊熊的双眼，轻笑道："不过，像炖猪手酱肘子之类的大油之物还吃不得。"

杜小曼掷地有声地道："没关系，有肉就好！"

时阑看着她激动的脸，笑得很满足："对了，掌柜的，你那天说过的话，还算数吧？"

杜小曼茫然道："什么话？"

时阑的表情有点受伤："掌柜的说，将来让我做二掌柜，果然只是说来听听的。"

杜小曼汗颜，那个，他还当真了啊。

她昂首道："怎么会呢？我答应的事情，一定办到！假如我能再开酒楼，肯定让你做二掌柜。"

呃哈哈……酒楼再开，天知道是什么时候，等猴年马月吧。

时阑叹道："口说无凭，吾心中总是忐忑啊。吾今生一直时运不济，只怕存了希望，苦苦等待，到头还是一场空……"他慢慢地走到桌边，慢慢地取出一沓纸、一杆笔、一方砚台、一块墨锭、一盒印泥，"掌柜的，能否写个文书，让在下有个实在的指望？"

喂，这家伙不会设什么圈套吧？杜小曼心生警惕："要怎么写？"

时阑研开墨，提笔写了几行字，揭下纸，吹一吹，递给杜小曼。

那几行字是用正楷字写的，杜小曼都能看懂，内容只有寥寥一两句——立契人杜小曼，愿让时阑为二掌柜，绝无更改反悔，立此为凭。

这个，这么简短，意思也清楚明白，应该没什么可坑蒙拐骗的地方吧。

时阑幽幽地道："掌柜的，若你是真心的，能否签了它？"

杜小曼点点头："好吧。"接过笔，豪迈地签下大名。

时阑再幽幽地道："手印。"

杜小曼只得用右手的拇指沾了印泥，按上手印。

时阑立刻一扫哀怨，露出笑颜，亦沾印泥按上了一枚手印，仔仔细细地叠起那张纸，揣进怀中。

杜小曼刚松了一口气，时阑忽而又道："掌柜的，你是不是一直忘了一样东西？"从怀中取出一物，"那日打赌，我把这枚家传的玉佩输给了你，要你贴身佩戴，你竟把它丢了。看来你对我的东西，果然不上心。"

杜小曼冷汗直冒，这枚玉佩，时阑给了她之后她当然没戴，就丢到一边了，然后再也没见过，可能是绿琉或碧璃帮她收起来了。

她支吾道："抱歉抱歉，当时被抓，我当然什么都没来得及带……"

时阑拿起玉佩，轻轻套在她颈上："那今后都随身戴着，别摘下来了。这是宝玉，能保你平安。你当时如果戴着它，说不定宁景徽就不会抓你了。"

他说话间的气息轻拂过她的耳边，杜小曼浑身的汗毛倒竖，打了个冷战，后退一步，僵硬地笑道："啊，真有那么神奇吗？那这玉肯定对你意义非凡，我看我还是不……"

她不字刚吐出牙缝，就看见时阑脸色一变，大有再幽怨抱怨的意思，时骗子一旦深入到怨男的角色，一定一发而不可收拾。杜小曼赶紧改口："我不会粗心大意，一定会好好保管它！"

时阑的表情重新和煦起来，噙着笑，抬手抚平杜小曼额前的一缕乱发："掌柜的，那我先去做事了。我要帮书院些忙，咱们晚上才有肉吃。"

杜小曼挥挥手："那你赶紧去啊，小心点。"

时阑的背影没入花木深处，杜小曼有些迷惘。

时阑真的在书院打工？难道自己以前疑神疑鬼，冤枉他了？

她下意识地握住胸前的玉佩，低头一看，猝不及防地惊出一身冷汗。

晚饭真的挺丰盛，四菜一汤，有三道都是荤菜。

山药滑鸡片、茴香鸭煲、清蒸河鲶，还有一道云仙玛瑙，用山楂与荸荠捣泥，蒸熟，切作薄薄的片，清甜酸软脆爽，六味皆有，汤品是银丝如意羹。

时阑给杜小曼夹了一筷鸡片："掌柜的，我记得你爱吃鸡肉，你现在还吃不了大油，这些菜都清淡一些。"

杜小曼看着那块鸡肉发愣，时阑道："怎么了？不合口味？"

杜小曼赶紧把肉塞进嘴里，再扒两口饭，含糊地道："没有没有，很好吃。"

时阑又夹了一筷鱼片放进她碗中："慢慢吃，别说话了，仔细噎着。"

杜小曼用力点头，脊背上冷汗涔涔而下。

老天哪，太瘆人了！她现在就好比那惊悚电影的女主角，面对着一个莫测的变态，不知下一秒，将会迎来什么。

时阑的声音温和地钻进她的耳朵眼里："掌柜的，你中午没吃饱？才吃了两口菜，半碗饭已经没了。"

杜小曼干笑两声："啊……我觉得今天晚上的米饭特别好吃，软软的，非常香。"

时阑伸出手："那我再帮你添点？"

杜小曼赶紧抱住碗："不用了，等吃完了再说！"

时阑含笑道："好，来，再尝尝这个鸭子。"

杜小曼看着那块落在米饭上的鸭肉，毛骨悚然。想到这块鸭肉是被一个可能是嗜血大变态的人夹到碗里的，她刚刚硬吞下的饭就要翻涌上来。

杜小曼一直都知道时阑不是个普通角色，但因为他一直神神道道的，走开朗活泼路线，杜小曼从没把他往某个极端的方向想过。

直到今天下午，她看到了那块玉佩。

玉佩一面的祥云花纹，与月芹递给她的月圣门玉佩印在她袖口上的一模一样。

时阑是月圣门的人。

水岛上，姜知府的事件让杜小曼知道了，月圣门也有男人。恐怕时阑的地位，比姜知府还要高一些。

月芹的那块玉佩的云中有一弯月亮，而时阑的玉佩，云纹中的是一轮圆月。这代表什么？

圆月亮，肯定是比弯月亮高级吧。

杜小曼想起，时阑向她说起月圣门的时候，曾经她："你觉不觉得，在西湖上看见暗红如血的明月，是一种很美的景色。"

杜小曼回想时阑说这句话的时候那个表情，那个语气，寒气从脚底板上噌噌地往上冒。

她瑟缩地想到一件好像不太可能的事——

月圣门的头头，该不会，就是时阑……吧……

不，不可能的！她遏制住自己这个疯狂的念头。月圣门是怨妇组织，头目叫圣姑，肯定是个女人。

如果是时阑，那就要改名叫圣爷了。

不过……往往，越不可能的事情，越是真的！

朝廷之所以现在都找不到月圣门的圣姑，就是因为，他们绝对想不到，圣姑竟然是个男人！

宁右相、十七皇子乃至裕王都老去不二酒楼转悠，因为他们认为她杜小曼就是圣姑，他们是去抓圣姑的。

那么，月圣门的干部之一月芹带着仙姑们天天光临不二酒楼，就只是去招她杜小曼入伙那么简单么？

或者，她和宁右相他们一样，也是来见圣姑的。

这个圣姑就是……

姜知府居然想要干掉右相和王爷，是不是太大胆了？还是有人在指挥他这样做？

这世界上有什么不可能呢？就好像孤于箬儿这样一个完美的女孩子还会变成男人一样。

对了，会不会……

杜小曼再度有了一个大胆的猜测。

时阑，该不会和孤于箬儿拥有同样的体质吧？或者他根本就是孤于箬儿的同族，在月圆之夜，可以变成女人。也可能，他根本就是雌雄同体……

想到这里，杜小曼假装不经意地瞥了一眼时阑的脸。

灯光下，他的脸部轮廓看起来不太分明，竟有了几分阴柔之气。

杜小曼想象了一下，把他的容貌更女性化一点，不知怎的，她的脑中自动生成了这样一幅画面——

西湖风冷，月色如血，时阑一身绯衣，乱发飞舞，兰花指挑起一片花瓣，勾起山楂泥一般的烈焰红唇，妖娆一笑……

她打了个冷战，手一滑，筷子吧嗒掉在地上。

她赶紧弯腰去捡，一只手和她同时伸向地上的筷子，与她的手相碰。杜小曼立刻像被电到了一样向后缩，脑袋撞到桌角，桌上的饭碗一跳，还好没有摔到地上，碗里的饭泼了她一身。

杜小曼站起身，抖着身上的饭粒儿。时阑把筷子放在桌上，微微皱眉："你到底怎么了？"

杜小曼紧张地道："我……啊，我老是担心，宁景徽会不会带朝廷的兵来抓我们……"

时阑替她拍了拍身上的饭粒，一只手轻轻按在她刚刚撞到的地方："放心，宁景徽应该一时半刻找不到这里。"

他的语气很笃定。

杜小曼强笑着说："呃……呃……是吗？那、那就太好了。"

时阑墨黑的双瞳凝视着她，杜小曼觉得自己就像一只傻青蛙，在抬头看着一条正吐着信子的眼镜蛇。

时阑轻轻揉着她被撞的头，用前所未有的温柔的语气说："别怕，有我在。"

杜小曼在心里流泪。

以前她看恐怖片的时候，看到女主角面对变态瑟瑟发抖，吓得频频出错，她都会对着电视抱怨，这女人太蠢了！太没用了！振作点不行吗！

现在，她知道她错了！她真的错了！

直面一个变态的惊悚程度要亲身经历才能体会到！

太吓人了！妈妈，我要回家！

时阑揉了一会儿后，终于松开了手。杜小曼强忍着打架的牙关吃完了饭，时阑终于和饭碗菜碟一起走了，临走之前又用那种令杜小曼不寒而栗的语气说："唉，衣服都脏了，你只能再沐浴一次，我让人再找一套衣服。"

不一会儿，热水送来，杜小曼看着水面上漂浮着的一层血红血红的花瓣儿，眼前金星闪烁。

乔院主家的老妈子帮她擦背。杜小曼装作闲聊般道："院主真是好人啊，替我妹妹治病，还留我们吃住，还麻烦您老人家照顾我们。"

老妪道："姑娘莫客气，你们是贵客，应该的。"

杜小曼道："我们只是来投靠时阑表兄，他也是借住在这里的，怎么能算贵客呢？"

老妪顿了顿,道:"是哦,是哦,借住的……那姑娘也算是贵客……"任杜小曼左右套话,都没漏出半点口风。

难道整个书院,都是月圣门的势力范围?

和蔼的乔院主,挺有趣的蒲先生,都是……

杜小曼不敢想象。

才出虎口,又进狼窝。箬儿伤未好,还躺在隔壁,她实在不知道该怎么办啊。

杜小曼没用地想到了谢况弈,如果这个时候,谢况弈又能突然地从天而降就好了。

她们离开竹幽府已经几天了,谢况弈会不会突然回去,发现她们不在了,四处寻找她们?

杜小曼知道,这种可能性不大。

但她现在,除了这点缥缈的指望,竟看不见半点亮光。

夜半,杜小曼辗转反侧,难以入眠。

心烦气躁时,她突然听到房门有细微的响动。

她一动不敢动,假装自己已经睡熟了。以前,在被窝里偷看小说时,她常常用装睡的方法骗突然到房间检查的妈妈,早已练成了瞒天过海的技巧。

她拖长呼吸,让肚皮均匀地起伏,感觉到有人进了门,一点点逼近她的床铺。

那人没发出一点声音,但杜小曼知道,他正站在她的床边,俯视着她,一点点地弯下腰。

她能感觉到他的呼吸。

她的被角微微动了动,接着,有一只微凉的手轻轻地抚上她的面颊。

那手移动到她的额头,又游走到她的颈旁。

也许他在犹豫该怎么对她,杜小曼的心脏已经要跳出胸腔,她怀疑那人都已听到了。

仿佛过了一个世纪那么漫长,那只手终于收了回去,但手的主人依然在凝视着她。又是几个世纪过去,他终于离开,房门再度合拢。

杜小曼依然一动不动地躺着,躺着,均匀着呼吸,又过了许久许久之后,她才敢假装在睡梦中,翻了个身儿,用薄被盖住脸,眼泪汹涌地流出来。

经历了这么多事，但今天晚上，她，真的被，吓哭了。

那只手留在她脸上的寒意深深刺进她的骨髓里，她彻底地体会到什么叫作恐怖。

那人自始至终没有发出任何声音，但凭着野兽般的直觉，杜小曼知道，他，应该是时阑。

谢天谢地，次日清晨，孤于箬儿又主动提出要走。

"小曼姐，真的该回去了。"孤于箬儿一脸的急切和郑重，"我觉得弈哥哥已经回来了，他找不到你我，会把山掀翻了。"

我真心希望他已经回来了啊，杜小曼勉强笑了笑，说："我觉得你确实可以回去了。箬儿，你自己回去吧。"

杜小曼觉得，只要自己不动，时阑应该挺乐意放箬儿离开。

孤于箬儿立刻说："不行，小曼姐你一定要和我回去，弈哥哥看不到你，会怪我。"

杜小曼拍拍她的手："我不是不想和你回去，我还有很重要的事情要办，我的两个妹妹还有几个朋友因为我流落在外，我要去找他们。"

孤于箬儿道："弈哥哥能陪你一起找！"

杜小曼道："这……是我的私事，你弈哥哥不方便插手。"

孤于箬儿看了她片刻，神色中浮起一些犹豫，小声说："小曼姐，你是要和时公子一起走吗？"

杜小曼点点头。

孤于箬儿一脸欲言又止的表情，再犹豫了片刻，脸微微红了，更轻声地说："小曼姐，你别怪我多事，我只是想问问，难道你喜欢的是……时公子？"

杜小曼欲哭无泪，还要强颜欢笑："当然不是，我和时公子，是普通朋友。"

我是变态圈禁下的人质啊！谁来解救我！

孤于箬儿脸更红了："可是，我觉得，时公子对你……你们的关系很奇怪……"

当然奇怪！杜小曼默默地打了个冷战，她最不愿意听到的某个声音从门外幽幽飘进来："掌柜的，原来你在这里。"

杜小曼僵硬地站起身，僵硬地强撑起脸皮："哦，我来看看箬儿，呵呵。"

时阑笑眯眯地望着她："早饭我已经送到你屋里去了，快去吃吧，等一会儿就凉了。孤于姑娘也要喝药，等吃完了你们再聊不迟。"

杜小曼只能照办，回身对孤于箸儿说："箸儿，我吃完饭再过来。"

她迈着沉重的步伐走回自己的房间，一口口咬着包子，艰难地就着粥吞下，时阑剥好一枚茶叶蛋放在她盘中："你愁眉不展的，还在担心宁景徽？"

杜小曼赶紧点头："是啊是啊。宁右相太吓人了。"

你太吓人了。

一只蟑螂嗅到了早饭的香气，顺着桌腿爬上饭桌，潜藏在碟子阴影处，晃动触须，伺机要尝一口碟子边上沾着的包子馅。

时阑微微皱眉，拿起一根备用的筷子，狠狠向它捣去。

蟑螂察觉到了杀气，立刻转身飞快逃窜，时阑拎起桌边的抹布，向它一甩，蟑螂被扫落下桌腿，跟跄跌到地面，时阑抬脚毫不留情地向它踩去。

杜小曼看着那只被踩扁了、触须犹在微微抖动的蟑螂，不由得想到了自己，一时悲哀，情不自禁道："它只是想偷口菜吃而已，生成一只蟑螂不是它的错，何必一定要了它的命呢？"

时阑抬起眼皮，挑起眉："那我助它早上西天，下辈子不用再做蟑螂，亦算功德一件。"

杜小曼从他嘴角的笑容中看到了嗜血的快意，她默默打了个寒战，低头继续吃饭。

时阑的手又伸过来，按在她的额头上。杜小曼下意识要闪避，又强迫自己停下，僵硬地一动不动。

不能动。和变态必须斗智，不能逞勇，才有一线生机。

时阑沉声道："你到底怎么了？一个宁景徽，应该不至于把你吓成这样。"

不好，他起疑心了。杜小曼赶紧一脸诚恳地说："我就是被他吓的。"

她垂下眼，避开时阑的目光。

时阑凝视她片刻，轻叹一口气："要是你觉得和我一起说话吃饭不自在，可以直说。"

杜小曼立刻抬头，更诚恳地说："没有没有，我太喜欢和你一起吃饭了！"

时阑再看了她片刻，剥好另一枚茶叶蛋放进她盘中，收起自己的碗筷站起身："掌柜的，你慢慢吃吧，我想起上午还有事。吃完了，碗筷放着就行了，会有人来收。"

杜小曼捏着一把汗，等着时阑真的出了房间走远，才松了口气。

她看着碟子里那枚去壳的茶叶蛋圆润的小身体，心中飞快掠过一种奇怪的感觉。

也许时阑对她，真的没有恶意。

早饭后，杜小曼又去劝孤于箬儿。

"你先回去吧，可惜我真的不能送你了。等我的事情办完了，再去看你和谢况弈。"

孤于箬儿一脸快哭的表情："小曼姐，你是不是有意要避开我和弈哥哥？我已经想通了，我和弈哥哥是不可能的。也许，也许我不是真的喜欢他，只是我见的人太少了而已……你是不是不愿意和我做朋友了？"

现在哪里还有工夫纠结这些事？杜小曼有苦说不出，安慰孤于箬儿："我们一起出生入死过，已经是过命的交情了，怎么可能不是朋友？我真的有事要先去办。对了，我有两件事，要拜托你。"

第一件，就是鲁禾的事。

杜小曼轻声把前因后果再说了一遍。

"他被人下了毒，我觉得你应该能帮他，我和他约在了我们到书院来那天一个月后的三婆婆山顶，你认识那座山吧？拜托你帮帮他。"

孤于箬儿立刻答允。

杜小曼的视线迅速扫了一下周围，房间里没有其他人，照顾孤于箬儿的老妪也不在。上午的阳光透过窗户照进来，屋中暖洋洋的，一派平和。

她语气轻松地说："还有一件事就是，你帮我和谢少庄主捎句话吧。就说，我和时阑一起，去找我的姐妹了。时阑把她们照顾得很好，时阑也会像照顾她们一样，很好地照顾我。我很感激谢少庄主之前救了我。"她握住孤于箬儿的手，"拜托你一字不差地转告他。"

孤于箬儿咬住嘴唇，点了点头。

杜小曼离开孤于箬儿的房间，走到小院中。一只黑白花纹的蝴蝶穿梭在花丛里，落到了一朵不知名的花上，震颤了片刻翅膀，越墙而去。

杜小曼看了看合拢的月门，慢慢走到门前，拉开门。

门外翠竹繁茂，一条鹅卵石铺成的小路蜿蜒向前，透过竹影，依稀可见远处的墨檐白墙，杜小曼试探着向前走，周围出奇的安静，除了偶尔几声鸟叫之外，只有她呼吸的声音。

穿过翠竹，小路分作了两岔，一条径直向前，另一条越发细窄，绕向另一处。杜小曼犹豫了一下，往那条窄小的岔路上去，突然，前方隐约传来说话声。

那声音渐渐近了，杜小曼赶紧躲到路边的一棵老树后，提起裙边，屏住呼吸。

只听一个年轻的女声道："……请乔先生再劝一劝。"

另一人叹了口气，听声音，是乔院主："老夫已劝不得了，亦不想再过问这些事。所谓一切注定，皆有天意，不强求时，反而有转机。"

那女子沉默了片刻，道："婢子要先回去复命，唐郡主之事，必须如实禀报。"

乔院主道："也罢，老夫看那郡主始终心存警惕，他们恐怕不会在此久留，就在这一两日内了。"

那女子道："请乔先生尽量帮忙拖延，婢子这就告辞了。"

杜小曼捂住嘴，紧贴在树干上，大气也不敢出。乔院主和那女子都再没有动静了，也不知道走远了没有。

过了许久，她才小心翼翼地探出头，试探着往外迈了一步。身后突然一个声音道："婶婶，你在这里做什么？"

杜小曼惊得一跳，猛回头，发现那个叫守礼的小童站在不远处，睁大了一双眼睛看她。

她连忙笑了笑："啊，我在院子里太闷了，出来走走……书院的环境真不错啊。对了，你又要找时阑吗？他不在院中喔。"

守礼鼓了鼓腮："我知道时公子不在，他刚刚和院主说完话，好像不太高兴，在那边的屋子里下棋哩。院主让我来问，那位箬儿姐姐今天要往自己的药里加药材不要？"

杜小曼含笑和他一起往小院走："时公子啊，就是脾气不太好，让你们院主不要理他了。你们院主真是大人有大量，还肯接待他。"

守礼道："时公子是贵客，我们理应好好接待。"

杜小曼道："我觉得他能来你们书院这么清幽的地方住，应该感激才对。我刚刚走了两步，感觉到处都布置得好雅致，晚上赏月肯定不错。你们都喜欢赏月么？"

守礼眨了眨眼："婶婶，你怎么知道的？我们院中常办赏月诗会，院主新近刚作了一幅江上月明图，就在……"

小院的门嘎吱开了，时阑出现在门边，微微笑道："我说你怎么不在院子里。"

杜小曼的心怦怦快速跳了几下，面上却若无其事地道："我早饭吃太饱了，想着还没参观过书院，就出来转转，路上就碰见守礼了。咦，我刚才明明一直在这边，怎么没碰见你？你什么时候回来的？"

时阑让开门，待杜小曼和守礼进了院子，方才合上门："我刚刚过来，就听到了你的说话声，也疑惑刚才怎么没遇见你。"他的双眼在阳光下弯弯的，"该不会，你刚才走到岔路上去了吧？"

杜小曼的心又快速跳了几下，依然若无其事地道："哦，可能吧。"

守礼去孤于箬儿的房间问话了，时阑走到杜小曼身边："小守礼虽傻气了些，却挺可爱的。"

杜小曼道："他要别老喊我婶婶，更可爱。"

时阑的双眉挑了挑："我让他喊的。"他看着杜小曼茫然的脸，脸上浮起一丝促狭的笑意，"唉，谁让那天晚上，我喂掌柜的你吃药的时候，被这孩子看见了。乔先生好端端的，把个小娃教得古板无比，竟然问我，是否于礼不合。我为了不教坏小孩子，也为了你我的名节，只得和他说，你其实不是我的表妹，是我的表姑，我理应孝敬你，所谓孝道为先，尽孝之时，可不拘小节。也多亏了掌柜的你仪态端庄稳重，足以令他信服。"

杜小曼大怒："你才端庄稳重像大妈！"怪不得守礼一口一个婶婶叫她，是因为这厮告诉他，她杜小曼是个大婶！

时阑看着她暴跳如雷的神态，满意地点头："总算回来了一点以往的样子，甚好，甚好。"

杜小曼蓦地冷静下来，她竟然一时疏忽，情绪又被时阑牵着走了。她清了清嗓咙："对了，和你说件事，箬儿的伤好得差不多了，她想先回去。"

时阑道："哦？几时？"

杜小曼道："可能就是今天下午吧。"

她不动声色地观察时阑的表情，时阑道："掌柜的要和孤于姑娘一起回去么？"

杜小曼语气轻松地说："当然不啦，她和谢况弈有婚约，我再过去那边，有些尴尬啊。"

时阑的视线望进她眼中："那掌柜的要和我在一起？"

杜小曼回望着他，耸耸肩："现在除了你，我也没别处可投奔了，宁景徽这么神通广大，他们再抓住我，非把我彻底弄死不可。"

时阑的双眼又弯起来："吾会好好保护掌柜的。"

下午，孤于箬儿走了，杜小曼谎称自己有个亲戚住在附近，让箬儿先过去投靠。她知道，书院里的所有人都明白这是个谎言，但是大家在明面上都需要一个理由。

乔院主没说什么，只提出备车马送送孤于箬儿，被孤于箬儿婉拒，只讨要一套男装方便行路，乔院主立刻应允。

蒲先生对孤于箬儿离开真心有点不舍，送了一大堆药材，抄了一堆他正在研究的药方，约孤于箬儿与他保持联系，通信探讨。

杜小曼送孤于箬儿出门："保重，到姑妈家别做重活，等我把事情办完，再去看你和弈表兄。"

孤于箬儿抓住杜小曼的手："姐，你也多保重。"

杜小曼看着孤于箬儿的身影消失在树林中，守礼关上了院门。

从院门到小院的这段路上，依然没碰到其他人。好像这座大书院，只有她见到过的这几个人一样。

杜小曼在衣袖中握紧了拳头，手心微微出汗。

刚刚，孤于箬儿在她的手心里写了放心两个字。

她懂了杜小曼让她捎带给谢况弈的话里的含义。现在，杜小曼只希望谢况弈赶快回到竹幽府，最好已经在竹幽府了。

回到小院，杜小曼正要谎称自己想睡一觉，时阑跟她进了房间，低声道："掌柜的，我们也走吧。"

杜小曼一愣："啊？"

时阑的神情有些叵测："掌柜的，你一直不太放心待在这个书院中吧？既然你怕宁景徽，那我们就赶紧离开吧。"

杜小曼僵硬地点头："好，什么时候？"

时阑的嘴角微微勾起："现在。怎么，你不想走？"

杜小曼马上摇头："不，不，能走太好了，现在就现在吧。"

时阑一把握住她的手："走吧。"

喂，这么干脆？好歹要收拾个行李什么的吧。杜小曼被时阑扯着，一路走出小院，在岔路口，他们碰见了一脸复杂的乔院主和蒲先生。

时阑笑嘻嘻地拱了拱手："多谢二位先生这几日的款待，我和表妹还有事情要办，也先告辞了。"

蒲先生瞪圆了眼："你们……"

乔院主咳嗽一声，拦到他面前，亦向时阑拱手道："那老夫便不远送了，时公子与杜姑娘路上小心。"

时阑拉着杜小曼迈出了闻道书院的大门，门扇在他们身后咣当合拢。

杜小曼看着前方广阔的天地，有些发蒙："我们……就这么走？"

时阑道："掌柜的，我没有钱买马，我们只有靠两条腿走了。这样也好，我们走小路，会比较隐蔽。"

杜小曼道："你……不是有一辆马车的么？"

搞什么，到现在还装神弄鬼，谎话都对不上了吧。那天在裕王的宅邸外，时圣爷大人你明明有辆马车。

时阑哀伤地看了看她："马车被我抵押给乔院主了，要不然掌柜的你以为，你这些天的吃穿住，都从哪里来的？"

杜小曼翻了个白眼："他们，不是因为你的才学么？"

时阑叹息："吾固然才高八斗，其才也不足以让书院再替吾白养两个闲人。"

好，算你编得圆！

杜小曼道："那我们就一二三向前走吧！"

时阑笑吟吟道："往这边。"

旷野无垠，烈日高悬。

杜小曼顶着一片从沟塘里薅来的大荷叶，走走走走走，走得两腿酸软，嗓子冒烟。

她问时阑："有水袋吗？"

时阑摇着荷叶扇风道："无。"

杜小曼哑着嗓子问："那你带干粮了吗？"

时阑道："无。"

杜小曼环视四周广袤的河山："时大人，那我们吃什么喝什么？晚上住在哪里？"

时阑慢悠悠地道："餐风饮露，日月为盖，天地为庐。"

杜小曼连白眼都没力气翻了，由他去即兴表演吧，她不信时爷真能把自己饿死在荒山野地里。

再走了片刻，前方出现一道溪流，杜小曼一头扑上前，趴在河边捧水喝。时阑喝了两口水，拿着蔫了的荷叶帮她扇风。

"你知道么，掌柜的，我曾有个梦想，就是这般独自在旷野中行走，无拘无束，无挂无碍，浩瀚天地，唯独有我。"

不是万里江山，唯我独尊？

杜小曼无语地转头，恰好发现前方背阴的土凹子里攀爬着一棵葡萄藤，挂着几串青中带红的小葡萄。

她扑上前掐了两串，剥皮塞进嘴里一颗，酸得睁不开眼。

时阑也尝了一颗，掩口皱眉道："难以下咽啊。"

杜小曼忍着酸再塞了一颗到嘴里："少挑三拣四了，有得吃就行。"找了几颗稍微红点的，"喏，你怕酸，这几颗给你好了。"

时阑接过葡萄，双眼直直地看她，杜小曼攥着袖头擦了擦嘴边："怎么了？"

时阑的双眼亮晶晶的："掌柜的对我这么好，我太感动了。"

杜小曼嘿嘿笑了两声，在心里道，真的感动就放了我吧，圣爷大人。

走到两腿都快麻木时，他们终于看到了人烟，不过不是人家，而是大片的农田。时阑摸出袖子里的一张地图，展开看了看，欣慰地道："快了，再走十多里路，应该有个客栈。"

杜小曼差点瘫倒在田埂上，不是吧，还有十几里路？

幸而，老天帮了她一个忙，有一个老农赶着一辆驴车，拉着一车柴，路过他们身旁时问："二位往何处去？"

杜小曼被拐卖过一次，有了警惕心，没作声。

时阑回答："十几里路外的客栈。"

老农夫眯起眼："迎悦客栈？老汉恰好也去，二十文，你们两个，走么？"

杜小曼看向时阑，时阑道："老丈，一人八文，两人十六文吧，意头多好。"

老农夫呵呵笑道："十全十美岂不更好？老汉倒也不缺这几个子儿，但二位走在野路上，眼见天快黑了，莫说你们一男一女都细皮白肉的，颇招劫匪，只怕前面山坳子里，先遇着狼。"

时阑犹豫了一下，从袖子里抠出一个布包，数出二十文钱："也罢，有劳老丈。"拉着杜小曼爬上车。

老农夫接过钱，数了一遍，塞进腰间的褡裢，一抖缰绳，一扬鞭，驴车嘚嘚前行。

乡野土路颇为不平，杜小曼靠着柴垛，一路被颠得七荤八素，东倒西歪。夕阳西下，天渐渐变暗，在她觉得全身都快变成柴火被颠下车的时候，老农夫说了一声："到了。"

杜小曼转身抻着脖子越过柴堆向前看，只见前方浓黑的夜幕中，遥遥出现了昏黄的灯火，渐渐勾勒出一栋小楼的轮廓。

驴车在小楼门口的旗杆下停住，杜小曼揉着酸疼的腰跳下车，觉得全身的骨头都在嘎嘣嘎嘣作响。

时阑在她之后下了车，杜小曼向老农夫道了声谢，二人走进客栈。

一个小伙计热络地向时阑迎去："公子爷和夫人打尖还是住店？"

杜小曼抢着说："要两间客房，然后再吃晚饭吧。"

时阑虚弱地道："夫人，住店的钱刚才付了车钱，只够要一间房了。"

骗鬼，我相信以你的实力，绝对能把这间客栈买下来！杜小曼暗暗磨牙。

小伙计露出参差不齐的黄牙："夫人，小店客房的床绝对够大，山野之中，夜晚风凉，还是合睡暖和，是不？"

杜小曼只能厚着脸皮不说话，时阑则像刚舔完猪油一般地笑了，订了一间房。

杜小曼走到大厅的空桌边坐下："我快饿死了，先吃饭。"

时阑温声说："好好，先吃饭。"让小伙计上菜单。

杜小曼接过菜单，铆足了劲儿专拣贵的点，小客栈，也没什么像样的菜，她就酱肘子卧鸭子之类的，点了一堆，末了还要了一道鸡汤。

小伙计一边记菜名一边乐呵呵道："夫人的胃口真好。"

时阑有气无力地道："我知道夫人的胃口一向好，故而才宁可省下房钱，也不能少了餐费。"

杜小曼告诉自己，统统当作没听见。

小伙计又露出黄牙,淫荡地笑了:"公子真是个体贴人儿。"

杜小曼咬牙等到了上菜,夹起一筷冒着油的肘子,挑去筋和瘦肉,只留下颤抖的肉皮和几寸厚的肥肉,笑吟吟地放进时阑碗中:"来,你累了一天,这块给你。"

她记得时骗子的嘴刁得很,吃肉只吃精瘦的,一点肥油也不碰。

时阑看着那块肉笑了笑:"夫人真是太贤淑了。"不动声色地把肉往碗边拨了拨,露出白饭,正要举箸夹菜,杜小曼半路拦住他的筷子,运筷如飞,鸭屁股、肥肠头、白板油、支棱着白毛的猪头皮,满满都堆在时阑碗中。

杜小曼在鸡汤盆中涮了涮筷子,夹起一筷子香菇放进自己碗中,望着灯下时阑黄了的脸,笑眯眯地说:"慢慢吃,不要剩下哦。"

晚饭后,到了客房中,杜小曼关上房门,看了看倚靠在床上半死不活状的时阑,道:"你要是不舒服的话,就你睡床,我睡地吧。"

时阑扶着床栏杆站起身:"不用了……掌柜的……当然是……我睡地……你睡床……"

杜小曼看着他弱柳扶风一般的动作,心道,影帝,你就装吧!

影帝掀起床单,微微蹙眉,脸色青白,额上渗出冷汗,竟又扶住床栏,娇喘两口虚气。

杜小曼用牙签剔着牙齿欣赏着,啧啧,表演真是精湛啊。

影帝突然把刚夹到腋下的枕头往床上一抛,转身捂住胸口,踉跄着弯下腰:"呕……"

杜小曼下意识地跳起身扑上前,扶住呛咳狂呕的时阑,皱眉看地上的一堆秽物。

不会吧,是真的?

时阑吐到了半夜,又被小伙计拖着跑了数趟茅厕,最后吐出的全是黄水,还掺着血丝。

杜小曼心惊胆战地看着瘫回床上脸色灰中带白的时阑,把被子再往他身上拉了拉。

"对不起啊,我不知道你竟然这么弱,几块肥肉一只鸭屁股而已……"

时阑的脸上灰气浮动:"恶……"

杜小曼赶紧说:"不好意思不好意思,我不提了。老板说,去帮我们问问客栈里有没有大夫。你……你要喝茶吗？"

时阑微微睁开眼："此事，与你无干，是我的脾胃不大争气。"

他这样说，让杜小曼更有罪恶感了："我知道你不吃那些东西，只是想恶心你一下，没想到会害得你这样。"

她跑进跑出，扯着客栈老板和小伙计让他们找大夫，但荒野小店，左右也找不到大夫。最后老板带来了他们客栈的一个管事，据说懂些医术，会治猪瘟，擅长替马接生，帮时阑号了号脉，主要结论是时阑的上吐下泻与客栈的油和食材无关，可能是喝过不干净的河水，吃过生冷，坐车颠着了，又吹过凉风等等造成的。

老板富有人道主义精神地说："虽与小店的饭菜无关，但小店里有些备用的药，可以止吐，我已着人去煎了，免费赠送给这位公子。另外，需要热水之类的，只管吩咐。"

杜小曼心知客栈老板主要是为了撇清责任，生怕被他们讹上。她只是谢过了老板，其他的一概不提。

客栈老板觉得她深明大义，送药送水尤其殷勤。

杜小曼替时阑喂了药，时阑刚喝下药，居然又吐了，喝水也吐。

杜小曼再找那位管事来看，管事道："这是吐滑了嗓，等都吐净了，睡到明天就好了。"

杜小曼看他眼神闪烁，对这套话不是很相信，但也无计可施，只能拿热水替时阑擦了擦脸和手，又和老板讨了一盘避味道的盘香熏上，时阑总算睡了。

天已蒙蒙亮，杜小曼望着床上熟睡的时阑，油然生出一个念头——

现在，是她逃跑的好机会！

时阑病得半死不活的，都没人来管，看样子他没有同党在附近，反正他得的不是什么大不了的病，丢在客栈里也没关系。

他如果是月圣门的高级领导，甚至是圣爷，武功肯定很厉害，不怕被人欺负。

如果现在不跑，可能她以后都没有机会了。

杜小曼走到门边，拉开门，又回头看了看床上的时阑，忽然想起自己被囚禁在裕王别苑中的日子。

那时候她差点就没命了，在那繁华的大宅子里，只能感受到绝望。虽然最后她选择了和谢况弈一起离开，不过，最先来救她的人，是时阑。

不管他是什么目的,他的确救了她。

如果现在她走了,只剩下时阑一个,还偷走了钱,时阑肯定就请不到大夫了。古代的医疗技术有限,上吐下泻,如果治疗不当,也可能会死人的。

杜小曼扶在门上的手僵住,腿怎么也迈不出。

不管怎样,时阑做过她的伙计,帮过她很多次,又救过她。就算他是月圣门的人……月圣门是个大邪教,时阑是个大魔头……可月圣门一直没对她杜小曼怎么样,就是想招她入伙,还是蛮友好的。

苟延残喘的时候,还孤苦伶仃,那是什么滋味,杜小曼懂的。

她默默叹了口气,关上房门,走回床边,又替时阑往上拉了拉被子。

这个动作让她想起被吓哭的那个晚上,时阑的变态行径。

唉,又想逃跑了。

为啥对着一个变态,她会如此矛盾呢?圣母病毒入脑了吗?

杜小曼坐在桌边,抱住头,挣扎不已。跑呢,还是不跑?跑呢,还是不跑?朦胧中,她似乎是跑了,跑在蓝天旷野中,身边飘着一朵又一朵棉花糖,前方有一张大床,铺着厚厚的鸭绒被……

笃笃笃——

一阵敲门声响起,杜小曼猛一个激灵,醒了。室内已一片光明,天大亮了。

她打开门,是小伙计来送洗脸水,问了问时阑的病情,又道,马上就送早饭上来。

杜小曼洗了把脸,简单整了整头发,待早饭送来,她端起粥碗,刚喝了一口,床上有响动,时阑醒了。

杜小曼赶紧放下碗走到床边:"感觉好点了没?能吃点东西或喝水了不?我去给你拿点热水?"

茶水比较刺激胃,杜小曼倒了一杯温热的白开水,喂时阑喝了两口,提心吊胆地等着。过了许久许久,时阑都没有再吐。

她长出一口气:"太好了,说不定你已经可以吃东西了!"

时阑看着她的笑脸,低声问:"你为什么没走?"

杜小曼抖了一抖:"呵呵,你说什么,我听不懂……"

时阑紧紧地看着她,双眼深不可测:"你一直怕我,你与我走是不得已,你怕我扣下孤于箸儿。"

喂,怎么突然就从影帝模式切换到直接模式了!

杜小曼张了张嘴，时阑微微垂下眼帘："你昨晚就应该走，书院中有人通知了宁景徽，所以我带你立刻离开。不坐车马，是因为目标太大。这条路宁景徽应该暂时想不到。但是我昨天闹了肠胃病症，已引人注意，那农夫说不定也会泄露消息。我们今早离开，再走僻静的小路，本应无事，可我走不了了。我的外袍中有袋钱，左袖的暗袋中有地图，你都拿上，此时走，还来得及。"

　　杜小曼觉得自己有毛病了，以往时阑神神道道的，她觉得他是影帝，现在他用如斯正经的口气说话，她居然很不适应。

　　她问："那我走了，你怎么办呢？"

　　时阑挑起嘴角："宁景徽敢对我怎么样？"

　　笑容搭配他惨淡的脸色，杜小曼看着有点苍凉。武林高人不都身上插满了刀子还能满天飞的吗？一次肠胃炎而已，居然能让魔教圣爷说出这样自暴自弃的话。

　　杜小曼不由得同情地说："你吃点东西试试，吃饱了，就有劲儿了。没你我怕认不得路，咱们最好还是一起走。"她摸摸粥碗，有点凉了，拉开门再喊小伙计重上热饭。

　　时阑苦笑："你啊……唉……之前对我避之不及，此刻却又……真是拿你没办法。"

　　杜小曼坐到床头："这不怪我啊，你老不说实话，我怎么敢信你呢？人与人之间，如果没有一个信字，怎么能坦诚交流？"她索性把话都挑明了，"再说，你的身份那么恐怖，我乍猜到时，肯定会害怕啊。喂，你真的不会害我吧？"

　　时阑肃然道："自然不会，我以性命保证。我知道你不是唐晋媗，唐郡主不可能是你这样。"

　　这算夸奖么？杜小曼点点头："谢谢你。"

　　时阑道："其实我早就告诉过你我是谁，只是那时你没有猜到。"

　　是啊，西湖上美好的月色，很明显的暗示。

　　杜小曼叹气："我当时太蠢了，要是早猜到就好了。在书院里看到你的玉佩，猜到你是谁的时候，我吓得魂都飞了。"

　　时阑噙起微笑，轻轻握住她的手腕："你不必有负担，还和平常那样就好。你那时才发现？真够迟钝的。是了，你是番邦人，起初不认得，亦是应该的。"

　　杜小曼迟疑道："这个，真是需要一个过程。还有，我仍是不太赞同你们月圣门的教义……"

时阑怔了怔,脸色微变。

杜小曼尽量委婉地接着往下说:"你们月圣门和朝廷之间的恩怨,我不想参与。我觉得少些杀戮人生会更美好。有些事情别做得太过分了,就算原本出发点是好的,也会越走越远。"

看时阑的脸色越来越诡奇,杜小曼赶紧转换话风:"不过,我和人相处都不带偏见的。只是……"她艰难地,顶着极大的风险小心翼翼地问,"为了以后相处方便……我想问得明白一点,你懂的。时阑,你到底是男人,还是女人?为什么会做月圣门的……"

时阑连眼白都绿了,杜小曼瑟缩了一下,看来性别这个禁忌的话题她不应该触碰。

时阑一字字地说:"你、说、我、是、月、圣、门、的?"

杜小曼小小声地说:"你的玉佩上云里是个圆月亮……月芹给我的玉佩上,云里是弯月亮。一开始我想你是男人,不太可能做圣姑。但是男人也可以是女人,性别其实不是问题。补充一下,我觉得你是男是女,其实都很美!只是,我到底该叫你圣姑啊,还是圣爷?"

时阑吭的一声大咳起来,咳得全身颤抖。杜小曼赶紧扶住他,发现他居然在大笑。

"你……哈哈,原来你把我当成了……哈哈哈……"

他笑得前仰后合,上气不接下气,突然把她猛地向面前一扯,双眼弯弯道:"我竟然看起来像女人?嗯?"

距离时阑的鼻尖不过一韭菜叶儿的距离,杜小曼险些变成了斗鸡眼。

下一秒,她的双唇被什么柔软的东西堵住。

再下一秒,杜小曼不假思索地猛地双手一推,跳起身:"恶,呸呸呸——"

神啊,谁给她一瓶漱口水吧。

时阑耍流氓了,初吻被夺走了,她都没工夫计较。杜小曼大脑已一片空白——一个昨晚吐了一夜,又喝过药,还没喝几口水的人,口腔里的味道有多精彩,真的,难以形容……

她悲愤地抓起一杯水漱口:"你能不能做色狼也讲讲职业道德啊!"

时阑一脸恍然:"啊,我忘了,抱歉抱歉。"

杜小曼拼命漱口。

时阑的神色再一变，突然一本正经道："你说，我的玉佩和月芹曾给你的一样？"

杜小曼说："对啊，你们不是统一样式吗？一个圆月，一个弯月，你的职位比她高吧？"

时阑眉头跳了跳，满脸无奈："那是太阳。"

杜小曼抓住水杯愣住："太阳？太阳代表什么？"

时阑的神色更无奈了："祥云环日，代表……"

门外有脚步声近了，房门笃笃响了两下，杜小曼打开门，手里的水杯哐啷掉在地上。

小伙计端着托盘站在门外，满脸笑容："夫人，热饭来了。今天恰好有大夫来投店，小的立刻带他们来看时公子。"

杜小曼木然地让开身，背着药箱的十七皇子从小伙计身后走进房间，他身边，还跟着裕王。

小伙计带着托盘离开，合上房门，秦羽言笔直地扑向大床上的时阑："叔——"

杜小曼顿觉晴天霹雳，眼前不断闪烁着一个字，叔叔叔叔叔……

裕王在床前单膝跪下："微臣恭请殿下起驾。"

时阑叹了口气，无情地拉开秦羽言抓着他袖口的手："小十七，宁景徽不来，换你也一样，我无论如何不会回京。"

叔……叔……叔……

十七皇子，在喊时骗子叔……

十七皇子，他喊了时骗子叔……

杜小曼被雷得傻掉了。

呵呵，哦呵呵呵！这个跌宕的世界！

好在她经常被雷，已经习惯了。大脑在呆滞了两三秒后，飞快运转起来，自动拼凑出了几组公式——

十七皇子的叔＝皇叔。

"裕王"向时骗子下跪＝冒牌货＝弘统领（真）。

所以，时阑……

她指向时骗子的鼻子："你才是裕王！"

时阑赞赏地看着她："掌柜的，不用怀疑你自己的智慧，你太聪明了，只是偶尔傻。"

杜小曼抢起桌上的茶杯就想扔过去："傻你个头！"

一只手擒住了杜小曼的手腕，弘统领俯视着她，从她手中轻轻巧巧夺过茶杯，目光冰冷："不得无礼。"

时阑立刻喝止道："弘醒，退下。"

音调不高，但那股王爷风范，立刻浓浓弥漫，和之前装模作样的油腔滑调天差地别。

杜小曼挑了挑眉，影帝，很好。

她向弘统领笑笑："不好意思，我会注意，下不为例。"再向裕王殿下和他的乖侄儿笑笑，"你们肯定有很多重要的话要聊，我先出去了。"挥挥手，拉开门就走。

其实她的心里有很多疑问，堂堂一个王爷，为什么要装成那副德行窝进她的小酒楼里；为什么弘统领要假扮裕王；为什么……一堆为什么摞在一起，她都不想管。

关她什么事？一堆皇亲国戚达官贵人吃饱了撑的瞎折腾，跟她一点关系都没有。

反正和这些人沾上后，绝对碰不到好事，她只想赶紧离开。

在走道拐角处，她迎头遇见一个小伙计，小伙计立刻赔起笑脸，殷切地问："夫人，您家老爷的身体好点了没？"

杜小曼随口应了声好多了，听见身后有匆匆的脚步声，小伙计又惊又喜地喊："这位爷，看来贵体真是大好了！"

杜小曼加快脚步下楼，却被时阑抓住了衣袖。

"掌柜的，你生气了。"

杜小曼转过头，有点无奈："拜托您别这么叫我了，我真当不起啊。"

时阑神色黯然："你真的生气了。"

杜小曼恳切地说："没有没有，确实挺意外的，但是……"

客栈里人来人往，已有不少客人和两三个小伙计八卦地看向他们，杜小曼飞快地瞄了瞄四周，含糊地说："……我觉得，我在这里很尴尬。"

时阑只望着她，抓着她的袖子，不说话。

杜小曼往后扯了扯衣袖，就在这个时候，她听到一个熟悉的声音："杜小曼。"

她猛地转过头，突然有种热泪盈眶的冲动。

有一个人穿过客栈的大堂，大步向她走来，他纵身一跃，直接上了楼梯，一把扣住她的左手手腕，简洁明了地吐出一个字："走。"

谢少主，实在应该改名叫及时雨啊！

时阑慢慢松开了杜小曼的衣袖："想必，你又要和他走了。也是，你应该和他走。"

杜小曼竟从他的表情中看到了一丝苦涩，想来裕王殿下的影帝键时时刻刻都是开启状态。

客栈里至少百分之八十的客人都在围观他们，杜小曼能感觉到浑身都被灼热八卦的视线笼罩。

她正要跟谢况弈离开，时阑又反手擒住她的手臂。杜小曼一抖，时阑的脸已凑到近前，在她耳边轻声说："掌柜的，和孤有姑娘好好相处。"

杜小曼呵呵僵笑两声，从谢况弈的手中抽回左手腕，拨拉开时阑搭在她右臂上的爪子："多谢殿下关心，你也是，以后别装模作样打劫自己家院子淘气了，美人们都等着你回家呢。"

她噙着笑转过身，和谢况弈一同走下楼梯，雄赳赳地穿过大堂，耳中灌满窃窃私语。

"亲娘咧，这小娘皮敢在光天化日下丢了自己相公，和野汉子跑了？"

"那男人有种么？大庭广众下做王八，竟不弄死这对狗男女！"

"弄不过吧，没看这个腰里别着剑么？"

"诸公所言差矣，怎知那个是原配，这个是野汉？依吾看，别剑的方是原配，连同方才上楼的那男子家人，是来抓这对私逃的野鸳鸯的。"

"抓回去就剐了吧，这等淫娃，留在世上总是祸根！"

……

谢况弈一挥手，啪，一把飞刀插在了声音最大的一桌散客的桌面上，他冷冷地扫视厅内，世界顿时安静了。

谢况弈回过身，正要迈出大门，背后又响起低低的议论——

"插刀子了，看来这个还真是野汉！"

"嘘……"

杜小曼赶紧拉着脸色铁青的谢少主出了客栈。

谢况弈回头向客栈瞥了一眼，声音生硬道："山野乡民乱嚼舌根，不必理会。"

不淡定的那个人可不是我。杜小曼嗯了一声。

走上土路，杜小曼看了看四周，没有马，也没有车，难道谢少主是靠轻功飞过来的？

谢况弈带着她继续向前，杜小曼清清喉咙，打破沉默："箬儿告诉你了？"

谢况弈应了一声，算是回答，表情有点不自然。

杜小曼又说："谢谢你啊，我……"

谢况弈打断她的话："其实，我天不亮就来了。"

啊？杜小曼瞪大眼，谢况弈神色僵硬地遥望远方："我就在你们窗外的树上。"

杜小曼一时不知该说啥好，就哦了一声。

谢况弈停下脚步，拧紧双眉，猛地刨了一把头发："我早告诉过你，姓时的这厮不是好人！你怎么还……"

杜小曼苦着脸："我不得已啊，你以为我想吗？！"姐这一路上受了多少惊吓！还以为这厮是圣爷，结果又来个大逆转！

谢况弈的双眉展开，挑起："你不想？"

杜小曼恶狠狠地说："废话！"

谢况弈哼了一声，片刻后又道："真没想到，连我都走眼了，我只猜他要么是宁景徽的探子，要么是月圣门的什么人，没想到他是裕王。"

杜小曼耸耸肩："不用懊恼，影帝的演技太精湛了。"

谢况弈疑惑地看看她："影帝是什么意思？"

杜小曼不知道该怎么解释这个词汇，含糊道："没什么意思。不过我觉得我可以自恋一下，连一个王爷都在我身边做过卧底，我的人生多么成功啊！"

为什么？时阑这样做到底为了什么？她想不明白。

月圣门？好像并不是为了这个，影帝做事一向云山雾罩，猜他的目的肯定白费力气。

杜小曼叹了口气，继续跟着谢况弈往前走，假装不经意地问："对了，你没认出裕王，是不是因为时阑用了易容术？"

谢况弈皱眉："应该没有，但我真不认识他。裕王不常在京城，白麓山庄和他没有交集。"

他的声音有点生硬，杜小曼这才发现自己的问法可能会引起误会，赶紧说："我问这个不是怀疑你啊。我怀疑谁都不会怀疑你。我是因为……"

她压抑着心里的苦涩，低声说出最让她不愿意想的事实："绿琉她……其实应该认识裕王……"

她身边的卧底不止一个。欺骗她最厉害的人，可能不是时阑，而是绿琉。

绿琉是见过裕王的，慕云潇让阮紫霁弹琴招待裕王那次。

谢况弈挑了挑眉："哦。"

杜小曼苦笑，她一直没相信过时阑，可她一直把绿琉和碧璃当作家人看待。谁想到……

绿琉……为什么？她到底是谁？为了什么目的？为什么要监视唐晋媗？

她的身边，真的只有绿琉有问题？

大仙们，你们怎么没告诉过我，我要演的不是怨妇测验剧而是悬疑剧啊！

谢况弈拍拍她的肩膀："做人难免碰到这样的事，看开点。这就是婆婆妈妈的下场，长脑子记得这个教训吧，你当时要是不带上那两个丫鬟，不单我省事，你现在也不会有这么多的烦恼。"

杜小曼的心，顿时更苦涩了。

谢况弈向着一处树丛打了个呼哨，一辆马车缓缓绕了出来，赶车的是孤于箬儿。

"小曼姐，你没事真是太好了。"马车颠簸前行，谢况弈在外面赶车，孤于箬儿和杜小曼坐在车内，"幸亏我在半路遇见了弈哥哥。不过，就算弈哥哥不能那么快赶到应该也没事。我觉得时公子不是坏人，不会害你。"

杜小曼的嘴角抽了抽，孤于箬儿又补充："可是我没想到，那居然是王爷呀。怪不得我一直觉得时公子有一股特别的气质。"

他？气质？哦呵呵，他有影帝的气质！

孤于箬儿又向谢况弈的背影道："弈哥哥，你说时公子为什么要这么做呢？"

谢况弈一抖缰绳，答非所问："箬儿，你也不要回竹幽府了，你们都跟我回白麓山庄。"

杜小曼在座椅上晃了一下："但是我……"

谢况弈凉凉道："你不会还想回杭州找你的那两个丫鬟吧？带点脑子行么？先到白麓山庄避避风头，其他的事再从长计议。"

杜小曼乖乖闭上了嘴。

不知道是不是影帝和宁景徽通了气，去白麓山庄这一路走得极其顺畅，既没有朝廷的追兵，也没有月圣门的滋扰。

杜小曼再次见识了白麓山庄的实力。马车出了那片小乡旮旯，到了一处城镇，立刻就有人前来接应。谢少主不必再屈尊亲自赶车，马车也换成了一辆外表低调、内部奢华的大车，一路都有白麓山庄的高手护送。沿途经过没有白麓山庄分部驻扎的客栈旅店，也一律包场。杜小曼和孤于箬儿哪怕在路上，都天天有新衣服换，每天的伙食更是没话说。

杜小曼好歹有过高等待遇的经验，反倒是孤于箬儿非常不习惯，偷偷和杜小曼说："小曼姐，我只去过弈哥哥家两三次，特别别扭，虽然我在山上，平时见不到什么人，但是比较自在。"一边说，一边拔下头上挂着坠饰的钗子，绾上朴素的竹簪。

孤于箬儿是什么人，白麓山庄的属下们都是知道的。杜小曼不知道自己是否多心，那些前来服侍她和孤于箬儿的婢女们，闪烁的视线中都带着暧昧。

杜小曼总忍不住想起影帝那句恶毒的临别赠言——和孤于姑娘好好相处。

她心想，我堂堂正正的，现在可没对谢少主起什么歪心。但是尴尬，还是时不时地会冒出来。

孤于箬儿没有察觉到她的尴尬，谢况弈更没有。谢少主在赶路期间也没有闲着，搜刮了一大堆裕王相关的资料，拿给杜小曼共赏。

那些资料深刻地肯定了，影帝堪称本朝第一色狼。

影帝在全国各大著名风景城市都有别墅，里面美姬无数，来自各大阶层，各个民族，连番邦胡姬都有。皇帝的后宫，也没法和他比。

他在温柔乡中快乐地沉浮，居然还活蹦乱跳的，没有变成人虾，真是人体科学的奇迹。

孤于箬儿茫然地问："小曼姐，什么叫作人虾？"

杜小曼咳嗽了一声，只怪影帝的风流史太震撼，她一不留神把内心吐槽说了出来："你还是不要知道比较好。"

人虾这个词，是她在书里看的。据说古时候，一个朝代灭亡，有些人决定"殉国"，又觉得自杀太痛苦，就选择牡丹花下死，做鬼也风流的方法。咳咳，在损耗过度而死之前，会先变得弓腰驼背，好像只虾，所以称为人虾。

杜小曼当时读到这段的时候，还是个纯洁的好孩子，觉得整个人生观都被颠覆了。

她可不能茶毒单纯的箸儿。

谢况弈黑了脸："你懂得真不少。箸儿，别跟她学。"

杜小曼再咳了一声："我只是在书上读到……"

谢况弈冷笑："看来你看过不少好书。"

杜小曼脸有点烫，赶紧低头扒拉资料堆。

谢况弈抽出几张纸来："裕王与宁景徽似乎有些不太对盘，那大内统领假扮的裕王倒与宁景徽同进同出，实在是有趣了。"

杜小曼诧异了，这么说，当时在酒楼里，时阑和宁景徽呛过几次，居然是假戏真做？

"是不是因为宁景徽害怕裕王篡位什么的，一直在提防他？"

谢况弈叩了叩桌面："没那么简单。宁氏一系，与裕王素有旧怨。"

谢况弈简单讲了讲朝廷秘史，原来影帝是太祖皇帝的遗腹子。

太祖皇帝当年亲征番邦，中了毒箭，留下了病根，那毒反复不能解，时常发作，后来时常卧床数日不能理朝政。太祖皇帝便效仿尧舜，禅位给太子，就是先帝。

太祖皇帝禅位后，先帝也不知道是真孝顺呢，还是想让老头死快点，好舒心当皇帝，当年为他举办的选秀中，有位"容貌稀世、品格贤淑"的闺秀，皇帝说，这等绝色，他不敢享受，当孝敬父皇，立刻把这位美人打包去了太上皇寝殿，伺奉太祖皇帝榻前。

太祖皇帝很开心地接纳了这份孝心，美人立刻被封为太妃，日夜侍奉。

据说这个举动，还被传为先帝至孝的佳话，由史官写进了典册中。

先帝送出这位小妈后不到一年，太祖皇帝就驾崩了。太妃当时还怀着孕，得赐封号端淑纯孝皇太妃，住在京郊的别苑中追思太祖皇帝，几个月后诞下一子，名兰璪。

太妃正是青春年华，住在别苑里，只比住冷宫强了一点点，倍显凄凉。太妃的爹心疼女儿，他是国子监祭酒，与司天监正关系好，就想托老朋友做点手脚，趁着皇上做噩梦或者天有异象的时候，往太妃和小皇子身上扯一扯，说是太祖皇帝在天上不踏实什么的，让太妃和小皇子回宫去住。

这事不知怎的，就被当时的御史大夫宁景徽的伯父宁瀚庐知道了，宁瀚庐立刻告知了先帝。先帝当时宽恕了太妃的爹和钦天监正的行径，不予追究，但过不多久，两人就因别的缘由被贬职左迁。太妃的爹郁郁而亡，钦天监正也一辈子过得很苦逼。太妃当然更没有可能离开别苑，直到兰璪获赐王衔后，才得以搬到儿子的王府中去住，也没享几年的福，就薨了。

后来宁景徽科举出仕，升职飞快，官至右相，诸王皇子都送过他东西，或请他吃过饭，唯独裕王与他从无往来，据说在皇宫中偶尔碰见，宁景徽行礼，裕王也都敷衍而过。

秦兰璪与其他皇子也不甚亲密，唯独和十七皇子秦羽言亲厚。

先帝驾崩后，他身为皇叔，地位尊崇，比以前风光了很多，但依然不怎么进宫，到处浪荡。

杜小曼在心里掂量，难道影帝的浪荡依然是在做戏？其实他接了朝廷的秘密任务，潜伏在杭州，为了一举铲除秘密组织月圣门而战斗。为了这份光荣的使命，他放弃前嫌，和宁景徽携手合作……

不对，十七皇子和弘统领闯进客栈时，秦兰璪那句"宁景徽来了我也不会回京"，感觉和这个剧情不搭。

杜小曼想得脑仁儿疼，就放弃了推测。

谢况弈总结道："我觉得他找上你，应该是临时起意，可能另有目的。"

可能吧……

杜小曼把资料推开，准备把秦兰璪相关暂时从大脑中擦去。

世界上最难揣测的是人心。

她是个直来直去的人，不擅长弯弯绕绕，既然揣测不到，那就闭着眼过，走到哪步算哪步好了。

几天之后，他们到达了白麓山庄。

【第一册完】

MEMORY HOUSE

记忆坊文化

再也不要做怨妇 II

ZAIYE BUYAO ZUO YUANFU

II

大风刮过 ——

著

江苏凤凰文艺出版社
JIANGSU PHOENIX LITERATURE AND
ART PUBLISHING,LTD

图书在版编目（ＣＩＰ）数据

再也不要做怨妇：全3册 / 大风刮过著. -- 南京：
江苏凤凰文艺出版社，2018.9
ISBN 978-7-5594-1709-1

Ⅰ．①再… Ⅱ．①大… Ⅲ．①长篇小说－中国－当代
Ⅳ．①I247.5

中国版本图书馆CIP数据核字(2018)第049434号

书　　　名　再也不要做怨妇（全三册）
作　　　者　大风刮过
选 题 策 划　北京记忆坊文化
责 任 编 辑　姚　丽
特 约 策 划　暖　暖
特 约 编 辑　单诗杰
营 销 编 辑　杨　迎
封 面 绘 图　三　乖
人 设 绘 图　花小白
封 面 设 计　80零·小贾
版 式 设 计　段文婷
责 任 监 制　刘　巍　江伟明
出 版 发 行　江苏凤凰文艺出版社
出版社地址　南京市中央路165号，邮编：210009
出版社网址　http://www.jswenyi.com
印　　　刷　三河市祥达印刷包装有限公司
开　　　本　670毫米×970毫米　1/16
字　　　数　1050千字
印　　　张　56.5
版　　　次　2018年9月第1版，2018年9月第1次印刷
标 准 书 号　ISBN 978-7-5594-1709-1
定　　　价　120.00元（全三册）

影视版权抢订热线　　010-57194853
江苏凤凰文艺版图书凡印刷、装订错误可随时向承印厂调换

目录

第四卷·清歌伴月临　　〇〇一

第五卷·漂泊秋风中　　一二五

第六卷·顺势而为（上）　　二二九

第四卷·清歌伴月临

到白麓山庄，可能是杜小曼做得最错误的一个决定。

　　当踏进白麓山庄的第一个瞬间，她就隐约感觉到了。

　　马车停下，几位服饰精致的婢女打开车帘，福身行礼，两名婢女搀扶孤于箬儿下车，一名婢女扶着杜小曼。

　　白麓山庄虽是江湖门派，看规矩却并不比普通的大户人家少。杜小曼和孤于箬儿下车后被婢女组成的人墙与其余人隔开，杜小曼隐约听见有小厮的声音向谢况弈道："少爷，庄主命你立刻去正堂。"

　　白麓山庄的庭院开阔，屋舍纵横，好似一幅朗阔的水墨画卷。

　　杜小曼和孤于箬儿被婢女们簇拥着进了内院，迈上回廊，搀着孤于箬儿的婢女柔声道："箬儿小姐请这边走，夫人正等着呢。"扶着杜小曼的婢女却住了脚，向杜小曼道："杜夫人，请走这一边。"将她带往相反的方向。

　　杜小曼脚步一顿，心头一跳。

　　"夫人"，这个称呼颇具意味，她瞥了一眼身边的婢女，婢女们都笑盈盈的，倒是一派热情好客的模样。

孤于箸儿怔了怔："小曼姐为什么不与我一起？"

她身边的婢女立刻温柔地笑了："这位夫人是客人，自然要先到客房安歇。箸儿小姐不必挂念。"

孤于箸儿犹豫地看着杜小曼："小曼姐，那我先过去，等一时再去找你。"随着众婢女往内宅的主院去。

杜小曼被婢女们引着步下回廊，穿过几道庭院，天气炎热，古代的衣服再少也里外几层，杜小曼走得直冒汗，方才迈进了一道月门，到了白麓山庄的客房所在。

开阔的大院落，密密的皆是厢房，感觉竟有点像客栈或者宿舍的意思。

她不由得道："你们这里能接待不少客人啊。"

婢女笑道："夫人见笑了，我们山庄时常有人来投奔，到了庄主寿辰之类的日子，往来客人更不计其数。这样的客院，庄中有好几座呢。这里是供寻常客人留宿的，夫人自然不能住，这边请。"带着杜小曼又上了游廊，穿过一扇角门，进入一个花园，再过了一道门，到了一个干净清爽的小院。

平坦的石板地，院中一棵老树，靠墙一排花草，院角搁着一口水缸，几片睡莲叶托着两朵花浮在水上。上了回廊，婢女推开屋门，是个套间儿，外面一间正墙悬着一幅画，靠墙一张条几，两侧摆着几把椅子，两张小桌。内里一间，一张木床，挂着白帐，床头有盆架手巾，靠墙有一个褐色的衣柜，窗下一张小案，摆着一个铜制的香炉，一套白底蓝花的瓷茶具。

婢女道："客房简素，委屈夫人了。夫人暂待一时，婢子们再去为夫人准备镜匣妆笼。"

杜小曼左右打量了一下屋内，又到窗边看了看，笑着说："挺好的，我平时不怎么化妆，再有一面镜子、一把梳子就行。"

婢女又道："夫人进来时，因是走了一段往主院那里的路，所以觉得绕了，其实从这个院子出去，走另一条路，出入敝庄都极其方便。婢子可以带夫人去认认路。婢子贱名晴春，夫人有什么吩咐，唤我便可。庄中每日的早、午、晚膳在卯时、巳时、酉时，由婢子们送来。桌中的抽屉里有笔砚围棋，夫人如果寂寞，可以消遣。夫人如果想射箭或弹琴，婢子都可以准备。"

杜小曼道："不用了，我不会写诗画画，也不会下棋弹琴。"

晴春又笑了："那婢子先为夫人备水沐浴更衣。"

左右又有婢女端来茶水，晴春挽袖斟茶。

"不知夫人喜欢什么茶，就先备了瓜片。夫人车马劳顿，不知沐浴后是否要休息，因此沏了淡茶。"

杜小曼道："什么茶都行，我不挑。"

她还真有点渴了，端了茶喝，横竖她不懂茶，也喝不出好坏，但觉入口泛着淡淡清香，并不苦涩，就说："好茶。"

片刻后，婢女们抬进了大桶热水，供杜小曼沐浴。

晴春又问："夫人的行李中，可备有换洗的衣物？"

杜小曼两爪空空上路，一路上都是白麓山庄提供衣物，连她身上穿的也是，被晴春这么问，有些羞惭："没有，一路上都是白蹭你们的。"

晴春垂首福了福身："因婢子们不曾接到吩咐，故而未曾准备，请夫人稍坐。"带了两三个婢女匆匆离去。

杜小曼在床沿坐下，总觉得怪怪的，似乎白麓山庄并不欢迎她，但又礼数周全。

算了，既然来了，暂时待着再说。

她等了一时，浴桶往外升腾的热气渐渐消散，晴春还没回来，倒把谢少主等来了。

谢况弈大步闯进屋，左右婢女齐齐福身，谢况弈左右扫视，脸黑得像锅底："怎么住这里？"一把拉住杜小曼，"走！"

婢女们的态度都很淡定，一名婢女挂着职业的微笑道："禀少主，这是夫人……"

"是你娘我吩咐的，怎么了？"门外蓦地响起一道女声，跟着，一个女子迈进了门，穿过外厅，走进内室。

杜小曼看清她的面容，不由得惊诧，一是因为这女子的美貌，二是因为她与谢况弈的相似。

杜小曼不得不感叹造物的神奇，明明几乎一模一样，高而挺的鼻，连薄唇上挑起的那抹稍微带点嚣张的笑都几近完全相同，只是英气的双眉略纤细了些，这模样放在女子的面庞上，就可以美得如此浓艳妖媚，惊心动魄。

她薄施粉黛，罗束纤腰，丁香蝉翼衫、藕丝海棠裙，包裹着窈窕身段，钗环简略，鬓边只插一根流云簪，却极尽明艳。要不是刚才她自报家门，杜小曼几乎要猜她是谢况弈的姐姐了。

不是说古代女人比现代的女人老得快吗？怎么她碰见的一个两个都是仙子级

别的。杜小曼暗自在心中艳羡。

谢夫人的视线往谢况弈抓着杜小曼的手上一转，双眉微挑："浑小子，光天化日之下，这般拉扯人家，成什么体统！被你爹知道，看不拿桌子腿抽你！"

谢况弈悻悻地松了杜小曼的手："娘，怎么把她安排在这种地方！"

谢夫人抿起的唇角向上一挑："安排在这里哪点不好了？你不早点通知家里，我和你爹还是从门生的嘴里听说的，房子自然来不及收拾。人家是客，你倒想往哪里安排？"

谢况弈道："箬儿住哪里，她住哪里就行。两人还能做个伴。"

谢夫人哼道："你倒会安排，箬儿那住处，够大么？天气如此炎热，如何挤得？你以为女孩子家和你似的，糙不啦叽的就过了，种种不便，说了你也不明白。这里既开阔，又隐蔽，待我让人再布置布置……"

杜小曼赶紧插话说："这样就行，挺好了。"

谢夫人抬手拍了谢况弈的后背一巴掌："去！你还不让人先休息休息？找你爹去！窖里的胡酒都取出来了，你们爷俩去洗剑湖那亭子里喝吧，醉了好收拾！"

谢况弈哼了一声，向谢夫人道："那娘你好好安顿她啊。"再瞧了一眼杜小曼，拖着步子走了。

谢夫人瞟了一眼他的背影，嘴里笑骂："真是越大越浑，越像他爹！"

旁边的婢女吃吃笑："少爷像庄主，夫人还愁什么？"

谢夫人的双眉又一扬："我能不愁么？他爹有我镇着。箬儿那好性子，将来还不任他欺负！"

杜小曼心里咯噔一声。这话不好，恐怕后面的，更不好。

谢夫人瞧了瞧屋中的浴桶，摆摆手："是不是还没找好换洗衣物？水都凉了，抬下去重新备，你们都退下，我喊你们再进来。"

婢女们应了一声，抬着桶退了出去，外厅的门合拢，屋内只剩下杜小曼和谢夫人。

谢夫人走到杜小曼面前，视线将她上下一扫，笑盈盈道："唐郡主，我们聊一聊吧。"

杜小曼心中有数，点头道："夫人您请说。"

谢夫人的五官中，唯有眼睛与谢况弈不一样，是那种妩媚的杏眼，眼角微微上挑，大约是练武的关系，异常有神采，笑起来时眼波流溢，认真端详人时，却格外犀利。

"唐郡主，我们江湖人，不会拐弯子说话，我就开门见山了。郡主的家世与经历，我家那愣小子都无法匹配，难以高攀。"

杜小曼立刻直截了当道："谢夫人，我无意勾引谢少主。我知道他和孤于姑娘的婚约，我觉得他们很般配，衷心地祝福他们。我眼下，纯粹是因为走投无路了，才厚着脸皮到贵庄来避风头。"

谢夫人噙起微笑："郡主原来也是个爽快的人，倒是出我意外。你惹的麻烦，我也略微听说了一二，郡主的夫君慕王爷……"

杜小曼叹气："这个人渣还在其次，主要现在我被朝廷那位很厉害的宁右相盯上了，他以为我是月圣门的人，月圣门也盯着我不放，比较麻烦。"

谢夫人理解地颔首："郡主这般遭遇，即便是江湖女子，恐怕也很难熬。"

杜小曼苦着脸："是啊，更何况我又不会武功，也没人可投靠，想找个隐蔽的小山村什么的躲一躲，又……"

谢夫人一扬唇角："郡主需要多少？"

杜小曼愣了一下。

谢夫人接着道："一千两，够不够？"

杜小曼立刻道："谢夫人，我的确一无所有，但不是敲诈犯啊。"竟被猜成了这种人，她心里很不是滋味。

谢夫人正色道："郡主不必推脱，我也不是为了赶你走才要给你钱，的确，我巴不得你立刻离开。但……都是女人，我知道一个女人飘零在外有多难。这钱，只当是路见不平拔刀相助。一千五百两？"

杜小曼亦正色道："夫人，我知道，承蒙谢少主相救，这一路我更是蹭吃又蹭喝，没资格说这种话。但，我不是你想的这种人，我……"

谢夫人抓起她的手，轻轻一拍："一千六百两，就这么定了！我会给你备上银票，缝在衣内，再换些散碎零钱，让你路上花着，不至于露富被人盯上。行李一个时辰便可备好。"

杜小曼痛苦地感觉到，说话沟通是门博大精深的学问。羞耻感让她脸颊滚烫，比直接打她几十个耳光还难受。可眼前的这女子是谢况弈的娘，她又不能翻脸。

谢夫人又道："但郡主肯定不能马上走的。待我安排个时间，好么？"

杜小曼忍下气，点头道："夫人觉得什么时间合适，我立刻就走。"

谢夫人又笑了："唐郡主，我很意外，你居然是个爽快又通情达理的女子。官家的女儿，像你这样的可不多见。我一定会为你在路上安排妥当，但请郡主在奔儿面前……"

杜小曼立刻道："我懂的，夫人放心，我一定不会让谢少主看出来。"

谢夫人双眼弯了起来："那我谢谢郡主了。"

杜小曼努力地呵呵笑了两声："应该是我谢谢夫人。"

她发现自己的脸皮确实很厚了，谢夫人离开后，她居然很快就冷静了下来。

她跟自己说，人得换位思考嘛，如果自己处于谢夫人的位置，大概也会这么做吧。

谢夫人硬要塞钱，大不了走的时候丢还给他们就是了。

婢女们又抬来水，杜小曼洗了个澡，换了身干净衣服。白麓山庄为她准备的衣服尺寸很合适，用料也挺讲究，沐浴用的澡豆、洗头发用的皂角香味都十分特别，清香淡雅，沐浴后全身舒泰。

婢女告诉杜小曼，谢夫人出身自江湖中的医药世家，医术高超，山庄内使用的熏香、沐浴与护肤的东西，乃至香粉胭脂，都由她亲自调制。白麓山庄的访客众多，一半是谢夫人招来的。那些武林名宿的家眷，都撺掇着自己家相公来此拜会，好跟着过来，讨一点谢夫人制的香料和胭脂。

杜小曼心道，怪不得谢夫人看起来如此年轻，皮肤比二十几岁的女生还好，眼角竟一点细纹也没有。可惜她注定不可能跟谢夫人搞好关系，讨不到她的保养秘方了。

谢夫人和箬儿这对未来的婆媳抛去个性，倒有不少相似之处，同样精通医术，喜欢研究养生之道，而且箬儿又那么好的脾气，谢况弈比他爹还要有福。

晴春边服侍杜小曼穿衣边道："能与我们家夫人在制香上一较长短的恐怕只有箬儿小姐了。可惜箬儿小姐生性羞怯，夫人每每接她过来，她总推脱。她这次过来，夫人调的荷香可有人切磋了。"

杜小曼道："让你们少主赶紧把箬儿娶进门，你们夫人不就天天有伴了？"

几个婢女互相对视了一眼，晴春笑道："夫人说得极是，我们庄主和夫人正在筹备此事呢。"

杜小曼也笑笑。

晴春又向杜小曼道："夫人待会儿可是要小憩？那便不上妆了。"从妆奁内取出一方精巧莹润的白玉小盒，"这是我家夫人亲自调制的五露膏，最适合夏天敷面的，夫人试试。"打开盒盖，里面是淡淡碧色的半透明膏体，晴春拿一根玉挑，挑起几点点在杜小曼脸上，净手之后，再用手指帮她轻轻推开。

杜小曼顿时有股流泪的冲动，太好用了！她几乎要怀疑谢夫人也是天外来的。这种既像冻膜又像日霜的东西，敷在脸上清清凉凉的，一点也不油腻，皮肤顿时感觉水润饱满起来，还有一股清爽的淡淡香气，连带着心里都突然安定了许多。

唐晋媗的皮肤本来非常好，白皙细腻，称得上吹弹可破。但是自从这具身体被杜小曼征用之后，不知道是身体随主人，还是杜小曼暴饮暴食大鱼大肉改变了内分泌，总之脸就开始越来越油，常常爆痘痘。这几天天气炎热，又赶路，加上吃得很好，平常服侍的婢女有时候还会给她上个妆，粉堵塞毛孔，杜小曼的下巴、额头、鼻子旁边冒了好几颗痘，鼻翼两侧也红肿了，敷上谢夫人的这款五露膏后，皮肤顿时感觉清凉镇定，痘痘也没有胀痒感了。

晴春又取出几方小盒，一盒是用来敷颈部的膏脂，一盒是用来敷手的，还有一盒是用来敷双脚的。敷手的那款带着淡淡的荷叶清香，杜小曼尤其喜欢。

又有两个婢女从一只琉璃瓶中倒出一些液体，洒在杜小曼的头发上，为她梳发。

杜小曼在慕王府时，也曾这么短暂地讲究过。再来就是在秦兰璪的小别墅养病那几天，也短暂地享受过。不过慕王府的护肤品香气浓郁，质地更厚重一些，不像谢夫人调制的这些这么清爽。在杭州时，杜小曼基本就是让绿琉碧璃到脂粉铺中去随便买一些膏脂，洗脸之后，随便往脸上抹抹，但求不干皮，保养什么的，都是浮云。

晴春替她按摩双手，修剪指甲，轻声道："夫人这几日应吃些清淡的饮食，待会儿婢子再去拿些清火的花草茶，养一养，就可以恢复了。"

杜小曼心道，马上又要奔波江湖路了，养个鬼啊，舒服一次是一次吧。

享受完全套护理，头发也差不多干了，杜小曼稍微吃了些茶点，小憩了一会儿。等醒来时，天已傍晚。

杜小曼正在思忖谢夫人什么时候安排她离开，晴春过来道："夫人如果觉得无聊，不妨到主院那边去转一转，夫人正在和箸儿小姐研究香方，挑材料呢，过一会儿就该上晚膳了。"

杜小曼觉得此中说不定有玄机，就去了。

晴春等女婢带她绕了另一条路去主院，沿途经过了无数条回廊，无数道门，到得一处影壁前，遇见另外几名少女，穿着窄袖小衫，裙不及地，腰中都配着刀剑，嬉笑而来，向晴春她们招呼道："晴春姐姐，往主院去？"视线纷纷向杜小曼身上扫来。

晴春道："是。夫人和箬儿小姐在紫芍院还是茉影轩？"

一个少女立刻道："在沁幽苑呢，刚去的。许告诉你们的人走的是另一条路，岔过去了。"待临别时，仍不忘再扫了杜小曼几眼。

杜小曼好奇地问："刚才那几位，是你们山庄的女弟子？"

晴春扑哧笑道："不是，我们白麓山庄不收女徒。倒是有不少女子想拜我们夫人为师，但夫人说，她要以老爷为重，就不收徒了。那几位侍剑妹妹的武功从小就是我们夫人手把手教的，和夫人的弟子也差不多了。"

原来是这样。自杜小曼踏进白麓山庄以来，看到的都是富贵气象，感觉竟不像身在一个江湖门派，而是普通的高门大户，但从刚才那几位佩剑少女身上，杜小曼总算嗅到了一些江湖世家的气息。

沁幽苑在白麓山庄中，相当于一个专供女眷赏玩的花园，面积不小，杜小曼进了园子，便遥遥看见一道银链似的流水穿园而过。

这道水，真的是一条河。白麓山庄将这条河的其中一段收入了庄内，变成了园林的点缀，比慕王府、裕王别墅里那种人工挖出的大湖泊，更有天然气息。

河边竖着箭靶，留出宽阔的绿地，供女眷间切磋武艺和骑射玩乐之用。

晴春指向河对岸的一道绿树掩映中的亭阁："夫人和箬儿小姐在流珠阁制香。"引杜小曼走过一道浮桥，到了对岸，有婢女迎过来，笑盈盈向杜小曼福身："箬儿小姐在里面呢。我们家夫人有些事，稍后再过来，夫人先和箬儿小姐叙话吧。"

杜小曼进了流珠阁，孤于箬儿立刻一脸欣喜地扑了过来："小曼姐，你来了。"紧紧抓住她的胳膊，好像和杜小曼不是几个时辰没见，而是几年。

很快，杜小曼就发现了箬儿这种态度的原因。

孤于箬儿拉着她的袖子道："小曼姐，我刚刚试调了一种香，你帮我闻闻看，味道是不是太浓了？"一面说，一面去拿桌上的小玉盒。

流珠阁中摆设着长长的桌案，上面排列着形形色色的瓶子、药碾、碗碟、小盒。

孤于箬儿想拿一只淡绿色的小盒，但有一只手比她的手更快，抢先拿起了小盒，低头捧到孤于箬儿面前。

杜小曼似乎看到，孤于箬儿的表情颤抖了一下。

杜小曼从箬儿手中接过盒子，里面凝着淡淡粉色的膏体，凑近鼻端，一股暗暗的幽香直沁心脾，杜小曼脱口道："真好闻。"

孤于箬儿却一脸犹豫："我觉得再淡一些可能会更好，这个味道有点腻了，我想再换两味香料。"

这个杜小曼给不了建设性的意见："我觉得这个已经很好闻了。"

孤于箬儿点点头，再犹豫了一下："我还是再试试吧。"

她刚向长案转过身，两个婢女飞快地移动过来要帮忙。孤于箬儿立刻说："我自己来就行！"

一个婢女笑道："箬儿小姐不必客气，婢子们本来就应该做这种事的。"一边说，一边取过一个瓷瓶，"是不是要这个？方才听小姐说起过。"

孤于箬儿僵硬地笑了一下："对。"伸手要接过琉璃瓶，另一个婢女飞快地把一个琉璃盏递了过来。

孤于箬儿看起来手足无措，全身都僵硬了。

杜小曼一旁看着，有些恍然。

晴春含笑向杜小曼道："夫人，不妨在这边坐下吃茶，箬儿小姐调香，估摸着要一阵子。"

其实杜小曼对调香的过程很好奇，但晴春的手扶在她的胳膊上，恰好斜挡在杜小曼和孤于箬儿之间，另外几个婢女环绕着孤于箬儿，更形成了一个包围圈。

杜小曼很明白自己是白麓山庄不受欢迎的客人，她猜想，谢夫人可能也不愿意看到她和孤于箬儿接触太多。于是她就走到一旁的桌子边坐下，晴春替她斟上茶水，她一边喝茶，一边远观几个婢女围在孤于箬儿身边帮她递这递那。

孤于箬儿侧转过身，向杜小曼露出求救的眼神："小曼姐，你来帮我闻一下这两味香料哪种更好，可以吗？"

我啥都不懂啊……杜小曼在心里叹息了一下，还是很有义气地站起身。那几个婢女总算让开了一条缝隙，杜小曼刚接过一个瓷瓶，忽听到一个婢女道："少爷……"

杜小曼转头，只见谢况弈正穿过矮树丛，大步流星地走来。

流珠阁前的婢女们福了福身,笑道:"少爷怎么过来了?这要是搁在寻常人家,少爷你可不能过来。"

说话间,谢况弈已经进来了,朝杜小曼笑笑:"休息得还好么?"

杜小曼也笑笑:"挺好的。"赶紧向旁边退了两步,在自己和孤于箬儿之间给谢况弈留出位置,"箬儿调香呢,你过来闻闻?"

谢况弈和孤于箬儿几乎同时开口。

"罢了,我不闻那个!"

"弈哥哥,你别过来!"

婢女们扑哧笑了:"少爷和箬儿小姐真真是……"

孤于箬儿把瓷瓶护在胸前,鼓了鼓嘴:"小曼姐,你不知道,有一次弈哥哥对着我的香料瓶打喷嚏,我好不容易集的白梅露,全部都毁了。"

谢况弈刨了刨后脑勺:"我就怕闻什么香香粉粉之类的,闹不明白女人怎么都爱这个。"

晴雪掩口道:"那少爷还过来这边呀,赶紧到前厅去吧。"

谢况弈看了看杜小曼,又抓抓后脑:"那我……先过去了,晚饭快开了,你们记得来啊。"

婢女们笑吟吟道:"原来少爷是来通知晚饭的,箬儿小姐和杜姑娘都知道了,少爷赶紧请吧。"

谢况弈再看看杜小曼和孤于箬儿,点点头:"那我先走了。"又大步流星,离开了流珠阁。

杜小曼的眉头跳了跳。

白麓山庄的婢女一直在喊她"夫人",唯独刚刚在谢况弈面前,称呼她为"杜姑娘"。

唉,人哪……

算了,反正在这里也待不长,随便吧。

杜小曼又看孤于箬儿调了一会儿香,太阳落山后,亭阁内没有刚才那么敞亮了,孤于箬儿试调了一阵,总算放下瓷瓶。

婢女们立刻道:"箬儿小姐,歇歇再调吧。"

孤于箬儿没作声,走到桌边坐下。

晴雪捧过一个琉璃壶,里面盛满了乌梅汁,孤于箬儿揉揉额角:"人多好热啊,你们能不能出去一下?我想和小曼姐说会儿话。"

晴雪放下壶，和众婢女们退出了流珠阁。

孤于箬儿左右望了一下，确定婢女们都走远了，才长吐出一口气，神色郑重地看向杜小曼，小声却坚定地说："小曼姐，我不想嫁给弈哥哥了！"

杜小曼一口乌梅汁差点喷出来，别啊，这话被谢夫人听到，非砍死我不可。她咳嗽几声："你、你别冲动……你和谢少主……"

孤于箬儿打断她的话："小曼姐，别误会，不是你的原因。一开始我以为你和弈哥哥……后来我发现你与时公子之间……"

杜小曼赶紧说："这人和我没什么关系。"

孤于箬儿苦着脸："我想了很久，才下定了决心。我是很喜欢弈哥哥，可是今天蕙姨和我说，将来……将来如果我嫁给弈哥哥，我就要和她一样，留在白麓山庄。我真的不喜欢人多，被人围着我就浑身难受。我以为，我和弈哥哥在一起的话，就是我们两个一起生活在山上，结果……"

杜小曼擦了擦额头上的冷汗。

孤于箬儿一着急，讲话也有点磕绊："我、我突然发现，我可能没那么喜欢弈哥哥。即便弈哥哥在这里，我也不想住在这个地方。蕙姨说，只要我喜欢弈哥哥，我就会适应，就能帮助他，可是我想我一辈子都做不到。"

杜小曼的嘴角抽了抽，她懂的。做白麓山庄这样江湖名门的女主人，搁在现代也相当于一个大公司的CEO了，智商和情商都要非常高才行，精力也得充沛，要不然镇不住这么多手下啊。

当年她还是一只单纯小白的时候，也不明白为什么大户人家联姻都讲究门当户对，等到过来这里的这段时间，见识得多了，才渐渐明白，不是从小浸淫在那个环境中，具备了某些才能，确实不行的。

换了另一个女人掌管白麓山庄，可能就不是这种气象。

而箬儿目前单纯的个性，确实不适合坐谢夫人的位置。

杜小曼仔细琢磨了一下才说："我觉得是因为白麓山庄和你一直生活的环境不一样，你只是需要适应，慢慢熟悉了就会好。比如我在一段时间之前，做个加减法都能出错，后来赶鸭子上架，也能自己做生意了。其实正是因为你太喜欢谢少主了，觉得自己融不进他的生活环境，不能帮到他，才会不太自信，觉得自己做不好，想逃避。你不妨试着去面对一下？"

说到这里，杜小曼又有点犹豫，如果孤于箬儿蜕变成了谢夫人那样的女子，那基本就是一点自我都不保留了。

于是她又说："不用勉强自己去变成谁，每件事，每样东西，都未必非要遵守特定的规矩。世上没有什么不可以克服，这条路走不通，还有另外一条，总会有办法。"

杜小曼觉得自己的话讲得有点飘忽，还是不能帮孤于箬儿解决问题，但孤于箬儿却一脸感动，双眼亮晶晶地望着她："小曼姐，谢谢你。"她咬咬嘴唇，又垂下头，"要是……小曼姐你真的是我姐姐就好了。我一直都是一个人，很想要个姐姐或妹妹。"又慌乱地抬起眼，"你不会觉得我讲这些话很奇怪吧。"

杜小曼听了这句话，蓦地有点感动。绿琉的事情让她对人性的认知有了动摇，但是箬儿单纯的好意恰好给这份动摇注入了正能量。她真心地笑着说："当然不会啊，我最喜欢交朋友了。"

孤于箬儿欢喜地笑了，低头捏了捏衣角，又抬头望向阁外，站起身："蕙姨来了。"

谢夫人脚步轻盈地走进流珠阁，尚未完全进门，双眼先弯了起来："你们这两个孩子，在说什么悄悄话呢？"

孤于箬儿连忙说："我、我有些累了，就拉小曼姐和我聊聊天。"

杜小曼就跟着应和地笑笑。

谢夫人的视线往她身上一扫，又转回孤于箬儿身上，继续笑盈盈道："可别聊得口干，喝多了水，晚上吃不下饭啊。你们刚到时都要休息，没吃什么好的，我让厨房把好吃的都留到这一顿了。马上就上菜了，你弈哥哥嚷着说饿，不等人齐先把菜吃光这事他可干得出，咱们赶紧过去吧。"

孤于箬儿小小声地嗯了一声，还是巴巴地跟着杜小曼，在谢夫人身后一步三挪。

出了流珠阁，河旁竟泊着一艘船，几个婢女手持船桨站在船上。谢夫人挽着孤于箬儿的手上了船，又拉了一把被婢女扶着的杜小曼。船离了岸，悠悠地顺流而下。

暮色将至，微风醺然。天边彤云渐没，天与地的交接处变成了浓重的靛蓝，一弯月牙在靛蓝之上。

如斯美景中，杜小曼也不由得放开心绪，沉浸在带着花香的风中。

小船拐过一道弯，前方一道屋榭半在水中，半在岸上，灯火辉煌。

小船靠到了屋榭向外延伸的浮桥下，晴雪与另外一个婢女一左一右搀住杜小曼："夫人若怕的话，请闭上眼。"杜小曼的身体猛地腾空，再一瞬间，她双脚落地，已在浮桥之上。

谢夫人、孤于箬儿与其他婢女都轻盈优雅地飘上了浮桥。水榭中细竹铺地，幽凉清雅，数根粗壮的蜡烛在琉璃灯罩中燃着，厅中搁着一张大桌，周围椅上铺着草编花垫，谢况弈和另一个在桌边坐着的男子站起了身。

孤于箬儿福了福身，向那男子喊了一声谢伯父。

杜小曼也赶紧行礼，谢夫人立刻一把挽住她，笑吟吟道："杜姑娘不必客气。"

杜小曼直起身，谢况弈正冲着她们笑。他的身量和谢庄主差不多，但谢庄主的体格更魁梧一些，面庞棱角也更分明，五官深刻，笑容豪爽，虽不如儿子漂亮，但英朗之气更浓，身上有种浑然天成的威仪。谢况弈其实长得更像谢夫人，只是脸型有些像他。

婢女们拉开座椅，谢夫人要将上首位让给杜小曼，杜小曼连忙推辞，坐在孤于箬儿旁边。

落座后，捧着盘碟的婢女们自一架屏风后鱼贯走出，谢夫人又笑道："杜姑娘见识广博，我们江湖人家，粗陋家宴，不要笑话。"

杜小曼赶紧说："夫人客气了，其实好多我都没见过，都眼花缭乱了。"

她说的是实话。杜小曼身为一个吃货加前酒店老板，自认对菜色还是挺了解的，但目前上桌的这七八盘凉菜，杜小曼竟只认得其中一碟貌似是肘花，另一碟可能是某种冻，至于是蹄冻皮冻鱼冻还是别的冻，就不清楚了。还有一碟里的一味食材是豆腐，一半被透明胶状的液体浸泡，一半被五彩的不知道是什么果仁的碎粒环拱，上面撒了翠绿和淡黄的丝儿。杜小曼不确定地猜，是果丝呢，还是蔬菜丝？

盛着饭菜的器皿也都非常精美，不比杜小曼在慕王府看到的差。

谢夫人又向杜小曼道："我就让厨房随便做了，不知道你有无忌口，这些菜是否合口味？"

杜小曼说："我什么都吃，不忌口。"

谢况弈扬了扬眉："是，她什么都吃，娘你记得桌上有肉就行。"

杜小曼汗颜，不要说得这么直接好么？

谢夫人笑着挑眉："胡闹，哪有这么和客人说话的！规矩都到哪里去了？"

谢况弈嘿嘿笑着，谢庄主看了他一眼，擎起酒碗。

谢夫人嫣然道："桌上可没人和你们爷俩碰杯啊，自己喝吧。"

婢女捧着瓷壶斟向杜小曼和孤于箸儿面前的琉璃盏，顿时甘香四溢。这回杜小曼认得了，是米酒。

谢夫人道："是我酿的，尝尝看，手艺不好，见笑了。"

谢况弈插话道："这米酒是我娘最得意的手艺之一，外公家祖传的方子，别处再做不出这种味道，我娘见人就想拿出来亮一亮，可这酒只有女人爱喝，还要冰了最好喝，一加热就变味儿了，所以一般都夏天喝。偏偏庄里天热的时候女客少，我娘寂寥许久，今天总算逮到你们两个了。"

谢夫人又笑着假意威胁地挑眉："你今天就盯着拆娘的台了对吧？"

谢庄主拍拍谢况弈的肩膀，父子俩对望一眼，同时一笑，碰了碰手中的酒碗。

杜小曼尝了一口米酒，是冰过的，凉凉的，甜甜的，清透甘醇，她以前喝过的米酒从没有这个滋味。她不禁又喝了一大口，诚心赞叹道："太好喝了！"

孤于箸儿抿了一口，小声说："蕙姨酿的米酒越来越好喝了。"

谢夫人温声问："我上回教过你这个方子，你回去后自己没弄？"

孤于箸儿低头道："我试了，但是怎么都做不出蕙姨你酿的味道。有一坛没弄好，还酸了。"

谢夫人微笑道："那你这回就多住些时日，我正好又要酿一批，到时候你给我帮帮手，学着学着就会了。"

孤于箸儿点点头，又道："蕙姨，我听弈哥哥说过，小曼姐自己开酒楼的时候，自己会做果汁，还有豆浆乳饮。"

热菜已经陆续上了，杜小曼却依然挂念着那盘离自己有点远的豆腐，正要趁着谢况弈父子喝酒、谢夫人拉着孤于箸儿说悄悄话的好时机伸出勺子，突然听到这一句，只好把手暂时缩了回来，笑了笑："我那果汁啊，一点技术含量都没有，就是把水果打碎了榨汁。奶茶之类的，我酒楼里的一位曹师傅做得好，他煮的咸奶茶最好喝。"含恨地把勺子一转，就近舀了一只透明皮儿里面包着各色馅料的烧卖状小食。

谢夫人道："哦，我不大做奶类的东西，怕味儿。那些胡人的吃食，连什么佐料都不搁的白羊肉我都能吃得，不知为什么，就是吃不得带奶味儿的。但杜姑娘的那个果汁倒能试试。"

谢况弈道："她店里那个奶茶我喝过，不膻。估计箸儿都会喜欢喝，哦，箸儿可能喜欢甜的。"说着，卷起袖子，长臂一伸，抬手挪开杜小曼眼前的一碟糖渍杏仁丸子，把那碟豆腐换了过去。

婢女们连忙道："少爷，婢子们来。"

谢况弈看看杜小曼："别假客气啊，跟平时一样，想吃什么拿就行。"又指点婢女，"这道，这道，也换换。"

婢女们依言端开杜小曼眼前的两道甜菜，换了两道咸的肉菜。

谢夫人微笑看着，还挽袖抬手，亲自替杜小曼挪了挪盛菜的小碟。杜小曼受宠若惊，连忙站起身道："我自己来，自己来。"

谢夫人示意她坐下，笑吟吟道："杜姑娘不用客气，你和箸儿差不多年纪，我说不定比令堂还年长，看见你们这些年轻孩子，忍不住就想照应。"

谢况弈补充道："对啊，你别和我娘客套。"

杜小曼又笑笑，她到底远比不上谢夫人的修为，笑起来脸上的肌肉有点僵硬。

谢况弈又道："娘，你也是的，说做好吃的，我和爹晌午喝酒都没敢多吃，留着肚子等晚上，怎么这么多甜菜？下顿多烧点肉。"

谢夫人神色无奈道："娘以为女孩子都喜欢吃甜的，像箸儿不就是？"

谢况弈笑道："也是。"一瞄杜小曼，"像你这么爱吃肉的，少见。"

杜小曼又僵硬地笑笑。

谢夫人拿筷子做个威吓的手势："再这么对客人说话我可真敲你了！"

谢况弈便又住了口，扬着嘴角向杜小曼丢了个"好好吃"的眼神，又去和他爹拼酒了。

杜小曼望着眼前的菜，突然没什么胃口了。但刚才她搞得桌上一番大动干戈，只得又把勺子伸向了那碟豆腐。

谢夫人看着她舀，微笑道："这道菜是甜的，不知道杜姑娘爱不爱吃？"亲自舀了一勺放到箸儿碗中，"你也尝尝，我觉得这个你应该喜欢。"

杜小曼尝了一口，甜味不像是糖的甜，应该是从某种瓜果中提炼出来的，豆腐入口的质感比豆腐脑还嫩，有种云在舌尖融化的感觉。

孤于箸儿果然很喜欢，尝了一勺之后，又自己舀了一些。

谢夫人道："这道菜叫流云萦月，原是我家乡的一道菜，我改了些配料。"又看向杜小曼，"杜姑娘算是北方人，你惯吃的豆花咸的多吧？"

杜小曼想了一下，嗯，她本人是偏北方的人，唐晋嫆是京城人，就点点头：

"我喝豆腐脑一般都是喝咸的。不过夫人这道菜很好吃，我也很喜欢。"

谢夫人含笑点了点头。

杜小曼再也不敢觊觎远处的菜了，守着自己面前的几道，不动声色地吃。

她先进攻刚才舀的那个小食，咬了一口，美味居然超过想象。外面的那个皮儿，看似是面皮，其实吃起来口感更像是鱼皮，很弹很韧，馅里有肉和杜小曼尝不出具体名称的干果菜干，异常鲜美。

吃来吃去，这道菜居然是她最喜欢的，可惜必须保持在低调的范围内，杜小曼只又再吃了两个。

这顿饭的后半段都进行得很顺利，杜小曼埋头吃，偶尔箬儿说话时跟两句。谢况弈和谢庄主自成一个阵营，吃吃喝喝很开心。谢夫人中途又离席一次，说是亲自去监督厨子做汤。

谢夫人亲自督阵的汤很是压轴。三道汤，杜小曼每道都喝足了一碗，感觉肚子像气球一样胀了起来。

散席后，孤于箬儿又拉着杜小曼，向谢夫人道："蕙姨，我想和小曼姐聊天，晚上让小曼姐和我一起住行么？"

谢夫人道："好箬儿，都快二更了，你让蕙姨哪里给你现挪一张床去？天这么热，你那屋子，搁两张床都闷，莫要说两人挤一张了。明天吧。"

孤于箬儿低下头："抱歉蕙姨，我没想周全。"

浮桥下泊着两艘船，一艘直接送杜小曼去客院。

孤于箬儿在婢女的包围中，恋恋不舍地松开了杜小曼的袖子，一脸郁闷。

谢况弈踱了过来："晚上好好睡，要什么就和服侍的人说，不用瞎客气。"

谢夫人也走到杜小曼身边："说得不错。"纤手搭上杜小曼的胳膊，"我送你去客院吧。"

杜小曼赶紧道："夫人，我自己过去就行，有这么多人呢。您忙着招呼我们，肯定累了，回去休息吧。"

谢夫人笑吟吟道："杜姑娘真是体贴聪慧。"

杜小曼被婢女们带着上了小船，船顺着河道，拐过了一个弯儿，前方一个木栅般的关卡自动咔咔升起，船通过后，又咔咔落下，再行了一时，靠岸。婢女们引杜小曼闪入一条小径，曲折走了半晌，进入客院地界，到了小院门前，晴春推开院门："夫人请。"

杜小曼进了小院，突然觉得有点异常。

虽然四周昏暗，虽然东西一样，但直觉肯定地告诉她，这个院子，不是她下午待的那一个。

厢房亮着灯，晴春笑吟吟地催促她："夫人，请啊。"

杜小曼没有说话，缓缓上了台阶，缓缓迈进婢女们推开的门。

门在她背后合拢，窗下的桌旁，一个人在摇曳的烛光中站起身，神色沉静。

"唐郡主。"

杜小曼深吸一口气，镇定地说："右相大人，晚上好。"

烛芯哔啵响了一声，烛光一跳，杜小曼下意识地扫视屋内。宁景徽缓声道："唐郡主请安心，房中只有本阁。"

那房外呢？杜小曼在心里冷笑，拉开一把椅子坐下："右相大人这次过来，要抓要砍请赶紧吧。"

宁景徽亦坐下，微微笑了笑："郡主误会了，本阁只是有事相求郡主，故而冒昧前来拜望。"

杜小曼道："右相大人，我这人脑子不太好使，太含蓄我理解不了。所以请您直截了当点说。"

宁景徽道："本阁想求郡主之事，与裕王殿下有关。"

杜小曼心里一跳，喂，不会是影帝不肯跟宁景徽回京城，宁景徽寻找原因，以为是……她杜小曼吧，这剧情不会这么狗血吧？

她直直地望着宁景徽，宁景徽接着道："本阁无意为难杜姑娘，杜姑娘留在白麓山庄，与朝廷更与本阁无关。但，唐郡主乃慕王夫人，倘若牵扯裕王殿下，于己于人，都无益处。"

杜小曼截断宁景徽的话："右相大人的意思是，让我别碰裕王，只要我答应就放过我？"啊哈哈，居然真这么狗血？！

杜小曼不禁又问："右相你不是怀疑我是月圣门的剩菇么？这个条件不太对劲啊。"

宁景徽又淡淡笑了笑："郡主是月圣门中人么？"

杜小曼道："当然不是。但之前你当我是啊，我差点连命都没了。"

宁景徽道："本阁已知道郡主不是。"

杜小曼定定地看着宁景徽，脑子里不禁冒出一个念头——宁景徽他，该不会是爱着秦兰璪吧。

只要你离开他，什么条件我都答应！连最想端掉的月圣门也可以不追究。这种话一般是言情剧里的大房去找小三谈判时说的台词啊！

秦兰璪因身世记恨着宁家人，宁景徽却在见到裕王的时候，将他的身影深深铭刻在了心里……

秦兰璪傲娇地别扭着，宁景徽默默地守护着……

杜小曼脑补着，差点就脱口而出——"我和那个骗子没关系，不用这么郑重地和我谈判。"

但是，话到了嗓子眼，又缩了回去。

宁景徽，会相信吗？这样的人，只相信自己的判断。

杜小曼想起那一次，她和宁景徽摊牌说自己的神奇来历，宁景徽一脸淡定地说相信她，转头就带了慕云潇来抓她，更把她当成月圣门的圣姑。

现在，他口里的"相信"，又有几分真实？

杜小曼大脑转得飞快，突然冒出一个连她自己都觉得疯狂的打算。

她坐正身子："右相大人，你的条件很诱人，但是我很为难。"

宁景徽微抬起眉："哦？"

杜小曼叹气："感情这个东西，不是说有就有，说没就没的。有些时候，自己也控制不了。我知道我是有夫之妇，但慕云潇那个人渣，怎么能和裕王殿下相比？裕王殿下这么俊俏风流，这么知情识趣，这么位高权重，这么年少有为，这么……有几个女人，能对这样的男人不动心？"

她一边说，一边鸡皮疙瘩噌噌地冒出来。万幸古代没有录音机，如果这段话被录下来让时骗子听到……唔，真是不堪设想。

宁景徽的双眉微蹙："郡主的意思是……"

杜小曼正色道："我的意思当然是我喜欢裕王殿下啊。早在他在我店里打工时，我就情不自禁对他产生了感情，得知他是裕王后，我更无法自拔。小璪璪，我爱死他了！"

听到最后一句时，宁景徽的眉梢忍不住跳了一下。

杜小曼一边偷看他表情，一边在内心狂笑。

到底右相大人听了这番话，会真的以为她爱着时骗子，还是因此相信她不喜欢裕王？

反正都比否定强。

不管怎么否定，怎么说实话，恐怕宁景徽都会以为她对裕王有企图。人心就是这么奇怪。

估计，见多识广的宁右相也是第一次见到一个女人在他面前如此光明正大地说爱死一个男人了，一时之间，他竟沉默了。

沉默片刻后，宁景徽终于又开口："郡主……"

杜小曼立刻打断他的话："我知道右相接下来要说什么，我也知道，裕王和我不可能在一起，我是有夫之妇。但是，就像我之前说的那样，感情，不是说有就有，说没有就没有的，它不受控制。"

宁景徽再沉默片刻，抬手按了按额角："杜姑娘，你想要本阁做到哪些？"

杜小曼做沉思状，片刻，换上一脸哀怨："我怕宁右相您现在想着的，都是怎么除掉我。翻脸比翻书还快，您可不是第一次了。我心里也做好了这样的准备，右相又何必多费口舌？"

宁景徽淡淡道："我知道杜姑娘不再相信本阁，但若要除你，本阁便不会在这里和你这般说这许久的话了。"

杜小曼这才长叹了一口气："我想，既然你能来找我，恐怕我和裕王殿下也很难在一起。那么，也许到一个遥远的地方，流浪一段时间，能让我渐渐平复心情，遗忘过去的种种。"

宁景徽问："杜姑娘想去哪里？"

杜小曼再叹气："这个，我自己也不知道。不过，我要先离开白麓山庄。"

杜小曼跟着宁景徽走出房门，几个婢女沉默地福了福身，提着灯笼径直走到院墙边，伸手一按，墙上便凹进去了一块，转出一扇石门。

门内是一条长长的甬道，婢女们熄了手中的灯笼，牵着杜小曼的手往前走。

眼前几乎什么都看不见，只是漆黑，那些婢女们却像有夜视眼一样，轻盈地走着。偶尔轻声提醒，这边转弯，那边有台阶，过了许久，终于停下脚步。墙上再度旋开一个门，跨出去，外面满天星光，夜色迷人，令杜小曼眼前一亮。

婢女们手中的灯笼又整齐地亮了起来，带着他们沿着彩石铺成的小路，穿过葱茏花丛，走到一扇角门前。

打开角门，外面是一片坦荡荡的旷野，谢夫人带着两个佩剑的婢女站在门外。杜小曼向她笑了笑："多谢夫人的款待。"

谢夫人盈盈一笑："我应多谢郡主。"又向宁景徽道，"右相不会为难郡主吧？"

宁景徽淡淡道："本阁不会食言。"

谢夫人微微颔首，递给杜小曼一个包袱："唐郡主，这里面有你需要的东西。"

杜小曼后退一步，又笑笑："不了，我想要的东西，都和右相要到了。谢谢夫人的好意。"

谢夫人拉住她的衣袖，从包袱中取出一个小包，硬塞到她手中："我知道，郡主心中，恐怕已是怨恨至极，此事全是我一人主张，弈儿与他爹都不知情。我们江湖人家，看似风光，实际亦有许多不得已。这话说出来，郡主可能也不信。郡主多保重。"

谢夫人的手劲不小，那包东西被她轻轻巧巧，就塞进了杜小曼的衣袖中。

杜小曼沉默了一下，道："我相信夫人的话，更明白夫人的不易。可我是杜小曼，我不是唐晋媗，这个真没人相信。"她再后退一步，抽回手，"今天打扰夫人了。告辞。"

好像凭空冒出一般，一辆马车突然无声无息地逼近，在不远处停下。

车夫跳下地，向着宁景徽抱拳一揖，打起车帘。

杜小曼随在宁景徽身后上了车，车厢中挂着一盏灯，十分明亮，居然只有她和宁景徽两人。马车掉转方向，开始前行。

宁景徽掀开一旁的座椅，取出一个包袱，杜小曼接过来，打开凑着灯光看了看，里面有些衣服，还有一个钱袋，装着几张银票、几块散银和不少铜板。

马车又前行了一段时间，宁景徽轻叩车壁，示意车夫停车。

杜小曼心中一抖，宁景徽不会还是要趁着夜色大好时，在荒野中无声无息地把她处理掉吧。

她心一横，反正她有神仙照应，根本不怕死，爱怎样便怎样吧。

宁景徽起身道："本阁先下车片刻，杜姑娘可在车内更衣。"说罢，就下了车。

杜小曼愣了愣，从包袱里拿出一套衣服，胡袖短衫，裙子也不算长，介乎在江湖女子装束与普通女子装束之间。

宁景徽甚至还贴心地留了一面镜子。杜小曼换了衣服，拔下钗环，换上包袱中朴素的木簪，挽了个简单的发髻，又折了一块布巾，当作头巾包在髻上。

她时常在街上看普通的民妇这般打扮，对着镜子一照，模糊中，感觉低调了很多。

可惜她晚上赴宴时，婢女给她上了点妆，要是有水洗把脸就好了。

她趁机看了看谢夫人硬塞在她衣袖中的东西，是个用丝绢包裹严实的小包，拆开来，里面包着几个小盒，还有一块黄木的牌子。有两盒是今天杜小曼用过的护肤膏，另一盒中盛满了暗黄色的油膏，有点像粉底的质地。还有一个盒子上贴了一张纸，写着"伤药、外敷"字样。木牌上刻着篆文，杜小曼辨认了一下，觉得正面像个"孟"字，背后像个"药"字。

她把这些东西收好，一起放进包袱中，撩起车帘，示意自己已经换好了。

宁景徽回到车内，杜小曼道："请右相大人找个方便搭车住宿的地方，把我放下就行。"

宁景徽望向她，突然道："你变了许多。"

杜小曼一愣，不明白为什么宁右相没头没脑冒出这句话，她道："当然变得多啊，经过这么多事，怎么可能没变化？"

至少，她已经深刻地认识到了人性，不会再轻信别人的话。多疑并不好，但她恐怕已经开始有了这种性格。

车厢中一时沉默，过了片刻，宁景徽才道："再走三四个时辰，可到一处小镇，陆路水路皆可选。"

杜小曼道："那右相就在城边放下我，可以么？"

宁景徽微微颔首。

之后又是长长的沉默，杜小曼再没和宁景徽对过话。宁景徽取了一本书看，杜小曼百无聊赖，迷迷糊糊靠在车厢上打了会儿瞌睡。

朦胧中，身体猛地一震，她一惊，睁开眼，发现马车停了，她正躺在座椅上，身上盖着一条薄毯。

宁景徽仍握着书看，杜小曼茫然问："到了？"

宁景徽颔首。

杜小曼打起车帘，抱着包袱下了车，环顾四周。她此时正在一片旷野内，眼前就是一条小河，不远处绿树掩映中，是高高的城墙。

车夫一甩鞭子，掉转马头，向着另一条路而去，一会儿就不见了踪影。

杜小曼在原地站了一时，直到再也看不见那辆马车，方才走到河边，掬起河水，洗干净脸。

天色渐渐转亮，鸟雀在头顶的树梢上鸣叫，她拎着包袱，迎着第一缕晨光，向城门走去。

杜小曼到达城门口时，城门刚开，挑着菜筐推着车进城卖的小贩与她擦肩而过。

这座小城叫河东县，城不算大，但地处陆路要道，又有个水路码头，十分热闹。街上行人熙熙攘攘，多是旅人打扮，行色匆匆，亦有单身的女子赶路，杜小曼一个人走，倒也不显突兀。

杜小曼拣着人多靠边的地方低调地走，瞅见路边有一家旧衣铺，就进去买了几套旧衣裳、一个大众款式的旧包裹皮。然后她又找了家客栈开了间房，换了一身男装，头戴旧巾，半短薄衫，扎了裤脚，一双方口布鞋，涂黄了皮肤。临出门前，对着镜子左右照，自我感觉，俨然就是一个行走在外、送信赶路的大户人家的小仆役模样。

杜小曼对自己的变装很满意，出了客栈，特意绕到路边的小摊边吃了一碗凉面，她装不太像男声，一般只说一到三个字，吃完了面离开，并没有发现什么异样的目光。

吃面时，她从其他客人的谈话中听到了两种赶路方法，一种是搭船，杜小曼对自己信心不足，觉得走水路危险系数比较高；还有一种，貌似是县城南关有个私驿，专门帮忙送信什么的，通往各处，花点钱就能搭一段车。

杜小曼没想好该往哪里去，但觉得一般情况下西南或西北一带更偏僻一点，适合藏身。衡量了一下，她决定往西南走，实在不行就跨个边境，出个国啥的。

拿定了主意，吃饱之后，她在街边向摆摊面善的老太太问了往南关去的路径，顺便买了几个馒头做干粮，再买了一个水囊，灌满茶水。

南关的私驿紧挨着南城门，杜小曼看到私驿大门时，心里咯噔了一下。

大门上挂着的那个旗帘儿，写着一个硕大的"谢"字，竟然是白麓山庄的。

杜小曼第一反应是回头就走，又硬生生止住了。假如谢少主不满意谢夫人的做法来追她，应该不会想到她会搭白麓山庄的马车。

并且，白麓山庄的马车靠谱度和保险系数都挺高的，干吗不坐？

杜小曼遂踏进了私驿的大门。

刚进去，就看见竖着两块牌子，一块写着书信货运，旁边站着两个身穿白麓山庄统一样式、黑白相间服装的年轻男子，将凑近这块牌子的人往一边引。另一块写着"车运"，杜小曼凑过去，牌子旁也一般地站着两个男子，问："搭车？"

杜小曼为图保险，能不开口就不开口，点点头。

一个男子又问："往何处？"

杜小曼开酒楼时，常听客人说各处见闻，听过有个叫南濯的地方，盛产蔬果，民风淳朴，物价不高，有商贩从那里带些易储存的干果之类到杭州卖，利润能翻数十倍。

琢磨南濯这个名字，杜小曼猜想，应该在西南一带。她沉声道："南濯。"

询问她的男子皱了皱眉，打量了她一下："敝庄近日没有去那里的车辆，但有一趟马车到高州，可巧你赶上了，晌午就走。从高州那边往南濯去的货商多。"

杜小曼这辈子第一次听说高州这个地方，但还是装作一脸淡定地道："如此便可。"

那男子转头唤了一声："高州一个！"

杜小曼再沉声问："车费多少？"

那男子向某个方向一比："先过去看，要搭了再谈。"过来一位三十余岁的壮年男子，领着杜小曼穿过人群。

这间驿馆颇大，竟有几分现代长途汽车站的架势。搭车这块儿，不同方位的马车停在不同的地方，挨挨挤挤都是背着大包小包、脚边堆着箱笼的行客。

杜小曼被领着到了最里面的一个竹篷下。墙边停着一辆硕大的车，一旁的马厩里，几匹枣红色的马在淡定地吃草。

有几个人坐在竹篷里下棋，引着杜小曼的男子走到棋盘边的一人身边站住："高州，一个。"

那人停下手中正在飞的象，瞥了杜小曼一眼。是个六旬左右的老者，干瘦精悍，双目如电，朝杜小曼点头笑了笑，很慈祥和气，指了指一旁的小板凳："晌午才走，先坐吧。"

杜小曼抱着包袱在一旁的小板凳上坐下，抬头看看太阳，目测离中午还有一段时间。她百无聊赖，就瞄向那边的棋摊儿打发时间。

可惜她不懂象棋，加上棋摊旁围的人多，也看不怎么分明。旁观的那几个人都是君子，除了对弈的两个时不时蹦出两个词之外，都不怎么说话。

杜小曼更寂寞了。

她打了个呵欠，突然感到有人逼近。她紧张地一回头，是方才领她过来的大汉，递给她一杯茶水："离晌午还早，小公子喝些水吧。"

杜小曼道谢接过，大汉转身走开，和另一个白麓山庄弟子站在一起聊天。

杜小曼不敢喝别人给的茶水，把茶杯放在旁边的小板凳上。过了一时，那大汉又来了，拿了一盒干果点心。

杜小曼微有些诧异，白麓山庄这个私驿待遇也太好了吧。她抓了一把干果，下意识地向旁边棚子里看，没人在吃东西。转眼看这边，却见大汉拿着盒子走到棋摊儿边，围坐的人都各抓了一把。

难道这个路线比较远，车费较高，所以福利好点？杜小曼壮胆咬开一颗胡桃，味道挺不错。

再过了片刻，大汉又来了，这次端了一篓葡萄，先送给棋摊那边，那群人又各自拿了，唯独那老者摆摆手，说吃不了酸。大汉这才端着篓子走到杜小曼跟前，杜小曼拿了两串，大汉还递给她一个小木碟盛着。

葡萄洗得干干净净，颗颗深紫，又甜又好吃。杜小曼开心地吃着，不由得想，莫非是旁边那下棋的老者比较有来历，自己跟着沾了光？

吃完葡萄，杜小曼的手有些黏，问棋摊边的人有没有地方洗手，下棋的老者往马厩后的屋角处比了一下。

杜小曼绕过去，果然发现了一口井，应该是方便饮马用的。井边的桶中还余着半桶水，飘着一个瓢。

杜小曼遂舀了点水洗手，眼角的余光不经意间一瞥，手一顿。

一个熟悉的人影在远处与几个白麓山庄弟子说话，赫然是谢况弈的心腹侍从卫棠！

杜小曼左右四顾，发现没有其他可以遁的路，只得低头浑身僵硬地回到棚子下。卫棠向这边转过身，杜小曼心里再咯噔一下，正在此时，远远突然一声马嘶，引起了一阵喧哗。

一人骑着一匹高大的马径直奔入驿馆，几个白麓山庄弟子上前拦住。那人勒住马，仍坐在马上，俯视下方，态度倨傲。

杜小曼脑中嗡地响了一声。

那人身上穿的，赫然是慕王府的家丁制服！

卫棠已迎了过去："阁下何人？来此何事？"

那人傲然道："吾等奉朝廷之命追查要犯，特来此发放通缉文书。"抬手丢下一个纸卷，"凡有见此女子者，通报或擒拿者皆有重赏！"

杜小曼暗暗握住了怀中的包袱皮。她就知道，这世道谁都不能信，就算宁景徽肯放过她，其他人也不肯。

她大脑混乱地转着脱身的念头，耳中突然传来一声长叹。

她打了个激灵，猛抬头，发现刚才还在对弈的老者正站在身边。老者负手看了看天："也快晌午了，先上路吧。"

杜小曼僵硬地站起身，混在那堆下棋的人中，跟着那些人一起走到墙边，正要登上那辆大车，老者突然转过身，看着杜小曼道："那个高州的，这边。"

杜小曼愣了一下，老者走到几步外的另一辆车边。那是一辆小车，一匹矮脚马拉着，老者拍拍马脖子，马轻轻喷了一口气，甩甩尾巴。

老者又看向杜小曼："上车。"

杜小曼再愣了愣，飞快往远处瞥了一眼，卫棠和其他白麓山庄的弟子们还在和慕王府的人对峙，杜小曼赶紧抱着包袱钻进了车，车里堆满了麻袋货物，杜小曼缩到一个大麻袋后，马车开始动了起来。她的心怦怦跳着，马车缓缓前行，似乎出了一个大门，绕上了路，竟然没有人阻拦。

车速渐渐快起来，听声音，又出了城门，杜小曼的心里却越来越紧张。

这辆车，真的是到高州的？

为什么车里只有她一个人？

她正暗自忐忑，突然听到老者的声音道："小姑娘，怎么想起去高州？"

杜小曼心里一凉，算了算了，反正是祸躲不过，她镇定了一下，道："我去高州走亲戚。"

老者呵呵笑了一声："高州，西北凉寒之地，可不好待啊。"

西北？杜小曼脱口问："不是西南么？"

老者再呵呵笑道："北。比高州更北的，就只有南灂了。边关之地，再北就是胡牧大漠，这时节，离他们迁徙避寒也不远了。"

有没有搞错？南灂这个名字，不是应该在南方么？

杜小曼硬着头皮假笑了一声："南灂这个名字，好像个南方地名呀。"

老者道："此地临近大漠，方圆千里都难找到水源，唯独有条河在此城南侧，因此叫南灂。此地在西北最富庶，果蔬长得奇好，那些胡子们多爱滋扰。小姑娘你若一个人，莫去那种地方，保不准哪天就被一个老胡子背到帐篷里做媳妇了。"

杜小曼只得呵呵假笑："我、我没想过。"

那老者一甩鞭子，马车突地停了。

"小姑娘啊，不管你想不想，老儿我都送不了你到高州，只能带你到此处。"

杜小曼心里又咯噔一下，慢慢地打起车帘。

她发现自己又在一处荒野，旁边是一片树林。

老者抬手向林子里一指："里面有条路，绕过去可到码头搭船，走水路更稳妥些。"

杜小曼顿时恍然，原来谢夫人早已传信，安排了人照应她。

她向老者道了声谢，老者摆摆手："罢了，夫人本让老儿我送你，可少庄主也传了信来找你。故我只能带你这一段儿，算是两边都有交代。"跳上马，马车转头奔向官道。

杜小曼抱着包袱寻思了一下，决定还是按照老者指点的路线走。虽然行动在谢夫人的掌控内，总比在荒野里瞎转悠，找不到路，再被拐卖了强。

穿行了半个钟头，杜小曼出了树林，发现老者带她原来就是绕着城墙，绕到了城的另一头，不远处就是码头。

杜小曼正了正背后的包袱，融入人流，周围的人突然挤了起来。

有几个洪亮的声音喝道："往中间走！往中间走！""排成细纵列！掏出身份文牒！""官府缉拿要犯，所有人一律搜身！"……

杜小曼悄悄踮脚一望，一群衙役打扮的人分成两排，包抄住人群。远远站在一旁观望的，赫然又是一个穿着慕王府制服的人！

杜小曼往下一蹲，猫着腰后退，听得一声厉吼："那里猫腰要跑的是哪个——"

幸亏不止她一个人做这个动作。这么多人，难免有几个见官差就心虚的，人群顿时乱起来。

一堆尖叫、骂娘、"拿下"声中，她左闪右钻，两三个衙役猛地从斜刺里扑来！

完了！杜小曼在心中哀鸣一声，垂死挣扎地撒腿飞奔。突然，一只手扣住了她的手臂，她眼前一花，一个穿着薄绸长衫的身影斜挡在她面前，唰地展开一柄折扇，望向衙役，语声带笑："不知我的小厮犯了何错，竟要拿他？"

杜小曼一时怔住。护住她的是个陌生的男子，单看背影，穿戴风流，但不算高，只比杜小曼高出半个头。

　　几个衙役停下了脚步，抱一抱拳："赵公子，我等奉命擒拿要犯，恐有冲撞，赵公子莫怪。"视线瞟向赵公子身后的杜小曼。

　　赵公子笑吟吟道："哦，他是我新收的一个小厮，让他去买些东西，走错路了，得罪了几位。"从袖中摸出一个绿锦小袋，塞进为首的衙役手中，"曹老哥你们几位吃些酒压惊。"

　　那衙役将小袋收进袖内，笑道："既然是赵公子的家人，方才是误会了。想来赵公子也不会包庇朝廷要犯。"

　　赵公子道："正是，敝宅可就在那里，跑都跑不了，几位老哥不放心，只管来查便是。"

　　另一个衙役立刻道："可不敢，可不敢，咱兄弟几个老粗，怕给公子的宅子沾了俗气。"

　　几个衙役互相使了个眼色，一起走了。

　　杜小曼这才松了口气，低声向那赵公子道："多谢。"

　　斜刺里突然有只手将她轻轻一拧，悄声道："人还没走远呢。"是女子的声音。

　　杜小曼愕然，只见拧她的人也做小厮打扮，但脸庞清秀，竟亦是女扮男装。

　　那小厮跟着敲了她头顶一记，粗着喉咙大声说："淘气，公子让你出来买糕，你倒买到这里来了！快走快走！"

　　杜小曼还来不及细看那赵公子，就被几个小厮连推带搡，推进了一乘马车。

　　进了车内，杜小曼还有些愣怔，厚实的车帘落下，马车开始前行。

　　杜小曼环视车内，加上刚才拧她的少女，共有三个女孩子，都包着头巾，碧缥白袖半短衫儿，苏青扎脚裤，纱面方口鞋，做小厮打扮，未施粉黛。论相貌，都不算美人，一个脸盘儿略方，刚刚拧杜小曼的就是她。另一个眉眼微细，还有一个稍稍有点兔牙，但都是十六七岁年纪，青春年华，自有一股动人的娇俏。

　　杜小曼小心翼翼地问："这是……"

　　那个兔牙少女比了个噤声的手势："嘘，街上恐有耳目，等回了宅子里再说。"

杜小曼点点头，不再出声。

河东县不大，马车却走了很久。杜小曼都有些纳闷的时候，听得外面有家仆接车的声音，跟着，马车进了一道门，门扇合拢，车停下，兔牙少女对杜小曼笑了笑："下车吧。"

杜小曼下了车，发现这里是处宅院。那三个少女引着她，穿过了几道门、几条廊，院子里静悄悄的，一路都没遇到其他人。屋门紧闭，庭院里矮树鲜花绿草芭蕉应有尽有，还挺繁茂。

到了一间小厅内，三个少女让杜小曼在厅中等一等，往屏风后一绕，都不见了。

杜小曼左右四望，突然脖子上被人呼地吹了口气。她惊了一跳，猛地回身后退，赫然见那赵公子摇着一把折扇，正笑吟吟地望着她："小娘子莫怕。小生赵咸，这厢有礼。"

杜小曼这才看清楚那赵公子的模样，一张圆胖脸，皮肤细白，长眉细眼，笑眯眯的，看起来挺有亲和力。

她抱着包袱客气地笑笑："赵公子你好，我叫杜小曼。"

赵公子眯起眼，摇了摇头："不好，不好。"合拢折扇，在手心中敲了敲，"此名粗鄙，匹配不上小娘子的美貌。小娘子这般的佳人，当以鲜花配之，美玉拟之，岂可用俗字？"

杜小曼心中警铃大作，不好，这个赵公子看起来不对劲啊。

她僵硬地道："公子过誉了。"

赵公子摇摇扇子："小娘子不必过谦，你往码头去时，我便留意到你了。"突地欺身上前，扣住杜小曼的手腕。

杜小曼大惊，想要挣扎，身上竟软绵绵的提不起劲，她奋力想踹，赵公子却灵巧避过，吃吃笑着，捉住她的下巴，擦了擦她脸上的黄粉。

"啧啧，倒是哪个情哥哥对不住了你，逼得你这般的一个可人儿打扮成这么粗陋的模样，东躲西藏？"

杜小曼两眼一黑，正要一把挠向赵公子的猪脸，突然一双手拉住了赵公子的手臂。

"哎呀，公子，你这般打趣，要吓着这位姐姐了。"

是刚才领杜小曼过来的兔牙少女。

赵公子松开了杜小曼，转身捏捏少女的下巴："好娇儿，莫不是你醋了吧。"

少女啪地拍了一下赵公子的手，嗔道："原来公子眼里，娇儿就是这样的呀。"

另一双手拉着杜小曼后退几步，轻笑道："公子倒不算冤枉她，方才她趴在屏风缝里张望，早按捺不住了呢。"是三个少女中，脸盘较方的那位。

兔牙少女啐道："窈姐才是最向着公子的那个，天天帮着他欺负我。"

细眉眼的少女远远站在屏风边，掩口笑道："小醋坛子真是名副其实了，开口就见酸味儿。罢了，以后我和窈姐都不跟着公子了，专留你一个服侍，可好么？"

兔牙少女跺脚："都挤对我一个，就显着你们不酸了，是吧？"

方脸少女含笑安抚地拍拍杜小曼："姐姐莫怕，我们公子，就是这么个风流爱调笑的性子，方才是在和姐姐玩笑呢。姐姐放心，有公子在，官府断不敢把你怎么样的。"

杜小曼心里明白，十有八九，又进了贼窝了。

咋就这么衰呢，她也懒得抱怨了。

这赵公子虽不是好东西，他身边的三个少女却有点为他争风吃醋的意思，如果上演《金枝欲孽》的争宠大戏，她说不定能挣扎出一丝生机。

她遂虚弱道："我……我其实没见过什么世面，也不曾见过像赵公子这样风流的人……我……"

细眉眼少女道："看罢公子，你把人家吓得，话都说不好了。要不，还是让窈姐姐先带这位姐姐去歇息，反正来日方长。公子看如何？"

赵公子半揽着兔牙少女，睐眼道："我媚儿做事，最最周全，先这么办吧。"

兔牙少女攥起粉拳，擂了他胸口一下："果然公子眼中，旁人都是好的。"

赵公子捉住她的手，捏了捏："哎呀，我娇儿也好啊，就这股醋劲儿好，哪个都比不上。香一个，不恼不恼。"吧嗒在兔牙少女的脸上亲了一口。

杜小曼看得汗毛倒竖，跟着那个方脸少女绕进了屏风后，只见后墙上还有一扇门。方脸少女带杜小曼出了小厅，到了另一个独立的小院，进得一间厢房，内里香气扑鼻，熏得杜小曼打了个喷嚏。

方脸少女温声道："姐姐就暂时住在此处吧，我叫蝶窈，是公子的侍婢。姐姐有什么想要的，找我或喜媚都可，缠着公子的那个小狐狸叫杏娇，醋劲大些，凡靠近公子的女子，她都要醋一醋，姐姐离她远些便可。"

杜小曼抱着包袱，一时不知道该如何应对。

蝶窈似笑非笑地瞟她一眼："姐姐现下有些怕我们公子，是么？待你和他熟了，只怕天天盼着见他。我们公子啊，可非一般人，能得他的青睐，那是福分。"

杜小曼道："呃，其实我挺感谢你们公子的，他是我的救命恩人，我也很感谢你们。"

蝶窈上上下下打量着杜小曼，眼神意味深长："姐姐能被官府通缉，看来非一般人物。"

杜小曼装傻："啊？什么通缉？我是跟了一个人私奔，到了他家，他娘不能容我，又把我赶了出来……"

蝶窈点点头："这样啊。"居然也没往细里追究。

杜小曼试探地问："姑娘说，赵公子非一般人物，不知到底是……"

蝶窈神秘一笑："我们公子，若往浅里说呢，算是个生意人。但往深里说，州府、临郡乃至京城都有我们公子的生意，姐姐看这买卖大不大？"又意味深长瞥了一眼杜小曼，飘然出门。

杜小曼待在厢房里，寻思逃跑路线。蝶窈过来帮她送了一餐饭，杜小曼尚未想出对策，天已经快黑了，还好那个赵公子一直没过来。

杜小曼后悔不已，就算被官府抓住，落到慕王府手中，最多就是再度被毒死，也比落在这个赵公子手中强。

房门又响了两下，几个陌生的婢女抬着一个浴桶进来，福了福身，退出房门。

杜小曼望着热气蒸腾的浴桶犹豫，突然感到一阵头晕。

她心里一凉，扶住浴桶，猛掐大腿想保持清醒，身体却不受控制地瘫倒，朦朦胧胧中，听到房门开合。

似乎有人在她身边拉扯。

"……公子不是不……"

"今儿不知道为什么，我看到她，就来了兴致……好娇儿，你帮着爷……明儿专疼你一个……"

杜小曼想要挣扎起身，却像在梦魇中一样，四肢不受控制，她第一次感受到死灰般的绝望。突然，有刺鼻的腥气弥漫在她身旁。

杜小曼的人中刺痛，一股辛辣清凉的气味钻入脑子，她猛地打了一个喷嚏，像从梦魇中醒来一样，猛地弹起身。

眼前的一切，却让她以为自己仍在做梦。

屋门大开，烛光摇曳，昏黄的灯光中，弥漫着猩红。

血溅在墙上，流淌在地上。赵公子脸向下趴在猩红之中，杏娇、喜媚单膝跪在门旁，蝶窈扶起杜小曼，也向着屋子正中站着的一个女子单膝跪下。

那女子缓缓开口："你们已经做得很好了，不必自责，待回去后，自有奖赏。"摇曳着烛光的微风拂动她的衣袂。

这身衣服，杜小曼再熟悉不过。

蓝袍，拂尘。

月圣门。

那女子转过身，望向杜小曼，柔声开口："郡主。"

这张脸，杜小曼更加熟悉——

绿琉。

凶案现场，杀人犯、目击群众以及受害者。

此情此景下，该说点什么呢？杜小曼脑中翻江倒海，嘴里只吐出一个字："你……"

绿琉道："郡主，看来你注定与圣教有缘。"

杜小曼后退一步："是月圣门的人总和我有缘。"

绿琉垂下眼帘，向跪着的三名女子道："把这里打扫干净。"

杜小曼发现，一直温温柔柔的绿琉发号施令时，其实也挺有派头的。

她道："谢谢你救了我……"

话未落音，绿琉立刻道："郡主不必和奴婢客气。"

杜小曼道："你才别这么客气啊，自称什么奴婢……你应该很早就加入月圣门了吧。从什么时候开始的？"

绿琉又沉默了。

杜小曼叹了口气，好吧，事关机密，人家肯定不会将老底告诉她。

蝶窈和杏娇抬走了赵公子的尸首，喜媚打了凉水擦洗地面，一脸淡然，仿佛她擦的不是血，而是一摊普通的水渍。

绿琉又道："郡主，经历这许多，你应该知道了男人都是这般的东西。你如果相信他们，都不会落得什么好下场。今日若非我圣教的姐妹在，郡主就必然会落进此淫贼之手。郡主可知道，此人是谁么？"

喜媚抬头，嫣然一笑："定然是不知道，要不然，这位郡主姐姐恐怕是宁愿被官兵抓了，也不肯上此贼的车。"她手中抓着浸满血的手巾，袖子上、衣服上都是血，这么一笑，却是一副闲话家常的模样。

虽然杜小曼猜到这位赵公子定然不是什么好东西，仍忍不住毛骨悚然。

她强忍着，不表露心里的真实想法，如她们所愿地问："是什么人？"

喜媚拧了一把手巾："这位姐姐既然是郡主，必定养在深闺中，可能没听过此贼的名头——他诨号'七星虫'，被他奸污过的清白女子不计其数。且此贼最喜好奸淫出家的女子，那些女子受辱后，往往为了名节不肯报官，偷偷寻了自尽。"恨恨地将手巾丢进盆中，"他寻上姐姐亦是因为癖好——此贼对穿着男装的女子也十分喜欢。几年前，他开始做青楼生意，买卖做得十分大，但仍难改作恶。他的青楼中，也有许多被他掳来、被迫沦落风尘的女子。"

杜小曼想起了上次她被拐去的桃花岛。难道也和赵公子有关？如此看来，此贼确实罪不可赦，千刀万剐也便宜了他。

但是，为什么不直接咔嚓了他，还要潜伏在他身边逢迎呢？恐怕另有内情……

杜小曼懒得细想，只庆幸地长吐了一口气。

绿琉轻声道："郡主，我知道，你对圣教有误解，但我们其实只是聚集在一起，保护全天下的女人而已。世上的男人都靠不住，我们只能靠自己。"

杜小曼闭了闭眼，就听见绿琉吐出了那句意料中的话——"郡主，你可愿和奴婢同去圣教？"

杜小曼知道，自己肯定跑不掉了。

绿琉暴露了身份，自己又目击了月圣门人的杀人现场，哪一条单列出来，都不可能让她脱身。

杜小曼索性淡定下来，问道："贵圣教在杭州，不是被宁景徽……"

绿琉淡淡道："圣教蒙劫，许多姊妹早登极乐界，此可能是月神予以圣教的考验。血泪之痕，铭刻圣坛，圣光更洁。"

宁景徽果然没有端掉她们的老窝啊。那他竟然还有闲心折腾无辜群众！啧啧，所谓贤相！

杜小曼道："正好，之前在杭州时，那位月芹仙姑曾给我一件信物……"

绿琉截断她的话："郡主，此事待到圣坛之后再说吧。"

杜小曼点了点头。

走出房间，月色正好。杜小曼抬头看了看天，她一直很喜欢月亮，可现在月亮让她有点发怵。

绿琉在她身后低声吩咐："好生处置此处。"

那三名少女应喏："请琉璃使姐姐放心。"

琉璃使，职位不错啊。绿琉是唐晋婳从娘家带到慕王府的丫鬟，家养长大，那么，她是怎么加入月圣门的？是先有绿琉，后有琉璃使，还是先有琉璃使，后有绿琉，或者这个绿琉也早已不是真正的绿琉？

长长的阴影逼近，绿琉在杜小曼身边轻声说："郡主，走吧。"

走出小院，门外停着一辆马车，没有车夫，在银白的月光中，看起来实在诡异。

绿琉和杜小曼一起上了马车，车厢漆黑，绿琉没有点灯，杜小曼摸索在软椅上坐下。片刻后，马车缓缓开始动了。

车在夜色中轻快前行，杜小曼跟着车的颠簸微微摇晃，黑暗沉默中，她和绿琉都没有说话，只有轻微的呼吸声。

过了许久许久，绿琉才温声对杜小曼道："郡主可以躺下歇息，等到了地方，奴婢会唤醒郡主。"

杜小曼刚要在心里嘀咕，我怎么可能睡得着，立刻就发现，这不是问题。

她的后颈像被蚊子咬了一样，微微一麻，大脑顿时一片空白，人软软瘫倒。

被麻醉，据说是会变笨的。

在同一个晚上，连续被全麻两次，会不会直接变成痴呆？

杜小曼醒来后，揉着疼痛的太阳穴，认真地思考了一下这个问题。继而，她顿悟，还会思考这个问题，说明没有痴呆。

她敲敲头，转动干涩的眼珠，看了看四周。床、帐子、屋子、女人……

屋里有两个女人，穿着月圣门统一着装的女人，一个是绿琉，另一个……不认识。

杜小曼张了张嘴，绿琉将一个瓷碗递到她口边。

杜小曼看了看瓷碗，里面装的貌似是水。她抿了一口，发现并不是水，带着淡淡的甜味，里面可能还加了薄荷，凉凉的。

她心一横，就喝了下去，现在她被月圣门捏在手心里，任何挣扎都是徒劳。

喝完之后，那股恶心感竟然渐渐淡了，身上也恢复了力气。

绿琏身边的那个女子嫣然道："媗妹妹，很多姊妹都等着见你呢，走吧。"

从前，有座山，山里有个庙。

庙里有……好多……好多……的鲜菇……

这是杜小曼对月圣门的第一观感。

真是……好多……好多……的鲜菇……

月圣门的这个窝点应该是在一个山坳里，四周都是山壁，但地方倒是蛮大的，盖着好像寺庙或道观之类的建筑。

此时此刻，杜小曼就在一间格外宽阔的大殿里，周围，好多……好多……的鲜菇……

她在心中咆哮，大仙，你们到底要闹哪样？那什么赌局，不应该是老娘和一堆男人的故事吗？

为什么我会进了个都是女人的邪教啊！一堆堆的女变态！

大殿上首，供着一轮圆圆的大月亮，漆成黄色，三根一人多高的粗香幽幽地燃着。

神座下方，刚才和绿琏一起的那个女子面向众人，噙着微笑，朗声道："妹妹们，我要告诉大家一件喜事，又有一位姊妹，可能要加入我们！虽然现在，她还没有确定她的心意，可我相信，我们大家会让她感受到圣教姊妹的友爱！"

杜小曼身边的鲜菇们齐声称喜，脸上洋溢着喜悦的笑容。

"太好了！"

"欢迎新姊妹！"

……

为首的女子在贺喜声中向杜小曼额首示意。

杜小曼浑身僵硬，被绿琏推着到了神座下，面向众人。

那女子携起杜小曼的手，拍了拍。

"这位妹妹和我们很多的姊妹一样，被万恶的污浊男人所毁，她试图脱逃，可那些男人仍不肯放过她。但她一直坚强地抗争，从未放弃！她相信女人可以依靠自己！她姓唐，闺名晋媗。她是清龄郡主，更是受尽折辱的庆南王夫人！逃离王府，流落江湖，她又被白麓山庄少主谢况弃始乱终弃，还曾受奸王秦兰璨的欺骗玩弄！"

杜小曼吓了一跳:"这个真没有!"

但是,没有人理会她的话,那些鲜菇们都目光灼灼,神情热烈。

那个女子紧握住杜小曼的手,声音再大了一些——

"此时,受尽逼迫、浴火重生的她,或许会成为我们的姊妹!大家欢不欢迎她?"

大殿中响起沸腾的喧嚣。

"欢迎!欢迎!"

"欢迎媗姐姐!"

"欢迎新姊妹!"

……

杜小曼彻底变成了木雕泥塑,那女子再拍拍她的手背:"妹妹刚来,可能一时之间适应不了姊妹们的热情。我们这里,只有最真诚的姊妹情谊,再无其他。这样吧,我介绍两个姊妹给你认识,先带着你熟悉环境。"眼波一瞟,顿时有两个女子出列。

那女子笑道:"傲梅妹妹,夕浣妹妹,既然你们自己觉得和晋媗妹妹投缘,便由你们照顾她吧。"

那两个女子福身:"谢谢月苋姐姐。"一左一右搀住了杜小曼。

左边那个叫夕浣的相貌艳丽,嘴角翘起,露出梨涡:"媗妹妹,我们两个都年岁比你大,唤你一声妹妹,妹妹不会觉得唐突吧?"

杜小曼在心里咆哮,你们还敢不敢再假一点!一眼就看出是事先安排好的托儿!

她费了极大的力气,才抽动脸上僵硬的肌肉,挤出一个假笑:"当然不会,谢谢两位姐姐。"

月苋掩口一笑:"你们怎么如此客气,我们平时相处可不是这样的。"

夕浣道:"哎呀,月苋姐,我们不是怕一开始太泼辣,吓到媗妹妹么,少不得要装一装。"

两个女子搀着杜小曼正要下去,绿琉向前一步,亦向月苋福了福身:"姐姐,郡主一直是妹妹服侍的,她吃穿用度,妹妹也更熟悉些,要不,让我也跟着吧。"

月苋略一沉吟,点头道:"也罢。"

于是绿琉也快步跟上。

杜小曼猜测，刚才大殿中的那番厮见，算是个入伙见面会，现在这两个女子，就是官方安排的接引人，负责对她进行详细洗脑，忽悠她入伙。

两个女子带着她在树荫下慢慢走，指给她看各处风景。月圣门的这个秘密基地建在山坳里，十分幽静，绿琉跟随在侧，往山壁上一按，就旋开了什么机关，露出甬道来。弯过几条甬道，到了一处花园一样的所在。

两个女子搀着杜小曼到了一汪池塘边，站在一个亭子里，看水中的游鱼。

夕浣拿起亭子石桌上的一个纸袋，往水中抛了一些鱼食，顿时有许多鱼摇头摆尾游过来争夺。

不过那些鱼并不是锦鲤之类的观赏鱼种，很多都是灰扑扑的普通鱼。

夕浣笑向杜小曼道："这些鱼并不是我们喂的，它们顺着山涧到了这个小潭里，我们没事就丢点食在里面，让它们自己吃。鱼都通灵性，日子久了，自然就往这里聚。"往远处一指，"你看，它们吃饱了，就顺着那里游走了。"放下纸袋，"这般顺其自然，岂不比圈起一个池子，让它们像住牢笼般永远待在浅水中好？可惜世人只顾赏玩意趣，竟常忘却了自然之道。"

杜小曼道："姐姐的话太有道理了。你们都好有爱心啊。"这女子举止谈吐都不俗，看来也是有出身来历的。能担任洗脑专员，必然非同一般。

夕浣嫣然道："媗妹妹见笑了，我只是随意说说而已。"放下鱼食，抬手撩了撩鬓发，宽大的衣袖滑落，露出半截手臂。

杜小曼一眼看见，不禁倒吸了一口冷气。

夕浣皮肤白皙娇嫩，吹弹可破，可那半截手臂上布满了狰狞的伤疤，触目惊心，惨不忍睹。

夕浣看了看杜小曼的表情，又看看自己的胳膊，拉下衣袖："吓到妹妹了吧。"

杜小曼犹豫着问："你的手，怎么会……"

夕浣轻描淡写地说："对我来说，那都好像是上辈子的事情了。说出来，不知媗妹妹会不会鄙薄我？我曾经出身青楼。"

杜小曼赶紧说："怎么会，就算在青楼中，也有洁身自好的人。有很多奇女子，都是出身青楼啊！"

夕浣扑哧笑出声，笑容里却充满了无奈："媗妹妹果然是深闺中长大的金枝玉叶，还信那些传奇话本中的说辞，身在那种地方，怎么可能清白干净？什么出淤泥而不染，都是假的！"

她叹了口气："我原本，也应该是个清清白白的女儿家。我父亲本是个商贾，做买卖颇挣了些家业。可他竟痴心妄想，总觉得做生意低人一等，要买个官当。"

夕浣之父鬼迷心窍，拿出几乎全部家产，去孝敬当地的知府，企图买个小官做，结果朝廷当时正在查整吏治，此事恰好撞在枪尖上。那知府被查办，夕浣之父还没等朝廷定罪，就连惊带吓，一病身亡。

"我爹死后，还剩下两三间商铺未卖，几个叔叔早就觊觎我家家产，欺我娘只有我一个女儿，没生儿子。我姨娘倒是怀着身孕，可天竟要亡我家，我爹刚死，衙门里又来人提审，我姨娘惊吓过度，小产了。"

夕浣小时候很得父亲喜爱，父亲将她当作大家闺秀栽培，请老师教她读书写字，学习女德礼仪。家道衰败时，她刚十岁，本订过一桩娃娃亲，对方是一个古姓员外家的公子，祖上曾经做过官。

夕浣的母亲娘家无势，眼看争不过小叔们，就想好歹保住女儿的前程，让古家提前娶夕浣过门。

古家因家道中落，想着富商家的女儿嫁妆多，才与夕浣的父亲定亲。夕浣家一败，古家立刻反悔，说绝无此事，他们官宦人家，高门大户，怎么可能与一个做买卖的订过儿女亲事。

夕浣的母亲被小叔们强逼，连家宅都要被占，再经此事一气，竟生生被气死。

"最后姨娘带着我，流落街头。"夕浣凄然苦笑，"姨娘没存几个私房钱，也不懂挣钱的活计，一开始赁屋在市井中住，但我的叔叔们还疑心姨娘走时，夹带了我爹留下的珠宝，时常派人过来滋扰，还常有地痞欺凌。姨娘本就出身烟花之地，最后没有办法……"

那天晚上姨娘哭着说，让夕浣别恨她，如果不这样，两个人都活不下去了。她又说，她已经和青楼的老鸨达成了协议，夕浣只是住在青楼而已，由她接客。

夕浣再长叹："那时我虽才十岁，但经历许多，也懂得世情冷暖。我就和姨娘说，都到了那个地方，你卖我不卖，那怎么可能呢？我说……姨娘，我什么都可以做。"

果然，她这么说了之后，一开始还一副晚娘嘴脸，对着姨娘挑三拣四的老鸨顿时就笑了，说："这女孩子，相貌好，更难得有一颗伶俐通达的心，将来必有成就。"立刻把她们挪进了最好的房间，又请老师来教夕浣琴棋书画。几年后，夕浣正式开牌接客，绫罗绸缎装扮起来，开牌那一晚，就成了暖香玉的花魁。

夕浣自嘲地一笑："不知妹妹听了这些，会不会看不起我？但凡性烈的女子，应该是宁可寻了短见，也不肯入勾栏吧。可我……我那时看了太多的死人，我永远忘不了，我娘临死前，一口气咽不下，痛苦的样子。我只想……好死不如赖活着，我想活着。"

杜小曼黯然，其实她来到这个时空，到处跑来跑去，也只是想活着，好好地活着，这种感情和夕浣是一样的。

夕浣又接着往下说，她开牌接客之后，有很多富有的客人都争着找她，姨娘对她说，你沦落到这个地步，我已经是对不起老爷和夫人了，你记得，做这一行，青春易逝，要把握机会，找个富有的恩客，如果能嫁入大户人家做小，就是最好的结局。

"我那时候不懂事，多了几个人捧，便当自己是天仙了。殊不知那些王孙公子，即便捧着你，也只不过把你当个玩意儿，勾栏的女子，谈什么傲气呢？姨娘也劝过我，可我听不进去。那时，我以为，我想找个男人做依靠，是随便挑的。其实，愿意娶勾栏女子的男人少之又少，姨娘说，碰见一个就赶紧嫁了，我还不以为然，真是……"

夕浣满脸苦涩："算是活该我不开眼吧，后来，我竟然喜欢了一个人，喜欢的竟然是古贤。"

夕浣万万没想到，在勾栏里竟然会遇见自己曾定过亲的古家公子。古家公子见到她，十分痴迷，常常来找她，各种山盟海誓，说当年退婚时他还小，做不得主，如今见到夕浣，才知道她就是自己要娶的人，没了她，他就活不下去了。

"我竟就糊住了心，相信了，我以为他会明媒正娶。他家里穷，没钱进勾栏，是我拿自己偷存的私房钱给他。老鸨打我，我也忍着，姨娘劝我，我不听。后来，我带着积蓄，和他跑了，姨娘为了帮我逃走，被勾栏的人打断了腿，扔出去，只能沿街讨饭……"

夕浣紧紧握住拳，一字字平缓地往下说。

"我和他逃到了京城，我拿出全部的银子供他读书，可他为了巴结考官，为了求功名，竟要去勾引考官的千金……"

杜小曼不禁脱口而出："这个贱人！"

夕浣冷笑："何止贱，他嫌我碍事，竟将我哄到山上，把我从山顶推了下去。呵呵，你知道么？他推我下去时，还和我说，夕浣你这般爱我，肯为我做任何事，想来为我死也愿意的吧……"

这简直是空前绝后的狠心人！杜小曼脱口道："这种男人，活剐了都便宜他！"

夕浣淡淡地笑了："我被圣教所救后，没有活剐了他。我不过是拿针扎在了他的穴道上，然后把他的经脉一根一根地挑断，让他慢慢地、一点点地死。"

她再掀开袖子。

"我当时摔下山崖，脸也毁了，浑身都是伤，是圣教的姊妹们用灵药救了我，又输功力给我。我再世为人，也学了武功，再不会被任何人欺负了。本来这个伤疤，用圣教的灵药可以治好，但我要留着它，我要自己记得当年，这些也是我对不起姨娘的惩戒。"

她转过身，轻笑："说了这么多，妹妹该听烦了吧。"挽起杜小曼的手，"走，我再带你看看，我们姊妹住宿的地方。"

杜小曼跟着夕浣和傲梅继续往前走，绿琉继续沉默地相随。

杜小曼本以为等一下立刻会听到第二个故事，结果那个叫傲梅的女子一直没说什么话。

夕浣在指给杜小曼看月圣门的女子住宿的地方。

月圣门鲜菇们有合住的，也有独居的。

夕浣向杜小曼说，这种住宿方式，不以职位划分，喜欢和别人合住的，就住合住的房间，爱独居的，可以申请独住的小院。像坛主月苋，就是住在一个十人合居的大房间里。

其实月圣门众姐妹平等，没有等级之分。

不过月圣门近日被宁景徽追杀，各地坛口被毁，房间有限，有些刚入教的姊妹，可能一时之间排不到独居的机会，得先和别人挤挤。

"坛主或琉璃使这样有司职的姊妹，是因为她们的能力比别的姊妹强些，便比大家多做些。她们是为了众姊妹，而非高人一等。我们每位姊妹都是月神的孩子，都是一样的……"

这种级别的洗脑词当然忽悠不住杜小曼被现代社会各种广告推销锤炼过的脑壳。

她问："那圣姑也和我们是一样的么？她是怎么样的？"

夕浣与傲梅交换了一个眼色。

绿琉道："圣姑是月神的化身，有缘者，才能见到她的真容。"

杜小曼点头："哦，那么月神的化身，应该比月神的孩子辈分高，这样说来，圣姑还是高一阶的。"

绿琉冷冷道："纵然月神恩泽慈爱，我等亦恭敬不妄论。"

杜小曼正色道："对不起，我没有不尊敬的意思，我就是问问。"

绿琉微微皱眉，夕浣含笑道："那么媗妹妹想住独立的房间，还是合住？"

杜小曼道："房间不够，我要独立的房间不好意思……你们看着安排吧。"

夕浣笑了笑，道："恰好有独立的静室给妹妹，就是你醒来时住的那间，只是有些简陋。"

杜小曼道："不简陋，已经很好了。"

夕浣笑道："媗妹妹真是一点娇气也没有。"

杜小曼耸耸肩："我漂泊江湖许久，酒楼开过，那些苦逼的经历，你们也都听说过了，还娇气个鬼啊！"

夕浣扑哧一笑，掩口道："妹妹说话用词真真有趣！"

不久后，她们到达了分给杜小曼的小房间。

杜小曼一直没有等到那个叫傲梅的女子讲她的故事，她甚至连话也没怎么说过，最后还是杜小曼忍不住，终于在快到房门前时好奇地问："傲梅姐姐，你又是怎么进入圣教的？"

傲梅一脸平静，简洁道："我家中穷，弟弟娶亲，爹娘把我卖到一户人家，给一个快死的痨病人冲喜。轿子一进门，他就死了，那家人要我殉葬。殉葬前，几个看守祠堂的男人要奸污我，圣教的姊妹路过，杀了他们，带我入教。"

杜小曼默然。

夕浣道："妹妹，聊了这么久，你也该累了。先歇一歇，我们去厨房看看，吃饭时再来找你。"与傲梅一起离开。

傲梅走到门前，又转过头，直视杜小曼的双眼："你其实不想加入圣教吧。"

杜小曼看着她清冷的脸，抖了一下。

傲梅冷冷地望着她："你其实跟那些世俗人一样，对圣教存有那种看法。但对我来讲，加入月圣门，是对的。世人都以为，我应该死，那些人即便奸污了我

她再叹一口气："这番话一说，就更露馅儿了，妹妹更要知道，我们一直未放弃想让你加入我们。我明白妹妹不喜欢打打杀杀之事，有哪个女人，天生爱斗爱杀？若要我选，我只愿有一方小院，日日赏花看月，读书做针线。但世道不予我们活路。我们这般争，只为了好好活罢了。"

杜小曼被最后一句话说得一怔。

月笕再一展颜："罢了，不在这里伤春悲秋的。既然妹妹暂时不想睡，咱们去外面和姊妹们一起吃饭，好不好？"

杜小曼也想着，既然来了，就索性多见识见识，点头说："好啊。"

杜小曼以为自己会去到一个食堂一样的地方，一群老姑婆整齐坐在长条板凳上，吃饭前还要念念经啥的。结果，所见到的却大出她意外。

月笕带她到了花园中，水潭不远处的一处敞榭内摆着几张拼起的大桌，桌上放着一盆盆菜、汤和瓜果，有几个女子坐在桌前，边吃边聊边笑，水潭边、亭子中、树荫下还有一些女子散坐着。

整个花园中笑语晏晏，倒有点像游园野餐会。

坐在桌边吃的几个女子向她们招呼。

"先别盛太多，留些肚子，等一下有新蒸的糯米藕吃。刚刚那盆被抢没了，另一锅快来了。"

"那边的蒿菜别吃，盐搁多了。"

敞榭边有水桶水盆，月笕从桶里舀了水洗了手，掀开大桌边的一个大盆上扣的木盖，从盆中取出碗盘和筷子勺子，示意杜小曼："挑自己爱吃的拿就行了，这里吃饭可不兴客气的。"又道，"不过我们姊妹在圣教中，不伤生灵，都食素。不知妹妹能否习惯？"

杜小曼接过月笕递来的碗筷："吃素好啊，有益于健康。"

木桌边还摆着几个木桶，一个里面是蒸好的米饭，一个里面是馒头，还有几桶是羹汤，甜咸都有。

杜小曼盛了点米饭，夹了几道菜，桌上的菜很丰富，每样夹一点，好像还没夹多少，盘子就满了。

大概是为了照顾不同人的口味，有些菜的口味偏淡，有些略重。杜小曼的口味稍重，有一个烧茄子和一个酱冬瓜特别合她口味，还有炸得脆脆的小丸子，里面有青菜碎和萝卜丝，特别好吃，她吃了几个，忍不住又回头拿了一次。

她就坐在桌边吃，月苋端着碗盘到外面水潭边去了，绿琉沉默地陪在她身边。

刚刚在桌边吃饭的几个女子之一来盛了碗汤，坐到她旁侧，笑道："看妹妹你还是有点局促呀，以前很少这样吃饭吧？"

杜小曼咽下口中的菜："嗯，很少这样，不过我觉得很有趣。"

那女子笑起来，向杜小曼做了个自我介绍，她叫萍香，她与杜小曼聊了两句。外面水潭边的女子们不知说到了什么有趣的话题，嘻嘻哈哈推搡成一团，其中就有月苋。杜小曼忍不住向外看，萍香道："媗妹妹怎么好像很意外一样？"

杜小曼不好意思地道："呃，是有点意外，我之前在杭州，遇见的贵教中的姐姐妹妹，都比较严肃，看起来不苟言笑……"

萍香立刻笑道："啊，我们在外面是那样子的。因为很多不了解我们的人都把我们说得很可怕，既然对我们怀有敌意，何必要对他们笑呢？笑是很珍贵的，不要虚假，要留给自己最亲近与喜爱的人。所以出去我也会板着脸。"她吐吐舌头，"其实板脸挺憋得慌。"

远远另一个女子插嘴道："是啊，每次要不苟言笑的时候，你的脸都像想如厕一样，看得我都替你憋得慌。"

萍香立刻啐道："饭桌上，你可真会说话啊！"吃吃地又笑了。

杜小曼再往嘴里塞了俩丸子，咽了，又道："对了，其实我还有个问题，不知是否唐突。你们为什么都没穿你们一直穿的那种衣服呢？"

园子里吃饭的女子们打扮各异，都是平常的衣服，有的是少女装束，有些是偏成熟的妇人装束，样式还很时兴好看，只有杜小曼身边的绿琉穿着鲜菇的统一制服，蓝衣白袖。

萍香顿时又扑哧笑了："那个呀，也是我们出去才穿的啦。一来表示我们的身份，二来，外面那么多人，姊妹们穿一样的衣服也好认是不是？在教内，就是在家了，谁在家里穿出门的衣服呢？"

听起来好像很有道理。

杜小曼吃光了所有饭菜，又去喝了碗汤，野菜羹，里面放了剁得碎碎的豆腐干碎，清淡爽口。杜小曼又把一碗汤都喝光了。

杜小曼吃的这顿是晚饭。夏天日长，月圣门开饭早，吃完饭，斜阳仍艳，天光尚亮。

月圣门的女子们一起动手收拾碗筷，杜小曼也帮忙收拾，绿琉抢她手中的碗："郡主，我来吧。"

月苋也过来接："媗妹妹，你刚来，还算是客，给我们就行。"

杜小曼道："那怎么行？"自己收拾了碗，又帮忙收了菜盆，抹了抹桌子。

月苋拿了块布和她一起抹："其实今天晚上还是我们的月祭礼，不过不是十五的大月礼，只是小月，媗妹妹如果精力不济便休息吧，若是还有兴致，可以来看。"

杜小曼两眼一亮，这不就是时骗子曾说过的，月圣门最重头的仪式么？没想到刚来就碰到。

她立刻说："好啊。"

月苋抿嘴一笑："那待月升时，我去唤你。"

杜小曼回房歇了一会儿，对天黑和月亮升起的时刻各种期待。

绿琉道："郡主似乎很想看月祭礼。"

杜小曼也不隐瞒："我听说过一些传言，所以比较好奇。还有，都说了，我们现在是姊妹，不用再喊我郡主了啊。"

绿琉直接无视了她后面的话，只淡淡道："郡主可能会发现，月祭礼，并不像你听说或想象的那样。郡主现在是否对圣教有了全新的看法？"

杜小曼点头："嗯，是，跟我之前想的不大一样。"

绿琉垂下眼，不再言语。

夜终于到了，天色尽暗时，月苋轻轻叩响房门："媗妹妹，可还醒着么？要过去么？"

杜小曼立刻打开房门："当然要啊。"

夜色中的月圣门，又与白天不同，住所之外的地方都没有灯火，一片幽暗静谧。

月苋和绿琉一前一后夹着杜小曼往前走，都没有亮灯，这两人好像能在夜里视物一样。

杜小曼跟着她们摸索着往前走，居然也一路走得稳当，没有磕绊摔跟头。

她们到的，又是一汪水潭边。

可这汪潭水，比白天所见的大得多得多。

幽幽淡淡的月光下，岸边聚集着白压压的一片月圣门的女子，除了杜小曼，所有女子穿的都是白衣。

水波之上，突然亮起了一点火光，响起缥缈的歌声。

"云之外兮，天之涯兮，广寒玉阙兮，太清正明，我心往之，身却无翼，广寒遥遥兮，不得其往……我心往兮，独得其影，水清扬兮，映兰舟头……"

瑶琴伴奏中，幽婉的女声吟唱，一点又一点的火光亮起。杜小曼这才看清，水潭中心有个小岛，一名白衣少女把一盏白色的莲花灯放进水中，另一个女子坐在岛中央边弹边唱，岸边其余的女子们手中也亮起了莲花灯，一起放进水中，轻轻附和歌声。

那歌的曲调格外悠扬。

月觅托出一盏莲花灯："媗妹妹要不要试试放灯？"

杜小曼接过那盏灯，莲花瓣的灯托是一种特殊的纸做的，中间有一截蜡烛。

一个白衣少女走过来，用自己手里的灯点亮了杜小曼手中的灯。小小的烛光在烛芯上燃着，杜小曼托着灯，走到河边，把灯放到水中，莲灯摇曳着在水中飘荡。

所有的莲花灯都放进了水中，潭水上一片烛光。岛上的两个白衣女子纵起轻功踏水跃回岸上，姿态缥缈，好像烛光中降临凡间的仙子。

有女子从其中一名少女手中接过了瑶琴，就地又弹出一支曲子，很多女子跟着这支曲子拍手吟唱，还有几位随着音乐舞蹈起来。

其他的女子或望着她们拍手笑，或三三两两离远了一点谈笑。

月觅道："其实月祭礼原叫作月寄，寄托之寄。昔日，德慧公主创立圣教，一代的姊妹们难以忘记过去之痛，便询问公主，为何公主经历了种种痛，心中有诸般恨，如今却如此平和，心似明月呢？公主就把她们带到一条河边，教她们学民间女子许愿一般，点莲花灯放入水中。公主说，这就是放下了你们的恨，你把恨、痛与诸般苦楚，都放入水中，月光照得到的地方，这些全都被月神收去，待灯烛点完，你的恨与痛便没有了。你于世间，已是全然新的人，便如婴儿重生于此，一切皆放下。可我们毕竟是俗人，说放下，有时候还会想起，生诸般心魔，所以我们便将此礼定为月祭礼，其实并不是要祭拜什么，只是为自己。唯独心中宁静，才是新生。这世上，若没什么进得了你的心，若你的心不帮着别人折磨你自己，那你便没什么恨与痛苦。"

这世上，若没什么进得了你的心，若你的心不帮着别人折磨你自己，那你便没什么恨与痛苦。

这是事实啊……

月觅看了看杜小曼："妹妹心中，是否还有放不开的怨呢？"遥遥指向水面，"你看那些灯，很快就会燃尽了，其实人生也就比灯烛长一点点，何不让苦与恨随这灯烛一起燃尽？"

杜小曼向水面望去，水上有些莲灯已经要灭了，灭之前，先热烈地烧起来，燃尽花瓣，然后湮没于水上。

在银色的月光下，好像是天上的星子，一颗一颗坠入了水中。

又有少女唱起了一开始的那支歌。

"……我心往之，身却无翼，广寒遥遥兮，不得其往……我心往兮，独得其影，水清扬兮，映兰舟头……"

月祭礼结束后，杜小曼回到房中，沐浴完毕，躺到床上，脑中仍不由自主回放着这支歌。

"云之外兮，天之涯兮，广寒玉阙兮，太清正明……"

朦朦胧胧中，她好像仍在那个潭水边，一面将莲灯放进水中，一面轻轻地唱："……我心往兮，独得其影，水清扬兮，映兰舟头……"

待灯燃尽的时候，心中就要忘记和放下。

但是，要放下什么，要忘记谁？

懵懵懂懂中，有很零散的场景从眼前掠过。

宅院，花丛，秋千架……

屏风外……

厢房……

哪个？到底是哪个？

她一时迷乱茫然，是哪个？我又是谁？

朦朦胧胧地，有人在花丛后的树下唤她……

"媗媗，媗媗……"

媗媗？唐晋媗？我是杜小曼啊……

谁在喊唐晋媗？

她回头，眼前模糊，拼命想看清，又听见有人唤"杜小曼"。

她再一回头，仍是一片白茫茫……

"喂！喂！"杜小曼茫然四顾时，感到肩上被拍了一下，一阵心悸，猛一睁眼，一骨碌坐了起来。喘了两口气，环顾了一下左右。

做梦，还是现实？如果是做梦，为何声音和触觉都如此真实？

她捂住额头，发现一头冷汗。

门立刻嘎吱开了，绿琉掠到她床边："郡主，怎么了？"

杜小曼叹了口气："做了个梦，可能是心中的恨仍无法放下吧。"

绿琉端了茶过来，杜小曼接过，喝了两口："谢谢。"递回茶盏躺倒，"我需要再平静一下，下次再跟着你们多放两盏灯吧。"

绿琉柔声道："郡主好好休息，留在教中，总会慢慢平静的。"

杜小曼嗯了一声，绿琉走出了房间，杜小曼听到门扇合拢的声音，开始在心里大吼——

玄女娘娘，我到底该怎么办啊！

不是要看看我会不会被哪个渣男迷倒变怨妇么？男人在哪里啊？

我在这个都是女人的地方算什么！

再这样下去，我真做鲜菇给你们看。反正身陷这个地方，我也没什么辙啊，天天被洗脑教育，说不准哪天我就真的认同她们啦！

杜小曼内心咆哮得累了，又睡着了，这次倒是一觉就到天亮，没做什么奇怪的梦。

第二天早上，夕浣和傲梅给她送来早饭，然后又带她出去遛弯，这一天过得很多彩，又很平静。

杜小曼有个叔叔，曾被某个卖保健器材的传销公司骗到山沟里关了起来。家里动用了各种关系，花了一大笔钱费了九牛二虎之力才把叔叔捞回来。当时杜小曼还小，记忆有点模糊，只记得当时去看望叔叔时，叔叔的两眼发直，反复地说，他在那里关着，就是上课上课上课，好多老师不停上课，喊口号，吃饭睡觉前还唱歌。平常大家在一起，也是交流上课的经验。他一开始感觉不对劲，等到后来，就觉得上课的内容都是对的，某某器材就是一项划时代的产品！做好了，大家都是金字塔的顶端，都能变成亿万富翁，而且造福了全人类！

杜小曼总觉得，自己正在重复着叔叔的故事。

在月圣门里过了几天，她听了N个不幸女子的经历，被讲了无数人生的道理。

她们回忆往昔的时候，都像在讲上辈子的事，有像夕浣那样详细讲的，也有些只是如傲梅那样一带而过。

详细的讲得痛彻心扉，三言两语的也能直击心脏。因为那些的确是血和泪的经历，胜过一切天花乱坠的故事。

到后来，别人不主动说，杜小曼发现自己会主动问，她看见一个女子，就想问她是怎么进来的，发生过什么。跟强迫症一样。

听得越多，她就越觉得，这是个渣男当道的世界，该砍的男人遍地开花。

月圣门的女子出身各异，擅长歌舞的不少，知书达理的也很多。晚上出来纳凉时，时常这边对个诗，那边玩个传花游戏，再唱唱歌跳跳舞什么的。

很多歌曲调都不复杂，上口好唱又好听，内容都是些风景、寄情之类的，有的听了一遍，杜小曼就能跟着哼哼。

月圣门的小月礼七天一次，再一次小月礼的时候，杜小曼已经能跟大家一起唱那首"云之外兮，天之涯兮"了。

唱着这首歌，她才蓦然顿悟，她到月圣门不知不觉已经一个星期了。

这一个星期日子过得很快，好像一眨眼一样。

每日天刚亮，杜小曼就起床，自己洗漱，前去吃早饭。

早饭就近摆在附近的一间敞厅内，由几个住得离这个厅近的姊妹的小灶来做。

夕浣和傲梅住得离她不远，也在这里吃。

某天，又是早餐时，杜小曼正在喝粥，夕浣道："对了，媗妹妹，今天我要出去，你有什么东西想带么？胭脂水粉布料，写个单子，我帮你捎。"

杜小曼咽下口中的粥："你要出去？"

月圣门的这个小基地里有田地，养了牲畜，还有果树桑林，像个完全能自给自足的小王国。月苋和绿琉还带她参观过榨油、酿醋和做酱油的小作坊。

夕浣道："嗯，我们姊妹们定期会出去的，有些东西还是得在外面买，顺道打听些情况。快到大月礼了，有好些需要准备的。"

唉，杜小曼突然就抑郁了，她不知道自己什么时候才能够出去走走。

夕浣道："对了，媗妹妹，其实你是可以出去的。"

杜小曼一口粥呛在喉咙里："什么？"

夕浣一脸理所当然："你是我们请来做客的，不喜欢这里可以随时离开，你想出去玩也可以和姊妹们一起啊，怎么，你不知道么？"

杜小曼愣了许久，才道："我、我以为，我必须留在这里……"

夕浣笑吟吟道："怎么可能。当时琉璃使带你回来，是觉得你在那种时候到圣教来比较好。你愿意出去么？那就跟我一起走吧。要是你想离开，我送你，要是你想玩玩，和我一起采买也行。"

杜小曼再愣怔了半响，下意识地往旁边看。

这几天，绿琉仍然经常在她附近，好像一条无声的尾巴，比如现在。

绿琉对杜小曼点点头："对，郡主可以任意来去。圣教从来不违逆任何一个女子的意愿。"

这话杜小曼才不信。

怎么进来的，她可记得。

她想了一下，便试探说："我想跟你出去玩玩，可以么？我能帮你拿东西。但是，慕王府和朝廷的人好像正在抓我……"

夕浣弯起了眼："嬗妹妹真是太好啦，我正愁东西太多我一个人拿不动呢。那我们吃完饭就走吧。你放心，一定让人抓不到你。"

杜小曼一时闹不明白月圣教在想什么了。

夕浣和她约了时间，说要先过去拿采购的单子和钱，然后再到杜小曼的住处去找她，让杜小曼赶紧换好衣服。

杜小曼回到房间，绿琉给她拿来一套外出的衣服，是寻常女子服饰。

绿琉道，最近圣教遭劫，姊妹们都小心行事，所以出门都穿寻常的衣服。

绿琉往杜小曼颈和手上擦了些淡黄色的油膏，拿胶糊了张面具在她脸上。杜小曼往镜子里照了照，一张淳朴的村姑脸。

绿琉又帮杜小曼整了整头发，取出一个钱袋："郡主，这是你身上带的散钱，那些大的银锭和整的银票压在你枕下。"

杜小曼收下钱袋，绿琉又道："可能因我不善言辞，让郡主误会了。当时带郡主回圣教，实在是形势所迫，现在郡主可以随意离开。天下女子，都是圣教的姊妹，我们也是为了保护和帮助天下的女子，绝不会为难。"

杜小曼耸耸肩："离开了我又能去哪里呢？与其被宁景徽追，被慕人渣抓，或者被我自己的亲娘毒死，不如留在这里。天下之大，一个女人想找个安身之处却很难。"

她这话虽是借口，也算事实，语气中的无奈也表达得格外真实。

绿琉轻声道："郡主的不易奴婢都明白。"

杜小曼抬眼看向她："但我心中仍有些不明白，一直想问问你，你既然是圣教的琉璃使，怎么不在我被慕云潇欺负时……"

或者唐晋媗就不会死了。唐晋媗如果已被发展进月圣门，变身成一头复仇鲜菇，绝对只会杀人，不会自杀。

绿琉是没有去忽悠她，还是忽悠了但没成功？

根据她来后绿琉的种种表现，杜小曼觉得是根本没忽悠。

绿琉果然又沉默了。

杜小曼道："又有不能让我知道的理由？唉，那时我觉得你会被人欺负，才会带着你和碧璃逃走的，没想到……"

绿琉咬了咬嘴唇，道："圣教本打算帮助郡主，可是郡主又有了另外的打算。"

话没说完，房门响了两下，是夕浣过来了。

她也换了寻常女子的衣服，缩着单髻，像平常中等人家的妇人，一进门，就笑道："媗妹妹准备好了？"上下看了看杜小曼，"不错不错。来，马车等着呢，赶紧走吧。"

备好的马车停在住所的不远处。杜小曼和夕浣是被一堆女子簇拥上车的，进车厢前，还有女子往夕浣手里塞条子，反复嘱咐"不要忘了我要的是这种样式的花儿""水红绸没了就要荷花绢""要黑芝麻的酥不要白芝麻的"……

嘻嘻哈哈，吵吵嚷嚷。

杜小曼替夕浣理着纸条，厚厚一摞。

夕浣无奈道："看看，成心累死我们两个，还好媗妹妹你跟我一道，要不怎么提得动。"

马车前行，这次夕浣没有像来时绿琉那样打晕杜小曼，杜小曼估摸着，也没必要。

这辆车的车窗是绢纱糊死的，只能透点光亮，但看不清外面，车帘又很厚重，所以杜小曼也看不了什么风景。幸而车很大，倒也不算闷热，杜小曼闭着眼在车座上躺了一会儿，迷迷糊糊睡着了。

不知道走了多久，夕浣叫醒她："媗妹妹，下车吃点饭，休息一下。"

杜小曼下了车，发现身处野外，远处有山，几步开外就是一间茶棚兼饭馆。

替她们赶车的车夫竟然是个四五十岁的干瘦男子。

月圣门有男人，这她早就知道，但看见这车夫，她还是不禁想，男人进月圣门，到底是怎么想的呢？

杜小曼跟着夕浣和车夫一道，在棚子下挑了一个位置坐下。棚子底下有七八个客人，看样子是附近的村民或同样赶路的人。

天色阴沉，风挺清凉，车夫要了两个菜、三碗面。

杜小曼把一大碗汤面吃完了，也没怎么出汗。

附近有简陋的茅厕，杜小曼和夕浣去方便了一下，和店家讨水洗了手，又吃了点茶。夕浣从车里提出一把大壶，和店家买了茶水装满，上车继续赶路。

杜小曼和夕浣聊了一时天，又继续躺到座位上睡，大概过了约一个多钟头，夕浣又喊醒她，让她下车。

这次车停在一处树林内，不远处，还停着另一辆车，夕浣带着杜小曼走到另一辆车边，带她上车，马车前行，行程继续。

这辆车比刚才那辆车小一点，但车窗帘是普通的布帘，半开着，车门帘也较薄。

夕浣笑道："妹妹该坐累了吧，快到了。"

杜小曼笑笑："不累。"

换车后，直到傍晚，马车才进了一座城。

这座城是州府所在，比较大，管辖附近七县，名叫仪安。

他们到时，已是申时末，近酉初，天还挺亮，听车窗外，街上熙熙攘攘的甚是热闹。

马车把夕浣和杜小曼带到一处客栈，到了客房中，夕浣道："媗妹妹累不累？累的话，我们就让店家送吃的上来，沐浴后早点睡，明天再逛，不累我们现在就出去逛去。"

杜小曼道："当然不累，车里都睡了一天了。街上好热闹，晚上有夜市么？"

夕浣道："有啊，要不我们怎么到这里来呢。这里的夜市可热闹了，咱们出去，能赶上开市，好多好东西。你饿么？要不我们先到大堂吃了东西再去？"

杜小曼挑挑眉："夜市上好吃的东西才多呢，当然要先留着肚子啦。"

夕浣扑哧笑道："其实我也是这样想的。这地方我来过几次呢，等会儿我带你去吃好的！"

她们住的这个客栈在繁华地段，下去后就是个大夜市。赶市集的小摊贩正在出摊，夕浣带着杜小曼凑到摊子前，挑了几支其他女子让捎带的珠钗头花。

杜小曼立刻舀起一只馄饨，咬了一口，烫得吸了一口气，转去吃了一口粉。

　　夕浣伸手，轻轻拍拍她的手背："慢慢吃，不要紧的。"

　　杜小曼看她一副安慰自己的样子，没奈何，只好继续进攻那只馄饨，皮入口即融，馅料鲜美，她含糊地赞："太好吃了！"

　　夕浣又淡淡地笑了："嗯，我就猜你会喜欢呢。"

　　杜小曼咽下馄饨，忍不住又向河里瞥了一眼，船已经行得远了。

　　夕浣夹起一筷素卷："嫚妹妹，尝尝这个。"

　　杜小曼尝了一口那个卷，味道也非常好，她振奋精神吃完了饭，夕浣结了饭钱。此时雨差不多停了，不需要打伞，杜小曼深吸了一口新鲜空气，问："继续逛？"

　　夕浣摇摇头："有些累了，咱们还是回去吧。明天有的是空闲逛。"

　　直到走回客栈，那种不自在的感觉仍一直萦绕着杜小曼。

　　她算是个神经比较粗壮的人，但身边有个人时刻开着"我知道你很伤心，我会装作什么都没发生过的"这种气场，和你软声笑语地说话，用充满同情和安慰的眼神望着你，一举一动都在表示她的小心翼翼，不敢刺激你，真是种煎熬。

　　夕浣是和杜小曼合住一间有两张床的房间，杜小曼飞快地洗漱完，爬到床上，闭上眼。她听夕浣轻手轻脚地洗漱完毕，走到桌边，还停顿了一下。杜小曼能感到两道关切的视线扫过自己身上，然后呼一声灭掉灯烛，光线暗了下来，她总算松了一口气。

　　松下那口气，杜小曼开始盼望自己快点睡着，但是白天在车里睡了太多，她不想睡，又不愿意乱翻身，闹出动静让夕浣听在耳中，便僵挺在床上默默地数绵羊。

　　数到第八百三十一只，她发现自己仍然很清醒，而且想上厕所。

　　她犹豫了一下，摸索着起身。

　　窗半开着，外面居然有了月亮，隐隐约约有歌声被夜风送进，是个女子在唱，不同于月圣门那种缥缈悠扬的小调，歌声凄切哀婉。

　　杜小曼从厕房出来，那歌仍在唱，她不由得走到窗前，依稀听清了歌词，反反复复，唱的只是四句："都道好梦消夏凉，总把须臾做久长；转头一望千般尽，人生何处是归乡……"

杜小曼听了一阵，想回去继续睡，一转身，看见个人影杵着，吓了一跳。

夕浣姐姐，就算你时刻留意我的动静，拜托起来的时候发出点声音啊，大半夜的把人吓出问题多不好。

夕浣亦走到窗边："是这支歌啊……"

杜小曼做感怀状道："不知道是哪位不幸的姊妹。"

夕浣叹了一口气："唱歌的这位，我是认得的。她与我以前类似，亦是青楼女子，那男子负了她，再没回来，她便常常唱这支歌……"

杜小曼问："为什么不发展她进圣教？"

夕浣摇摇头："神仙佛祖，也救不了世间众生。圣教终归能力有限，真正能救自己的，还是自己罢了。我亦劝过她，她依然要等，那便是她的选择，谁也帮不了她，我们更不会勉强。"

歌声渐渐住了，夕浣向杜小曼道："妹妹，睡吧。"

杜小曼嗯了一声，回床上躺下，心里却有个强烈的疑问翻涌——

船上的那个影帝，真的是影帝么？

杜小曼觉得自己不会认错时骗子，嗯，应该就是那骗子。

但她现在连自己亲眼所见的觉得都不敢信了，有些事情，用眼看到的也不一定是真的。

在桥头吃个饭就碰见影帝风流游河，半夜还有哀怨歌听，这么巧，不得不让人多想啊。

唉，没有两把刷子，能把组织搞这么大么？

唉唉，算了，真的又怎么样，影帝风流快活，跟她又没关系。

假的又怎么样？已经一入圣教深似海了，不知何时才能上岸，多点浪花，少点浪花，这样的大虾，那样的螃蟹，又有什么区别呢？

神仙也靠不住……闭着眼过吧！睡觉睡觉睡觉……

她这么想着想着，竟然真的就睡着了。

第二天一大早，杜小曼又和夕浣一起去逛街买东西。

夕浣对她的态度稍微好了点，那股气场不再时刻开着，即便偶尔开开，杜小曼也只当不存在。

她们先吃了个早饭，再按照单子采购。先买轻巧的小东西，然后挑选布匹之类的。布店的服务很到位，她们到店里，只要先挑布就可以，不用一路拿着，店里会按照约定的时间，把布匹送到客栈去，待验收完毕后再收货款。

夕浣带杜小曼对比了好几家布店，最后在某一家流连，不知道是真的喜欢这家的布，还是其实此店是月圣门的分部或者定点采购商户。不过这家店的布确实很好看，颜色多，棉、麻、纱、缎……各种料子，尤其有几款从苏杭进过来的纱和绸，又轻软又漂亮。

杜小曼正和夕浣抚摸挑拣，突然听得一阵叫骂声夹着呜呜咽咽的哭声。

布店的老板娘见杜小曼和夕浣停了手，就道："隔壁茶馆老牛新娶的媳妇又在打闺女了。从她来了，就天天打，我们天天听，都听惯了。"

店里挑布料的都是女客，听得那噼里啪啦打骂夹着棍子的声音和女孩子不成调的呜咽，表情都有些不忍。

杜小曼附近一个正在挑棉布的大婶道："这后娘可够厉害的。"

老板娘一弹算盘："后娘？打的是她亲闺女，跟着她嫁过来的。"

那大婶诧了："哎哟，这也下得去手？"

老板娘再将算盘珠一拨："咋说呢，那媳妇这么着，也算是为她闺女着想。"向门外一瞟，声音压得低了些，"先时老牛娶她的时候，就知道是二婚，带个闺女。反正鳏夫对寡妇，算合衬，老牛这里有个儿子，一儿一女还凑成一枝花。结果那女孩子带过来，谁头回见，都能吓一跳。据说这媳妇头一个男人是个杀猪的，孩子从小就在铺子里吃，断奶起就拿大棒骨汤当茶喝。一个丫头，长得跟庙里的金刚似的，都十五六了，一顿饭光大馒头就能吃半筐。这么个吃法，即便老牛不说什么，那女子也怕招嫌，就管着，不让吃。孩子饿了，吃惯了，不吃顶不住，一吃她娘就打。"

老板娘这里解说着，那厢门外的打骂棍棒声跟女孩子含糊的呜咽起起伏伏，杜小曼听得都心颤。

夕浣双眉微蹙，杜小曼悄悄问："要不要解救一下？"

夕浣不语，不动声色地环视店内，定下了几种布，再走出了店铺。

打骂声已经没有了，夕浣领着杜小曼再逛了几家店铺，还去吃了个午饭。

午饭完毕，再从脂粉铺出来时，夕浣问："媗妹妹，口渴么？"

杜小曼拿手帕扇了扇风："有点渴。"

夕浣抿嘴一笑："我们去吃点茶吧。"

杜小曼跟着她走，越走越觉得周围熟悉，她们竟是折回了买布的那条街上。

前方不远处，是牛记茶楼的旗帘。

杜小曼不禁看向夕浣，夕浣神色自若，但用极细的声音道："如今不同往日，一切要谨慎些。"

杜小曼了然地点头，小声说："我还以为圣教只解救被男人遗弃的女子……"

夕浣轻声却坚定地说："世间受苦的女子，都是我们的姊妹。"

杜小曼跟着夕浣迈进茶楼，突然觉得这句口号似的宣言好励志。

茶楼中没几个客人，一个矮小的中年男子应该是掌柜的，从柜台后转出来亲自迎客，跟着往楼上喊了一声："毛尖！"

楼上应了一声，杜小曼和夕浣此时都还没点茶，看来毛尖是个小伙计的名字。

一个小伙计扛着手巾，拎着一把大茶壶匆匆下楼，在楼梯拐角绊到一坨庞然大物，手里的茶壶险些飞出去，赶紧抓住了扶手。

那庞然大物扭动了一下，吸了一下鼻涕，继续埋头吃袖子里笼着的果子。

掌柜的表情颤抖了两下，向夕浣和杜小曼赔笑道："那是小女，长得壮实一点，让两位夫人见笑了。"

夕浣笑了一下，没说什么，看牌点茶。

这时楼上冲下来一个妇女，扑到那女孩子身上掐了一把："滚起来！起来！给我死楼上去！"

掌柜的赶紧向店内的诸客人作揖，到楼梯上阻拦："算了算了，她爱在这里就在这里吧。"

那妇人尖叫："不能惯她这死德行。滚起来去后厨劈柴！你个赔钱丧气的东西！再不起来给老娘滚！"一边骂，一边对那女孩子连踢带打。

女孩子用手护住头，嗓子里只能发出不成调的呜咽，笼着的果子顺着楼梯滚散至各处。

店里的其他客人都看不下去了，纷纷劝解。

夕浣起身上前，挡在那胖姑娘面前："孩子不是打出来的，这么个打法，难道你真想打坏了她？"

那妇人整一整鬓发道："这位大姐，说句你不爱听的，她是我闺女，我爱怎么管怎么管，管得了人吃饭拉屎，还管人打孩子了？"

掌柜的连声叹气，连连向夕浣赔罪："夫人莫与贱内计较，茶钱就不要了……"

那妇人又向那胖女孩子扑打过去："都是你个丧门星！惹得老娘成天丢人现眼！你怎么不死！怎么不死！！！"

劝解的客人招架不住，都败下阵来。

杜小曼上前阻拦，经验不足，被掌风扫了一下，一个趔趄，险些坐到胖姑娘的肚子上。

现场一塌糊涂，夕浣拉拉她的衣袖："妹妹，算了吧，清官难断家务事。这是别人的私事，我们不好插手。"她这么说着，左眼却飞快地眨了一下。

杜小曼心中一紧，她知道，这暗示着另有安排。

可月圣门另外的安排……

杜小曼从袖里摸出一把钱，向那妇人笑了一下，塞到她手中："老板娘，真是对不住，我们也是中午盐吃多了，一时操起了闲心。老板娘管教孩子，这是对的。赔个不是，消消气。女人可气不得，老板娘这么漂亮，气出了皱纹多不好。"

那妇人抓着钱，一时愣了，僵硬地笑了一下："哎呀，这、这怎么好意思。这位夫人别客气……"作势要推脱。

杜小曼按住她的手："本来就应当付茶钱的，这又添了麻烦，钱给老板还是给老板娘，不都一样么。给老板娘，只怕老板还放心点。"

杜小曼万分感激自己开酒楼的那段日子，三教九流都见过，还参加商会陪老伯们应酬过，油条套路都会了，脸皮也足够厚，什么话都说得。

看这妇人的泼劲，即便拦下了她，回头那姑娘还会被打得更厉害。还不如先说些软话。

果然妇人笑逐颜开："看这位夫人定是贵人，话说得让小妇人都无地自容。"

杜小曼道："实不相瞒，我以前也开过酒楼的，可惜不善经营，后来倒闭了，不如老板和老板娘。"

妇人笑得更灿烂了，整整衣衫道："原来都是同行。哎呀，夫人茶还没喝吧，那茶都凉了，赶紧的，上新茶！"

杜小曼笑了笑，弯腰捡起一个果子，吹吹灰，又看看那个一脸愕然的胖姑娘。

"看着这孩子，我就想起我小时候。我小时候也胖，娘也是恨铁不成钢，各种数落我，长大了才知道，娘其实是为我好，就是她脾气急了点。"

那妇人挽着头发："可不是，我也是个急脾气，心直口快的，看在外人眼里，恐怕还觉得我是个毒妇，虐待自己的闺女。我为她好的心，谁又懂！"说着，眼眶竟红了。

夕浣温声劝道："慢慢来，孩子都得慢慢教的，一棍子打不出一个状元。"用手绢擦擦那胖姑娘的脸，整整她的头发，替她掸开身上的果子渣，"少吃些果子，多吃些菜，别让你娘忧心了。"

杜小曼道："她的皮肤很好，五官也好。老板娘这么漂亮，女儿肯定不会差，现在富态可爱，日后没了婴儿肥，绝对能出落成大美人。"

妇人瞪了那胖姑娘一眼："听见没？人家都说你将来能成美人了。只要你忍得住不吃，一身膘下去，城里王公子就能娶你做媳妇！"

那女孩子吸吸鼻涕，愣愣地哑声问："穿白衫子拿扇子的那个王公子？"

妇人再瞪她一眼："是，还穿过青衫子、黄衫子，但老拿扇子的那个王公子。"

女孩子立刻擦了擦鼻涕，笑了起来。

店里的其他客人也跟着哄笑起来。

"老板娘，得给闺女攒嫁妆啊！"

"丫头好好整整，能美的，现在看都怪喜庆的。"

"也不要太瘦了，说不定王公子就喜欢敦实点的。"

"好媒人我认得，到时候帮你说啊！"

……

夕浣笑盈盈地望了一眼杜小曼，两人吃了老板娘执意让小伙计新上的茶，方才离开。

那女孩子站起身，颤巍巍地上了楼。

离开茶楼，杜小曼听得头顶窗响，一抬头，一扇窗开着，那女孩子的身影一闪而过。

夕浣含笑望着杜小曼，眼睛里有异样的神采："以前小看媗妹妹了。"

杜小曼道："我以前开过酒楼啊，所谓以退为进，也就懂这点东西。希望那个娘以后能对女儿好点。"

夕浣摇了摇头："恕我直言，那妇人性子厉害，我怕管不了多久。"

其实这次那老板娘能顺利地接了她的软话，杜小曼就觉得很意外了。

更何况那小姑娘即便忍得住嘴，一时三刻也难达到她妈妈的希冀，待今天的事淡了，过不几天，恐怕又会回到以前的状态。

在这个对女性特别严苛的时代，她的命运会怎么样呢？

夕浣看看她，再看看天色："耽误了这么久，可能今天买不全要买的东西了。我们再住一晚，明天再走。"

回到客栈中，过不多久，布店送了今天订的布，夕浣拿出单子，和杜小曼一道清点已买的东西。

房门响了两声，客栈的婆子来送茶，搁下茶盘后，又道："掌柜的让老身来问问两位夫人，要换客房否？夫人们可能听说了，朝廷里有大人物到了我们城里，说是个了不得的贵人，但不让说身份，好像是位王爷。到处是官兵，夜里会更吵嚷些，还有爆竹烟花。两位夫人的客房正好临街。若是怕吵闹，有比这间还宽敞的客房可调换。"

夕浣询问地看向杜小曼。

杜小曼道："不必了吧，换房怪麻烦的。热闹点也挺好啊，烟花挺漂亮的。"

婆子赔笑道："两位夫人不怕吵便好。"在衣襟上擦擦手，"城里常来些朝廷的人物，其实也没什么好看。他们轻易不会到市集上来，即便来了，到处是官兵，能看个轿子顶就不错了。唉，光听见吵了。"

杜小曼听完这一段，恍然明白，恐怕是裕王驾临，有人相中了这间临街的客房，想看看能不能从窗口一睹风采，开出了高房价。这个婆子是做说客的，来劝她们换房。

可惜杜小曼神经粗得跟钢筋似的，一开始没明白她的弦外之音，晕乎乎地拒绝了。

其实换换也行，但这种不明说、拐弯抹角的小手段杜小曼有点不爽，就笑嘻嘻道："我们没怎么见过世面，看个轿子顶也算开眼嘛。"一拍手，"姐姐，我们真是赚到了，怎么订了这么好一间房！也不知那位大人物是不是真能从窗下过，可惜我怎么没早料到这件事，就嫁人了呢？亏大了！万一来的是那位据说最喜欢女人的裕王殿下，他路过这里的时候，恰好从轿子里伸头往上这么一看，正好看见我了，那我后半辈子，还有啥可愁的？！"

婆子的手和脸皮都颤了一下，颤巍巍福身："两位夫人慢慢用茶，老身先告退了。"

杜小曼大乐，那婆子离开房间，杜小曼便听见一句恰好能让她听见的喃喃自语打从外面飘进来。

"癞蛤蟆想吃天鹅肉天天听说，秃蛾子还想当龙口里的食，真是头回见。"

杜小曼憋笑，转眼却见夕浣正用复杂的表情望着她。

杜小曼道："夕浣姐姐为什么这样看我？"

夕浣叹了口气："媗妹妹，我昨天就想问，但怕你误会，便没有开口……昨晚，画舫中人，你认识吧？"

杜小曼直接道："就是裕王啊，你应该认得他。"

夕浣摇头："我未曾见过裕王，但听闻过此人行径。妹妹莫怪我唐突，昨日看你神情，方才再听你说……你对裕王是否……"

杜小曼立刻道："怎么可能！"反正她跟影帝那些事，绿琉已经告诉了月圣门，也不怕多说，"我和此人，真的没什么关系，只是当日他装成一个落魄的书生，在我逃到杭州后开的酒楼里混了一段时间，满口谎话，从头耍我到尾。喜欢他，除非我脑子有病。"

夕浣微微皱眉："裕王位高权重，为何要……"

杜小曼摊手："我怎么知道？"

夕浣又道："听闻裕王亦驾临过几次庆南王府，难道妹妹之前未曾见过，竟认不出他？"

杜小曼道："裕王到庆南王府时，我都回避了，慕云潇的那位阮表妹倒是见过他。说到这个……其实琉璃使也见过裕王殿下呀，当时在庆南王府，还帮他沏过茶。在酒楼里时，她也不提醒我一下。"

夕浣笑道："看来媗妹妹对琉璃使的心结竟在此了。琉璃使可能未曾想到，妹妹竟不认识裕王，也认不出裕王，还以为有什么隐情，所以她也没告诉你。没想到竟阴差阳错了。"

呵呵，真是牵强到姥姥家的解释。

杜小曼心道，我也没想到，我那个小酒楼居然水这么深，在我眼皮子底下，竟有这么多弯弯道道！

夕浣话中带着试探，看来月圣门对她杜小曼仍是各种不放心。

唉，走一步算一步吧，真的对前途不能多想，想一想就一片白茫茫啊……

夜半，杜小曼突然感到有人在耳边喊什么，迷糊醒来，黑暗中，只见一道影子杵在床头，她惊得一抖。

那影子轻声道："嫄妹妹，是我。"

夕浣姐姐，你是不是有半夜吓人玩的爱好？

杜小曼坐起身，夕浣递给她一沓东西："穿上，跟我来。"

夕浣递给杜小曼的是一身黑色的短衫裙。杜小曼换好衣服，夕浣又递给她一件大披风，裹住全身，出了房门。

门外，竟站着一个男人，是那个送她们过来的车夫。

夕浣和杜小曼聊着外面市集上的东西，车夫走在她们身后，三个人一起下了楼。

此时已是三更，客栈里不像白天那么多客人，但也不算冷清，大厅里还有一些人正在吃饭，他们这么下楼出门，好像没什么人留意。

出了门，登上车，杜小曼不禁问："不是说明天走么，现在就走？"

这里即便夜生活丰富，但入夜之后，城门仍是要关闭的，他们的马车怎么出得去？

夕浣眨眨眼，低声道："等一下你就知道。"

客栈外的夜市依然挺热闹，虽然不像刚入夜那么熙熙攘攘，摊位仍不少。附近的酒楼中，谈笑声行令声飘扬。

马车走了有一刻钟左右，车外的声音越来越少，直到完全安静下来，马车突然停了。

夕浣示意杜小曼和她一起下车。

杜小曼只来得及匆匆一瞥，发现自己是在一条寂静的街道上，只有几盏昏黄的灯照亮，就被夕浣拉着进了一道漆黑的小巷。

夜晚闷热，进了这个巷子，杜小曼却不由自主寒毛竖起，心里升起一股凉意。

夕浣，打算做什么？

巷子幽深，隐隐传来几声狗叫。杜小曼跟着夕浣走了许久，折了个弯儿，终于走到了巷口。

夕浣脱下身上的披风，杜小曼照做，夕浣将披风团在一起，打了个包，丢在巷口，低声道："嫄妹妹，在这里等我一下。"

杜小曼站在巷子的阴影中，遥望着夕浣的身影一闪不见，双脚不由自主动了动，内心喧嚣着一个念头——

赶紧走！就是现在，拔腿就跑！

她按捺住这个念头，理智地等在原地。

现在跑，跑不掉。夕浣和月圣门的人对这座城很熟，而杜小曼连自己身在哪里都不知道。

城门没开，逃不出城去。半夜三更，又要躲到哪里？

她又想，这说不定，就是个考验。

她的神志越来越清醒，站原地一动不动。

过了没多久，一个黑影在巷口一闪，杜小曼下意识地后退一步，便闻到那黑影上淡淡的香味。

是夕浣身上的香粉味道。

夕浣拉住她的手："来吧。"

巷子外，是幽暗的街道，杜小曼跟着夕浣，又绕进一条窄巷，在一处院墙外停下。夕浣跃上墙头，丢下一根带子，杜小曼绑在腰上，抓着带子，听她指令，向上一跃，便被扯上了墙头。

还好那墙不算高，再扒着墙头整个身体挂下去，向下一跳，夕浣扶了她一下，就站稳了，虽然脚触得微疼。

站稳之后，杜小曼环视了一下周围。

她在一个凌乱的小院后，不远处的树下直挺挺地躺着一个影子，好像是只狗。

杜小曼不由得悄声问："我们到这里来做什么？"

夕浣向她摆手示意："来。"

难道是做贼？

夕浣推开了一扇门，示意杜小曼进去，摇亮火折子。

灯火照亮屋内情形，是一户人家的厅，墙上挂着竹笠，屋内摆着饭桌，正堂挂一幅粗陋的中堂、两个条幅，条几上堆满杂物。不是个有钱人家。

夕浣示意杜小曼顺着木梯上楼，低声道："放心吧，该睡的都睡着了。"

杜小曼诧异，再悄声问："我们到这里来做什么？"

夕浣停在楼梯对面的一间屋门口，推开了房门。

床上一个团黑影抖了一下，杜小曼也愣了一下。

竟然是茶楼里那个胖胖的女孩子。

她靠在墙角，一脸惊恐地盯着杜小曼和夕浣，嗓子里刚发出一个音调，夕浣便笑了，轻柔地说："小妹妹，还记得我们么？白天，拦住你娘，不让打你的。"

她向后缩了缩，喉咙里再呼噜了一声，半张着嘴，里面竟含着半块窝头。

夕浣又凑近了一些："你看，白日里才说过，不能再多吃了，怎么又在吃？"

她眼神闪烁了一下，含糊吐出了一个字，似乎是"饿"。

夕浣温声道："饿也不能太贪嘴了，知道不？姐姐们是来和你聊天的，你叫什么？"

胖姑娘努力伸长脖子，把那一口窝头咽了下去，声音似乎清楚了点："玉儿。"

夕浣柔声道："哦，是叫玉儿啊，真乖。"

她转头看向杜小曼："嫣妹妹，你有什么想说的，可以对她说。"

杜小曼一愣："啊？"

夕浣盈盈地笑了："你特别留意了这个女孩子，对她起了帮助之心。你的几句话，一个鼓励，就可能改变她的一生。待咱们走后，她会把今晚发生的一切当成一场梦，这个梦也许就是她一辈子的转折。我们每个人，都拥有自己想不到的能力，帮一个人，改变一个人，其实很简单，对她说出你最想说的话，提出你的劝告。你最想对她说什么？"

杜小曼更愣了。

夕浣嫣然道："嫣妹妹，去吧，我知道，你行的。"将杜小曼推到床边，离开房间。

杜小曼和胖姑娘大眼瞪小眼地互相傻着。

这、这是月圣门的入门培训教程么？

锻炼她的洗脑功？

玉儿愣愣地看着她，从薄毯里掏出一个窝头，咬了一口。

杜小曼道："别吃了，晚上吃太多，对胃不好。"

玉儿叼着窝头望着她。杜小曼在心里叹了口气，好吧，要是不进行这个步骤，恐怕夕浣不会带她回去。

她在床边坐下，拍拍玉儿的手："把窝头给我吧，听话，今晚别吃了，明天再吃。"

玉儿向床里缩了缩。

杜小曼再清清喉咙，她实在没有给别人上课的天分，浑身难受，搜肠刮肚半晌，才道："你知道吗，晚上吃东西不仅对胃不好，对牙齿也不好。像你这样青春期的女孩子，长身体，多吃点补充身体能量是对的，但要适量……"

玉儿再向墙角缩缩，低下头，含糊地咕噜一声："我丑。"

杜小曼道："没有啊，我觉得你很可爱。"

玉儿摇头："假的。"

杜小曼郑重地道："真的。"

玉儿仍低着头，但身体却向她靠了靠。

杜小曼感觉到了一丝成功的欣喜，继续说："很多人，可能会觉得你不符合他们的审美，不是他们认为美的类型……那是他们的错，不是你的错。"

玉儿的身体又靠近了一点，含糊地嘀咕："都不……喜欢我。"

杜小曼道："谁说的，肯定会有很多人喜欢你的，你很可爱。"

玉儿抓住了她的手："你……喜欢我？"

杜小曼立刻道："喜欢，当然喜欢！你这么可爱。"

话未落音，她身上一沉，脸颊啪嗒被亲了一下。

这孩子，原来也这么热情？

玉儿的脸搭在她肩上，呼吸轻轻吹在她脸侧，杜小曼的耳边被柔软的唇轻轻触了触。

喂，这……

杜小曼的寒毛不由得竖起，耳边听见一声低笑。

紧紧贴着她的耳畔，轻轻地，漾进她耳中。

"掌柜的，在月圣门混得不错，都能招新人了。"

杜小曼被雷焦了。

"玉儿"迅速地捂住了她的嘴。

影、影帝……

您好。

您强。

您实至名归！

她耳边又低低送进一句话："别停，继续和我讲道理。"

玉儿颤抖的肥肉在她身上蹭来蹭去。

"姐姐真好……"

神哪，可不可以不要这么销魂！

捂在她嘴上的手松开，杜小曼清清喉咙："乖，你这么可爱，姐姐怎么可能对你不好呢……"

呕——

那个、那个……接下来该讲啥啊？

她的大脑都变成一锅粥了，怎么想得出洗脑台词？

她努力用甜腻的声音说："对了，玉儿，如果你常常不开心的话，就多看看月亮。"

上课，得要点题。

月亮，就是月圣门的主题。

杜小曼找到了感觉，动情地说："你看月亮，它那么白，那么亮，那么圣洁，能够荡涤我们心中的污垢！你看着月亮的时候，有没有感到心突然宁静了下来？"

她的手被捏了捏，那双离她贼近的眼睛在黑暗中亮亮的。

"玉儿的窗户，朝北。看不到月亮。"

杜小曼心中一阵狂躁，影帝，你就是来耍我玩的对吧。

"朝北，看不到月亮，但你能看到月光。银白的、温柔抚慰众生的月光。推开窗户，把手伸出去，就能触碰得到。饿得慌，睡不着的时候，你试着把自己的房间想象成一个港湾，你就是泊在月下的一只小船……静静地摇啊，摇啊，就睡着了。"

"要是翻了怎么办？玉儿不会游泳。"

夕浣姐姐，你快进来吧！把这货叉成一块冻豆腐，我谢谢你！

杜小曼冷冷一挑嘴角，用最温柔的声音说："不会的，月神会救玉儿呀。她会轻轻地抱起玉儿，带你漂浮到天上去。"

"玉儿这么重，月神姐姐抱得动么？"

杜小曼呵呵地笑了："玉儿在月神姐姐的眼中，是最可爱，最小巧的，月神姐姐轻轻一捞，就把你捞到了月牙上，然后在月牙里摇呀摇呀……"

她即兴唱了两句："摇啊摇啊摇啊摇，摇到外婆桥——"

"姐姐唱得真好听。"

我想把你拍成老婆饼！

杜小曼狠狠掐了一把这厮的脸，手感很是真实。

"玉儿要不要跟姐姐学？你将来可以唱给王公子听。你，想不想做王公子的小媳妇？"

这次影帝没有吭声。

杜小曼笑眯眯地摸摸他的头："乖……"

门开了，夕浣闪了进来，轻声道："今天先到这里吧。"

杜小曼演出了心得，先技巧性地顿了一下，再拍拍"玉儿"的手，然后才迅速站起身，凑近夕浣低声问："我们，不带她回圣教么？"

夕浣悄声道："暂时不必，今晚先到此为止。"

杜小曼点点头，夕浣走到床边，轻轻抚摸"玉儿"的头顶："嘘，今晚先睡吧，以后姐姐们会常到梦里来看你，好么？"

"玉儿"呆呆地道："梦里……"

夕浣的声音格外的缓慢，一股幽香从她袖中散出："对啊……梦里……"

"玉儿"再愣愣地看着夕浣，慢慢合上了眼皮。

夕浣起身，悄声对杜小曼说："走。"

离开了宅子，翻过墙头，四周仍是沉沉的黑暗和寂静。

夕浣带着杜小曼却拐上了另一条路，又钻进小巷子，七绕八绕，马车停在巷子的尽头，像一抹夜中的幽魂。

上了马车坐下，夕浣从座椅下取出什么，丢给杜小曼，原来是当时她们丢下的披风。

马车在街道上溜达了一圈，才回到客栈门前。夕浣从车座下取出一个提篮，递给杜小曼一根新簪子，一对新耳环，示意她换上，两人方才先后下了马车。

客栈大堂中依然亮着灯，仍有客人在吃饭。过道上，提着大茶壶的老妈子冲杜小曼和夕浣福了福身："两位夫人买了好些东西。"

夕浣笑道："可不是，我们好不容易到州府城里来一趟，看见什么都想买。"

进屋合上房门，杜小曼正要换衣服，夕浣突然叹了口气："你啊，尘根未断。"

杜小曼心一凉，手顿住。

她看出破绽了？当时的那一番表演，到底还是没有逃过夕浣的利眼？

夕浣接着道："你和那孩子说的话，虽然只是随口，但仍能看出你对男子并未绝情。"

杜小曼的脑中一瞬间闪过无数念头，僵硬地说："你是说……我问那玉儿，她想不想做王公子的小媳妇？"

夕浣微微点头。

杜小曼心里紧绷的弦猛地松了下来。

"我、我只是……"

夕浣再轻叹了一口气："媗妹妹，我出身青楼，又入圣教数载。男男女女，见过无数。心死的女子，不是你这样。"

杜小曼一时不知道该怎么回答："我……"

夕浣突然轻笑了一声："你知道么，其实我很羡慕你。人死不可复生，心也一样。"

杜小曼说："可我觉得你们现在活得也很好，很有爱心，有意义，为拯救天下女人而奋斗！"

夕浣笑着摇摇头："媗妹妹，不用装了，我看得出来，你并不想加入圣教。"

杜小曼再顿了一下，点点头，实话实说道："对。我觉得不太适合我。"

夕浣慢慢道："圣教是很想让媗妹妹加入的，可我觉得，你确实不适合。"

杜小曼没回答，心不由得跳得快起来。

夕浣从袖中取出一个小袋子，放在桌上："这是盘缠，我身上只剩下这么多了。寅时开城门，但你一个人，离开恐引人注意。等天亮后，我送你出城门。"

杜小曼一时怔住。

难道夕浣是朝廷的卧底？不像。

为什么不像，她说不上来。可就是不像。

夕浣看穿了影帝和她的小把戏，想要结果掉她？也不像。

刚才的那番话，杜小曼直觉，她是真心的。她是真心想放她走。

为什么？

杜小曼问："你不走？"

夕浣道："还有些事没办完，我还要再待一段时间。"

杜小曼盯着那袋钱，问："你为什么要放我？我一直觉得，你们既然把我带回去，就不会想我离开。”

夕浣深深看了她一眼："你不是个心死了的女人，没必要待在圣教。"

杜小曼再问："那么，这是你的意思，还是圣教的意思？"

夕浣沉默片刻后道："我觉得月神会赞同我的做法。"

杜小曼再看了看那袋钱，人的直觉是种很奇怪的东西，你不知道它为什么而生，也不知道它有什么依据，可它能在一瞬间控制你的大脑，让你做出连自己都惊讶的事情。

杜小曼望向夕浣，脱口道："嗯，我是暂时不想加入。但我觉得，现在朝廷正在对付圣教，多留不太安全，我们还是明天一早赶紧走吧。出了城后，你们随便找个还算安全的地方，把我放下就行。"

杜小曼不是个圣母，她知道月圣门杀过很多人，恐怕夕浣手上的人命就有不少条。

在杭州时，宁景徽如何处置月圣门的人，她也亲眼见过。

她们现在的行踪，必定全部在朝廷的掌控之内。

不论夕浣现在要她走，是真心放她，还是考验，或者是别的目的。夕浣打算放她一马，她不能一声不吭眼睁睁看着夕浣进陷阱。

即便可能夕浣已经知道些什么，可能根本不用她救。

夕浣再看看她，亦沉默，片刻后点头："好。"

杜小曼又到床上去躺了一会儿，房间里沉默着，走廊上时而有人声脚步声，都很正常，平安地到了寅时。夕浣到隔壁房间唤了那个车夫，一起下楼退了房。

杜小曼下意识地四下观察，客栈中人来人往，个个看起来都挺正常。

马车很平安地出了城门，行了不久，突然停住了。

杜小曼一愣："我就在这里下车？"

夕浣微微皱眉，掀开车帘："阿全，怎么回……"

她的声音止住。

马车正在一片荒野中，前方密密麻麻，全是手执兵刃弓弩的官兵。

夕浣挑开车帘，从容下了马车，嫣然一笑。

"我等一行不过三人，居然劳动如斯阵仗，着实惶恐。"

她这么笑着，袖中突然飞出数点寒芒，那车夫抽出一把钢刀，向着对面兵卒扑了过去。

杜小曼还坐在车中，眼睁睁看着兵卒们格开暗器，将夕浣和那车夫围住。

突然之间，林间传来尖锐的啸声。

杜小曼的头顶一声巨响，身体腾空而起。

刀光，飞箭，血。

杜小曼只觉得头晕眼花，几个颠簸起落，终于脚踏实地。她踉跄了一下，恢复神志，挟着她的两双手松开，向着前方一抱拳，无声地退下。

杜小曼定定地看着眼前。

她眼前站着的人，是宁景徽。

宁景徽垂目看着她，面无表情，目光里也没有温度。

他只看了杜小曼一眼，便转开了视线，踱到一旁，负手而立。

远处的打斗声不断传来，好像和这里不是一个世界。

杜小曼张了张嘴，发现自己不知道该说什么。

她左右看了看，发现这里只有她和宁景徽，没有别人，没有影帝。

宁景徽就这么一动不动地站着，好像一尊塑像。

许久许久之后，打斗声渐渐停了，一个侍卫打扮的人匆匆行来："相爷，逃了一人。"

杜小曼心里一跳。

宁景徽转过身："可擒有活口？"

那侍卫瞥了一眼杜小曼，垂首道："没有，与郡主同车的妖女逃了。来救她的那些妖女尽数自我了结，属下本想擒住活口，但邪教妖孽随身都带了毒药。"

宁景徽再问："折损多少人？"

侍卫道："十一名兄弟殉职，邪教亡六人。"

宁景徽沉默地抬了抬手，侍卫退下。

宁景徽又转过身，再次望着杜小曼，淡淡开口："十一人。此城之中的暗桩、茶楼、布店……两年有余，方才布置得天衣无缝。如今走脱一人，了结六名邪教爪牙，这般结果，王爷可还满意？"

他说最后一句话时，缓缓抬眼望向旁侧。

空地的树后，变戏法般绕出一人。

"宁景徽，此事责任并不在她，别打其他算盘。"

杜小曼看向了来人。来人当然是秦兰璪。

影帝此刻很正常，紫袍玉冠，贵气的装备一上身，整个人瞧着就不一样了，很是闪亮。

但那拂动的衣袂，总让杜小曼想起"玉儿"身上抖动的肥肉，一时不知该露出怎样的表情。

宁景徽神色不变："臣未敢有任何盘算，殿下心中定自有主张。"

秦兰璪的脸是板着的。

他一步步走来，气氛便像一根绷紧的弦，更紧，愈紧，带着一丝丝的颤。杜小曼对古代礼仪所知不多，但也明白，此时此刻，宁景徽不跪不拜，直视秦兰璪，乃是极大的不敬。

位高的皇叔和权重的右相之间，正有暗流涌动，小火花瓣里啪啦地闪烁着。

秦兰璪走了过来，宁景徽身形不动，目光一丝不移，秦兰璪的目光却越过他，直接看向了杜小曼。

他几步便与宁景徽擦身而过，抓住杜小曼的手臂。

杜小曼真的不想在这个难以形容的场景里掺和，但她打了个趔趄，就被拖着走了。

走就走吧，要是她这个时候喊着："我不走，我才不跟你走！"跟秦兰璪撕扯，那场景就更无语了。

走出很远，她回头瞧了一眼，宁景徽还在原地站着，杜小曼已看不清他的脸。但那一瞬间，她仍能感到宁景徽锋利的视线，不禁打了个寒战。

林间，空地，一辆马车。

一群侍卫守在车边，为首的正是弘统领，望着被拖着的杜小曼，他难以形容的表情一闪而过，便低头行礼。

秦兰璪微微抬手，示意众人平身，扯着杜小曼到了车边，屏退左右，揪着杜小曼上了车。车帘放下，杜小曼的右胳膊总算获得了自由。

她在座椅上坐下，看看秦兰璪。

秦兰璪没坐，低头看着她。

这个情形应该说点什么。但是杜小曼不知道该怎么开头，就把头让给他来开。

秦兰璪和她大眼瞪小眼地互望了片刻，方才在她身边的位置坐了，脸色一变，竟露出时骗子的经典笑容："掌柜的，让白麓山庄撵出来了？"

杜小曼斟酌了一下词句，端起仪态，温声道："裕王殿下，民女既然已经知道了您的身份，殿下再用这种态度说话，恐怕不妥……民女惶恐得紧哪。"

　　秦兰璪的表情也跟着那个"哪"字的尾音抽了一下，点点头："在月圣门待了这些时日，竟越来越像个女人了。"

　　杜小曼假笑："谢谢殿下夸奖，民女更惶恐。"

　　秦兰璪微微敛去些笑意："白麓山庄为何会撵你？谢况弈必然不会，是谢家长辈？"

　　杜小曼耸耸肩："不能说是撵吧，毕竟我是做客的，总不能一直赖着不走。想走了，就离开了呗。"

　　秦兰璪颔首："哦，你怎么又会同月圣门的人混在一处？"

　　杜小曼道："加入圣教，为天下女子谋福利，这是很有意义的一件事。"

　　秦兰璪突然脸色一变，一把抓住了她的手，沉声道："杜小曼！"

　　杜小曼吃了一惊，秦兰璪的脸好像一个烤煳了的锅底："此事开不得玩笑，你可知道，就凭你方才这句话，宁景徽能立刻将你……"

　　杜小曼挑眉："砍了？"

　　砍吧砍吧！姐最不怕的就是这个！

　　秦兰璪扯了扯嘴角："砍倒一时半刻不会。也就是一间没窗的屋子，你进去待着，吃喝拉撒全在里面，有人看门，宁景徽会时常让人和你谈谈心，聊聊月圣门的事，你这辈子别想再看见天了罢了。"

　　杜小曼哦了一声："能点菜么？"

　　秦兰璪思索一下："说不定能。"

　　杜小曼道："那还好啊。"

　　秦兰璪盯着她，一言不发，片刻之后，突然道："蹲宁景徽的小黑牢，或者做裕王妃，你选哪个？"

　　杜小曼一时没反应过来："啊？"

　　秦兰璪松开握在她手腕上的爪子，靠到车厢壁上："包吃，包住，衣服随便穿，有人使唤，有人看门，你还能到处跑跑。"顿了一下，补充道，"当然能点菜，想吃几个点几个，随便点。"

　　杜小曼直勾勾望着他，一时无语。

　　时骗子，啊不，秦影帝，疯了么？

　　她干脆地说："当然两个都不选！"

秦兰璪脸色又一变，把笑一收："你得选一个。如今时局，国政朝事，样样皆有转圜周旋余地，唯独牵扯月圣门，朝廷即便不会擒拿，也会暗中察之。月圣门恐怕也舍不得放你吧。我一早和你说过，要洗脱嫌疑，只有一个方法，你得倾心于一个男子，嫁了。"唇角一挑，又叹了口气，"你倒是喜欢谢况弈，但他此时娶不了你，只剩下我了。"

杜小曼木然许久，才呵呵僵笑两声："谢谢殿下抬爱，给我这个好机会。可我是慕王夫人，已婚妇女。"

秦兰璪微微眯起眼："你是杜小曼，不是唐晋媗。"

杜小曼正色道："对，但全天下人都觉得，我是唐晋媗，不是杜小曼。"

秦兰璪的表情莫测："即便你是唐晋媗，亦能和离。"

和离？那是什么？

秦兰璪低头看她茫然的表情，双眉微扬："你不知道？本朝有律，婚不合，可和离。嫁慕云潇，唐晋媗封不了妃，只能称夫人，但唐郡主名下封邑多于他，还带给慕云潇一个仪宾之衔，每年朝廷要因此发给他二百石岁禄。因此缘故，唐晋媗可单独提出和离之请。"

也就是说，唐晋媗其实是可以和慕云潇离婚的？

杜小曼又一次凌乱了。

那唐晋媗……是为什么呢？

她为什么宁可自杀，也不跟慕渣男离婚？

难道她……杜小曼倒抽了一口冷气，死都不离，那答案貌似只有一个——

唐、晋、媗、爱、慕、云、潇！

杜小曼抱住了头。

不可能！慕渣男除了脸之外，全是渣渣，唐晋媗怎么会爱上了他？看上了他哪里？

爱脸？

据说唐晋媗是她杜小曼的上辈子啊，她上辈子居然爱着慕云潇。

太惊悚了！这绝不可能！

秦兰璪幽幽地说："你这么不想跟慕云潇和离么？"

杜小曼猛抬头："离！绝对离！肯定得离！要是能公告天下我休他那就最好了！！！"

秦兰璪又幽幽地说："你并非唐晋媗，为何如此亢奋？"

杜小曼噎了一下，清清喉咙："对，我不是唐晋媗，可我曾经是唐晋媗的替身。慕云潇那个人渣那么对唐晋媗，即便我是个替身也看不过去！总之，这事太复杂了……"

这都是真话，爱信不信吧。

秦兰璪的表情看不出信还是不信，只道："哦，听你这么一说，是纠葛颇多。"

杜小曼摊手："现在确实蛮尴尬，我要是以唐晋媗的身份和慕云潇离婚吧，不是我的事儿。要是不和离吧，都以为我是唐晋媗……"

秦兰璪又笑眯眯地伸出爪，搭在她的手腕上："无须苦恼，无须在意旁人。有我呢。旁枝末节暂且不论，你是选宁景徽的小黑牢，还是选当裕王妃？"

哦，哈、哈、哈……

杜小曼假笑一声："殿下，您家美人如云，妹子成山，我去了，能排第几号啊？是第一千零几，还是一万零几？"

秦兰璪笑吟吟道："没那么多，谣传尔。"摸摸下巴，"说起来，我倒也记不清总数了。不算女侍，大概二百多个？你顶多排到三百零一。"

哦、哈、哈、哈、哈、哈……

杜小曼认真地问："这么多美女，你睡得过来么？"

秦兰璪谦虚道："其实不多，一天一个，尚不足一年。"

月圣门竟没有第一个做掉你，真是千古之谜。

秦兰璪哧地一笑，蓦地凑近，捏捏杜小曼的下巴："哄你的，我还没成亲，等着娶你做正妃。"

杜小曼扒开秦影帝的爪子："谢了，不管是第三百零一，还是三百前边的那个一，我都不想掺和。殿下就别拿我开玩笑了。"

影帝的声音又变得幽幽的："你觉得我在开玩笑？"

杜小曼真心被他打败了："裕王殿下，算我怕了你了，你能不能别耍我了？结婚这种事很严肃的。好吧，你家美女很多，你可能不觉得什么，但对我这样的人来说……嗯，在我的家乡，这是件很重要的事情。咱俩不可能互相看上。"

秦兰璪又抓住了她的手："你怎知不可能，嗯？"

三观正常的现代女人，哪个会要一个有三百多个女人的老色狼啊？有一个就把你踹南山上去了！

这种观念，就不指望秦影帝的脑子能醒悟了。反正影帝也是在拿她寻开心而已，费那么多口舌干吗？

杜小曼在肚子里翻翻白眼，温声说："这个，咱们俩各方面都搭不上。您什么样的女人没见过呢，我有什么可被您看上的？"

秦兰璪的目光闪了闪，一脸思索："是啊，我看上你什么了？"

杜小曼再摊手："对吧。所以玩笑就开到这里为止。咳咳，今天天气挺不错的。"

秦兰璪抓着她手腕的手却紧了紧："你还没选，你是要坐宁景徽的小黑牢，还是做裕王妃？"

杜小曼要晕过去了："不都讲清楚了么？"

秦兰璪一脸自若："讲清楚了，只是我不知看上了你什么。我亦知，你心中无我，但这与你目前处境毫不相干。如今的形势下，你只能二选其一。依我之见，你更应该选做裕王妃。"

杜小曼愕然："为什么？"她现在脑子内被搅成了一锅粥。

秦兰璪笑眯眯地说："唉，你的脑子就是不会拐弯哪，这么简单明白之事还搞不懂。裕王妃与你我互不互相看得上，并不相干，只是此时你的一条出路而已。既然有了你前面所剖析的种种，有没有那三百，你更不用介意了。"

杜小曼总算绕过来了，但又被雷到了："你的意思是说，咱俩假结婚，你让我做裕王妃？"

秦兰璪正色："怎么能是假的？礼部下聘，御赐封衔。孤唯一的妻，裕王妃。"

杜小曼搓了搓鸡皮疙瘩："你……为什么肯这么帮我？"

影帝这么做，总觉得另有目的。

秦兰璪垂下眼皮，叹了口气："你啊，真是……娶你，你问为什么。帮你，你又问为什么。哪有那么多为什么？别问这么多为什么。"又凑近了些，"你问那么多句，我只问你一句，裕王妃，你要当么？"

杜小曼果断干脆地说："我选宁景徽的小黑屋！"

哈哈，这么明显一个坑，我怎么可能往里跳！

做影帝后花园的第三百零一个女人，这是什么下场？必定当怨妇啊！

大仙们的赌没打完，打赌的棋子怎么会挂呢？这就好像主角不会死在大结局以外的地方一样。小黑屋什么的，不用怕！

她目光灼灼，望着秦兰璪。

秦兰璪神色没变，只微微眯起了眼：“你知道，你为什么总那么东奔西跑，居无定所么？”

杜小曼回答：“命运的玩弄。”

秦兰璪摇头：“否，是你心上的窟窿，和别人的数量不太一样。”

杜小曼顿了一下，道：“这个问题，你得辩证看待。”

啊，对，辩证这个词，他听不懂。

“就是说，看事情的立场和角度不同，结论也不一样。你觉得我心上的窟窿比别人少，只因为你站的位置恰好让你少数了。窟窿的数量是对的，说不定还多点儿，可是你看不到……唔……”

哐！杜小曼猛地往后一闪，后脑勺重重磕在车厢上，用手捂住生疼的嘴唇：“你、你……”

秦兰璪抬手撑在她头上方的车厢上，一脸“我就是要流氓怎样”的表情，沉声问：“选宁景徽的小黑屋，还是当裕王妃，嗯？”

嗯？嗯你个头！你以为在拍狗血偶像剧？这种桥段，老娘见太多了！

杜小曼冷笑：“宁景徽。”

黑影压顶，她来不及闪避，唇上一疼，又被重重咬了一口。

“宁景徽？”秦兰璪的声音贴在她耳边。

不能抓狂，不能抓狂，对付流氓，不能让他有得胜的快乐。

杜小曼索性往车壁上一靠，摊手：“王爷真是好手段，您这么厉害，我更得选宁景徽了。落您手里，玩死我还不是小意思啊。”

秦兰璪的双眼在极近的地方幽幽地、幽幽地望着她，杜小曼在这长久的对望中险些变成了斗鸡眼。

他突然叹了口气，拂了拂她额前的碎发。

“我都把自己卖给你了，你为什么要这样对我？你说你要我做二掌柜，这些都不算数了？”

杜小曼一阵恶寒，刚刚被吃豆腐都比不上现在的场景更毛骨悚然。

娘咧，不要这样销魂好吗？

“秦王爷，裕王殿下，是一个叫时阑的人签过他的卖身合同给我，我还说要升他当二掌柜，但是这个人真的存在过吗？”

秦兰璪的双眼又离她近了些许。

"我就在这里啊，掌柜的。"

杜小曼呵呵笑："裕王殿下，您确定？那人姓时，你姓秦。那人家道中落，屡试不第，一穷二白；您身为皇叔殿下，位高权重，要风得风，要雨得雨，要妞有妞。我看不出一丝联系啊。"

秦兰璪竟无耻地低笑了一声："当日我潜在市井，身份上，是对你说了假话。那些经历，也大多是编的……"

大多这个词，真保守。

"但是，时阑确实是我的名字。"秦兰璪的双眼笑眯眯的，"只要名字对，签的东西就有效。"

"你不是叫秦兰璪吗？"

"时阑是我的字呀。"影帝笑得像刚偷完鸡。

杜小曼上火了："你别真以为我没文化什么都不懂啊。我学过的，取字和名有关，得有典故联系，你那名字和时阑这俩字之间有一毛钱的关系吗？"

名字名字，生来有名，男子二十冠而字。

古人对起名取字极其讲究，规矩一大堆。虽然二十岁才能有字，但也有很多人家在孩子刚落地，就绞尽脑汁，搭配生辰八字，翻遍典册诗词，起好配套的名和字。等到二十岁才正式用字罢了。

就影帝这破名字，字小玉小花也不可能字时阑。

秦兰璪点点头："你竟懂这个？没错，一般来说，是得因名而字，但我偏不那么做，旁人也不能把我怎么样。"

是没几个人敢把你怎么样。

秦兰璪的神色一敛："时阑本应是我的名，后来用做了字，其中原因复杂，一时解释不清。没多少人知道我的字，宁景徽也不知道。但，你若不信，可以去问小十七，他知道。这孩子不会说假话。掌柜的，你签的那个东西，赖不得账。"

秦兰璪空着的那只手在怀里掏了掏，扯出一个纸角："我一直随身带着。"

杜小曼道："所以呢？"

影帝看来是准备要无赖了，她也只能用无赖对待无赖。

秦兰璪挑眉看了看她："宁景徽的小黑屋和裕王妃，你真要选前面一个？"

杜小曼斩钉截铁："对。"

秦兰璪叹了口气，松开撑在她头顶的手，后退一尺："好吧。"抬手撩开车窗帘，"弘醒。"

片刻后，弘统领的声音在车厢外响起："臣在。"

秦兰璪轻轻一摆手："启程。"

车厢动了。车轱辘响着，车在向前，速度渐渐加快。

杜小曼警惕地看着秦兰璪："敢问殿下，我们要去哪里？"

秦兰璪悠悠道："我们去京城啊。掌柜的，你还喊我时阑就行，我觉得你喊得挺顺口的。"

杜小曼脑中警铃大作："去京城？"

秦兰璪叹了口气："你不是选了宁景徽的小黑牢么。那地方在京城。我把自己卖给你了，我得陪你去坐牢啊。"

在腐朽的封建社会，最高特权阶级和国家最高公务员到底哪个更牛一点，杜小曼因目睹事实而了解了真相。

秦兰璪和宁景徽在谈话。

秦兰璪坐着，宁景徽站着。

秦兰璪笑着，宁景徽没有表情。

杜小曼是这场谈话的中心人物，所以她在秦兰璪身边坐着。看着宁景徽站在那里，杜小曼浑身不自在，想要站起来，却被秦兰璪按了回去。考虑到和影帝一起表演站起来，按回去，站起来，再按回去……这种戏码实在太无聊了，杜小曼就继续坐着了，默默地在心里翻滚着不自在。

秦兰璪笑着说："宁爱卿啊……"

宁景徽面无表情道："臣在。"

秦兰璪含笑微微抬手："爱卿不必拘谨，孤有一件事待与你说。"向旁边懒懒地比了一下，"这个女人，孤与她聊了聊，她愿听凭你处置。你有什么想问的，回京之后，就可问她。爱卿什么都知道，孤便把话往明里讲了。孤与这个女人之间的事，想来爱卿都非常的清楚明白，有什么不明白的，孤可以再和你详细说说。所以上京一路，她的吃穿用度都由孤这里安排。进京之后，爱卿如何处置，孤绝不干预。"

明白你个大头鬼！

杜小曼险些掀桌而起，却努力努力冷静肃然地插话："右相大人，我身上，牵扯了太多的要事，我觉得你还是立刻扣押我比较合理且保险。"

秦兰璪立刻转过头，半嗔怪半抚慰地望了她一眼："唉，你啊……我说了多少次，宁相不是你想的那般，他不是那种不通情理的人，为何你总是不信呢？"

杜小曼一口老血卡在喉咙里。

姓时的，啊不，姓秦的，我什么时候和你有过这种对话？！

她心中无数句咆哮争着想吼出来，在喉咙里打得不分上下，一时没有哪句能先冲出牙关。

宁景徽已经又开口了："臣此番奉旨出京只为公务，裕王殿下的私事臣一概不知。臣身为朝官更无权干涉。与月圣邪教一案有牵扯者，臣须在进京缴旨前擒拿。"

秦兰璪点头："孤方才便已说了，进京之后，人随你处置。"

宁景徽抬头，竟是微微笑了笑："既然殿下允诺在入京时将月圣门妖党相关人等交由臣，那臣便等到了京城门外时，再请殿下赐交疑犯。"又一躬身，"殿下，若无他事，臣先告退了。"从容离去。

杜小曼望着宁景徽离开的背影，不由得喃喃道："没想到宁景徽很攻啊。"

秦兰璪挑眉："何意？"

杜小曼含糊道："啊，是我家乡的方言，意思是……右相大人超级有气质，超级爷们。"

刚才影帝一口一个孤，王霸之气全开，等于在告诉宁景徽，我是王，你是臣，你得按照我的吩咐来。

没想到宁景徽轻轻巧巧两句话，就扳回了局面。我敬你是王爷，卖你个面子，但别越了线，越线之后，即便你是王爷，本阁也追究得了你的责任。

表面上秦兰璪得其所要，其实最后画下规则线的人变成了宁景徽。

即便杜小曼这样的政治小白也看出了门道，影帝空有个皇叔的头衔，手里应该确实没多少实权，才会被宁景徽两句话就给反攻了。

不过，如果他不是有个头衔还能虚张声势一下，面对宁景徽时，根本不可能有一丝主动权。

杜小曼突然明白了为什么影帝提到宁景徽时，总带着一股酸气。

这个怨念的弱势王爷。

秦兰璪幽幽地说："宁景徽在你心中竟是这般伟岸，怪不得你口口声声要选小黑屋。"话里的那股味道，酸得险些把杜小曼呛死。

要是把这些酸味存起来，吃一年的饺子都不用买醋了。

唉唉，不管影帝打什么算盘，这一路上不用坐牢，总归是件好事。这个人情她得领。

杜小曼诚恳地说："不是，我就是随口称赞一下。你刚才也非常霸气，特别有王爷气概，超级闪亮的！嗯，你放心吧，我不会跑的。"

哪知她最后这句话，还是刺痛了秦影帝敏感的小心灵。

秦兰璨的脸色顿时一变，抬手捏捏她的下巴，似笑非笑道："你要是真的想离开，随时可以走。你记得，有我在，谁也不能把你怎样。"

这要是搁在偶像剧里，该是多么霸气的男主角宣言，但从影帝嘴里说出来，怎么就这么傲娇呢。

杜小曼点头："嗯嗯，我知道，这是一定的。"

秦兰璨这才真的笑了。

杜小曼盯着他满足的笑脸，不由得想，之前在车厢里时，他一遍遍执着地问，选我还是选宁景徽的小黑屋，真正的原因到底是……

宁景徽出了驿馆别苑的月门，弘醒从月门外葱茏花木旁闪出："宁相，王爷他……"

宁景徽道："此入京一路，我等不多过问，唐郡主与月圣门一事，待回京后，本阁再计较。"

弘醒不禁神色一沉："宁相，此去京城路程尚远，王爷的脾气，宁相也知道。下官恐怕……"

宁景徽淡淡笑道："唐郡主身份特殊，如何送回京中，是件棘手的事情。裕王殿下愿意代劳，省却许多人力心力，本阁甚是感激。本阁只待在京城门外提人，弘大人也放宽心护卫便是。"

弘醒望着宁景徽远去的背影，一时沉默。

宽心？这俩字只怕从此之后都不再有了。

秦兰璨、宁景徽和杜小曼这一行人赶了几天的路后，临时住进了某小县的驿馆里。

此县的郑知县乃新近补缺上任，并非科举出身，京城也没去过几趟。朝廷的这行人马格外低调，官轿仪仗皆无，之前一点消息也没走漏，弘醒带着几个侍卫前来县衙知会时，郑知县都不能相信朝廷的大人物会驾临这个小破县，把弘醒当成了来骗吃骗财的骗子，吩咐衙役们暗中埋伏，盯着弘醒取出的令牌研究了半天。衙役们还差点与弘醒手下的侍卫小小火并了一场。

县衙衙役的水准当然和禁卫军天差地别，待到衙役们全部铺平在地，郑知县拉着几个师爷反复鉴定发现，手中的令牌确实是货真价实的正四品禁卫军统领、羽林营大将军鹰牌，顿时吓得两股战战，连滚带爬出来接驾。

宁景徽到了驿馆外时，看到面对弘醒瑟瑟发抖的郑知县，心中不忍，吩咐左右只把弘醒当大头，不再表露其余人的身份，仅说有女眷，让郑知县打扫出驿馆中的幽静院落供秦兰璪和杜小曼住。宁景徽与弘醒合住另一间小院。

郑知县对弘醒自然最是巴结，饭食床铺，样样都是最好的，也没亏待宁景徽，只是比弘醒稍微次一点罢了。

弘醒哭笑不得，横竖只在驿馆中歇两宿，礼仪高低权且不予计较。

郑知县一面仔细侍候，一面暗暗观察，偷空悄声与县丞嘀咕："朝廷的这些人，到底因何而来？"

县丞左右张望见再无旁人，方才小声道："大人，这事卑职可不敢乱猜。禁卫军统领何等身份，岂能随便离京。"又左右一望，声音再低了几分，"但卑职看那形容，这群贵人之中，人上有人。"

郑知县颔首："本县亦是如此觉得。因此东西院落，接待弘统领，南北院落，与那……"

县丞倒抽一口冷气："大人果然眼明！卑职正疑惑呢，听驿馆那边报，那女子做未嫁打扮，便不是弘统领的夫人，弘统领这般年轻，也跑不出这么大的女儿……"

郑知县捻须："你不曾留意另外两人？白面无须，一个伴了弘统领，另一个却是伴着那个女子住在荷园。那女子是什么身份，还猜不出来？"

县丞再倒抽一口冷气："大人是说，那两个年轻男子竟是公……卑职还以为只是年轻尚未蓄须罢了。这般的年轻，这般好的相貌，这般的气度，声音听起来也很正常，竟然会是……"

郑知县瞥他一眼："少见多怪。若不像样，岂能在皇宫中侍奉？皇上身边，什么不是世间最珍稀顶尖的？本县在京城时，曾见过两位宫中管事的大公公，那气度，莫说寻常人，就是衙门中的寻常官员，也难以企及。"

县丞赞叹道："卑职眼浅愚钝，果然还是大人见识卓绝！这两位办了这趟差，看来在宫中前程亦不可限量，也要小心侍候。有时候他们的一句好话，比弘统领还要管用。"

郑知县掳须颔首，县丞又悄声道："说起来，宫中有几年没进秀女了，不知这女子是何来历，怎会得蒙圣眷？"

郑知县沉声道："圣意莫揣。"

下午秦兰璪没有过来聒噪，杜小曼闲来无事，在厢房外晃悠，瞥见院外花丛后，有个影子隐隐在闪。

杜小曼左右都是宁景徽和秦兰璪安排的婢女，各个都内在功夫不凡，耳目当然比杜小曼灵便许多倍，见杜小曼向那里看，一个婢女便笑盈盈向她道："姑娘，那里晃的，是县衙里送来服侍的丫头，那边树后还藏着一个呢。可能是没见识，就是想看看吧，等婢子去赶了她。"

杜小曼现在很能分清身边的侍女哪个是宁景徽那边的，哪个是裕王府的——两边对她的称呼不同。称她为"唐郡主"的，是宁景徽派来的侍女，称她为"杜姑娘"或"姑娘"的，是裕王府的侍女。

两边派的侍女个性亦不同，裕王府的侍女都活泼大胆，喜欢聊天说话，宁景徽派来的侍女都温婉沉静，慢声细语。

这个和杜小曼说话的侍女是裕王府的，她正说着，突然两声惊呼，却是两个侍女拎着两个梳着双鬟、丫鬟打扮的小姑娘进了院子，另一个侍女走到杜小曼近前，低声问："郡主，这两个下人无礼惊扰，已被婢子们拿下，如何发落？"

宁景徽麾下的人，都是行动派。

那两个被抓住的小丫鬟吓得直哭，不知道如何称呼杜小曼，就一通乱嚷着求饶。

"贵人娘娘饶命！"

"贵人娘娘，奴婢们不知天高地厚，冲撞了娘娘，求娘娘恕罪！"

杜小曼一头冷汗："娘娘是皇宫里妃嫔的称呼，千万别这么尊称我。我姓杜，你们喊我杜姑娘就行。"

两个小丫鬟哭着道："是……是，杜姑娘……"

"姑娘贵人，其实是夫人遣我们来的，夫人想来拜见姑娘贵人，让奴婢们先来通禀。"

两个小姑娘乱七八糟地嚷，杜小曼身边那个裕王府的侍女扑哧笑了。

擒住两个小丫鬟的侍女敛眉道："无礼！早已吩咐过，驿馆之中任何人不得惊扰。"

小丫鬟哭道："夫人只是想和姑娘贵人聊天说说话儿，不曾想惊扰尊驾。"

擒住她们的侍女脸色一寒，杜小曼赶紧道："多谢你们夫人的好意，只是我……"

她话未说完，旁边的门吱呀一响，秦兰璪从门中踱出，杜小曼身边的众侍女立刻垂首跪地。

两个小丫鬟立刻又哭嚷起来："这位贵人，奴婢们是太爷夫人的下人，请贵人帮我们说说好话行个方便。"

"我们夫人想拜见姑娘贵人，请这位贵人帮我们说说情。"

这下裕王府的侍女脸色变了："谁教你们的规矩，竟敢如此乱嚷？！"

宁景徽派的几个侍女垂着眼一声不吭，秦兰璪微微笑着摆摆手："你们夫人想见这位杜姑娘，和我说却是无用。"笑眯眯地看着杜小曼，"见是不见，得这位姑娘贵人自己说了算。"

杜小曼本来肯定要回绝，但一见影帝那小样，不知道为什么，出口的话就变成了："好啊，谢谢你们夫人的好意，那就请她过来吧。"

杜小曼猜测知县夫人就埋伏在附近，因为那两个小丫鬟退下顶多一刻钟，她就来了。

知县夫人年纪在四旬上下，圆润富态，穿着一身簇新的锦缎衣裳，头上插了七八根簪子，脖子上挂着大珠项链，手上满满地戴着镯子戒指，在阳光充沛的院落中行礼，格外辉煌。

知县夫人不是一个人来的，怀中还抱了一个还没长牙的奶娃。知县夫人说，这娃娃是郑知县新添的小闺女，带她过来拜见，意在沾沾福气。

杜小曼只能干笑着应知县夫人的请求，摸了摸奶娃肉肉的小腮帮，心中对这娃充满了愧疚——我是个衰到姥姥家的人，进京就要蹲号子了，老天保佑这孩子千万别沾上我的晦气……

奶娃不怕人，被杜小曼捏了腮帮，小嘴吧嗒两下，呀呀地扭动。杜小曼不禁道："真可爱！"

知县夫人立刻笑眯眯道："她和姑娘这般投缘，求姑娘赐她个名字吧。"

杜小曼一愣，赶紧道："我、我不会起名啊，这么玉雪可爱的孩子，夫人还是找有学问的人给她起个好名字吧！"

知县夫人道:"姑娘忒谦虚了,能得姑娘赐名,是这孩子几辈子修来的福气呢,姑娘刚才说了玉雪二字,从此便就是她的名字了!"

知县夫人旁边的小丫鬟拍掌:"哎呀哎呀,玉雪这个名字太好听了,小小姐得这个名字太有福气了!"

杜小曼没想到她们这么能顺竿爬,隐约还听到在屏风后打酱油的秦兰璪的闷笑声,她僵硬道:"夫人不嫌弃这个名字的话,请随便用吧。"

知县夫人笑逐颜开:"多谢姑娘赐名。"

终于,知县夫人抱着奶娃离开了,杜小曼长舒了一口气。

秦兰璪从屏风后转出来:"掌柜的学问日益精进,随随便便一个词,就是个好名字。文惊诸圣之境,亦不远矣。"

杜小曼长叹:"她到底把我当成啥了?"

秦兰璪悠悠道:"反正不是进京就要蹲小黑屋的要犯。"

杜小曼无力地翻了个白眼。

知县夫人抱着奶娃带着名字回到宅邸,当晚又在宅邸中办了一场庆贺的小宴。奶娃的生母其实是郑知县新纳的小妾,但因身份不够尊贵,便由正夫人抱着去见杜小曼,不提庶出的身份。这番得了名字,郑知县索性就让小千金归入正夫人名下,身份改为嫡出。

五夫人心情很复杂,一方面,女儿抬了身份,前程定然更好了,但另一方面,自己生的亲闺女日后只能喊自己姨娘,难免心中酸楚。

正夫人今天立了头功,又得了个闺女,得意无限,对小千金爱不释手,满腹对她的前程期盼,全然忘记了,这娃刚出生时,自己曾指着窗户骂过:"大狐骚子就是个生小狐媚子的命!还能生个带把的?"

另外几位如夫人只管凑趣奉承大夫人。

三夫人道:"玉雪托姐姐的福得了这么个好名字,来日择一贵婿是一定的,保不齐咱家也能出个娘娘,老爷也能做个国丈呢。"

郑知县顿时肃然道:"咄,不可胡言!"

四夫人道:"都是自家人,悄悄说说怕什么。前程这事,真的谁都说不准呢。对了姐姐,你今天看到院子那位,可是跟仙女儿似的么?"

大夫人顿了一下。说实话,今天从院子里离开后,除了得意之外,她心里一直在纳闷。她本以为会见着一个倾城倾国难描难画的绝色,结果……

其实唐晋媗本来是个上等美人，但一个女人的相貌，十成之中，五官基础顶多只占三成。世上绝大多数人都五官端正，或略有高低，实则差距不大，主要拼的是气质、风韵、保养、打扮、仪态等等。

所以，一个美人，在距离很远、尚未看得清五官的时候，就能让人感受到，是个美人。同理，一个屌丝，远在十丈开外，便能嗅到那股厚重浓烈的辉。

自从唐晋媗的身体易主成了杜小曼，郡主的贵气就灰飞烟灭了，仪态也没有了，更不用提零保养加饮食不规律摧残的皮肤，以及市井堆里流亡途中打磨出的灰头土脸之气。

大夫人看到的，是被杜小曼的气息笼罩压制摧残下的唐晋媗的外壳，大夫人揣着一颗想见仙女的心，看到的却是一个格外接地气的女人。现实与幻想落差太大，她不禁心惊。

大夫人努力在回忆中搜刮着她看到的这个女人的优点，厚道地说："很是谦和亲切，出我意外，咱们玉雪真是有福气。"把话题岔了开去。大夫人摸摸小千金的小脸，心中对未来的期待却又多了几分——那样的女子，都能得到那般的地位，玉雪怎么就不能呢？

第三天上午，一行人离开驿站启程，郑知县匍匐在路边送罢，颤巍巍起身，望着远去的滚滚狼烟，抖抖身上的灰尘，低叹："希望娘娘、弘统领和两位公公日后也能念着本县啊……"

县丞轻声道："大人此番面面俱到，这是必然的。"

中午时分，车驾早已远离那个小县，在一处旷野中休憩，宁景徽与弘醒前来裕王车中问安，询问午膳如何安排。

弘醒道："那县衙预备了许多饭食材料，因确实缺这些，臣都收下了。"

秦兰璪道："这个收了无妨。那些御史们也不会拿这个做文章，是吧，宁卿？"

宁景徽未说什么。

杜小曼默默在一旁做观众，弘醒笑道："那郑知县真是个有趣的人，还送了礼物给臣，也不知道盒子里装的是什么，臣没有收。"

秦兰璪道："你怎么不收？他也送了孤一份，盒子挺大，摸着怪沉，有趣的是，他将孤与宁卿拉到一处，一起送的，两个盒子一般大，孤便与宁卿一起收了。说来，宁卿你打开看了没？"

宁景徽道："禀殿下，尚未。"

秦兰璪兴致勃勃道："孤的也没打开，来来，宁卿，把你的拿过来，我们一起看看如何？"

宁景徽道："臣立刻着人去拿。"

杜小曼看着宁景徽那张沉静如水的脸，心道做丞相真怪不容易的，日理万机，千谋万算，还要给影帝这样的无聊青年凑趣。

片刻后，宁景徽着人取来了礼物，秦兰璪也命左右捧来一个大盒子。两个盒子当真是一模一样，都拿绣花缎子面裹着。

弘醒道："这两份礼可比给臣的大了许多，难道那郑知县猜到了王爷与相爷的身份？不应该啊，如果猜到了，必然不会一样大。"

秦兰璪和宁景徽一起拆开包装，缎子面下是一个红漆的木盒，掀开木盒，里面各躺着一只大瓶子。

那瓶子，竟然不是瓷瓶，也不是金瓶银瓶，而是一对水晶琉璃瓶。杜小曼见过的古代大瓶子，一般是不封口的，可这对大瓶子，口上还封着一个裹着红缎子的塞儿。

杜小曼脱口称赞："这瓶子，很别致啊。"

车厢中却是一片沉默。

杜小曼察觉有异，左右看看，秦兰璪、宁景徽、弘醒的表情都很奇怪。

秦兰璪和宁景徽神色阴郁，弘醒咳了一声："臣、臣去着人安排午饭。"飞快离开了车厢。

车厢中继续沉默，片刻后，宁景徽抬手，合上了木盒，秦兰璪也盖上了盒盖。宁景徽道了声告退，离开了车厢，左右迅速把盒子撤了下去。

杜小曼眨眨眼："那个瓶子，是不是有什么忌讳呀？"

秦兰璪神色一变，又露出时骗子那种痞痞的表情："没什么，你知道那个也没用。你要是想吃什么，我让弘醒去弄。趁着路上能吃赶紧吃，进京之后进了小黑屋，可就吃不到了。"

杜小曼由着他转移话题："不是说小黑屋可以点菜么？"

秦兰璪道："对啊，点是能点，但你想想，人家会真给你做？"

晚上，郑知县带着美好的心情钻进了被窝。

两位公公看到那两个子孙瓶的时候，定然会极其开心。送这份礼，还是当年他进京时，得了懂门道的高人指点。

宫里的公公们侍奉皇上与各位嫔妃，都要净身。割下来的宝贝，封存在水晶琉璃子孙瓶中，用红布塞封上，红缎裹住，置于梁上，意为平安高升。死时亦要一同入葬。

这对子孙瓶，是郑知县早年预备下的，果然派上了大用场。

瓶子还请五台山的法师开过光，瓶子下有经文印记，可护佑宝贝吉祥繁盛。相信两位公公一定能体会到他这片心意！

郑知县这般想着，突然寒毛倒竖，打了两个哆嗦。

夫人在枕边问："老爷，可是要入秋了，该让人换大被了？"

郑知县翻个身："许是窗漏风，睡吧。"

话未落音，颈上突然一凉。

一股劲风擦着他的脸颊而过，他身旁的夫人闷哼一声，一动不动。

一个男子的声音轻声道："莫动。这两日宿在你驿馆中的那群人里，可有一个杜姓女子？"

郑知县浑身瑟瑟地抖，半天才挤出了一个字——"有。"

"那女子一切可好？平时如何起居？"

郑知县哆嗦道："那位贵人娘娘……一切安好……好得不得了……一应起居，都有人贴身侍候着……"

"那群人中，共有三个男子，杜姓女子平时，都与哪个男人在一起？"

"本、本县只认得弘统领……另外两个……不、不知道叫、叫什么……是那两人中，身、身量稍高……高一些的那个……"

颈上的冰凉骤然消失，郑知县身畔的夫人又闷哼一声，陡然爬起身尖叫起来。

郑知县在夫人的尖叫声中哆嗦着坐起身，门窗密闭，屋内仿佛连苍蝇都不曾闯入过。

杜小曼胖了。

古代的衣服宽松，本来很不容易发现自己胖了。但，连原本宽松的裙腰在吃饱之后都有点撑得慌的时候，杜小曼冷汗地意识到，自己是真的胖了。

都怪上路以来，她绝大部分时间都在车里只吃不动，影帝还变着方儿地着人弄来各种美食，样样都是她爱吃的。

进京的道路才走了近一半，杜小曼身上的肉膘却贴得飞快。

杜小曼偷偷拿镜子照，昏暗的铜镜中，双下巴的存在感那般强烈，她欲哭无泪。

午饭的时候，她果断推开一碗云腿笋尖八珍丸，拖过仅有的一碟素菜吃了两口，便忍痛搁下了饭碗。

秦兰璪握着夹着一颗丸子的筷子看看她："不合口味？"放下丸子，执起一双新筷，夹了几片肉搁进她碗中，"路上饭食差些，你先将就吃点，到了今天晚上，就能尝到像样的菜了。"

杜小曼苦着脸："饭够好了！太好了！我都快变成猪了！"

秦兰璪挑眉："也就脸圆了点，和猪之间，尚有差距。"

杜小曼捧住自己的双下巴："下巴都快垂到胸口了……"

秦兰璪笑吟吟道："几斤水膘罢了，等你进了小黑屋，顿顿牢饭，自有你瘦的时候。来，趁现在能吃的时候，多吃点，多点肉在身上，还能防身，万一到时候宁景徽对你用个刑，肉多一点，也能扛一扛。"又往她碗里添了两筷酱色油亮的小排。

杜小曼转开视线，不去看那两块勾魂的小排。一路上影帝都在用"进了小黑屋就吃不到了"来催眠她。说真的，离京城越来越近，杜小曼虽说不用怕什么，其实心情还是不怎么好。每次被一强调，她便心一横，豪迈开吃，结果就……

蹲号子，本是一件伤感的事。杜小曼脑补过那个场景，自己一个孤独而憔悴的女子，蹲在铁窗后，地上是破旧的草铺，清冷月光透过天窗，在墙壁上投下一抹惨白，苍凉而寂寥。

但是，如果铁窗后，皎洁月光照着一颗满脸油光的大白丸子，顿时就从苦逼小清新电影换台到恶搞片了有没有？

想学电影里的主角挖洞越狱，人家挖洞要十年，她得二十年——洞要比人家的粗一倍！

不行，太被动了！

经典的励志名言曰——没有意志掌控自己体重的女人，便不能好好地掌控自己的人生！

杜小曼坚定地再把饭碗推开一些。

秦兰璪懒懒道："唉，随你。"继续吃饭，左右的侍女撤下了杜小曼的碗筷。

杜小曼盯着秦兰璪的饭碗，羡慕嫉妒恨地想，这厮也吃得不少，怎么就吃不胖呢？

秦兰璪吃了两口饭，又道："让你多吃点饭，还有一层道理。你养得白胖些，进了小黑牢里，看守你的人看着你，知道你定然饭量好，能多给你点饭。如果瘦骨嶙峋地进去了，看守的狱卒见你跟把柴似的，刚好用你来省粮，本来一顿能给你一个馒头，立刻分两顿给，一顿只给你吃半个。"

杜小曼嗤笑一声："吓谁呢？"

秦兰璪摇头："我吓你作甚？只是说点实话，你信也罢，不信也行——古往今来，哪有犯人坐牢，还养胖了的事情？倘若如此，官府的颜面何在？我肯定你一定会瘦下来。"

杜小曼道："那你之前还说过能点菜，有屋子住，有人看门，只是活动不方便。到底是这些话是真的，还是刚才的话是真的？不带这么前后矛盾的，裕王殿下，您这可是有点忽悠人的嫌疑了。"

秦兰璪温声道："我从未忽悠过你进小黑屋啊，我一直劝你选裕王妃，是你执意要选小黑屋。"

杜小曼点头："是，我现在仍旧很肯定且坚定，所以撑死饿死都是我自己的事。谢谢裕王殿下关心。"打开车帘钻出了马车，听见秦兰璪在背后长叹："饿得心浮气躁的，何必？"

车外不远处，弘统领与一干侍卫正围着火堆吃饭。

杜小曼出了马车，弘统领立刻起身，背过身去，几个侍女围上来，半挡住杜小曼，侍卫们也纷纷丢下饭碗，转身撤开。

杜小曼顿时觉得自己犯了错误，赶紧说："你们继续吃啊，当没看见我就行。"

弘统领好像没听见一样低头走远。

杜小曼尴尬不已，平时和弘统领低头不见抬头见，说话什么的都很正常，怎么今天突然避讳起来了？

她不由得问："是……发生了什么事情么？为什么他们都……"

侍女掩口笑："若无王爷在场，弘统领便不可逾越接近，这是规矩呀。"

杜小曼无语了，这什么规矩。她就算再蠢，也知道其中含义。这段时间，她都在秦兰璪的马车里，宁景徽很守承诺，对她不闻不问，被想歪，那是必然的。解释也解释不清，杜小曼就懒得多说了。

她朝前望了望，前方是宁景徽的车驾，天青色车顶，朴素低调。车边有两匹马，立着两个小方纱帽、穿圆领砖褐袍的人。

杜小曼这几天时常看到这样打扮的人，但每次看到的人都不同，难道是信使？或是宁景徽的家仆？

又都不像。

杜小曼来这里这么久了，总算对服饰有点研究，这些人穿的是袍，不是短衣，脚踩的是皂靴，这不是仆从的打扮。

她一好奇，就开口问："那边的两个是什么人？怎么总看到这样的人来去？"

侍女道："是京城阁部的人，来送文书给宁相批阅的。"

原来如此，杜小曼不由得道："右相大人真是日理万机啊。不过，如果是紧急的事情，这么一来一去，不会耽搁时间么？"

侍女笑："婢子不懂朝政，更不敢妄议。但婢子想来，左相大人在朝中，紧急的大事应可决断。"

杜小曼漂泊的这些时日，左听右闻，加上被谢况弈普及过一点知识，也算了解点朝廷局势。

朝廷有左右两个丞相，按规矩说，左为上，文华殿大学士兼凤阁令左丞相李孝知年近六旬，资历远在宁景徽之上。

但是宁景徽不到三十岁就可以封相，肯定有能这么牛气的道理。简单来说就是自身条件很过硬，家世更过硬。

宁景徽出身于一个人才辈出的家庭，人称临江宁氏。关于他家，有很多传奇典故。三百多年前，前朝的开国皇帝还是个少年时，家境贫寒，挑担卖酒。有一日，下着鹅毛大雪，他在雪地里碰到一个快冻死的年轻书生，就给了书生一碗酒喝，又脱下自己的棉衣给他穿。书生获救后，对他说，君今日救我一命，我无以为报，便送个天下给你。少年不信，那书生便与他结为兄弟，指点他去投军，在军营中一步步升迁，做得一方将领，最终在乱世军阀混战时，夺了天下。

那个书生就是宁氏的祖先。

前朝太祖皇帝登基后，他执意不做丞相，要退隐，前朝太祖自然不肯放，正胶着时，他便病死了，死的时候还很年轻。前朝太祖悲痛不已，在预留给自己的帝陵旁侧安葬了他，又想要给他的家眷赏赐，他的家眷却带着他的孩子悄悄离开了皇都，隐居去了。前朝太祖及之后的前朝皇帝都想找出他的后代为国效力，一直没有找到。

一百多年前，前朝内乱，藩王坐大，外戚干政，皇权旁落。那一年的科举，状元是位十五岁的少年天才，姓宁。

两年后，这个少年帮助宫女所生的十一皇子夺了皇位，即是前朝穆宗皇帝。少年十七岁封相。穆宗即位后的三年时间，杀外戚，诛藩王，荡平天下，权归皇座。但就在次年，刚过及冠之年的宁丞相暴卒于凤池阁。

关于宁丞相的死，传闻诸多，有的说是宁丞相本来就体弱，心力耗尽而卒，有的说是被藩王或外戚的人刺杀，还有一说，是流传最广，最多人相信——宁丞相天纵奇才，手段厉害，为皇帝所忌，将其鸩杀于凤池阁。

总之，这位年轻的宁丞相天亡后，宁氏一族又隐匿了起来。

穆宗做了没几年的英明皇帝，便信起了方士，想求长生。方士乱朝，宦官干政，朝廷又开始乌烟瘴气。最后穆宗竟然做了道士，住在丹房里，也不上朝，靠扶乩决断国事，种种荒唐，天下自然又乱了起来。

穆宗不到四十就驾崩了，传闻是吃多了长生丹中毒而死。他子息不旺，年纪最长的太子继位时才三岁，根本就是太后和宦官的傀儡。小皇帝登基没两年就崩了，再换个小的登基，两三个小皇帝之后，前朝就亡了。

有人说，这是穆宗毒死宁丞相的报应。

这时便有谣传出来，说能得到宁氏辅佐的人，就能得到天下。

今朝太祖很信这个，他通过种种手段，查到宁氏一族隐居在杭州，亲自上门请，行了拜师的礼，却没有请动宁氏的人出山。但据说，当时宁氏的人送了太祖一本兵书，举荐了两个人给他，说天下必然是你的。

果然太祖就得了天下，那两个被举荐的人就是开国时的左右丞相。但太祖始终惦记着让宁氏的人出来做官，又着人请，终于在多年后请动了一个宁氏的人出仕，就是宁景徽的伯父宁瀚庐。

宁瀚庐三元及第，做官后能力却不如很多人想象，只做到了御史大夫，再也无法更进一步。

有人说宁氏祖辈的两个天才已将他家的灵气和运数用尽，后辈们就都不行了。也有一说，是宁景徽的伯父并非宁氏嫡系，算是旁支，得要嫡系才是真正的倾世之才。

宁瀚庐弱了宁氏的名头，让临江宁氏的神话不再那么玄乎。

宁景徽出仕时，也是年未及冠，三元及第，受到的关注却不像伯父当年那么高。发榜之时，有落榜的试子不忿，说宁景徽才学平平，只是因为姓宁，才能得到录用，点为状元。

　　恰在那一年放榜时，有位皇亲国戚过生辰，为图风雅，办了场赏花文会，赛诗比赋。京城的文人雅士甚至朝廷的大臣都去参加。其中有个没报姓名的年轻书生，诗、赋、联对、作画、棋艺均是魁首，一笔字更让众人惊叹，那书生揽尽所有比试的第一，却没要赏赐就悄悄走了，后来才有人认出，就是今科状元宁景徽。

　　经此一事，宁景徽的才学总算得到了认可，但挑刺的人说，也不过就是和他伯父一样，有文才不一定就有从政的才能。宁景徽被外放地方，治理了水患，又招安了一直作乱的匪帮，被提调回京。先供职工部，疏修黄河河道，再升调吏部，奉诏拟议重整地方官吏编制的提案，点出冗杂症结之处，又升调礼部，主持当年的科举，整改科举阅卷步骤，与鄯其国和谈，鄯其国从此称臣纳贡。他再由礼部侍郎升任中书侍郎，再升文渊阁大学士兼紫微令，领右丞相。

　　到这时，最多就是有人议论说，宁景徽现在封相，未免太年轻了，其他的，却都说不出什么了。

　　这么闪亮的人生经历，杜小曼听了唯有感叹，人比人气死人是真理啊。宁景徽三元及第时，就和她现在的年纪差不多，如果没有被撞车的倒霉经历，她就是个普通学生，成绩一般般，经常不及格，考大学都发愁，人家却是已经治理一方即将变成国家最大的那一根栋梁了。

　　杜小曼又敬仰地往宁景徽的马车看了看，突然又想到，有人天天送文件给宁景徽批，明明名义上，裕王是比宁景徽更位尊的，却没有人送文件给影帝批，不知道影帝做何感想。

　　杜小曼这几天看下来，总觉得秦兰璪和宁景徽的关系，怪怪的。

　　秦兰璪在这堆人里最尊贵，弘统领和侍卫们重点保护的是他，吃住用，都是以他为先为尊。宁景徽的护卫随从不多，吃住用都有点将就的意思。每天，宁景徽还会过来向秦兰璪见礼问安。但是，弘统领有什么需要拿主意的事儿，却都是跑去找宁景徽，秦兰璪在这个队伍里扮演的角色就是闲着。

　　除了那天说到杜小曼的事情时，秦兰璪端了一把王爷姿态以外，其他的时候，都是一副乐得清闲，什么都不管的态度，对宁景徽说话很是亲切，常常使用"爱卿"之类的称呼。

而宁景徽则恪守臣子本分的模样，一直对秦兰璪态度恭敬，问完安，说两句就告退。吃饭的时候，秦兰璪的饭食是单独做的，杜小曼跟着蹭，宁景徽和弘统领他们吃一样的饭，只是宁景徽会在自己的马车里吃，弘统领和侍卫们在外面吃。

秦兰璪时常招呼宁景徽一起吃饭，但宁景徽从来都拒绝。

这么看下来，倒好像是宁景徽客气并冷淡，秦兰璪的亲切显得有点一头热。

这不对啊，按理说，是影帝对宁景徽心存芥蒂，为什么看表现完全倒过来了？杜小曼明白，凭自己的智商，参不透这复杂的局面。就当电视剧看吧。

她这么想着，看宁景徽的马车就久了一点。侍女暗暗观察她的表情，委婉地问："姑娘为何出神？"

杜小曼立刻醒悟过来，赶紧说："啊，没有，我只是在想，宁右相没有成亲吗？真奇怪。"

几个侍女互相看了一眼，其中一个微笑说："是呀，宁相一直未成亲，不知有多少女孩子想要嫁给他呢，也就比我们王爷差了一点罢了。男子到这个岁数未成亲，确实少见，我们王爷也是。"

你们王爷真不是。有三百个女人还叫没成过亲，天下的男人都该哭死了。

杜小曼刚准备去别处转转，突然侧前方一阵混乱，侍女们向杜小曼道："似乎弘统领有事要向王爷禀报，请姑娘先回避一下。"

真是不能在背后嘀咕别人，刚刚才想着影帝都没有文件批，弘统领有事都去找宁景徽，不来找他，弘统领这就立刻来事情了。

杜小曼点点头，回到后面自己的车中，走的时候目光一瞥，见弘统领的神色挺严肃。

回到车里，侍女拿了棋和牌戏给杜小曼消遣，杜小曼不会玩这些，正在请教侍女们怎么玩，车帘一挑，又有一个侍女进来送果盘。

教杜小曼玩棋的侍女抓着棋子儿问："姐姐，是不是有什么大事？怎么都到王爷这里来了？"

送果盘的侍女抿嘴笑："没什么大事。是皇上想念王爷了，命人来催促行程，宫里来的信使已到熙林别苑了，弘统领前来通报，即刻就要启程了。"转而笑盈盈向杜小曼福身，"姑娘乏的话，不妨先歇个午觉，估计醒来时，就可到别苑了。"

杜小曼听得一头雾水，望着周围侍女兴奋的表情问："别苑……是你们王爷的别苑？"

侍女们立刻道："是呀，原来姑娘还不知道，今晚我们就能住到别苑了，赶了这么多天路，终于到了个能好好睡觉的地方。"

影帝还真是……到处都有小别墅啊。

杜小曼抓着棋子八卦地想，不知道这个小别墅里，有几个裕王的美姬呢？

熙林别苑坐落在建宁城边，傍着一带名曰白琴山的青丘，临着一汪名叫醉霞湖的湖泊。

一行车马抵达时，正是傍晚，杜小曼下了车，只见半天绚烂云霞都像化在了那汪湖水中一样，红灼灼，金灿灿，几只白鹭飞过，美得让她头晕。

别苑的屋子几乎没有两层的，挑檐墨瓦，宽阔敞亮。门窗样式新巧，窗上糊着烟霞一样的纱，屋中多是细竹或长木铺地，游廊也是竹廊，只上了一层清漆，存留原本的颜色。院中绿竹浓碧，墙角偶尔缀着两株芭蕉。

他们到时，廊上新加了一层薄毯。

侍女向杜小曼道，这座别苑本是用来消夏的，天将入秋，这些竹子凉气重，故而地上加毯。

皇帝派来的信使在正厅，秦兰璪和宁景徽得迅速沐浴更衣，接皇帝的书信。

侍女们带着杜小曼穿廊跨院，到了一处房舍。

半壁竹篱，两三块奇石，拢着一泓池塘。水面浮着萍叶，擎着碧荷白莲，跨了一道小巧的石桥，过了座亭子，小榭连着游廊，方才到两三间屋子前。屋子盖得有些像水榭的样式，廊下设着藤椅小桌，可以品茶下棋，屋中陈设别致。

进房后才发现，原来那汪池塘和落霞湖是连着的，窗扇开得极大，窗下设着软榻，推窗就可远眺落霞湖的水色。卧房却是临着园子的，竹影白墙，截然不同的雅致。

杜小曼不得不认可影帝的品位，或者说是影帝找来盖房子的设计师的品位。屋子里的家具都没有镶金包银，桌椅床凳简单大方，小摆件什么的都新奇有趣。杜小曼特别喜欢一个摆在窗下的葫芦，胖墩墩绿莹莹地斜卧着，葫芦嘴里冒出袅袅的烟雾——原来是个香炉。

侍女们看杜小曼露出喜欢的表情，便笑道："整座别苑里，王爷也最喜欢栖晴轩，常常歇在这里。"

杜小曼的脸皮和神经已经很坚韧了，假装没听懂。

侍女们先端器皿让杜小曼净手，喝茶吃些水果点心，方才安排沐浴更衣。

茶水不知是什么沏的，有茶香，还有淡淡的梅子味，带了一点点甜。水果的块都切得像雕刻品，点心更是极其精巧。杜小曼忍不住诱惑，吃了两块点心，酥皮入口即融，好吃得让她差点连舌头都一起化了。

沐浴后，侍女们正在给杜小曼梳发，之前在路上一直跟着杜小曼的一个侍女突然快步而入，跪倒在地。

"姑娘，对不住，是婢子一时糊涂，做了错事，请姑娘饶恕。"

杜小曼一愣，这个侍女名叫雪如，平时最是活泼胆大，在一堆侍女中应该还是身份比较高、管事的一个。突然之间过来请罪，让她有点蒙。

雪如匍匐在地，继续道："姑娘，都是婢子的错，婢子一时自作主张，错把姑娘带来了这里。姑娘的房间已经打扫好，请姑娘移步。"

杜小曼明白了，敢情是因种种原因，她不能住在这里，要挪到别处去。

带错了房间什么的，肯定是借口。

她笑笑说："啊，这样呀。我住哪里都可以。忙中有错是难免的，你快起来吧，没关系。"

围着杜小曼侍奉的侍女们神色都有些尴尬，其中一个侍女道："姐姐太不会做事了，姑娘这才沐浴好，还未梳妆……"

杜小曼摆摆手："先简单梳一下，天气这么热，头发干得很快的，过去再说。"

侍女们面面相觑，其中一个勉强笑道："姑娘真是通情达理。"

雪如连声道："谢谢姑娘，谢谢姑娘。"

又有两名侍女随后进屋，捧着一顶垂长纱的帽子给杜小曼戴到头上。

雪如福身道："姑娘请随婢子来。"

杜小曼出了栖晴轩，不禁又瞄了一眼这处幽静的房舍，那些婢女们为什么要把她带来这里，然后又急匆匆让她挪出去？

按照小说或电视剧的惯例情节，难道这里有特别的意义？

比如说，秦兰璪其实曾有一个得不到的女人，秦兰璪爱她爱得如痴如狂，所以就收罗各种女人来代替这个女人，进化成一个色狼加集邮男。

这样，三百个姬妾却没有正妃就能解释得通了。

这个屋子，可能是和那个女人相关，以往影帝有相中的女人，就会带来这边，用替身来抚慰情感。侍女们以为她杜小曼也是那样的女人，就把她带来了这里。

可她又不是，或者这里已经变成了影帝心中不容其他人涉足的圣地，所以就把她挪了出来。

杜小曼边走边脑补，就在她把猜测从故事大纲延伸到一部至少六十集的古装言情大戏，脑内进展到第二集的时候，雪如福身道："姑娘，已到了，这边请。"

杜小曼撩开眼前的纱帘打量，此处也挺不错，翠竹掩着一座屋舍，山石边开着紫色粉色的花朵，一簇一簇。也有个小池塘，池边还有秋千架，比刚才的地方多了几分妩媚，更像女人住的地方。

她还没向屋里看，身边的侍女已经跪倒在地，杜小曼一转头，只见大开着门的小厅中，秦兰璪正坐着喝茶，微微抬手，示意众侍女平身。

他穿着淡紫色的薄衫，头发也还没干透，松松散在肩上，笑吟吟放下茶盏起身："晚上想吃什么？凑合了这么多天，今晚总算能吃顿像样的。"

杜小曼取下纱帽，道："有什么吃什么，我不挑。"

秦兰璪道："也罢，那就让厨房随便做。"弯腰给她倒茶。

杜小曼赶紧说："我自己来，自己来。"

但是秦兰璪已经把茶倒好了，杜小曼不喝也不是，就端了起来，没话找话道："你的这个别苑很漂亮，装修得很雅致。"

秦兰璪一脸不置可否："消夏尚可，秋意一起，住着就过于幽凉了，湿气重。此处建成后，我也未曾住过几次。本说赶路急迫，不在这里停留，又还是做了歇脚的地方。这边的人来不及准备，都是临时打扫布置的，两三天内就走，将就将就吧。"

这样还叫将就？封建权贵真是欠抽。

杜小曼一时无语，只好沉默。

秦兰璪又道："你要是困，就先睡一会儿，晚膳一时就好，到时候送过来。哪些不合口味，你就说。"

杜小曼点点头："好。谢啦。"

秦兰璪轻叹了一口气："唉，我还得到前面去陪客，就先过去了。你要是闷得慌，往那边去，有个小园子，可以先逛逛解闷。"

杜小曼再点头："好，好。拜拜，再见。"

秦兰璪便就离开了。

杜小曼真的不困，也的确有点无聊，就去他说的那个小花园转圈儿。

"小园子"乃是谦称，当真不小，临着落霞湖，暮色已沉，湖中映着一抹残霞，笼着淡淡雾霭，如画如幻。

杜小曼正在沉醉赞叹，身边的侍女们又都福了福身，她转过身，看见打从那边的花木深处，过来了三四个侍女，簇拥着一个年轻的女子。

那女子一袭绛云衫子藕荷裙，系着缃罗绦，垂着明月佩，梳着坠云髻，簪着摇星钗，娉婷而来。

杜小曼顿时精神一振！这就是影帝那三百个女人中的一个吧！

杜小曼立刻擦亮双眼，目光炯炯。

那女子走得近了，眉眼也看分明了，杜小曼在心里赞叹——影帝不愧是一头有眼光的色狼！

那春水般的双眼，那檀口琼鼻，那无瑕无疵白得像雪一样的皮肤……

单就五官相貌而论，这女子肯定比不过孤于箬儿和谢夫人。但是孤于箬儿是那种不食人间烟火的仙子之美，谢夫人则是气韵端庄的高雅之美，而这个女子身上，有一种娇婉动人的气质，长眉弯弯，双眼含情，她看向杜小曼轻轻一笑，杜小曼的骨头都有些发酥。如果换成一个没见识的男人，恐怕立刻就能在这一笑中化成一摊水。

那女子含笑福了福身："可是唐郡主？"

杜小曼一时不知道该怎么回礼，就道："啊，对。姑娘……夫人……你是？"她不知道该怎么称呼这个女子，连换了几个称呼。

女子嫣然一笑："妾名叫息柔。"

息柔，息柔，这名字就是妩媚入骨的温柔啊。不知道在影帝的三百后宫中排行第几？

杜小曼试探着问："你是住在这个别苑里？"

息柔答道："回郡主的话，奴在影照斋中住。倒不甚远，不知可有幸请郡主移步，过去吃杯茶？"

杜小曼道："啊，谢谢，但是有点晚了，好像马上就要吃晚饭……要不等下次吧。你是出来赏花的么？"

息柔淡淡笑道："嗯，有些闷了，就出来走一走，不想碰见了郡主，倒是福气了。"

影帝真是罪恶啊，还挑三拣四说，这个院子太阴凉，不是夏天不爱在这里住，却让这样的美女长年住在这里，就没想过她会不会得关节炎？

杜小曼不禁道："这里太阴凉，秋冬住，会不会冷？"

息柔抿唇道："这别苑是消夏用的，多是竹材，一过了夏，的确就太阴凉了。奴也不是住在这里，闻说王爷返京，要经过此处，虽当时说不在别苑歇了，但妾想凡事应周全些，这才赶了过来，急急忙忙收拾。诸多不当之处，望郡主多多包涵。"

嗯？听这话，息柔在影帝的后宫里，算是地位出众的，竟能打理家务了。难道是第一侧妃？就算不是，也肯定是影帝很信任和喜欢的女人。

杜小曼正暗搓搓地猜测着，息柔又道："说起来，妾还要向郡主请罪，准备得不周。原听说郡主过来，本想着别苑里数栖晴轩雅致，便准备了那里。但天已近秋，夜风幽凉，那里又临着湖，潮气重了，改了花间榭。劳郡主折腾奔波，莫怪。"

杜小曼赶紧道："没事没事，我住哪里都行，这里的房子都很漂亮。夫人和我说话，也无须这么客气了。我还是戴罪之身呢。"

息柔含笑道："郡主说哪里的话，在这里，千万不要客气，缺什么，想要什么，就着人告诉我。新衣正在赶制，郡主喜欢什么颜色料子？"往后退了两步，将杜小曼上下一打量，"郡主穿纱绿定然好看，正好备下了几匹料子，郡主若是喜欢这个颜色，我便着人去做了。"

杜小曼道："不用不用，太麻烦了。"

息柔嫣然道："郡主千万莫要客气，妾就是这个脾气，她们都知道的，看见了年轻的姑娘，就想着什么衣服合衬漂亮。这话逾越了，郡主别计较。"

旁边的侍女笑道："是呀，息夫人就是喜欢端详人送衣裳，见不着郡主这样的贵人时，还常常拿我们练手呢。"

杜小曼只得道："那我谢谢夫人了。"

息柔掩口："郡主一口一个谢字，真叫妾不知如何是好了。"她语调柔婉，眼波一转，说不尽的妩媚。

有侍女匆匆而来，先向杜小曼行礼，再向息夫人福身，匆匆道："夫人，王爷那边……"

息柔立刻向杜小曼笑道："郡主，恕妾失礼，先请罪告退了，容后再向郡主问安。"

杜小曼道："夫人请随便去忙，我这里转一转，也该回去了。"

息柔行礼作别，匆匆离去。

杜小曼很想和侍女们打听这位息夫人在影帝后宫的位置，但这毕竟是别人家的私房事，明问又显得太三八了，心里痒痒的像猫爪子在抓，左右斟酌，才道："息夫人真是美女，你们王爷很有眼光啊。"

侍女们互望一眼，都掩口笑了。其中一个道："息夫人可与王爷的眼光没关系，乃是先太后娘娘赐给我们王爷的人呢。"

太后赏的，那地位应该是比较高了。

杜小曼忍不住进一步问："看起来她要打理很多事的样子，很忙吧？你们裕王府，烦琐的事情应该蛮多的。"

侍女道："别看息夫人看起来娇娇弱弱的，做起事来，少有人比得上。要不，依着王爷的性子，天南海北，一跑就没影，府内可要乱得不成样子了。"

杜小曼用玩笑的口气说："那你们王爷可要多喜欢她一点了。这么好的女子可不好找呢。"

侍女们再互相望了望，又咯咯地笑起来。

"哎呀，我们王爷可喜欢不了她。"

"要是王爷喜欢息夫人，可就乱套了！"

杜小曼一头雾水。

众侍女笑了一时，其中一个才放下掩口的纱帕道："姑娘误会了，息夫人是我们裕王府邱长史的夫人，年纪可比王爷大好几岁呢。"

啊？杜小曼顿时有点尴尬了。

其他侍女接话道："息夫人原是先太后娘娘身边的女官，我们先太妃娘娘在世时，身子不大好，后来王爷封了府，先太后娘娘忧心我们太妃娘娘精力不济，府中内务管不过来，王爷又没娶妃，便将身边的女官赐嫁与邱长史，也好替太妃娘娘分担府中内务。这也是先太后娘娘对我们太妃娘娘的孝心。"

原来如此。

杜小曼道："现在你们王爷有那么多美女，可以多找两个和息夫人一起管理啊。"

侍女们又互相看看，道："王爷还没娶妃呢。哎呀，快要传晚膳了，姑娘，不如先回花间榭吧。"

杜小曼被侍女们簇拥着往回走，转念一想，也是。影帝的女人很多，但没有听说他特别宠爱哪个，想来很懂得集邮之道，对谁都差不多的好。如果参与了王府管理，身份肯定就不一样了，争名分高下，就要闹所谓的宫斗宅斗了。

呃，自己干吗惦记研究影帝的后宫呢？杜小曼有点鄙视自己的三八。

回到花间榭不久，果然就吃晚饭了。

影帝这厮，真是极懂享受，光是看传菜的盘盒，盛菜的器皿，杜小曼就在心里吸气，样样都是她想象不到的华美精巧。

她问了问侍女，得知裕王府吃饭，每顿所用器皿都与季节、日期、时辰、吃饭的地点、菜肴搭配。

侍女又向杜小曼道，因为她路上存了些虚火在体内，所以晚膳用的都是性温平和的食材。

杜小曼方才知道，她在洗漱更衣时，侍女中有懂医术的，已经在不知不觉间查看了她的气色脉象，再根据这些安排了晚饭。

吃完了晚饭，息夫人又过来问安，道："别苑匆匆安排，都不周全，也没备下什么好让郡主解闷，只有几个会唱曲儿的孩子，或是影子戏，郡主可喜欢？"

这些杜小曼是真看不上了，影子戏什么的，跟电影电视比起来，那就是浮云啊……更何况，她一听唱戏就着急。

息夫人又提了几样，杜小曼都一一婉拒。

"夫人不必费心了，我就在院子里走走，消消食，再晚些就该睡了。"

息夫人道："郡主傍晚时在花园里只赏玩了片刻，想来也未能尽兴，后园中的星棋亭夜景倒还不错，郡主可想去走走？"

一个侍女插话道："王爷在别苑时，若有客来，常在那边饮酒，是否……"

息夫人嫣然道："放心，我做事岂会那么不周全？王爷与宁相和白公公井公公都在绿卿阁，到不了后园那边。"

杜小曼正好一个不留神吃多了，想要消化消化，就道："去看看夜色挺好的。"

息夫人起身："郡主这边请。"

入夜后再看这座别苑的后花园，和傍晚时又是不同的景象。息夫人比起那堆侍女，更是个好同伴，谈吐亲切，言语风趣。

星棋亭是个临湖的亭子，所在之处比较特别，这一块的湖水，被天然的弯道围了一下，后来又加了山石改建，如果不是刮非常大的风，亭外的一块湖水永远是平平整整的，像镜面一样，清风徐之，湖水却平滑如镜，熠熠星子映在水面，像碎钻散在镜面上。

亭中的白石桌上刻着棋盘，看来影帝没事时会来这里下棋。

杜小曼走到亭边看了看湖上美景，突然远处悠悠传来一阵乐声。

笛声和着瑶琴，轻快空灵。这声音离得很近，难道影帝和宁景徽等人在附近？杜小曼不禁顺着乐声传来的方向望去，只见不远处亮起灯火，却也是一处亭阁，高台上，一群身着轻纱的女子正在舞蹈，舞蹈中似乎还糅合了杂技的元素。众女子托起了一个托盘，一个女子的足尖一抬，挑起一个球状物体落到盘上，却裂开成一朵花的模样，那女子扯着布幔，轻盈地跃到盘上，在花中旋舞。

杜小曼看了，不禁鼓掌。

息夫人道："郡主不想听戏，想来是嫌吵闹，妾便擅作主张，请郡主来星棋亭中赏玩，在月琼阁中远远地演曲，郡主不觉得吵吧？"

竟然是特意为她准备的！杜小曼道："很风雅啊，怎么会吵？"

远远那边又换了曲子，这次不是笛，听着像洞箫的声音，微风中临水听乐，有种不是身在人间的感觉。

息夫人道："郡主喜欢便好。"

杜小曼脱口道："喜欢。"夜晚的空气清幽沁人，婉转洞箫声中，有低低的吟唱声。

杜小曼身上一麻，寒毛忽然有种竖起的冲动。再往那亭中看去，只有一个女子在独舞。

她心里涌上一股莫名的熟悉感。

月光，水上，低低吟唱的女声，跳舞的女子……

杜小曼心中猛地一震，转头对上的是息夫人笑盈盈的眼眸。

只是巧合吧。

曲调不同，但有两三个音她想抓住……

另一首曲子她险些便要唱出。

"云之外兮，天之涯兮……我心往兮，独得其影，水清扬兮，映兰舟头……"

这不可能！

"怎么回事？"旁边的侍女突然出声，将杜小曼吓了一跳。

她猛回头，侍女们都在看着亭外："怎么有灯火往这里来？"

花木丛中，果然有两盏灯笼往这边来。星棋亭在一个弯道后，来者似乎是从一条岔路上拐过来的，所以方才被她们发现。

　　息夫人也露出诧异的表情："这不是王爷的仪仗，郡主过来时，我已让人封园，不得有外人入内，怎会……"

　　侍女簇拥起杜小曼："姑娘，我们赶紧回去吧。"

　　但即便想闪，也躲不及了。杜小曼刚出了亭子，提灯的几人已迎面要与她们撞上，侍女们迅速将杜小曼围到中间，息夫人向前迎了两步，微一福身，诧异道："井公公，您老怎会……"

　　来者只有三人，两个提灯笼的，还有一个走在中间的。

　　中间那人往前走了两步，呵呵笑道："息夫人哪，真是许久不见。别苑这里，竟是你在料理？咱家喝多了，偷步来后园透气，不想却撞见熟人了。"觑眼却向杜小曼这边看来，"这位是……"

　　息夫人侧首望了望杜小曼，刚要开口，井公公已又呵呵道："哦，想来便是唐郡主了。老奴井全，郡主入宫几次，老奴都无福服侍，竟在此遇上，真是福分。"

　　息夫人只好向杜小曼介绍道："井公公早先在先太后娘娘身边贴身服侍，如今与白公公共掌宫中内务……"

　　井公公截断息夫人的话："就是个端茶倒水传信的老奴才罢了，休听息夫人的抬举。"

　　杜小曼便就颔首笑了笑："井公公，幸会。"

　　那井公公眯着眼，目光雪亮雪亮地在杜小曼身上扫来扫去。杜小曼再笑道："井公公，夜已经深了，我得先回去休息，改日再陪您老聊天。"

　　井公公立刻道："郡主真是抬举老奴，郡主请先回去休息，老奴今晚冲撞了郡主，在这里赔罪了！"躬身拱手。

　　杜小曼与侍女们快步离开，走了老远，仍感觉那井公公的视线黏在自己的后背上。

　　一个侍女嘀咕："怎么可能这么巧，若真是封了园，井公公怎么进得来？我看……"

　　另一个侍女轻咳一声，轻轻用手肘撞了她一下，那个侍女噤口不言。

　　那厢，井公公站在原地眯眼望着杜小曼的背影，片刻后向息夫人道："咱家酒也差不多醒了，还是回去吧。"

息夫人再微微福身："公公走好。"转身匆匆去追杜小曼一行，却在心里盘算，这件事王爷肯定得知道，不知道如何才能化解责难。

井公公出现在这里，的确不是巧合，是她放进来的。

井公公此番前来送信，更肩负了一项使命。杜小曼的事情，闹得比她自己想象的大，裕王要抢庆南王的老婆，朝中宫里已经沸沸扬扬，据说京城民间都颇有议论。

杜小曼潜逃后，官方虽然对外公布，唐郡主是在上香时被土匪劫了，但群众的八卦能力是无穷的，庆南王独宠小妾，大老婆一气出逃，跟着土匪头子跑了，早已是京城茶余饭后最热门的话题之一，甚至还出了戏本，在坊间传唱。

如今，庆南王府家变风云再出新转折！

唐郡主其实不是和土匪私奔了，而是不知怎的与本朝第一浪子裕王殿下勾搭成奸。裕王甚至上书皇上，要夺慕王之妻，娶来当正妃，做皇上的婶娘！

身为皇宫中消息最灵通的人，井公公自然早就听说了这出大戏，他一边澎湃着，一边暗暗捏着一把汗，希望晚点传到皇上耳朵里。

但那一天来得还是比井公公期望的早。那一天皇上收到了宁右相呈来的折子，看后的神情很复杂，将刚回京的十七殿下叫到了宫里，十七殿下离开的时候神色凝重。

皇上在批折子的间隙，突然问："井全，清龄郡主，你曾见过么？"

他心里咯噔一下，却要装作一愣："皇上说的是……"

皇上一脸淡定地说："就是德安王之女，最近搅得沸沸扬扬，朕赐婚与庆南王，后来跑了的那个。"

井公公赶紧道："回禀皇上，是这位啊，老奴糊涂了，一时未曾想起。老奴年老，脑子不大好使，对这位郡主，却是不大记得，应是未曾服侍过。"

皇上道："嗯，朕对此女也无印象，虽是朕亲自赐婚，但忘了见过没。想不到你竟也无印象。朕本来还想问，此女容貌如何。若是朕曾见过，真的倾城倾国，应该记得。听闻慕云潇娶了她之后，一直冷落她，专宠那个小妾，想来此女容貌应该泛泛，却怎的就摇身一变，成了个祸水，将朕的亲皇叔迷得颠颠倒倒，还上了折子让朕赐她与慕卿和离，要娶回去做朕的皇婶。"

井公公震惊了，谣言竟是真实的！他颤抖了："这……这……"

皇上继续一脸淡然道："皇叔素来行事不羁，口味奇特，倒也罢了。宁景徽竟也掺和其中，还有朕的十七弟……听说这个女子，还和什么月圣门有莫大牵连，几本折子里，竟都有她……"

皇上搁下茶盏，叹了口气："井全，宁卿许久未曾还朝，朕如缺一臂膀。皇叔更令朕思念，你替朕送两封信吧，让皇叔和宁卿快些回来，顺便替朕看一看，那位清龄郡主到底是能沉鱼还是能落雁，居然能翻腾起这么大的浪花。"

再一天后，井公公就启程来送信了。

所以，井公公此番，其实是肩负圣命，他提前告知了息夫人，说明来意。既然是皇上的意思，息夫人也不敢不秘密安排，让井公公瞧了两眼。

井公公准备瞧的时候，心里还是挺打鼓的。

万一清龄郡主真是个妖精，怎么禀报皇上？裕王殿下和宁右相都折进去了，如实禀报，皇上再起了兴致，最后祸害了皇上可怎么好……

商纣王和苏妲己，周幽王和褒姒，吴王和西施，唐明皇和杨贵妃……这些故事在井公公脑内飘来飘去，井公公想做个好公公，忠心的公公，他不想做高力士。

然而，瞧了这两眼之后，井公公更看不懂这个世界了。

那些故事倒都从脑中散了。

井公公又有些忐忑，如实回禀皇上，皇上会信吗？

这么样的一个女人，裕王、宁相、十七皇子到底是为什么呢？

杜小曼也觉得，井公公突然蹿出来，不像误撞，比较像安排好的。但她目前已经无暇想这么多。

她的心里已乱成一团糨糊。

月圣门……别苑里居然有月圣门的人？！

息夫人安排了这一切，难道她是月圣门的人？这场歌舞表演，是息夫人想和她杜小曼认亲？

专杀月圣门的宁景徽就在别苑中，月圣门敢这么明目张胆么？

只是巧合？可也，太相似了。

要不要告诉影帝？

万一真的是月圣门的人，很可能是来刺杀裕王和宁景徽报仇的，他们现在处境很危险。

可要不是，以宁景徽一副宁可错杀绝不放过的状态，息夫人如果含冤被杀，她杜小曼就是罪人。

息夫人有官方背景，又或者，晚上这一幕，是安排来试验她杜小曼到底是不是月圣门的人的？

再或者……再或者息夫人是月圣门的人，而影帝和宁景徽早就知道，所以才会留宿此处，利用她杜小曼来引蛇出洞……

杜小曼又开始脑袋疼了，她有点担心自己早晚因思考过多导致脱发，最后变成一个秃子。

回到花间榭，她竟然有点盼望秦兰璪过来，但秦兰璪一直没有再出现。杜小曼只好纠结地睡下。

她没睡好，七零八落地做梦，梦里都是些散碎的片段。

她站在花丛后，似乎有什么人在那边，眼前一团迷雾，她心里却一阵阵地刺痛。她一边痛一边茫然，为什么呀，怎么回事？她努力想看清迷雾后面，却怎么也看不见，隐隐约约，好像有说笑声传来。

再然后，她在哭，却哭不出声音。她不可遏止地想大声问，为什么？为什么？却也问不出这句话，只是脸上一片冰凉，一阵阵痉挛，骨头都在咯咯颤抖，内心一片绝望。

为什么……为什么……

再然后，她突然就能看清晰了，她和陆巽去甜品店，陆巽点了黑咖啡和小块低糖抹茶蛋糕，她把目光从大杯的芒果味思慕雪和淋着厚厚巧克力浆的小蛋糕上收回，笑着说，好。

因为陆巽喜欢黑咖啡，喜欢低糖的点心，喜欢白色的纯棉，素色的麻布。

所以她不买粉的绿的黄的蓝的衣服，不买亮闪闪的发卡，不穿长裤短裙，不背双肩和斜挎的包包，不买毛茸茸的挂饰，把头发剪成前面碎碎刘海的半短发，穿着麻布小褂，素色长裙，拎着麻布的提袋，里面装着课本，踩着平底布鞋，像个穿着睡衣出门买菜的大妈一般，晃荡在校园里、大街上。

她咬着那个低糖的抹茶蛋糕，感觉自己在啃一块抹布。

窗外在下着雨，啪嗒啪嗒地，敲着他们座位紧靠着的大玻璃。

陆巽突然说："小曼，我有话和你说。"

她赶紧放下蛋糕，生怕是啃的样子太不雅，让陆巽嫌弃。

陆巽望着她，神色平静："我们分手吧。"

啥？！

杜小曼内心的燃气灶砰地拧开了开关，小火苗顿时蹿起，燃遍七经八脉，猛地拍案而起——

人渣！这话你不是应该在小树林里说的吗？怎么现在就说出来了？！

"掌柜的，怎么了，饭不合口味？"

杜小曼一脸茫然，看着眼前含笑的时阑。

"不合口味就再去做，厨子在哪里？换！"一眨眼，时骗子却变成了谢况弈，环着双臂，皱着眉。

"不用不用，我饱了，我……"杜小曼打个寒战，看见宁景徽隔着桌子，一脸温和的笑意："真饱了？"

宁景徽这么温柔，不科学啊。

"其实，换一下不费什么事。"原来居然不是宁景徽，是十七皇子？"只要片刻就好，想吃什么？"

"真的饱了，我……"杜小曼已经晕了。

"真饱了，嗯？特别让厨房加了辣哦。"

喂，怎么又是影帝。

……

一夜乱七八糟的梦，杜小曼醒来时，天刚亮。她两眼发涩，喉咙有些干，咳了两声，才恢复声音。

让她发愁的事情也跟着来了。

昨天晚上的事，到底要不要告诉秦兰璪，顺便提醒他一下？

杜小曼频频往外面看，期待秦兰璪晃荡过来。似乎时时刻刻会冒出来的影帝，偏偏她很想见的时候，不露头了。

杜小曼等了又等，看了又看，终于忍不住问："你们王爷今天在干什么？"

侍女们含笑道："姑娘莫急，王爷又有事被绊在前面了，肯定也想过来呢。等王爷忙完了，马上就过来了。"

这台词搭配她现在猴急猴急的状态，真是狗血并经典。如果她是观众，铁定也会以为这个女人爱死裕王了。杜小曼在心里默默地翻白眼。

她出门转了一圈，找了个借口，想主动会会息夫人。但息夫人竟不在，侍女们和杜小曼说，不知道夫人去哪里了，一大早就没看见。

不好，难道是去准备行刺的事了？

杜小曼旁敲侧击问："息夫人与她的夫君真算是夫唱妇随了，是不是一个替你们王爷管王府，一个管内院？"

侍女道："差不多吧，其实我们王爷的起居另有专人料理，这次大约因为有姑娘在这边，息夫人才过来了。"

也就是说，平时，息夫人接触不到太多裕王的贴身事务。如果她是月圣门的人，以前肯定不便下手。眼下她终于能到近前汇报工作，这可是个替月行道的好机会。但秦兰璪身边侍卫不少，想一击得手有难度。息夫人自己杀得了秦兰璪，可能就动不了宁景徽了。

杜小曼猜想，月圣门想杀这两人的心情应该一样，宁景徽的排名只会比秦兰璪影帝更高。

如果月圣门想要把这两人成功地一起做掉，要用什么手段呢？

下毒？

杜小曼又问："厨房的饭菜，也是息夫人安排么？"

侍女答道："内外有别，其实息夫人安排姑娘的事情多一些。"又含笑道，"姑娘放心吧，王爷那里，服侍得周道着呢。况且，宁相与几位公公都在，前面的人更要打起十二分精神服侍，不敢有半分差错。"

哦哦，这么说，息夫人下毒也有难度。

杜小曼的脑筋在昨晚的那群歌姬身上转圈儿。美女跳舞这种娱乐节目，专门为她这个女观众准备的可能性不大，应该是要跳给那堆男人看的。

美女们跳着跳着，影帝痴迷地、宁景徽淡定地看着看着，突然，噌噌噌，几把剑，雨点般的暗器……

暗器上，肯定得带点儿毒吧，要不然太不专业了。

杜小曼问："你们王爷和右相大人他们吃午饭的时候，会不会安排什么歌舞表演？"

一个侍女答道："这个……婢子就不知道了。我们只服侍姑娘，前面的事情，也不大清楚。"

另一个侍女一脸劝慰的表情道："应该不会吧，姑娘你想，王爷和宁相此次是为国事出行，皇上的人也在，若是看着王爷和宁相在宅子里歌舞升平，恐怕不太好。"说着添上新茶，又道，"姑娘要是闷得慌，婢子们再陪你四处转转？"

杜小曼没什么心情逛，但坐在屋里脑补也不是个事儿，就和侍女们一道出了花间榭。

刚出了门，她便做了个决定。

如果息夫人真是月圣门的人，能在皇宫和裕王府成功潜伏这么多年，要行刺的还是裕王和宁景徽这种人物，以她杜小曼的这点智商，肯定猜不透她的计划。

杜小曼转身问："你们王爷睡哪里？"

侍女们顿了一下，方才答道："王爷昨晚歇在栖晴轩。"

哦，原来挪她出来的那个小院，影帝自己去住了。

杜小曼道："麻烦带我去一趟栖晴轩。"

裕王府的侍女，可算是最见过世面的侍女，但也被杜小曼这句话轰得神情各异。

她们还没来得及反应，杜小曼已经大步向前走了。

侍女们只得快步跟上。

"姑娘小心些。"

"王爷也未必在那边，不然还是婢子们先去通报？"

"姑娘……"

杜小曼边走边想，这次算是把前世今生后世几辈子的老脸都搭进去了，不管真假，影帝帮过她这几回忙，承下的情这回算是还了。希望这件事，是她神经过敏。

杜小曼直闯到栖晴轩，那边不但有女婢，更有小厮侍候。杜小曼跨过桥，隐约可见许多匆忙躲避的小厮身影，侍女们的表情也都很精彩，然后又迅速恢复了镇定，告诉杜小曼，王爷不在这边，去前面和右相谈事了。

杜小曼道："那我在这里等他吧，就说我有急事找他。"

如果息夫人真是月圣门的人，她这番硬闯，息夫人定然会觉察，也定然能明白她要做什么，说不定会收手跑路。唯一就是希望影帝快点过来，万一息夫人急了眼，不管不顾地行刺……

杜小曼在桌边坐下，侍女们福身应喏，又给杜小曼沏茶。

杜小曼吃了一杯茶，仍不见秦兰璪的踪迹，她起身来回焦急地踱步。

服侍杜小曼的侍女不能擅入王爷的房间，都候在廊下，望着在屋里打圈儿的杜小曼，暗暗咋舌。

特别是几个一路上服侍杜小曼的侍女，眼界再次被她刷新。

杜小曼到底是这个世界的外来者，就算再拿捏作态，不经意间的一些举动在旁人看来，也足够奔放了。

比如，一路上，秦兰璪让她一起吃饭，她就吃。待在秦兰璪的车里，她也觉得没什么，但其实，同桌而食，同车而行，算是和一张床上睡过等同的亲密行为了。

杜小曼一边这样做，一边对裕王殿下的亲密言辞或嗤之以鼻或一脸淡漠或严词拒绝，侍女们对她拿捏王爷的本事都叹为观止。这么多年，她们什么样的女人都见过，能折腾到这个境界，这位可算独一无二。

眼下杜小曼这种表现，一路跟着的侍女们惊讶之余，又有些好笑。进了王爷的别苑，这位总算不再端着，开始真情流露，竟然已对王爷痴心至此。

别苑的侍女们见识稍微少些，猛地被震到，比较不淡定，悄悄道："久闻这位郡主醋劲大，真是名不虚传。连对息夫人，她都疑神疑鬼的，闹成这样，将来可怎么好？"

"听说那位慕王爷除她之外，只有一个女人，还是慕王爷的表妹，一直只当表妹，在王府里住着，连名分也没有。她照样容不下，闹着要休了慕王爷，最后说是趁着上香，找着了一个土匪……然后和王爷……"

雪如小声喝止道："别乱嚼舌根，一点规矩都没有！"

几个侍女都噤声了。

有一个侍女从外面匆匆闪进了园子，小声对雪如道："姐姐，息夫人让我来问问是怎么回事。"

雪如往屋子里瞥了一眼，低声道："我和你过去一趟。"

杜小曼在屋里，却时刻留意着外面的动静，看见那个侍女进园和雪如说了悄悄话，雪如又同她蹑手蹑脚地离开，立刻走向厅外："怎么了？是不是王爷那边有什么消息？"

栖晴轩的侍女们赶紧拦在门前道："姑娘宽心，是方才前院的人来说，王爷那边在议事，一时过不来，雪如姐姐想亲自过去看看。郡主在厅中稍坐，应该一时就好。"

杜小曼心里有些怀疑，却只得折返屋内，几个侍女在她身后交换了一个意味深长的眼神。

那厢，雪如匆匆到了影照斋，息夫人正在挑布料，织娘们都立刻躬身退下，拢上房门，留息夫人、雪如和喊雪如过来的那个侍女在屋内。

息夫人方才道："我听闻唐郡主去栖晴轩找王爷了，是怎么一回事？"

雪如道："也没什么，就是从昨天晚上到早上没见着王爷，可能有些急了。"

息夫人嫣然道："是急了，还是醋了？"

雪如扑哧笑了："夫人都知道了，还问我做什么？"

另外那个侍女也跟着笑了，三人笑了一时，息夫人方才道："唉，王爷的脾气啊，真是，一向就喜欢有些性子的，一般贤良淑德的，觉得没趣味。"

雪如道："这回可是有趣至极，滋味万千。不过，这么着，倒实打实已是王爷碗里的了。只是，根本没有的事，都闹成了这样，真要见了那些位……我们还好，夫人可有得忙了。"

息夫人道："我其实也就多管些你们这些女孩子忙不过来的杂务，王府内帷之事，终是不好过问。我叫你过来，也是想和你说，让你回去管束管束那些女孩子们，咱们裕王府对下人不像别处，一向宽松些，可也别没了规矩，不该说的，不该过问的，竟也逾越起来了。"

雪如福身应是。

息夫人又道："再说，王爷的手段，旁人也不用操心。想想内府当初的情形，现在不都一片和睦了？说不定进了京之后，根本就不闹了。"

雪如无奈道："真这样倒好，但王爷似乎想娶这位为正妃。内府闹起来，倒是轮不到我们操心，只怕到时候连在王爷跟前侍候，都……"

息夫人道："放心吧，刀枪得用在内府，轮到你们这些，且得排着呢。"

雪如扑哧道："夫人总这么风趣。"

杜小曼坐在厅里，只觉得耳根发热，右眼皮直跳，一阵风吹来，连打了两个喷嚏。

侍女们忙道："姑娘是不是冷了？"赶紧要过去关窗。

杜小曼道："不冷，可能是刚才鼻子有点过敏，窗户开着吧，外面景色挺好的。"踱到窗边，要看湖景，袖口无意间扫到窗下小几上的一本书，书啪嗒跌落在地，侍女们忙要扑过来捡，杜小曼已弯腰捡起，俯身的时候，胳膊无意中撞到了旁边的灯架。

只听啪嗒一声，然后轰隆轰隆，旁边的一堵墙，竟然旋开了一扇门。

侍女们道："这是王爷藏书的暗室，因为屋子临水，可能泛潮，所以书都藏在暗室内。"

门内的确是个顶多三四平方的小间，搁架上满满都是书。杜小曼好奇地打量，两个侍女上前，挡住她的视线，要把门推上，岂料又一阵风掠过，灌入暗室，搁架上的一个圆筒啪嗒掉了下来，咕噜噜滚出暗室，筒盖掉了，筒内是一个卷轴，滚出了一半。

杜小曼在侍女赶上之前俯身捡起了圆筒，内心不禁冒出一个八卦的想法——这幅卷轴，会不会是，影帝心爱女子的画像？他把这幅画珍藏在室内，只等夜深人静的时候，才偷偷拿出来抚摸……这个屋子，才会变成其他人无法踏足的圣地。

她的八卦之血沸腾了，忍不住抽出卷轴，展开……

不是人像，是一幅风景画。

杜小曼看了看，卷起卷轴，塞进筒内，递给侍女，走到窗边站了片刻，叹了口气："唉，你们王爷总不回来，算了，我还是回去等他吧。"

栖晴轩的侍女福身恭送。

杜小曼离开了栖晴轩，她觉得自己走得很从容镇定，但其实脚步不受控制地越来越快，手心渗出了冷汗。

那幅画，画的似乎是这座别苑的星棋亭夜景。

几支翠竹掩着小亭，亭外烟波浩渺，半天一轮明月，映照湖中。

画上题着几行字，是影帝那笔风骚又风流的行书。杜小曼只认得出其中的几个字，但凭这认出的几个字，她顺出了那几行像诗又不是诗，像词又不是词的所有内容。

因为，那个晚上，那段歌声，将这几句深深烙在了她的记忆里——

都道好梦消夏凉，总把须臾做久长；转头一望千般尽，人生何处是归乡。

怎么回事，这到底是怎么回事……

杜小曼精神很错乱，很混乱，各种乱。脑内一片空白，她不禁越走越快，越走越快。

几个侍女在后面连跑带喘地追，似乎在说什么，但杜小曼听不见。

有路就走，没路就拐，长廊，月门，嗯，墙，嗯，这边有路……

嗯……花园……

她顺着小路，一头扎进一片竹林，林中，站着一个人。

宁景徽。

他袖着一卷书，站在竹林的阴影中，竹影斑驳，他的面容不甚分明。

杜小曼与他愣愣地对视，脑子终于咔嚓咔嚓，艰辛地转了两下。

"啊，我路过的。你……你随意……"

侍女们气喘吁吁地跟上，立刻低头福身。

宁景徽盯着杜小曼，微微抬手，侍女们一脸尴尬，低头无声无息地倒退离开。

杜小曼想走，但被宁景徽的双眼盯着，不知为什么，她突然挪不动脚步。

宁景徽开口道："裕王殿下已上书皇上，要娶你为妃。"

杜小曼大脑当机中，两眼直勾勾地维持着被雷劈了的癞蛤蟆状态，听见宁景徽接着道："你与慕王爷仍是夫妻，裕王殿下让皇上先赐你们和离，而后殿下再娶你为正妃。"

杜小曼继续怔着。

宁景徽向前走了几步，垂眼看着她："郡主只是想嫁个男人，终身有托？"

啊？杜小曼仍在死机。

"郡主想要的男人，一生只娶你一个，再无他人。可是如此？"

宁景徽的表情很平淡，声音也很平淡，但杜小曼却感到一股寒凉之气从骨子里蹿起来。

她情不自禁后退了一步。

"本阁可以娶你。"

轰，杜小曼的天灵盖再次被旱雷击中，神经抽搐。

"你……你说什么……"

宁景徽仍是那副好像在谈谈天喝喝茶的表情："郡主改嫁本阁，算是下嫁。但本阁可以承诺，今生只娶郡主一人，与其他女子，再无瓜葛。裕王殿下并非郡主的良人。"

苍天啊。

被求婚了！

宁、景、徽、在、求、婚……

谁、能、说、说、这、是、怎、么、回、事？

呵……呵……呵……

右相大人，您不是要进京后抓我去蹲小黑屋的吗？

这个剧情是为什么？

您精分了吗？

杜小曼张了张嘴，几个破碎的音节后，终于吐出了完整的句子："宁大人，谢谢您。但是，您不是怀疑我是月圣门的人吗？一进京您就要抓我。"

宁景徽一脸淡然地说："此事可以再计较。"

再计较？说抓就抓，说放就放，都是您一句话的事儿？

杜小曼无力了。

"您要不抓我我就谢天谢地阿弥陀佛了，其他的事情，我、我就当咱们的脑子都坏了吧。我不想跟裕王殿下结婚，当然也不想跟你结婚。我什么婚都不想结。我不是想找男人，你们也不应该找我这样的人。其实我是路过的，我就是一瓶酱油，真的！啊，酱油这个说法你可能听不懂……总之，我们大家互相放过不好吗？"

她苦逼地说出这句肺腑之言，一脸诚挚地望着仍然一脸平淡的宁景徽。

宁景徽的表情没变、目光没变、连睫毛下垂的角度都没变。

杜小曼有点绝望："我觉得，你还是抓我关起来我比较好，想抓就抓……现在，感觉……挺吓人的。总之……总之，拜拜，再见……"

她转身就走，宁景徽的声音从身后飘来。

"本阁的承诺永远不变，郡主请仔细考虑。"

杜小曼抖了一下，加快脚步，突然脚下一绊……

明明是空地，她却以饿鹰扑食之势猛地扎向了地面。

魂好像一瞬间飞出了身体，再反应过来时，在侍女的惊呼声中，她已经成大字形铺平在地上，幸亏身体本能地做出了反应，脸没撞到，鼻子和门牙都健全。

一双手扶住了她，将她拉起，然后，她、她看到了宁景徽的衣角。

杜小曼顿时手忙脚乱地弹了起来，以她自己都不能相信的速度，然后一脚踩到了……宁景徽的脚。她赶紧后撤，却不知怎的险些撞到宁景徽的下巴。

裕王府的侍女们围观着杜小曼和宁相扯成一团，上前也不是，不上前也不是，表情各异。

杜小曼腰上的佩环不知怎的又勾到了宁景徽的衣摆，扯……扯……扯……

宁景徽握住佩环，向上一抬，终于分开了。

杜小曼赶紧向后噌噌噌退了三步："宁大人，不好意思，我先闪了……"转头飞快地跑了。

侍女们向宁景徽行礼后，匆匆跟上。

一个侍女轻咳一声，从容地说："姑娘，还是由婢子来带路吧。"

杜小曼脸上有点烫，稍微停了一下："啊……啊……好……"

谁都有大脑抽筋的时候，宁景徽刚才可能就是脑子抽了。

如果不是脑子抽了，那么就是掩藏着什么深沉的原委。

总之，目前这些都无关紧要。杜小曼果断把此事踢进角落里，大脑飞速围绕要紧事旋转。

踏进花间榭后，她冷静地问了侍女们一个问题："你们王爷，有孩子吗？"

这……

虽然王爷说要娶，但眼下就打算到子嗣继位上，是否绸缪过早？

就算思虑长远，问得也忒直白了……

几个侍女都顿了一下。

一个答道："回姑娘的话，我们王爷还不曾有子嗣。"

果然。

秦圣爷。

浪荡花丛数年，三百个女人，竟连一个娃都没整出来。

科学吗？

其实也可以科学——

因为所谓浪荡，所谓三百个女人都是幌子，掩盖他其实是圣爷的真相。

影帝啊，你真的是影帝！

杜小曼不由得露出诡奇的笑容。

谁要是再敢说她没脑子，她就用这个犀利的推理糊到此人的脸上！

侍女们看着杜小曼脸上的笑，一阵心寒。

王爷，王爷，怎么就看上这么个女人！

秦兰璪一整天都没有出现。

杜小曼此时也不急了，她吃饱了午饭，困了个午觉。昨天夜里睡眠质量不好，这个午觉她一下睡到傍晚。

醒来后雪如向她禀报："王爷白日里抽不开身，让姑娘好好休息。"

杜小曼嗯了一声。

不要紧，她慢慢等，他肯定会来。

月上竹梢的时候，杜小曼望着那个走进院子的人站起了身。

他身边没跟随从，一身宽松长袍，头发也没好好束起，像是晚饭后出去散了个步回家一样，步子懒懒散散的，开口时，声音里也带着懒洋洋的笑意："怎么坐在外面？"

杜小曼说："吃饱了，坐外面消消食，赏赏月。"

秦兰璪抬抬手，院子里的侍女们都退下，他在杜小曼面前坐下："夜里风凉，坐一时就回屋里去吧，别受寒了。"

杜小曼嗯了一声。

他又道："你今天一天，都急着找我，到底有什么事？"

杜小曼顿了一下道："没什么。"

他的脸在月光下凑近，双眼亮亮的："真的？可我觉得你还是有话要说，掌柜的。"

杜小曼不禁道："时阑……"

秦兰璪一笑："你可许久没这么叫过我了。"

杜小曼嗯了一声，道："换了好多种叫法，还是这么叫顺口些。"

秦兰璪、影帝、裕王……许多名字，许多身份，她心里乱叫，嘴上含糊，但叫来叫去，还是时阑这个名字最清楚明白。

名字只是个代号，其实她一直希望，他只是那个骗吃骗喝的啰唆书生，那个跑腿的小伙计时阑。

现在，她想就当他只是时阑。

秦兰璪轻笑道："我也觉得你喊这个最好。"

杜小曼再嗯一声。一时间，两人都没说话，静默片刻后，秦兰璪道："有话不说，就不像你了。到底是什么事？"

杜小曼再张张嘴，却不知道该用哪句开头。

秦兰璪站起身："这样吧，我想个方法。"走到屋内，拎出茶壶和两个杯子，"我们就当行酒令，输了的，喝一杯茶，赢了的那个人问一个问题，输了的得答实话，可否？"

杜小曼道："好，可我不会什么行酒令啊。"

秦兰璪把杯子放到两人面前："就是我们在酒楼时常玩的，石头剪子布。"

杜小曼点头："这个可以！"

杜小曼握拳，秦兰璪也握拳，一、二、三，出！

石头VS剪刀。

秦兰璪喝下面前的茶："唉，本来想问你的，没想到你先赢了。来吧，你想问我什么？"

杜小曼深吸了一口气，坐正："我想问，你……为什么要娶我？"

"哦。"是她熟悉的那种含着笑的调子，"娶你还用别的理由么？"

杜小曼道："这不算正面回答问题。"

"哦。"秦兰璪敛去笑容，"我……"

杜小曼开口打断他的话："我知道你接下来要说什么。你会说你喜欢我，所以想娶我。"她耸耸肩，"你记不记得，我曾经对你说过，我喜欢过一个人，但他为了另一个女孩子，把我甩了？"

秦兰璪微微颔首："似乎有此事。"

杜小曼道："我当时，是真的真的很喜欢他，为他做过很多脑残的事情。我可以因为他，去剪我不喜欢的发型，吃我不喜欢的东西，穿我不喜欢的衣服。满脑子都是他，晚上睡不着，看着手机……啊，是我们那里一种先进的传信工具，就是等着他给我传信，其实我知道他一向早睡，不太可能给我传信。有一天晚上，他真的给我传了一条……一封信，只是说他睡不着，问我在干吗。我抱着那封信笑得像个傻子一样。只是跟他走在一起，他拉一下我的手，我就觉得我是这个世界上最幸福的人。就算不和他在一起，远远看着他的背影，我都觉得好幸福……"

秦兰璪坐着一动不动地听她说完这一大串，眼中折射的月光清凉如水："看来你是真爱他。心里一直爱他，再没有别人了？"

杜小曼摇头："不是，我现在已经不喜欢他了。我说这些的意思是，虽然我现在不喜欢他了，但我知道，真心喜欢一个人，是什么样的。我知道，真爱的时候，会有什么样的目光，什么样的表情，什么样的举动……"

秦兰璪斜斜靠在凉椅上："这不尽然。世上的人千千万万，哪个人都不会与另一个人完全相同。对心爱之人的举止，又怎能一样？"

"虽然不会完全一样，但总有共性。真喜欢和假喜欢，能看得出来。"杜小曼叹了口气，"所以，我知道，你不是真的喜欢我。所以，我一直想不通，你为什么要娶我。"

月光下，看不清对面人的面容，更看不清表情。

只听秦兰璪道："原来你是这样想。好吧。"他伸手，"再来一局。"

一、二、三!

布VS剪刀。

杜小曼输。

秦兰璪含笑看她灌下那杯茶，开口道："眼下，你心里的那个人是谁？"

杜小曼干脆地说："谁都没有。"

"真的？"秦兰璪挑眉，"不是谢况弈？"

"这都能算三个问题了！"杜小曼翻个白眼，"不过算了，我不计较，当补充回答了。当然不是。谢况弈和箬儿挺配的。"

"倘若没有孤于箬儿呢？"

"……"

秦兰璪立刻一笑："你不必回答。"

杜小曼悻悻地握拳："再猜一局？"

秦兰璪跟着握拳："当然。"

剪刀vs石头。

杜小曼又输。

她灌下一杯茶，把茶杯往桌上一搁："问吧。"

"你今天到底为什么找我？"

终于又问到了。

杜小曼道："昨天晚上，我在星棋亭那边看了一段歌舞表演。里面的一段曲子，很像我在月圣门里听到的。所以我猜测，你的别苑里可能有月圣门的人，想提醒你一下。"

秦兰璪将她面前的茶杯斟满："此事你不用担心，更别往里掺和。就算真有月圣门的人，宁景徽在这里，侍卫无数，她们若敢轻举妄动，等同于送死。你只记得，这事与你无关，就算出了天大的事，你也只当没发生过。"

这是暗示她要把真相，也当作没看到过？

杜小曼真想当没看到过，什么都不知道。

但她几乎要脱口问，为什么。

假如下一局她赢了，她不知道自己会不会问出这个问题。

为什么？

她能想到答案。

一个年轻的女子，嫁给垂死的太上皇，怀孕时丧夫，没有名分，孩子是皇子，却在幼年时处处被防备。

他到底如何一步步艰辛地长大，她想象不到。

所以，这么想来，一切其实顺理成章。

本来她已经接近真相了。可后来被误导上了弯路，因为秦兰璪是裕王。所以她被引到了一个思维上的盲区——裕王，不可能是月圣门的教主。

其实，为什么裕王不可能同时又是教主？

月圣门，一个都是怨妇的门派，怎能发展到如此壮大，甚至里面还有朝廷的官员，还有倒戈的官府武装？

一个邪教，为什么甚至要劳动右相亲自处理？

还有秦兰璪和宁景徽之间那暗潮涌动的关系。

一切都有了合理的解释。

秦兰璪想用月圣门达到怎样的目的？答案昭然若揭。杜小曼却不愿意再深想下去了。

这里面，水太深。

"掌柜的。"秦兰璪在她眼前晃晃拳头，"最后一局？"

杜小曼点头："好！"

一、二、三，出！

石头vs……布。

秦兰璪笑嘻嘻的："我今晚的运气真不错。"

杜小曼怀疑，其实他的运气可以一直这么好。连第一局，本来也应该是他赢。

秦兰璪故作犹豫："哎呀，问什么好呢？"又蓦然正色，目光灼灼地望着她，"你现在最大的愿望是什么？"

杜小曼干巴巴地说："世界和平。"

秦兰璪嗤了一声："假得可以。"把她喝空的茶杯加满，"再罚一杯，得说实话。"

杜小曼端起那杯茶。

其实世界和平真的是她的愿望。世界和平了，大人物们别瞎闹了，她这种小炮灰就不用被牵连了。

当然，这不是她最大的愿望。

她最大的愿望是——她不想再过这种日子了！

她想回家！

那个她永远回不去的家，回不了的年代。

　　要么再退一步，别再过这种任人摆布的日子了也行。

　　做神仙打赌的棋子，被月圣门的人拎来拎去，不得不厚着脸皮依靠谢况弈，又被白麓山庄扫地出门，再被宁景徽抓，跟着云山雾罩的影帝。什么阴谋、朝政、改朝换代，衬托得她连蚂蚁都比不上，随随便便一只手就能捏死。

　　算来算去，也就开酒楼那段日子幸福一点。曹师傅和胜福他们，好像她的家人一样，就算绿琉是卧底，她和碧璃那时也像杜小曼的家人一样。

　　因为那时候，她自己赚钱养自己，活得堂堂正正，顶天立地。

　　人不能靠任何人，得掌握自己的人生。

　　当她仰仗谢况弈的时候，白麓山庄想赶就可以赶她。

　　她跟着秦兰璪，裕王府的侍女看似对她恭敬客气，可和以前绿琉碧璃对她，是不同的。她们听着裕王府的命令对待她，不会管她杜小曼真的想怎么样。若不是因为裕王，她们看都不会看杜小曼一眼。

　　靠着别人活，就得永远被别人掌控。

　　端谁的碗，服谁的管。就是这么简单的道理。

　　杜小曼喝光了茶，放下茶杯，郑重地开口："我……"

　　秦兰璪突然打断她的话："我可能知道你目前最想要什么。不如来看看，我猜得对不对？"

　　他起身，抓住杜小曼的手臂："跟我来。"

　　杜小曼被扯进屋，秦兰璪反手合上了房门，利落地上了门闩。

　　杜小曼的小心脏不禁扑通扑通跳快了："你、你做什么？"

　　秦兰璪将手指按到她唇上："嘘——"跟着忽然猛地抱住她，一挥衣袖，屋内灯烛尽数熄灭。

　　杜小曼的鼻子撞到他肩上，秦兰璪身上的熏香味直蹿入肺，几根头发戳进杜小曼的鼻孔，杜小曼的心进了嗓子眼。

　　好在就在灯烛熄灭的瞬间，秦兰璪松开了她。

　　杜小曼暗暗吐了口气，揉揉刚刚被秦兰璪的头发弄得想打喷嚏的鼻子。

　　安心，安心……

　　没什么好怕的。

　　秦兰璪拉着杜小曼走到柜子边，不知道摸到了墙上的什么东西，一转一拉，墙上转开一扇门，是和栖晴轩差不多的暗室。

秦兰璪走进暗室，却只拿了样什么东西，就又走了出来。合上暗室，再走到墙角，掀起一块地面，把刚才拿出的东西插进地中，一旋，刚才旋开的那扇暗门旁边，竟又滑开了一扇小门，只容一个人侧着身子入内。

　　秦兰璪放好地板，再度抓起杜小曼的手带她闪入了小门。

　　小门合拢，他从怀里取出了一根火折子，点亮，从墙上拿下一根火把点着。

　　火把上噼啪轻响，点燃的木头和油的气息混合着秦兰璪身上的香味。话说，他身上还真香啊……以前从没这么香过，难道是刚刚和部下们接上头，圣爷仪态尽现了？

　　不对，香味之中，有别的味道。

　　方才匆匆一抱，她光顾着惊了，未曾留意。但现在火一点起，周遭热气上升，更加馥郁的香味中……带着……隐隐的腥味。

　　酒楼刚开时，杜小曼曾经到厨房打过下手，她很熟悉这种味道。

　　是血的味道。

　　新鲜的、血的味道。

　　秦兰璪的声音突然响起："想什么呢？"

　　杜小曼一惊，立刻道："我在想，你真的很爷们，纯爷们，太爷们了！"

　　"这话听着怎么不像好话？"秦兰璪的声音里似乎带着一丝阴森，"好像，你上次想和我说什么的时候，也说过类似的……"

　　杜小曼赶紧打岔："你多心了！我是真心的！"

　　秦兰璪倒没有继续追究："哦，我还以为，你正猜我是不是要把你拉去卖了。"

　　"怎么会？"杜小曼又真诚地道，"你肯定不会的。卖我何必那么费事呢。再说，我也卖不上价钱。"

　　秦兰璪轻笑出声。

　　路程不短，走了大约一刻钟多一点，前方出现了一扇门。

　　秦兰璪熄灭火折，打开了门。

　　初秋，月色澄明。夜晚清凉的空气冲淡了熏香的味道，那一丝血腥味也被冲淡，渐渐消失了。

　　秦兰璪忽然道："我给你的那块玉佩，你还戴着么？"

　　啊？那个……

　　秦兰璪看杜小曼手忙脚乱作势要翻衣服，轻叹了一口气："你更衣时丢在一旁，下人帮你收在妆匣里，就一直没戴吧。现在在我这里。"

杜小曼汗颜："对不起，我……"

秦兰璪道："看来你一直不喜欢戴它。玉择主，有缘才会喜欢，它终究与你无缘，勉强不得。我就不再给你了。"

杜小曼默默点点头。

这是什么意思？有什么隐藏的含义么？

难道暗示以后月圣门不会再找她了。

秦兰璪低头望着她的双眼："方才你问我，为何想娶你，然后不等我说，就说了一大堆，还说你知道答案，知道我一定要说谎。你为什么那么肯定我一定会说谎，一定讲的不是真话？"

杜小曼一时愣怔。

"咳——"一声咳嗽突兀地乱入。杜小曼一回头，看见了熟人。

正靠着一棵树站着的，谢况弈。

"婆婆妈妈的，好了没有？"

夜色里看不见表情，但谢少主身上那股"老子很不耐烦"的气息，十万八千里外都能感受到。

杜小曼又当机了。

她看看谢况弈，转头再看看秦兰璪。

秦兰璪用好像谈天气一样的口气说："谢少庄主数日前就一直尾随，只是护卫太多，未曾靠近。今日我若不送你出来，只怕他也会硬闯。"

秦兰璪牵着杜小曼，走到谢况弈面前。

"谢少庄主倘若进了别苑，你绝对会跟他走，他还会稍带毁点别苑里的东西。与其费这番周章，还不如我送你出来。"

秦兰璪松开了杜小曼的手腕，突然握住她的肩，在她耳边轻声道："我猜你想说的答案，猜对了没有？"

杜小曼还未来得及反应，秦兰璪懒懒一笑，将她往谢况弈那边一推。

杜小曼一个踉跄，谢况弈扣住她的手臂，简洁地吐出一个字："走。"

杜小曼却仍不由自主看向秦兰璪，张张口，却不知道该说什么。

正在此时，她视线范围的边缘处，似乎亮了起来。

火！是火！

熊熊火光，冲天而起！

别苑着火了！

杜小曼的心狂跳起来。

这样的火光，她是第三次见了。

第一次在杭州，第二次在桃花岛，每一回都是天翻地覆，血雨腥风。

她身体腾空而起，落上了一匹马的马背。她下意识挣扎着转头，谢况弈一抖缰绳，骏马撒开四蹄，以闪电般的速度急驰。

秦兰璪独自站在原地，紫色的衣袂在风中轻扬，背后是半天火光，夜幕与湖水染成混杂着金色的血红。

有一群人，正向他走去。

为首的人，依稀是每次大火燃起时，必要闪亮上场的……宁景徽……

马匹拐过一个弯道，什么都看不到了。除了天上的火光。

第五卷·漂泊秋风中

荒野，树林，溪水潺潺。

杜小曼坐在溪边，在清晨的薄雾中抱住了头。

谢况弈递给她一个水袋："累了你就睡会儿。"

杜小曼有气无力道："不用了，睡得够多了。"她的后颈隐隐作痛，谢况弈策马带她离开时，她下意识地挣扎，脖子后一疼，两眼一黑，再睁眼时，天已经要亮了。

谢况弈不置可否地挑挑眉。

杜小曼努力梳理思绪，秦兰璪、起火的院子、宁景徽……昏迷之前看到的一幕幕走马灯似的在她眼前晃。

她猛地站起身："我得回去！"

正坐在地上喝水的谢况弈抬起眼皮看看她。

杜小曼加重语气："我必须得回去！"

谢况弈点点头："嗯，行，那你回去吧。"

杜小曼环顾四周，再抬头看看泛着朝霞的天边。

谢况弈向旁边一比：“那里是北。”

哦。杜小曼再继续环顾，谢况弈闲闲地将胳膊搭在膝盖上：“知道该往哪里走么？”

杜小曼悻悻地回身，对上谢况弈的视线：“不知道。”

谢况弈简洁地说：“我不会告诉你。”

“……”

杜小曼张了张嘴，终于爆发了：“谢大侠，我不知道影帝怎么搭上了你的线，我也搞不清到底是怎么回事。但是，如果我不进京城，宁景徽就会问他的罪，他可能就……其他的事情和我没关系，我也不想扯上关系，但是我不想因为我的事连累别人！”

谢况弈用茫然的表情看着她：“影帝是什么？”

“裕王！秦兰璪！时阑！”

“这个称呼是你对他的爱称？”谢况弈目光里含着“你脑子坏了吗”的疑问，“宁景徽敢治他的罪？你在说笑话？”

杜小曼无力道：“谢大侠，你得和我说实话，是不是我们走的时候，裕王和宁景徽正要火并？到底他俩谁的胜算大点？”

谢况弈一口水呛在喉咙里：“你真够可以的，裕王和宁景徽火并，哈哈，真神了！一般人绝对想不到这个！”

“那火……”

“火是月圣门的人放的。”谢况弈擦擦嘴边的水渍，“月圣门的人想找宁景徽报仇，即便知道留宿别苑定然是圈套，裕王和宁景徽肯定在等着她们送上门，她们也还是过来寻仇了。啧，送死罢了。”

少年，这是你不知道幕后BOSS的真实身份！

“宁景徽为什么要带兵过来抓时阑？”

谢况弈皱眉：“抓？起火了，宁景徽当然要亲自过来救驾。话说你到底怎么会想到宁景徽要抓裕王？他二人一路合谋月圣门，同心同德，怎么就不和了？你真看得起宁景徽，即便他与裕王不和，一个是君一个是臣，敢动皇上的亲叔，等于要造反了。”

“那这到底是怎么回事？”杜小曼彻底抓狂了，“为什么他让你带我走？”

“原来你不想走啊。”谢况弈顿时一脸浮云，“他以为你不想跟他进京，不能明着放你，所以就让我把你带出来。也是，你如果跟着他进京，就是裕王妃了。”

"谁要当裕王妃！"杜小曼的声音又高上去。

谢况弈站起身："你要是真不想当，那就歇一会儿，吃点干粮喝点水，继续赶路。"走到马前，从马鞍兜里掏出两个大饼。

杜小曼彻底无力了，接过谢况弈递来的一个大饼，啃了一口，脑中依然一团糨糊。

谢况弈面无表情地咬着另一张饼："我娘做的事……对不住。"

杜小曼一愣，含糊道："呃，没什么……我如果是谢夫人，可能也会这么做。"

"你别替我娘找借口了。"谢况弈的声音生硬，"一般人做不到她那样。宁景徽到白麓山庄要人，她不想让我家牵扯上朝廷，所以那样做。不过她以为把你交给宁景徽，顶多就是把你送回家去，不知道你那时候差点被……后来她知道了，才又安排人送你。总之，此事我们白麓山庄道义上有亏。"

杜小曼一头冷汗，谢夫人把她卖给宁景徽是比较不厚道，但从一开始就是谢况弈一直在帮她，无论怎么算，都是她欠了白麓山庄。帮她是人情，不帮是本分，怎么可能还上升到道义有亏这个高度。

她赶紧说："没亏，没亏。对了，箸儿好么？"

谢况弈简短地说："挺好。"

杜小曼竟不知道怎么接话，谢况弈也没再说什么，一时有点冷场。

杜小曼默默啃完了饼，喝了两口水。谢况弈解开马绳，整装待发时，杜小曼还是憋不住又问："你，到底怎么和秦兰璪联系上的？"

谢况弈吐出的话让杜小曼很震惊："我与他，算早有联络。那时我寻不到你，裕王竟派探子向我传话，说你被月圣门抓去了。但我晚了一步，他们抢先一步救了你。我尾随时，裕王又派人传话给我，约我一同对付月圣门。"

杜小曼手里的水袋差点掉到地上，影帝心机真是深不可测。她赶紧问："你答应了没？"

谢况弈哼了一声："我不与朝廷为伍。"

谢天谢地。

谢况弈又道："我拒绝此事后，他又传信给我，说月圣门路上将有滋扰，你进京后还是会有些麻烦，你又不愿嫁他做裕王妃，所以让我带你走。其实我也有些纳闷，按理说他不该如此轻易地放了你。不过，既然他这么说了，我就过来了。"

杜小曼默默地听完，默默地站着。

谢况弈整整马鞍："我把你带出来，就不可能送你回去。若是你想去别的地方，我可以带你去。怎么样，走不走？"

眼下形势，还有的选么？

杜小曼厚着脸皮道："谢大侠，多谢。"

谢况弈道："少说废话，快上马。"

马行颠簸，杜小曼的心也一直在跟着颠簸。

她一直想，秦兰璪为什么突然放了她？

那股血腥味……还有那火……

那天晚上到底出了什么事，为什么会出事，结果怎样？

这些跟她没什么关系，她却不由自主地去想，不得不想。

月圣门VS宁景徽这条一直清晰的线慢慢拉长，才发现，竟是一张网，网的中轴线上趴着时阑，网上还连着很多她认识的人，谢况弈、绿琉……

至于她，就是一只路过时，不慎被黏住的小蚂蚱。

现在她这算是脱网了么？不知道。

只是，那时她回头看到的秦兰璪在夜与火光中独自站着的身影，不断在脑内和眼前晃来晃去。

谢况弈疑惑的声音在她头顶响起："你病了？"

杜小曼一惊回过神："没有啊……我很健康！"

"你一直像在打摆子。"

"呃，错觉，错觉。"

下午，马行到一座城外，下马休息时，杜小曼向谢况弈道："谢大侠，这次又麻烦了你一回，实在太感谢了，暂时还无以为报。但我看我们恐怕不同路，不如就在这里别过吧。"

谢况弈看着杜小曼，没说话，只用表情问，你又发病了？

杜小曼清清喉咙："我……我一直都在麻烦你，但总不能老依赖别人，人得靠自己，所以……"

谢况弈点点头："哦，好。"

嗯？就这么简单？

杜小曼蓦然又觉得少了点步骤，她抬手挥一挥："那我走了啊，再见，拜拜。"

谢况弈再点点头："嗯。"

杜小曼转过身，独自向城门走去，脊梁上一直像扎着刺一样。

快到城门前，她终于忍不住回头。谢况弈牵着马在几步开外。

杜小曼再抬手挥一挥："再会……"

谢况弈道："再会。"

杜小曼又回过头继续向前走，到了城门前，两根长矛挡在面前。

"将文牒拿来验看。"

杜小曼傻眼了，好声好气道："军爷，我忘记带了，可不可以通融一下？以前进城都不用的。"

"忘记带了？"一个兵卒上下打量她，冷哼一声，"以前是以前，此刻是此刻。小娘子，你孤身在外，又无文书，该不会是……"

一个蓝皮的册子从杜小曼肩上递了过来，谢况弈的声音冷冷道："她的文牒。"

兵卒接过，打开，扫了一眼，收起长矛。

杜小曼收回文牒，快步进了城门，汗颜地向谢况弈道："谢大侠，多、多谢……"

谢况弈看都不看她，牵着马从容地从她面前走过，扔下一句话："我们已经别过了。"

是……是别过了……

杜小曼揣起文牒，向着谢况弈的背影吐出一口气，想先闪进一家饭馆吃个饭，顺便可以等谢少主走远了再说。刚走到一挂酒旗下，她蓦然想起，兜里没钱。

杜小曼只得接着往前行，谢况弈就在她前方一两丈开外的地方牵着马慢悠悠地走着，搞得比较像她在尾随谢况弈。好在又走了一段之后，到了十字路口，见谢况弈直接向前走了，杜小曼赶紧左拐，发现一个硕大的"當"字映入眼帘，她一阵惊喜，飞奔过去。

当铺不算大，柜台里只坐着一个打算盘的小伙计。杜小曼拔下头上的钗子，摘了腰上的佩饰递进柜台，小伙计接过看了看，先掂掂那根簪子："包铜的？"

杜小曼恶狠狠道："真金！"

小伙计啧了一声，弹弹簪子上镶嵌的珠花。

杜小曼补充道："这可都是真宝石。"

小伙计再拎起那块玉佩，擦一擦，杜小曼又道："这是好玉！"

小伙计搁下玉佩："得了，这位大姐，眼看快关铺子了，这两个物件儿，三十文，取个整数，多的几文算图吉利了。"

杜小曼的声音不禁拔高了："三十文？三十两你都买不到簪子上镶的珠花！"

小伙计呵呵笑了："大姐，你想要多少？三百两？那你何必还到这里来？门口摆个摊儿，插根草标，喊到三千两也任凭你。我说句实话，你别不高兴，要是真金、真石头，你也不至于到了进当铺的份儿上。好吧，就算是真的，看你这打扮，这东西的来处定得要斟酌，敢收就不错了。"

杜小曼道："那你把玉还我吧，我只当簪子，你给我三十两就成。"

小伙计再嗤地一笑，把两件东西都丢了出来："两样都不要了，大姐你请另寻别处！"

杜小曼抓起那两样首饰，扭头就走。

脚刚跨出门槛，小伙计又在她身后喊："算了，三十五文。拿来吧，看大姐你一个人挺不容易的。"

杜小曼转过身："我只当簪子，你开个实在价。"

小伙计道："唉，玉还好说，再假也是块石头，最不济事也能当个镇纸用。大姐，你这簪子，我一掂就知道，铁外头包的铜，当不得棒槌做不得针，改成挖耳勺，都不知道能不能拧出弯儿来，十五文，顶多了。"

杜小曼干脆地回身撩起门帘，小伙计又喊："大姐，何必这么急？你倒也说个实在价。江湖上不还有句话么，买卖不成仁义在。"

杜小曼再转过头："我不混江湖，只谈买卖，不讲仁义。"阴森森一笑，"如果我真混江湖，你这么做买卖，可就叫不要命了。你没听说过，眼下，混江湖的女人惹不得么？"

小伙计颤了一下，笑声僵硬起来："姐姐，呃，这位姑娘，有话好好说。若有得罪的地方，请见谅。要不，我给你五十文，行么？"

杜小曼道："十两，算给你个大便宜了。我实在等钱用。你应该识货，这个价钱你连上面的珠子的一半都买不来。"

小伙计怪叫一声："姑娘，我给你跪下成不？十两！这么大桩的买卖哪是我们这种小门脸能做的。我们整间铺子里，加上我，砸砸算算，才能凑几个钱！"他用壮士断腕般的表情道，"半贯钱！"

杜小曼大怒："你才半吊子！"

小伙计又抖了一下："大姐，算我说错了话，要不给你凑个整儿？别和我计较啦。"

杜小曼咬咬牙，这么磨嘴皮子下去不是办法，进了当铺，东西就不值钱，硬声道："八两银子，再加上一百文散钱，我求个吉利，不能再少了。"

那小伙计仍是百般要赖，最终以五两六十钱成交。

出了当铺，杜小曼用身上穿的衣服到旧衣铺换了一套旧布衣，换了行头再走到街上时，暮色已浓，见路上来往的贫家女子与她打扮相近，顿时有了种融入大众的安全感。

她找了个小摊，要了一碗面吃，刚吞下一口面汤，蓦然看见对面的奢华酒楼门口，几个小伙计正弯着腰，恭送谢少主出门。

杜小曼抱着面碗，不自觉地往下缩了一点。但谢况弃根本没往这个方向看，翻身上马，洒脱离去。飞扬的尘土让杜小曼深深地反省自己多么地自作多情。

吃饱后，她在大街上溜达，人来人往，她却觉得天地很空旷，有种人生重新回到自己手上的感觉。

但不知为什么，心里还是有块地方有些空得慌。以前出逃也罢，做买卖也罢，逃亡也罢，目标都很清晰，而她现在，竟好像不知该往何处去了。

果然是依靠别人成习惯了，都不知道自己该怎么活了！不行，不能这样！

杜小曼寻了家小客栈，要了间房住下，顺便思考一下去路。

按照眼下这个情况，找一个隐蔽的所在低调地过活，才是正道。朝政阴谋、天下大事都跟她没关系，她只要自己过好自己的日子就行！

于是思来想去，她又重拾了老念头，打算先隐蔽起来，再找机会慢慢往边境挪……

但今时不同往日，如今她兜里只有一点点钱，跟以前不差钱的时候不能比，只能一路慢慢打工，慢慢挪移了。

杜小曼熄了灯，躺到床上，强制性地把一个个不知怎么冒出来的念头删除掉——

秦兰璪和宁景徽到底怎么样了？

跟我没关系！

为什么朝廷、月圣门都不肯放过唐晋媗，吸收一个郡主做教徒对月圣门就这么重要?

跟我没关系!

秦兰璪一个王爷,统御月圣门这么个怨妇组织,就为了给天下的女人讨公道?

显然不是。

这肯定是政治手段!不想当皇帝的王爷不是合格的王爷。

明朝可以有朱棣,杀了侄子建文帝,夺位为帝,为什么这个时空不可以有个秦影帝?

秦兰璪不像燕王朱棣,有封地,有兵权,他两爪空空,一无所有,只能走不一般的路线。而月圣门想要变成天下第一教,则需要一个大靠山。选择裕王这样一个圣爷,出乎意料地安全、可靠、有前途。

秦兰璪对外装成浪子,后宫三千,其实都是月圣门的精英。从之前的情况看,很多地方的官吏都被策反,朝廷里应该也有不少吧。

绿琉目前是月圣门的小干部。唐晋媗身边除了绿琉,还有哪些是月圣门的人?肯定不止一个。

这个世界上,不幸的婚姻肯定不止一两例,那么,贵族女子里又有多少是月圣门的成员呢?显贵皇亲的府邸里,又有多少月圣门的耳目?月圣门这个组织就像水一样,无声无息,顺着每一条缝隙扩散、蔓延……

明察秋毫的宁景徽发现了不对劲,这才亲自微服查证的吧。

唉,想这么多干吗?统统都跟我没关系!

影帝真能赢么?

别苑里的那一场大火……密道里那股新鲜浓郁的血腥味……

如果影帝输了……

滚!都说了跟我没关系!

杜小曼再翻个身,狠狠地把眼闭得更紧。树影葱茏,倒映窗纸。

第二天早上,杜小曼去结算房费,发现自己被宰了一刀。

住店的时候没细问,掌柜的说还有空房,给她开了一间,她就住了。没想到这间房要二百文一晚,还不包早晚餐。掏了房钱后,她心顿时隐隐作痛,去小摊喝了五文钱一碗的豆腐脑才平复下来。

她在摊子上打听了一下,这座小城也有私驿,但都只通附近的城镇。杜小曼一时也闹不清楚这地方到底在地图的哪个方位，距离沿海近还是内陆边境近。

她溜达到私驿中观察了一会儿，发现背着包袱做生意人打扮的大都是往一个叫临德的地方去，想来那是个大城，起码商贸繁华。于是，她也爬上了去临德的车。

上车前，杜小曼还暗暗打量了四周，没有谢少主或白麓山庄的人出现的迹象，松了一口气。

杜小曼不禁又自我鄙视了一下，实在太把自己当回事了。

这一趟车里加上杜小曼一共坐了七八个人，还堆了些货，其中有个人带了家眷孩子一起。赶车的师傅在车内拉了道帘子，将杜小曼、那位抱孩子的女眷和两件货物与其他人隔开。

出城的时候，又有兵卒验看文牒，连车里带的货也大致检查了一番。

杜小曼将谢少主给的那份身份文牒递上，兵卒接过看了看，扫视杜小曼的目光微有些诧异，但还是抬手放行了。

杜小曼不禁与一起坐的那个女子搭讪："最近查得可真严，以前没这样啊。"

那女子姓陈，相公姓刘，年纪顶多二十出头，怀里抱的男孩也就两三岁。她边拍着哄孩子睡觉，边轻声道："可不是么，所以我们这趟货都不多带，自己走车都不值车夫的工钱，就搭驿站的车了。"

杜小曼瞄见他们带的货物貌似是茶叶，道："夫人家是做茶叶的么？好风雅的买卖。"

刘陈氏道："哎呀，夫人两个字是大户人家用的，妹妹千万别如此称呼。小门小户小生意，混口饭吃罢了。妹妹不是本城人吧，到临德是投亲么？年纪轻轻怎会孤身一个人上路？"

杜小曼叹气道："别提了。我家本在京城，后来家道中落，到杭州开了一阵酒楼，又遇事倒闭了，辗转流离，只剩下我一个人寻我的表姐。原本听说表姐住在这里，过来之后找不到，说是搬临德去了。我就只好再去临德找找。"

刘陈氏微微蹙眉："临德可不比本城，地方大着呢，你一个人要如何寻？你表姐姓什么？我看我是否认得。"

杜小曼道："表姐姓徐，她嫁的人姓俞，是个读书人，没做什么生意买卖。"临时借用了一下徐淑心和她情郎的名字。

刘陈氏摇头："没听说过，我们家在本城住了多年，没听过有姓俞的人家。不过，读书人一般也不与我们这种买卖人往来。你说去临德找，难道州试将近，你那表姐夫要投考？"

原来临德竟然是这个州的州府。

杜小曼赶紧道："应该是。我那表姐夫考试没什么运气，考了好多年，老是不中。表姐跟着他，过得苦哈哈的，嫁妆全搭进去了。我也是没办法才来投靠表姐，不知道会不会成为累赘。他们的日子原本就不好过啊。对了陈姐姐，你认不认识临德有什么地方，能让我做个帮工挣点钱？我身上钱不多，万一找不到表姐，至少可以做工糊口，就算找到了，也别拖累他们。"

刘陈氏的表情带上了同情："若是你那表姐夫要投考，十有八九是住在临德东南锦绣街水坊巷一带，你可以到那里去打听打听。临德招女子帮工的地方倒是有，但你一个孤女子，还是小心为上。那些粗活，你也做不来。身上盘缠若够，就先找着你表姐再慢慢打算。可惜我家买卖小，只我们两口子带着个孩子糊口罢了。不过，妹妹若真有难处，下车后我和你说个地方，你可以到那里寻我们。"

杜小曼感激地道谢，萍水相逢，肯这样帮忙，刘陈氏真是个善心的女子。

马车走得挺快挺顺，沿途停了两趟让人下车方便，中午在一处茶棚吃了午饭，天将黑前顺利赶到了临德。

下车后，刘陈氏告诉杜小曼，有事可以去北关陆家街，她家在陆家街东头有个小门脸。

杜小曼道谢别过，又寻了一家客栈。安全为上，她一边鄙视自己奢靡，一边还是要了个小单间。州城的旅馆价格自然不低，杜小曼进了个小客栈，要了个最差的单间，仍是掏出去一百多文，心痛得滴血。

次日清晨，杜小曼退了房，在路边就着粥啃下去一个大馒头，下定决心今天起码找个临时的杂工做，最好能包食宿，反正不能再住死贵的客栈了。

她沿街搜索，做好跑断腿的准备，没想到刚走到路口，就看见硕大的"招工"二字。

挂牌招人的店铺颇大，临着十字路口，十足的风水旺铺，正在装修，几个劳力搬着东西跑上跑下。

大店铺招人，工钱应该不低吧。

可惜古代招人有性别歧视，女人找工作不容易。看这家铺子的格局，有些像酒楼或茶楼，定然是招跑堂的之类的。

还是先打听打听吧，说不定后厨需要洗碗工什么的，这个男女都行吧。

她站在门口探头探脑地打量，只见大堂内的一挂门帘一掀，走出来一个头发花白的老妪，银簪盘发，毛青短褂罗皂裙，指点两个劳力去后面取东西，瞥见杜小曼在门口，便走了过来。

　　"小娘子在此做甚？寻人么？"

　　杜小曼道："不是不是，我看您这店门前挂着招工的牌子，就想问问，你们收女工么？"

　　老妪拿眼将杜小曼上下一扫，眯眼笑道："这位小娘子，老身说句唐突的话，你细皮嫩肉的，看起来实在不像该出来做活的。但又衣装素简，衣不合体，莫不是遭逢什么变故？我们这门脸刚刚盘下，正需要做活的年轻女子，只是用人得要谨慎，眼下官府盘查得严，不是清清正正的，我们不敢收。"

　　杜小曼赶紧道："您放心，我来历清白，品行端正！"掏出谢少主给的文牒，"看，我身份证明都齐全，绝不是什么乱七八糟的人！只因为来临德投亲，盘缠用光了，这才想找份工作挣钱糊口。我能吃苦！刷碗扫地洗衣服，什么都可以做！"

　　老妪接过她的身份文牒翻了翻，道："我们铺子里倒是用不上洗碗扫地的，小娘子你女红如何？"

　　女红……

　　杜小曼小声说："基本……不会……"

　　老妪再拿眼看看她："裁衣、缝制、刺绣，都不会？"

　　不好，这是家布店或者裁缝店，恰好是她的弱项。

　　杜小曼不得不点头承认："都不会。"

　　老妪将文牒递还杜小曼："那老身上楼问问，可还招别的人手。小娘子进来等等。"

　　杜小曼心里一阵拔凉："多谢。"跨进门槛，坐在墙边的小板凳上等，心知被聘用的可能性不大。

　　过了盏茶工夫，老妪又下楼，向杜小曼道："老身问过了，倒是还有个活小娘子应该能做。你该看出来了，我们这铺子是家成衣铺，进来的布料择选分类也需个人手，只是工钱比制衣稍低，但包食宿。小娘子看可以么？"

　　杜小曼满脸冷汗道："对不起，这个活我也做不了，我分不清布料。"棉麻绸缎之间的质的区别，她有时候都犯糊涂，不要说这个绸和那个绸，这个缎和那个缎了。

136

老妪道："那小娘子该会记账吧？"

杜小曼道："其实……账，我也不是很能记明白和算清。"

她数学一直不好，开酒楼那段日子，是学了一点记账核账的初级技能，但主要都是绿琉或时阑在做，她只负责核对。记账只会用自己发明的笨办法，别人可能都看不懂。并且她连算盘都不会打，这个活肯定做不了。

老妪的脸越来越为难，道："要不小娘子再等等，老身再上去问问？"

杜小曼立刻道："不用了，麻烦您老来回跑，真不好意思。看来这里的活我做不了，谢谢您，我再去别处看看。"

老妪顿了顿，道："小娘子莫忙，兴许还有别的活……哎……"话未说完，杜小曼已经行了一礼，出了店铺。

老妪叹了口气，颤巍巍再上楼，向脸色阴沉地站在窗边的谢况弈道："少主恕罪，老身未曾想到这位姑娘居然……老身做得不妥，请少主责罚。"

谢况弈沉声道："不关你事，是她蠢得出我意料。"抬手合上窗扇。

窗外，杜小曼的身影已消失在街道拐角。

杜小曼继续往前走，心情有点阴郁。

以前她对自己颇有些自信的，以为自己是外来者，思想前卫，知道的东西多。如今离开了别人的帮助，独自找工作才发现，其实自己百无一用，根本比不上她以前瞧不起的古代女子。起码针线女红这些，她们几乎人人都会，缝缝补补也能赚点小钱。对比之下，她简直就是一头只会吃的猪。

杜小曼的心里充满了自我鄙视，拖着步子走了两三条街，都再没有碰到招工的。

天将晌午，半天时间眨眼就没有了。虽然入秋了，天还挺热的，她脸上早已渗出油汗，口干舌燥，肚子还不争气地咕咕叫起来。

她找了一家小摊吃了碗面，这条街上人挺多，前边不远处有个尼姑庵，此时小摊上满满都是人。

杜小曼吃着面，不由得心生羡慕，可惜不会做饭，要不然……嗯？

她眼前突然金光一闪，似乎看到一扇门缓缓打开。

一个推车、两张小破桌、几个小板凳，都是从旧家具店里买来的。

一把铁壶、一口小锅、一个小炉子，小杂货铺里就有卖，买一小筐木炭，还送火折子。

粗瓷壶、瓷碗、杯子，在店内借水清洗干净，买了十几件还赠了个捣蒜杵。

再来几两最普通的茶叶、冰糖，水果摊上买些枣和梨，都正当季，不算贵。

杜小曼再买了个半旧的小推车，推着这些东西吭哧吭哧到了尼姑庵附近的小街口，因为不太会掌握推车，路上险些撞了几次人，手上也磨起了两个水泡。

街口大多数地盘都被人占了，杜小曼被几个摊主赶来赶去，总算寻到一处没人占的空地，虽然比起其他摊位稍微有点偏，也算临街了。

摆好桌凳、杯碗，她翻出一块板子，用木炭写上"冷热凉茶，两文一碗；甜蜜果饮，三文一杯"，搁到桌前。

此时天已近傍晚，她赶紧把木炭装进炉子，点上火，炖上热水，再削梨皮，切块。

一壶水煮开，冲进茶叶，再换上小锅在炉子上，放梨块、枣、冰糖，开始熬制糖水。

"一碗茶。"锅盖刚盖上，摊前响起一个声音。

居然真有客人！看打扮像在附近帮工的汉子。

杜小曼在衣襟上擦擦手，手兴奋得竟有些抖："好咧。茶还没凉，只有热的，行么？"

那人点头，喝了茶，搁下钱，杜小曼攥在手心里，有种热泪盈眶的冲动。

挣、到、钱、了！

再来个客人吧！让这两个孤单的铜子儿有个伴吧！

不知道是不是老天给她开了外挂，杜小曼刚在心里呐喊完，竟真的陆续又有几个客人来买茶，大概半个多钟头，她就挣了十来文钱。

把钱揣进兜里，杜小曼一阵心潮澎湃，就算买彩票中了七千万，可能也只能这么高兴了。

炉子上的小锅噗噗冒热气，梨汁应该也熬得差不多了，杜小曼掀开锅盖，开始吆喝："现熬的雪梨糖水！清热败火，又暖又甜，只要三文钱！现熬的雪梨糖水！清热败火，又暖又甜，只要三文钱——"

"一碗糖水。"一个女子走到她的摊前，盈盈一笑。

杜小曼心里紧了一下，不会，又是月圣门的人吧？

她盛上一杯热糖水，那女子坐到桌边慢条斯理地喝。

杜小曼偷眼打量她，那女子一张巴掌大的小脸，尖尖的美人下巴，搁在现代，绝对是当明星的料。脸上敷得白白的，不是刷墙漆似的白，而是吃得住粉的白，白里透着珠光般的润。眉毛描得细细长长。十指尖尖，染着红红指甲。身上的衣服虽然是绸，但看料子比较粗劣，颜色倒是艳丽。鬓边插一支珠钗，杜小曼见识过很多真东西，便认得出那钗子是假货，可能是铜制。垂着的珍珠是真是假就不知道了。样式挺别致，斜斜插在薄而蓬松的鬓发边，别有一番妩媚。两片红唇啜着糖水，竟然丝毫不改嫣红，看来胭脂不错，不脱色。

她坐到小桌边，杜小曼的生意陡然就好了，接连有几个客人来喝茶，都是男子，端着茶碗，眼睛却看着桌边那个女子，还有一个向杜小曼道："怎么也不多备两张桌子？"

杜小曼应道："刚开张，没多置办，请见谅。"

那女子独自坐在桌边，对那堆来喝茶的男人视而不见，待喝完了，又问："五文钱两杯，行否？"

这个做派，不像月圣门的。

月圣门对想招揽的人，一般都会多付钱。

杜小曼笑着道："当然可以。"还往女子的杯中多舀了个枣。

几个来喝茶的男子磨蹭着喝完，付了茶钱，恋恋不舍地离去。

那女子仍旧慢慢喝着糖水，用茶匙将枣子挑出来细细吃，向杜小曼道："多谢，今儿身上不便，正想吃枣子。"

杜小曼道："是不是每月几天的……那个？啊，那你不能喝这个糖水，梨和冰糖都是凉性，得喝红糖水。"

那女子道："我倒也不讲究，喝都喝了。"又问，"摊子只你一个？没个伙计？"

杜小曼道："是啊，我今天下午才开张。小买卖，望以后多看顾。"

女子笑道："好。我就在那边的巷子里住，喝你这糖水颇合口味。若你有伙计，倒是可以天天给我送一份。唉，算了，我就经常过来吧。"从袖子里抽出一条帕子，拭了拭唇边，把五文钱放到桌上，起身离去，留下一阵香风。

杜小曼抓起那五个铜板，觉得铜板都带着香气。

隔壁卖炊饼的大娘对着那女子的背影呸了一声，把小车拉得离杜小曼的摊子远了点。杜小曼望着那女子款摆腰肢的背影，大概知道她是什么来历了。

来的都是客嘛，有钱赚就行。杜小曼毫不在意，她本就不是个清高的买卖人。

到了快入更时，杜小曼算了算，竟然挣了不少钱。抛掉两个梨几个枣儿茶叶木炭以及天黑后点油灯的成本，盈利有二十多文。杜小曼有点后悔自己水带少了。

她收了摊子，推着小车走到尼姑庵后，叩响后门。

过了许久，一个老尼掐着念珠闪开门，让杜小曼和小车进去，道："杜施主，小庵未末申初上大供，而后就晚课休息了，到这般快要入更，实在太晚。"

杜小曼赶紧道："师太，对不住，我明天就不会这么晚了。"

她在这个尼姑庵里捐了点香火钱，尼姑庵可以暂时收留她和小车住几天，比住客栈便宜太多了，但就营业额来讲，还是太奢侈，权且住着再说吧。

杜小曼把小车存到后院，尼姑庵给她暂住的地方是柴房旁存杂物的小屋，半间屋堆着东西，另半间屋空着，窗下用两条板凳支着一张门板权当床铺，杜小曼又从杂物堆里淘出一个小破箱权当床头柜使。

小炉子里还有些余火，杜小曼新削了一个剩下的梨，加上枣和冰糖炖上糖水。门外就有口水井，用水倒是方便。杜小曼再拿了块抹布擦干净临时的床板和床头柜，老尼捧了旧被褥和枕头来给她。

杜小曼谢过老尼，掀开咕咕嘟嘟的小锅锅盖，盛出一碗糖水道："多谢师太，我也没什么东西好谢您，这是我自己的碗，刚洗了，还没使过，很干净的，师太尝碗糖水吧。"

老尼道："阿弥陀佛，施主还要以此糊口，贫尼怎能吃你的？晚课已做，亦不能进食，施主请自用吧。"

杜小曼道："这是我的心意，师太请尝一点吧。"再三请让。

老尼见她态度诚恳，就接过碗，坐在门板上喝了两口，一边问道："施主打算在临德长住？"

杜小曼道："我先留一些时日，看我那表姐与表姐夫能否寻到，若寻不到，再做打算。"

老尼叹道："唉，你年纪轻轻一个女子，真是难为了。"

杜小曼道："也算走运，总能遇着好人啊，像师太和庵里，能暂留我容身。待我多赚点钱，再租个便宜屋子住下，糊口总行。"

老尼道："阿弥陀佛，菩萨保佑施主。有个常来烧香的居士，家中似有空房，待她再来庵中时，贫尼帮你问问。"

杜小曼赶紧道谢。老尼再和她聊了几句，搁下空碗离开。

杜小曼喝了点剩下的糖水，灭了炭火，从外面打了点水洗漱睡下。门板配上硬挺挺的老褥子，实在有些硌得慌，但她真是累狠了，眼皮一合，就像被胶水糊住了一样，再也睁不开，沉沉睡去。

此时此刻，同一座城里，有很多人难以入眠。

城东一座雅宅中，灯烛辉煌。主厢房内，紫妍花香缭绕，侍女们放下珠帘，垂了罗帐，铺开锦褥，门外有碎铃声响起，一个侍女进了房内，福身道："夫人，跟着的人回了消息，说少主正蹲在白雀庵的屋脊上，看样子打算一夜就在那里过了。"

谢夫人手里的茶盏哐当摔在桌上。

侍女小声道："夫人，要不着人把少主接回来吧。夜里风凉，再说，在尼姑庵的屋顶上……要是被人看见了……"

谢夫人揉了揉太阳穴："我的儿子，我知道，跟他老子一个德行，犟劲儿上来了，十头牛都拉不回来。让他在上面蹲着吧。要是被人看着了，就是我和他老子陪他一起没脸，能怎么样！"

侍女道："夫人莫急，少主这就跟中了邪似的，可能就这一阵儿，过去就好。"

谢夫人取出一盒药膏，挑了一些，揉在太阳穴上："过去？恐怕一时半刻难。那妮子比我料想的道行深。她若是贴定了弈儿不放手，倒是好办。贴一阵子，说不定就腻了。但此时这样，怕是弈儿着魔更深。"

侍女愁眉苦脸道："那怎么好？那么个女子，怎么就能迷得住少主呢？"

谢夫人叹了口气："这个世上啊，那些搔首弄姿，妖妖娇娇的，都是纸糊的妖怪，似这般不显山不露水的，才是真有道行的精！"

次日天刚透亮，杜小曼迷迷糊糊睁开眼，觉得肚子上有点沉。她一撑起身，一团影子嗖地从她肚子上蹿到地上，杜小曼吓了一跳，抱着被子定睛一看，一只肥硕的狸花猫蹲在杂货堆旁，眯缝着眼看她。

她的小火炉上搁的锅翻在地上，昨晚剩下、准备今天当早餐的糖水全洒了。

杜小曼一阵心痛，看着那只狸花："你干的啊？"

狸花爹起胡须："喵——"

唉，算啦，想来是它昨晚不小心打翻的。

杜小曼起身下床，一抖被子，一团黑乎乎的东西从被子里掉到地上，杜小曼差点尖叫了一声。

毛茸茸，血糊糊，好像是……一只死耗子的残躯。

狸花从嗓子里咕噜一声："喵呜——"

这只狸花一直住在这个杂物间内，杜小曼住进来，实则是侵犯了它的地盘，正在角落里暗暗不爽时，杜小曼的那锅糖水却引来了厨房的耗子。

庵中的几个老尼平日饮食寡淡，极少做这些甜食吃，甜香令耗子们神魂颠倒，纷纷爬上锅盖，都没留意盘踞在杂物后的狸花。

狸花飞扑上前，撞翻了锅，将耗子们擒杀干净，吃了一顿饱餐，再瞅瞅床上天翻地覆的动静中，仍睡得死猪一般的杜小曼，觉得可以原谅这个女人，收她当个手下，就很赏脸地卧在她的肚子上，还留了一块老鼠肉赐给杜小曼。

这个愚蠢的女人竟对它的赏赐不甚领情，狸花微有不快，眯缝起眼睛，嗯哼了一声，转头卧到杂物堆的高顶，居高临下地清理毛皮，不再理会杜小曼。

杜小曼当然猜不透这些曲折，但也大概想到，可能是糖水引来了耗子，猫抓了耗子，撞翻了锅。

她叠好被子，忍着恶心打扫地面，把糖水渣和死耗子都清理出去，再烧了热水，足足把那口小锅烫洗了五六遍。

老尼们做了早饭，让杜小曼一起吃，杜小曼跟着喝了一碗粥，连连道谢，到厨房洗了碗，又打扫了院子，这才和庵里借了个竹筐，出门买菜。

她这厢刚出了后门，那厢庵里便来了客。

"几位师父。"

眉目慈和的老妇人敬香毕，取出一个荷包。三四个仆役沉默地将几包东西扛进庵中。

"我家主人发愿礼佛，备米面各三石，银二十两，供养诸位师父。愿宏佛法，感戴慈悲。"

"阿弥陀佛。"住持老尼合十行礼，又有些许疑惑，"不知施主的主人是哪位善菩萨，心许何愿？小庵有长明灯，可供奉佛前。"

老妇人微微笑道："老身的主人，许的不是法愿，不是执愿，乃一点俗愿尔。无须诵经，也不用点长明灯，只要后院那姑娘还住在庵中时，几位师父多看顾，便是我家主人心愿成了。"

杜小曼扛着一堆杀了半天价淘来的便宜菜回到庵中，但见几个老尼看她的表情有些微妙，便赶紧说："几位师父放心，我买的都是素菜，绝不会把荤腥带进来。"

老尼们上前帮她接东西，杜小曼连忙推辞说自己来就行。

带她入庵安置、一直看顾她的那位法号惠心的老尼又道："施主昨夜睡在杂物间，实在太委屈了。东厢已收拾好客房，施主想要什么，便与贫尼说。"

杜小曼一阵茫然，但来不及多想，手忙脚乱地在老尼们的帮忙下将菜洗干净了，推着小车赶去出摊。

赶到昨天的老位置，眼看要到晌午了。她搁下炉子，点火架锅，放水，加入盐、花椒、八角、桂皮、辣椒粉等，再布置摊子。待摆放齐整，锅里的汤已开了，咕嘟嘟地炖着，杜小曼再取出一把竹签，将青菜、蘑菇、豆腐泡、豆腐皮等串成一串串，放入锅中。

香气飘溢，引了几个人驻足问询："小娘子这卖的什么？"

杜小曼拍了两头蒜，边捣制辣酱边答道："麻辣烫。"

其实她更想买烤羊肉串的，可尼姑庵好心留她，怎么也不能用这些荤腥毁了佛门净地。

留待赚钱租得起房子后，再发展这项业务吧。

来来往往有人问，有人看，却总不买。还有人嘀咕，那汤熟了没，这么点东西怎么够吃。

杜小曼正好有些饿了，就从旁边大娘的摊位上买了一个饼，把饼掰开，夹进两串豆腐蘑菇，刷上辣酱，再磕了个鸡蛋，洒些葱花，舀了点锅里现开的汤冲出一碗蛋汤，边吃边喝。

顿时有围观的人道："妙哉，就你吃的这一套，多少钱？照样给吾来一份。"

杜小曼道："一串青菜两文，豆腐皮蘑菇三文，一碗汤四文，饼您得到旁边买了。"

旁边围观的人道："真是不贵，一个鸡蛋还得两文钱哩。"有跟着哄趁热闹的也要了吃，没多久，杜小曼的小锅竟空了，赶紧添水加串再煮，旁边卖饼的大娘也卖出去不少饼。

那大娘因昨晚来吃糖水的那个女子，连带着对杜小曼有点成见，但今天杜小曼捎带帮了她的生意，成见便消了些，趁空和杜小曼搭了两句讪，问她家乡何处，怎么到了临德，为何出来做生意？

待过了晌午，客人稀疏了，杜小曼边收拾材料，边和大娘唠嗑。突然一阵香风袭来，眼角余光瞥见一袭华裳，赶紧转身："客人要吃串还是喝……"

半截话哽在嗓子里，杜小曼拎着抹布的手僵在半空。

"杜姑娘。"谢夫人站在摊前，笑得温柔，"能否请你移步片刻，与我谈谈？"

杜小曼愣了几秒钟，点点头，将摊子托给卖饼的大娘暂时照看，擦干净手，解下腰上的围裙。

谢夫人侧立在一旁一直盯着她，让杜小曼很是不自在，僵硬地笑道："夫人，我可以走了，去哪里？"

谢夫人含笑道："便就对面的茶楼吧。"

茶楼二楼，小单间。

茶点摆上，茶博士沏上茶，杜小曼有些渴了，见谢夫人只是端坐不动，就端起面前的茶盏喝了一口，清清喉咙问："夫人想和我谈什么？"

谢夫人笑盈盈道："杜姑娘，那时我将你交给了宁右相，想来你心中定然怨恨。你可知，我为何要如此做？"

杜小曼耸耸肩："无论是谢少主还是白麓山庄，与唐晋媗扯上关系，都没好处。所以，虽然夫人那时把我卖给了宁右相，我觉得很不厚道，不过我能理解。"

谢夫人微微摇头："杜姑娘，你不会以为我真那么傻，看不出其中的破绽吧。若你真是唐晋媗，我绝不可能将你交给宁景徽。"

杜小曼握着茶盏怔住。

谢夫人正色道："杜姑娘，我就敞开窗户说亮话了。我查不到你的来历，不知道你是谁。我也不想知道。但我绝不能让你与我儿子在一起。

"你不是唐郡主，我眼中所见的那个小丫头，绝非出身富贵，举止谈吐都毫无教养。你曾与弈儿说，你不是唐郡主，但以唐郡主之名称呼时，你又应着。月圣门与右相那等人物为什么都要找你，我不清楚。可我们光明磊落的江湖人家，只走坦坦荡荡江湖路，与姑娘你，不是一条道。"

杜小曼道："那个……谢夫人，你怎么猜我无所谓。但我现在没和令郎谢少庄主在一起，将来也不会，我不……"

谢夫人唇角轻挑："杜姑娘，我已开诚布公找你，便是对你欲擒故纵之计一清二楚，你又何必绕弯？弈儿这几天一直跟着你，你真的不知？哪个年轻轻的女子，敢公然抛头露面，当市买卖？弈儿那傻孩子巴巴地着人去给你送钱花，一文两文，你唱他和，何必。"

杜小曼手里的茶盏好像变成了铁盏，里面装着滚开的水："你说，我摊上的客人是……谢少主他……"

谢夫人道："姑娘，弈儿这么一夜两夜地熬，也不是办法。要不这样，你先随我回宅子，其他事再慢慢计较，如何？"

杜小曼沉默很久。

而后她深吸一口气站起身，慢慢道："谢夫人，不管你怎么看我，我、和、你、保、证，我对谢少主没有任何企图，我就是想过自己的日子而已。"

她说完这句话，转身推开小间的门，离开茶楼。

她穿过大街，回到摊前。

卖炊饼的大娘试探地问："来找你那位是……"

杜小曼胡乱应着："哦，一个熟人。"

她手忙脚乱地收拾起摊子上的东西，堆到车上，也不管锅歪了，汤洒了，串串竹签掉在地上，胡乱捡起跌落的小板凳塞在车头，推着小车仓皇而逃。

她撞进小庙后门，院中的老尼诧异："施主怎么这么早就回来了？厢房已经收拾好……施主？"

杜小曼只当没听见，把小车丢在柴房门前，一头撞进杂物间的门，插上房门。

狸花被她惊了一跳，从床上跳下来，跃到杂物堆上。

床头的破柜上搁着她吃饭的碗。她昨天买的那些减价处理的茶杯和碗只有这一个是有花纹的，花枝上开着淡红色的小花，大概是因为碗底有个小豁口，才便宜卖了。她开心地把这个碗洗了又洗，留给自己用，既喝水，又吃饭，幸福得不得了。

昨天夜里，她抱着这个碗在床头喝糖水，边喝边想，赚了钱，先租间小房子，再买上茶杯和配套的碟子。

她抓起那个碗，狠狠向墙上砸去。

瓷碗碎成几片，跌落在地。

她再从怀里扯出干瘪的钱袋，用更大的力气砸到墙上。

铜板跌落一地。

杜小曼跌坐在地上，狠狠抓着头发，口腔里依稀有淡淡的腥气。

过了片刻，她慢慢动了动，向前爬了爬，收拾了两块碎碗碴，丢下，又摸向四散的铜板，在触到的一瞬间，终于忍不住抱住膝盖，痛哭出声。

她一边哭一边抹着眼泪一边想，杜小曼，你怎么就这么玻璃心了。你有啥好玻璃心的？你什么没见过？

死过，见过神仙，又回到人世，当过通缉犯，进过邪教，蹲过大牢，喝过毒药。

还有什么扛不住的？

谢夫人的几句话，说得没错啊，是实情，有什么好玻璃心！

她再抹一把眼泪鼻涕，把钱抓起来，都塞进钱袋。捡起那几块碎碗片时，心中一阵刺疼。再咬咬牙，想想自己现在满头乱发，一身泥灰，模样绝对经典，拿个碗就可以进丐帮了，这样还会被谢夫人脑补成狐狸精？什么鬼剧情！不觉又笑了一声。

狸花卧在杂货堆上眯缝着眼睛看这个疯妇，觉得愚蠢的人类真是不可理喻。

杜小曼吸吸鼻涕站起身，摸摸碎碗块上的花纹，又一阵心疼，在心里说了声对不起。

她把钱袋搁到床上，准备打点水洗洗脸，一开门，只见门外站着，谢况弈。

杜小曼一时不知该如何反应。

谢况弈看着她，没说话。僵持了许久，谢况弈才沉声道："我娘……"

杜小曼很镇定很淡定道："谢少主，真的谢谢你。你帮我这么多，可能我这辈子都还不清。可能我这人确实不知好歹，但我还是要说，你以后，别再帮我了。"

谢况弈的脸色变了变。

杜小曼转身往水井的方向去，谢况弈的声音从她身后飘来："只有三个人是我派的。"

杜小曼的脚步顿住。

谢况弈道："就三个，你不想让我帮，可以还我六文钱。"

杜小曼回身，与谢况弈的视线相遇。

谢况弈说："嗯，其实是五个。真的就五个，这次没少说。"一伸手，"十文钱。"

杜小曼犀利地看着他："你雇他们，不止这么多钱吧？"

谢况弈从容答道："不要钱。"

"……"

好吧，想来是白麓山庄的小弟，少主有吩咐，必定争先恐后，倒贴钱都愿意。

杜小曼摸出钱袋，倒出十文钱，放到谢况弈手心里。

谢况弈把钱往怀里一塞，又道："我代我娘向你赔不是。她……咳……"抓抓头发，一脸为难。

杜小曼道："谢少主，谢夫人很疼你，她做这么多，都是为了你好。总之，从各方面来说，谢少主你都不应该再帮我，我也不应该再接受你的帮助。"

谢况弈盯着她，双唇抿得紧紧，半晌挤出一点了然的表情，点点头："那我先走了。"干脆地一纵身，掠上房顶离去。

杜小曼叹了口气转过身，却见惠心师太正站在不远处，凝望着刚被谢况弈踩踏过的屋脊。

杜小曼吸吸鼻子："要是瓦被踩坏了，我赔。"

惠心师太双手合十："阿弥陀佛，施主，贫尼有句话不得不说，缘如佛前明灯，几世累积，才得琉璃盏满，但从明到灭，短或一瞬，长不过一生，当看自己把握。"

杜小曼明白，这句话翻译通俗点，大约等于，青春短暂年华易逝，拣个好的就嫁了吧。

她点点头："对，但如果本来就没缘分，不该牵扯上，就果断不要接触太多。"

惠心师太叹息一声，又念了句佛号，转身走开。

杜小曼打水洗了把脸，凉水泼到脸上，脑子也冷静了。

她抹干净脸，把全身收拾收拾，将小推车拾掇了一下。方才冲动的时候，她曾想过把车砸了，离开白雀庵，现在她想给自己两巴掌。

对，这钱是卖了秦兰璪的东西才有的。

对，开始摆摊的时候谢况弈帮忙开了外挂。

对，一直还是靠了别人。

但人得面对现实。傲气是要本钱的，啥都没有的时候，有什么资格谈骨气。

砸了车，还能去干什么？

不食周粟饿死的那两位，之所以风骨千古流传，因为人家本来就是名人。

杜小曼铁骨铮铮地饿死在街头，不会有人对着尸体赞叹，啊，这个有气节的女子！只会抱怨，又有躺尸的影响市容了，往乱葬岗拖都费劲！

将来赚了大钱，拍下银子，N倍还债，那才是赢家！

哭哭哭，哭个鬼啊。

伤春悲秋，那是有钱人家的小姐才有资格干的事儿。

趁着天还亮着，赶紧出去，晚上再赚一票才是正道。

杜小曼推着小车重新回去摆摊，卖炊饼的大娘看到她眼直了一下。

"小娘子，回来了？"

杜小曼嗯了一声，摆放好桌椅，感觉有无数道视线在自己身上扫射，她抬头环顾了一下四周，左右摊位的摊主却都在各做各的。

她从车上搬下小炉子，卖炊饼的大娘过来帮她端锅，试探着问："晌午来找你的，是……"

杜小曼笑笑："一个熟人。"

大娘叹了口气："唉，你一个人，年纪轻轻的，真是不容易。不过能想着做门营生，也挺好的。"

杜小曼道："我刚做买卖，什么都不懂，承您帮衬，以后也请多看顾。"

大娘道："小娘子客气了。大家做买卖糊口，都不容易，能互相多帮帮就帮帮吧。"

杜小曼笑着点头。大娘正待再说些什么，一个袅娜的身影站到了摊前："又出摊了？"

杜小曼一抬头，见是昨天来喝糖水的那个女子笑盈盈地立着，卖炊饼的大娘立刻放下了手里帮衬的东西，回自己的摊上去，暗暗撇了撇嘴。

女子含笑道："晌午我就想喝你昨儿那个糖水，远远瞧了瞧，你好像改卖别的了，晚上还有么？"

杜小曼赶紧说："有，但要等一等。"

女子在摊位上坐下："不当紧，反正我也没事，你熬着。"

杜小曼现削了梨子，加枣熬上，飞快奔进旁边的杂货铺，现买了一包红糖加入糖水中。

女子抿嘴笑道："谢了，真是有心。"

杜小曼道："承你多照顾我的生意，这是应该的。"

卖炊饼的大娘与左右摊主听了，都又暗暗撇嘴。

中午谢夫人来找杜小曼谈话的那一场，左右摊主都在猜测内幕。谢夫人保养好，看起来和杜小曼是同辈人，其美艳华贵与杜小曼的灰头土脸对比着实强烈。于是众人都猜，八九不离十，是哪家的老爷一时猪油糊了眼，明明有美貌的夫人，还摸上了府里的粗使丫头，丫头事后落荒而逃，流落街头，还是被穷追猛打的夫人寻着了。

如今，杜小曼对这个女子如此讨好，其他摊主们不得不感叹，物以类聚，人以群分。

杜小曼对这一切懵然不知，只凭直觉知道，这个女人肯定不是谢少主雇来的，是她靠自己的能力吸引来的客户，得好好对待。

这个女子喝糖水的期间，又吸引了不少男人过来，杜小曼轻松入账了十几文，期间竟还有客人来问："小娘子，晌午那吃食还做不做了？"

杜小曼顿时被治愈了。

这句询问是最好的肯定，胜过一万句称赞。

但是她只有一口锅，熬了糖水，就做不了串串，只能道："明天中午有。"

那人走时，表情还有点失落，杜小曼感动得要流泪了。

那女子抿着糖水笑道："妹妹生意不错呢。你中午卖的那个，看来挺好吃，我明儿也来尝尝。"

杜小曼道："那多谢啦，刚开始做，只希望能糊口罢了。"

女子又道："你既是新来，在何处落脚？"

杜小曼道："暂时在白雀庵中借住。"

女子道："哎呀，那可不是长久之计。若是你想赁屋，我家倒有空房，可算便宜些租你。我每天占便宜多吃点糖水便罢了。"

杜小曼心里一动，正想问价钱，又忍住了。这女子看起来实在像……再说万一又是月圣门的呢？做客户挺好，其他的，还是算了吧。

女子敏锐地捕捉到了她的神情变化，搁下茶盏："妹妹神情犹豫，难道听说了什么风言风语？我知道许多人说我不好，但我实实在在一个清清白白的人，不怕旁人说什么！"

杜小曼赶紧道："不是不是，是我实在没钱。整了这个摊子，还得留点钱进货，暂时没什么盈余，所以才在庵里借住，等赚了钱再说。"

女子起身："也罢，是我多事了。"搁下糖水钱，走了。

卖炊饼的大娘探首观看，终于忍不住小声向杜小曼道："哒，小娘子，那郑九娘，你还是少沾惹为好。"

杜小曼听这话不甚入耳，含糊道："我看这位夫人人好又漂亮，总来照顾我生意，挺感谢她的。"

卖炊饼的大娘嗤道："啐，夫人？这个词哪能往她身上用。小娘子，就当老身多事了，你既然想正正经经做买卖，本分在城里立足，就别沾这种野路子女人。"

杜小曼不得不道："她到底是……"

大娘正等着她问这一句，立刻爆了一堆料。

那女子的身份，倒和杜小曼之前猜测的有出入，并不是做不正当营生的。据炊饼大娘说，她不是本城人，大概在一年多前来到城里，貌似是一个买卖人养在这边的外室，自称姓郑，叫九娘，不知道是不是本名。那男人给她买了个小院子，但极少出现。郑九娘就每日里浓妆艳抹，在街上晃荡，勾得这一带的男子们心迷神醉。方圆几条街的女人们，没一个不骂她的。郑九娘也不以为耻，仍是打扮得花枝招展，招摇过市。

"养她那人，不知是不是不要她了，横竖是有一阵子没见了。她还这么涂脂抹粉的，谁知背地里有没有做什么见不得人的营生。总之，远着些，省得惹得一身腥。"

杜小曼将几文钱收进钱袋里，却不由得想，刚才郑九娘说的那堆话，肯定是被别人背后戳脊梁骨戳多了，怒而发泄，可见她除了可能被包养之外，没做过什么不正经的事。

世界真是不公平。如果郑九娘是个男人，鲜衣怒马，招摇过市，肯定人人称赞风流潇洒，但身为女人，打扮漂亮点，四处走走坐坐，就变成不知廉耻，不守本分了。看着这样的世道，月圣门倒也有存在的理由。

她立刻敲了自己脑袋一记，怎么鬼使神差地又想到月圣门了，当心想什么来什么。

唉，说到月圣门，不知道影帝他……

没听到坊间有什么朝廷变动的谣传，看来没出什么大事。

也可能是……事情被捂住了？

唉唉，省省吧杜小曼，你就是一瓶酱油，连肚子都填不饱了，管得了那种事么？且顾眼下！且顾眼下！

杜小曼再拍拍脑门，蹲下身，拿起蒲扇扇旺炉火。

"少主。"小随从吸吸鼻涕，抱住树杈，低声问前方的谢况弈，"小的不明白，少主不是说，不帮她了么？"

"我是不帮她了。"谢况弈靠在树杈上，淡淡道，"我只看她。"

入夜，杜小曼收了摊子回白雀庵，婉拒了老尼们让她去厢房住的好意，还是钻进了杂物间，啃下一个大娘送的饼，大脑放空睡去。

朦胧中感觉那只狸花又跃到了她的肚子上，舔舔毛皮，咕咕打着呼噜卧定。她心里竟有种莫名的踏实，沉沉入梦。

谢家的宅子里，谢夫人仍没有睡，跟着谢况弈的小随从用鸽子传回了一个条儿，条儿上只写着一行字——少主走火入魔了。

谢夫人揉皱了条儿："又在尼姑庵顶？"

侍女低声道："回禀夫人，少主不在尼姑庵顶了，在尼姑庵里的大树上。少主还着人传话回来说，是夫人白日里那样对了杜姑娘，所以他才这样。他不回这里了，让不用等他。"

谢夫人将纸团一抛："那就让他那儿待着吧，儿子大了不由娘。我当做的都做了！"吩咐侍女打水卸妆沐浴。

侍女一面服侍谢夫人宽衣，一面道："夫人莫气，少主也就这一阵儿。奴婢曾听就近服侍过的姐妹说，那位又是姑娘又是什么来路不明的郡主的，手里钓着可不止少主一个，还和别的男子有些不清不楚，少主看清了，自然就好了。"

谢夫人沉吟："她今日回我之话，并不像作伪。"神色一变，霍然起身，"难不成弈儿都这般对她了，她还敢拿搪不喜欢弈儿？！真是岂有此理！"

第二天早上，杜小曼起身后做了个大胆的决定，用手里为数不多的钱，又弄了个小炉子，再弄了口锅。

糖水串串一起卖，多元经营，多元收入。

做生意嘛，要勇于投资！

两个炉子又要多带水和炭，她的小车陡然一沉，吭吭哧哧满身大汗才推到地方。

手心起了个大水泡，磨破一层油皮。

她往下搬东西，就有路人过来打趣她："呦，老板娘，大手笔啊，铺面扩了。"

杜小曼抬头嘿嘿一笑："多买个炉子而已。"

坐在树杈上吃早餐的谢少主不由自主掐烂了一个包子。

蠢女人！跟路边的汉子调笑，嫌事不够多么？！

小随从瞄着少主铁青的脸色，小心翼翼道："少主，包子馅漏了，要不，吃这个茶叶蛋吧。"

谢况弈不语，指缝间漏下的包子馅恰好落上了路过树下的一人的肩膀。

那人抖抖衣衫："呔，晦气，大早上沾鸟屎——"一抬头看见树上，半张了嘴。

谢况弈向树下一瞥，简洁地对小随从道："让他闭嘴。"

支上两口锅，杜小曼的生意真的又好了很多，虽然没像她想象的那样翻倍，人旺的时候也够她手忙脚乱了。

晌午过去，她再将一把钱装进钱袋，望了望街角，心中却有些介怀。

郑九娘，始终没来。

也许昨天不应该那样回答。

张麻子带着一帮弟兄雄赳赳往这边而来。

听手下人说，有个小娘们竟敢不给张爷爷进贡，就擅自在市集摆了摊子。真是反了天，务必得让她知道，这片地儿姓什么！

不知小娘皮姿色如何，王妈妈那里前儿还说缺人……

张麻子不由得淫邪地笑了起来，一只脚刚踏上丁字路口的砖，突然膝盖一疼，腿一软，一头扎在了地上。

哪个吃了豹子胆的竟敢暗算爷爷！

张麻子正要跳起身，咻，一物擦过他的鼻尖钉入他眼前的地面。

一片……蛋壳……

一片……半截……插入……地面的……蛋壳……

张麻子一跃而起，迅捷如兔地调头："弟兄们，今天风头不顺，撤！"

"少主。"小随从咽下包子，试探着问，"不是说……"

"我不是帮她。"谢况弈从容道，"我在除暴安良。"

杜小曼坐到小板凳上，喘了口气，擦擦汗。

这会儿人少，总算能歇歇了。

腿挺疼的，胳膊也酸，但摸摸怀里的钱袋，她就像又注入了一管鸡血一样，感觉充满了力量！

她喝了两口水，又烧上一壶茶水，埋头扇火。

"少主。"小随从小声劝，"小的看，这会儿应该没什么事了。不如少主先去歇歇，留小的在这里守？"

谢况弈直愣愣盯着前方："也罢，记住，不要帮她。"

小随从苦着脸目送携清风离去的少主："小的……遵命。"

傍晚将近，杜小曼抖擞精神，正在往锅里加串，视线的余光瞥到几个人向她的摊位走来。

几个穿着官府捕快服装的人……这种架势，不像来吃饭的。

难道是因为非法摆摊？

几个捕快的手中都拎着镣铐，杜小曼不由得紧张起来。

她慢慢站直，在围裙上擦了擦手上的冷汗，几个捕快已走到近前："昨日，可有个名叫郑九娘的女子，在你摊上吃过糖水？"

杜小曼咽下口水，点点头。

几双手擒住了她的胳膊："跟我们回趟衙门吧。"

杜小曼想挣扎，咔嚓被套上了镣铐。

"为什么抓我？我什么也没做！"

捕快喝道："少废话！"再一摆手，"附近几个摆摊的，统统拿下带走！"

老天，是你在耍我吧！跪上公堂，杜小曼欲哭无泪，在心里咆哮。

整点有新意的行吗？这都第二次了！

难道郑九娘姐姐真的是月圣门的人？她代表月亮弄死了哪个人渣？

我又被当成圣姑了？

不带这样的啊！我都这么努力奋斗了，还让我这么倒霉，天理何在？！

我只想做一瓶好好过日子的酱油！

堂上衙役列序站定，知府大人升堂。

这回不是牛知府那样逆天的娃娃脸美青年了，堂上坐着一个年约五旬的胖子，挺着富态的将军肚，一双眯眯眼。

知府大人一拍惊堂木："堂下妇人，报上姓名！"

杜小曼答道："民女杜小曼。不知犯了何罪，为什么被带到这里？"

知府再一拍惊堂木："好个刁妇！本府只问你名姓，你却敢诘问本府，真是好大胆子！本府看，那郑九娘定是被你毒杀！"

杜小曼霍然抬头，心里猛地一凉。

死的……是郑九娘？

这就是她没再来的原因？

她辩白道："不是我！我和郑九娘没怨没仇，为什么杀她？我卖的糖水我自己都喝过，不可能有毒，左右摊主都能做证！"

捕快递给旁边的书吏一个托盘，由其转呈到知府面前："此乃这女子的文牒，属下从白雀庵搜得。"

知府展开文牒，眯眼细看，冷笑："满口辩词，好个利嘴！本府倒也有几个为何要问你！时杜氏，你一个寡妇，相公新丧，不在家乡守孝，却到了临德，还穿红着绿，招摇市井，倒是为何？！"

时……

时……杜……氏？

寡……妇？

谁……来……告……诉……我……这……是……什……么……剧……情……

杜小曼的脑与心，如同被万匹神兽践踏过的草原，一片凌乱，一片空旷，一片荒芜。

浑浑噩噩中，只听堂上惊堂木又一响。

"刁妇，本府看你如个雷打的蛤蟆一般，已编不出什么谎言，还不快快从实招来！"

杜小曼一咬牙，临时强辩道："大人，对，我是个寡妇，在家乡过得不好，来大人治理的州府做点小生意，只为混口饭吃。你说我穿红着绿，招摇市井，那顶多算我不守妇道。也不能因为这个就说我是杀人犯啊。杀人者，要不为劫财色，要不有深仇大恨。我初来乍到，以前都不认识郑九娘，为什么要杀她？我摆摊子这几天，最照顾我生意的就是郑九娘，我谢她还来不及。"

知府冷笑："好，好利的一张口！果然不是凡角！时杜氏，你休以为本府好迷惑。便是寻常殁了一人，邻里相识者，尚且叹息感伤，何况共枕夫妻。亡夫新丧，你就穿红着绿，分明是他死了，你开心，不守妇道，更兼蛇蝎心肠！依本府看，你相公是如何死的，都待探究……"

杜小曼正色道："大人，民女相公怎么死的，文牒上若是没写，您可以写信去我户籍所在的府衙问询。您暗示我谋杀亲夫，这个罪名我可当不起。"偷偷狠狠掐一把自己的大腿，逼出两滴眼泪，哽咽道，"民女这辈子，最爱的人，就是我相公了。死了老公的女人，就只能守在家里哭么？他穷得要命，什么都没留给我，我难道哭着饿死？再苦再难也要活下去啊！他临死前一直跟我说，让我好好活下去！就算为了他，我也要好好活着！我如果披麻戴孝，别人嫌晦气，谁会来我摊上买东西？我不得已而为之，大人怎么知道我不是白天脸上带笑，晚上没人的时候偷偷哭？"

她知道，自己这么梗着脖子和知府呛，其实没好处，但她也不甘心一句话都不说，就任凭审讯。她觉得自己就像个被关在玻璃罩里的苍蝇，满头乱撞。

知府狠狠又一砸惊堂木："一派胡言！文牒上写得明明白白，你夫时阅，乃庆化五年滁州府京试科生员，岂无薄产？与你成亲不到半载便殁。本府查得，那郑九娘居于临德，有男子供其衣食房屋，她与你夫有何关联？你千里来此，可是正为郑九娘而来？！速速招认，免受苦刑！"

杜小曼一时无言了。

原来可以这么扯在一起！

这位知府，竟有如此奔逸的思维，如此无边的想象，在看到那个该死的文牒的一瞬间，便脑内上演了一部跌宕的仇杀戏。

有剧情，有起伏，如果女主角不是她，她真觉得挺精彩。

知府再冷笑道："刁妇，你还有何话说？"

杜小曼道："大人，你说的那些，都是你的想象，有证据吗？"

知府脸色顿青，正要把惊堂木高高抢起，仵作在外求请上堂，将一个蒙着一块布的托盘呈给知府。知府看罢，掼下盖布，向堂下一指："来人，且将这刁妇杜责二十，押进后牢！"

左右衙役正要拖住杜小曼，一旁侧立的主簿往屏风后一瞥，继而躬身道："大人，此案曲折，隐情甚多。此妇人刁钻，唯恐受刑之后，更借故不吐实言。大人宽厚，不如且饶她此次，收押入监，明日证据齐备，堂审时再用刑不迟。"

知府眯眼看向主簿，片刻后颔首道："也罢，且将此刁妇押下去好生看管，明日再审！"一拍惊堂木，退堂。

知府退出到屏风后，小吏一脸惶恐，低声道："大人，后堂有人，似为此案来，大人快去。"

知府咳嗽一声，正了正官服，昂首道："本府办案，从不徇私。待且先会会。"

小吏抬头看了他一眼，神色更惶恐了。

杜小曼被衙役拖拽下去，这才明白上次在杭州被抓，里面有多大的水分。衙役这次给她上了手铐脚镣，扯得她肩膀险些脱臼，腕骨都快被折断了，脚上被狠狠踹了几下，杜小曼咬牙强忍着被扯起。几个衙役口里喝着"快走"，眼里却有一股猫玩耗子的快意，几只咸猪手还往她脸上和胸前摸。杜小曼闪身躲避，被一股大力狠狠一推，猛一个趔趄，一头撞在另一个衙役身上。

那衙役道："刁娘们儿做甚？！"

杜小曼只感到眼前一黑，左脸被重重击中，继而漫天金星闪烁，口中鼻腔里涌出腥湿。

她后背又被狠狠砸了一下，猛地扑在地上，胸口一阵闷疼，耳中嗡嗡作响，似乎被隔进了一个黑暗的世界，辱骂和笑声划破漆黑隔壁刺入。

她又被人从地上拖起，腿上又被踹了两脚，再趔趄跪倒，头发被大力猛扯，散了下来，阻挡住视线。

知府到了后堂，厅内再无他人，只有一个年轻的女人。

知府不由得一怔，正要喝道哪里来的妇人敢进本府内衙，那女子从袖中取出一块牌子，知府再一怔，赶紧躬身低头。

那女子冷冷道："黄知府，你好大胆子，竟敢抓她。堂上证物已出，郑九娘乃被毒针所杀，你竟还要屈打冤枉，真不要命！"

黄知府抖着退出门，急招小吏，主簿又匆匆赶来："大人，那时杜氏，与谢家似有瓜葛，谢家派了人来，礼请大人再斟酌此案。谢家的少庄主能为那女子做证，她昨夜未曾行凶。"

黄知府擦擦额上汗珠："快，这就将此女放出，让谢家的人带走吧。"

待最后一次跌到冷硬的地面，再没有被扯起时，杜小曼昏迷中，听得牢门响，竟松了一口气。

她像条快死的鱼，只能半张着嘴呼吸，好像仍被罩在一个罩子中，一半与这世界隔开。她下意识地抠着地上的硬泥，心中竟有一个强烈的念头——

如果她会武功，如果她手里有刀，一定将这堆人渣全部砍了！

牢门再响，杜小曼在地上抽动了一下，听到一个温婉的声音："怎么伤成了这样？"

杜小曼挣扎着吃力地撑起身，抬起头，努力凝聚视线，几道身影掠到眼前，俯身，两三双温柔的手搀扶住她，她脸上敷上了一块凉凉的东西。

弥漫着腥气的鼻端，突然嗅到了一股香气。

春天到来时，花朵初绽的香味。

奇怪，现在明明是秋天了。幻觉？

最后一丝清醒的神志里，杜小曼只想到了这一个问题。

而后，她彻底沉入了梦乡。

"走了？！"

主簿客气地笑："谢夫人，谢公子，你们要的人的确已经走了。倘若不信，可以破例让你们到牢中看。两位可能知晓内情……那位来历不小，我们大人也……总之，两位亦可放心，这场官司与那位绝无干系，只是误会，误会……"

谢况弈脸色铁青，转身离去。

谢夫人暗使个眼色着随从跟上，含笑向主簿道："有劳。"

土墙。矮桌。木床。

杜小曼坐在床上，左右四顾——没人。空空的小屋里，只有她自己。

她一动，浑身就疼，皮疼，肉疼，骨头也疼，肉与骨头连着的筋尤其疼。脸上麻麻的，僵僵的，似乎敷了什么厚厚的东西，她用手蹭了一点，送到眼前看看，似乎是黑乎乎的药膏，一股药香。

杜小曼吼了一声"有人吗"，嗓子干又涩，话像是混着沙子在大铁锅里炒的栗子，粗糙嘶哑。

没有任何回答。

她身上的衣服是干净的，头发也是。

床尾有一套干净的外衣和布袜，床边摆着一双新鞋。

杜小曼挣扎着下了床，在屋里挪动了几步。

这个小破屋真不大，四面土墙，头顶是木房梁，茅草糊的黄泥做的屋顶，一扇木门，一扇窗，一目了然。

屋内所有的东西，甚至是房梁，都一尘不染。床上的软枕、素花床单、轻软的棉被和那张木床格格不入。

墙上挂着一个斗笠、一个鼓鼓的包袱、一个空水袋。

桌上的粗瓷茶壶里，茶水是热的，入口清香，是好茶。

一个纱罩下，罩着一碟馒头、一碟包子、三样小菜、两个茶叶蛋、一碗粥，都是热的。

这表明，不久前，这屋里还有其他人。

杜小曼挪到门前，推开门。

蓝天、白云、旷野……

天边路过一行南迁的大雁，秋草摇曳。

一条蜿蜒的小土路，截断在乱草中。

墙边的杂草堆里，有一口井、一个木桶。

野菊花依偎着篱笆蓬勃盛开，一带远山茸茸的脑袋沐浴在金灿灿的阳光下。

这是哪里？谁把她弄来的？肯定不是谢况弈。

杜小曼努力想了想晕过去前的情形。

当时，好像有香气和女人的声音……

月圣门？可能性比较大。

或者是天上的神仙们？看到她受罪终于良心不安，把她拎来这里，就好像游戏里的回城复活一样，重新开始跑地图？

杜小曼折回屋内，把饭吃了，茶叶蛋煮得很入味，蛋黄尤其好吃，包子是猪肉茄子馅的，非常鲜美，杜小曼狼吞虎咽，吃下去两个。

吃完了饭，杜小曼打了点水，把碗洗了，依然没有人出现。她不禁想，是不是不会再有人出现了。

水和食物的温度，表明那人算准了她醒来的时间。

这个小茅屋里没有锅灶粮食，只适合临时歇脚，不是个居住的地方。

包子和馒头可以做干粮，粥却只有一顿的量，茶水也不多，桌角还有一沓似乎是打包干粮用的纸袋。

杜小曼打开墙上挂的那个包袱，果然，里面有两套衣服、一套镜梳、一盒药膏、一袋整银、一包散钱，还有一个熟悉的蓝封皮本本——她的身份文牒。

杜小曼翻开一瞧，果然就是她路上用的那本，抬头是"滁州府衙知会各州县时杜氏丙寅嘉元三年七月初三生……"

这文牒，她当时曾看过，但因为这段时间心情复杂，加之是谢况弃给的，她相信他，所以只匆匆一翻，看了头尾。文牒上的字不断句，都是繁体，她看到了"杜氏"两个字，把紧跟在州县后的那个时字当成后缀跳过去了。中间的"庆化八年六月十八嫁与滁州府生员时阆"那页她根本没看，只跳到末尾扫了一眼"准予通行方便"和官印，便放心地揣了起来，该死的就被影帝白占了便宜。

看到这个东西，杜小曼几乎能确定了，救她的，是秦兰璪的手下。

杜小曼叹了口气，合上文牒，揣进包袱，将馒头包子打包，灌满水袋，顶上斗笠，走出了茅屋。

站在苍茫旷野中，她深呼吸了一口气，不禁想，该往哪儿走？

现在还是早上，太阳刚爬得比较高，有太阳的地方，就是东南方。

那么，这座小茅屋正对着的地方大概是南，背后是北。

南方有山，翻山不易，如果山里还有老虎蛇什么的……还是往没山的地方走比较好。

杜小曼往北走了两步，又停下。

她虽然不知道今天是几月几号，也不知道自己之前到底睡了多久，但按常理推断，应该顶多睡了一天，那么这里距离临德，不会太远。

临德周围是没山的。

朝着没山的地方走，走回临德的可能性，比较大。

还是有山的方向保险。

进监狱这一回，让她明白了，连神仙也靠不住。不过，如果被老虎吃了，GAME OVER，赌局就废了。那种情况他们应该还是会管的。

想通了这个，杜小曼调转身，大步朝着远山进发。

山看起来远，走起来更远。

杜小曼本来腿就疼，走不太快，走一段路，就得停下来歇歇。

一路没有人烟，只有旷野，刚开始走的时候，杜小曼还有点"天宽地阔只有我"的诗意情绪，走到后来，只剩下累了。

中午，太阳火辣辣的，她坐在一棵树下歇气，灌了两口水，啃下一个包子，非常希望现在突然出现一辆驴车什么的。

再往前走了一段，她心里一阵惊喜——前方，她看到了路，是小土路，有路，就表明附近有人家。

那路横在眼前，一头往远处旷野，一头往一道树林。

杜小曼斟酌了一下，选了旷野。

一个人赶路，青天白日下的旷野比幽深的树林有安全感。

事实证明，她是对的。

走着走着，小土路越来越平坦宽阔，开始分出岔路。

往岔路上望，她隐约看到了人家，那里的地势比这里凹，高高的牌楼和屋脊，似乎是村庄。

杜小曼没有往岔路上走，继续沿着土路前进，路上开始有人了。

并且是杜小曼肖想过的驴车，嘚嘚地越过她，木架车上坐着几个农家打扮的人，杜小曼一阵欣喜——那些人，脚边搁着包袱。

她鼓起精力，继续向前走，又过去了几辆马车驴车，当日头开始西斜的时候，杜小曼迎着渐近的山，看到了一条河。

路的尽头，有码头，有船，有不少的人走动，还有草棚茶水吃食铺，杜小曼一阵热泪盈眶。

码头上，有人在吆喝："快点，快点，今天最后一趟了！"

杜小曼随着一堆人挤到码头前，两三个大汉拦在两边，不耐烦道："快！快！二十文！二十文！"

有人仰脖道："坑你姥爷咧！从来都十五文，哪来二十文！"

大汉道："十五文你等明儿个，坐不带篷的，反正今个就这最后一趟！"

周围众人有些犹豫，杜小曼挤到大汉跟前问："十八文不行么？"

大汉一翻眼："废什么话！"

杜小曼装作犹豫一下，才从袖子里抠出一把钱，点了不够，又摸出两个，凑够二十文。

大汉不耐烦地劈手夺过，将她往前一推："赶紧！"

这一推正好推到她肩上的伤，杜小曼暗暗倒吸一口气，咬牙忍住。码头下，一条乌篷大船正停在岸边，船上已有不少人。

杜小曼踩上舢板，逼近船帮时，船身一阵摇晃，她跳到船中，跟跄了一下，险些跌倒。周围的人向旁闪避，有人骂道："跳个啥，不会好好下啊？！"

杜小曼低头赔不是，靠着船帮坐下。她跑了一天，蓬头垢面，一身灰土，脸上糊着药膏，周围人都以为她有什么病，往旁边避让。有个老太太嘀咕："啥人都让上。"

杜小曼靠着船沿尽量坐得舒服点，又掏出一个包子就着水啃。

船上越来越挤，杜小曼竖着耳朵听周围人谈论："到了涡县得天黑了"，"三舅母说来接"……

这条船肯定不是去临德的，杜小曼彻底放心了。

过了一时，船头一声吆喝，缆绳解开，船摇晃前行，顺流而下。前方，一道山壁中分两半，河流从中间穿过。杜小曼不禁笑了，原来山可以这样过。

船行轻盈，穿过山壁，天快黑时，到了一处码头，浅湾里密密麻麻都是船只，小有舢板，大者，在杜小曼眼里，约等于巨轮了。

杜小曼随在人群中上岸，四下张望。灯火绚烂，马牛驴骡拉着各色车轿；来往行走的，绸缎布衣，各色人物；各种方言口音、各种箱囊货物挤满了码头，极热闹，极繁华。

杜小曼挨到一个茶摊边，要了碗茶喝，耳朵又敏锐地捕捉到了几个关键字，一阵激动。

码头上，有船是往镇江去的，而且往那边装了货，便要行海路去南洋！

什么月圣门、朝廷，这些乱七八糟的，都可以拜拜了！

她包袱里的钱做旅费应该是够了。

在这个时代，一个女人自己漂洋过海，肯定各种不容易，但起码有目标，有希望了！

杜小曼离开茶棚，码头就一条路，往前是繁华的街道，她在路边吃了碗面，走进一家客栈。

洗了热水澡，躺在床上的时候，浑身似乎也没那么疼了。

她闭上眼计划着明天与未来，但又不禁想，真的会这么容易？

每次当她充满希望，计划着某事时，总会被现实无情地打断。但是……不管这次成不成功，眼下还是很有希望的。

不好的等发生了再说，现在，只想着好的就行。

嗯，要是真的能走成，乱七八糟的事情都甩开，重新开始，该多好。

什么都放下了，什么都看不到了……

万般皆假……

万般皆空……

……

"媗媗，媗媗，你信我么？"

"媗媗，媗媗……"

"信他早晚有你哭瞎眼的一天！"

"你还能往哪去，你只剩一条路，走也得走，不走也得走！"

"滚——"

……

"媗媗，此物便似我心，你……"

……

"掌柜的，这是我的传家宝……你将它时刻带在身上……可保平安。"

"蠢！猪心上都比你多长了一个窟窿！我一早告诉过你，小心那……你就是不长记性！"

"本阁可以娶你。今生只娶郡主一人，与其他女子，再无瓜葛。"

"……这世间于我，便就是你，你在便有此生，若无你便无此生……"

……

信者是我，他人无过。

本来就无，何必再有？

万般皆假……

万般皆空……

……

"我又新作了一支曲子，你愿不愿听？"

"媗媗，这支琴曲，旧名《祈月》，我今添新律，改作《双蝶》……"

……

杜小曼猛一个激灵，睁开了双眼，一片漆黑，天尚未明。

她坐起身，拍拍额头。

见鬼见鬼……

都是些什么玩意儿！

对啊，都是什么来着？

脑子又有点混沌，窗外，有小公鸡喔喔喔吊嗓子，杜小曼摸索下床，灌了两口凉茶。

不要胡想其他！目标南洋！

洗漱完毕吃饱早餐，杜小曼抖擞精神，背着包袱走向码头。

熙攘的街道两旁，簇拥着各种新鲜蔬果的小摊，一个挽着篮子的身影猝不及防地撞进了杜小曼的视线。

杜小曼愣了一下，向那个身影快步走去："碧璃？"

碧璃抬头，看见杜小曼，猛地顿了一下，突然转身就走。

杜小曼下意识地跟了两步，碧璃急急穿行在人群中，到了最后，竟然跑了起来。

杜小曼的脚步停下了。

碧璃这个反应很不对劲，她暗暗扫视四周，没什么不寻常。

她再向碧璃跑远的方向望去，碧璃穿的是很明艳的翠色，在人群中比较醒目，那抹颜色拐进了一个巷口，然后消失不见。

杜小曼拐进路边的一个茶棚，坐下。

起码今天，去镇江的船，她不能搭了。

碧璃的出现和举动，有两个可能：

一、她藏身在这里，出于小心谨慎，不敢相认。

二、她被人控制了。

杜小曼苦笑一声。她有种预感，出国之行，看来要泡汤了。她果断站起身，朝着碧璃拐进的那条小巷走去。

小巷狭长，里面有不少人家，两个老大爷正坐在巷子中间下棋，杜小曼上前询问，老大爷极其爽快地道："穿绿衣服的女娃娃么，里头第一家。门上只有一个门环的。"

杜小曼道了谢，走到那两扇缺了个门环的木门前，拍了拍门。

门内一点动静也没有。杜小曼扒着门缝往里看，见一抹翠色一闪。

她又继续大力拍门，对着门缝喊："碧璃，你不开门我也不会走！我就在门外待着了！"

喊罢，杜小曼正打算就在门口坐下，门闩一响，门开了一道缝隙。杜小曼立刻闪进门内，碧璃反手插上门闩，背靠木门，定定地看着杜小曼，眼眶发红，哇一声哭了起来："郡主，你干吗要跟着我呀……"

杜小曼不知该说什么，安抚地抱住碧璃，碧璃抽噎着挣扎："奴婢、奴婢不敢……郡主……"

杜小曼的伤口被撞到，疼得倒抽一口冷气。碧璃抓住她的袖子，哭道："郡主……你、你怎么变成这样了……"

杜小曼苦笑道："一言难尽。你不是应该藏在杭州附近的乡下么？曹师傅他们呢？你怎么会在这里？为什么看见我就躲？"

碧璃低下头，泣不成声："郡主……你不应该跟着我……来不及了啊……是我害了你……那个什么圣教……她们让我……"

月圣门？不是朝廷或者慕云潇？

难道是月圣门因为仪安城外遇伏那件事，觉得她杜小曼是朝廷的卧底，于是抓了碧璃来钓她出水，以报仇雪恨？

杜小曼皱眉："她们在哪里？"

碧璃擦擦泪，拼命推搡杜小曼："她们现在不在。郡主，你赶紧走！"

砰砰砰——

门板突然大力震动，杜小曼和碧璃都吓了一跳，碧璃后面的话生生咽了下去。

砰砰！砰砰砰！！！

砸门声愈响。

"里面的人快快开门！官府清查，不得延误！"

碧璃一脸眼泪，无措地看着杜小曼。

"快开门！再不开就砸了！！！"

碧璃推推杜小曼："郡主你先进去躲躲。"

杜小曼摇摇头，真是冲着她来的，躲也没用。她大步上前，打开了院门。

门外，乌泱乌泱一群身穿盔甲、手执兵刃的兵卒，这群兵卒盔甲下的布衫是蓝色的。

杜小曼心里咯噔一下，当日被拐卖到桃花岛，那个血雨腥风的夜晚发生的种种再度涌上心头。

她这样略微一顿，为首的蓝衣兵已一把将门推得大开。杜小曼被撞了个趔趄，兵卒门涌入院中。

那为首的人却停留在原地，目光如刀，扫视杜小曼："你住在此处？怎的做出行打扮？"

他的盔甲式样与其他的兵卒有些不同，且其他的蓝衣兵手中都是长矛，他却是腰间佩了一把刀。看来是个头目。

杜小曼道："我来投亲的，昨晚刚到涡县。住了一宿，今天才找到我表妹。"

那人道："将文牒拿出来验看！"

杜小曼从背包里翻出文牒，那人接过翻开，此时，其他的兵卒已涌入院中厢房，一通翻找搜寻，地砖墙壁都用矛杆轻敲。连院墙上竟然都站着兵卒，另有一些轻盈地跃上屋脊，手执弓箭，俯视院内。邻家院子的屋顶，也有兵卒冒出。

杜小曼心知肯定是出大事了，砸门之前，这么多官兵到了门口，她却一点动静都没有听到，墙上屋顶上那些人也是无声无息就出现了。

碧璃愣愣地站在原地，只看着杜小曼，像被吓傻了。

一个兵卒疾步奔到为首的那人身边，躬身道："宅内只有这两个女子。"

那人皱眉道："再仔细搜！"

小卒领命而去。那兵卒将杜小曼的文牒反复看了两遍，合起，又盯着她道："从滁州前来涡县投亲，路途真不算近，一路都是你一人？"

杜小曼道："是。"

那人一招手，又一个小卒捧上一本册子，那人道："这栋宅子，屋主是客商孔甲，你表妹与她，是何关系？几时住进此宅？孔甲又在何处？"

杜小曼在心里斟酌了一下，道："大人，我表妹在这里住了多久，我真不知道。我新死了相公，没的依靠，听说表妹嫁了个富商，就想来投奔她。没想到……"望了一眼碧璃，一脸为难，"没想到，表妹一开始不肯见我，转头就跑，后来我追过来，她又抱着我哭，原来那个富商其实没娶她……"

那人垂目沉吟，不知信了没有，杜小曼心里正在打鼓，那人道："让你表妹将文牒拿来验看。"

杜小曼问碧璃："表妹，你的文牒哩？"

碧璃愣愣地看着她，片刻后道："在、在屋里。"快步进屋，两个兵卒跟在她身后，用长矛撞了她一下，碧璃被撞得也是一个踉跄，差点跌倒。

杜小曼心头火起，但出声抗议只会更遭罪，只能隐忍不言。

过了一时，碧璃拿着一个差不多的墨蓝封皮册子出来。兵卒将册子呈给那个头目，那人翻看验查，突然问："令堂贵姓？"

杜小曼一怔，本能地说实话："我……我娘姓何，杜何氏。"

姓氏对不上，她就再扯一扯，总能扯出亲戚关系。

那人眯了眯眼，却没再说什么，将文牒递给旁边的兵卒，让他还给碧璃，把杜小曼的文牒也递还。

院中的兵卒还在搜查，杜小曼壮起胆色问："大人，这是查什么？"

那人冷面不语。

过了一时，兵卒们陆续折返，又有两个跑上前，向那头目抱拳躬身，却一言不发。那人一摆手："走。"

兵卒们呼啦啦列队，涌出了院子，却涌向对面那家，开始砰砰砸门。屋顶上的兵也撤了，只有院墙上的兵卒仍张着弓箭稳稳站着，一动不动。

杜小曼探头看，那两个方才给她指路的老大爷正颤巍巍靠站在墙边，一脸惊恐，身边守着几个兵，巷口有兵卒把守，巷子两边墙上，密密站满了弓箭兵。

碧璃扯扯杜小曼的袖口，示意她赶紧进院。杜小曼不想当出头鸟，但还是看不过眼出声道："几位军爷，老人家腿脚不好，恐怕不能长站，要不您几位就行行好，让二老坐下呗。"

几个兵不耐烦地瞥了杜小曼一眼。

"哪个没让他坐？"

"自己要站的！"

"啧，坐下吧，坐下吧！"

……

两个老大爷感激地望了望杜小曼，颤巍巍扶起翻倒在地的小板凳，坐下。

碧璃将杜小曼扯进院，上了门闩，小声道："郡主，有官府的人，那个什么教的人一时不敢出现，你趁此机会赶紧走……"

杜小曼摇头："没那么容易，这时候肯定出不去。"

碧璃一脸又要急哭的模样。

杜小曼反手拉她到屋里，搁下行李，大声道："表妹，有这么多兵爷把守，但饭还是要吃。我早上就没吃饭，快饿死了。"

碧璃道："姐姐你等着，我去给你做。"

杜小曼道："咱俩一起吧，能快点儿。做着的时候，我还能吃两口，真是饿狠了。"说着往厨房去，觑眼看墙上的兵，见他们或望向外面，或望向邻家，注意力似乎不在她和碧璃身上。

碧璃在厨房内生火，杜小曼坐在厨房门择菜，低声道："你得告诉我，你怎么和月圣门扯上了关系。她们就在这附近？"

碧璃面向着锅灶，背朝门，轻声哽咽道："郡主被抓回京城后，绿琉姐说要找郡主，也不见了。我、我放心不下，就也想往京城走，打听打听消息，真不行就去求世子和大郡主。大郡主和郡主做姐妹时，虽时常发生口角，但到底是亲姐妹，不会放着郡主不管的。"

唐晋嫱光是同父同母的兄弟姐妹就有三个，唐晋嫱是最小的。但唐晋嫱嫁人后一直受气，娘家却没有一个人替她出头，王妃更要毒死亲闺女，杜小曼对唐晋嫱的娘家人早就不抱指望了。

杜小曼叹气道："然后你没到京城，就碰到了月圣门的人？"

碧璃道："嗯，有好多个女子，都很年轻。最后把我安顿在这里的，名叫傲梅。她说郡主必然从这里过，让我劝你入圣教。"

杜小曼道："她们不和你住在一起？"

碧璃道："不和我住，但那些女人好像无处不在，好像什么都能知道。"

外面人声嘈杂，似是兵卒们搜完了对面那家，又去斜对面砸门了。

厨房里没太多菜，碧璃就只焖了一锅米饭，炝炒了一碟藕片、一盘香菇面筋。饭做好了，杜小曼还真饿了，就和碧璃在厨房里吃。

正吃了一半，突然听到院外一声号令，墙上的兵都收了弓箭，跃下了墙头。

碧璃警惕地向外张望，过了一时，放下碗："郡主，你赶紧走。那些女子好像时刻都在，但怕官兵。趁这会儿官兵刚走，你走可能还来得及。"

杜小曼道："你身上有钱么？换套颜色别这么醒目的衣服，贴身装上文牒，把能拿的钱都拿着，其他什么也别带。我们一起走。"

碧璃一急，声音差点高了上来，连忙又压住："郡主，你怎么这么死心眼？奴婢算什么，只是个下人，不值得郡主这样对待。你一个人好走，多一个，就多个拖累。"

杜小曼道："不是拖累，是多个照应。你没劝我，还放了我，她们会怎么对你？碧璃，我们一起经过那么多事，我一直把你和绿琉当作我的姐妹。"

碧璃身子微微颤抖，一言不发。

杜小曼站起身："别多说什么了，不带着你我也不走，时间不容耽搁。"

碧璃一咬牙，点点头，飞快奔向厢房。杜小曼亦闪进厅内，关上房门，抖开包袱，剪破一件衣服，将整银打包分开藏在身上各处，文牒贴身收好。她这里刚收拾好，碧璃就换了一身暗色的衣裳出来，一脸紧张地对杜小曼点点头。

杜小曼拉着碧璃，先贴在门边听了听动静，又趴在门缝处张望了一下，方才拉开门。

巷中一片空寂，家家大门紧闭，隐约听见哪家有小儿啼哭，哭了两声，立刻止住了。

碧璃只拢上了门，也不落锁，和杜小曼一道快步走出巷子。

大街上一片萧条，商铺都关上了门。街边的摊子，街上的行人，都不见了，只遥遥望见街口有兵卒执刃巡逻。

碧璃低声道："郡主，不知道城里出了什么事，但看这架势，城门说不定都关了，渡口那边肯定检查更严。"

杜小曼道："先去看看再说。"

涡县不大，渡口离着碧璃的住处只两条街远，杜小曼和碧璃沿着路边匆匆而行，在路口遇到一队兵卒，为首的喝道："那两个女子，且站住！"

杜小曼和碧璃停下脚步，兵卒们将她两人围住，为首的道："可是本城人？行色鬼祟，要往哪里去？"

碧璃道："军爷，我家住荷包巷，方才已被军爷搜查过。我表姐今天刚到城里，家里擦脸油没了，带表姐去脂粉铺买香膏头油。"

那兵卒道："伸出手来看看！"

杜小曼与碧璃互望一眼，不明所以，就都伸出了手。

那兵卒低头看了看，忽地有两杆长矛直向杜小曼和碧璃刺来！

杜小曼一时傻了，下意识缩脖一躲，闭上眼。碧璃大叫一声，抓住了她的衣袖。

片刻后，杜小曼睁开眼，矛尖在她眼前一寸处，碧璃缩在她身边，仍闭着眼，瑟瑟发抖。

那为首的兵卒一摆手，两杆长矛收起，兵卒们一言不发地离开。

杜小曼拍拍碧璃的手："没事了。"

碧璃颤抖着睁开眼，突然蹲下身，哇地哭起来："我怕啊——我不想这样了——我怕啊……啊啊啊……"哭得没有形象。

杜小曼被她哭得心里也难受，蹲下身安慰她："没事了，没事了。"

碧璃猛一甩手，杜小曼的手背上蓦地一疼，碧璃慌忙抬起眼："郡主，奴婢知罪，有没有伤到？"

杜小曼的手背上被她的指甲划出了几道红痕，眼看要肿起来，便将手背到身后，笑笑："没事的。这里不能久待，站起来快走。"

到了靠近渡口的街角，竟然人又开始多了起来。路边挑夫来去，堆满了箱子口袋，几个客商打扮的男子坐在箱子上叹气，一个牵着孩子的老妇站在口袋堆旁，看着杜小曼和碧璃道："小娘子怎么还敢跑街上来？快家去吧。"

杜小曼凑上前："多谢婆婆提醒，我们姐妹想去投亲，本是路过涡县的，想到渡口打听有没有前往的船。为什么路上这么多官兵？难道城里出什么事了么？"

老妇压低声音道："出大事了。我们也是路过的，只听说驻州府的兵把县衙封了，现在涡县不是县太爷管事，归兵老爷管了。不知要查什么，城门渡口都封了，带货的都出不去。"

杜小曼心里一凉："都出不去了？那怎么办？我们急着赶路。"

老妇一撇嘴："小娘子若是不信，自家去渡口看。"

碧璃暗暗拉扯杜小曼的袖子，杜小曼再往前几步，探头向渡口方向打量，突然听得碧璃倒抽冷气的声音。

她一转头，看到又有一堆兵卒向这里走来，为首的，却是刚查完碧璃住的小院的那个头目。

杜小曼心里一凉，坐在路边的客商一家飞快闪进路边的店面，紧紧合上了门。

那兵卒头目大步向这里走来，双目微眯："恁两个女子，为何在此处？"

出来买东西这个借口实在太拙劣，杜小曼索性实话实说："今天官爷查了我们的院子，我觉得妹妹住在这里不安全，想带她离开这里，就到渡口看看有没有船。"

一个兵卒道："分明是……"

那头目一抬手，道："即刻便要封城，只有最后一趟船，马上要离岸。"说完竟转过身，带着那堆兵走了。

等等，走了是什么意思？

他刚才的那句话，分明很像是提醒……

为什么？杜小曼来不及多思考，赶紧拽着碧璃飞奔到码头。

码头的货物堆积如山，大小船只泊在水中，只有一个小舢板正要解缆。

杜小曼拖着碧璃直奔过去，终于明白为什么这艘小舢板可以离岸了……

舢板上，有一个老艄公领着两个年轻后生，除此之外，只有三个官差打扮的男子，腰里都挂着刀。

那几个人一起盯着杜小曼和碧璃，好像盯着两头闯进农田的驴。

杜小曼僵硬地在码头刹住脚步，尴尬地咳了一声："请问，可以搭船么？我和我妹妹都是良民，刚刚已经接受过检查了。还是一个军爷告诉我们，可以搭这趟船的。"

她自己都觉得自己的话蠢透了。老艄公竟被她蠢笑了："小姑娘……"

一个官差突然开口："你们两人，未带行李？"

杜小曼道："哦……我们轻装上路。"

那官差道："可有文牒？"

杜小曼掏出文牒，弯腰递过去，艄公接过转交给官差，那官差打开看了片刻，抬眼，竟做了个默认"让她们上来吧"的动作。

杜小曼以为自己眼睛坏掉了，她当机立断扯着碧璃跳上舢板。

小舢板剧烈晃动，杜小曼一个没站稳，狼狈地与碧璃一起跌坐在船内，差点一头撞到船舷上。

那三个官差向旁边避让了一下，却没有说话。

艄公道："两位姑娘，就坐着吧，坐稳了，要开船了。"

那后生解开缆绳，船离水面，居然真的前进了！

杜小曼目瞪口呆，她感到码头上、旁边的大船小船上，有无数道呆滞的目光扎在她身上。

过得片刻，各种喧嚣声起。

"那俩小娘们怎么能上船？"

"格老子，怎么弄的？"

"那俩女子非一般人吧！"

"凭什么我等就走不得？！"

……

杜小曼头有点晕，碧璃偷偷扯她袖子，杜小曼与她对望一眼，目光虚浮地摇头，示意自己不明白。

她很想问，但她不会真蠢到问出口，官爷，为什么让我们上来？

啪嗒，她的文牒被那官差丢到她脚边。

杜小曼赶紧捡起来揣好，她总觉得，这件事应该和她的这本文牒有关系。

杜小曼的思绪跟着小船摇晃……

涡县绝对发生了什么事情。

当日在桃花岛的旧事又浮上杜小曼心头。

那个造反的姜知府，带的就是蓝衣兵，和现在控制涡县的兵卒制服一样，后来被宁景徽带的红衣兵镇压。

那么，现在涡县……

难道说，秦兰璪在着手准备某件大事……比如，争夺天下？

小舢板顺流而下，傍晚，到了一处码头。

码头还没有涡县的大，看岸上情形，也不算繁华，是个小城，或者小镇。

杜小曼一声不吭，船靠岸，她就上岸，胡乱掏了一把钱塞给老艄公做船资。老艄公也不多说，笑眯眯收了。

三个官差径直离去，碧璃跟着杜小曼上了岸，站在码头上愣愣地左右张望，一脸不敢相信："郡主，我们这就算逃出来了？"

杜小曼小声道："人多耳杂，你喊我姐姐就行。我们不是逃出来的，是官方认证，正大光明出来了！"

碧璃还是一脸梦游的表情，杜小曼四下打量，道："我们赶紧问问能不能再赶一趟船，从这里去别的地方，就别留宿了。"

她拉着碧璃在码头询问，得知此地叫果子镇，算是涡县附近的一个中转站一样的地方。不在主河道上，不如涡县那般繁华，离涡县有半天水路，所以大部分船如果在涡县泊不了，就干脆连夜行船，赶到下一座主河道上的城沙桥县去，转来这里的很少，大部分是行不了夜路的小船才停留这里。所以杜小曼和碧璃是搭不到晚上的船了。

杜小曼很是郁闷，只好和碧璃到镇子里去寻客栈，果子镇真的是个小镇，统共就五条街，南街、北街、东街、西街、中街。

码头对着的这条是南街，杜小曼与碧璃顺着南街走到与中街交接的路口，找到一家看起来比较干净的小摊吃饭。刚要坐下，却见三匹快马从中街的一座大门驰出，马上的三个人，依稀是与她们同船的那三个官差，朝着东北方而去。

吃罢了饭，杜小曼寻了一家小客栈，要了一间客房。

客房设施还不错，起码床铺干净，也有热水沐浴。

夜风入室，窗外夜色沉寂，星子稀疏，灯火零落，杜小曼手臂微寒，关好窗上床睡下，碧璃熄了灯烛。

杜小曼在床上躺着，慢慢调匀呼吸，尚未入睡，窗哒的一声，清凉的夜风再度渗入。

一道影子无声无息和夜风一起飘进屋内，杜小曼翻身坐起，那影子道："妹妹真是越来越镇定了。"

杜小曼站起身："放过她，我和你走。"

影子道："我们从不会为难任何一个姐妹，为何妹妹总不信呢？"

杜小曼沉声道："这里不方便说话，仙姑带我去别处吧。"

影子道："也罢，妹妹请。"让开一步，杜小曼走到窗边，影子带着她，轻盈地跃下二楼。

楼下是一条小巷，昏暗幽静，一辆马车就像从地下冒出来一样，突然出现。杜小曼上了车，影子轻声道："妹妹，对不住了。"

杜小曼后颈一疼，随即陷入完全的黑暗。

晃，全身在晃，这是杜小曼醒来的第一反应。

眼前的景物也在晃，她以为自己是晕劲没过，听说经常被打晕，会有后遗症，容易变成脑瘫什么的，她不会以后就变傻子了吧。

窗边的月苋推开了窗扇，转过身，水汽入鼻，水声入耳，杜小曼看到了苍茫的水面。她不是在犯晕眩后遗症，她在一艘船上。

月苋叹了口气："妹妹，我们似乎有很多话需要聊，我却又不知道，该和你聊什么。"

杜小曼张了张嘴，犹豫了一下，道："其实我一直不明白，为什么贵教一直非要拉我加入？人各有志，女人何必为难女人？"

月苋道："妹妹身遭不幸，我们是很想让你成为我们的姐妹。当然，我也不避讳地说，在圣教眼中，众人平等，从无高下，但身份高的女子加入圣教，对我教在俗世中普度众生是有帮助。不过，我们真的没有非要拉你加入，入我教，只凭自愿，从无强迫。"

杜小曼道："既然是这样，那为什么你们一直盯着我，为什么月苋仙姑还来找我，我又为什么在这里？"

月苋弯起眼："我们并未盯着唐郡主你，是有人通报我教，让我们去那里找你。我再把话说得明白一点，你身边的那个丫头，把你卖给了我们，你真的不知道么？"

杜小曼心里一凉，月苋的神色里闪过一丝同情："妹妹说得对，女人何必为难女人，妹妹既被这个世间所负，不想入我圣教，倒也罢了，为何又要做那宁景徽的棋子，毁我圣教？"

杜小曼一愣，道："我没做这种事。你们跟朝廷的事情，和我没关系，我就是个路人。"

月苋点点头："我知道妹妹真的是不知情的，你还是蒙在鼓里不自知，你以为自己是路人，其实早已是棋子。你知道，我为何在这里么？"

杜小曼不说话。

月苋笑一笑："你身边的那个丫头假意投诚我圣教，她传信给教里，告知了你的位置，而且，你知道她说了什么，才能让我亲自来？"

杜小曼问："什么？"她听到自己的声音有些嘶哑。

月苋慢慢道："她说，你是宁景徽想要安插进我教的奸细，宁景徽安排她介绍你入我教，但她不敢欺瞒，供出了你的底细。"

杜小曼的脑中一片混乱，她下意识问："什么？"

月苋又笑了："唐郡主，你是真不明白？一直以来，都有人做局，步步引你入我圣教。可你始终不肯，如今此计，不过是借刀杀人。他们知我圣教对奸细叛徒素来无情，想来你既然不能活用，也能中点死用罢了。"

镇江的街头，人来人往。

杜小曼站在街上，看着熙攘人潮，竟有种苍茫世间，我何去何从的迷惘。

她找了间茶楼，坐在靠窗的位置，两眼发直地喝着茶。

她听了一个故事，这个故事信息量太大，她得慢慢消化。

这个故事是说，有那么一个替月行道、为不幸女子出头的月圣门，因为势力越来越大，不被朝廷所容。恰在朝中，有一个野心勃勃、少年入仕的男子宁景徽，为做出政绩，向上攀爬，便拿月圣门开刀。

他培养了一群女子，或在外活动，以月圣门名义行不义之事，抹黑圣教，或伺机打入月圣门内部。

而唐晋媗，就是被宁景徽选中的人。

宁景徽一直想查到月圣门圣姑的身份，月圣门的前几代圣姑都出身不俗，所以宁景徽觉得，出身高贵、年轻且婚姻不幸的女子，符合这个条件。

于是，他相中了唐晋媗。

唐晋媗身边的女婢，绿琉和碧璃都是朝廷栽培、又打入月圣门内部的人，唐郡主婚姻不幸，身为琉璃使的绿琉趁机向月圣门举荐她。

"我圣教并不知琉璃使是朝廷细作，听她禀报，说正打算开导郡主时，郡主突然逃离王府，更令我们对郡主刮目相看。天下女子，不幸者多默默忍耐，似郡主这般的，少之又少，如斯果敢，正是我教所需。"

于是杜小曼到了杭州后，月圣门的人就频频出现，明里暗里观察她。

"但郡主多与男子牵扯，似乎对世上男人并未死心，尤其白麓山庄的谢况弈。白麓山庄素来与我月圣门不合，且若郡主能另觅好姻缘，亦是一桩美事。"

这时，宁景徽与朝廷中人亦出现在杭州，引起了月圣门的警惕。月圣门便没有立刻招揽杜小曼。

"但后来我们查得，谢况弈有未婚妻，郡主与他只会是又一场镜花水月，不忍郡主再被男子所负，便初劝郡主入教。教中本命琉璃使姐妹劝说，但琉璃使推脱曰，若郡主乍发现身边人是圣教中人，以为一直被圣教监视，会对圣教心存芥蒂，不如另由旁人劝说，所以才由芹姐姐亲自相见。"

这次相见，还有个目的，就是验证唐晋嫛是否是朝廷安排下的棋子，月芹出言相邀，杜小曼却婉转回绝，又经种种查探，月圣门觉得，她不可能是朝廷的人。

但就在这时，月圣门的杭州坛口却被宁景徽查到，宁景徽血洗圣教。

"我等也是那时，初次怀疑，教中出了细作。"

即便如此，月圣门却没有放弃劝唐晋嫛加入圣教的行动。

"郡主说，每次我们的人都会恰好出现，是我们一直在盯着你。其实，我们也一直奇怪，为何郡主每次都恰刚好，会出现在圣教中人的眼前。而郡主表现，又实在不像细作。想来都是朝廷有意为之，先将不知情的郡主逼入我教，再令你做细作罢了。不知郡主有无发现，你身边总是会出现一些无妄之祸？"

譬如，酒楼的常客朱员外莫名暴毙？

譬如，郑九娘之死？

"还有郡主之母对郡主下毒，都是朝廷引我圣教出手救人之计。可惜宁景徽漏算了谢况弈，也算月神护佑我教。"

几次杜小曼倒霉，在月圣门即将出手相救时，谢况弈都抢了先。

"此次郑九娘一案，与朱员外那件案子手法一致，但眼见白麓山庄又要相救，宁景徽便抢先一步，将郡主救出，送到我们眼前来。"

原来救她出牢的，不是秦兰璪的人，是宁景徽。

走出那座茅屋，不管往哪儿，都只能拐上一条路，通往那个码头，然后到涡县，然后遇到碧璃。

"郡主难道不曾怀疑么？为何你一路走来，无人敢阻拦，尤其出涡县时？因为你的文牒上，有朝廷的花押，官府的人识得此记，故而无人敢拦。"

而碧璃，就在涡县等着她。

"就算这些都说得通，她为什么要告诉你们我是奸细，让你们杀了我？"

"朝廷并不知道我们已识得琉璃使是细作，夕浣与郡主在一起时遇袭，总得找一人出来认责。且郡主性情，不像能为朝廷所用。留你，或你真进了圣教，或漂泊市井，都丢朝廷颜面。你若被我圣教所除，还能逼一个人彻底对付我圣教，何乐而不为？郡主无意加入圣教，圣教更无意强求，但你记得，我们永远视郡主为好姐妹。郡主若想出海避世，千万小心，镇江不宜久留，朝廷耳目众多。"

……

茶喝光了，杜小曼又要了一壶。

她实在头晕，她想不明白。

这个故事，看似对上了，有些地方却很牵强，而且，还有很多疑问未解。

绿琉和碧璃是双重间谍的身份，她们其实是朝廷训练，打入月圣门的卧底，那么她们为什么那么肯定，唐晋媗一定会变成怨妇？

还有……

有些事，总是和她某几个晚上凌乱的梦境重合。

杜小曼心里堵得慌。此时此刻，她突然有了一种，自己不是杜小曼的感觉。

这些事，都不应该是杜小曼经历的。

这个纠结而疑点重重、搞得她头大的故事，主角是唐晋媗。

她完全被唐晋媗的人生左右了。

她不喜欢这样，但又忍不住去想，完全甩不开的感觉，真是太难受了。

她在心里咆哮，到底是怎么回事，唐晋媗的过去是不是有什么隐情，大仙们你们托个梦告诉我吧！

我是为不要做怨妇而来到这里，不是来演包青天或者福尔摩斯剧的！

整哪门子的玄虚和疑案哪！

神仙都不靠谱！

杜小曼正握着茶盏两眼发直，突然一阵风嗖嗖地钻窗而入，吹得她面前碟子里的五香豌豆来回滚动。

后桌有人奇道："怪哉，刚入秋，怎么刮起北风了？天象有异，定出大事。"

杜小曼听到大事两个字，心又扑通跳了两下。

说起大事，不知秦影帝现在如何了？

不会正在进行夺位大业吧。

杜小曼想起自己那个身份文牒，心里又一抽。影帝这厮，真不怕晦气，居然敢把自己的小号写成个死人。

也就说明，他准备彻底抛弃这个身份了吧……

一阵嘈杂声入耳，外面街上，一群人簇拥着挤向某个方向，旁边桌上传来议论。

"只道那什么白麓山庄是个江湖门派，竟有这般的家业和排场。"

杜小曼的耳朵不由得竖了起来。

"啧啧，大排场哪！江南江北十地店铺米价折半，这得多少钱出去。"

"听闻那庄主只有这一个儿子，马上就要成亲了，自然要做大善事积福，日后好子息兴旺。"

谢况弈要成亲了？

杜小曼一阵愕然。

箸儿和谢况弈结婚是板上钉钉的事，但也太快，太突然了。

杜小曼付了茶钱，走出茶楼。

一群人簇拥着都聚集在街头，远远听得有人吆喝："排好队伍！按顺序来！"

那人头涌动之地的二楼，依稀悬着一个硕大的红绸花球。

杜小曼正往那里望着，但听几声锣响，突然有一队官兵从街上转出，吆喝道："退避肃静，让开街道！"

杜小曼心里一惊，人群像一筐打翻了的山楂果一般，推挤惊叫。官兵亮出长矛，尖叫声、呵斥声、落地的物品、带翻的小摊，场面一塌糊涂。

兵卒铠甲下的红衣分外刺目。

杜小曼跟着退散的人群，下意识地退到街角，那些官兵并不是冲着店铺去的，清开道路后，便有两行执矛兵卒沿街摆开仪仗，一纵轻骑前方开道，一顶墨蓝色的官轿出现在街头，缓缓行来，全副铠甲的兵卒手执兵刃，整齐沉默地尾随其后。

约莫半个时辰后，整队人离开了这条街，向远处行去，留街上一片狼藉寂寥。

杜小曼有些蒙，沿着街慢慢往回走，挂着大红花球的米店也关门了，门口排队买米的人早四散不见，再转过路口，另一条路上也一般的狼藉，倒有几个人似乎在路边议论。

杜小曼低调地假装路过，路边一个摆算命摊的老汉收拾起旗帘，一声长叹："唉，兴亡不过一瞬，王侯转眼成空哪。"

杜小曼静悄悄地凑近那几个低声谈论的人，耳中突然飘进几个关键字——"裕王宅邸"。

她猛一个激灵，几乎忘了掩饰，直愣愣看去。

"……奉旨查封……这回真出大事了。"

江水，码头，船。

自由的希望就在眼前。

只需要搭上一艘船，沿长江往西南而行，入洞庭湖，由湘阴转行湘江，再折走北江，改西江，至潭江，到达允州。再从允州搭船入南海，直下南洋。

从镇江到允州，只要十几两银子，就可以有一个不错的小舱房，包三餐，待船靠岸休息时，还会赠送洗澡水，很合算了。

估计，从允州再到南洋，搭船费也就二十两左右，目前杜小曼手里的钱，付船费绰绰有余。

她还可以带点货。从这边捎到南洋的货物，价格有些都能翻到十倍那么夸张。

她一个人拿不动布匹之类的大货，路长日久，还招人惦记，只买一点刺绣的绸缎手绢、绢花、小钗子、胭脂香粉等小物件儿，到那边也足够她赚到第一桶金了。

杜小曼站在码头前设想着，胖胖的中年妇人眯起慈爱的笑眼："小娘子，想好了没？"

这妇人是常跑南洋的大客商家的管事仆妇，专负责在码头上招呼想搭船的女客或行客家眷，泊在码头正在上货的那艘最大的船就是她家的。

杜小曼拉回思绪："啊，呃，我想先去街上转转。"

妇人又笑："小娘子晌午前回来就可。"

杜小曼转头走到了街上。

绸缎铺中，新上了新巧花样的手帕，去年的旧款正在清货。

首饰店里，不时兴样式的珠花绢花小钗子正降价出空，还有一大堆香囊荷包小梳子摆在门口。

水粉铺门前挂着牌子，夏季敷的薄粉，买还送小盒子，各种小妆盒都超级好看。

……

杜小曼却什么都没买，一路走过去，走到一扇大门前。

两条腿就这么自动走进了大门楼。

人群拥挤喧嚣，一辆辆马车从她身边嘚嘚经过，栅栏边，一个后生袖着手问："这位姐姐，搭车还是捎信？"

杜小曼道："去京城。"

杜小曼确定自己疯了，该吃药了。

关你什么事？

你去京城干吗？

真是疯了。

但是，她确定，就算搭船去了南洋，有些事还是一直盘踞在她的脑子里，跟含着一口不甘的小冤魂一样，能纠缠一辈子。

既然如此，那还不如索性把该解决的解决一下，该搞清楚的疑问搞清楚。

神仙不给的答案，她要自己去找。

唐晋嬗，到底是为什么变成了怨妇？

唐晋嬗的娘家，慕王府，看似和唐晋嬗之前的人生从无交集的月圣门，宁景徽……究竟在唐晋嬗变成怨妇的过程中，都扮演了怎样的角色？

虽然杜小曼对唐晋嬗的那十几年真的一点感觉都没有，但那也是一段人生啊。

自己过去的人生，自己得要面对吧。

她总算给自己的神经病找了个借口。

比较牵强，但足够了。

那后生一笑："大车，半人半货，昼停两次，夜宿村店，通铺大房，食宿自付，大城卸货，小城不过，一两。小车，只行官道，一路配换枣红大马，脚力好，一般双车以上结程起行，男女不同车，路上需方便时行方便，食宿自付，女眷饮食可送入车内，过城镇宿客栈，有双间单房自择，不算货，六两一人起；包食宿，午晚两餐至少四菜一汤，客栈单房，送热水沐浴，十两一人起。另还有大客商，可选我们镖局护程，车马都按客官需求配备，价钱就……"

杜小曼道："这个我用不上。我就选小车六两的吧。"

后生道："就知道姐姐选小车，女客出行，乘我们的车再合适不过了。这位姐姐随行箱笼多否？"

杜小曼摊摊手："就一个人。"包都没有，光棍一条。

后生道："轻装简行，何其洒脱！姐姐打算几时启程？"

杜小曼道："越快越好，现在最好。"

后生笑道："那太好了，正有一车，只四个女客，不出一个时辰便启程，加上姐姐，正好可以车里支个桌儿，耍牌戏马吊，路上就不急得慌了。"

杜小曼道："打牌不是四个人就够么？"

后生道："得有个算账的呀。"

杜小曼被这个笑话冷到了，还是捧场地干笑了两声。

大棚下，有等车的人正在谈论时局。

京师震荡，朝局变幻，裕王被参，各处府宅被查抄……偌大的话题，各种的议论。

杜小曼捎带着灌了一耳朵小道消息，交钱，上车。

车出镇江，直往京城。

一路上，杜小曼都在一种纠结、期待、猜测、不安等混杂的混沌状态中度过。

她以为，在路上，必然以及肯定会发生什么跌宕起伏的事情，然而，偏偏就不正常了。这一路上，既没有遇到月圣门的人，也没有遇到朝廷的人。白天赶路，晚上住店，非常太平地到了京城，连个奇怪的梦都没做过。

和杜小曼同车的四个女子是婆媳三人加一个丫鬟。

三个主人共用一个婢女，可见这家人家境着实平常。杜小曼听她们闲聊的话猜测，这个丫鬟也是这家人唯一一个女婢。这回她们进京是去吃喜酒，特意捎带上她，显示体面。

老太太和两个媳妇儿都嘴碎。老太太趁着媳妇背脸的工夫和杜小曼念叨媳妇的短，媳妇趁着一个人的时候与杜小曼讲婆婆和妯娌的不是。

路上还真支着桌子打了几回马吊，婆媳三人号称教杜小曼打牌，合伙一起赢她，杜小曼被赢走了近一百文，后来坚决不再和她们玩了。

婆媳三人少不得也在背后嘀咕她，猜测杜小曼进京是为了哪个男人，举止小家子气，倒不像勾栏姐儿，约莫是个被男人玩过的市井丫头。

但这婆媳三人虽然八卦些，其实都是好人。杜小曼一路沾光吃了不少她们带的小零嘴儿。老太太亲手做的云片糕，大媳妇渍的果仁，二媳妇做的酥饼，都是一绝。

杜小曼不好意思白吃，吃饭的时候，抢着付了几回钱，婆媳三人背后对她的评价便略微提升——虽然举止不上台面，倒也会来事。只不过这么大方，钱肯定不是自己挣的，路子不正。

杜小曼边吃边听她们聊家常，待到了京城，她连老太太在家时体己钱掖在哪个枕头下都一清二楚，去他们家打劫绝不会走错路。

在京城驿馆里下了车，一片太平，没有神秘人物从天而降，也没有冒出一堆官兵抓她。

杜小曼与那婆媳三人道别，走出驿站，在京城的大街上，她是再寻常不过的一个路人。

街上仍然很热闹，好像并没有发生什么大事。

京城人民住在皇城根下，惯看秋月春花，什么事儿，都觉得不算事儿。

但裕王毕竟是一个引起血雨腥风的男子，虽然京城人民觉得这出事儿不算大事，但也在各处议论。杜小曼在小摊、茶铺随便坐一坐，就灌了一耳朵，裕王绝对是目前京城话题榜第一名。

零零碎碎听着，她发现外地版的八卦有些添油加醋，京城人民口中的实际情况是这样的——

裕王的确是因为某件鸡毛蒜皮（京城人民以为）的小事，被御史参了一把。然后这货就自己请了个罪，跑到庙里去忏悔了。

这件事，和他的王府、全国各地的小别墅被查封，其实是两码事。

裕王的王府和小别墅根本不是被查封，至少名义上不是。

官方曰，裕王在外地公干，回京的路上遇刺，疑似王府里出了细作，皇上极为关怀与愤怒，命一定要抓到罪犯。于是为了裕王殿下的安全，京城与全国各地官府的精英骨干力量在第一时间行动起来，封锁裕王殿下在全国各地的府邸，开展了搜捕清查行动。

但是，民众们也分析了——这么做，是不是实际上还是查抄裕王宅邸呢？

不好说。

皇上跟裕王不算亲，裕王也不怎么进宫，而且，裕王行事实在太嚣张了。

有名的、繁华的、风景好的地儿，都有裕王的府邸。即便是皇上至亲的皇叔，在自己封邑里蹦跶便也算了，非把宅子盖得满天下都是，什么意思？

皇上才几座行宫？

哪里都想占着，还不得怀疑你有想法？

那么多女子养在府里，皇上才几个妃子？

这些宅子，这些女子，这些下人，这些场面撑起来的银子，打哪里来的？封邑的收成加上俸禄有这么多？

人莫作。不是作出来病，就是作出来祸。

不过，既然现在朝廷说是为了保护裕王抓刺客和细作，那么，就是为了保护裕王抓刺客和细作，不是查封。

而且，主办这件事的，是大理寺和刑部，不是宗正府。

还是当作罪案来办，不是政乱。

杜小曼还听到了一个让她诧异的消息，主办裕王这件事的，并不是宁景徽，而是稍压宁景徽一头的左丞相李孝知。

她对这种朝廷政局毛也不懂，但听人议论，貌似左右两个丞相分管不同部门，大理寺是归李孝知管，但是刑部是向宁景徽汇报。这次大理寺和刑部都统一听李孝知调派，没有宁景徽参与，有点像是他手中的权被夺了一点。

不过，又有路人分析，裕王是与宁景徽一同返京时遇刺，宁景徽确实不适合处理此事，刑部也听归李孝知调派，说不定还是宁景徽向皇上提出的，以退为进，像他一贯的行事风格。

杜小曼听得云里雾里，听来听去，都是裕王的这些事，她这个慕王府出逃的怨妇，果然是个小角色啊，一点关注度都没有。

杜小曼寂寞地喝了一口面汤，就在这个时候，隔壁桌上飘来一句话，让她精神陡然一振。

"要说裕王，确实是个风流种子，为了个小娘们被参了一本，闹成如今的局面，真是……"

杜小曼竖起耳朵。

"前朝都有再嫁的女子或寡妇最后做了皇后的，这也不算什么稀罕。"

"讲句糙理儿，只要看对眼，母猪也能赛貂蝉。那慕王爷看着像豆腐渣的，但在裕王眼里，就是朵水灵灵的花儿。"

"也未必就是花。听闻裕王爱的女子，与别个不同，不论模样，只爱新奇有趣，必是应了这四个字。"

"若如公所言，那清龄郡主定然是十分新奇了。"

……

影帝我谢谢你！

杜小曼搁下了面碗，喊小伙计结账，又听隔壁桌一直在八卦的中年大叔其一猥琐地一笑。

"说到此处，听闻法缘寺外，近日常有妙事可看，诸公若有兴致，便一同观之？"

法缘寺？好像就是影帝目前所在的清修忏悔之地。

不过，这名字另有点耳熟。

杜小曼接过找的零钱，出了小饭店，蓦然想起，当日她和淑心出逃、被谢况弃救走时所在的那个庙，不就是法缘寺么？

杜小曼在心里掂量。

虽然吧，是为了查清楚唐晋婠的事儿才回到京城，但是现在一时半刻，找不到着手点，还不如先随便转转？

她这一路上，用的都是已经被宁景徽做了记号的文牒，有点引蛇出洞的意思。但一直没什么特殊情况出现，也不知道是宁景徽的探子放弃了她，还是准备暗中观察。

法缘寺，也算是个与自己相关的场景了，去瞧瞧也无妨。

杜小曼便在路边的小摊子旁假意流连，等着那三个八卦伯伯出了小饭店，立刻尾随之。

不曾想，那三个八卦伯伯行事阔绰，走到路口时，叫了一辆在路边揽客的小驴车，上车扬长而去。

杜小曼瞪着那辆驴车的背影发愣，另一头驴靠近了她。

牵驴的老大爷问："小姑娘，坐车否？"

杜小曼这段时间都灰头土脸的，为了低调，买的衣服都很大婶样，一直被人

"小娘子""大姐"地叫来叫去，老大爷的这声"小姑娘"让她顿时感觉，青春和自信回来了！

她立刻爬上了驴车，把靠两条腿走去法缘寺的省钱念头抛到了九霄云外。

"去法缘寺。"

老大爷瞧了她一眼，坐到车边，一甩鞭子，小毛驴拖着车嘚嘚地开跑。

烧钱打这个"驴的"，真是太明智了。

小毛驴跑了快一个时辰，方才靠路边停下，这要靠她两条腿走，不知要走多久。

老大爷慢吞吞道："只能到这个路口，往法缘寺那边的道被封了，车过不去。"

杜小曼爬下车，付了车钱，站在路边左右张望。

左右都是卖香和佛器的店铺，空气中弥漫着浓浓的檀香味道。

不远处一带黄墙墨瓦，看着有一股熟悉感，看来就是法缘寺了。

杜小曼试探着往法缘寺的方向走，倒是与她想象的不同，没有看到什么把守的兵卒，店铺都开着门，还有些卖香、字画、佛珠挂件之类的小摊儿，亦有行人来往，看起来很正常，很平常。

难道，这些路人和小摊里，隐藏着便衣？

杜小曼不动声色地张望，低调逼近，猛然瞥见那三个八卦伯伯站在离法缘寺很近的路边的一个字画摊儿旁，做品评状。

那一带的行人，也比其他地方的稍多。

杜小曼的八卦天线顿时竖起，左右环视，却突然感到一阵不自在。

就在她打量四周的同时，似乎有无数道目光，也在打量她。

杜小曼四下看时，路人仿佛都在各干各的事，没人留意她。但当她的视线挪开，那股直觉的不自在立刻又升起，那些她看不见的目光，又回到她身上。

杜小曼故作从容地向前走。

法缘寺近在眼前，偌大的牌匾下，正门紧闭……

突然，杜小曼后颈和脊背上的寒毛竖起，她猛一回头，一个褐色的身影哎呀了一声，噔噔后退两步，倒像是杜小曼把他吓了一跳。

褐影定住身形，与杜小曼大眼瞪小眼。

竟然是个小童。短衣总角，裤脚扎着，两弯月眉，一双俏眼，确切地说，是个伪装小童伪装得十分拙劣的少女。

她与杜小曼互望了两秒钟，眨眨眼，低下头："我家主人想与你一见。"

杜小曼感到，四周那些扎在自己身上的视线如同岩浆般滚烫起来。那三个站在字画摊边的八卦伯伯甚至放下了手里的字画，露骨地观望。

杜小曼在聚光灯下般的待遇中，佯作镇定地问："你家主人是……为什么要见我？"

那少女再后退一步，侧身道："这边请。"

杜小曼顺着她示意的方向望去，只见路边的一家茶楼二楼，窗扇挑起，一个美人凭窗站着。玉白长衫，发束方巾，在微寒的秋风中摇着折扇的纤纤玉手与洁白光滑的玉颈向全天下人昭示着，她是女扮男装。

她居高临下俯视着杜小曼，微微颔首。

杜小曼在心里叹了口气，走进茶楼。

二楼，雅间，门打开的瞬间，杜小曼又想叹气了。

门里不止一个美人，而是……一群……

有袍衫冠巾，男人打扮的。也有珠钗罗裙，娇媚女子形容的。

杜小曼只觉得一阵眼花缭乱，满目奢华。

这些美人齐刷刷地都望着她。

这么多的女人齐聚一堂，杜小曼心里想到的，竟然不是月圣门在开会。狼一样的直觉告诉她，这些女人绝对是……

门在杜小曼背后合上。刚刚俯视她的那个美人朱唇一挑："你是王爷哪个园子里的？"

果然，影帝的后宫！

哇，这才是真后宫啊！

这一个个的绝色啊！

她一个女人看了都想流口水啊！

她到底是脑子里哪根弦烧短路了，居然同情过那货啊！

她又是多么傻多么天真，把一头圣殿色狼当成秦公公啊！

看这堆女人的眼神和表情！和影帝绝不是纯洁的男女关系！

话说，她又为什么要脑子进水在这里和影帝的后宫演狗血剧啊！那货就算立刻被砍了，也能含笑九泉！简直享尽天福！

杜小曼内心在咆哮，脸上却肃然："我不是哪个园子里的。我……"

另一个女子轻嗤一声："行了，别装了。在这里的，大家都一样，要不干吗过来呢？"再上下将杜小曼一扫视，"看来你不是京里的，打哪儿赶过来？刚到京城？"

杜小曼说："我真的不是……"

玉白长衫的美人打断她："眼下，不必要的话无须多说。简而言之，法缘寺，我们都进不去。王爷，我们都见不着。谁要是有门路，也不必藏着掖着。王爷在里面必然不好过，能想想办法便想想办法。"

又一个美人叹了口气："和尚庙里，连肉都吃不到，定然是顿顿清汤寡水。王爷那嘴刁的，怎生受得住？天又寒了，还是穿着薄衣裳进去的，染了风寒可怎么好？"

敢情挺皮实的影帝在后宫们的心目中，是个弱柳扶风的男版林黛玉。

杜小曼不禁脱口道："法缘寺装修得不错，厚衣服应该还是有的，偶尔吃吃素也挺健康。"

满屋的女子顿时唰的一下，又都看向她。玉白长衫的美人微微扬眉："妹妹怎么称呼？"

杜小曼道："呃，我姓杜，我叫杜小曼。"

女子颔首："哦，不曾听过这个名字。"又向杜小曼淡淡一笑，"我名南绡。"

杜小曼点头笑笑："幸会。"这两个字吐出口，怎么都觉得尴尬。

南绡亦道："此刻此景，说这两个字，委实有些勉强。我是打王府过来的。剩下的妹妹们与你一样，听闻王爷的事，从外地起来的。这边这位容娴妹妹，在京郊临郡……"像引见一般，向杜小曼一一介绍起来。

杜小曼数了一下，恰好十七个，都来自不同的地方，加上她十八个，数字还挺吉利。

南绡又道："杜妹妹现在何处落脚？"

杜小曼道："客栈。"

南绡道："可惜王府被封，不然都住到王府去，大家一起合计，兴许就有好对策了。"

杜小曼忽然想到一事："对哦，裕王殿下的宅邸不是被封了么？各位王妃娘娘们都是怎么出来的？"

南绡嘴角一弯："杜姑娘说话不必如此。即便我住在王府，也和大家一样，都没有所谓的名分。王爷的女人，都一样。与我同在王府的其他姐妹都是如此，我与打理内务的息夫人处得好些，王府被封查，她在宫里帮忙通融了一下，但也只能出来我一个。其他的诸位或是提早出来，或是有其他法子通融，难道杜姑娘不是？"

杜小曼无力地道："我真不是你们王爷哪个园子里的……"

南缃再度打断她："杜姑娘和王爷处得长了就知道，他待谁，都一样。不会厚待哪个，也不会薄待了哪个。眼下真不是拈酸吃醋的时候。估计我们可能谁看谁，都有些碍眼，但谁让我们偏就都喜欢王爷呢？此刻王爷有难，暂把一切放开，大家只想着怎么能帮到王爷吧。"

影帝到底是用了什么手段，把这么貌美开明贤惠的妹子忽悠进自己的怀抱的？

这群女子都有名有姓，看名姓，观言谈，出身教养绝对都不平凡，竟然甘心无名无分，做三百后宫之一。

杜小曼越发觉得小璪璪真是人生赢家，即便死一死亦死得辉煌，死得无憾。

她没办法再撇清自己，估计解释了，这堆后宫成员也不信。

正在此时，突然有一个美女幽幽道："也不是都一样。王爷不是要娶那位清龄郡主么？"

屋里蓦地静了下来。

许久后，才又有一位美人苦笑了一声："可不是，虽然王爷遭祸，真正缘由并非那件事，但总是个由头。"

杜小曼暗暗抖了一下："呃，那是个已婚妇女，还是个怨妇，肯定不漂亮，也没特色，裕王殿下眼界这么高，怎么可能看上呢？再说，即便最后离婚了，名声也不好，裕王殿下怎么能娶她呢？我觉得，肯定另有原因啦……"

南缃长叹了一口气："王爷的心性，谁都摸不准。不管因为什么，此事都发生了。也许终有一日，会有个女子，能独享王爷独一无二的情分。但于我来说，我今生心中，唯有王爷，已无可解。即便……即便不能再陪伴王爷，只要能让他好，什么我都愿做。"

屋中又一片静默。

杜小曼环顾四周，流下了冷汗。

她在剩下的那些女子脸上，看到了对南缃的这番话无声的认同。

她后退一步："那个……不管各位信不信，我真的和裕王殿下没什么关系，这回也是路过京城，听到他出事了，顺便过来看看。我在京城另有要事，要不，各位慢慢商量如何解救王爷，我先走了。再见！"

她迅速转身往外，听见南绁在她背后道："也罢，杜姑娘慢走。"

杜小曼出了茶楼，重新又沐浴在火辣辣的目光中。

她佯作从容地往法缘寺反方向走，内心波涛汹涌。

秦兰璪的后宫们，对他，都是真爱。

只有绝对的真爱，才能做到毫不计较，只想着奉献。

杜小曼第一次真实地感受到了爱的伟大。

她做不到……

她从来没有这样过。

即便当年，她真心喜欢陆巽的时候，她为他做了很多改变，但也无法达到这个地步。

杜小曼踩着路上的枯叶，心里突然有种说不出的滋味。

这些死心塌地的美妹子，肯定不是月圣门的人。

那么秦兰璪和月圣门到底……

杜小曼脑内真的很乱，一时想不下去。

枯叶被秋风卷下树杈，有一两片砸在杜小曼的脑袋上，迎面两匹马拉着一辆朴素小车驰来，杜小曼下意识往路边让了让，马车从她身边经过，她忽而听见一个尖细声音道："留步……姑娘且请留步。"

杜小曼下意识转身，只见一个六旬左右的老者，脸圆无须，方口蓝衫小圆帽，一副家人打扮，站在停住的车边，袖手堆起笑："姑娘，可否移步过来？"

杜小曼犹豫了一下，走到那老者面前："请问何事？"

素蓝的车帘挑起，杜小曼下意识地侧首，正对上十七皇子惊讶的视线。

杜小曼一时也愣住。

秦羽言垂下眼睫，向那老者眼神示意。

老者躬身道："这位请先上车说话。"

杜小曼能感到，那些遥远的、执着的视线又好像瞬间加了几千万伏特的电流，嗞嗞地扎在她身上。她迅速地闪进了车中，车厢狭小，她屈身向秦羽言打招呼："十七殿下，你好。"

她和秦羽言倒数第二次见面，是被宁景徽抓后，返京的路上。倒数第一次见面，是秦羽言到客栈和秦兰璪认亲。两次都比较尴尬。所以这次重见，杜小曼还是有点尴尬。

秦羽言看似比她还要尴尬，向后坐了一些："唐……杜……"

杜小曼道："十七殿下还是喊我杜小曼吧。"

秦羽言微微颔首，没再说什么，只是又挑帘低声吩咐了一句什么。

车子似是调转了方向，缓缓前行。杜小曼道："殿下，这是……"

秦羽言缓声问："杜姑娘近来过得可好？"

怎么可能好。

杜小曼说："还行吧，这里走走，那里走走。见识蛮多的。"

秦羽言一本正经地颔首："哦。"

杜小曼看他拘谨的样子，更尴尬了，也回敬问："十七殿下最近好么？"

秦羽言微微拢了眉，杜小曼发现自己说错话了，他哥关了他叔，正在查封他叔的宅子，他夹在中间，能好过么？

杜小曼一句"殿下是来看裕王吗"就在嘴边，却不敢出口。

只要一出口，秦羽言肯定就会问"杜姑娘为何会在这里"，或者更直接地问："杜姑娘想见皇叔？"

她只好转个话题："今天天气不错，京城的秋天，好像蛮干燥的。"

秦羽言竟然回答了："近来确实少雨，约有半月都是晴天了。"

杜小曼道："我往京城来的一路，也没碰到下雨天，都是晴天。"

秦羽言道："哦？杜姑娘是从何处往京城来的？"

杜小曼如实回答："镇江。"

话题似乎渐渐要绕到某一个尴尬的方向去，不曾想秦羽言却一本正经道："镇江的香醋甚好。"

杜小曼干笑道："是吧，我也一直久仰大名。但是我在镇江停的时间不长，没怎么尝到正宗的好醋。"

秦羽言表情很认真地道："日后定然还会有机会。"

杜小曼道："呵呵，我也是这么觉得。"

车厢内一时又陷入寂静。

幸亏这时，车突然停下，秦羽言起身："杜姑娘，我先行下去。"

杜小曼一头雾水："呃，殿下请便。"

车帘又一挑，方才那位老者捧着一个布包，放在车凳上，无声地躬身退下。

188

秦羽言离开车厢，杜小曼打开布包，里面是一套衣帽短靴，和那老者身上的颜色一致，式样也一样。

杜小曼匆匆换好，一掀车帘，顿时吓了一跳。

黄墙墨瓦就在眼前，法缘寺！

她下意识想往后缩，老者向她招手："快，快下来！"

杜小曼只得跳下车，老者走到她身边，轻声道："殿下此举，可是担了不小风险。千万谨慎哪。"又扬起声，"还磨蹭什么！快，跟紧了殿下，好生侍候！"

十七皇子……居然……

杜小曼在秋日绚烂的阳光下朝前看，只见秦羽言已行到一扇小门前，棠梨色的宽袍染着秋色，向双手合十的僧人还礼。

她只得加快脚步追了上去。

小门旁的两个僧人抬眼，视线定在杜小曼脸上，杜小曼淡定地向前，两个僧人又垂下眼双手合十，杜小曼快步迈进了门槛。

空旷的院落内，地面满是落叶，踩上去嚓嚓地脆响。

杜小曼与秦羽言之间隔着两三个人，低头向前。

一个披着袈裟、捎着念珠的老僧带着两个小沙弥迎将上来，双手合十，念了声佛号。

杜小曼总觉得老和尚很眼熟，遂再把头往下低些。秦羽言向老和尚还礼："数日不曾前来，秋光已至，闲云禅心，奈何终日碌碌。今日又要打扰高僧清修了。"

老和尚道："殿下今日不像为礼佛而来，乃是探视？"

秦羽言道："不敢诳语，是为皇叔而来。"

老僧念了句佛号，却似乎伴着一声叹息："裕王殿下在水清园内，殿下自行过去便可。"

秦羽言微微颔首，老僧转身，领着小沙弥向着大殿而去，秦羽言举步前行，众随从们却都定着不动。

杜小曼便也和他们一道站着不动，那位老者移到她身边，暗暗一碰她，轻咳一声。杜小曼会意，低头快步跟上秦羽言。

穿过几层院子，他们走向了一座月门。旧木门扇合着，青苔斑驳的门头上凿着三个清瘦的字——水清园。

一地落叶层叠，但有不少碎的，夹在整叶之中，在风下微动。

在他们之前，有人走过这里？

秦羽言的脸上也露出些许疑色。

裕王在法缘寺中，寻常人等不得探视，寺中住持以下，非特定的几个僧人，亦无人能随便靠近。

来者是何人？

秦羽言走到门前，举手叩之，手指触到门扇，门便轻轻开了。

杜小曼在秦羽言身后望去，两人都怔在门前。

门内无影壁遮挡，园中景色，览无余。

秦兰璪坐在山石旁的一把旧藤椅中，素色长衫，一只黄花猫卧在膝上。他身前跪着一个人，鹤纹官袍，纱帽玉带，竟是宁景徽。

听到动静，秦兰璪向这边望来，将手里的一物放在身边小桌上。

宁景徽站起了身。

一时间四人相望，竟无人说话。

片刻后，宁景徽方才缓声道："十七殿下不该来此。"

秦羽言道："宁相为何而来？"

宁景徽缓步走来："殿下请随臣回宫。"

秦羽言又问一遍："宁相为何而来？"

秦兰璪忽道："十七。"

黄花猫咕噜一声，跃到地上，秦兰璪站起身："十七，此时此处，你的确不应该在。让宁景徽送你回宫吧。"

秦羽言神色微变："皇叔。"

宁景徽却挡在他面前："殿下。"抬袖一揽，将秦羽言带出了门外。

门扇合拢。

门里的杜小曼转头看着门，这是，被选择性无视，还是被默许可以留下？

她再转身，正好迎上秦兰璪的视线。

逆光中的秦兰璪笑了笑，声音像在叹气，又带着一点无奈："你怎么来了？"

不知为什么，杜小曼突然觉得，秋日阳光里的小璪璪看起来……与以前不太一样。

也许是天然光线打得恰到好处的缘故？

瞧着，有些……迷离。

那笑容好似蒙着薄雾，竟有些不真实，仿佛瞬间便会散去。

杜小曼的心像被拧了一把。

她走过去，用轻松的口气说："啊，对，我有点事回京城。正好听说你……进来了。正好碰见十七皇子殿下，于是顺便就……"

秋光凝在秦兰璪的唇边："哦。"他脚下的那只黄花猫一跃身，跃上了他身侧的小桌。

桌上有一个托盘，上面搁着一把酒壶，一只酒杯。

杜小曼的心猛地被狠狠掐住。

刚才，门开时，秦兰璪放下的，是那个酒杯。

一瞬间她觉得眼前的光有些发白。

白光里的影帝仍淡淡笑着："真想不到，我还能再见着你。"

杜小曼的喉咙有点堵。她张嘴，嗓子里一个音都发不出来。

秦兰璪拉住了她的手臂："你既然来了，就陪我坐一坐吧。"

杜小曼呆呆地看着他，秦兰璪道："你莫这样，其实这本是寻常事。"

杜小曼全身都在发抖，这人怎么还能笑呢，他怎么还笑得出来？她颤着手反手扶住了秦兰璪的胳膊："你……我扶着你……"

椅子只有一把，杜小曼扶着秦兰璪慢慢地在回廊台阶上坐下，那只猫又蹭到了秦兰璪脚下。

杜小曼在电视剧里看过，人快要不行的时候，猫能感觉到体温的变化，就会靠近那人身边。

她不由得抓紧了秦兰璪的衣袖，他的手轻轻覆上她的手背，一声低叹逸出："你莫哭啊，我以为你不会哭。"

杜小曼其实想忍的，但不知怎的，就是忍不住，热泪不受控制地涌出眼眶，往外漫溢，秦兰璪抬手擦她脸上的泪："我以为，我要是死了，你就会把我忘了。清明寒衣，也不会给我送些纸钱。"

杜小曼哑声道："我给你烧，你、你放心，我烧好的给你，烧元宝……"

话说一半，她的鼻尖撞上了秦兰璪的肩膀。他的怀抱仍很温暖，杜小曼迟疑了一下，抬起手环住他的后背，轻轻拍了拍，拼命吸了吸气，含糊道："你的那些美女，也都很担心你，你……"

再一阵哽咽堵住喉咙，她一时说不下去。

秦兰璪沉声道："你见着她们了？"

他的身体似乎开始发硬了，杜小曼揪紧了他的衣服，用力点头："那位南缃美女……还有好多美女，都在外头，有很多人想、想你……"

秦兰璪又轻喟一声："我那时让你跟谢况弃走，我以为，从此之后，你就与他在一起了。"

杜小曼强压住抽噎："谢少主和箬儿很好，他们要成亲了。"

秦兰璪摇头："掌柜的，你知道么，你这个不容瑕疵的脾气，其实很容易吃亏。你现在还太年轻，待长几岁，就会明白，人生在世，十分的所想，能得一两分，已是至幸。譬如你与谢况弃，年龄相仿，性情相合，孤于箬儿与他并不相配，就算谢家长辈一时看你不顺，天长日久，相较之下，仍会偏向你。且以孤于箬儿的脾气，应能与你相处融洽。你却偏偏硬不就这桩姻缘。"

都这样的时候了，他居然还在想着这种事……

杜小曼从他手臂中轻挣出来，含混道："人生不是做买卖，不是看着合算就可以。有些事，真的不能勉强。"

秦兰璪垂目望着她："难道你不喜欢谢况弃？"

杜小曼迟疑："我……"

"你另有心仪的人？"

杜小曼转开话题："对了，你有没有什么话，让我捎给你的美人们？"

秦兰璪转开视线："我一直，不想让你见着她们。"

"你家的妹子都挺好的呀，为了你冒着风险赶过来，都是真的爱你。"

秦兰璪抬眼看向夕阳："我此生做过的亏心事，这便是其一。世间男人，年少之时，热血在怀，大都想过做三种人——侠客、大将、浪子。"

这话真有点渣，还把全世界的男人都拉下水做借口。

杜小曼道："你选了三。"

秦兰璪轻笑："其实我那时最想选一，可惜身不由己，我亦不是习武之材。"

杜小曼点头："嗯，三是比较容易达成。"有钱有权就行。

秦兰璪又看向天边："三也不算成了，浪子风流不羁，而这四字中，不羁较之风流，更重要些。"

杜小曼又点点头："那倒是，只有风流，说难听点就叫色狼，或者淫棍。"

秦兰璪再一声轻叹："但无拘无束，恣意来往，乃是世间最难得之事，世事多是身不由己。"

杜小曼犹豫道："有句话……不太合适……但我想问……"

她挣扎了一下，还是问出了口。

"你大概……还要多久……毒发？"

都聊了这么长时间了。

秦兰璪垂眸，轻轻攥住她的手，爪子很暖。

"我若活着，你是否开心？"

"你没中毒是吧？"

秦兰璪的双眼水汪汪的，很无辜。

"毒？"

我、就、不、该、来、看、这、货！

杜小曼两眼发黑，一口老血卡在嗓子里，却不能往外喷。

秦兰璪一脸恍然地笑了："原来，你以为宁景徽是来给我送毒酒的。"

装个鬼！都将错就错半天了！

但她不能咆哮。是她错误脑补，才被影帝顺竿爬。所谓丢人不能怪社会。啊啊啊……她想把自己砍了！

杜小曼恨不得立刻变成一只穿山甲，一脑袋扎进地里刨土而去。

秦兰璪笑得像刚舔完猪油一样满足："原来掌柜的是以为我要死了才哭。"

杜小曼冷笑："才怪！"

秦兰璪满脸开心。

杜小曼索性厚着脸皮道："大家毕竟相识一场，我这么重情义、真性情的人……宁景徽跟你当时的架势真的很像么！哎呀，没事就行，那我先闪了，再见啊！"说着就要跑路。

秦兰璪一把拉住了她的袖子，另一只手端着那个见鬼的酒壶。

"这里面是我自己酿的米酒。寺里不能有荤腥，亦不能饮酒，我实在馋得慌，自家偷酿了一坛。还是当日曹师傅告诉我的法子。我自己蒸了些米饭，让人捎带了些酒引。"说着松开杜小曼的袖子，从怀里摸出一个纸包。

"你要是瞧见这个，恐怕更得误会。"

灰黄的三角纸包，很有几分耗子药的架势。

秦兰璪晃晃酒壶："尝一些？我酿了几回，这次最好，酒味不重，但甚甜。连酒曲一起煮汤圆定然绝妙。"

"呵呵，你真有才。谢谢，不用，再见！"

秦兰璪又拉住她袖口。

杜小曼向外扯了扯袖子："我真得走了，看你这么健康活泼真欣慰，下次再聊啊。"

"你不会再来了。"

废话。

秦兰璪垂下眼帘，松开了杜小曼的袖口，杜小曼眼睁睁看着他零秒切换进了感伤模式，浑身幽幽地冒着哀怨。

"果然到我要死时，你才会来看我，但今日于我，此生足矣。"

恶——

杜小曼被雷得汗毛都卷了，一个恍神，身体突被一股劲力往前一带……

唔——

影帝的双唇真的带着一股甜酒酿的味道。

杜小曼的大脑突然在这一刻达到了最冷静、最理智的境界。

理智让她意识到了此人的强悍。

不论她做何对抗，笑傲变态之巅的影帝都能轻松地打败她。

她果断地做出最聪明的抉择。

踹开秦兰璪，光速闪出那个小院。

十七皇子和宁景徽真的先走了，没有等她。

杜小曼在寺院宽阔的大院里独自跑了一阵儿，发现迷路了。

幸亏一个扫地的小沙弥替她指点迷津，让她终于从小角门闪出。杜小曼埋头匆匆往前跑，几乎是闭着眼睛冲过了那条充满八卦视线的街道，刚要松一口气，一道白色的身影拦住她的去路。

杜小曼抬头，迎上南绷犀利的视线。

"你果然与我们不同。杜姑娘，还是唐郡主？"

杜小曼道："怎么叫都行。"

南绷神色凝住："王爷怎么样了？"

的确是真爱啊，此时此刻，还是先问影帝的情况。

杜小曼道："挺好的。看起来蛮健康，吃得应该不错，还自己酿了点米酒。"

南绷无奈地一笑："王爷真是……有时候就和小孩子一样。天大的事压着，他也想着玩。"又看向杜小曼，"王爷有没有提到我们？"

杜小曼道："我和他说了，你们在外面，很挂念他。他很开心。"

南缃淡淡一笑："真是谢谢唐郡主美言了。"

杜小曼干巴巴地笑："不用客气。"

南缃又直直地望着她："郡主打算如何呢？"

"啊？"

"不论真正的缘故是什么。但的确郡主的事是个引子，王爷才被弹劾进了法缘寺，难道郡主什么也不做？"

杜小曼脱口道："我不知道我该怎么做，我也没有那样的能力啊。你知道我该怎么做吗？"

南缃的唇角扯出一个弧度："郡主自己都不知道自己该做什么，我怎么会知道。郡主真是个既干脆又算得清的人，我只是这么一问罢了，并非真的要郡主做什么。"

杜小曼道："对不起。"

其实她也不知道自己为什么要道歉。

她又说："实际上，我和你们王爷的关系，不像你们想象的那样。"

南缃嗤地一笑："王爷这辈子，居然也自作多情了一回，没脸没皮地上书要娶郡主，郡主却根本不领情。"

杜小曼道："不是，你们王爷他……"

她发现自己嘴变笨了，竟不知道该如何解释，找不到合适的词句。

南缃又道："郡主莫怪我唐突，你心中怎样想王爷，我并不想探究。我只是想找个法子救王爷而已。"上下打量了一眼杜小曼，"我承认，我一直想会会郡主。郡主与我想的，不大一样。"

杜小曼继续傻站着，不知道该说啥。

南缃像男人般抬袖一拱手："多谢郡主告知我等王爷的情况，告辞了。"折身离去，走了几步，又转过来，"对了，如果郡主愿意帮王爷一把，不妨走走宫中的门路？"

杜小曼迷惘了几秒钟。

她不知道唐晋媗在宫中有什么门路啊……

当下的情况是皇帝要找秦兰璪的茬。亲侄儿对付亲叔叔，哪有外人插话的余地？

看十七皇子那束手无策的样子，这事连他都破不了，找别人，有用吗？

怪不得能对影帝死心塌地的，妹子很天真啊。

杜小曼原地僵硬地站了片刻，继续前行。

她心里有点堵。

南绸话里话外，好像她杜小曼必须得对现在的秦兰璪负责一样。

面对南绸，她又像一个插足在裕王和他的后宫中的罪人。别人是小三，她是小三百零一。且竟是她渣虐了小璪璪。

更可怕的是，她居然觉得南绸的话中有些细节似乎有理。

杜小曼走走走，天渐渐黑了，路前有一串灯笼招摇得很是醒目，灯笼下阵阵白雾蒸腾着秋夜的温暖。

杜小曼不由得走到那串灯笼下，在一张桌子边坐下，正要点吃的，邻桌一群人开了坛酒，招呼大家群饮。

杜小曼闻见酒味，内心翻涌起一股情绪，一拍桌子："老板，一碟牛肉，一壶酒！"

摊主道："这位姑……小爷，小摊有一种烧酒较烈些，还有一种独门秘制的黄酒，稍微煨温，再搁些冰糖，绵甜适口，这般秋风刚起时正好喝，如何？"

杜小曼道："好，来一壶。"

路上锣锣锣鸣，高马开道，仆从簇拥，仪仗排场，十匹骏马拉着一辆华车缓缓前行，夜风中，车窗帘闪出一丝缝隙。好像是有什么大人物路过。

京城人民见识多了这种阵仗，没人有太大反应。

杜小曼歪头瞄了一眼就收回了视线，集中精力吃肉。

摊主煨好了黄酒，正要送到杜小曼桌上，邻桌的人吃得醉了，猛地站起身，恰好撞到摊主，酒壶跌碎在地。

摊主也不敢责怪那几个客人，只先向杜小曼赔不是，说再去煨，杜小曼道："算了，要不就随便来壶别的吧。"

摊主便另找出一个小壶，现拍开一小坛酒的泥封，倒了一壶送与杜小曼，道："这酒刚启封时的一壶最好喝，算是给客官赔不是了。"还亲自斟上。

杜小曼很是欣赏这种服务态度，如果再有机会重回餐饮界，务必要学习一下。

卤牛肉，烧酒。

侠客风采的搭配，真汉子的味道！

太汉子了，杜小曼第一口就呛了。

她没怎么喝过酒，唐晋媗的身体大概也没经过多少次酒精的考验。

杜小曼结账离开摊子时，就觉得脚下踩的不是地，是棉花，软而弹，让她站不稳，保持不了平衡。

她左右四顾，什么都在晃，看不清行人，瞧不出招牌上写的啥，周围有没有客栈。她心里有点发急，用力揉眼，撞了好几次人，往路边避让，咣一声，金星乱冒，脑门生疼，好像撞到了墙。

杜小曼扶着墙喘了口气，索性暂时在墙根边坐下歇歇脚。

两三个闲汉隔着路遥遥打量她，正要朝此聚拢，突然一阵混乱尖叫声响起，一匹无人骑乘的疯马一路卷翻路人摊位，竟向墙角的杜小曼笔直冲来！

杜小曼依稀听到了什么，但又像与自己不是同一个世界的声音，眼皮费劲地抬起一条线，什么也看不清。

几个闲汉早四散逃开，眼见那马已要到墙角，突然双蹄朝天，一声嘶鸣。

一道长鞭，圈住了马颈，执鞭的劲装男子手臂一顿，飞身跃起，一刀斩向马颈！

另有两把雪亮的长刀，挥向了马的后腿。

厉嘶声中，马轰然倒地，在血泊中抽搐，几个劲装男子却跃上屋脊，转眼没入夜色。

惊恐的路人定神之下开始围观，打量地上的马尸和墙角的杜小曼。

就在这时，又听得一阵喧嚣，一辆马车分开众人，靠近这片狼藉。车中下来几个家仆打扮的男子，给牵马的车夫引路的，竟是方才杜小曼吃饭的那家小摊的摊主。

"是么？"

"没错。"

"带回去。"

……

杜小曼依稀听到动静，想睁眼看，眼皮却无比沉重。

她整个人被抬起，丢进车里。

目睹全过程的路人议论纷纷，但没人对这件事提出质疑。

马车转瞬没入浓重的夜。

杜小曼在浑浑噩噩中，感觉嘴里被灌进了什么东西。

很酸，很呛，她不由得一阵剧咳，咳得眼泪都出来了。

远处，似乎有个人在问："哭了？"

一个女人的声音。

杜小曼打了个激灵，猛地睁开了眼。

让她龇牙咧嘴的头疼中，一个模糊的人影近在咫尺。

杜小曼又哆嗦了一下，那人在视线聚焦中清晰。

"醒了？醒了就告诉我，你哭是因为后悔了么，我的好妹妹？"

杜小曼骤然起身，瞪着那个女人。

月圣门……实力竟这么雄厚了吗？

薄蝉鬓，堆云髻，宝莲珠插，金簪步摇，一颗颗鸽子蛋般大小均等的明珠环着玉颈，闪得杜小曼眼晕。

银绡留仙裙，袒领缇罗衫，广袖曳地，紫佩流光。

这般珠光宝气的装扮，偏偏轻扫蛾眉，薄敷脂粉，浅浅一点胭唇色，做个淡淡懒懒的妆容。因那张面庞，已极尽奢华，无须增色，真正国色天香。

这个华贵的美人站在床边，俯视着杜小曼，带着一种天然的高高在上，简直能让天下的男人都跪在她脚边，把身家性命双手奉上。

这样的女人还能进月圣门？不科学啊。

杜小曼遂做迷惘状吐出保险台词："我这是……在哪里？"

美人朱唇一挑："自然是安成公府啊，难道我要把你带到娘那里去？那你就等着死吧！"

杜小曼的脑壳里堆满了问号。

美人居高临下的目光里充满了不以为然："酒还没醒？不用再这么雷劈的鹌鹑一样瞧了，再瞧也是你姐姐我，要不谁还能把你从街上捡回来？看看你此时的模样！大街睡得舒服么，媗媗？"

姐姐？！

这……

难道……

是唐晋媗的亲姐姐？

杜小曼只知道，唐晋媗的兄弟姐妹不少。同父同母的，就有一个哥哥，两个姐姐。

但眼前这个到底是哪个姐姐，她就不知道了。

杜小曼大脑飞转，跟影帝接触久了，也学了一点技术，参考眼前场景，她立刻咬住下唇，做出一个稍别扭的姿态。

那美人笑吟吟坐下："怎么？都这样了还和我怄气？啧啧，你可是出息啊，满大街谈的都是你，娘肯定暗暗呕了好几盆血了。"伸手在杜小曼手背上一拧，"不过，说真的，你怎么和裕王搭上的？"

杜小曼依然做别扭不语状。

美人双眉一挑："怎么，你不是该得意么？要是真成了，我可得称呼你一声长辈呀。虽然人都说，裕王是被你克的，都进庙里去了。慕王府呢，被你弄得脸都没了，一身双煞。"

杜小曼还是不吭声。

美人又点点她额头："你呀，我可不是有意拿话酸刺你。要是你没嫁的时候这么能耐，直接从咱家爬墙到外头，勾搭上裕王该多好。姐姐就算与你乱了辈分，也替你高兴。我早劝过你吧，你不听我劝！小时候你就这样，处处和我作对，还总觉得是我欺负你。其实我几时害过你呢？和你说的话，都是为你好。我是不是劝你不要嫁慕云潇来着？你非要嫁，怪得了谁？"

杜小曼猛地抬头。

美人撇嘴："翻什么眼睛？我说错了？我那时劝你，姓慕的，虽然名分上是个王，实际上什么都没有。刘侯家那个老三，哪里不好了？你一嫌人家不是长子，将来袭不了爵，二嫌长得不如慕云潇漂亮，三还说我让你嫁刘侯家，是想你比我嫁得低，非得找个王衔的压我一头。我说那慕云潇唇薄眉窄眼吊梢，就是个薄情寡幸的相！像刘三那样阔面大耳的福相，才做得好相公。结果你说什么？你说什么？！"

杜小曼头壳木木的，随口道："我忘了，记不起来了。"

美人冷笑一声："真忘了？你说……"捏起嗓子，声调一变，"姐姐，不用你费心，潇郎他早与我立誓，今生今世，他只喜欢我一个。他还要找皇上为我们指婚，娘定然会同意——呵呵，我妹妹真会看男人！"

杜小曼张口结舌。

亲娘啊，就算现在小璪璪和宁景徽手拉手在大街上跳草裙舞，她也只能雷成这样了。

怎么可能？为什么神仙没有提前说这件事？

唐晋嫚和慕云潇婚前就有一腿！

唐晋嫚是主动嫁给慕云潇的！

原来不靠谱的猜测竟然中了——

唐、晋、嫚、喜、欢、慕、云、潇！

杜小曼抱住了头。

猜测和真相之间画上了等号，但这两个词给人的打击，真的很不同。

一想到上辈子，自己居然深深地爱着慕渣男，她就……

凉粉来一块！让我撞！！！

美人道："嫚嫚，姐姐也不是非得这么说你。可女人这辈子，最怕的就是嫁错了。你不听我的话，一步走错，就算后来闹了一场，又搭上了裕王，不还是有祸吗？你看看你把自己糟践成这个样子，那些穷家民妇，也没这么邋遢的，除了我这个亲姐姐，哪个还能一眼之下认得出你呀。居然吃醉了酒，睡到街上了，跟个叫花子一样。你这么糟践自己，又有什么用？哭断肠子也来不及了！"

美人的言语擦着耳边过，杜小曼将脑袋埋在膝盖上的被子里，大脑飞速运转，许多零散碎片呼啦啦在脑中拼凑。

之前梦境中零散的片段，到底是唐晋嫚在这个躯壳中残留的意念，还是经历轮回仍然深埋在灵魂中的怨念？

那是真相之线，漂浮在混浊的水面上，猛地扯起，沉在水下淤泥中的真实匪夷所思，却是不得不相信的真实。

奇怪，那些梦里罩着浓雾的片段，在大脑中，居然清晰了起来。

唐晋嫚和慕云潇婚前认识，唐晋嫚在那时就爱上了慕云潇。

梦里，花丛边，大树下，喊她名字的那个人，是……慕云潇。

怪不得，怪不得只是一顿羞辱，唐晋嫚第一想到的，不是和离，而是去寻短见。

慕云潇为什么要这么做？始乱终弃？

不对，绿琉、碧璃……逃出来遭遇的种种……

居然要毒死女儿的唐王妃、总和宁景徽一起出现的慕云潇。还有月圣门的人讲的那个故事。

"唐郡主，你真不明白？一直以来，都有人做局，步步引你入我圣教。可你始终不肯，如今此计，不过借刀杀人。他们知我圣教对奸细叛徒素来无情，想来你既然不能活用，也能中点死用罢了。"

杜小曼猛地抬起头："姐姐，你知道月圣门么？"

美人兀自说着，听得杜小曼爆出这么一句，先怔了一下，而后立刻道："废话！"上下一打量杜小曼，神色一紧，"你不会想往里进吧？我可先告诉你，这个公主教今非昔比，朝廷里有些人正要拿它开刀呢。少惹祸。你的相好裕王不是还因此事遇刺……"美人的眉头蓦地一拧，"你该不会已经进去了吧？"

杜小曼赶紧道："没有没有。姐姐，娘以前和你提过月圣门的事么？"

美人扫视着杜小曼："你到底想问什么，就别绕弯儿。我出嫁时，娘自然得交代我，千万别和我的公主婆婆置气，她跟那位是亲姐妹，万一找人来砍了我……那个教里的人可都杀人不眨眼，虽然说是不杀女人，可谁知道呢？万一还立个婆婆教什么的，专对付我这样不老顺着她的呢？不过，我那公主婆婆，真跟那位不亲，你也知道，宫里不是一个娘生的，比咱家还生疏，平常都没说过几句话，更不知道那什么的消息。虽说她成天拿捏我，这事我还得按实际说。"

公主婆婆？

杜小曼又被这番话里的新信息击中了。

唐晋媗的这个姐姐嫁得真不低啊。怪不得唐王妃当时会说，唐晋媗心中有怨，几个姐姐嫁得都比她好。

如果按照年龄算辈分，唐姐姐的这个婆婆可能是……

秦兰璪同父异母的姐姐！

对了，月圣门的开山祖师，也是公主，叫什么公主来着……

德慧公主！

也就是说，秦兰璪、唐晋媗姐姐的婆婆、月圣门的开山祖师，这三个人是亲姐弟！

杜小曼深深地凌乱了。

这关系可够乱的啊。小璪璪的爸爸太祖皇帝真是人才，不但建立新朝代，子女们也都各有建树。

唐姐姐皱眉看着她："瞪着眼做甚，像个雷打的蛤蟆一样？"

杜小曼道："头疼。"

唐姐姐一脸嫌弃道："你醉得跟摊泥一样，又睡在那种地方，可不是醒了会头疼？看着你，我都头疼。我这辈子第一次见这么不体面的人，居然还是我的亲妹妹！"

她眼睛向旁边一瞥，一群侍女立刻上前，在杜小曼身后垫好软枕，端盆巾香粉等物替杜小曼净手，再在杜小曼身上铺上绣着富丽花朵的长巾，架起一张小巧的榻几。这才捧过一盏，置于几上，掀开盏盖，胶冻状的汤汁中一朵朵云絮样的东西，浮着浅红色的星点小花，不知道是什么。

唐姐姐道："你先吃一些，待酒气再散散，头不疼了，就赶紧好好洗洗，换上衣裳。我大早上就在你这里，还没去给家里那位娘娘请安。你先待着吧，我先去前头。"被一堆侍女簇拥离去，屋里顿时空了许多。

沐浴时，杜小曼泡在水里，回思种种。

她经常猜错事，但这次，她自信自己已八九不离十猜到了真相——

唐晋嫚的整个悲剧，不是她被慕渣男婚后冷待，而是一开始，她就是一枚棋子。

对付月圣门的幕后大策划应该是宁景徽，但是挑中唐晋嫚做棋子这件事，不知道是谁发起。

从绿琼和碧璃来看，唐晋嫚的娘家人是知道的，特别是唐王妃，就算不是发起人，也是积极配合。

然后，由慕云潇出面勾引唐晋嫚。

唐晋嫚动了真情，嫁给慕云潇，没想到结婚当天慕渣男就变脸。

这么想来，阮紫霁倒是比较无辜了。不管慕云潇到底是真的爱她，奉命勾引唐晋嫚，还是拿她做道具，刺激唐晋嫚，她都和唐晋嫚一样，只是这部狗血戏中的一颗棋子罢了。

想来按照这群人的设定，唐晋嫚吃亏后，正好身边的两个丫鬟顺水推舟，唐晋嫚就能进入月圣门。但却没想到，唐晋嫚居然负气自杀……

唉，想到当初，在天庭上看到唐晋嫚一边哭，一边说："我不服，我不服这个命！我们女人，连自己要嫁谁都不能选择，这个赌约根本就不公平。我不是为情而死，我只是不忿我的命！"杜小曼还以为，唐晋嫚是因为不想嫁慕云潇又不得不嫁才这样哭诉，没想到她是自愿被慕云潇哄上了手。

发现自己被骗，她才会哭得这么惨吧。以为两情相悦，自己选择了好姻缘，没想到自己只是一颗棋子，一切别人早已设计好，等着她自己咬钩。这种羞辱，比单纯的被冷落、被无视更加伤人。

杜小曼一直不觉得，唐晋嫚就是自己的前世。但想到这里，她心中居然有些闷闷的疼。

仍旧有很多疑点。

到底唐晋媗是死后发现自己被骗，还是死前？

绿琉和碧璃是引她入月圣门的人，杜小曼在唐晋媗身上活过来的时候，为什么在引唐晋媗入月圣门的最佳时机，她们不游说呢？

还有……

杜小曼闭上眼，接下来的事，她不愿深想。

侍女在她耳边柔声问："郡主，可是奴婢们梳发的力道太大？"

杜小曼摇摇头："是我还有点头疼而已。"

唉，替唐晋媗心疼的时候，一想到唐晋媗是自己的前世，心疼就变成气堵和窝囊了。所以还是很排斥这件事，不能信！

不过……爱上陆巽那件事，也不比爱上慕渣男强多少。

呸呸！还是不一样的。陆巽再渣也强过慕渣男！他们两人还是有认真交往过的！后来是移情别恋……

杜小曼脑中不由得浮起和陆巽交往的种种。

一起逛街，她怕自己的喜好被陆巽鄙视，不敢买这买那。

一起吃饭，除了吃辣之外，实在没什么相似的口味。

一起看电影，她不小心睡着，醒来时看见陆巽的表情，她当时自信地解读为宠溺，其实现在回想是无奈跟隐忍。

……

陆巽和她交往，真的开心么？还是，只是为了那个打赌而已。

杜小曼又叹气了。

不管真相是什么，有件事是板上钉钉了——

上辈子和这辈子，她都是个蠢女人。

认识到自己是个蠢女人，别人眼中可以随便耍得团团转的蠢女人，心情是怎样？

杜小曼的答案是——很憋屈，很郁闷，很不爽。

她一腔愤懑讷为食量，风卷残云般吃光了一桌早餐，惊到了唐姐姐家的侍女们。

侍女们说："这些饭菜能得小郡主喜欢，厨子定然感激呢。"笑得声音打战。

杜小曼盯着空盘子眼发直，已经忘了刚刚吃下去的是啥，只觉得挺撑。

侍女们见她的模样，以为她是意犹未尽，但真是不敢再给她吃了，就含蓄道："小郡主喜欢这个糕，明儿婢子们让厨下再弄了送来？"

杜小曼含糊应道："呃……啊。"

左右撤下盘子，杜小曼正要站起身，一阵香风袭来，侍女们齐齐行礼，只见一群侍女簇拥着一个华服妇人进门，姐姐走在她之后。杜小曼顿时明白，来人应该是唐姐姐的那位公主婆婆了。

果然立刻就听见唐姐姐道："媗媗，怎么还傻站着？"

杜小曼赶紧行礼，那华服妇人慢条斯理地开口："嫩儿，你这就不对了。她虽是你妹妹，但在这里仍是客，你怎好如此扬声支使？"

唐姐姐笑道："娘说得是。"

华服妇人行了两步，亲自弯腰扶住杜小曼："快起来，不必如此拘谨。"

杜小曼站起身，偷偷瞄她容貌。唐姐姐的这位公主婆婆比影帝至少大了二十岁，下巴那里有点相像，但眉眼较细，五官差别很大，单论脸不算大美女，比不上慕夫人、唐王妃、谢夫人几位，但气度凌然，皮肤白细宛如少女。她捧起杜小曼的手，一双玉手令杜小曼自惭形秽。

"你叫晋媗对吧。我上回见你，还是你姐姐嫁过来的时候，当时你还是个小孩子，不想几年过去，竟长得亭亭玉立了。唐王妃真是会养，几个女儿都跟鲜花似的。"

杜小曼故作羞涩地低头："公主谬赞了。"

唐姐姐的公主婆婆含笑的容颜很是慈爱，但杜小曼总有一种在被探照灯从头扫到脚的感觉。

公主仍旧握着杜小曼的手，笑盈盈道："家里来接你前，只管在这里住着，缺什么就和你姐姐要。对了，你和宜嫩相差几岁？"

杜小曼一惊，她还真不知道，只好回答："我今年实岁十七。"

公主略一沉吟："哦，你应是庚午嘉元七年生，你姐姐属虎，比你大了四岁。"继而又道，"唉，真是快，我记得就是嘉元七年，上元节时，我在宫中与先帝皇嫂一同赏灯，河间府进了一种花炮，升空后像轮月亮一般，散下时又是个龙的形状，十分巧妙。皇上和裕王那时都还是小孩子呢，叔侄两个与一群孩子一道猜灯谜赌糖吃，在我想着好像就是昨儿的事，但连那年生的你，都这么大了，本宫又怎能不老呢？"

杜小曼道："公主保养得这么好，说句不敬的话，刚进来时，我还以为是姐姐的哪位妯娌呢，怎么竟说自己老？"

公主哧地笑道："嘴真甜。"又拉着她聊了几句家常，道，"还愿的香贡该送来了，我去前头瞧瞧，媺儿你就陪你妹妹说说话，不必过来了。"

唐宜媺应下，众人恭送公主离开。

唐宜媺又屏退左右，杜小曼道："姐姐你婆婆身份这么尊贵，还过来看我，多不好意思，应该我去给她请安才对。"

唐宜媺白她一眼："你啊，蠢的！看不出来她是为什么来么？有了你跟裕王的那档子事，就算你蹲在屋后的树梢上，她也能蹦上去找你！"又道，"她往前头哪是看香贡，肯定是着人往宫里递信去了。"

杜小曼大吃一惊："宫里？为什么往宫里送信？"

唐宜媺眉一挑："我的好妹妹，你以为你惹的事小？裕王上折子说，你和慕云潇这段婚事纯粹误配，原该和离，他要等你和离后娶你做裕王妃。这么一来，你就成了我婆婆的弟媳，咱家这辈子真不好算。你姐夫上朝碰到了大哥，都不知该怎么称呼。朝里闹得不可开交，那些酸文人们写诗作赋欢实得不行。公主娘娘知道你进了安成公府的门，不亲自蹿去宫里送信，已经算她矜持了。"

杜小曼眩晕了："我……我……"

唐宜媺道："我什么我？我跟你说，事已至此，你务必将裕王拿下！此事一定要成！该热闹时，就是要热闹！"又蹙眉，"慕王府肯定不会轻易罢休，说不定我婆婆也会暗暗与他们连成一气，他们说不定已经收到消息了。如果你的婆家来要人……不行，我得赶紧给家里送个信！"

杜小曼顿时道："姐，先等一下！"

唐晋媗瞪起眼："等？等什么等？媗媗，姐姐告诉你，做什么事都要快、狠、稳！万万不能等、犹豫、拖！动作慢一分，就是给对方一分的机会！"

杜小曼冷静地甩出一句话："姐，你知道咱家可能跟月圣门有关么？"

唐宜媺刚要跨过门槛的脚顿住："什么？"

杜小曼深吸一口气："娘之前差点毒死我……我猜，我嫁给慕云潇，其实是有些人操控的一步棋。"

端华公主离开偏厢，走到中庭，突然叹了口气。

侍女问："公主为何叹息？"

公主道："唐王的女儿，个个是祸。我原以为，我们府里这位已是极致，却未曾想到，她那个妹子，不算多么出挑的相貌，竟胜过其姊。"

左右皆不敢接话。

公主的这段话，暗藏着旧怨新仇。

德安王府中，世子唐殷与宜嬺、纾嫆、晋嬗三位郡主皆系王妃嫡出。德安王喜欢女儿，尤其宠爱长女。唐宜嬺从会走路起就跟着父王骑马打猎，养野了性子。六七岁时随祖母进宫，与众皇子王子玩在一处，端华公主的儿子卫重也在其中。

端华公主刚好在御花园内，树下观看，只见这个丫头毫不羞怯，爬树捞鱼，一帮男娃都勇不过她。当时十七皇子羽言年纪尚小，跌跌撞撞在树下偷看大孩子玩耍，唐宜嬺捏了几把他的小脸，把一条新抓的毛毛虫当礼物塞给他，将羽言皇子吓得大哭，惹得太子不高兴，她也不以为意。端华公主心中暗暗不喜。

先帝却看中了德安王家，刚好唐宜嬺与太子年岁相近，八字相合，意欲定为太子妃。皇后心中另有打算，设法拖之。拖了几年，没想到唐宜嬺性子虽野，相貌委实出挑，越长越美，十四五岁时，已成倾城倾国之姿。皇后实在拖不住了，就求端华公主想办法。端华公主便对先帝道，太子妃当重品德性情，来日才能母仪天下。唐宜嬺太标致，反倒是祸，美人为后者，比如苏妲己、褒姒、赵飞燕、武媚娘……前车之鉴历历在目。赵飞燕本名宜主，与唐宜嬺的名字有一字相合，更是不吉利。

先帝却不以为意："一女子能成多大祸？到底还是为君者昏聩。难道朕的皇儿，将来竟是商纣幽王？"

把端华公主吓出一身冷汗，连连请罪。

先帝又招太子来问："德安王长女稀世绝色，与你为妃，你可愿意？"

太子没见过长大后的唐宜嬺，只记得花园玩的那次，就道："是将十七弟吓哭的那个唐宜嬺么？儿臣不喜欢那种性情。"

先帝这才笑道："既不喜欢，看来无缘，那便罢了。"

皇后与端华公主心中都长舒了一口气。

谁知道太子被先帝这么一提，心里又生好奇。后宫之中，美女如云，能让父皇亲口夸赞稀世绝色的女子，到底能美成什么样？实在不能跟记忆中那个张牙舞爪的小丫头联系起来。思量着，心里就长了草，越想见一见。

偏偏那几日有别国使臣来朝，太子不好偷溜，这等隐事，说与他人怕泄露，思来想去，唯有同年表弟卫重性软嘴严，可以托付，就找卫重道："当年在御花园和咱们玩过的德安王的女儿你还记得不？爬树的那个。听说她现在长得很美，本宫却不信。你去替本宫瞧瞧，到底有多美。"

卫重依言去了，趁唐宜嫩随父兄骑马射猎时，藏在树林中偷窥了一回，一见之下，三魂出窍，不慎弄出动静，险些被当成狗熊射死。匍匐在草丛中许久，方才默默离开。回到家中，不想吃饭，不想喝水，只两眼发直坐着。

原来卫重的脾气与太子不同，当年御花园中一起玩耍时，他看着唐宜嫩爬树下池塘，就觉得很钦佩，对她很有好感，可惜没再见过。没想到太子提起少年事，却是圆了他的旧愿，他才立刻满口答应。

如今见了唐宜嫩，他满心只想，她长大后居然这么美，世上竟然有这样的女子，今天她只穿了男装，没施脂粉，就能让天地失色，如果穿回裙子，装扮起来，该有多好看？

又自忖，太子让我来瞧唐宜嫩，定然不只是好奇她多美那么简单，看来她是要做太子妃了。唉……我这样的人，只能远远地看着她。

这么想着，心里难受，也不想进宫回复太子，又想，如果我当时被她当熊一箭射死了，倒是我们有缘了。越想越邪魔，白天走神，夜不能寐，竟生起病来。

端华公主进宫去找御医，向皇后哭诉儿子病得凶险奇怪，皇后转述给先帝，太子在一旁听着，笑道："儿臣知道表弟为什么病，不是冲撞了什么阴气，十有八九是闹了相思病。"把让卫重去看唐宜嫩的事情说出。

先帝道："淘气！朕说与你做太子妃，你不肯，又让表弟去偷看，成何体统！"

太子低头认错。

先帝又笑道："不过这般曲折，倒像是命定的姻缘。朕、皇儿、德安王家的女儿，既然都是这场相思病的因头，那朕就来做这个解铃人，将解药给了外甥吧。"立刻拟了一道圣旨，把唐宜嫩赐婚给卫重。

卫重正半昏半醒地吃药，听了这个消息，怔了半晌，一骨碌弹起来，撞翻药碗，又哭又笑，连谢恩都忘了。

端华公主在旁边看着，却只是想哭——

所谓自作孽，不可活。当初帮皇后，不让唐宜嫩祸害太子，没想到筛下来的狐狸精，竟祸害了自己的儿子。

唐宜嫩过门后，端华公主每天看着儿子被其捏来拿去，既恨又恼，直至庆南王府的丑事一出，端华公主突然得到了安慰。

唐王家的女儿真是小麦还胜大麦壮，一山更比一山高，幸亏娶来的是唐宜嫩，要是唐晋媗，祖宗十八代的老脸都得搭进去。

端华公主正在心里念佛，裕王要娶唐晋媗的事情就突然砸了下来。

朝野震荡，京城沸腾，众人暂时都只顾感叹裕王殿下胸怀宽广，第二茬的蜡梅花都愿意供进正堂，暂时没顾得上排亲戚关系，端华公主先就蒙了。

这该怎么算？

唐宜嫩是端华公主的儿媳妇，唐宜嫩的妹子又变成了端华公主的弟媳。

简直让人笑掉了牙。

端华公主立刻进宫面圣，向皇上道，这脸丢不起，此事万不能成。

皇帝道：“姑母所言，正是朕之所愁。但小皇叔执意要娶，此事已天下皆知，朕允或不允，脸都已经丢了。”

端华公主道：“皇上不能由着裕王了，只当替先帝管束着你小叔。虽说他是皇上的叔父，但亦是皇上的臣子。他此时就跟着了魔似的，已经糊涂了，皇上就严厉些，硬压一回，总是为了他好。”

后来裕王进了法缘寺，端华公主不知道自己这番话起了多大作用。

但她不觉得对不起裕王，她觉得这是为了他好，为了大家好。

裕王出生时，端华公主已经出嫁，纯孝太妃为了母子能在冷宫里过得好些，各处打点，亦往端华公主处送过人情。端华公主不是个吝啬情分的人，对他们多有帮衬。后来裕王大了，记得公主往年的恩情，对公主颇为敬重。

公主对这个年少风流的幼弟，亦一直有种长姐甚至近乎母亲的疼惜与纵容。所以，这件事对她实在是打击甚大。

没有想到，事情尚未平息时，唐宜嫩居然把这个惹祸的妹妹抬进安成公府来了。端华公主知道后，立刻赶过去瞧。

看完之后，端华公主更加确定，要么是裕王中邪了，要么是裕王脑子坏了。

一个肿眼泡、奉承话都说不好的粗糙妮子，能把他迷得颠三倒四？

端华公主忽然觉得自己的儿子眼光挺不错，别的不论，唐宜嫩相貌确实没的说。

端华公主回到房中，唤人备下笔砚，挽袖提笔，笔尖刚点到纸上，复又抬起。

不妥，写信向庆南王府知会此事，有失身份。

端华公主命左右换上新纸，沉腕落毫。

"速将此函，呈往内宫。"

"姐，我说的这些，你信么？"

交代完主要的情节，杜小曼坦荡荡看着唐宜嬓，等她的反应。

从进入安成公府到现在，她能断定两件事。其一，唐姐姐必然不是月圣门。其二，不论唐晋嫧的事情有什么隐情，唐宜嬓都不知情。

杜小曼想要知道真相，但是，宁景徽、影帝、绿琉、碧璃、月圣门的其他人，都不可能告诉她真相。

神仙也靠不住，只能靠她自己找。而看起来，唐姐姐是最可能成为她解开这个谜团契机的人。

唐宜嬓的反应在杜小曼的预料之中。

她听完了杜小曼选择性的简略陈述，拧了眉头，眼神带着担忧："嫧嫧，你还好吧，心里还明白么？我觉得你有点糊涂了。你刚才说，娘要毒死你那段儿，我信。怕你丢了咱家人，连你命都想要，这事她做得出。但是你说家里人给你套让你嫁给慕云潇……你好好地想想，你当初说要嫁给慕云潇的时候，家里人哪个不说你失心疯了？连嫆嫆都大老远写信骂你，那姓慕的说动了皇上赐婚，娘气得什么样，你还记得不？"

"绿琉和碧璃从小跟着我长大的，她们两个是朝廷安插在月圣门的卧底，顶着月圣门的人和朝廷的人两重身份恰好做了我的陪嫁，又怎么解释？"杜小曼捂住额头，"说真的，姐，现在我什么都不信了。我也挺混乱的。她们两个老老实实在咱们家做丫鬟，怎么就能被朝廷选中委以重任呢？培训这样的人才也需要时间呀。而且她们的任务是以月圣门门徒的身份，劝我入教……"

唐宜嬓的双眉越拧越紧："嫧嫧，你还是上床睡会儿吧，姐姐给你喊个大夫，你要是还吃得下去，我着人先给你煎一碗安神汤。你的想法我听着都觉得晕得慌，难为你想得出来。你那两丫鬟，正经是咱家家养的丫鬟，怎会和月圣门扯上关系，还做什么朝廷卧底的？要真有这种人，用得着咱家出？大内养那些人是白吃米的？再说，这等隐秘事，凭什么让我们唐王府知道？爹现在不大管事了，哥比不上爹，但我们唐家总归有个王衔，所谓用而防之，这事够不上我们掺和。倒是慕王府，一向鬼鬼祟祟，四处巴结，你那两个丫鬟别是在他们府里学坏了，来算计你，也未可知。"

"但是，姐……"

唐宜嬎一挥袖子："别想着这事了！这些都无关紧要！什么月圣门不月圣门，你不想就沾不上你。为什么会找上你？不就是你嫁得不好么！等你抖擞起来，做了裕王妃，自然什么乱七八糟的都没了！不要乱想，养足精神，心思放到正事上。睡吧，乖！"迈出房间，合上了房门。

杜小曼无力地耸耸肩。

唐姐姐的重点和她不在一条线上，看来这个开门见山突破迷雾的策略失败了。

片刻之后，又有侍女入内，奉了唐宜嬎之命，赶她上床睡觉。为了防止唐姐姐真的找个大夫来给她灌药，杜小曼从善如流地更衣后，又爬上了床。

侍女们在熏炉中换上安神的熏香，放下纱帐，杜小曼合上眼，让呼吸渐渐匀长，听得侍女们的脚步声轻轻远去，房门几不可闻地轻响了一下，杜小曼仍旧闭目假寐，又过了一时，才假装翻身，先将眼睁开一条缝。

嗯，房里，貌似没人了。

她再试探着起身，小心翼翼攥住帐边垂着的银铃，用帐纱塞住铃口，不让其发出声音，才试探着撩开帐子。

屋内应该是没有旁人了。

杜小曼悄悄潜到窗边，听了听外面的动静。

"再听你也出不去。"

杜小曼猛一激灵，一回头，双手下意识地捂住了嘴，把一声尖叫压成了一个嗝，咽回了肚子。

床边，那个靠着柱子、抱着手臂、一脸优哉游哉的人，竟然是、是、是——谢况弈！

"你——"

"刚进来。"

你怎么能进来，为什么我没发现啊！

谢况弈很明显读懂了杜小曼的表情，一脸"被你知道我怎么进来的我还用混吗"的淡然："你想走？"

"大侠，带我走！"杜小曼猛点头。

"喊。"谢少主的淡然变成不以为然，"这不是你姐姐家么？她对你挺好，为什么要走？"竟然还做观赏状，上下打量一下室内，"确实奢华，这时才看得出，你的确是个郡主。"

这时候还能聊天啊大侠……

"这是我姐姐家，又不是我家。"

"做了裕王妃，定然能比这里更好。"

"我才不做什么裕王妃！"杜小曼一急，声音忽高，赶紧捂住嘴压低声线愤愤道，"裕王妃留给影帝的那些美人们哪个去做吧，谢大侠，你既然来解救我，求你好事做到底，我真不能留这里，留下准没好事，大侠你……"

"现在不行。"

杜小曼愣住。

谢况弈慢条斯理道："白天我也没办法，这里人太多。"

"那就晚上……"杜小曼再连连点头，热泪盈眶，"谢大侠您就是及时雨就是救世主……"

谢况弈捂住了她的嘴。

他的手很宽大修长，掌中带着薄茧，应该是藏在树上过，手指上还有树木的味道。

"嘘，有人来了。"

杜小曼还来不及心跳，便听见一阵脚步声，她赶紧把谢况弈推到床后，刚转过来翻身跳回床上，门便轻叩三声，吱呀开了，侍女们福身。

"小郡主，请快快起身更衣，前厅有要事。"

话刚落音，又有一阵急促的脚步声传来，两个侍女急急赶到门前："小郡主，请速到前厅，宫中来人，请小郡主接皇后娘娘口谕。"

进……宫？

杜小曼呆在厅中，怀疑自己是幻听。

上首站着的老宦官笑眯眯地道："小郡主这就随老奴动身吧，娘娘那里等着呢。"

杜小曼直觉进宫没好事。

唐宜微道："公公且请稍坐吃茶，待舍妹更衣后便随公公启行。"

老宦官道："皇后娘娘说，算来都是自家人，常服入宫便可。"

端华公主亦在一旁道："皇后娘娘宽厚慈悲，以往常服入宫亦曾有过，本宫看唐小郡主这打扮尚可。既然娘娘催促，莫耽搁才是。"

唐宜嫘含笑道："娘教诲得是，但嬗嬗妆容都未整，实在不堪。看她胖头肿眼的样子，怎么着也得拿粉把两个眼袋遮一遮，别跟自带了一对灯笼进宫似的，惊着了皇后娘娘。只在旁边厢房弄弄，片刻便好。"又让左右侍女请白公公入上座吃茶。

端华公主抿嘴道："也罢，宜嫘你看你把你妹妹说的，这么张清秀小脸都禁不住你埋汰。唐小郡主真是好性儿。"又向周遭侍女道，"务必麻利些。"

唐宜嫘笑嘻嘻道："知道了，娘。"推了一把杜小曼，示意她跟着退出。

杜小曼随着唐宜嫘穿过花厅回廊，直接到了旁边小院的一间厢房。房中内外隔断，外间矮桌圈椅，内间矮几小榻，看来是内眷临时休息躲闲所用。

杜小曼听口谕时，唐宜嫘便已命侍女备好了妆匣衣裳，侍女们立刻为她洗脸通发宽衣，重新上妆。

杜小曼暂时穿了唐宜嫘的郡主装，一件件她都不知道压了多少套。唐宜嫘的身材比被杜小曼败坏了的唐晋嫘好太多，幸亏衣服宽松，腰那里勉强撑下了，但前襟撑不太起来，几个婢女临时收了几针，拢紧一些。

发髻的形状、佩戴首饰的样式数目、甚至眉毛的形状长短、眉黛深浅、胭脂的颜色、粉的白度、指甲的长短、身上熏香的味道都得遵守规矩，不可偏差。

唐宜嫘边审度边指挥众侍女边道："公主娘娘居然还让你方才那个样子进宫，真真是好心！宫里突然让你去，想来是有人递了什么消息。嬗嬗你记着，皇后娘娘最贤德好脾气，你大方一些，不必畏缩，应就无事。"

杜小曼在心里冷汗，能没事吗？我连见皇后该怎么跪都不知道啊啊啊……

谢少主他还在那个房间里，不知道现在出来了没有。

穿戴梳妆完毕，唐宜嫘又取出一个锦袋，塞给杜小曼，另备好呈献皇后的礼盒。杜小曼随白公公登轿出门后，在轿中打开锦囊，里面是各种金玉花样钱币和珠串彩宝之类，想来是供她做人情之用。

杜小曼在市井奔波许久，于人情方面，已有不少经验。入了宫墙，停住下轿时，杜小曼预先挑了一枚莹润的玉扣藏在袖中，公公居然亲自来扶她，杜小曼顿时了悟，手搭上白公公手的瞬间，玉扣已入白公公手心。

这个手法还是她开酒楼的时候，为打点来临检的官差，特意学习的技术，练了很多遍，绝对专业。看着白公公老脸上的笑，杜小曼便知这一手得到了肯定。

她谦虚地低头道："我曾在民间住了许久，都快忘了官家规矩，怕在皇后娘娘面前失礼，还请公公多多提点教导。"

白公公顿觉外界传言果不能全信，唐小郡主虽浑身散发着不大上得台面的俗劲，但行事还算上道，并非一无可取，便稍发善心，指点了她几句。

杜小曼一路都在揪心，千万别出差错，在跑皇宫大地图的时候给砍了还是蛮冤的。一路只顾着紧张地默背白公公交代的步骤，都没能好好看皇宫景象。

她是到了内宫中才下的轿，前后左右都有宫女，她不知道唐晋嬉进过几次宫，不敢胡乱抬头打量，只觉得宫墙高耸，殿阁巍峨，确实是不同气象。

皇后接见她的所在是凤仪宫的偏殿，殿阁开阔堂皇，陈设华而不奢。李皇后年轻得出乎杜小曼的意料，才二十余岁，相貌算不上非常美，长眉杏眼，面庞圆润，皮肤极白，温柔端庄，招呼杜小曼在旁侧椅上坐时，声音亦很温婉。

而且，杜小曼不知道自己是不是被月圣门洗脑，或是被神仙们整得神经过敏了，她总觉得，皇后的眉眼神态中，隐藏着一股幽幽的气息，不太像……一个滋润在幸福中的女人。

当然啦，后宫中的女人，几百个守着一个，还天天钩心斗角的，能多滋润呢。

皇后竟还夸了杜小曼一句："本宫上回见清平郡主，还是你与庆南王成亲的时候，但觉郡主比那时更娇艳了。"

话里轻轻巧巧，为后文设下了开头。

杜小曼耍了一把小赖，避过话锋："得娘娘夸赞，妾感恩惶恐。娘娘的皮肤才真是好得让人极其羡慕。不知娘娘可有什么保养的秘方，能否赐教一二？"

皇后每天听到的奉承话不计其数，杜小曼的这一句以路数来论，末流都难入，委实粗糙。但就因为粗糙，反倒透显出了一丝朴素的真挚。

皇后微微笑道："本宫哪有什么秘方啊，一般的起居罢了。"

杜小曼道："娘娘天然雪肤，臣妾只能徒然羡慕了。"

皇后朱唇轻抿："郡主的嘴这样甜，本宫都不好意思了。"

杜小曼道："妾不会说话，言语粗鄙，让娘娘见笑了才是。"

她绕开的这一圈小弯对皇后来说真是不值一晒，皇后端起盈月芍药盏，啜一口润雪银针茶，便又缓缓道："因姑母时常到宫中，本宫与大郡主常常小叙，一直却不曾和你多亲近。你和庆南王成亲那日，也顾不上说闲话。算来都是一家人，本应多聚在一处说说话。"

杜小曼就接着继续绕："若能常见娘娘凤驾，真是天赐的福气。妾成天闲着无所事事，娘娘随叫随吩咐便是。"

皇后的双眉微微扬起："那本宫可是当真了，本宫成天闲得很呢。只怕庆南王府中事情繁多，你抽不开身。"

杜小曼接着耍赖："娘娘面前，怎敢虚言？只凭娘娘传唤吩咐。"

皇后再啜了一口茶，终于单刀直入了："说来，郡主和庆南王之间，到底……"又一笑，"夫妻家事，外人本不该多话，本宫只是多事一问。"

杜小曼从动身的那一刻起，就在肚子里打草稿，总算到了正式答卷的时刻。

首先，唐晋嫚和慕云潇的婚事是皇帝赐婚，分寸一定要把握好，稍微不注意，竟敢说皇上的英明决策有错，就能直接去死了。

其次，不知道皇后对这件事抱有怎样的态度。影帝的那本小折子，肯定雷翻了不少人。杜小曼猜，皇后应该不会思维奇特到赞同，再听刚才的话风，十有八九，是慕家一派的。

杜小曼这一盘算，正好给了她愁眉不展营造气氛的演出时间，然后再叹一口气，彻底切换到感伤模式："妾正因此事，不知该怎么面对娘娘。"

皇后神色随之一变，道："郡主这话从何说起？"

杜小曼起身跪地："妾有罪，万岁和娘娘赐下这桩婚事，本是百世难修的福气，只因妾不懂得处事，如今……"无语凝噎。

皇后动容："郡主怎么……快快起来。"左右宫女上前搀扶，杜小曼还得做执意挣扎要继续伏地状。

"唉，年纪轻轻的，犯错难免，改过来，仍是和睦夫妻。"

杜小曼攥着手帕，凄然摇头："覆水……难收……庆南王爷与阮紫霁姑娘之情，感天动地。妾愿成人之美。且，妾与庆南王爷已无情谊，与其对面而苦，不如各自放手。"

皇后道："郡主这般，令本宫有些不解。你与那阮姑娘同伴庆南王左右，琴瑟和鸣外，更有姐妹之谊，扶持主内，美好和融，何隙之有？"

杜小曼道："娘娘教诲得极是。但琴瑟和鸣，美好和融，都要有情。妾与庆南王爷之间，从不存在这个字。有情则和，无情硬凑，就只有尴尬了。"

皇后微微摇头："尴尬二字太过了，夫妻怎会无情？"

杜小曼摊手："所以才做不成夫妻。"

皇后长叹一声："唉，罢了罢了，都是本宫多事，竟勾起了你的伤心事。不说这些。是了郡主，夷摩番国来朝番供，有一伶人，变得许多种新奇戏法，不知郡主可喜欢看戏法？"

杜小曼做打起精神状："能托娘娘的福看一回番邦戏法，真是三个月都不敢洗眼了。"

皇后即命左右传伶人，又有宫娥上前替杜小曼稍微理了理妆。

不多时伶人到来，真是花样百出，变得一手好戏法。杜小曼看得挺开心，又很纳闷，皇后居然再也不提她和慕云潇的事儿了。

伶人退下后，皇后又命上茶果与杜小曼同吃。

宫娥娉婷端上茶果，杜小曼的脊背突然微微发寒，颈上寒毛竖起。

她不方便回头张望，便一直假装从容地吃喝，但那种感觉挥之不去，似暗处有道视线，一直黏在她身上。

用完茶果，又说了一会儿话，皇后居然还是绝口不再提庆南王府的一切，一点往那上面拐的意思都没有。

杜小曼心里反而越来越没底。

总算挨到了能离开的时刻，她稍稍松了口气，行礼告退。

退出殿门时，她飞快地往某个方向瞥了一眼。

整齐站立的宫娥身侧，是一道帷幕。

直觉告诉她，那后面有人。

待杜小曼被宫人领着走远，皇后方才又起身，走到帷幕前盈盈施礼，向那步出帷幕的人嫣然道："皇上看得如何？"

身着龙服的人瞥了一眼殿外，收回视线："一寻常俗妇尔，朕的小皇叔和宁景徽是疯魔了么？"

出了宫门，杜小曼发现了一件很奇怪的事。

接她的轿子边站着的几个女子，和来的时候长得不一样。

她由白公公带进宫，来时坐的是皇宫派的轿子，但有唐姐姐指派的侍女跟随。侍女们进不了皇宫，在宫门外等候，再和安成公府随后派来的轿子一道接她回去。

应该是这个步骤。

可是，虽然现在天已经黑了，灯笼的光芒下人的脸不太分明，轿子边的侍女又只提了两盏灯笼，格外昏暗，但杜小曼就是认得，轿子外的几名侍女应该不是安成公府的。

唐姐姐和她婆婆看似不太对付，但两人的某些爱好很一致，比如都喜欢奢华排场，安成公的侍女们服装都亮丽明艳，身段窈窕，按照身高的一致性搭配分组，格外齐整。而这几个侍女服饰较素，是另一种风格，身形有别，身高错落。

　　没道理都跟到了皇宫门口，再换几个人换套衣服。

　　杜小曼心中警觉，脚步顿住。

　　为首的侍女福身道："天色已晚，郡主快请上轿吧。"立刻要上来搀扶。

　　杜小曼后退一步，笑着问："咦，你们是哪里来的？"

　　那侍女亦笑着说："回郡主的话，我们是家里来接郡主的呀。"

　　杜小曼脑中的警铃铛铛铛地响起——

　　慕王府。

　　她再后退一步，送行的宫女挡在她身后："郡主快快请回。"

　　几个侍女呼啦围上来，搀住她的手臂："郡主，宫门外不能久留，快请上轿。"竟要把她拖上轿！

　　唐宜媺在廊下扶栏看月，忽而一道熟悉的影子在视线里一掠，她立刻着人喊住，唤到身前。

　　"双琼？我命你等随嫚嫚入宫，她尚未归，你怎么便回来了？"

　　双琼跪倒在地："回郡主话，小郡主家里人来接，奴婢们便回来了。"

　　唐宜媺的脸突然变色："哪个家里人？嫚嫚是要回这里的，哪个让你等大胆如此做？"

　　双琼嗫嚅道："自然是唐小郡主家里，是……是宫里的人让奴婢等回来，说唐小郡主家里人会来接，奴婢们不敢不从。"

　　唐宜媺大怒："既然回来了，为何不来回报？"

　　双琼叩首不已："奴婢等回来时，即刻先禀告了公主，公主吩咐奴婢，若郡主问起，便转她口谕，亲姊妹已各出闺阁，彼此家务事不便多问。"

　　唐宜媺怒不可遏，冷笑："你便去帮我谢过公主殿下教诲，顺便禀报，宫里来接我妹妹时，此时情形，我便已料到。我妹妹定会回家的，请公主娘娘放心！"

　　杜小曼的胳膊被两个胖侍女粗壮的臂膀挟住，她知道，此时挣扎必然是徒劳的。

她轻笑一声："看你们急的，尚不曾拜别就上轿，竟要让我失礼于宫外了。"

两个胖侍女的手稍微松了松，杜小曼回身，再遥向内宫方向行礼，又谢过白公公和几位相送的宫女，再往各自的手中塞了些东西。

宫女笑眯眯道："郡主一切从简吧，娘娘吩咐过，天黑了，夜路难行，烦琐礼节可省。"

慕王府的侍女在后面紧紧围拢成圈，与宫女将杜小曼堵在中间。

白公公心中自是明镜一般，唐小郡主招惹了太多事端，闹得连皇家面子都不好看，端华公主与皇后娘娘通了气，欲解决此事，莫过于先让她婆家接回，关门收拾。

杜小曼这点拖延的小伎俩，就是蛤蟆临死前蹬的那几下腿，不动还省劲些。

白公公年岁已大，见识太多，懂得为己积德，常存慈悲，内心替如此拙劣表演着"我不着急"的杜小曼叹了一口气。

慕王府的侍女们一拥而上，又再擒住了杜小曼。

白公公视线落到远处，忽而一定，虽是无用，也算行回好事，替她再拖得鲜活的一瞬，抬手道："那又是哪位的轿子过来了？咱家老眼昏花，都认不得了。"

宫女亦愣了一下，此门专供内宫走动，这个时辰鲜少再有人出入。

侍女们暗使内劲，推搡拖动杜小曼："郡主，又有车轿过来，请快快上轿，莫再失礼久留。"

杜小曼内心一阵愤怒，这些该死的侍女，嘴脸真太可恶！只恨自己不会武功，不能把她们踹翻在地踩个鼻青脸肿！

此时此刻，对应她的只有四个可笑的字——任人宰割。

杜小曼抬脚，重重踩上一只蹄子，扣住她胳膊的手一松，她抬手，啪啪甩了那一对挟住她手臂的胖侍女两个清脆的大嘴巴。

"混账！你们是哪个没规矩的教出来的，这般搀人？！"

众人都没料到她居然就撕破脸撒泼，一瞬间呆住。

杜小曼再甩手，啪啪啪，一溜嘴巴扇下。

真爽。

"混账东西！"

一名宫女朝前一步："郡主，宫门外真不是动手的地方，闹着也是郡主不好看，快上轿吧。"

几个侍女反应过来，再扑上，又牢牢擒住杜小曼。

"奴婢自知失礼，请郡主先上轿，回去后奴婢们定领郡主教训。"

"打死奴婢们，奴婢也认。"

……

手上暗劲愈足，两个胖侍女的指甲掐进了杜小曼肉里，杜小曼手臂大痛，被推到轿门前，正在此时，突听有人道："奴婢等乃德安王府家人，来接小郡主回府。"

杜小曼死死在轿门前顿住身形。

这是什么情况？

白公公一笑："怎的也是来接唐小郡主的轿子？小郡主真是娘家婆家都念得慌。"

杜小曼还没来得及探头，背上一股大力一推，竟是那两个胖侍女将她一把揉进了轿内。

"奴婢等是庆南王府的家人，亦是来接小郡主回去的。请回禀贵府内与王妃，改日郡主再归省。"

某胖侍女竟是个人才，有做新闻发言人的潜质。

"王妃着实想念郡主，且府中真有些要事要等郡主回去相叙。请告知慕王府，今日郡主必要回府。"

德安王府的下人腰杆比较硬，说话底气也比较足。

杜小曼被几个侍女"服侍"着坐在轿中，倒恢复了淡定。

庆南王府有慕渣男、慕渣男的娘和阮紫霁三头BOSS，德安王府有王妃一头已知BOSS和不知几个潜行BOSS。

王妃出手便是杀招，较之慕渣男、慕夫人、阮表妹加在一起的总和还高。

狼穴和虎窝的区别而已。

"天色已晚，郡主实不宜归省。老夫人与王爷亦在等着郡主。郡主与王爷也分离多日，请德安王府改日再让郡主归省。"

胖侍女居然也很硬气。这种"虽然我们的确比你们弱，但是我想抖就必须抖"的气概，竟让杜小曼对她生出了几分欣赏。

这几个侍女刚刚敢这么对她，亦是忠于其主豁出一切了，堪称慕王府金牌好侍女，必须点个赞!

杜小曼笑着说："慕老夫人、慕王爷和阮姑娘真应该好好地奖赏你们。"

另一名胖侍女道："奴婢只听使唤，不敢求赏。"

杜小曼点头："谦逊的态度也不错。不过，为了慕王府这样顶撞德安王府，到时候向德安王府赔罪时，会不会削你们做样子?"

另一名胖侍女轻声缓语道："奴婢们做什么都是应该的，怎么着都是命。大器者贵，小器者贱，贵人们又哪会折辱身份，与奴婢们计较?"

杜小曼道："贱亦是一种态度，因执着而可贵，因表里如一而纯粹。内贱外不贱，外贱内不贱，都不是真贱。守住这份内外兼备的贱，坚持下去，人生无悔。"

胖侍女抿嘴："郡主说什么，奴婢听不懂。郡主自说自话吧。"

杜小曼道："不需要听懂，你就是真相，外人用何等语言来诠释，皆为浮云。"

胖侍女道："郡主说话好像参禅一样。"

这厢杜小曼在和侍女毫无意义地打嘴仗，那厢慕王府代言侍女和德安王府代言侍女的论战仍在继续，旁观的宫女轻轻巧巧，插了一句话。

"时辰真的不早了，何必在宫外多言，只怕郡主已经累得不行了。依我看，郡主还是先回慕王府吧。女子出嫁从夫，娘家再急，也得以婆家为主。德安王府的姐姐可别怨我，皇后娘娘也是这个意思。庆南王府来接郡主，乃遵了娘娘的谕令。皇后娘娘的确不知德安王府亦想接郡主归省。但，明日再派人去接，岂不也好?晚一日，碍不上什么事吧。"

这话一出，德安王府的侍女便不能再多说了。

庆南王府胜出。

双方皆明白，宫女等到这时候才相帮，亦是先看她们互相掐一掐取乐。

德安王府的人让开路，杜小曼感受到轿子腾空再转头。

行速很快，不知道多久能到达庆南王府。

杜小曼闭上双目，正要小憩一会儿，突然，遥遥传来急促逼近的马蹄声，一声高喝响起："所有人等一律止步!"

轿子停了。

"轿中人速速下轿。相爷谕令，大理寺缉文，擒拿重案要犯。"

"我等乃庆南王府车驾，不可妄阻。"

"刑律重犯，包庇者从死！"

嚓嚓嚓，好像是动兵器的声音。

够狠，够直接有效。

轿帘开了，火光照得杜小曼双眼微花，那堆侍女无一人敢动，冰凉镣铐套在杜小曼身上。

"带走。"

真是人生没有走不通的路，只有想不到的转折。

正要开启庆南王府的地图，居然跳转，开启了罪案模式。

杜小曼也不是第一回当犯人了，虽然镣铐挂着，但几位官差大哥比起庆南王府的侍女，态度简直好得可以媲美咖啡馆的男招待。

没人推搡，没人掐，只是领着她走到一辆封闭严实的马车前，还有开门请入的服务。

马车走了很久，把她带进了一个漆黑的大院子，然后杜小曼又被带进了一间小黑屋。

一盏油灯幽幽地亮着，官差大哥卸下杜小曼的镣铐，沉默退出房间。

杜小曼在小木桌旁的小板凳上坐下，另一扇小门开了，踱进一个人。

果然，这总是他出场的场景。

宁景徽。

"这般将杜姑娘请来，望杜姑娘见谅。"

杜小曼诚恳道："哪有，是我该谢谢右相大人救了我。"

宁景徽淡淡一笑："在内宫中插手，若不如此，本阁也无能为力。"

杜小曼眨眨眼："虽然这么说显得不知好歹，但，我不明白相爷为什么救我。"

宁景徽在小桌边负手站着，昏暗的灯光照不清他的表情。

"本阁这么做，是想让杜姑娘承我一个人情，而后帮我一个忙。"

杜小曼干脆地说："抱歉，宁相大人，我不想帮。"

开玩笑，再没脑子也能看得出来，接下来绝对没好事，就是张开了一个口袋等着她去钻。

宁景徽含笑道："杜姑娘连本阁究竟让你帮什么都不愿听？"

杜小曼道："不想听。宁相大人你费这么大劲把我捞到这里来，等着我的，绝对是值得你花这些力气的事。能让右相大人拜托别人帮忙的事，能是容易的事么？我只是一只身不由己的小虾米，要紧的大事，沾不起。"

宁景徽凝视着她："杜姑娘对何人何事，都这般存疑？"

杜小曼只觉得那烛光下的双目像两口带着旋涡的深潭，她别开视线，不与其相视。

宁景徽又缓缓开口："倘若杜姑娘真的怕沾惹上麻烦，为何还会回京城？"

杜小曼心里颤了一下，硬声道："我身为唐晋媗的替身，遭了这么多罪，想要弄明白到底是怎么回事。"

宁景徽道："如果杜姑娘答应帮助本阁，定能知道尽数原委。"

把持住，不要被诱惑，这是套啊这是套，绝对没好事……

杜小曼道："那我选择就这样带着疑问过日子吧。"

宁景徽温声道："杜姑娘打算如何活下去？"

"总有办法活下去。"杜小曼耸耸肩，"要是碰到刚才的那种状况，走一步，算一步，真活不了了，也就那样呗。"

宁景徽的视线又望进了她的双瞳中。

"杜姑娘真乃从容之人，亦是无情之人。裕王殿下待杜姑娘之心，竟丝毫不曾令杜姑娘触动？"

杜小曼的心又颤了一下，愕然。

这是宁景徽会说的话？

宁景徽深深注视着他，逸出一声轻叹："当日本阁曾欲阻止，便是恐怕事情会到今日的地步。杜姑娘，裕王殿下如今得此境地，缘故众多，但你的事，的确是个引子。本阁亦不曾想到，裕王殿下会对你情深至此。"

杜小曼定定地看着宁景徽："宁相大人你的意思是，我答应帮你的忙，就能帮到你们裕王？"

宁景徽依旧望着她，未说话。

杜小曼苦笑："我就是个小虾米啊，连真的唐晋媗都不是，我能帮到什么忙？"

宁景徽道："杜姑娘不必妄自菲薄。"

杜小曼无语。

宁景徽又道："还有那谢况弈，江湖人士，就算再大的势力，也终究难与朝廷为敌。"

杜小曼立刻道："行了，宁相大人，这话就不必说了，不符合你的光辉形象。"

宁景徽淡淡一笑。

杜小曼挑眉："什么忙？"

宁景徽淡然地扬着唇角："抉择但凭杜姑娘的意愿，本阁绝不勉强。"

杜小曼无奈道："右相大人，我算败给你了。好吧，我答应。"

宁景徽的神色中露出了一丝欣慰。

"杜姑娘乃处事分明之人，本阁请杜姑娘做的，其实甚合姑娘脾性。从此刻起，杜姑娘只需做到'顺势而为'四个字便可。"

顺势而为。翻译得明白点，就是随着事情的发展走？

"本阁定保杜姑娘平安无事，其他一概，都无须多虑，只记得'顺势而为'便可。"

杜小曼扯了扯嘴角："也就是说从现在起，什么事我都听右相大人你的安排吩咐就是了。"

宁景徽又笑了笑："本阁并非想操控，此事亦不能掌控。本阁而今，亦在顺势而为。"

杜小曼道："总之，我答应了，成交。"

宁景徽站起身："谢杜姑娘相助，请权且委屈，在陋室中休息。"

杜小曼赶紧道："右相大人不先吩咐一些具体的事情？"

宁景徽又微微笑了笑："水流之处舟自行。"便就离去，留下杜小曼无语加郁闷。

喂喂，整明白点啊，不要那么高深，我没文化的！

"宁相何必屈尊折辱？"宁景徽出了石室，廊下等候的弘醒不解道，"随便找个人传话便可。"

宁景徽淡淡道："既然本阁亲自说见效快些，为之亦无妨。"

弘醒不再言语。

宁景徽又唤过一侍卫："去告知裕王府使者，此女深涉重案，本阁不敢私放，亦不准人探视，再纠缠也无用。"

侍从领命离去。

树影摇曳，谢况弈正欲闪过屋檐，铮铮铮几点寒光钉入他脚边与身侧墙壁。

院中、屋顶、围墙上，侍卫齐齐排开，刀剑出鞘，弓弩满张。

"夜间行路走错道路者，速速离去，再擅闯大理寺重地，依律就地正法！"

夜已三更，御书房中灯火尤明，小宦官躬身站在御案边，轻声道："万岁，龙体要紧，请早些安寝。"

御案后的人手中朱笔一顿，又将面前奏折翻过一页。

"朕听闻，傍晚大理寺竟从皇宫门前拿了一个犯人，怎么回事？"

小宦官忙道："禀皇上，就是那位唐王府的郡主，今日被皇后娘娘接进宫说话，出宫的时候，接她的人来了好几拨，有慕王府的，还有唐王府的，后来大理寺又来人将这女子带走了。究竟何缘故，奴才在宫中亦不知情，皇上恕罪。"

皇帝皱起眉头。

次日早朝后，皇帝召宗正令彭复怀仁殿问话。

"唐王之女清龄郡主，昨日在宫外不远被大理寺拿去。郡王之女，即便触犯刑律，亦应由宗正府办，何故变作了大理寺？"

宗正令俯首请罪，面色却有犹豫。

皇帝道："卿不必吞吐，有话直说无妨。"

彭复道："此事臣亦听闻，亦着人到大理寺询问，但康大人道，昨日乃奉宁相谕令，其实清龄郡主并未触犯律法，只是……"

皇帝道："只是什么？"

彭复伏地："清龄郡主正欲与庆南王和离，之前，唐王妃觉得郡主败坏门风，差点家法处置。宁相恐清龄郡主被哪方接回都……方才临时调大理寺人手阻止。"瑟缩地抬头，脸色又有犹豫。

皇帝慢慢道："盛卿有话尽可说。"

彭复再伏地："臣闻之，即着人去大理寺问询，但大理寺禁守森严，道相谕，其余人等不可靠近，清龄郡主不得有丝毫损伤……"

皇帝冷冷笑起来："不得有丝毫损伤。看来挂念这位郡主的，并非只有朕的皇叔哪。"

旁侧随侍的井公公低声道："老奴本不当如此说，但看裕王殿下名誉折损，老奴实在……那清龄郡主，委实是个祸害。老奴当日迎裕王殿下回府，郡主与裕王殿下同车共食，备极缱绻。裕王殿下不在时，郡主亦常借故与宁相言语。老奴还曾见……宁相怀中藏一锦帕，于僻静处取出观看。宁相近侍酒后与老奴说，宁相府邸卧房中，有幅女子图画，乃宁相亲笔所绘，画的就是……就是……"

井公公不敢再言，殿中一片沉寂。

许久后，皇帝方才缓缓道："彭卿，你着人持朕的手谕，去大理寺将那清龄郡主，不拘什么形式，在今日黄昏前，悄悄地办了吧。"

午时，侍卫禀报宁景徽："宗正府来人，手持圣谕，要即刻提走清龄郡主。"

宁景徽放下手中公文："圣谕岂能不遵？放行。"

两个婆子带着几个女官打扮的女子走进牢门，左右搀住杜小曼，将她带出石室。

"老身宗正府差唤嬷嬷，奉圣谕带郡主出去。"

青兮兮的小轿，旁边立满阴森森的人，杜小曼不禁问："去哪里？"

圣谕？皇帝的谕令？不会这么闪耀吧？

婆子面无表情，将她按进轿中："自然是好地方。"

杜小曼想掀开轿帘，双手顿时被按住。

好吧，顺势而为。

轿起，上路。

茶烟袅袅升腾，寂静室内，唯有书页偶尔翻动的声响。

叩叩叩，门响三声，宁景徽抬首道了声准入，侍从推门进屋。

"轿子没进宗正府，去了皇宫。"

宁景徽合上书本："哦。"

侍从看看宁景徽，踌躇了一下，还是忍不住开口："相爷如何知道，轿子必然去皇宫？"

宁景徽道："我不知道。"

侍从一怔："那……"

宁景徽从容道："若去了宗正府，就再做打算。"

轿子落地，轿帘掀开，杜小曼看到了巍峨的宫墙。

一个小宦官在轿前含笑："郡主请这里走。"

杜小曼福身："有劳公公。"

方才出轿子时，有个声音在她耳边匆匆轻声道："相爷命我转告姑娘，看出那个人。"

看出什么人？杜小曼有点蒙。

能别那么简略吗？

她下轿的这个地方是宫内，长长甬道，两边都是高墙。到大理寺接她的人都不见了，杜小曼被一群宫装少女左右簇拥着前行，一个老嬷嬷走在外沿，亦是陌生面孔。

走了一段路，拐上一条岔道，折转到了一扇门前，门首一匾，写着"绮香"二字，入门转过照壁，是一座精致宫院。

小宦官引着杜小曼自正殿走进内里的偏殿。

殿中的屏风后，赫然放着一个大浴桶，桶内盛满香汤。

小宦官道："请郡主先沐浴。"

左右宫娥开始扒杜小曼的衣服，杜小曼看向那小宦官，小宦官笑道："郡主不惯让奴才这样的人在旁伺候，奴才便先出去候着了。"

杜小曼颔首笑道："劳累公公，自牢狱中出来，着实狼狈，让公公见笑了，望多包涵。"她身上剩的钱物都在被抓进大理寺的时候让人搜去了，打点不了人事。

小宦官道："此话奴才怎担待得起？能服侍郡主娘娘，乃奴才的福分，奴才就在门前候着，郡主有吩咐便传唤。"说罢退至屏风后。

杜小曼掂量这句话里的意思，这回进宫，应该不是被问罪的那种。大约是皇后得知了昨天皇城门前的撕扯，想要再出手协调？

她泡进浴桶，温度适宜，水中应是加了什么料，芬芳香润。皇宫的东西和宫女的服务，的确是别处比不了的。杜小曼一面闭着眼睛享受，一面又继续思考，宁景徽到底让她看出谁？

八九不离十，还是和月圣门有关。

像宁景徽这样的人，每句话都有深意，特别是让人捎的这句重要指示，肯定每个字都值得斟酌。

这个指示微妙的地方在于，不是"查出""找到"那个人，而是"看出"那个人。

也就是说，这个人，她一定会见着，只是要看出那人的真实身份。

啊，我真是个做谍报工作的人才！杜小曼给自己点了个赞。

呀，难道……皇后是月圣门的人？

杜小曼被这个念头惊了一下。

确实，这是最有可能的答案。皇帝的后宫，是出产怨妇的宝地。月圣门不在这里面发展几个会员，实在对不起自己的教义。皇后一般都不是皇帝最爱的女人，而是最适合坐在这个位置上的摆设。

宁景徽这帮人这么重视月圣门，而又不能一下子拔除它，这个教派一定渗透到了很重要、很高端的地方。

杜小曼回想了一下皇后的模样。

端庄有余，妖媚不足。而且，在劝了她几句回慕王府之后，就不再提及，也有点放水的感觉。

杜小曼越想，就觉得可能性越大。

但是，怎么才能确定？

难道要和皇后娘娘对月圣门的暗号吗？万一皇后不是月圣门的，会不会打草惊蛇？

万一皇后真的加入了月圣门，刺探之意太明显，会不会反倒暴露了宁景徽的计划？

沐浴完毕，更衣上妆的时候，杜小曼的脑子转个不停。

嗯，宁景徽只是交代她"看出"而已，并没有其他的。或者他也不能确定，只是让自己判断一下是不是真的。

顺势而为嘛。

宫女们停止了对杜小曼的摆弄，更衣上妆完毕。

杜小曼回神，站起身，愣了一下。

她这才注意到，自己身上的衣服，就这个季节来说，很是……轻薄。

银朱裙曳香雾，海棠绦缀玉环。罩衫轻又软，还有点透明。领口……杜小曼不禁按住胸前，把衣服用力拢了拢，提了提。

宫女们掩口而笑，又替杜小曼整了整衣衫："郡主，就是这种样式。"

杜小曼再一看镜子，方才那些宫女在她脸上擦擦涂涂半日，神奇的是，看起来妆并不太重，只是怎么瞧都不像以前那张脸了。云鬟松散，步摇斜插，眉间竟还有朵花钿。

杜小曼转头向宫女们道："呃，能不能换一套衣服？"

宫女们笑道："郡主放心，这样穿并无差错。"

浴桶和屏风都已撤下，小宦官低头施礼道："郡主，请吧。"

杜小曼又被簇拥着走出宫院，登上一辆垂纱辇车，心中警铃大作。

难道这是个圈套？等会儿见了皇后，皇后便冷笑说，哎呀，清龄郡主怪不得总惹事是非，一看就是个不端庄的模样。殿上失仪，给本宫拖出去！

唉唉，顺势而为吧。

真不行就在被拖出去之前，大喊一句："娘娘，临死之前我有一首歌想献给你！"然后唱起那支"云之外兮，天之涯兮"搏一回！

对了，那歌怎么唱的来着？

杜小曼想了想调，在心里捋了一遍，想起了开头的音节，居然从头到尾连歌词都顺出来了。真是太好了！她在心里反复唱了几遍，以防一会儿紧急时刻忘了。

辇车停住，宫娥往她头上扣了个垂着长纱的帽子，扶她下去。

杜小曼环顾四周，朦胧看不分明，只能由宫女们搀扶着，跨过一道道门槛，又走进一间大殿。宫女们替她除下纱帽，帮她再理了理鬓发，施礼退出。

那小宦官站在门槛外，向杜小曼一揖，殿门合上。

这是关门放大招，单独料理她的节奏？

杜小曼努力镇定着猛跳的小心脏，环顾四周。

大殿开阔华美，层叠帷幔上绘着祥云龙纹，落地乌金台上，螭首炉中升腾出袅袅烟雾。

帷幔之后，缓缓走出了一个年轻的男人。

姿容俊逸，气息冷冽。墨黑的双瞳盯着杜小曼，居高临下，毫无感情。

玄纱袍上，绣的是……祥云，龙纹。

杜小曼一看清楚，赶紧跪倒："叩见皇上。吾皇万岁万岁万万岁。"

皇帝啊，居然是皇帝！

竟然见到皇帝了！没白来皇宫一趟！

杜小曼的小心脏又怦怦地跳着，缓缓的脚步声，一步、一步逼近。

"你与慕云潇和离之事，朕已准了。"

杜小曼惊讶，趁此机会抬头，与皇帝的视线刚好对上，她不由得暗暗打了个寒战。

好冰冷好犀利的眼神。

"好大的胆子，竟敢直视朕。"带着磁性的声音，亦冷冽无比。

杜小曼赶紧又低头："失仪唐突圣驾，请皇上恕罪。"

皇帝和秦羽言长得并不很像，倒与秦兰璪的脸型有些相似。影帝的皮相身量更胜一筹，但皇帝胜在高高在上的逼人气势。

"朕，真的不知道该拿你如何是好。皇叔之事，已成天下笑柄，你一个女子，竟能闹出如此动静。"

杜小曼只能继续低着头，不吭声。

皇帝衣摆就在她眼前不远处。

"先平身吧。"

杜小曼赶紧站起，一只手猝不及防出现在眼前，抬起了她的下巴。

杜小曼愕然睁大眼，皇帝的手修长冰冷，她的下巴被捏得生疼，那双盯着她的双眸仍寒如冰潭。

"这样的一张脸，竟能连宁景徽都为你着迷，朕真是百思不得其解。"

杜小曼又忍不住打了个寒战，汗毛根根竖起。皇帝周身散发着阴森的气场，仿佛她是他脚边的一只小强。

而且不知怎的，杜小曼总觉得，"连宁景徽都为你着迷"这句话，寒气格外浓重。

好像，还带着……酸。

杜小曼张了张嘴。

皇帝的双目微微一眯："事已至此，必得寻一个解决之道。你既然这么爱位高权重的男人，朕便成全你。"

那冰冷到极致的面孔忽而逼近，近到杜小曼能感受到皇帝的吐息。

"进宫来，做朕的嫔妃。"

第六卷·顺势而为（上）

轰——

轰隆隆——

杜小曼被劈焦了。

这是什么发展？这是什么剧情？

这、这是不是幻听？这是不是做梦？

皇上没病吧？还是我病了？

"万……万岁……臣妾是嫁过人又和离过的女子，皇上这么做实在不合适。"

那寒冷的双目再一眯。

杜小曼赶紧加快语速："皇上是天下之主，又这么年轻英俊，举国的少女都盼望进您的后宫。您干吗要跟自己过不去娶个二婚的，这太有损皇上的光辉形象了，皇上千万三思，此事万万不可！"

"怎么，你竟不愿意进后宫？"捏着她下巴的力度又重了几分，"难道你对裕王动了真情？或是，你舍不得宁景徽？"

杜小曼凭着野兽般的本能脱口而出："皇上，我和宁右相是清白的，什么都没有！真的！"

皇帝薄薄的双唇微挑："那就是裕王了。你觉得，朕不如他？"

这……这哪儿跟哪儿啊！

"皇上当然无人可比。只是我这么一个又土又俗又二婚的女人，真的不能玷污皇上啊！"

皇帝突然轻笑了一声。

"朕之意，汝竟多言？"

"臣妾只是……"

这又是北岳帝君发的大招么？见一直没有进展，索性将她弄入后宫，不是怨妇，也得做怨妇。

杜小曼的身体一倾，突然被肩臂处一股劲力猛扯向前。

龙纹玄纱几乎能摩擦到她的下巴，冰冷言语携带的气息抚在她的脸颊："两日之后，便是个吉日，你便正式入宫。"

皇帝的手指再度扣住她下颌，将她的脸抬起。

"朕会封你妃衔，令你受众人艳羡。"

杜小曼又怔怔看向那双寒冷入骨的眼眸。

此情此景，她应该慌乱无比。皇帝的鼻尖距离她的鼻尖不到一韭菜叶的宽度，姿势也暧昧无比。她的汗毛下是密密冒出的鸡皮疙瘩，却不是因为尴尬和慌张。

杜小曼的脑中嗡嗡作响。

直觉真是神奇，不可思议。

皇帝很有气魄，霸道十足，威严无比。

声音、外形、举止、眼神，一切的一切，都无可挑剔。

但是，紧贴触碰的时刻，一个女人，一个自然界的雌性动物天然的本能，明白地告诉杜小曼——

和她距离如斯近的这个人，不是异性。

孤于箬儿说过的一段话，自杜小曼的识海深渊角落中漂升起，浮于闪烁金光中——

"我不知道他是朝廷的大官，看他为了自己的夫人不惜跋山涉水，诚心恳求，就……"

"那个女子不是右相的夫人？我下山，到那栋大宅子里诊了脉，告诉他，他夫人的病我也没办法，只能延缓，但治不了。他的脸色就和死人一样，差点要晕过去了……扶着桌子都站不稳，浑身虚汗，我帮他扎了两针他才缓过来。"

"我用了悬丝诊脉，没见到那个女子的模样。"

……

相爷命我转告姑娘，看出那个人。

……

呵。

呵呵。

哦呵呵。

这个玄妙神奇的世界！

宁景徽，你……

你们这个朝廷里面的官员，都是傻子吗？

那些后宫嫔妃们，全是白痴吗？

居然没有别人看出来过？！

皇帝，是个女人。

杜小曼的脑袋犹如一个装满各类烟花爆竹的巨箱被丢进了火堆，噼里啪啦一阵乱轰，无数颜色一同炸开。

皇帝盯着她，又冰冷地浅笑："你此时的模样，是喜不自胜，还是不愿进朕的后宫？"

要……对着皇帝唱那支鲜菇认亲歌吗？

杜小曼尤在目瞪口呆地想着，皇帝突然抬手抽出了她的发簪。

几缕头发跟着发簪一起被猛扯，杜小曼吃疼，倒抽了一口冷气，身体被一甩，继而一空，摔趴在地上。

杜小曼挣扎着撑起身，头发乱七八糟全散开了。

皇帝又眯起双目："你这海棠春睡般的模样，倒有几分媚态，怪不得能惹来那么多人痴迷。"

杜小曼透过乱发缝隙向上看了看，如果不是顾忌场景身份，恐怕皇帝妹子已经一脚踩在她脸上了。

果然还是女人啊，端起再高的身份，动起手来，仍旧是扯头发、推搡之类张牙舞爪的招数。

"皇上……"杜小曼刚张了张嘴，皇帝已转过身："退下吧。和离的旨意朕已经下了，最迟明日，册封的诏书便会由礼部送至德安王府。"

杜小曼觉得现在回什么话都不太合适，索性就做瑟瑟愣怔状，仍僵在地上。

皇帝拂袖离去，杜小曼再待了一时，拢了拢头发，爬起身。

她走到大殿门口，自己推开门，院中小宦官和宫娥急急迎上台阶，又往她头上扣个纱帽，搀她上了辇车。

神啊，谁能把整个事件的来龙去脉告诉我？皇帝怎么会是个女女女女女女女女人？！

就算脑子已经混沌成泥浆，杜小曼也能猜到，宁景徽的算盘到底是什么。

看出那个人。

看出那个坐在皇位上的女人。

然后呢？

哦，很不幸，她又想到了。

"呵呵，你看出来了？那就好，本阁将揪出我朝最大的一头鲜菇的重任交给你了！"

玄女娘娘，帝君殿下，让我回天庭吧！

这是个什么地方啊，这是个什么见鬼的朝代！

杜小曼突然好钦佩月圣门，真是个伟大又酷炫的组织，要不要干脆就跟她们混算了？

不过，看来是不能够了……

真正的月圣门圣姑，绝对是皇帝，没错了。

看刚才的行径，皇帝妹子很明显瞧她超级不顺眼。至于原因么，十有八九，是宁景徽。

圣菇皇帝深深地爱着灭菇战士领袖宁景徽，这真是一个虐恋情深荡气回肠百转千回凄美猎奇的爱情故事。

她杜小曼，就在这个爱情故事的主人公们相爱相杀的巅峰情节中，饰演了一回死小三。

慕王府的弃妇，裕王殿下与后宫妹子们的小三百零一，谢况弈和孤于箬儿的小三，宁景徽和皇帝妹子的小三……

回顾了一下自己一路走来的累累硕果，杜小曼一阵寂寥。

也算……辉煌吧。

辇车停下，车外是皇城的一道侧门。

杜小曼下轿，发现等待自己的又是一盆狗血。

前方一顶车轿，顶覆长纱，风中摇曳。

车边，一个男子骑在马上，凝眸望着她，薄唇间抿着淡淡的爱和恨，双眉里镌刻轻轻的情与愁。

慕云潇，你搞出这样一个画面，又是为什么？

天地一时寂静，杜小曼能感受到连守门的兵卒都格外炙热的视线。

慕云潇的唇中逸出一声轻叹："郡主，可愿随本王最后回一次你我的家中？"

杜小曼被这句台词激得发根一紧。

凭借这句台词，这个造型，慕云潇顿时化作一朵隐忍凄苦的男子，头顶绿帽终无怨，只想顾全最后的夫妻情义，在她爬进后宫之前。

杜小曼想要回一句："王爷说的是您和阮姑娘的府邸么？原来还有我的位置啊。"

但这句话不能帮她赢回局面，只能显得她没有胸襟，爱吃醋罢了。

杜小曼只是笑了笑："当然。"

唉，做出这样的回应，是否代表着，她已经被这个时代改变了呢？

杜小曼正要向那辆车走去，视线忽被远处吸引。一个模糊的小点，正迅速向此而来，渐渐分明。

狂奔的马，飞扬的衣袂。

杜小曼的心和眼皮一起突突狂跳。

是……秦兰璪。

他来和慕云潇抢着拿奖？

慕云潇转首望去，神色亦变。雪白骏马卷着尘土，瞬间已至近前。缰绳一勒，白马前蹄抬起。

杜小曼一脸无奈："你不是在庙里参禅么？"

秦兰璪一本正经道："入定时偶得天机，引我前来此处。"朝杜小曼伸出手臂，"走？"

慕云潇脸色铁青，策马迎上："裕王殿下，望成全臣一丝颜面，着郡主随臣回府。"

秦兰璪挑起嘴角："慕卿，唐郡主既已与你和离，再多牵扯无益。"

杜小曼耸耸肩："慕王爷，的确如此，散了就算了，所谓当断则断，好聚好散。我只是顺势而为，就此别过吧。"转身走到秦兰璪的马旁，翻身上马。

她没再回头看慕云潇的脸色，肯定不好看，绝对货真价实的不好看。

秦兰璪再一顿缰绳，白马轻嘶一声，调转方向，撒蹄奔驰。

还别说，他此时此刻，真有几分皇叔的气质了。

杜小曼抓着他的衣服，不由得轻笑出声。

秦兰璪开口问："笑什么？"

杜小曼说："开心啊。"

秦兰璪亦冒出一个笑的音节："抓紧一些。"

杜小曼道："嗯，放心，我坐过好多次谢况弈的马，很有经验的。"

马颠簸了一下。

"掌柜的，以后你再坐男人的马，可别这么说话了，会嫁不出去。"

杜小曼道："都和离过一回了，何愁无嫁。"

秦兰璪沉默，像被她打败了。

杜小曼又笑出声："对了，告诉你一件事。"

"嗯？"

"你骑马，挺帅的。"

"唔。"秦兰璪只发出了这一个音。马飞奔得更轻快了，层叠的屋宇、树木、街道的招牌旗帜迅速后退。

"话说，为什么大街上都空空的，一个人都没有？"

"当然是孤命这些街道全部清空了。"璪璪的声音悠然得很。

您不是被抄家软禁了么？

杜小曼没问出这句话，只由衷赞叹："你真是太酷炫了。"

"呵呵——"

白马一路奔到一座超级华丽的大门前，四蹄不停闯将进去，咳一声在空旷花砖地上停住。

斜阳金红，杜小曼下马，环视周围："这是？"

秦兰璪亦下了马，庭院一片寂静，仿佛这绵延开阔的府邸中，只有他们两个人。

"裕王府,本来门槛挺高,刚让人拆了。"

就为了策马入府这么一个洒脱的姿态。

杜小曼咋舌:"大手笔,豪迈。"

秦兰璪眨眨眼:"所以,不再多赞一句?"俯身凑近,"方才那句我真什么的,再说一遍?"

杜小曼爽快地开口:"你骑马真帅,太帅了。"

秦兰璪两眼亮闪闪地笑起来。

杜小曼接着道:"以后就用这招泡小姑娘,一泡一个准儿。"

秦兰璪的笑容一顿,又一扬眉:"对你,准否?"

杜小曼点头:"准。"

秦兰璪唇边的笑容顿时又如泡发了一般绚烂起来:"心动否?"

杜小曼道:"心扑通扑通,跳得很快呢。"

秦兰璪笑得像刚喝完一缸油:"那……"

杜小曼凝视着他的双眼:"嗯,我喜欢你。"

秦兰璪唇边的笑容一顿,继而目光闪了闪:"掌柜的,我可是会当真。"

杜小曼确定自己此时的表情应该很郑重:"我说的是实话,我喜欢你。我之前一直不想承认。"

一直试图否认,一直试图逃避,一直想给自己洗脑。

"但我确实是喜欢上你了,没办法。"

秦兰璪的神情凝固在脸上,杜小曼望进他的眼中,口气轻松。

"所以,我知道,你根本不喜欢我。"

所以,九天玄女,各位小仙子,对不起,我应该是输定了。

"因为我喜欢你,我更知道,真的喜欢一个人,应该是什么样子。有些事,怎么装,都装不出来,就别再费劲了。裕王殿下你从来都不喜欢我。我知道你为什么这么做,我只是想不明白,你干吗不愿意当皇帝,非得和宁景徽较劲?"

呼——

杜小曼觉得说出这番话,顿时浑身轻松。之前她还顾虑,对着小璪璪说出自己喜欢他,真的很尴尬很没面子,但现在的感觉,真的很爽。

秦兰璪的脸在夕阳下是个侧逆光的角度,因吃不到肉消瘦了一些的轮廓,因关禁闭又白了一两个色度的皮肤,这个垂眸凝视的姿态,这个似平淡似朦胧又似暗含深意的小表情,真是堪比柳嫩,胜过花娇。

这厮总是能在关键时刻恰好卡在关键位置，无心却展现出大神级水准。

杜小曼不由得叹了口气。

我啊……就是太喜欢脸了。

秦兰璪的眼睛眨了一下。

杜小曼这才发现，自己把这句感叹说出声了。

她索性就继续往下说："嗯，我是……去庙里看你那次，才确定，我喜欢上你了。"

看到南缃和那些后宫美女的时候，她的心情就有点微妙。

然后，她以为这厮被宁景徽灌了毒酒，要翘辫子，居然吓出了泪。落荒而逃之后，她方才正视了这个惊悚的现实。

自己应该是，喜欢上了……小璪璪。

她以为自己还有救，在谢况弈潜进唐姐姐家突然出现后，她厚着脸皮拜托谢况弈带她走。

但是，没用。

为什么会喜欢上这厮？

倾倒于他卓绝的演技？打个叉叉。

沉醉于他半真半假自我吹嘘的才华与内涵？恶……再打个叉！

迷恋他风流的姿态，机智的谈吐？抖……叉叉叉！

拜服他的权势、地位、奢华的小别墅，还有那小别墅里的三百个妹子？叉叉叉叉叉叉！

那到底爱上他啥了呢？虽然爱情是盲目的，但诱其产生，总得有个因素。

"我总结了一下，又排除了一下，我看上你的理由，只剩下脸了……"

秦兰璪的眼又眨了眨。

杜小曼苦笑一声："这的确，有点荒唐，有点肤浅。你不要介意，也别当作负担。"

"我甚开心。"

"唔，谢谢，那就好。"杜小曼再叹气，"其实，就是这个理由，我也觉得有点牵强。谢少主，宁景徽，十七皇子，容貌都很出色，慕云潇也长得挺好的。"

其实，之前她看上陆巽，也是因为陆巽斯文、儒雅、气质……总之就是帅。

前世今生，来来回回，原来，她都是个可悲的颜控。

"但我还是比他们美。"

杜小曼抬眼看看秦兰璪肯定的脸。

"美这个东西，不能绝对地判断，论气质的话……"

"论姿色，我终究胜出一筹。"

他怎么能自信又从容地吐出这句话？杜小曼不禁脱口道："但是你绝对残得比他们快！"

秦兰璪微微眯眼。

杜小曼冷笑："首先你好吃懒做，肚子肯定越吃越大，赘肉松垮。其次你爱喝酒又好色，皮肤会残很快，毛孔越来越粗，说不定还会秃头。等到中年之后，你就会变成一个满脸油光、肿眼袋、大肚子、一口烂牙的秃头大叔。"

"等我残花败柳时，你便不爱我了？"

呵呵，哪可能等到那个时候，输了赌局，很快就会被召回天上吧。

"我只是提醒你节制一点。不过，放心，你的那些妹子中，肯定有深爱你的内涵的。"

秦兰璪的眼又眨了眨。杜小曼这才发现自己跑题了。

"回到重点上来吧。我之前，也知道你并不喜欢我，但一直想不通，你为什么要做出喜欢我的样子，还有之前的种种。直到这次进皇宫，我才彻底明白了这件事。"

"宁景徽说什么，你都不必理会。"秦兰璪的神色瞬间转为肃然，"此事没有你沾染的余地，若有牵扯，绝无好处。"

杜小曼道："多谢你的良心提示，但是晚了。我已经知道了，皇帝是……"

双肩陡然一紧，她的双唇猝不及防地被封住。

是，承认了喜欢他，他肯定觉得这招更好用了。

杜小曼僵僵站着不动，不回应，待秦兰璪终于松开了她，抬袖拭了拭嘴唇，接着往下说。

"我知道了这件事之后，就明白过来，到底是怎么一回事。"

在轿子里，将宁景徽的计划再次串起，整件事的来龙去脉便清晰了。

"说起来，很简单。宁景徽发现了那件事，必须找一个代替的人，他选中了你，但是你不知道为什么，就是不愿意，还离京出逃。"

她很把自己当回事的时候，还以为宁景徽到杭州，是为了抓她。

而事实上，这一切都与她无关，右相大人驾临杭州，既不是为了区区一个失控的棋子唐晋媗，亦不是为了剿灭月圣门，而是为了抓到逃跑的未来皇帝。

她不过是误打误撞跟裕王殿下逃到了同一个地方，才被卷进了这件事。

如果当时，听了徐淑心的建议，也就没有后来这些事了。

秦兰璪一把抓住了她的手臂，冷冷道："莫在此处说这些话。"

杜小曼由他拉着走，秦兰璪的脸上彻底没了表情，眉峰唇角，都不再是拍戏状态时他油腻的弧度，带上了高高在上的冷然。

裕王殿下，终于露出了真实的面孔。

游廊绵延折转，恢宏层叠的院落好似迷宫，杜小曼被抓着的手臂木了，两腿发酸，方才看到开阔水面。

这些人都很喜欢在家里挖个湖啊。

沿着短短浮桥，踏进水上亭阁，秦兰璪一按柱上机栝，浮桥嘎嘎收起。

"宁景徽让你做什么？"

杜小曼道："让我看出皇帝是女人。皇帝已经说了，要收我进后宫，宁景徽让我顺势而为，大概是想让我进入皇帝的后宫后，找到皇帝的把柄。"

秦兰璪面无表情："我替你安排车马，过一时就离开京城。"

唉唉，这才是你本来应有的样子嘛。

杜小曼道："我真不明白，皇帝一开始就是女人，还是后来变成了女人？你们都知道这件事，为什么不能立刻办了她，搞这么多曲折。"

秦兰璪的声音毫无温度："废君之事，岂可轻易而论。这亦不是你该谈的，也非宁景徽所能妄作主张。"

杜小曼恍然："原来你就是这样和宁景徽闹别扭。你觉得他身为一个臣下，却成为选你做皇帝候补的决策者，让你脸上过不去。"

孤身为裕王，怎能由一个臣子来决定孤当不当皇上！这么想的小璪璪便傲娇地跑掉了。

秦兰璪竟是微微扬起了唇："这不是能戏言的事，若认起真来，你有十族都不够砍。不知宁景徽是否如你一个女子一般无知，竟以为他能掌控此事？"

"宁景徽可能真是觉得你充满了帝王气质，觉得你威武闪亮又霸气，由衷想让你做皇上。"

秦兰璪又呵地一笑："你啊，真是够无知的。若我真想夺帝位，登基之后，必然要做的一件事，便是灭宁景徽满门。"

杜小曼打个寒战："为什么？宁景徽帮你当了皇帝，又是个好丞相。你嫌他权力太大？怕他光芒盖过你？"

"并非因他功高，亦不是他权重。"秦兰璪的口气极轻描淡写，"文谋之士，权臣易做，无图大业之才。但宁氏一族，忠社稷却不忠君。对其来说，皇帝姓甚名谁，都无所谓，只要合适就行。"

杜小曼道："王侯将相，宁有种乎？"

秦兰璪看看她："你竟然能来上两句？可以灭十一族了。"

杜小曼无所谓地迎视他的目光："但宁景徽现在是觉得你合适呀，还是认可你了。"

秦兰璪扬眉："他此时选中我，不过因为相较而言，我还行。若有资质相似者，亦可是其他人。重帝权之主，绝不能容这样的属下。"

"你干吗不先利用他登上皇帝宝座，再做掉他？"

秦兰璪再看看她："掌柜的，你还挺毒辣，妇人心哪。"

杜小曼耸肩："这不是配合你刚才霸道的宣言和假设剧情么。听你刚才这句话，你其实不想杀宁景徽吧。璪璪啊，不要别扭啦，人来到这个世界上，计较这么多干吗？什么别人都不行才选你的，这些都是你的猜测。我觉得宁景徽对你算真爱了。"

秦兰璪轻笑一声，往栏杆上一倚："只因孤真的不想做皇帝。便如你所云，人生于世间，何必追逐许多？但能看山游水，有好酒……"

杜小曼替他接上："美人。"

秦兰璪再一笑，悠然望向远方："逍遥足矣，何必过三更睡，五更起，防这里，算那里，那种操不尽心的日子？"

杜小曼望着他，片刻后，忍不住赞叹："你真是个看得开的人哪！"

秦兰璪淡淡笑道："只是生性淡泊罢了。"

杜小曼点头："于是您淡泊地逃离京城，先大隐于市井，没想到还是被宁景徽给发现了。你觉得你再逃他再追也不是个事儿，就想了一个让他彻底死心的招，可着劲儿地作践自己，让宁景徽觉得你实在烂泥糊不上墙，不再扯你进这趟浑水。"

这些自我作践的招数包括……

"吃霸王餐、卖身进酒楼做小伙计，混迹于市井……没想到宁景徽仍不放弃你，可能还觉得你这么肯接近群众深入基层体贴百姓真是更酷炫了。所以你再使上你一贯使用的招数……"

满世界的小别墅，三百个妹子，不仅是他的个人喜好，亦是他假装自己放荡不羁的烟雾。

秦兰璪的表情顿住，杜小曼维持着同样的语气继续往下说。

"你找一个上不了台面的女子调情，本来和那三百后宫一样，目的都是让宁景徽觉得你荒唐好色。然而你又发现了这个女子居然是唐晋媗，离家逃跑在市井中开酒楼的慕王妃，简直是太适合做你的道具了……"

秦兰璪的表情又变成了一贯的无辜模样。

杜小曼接着往下说。

"所以，你故意把这件事闹大，还上书让慕云潇和唐晋媗和离。你带着我回京，让我在宁景徽面前和你坐同一辆车，把事情搞得很暧昧。甚至上书皇帝，要娶我。因为你想要天下皆知，你想要此事成为笑柄……"

她真的是个很好用的道具。

"如今看来，一切都如你所愿。"

秦兰璪的神情再变了变："我会……"

杜小曼点头："对，你挺有良心的，有几次你打算放过我，才让我跟谢况弈走，还建议我嫁给他。是我自己作死又跟你有了牵扯，怨不得别人。"

想来也有北岳帝君的一份功劳。

"而且，你应该也打算过，唐晋媗真的和慕云潇离了，你确实会娶我，让我做第三百零一。其实，就你的地位、你的身份来说，你能这样对我，是很好的了。"

杜小曼吸了一口气。

"但，我希望的是有个这辈子只喜欢我的人，我这辈子也只喜欢他，我们能一直在一起。"

秦兰璪的瞳孔微微收缩。

杜小曼笑笑："我只是告诉你我对结婚的观点。即便你喜欢我，也不可能做到。"

秦兰璪的目光闪了闪，又倚上扶栏："谢况弈不能，小十七也是。"

杜小曼认可道："嗯，我知道，目前这个世间，我认识的男人都不能。"

而且很不幸，她在被利用做道具的时候，喜欢上了秦兰璪。

唉，输了就输了吧。

秦兰璪挑眉："嗯？"

啊，不小心又把心里嘀咕的话说出口了。

杜小曼赶紧笑道："没什么，谢谢你一直以来对我这个道具还挺好。"

秦兰璪略一颔首："不必客气。"

丁零零——

檐角的铜铃碎碎作响，一道人影由远及近奔至岸边。

秦兰璪向岸上望去。杜小曼亦侧首看，岸上那人正遥遥行礼，应是裕王府的仆从，一副有急事禀报的形容。

秦兰璪转动亭中机栝，浮桥咯吱咯吱落下。

"我出去看看，你在这里等着。我一上岸，你就将浮桥收起。看清楚机栝怎么用的了吧？"

杜小曼点点头，她这才意识到，自从走进亭子以来，秦兰璪站的位置，似乎都是能看得到岸上动静的方位。

进入紧张剧情的感觉顿时澎湃在血液内，杜小曼脱口道："你，也小心点。"

秦兰璪看看她，笑了："看来掌柜的说喜欢我的话，是真的。"

果然，不在这种事上讨点便宜就不是影帝了。

杜小曼爽快回应："嗯哼。"

秦兰璪笑得更绚丽了："唉，忽然觉得我罪孽深重，竟致使你痴心至此。放心，我会负起这个责任。"

喂，刚才听我说穿真相后哑口无言的难道是小狗吗？

"谢谢，不了。这是我的事，和你没什么关系，这都是我自己的责任，你千万不要因此产生负担。喂喂……"

小璪璪已经欢快地走远了。

杜小曼悻悻地走到机栝前，好想在这厮上岸前就发动机关。她理智地克制着发痒的手，脑补着他被桥板掀翻像弹射的网球一样自转三圈扑通入水的场景，目送其大摇大摆上了岸，方才转动机栝。

唉，我真的是喜欢他么？

杜小曼摸摸胸口，产生了质疑。

浮桥收起，杜小曼踱到亭子中心。

岸上之人躬身向秦兰璪说了几句什么，两人便匆匆往前方而去。

难道是慕云潇不甘心地到裕王府来了？

还是宁景徽的人到了？

或者是影帝从庙里跑出来，到底还是引得别人来抓了？

或者……

哗啦啦，水声响动，杜小曼向水面张望，肩上忽而冰冷地一沉，她下意识回头，啊的一声惊叫，猛然后退一步，怔住。

谢况弈。

头发贴在额上，浑身滴滴答答流水的谢况弈，就站在眼前。

无数种说不出的滋味在杜小曼心中翻涌，她的眼睛发涩。

你，什么时候来的？

你，跟了多久？

你……

杜小曼张张嘴，一句话都说不出来。

面对着这样的谢况弈，她只想给自己几巴掌。

以前看小说和连续剧的时候，她羡慕嫉妒恨地瞅着女主角在数个男子之间犹豫不定，恨不得钻进书里爬进屏幕，晃着伊的肩膀狂吼一句："作什么作！随便挑一个吧，剩下的随便分我哪个我都不介意！"

现在，如果可以有分身术，她也想分裂出一个来晃着自己的肩膀喊，你这个作怪的女人！你以为你是谁？搞清楚点情况行不行？

为什么？

她的脑中不受控制地闪着十分欠抽自私自利令人唾弃的念头——

我，如果可以喜欢谢况弈……

为什么，我不喜欢谢况弈？

"你什么时候来的？"杜小曼终于还是说得出话了。

"有一时了，我怕水下有机关，绕到那边潜过来的。"谢况弈的回答，好像很轻松随意。

杜小曼两耳却嗡的一下，脸火辣辣地燃烧。

那，刚才她和秦兰璪说的那些话，包括……喜欢什么的，谢况弈都……

啊啊啊——

杜小曼想一头扎到水里去。

谢况弃却没表现出什么，仍是用一贯的神情，吐出见到她时最常说的那个字："走。"

多少次了。这样的情形，发生过多少次了？

每次都是他，在最关键的时刻，立刻出现，向她伸出手，带她脱离悬崖泥潭。

总是一副"我乐意，你什么都别想，跟着我走就行"的满不在乎的姿态，让她可以一次次厚下脸皮麻烦他。

欠了他多少啊。

而此刻，那只总是将她拖出困境、坚定有力的手，又伸到了她面前。

裕王府内院，小厅。

"皇叔。"秦羽言望着秦兰璪，凝重的神色中带着几缕不解，"为何要将杜姑娘托付于我？"

"事已至此，踏出这个门，她就是死路一条。"秦兰璪说得直接简洁，"裕王府亦不是她久留之地。宫里和宁景徽，应都暂时想不到我会将她托付给你。"

秦羽言蹙起双眉："皇叔……"

秦兰璪截断他话头："十七，其余乱七八糟的事，皆与你无关，你亦不用插手。趁着此事，暂时离京一段时日吧。记得，不论发生什么，都当作没有发生过。"

秦羽言定定看着秦兰璪。

秦兰璪抬手拍拍他肩膀："放心，你小叔我，一直是这个脾气，不会有什么大事。你这孩子，常常思虑过重，其实凡事都有解决之道，没想的那么麻烦。来，给叔笑一个。"

秦羽言将已到唇边的话咽进腹中，垂下眼帘，逸出一声叹息。

"皇叔对杜姑娘如此相护，看来是真心所爱。"

秦兰璪再笑了一声："十七啊，你的心里终于不是都塞着经书，开始琢磨起人间情爱了，叔甚慰甚慰。这般做，只是不想让水再浑一些罢了。至于所谓真情……"

门外传来声响，秦兰璪便将话打住，侍从推门而入。

"禀王爷，右相大人亲至。"侍从抬眼瞄了瞄秦兰璪，见其没有因十七皇子在场而令避讳的意思，便继续道，"宫中来的人，亦快到了。"

秦兰璪道："但有来客，便请入前花厅，孤更衣后便到。"

侍从应了声喏退下，秦兰璪向另一扇门转身："事不宜迟，若她还在，你即刻带她离开。"

跟随在后的秦羽言又微微一怔。

若她还在？

谢况弈的手就在眼前，一如以往。

杜小曼向后退了一步，摇了摇头。

谢况弈双眉微拧，杜小曼转而望着他的眼，坚定地说："多谢，抱歉，我……不能走。"

谢况弈的脸上的神情解读出来就是——你疯了？

对，我疯了。杜小曼在心里道。

不错，现在离开是最好的选择。

但，不能再这么对待谢况弈了。

而且，如果要离开，她早就可以走了，何必还回京城？

"我喜欢秦兰璪，我想留在他身边。"

谢况弈盯着杜小曼，脸上的那句话变成了——啊，你居然已经疯成了这样！

杜小曼清清喉咙："那什么，我其实是个爱慕虚荣的、浮夸的女人。璪璪他……"不好，在心里喊惯了，一个不留神就放嘴上了。

谢况弈的目光闪烁了一下。

杜小曼一顿。也罢，此时此刻说出来，也算一种解脱吧。

她耸耸肩："璪璪是我对秦兰璪的爱称，我经常在心里这么喊他。而后我才发现，我已经爱他这么这么深了。"她下意识地抖了一下鸡皮疙瘩，向岸上瞟了一眼。

很好，这里只有她和谢况弈，秦影帝不会不科学地钻出来。要不然，她就只能去跳湖了。

"秦兰璪是裕王殿下，身份尊贵，有钱又有势，机智又风趣，还长得这么好看。虽然他有很多美女，我一边在心里说着不可以，一边还是情不自禁地沉沦了。"

谢况弈的唇终于动了动："你方才不是这么说的，你说你只喜欢他的脸。"

什么！少主你来得够早啊！

杜小曼抖了一下，谢况弈接着面无表情道："你还说，其实我也很好，他比我残得快。"

杜小曼正色道："这只是嘴硬的话！我喜欢他，还跟他告白了，很明显他不会喜欢我，所以我就把话说硬点，替自己兜回面子喽。"

谢况弈道："你若爱面子，为何要留下？"

这……杜小曼马上道："因为，跟面子比起来，我更想留在他身边，看看有没有日久生情的机会，哪怕死皮赖脸也无所谓。两相权衡弃其轻。"她再正视谢况弈，"谢少主，真的很感谢你屡次充满侠义精神地帮助我，但……"

谢况弈打断她的话："若真要谢我，就别让我白跑一趟。"

杜小曼心里像被针扎了一下。谢况弈的手，又伸到了她面前，衣袖上，还在滴水。

杜小曼再后退一步，摇摇头："抱歉，谢少主。我不能跟你走。"

谢况弈双眉一挑，手一翻，突然闪电般一挥。杜小曼尚未来得及反应，便颈边一麻。

"疯得太厉害了，我带你去吃药。"

朦朦胧胧听见这句话，杜小曼便彻底陷入黑暗，栽进谢况弈的手臂。

秦兰璪和秦羽言已来到岸边，恰刚好目睹了杜小曼被劈晕的那一幕。

谢况弈扛着杜小曼，无法踏水上岸，瞧了瞧岸边的秦兰璪和秦羽言，干脆放下浮桥机关，坦荡得如送大米一般，大步向岸上走去。

秦羽言不禁看了看秦兰璪。

秦兰璪未有什么表示，谢况弈踏上岸，径直向他走来，秦兰璪侧身让开道路："谢少主这边请。"

谢况弈瞥他一眼，朝着他示意的那条路走去。

秦兰璪开口道："谢少侠，孤之所以让你带她走，乃是因为当下情势。但……"

谢况弈置若罔闻，走得飞快。

秦羽言不禁又看看秦兰璪，发现自己的小皇叔被这样无视竟一副无所谓的模样，居然还追了上去。

"谢少侠，孤的话尚未说完。孤未追究你擅闯王府的罪，任由你将她带走。孤想说的几句话，你总该听一听。"

谢况弈继续矫健前进，秦兰璪已开始小跑。

秦羽言愣了愣，亦发足追了上去。

"谢少侠，孤知道你对她确实有些兴趣。但她看似不拘小节，实际常钻牛角尖，不撞南墙不回头。她之所求，的确是其真心，并非玩笑。既然江湖广阔，儿女情长事小，若你并无成全她之真意，便莫给她指望，让她执着。"

正跑着的秦羽言听到这段话，不禁再次看向了秦兰璪。

谢况弈停下了脚步，侧身瞥了一眼秦兰璪。

"我只想将她带出此地，她与这些事无关。"

秦兰璪笑了笑："孤亦不想让无干人等卷入，使水更浑。因此才屡屡相让，由你将她带离。"

谢况弈冷冷道："你让或不让，她我都会带走。我既做过承诺，便会保她平安。"

秦兰璪望着他肩上的杜小曼，微微眯起双目："她若执着上一事，便不肯放手，望你千万莫让她再回来。"

谢况弈轻嗤一声："若你如斯肯定她痴心爱你，何必和我说一开始的话？"扛着杜小曼又侧转过身。

赶到之后就一直不言不语在一旁站着的秦羽言忽而开口："谢少侠且请留步。"

谢况弈又定住身形，秦羽言脱下身上外袍，递给谢况弈："少侠衣衫尽湿，恐怕杜姑娘亦会……请权且着此衫。"

谢况弈挑眉看了看他，秦兰璪亦扯开外袍："十七，你的衣袍恐怕他穿会短小，让叔来。"

谢况弈劈手扯过秦羽言的外袍，手一抖，折叠起来，再将肩上的杜小曼颠了一下，在杜小曼被抛起的瞬间，将外袍搭上肩头，待杜小曼落下时，刚好垫上。向秦羽言一点头："多谢。"

秦羽言忙笑了笑："不必。"又认真地道，"望谢少侠将杜姑娘平安带离。"

谢况弈肯定地一笑。

秦羽言目送谢况弈的身影消失在拐角，不由得转身问："谢少侠当真可以平安离开？"

秦兰璪挂着一只袖子还未脱下的外袍负起手："不可能。"不待秦羽言再问，又淡淡道，"若一个江湖人物，单枪匹马就能将人带走，宁景徽便可以回山沟里种菜了，月圣门亦不用让朝廷操心了。只是，此时此刻，已无多余精力与他耗费。让他认清局面之事，交给宁景徽吧。"

秦羽言看了看秦兰璪拖曳在地上的另一半外袍："方才皇叔追赶谢况弈，说的那些话……"

秦兰璪若无其事地将衣衫拎起来，没找到袖子，索性全部脱下，云淡风轻道："给宁景徽拖些赶到的时间。"将外衫一抖，搭上秦羽言肩头，"莫着凉了。你我亦该去外面瞧瞧。"

秦羽言犹豫了一下："宁相不是早已在前花厅之中了么？"

秦兰璪点点头："不错，叔正是要去见他。"

秦羽言抓住肩上的衣衫，瞪大眼看着掉转了方向的秦兰璪。

皇叔，你真的还好吧？

谢况弈扛着杜小曼，横穿裕王府层层院落，一路畅通，连一个人影都没有见到，更不用说阻拦。

整个裕王府静悄悄空荡荡的，好像真的再没有别人。院门、边门、角门等等沿途遇到的所有门都大敞着。

谢况弈是个从来不想多的人，有门就过，有路就走。裕王府格局开阔简明，非常好走。来到进入裕王府的那个墙旮旯，谢况弈从腰间的小口袋中掏出一把绳索，甩上墙边大树，一头踩住，另一头绑在杜小曼腰上，又往她睡穴处补了一指，扯拽绳子将她吊起，而后跳上墙头，甩出飞钩，挂上杜小曼腰间绳扣，如钩一扇晾晒的腊肉般将杜小曼向墙头钩来。

就在杜小曼的衣角触碰到墙头瓦片时，不远处蓦地响起一个声音。

"谢少庄主就打算这样把人带出去？"

花厅之中，茶烟袅袅，秦兰璪端坐上首，慢条斯理拿杯盖拨着浮叶。

"宁卿百忙之中，竟得闲到小王府邸，真稀客也。"

宁景徽微微躬身："王爷自宫门前将唐郡主带回，臣便为此事而来。唐郡主在裕王府极不妥当，望王爷将郡主放回。"

秦兰璪自杯上抬起眼："宁卿，你早就知道，孤喜欢这个女子，欲娶她为妃，孤自然要将她带回来。"

宁景徽肃然："唐郡主乃庆南王慕云潇之夫人，掳掠有夫之妇，有违律法。"

秦兰璪笑笑："唐郡主已将与庆南王和离，宁卿不是不知道，非得和孤较这个真么？也罢。孤就是爱唐郡主无法自拔，愿为此情，奋不顾身。她是郡主，孤身有王衔，此事按律当宗正府处置。卿居右相之位，理外廷朝事，几时连宗正府都成了辖下？"

宁景徽再躬身："臣自不敢逾权干预宗正府事务。但王爷娶妃，亦为礼部事务，臣不得不问。礼部袁尚书，随同臣一道前来，未敢擅入，在门外听传。"

秦兰璪呵了一声："宁卿这是准备得很充分哪。"垂下眼皮，又轻哼一声，"到了这个份上，孤就和宁卿透个底，孤既做出这般举动，便早将此身此生其余一切置之度外。唐郡主，孤绝不会放手。宁卿就按照自己的打算看着办吧。"

宁景徽一怔，继而苦笑："王爷执意要做情圣，臣岂有资格多言。只请王爷以大局为重。"

秦兰璪打断他的话："孤的心中只有情，纷扰俗务，律法伦常，于孤不过是浮云。"

宁景徽也叹了一口气，抬起头："王爷，臣也就逾越说些实话了。皇上要下的那道圣旨已拟好，如今该知道的人都知道了。王爷定然不打算让唐郡主留在府内或京城。与臣这般言语，亦不过拖延。但即便臣此时不闻不问，王爷以为，唐郡主出了这个门，还有活路？"

秦兰璪凝视宁景徽："宁卿居相位，掌朝纲，竟为一女子殚精竭虑，这是连孤都要挟上了。宁卿平日里，都忙些什么哪？"

谢况弈对方才响起的声音充耳未闻，将杜小曼扯上墙头。几点寒光倏忽而至，谢况弈顺手将飞钩一甩，寒光叮叮跌落。

"谢少庄主真是好身手。"一道蓝色身影掠上墙头，嫣然一笑。

谢况弈收起飞钩："我一般不打女人。"

那女子扑哧一声："少庄主真风趣，你坏我教之事也不是一桩两桩了，怎说话还这般客气？哎哎，别急着变脸，此时此地，你我并非敌人。少庄主想救唐郡主，我们也想。”

谢况弈看也不看她，正要俯身抱起杜小曼，挂趴在墙上的杜小曼突然向墙外一沉，谢况弈按住她的身体，反手向那女子的方向弹出几块瓦片，回掌向墙外一挥。

墙下陡然纵起又一道蓝影。墙上的女子拧身避过瓦片，已极快地扑来，谢况弈揽住杜小曼，向外一推，拔出缠在腰间的软剑，纵身跃起，划向那两道蓝影。

杜小曼却是又飞回了大树，被绳索捆着的身体像个钟摆一样晃荡，将她从浓重的黑暗中晃出了一丝清明，刚迷糊着欲挣扎地撑开双眼，做抛物线运动的身体挂上了旁边一根小树杈，肚子一硌，发出闷闷的一声，再度沉进黑暗。

那两个蓝衣女子却未再与谢况弈交手，一左一右远远落在墙上。

先来的那个女子再笑盈盈地道：“谢少庄主是否知道，皇上在宫中召见唐郡主时，对她一见倾心，已决意要将她纳入后宫？这下谢少主要对付的可不只是宁景徵，此时此刻，不知有多少忠心耿耿、为了朝廷颜面与社稷朝纲的人要为君除害呢。若非我们姊妹为少主打扫屋脊，可能少主出裕王府，也不会太顺畅。少庄主不妨猜猜看，你出了王府后，得对付多少人？”

谢况弈不答话，手中长剑再度挥出。

那两个女子拧身再避开，忽又有振袖声起，两名女子的唇边均浮起笑意，望向大树时，笑容却冻结在脸上。

几道蓝影正自树上跌落，一道黑色身影一把捞起挂在树杈上的杜小曼，两个纵跃掠出墙外！

谢况弈又斩出一剑，逼得那两个女子再退，随即向下一跃，一辆马车直奔而至，谢况弈正落上马背，马车飞驰向前。

嗖嗖嗖嗖嗖嗖！

马车撞出长巷的刹那，寒光如雨，箭似飞蝗，密密射向马车，如天降罗网。谢况弈挥出绳索，甩开先至的锋镝，一闪身撞入车中！

铛铛铛！

飞箭暗器撞上车壁，竟皆被弹开，那马浑身黑漆漆的，亦不知裹了什么布，竟也箭射不穿，但被劲力打中，终究吃疼，长嘶一声，自寻了个方向，撒蹄狂奔。

裕王府对面墙上，跳下数道身影，翻滚向前，一条条钩索，抛向马腿。

白练暴出车厢，谢况弈飞身而出，剑气如流星落虹，喇喇斩断钩索。

箭雨再落，谢况弈身形一转，撞回车厢。又几道人影扯着一张大网，自树上向马当头罩下！

谢况弈剑光再出！然刚一冒头，就不得不反手自护，密密箭雨利器疯狂落下，竟完全不顾及那些扯网绊马腿的人。

太疾！太密！无可挡避！

谢况弈只能再撞回车厢内，扯网抛索之人转眼已如豪猪倒下，但那张网，却是在扯网的几人浑身被飞箭插满的同时，套上了马身！

马顶着大网继续前冲，然大网的几角皆牢牢固定在路旁的大树及墙上，猛冲的马被狠狠勒住，前蹄高高抬起，厉声长嘶。

嗖嗖嗖！

又是箭，这次却是一根根带火的箭，夹着桐油的气息，扎向车壁！

即便你是铁打的车，铜铸的壁，也要将你化成汁，烤成浆！

"住手！"

"住手！"

裕王府的大门处，同时响起两声怒喝。

"何方逆贼，竟敢在裕王府门外擅动兵戈，裕王殿下在此，还不……"

嗖嗖嗖！

数道箭矢寒光，竟循此声，直向大门方向扎来！

几条身影跃起，扫落飞箭，手执兵刃的护卫自门内涌出。

"住手！右相大人在此，何方逆贼竟敢行刺裕王殿下？！"

箭雨寒光陡停。

似乎刹那间，天地便寂静了。

但瞬间之后，又爆出一声响动，谢况弈自车厢中跃出，扑灭马附近的火焰，斩断网绳，挽住惊马，侧身看向大门方向："裕王殿下果然平素没做好事，这些该不是奉命前来送你上路的吧？在下不过偶尔路过，却被牵连如斯。"

秦兰璪看也不看他，只瞥了一眼宁景徽道："看来宁相的面子，远远大过本王。那如斯局面，便由宁相看着处理吧。"转身走回大门内。

谢况弈露牙一笑："那么没在下什么事了吧，算了，被牵连是我倒霉，就也不提什么赔偿了，告辞！"翻身上马，一抖缰绳，留下大敞车厢与一地狼藉，嘚嘚而去。

果然是调虎离山。

阴影中，几道蓝色身影无声无息地离开。

"逆党狂徒，丧心病狂，可留二三活口，凡欲抵抗者，一律就地正法。"

宁景徽简单吩咐完毕，亦转身返回裕王府内。

"宁卿竟不去缉拿乱党？"秦兰璪遥遥在廊下等待，"唉，真是不将孤放在心上。"

宁景徽躬身："王爷恕罪，臣无缚鸡之力，与侍卫一般出动，徒然添乱罢了。"

秦兰璪笑笑："孤是同宁卿开开玩笑罢了，怎就真的称罪起来？"侧首吩咐身边侍从，"速备一席，孤要向宁相把盏赔罪。"

侍从应了声喏，宁景徽再躬身："王爷此言折杀！臣万不敢领！行刺一事的确蹊跷，臣须回衙门责大理寺速查。望王爷恩准臣先告退。"

秦兰璪再一笑："也罢，那酒便等着宁卿下次得空来时再吃。"

"下马！出城做甚？"守城兵卒横起手中长矛。

卫棠下马，抱了抱拳："娘子产后虚弱，欲送至岳母家调养。"怀中掏出文牒。

兵卒接过看了看，瞧了瞧暂被横放在马背上的女子的脸，一摆手："走吧。"

卫棠道谢收起文牒，翻身上马扶起马上的女子，一抖缰绳，出得城门，转而驰上小道。

树叶沙沙作响，树梢上一阵银铃般嬉笑。

"有这样能干的属下，难怪谢少庄主肯以身为饵，行调虎离山之计。"

随从打起垂帘，宁景徽踏入车轿。

早已候在车中的男子立刻单膝跪地："禀相爷，果不出相爷所料。"

宁景徽微微颔首："可已出京城？"

男子垂首："尚未得回信，但请相爷放心，属下等定将唐郡主带回。"

树叶纷落，蓝影携叶而至！

卫棠抬手挥出一个黑点，蓝影闪身躲避，黑点陡然炸开，冒出浓浓白烟！

蓝影拂袖挥开烟雾，但觉头晕，忙屏住呼吸。

地面上卫棠缰绳再抖，马驰如飞！

嗖——

一点红光带着刺耳啸声自树林中起，飞入天空。

数张网凌空而降，数道挠钩骤出草丛，斩向马腿！

卫棠向草中甩出一把暗器，飞身而起，拔剑斩向罗网。马无人驾驭，仍带着又被横置在马背上的女子，一径向前！

卫棠斩落飞网，格开暗器，借力往树干上一踏，掠向前方的奔马。

正欲下跃，数道剑光卷着寒意自上下前后各方而来，卫棠一个翻身，剑势如球，竟把自己裹在其中。

几声脆响，蓝衣女子们手中的剑皆一震，有的险些脱手而出。其中一个哎呀笑了："卫侠士好剑法，绝不在谢况弈之下，何必屈才做那乳臭未干的小孩子的走狗呢？"

卫棠当然不会理会，身影直坠。

另一个女子吃吃一笑："呀，好像晚啦。"

晚了？是晚了。

就在卫棠被缠在半空之时，数道身影，已扑向地上的马。

一条绫带，一道长鞭，几乎在同时，各卷上了马上女子的肩和腿。

各向一方使力！

嗯？！

唔？！

怎会如此轻？

怎会这么空？

不待他们向对方扑去，便先后感觉到某处穴道一麻，似有幽幽微风拂过身畔。

奔马停住，如蝶般的倩影在空中一旋，轻盈站上马背，如瑶池的仙子，踏上莲花。

她不可能有如斯武功！

这不是唐郡主！

少女转眸望着她们，带笑的容颜亦恍若来自九天："咦，你们不是一伙的呀？"

呃，我好像……又晕过去了？

杜小曼努力地撑开眼皮，疼痛如潮水般涌来。

肚子……噢……肚皮……是被……大象踩么？

好痛，为什么好像在被颠来颠去？

杜小曼微微动了动脑袋，轻嘶了一声。

有一双手抓住了她的手腕，而后立刻松开。

"杜……杜姑娘，你醒了？"

嗯？这个声音，有点陌生，又有点耳熟，是……

杜小曼再努力一运气，彻底睁开双眼，视线中模糊的面容渐渐清晰。

十七皇子？

杜小曼努力眨了眨眼，没错，是十七皇子。

那……谢况弈呢？

小璪璪呢？

这又是？

颠簸的感觉很熟悉。她想撑起身体，肚皮剧痛，又倒吸一口冷气。秦羽言不禁伸手想扶住她，但手并未触碰到她的身体。

"杜……杜姑娘，若不适的话，就再躺一会儿吧。"

杜小曼咬紧牙关坐起来，环顾四周，嗯，没错，现在是在一辆马车里。

为什么谢况弈跑到裕王府救她，一个断片之后，她却和十七皇子同在一辆移动的马车里？

杜小曼把这个疑问明晃晃地挂到了脸上，秦羽言略一低头："此事，一言难尽。"

杜小曼无力靠想象来填补这段遗失剧情的空白，跳跃太大了。

就在这时，马车忽然剧烈地颠簸，更快地飙起来。杜小曼后脑勺险些撞在车壁上，正要坐得正一些，车厢猛地一个摇晃，马儿惊嘶一声，马车骤然停住。

杜小曼只觉得身体一空，一头撞上了什么，等回过身，才发现自己将秦羽言撞翻在地，刚要爬开身道歉，听见车厢外道："何人竟敢阻拦十七殿下车驾？"

一个男子的声音遥遥传来："裕王殿下遇刺，臣等奉命追查，唐突殿下尊驾，望请恕罪。天已不早，不知殿下为何出城？"

秦羽言向杜小曼比了个噤声的手势，杜小曼默默挪开身，秦羽言整衣站起，动作有些僵硬，耳尖微微泛红。

车厢外，赶车的人已回道："大胆！殿下去何处，难道还须告知尔等？！"

秦羽言一挑车帘，缓缓出了车厢。

"孤欲往泉鸣寺听禅，约一个时辰前自府邸中启行，卿等可要去核对？并孤轿内，也一并清查？"

那几人齐齐跪倒在地："臣等万死，求殿下赐罚。"

秦羽言一言不发，折身回车内。车夫一甩鞭子，几匹骏马又齐齐撒开四蹄。

杜小曼松了一口气，别说，十七皇子看着柔柔弱弱的，关键时刻，还挺有风范的，到底是皇子啊。

她转回身坐下，秦羽言轻声道："杜姑娘请放心，定会平安无事。"

杜小曼点点头："多谢。因为我的事，连你也被牵连上了，我实在是……"

秦羽言打断她的话，语速略快了些许："杜姑娘不必这么说，不过举手之劳，亦是我心甘情愿。再者，此事其实全是皇……"

车厢忽又猝不及防地一个颠簸，马再惊嘶！

一道黑影，自树梢掠下。

唰唰唰！

抽兵刃声！打斗声！

只是，这次遥遥传话的，竟是女子的声音！

月圣门的人？！

"妾身无意惊扰殿下，但车里的那个小姑娘，我要带走，望请恕罪。"

车外众侍从拔出兵刃，与那女子战成一团。

黑衣蒙面女子以一对众，虽一时抽不开身，但颇游刃有余，一边打，一边继续喊话："这小姑娘，本就该跟我走。皇子殿下你带着她，也无法保她平安。快快将她交给我，大家省事。"

声音貌似有点耳熟。

杜小曼眨眨眼。秦羽言再温声道："杜姑娘放心，我一定会……"

咻——

尖锐的传信烟火声蹿入云霄。

数道蓝色身影，穿林而来。

月圣门！

一名侍从转头喝道："保护殿下先走！"跃身迎向蓝衣女子们，刚冲出一截，眼前黑影一闪，却是那黑衣蒙面女子，抛下了与她缠斗的众侍卫，抢在他之前扑向了月圣门众女子，扬手撒出数点寒光。

这女人，到底是哪边的？

众侍卫不禁都一愣，跟着车夫瞬间回神，甩鞭驱马狂奔。

众侍卫亦迎向月圣门女子，风起叶落，远处又有数道身影掠来，赫然是之前在路边拦下他们的大理寺官差。

太乱了！

侍卫首领果断喝道："但凡来者，一律拦住！"

一个侍卫看了看很明显已是扫灭月圣门女子之主力的黑衣蒙面女："头儿，那女人也一齐打么？"

"留意动向，她去追车便拦下！"侍卫长抛下这句话，扑向了大理寺官差。

小侍卫来不及赞叹首领英明，赶忙杀向月圣门众女。

"头儿说了，先不打那黑衣女的，但留神她去追车！"

软剑长刀尚未相接，又有一道黑色身影如风般掠来。

这又是谁？

众侍卫来不及想，先战！

那黑影携冷冽剑气，冲至黑衣蒙面女子身边。

"夫人！"

黑衣蒙面女一剑斩开几个蓝衣女子："这里不用你插手，快去帮少庄主把那个姓杜的小丫头抢回来！"

黑影一点头，如鹰般脱出战圈，踏枝而去。

侍卫忙高声喊："快，追上那人，保护殿下！"

黑衣蒙面女子，当然就是谢夫人。

谢况弈一路追着杜小曼，谢夫人也一路盯着儿子。

儿子失心疯一直不好，谢夫人气急且恨。就在这时，谢夫人接到探子的密报——请夫人放心，少主是单恋，那女子似痴恋的另有其人。

什么？什么人能比这般对你的我的儿子还好？！

谢夫人三昧真火直冲九霄。

你哪点配得上我家弈儿，竟敢弈儿对你好，你还瞧不上？

不过，这妮子掺和的事水太深，能不贴着弈儿自然好。谢夫人一直用这句话

256

让自己冷静下来。

杜小曼被接进宫，谢况弈空手而回，终于转头去找了箬儿，谢夫人心怀稍慰。

回头是岸，罢了，人生不当计较太多。

但，又一道晴天霹雳砸下，探子再报——夫人，少主去找箬儿小姐，是让她一道去救那女子。

谢夫人拍案而起，直扑进裕王府，正要把儿子打晕了扛回去，便听到杜小曼爱的告白。

原来如此，呵呵，这是想着做王妃呢。嫌我家弈儿没有凤冠给你戴是吧？

那也得你戴得上啊。

就算你真是郡主，你一个二嫁女子，能捞得到像样的名分？

啧啧，原来你也知道裕王看不上。还道什么情不自禁，仍是惦念着高枝吧？箬儿是个宽厚孩子，你跟了弈儿，起码做个平妻还是有指望的，怎么就这么拎不清？

谢夫人缩回了手，任凭谢况弈把杜小曼扛到了墙边，顺便点翻了几个月圣门的女子。

而后，当谢况弈跃下墙做金蝉脱壳的诱饵时，谢夫人发现，早就藏身在树上的卫棠和孤于箬儿并未带走杜小曼，只是把她小心地藏好在树上。

难道箬儿长心眼了？

那她何必如此尽力救这个丫头？

不对。谢夫人强忍着对儿子的担心，继续潜伏，发现几个裕王府的人手脚麻利地将杜小曼放了下来扛走，明显是早就安排好的。

儿啊，你怎么这么傻，侠之胸怀，不当用在这种事情上啊！

谢夫人咬牙先去替儿子暗中掠阵，待他平安无事，立刻调头，追赶真正装着杜小曼的马车。

侠者，当要兼济天下，但这种事，既然出了力，动了手，就必定要摘到果！

吃不吃是另一回事，先得到手！必须到手！

车飙得杜小曼已快坐不住了，奔过一个大拐弯，几名车夫的其中之一忽然返身扑进了车厢。

马车速度稍缓，秦羽言急促道："就是这里，杜姑娘，快走。"

杜小曼一怔，被那车夫一把扯离座椅，扯向车门处。

杜小曼险些一头撞到门框，只听秦羽言的声音在耳边道："保重。"背后被猛一推，随那车夫一道扎下了马车，滚出道路。

天旋地转，金星闪耀，杜小曼感觉自己的魂魄要从唐晋婳的躯壳中飞出去了，待双耳嗡的一声，灵魂终于还是归回身体内。渐消的嗡嗡声中，眼前渐渐清晰，杜小曼本能地大口喘着气，视线中一团灰褐在不远处的草丛中动了动，顶着草碎叶片向她爬近了些。

"掌柜的，还好么？"

哦，多么熟悉的声音。

杜小曼甩甩脸上的乱发，看着那张憨厚、淳朴、黝黑、陌生的脸。

影帝，我好想把太阳发给你当奖杯。

杜小曼很不好。

天地一直在旋转，小星星持续闪烁。她就像一堆烂木头，现在谁随便拉一下她的胳膊腿，她整个人就能稀里哗啦地散掉。

她一下巴磕进草里。

"好想按个退出键，GAME OVER算了……"

"嗯？"秦兰璪窸窸窣窣地又向她爬近了些。

杜小曼撑起眼皮看看他，再又垂下："我在念咒语，召唤飞碟带我回母星，不想在这里耍了。"

秦兰璪眨眨眼。

听不懂吧？不会给你翻译的！让你体会一下云山雾罩的感觉！

秦兰璪探出前爪，在草上蹭了蹭，碰碰她额头。

杜小曼粗声说："只有发烧才会额头发热，脑震荡不会。"

秦兰璪缩回了爪子，再朝她挪近些，在发际线处抠了抠，把面具揭开些许，露出一块额头，抵上杜小曼的脑门。

"喂，我真没发烧！"杜小曼一抖，欲往后撤，面具的背胶黏住了她的鼻梁。杜小曼想扯开，秦兰璪忙按住脸："嗳嗳，轻点，小心，小心……啊！"

面具终于离开了杜小曼的鼻子，但是也和秦兰璪左脸的眼窝至颧骨处分开了，带着两块应是改变脸型的填充物悬空晃荡着。

"喂喂，歪了，歪了！……呀，眼角那里皱了！注意头发，头发……"

杜小曼忍不住出声提醒。

"你都不随身带个镜子么？"

问出这句话，她不禁脑补璪璪摸出一面小花镜，翘起兰花指轻理鬓发的情形……

呃，略猎奇。

秦兰璪索性一把将面具扯下："吾堂堂男子，怎能如妇人一般随身佩镜？"

杜小曼撇嘴："别歧视女性。"

秦兰璪一把捂住她的嘴，四处张望了一下："此地不宜久留，能动否？"挪身将后背朝向杜小曼，沉声道，"上来。"

杜小曼咬咬牙撑起身，实事求是地说："不了，我觉得你背着我跑不动。"

人的潜力真心无限，其实唐晋媗有一副好身板，关节咔嚓咔嚓响了那么两下，居然，也就，站起来了。

乍一站起，还是晃了一下，秦兰璪一把搀住她："你啊……"

我怎么了？铁骨铮铮一条好汉！

杜小曼试着动了动脚踝："我的腿没事，能走能跑。"

秦兰璪再无奈地看看她，抓住她手臂："若走不动了，莫勉强，一定要说。"带她闪向树林深处。

夕阳由耀眼的金渐渐变成温和的红，越来越浅。

长草绊足，根本看不到路，前方的树林和刚才经过的树林瞧不出有什么不同。

秦兰璪牵着杜小曼，或拐弯，或向前。

杜小曼不禁想问，你真的认识路吗？

但是她改说了另一句话："谢谢你啊，做了……这些。"

秦兰璪立刻瞥了她一眼，眼神特别深邃："我定不会让你有任何闪失。"

"我好感动。"杜小曼这样说着，却在心里对自己叹气。

她的心，已经黑化了，混浊得不成样子。

此情此景，她明明应该内心如有一只小萌兽般扑通扑通地乱撞着，脸热热地想，啊，这个男子，他这样为我，做了这么多的事，他是不是其实深爱着我，而且已爱到了如斯深的地步，我该怎么报答回应这份情感？

但是，她现在脑内想着的却是——

秦影帝这是在安排她逃亡，还是自己也打算开溜？

她又开口问："那个，我一直很想问，萧白客大侠，是不是和你有什么特殊的关系？"

秦兰璪："呵呵……"

看来关系不浅。

杜小曼再问："那我们这是去哪里？"

秦兰璪头也不回道："放心，不是把你牵去菜市场卖了。"

暮色渐浓，林中越来越暗，秦兰璪一手拉着杜小曼，一手拿着树棍扫打草丛向前走，步履急促却坚定，时而还从衣兜里摸出个算命的给人看坟地用的那种罗盘，蹙眉凝视，略一驻足，又继续往前。

看来这条路他不单认识，还非常熟悉。

杜小曼稍稍松了一口气，挥开一只扑棱着撞到她脑门上的蛾子，接着听到秦兰璪欢快地道："啊，居然到了，竟摸对了！"

杜小曼险些一头撞到树上。

摆那么专业的姿态，原来这一路你都在瞎摸？

杜小曼再探头看看，更加无语。

这条路，根本就是朝着夕阳走，怎么都不会偏。因为面前是一道往左往右都看不到头的斜坡。最后一抹霞光晕染在墨蓝天际与漆黑的地平线之间。

秦兰璪指着斜坡下方："下去就能找着歇脚的地方，掌柜的，你说我们滚下去是不是能更快点？"

杜小曼说："要不，你先滚着，我在后面慢慢走？"

秦兰璪又抓住了她的手腕："不行，怎能让你一个人在后面。走下去吧，慢点就慢点。"

杜小曼连白眼都懒得翻了。

斜坡看着短，走起来却跟到不了头一样，幸亏下坡路好走，摸黑终于走到底后，杜小曼吐出一口气："然后呢？再往哪儿？"

秦兰璪又从兜里掏出那个罗盘，抬头看了看天上的星星，再低头看了看盘："这边。"

毕竟是秋天了，素银的月光，带着清幽幽的凉意。

镶满熠熠星钻的夜空像个大碗盖，扣在起伏的丘陵与广袤旷野之上。

杜小曼深吸了一口夜晚清新的空气："你是怎么安排下这条逃走路线的？"

秦兰璪牵着她再走了一段，方才道："孤，毕竟是有一王衔在身。"

璪璪一开启王爷模式，音调都不一样了。

"嗯。"

秦兰璪侧转头看看她："这般的路径，必然得要备下一些，以待不时之需。"

很坦荡。

杜小曼不说什么了。

她的腿真的渐渐开始酸了，就这么一脚深一脚浅的，不知走了多久，杜小曼错觉要继续向前走到地老天荒时，秦兰璪突然道："前面就到了。"

随着二人的移动，前方的树影下，朦胧显露出一抹檐角的轮廓。

这是一处土地庙，只有一间殿堂，居然外面还带个小院。不知是不是被裕王殿下的手下日常打理着，比较干净，神台上竟还有蜡烛供果。

秦兰璪点亮蜡烛，从神台上拿下两个橘子，杜小曼接过一个，剥开皮，尝了一瓣，居然非常甜。

蜡烛的小火苗微微摇摆跳跃，在漆黑之中晕出一小方光亮，引得小虫飞蛾纷纷聚拢。

秦兰璪从外面的水井中拎了一桶水进来，舀起一瓢水递给杜小曼。杜小曼灌下几大口，擦擦嘴角："这地方你是不是来过？很熟悉的样子。"

秦兰璪接过水瓢："初来此地。"

杜小曼由衷地说："那你身为一个王爷，野外生存经验够丰富啊。"

秦兰璪道："虽身囚于金玉之笼，心却常系在天涯。"

算了，影帝正开启着冲击大奖的状态，就由他发挥吧。

秦兰璪喝了两口水，喃喃道："此时，应已到子时了吧。"爬起身，从神台上摸索出三根香，在烛火上点着，插在香炉中。

杜小曼目瞪口呆地看他在蒲团上跪下。

这又换到哪个片场了？

烛光中，秦兰璪面向神像的侧颜甚是虔诚。

杜小曼看看他，再看看神像。嗯，也是，托土地公公的福，能有屋顶遮头，是该谢谢他老人家。

杜小曼遂也在蒲团上跪下，默默念祷，土地公公多谢多谢。

秦兰璪俯身叩首，杜小曼便也跟着磕了一个。

秦兰璪起身，又转向门外的方向，再一俯身。

这又是什么仪式？

哦，可能是谢完土地公公，也得谢谢老天保佑。

是得拜拜老天，大仙小仙各位神仙大人，别再折腾我啦，给个明确的方向吧！

杜小曼砰地磕了个响头，直起身，发现秦兰璪正看着她，双眼亮闪闪的。杜小曼的目光被他的视线胶住，正有点蒙，秦兰璪突然向后挪了挪，看向她的膝盖处。

杜小曼不由得也跟着看，见蒲团边缘有个黑点一跳。

不是吧，小璪璪居然怕虫。

杜小曼不知该做何表情，待那黑点再一跳，一掌拍下去，砰！脑袋撞上了秦兰璪的脑袋。怕虫你还死要面子凑什么热闹嘛，杜小曼揉揉被撞疼的额角，捏住后腿乱蹬的小黑虫扬手："是只小蟋蟀而已，它不咬人。"

秦兰璪看了看那只蟋蟀，轻轻捧住她的手："嗯，就让它做我们婚宴的宾客吧。"

？？？

秦兰璪闪亮的双眼望着杜小曼呆滞的眼珠："你我拜完天地，便该请宾客入席了呀。"

杜小曼卡机了，手中的蟋蟀一蹬后腿，跃地窜逃。

咔嚓嚓，大脑自动进入回放模式。

一拜……

二拜……

第三下……

播放完毕。

镇定，镇定！杜小曼镇定淡定地开口："别开这种玩笑啊，我可还是慕王夫人呢。"

"子时一到，你与慕云潇便已奉旨和离。"秦兰璪双眼温情脉脉，"此时，你是裕王妃。"

妃你个头！

杜小曼凄凉地发现，因这一天实在太折腾，把她所有的精力都耗掉了，自己想抓狂，居然都抓不动了。

"就刚才那几下，你算成拜堂？！啊哈哈，这玩笑好冷！"

"天地为媒，月老为证，三拜礼成。"

成？杜小曼连冷笑声都懒得发出了。

真正摔到头的是璪璪吧。

"这种情况下，就不要开玩笑了。"她耸耸肩，"这叫结婚啊，能得到国家认可吗？"

"既合礼制，便成婚姻。"

"那全天下玩过家家的小朋友都是已婚！"

秦兰璪的目光闪了闪："若你嫌简薄，来日，为夫会设法弥补。"

"……"杜小曼着实没力气再和他打嘴仗了，弯腰舀起一瓢水，"来，喝口水，清醒一下。"

秦兰璪没有接水瓢："你口口声声说喜欢我，为何与我拜堂，却没有一丝欣喜？"

哈，哈哈哈——

如果现在还有力气，杜小曼发誓会用手里的水瓢砸开他的头壳。

敢情被这么耍了，她还得痛哭流涕扑进这货的怀中，欣喜呜咽：裕王殿下甜心，你好坏好淘气好机智哦，居然送给我这么大的惊喜，我真是太爱太爱太爱爱翻你了！

"忘记那件事吧，那是我脑水肿加神经狂乱深度发作的胡言乱语。"

喜欢上璪璪，绝对是她今生最大的一个幻觉、幻觉、幻觉！

秦兰璪忽然不说话了，仍是直直地看着杜小曼。

大概又要换片场了吧。杜小曼不想再跟他这么大眼瞪小眼，自己又灌了两口水，把水瓢丢进桶中。

"游戏结束，你要是想自己玩过家家就继续单耍吧。我真的很累，得睡一会儿。"

她拖着一个蒲团，挪到距离神台稍远的地方。

地面上绝不会只有蟋蟀这一种小动物，但杜小曼也懒得管这么多，刚坐到地上，正要躺下，秦兰璪走到她身边。

"你要做什么？"杜小曼顿生警惕。

秦兰璪脱下外衫，一言不发地递给她。

杜小曼立刻道："啊，谢谢，不用啦。我身上的衣服够厚，盖自己的外套就行，晚上不会冷。你留着自己盖吧。"

她失去意识的这段时间里，身上的装备被换了一套，布质窄袖，裙不曳地，鞋底厚实，适合跑路，杜小曼对此很满意。要是还穿着在皇宫中的那套裙子，简直不能想象跑路时有多狼狈。

外衫落到杜小曼身上，秦兰璪转身离开。

杜小曼抓着衫子望着他的背影。唔？怎么有股晴转雾霾的气息？这又是怎么了？

嗯，璪璪心，海底针，就不要妄自揣测了。

杜小曼枕着蒲团躺倒，从眼皮到四肢都无比沉重。

"晚安，对了……我的衣服……"

"是侍女为你更换的。"秦兰璪背靠神台坐着，缓声回答，"不必担心。"

"啊，我不是这个意思，我是想说声谢谢。还有今天，你做的这些……真的感谢。"

秦兰璪轻笑一声："不用。"

眼皮不受控制地想黏合，杜小曼的脑子却还在转。

有一句话，她其实很想知道真实答案。

为什么，你要为我做这些？

经历了这许多之后，她学到了一件事，就是，有些事，不要问为什么。

得到了帮助，就道谢。

对自己有益处的，便接受。

这样就可以了。一旦问出为什么，事情就不那么纯粹了。

意识被倦意拉扯得愈来愈模糊，也让她紧绷的神经渐渐松懈，她喃喃道："时阑，要是你只是时阑就好了。"

"掌柜的你也不只是你所说的那个人。你曾道你从很远的地方来，你姓杜名小曼，你不是唐晋媗。但后来，你又口口声声自称尚是庆南王夫人，行事亦依照唐郡主的身份而为。"

"嗯。"杜小曼打个呵欠，"我现在还要告诉你，其实我是一缕魂儿，你信不信？"

没有回应。

"真的啊，我真的只是魂魄来到这里，我是另外一个时空的人。所以我才说自己是从很远很远的地方来的。我因为意外死掉了，然后又借助唐晋嬗的身体活了过来，差不多就算换了个人了。所以，我虽然是杜小曼，却不能不当唐晋嬗……"

如果事情能简单化的话，是不是真的非常好？

没有什么打赌的事，就是她被车一撞，两眼一睁，来到另一个时空，有个小酒楼可以做买卖，勤恳经营，那个吃霸王餐的穷酸书生，也就真的只是个书生，当个小伙计，虽然干活喜欢偷懒，但算账还不错，挺爱说话的，可以让人生不寂寞。关键时刻，也算可靠。

"可惜……"杜小曼在浓浓睡意中再打了个呵欠。

可惜一切从一开头就有太多头绪，不能怪现在太混乱。

"我信。"

梦与现实的混沌中，杜小曼隐约听到这两个字。

什么？她努力竖起耳朵，却听到了浅浅的乐声。

曲调甚耳熟，空灵的女声遥遥地唱："都道好梦消夏凉，总把须臾做久长；转头一望千般尽，人生何处是归乡……"

夜风起，檐角铃铛碎碎地响，谢况弈在昏黄的灯火中走来走去。

外墙传来细微声动，有人跃入院来。

谢况弈身形一顿。不对，太轻盈了。是一个人的脚步声。

房门嘎吱一响，孤于箬儿轻快地掠进屋内："弈哥哥，放心吧，小曼姐没事了。"

谢况弈皱眉："她和卫棠在一起？"

孤于箬儿盈盈笑道："不是呀，按照弈哥哥你后来的安排，还是时公子的人带着小曼姐离开的。卫棠哥怕仍有人发现，去帮他们断后了。"

谢况弈怔住："我几时做过这样的安排？不是让你们带着她走么？"

孤于箬儿微微迷惘地睁大眼："不是弈哥哥你和时公子商量好的吗？一旦局面紧迫，就由我扮成小曼姐，引开那些人，这样小曼姐就能万无一失地被救出去了。"

谢况弈一把捉住孤于箬儿的肩："谁说的！我怎可能与那厮串通？！你和卫棠藏身树上等着带她出去，怎会突生出这些事！"

孤于箬儿愕然："但是，树上那人是这样和我们说的呀。"

谢况弈神情一凛："什么树？什么人？"

孤于箬茫然的双眼睁得更大了些，望着谢况弈铁青的脸色："我和卫棠没到树上之前，那人就在那里了。"

谢况弈慢慢松开了手。

孤于箬儿快要哭出来了："弈哥哥，难道小曼姐她……我……我不知道啊……怎么会……"

谢况弈沉默不语，忽而比个噤声的手势，拉着孤于箬儿闪到墙边。

哐！门被重重踹开。

"别拔刀，是你娘我！"

谢况弈离开墙边，沉着脸望着大步跨入的谢夫人和紧随其后的卫棠。

谢夫人脸罩寒霜，看了看孤于箬儿，再将视线扫回谢况弈身上："到外边去，娘有话跟你说。"

谢况弈面无表情，站在原地未动："娘，那树上的人，是你派的？"

谢夫人拧起柳眉："什么树？什么人？你娘我是派了人盯着你。恭喜你高风亮节，大功告成，那姓杜的小丫头被裕王府的人带走了。我跟你爹竟生了个为人作嫁衣的好儿子！你嫌成天没事做么，裕王抢女人你还主动去帮把手？竟还带箬儿犯这种险？混账东西！"

孤于箬儿急忙道："蕙姨，是我自己要跟着弈哥哥的，不关他的事。"

"我并未与裕王串通。"谢况弈脸愈阴沉，"我安排的是由我作饵，让卫棠和箬儿带她出来。"

谢夫人与卫棠也愣住了。

谢况弈再问："娘，你确定她被裕王府的人带走了？"

谢夫人点点头，卫棠道："属下追过去，遇见了夫人，再一道随车去了泉鸣寺。但到泉鸣寺的，只有十七皇子一个。应是半路另有安排。"

谢况弈再度沉默。

中计了。

好一招黄雀在后。

但，为什么裕王会知道他们的救人计划？

歌声越来越近。

不对，好像不是梦！

心中警铃蓦地大响，将杜小曼从半梦半醒中捞出，她努力睁开双眼，眼前却是漆黑一片。

正要撑起身，嘴被一把捂住。

"莫出声。"秦兰璪的声音极轻，呵出的气息微微拂在她耳边，"绕到神台后面去。"

杜小曼点点头，轻手轻脚地站起，勉强在黑暗中辨识着神台的轮廓，尽量不弄出声响地迅速移动。

那歌声愈近，更近，四句词反反复复，婉转空灵。

"都道好梦消夏凉，总把须臾做久长；转头一望千般尽，人生何处是归乡……"

这支歌，杜小曼是第二回听到，歌中这四句歌词，她已见过了三次，两次是听歌声，一次是在秦兰璪别墅房间的那幅画上见到。

亦因为那次见到那幅画，才让她又怀疑过，秦兰璪和月圣门有不寻常的关系。

杜小曼在神台后将呼吸声尽力控制到最轻。

秦兰璪并没有跟她一道过来。

歌声已到门外，停下。门扇吱吱咔咔打开。

杜小曼嗅到一股缠绵的幽香。

秦兰璪轻笑一声："狼狈夜宿月老祠，竟幸得仙子踏歌来。"

"王爷好风趣。"女子的声音柔媚入骨，"妾蒙弃之躯，怎配称此二字。"

嗯？杜小曼八卦的小天线咻地竖了起来。

这句话，听着很有深意啊。

"王爷怎不言语？"女子幽幽一叹，"看来，是早已忘记妾这个人了。"

"孤不曾忘记夫人。"

"同纱帐，共缱绻。雨落芭蕉痕尤在。词如刻，字如镂，妾心似素笺。将此夜夜诵，不奢君挂念。但不曾想，竟是在此情此景中，与王爷再相见。"

哇，听起来，关系相当深啊。

虽然从没指望璪璪身上存在过冰清玉洁这四个字，杜小曼此时心情仍略微妙。

记得第一次听到这支歌的那个夜晚，夕浣仙姑告诉她，唱歌的女子是个并未加入她们圣教的女子，被男人抛弃了，一遍遍唱着这支歌。

始乱终弃了她的那头大尾巴狼，原来就是璪璪。

当然，夕浣的话也得选择性相信。她说这个女子不是月圣门的人，但能把歌唱得柔柔婉婉，又飘扬方圆数里，在不存在电器设备的这个时空，没两把刷子可做不到。

今夜，此女又边唱歌边游荡在深山老林，更倍显不凡。

是怎样的女人呢？杜小曼不禁心痒痒的，想探头看看。

仿佛回应她这一念头一般，烛光亮了。

“只是王爷身边正有佳人，显然不想与妾相见啊。”

“夫人夤夜前来，想必不止为了与孤王叙旧。”秦兰璪终于又开口了，“不妨爽快赐教。”

“妾为何而来，难道王爷还须妾明说？或是王爷不想让郡主姐姐知道你的意图？”

“孤从无任何意图。”秦兰璪的语气从容无波。

“是吗？”女子轻轻地笑出声，“不如让郡主姐姐自己来判断，如何？姐姐已经不声不响，看了很久了呢。”

杜小曼非常配合地踏着这句话的尾声走出了神台背后。

当昏黄灯光下，立在秦兰璪对面的白衣女子的脸映入眼中，杜小曼饱经考验的头壳内，炸开万朵烟花。

她？！怎么会是她！！！

阮紫霁抿起唇角，眼中盛满对杜小曼目瞪口呆模样的满意。

“媗姐姐，此时此地相见，你是否意外？看来妾与姐姐注定今生是姐妹，当要共侍一夫。”

砰，杜小曼的眼前，绽开一团白雾。阮紫霁蓦地响起一声吃痛的娇呼。杜小曼的手臂被一把扯住。

“跑！”

险些被门槛绊了个踉跄，杜小曼迅速稳住身形，被秦兰璪拽着，向前狂奔。

她边跑边甩甩被拉住的手臂：“我自己跑得动！”

双臂甩开，才能跑得更快，一个拖一个，影响速度。

秦兰璪的手却箍得更紧了：“她的话皆是一派胡言，你莫要相信！”

“我知道，我不信，你放开我啊，这样咱俩才能跑更快。”

“真的，相信我，别信她。”

　　杜小曼一阵无奈，边跑边喊话真的很浪费体力降低移动值啊！她不得不憋着一口气喊：“我知道我明白我真懂的我又不是真白痴！她连跟你滚过床单的事都能大大方方朗诵出来，如果知道你有什么邪恶的小计划绝对会痛快爆料，绕来绕去就是故弄玄虚挑拨离间啊——唔……”

　　杜小曼的身体猛地顿住，跟着眼前一黑，唇上一堵。

　　“我与她从未有苟且之事。”秦兰璪抬起头，双手像两个老虎钳子一样箍在她肩上，“清清白白。”

　　杜小曼抓狂地看着他申冤鬼魂般三贞九烈的脸：“大哥，现在是计较这种小事的时候么！跑路要紧。”

　　双唇再被啃住，杜小曼只能挣扎着点头，待秦兰璪一撤开就赶紧喊：“我信我信！我信你清白无辜又纯洁！”拔腿开跑。

　　其实她确实很好奇璪璪和阮表妹两人是怎么搞上的。

　　哦，突然好同情慕云潇。

　　“真的？”秦兰璪幽怨的声音从背后赶上，杜小曼一抖，赶紧再用力点头：“真的！”

　　模糊的前方，似有星星之光一闪。

　　错觉吗？总觉得这闪闪的小光点，是从自己的身畔掠过。

　　杜小曼来不及多想，再往前卖力跑，奔出一截后，又觉得不对，背后太空落了。

　　她猛回转身。月光下，秦兰璪已被她拉开了一段距离，奔跑的姿态有些奇怪。

　　杜小曼向他迎过去。秦兰璪连连挥手，示意她快走。

　　“方才被草绊了一下罢了，快跑。”

　　“阮紫霁好像没追来。你真的只是绊了一下？”杜小曼皱眉，璪璪似乎在强颜欢笑。

　　“喂，你别来受伤了不说，口口声声我没事的你快走那套啊，咱俩现在是一根绳上的蚂蚱。”

　　她一把按住秦兰璪，秦兰璪突然一个摇晃，向地面栽去。

　　杜小曼忙想架住他，一个男人的身体终究远沉过女人，杜小曼一个趔趄，和秦兰璪一起摔在草丛中。

　　树木荫蔽处，一只手不禁又欲一抬。

"君上。"一双柔荑及时地抓住了这只手的衣袖，"裕王尚有些用处，万望以大局为重。"

指间寒光收回袖中。

遥遥远处，杜小曼正在手忙脚乱地检查秦兰璪伤在了何处。

罢了，就让此废人且再得意一时。

树影中人一挥衣袖，无声无息没入更远更深的夜色。

"喂，你到底伤在了哪里？"杜小曼着急地吼。

璪璪似乎意识有点模糊不清了，杜小曼不敢乱动，一面凑着微弱的亮光寻找他的伤处，一面警惕地抬头四望。

奇怪，没有追兵。

难道阮紫霄暗算得手后，就退了？

如果是在背后放的冷箭，那么要不要翻个身？

她正欲推动秦兰璪的身体，秦兰璪又模糊地呻吟了一声。

杜小曼不敢再继续了，秦兰璪自行回身，头歪向一边，一动不动。

杜小曼心中一凉："时阑，时阑，璪璪，你别吓我啊！你……你……"

她颤抖着伸出手指。还好，鼻子下面有气。只是好像气息越来越弱了，怎么办？

怎么办？到底该怎么办？！！

杜小曼焦躁无比，忽然，一团黑影扑棱棱从天而降，直扑向她。

杜小曼吓得大叫一声，挥动手臂，那黑影喳喳叫着，绕着圈儿仍欲往她身上扑。杜小曼正慌乱地挥臂捂脸，又听到马蹄声响。

月光下，一人策马直向此方驰来。

杜小曼心怦怦猛跳，一咬牙，拔腿便往另一个方向跑。

各位神仙们，保佑保佑！反正我不怕死！是追兵千万跟着我来！

黑影扑棱棱追逐，喳喳啄着杜小曼的鬓发，马蹄声越来越近。

"唐郡主，是我！"

女子的声音。

杜小曼没头没脑继续往前奔。

马匹越过她，马上女子一勒缰绳，骏马咴的一声，前蹄扬起，横拦在杜小曼前方。

"郡主，王爷命我前来接应。王爷在何处？"

杜小曼停下脚步。一直追着她的黑影蹲上她肩头，原来是一只鸟，喳喳叫了两声，伸喙一下下啄着杜小曼鬓上某根钗子顶端的小珠。

女子翻身下马，向她走来。

杜小曼控制着喘气声，眯起眼。

这女子依稀是影帝后宫的美人之一——南缃。

但是，真的只是如此么？杜小曼沉默着，她现在什么都不太敢轻信。

南缃亦发现了她的戒备，又开口："王爷说要把郡主送出，命我等接应。但闻王爷与郡主一道，为何只见郡主，不见王爷？"

杜小曼又往后退了一步："这是南缃姑娘养的鸟？"

南缃道："此鸟名连翠，乃番国进供，好食草珠果。王爷因夜中不便举火，就在姑娘的钗子上缀了草珠果，涂其汁液，以此鸟辨之。情况紧急，待回头细说，王爷在何处？"

该相信么？杜小曼仍沉默。

南缃冷笑："难道郡主还怕我有意加害你和王爷不成？"解下腰间短剑，抛给杜小曼，"郡主可拿剑架在我颈上。"

杜小曼汗颜地接住短剑。妹子，别怪我多疑，因为最近上演的剧情太玄幻，我当真看见一个人就肝颤一下。

"你们王爷受伤了，伤得很重。"

南缃一把揪住杜小曼："王爷到底在哪儿？！"

杜小曼引着南缃到了秦兰璪昏迷的所在。

南缃丢下缰绳，向草中扑了过去，杜小曼拔出短剑，她肩头的鸟喳喳飞起，又落下。

"王爷！"南缃跪倒在秦兰璪身边，转头看杜小曼，"王爷他到底伤在何处？"

杜小曼暗暗松了一口气，握短剑的手垂下："我也不清楚，他突然就昏过去了，我没敢乱动。"

南缃直起身，朝某个方向打了个呼哨，稍后，一小簇人影由远处快速向此处移来。

杜小曼又握紧了手中的剑柄。

那簇人还带着一辆小马车，转瞬到了近前，南绡疾声道："王爷受伤了，快！"

有两条人影迅疾跃众而出，扑到秦兰璪身边，一人摸索着拿起他的手臂把脉。南绡道："亮火把！"

那两人一怔。

南绡斩钉截铁的声音中带着一丝颤抖："亮火把，王爷伤势重要，管不了其他！"

随后的几人中有人应了一声，星星火光闪起，继而化作明亮火焰，灼灼于木柄之上。

草中秦兰璪的脸被照亮，泛着青乌之气，如死人一般惨白。

"王爷腿上中了暗器，淬有毒。"先到的两人中，把脉的那位短须瘦削中年似是个大夫，简短下了判断。

"什么毒？"杜小曼和南绡几乎同时发声。

那人视线一扫她二人，仍垂下眼眸看秦兰璪："尚不能确定。"

南绡道："先将王爷抬上马车。"

那人又抬起眼，先看了一眼南绡，再看看杜小曼。

南绡硬声道："就这么办！责任我担！王爷这样子像还能拖么？没了王爷，其他人什么也不是！"

那人略一点头，又有几人上前，轻且稳地托抬起秦兰璪的身体，送上马车。车中亮起灯光，火把熄灭。

南绡欲跟着上车，那瘦削中年道："夫人请且先在外等候。"

裕王府的随从们抖开厚布，将车窗车门牢牢遮蔽。南绡退回身，看了看沉默地站在不远处的杜小曼，向她走来。

"郡主，这些车和人手，本是王爷为你安排的。但，此时情形……想来不用我多说，郡主也能体谅。"

杜小曼点点头。

南绡又道："王爷为郡主做这些，都是他自愿的。王爷做事，从不图人感恩，郡主不必有负担。"

杜小曼再点点头。

南绡再从怀中取出一个钱袋："这些钱，郡主收下吧，本就是王爷为你准备的。"

杜小曼接过。

南绡发现她实在太能装傻充愣了，居然仍站着，索性就把话彻底挑明。

"本来，当由我和薛先生送郡主，其他人护送王爷回王府及断后。但此时，已不能这么做了。山长水远，郡主一路多保重。"

杜小曼道："嗯，好。"仍然没动。

南绡道："郡主请即刻离开吧，免得夜长梦多。为了送郡主，我们王爷都变成这样了。想来郡主也不愿让王爷一番心血白费。"

杜小曼仍没动，她知道按照南绡此时此刻的心情，这么对她已经是客气的了。但这妹子明显不清楚，必要的时刻，她杜小曼脸皮的厚度可以无极限。

南绡忍了忍，又要再开口，这时车帘一挑，南绡忙转身向车门处扑去。

杜小曼也快步跟过去。

"毒针已拔出，毒无甚大碍。万幸伤在大腿处，否则再往上稍……"薛先生忽醒悟此情景下说出有些不妥，便收住了口。

南绡松了一口气，拽住薛先生问王爷有无醒来之类，得到答案后，方才转头，只见方才在跟前的杜小曼已不见了。

再一转眼，遥遥一个身影在月下走向远方。

杜小曼踏草向前。

夜风袭来，吹透她因之前汗湿的衣服，微有寒意。杜小曼抬头看看天想，要走到哪里去呢？

完全没有方向，没有目标。广阔天地，却似无她容身之处。

空茫世间，仿佛只剩下了她一个。

对这个世界来说，她始终是个外人吧。

她的内心，被一种从未有过的寂寥苍凉感攫取。

转头一望千般尽，人生何处是归乡……

方才阮紫霁唱的这支歌萦上杜小曼心头。

唉，终于我也会触景吟诗了么？她不禁唏嘘。

这首诗，又与璪璪和阮紫霁，各有怎样的联系？

璪璪一副欢哈皮的模样，揽三百绝色游遍万水千山，宁景徽膝盖都跪肿了，追着赶求他当皇帝，他鸟也不鸟，跟这诗有点不相称啊。

"喳喳——"杜小曼鬓发又动了动，她恍然发现，那只鸟居然还尾随着她。

"喂，你对食物真执念啊。"

鸟儿再度蹲上她肩头，杜小曼拔下那根钗子，鸟儿扑扇着翅膀，伸颈啄食，又蹦蹦跳跳跃到她手臂上，啾啾喳喳。

杜小曼不禁笑起来："你跟你主人还挺像呢，话都这么多。"

说起来，刚才那个大夫的言语，如果她没会错意的话，那毒针再往上一点点，璪璪就……

她的嘴角抽搐了一下，忽而想起之前看到的那点寒光。

发暗器的人不在身后，而在前方。

为什么发了暗器后，便没有其他攻击了呢？

难道对方是只针对璪璪，的确想要他……死？

哇，这恨，不一般啊。阮紫霏和璪璪之间，到底有过怎样的过往？

阮紫霏如此身手，定然另有来历。是月圣门的人，还是和绿琉碧璃一样，是被宁景徽一党培养的灭菇女？

璪璪是被宁景徽看好的皇帝人选，说不定月圣门也察觉了这一点。如果阮紫霏是月圣门的人，那么接近璪璪大概是为了刺探。若她是宁景徽那边的，大概也是一种美人计吧。

阮紫霏如此喜欢在夜里唱歌，不管这俩人怎么认识的，究竟进展到哪个字母，花前月下看来是有的。

女特工和任务对象，擦出了纯爱的小火焰。

或许就是在这样一个月夜，既然璪璪说是纯洁的男女关系，那么就当只是两人依偎着拉着小手在芭蕉旁吧——

"璪哥哥，这支歌美不美？"

"美。它美，你更美。"

"璪哥哥你好坏哦，人家说真的啦。就把这支歌，当成只属于我们两个的歌曲，好不好？"

"呵呵，好，霏妹妹你喜欢什么，就是什么。"

"那么，我把它题在画上。璪哥哥你一定要把这幅画带在身边哦，当我不在你身边的时候，看到这幅画，就当看到我了。一定一定只想着我一个人哦，不许想别人。"

"嗯，一定一定……"

呃，璪璪义正词严地强调他们关系很纯洁，下面的场景就不多做想象了。

然后呢，璪璪察觉到了什么，或是阮紫霁为了什么必须回到云潇表哥身旁，总之两人分开了。

直到庆南王府再相见。

四眸相对，无言胜万言。

璪哥哥，你为何这么这么冷淡、这么这么绝情地看着我？我虽在表哥身边，但我的心到底属于谁，你，难道不懂么？

霁妹妹，那段过去，已是过去。祝你和云潇幸福！

璪哥哥……你……你……

唔，在这个历史性的时刻，其实她杜小曼打酱油路过了一下下来着。

"今日孤甚是尽兴，多谢云潇款待。有如斯佳人在侧，也难怪外面传闻说，你对那位一本正经的郡主夫人冷淡得很了。"

当时从门缝里听到的璪璪退场台词应该就是这么说的。

现在品一品，这话里，还是含了一丝璪璪自己可能都未曾发觉的幽酸哪。

再然后呢，发现璪璪居然和"唐晋媗"搅和在了一起，阮紫霁一定怒火冲天。

不论阮紫霁是什么人，她对唐晋媗的恶意，杜小曼从不怀疑。

璪哥哥，你竟然，在忘记我们的种种之后，和这个女人搭上了！你居然，忘记了我们的歌，忘记了我们的誓言！

你好绝情，好残忍！我不能忍！

好吧，既然你我今生不能化作鸳鸯比翼飞，我就让你们这辈子只能做姐妹！

小毒针发射！BIU——

嗯嗯，很合理。用文言一点的话说，想象与真相虽必有偏差，但差不远矣。

我真是个推理人才。

"喳喳——"鸟儿在杜小曼手臂上跳了跳，歪头看她，豆豆眼在月光下亮晶晶的。

它颜色和牡丹鹦鹉很像，翠绿的背羽，胸脯处有一簇嫣红，凑着光看，好像还有两坨腮红。

这么花哨，不愧是裕王府的。

"你长得很美呀。"

鸟儿挺了挺胸脯："喳喳……"小表情也颇随主人。

杜小曼正要再拿簪子逗逗它，鸟儿突然炸起毛，紧张地四处张望，扑扇了两下翅膀，抛下杜小曼，扎向天空。

一簇簇火光，在前方亮起。

杜小曼看着火光中的那人，忽有种无力的空虚。

折腾了这么多，都是为了什么呢？白费力气。

就跟绕着辘轳跑的小白鼠一样，气喘吁吁自以为奔出十万八千里时，此人伸指弹弹笼子，上帝般示意——看清现实，别做梦了。

她耸耸肩："右相大人今晚看了场好戏吧？想来得到很多乐趣。"

裕王中毒昏迷那一段，你是不是袖手旁观得十分心安理得？你就这么相信他皮厚命硬，没事死不了？

还是，死了也无所谓？

宁景徽居高临下踞于马上："多谢郡主让本阁得以赏此月色。请吧。"

杜小曼大跨步向打起帘子的马车走去，在车前停下回身："希望……"

宁景徽简洁打断她的话："郡主离宫之后，便径回府邸，别无他事。"

杜小曼点点头："多谢。"钻进车中。

幽暗灯下，秦兰璪的眼睫动了动。薛先生松了一口气，向车外示意，南绸欣喜地扑进车中。

"王爷，王爷！"

秦兰璪拧眉怔了片刻，欲撑起身："你怎会在此？她呢？孤这是身在何处？"

南绸半跪在榻旁："唐郡主已自行离开。是奴婢自作主张，奴婢接到王爷的谕令，就赶紧与薛先生会合，赶到此处。因王爷伤得重……"

秦兰璪脸色大变，猛地翻身而起，南绸扑住他衣摆，双膝着地："王爷请小心伤处。奴婢知罪，甘愿领责……"

秦兰璪一把抓住了她手臂："你说，接到了孤的谕令？"

南绸惶然抬头："是，王爷着人捎信，让奴婢到此，说唐郡主乃女子，若护送她离开，须有女子陪伴才妥当。"

火光随灯芯噼啪声跳跃，秦兰璪脸色铁青："孤从未下过此令。向你传话的，是谁？"

南绸的目光呆了一下："是名男子。王爷的随从奴婢原本也不是都认得……"

秦兰璪的手又一紧："她往哪里去了？"

又是高墙，又是层层叠叠的庭院，又是空荡荡的小屋，又是在一根蜡的照耀下，与宁景徽对面而坐。

宁景徽的双瞳在烛光下深不可测，充满了一个操控全局的BOSS应有的气场。

"姑娘与唐郡主容貌仿佛，如同一人，且从来都避讳言及来历。此时本阁不得不再度询问，请姑娘如实告知，你到底是何人？"

杜小曼坦然道："一个被你们牵连进来的路人。我说右相大人，你如果这么好奇，这么怀疑，何必还要用我当棋子？放我走或者灭了我不就行了？反正我不想多说什么，有本事你就自己查吧。"

宁景徽仍望着她，连目光都没动摇分毫。

"只因姑娘总出乎本阁意料之外。既是合作，当须信任二字。"

杜小曼毫不客气地说："这算合作？相爷您就别开玩笑了。您这招欲擒故纵已经充分证明了，我逃不出你的手掌心。我也知道大人你有多厉害。放心吧，我不会再跑了。只要你遵守诺言，别牵连其他人，你让我做啥我就做啥呗。"

宁景徽双眉微敛："听来，姑娘被本阁带回，似乎很不心甘情愿。"

废话，谁逃亡了半天命都快没了，发现BOSS在终点彩带前蹲着，还会心情甜得像块糖？

"呵呵，我只对相爷的神出鬼没料事如神钦佩不已。"

宁景徽的目光仍定在杜小曼脸上，似乎比刚才更加深不可测了。

"相爷，求您老人家就痛快给个指示吧。"杜小曼诚恳求教，"您到底打算让我干啥？"

宁景徽双眉复又舒展，淡淡道："本阁所托之事不变，仍是四个字，顺势而为。"

"禀王爷。"随从擎着火把，细细查看地面，"郡主应是在这里被拦下，转回京城去了。蹄印像是官家马匹踏出的。"

薛先生与另一随从左右拦住了欲下车的秦兰璪。

"你等先回京城。"秦兰璪打起车窗帘，面无表情向草中那随从道，"有多快就赶多快。寻一家白麓山庄的店铺砸了，让谢况弈速到府中见孤。"

随从领命，没入夜色。

秦兰璪摔下帘子："返京。"

鸡鸣三遍，东方见白。守城兵卒刚新换到岗，两匹马拉着一辆小车踏风破雾，驰至城门前。

左右兵卒刚欲拦下盘问，马上车夫亮出信徽，兵卒忙施礼让开道路。

马车疾奔入城，刚转过一条街道，一道黑影自屋脊掠下，随着挡开护卫的暗器刀剑的脆响声撞入车内，长剑将将擦着秦兰璪的脖颈钉入车壁。

"这么脓包的护卫，你能活到如今，真是命大。"谢况弈一把揪住秦兰璪的领口，"她怎么样了？"

秦兰璪盯着谢况弈近在咫尺的双眸："谢少庄主既然不相信孤，何必将她留下？"

谢况弈反手将扑进车内的侍卫和南绡劈出车外，拎着秦兰璪领口的手一紧："少卖乖！你施诈将她骗下，可真保证得了她平安？！"

秦兰璪目光一顿："看来，告知十七和你欲做两道障眼法，留她由本王带出京的，的确不是你的人。"

谢况弈一怔，继而皱眉，手又往上一提。

车外遥遥马蹄声近。

秦兰璪抬手示意抢着兵器欲护驾的侍卫停下："来者何人？若有口信，入车禀报。"

小近侍应传进车，见眼前情形，先愣了一下，方才低头战战兢兢道："禀王爷，宁相着人到府中转呈，人他已带回，请王爷安心休养。"

谢况弈松手收剑，秦兰璪跌回榻上。

"我亦要去见宁景徽，你可不用下车。"

谢况弈冷冷道："我与你这种人，从不同一路。"

秦兰璪袖手不语，待谢况弈一下车，便向近侍道："着宁景徽来见孤。"

车外飘来谢况弈一声渐远的嗤笑："他真能听你的？"

小近侍壮着胆子抬起眼，秦兰璪正色道："起驾，去宁相府。"

左右皆劝阻，薛先生与南缃入轿苦劝，连小近侍都鼓起勇气，大胆进言："王爷岂能轻易纡尊降驾临臣下之宅？"

秦兰璪道："宁相乃国之栋梁。皇上尚屡次降阶亲迎，孤去他家里坐坐，有何不可？"

左右便不敢再言。

南缃跪下道："奴婢不便再跟随，自先回王府领罚。"

秦兰璪颔首："你先回去吧。不必言及罪罚。此事另有曲折，非你之过。"

南缃抬眼看了看秦兰璪泛白的脸色："奴婢逾越造次说一句，王爷如果身子有什么……只怕那唐郡主也不会心安。王爷只当……"话未说尽，自己苦涩一笑，"这句话，王爷必然听不进去。我竟然也成了说这种话的人。"再一施礼，道声告退，转身离轿。

此情此景，左右侍从更不好再多说什么。薛先生只能先拿了点应急的药丸让秦兰璪先服下，车轿调转方向，径往宁相府。

宁相府门外迎者寥寥，出门迎驾的总管道，右相大人早朝未归。

裕王府近侍不禁动怒呵斥。

总管又道，并非对裕王殿下不敬，乃是相府人本来就少，能出来的都出来迎驾了。右相大人的确尚未回来。

近侍再要怒斥，秦兰璪挑帘道："孤本就是简行而来，如此相待，恰正合宜。只是孤腿脚不甚灵便，既然宁卿尚未回来，孤便先进去，仍在轿内等他。"

宁府总管再不卑不亢，到底不敢让裕王殿下等在大门外，便跪迎车轿入府。

秦兰璪挑着车窗帘，颇兴致勃勃地张望："宁卿府邸竟是如此素雅清幽，恰如其人。早知孤应该常来坐坐。哦，那里，就停那边树下便可。"

总管算是见多识广，却从不曾面对如斯不像样的局面。此情此景，若被礼部和御史台得知，弹劾的奏折必然能把自家相爷和裕王殿下各自埋了。总管只能赶紧让人抬来软轿，叩求裕王府的侍从们转禀裕王殿下，请裕王殿下移驾上厅。

秦兰璪直接透过车窗向他道："罢了，孤的确腿疼。且孤性喜自然，这般清幽美色，正宜赏玩。"

总管战战兢兢道，后面花园更美更清幽，更宜赏玩。

秦兰璪含笑道："一日之中晨尤重，前院之于府邸庭园，便恰如清晨之于一天。晨光之中，细品前庭之景，恰恰相宜。"

总管只能无言叩首，爬去准备进献的茶果。

秦兰璪一边品茶，一边倚着车窗赏景。同行侍卫隔一时便有一个要方便，总管心知必有玄机，但又不能不让去，就吩咐引路的小厮牢牢盯住。

裕王府的侍卫们去了又回，却从没拐过弯路。

日头渐渐升高，宁景徽仍未回府。

相府的下人已进了三遍快六十道茶果。薛先生又向总管道，凉寒之物不宜多，若有温补的粥羹更佳。

这么多果子点心还没吃饱，这是打算在相爷回来之前再用个早膳么？

裕王殿下的胃口真太好了！

薛先生像是察觉到了总管内心的惊诧一般，微微一笑："王爷昨夜过于劳累，此时须进补些，劳烦了。"

昨夜，劳累，补养。打理清静相府的总管不禁老脸微热，恰好见一如厕归来的年轻侍从未经传报，径直大步进了裕王的车轿中。

车轿的窗帘和门帘立刻就落下了。

"这便去吩咐厨房，就先告退了。"总管向薛先生拱手，转头立刻悄悄吩咐，将过来这边服侍的人都换成年岁长些老成持重的，年少者一概不得近前。

"谢少侠竟回心转意，愿与孤这种人互通有无，甚欣甚喜。"

秦兰璪含笑望着进入轿中的谢况弈。

谢况弈一脸少废话的表情，简洁道："没找到她，这宅子里有没有密室？"

秦兰璪道："宁景徽的府邸，我如何知道？不过依他平素行事，不像会在府中搞这些弯道。"

谢况弈瞳孔一缩："你的意思，她被藏在了别处？"

秦兰璪笑吟吟道："谢少侠可去找一找。我正腿伤，行动不便，属下亦不中用，就不拖谢少侠后腿了。"

谢况弈抱起双臂："看来你笃定能从宁景徽处问到结果。"

秦兰璪靠上车壁："看来谢少侠要相信本王了。"

谢况弈硬声道："昨日在你府邸水榭那里，有些事我都听到了。我江湖中人不问朝政之事，更不想被拖下水，我只想带她出去，她跟这些不沾边。"

秦兰璪道："宁景徽托人带话给我，说人在他手中，那么必然是要告知我她的下落。至于为什么此时仍在故意拖延，就不得而知了。"对谢况弈的后一句话丝毫不表态。

谢况弈轻哼一声，转身出轿，寻机去茅厕处把那名被打昏了的侍卫换回，继续埋伏在屋檐上。

秦兰璪喝下半碗粥时，宁景徽终于回府，即刻到轿前拜见，态度恭谦。

左右撤开粥碗，秦兰璪向宁景徽道："宁卿，皇上已罢朝数日，不知今日卿上的是哪个朝？"

宁景徽道："禀殿下，府中下人无知，误报臣行踪，罪当重罚。敝舍厅室寒陋，斗胆请殿下纡尊移驾至厅中片刻。"

秦兰璪要起身，到底腿伤，暂不能动，身形一晃，左右连忙挽住。

宁景徽见此情形，神色亦是一凝，忙命左右将软轿抬来，扶秦兰璪上轿去厅堂。又道："谢况弈侠士是否亦在寒舍？请一同移尊到厅堂。"

秦兰璪在软轿上回头向宁景徽道："他应该是听到了，肯不肯出来就是另一回事了。"

话未落音，一条人影从天而降，正落在他轿边。宁府仆从中有胆小的吓得叫了一声。

侍卫家丁欲拔兵刃，宁景徽抬手制止，向谢况弈道："请。"

内庭，正厅。

侍婢奉上香茶，退出门外，合上门。厅中只剩了秦兰璪、谢况弈和宁景徽三人。

宁景徽向秦兰璪躬身："王爷驾临，谢侠士到访，想必都是为了唐郡主。"

秦兰璪道："宁卿，你知道，她并非唐郡主。"

宁景徽道："臣仅是代指。"

谢况弈皱眉："她跟你们这些事无关。昨天的事都是你使的诈？她到底在哪里？"

宁景徽神色平静道："宁某也不知道昨天的事到底是怎么回事。谢侠士与王爷联手设下的这出层层叠叠的连环幌子，宁某未能看穿。本来宁某已不做打算了，岂料忽然有人传信，告知王爷与唐郡主将要路经的地方。宁某本着宁信其有之意，亲自率人前往，果然遇见了唐郡主。"

谢况弈的表情凝住了。

秦兰璪神色亦一变："若宁卿说的是实话，这事便蹊跷了。"

宁景徽再躬身："臣可拿性命为誓，绝无虚言。"

三人互相扫视，片刻后，秦兰璪缓缓道："那就把这件事彻底捋一捋。首先，孤是到了皇宫门前，将她带回裕王府，安排了一些人带她离开。但孤知道，谢少侠可能会到王府救她，所以，当情况有变，谢少侠确实来了，并要带她离开时，孤并未阻拦，而是到前厅绊住宁卿。然，有一人却告知孤安排下的人说，谢少侠怕宁卿太厉害，不好脱身，因此与孤合作，设下两道障眼法，让她由孤这边带离……"

"一派胡言！"谢况弈冷冷截断他话尾。

秦兰璪道："孤亦可赌咒，若有虚言，让我此时毒伤崩发立毙。"

宁景徽叹息："王爷何必言重至斯。"

谢况弈轻哼："那这回真是鬼大了。我怎可能打算跟你这种人合作？"

宁景徽道："望谢侠士言辞谨慎。"

秦兰璪道："孤不介意，宁卿莫打断他。"

谢况弈不耐烦地扫了他二人一眼："我只想把她带出来，就叫其他人预先藏在树上，我下去调虎离山，他们带她离开。但是，在我去水榭接她时，有裕王府的人捏谎告诉他们两个，我跟这厮合作了，我让他俩也去行调虎离山计，把她留给这厮带走。"

厅中一时寂静，三人再互相扫视，片刻后，宁景徽开口道："那这就有趣了。自称是裕王府的报信人，让谢侠士把唐郡主留给王爷，而后又有自称是谢侠士所派的报信人，让王爷带着唐郡主离开。然后臣这里又接到报信，告知王爷与唐郡主的所在，让臣去拦截。"

秦兰璪盯住宁景徽："不知给宁卿报信的人，有没有自称来历？"

宁景徽微微颔首："有。这就是最有趣的地方。给臣报信的人，自称是受唐郡主所托。"

嗯？这是何处？

杜小曼站在茵茵翠草中，环视四周。

鸟鸣婉转，繁花迷眼，是谁家庭院？

一只彩蝶蹁跹飞过，遥遥有人在唤："媗媗……"

她循声望去，树荫中，一袭浅玉色长衫踏着落叶而来。

"媗媗……"

杜小曼目瞪口呆，五雷轰顶。

神啊，慕云潇怎么又钻出来了？

还没呆完，杜小曼又更惊悚地发现，身体居然自己动了起来。

她提起裙摆，向慕云潇奔了过去。

慕云潇望着她，唇边挂着一抹腻死人的笑。

杜小曼心中一寒，脚下一绊，一双手扶住了她。抬起头，她发现自己正被慕云潇圈在臂弯中。

她想要挣扎，身体却完全不听使唤，只能与慕云潇直直对视。慕云潇轻轻松开了她："你呀，总是冒冒失失的，脚踝可有崴到？"

杜小曼简直忍不了了，比这更忍不了的是——

她居然，低、下、了、头！

似乎在慕渣面前摔了一跤，让她很羞涩。

然后，她又轻轻摇了摇头。

那手，那手是在娇羞地捏衣摆吗？神啊，这到底是怎么回事？

头顶传来慕云潇如释重负的声音："没有就好。"

她的视线突然定住，慕云潇的左臂处似有一点红色。

她不禁抓住了慕云潇的衣袖，浅玉色的薄绸上，一抹猩红洇开。

是……血？

"你受伤了？"

她一阵焦急，不顾男女之妨，掀开了慕云潇的袖子，不禁倒抽一口冷气。

那手臂上，缠着厚厚布条，已被血渗透。

颈边的寒毛陡然竖起，她心里一惊，慕云潇右手轻轻抚在她的肩上，抽回左臂："没事，骑马的时候擦了一下，已上过药了。可能方才跃墙的时候又崩开了。"

"可是……"她的眼前一阵模糊，慕云潇举起一块锦帕，轻柔地擦拭她脸上的潮湿。

"莫哭，真的没事，尚可抚琴。我新制了一曲，弹给你听？"

"我不要听了。"她又抓住了他的衣袖，"你手臂伤这么重，还是莫要用力。"

"只是皮肉伤罢了。"他温柔地携住她的手，"此曲今日若不让你听到，怕我最近都睡不着觉了。"

她的心中一悸，有暖流涌动。

"那，只此一曲，只此一遍。"

慕云潇低低嗯了一声，牵着她的手走向花丛中的凉亭。

他的手微微带着凉意，在这样炎热的天气里，很舒适。她好想凉亭在十万八千里外，永远就这么被他牵着手。

然而凉亭一下就走到了，石桌上摆着琴。

不错，是她摆的。

以往搁置在角落，看都懒得看一眼的琴，而今被她亲手一遍遍擦拭，从不让侍婢们触碰。还偷偷翻查古书，学习调弦和养护，常常抚着琴弦出神，被姐姐嘲笑说，光想不练这辈子都摸不着调。殊不知，她只是在想着他的手指拂过琴弦时的模样。

他坐到石桌边，抬袖抚上琴弦。清泉流水轻叩暖阳，蜻蜓逐絮，蝶戏百花。

真美的曲子。

她执起壶，往玉盏中斟上她亲自沏的花茶。

想要一辈子就这样待在他身边。就算吃糠咽菜，穿粗布衣衫，能每天这么携手相依，抚琴饮茶便足矣。

"潇郎，若父王不肯应允你我的亲事，就算与你到天涯海角，我也愿意。"

曲声停，他侧首，深深凝望着她，双瞳如在阳光下看起来浅而清澈的池水，让她误以为，下一瞬，他就会说，我带你走。

他抬起手，替她将鬓边散下的发丝掠到耳后。

"嫒嫒，我怎能让你受这般的委屈？不论用何方法，我定会以最风光盛大之礼，娶你为妻。"

她的心中一震。

浑身也一震。

杜小曼猛地睁开双眼。

"怎么可能是她？"谢况弈脱口而出。

宁景徽缓缓道："宁某亦怀有甚大疑问。前来报信的人用飞镖传信，宁某并未看到形容。将唐郡主请回后，宁某便言语试探，发现唐郡主的确不知情。"

秦兰璪道："看来，这三拨报信的人，可能幕后主使都是同样的人。"

"那拐这么多道弯到底想做什么？"谢况弈眉头紧拧，"先让我把她留给你，然后再让宁景徽把她带回去，耍人玩么？总不能只想看我等跑圈吧？"

宁景徽道："宁某发现唐郡主不知情后，便猜测，此事不外乎两个可能：其一，报信人不想唐郡主被裕王殿下带走；其二，报信人希望唐郡主落到宁某手中，以便达成什么目的。"

谢况弈追问："什么目的？"

秦兰璪道："先不用管这可能还是那目的，宁卿，话既已说到此处，你是不是也该说一说，她此时到底在何处？"

宁景徽云淡风轻道："臣正要禀明此事。报信之人究竟是何目的，尚不得知，于是臣就索性以不变应万变，仍将唐郡主送入宫中了。"

"你——"

"你！！！"

谢况弈脸色大变，秦兰璪手中茶碗掼下，两人几乎同时起身。

谢况弈抓向宁景徽领口，宁景徽后退一步。

"皇上已下旨，纳唐郡主入宫承御，拟封昭容，尚未赐封。"

"娘娘，该下轿了。"

杜小曼面前的轿帘掀开，逆光中，宫装少女笑脸盈盈。

杜小曼晕头转向地钻出轿子，面前是高高宫墙。

这……她的意识尚未从方才那个晴天霹雳的绿帽潇逆袭之梦中完全拔出，大脑努力转动。

是了，和宁相爷谈了个云山雾罩的天之后，她被带下去沐浴更衣，然后就被领上了一顶轿子。因为折腾得实在太累，她连到底要让她做什么都懒得问，就在轿子里呼呼睡了过去。

再然后……

原来是再进皇宫啊！再进就再进呗，搞得玄玄乎乎的，说"仍是顺势而为"做什么？

算了，以后宁景徽再说这四个字，她就能直接转换频道了，算是为掌握一门特殊语种又上了一课。

宫女们左右搀住了杜小曼。一位老公公柔声道："娘娘请这边行，小心着些脚下。"

杜小曼浑身直不自在："你们直接喊我郡主就好，不必称我娘娘。"

老公公掩口一笑："哎呀，这可不成。娘娘以后得习惯这个称呼。从今往后，娘娘可不只是郡主娘娘，更是侍奉皇上的娘娘。并娘娘自己的称谓，也得改改了。"

啊？什、什么？

幻觉吗？

刚刚好像听到了什么了不起的句子……

侍、奉、皇、上、的、娘、娘？！！！

"你既然这么爱位高权重的男人，朕便成全你。进宫来，做朕的嫔妃。"

"朕会封你妃衔，令你受众人艳羡。"

皇帝妹子阴森的台词回响在脑中。

OMG，于是我现在就是，后宫的一分子了？

娘娘，哦呵呵……

宁相爷，您真英明果断有效率，虽然一人做事不当牵连家人，但我真的好想问候你祖先……

望着眼前深深宫院，层叠殿阁，迤逦飞檐，杜小曼觉得，下一秒，就会有哔叽哔叽的提示音伴着礼花彩带花瓣响起——

哦耶哦耶！系统提示，恭喜达成支线A，深宫怨妇结局！

悠悠二胡声中，又有深情的旁白：从此，这个女人，就在这深深的宫殿中，以一名深宫怨妇身份，度过了孤独幽怨的一生……

伴着旁白的尾音，北岳帝君脚踏光芒四色的"GAME OVER"，面带微笑，华丽丽地从天而降。

哦，突然，好希望这些能真的发生！

"她进不得宫。"秦兰璪紧盯着宁景徽的双眼，"今日子时，孤与她在月老祠中拜了天地。她已是裕王妃。"

本已大步流星往外走的谢况弈脚步一顿。

宁景徽神情未变，又垂下眼帘："王爷娶妃，按礼制，当由宗正府同礼部择吉日，定仪程，再拟……"

秦兰璪打断他的话："但合周礼，即成婚姻。孤与爱妻，在京外先帝与林德妃定情的山神庙，效仿先帝故事，以天为媒，地为证，交拜成礼，结为夫妻。"

宁景徽回视秦兰璪的双目："王爷的意思是，并无第三人为证？"

秦兰璪冷笑："孤与爱妻两情相悦，昨日我二人在后园水榭，爱妻切切向孤陈述爱意，谢少侠可做证人。孤情难自禁，再不能等什么繁文缛节，就此结拜成夫妻。"

宁景徽淡淡道："臣如何想，不重要。王爷觉得，皇上会信么？"

谢况弈嗤地一笑。

宁景徽再道："纳清龄郡主入宫的诏书，昨日傍晚已下。郡主与庆南王和离之事，本当过了昨日子时才能生效。然王爷自皇宫门前，当着庆南王之面将郡主劫走，为顾全庆南王颜面，不得不称，庆南王与清龄郡主昨日之前便已和离。"

秦兰璪神色一僵。

谢况弈转过身，目光如寒针般扎向他，掉头又往门外走。

"谢侠士，你乃家中独子？"宁景徽看向他背影，"那晚在大理寺，谢侠士都未能得手，何况是皇宫大内。"

谢况弈脚步不停，不屑地轻嗤一声。

宁景徽再轻轻一叹："其实此时，于唐郡主来说，宫内反倒是最安全的地方。为何王爷与谢侠士，非得要让她在宫外？"

谢况弈霍然回身："进宫服侍皇帝，哪来的安全？我如何打算，不用你等知道。非同道者，无须多言。"余音尚在，人已不见。

秦兰璪冷冷道："不该知道的事情，他并不知情，宁卿何必试探？"

宁景徽掩上门，走回秦兰璪面前，整衣跪下。

"王爷，不论为了什么，此刻当要做个决断了。"

含凉宫。

跨进宫院门槛时，杜小曼抬头看清了门匾上的字。

哦，多么幽怨凄凉的名字。

宫院没她想象的大，陈设淡雅。院中大树叶已黄，阶下开着一丛黄菊。

老公公对杜小曼道："此宫秋景甚美，皇上特意赐给娘娘居住。"

伴着这句话，突然就起风了，颇瑟瑟。杜小曼想，这里肯定适合半夜拉着二胡唱："夜深深，夜长长……小风吹得心里瓦凉瓦凉……哦，瓦凉瓦凉……"

宫娥望着她发直的双眼嫣然道："看来娘娘很喜欢这里呢。"

杜小曼呵呵一声："喜欢，太喜欢了！"

既来之，则安之。皇帝妹子打算杀还是剐，都随便吧。

杜小曼往椅子上一坐，问："有早饭么？"

宦官和宫女们道，不知她尚未用过早膳，临时传膳，需要稍等。杜小曼又沐浴更衣了一次，方才吃上。

宫女们战战兢兢地请罪，但这个"临时"已经让杜小曼特别满意了。

御膳并不是她想象的那样都是奇怪的菜肴，有几样面点菜品她都见过，但一尝便感受到滋味不同。

可能比起以前尝到的，提升只有一点点，但就这一点点，于味蕾来说，便是极致的享受。

碗碟撤下，杜小曼用绢帕掩住口，尽量用体面的仪态，打了个饱嗝。

吃完御膳死，做鬼也满足！

杜小曼又问："皇上几时召我或过来这边？"

宫女们的表情都僵了一下，老宦官笑道："娘娘莫急，皇上乃一国之君，国事为重，皇上心中定然念着娘娘呢。"

杜小曼点点头，又打个呵欠："昨夜没怎么睡，真是乏了。可以先去小憩片刻吗？"

宫女们福身，扶她进寝殿。

杜小曼是真的很困，加上刚吃饱，脚下都有点打飘，纱帐刚掀，锦被方展，便铺平在床上。宫女们替她掖好被子，放下帐帘，守在床边，互相对视，眼中都写满稀罕。

清龄郡主的事迹，她们自然都知道。宫内宫外，都把这位郡主形容成妲己转世、妹喜投胎的一代妖姬。数月前裕王驾临庆南王府时，无意瞥见，便神魂颠倒，竟连王爷也不做，携她私逃，令庆南王府颜面无存。右相大人奉皇命前往江南解决此事，居然也被这女子迷住。皇上盛怒，召其入宫，岂料一见之后，龙心大动，便要纳为嫔妃。

能兴起这么大风浪的女子，就……这样？

或许真人尚未露相吧。

宫女们正要敛神静气，眼观鼻，鼻观心，忽闻外殿有传报声。

"快请娘娘起身，贤妃娘娘驾到。"

杜小曼在黑甜乡中沉浮正酣，被推揉着亦不愿理会，鼻端忽嗅到一股气息，忽然耳边的呼喊声便清晰了。

她浑浑噩噩地睁开眼，顿时被扶起，然后被宫女们团团围住，小宫娥们手脚极快地替她梳发上妆更衣。

"贤妃娘娘已在外殿，拜见晚了可是大不敬。"

外面隐隐传来一个女声："本宫就是顺道过来看看，若是睡着了，便不必惊扰。"

跟着老宦官的声音道："贤妃娘娘驾临，娘娘唯恐失仪，故入内更衣。因方才进宫，仪容不甚合体。望娘娘海涵恕罪。"

那女声含笑道："哪里，是本宫唐突过来打扰。"

这是，立刻就要进入后宫钩心斗角戏的节奏？

杜小曼匆匆赶到前殿，对着上首华裳女子施礼："妾唐氏，拜见贤妃娘娘。"

"哎呀，怎行如此大礼，可当不得。"华裳女子站起身，杜小曼亦抬起头，呀，好明艳的女子。眼横秋波肤如雪，天然万种风情。

华裳女子亦在望着她，嘴角噙笑："海棠春睡乍醒，真是娇滴滴的一个美人，今儿我可是看着了。"

杜小曼低头："谢娘娘谬赞。"

贤妃继续笑盈盈道："我听闻妹妹过来的消息，一时好奇，恰好我那绮华宫离此不远，便唐突过来了。妹妹可别嫌我冒犯啊。"

杜小曼再福身："能得贤妃娘娘驾临，乃妾之福分。唯恐失仪，迎驾略晚，多谢贤妃娘娘宽宏大量，恕妾之罪。"

贤妃道："啊呀，瞧妹妹说的，太客气了，我当不起。我虚长你几岁，你只喊我姐姐便罢了。"又一扫左右，"是了，一定是旁边这么多人，你拘束得慌。尔等且退下，让我们自在说两句话。"

左右宫娥内宦皆领命退去，殿中顿显空旷清静。

贤妃却没说话，只看着杜小曼，似在打量。

杜小曼被看得不自在，刚要找话题，贤妃檀口轻启："妹妹用过膳，又小憩了一时？"

杜小曼点点头。

"可是乏了吧？"

是什么意思，话藏机锋？笑嘻嘻的看似唠着无关紧要的家常，其实在传达"你这个贱婢，这辈子不要妄图和本宫抢皇上"的隐喻？

杜小曼不擅长猜测深意，就点点头："是有点。"

贤妃唇角一挑："妹妹果然是个心宽气定担得住事的人，没被错看。"

杜小曼不知为何，心中微微有些触动。

贤妃转目看向殿外："天色不错，今晚的月色，应该甚好吧。"

铛铛铛——

杜小曼脑中警铃大响，仿佛能看到宁景徽伴着哗叽哗叽的提示音飘出。

"任务【后宫中的月圣门】已触发，请继续与第一位NPC对话。"

"呃……"杜小曼磕巴了一下，努力稳定声音，"是啊，如果在月下划划船，唱唱歌，一定特别美好。"

贤妃回眸看她："在宫里头，想清清静静泛舟赏月，怕是难得。说来，快到十五了。我曾发愿，抄经百卷，年末供奉佛前，如今还有好些不曾抄完，不知可否请妹妹帮帮忙？"

这是要借书信传秘密情报么？

杜小曼忙道："能帮贤妃娘娘抄经，妾求之不得。只是，我的字丑，真的很丑，恐怕娘娘看了得气死。"

贤妃扑哧一笑："妹妹说话真有趣。太自谦了，如斯可人儿，字怎么会丑？"

杜小曼心道，姐姐，绝不诳您，是真丑啊！

现在立刻让人上笔墨先写给贤妃娘娘看，显得太急躁。就等贤妃真让抄时，用成品来向她证明吧。

杜小曼低着头不语，进行着这一大堆心理活动。看在贤妃眼中是羞涩垂首，倒也得体。

贤妃又将话题引到别处，与她聊了一时，终于又看了看门外道："不知不觉说了这么久的话，我跟妹妹真是太投缘了，妹妹刚进宫，正体乏，聊了这么久，该又累着了。我也该回去了。"携起杜小曼的手，"大家以后都是姊妹，闲了多上我那里坐坐，若有什么需要，千万别客气，只管和我说便是。"

杜小曼行礼恭送贤妃离开，估摸着贤妃仪仗已行远，方才向左右道："贤妃娘娘真是人美心善，我还没去拜见她，她就先来看我，实在不好意思。是了，我是不是该去拜见皇后娘娘和其他娘娘？"

宫女们忙道："娘娘方才入宫，倒是不急着这些事。先歇乏调养吧。"唐郡主这么进宫，尚未有名分，不上不下，正是尴尬的时候。贤妃娘娘特意跑来，恐怕也是带着醋意。

杜小曼点点头，那暂时没有机会辨识一下后宫里到底有几头鲜菇了。

她又问："其他娘娘，都像贤妃娘娘这么和蔼可亲么？"

宫女道："各宫娘娘都端庄贤淑，要不怎能进得这后宫？娘娘见了就知道了。"

杜小曼再道："贤妃娘娘这么好，必定很得皇上宠爱吧？"

这……话也忒露骨了吧，宫女都预备把这句话含糊过去，只有一个刚入宫不久，想向娘娘的心腹努力的小宫女立刻接道："是呀。贤妃娘娘是近来最得皇上宠爱的娘娘了。"

果然，皇帝妹子为了防止穿帮，必然要有几个"宠妃"来做障眼法。

那么，查明皇帝宠爱过哪些妃子，就是摸清月圣门势力布置的一大关键！

杜小曼其实一点都不想给宁景徽当枪，但是人都进来了，谍战剧情一展开，感受到那份刺激，情不自禁就进入了状态。

不过她刚来，问太多，那些宫女也不会告诉她。

唉，只能用宁景徽的那句台词，"顺势而为"了。

宫女们看着杜小曼精光闪烁的眼，心中皆暗道，看来唐郡主确实是个能兴风作浪的角色。

状态一进入，杜小曼就好像被打入一管鸡血，困倦稍少了些。在殿中又和宫女们聊了会儿天，假装不经意地一点点将贤妃的资料套出了些许。

贤妃姓肖，其父官职平平，有个哥哥在做知府。在后宫中不算背景深厚，但也是确确实实的名门千金，怎么会进了月圣门？是被洗脑加入，还是被调了包？

后宫的水，很深哪。

【第二册完】

Q版人设立卡玩法：

① 沿着齿线将多余部分撕去

② 沿着折线将底座部分向后翻折，确保人物形象可以直立即可

MEMORY HOUSE

记忆坊文化

再也不要做怨妇

ZAIYE BUYAO ZUO YUANFU

III

大风刮过 著

江苏凤凰文艺出版社
JIANGSU PHOENIX LITERATURE AND
ART PUBLISHING, LTD

图书在版编目（ＣＩＰ）数据

再也不要做怨妇：全3册 / 大风刮过著. -- 南京：
江苏凤凰文艺出版社，2018.9
ISBN 978-7-5594-1709-1

Ⅰ．①再… Ⅱ．①大… Ⅲ．①长篇小说－中国－当代
Ⅳ．①I247.5

中国版本图书馆CIP数据核字(2018)第049434号

书　　　名	再也不要做怨妇（全三册）
作　　　者	大风刮过
选 题 策 划	北京记忆坊文化
责 任 编 辑	姚　丽
特 约 策 划	暖　暖
特 约 编 辑	单诗杰
营 销 编 辑	杨　迎
封 面 绘 图	三　乖
人 设 绘 图	花小白
封 面 设 计	80零·小贾
版 式 设 计	段文婷
责 任 监 制	刘　巍　江伟明
出 版 发 行	江苏凤凰文艺出版社
出版社地址	南京市中央路165号，邮编：210009
出版社网址	http://www.jswenyi.com
印　　　刷	三河市祥达印刷包装有限公司
开　　　本	670毫米×970毫米　1/16
字　　　数	1050千字
印　　　张	56.5
版　　　次	2018年9月第1版，2018年9月第1次印刷
标 准 书 号	ISBN 978-7-5594-1709-1
定　　　价	120.00元（全三册）

影视版权抢订热线　　010-57194853
江苏凤凰文艺版图书凡印刷、装订错误可随时向承印厂调换

目录

第六卷·顺势而为（下）　　〇〇一

第七卷·皇宫好乱　　〇八七

第八卷·为你归来　　一六七

第九卷·明天永未知　　二四七

番外·龙吟曲　　二八三

第六卷 · 顺势而为（下）

一天过得很快，杜小曼下午补了个觉，万幸无人打扰，御厨精心打造的午膳和晚膳，真是好吃得不知用什么话来形容。

　　杜小曼提起筷子，就不禁想到，不知谢况弈怎么样了？在水榭晕倒后就没再见过他。

　　璨璨的伤又如何了？他该不会还当她跑掉了吧，还是已经收到了她被宁景徽送入后宫的消息？

　　杜小曼咽下一口燕窝。

　　璨璨的话，现在十有八九是被后宫团呵护着养伤呢。

　　有点噎得慌，杜小曼喝了口汤。

　　说来，不知道阮紫霁敢不敢唱着歌爬进裕王府？想来是不会，毕竟庆南王府和裕王府都在京城，不比荒郊野岭。

　　对……慕云潇。

　　杜小曼心里紧了一下，终于有机会想起之前那个梦。

　　洗澡的时候，她又努力回顾了一下梦里的种种。

如果这些不是梦，而是藏在唐晋媗记忆中真实发生的事，那么唐晋媗和慕云潇之间的确很说不清楚啊。

"皇上驾到——"

宦官的声音打断了杜小曼的沉思，有宫女匆匆转过屏风："快，快，娘娘快出浴梳妆，皇上驾到了。"

杜小曼与宫女宦官们跪倒在地，口呼万岁，迎皇帝大驾。

现在，肯定所有人都觉得皇帝对她是真爱了，在她入宫第一天就迫不及待地过来这边。

唔，皇帝妹子做事真到位。

杜小曼在心里叹气。今晚肯定不好过，皇帝妹子不会让她好过的。

"平身。"清冷的声音响起。

杜小曼起身。

"尔等都退下吧。"

其余人散了。门关了。杜小曼的心顿时和这宫院的名字一样，瓦凉瓦凉了。

杜小曼盯着前方的龙袍下摆，以不变应万变地等着。

那衣摆一直没动，皇帝妹子亦未出声。杜小曼头低得脖子都酸了，索性心一横，抱着死就死吧的态度，抬起了头。

视线一上升，便遇上了皇帝的目光。

嗯？目光里，好像没多少戾气，蛮……平和的。

或许是对爪下逃不掉的猎物心态比较淡定吧。

该怎么回应？笑一笑？据说，对着一个反感你的人露出笑容，会更激发反感。

说话？说什么好呢？

脑内活动的这段时间，杜小曼与皇帝一直在大眼瞪小眼地僵持着。

意识到已经僵了有一会儿的时候，杜小曼的大脑自动拎出了开酒楼时的经验，对身体下达指令，让到旁边，福了福身："皇上，请、请进。"

哦，蠢透了！

皇帝倒仍是很平静的样子，迈步向内里走去。

杜小曼连忙跟上："皇上请这里稍坐。先用些茶水？是否再传些酒菜消夜？"

"朕听闻你曾开过酒楼，看来是把朕当成酒客了。"

杜小曼心颤了一下，忙道："臣……臣妾知罪。"偷偷抬眼，却见皇帝的唇边挂着一抹笑。

"朕已用过晚膳了。茶便好。"

杜小曼福一福身："那臣妾这就去给您沏上。"

她转身，还险些被裙摆绊了一下。真是蠢翻了，弱爆了。皇帝妹子今晚大概就准备用这种猫玩耗子的态度戏弄她吧。杜小曼唾弃自己，人家还没发招，自己这边先腿软了。没出息！

她平定呼吸，做镇定状挪动。宫女们都是贴心小天使呀，茶具就明明白白地摆在内殿的案几上，烹茶小炉中有木炭，茶盘旁有一排小罐，杜小曼一一打开，里面是各种茶叶，亦有干花之类。

杜小曼未用茶叶，取了些她觉得颜色挺像玫瑰的干花碎，烹水沏了壶花茶端过去。

"夜晚饮茶影响睡眠，臣妾只沏了些花茶，安神养颜。"

皇帝看也没看眼前的茶水，视线仍只定在杜小曼身上，杜小曼被看得发毛，动作略有僵硬。

"你很怕朕？"

杜小曼赶紧道："臣妾面对威严的皇上，情不自禁便生出敬畏之心。"

皇帝微微笑了笑，却站起身，向寝殿走去。

杜小曼看看她的背影，再看看桌上的茶盏，略一犹豫，把茶盏挪回茶盘上，端着茶盘快步跟上。

皇帝脚步一停，身形定住，杜小曼赶紧放缓脚步，优雅跟在后面挪移。

皇帝一拉帷帘，推开寝殿的窗扇。此时已经入夜，夹着淡淡桂香的清新空气扑入殿内，天幕上，皎洁明月嵌在璀璨星子之中。

原来皇帝妹子是要仰望一下月圣门的圣物么？到底是月圣门的女人们真的都爱看月亮，还是她们教派规定的一个净化身心、吸收能量之类的仪式？

又或者，这是在和她杜小曼认亲，已经得到线报说她是月圣门的好朋友了？

皇帝在窗下的软榻上坐下，杜小曼立刻把茶奉到他手边的小几上。

皇帝端起茶盏，打开盏盖看了看，又抬眼看看杜小曼："怎么只在那里站着？一同坐下吧。"

"遵命，谢谢皇上。"杜小曼转身要去搬凳子，手腕突地一紧，跟着身体被一扯，跌坐在软榻上。

杜小曼赶紧坐正，一转目，正与皇帝的视线交汇。皇帝仍然握着她的手腕，面容凑近了一些，没有上次那种高高在上的蔑视、厌憎与凌厉，仍很柔和，甚至可以说是柔软。宽大的衣袖抬起，微凉的指尖触碰上杜小曼的脸颊。

杜小曼的心又不争气地怦怦快速跳起来，寒毛根根竖起。

皇帝妹子，你是恨我的对吧，你是深深地痴迷着宁景徽的对吧，你没有其他的特殊癖好，对吧……

"进宫来，你很不情愿？"

还好，这句台词比较正常。

"呃，能进皇宫，对臣妾来说真的是荣幸至极。但是如果说真心话的话，这里太好了，我配不上。我更喜欢自由自在无拘无束地活着。"

皇帝居然露出淡淡笑意："其实，朕也喜欢你所说的那种生活。"

杜小曼表示很能理解："皇上日理万机，一定很累吧。"

日理万机，还要装男人、演戏、钩心斗角、管理月圣门，还发现喜欢的男人要扳倒自己……绝对累惨了。

"那皇上喝点花茶吧，能放松身体，有很好的舒缓作用。"

"这么想让朕喝你沏的茶水？"皇帝笑意更深，终于收回了手，"好，朕便尝一尝。"

杜小曼松了一口气，趁机向后挪了挪。

皇帝抿了一口茶水，不置可否地又放了回去。

杜小曼僵硬笑道："臣妾泡茶的手艺很一般。皇上可以让精通茶道的宫女或公公们帮您泡。其实皇上若是吃得惯奶的话，睡前喝一碗温热的牛奶，对安神也很有帮助。还可以用牛奶洗澡，在洗澡水里加些玫瑰花瓣之类的。"发现皇帝的目光又定在她脸上，赶紧再笑笑，"哎呀，御医之类的肯定比我懂得多多了，一不小心说多了，让皇上见笑了。"

"再和朕多说一些。"皇帝的双目微微弯起，"朕喜欢听你说话。"

皇帝的手又覆住了杜小曼的手，杜小曼再度僵住，目瞪口呆看着皇帝的脸欺近再欺近再……

杜小曼猛地向后一闪，后脑勺哐地磕在靠背上。

妹子！我知道你是个妹子！你不用这么敬业啊！啊啊啊——

皇帝松开了她的手腕，任她手忙脚乱向后撤，双眼微微眯起。

"这般的不情愿，你是怕朕，还是心中仍想着他人？"

不要乱，不要乱！这是攻心术，就是要让你狼狈慌张！

杜小曼努力挺直脊背，站起身。

"是谢况弈？"

"不关谢少主的事！他只是个有侠义精神拔刀相助的江湖客而已，他从来不过问不喜欢也不掺和政治！"杜小曼回答得斩钉截铁。

"那么是秦兰璪，还是宁……"

"我和宁右相绝对清白！"杜小曼赶紧撇清，"右相大人那种人，对我来说太高端太炫目，不敢直视。能匹配他的，一定是同样耀眼、美貌、强大的女子！"

皇帝起身，神色冰寒，双瞳比夜更浓重："原来，你真的喜欢秦兰璪。"

杜小曼不禁想后退，手臂再度被攫住，跟着肩上一紧，她马上道："没有的事！他有那么多个女人，跟他在一起，都不知道哪句真哪句假，跟着他肯定没有好结果。我怎么可能这么傻，喜欢上他！"

难道皇帝妹子真正针对的是璪璪？也是啊，璪璪是宁景徽认定的皇位接班人，这事皇帝妹子怎么可能不知情。

说不定皇帝妹子有意把她弄进后宫，就是为了给璪璪安个"私通妃子"之罪，咔嚓掉？

杜小曼对着皇帝高深莫测的脸用力点头："我说的，绝对句句属实。"

"朕的后宫，亦有许多嫔妃。"皇帝的神情又回归了平淡，"看来，你也不会喜欢上朕。"

杜小曼正要索性牙一咬慷慨道"没错，所以要杀要剐皇上您随便吧"，皇帝却忽然松开了她，走回窗边，合上了窗扇，拉上帷幕。

杜小曼不禁又愣了愣，这是暂时放过她，养肥以后再杀？

她试探着问："皇上可是要摆驾回宫？"

"你这是在赶朕？"皇帝微微挑眉。

"不敢不敢。"杜小曼再行礼，"那，请皇上……"

皇上微微扬起唇："朕乏了。"直接走向了……床。

"那个，皇上要不要先沐浴？"

"朕已沐浴过了。"

也是，皇帝妹子洗澡，防范措施肯定是很严的。

宫女们居然仍一个都不进来，杜小曼只能识相地上前展被铺床，帮皇帝宽下外袍，除下发冠。

凑近了，可以闻见皇帝妹子身上淡淡的香味，很雅致，男女皆宜。

杜小曼特意偷偷瞄了瞄皇帝的脸侧发根处，没看出什么破绽。皇帝妹子用的易容产品比璨璨之前糊脸上的高端多了。

话说，皇帝妹子的头发保养得真不错，黑亮如瀑，这么长，发尾都没有分叉。真想和她讨教一下秘方。

她的视线不由得再扫向了另一个部位……

真……平坦。

单薄的内衫下，那瘦削的身躯，一点也看不出起伏的痕迹。

宽衣完毕，皇帝坐到床边，望了望退后许多的杜小曼。

"你……不睡？"

杜小曼知道说"我到那边软榻上睡就行"肯定是不成的。

算了，大家都是女人。虽然今天皇帝妹子表现得很令人捉摸不透，跟变了个人似的，但是单凭上次皇帝妹子那泛滥宇宙的醋意和对宁景徽赤裸裸的占有欲，杜小曼可以断定她没有特殊倾向。

杜小曼便放宽心，大胆地卸下钗环，宽下衣袍，又偷偷瞄了瞄皇帝的后背，绑胸的手法真高端，全然无痕，从背后也看不出来。

熄灭灯烛，从另一侧爬上床，杜小曼谨慎地拽着一小截被角搭在身上，盘踞在床沿，放空大脑。托昨天高体力消耗的福，很快陷入了梦乡。

匀长的呼吸声中，她身边的人坐起身，将她身上的被子盖严。杜小曼在甜梦中，似乎觉得唇上软了软。她下意识地皱皱鼻子翻身，耳边有温柔的低喃。

"媗媗。"

早上，杜小曼一睁眼，发现身边空空如也。

小宫女挑起纱帘，服侍她起身，笑得又甜又暧昧："皇上早些时候起驾上朝去了，特意让千万莫惊醒娘娘。皇上真的很心疼娘娘呢。"

杜小曼对小宫女的表情选择性无视，只思考，自己真的猪到这个地步了，身边睡的人起床穿衣出门居然都浑然无觉？

不科学啊，皇帝妹子的动作太轻了吧。

昨天晚上，连梦都没做，睡得真是香啊。居然能在入宫的第一天，在情绪莫测的皇帝妹子身边坦然入睡，自己的神经真是够茁壮啊！

杜小曼走神的表情看在宫女们的眼中，几位宫女顿时笑得更甜了，其中一位柔声提醒："娘娘，香汤已备好，可要沐浴么？"

　　昨晚不是刚洗过么，怎么大早上起来还……杜小曼又一愣，立刻想到了原因，脸情不自禁一热，在宫女们看来就是她含羞带怯地别开了视线，恰恰刚好。

　　杜小曼僵硬地起身，又洗了一遍澡，强忍着从沐浴到梳妆期间，在宫女们"娘娘今天更娇艳了"之类蜻蜓点水般的奉承下，勉强抖擞起精神面对早膳。

　　正吃到开心时，又听得匆匆的通报："娘娘，快！快！皇上又要往这里来了！"

　　杜小曼一个丸子差点哽在喉咙里，刚走不久，就又过来，皇帝妹子这是要帮她锻造宠冠六宫的光圈么？

　　杜小曼只得告别早饭，赶紧接驾。

　　皇帝踏进殿内，衣摆较昨日奢华繁复，头戴珠冕，身着龙服，应该是刚下朝就直接过来的。

　　看来她这个妖妃是当定了。

　　左右又全部退下，还在这大清早的时间段里，又关上了门。

　　杜小曼只能在心里无奈地叹口气，脸上挂着笑福了福身："皇上用过早膳了么？要不要臣妾……"

　　她的腹部突然受到一记重击，身体一弓，整个人飞跌在地。

　　杜小曼愕然地抬起视线，想弄清楚到底怎么回事，胸口一闷，皇帝的脚重重踩踏在她胸口上，脸上的神色分明写着一行大字——去死吧贱人！眼睛里疯狂的怨毒与憎恶让杜小曼瞬间一愣。

　　和昨晚的那双眼睛天差地别，根本不像同一人。

　　她的腹部再一闷痛，意识就此终结。

　　脸上有冰冷的触感，杜小曼从黑暗中挣扎出一丝光明。

　　皇帝踏在她胸口的脚挑起她的下巴，冷冷地笑："竟昏过去了。你倒是出乎朕意外的娇弱，这怎么成？"

　　杜小曼渐渐恢复了对身体的感知，顿时倒吸了一口冷气，差点飙泪。浑身每一寸都疼痛难忍。她努力咬紧牙关，不能哭，绝对不能在这个精神分裂的女变态面前哭！否则这女人会更得意！

　　皇帝双眉一挑："怎么，朕的宠幸让你不满足？放心吧，这段时日，朕会独宠你一人，日日恩泽。"

宁相爷，是不是您在上朝的时候，又刺激到这位了？

为了让你的卧底我工作进展顺利一点，不是应该假意顺着她吗？

宁相爷，你赶紧替天行道吧！我坚定地站你这边了！！！

杜小曼强忍疼痛，在内心痛骂，狠狠握拳砸向那只踩踏着自己的脚，猛地屈腿向皇帝的另一条腿蹬去。

皇帝的脚猛一收，再向前用力一踢，杜小曼身体再一闷痛，翻着滚了两滚，险些撞上墙边，她趁机一把抢翻墙边的细高烛台，扫向皇帝的腿。

那烛台是铜的，非常沉，杜小曼差点压到自己的手指。

皇帝轻盈地避开："好大的胆子，竟敢和朕动手！朕诛你十族！"

"有本事你诛啊！"杜小曼冷笑，"皇上，你要是能杀了我，就绝对不会在这里咬牙切齿踹我了！"

"你想逼朕杀你？"皇帝的声音充满了不屑的笑意，一只脚又踩上杜小曼的手，用力来回踩磨，"放心，朕还没有好好宠幸你，封号尚且未下，怎会杀你？"

变态！精神分裂！

杜小曼一把拔下头上的钗子，狠狠扎向那只脚。

顿时，她又挨了一脚，身子一个翻滚，耳朵嗡嗡作响，眼前昏黑，口中充满腥味。

"朕会好好怜爱你。"

"皇上，"门外忽然传来一个宦官的声音，"奴才有急事转奏。"

"朕不是吩咐了么？不得打扰！"

皇帝的声音低沉了很多，充满了不耐烦。

杜小曼皱了皱眉，紧紧咬住牙。

"奴才死罪，但兵部要务，不敢不禀告。"

踩在杜小曼手上的脚收回。

"朕还需片刻，尔暂先等候。"

话音刚落，皇帝一俯身，杜小曼的身体被猛地捞起。

"赶紧滚进寝殿，爬回床上。而后该怎么办，你今日清早就做得不错，照做便是。"

话一字字从牙缝中漏出，仿佛恨不能把杜小曼撕咬成碎末。

"还不速滚？！"

杜小曼很诧异自己居然站得住。她突然想说，我不打算过去寝殿，皇上要怎么办？何不把那门外的公公叫进来？

但她脑中突然冒出一个很奇怪的疑问，便住了口，努力扯一扯嘴角，大概成功扯出了一个不屑的微笑吧，因为皇帝的表情变了一下。

杜小曼回过身，发现双腿竟然还能挪动。

唐晋媗身体的潜力啊……

她默默感慨着，走到了床边，爬了上去。

门开了，宫人们进来了。

杜小曼躺在床上，闭上眼。

真奇怪，声音好像也不对，今天的这个声音更粗一些，沉一些，更显得刻意。

而昨晚……

今天和昨晚的皇帝，都不只是精神分裂或又被宁景徽刺激得简直像换了个人，而是，好像根本就是两个人！

杜小曼又洗了一次澡，她咬紧牙关泡进热水中，闭上眼，正好也看不到宫女们那甜蜜的笑脸和意味深长的眼神。

宫女刚用热手巾轻轻触碰她的背，她就情不自禁想倒抽冷气。皇帝妹子打她的手法很阴毒，眼下除了她被踩过的手腕肿了之外，其他地方，包括同样被踩踏的胸前都只有微红，看不到青紫。

为什么？杜小曼的头壳中闪回着三个大字。

为什么，皇帝妹子恨不得把她杜小曼碾碎，却不下杀手？

为什么，昨晚的那个皇帝和今天的似乎是两个人？

为什么为什么为什么，那么多个为什么，怪不得璨璨死活不愿当皇帝，这皇宫水太深了。

被热水泡活了血脉，疼的地方更疼了，杜小曼差点爬不出浴桶。她这种"侍儿扶起娇无力"的状态，当然被宫人们解读到另一个方向去了。

杜小曼被搀回床上重新卧定，宫人们端来滋补的小食。

杜小曼盯着盏中的燕窝道："有大骨汤么？"

这个淳朴的词汇让宫女们怔了一下，杜小曼面无表情地抬起眼："大骨汤或排骨汤，午饭的时候我想喝。"

必须得为浑身剧痛的骨头做点什么。

杜小曼挥退宫人，躺平到床上，忍不住在心里呐喊，天上的神仙也好，宫外的宁大神也好，谁来给她个解释啊，这个剧情实在是进行不下去了，太煎熬了！

杜小曼再度睁开眼时，发现自己依然浑身疼痛，且思绪混乱，状况毫无改变。

她清醒理智地认识到，看来神仙和宁相爷都靠不住，只能靠自己了。

如果皇帝妹子真的实践诺言，如斯频繁地假装"宠幸"她，她就算是钢筋铁骨，也扛不了几天。

也许是刚起床，血压偏低的原因，她心情有点低落。

幸好宫女们及时地摆好膳食，将她从低气压中拯救出来，特别是她发现，真的有骨头汤。它盛在一个奢华的器皿里，雪白的汤汁中连骨头渣都看不见，只有切得像花朵一样的肉和杜小曼不认识的配料。

她喝了一大口汤，不能更鲜，不能更美！本应依附在骨头上的肉与筋并未因为被剔下而失去了那种独有的香与韧。

太太太太太好吃了！

太太太太太治愈了！

杜小曼恶狠狠地咬着肉，就像狠狠地咬着那个女变态的肉一样，心里不断地给自己打气，车到山前必有路，事情肯定不会一直这样发展下去的。

喝了一肚子的骨头汤，好像身上的确没那么疼了，看来以形补形确实有效。杜小曼正在软榻上思考那些为什么到底是因为什么，宫女来报，肖贤妃娘娘又驾临了。

杜小曼给自己的推理点了个赞，果然又有一头NPC送上门了。

肖贤妃是带着一摞册子来的。

"那些经文，我自个儿真怕不能抄完，妹妹昨日答应了要帮忙，我就厚着脸皮把经卷带来了。"

杜小曼心想，贤妃娘娘您也不用一下子拿这么多来吧，难道里面藏了什么机密文件？

她笑笑："谢贤妃娘娘看重，但妾的字，真的很丑。"也罢，就抄上几页，让人送去给贤妃过过目，贤妃看完后肯定永远不会再有这个念头。

贤妃嫣然："妹妹真真谦逊，妹妹肯帮忙，就是我的大福星大恩人了，别嫌我脸皮厚就成。"

杜小曼心里忽然一惊，是了，贤妃如斯执着地让她抄经，难道另有目的？

　　难道是，想要核对字迹？

　　她的字迹和唐晋嬗绝对不一样，月圣门会不会就想利用这一点，先证明她是假的，再借此整宁景徽？

　　贤妃双眉一蹙，视线定在杜小曼左手上："妹妹，你的手这是怎么了？似乎有些肿。"

　　杜小曼含糊道："不小心弄伤了。"

　　"我看看。"贤妃探手触碰，杜小曼倒吸一口冷气，右手情不自禁去护，贤妃再讶然，"好像这只手也……"

　　杜小曼再笑笑："不碍事，可能有些扭伤。"

　　贤妃的视线扫到她脸上："妹妹，可不能不把小伤当回事。这么细嫩的手，怎能伤到？"唤陪同过来的宫婢，"回去，取本宫妆台第二个抽屉里的那个云纹瓶过来。"

　　杜小曼忙道："娘娘不必如此波折，真的只是小伤。"

　　贤妃扶住她手臂："妹妹莫这么客套。"

　　杜小曼差点倒吸一口冷气，赶紧控制表情："只是……不想，这么麻烦。"

　　贤妃笑吟吟道："妹妹呀，不用这么拘谨。今儿天色真好，外面阶下那花儿也开得好。"一把挽住杜小曼的手臂，"要不，你我姊妹就到院子里走走吧。"

　　杜小曼紧咬住牙关，咽下痛呼声，勉强点点头："好。"

　　贤妃却松开了她的手臂："妹妹，你好像不大舒服？"

　　杜小曼道："可能刚来有些认床，没休息好。"

　　她抬眼，正与贤妃的视线相触。贤妃立刻眼波一漾："那我们还是屋里坐着吧。"

　　不一时，服侍贤妃的宫女就取了那个瓶子过来，贤妃让左右取水净手，拿过玉瓶，左右宫人忙上前道："娘娘请让奴婢们来。"

　　贤妃摆摆手："你等都退下吧，她们都知道，本宫平常用此膏时从不让旁人动手。"

　　左右只得遵命退出屋外。

　　杜小曼赶紧起身："贤妃娘娘这……"

　　贤妃抬眼看她："坐下，别动，只当我让你这么做的。"

　　杜小曼只好又坐回椅子上，贤妃用小玉挑挑出一些糊糊状的东西，点在她的左手腕上，再抬指轻揉，杜小曼只觉得一股清凉从肌肤直渗入骨，疼痛缓了很多。

她忙道："多谢贤妃娘娘，我自己揉开就行。"

贤妃抿嘴道："你呀，不知道力道。这个药膏乃我亲手调配，涂抹的量与揉开的力度稍有差错，便没有那么好用了。故而我从来都是自己动手。"

杜小曼道："真是太感谢贤妃娘娘了。"

"都让妹妹你不必这么口口声声总是道谢了。"贤妃再挑了一些药膏点在她右手上，"在宫里，第一要紧的，是要爱惜自己。女人啊，进宫来，多是身不由己。陪伴君侧，更加身不由己。即便穿绫罗，戴珠翠，看似这样那样的尊贵，其实不过是这深宫中的一个摆件，生也罢，死也罢，命皆不由己。若自己还不对自己好些，还有谁真心待自己好呢？"

没错。

杜小曼不由得道："所以我还是喜欢自由自在，能随心所欲地过日子。"

贤妃低头替她揉着手腕，没有说话。

贤妃走后，杜小曼回顾了一下刚才的情形，不论贤妃是什么身份，她对她杜小曼，好像并无恶意，还有主动表示友善和照顾之意。那么……

她的视线扫上那摞经书，贤妃临走的时候说，因为她手腕受伤，就不能再麻烦她了。

杜小曼表示她的手腕一两天就能好，坚定地留下了这摞经书。

干吗怕连累宁景徽？他有考虑过我的死活吗？

都被皇帝打成这样了，还能有什么比这更坏的？左右犹豫，疑心病那么重干吗？

秉持宁相爷的教诲，顺势而为呗。

杜小曼翻了一下午的经书，佛经中多生僻字，她一页没几个眼熟的字，文字里是不是有什么名堂，真的解读不出来。暂时没有发现经书有夹层或神秘夹带。

杜小曼看得昏头涨脑的，吃了饭，洗了澡，到了睡觉时，皇帝居然没有再来。

宫女们向着忍不住瞟向门外的杜小曼道："皇上定然是怜惜娘娘的身子，明日肯定会来的。"

杜小曼无语地睡了。

夜半沉浮在梦海里的杜小曼感觉到脸颊微有些痒，她下意识地挥挥手翻身，压到手臂上的伤，不由得皱眉吸了吸气。

床边的黑影看着不断调整想找到一个不会疼的睡姿的她，眼中闪过怜惜。

皇帝妹子自从那天发了次飙后就没再过来，杜小曼似乎品尝到了一点一个深宫怨妇的寂寥。

找人聊天吧，宫人们讲的又都是伏低奉承的话。

看书吧，屋里也没几本。有也是正经无比的，不可能有小说游记之类。

下棋抚琴之类的她全然不会，百无聊赖想找个宫女或公公教自己一下，结果对方先磕头，再膝行到棋桌边，吓得杜小曼赶紧作罢，不再折腾人了。

想出去转转圈，宫人们九曲十八弯地暗示她，现在身份不明不白，出这个院门不合规矩。

总不能去院子里看蚂蚁上树吧。

于是她便传人备好笔墨纸砚台，翻开贤妃的经文，歪歪扭扭地抄了几行。

侍候的宫女们不忍直视，亦不知该如何奉承，皆垂首不言。

杜小曼自己也知道丑得厉害，就暂且停笔，让人把这几行字送去给贤妃过过目。

贤妃看后，立刻就过来了，关怀地问：“妹妹的手伤是否尚未痊愈？”

“不，好了。”杜小曼活动活动手腕。

贤妃瞄了瞄手中的纸，扑哧笑了一声：“那，妹妹的字，确实不大好看。”

杜小曼叹气：“贤妃娘娘说不太好看，实在是太给我留面子了。字这么不堪，看来是帮不上贤妃娘娘的忙了。”

贤妃的双目弯起：“没事儿。啊，是了，我忽然想起，另有一件事须拜托妹妹。看我这脸皮，厚得跟宫墙似的。”

杜小曼连忙道：“哪里，娘娘不用客气，妾天天闲在这里，都快发霉了，娘娘能给我点事做，那正是帮我呢。”

贤妃掩口：“觉得憋得慌了？其实宫里好耍的地方也挺多，待过些时日妹妹就知道了。我暂还有些事，就先回去了，待明日再来叨扰妹妹，把那些东西拿过来。”

会是什么？杜小曼行礼相送，充满期待。

次日，贤妃再过来，将她说的“那些东西”递给杜小曼，杜小曼看到时，顿时有些愣。

仍是一摞册子，内里一行行的字全是空心的，看内容——

……六年春。郑人来渝平。夏五月辛酉。公会齐侯盟于艾。秋七月。冬。宋人取长葛。七年春王三月……

字都认识，好像是个历史故事。

贤妃道："日前随皇上去京郊狩猎，险些坠马，幸获救。离围场不远处有一座圣庙，想是得了保佑。焚香叩首供奉，其他供品皆好置办，唯有金字《春秋》百册，我自己写不过来，于是着人刻印了些这样的册子，让不大好笔墨的，也能帮我一帮。这就求到妹妹这里了。"

杜小曼道："啊，这个我肯定能做好。娘娘放心，包在我身上啦。"

贤妃一脸开心地道："那太好了，多谢妹妹。我常抄经，金墨甚多，所以也带来了些，省得妹妹这里不够。"

就这样？不在笔迹上发挥发挥？

好像，的确就这样。

贤妃走后，杜小曼盯着那堆册子愣了一时。既然如此，那么继续坚持宁相爷的嘱咐吧，顺势而为。

于是杜小曼描了一下午的字，竟觉得兴致勃勃的。

真是个陶冶情操、消磨时间的好方式。描得太投入，直到沐浴时，才感到手腕又微微有些酸。杜小曼下意识地揉了揉，宫女立刻柔声道："娘娘，奴婢在此处先热敷一下。沐浴后，可要再用些贤妃娘娘的药膏？"

那日贤妃帮杜小曼敷药后，就把那瓶药膏送给她了，还教了她揉敷的手法和力度。身上被打伤的地方现在大都不疼了，只有极个别的地方，在偶尔碰到时，还会隐隐作痛。

只怕旧伤刚好，跟着就有新伤来啊。

杜小曼刚想完这句话，便听见催命的一声禀报："娘娘，且请更衣梳妆，皇上的御辇快到了。"

来的会是什么？

狂暴凶残的A版，还是捉摸不透的B版？

那声"平身"入耳时，杜小曼的小心肝颤了一下。

不好，A版。

A版今天竟情绪相对稳定。照例挥退宫人，门一关，杜小曼沉默地戒备着，

A版只冷冷地问了一句："怎的不说话？"

杜小曼便说话："臣妾……"

皇帝立刻打断："是在等着朕再临幸你？"

杜小曼道："臣妾……"

皇帝冷笑一声，再度将她打断，走向寝宫。

杜小曼跟了上去。

皇帝在床边转身："怎么，还真等着朕临幸你？莫非，朕之前的宠幸，你竟挺受用？"眯起双眼，"贱骨头。"

唔，总算显露出了A版的风采。

杜小曼道："皇上穿着龙袍，坐着龙椅，当然是高高在上。我进了这宫院，得对着穿龙袍的皇上口称臣妾，行礼屈膝，区分高低尊卑，这是这个社会的决定。我再不情愿，一个人也无法扭转。人都是一个鼻子两个眼睛，能直着腰谁也不愿意低头。什么叫贵，什么叫贱呢？"

反正左右是挨打，她可不想做闷声包子了。

不料意料的风雨没降临，皇帝连雷都没打一下，沉默了。

杜小曼索性抬头直视，一个枕头险些糊在她脸上，她赶紧侧身，只砸中了肩膀，不算疼。

"窗下墙边，即是你今夜床铺。如此淫贱，你只堪睡在此处。"

皇帝自己脱下了外袍，瞥向杜小曼。

"快快滚过去！"

杜小曼耸耸肩，捡起枕头，到墙边躺下。耳中听到一声轻嗤："贱骨头！"

灯烛熄灭，寝殿一片漆黑，杜小曼听着皇帝上床盖被子的声音。

然后，寝殿陷入寂静。

就这样？

不发狂，不暴躁，不咬牙，不切齿，不打，不踹，不发招？

A版，你真的是A版吗？

你确实不是B版。

但你又太不像纯粹的A版。难道是A版中勾兑了一点点B版的C版？

一夜平静又不科学地过去了。

天还未亮时，皇帝起床，声音很轻，但杜小曼还是醒了。

要不要也起来呢？算了，起来说不定更招嫌。杜小曼继续闭着眼不动，腹部突然被什么击中，杜小曼顿时闷哼一声，蜷起身体。

"朕已起身，你竟还装睡。是想让朕看你海棠春卧的媚态？往日里，你都是这样勾引男子的？"

好吧，这才是正常的A版。

杜小曼捂着肚子，正要等疼痛缓一缓后爬起，又一声闷哼响起。

这一声，却不是杜小曼发出的。

她诧异地转过头，便看见皇帝半跪在床前，一手撑着床沿，一手扶着床柱，脊背弯曲，微微颤抖。

杜小曼怔了怔，连自己的肚子疼都忘记了，本能地起身向皇帝走去："你……"

"滚！"皇帝紧抓床柱，"你这贱人，不要碰朕！"声音带着颤，明显在忍着极大的痛楚。

这么暴躁，难道是大姨妈来了生理痛？

杜小曼只是这么在心里吐槽，她也知道肯定不是这样，皇帝的手指深深掐着床单，杜小曼猜测，若不是自己站在这里，她可能早就瘫倒在地了。

如果那时，宁景徽让孤于箸儿看诊的人的确是眼前这个皇帝妹子的话，那么她，应该有很重的病。

而且快要……

杜小曼温声问："要不要叫御医？"

皇帝猛一回身，抢臂挥向杜小曼，杜小曼踉跄后退险些摔倒，皇帝又闷哼一声，彻底瘫倒在地。

杜小曼真不知该如何是好了。

皇帝妹子这种脾气，绝对不会要别人的同情和帮助，尤其是她杜小曼的同情和帮助，开口询问或上前搀扶，可能只会让她发飙得更厉害而已。

于是，杜小曼选择了沉默地观望，这大概是最明智的选择。

皇帝妹子恐怕都要把她自己的腿掐出血了，再痛呼一声，竟将头向床框上撞了两下。

杜小曼心惊胆战地看着，一动也不敢动。

幸而，再过了一时，皇帝妹子的痛楚似乎缓和了，深吸了两口气，扶着床站了起来，起身后立刻将背挺得笔直。她的身体仍在微微颤抖，看得出是在极力忍耐。站了片刻，她缓缓走了两步，去取龙袍。

杜小曼仍然在原地站着。

龙袍沉重，皇帝抓起，手臂又垂下。

"来人，替朕更衣。"

寝殿中，目前只有杜小曼这一个另外的活人了，杜小曼试探着往前走了一步，皇帝顿时向她瞥来，眼中全是"贱人滚开"。

杜小曼于是道："臣妾这就去唤人来。"

她说完，等待了一下，皇帝竟没有出声。杜小曼抬眼看看皇帝，皇帝冷着脸看也不看她。

大概是不反对这种做法吧。

杜小曼前去唤人，顿时有两个年轻的宦官入内，服侍皇帝穿衣。

杜小曼识相地避得远远，宫人们捧着盆巾茶盘等入内，小宦官让她们把东西留下，人都退下。

杜小曼正打算也跟着出去，好让皇帝妹子降降心火，不料立刻听见小宦官在身后道："哎呀，娘娘怎么能走呢。"

杜小曼只能停下，拣了个略远的、自觉不太碍眼的地方站着。

待殿内只剩了他们四个人，小宦官自袖中取出一个小瓶，拔开塞子，往茶盏倒了些什么，倾出些许在另一个小盏中，自己试过，方才奉给皇帝。

皇帝接过，饮罢。

小宦官又服侍她洗漱。

杜小曼在一旁看着皇帝妹子在小宦官的伺候下洗洗漱漱，心想，皇帝妹子的易容装备真是不错啊，防水性真好。

说来，皇帝妹子竟然敢让这两个小宦官贴身服侍，那么，他们也是月圣门的人？

又发现了党羽两只！

杜小曼留神打量，两个小宦官都相貌平凡，嗯，做特殊工作正需要这种让人不能一眼记住的长相。

其中一个小宦官似有察觉到她的目光，转目与杜小曼的视线相遇。

杜小曼差点心虚地移开视线，那小宦官却立刻低头，遥遥作礼，很恭敬的样子。

等到穿戴洗漱完毕，皇帝看起来像好了很多，神情步履都很正常了，走到门口，竟还对杜小曼沉声说了一句："风凉，莫出来了。"

杜小曼没料到会有这样的叮嘱，惊出一身鸡皮疙瘩。

小宦官转过身，笑眯眯对杜小曼道："皇上担心娘娘着凉，娘娘快请进去吧。"

"皇上真是疼惜娘娘呢。"于是，在沐浴梳妆的时候，杜小曼理所当然地听到了这么一句。她只能在心中翻翻白眼。

不过，每次见到皇帝，都能发现新惊喜，真的很神奇。

用罢早膳，杜小曼去院中做消食运动，却见一个地位稍长的宫女将另一个小宫女带开了去。待到下午时，依然没看到那个小宫女的踪影。

杜小曼有些疑惑，那个宫女的名字叫楚儿，应该是贴身服侍她的宫女之一，这几天总看到她在跟前。她到底被带到哪儿去了呢？

她这么顾盼，立刻有宫女问："娘娘可是有事吩咐？"

杜小曼道："哦，没什么。怎么没看见楚儿？"

那位地位稍高的宫女立刻跪倒道："回娘娘话，楚儿早起服侍娘娘时，有些不敬，奴婢已责罚她了。"

杜小曼道："有么？我没看到她哪里有不敬的地方。"

那宫女道："楚儿侍奉时神色不恭，举止不当。是娘娘宽厚仁慈，未与她计较。"

杜小曼爱看宫斗戏，知道宫女这个行业水很深，所谓神色不恭，举止不当，其实可能就是打个喷嚏，走路绊了一下之类。若真有大错，肯定不会用这么含糊笼统的词汇概括，就道："既然你都说我宽厚仁慈了，那就更不能计较这点小事了。你们一天到晚做事，谁没个精力不支的时候。这事就算了吧。"

那宫女叩首："奴婢替她谢过娘娘恩典。"立刻带那个叫楚儿的宫女过来谢恩。

楚儿流泪伏地，连连谢恩。

"奴婢心念家事，服侍娘娘的时候略有恍惚，谢娘娘宽宏大量……"

头磕得砰砰作响，让杜小曼坐都坐不住了，感觉自己就是万恶封建社会的剥削代表，赶紧道："快起来吧。你家里出了什么事，很严重么？"

那年长宫女道："娘娘面前，怎能提这些事情？既进宫来，怎还有这些牵扯？"

刚爬起来的楚儿立刻又跪下了。

杜小曼顿时头大："快起来快起来。是我好奇，所以问问。没事的，说吧。"

楚儿再叩首："禀娘娘，奴婢既进宫，就是宫里的人了，侍奉娘娘，的确本不该再想家里的事。"

杜小曼道："怎能这样说呢，我也牵挂爹娘，谁都有父母。你惦记家里，这是孝顺的表现啊。快起来说吧。"

楚儿总算起身了，哽咽："谢娘娘。奴婢上月收到家信，外祖母病逝，表舅要夺家产，奴婢的爹爹乃是入赘，前年没了。娘无兄弟姊妹可靠，若家产被夺，只能和妹妹流落街头。这几日正是闹官司的日子，表舅家有钱有势，这场官司，多半是他赢，奴婢想来，就……"说到这里，泣不成声。

杜小曼心生同情："你家是哪里的？"

楚儿低头道："奴婢西……"

"娘娘，皇后娘娘驾到。"一声匆匆通报，打断楚儿的话。

杜小曼立刻站起身。

这可真是，贵客了。

皇后娘娘她是见过的，她这次见到杜小曼，一直表现得非常端庄、优雅、大气。表情亲切但不热切，一举手，一投足，一字一句一吐息都恰到好处，仿佛杜小曼是理所当然进了宫，她是理所当然来看看，没有一丝一毫尴尬。

杜小曼这样被皇后娘娘接见慰问着，居然自己都感到自己的存在合理极了。

宫人们在上首座椅上加了靠垫、坐垫、披巾等层层摆设，皇后方在椅子上坐了，视线在杜小曼面上一扫，眼神很是平和。

皇帝的秘密，皇后到底知不知情？

杜小曼正琢磨着，皇后开口道："郡主在此，住得还好么？"

杜小曼低头回道："甚好，谢皇后娘娘关爱。"

皇后更亲切地道："看气色，却是不如上次见时。"

废话，被毒打过气色能好么？

杜小曼道："可能是臣妾这几日没怎么出去活动，白了些。"

皇后微微一笑："郡主说话还是这么风趣。想是这几日都在这宫院中，有些拘束了。平时没事，可到本宫那里坐坐。离这含凉宫不远，清晖阁畅思湖一处，秋景胜过御花园，更比御花园幽静，闲杂人等到不得那里，郡主亦可到那里走走。"

杜小曼行礼道谢，心中纳闷，难道皇后过来，就是告诉她，已经获得了一定的自由度，可以到特定场所溜达？

皇后又和她闲话了几句，道："郡主只管宽心住在这里，有什么短缺，就来找本宫。因这几日皇上忙于政务，加上恰好裕王又要娶妃，国事家事赶在一处，有些事难免延误。"

杜小曼不由得抬头，视线刚好与皇后的视线相撞。

皇后用闲话的口气道："裕王乃皇上的皇叔，早已是婚配的年纪，只是眼界太高，这个看不上，那个看不上。这回好容易定了楚平公家的千金，算是满意了。婚期又赶，礼部那里拟的仪程，皇上与本宫都得过目。唉，本宫其实最不擅长这些事。"

这才是皇后娘娘此行的目的？有些太直白低端了吧。

皇后娘娘已把话头扯向了别处，杜小曼赶紧跟上。

说了一时，皇后起驾离开，杜小曼仍觉得有些摸不着头绪。

皇后娘娘特意跑来一趟，就为说说"你的老相好要结婚了"，试探或打击她一把？托人传个话也行啊。

杜小曼又背起宁景徽的四字真言，顺势而为，顺势而为。

至于璪璪结婚……杜小曼表示无话可说。

这事果然还没完，到了傍晚，有小宦官前来传话——皇上今晚有事，不能过来了，娘娘不必等待，请早早安歇。

宫人们立刻开始贺喜杜小曼。

"皇上多么疼惜娘娘，特地让人过来告知。"

"后宫里此前从未有过，娘娘于皇上，真真不一般呢。"

……

杜小曼描完几页《春秋》，到廊下看看远方，休息眼睛，听见附近柱子处小宫女们在窃窃私语。

"听说裕王今晚入宫领宴，楚平公也来。"

"楚平公家的小姐据说身世不一般，早就和裕王认识呢。"

"啊？未嫁的姑娘怎么会和……"

一个年岁略长的宫女的声音严厉打断："廊下怎能喧哗！"私语声顿时停下。

杜小曼淡定地走下台阶，假装什么都没听到。

一旁的宫女偷看杜小曼的脸色，轻声道："天色尚早，娘娘可要出去走走？"

　　杜小曼道："是哦，皇后娘娘说，我可以出去走动，那，皇后娘娘说的那个风景还不错很幽静的地方，离这里远么？"

　　宫女福身："不远，从宫院后有条小径可过去，一路亦无甚杂人。奴婢这便着人准备。"

　　杜小曼摆摆手："准备什么啊，就这么走过去吧，天天在宫院里闷着，走走也好。"

　　宫女们福身领命，替杜小曼更换出门的衣服。几个宫女随杜小曼一道出了含凉宫。

　　走过长长的甬道，又折进一条更狭长的甬道，一路只遇见了寥寥几个宫人。

　　越走，就觉得四周越僻静，又跨进一道门，转过几条曲折游廊，再几经折转，宫女们向杜小曼轻声道："娘娘，这就到了。"说着，引她又进了一道门，转过面前一座假山，视野顿时开阔了。

　　一座两层小楼矗立在花木之中，窗扇紧闭，匾题"清晖阁"三字。小楼清秀雅致，与皇宫里其他的建筑不太一样。

　　一位宫女道："先帝做太子时，曾在此读书，如今不常有人过来了。"

　　杜小曼点点头，一般皇宫里这样的地方，貌似都会有点什么秘辛啊，隐情啊之类，她看看那些紧闭的门扇，心里跃跃欲试。

　　小楼边，又有一座假山，宫女们引杜小曼走到近前，见假山后方有一道台阶，杜小曼沿阶登上假山，山顶与小楼的二层相连。

　　沿着围廊转到小楼后方，杜小曼情不自禁哇了一声。

　　浩浩渺渺的湖面，在夕阳的余晖下闪着粼粼光泽，飞霞流金。

　　二楼斜廊至通湖畔长廊，杜小曼迫不及待地走了下去。

　　美！真的太美了！

　　其实这个湖，没有裕王府的湖大，但不知为什么，在宫殿环绕之中，却显得格外开阔，站在湖畔，整个心都不由得畅快了。

　　杜小曼深深深深地吸了一口气，未见有桂树，空气中却含着馥郁的桂花香，与水上之风掺杂，荡涤心窍。

　　"娘娘为何在此？"

　　一个声音忽然响起，离杜小曼不远的柱子后，忽然走出了一个年长的宫人。

　　鬓发斑白，面有皱纹，打扮与宫女不同，应该是个嬷嬷姑姑之类的吧。

她向杜小曼微微福了福身，又问了一遍："娘娘怎会在此？"

杜小曼道："听说这里风景很美，就来看看。"

"娘娘果然对裕王殿下用情甚深。"老妇人微微一笑，双眼如猫头鹰般盯着杜小曼，"听闻裕王殿下娶妃的消息，便坐不住了。"

杜小曼微微一怔，再左右一扫，发现跟着她的几个宫女，竟然全部都不见了。

老妇人一步步向杜小曼走来："但是，娘娘，你得知道，皇宫大得很，即便今日裕王殿下要进宫领宴，内宫他可进不来。娘娘在这里，根本没指望见到他。"

杜小曼谨慎地沉默，心里暗暗想，她没猜错，从皇后娘娘来访，到那些宫女们窃窃私语，再到她被引来这个地方，所有这些，的确是一条线的。

但是，这条线，背后的持竿人是谁？

宁景徽？月圣门？

还是……

老妇人已走到了杜小曼面前："娘娘是真心喜欢裕王殿下的吧？"

杜小曼回盯她："为什么这么问？"

老妇人继续道："听见裕王殿下要娶妃的消息，娘娘是否万念俱灰？娘娘的确是个痴心的女子，可惜……"

杜小曼刚要冷笑，呼吸陡然一窒，老妇人的手掐住了她咽喉。

"娘娘只有来生，再与裕王殿下团聚了。"

杜小曼挣扎着，双手却如身在梦魇中一般使不上力，眼前渐渐模糊，嗡嗡耳鸣中，忽然隐隐听见笛声。

钳住杜小曼喉咙的手一松，杜小曼的身体跟着一个腾空，翻过栏杆，落进湖中。

笛声戛然而止，水涌进口鼻，杜小曼憋住气，腿蹬手划，猛地将头抬出水面。

岸，岸在这边！

她蹬掉鞋子，奋力刨水，模糊的视线中，看见两条人影从不同的方向奔来。

"皇叔？"

"十七？你怎会在此？"

杜小曼趴在岸边，抬头看那停步互望的两人。

二位，先过来拉我一把好吗？

秦兰璪与秦羽言相视，怔了这么一下，立刻同时转过身，冲向杜小曼。

杜小曼已经自己撑起身体，半跪了起来，秦兰璪蹲身扶起她，秦羽言缩回手，向后退了一步。

秦兰璪脱下外袍，裹住杜小曼，乱七八糟揉着她的头发。

秦羽言低声道："皇叔，恐怕立刻会有人过来。"

秦兰璪沉着脸不语，杜小曼抬眼扫视他二人，这里是深宫内院，这两个人怎么会出现？又为什么恰刚好在这个时候出现？

太不科学了。

秦羽言再道："皇叔……"

秦兰璪道："我奉旨来清晖阁领宴，若有人要看见，必然早已看见，此时躲闪也于事无补。"

秦羽言再一怔，道："我是自行来此，但来的时候并未……"他的话住了，愣愣地看着秦兰璪。

他来的这一路上，并未见有门障，无任何阻碍，亦没有看到一个宫人。

杜小曼看看他二人："今天皇后过来，和我提到这里。在这不久前，伺候的宫女问我，要不要出来转转。"

秦兰璪打断她的话："十七，这里没你什么事，快离开。你在此，只会让水更浑，快走。"

秦羽言的视线扫过其实十分晕头转向，却正在拼命想要将清状况的杜小曼，然后又回到秦兰璪脸上，摇了摇头："我若离开，皇叔就解释不清了。"

秦兰璪笑了一声："本来就不清白。"

秦羽言神色黯淡："皇叔莫要如此，尚有转圜余地。"

杜小曼已然明白，这是个大圈套，她正要再理一理情况，便听见遥遥一声呼喊："寻着了，寻着了，哎呀——"

杜小曼下意识从秦兰璪身边撤开一步，便看见一群宫人沿着游廊匆匆往这里而来。

冲在最前面的正是领着杜小曼来这里的两个宫女。

"娘娘，这是……"宫女们倒抽一口冷气，扑腾跪倒，"叩见裕王殿下、十七殿下。"

后续的宫人亦蜂拥到来。

一个小宦官遥遥从人群最后疾行至最前。

"裕王殿下。奴才……啊，娘娘这是……"亦跪倒在地，"奴才叩见裕王殿下、十七殿下、娘娘，方才失态，求两位殿下与娘娘恕罪。"

这个小宦官，是今天早晨进来服侍发病的皇帝的那两个小宦官之一，还曾恭敬向她行礼来着。

真狗血啊，杜小曼默默地想。

她正裹着璪璪的衣服，方才游泳时蹬飞了脚上的鞋子，袜子也掉了，光脚踩在草地上，头发不断地往下滴水，脸上的妆肯定不防水，想来已纵横交错，十分精彩。

"我方才落水，幸亏有裕王殿下和十七殿下二位及时相救。"

"我到的时候你明明已经游上来了。"秦兰璪向她走了一步，把她身上的衣服再裹紧些，"没想到你水性这么好。"

杜小曼压抑住想掐住他肩膀的冲动。

大哥你清醒点啊，这是众目睽睽之下，你是在公然调戏后宫的女人啊！作死也不是这样的！

四周一片死寂，宫人们皆俯首匍匐在地，秦羽言急得脸都白了，无措地看着杜小曼和秦兰璪，突然转身跪倒。

远远地，一袭龙袍在宫人的簇拥下缓缓向这里行来。

杜小曼赶紧又朝旁边闪了闪，亦跪倒。

时间瞬间好像静止了一样，过了许久许久，杜小曼方才听见上方遥遥传来一句话——"都平身吧。"

杜小曼站起身，听见那个她认得的小宦官的声音道："皇上，娘娘意外落水，多亏裕王殿下与十七殿下及时相救。"

杜小曼抬起眼，与皇帝的视线相遇。

深邃，毫无感情。

是A版还是B版？

皇帝望着她，向她走来，抬起手，冰冷的手指拂过她的额头，另一只手按上她的肩。

"定然受惊了吧。快回去歇下，让御医看看，莫着凉了。"

就这样？

不是"你这个贱人，竟与裕王在此苟且，来人啊，把这对狗男女给朕拖下去"？

肩上的手松开，杜小曼身上的袍子落地。

皇帝转而看向秦兰璪："多亏皇叔相救，朕立刻着人赶制锦袍十领，赐予皇叔。"

杜小曼生生打了个寒战，秦兰璪淡然一笑："臣谢赏。"

那小宦官不知何时已挪到了杜小曼身边，躬身轻声道："娘娘，请回宫吧，请这边行。"

杜小曼又往秦兰璪那边瞄了一眼，秦兰璪仍是那副死猪不怕开水烫的悠哉模样。秦羽言垂眸站在他身边，忽而又跪倒："臣擅入此地，请皇上责罚。"

小宦官再度催促，杜小曼只好行礼："臣妾告退。"

皇帝垂眸看向杜小曼，声音和缓又温柔："速回去吧，朕着人再让御膳房送些驱寒的汤水，喝了早些睡。"

杜小曼心头一震，拜谢告退，走出几步，方才听得皇帝对秦羽言道："十七弟虽已自有府邸，但宫中仍是你的家，在家中走动，何来擅闯之说，又何须请罪？"

宫人往杜小曼身上加了一件披风，杜小曼裹紧了匆匆前行。

璪璪接下来会怎么样？十七皇子又会怎么样？

这个圈套，到底是什么用意？

杜小曼不敢太过分神，回到含凉宫，宫人们见她形容，表现得都很惊讶，忙忙迎接，簇拥她进正殿。

"娘娘请暂喝口茶水，安一安神，御医应该过一时便到。"

杜小曼这才发现，那个小宦官竟是跟随她一道回了含凉宫。她接过水杯，喝了两口茶水。宫女们支好屏风，取来浴桶香汤，服侍她先沐浴。

洗澡更衣过后，杜小曼发现那个小宦官居然还在，见杜小曼出来，又躬身："御医已在殿外等候，娘娘可要宣其入内？"

杜小曼点点头："好，多谢公公。"

小宦官微微抬起头："另外，下午带娘娘去畅思湖的那两个奴婢，已处置了。娘娘请安心，绝不会再有此事。"

杜小曼再一惊，看着小宦官唇边的笑，生生压住再打个寒战的冲动。

小宦官躬身倒退出门。

御医隔帘给杜小曼诊了脉，开了些驱寒药剂。御膳房又送来了热汤，杜小曼盯着那个碗看了片刻，毅然喝下，甚鲜美，不知加了什么材料，滋味明明很清淡，喝下去后却微微出了汗。

那小宦官又出现在了门槛边。

"娘娘请早些安歇吧，皇上与裕王和十七殿下已用完御宴，今夜就不过来了。娘娘请好生休养，奴才也告退了。"

杜小曼又点点头，平静地说："好。"

过不多久，御医开的药也煎好了，杜小曼又痛快喝掉，躺平到床上。

那小宦官传达出的讯息，似乎是要她放宽心，别怕再被害。

那么，今天下午的事，并不是皇帝主使？

但让璪璪到那个地方去的，明明是皇帝。

杜小曼回忆了一下种种细节，傍晚见到的那个皇帝，应该还是A版。

虽然说话的口气有些往B版靠拢，但是眼神、声音，还是有微妙的差别。虽说不出来具体差别在哪儿，但她能感受到。

杜小曼总结了一下，目前的情况应该是，A版皇帝很憎恶她，却装作不憎恶她，B版皇帝很温和，却与她保持一定距离。但她可以确定的是，A版和B版皇帝暂时都不会要她的命。

那么，下杀手的老宫女以及被处理掉的那几个宫女，是皇后的人？

皇后为什么要这么做？

选择璪璪会到的场所，还有那个时机……

制造奸夫淫妇见面的场景？那就不应该下杀手啊。

还是……

杜小曼有点偏头痛了。

她抱着被子翻个身。嗯，小宦官还说了御宴已经结束的事，那么璪璪和十七皇子应该是没什么大碍，没被寻麻烦吧。

为什么皇帝对璪璪也表现得这么宽宏大量呢？

啊，头好疼。

杜小曼在头疼中睡去，在脑涨中醒来。

昨晚喝了那么苦的药，早上仍然有感冒的迹象，一个鼻孔不甚通气。怪不得古代的皇帝英年早逝的那么多，御医不怎么可靠啊。

吃了早饭喝完药，一直没有听到"裕王被皇上咔嚓了""十七皇子被抓了"之类的零碎言语，杜小曼的心稍安。

她身边的宫女似乎换了不少生面孔，除开昨天和她去畅思湖的那几个，另外又少了一些人。

被清理掉了？

杜小曼又觉得有点冷了，不是要发烧了吧……

"娘娘可是有什么吩咐？"

她自以为天衣无缝地眼珠乱转，到底还是被发现了，立刻有宫女柔声询问。

杜小曼道："没什么。"恰好开口询问的是昨天那个叫楚儿的小宫女，正可以让她岔开话题，"是了，你家里的事怎样了？"

楚儿立刻跪倒在地："承娘娘记挂问询，奴婢亦不知怎样了。"

杜小曼道："你现在着急也没有用，我不懂宫里的规矩，你能和家里自由通信么？"

楚儿摇头。

杜小曼道："要不然我看找谁帮你说说情？你先写信回家问问，别瞎猜。官府的人有好有坏，说不定你家这回遇上的是个清官。如果真有冤枉错判，再想办法不迟。"

楚儿叩首不迭："多谢娘娘，多谢娘娘。"

杜小曼正要让她起来，又有宫人通报，却是昨天的那个小宦官与另外几个小宦官，捧着几个箱子盒子前来。

"皇上有话给娘娘，昨日娘娘受惊，皇上极其挂念，让娘娘好生休息，皇上在御书房，过一时便来，娘娘不必费心接驾，只管休养便是。"

杜小曼拜领圣谕，只见那几个小宦官行到殿内书案前，移开上面的物品，抖开锦布，铺于案上，再从几个盒子里取出一沓沓长方形的册子，再摆上笔、砚、笔架、笔洗……

当几个小宦官将一个四方形的锦盒供放在桌头，掀开盒盖，杜小曼的眼直了。这是，传说中的玉玺吧！

皇帝这是要在这里办公吗？

皇帝妹子，你到底是为什么要这么自找不自在，晚上到这里来睡觉，白天还要在这里写作业。

好吧，顺势而为，顺势而为。

杜小曼已经懒得再想为什么了，在这个神奇的皇宫里，一个脑袋不太够用，别用坏了，还是降低磨损消耗吧。

宫女们都很替她欣喜的样子，委婉暗示皇上对她已情稠意浓，无法自拔。

杜小曼只能在肚子里翻白眼，假装路过，在书案边走动，探看上面的东西。

哇，做皇帝真辛苦，折子堆这么高，大多都挺厚的。

昨天的那个小宦官正自小匣中取出朱墨锭，抬眼遇上杜小曼的目光，微微一笑，躬身为礼。

杜小曼已知道他的名字叫保彦，便道："昨日有劳保公公，多谢。"

保彦立刻道："娘娘折杀奴才，不敢受，不敢受。"仍是笑眯眯的。

另外的几个小宦官又往香炉里添换香料，布置座椅，掸扫周围。

皇帝驾到的通报传来，杜小曼出门迎驾。

来的还是A版。

杜小曼一看那张脸，感受到气氛，立刻就下了判断。

A版皇帝对来写作业这件事也很不乐意的样子，脸色很庄严肃穆，不过却用非常怜惜的口吻对杜小曼道："怎么还是出来了，莫再受了风寒。"携她的手一同进门，指甲在袖中狠狠挖进杜小曼的皮肉。

是非常明白地示意了不情愿，却不得不来。

杜小曼内心不禁又翻腾起这两天新产生的一个大疑问——

皇帝妹子，真的是月圣门的圣姑吗？

有很多事，皇帝妹子很明显是不情愿又不得不为之。

小宦官保彦更很奇怪。他贴身伺候皇帝，难道他知道皇帝的秘密？那么他在月圣门中，又会是……

杜小曼沉吟着，转过眼，竟又与保彦的视线相遇，保彦再向她微微一笑，垂下眼帘。

皇帝批奏折的过程，十分枯燥。

杜小曼捧着一个宫女们塞给她装样子的绣活，做贤淑状在一旁陪坐。皇帝妹子面对奏折，神色凝重，眉头越拧越紧，题批的手也越来越急躁。

杜小曼猜想，若不是左右宫人在场，恐怕皇帝妹子已经一把抓起奏折向她砸来，让她有多远滚多远，不要在旁边碍眼。

我也不想在这里蹲着啊，大家都是身不由己。

杜小曼往布上戳了几针，线结了大疙瘩，怎么顿也顿不开。宫女连忙贴心捧上小剪刀，杜小曼剪断线，皇帝搁下笔，转首看向她，用最隐忍温和的声音道：

"你身子不好，不用在此陪朕，去歇息吧。"

如果现在吐出一句"臣妾不累，臣妾就想陪着皇上"，不知道皇帝妹子会做何反应。

还是不要无聊到自找麻烦为妙，杜小曼刚要识相告退，保彦却在她开口前含笑道："皇上真是疼惜娘娘。批了这么久折子，皇上是否先歇息片刻？"

皇帝冷冷道："朕不累。国事为重，岂能耽误。"说着又取过一本奏折。

保彦躬身："不然还和以往一样，奴才为皇上念诵，皇上听后批复，至少眼睛没那么乏了。"

皇帝猛地抬起头，殿中气氛陡然一冷。

保彦佝偻着腰，仍一副温顺忠诚的模样。

皇帝沉声道："朕还是亲阅吧。奏折岂是儿戏，由你来念，这殿中许多人都闻得，不甚妥。"

杜小曼站起身："臣妾先告退了。"

皇帝摆了摆手，左右宫女亦行礼退下。

刚走到帷幔旁，杜小曼忽而听得一声脆响，她一回身，只见皇帝妹子以手支头双眼紧闭，茶盏打碎在脚边，朱笔骨碌碌在地上滚动。

杜小曼与众宫女赶紧疾步回去。

"皇上！"

"陛下！奴婢这就去传御医……"

"不必！"皇帝妹子陡然一喝，睁开双眼，慢慢放下手，声音回归平缓，"朕……朕只是有些目眩，想是昨夜睡得有些少，不碍事。尔等都退下吧。嫚儿，你留下。"

宫女们捡起地上的笔，收拾好茶杯碎片，无声退下。

杜小曼站在原地看了皇帝片刻，慢慢走回去。

皇帝的手指掐着座椅的扶手，指甲泛出白色，察觉到杜小曼的视线，立刻松开了一些，重新挺直了背端坐。

"保彦，还是你来念这奏折吧。"

保彦再躬身："奴才遵旨。"

杜小曼走到方才的位置，犹豫了一下，道："皇上请放心，我这人很笨，那些国家大事，听了我也听不懂。"

皇帝瞥了她一眼，嗓子里逸出一声轻呵："你坐吧。"

杜小曼在软榻上坐下，保彦捧起一本奏折，翻开，开始念。

杜小曼又摸过那个绣活当道具，开始装模作样地重新穿针引线。

她已能十分肯定，月圣门的最高领导，绝对不是皇帝妹子。

这个保彦，很明显是个监控皇帝的人物。帮皇帝念奏折，等于是参与国事了吧。一个公公，敢这么明白地抖擞……

杜小曼的视线不由得飘过去，难道他才是月圣门的头目？

公公，严格意义上说，不能算是个男人。

唉，杜小曼的头又隐隐作痛了。

什么都要猜，什么都稀里糊涂的，搞得整个人都不好了。

在皇宫真的是处处要费脑筋，一句话能让大脑拐千百个弯儿，智商不过硬，心理建设不够强大，绝对玩不过去。怪不得皇帝是史上最短命的职业。

保彦念完一本奏折，放回桌上，皇帝提笔寥寥批复几字，便合上了奏折。

保彦又取过一本，开始念。自始至终没多说过一句话，好像真的就是在念奏折，还是皇帝在做决断。

但这种场景，为什么要留下她这个观众呢？

杜小曼懒得再琢磨了，索性放空大脑，拿着针来来回回在布上乱戳。

不过，这些奏折貌似没她想象的那么难懂，有几个什么××大学士、某某侍郎的折子是又长又晦涩，里面一堆杜小曼不太懂的名词，听得她略晕。但并不是所有折子都那么文绉绉的，有些挺短挺明白的，特别是武将写的折子，跟说白话文差不多。还有一两个御史参奏别人的折子也很有趣，其中一个貌似是参兵部某个官员的，大致是说他仪态不端庄，说话常爆粗口，下朝后胆敢在御阶下就飙脏话，这个御史说了他一句，于是那位被参的申大人就问候了一下这位御史的祖先。

御史在折子里含恨写：

"……臣之先人被辱，不足举为圣闻，然丹陛御阶安能蒙垢，国之殿宇，岂可亵渎？……"

以下省略杜小曼基本听不懂的N多字。

保彦一口气念完，杜小曼十分佩服他的肺活量。

皇帝妹子大概也觉得这个御史参的这事太无聊了，道："先搁到一边吧，朕回头再批。"

保彦依言将折子放到一旁，再取一折，一读，杜小曼顿时乐了。

这本折子正是上本被参的那位兵部司戎主事、羽林右军副统领申尧写的，开头便是——

　　臣申尧谨奏：

　　臣听闻，周御史要来参臣了。臣亦知道，他必然来参臣。昨日早朝后，臣下得阶旁，有风灌鼻，抑制不住，打了一喷嚏。恰周御史在旁，便直指臣殿前无状。臣晓得，这个喷嚏打得是十分罪过，被他斥责，亦是理所应当。然周御史喋喋不绝，臣之忏悔心意，便不能纯粹，臣不免烦躁，便与周御史口角几句，的确说了"你他奶奶的操哪门子闲心"这句话。臣是粗人，舌头早该割了，但臣敢做敢当。喷嚏确实打过，无状言辞确实说过。臣此折但为自请其罪，叩请圣裁。

　　杜小曼不禁扑哧笑了一声。

　　皇帝的眉头跳了跳，瞥向她。

　　杜小曼讪讪道："呃，不好意思，这个奏折臣妾听懂了。原来大臣之间，也会像小孩子一样打嘴仗啊。"

　　皇帝面无表情淡淡道："司空见惯。"提起笔，在这本奏折后唰唰写了两行字，又取过那位周御史的奏折，也唰唰写了两行。

　　杜小曼不禁向桌案上偷偷瞄了几眼，真的很想探头看看皇帝妹子到底是怎么批复这两个折子的。

　　她当然什么也没看到。

　　皇帝一脸平淡地合上了奏折，保彦把这两本折子都放到已批复的折子堆里，码好，又取过一本。

　　"臣宁景徽今有一折启奏……"

　　刚要低头装作看绣活的杜小曼心中一震，不由得抬起目光，立刻自觉自己的反应太不淡定了，索性又像刚才听申大人和周御史掐架的奏折那样，大大方方做聆听状。

　　宁景徽的折子非常简洁，是为西北旱灾之地奏请拨调过冬钱粮赈济，寥寥数言道罢所请，无赘余之辞。杜小曼竟然也能听懂。

　　皇帝妹子一直垂着眼帘听着，表情亦无什么特别，听毕，淡淡道："传宁景徽与户部刘逊，申时初刻同到勤政殿。"

　　保彦躬身领命。

　　杜小曼突然觉得，妹子这个皇帝当的，还是很有风范的，就批奏折的这段表现，完全是一个皇帝应有的才智和举动。就算她传了宁景徽，杜小曼也觉得是公事公办，而绝非为了借机见见宁景徽。

　　唉，妹子其实在认真地扮演着自己的角色啊。

　　杜小曼望着皇帝聆听下一本奏折的侧脸，心中突然有种说不清的滋味。

　　待办的折子堆去了一少半，天早已是晌午，保彦问皇帝："陛下可要传膳？"

　　皇帝道："下午要议事，朕还要换袍服，恐在这里传膳不甚方便，还是在乾元殿东阁用膳吧。"说着站起身。

　　杜小曼赶紧跟着起身。皇帝看一看她："那朕便先回那边了，好生吃饭，注意自己的身子。"

　　杜小曼谢恩，恭送皇帝离去，陪同皇帝的宫人们皆随之离开。

　　杜小曼看看那张桌子，让小宫女去问，桌上的这些该怎么办。

　　过了一时，小宫女回来道："回禀娘娘，保公公说，皇上让把奏折就放在这里，傍晚皇上还过来。"

　　好吧。杜小曼在心中叹口气，我现在可是宠冠后宫的女人啊！

　　也没有人来告诉她，要不要拉根绳子把这张桌子保护起来。那什么，就绕着走吧。

　　其实皇帝走了，的确算是一种体贴，因为还没有人详细告诉杜小曼如果陪皇帝吃饭需要什么样的礼节，但肯定不轻松。说不定她全程都得跪着，皇帝吃剩下的菜她才能吃两口。

　　用午膳的时候，杜小曼做了个比较大胆的决定——把宁景徽的教训暂时丢到一边。

　　顺势而为，顺势而为，说不定就顺便没命了。

　　她在这里为了剧情走钢索，右相大人跟没事人一样一派忠心和皇上谈政事，连个接头的都没给过她这个卧底，这是上峰对待特工应有的态度么？

　　亏她还竖直了耳朵，把右相大人的奏折当密码来听，企图听出什么门道。

　　但不好意思，什么门道都没听到呢，应该是什么都没有吧！

　　昨天差点被杀，今天所有人却都表现得好像没那回事。

　　既然被当成没事，杜小曼决定去找事。

　　她抹了抹嘴："我想去拜见皇后娘娘。不知下午什么时辰比较合适？"

　　宫女们都沉默了。

　　昨天傍晚发生的那件事，虽然谁都不提，但谁心里都跟明镜一样。

宫中关系庞杂，谁都说不好另一个人到底连带着怎样的关系，那两个被处理掉的宫女是什么来历，绝大部分的宫女都想不出什么所以然来。

皇后娘娘昨天上午到了，下午唐郡主便差点被人推下水。这其中有无关联，更不可乱猜。

但显然，这位唐郡主并不是个善茬，想去中宫的目的昭然若揭。

唐郡主现在正得宠幸，她不顾此时一没名分，二无体统，硬闯中宫，应该也没事。

她没事就代表着，跟她走这一趟的人，肯定有事。

谁敢陪她去找死？

众宫女都不禁瑟瑟，一个宫女大胆道："娘娘，皇上虽说下午议政之后方才过来，但亦可能更改，万一来时娘娘不在……"

杜小曼道："皇上申时议政，我这会儿出去，应当没什么事。进宫来了这么久，还没有去拜见过皇后娘娘，反倒是皇后娘娘先来瞧了我，好像有些于理不合。"

另一宫女道："娘娘若去拜见皇后娘娘，上午最宜。皇后娘娘好佛法，下午常静坐读经。"

娘娘你冷静一下吧，冷静一个下午加晚上，应该就没这么亢奋了。

杜小曼道："那我先过去一趟，就算不便当面拜见，起码是个致意呀。"

一个年岁长些的大宫女不得不道："娘娘方才进宫，衣饰辇舆都未备妥，何不待一切妥当后方才拜见皇后娘娘？奴婢愚见，娘娘恕罪。"

杜小曼笑道："哦，也是，现在我还没什么名分，贸然去拜见，好像也不合体。算了，那就再等等吧。"

众宫女都松了一口气。

杜小曼又问："那贤妃娘娘那里，我是不是也不好去呀？"

方才那位大宫女忙道："贤妃娘娘与娘娘相处得如姊妹一般，见到娘娘过去，应很欢喜。只是不知贤妃娘娘此时是否在绮华宫中。"

杜小曼道："反正我先过去一趟看看吧。不知怎的，就想出去转转。"

宫女们对她不去中宫已在心里烧高香了，料想往贤妃那边一趟也没什么事，立刻帮她梳妆更衣。

其实杜小曼本来没打算真去找皇后，她知道自己现在根本见不了皇后，但她能肯定，折腾这一下，绝对会有人向皇后娘娘打小报告的。

皇后身为一个高端的后宫阴谋家，会因此这样那样考虑一大堆吧。

嘿嘿，就让皇后娘娘多死几个脑细胞吧，晚上睡不着，吃再多燕窝也阻挡不了脸上的褶子！

最好宁景徽、皇帝等其他相关人物都收到这个小报告。

右相大人，我现在很不爽，很沉不住气，我不能保证再过一时会做出什么事情哟……

杜小曼昂首阔步走出了含凉宫，前往绮华宫。

绮华宫早就是杜小曼打算探一探的地方。因为一直以来，贤妃的种种举动，太让她想不透。

贤妃很明显对她很好，很友善，让杜小曼很感激，但善意中，究竟藏着什么深意？

她是月圣门的人，还是宁景徽的人？

绮华宫离含凉宫真的不算远，大门与杜小曼途经的其他宫院不太相同，看起来很新。在皇宫这个地方，一切东西的样式都必须合乎规格，贤妃的宫殿能如此特别，看来她有一段时间专宠后宫，绝非虚传。

绮华宫的三个大字，字体亦与其他宫殿不太一样，更大，更洒脱。

宫女见杜小曼的眼睛直往上瞟，真的不合体统，忙悄声假意讲八卦："这三字宫名，乃皇上御笔亲题。"

杜小曼落下视线听完，眼睛又往上瞄了一下，好在一下之后立刻收回了，宫女们的身上则险些出了一身冷汗。

层层通报之后，杜小曼终于可以进去了。

转过影壁，宫院异常开阔，已是深秋，院中却有鲜花开放，簇拥着殿阁，真是绮丽繁华。这些花，杜小曼基本都叫不上名字。

宫女们未引杜小曼到正殿，而是绕到后方。

后面宫院更加开阔，花香馥郁。一经对比，杜小曼暂住的那个含凉宫真是寒酸简陋。

宫人们引杜小曼进了一间殿阁，贤妃自上首榻椅上起身，笑道："我正在琢磨，今儿要不要再过去打扰打扰妹妹，不想妹妹竟然过来了，快坐快坐。"

杜小曼敛身行礼，她第一次来见贤妃，按规矩当有敬献。杜小曼两爪空空进宫，没有什么私人物品。宫女们因她没有再闹着去中宫，心生感激，主动提示，皇帝在赐她暂住含凉宫时，还赐了一堆的东西，算是杜小曼私有。帮着杜小曼挑了一柄如意做礼物。

贤妃看到那礼盒，也只是道："哎呀，妹妹怎么还如此客套，下回千万不要如此了，我到你那里，可没带什么，还让你帮我的忙。妹妹这样，让我以后怎么好上门呢？"

杜小曼做诚挚状道："贤妃娘娘万万莫要这么说，太折杀妾了。娘娘肯去看妾，便是妾最大的福分。"

贤妃亲自携起杜小曼："你呀，总是这么小心翼翼的。"一瞥左右，"你们先都下去吧，让我们姐妹自在说会儿话。"

宫人们依言退下。

杜小曼先起话头道："娘娘前日托付的那些《春秋》经卷，妾描了一些，但还不很多。"

贤妃道："那个不急，你慢慢描便是。"笑容敛去，"其实，昨日傍晚的事，我听说了。"

杜小曼暗暗一振奋，却假装一怔。

贤妃道："看我这人，就是嘴快。望没有冒犯到妹妹。"

杜小曼道："怎么能是冒犯呢。"

这个时候，应该做出怎样的表情？低垂下眼，皱眉，准没错吧。

"贤妃娘娘肯这样关怀，让妾心里……其实妾……真不知道该怎么办好，想要找人谈心，才冒昧前来打扰……我……"

贤妃叹了口气，在她手上拍了拍："我懂。听说昨日跟着你的宫女，已经被处置了，处置之前可有审问过？"

杜小曼垂首摇头："没有。当时那几个宫女突然就不见了，然后出来了一个老宫女，想要掐死我，幸亏有人过来，我才被推进水中。"

贤妃握住了她的手："好妹妹，该吓坏了吧？"

杜小曼道："还好，我会游泳。"

贤妃的手似乎微微顿了一下，也像是杜小曼的错觉。

杜小曼抬起视线看向贤妃的脸，那张脸上只有关切。

"妹妹，这话，我也只对你说。宫中，说不清的事多得是。第一要紧的，是爱惜自己。妹妹心善，吉神自随。"

神仙倒是真有，但是貌似撒手不管很久了。

杜小曼道："我对神仙，不抱什么指望。凡事，还得靠自己。"

贤妃再拍拍杜小曼的手，又叹了口气："我刚进宫来时，虽不曾有妹妹这般的遭遇，但也遇到过许多事。那时也是想不开，偷偷哭了很多次。后来，就慢慢习惯了。时常读读经文书籍，亦可缓解心境。我看书不多，但这绮华宫里倒有不少书册，儒经道书佛典都收了一些，不知妹妹常读哪些？"

杜小曼不好意思地垂下头："妾很没文化，没看过什么书。娘娘看我字写成这样就知道了。"

贤妃微微笑道："有些书是甚乏味，说来我托妹妹抄写《春秋》，不知妹妹可会觉得枯燥？"

杜小曼立刻道："没有没有，这是娘娘带妾做功德呀，这样抄写，字也能练得好一些，趁机可以学习一下。说实话，孔夫子的书，我之前只知道'学而时习之，不亦说乎'这几句，此时用倒是挺恰当的。"

贤妃笑了笑。

杜小曼继续和贤妃聊了一时，偶尔试探，贤妃是个谈话高手，杜小曼越聊反而越不能肯定她的来头。再聊下去也不会有更多收获，杜小曼便起身告辞。

但对杜小曼来说，这一趟的些许收获已经挺让她满意的了。

在离开前，她又尽可能多地欣赏了一番绮华宫的美景，回宫之后，做艳羡状对宫女道："绮华宫好漂亮啊，皇上现在仍很宠幸贤妃娘娘么？"

左右宫人又沉默了一下，其中一个谨慎地回答："贤妃娘娘一直深得圣眷。"

嗯，再度肯定。

贤妃，应该就是月圣门的人，而且和推她下水的人，不是一伙的。

后宫之中，到底有多少股势力？

杜小曼的头壳又开始疼了。

敲山震虎的小计策，迅速就见效了。

杜小曼比自己意料更快地收到了反馈。

首先给她反馈的，居然是皇帝。

"你去了绮华宫？"

杜小曼垂下视线："嗯，臣妾多得贤妃娘娘照顾，一直想登门拜望。"

话说，我还要去拜见皇后呢，这你怎么不提呀？

皇帝向杜小曼走近了两步，轻轻拂开她肩上的发："闻说你十分喜爱绮华宫，朕亦可赐你一座更好的。"

杜小曼赶紧后退一步："多谢皇上，臣妾在这里住得挺好的。"一抬眼却对上皇帝的视线。

"喜欢，为何不想得到？"皇帝的手仍流连在她颈侧，"要什么，便和朕说，朕会给你最好的。"

不、不对劲啊。

这个视线，这个语调，还有瞳孔的颜色及神态……

这是……

杜小曼的后背一紧，皇帝俯首，欺上了她的双唇。

杜小曼浑身的寒毛参起，猛地扭头转身。

皇帝被她一把推开，却并不以为意，站在原地看着杜小曼蹬蹬蹬后退几步。

"你仍对朕不情不愿？"

废话！杜小曼盯着皇帝，没有回答。

皇帝笑了笑："这就怪了，你这样的态度，在朕面前亦不加掩饰，为何还要如此听宁景徽的话？"

杜小曼心中一震。

皇帝果然什么都知道。

"那么皇上究竟是谁？"

你挑明，我也把话说开。

皇帝像听到什么有趣的话一样看着她："朕是谁？朕能是谁？"

"这两天我所见到，自称朕的，可不……"杜小曼的声音突然哽住了，她张了张嘴，发现自己发不出声音，亦无法动弹。

皇帝仍一脸好整以暇，眼中有杜小曼看不透的东西在闪烁。

"你这样做，是为了裕王？你与那宁景徽一样，都觉得他配坐上这皇位？慕云潇、谢况弈权势皆不如裕王，这就是你选他的原因？"

杜小曼心中再一寒。

皇帝的确对什么都知道得很透彻，连谢况弈亦在她的备胎名单中。

她的目光里流露出了急切。

皇帝垂眸俯视着她："莫说宁景徽那点伎俩，朕早已洞悉。便是他等能够得逞，你已入朕的后宫，你觉得彼时裕王还会要你？"

喂喂喂，皇上你不能这么脑补剧情啊，怎么我就成了为璟璟献身的女人，我看着像是有如此伟大情操的圣母吗？

"啊，呃……"杜小曼喉咙一松，突然又冒出了声音，把自己吓了一跳。她拍拍胸口，顺了顺气，立刻道，"是皇上您下旨让我进宫，宁右相才把我逮住打包送进来的。您别搞错因果关系。为了一个男人的宏图大业牺牲自己进宫当卧底什么的，那可不是我会做的事。对不起我很自私，我其实只想知道真相。我不明白本该很单纯活着的唐晋嫒身上，为什么会发生这么多说不清的事？"

皇帝的表情像个面具，对，他的脸上本来就应该有个面具。杜小曼虽然看不懂，但还是直盯着他的双眼。

"皇上你，为什么要这样对唐晋嫒呢？"

你，到底是谁？

皇帝的双瞳陡然收缩。

杜小曼又觉得身上某个地方细微地一麻，再度发不出声音，不能说话。

皇帝缓缓向她走近了一步，再一步，又一步，冰冷的手指抚上她鬓边，自颊侧滑到下巴，随后唇覆盖上她双唇，带着微微的凉寒。

只是轻轻一触，便抬首，吐息呵在她的耳畔。

"嫒嫒，忘掉裕王，更无须理会宁景徽。我会杀了他们。你什么都不需要多想，只要待在这里就好。"

龙袍的身影走出殿外，宫人们恭送皇上起驾的声音传来，杜小曼在原地又站了很久，宫女们进来，匆匆一瞄又立刻垂下的视线中藏满好奇，杜小曼下意识地动了动嘴唇，这才发现自己能动又能说话了。

她生生压抑住打一个哆嗦的欲望，假装淡然地任宫女们服侍她卸妆就寝。

太阴森，太恐怖了！

B版皇帝才是真的大杀器！

跟他一比，A版皇帝妹子简直是幼儿园级别的小打小闹。

话说右相大人，你到底有没有安排接头人？

假皇帝要做掉你和璪璪啦！好像他对你的动向十分明白的样子，这对于您老来说，算个事儿了吧？

我应该怎么传话给你？

这些话，杜小曼生怕自己一个忍不住脱口而出，把宫女们统统赶了出去，独自在床上翻滚。

这谍战不像谍战，宫斗不像宫斗的剧情，她真是受够了！

内心一阵狂躁，她翻身而起，撩开帐子，摸到桌边端起茶杯狠狠灌了两口，咯咯磨牙。

"装！装！装！都明明白白了干吗还都不放真相！痛痛快快光明正大把事情都了了呗！"

打假换皇帝，真刀真枪干起来，何必卷这么多路人下水！

杜小曼把杯子恶狠狠放回桌面，正要转身，发现被微弱月光照耀的墙角处，黑黝黝的大花瓶动了动，下方有两条腿站起，上升的瓶身处冒出人头和肩，双臂分开瓶肚，淡然将瓶壳扒下，拔出背后的孔雀毛，走向目瞪口呆大张嘴石化的杜小曼。

"女娃，老夫的这个装扮略微粗陋。你的眼神，却未令我失望。"

萧……

萧……白……客……

萧大侠！

萧大神！

您老是怎么进来的？

您老是从什么时候开始蹲在那里的？！

杜小曼双膝一软，险些跪了。

大神！救我！！！

话尚未来得及出声，萧白客又瓮声开口："老夫上当了。那一男一女两个毛头后生易容手法拙劣，口技稍好一些，仍难脱不堪二字。竟被如此吹嘘，今日之世人，见识竟至于此。"

淡淡语气中，带着幽幽唏嘘。

"不过，能与小友你一会，此行不算虚之。"

一番话，听得杜小曼如云山雾罩，正试图用她那点儿可怜的智商解读，萧白客又道："老夫已在此一夜一日，你却此时才说破，想来看出时辰应不会太早。以你眼力，本不应这么迟，料是因记挂你那小情郎，乱了心绪所致。老夫平生所见的后生中，你是天分最高的一个，若承我衣钵，不出二十年，当胜于我今日。但尔须弃杂念，方可达至高境地，尤其要看破儿女情长。往至境之途，如逆水行舟，不进则退。"

呵……

呵呵……

萧大侠，其实一切都是误会，一切都是巧合。只因事情它就恰刚好那么凑巧。

不过，只要能从这鬼地方出去，让我拜您一千遍师父都愿意。

杜小曼双膝再一弯："师……"

萧白客又唏嘘一叹："罢了，老夫不强人所难。"

"萧大侠，求您带我出去！"

萧白客摇摇头："老夫带不出去。"

这么干脆？！

这是一个大侠应该说的话么？

"为、为什么？萧大侠您武功如此卓绝……"

"区区皇宫，老夫进出轻而易举，但女娃娃你丝毫不会武功。"萧白客答得仍然简洁，"外面你的另一个小情郎已经团团乱转了数日，宫墙似也翻过几道，老夫还和他聊了聊。他也毫无方法。"

杜小曼心口一暖，这是谢况弈吧。

不知为什么，她的眼眶有点酸。

"那萧大侠您能不能给我带个口信？"

"带给何人？"

"给……谢况弈，就是外面那个。还有宁景徽，当今右相，您认得吧？还有裕王秦兰璪，他您应该认识的。"

萧白客点点头："就这三个小情郎？各要带什么话？"

大侠，他们不是我的小情郎啊！怎么说得好像我男女关系很混乱的样子！

"大神您误会了，我和他们不是那种关系，是……"现在解释这个，好像很浪费时间。

其实杜小曼的纠结，对萧白客来说，完全无所谓。萧白客一生，被数不清的女子恋慕，三四个，还是三四十个，在他看来是尘埃一般的数目。他从不知道，庸俗的世人对这种事何等穷心耗力与纠结万分，方才不过是随口一说。

"大侠，我想告诉谢况弈，就是在宫墙外头想翻进来的那个，请他不用管我了，我在这里挺好的，没什么事。"

萧白客点点头。

"想告诉当今右相宁景徽的话是，那人要杀他们，他的计划那人都知道了。还有，想告诉裕王秦兰璪的话是……"

怎么突然觉得，此刻特别像电视剧里的某个特定场景。

"是……"唉，她连声音都忍不住哑了，"是……"

对啊，要跟他说什么？

好像，没什么可说的。

"就让他多保重吧。"这么无关紧要的话，让萧大神专门跑一趟太不值得了。

"这句话，您告诉宁景徽，让他转告裕王就行。"

萧白客略一颔首，变戏法一样从帷幔角落里拖出一个大花瓶，插进从后背薅下的孔雀毛，重新放回原位，又驻足，转身，一沉吟。

"是了，老夫亦有一句话，托小娃你见到他时转告。老夫大约知道他在猜什么，不是，让他休要瞎琢磨。"

他？他是……

微微凉风，灌进杜小曼张开的嘴，萧白客的身影掠出窗缝，逆风而去。

喂，大神，您好歹把那个"他"的名字告诉我啊！

身为一个庸俗的人类，真的无法跟上艺术家的节奏。

杜小曼再默默灌了两口凉茶，爬回床上。

萧白客神一般地来去，当然没有留下任何痕迹，宫人们更毫无察觉。

第二天早上，当宫女们仔细擦拭那个那个大花瓶的时候，杜小曼不禁想起，昨天，宫女们也是这样仔细地擦拭了花瓶无数遍……

萧大侠，您是真的神。

杜小曼大约明白了一点，在萧白客的世界里，凡尘一切皆是浮云，只有无止境的易容艺术之路，才是唯一。

突然感觉自己好渺小，这个斗来斗去的皇宫、这个真真假假纷纷乱乱的世间好龌龊。

皇宫里面，有A版B版一男一女两个皇帝（获得萧大神认证），这到底是整啥呢？

为什么要把生活变得如此复杂？

下午，皇帝又过来批奏折了。

杜小曼发现了一个快速分辨A版和B版皇帝的方法。

好像A版女皇帝的身边，总是跟着保彦和另一个小宦官忠承，而B版的男皇帝身边不怎么出现这两人。

现在保彦跟皇帝一起过来了，那么来的，大概是A版？

杜小曼恭敬接待，皇帝坐到桌边，杜小曼亲手将茶水端上。皇帝瞥了她一眼，嗯了一声。

应该是A版没错。

B版昨晚带着情绪离去，杜小曼一直猜测今天会不会有惊奇下文，但是今天剧情进展出奇的平静，杜小曼甚至觉得A版皇帝妹子心情挺不错。

皇帝妹子批了几本奏折，又让保彦诵读，杜小曼假装听着，自顾自地走神思考这这那那，忽而听见A版皇帝道："媗儿，朕看你听得仔细，这个折子，你可有见解？"

啊？杜小曼恍然回神。其实她刚刚根本没在听来着。

她赶紧起身，施礼道："皇上，臣妾如此愚钝，听都听不懂，哪有什么见解。"

皇帝似笑非笑："哦，朕见媗儿连手里的针线都忘了，还以为在替朕思索分忧。"

杜小曼尴尬地张张嘴："臣妾是努力在想，到底听到的是什么意思。"

皇帝歪头："可想好了么？"

杜小曼摇摇头："没……没懂。"

皇帝挑了挑眉，唇上挂着笑，提起朱笔。

杜小曼继续假装专注于手中的针线，总感觉，皇帝妹子的视线常常在她身上扫过，暗中打量。

批了大约一个时辰的奏折，皇帝妹子说有些困乏，屏退左右，到床上躺了一时。

杜小曼远远地坐着，描《春秋》打发时间。

又半个时辰左右，保彦和忠承进来，服侍皇帝起身。皇帝站在床前，任两人跪下整理龙袍衣摆，向杜小曼道："朕过一时还有事，晚上可能就宿在乾元殿，不过来了，你早些睡吧，不必等朕。"

杜小曼做领命状。

皇帝又道："说来，你进宫也有几日了，有些事，朕都记着呢，不必心急。"

杜小曼再垂首。

皇帝淡淡道："真是快啊，明日，就是十五了。"

十五！杜小曼的心突地快了一拍。

皇帝有意无意提了这么一句，其中必有缘故。难道这天，宫中将发生什么大动荡？

杜小曼记得，月圣门一般都爱在十五杀人，月圣门的女子告诉过她，月圣门的月祭有大小之分。难道明天是大月祭的日子，B版皇帝打算在那个时候做掉宁景徽或璪璪？

结合A版皇帝妹子的态度，宁景徽应该不会有什么三长两短，再沦落也不过是被A版皇帝圈禁。

如果月圣门真的要杀个人来祭祀十五的月亮，第一顺位人选大概就是——

璪璪。

仿佛在肯定这个猜想一样，杜小曼的右眼皮跟着突突跳了两下。

萧大神到底有没有把口信带给宁相大人啊！杜小曼一想到这里，坐立难安。

宫女们发现她状态不对，便贴心安慰："皇上的确是有政务方才离去，今晚并未去其他娘娘那边，亦未传话侍寝。娘娘风寒未愈，早些睡吧。"

杜小曼也只能洗洗睡了。

"媗媗。"

"媗媗……"

低低的，又有人在耳边唤。

她猛回神。

"媗媗，你不开心？"

她咬唇："你为何每到月中，就常不来看我？"

他携住她的手："家母信佛，月中我得陪她上香吃斋，不好脱身。"

"但我想和你一起赏月。"刚刚在书里看到了一个方法，月圆之时，将两人的名字合写在笺上，对月祈愿，可生生世世永结同心。

他低低一笑，微凉的手指抚上她的脸颊："媗媗，我定然会请到皇上的圣旨赐婚，以后每个月的十五，你我都共赏明月。"

似有暖暖的蜜水，在心中化开，她轻轻点头。

我等你。

我信你。

只要是你说的，我一定相信。

但，为什么，心里突然很疼呢？

这里，这里又是哪里？

这湖水，这长廊，这……

"郡主，郡主，硬闯此处，不太妥当。郡主不该自折身份做此计较，先回院中去吧郡主……"

忽略耳边的求请，她急急前行，前方一幕，霍然跃入眼帘。

月光下，他手执火折，轻轻点亮那女子手中的莲灯，那双无数次温柔携住她双手的手，与那女子的柔荑触碰，灯火照亮那女子妖媚的笑容。

她怔怔站在原地，看着他和那女子一道将花灯放入水中，唇边宠溺的笑容将她的心绞得粉碎。

身上大红的嫁衣，在此时像个笑话。

十五啊，今天是十五。

弃了吉利的双日子十六，择了今日为期，只为了和你……

"媗媗你呀，真是疯了。闹着要嫁这个人，又非得择这么个日子，哪有人成亲是单日的？他这么哄着你，必然别有居心，一成亲嘴脸就露出来了。别怪姐姐说丧气话，以后有你受的。"

"嫁出去的女儿泼出去的水，从今往后我和你父王都不再管你，亦不再帮你。你如斯任性，日后有何结果，都自己咽下吧。"

娘，姐姐，为何被你们言中了。

潇郎。云潇。慕云潇。

为什么……到底为什么……要如此对我？

……

杜小曼一骨碌从床上弹起来，捂住额头。

疯了疯了，这是什么情况？

这个梦，这个梦……

慕云潇和唐晋媗，是在十五那天成的亲？

天啊，其中必然有重大隐情。

慕云潇为了逼唐晋媗进月圣门，特意挑选了这个日子，好促进她裂变？

那么和阮紫霄一起放灯又……

上面的各位神仙，你们给我点儿剧情提示吧，有什么可不可以直接告诉我，别整这么玄乎的梦了，我真的不擅长猜谜啊！

"娘娘？"宫女关怀的声音从帐外飘来，询问杜小曼可有不适。

杜小曼含混过去，任宫女们服侍着起床。

她仍忍不住想，慕云潇，到底知不知道阮紫霏是月圣门的人？

杜小曼一想到这些，忍不住打了寒战。

宫女们赶紧再询问她是否风寒未好，又为她请来御医。

御医悬丝诊了诊脉，沉吟："娘娘的脉相，倒是……"声音很犹豫。稍后，又召了一名医婆，入内看了看杜小曼的气色与舌苔。

御医再沉吟片刻，道："娘娘的风寒，倒是已康复，若仍觉不适，臣便写张单子，着人交与御膳房，按此安排膳食便是。"

杜小曼隔帘道谢。

所谓按御医的方法安排的膳食，不外乎就是煎炸烧几乎没了，全是蒸炖煮的清淡滋养菜品。

杜小曼心里有事，嘴里寡淡，饭也没吃几口。

耗磨了一整天，皇帝没来，贤妃娘娘也没来，难道大家都准备晚上开会呢？

到了晚间，杜小曼望着天上那渐渐升高的圆月，心里的不安渐渐变浓。

宫女温声道："娘娘快进殿吧，外面甚冷。皇上这几日政务繁忙，说不定明儿一早，就来看娘娘了。"

杜小曼无语地转身，刚要走向门槛，又掉回头，望向西南方向："那边的天，是不是红一些？"

宫女立刻含笑回道："娘娘，那边是乾元殿与中宫方位，平日里就这么亮呢，只是娘娘未曾留意。"

杜小曼回到殿内，沐浴就寝。

可能是这几天没事就睡，实在睡太多了，躺在床上辗转反侧，总是无法入眠。

月亮正好，月圣门的仪式，说不定正要开始吧。

难道是直接闯入裕王府，趁璪璪不备，就……

璪璪一犯懒，睡觉蛮死的，说不定就在他好梦正酣时，一道影子悄悄出现在他床头……

或者是他正和某个或某堆美人一起喝酒吃菜，一个妹子脸色一变，从怀中摸出一把刀子……

唉，不能这么诅咒璪璪。说不定月圣门的人今晚只是纯洁地唱唱歌，月苋仙姑不是说，有好多都是外人的误解，其实她们不会那么做么。

杜小曼拍拍额头，再翻个身，突然发现帐子外好像有道黑影。

宫女？

不对，轮廓不太像。

纱帘微动，那黑影一闪，杜小曼还未来得及尖叫，嘴巴便被一只手捂住。

"嘘——小曼姐，是我。"

箸……箸儿？

杜小曼差点又叫出声，比见到鬼还震惊。

箸儿，哦不，是美少年模样的孤于箸，悄声道："小曼姐，别怕，真的是我。"

"你、你怎么进来的？"杜小曼的嘴巴被松开后，立刻问。

"那个会易容的老伯对弈哥哥说了路线，但他武功很高，我和弈哥哥还有卫棠哥加起来也比不上。本来还是进不来，还好这里面打起来了，弈哥哥和卫棠哥得留意那些卫兵别醒来被发现，就让我进来了。"孤于箸回答。

"打起来了？"杜小曼一把抓住了孤于箸的手臂，"哪里打起来了？"

孤于箸努力地思考了一下："我光顾着进来，没太听清楚，好像是皇帝要刺皇后，还是皇后要刺皇帝，总之是这两个人其中一个要刺另外一个……"

杜小曼不由得揪住了孤于箸的胳膊。

"正打着呢？！"

孤于箸点点头。

娘啊，传说中的宫斗，啊不，宫变大戏，此时正在进行？感觉好不真实！

十五的月亮，果然未被这些人辜负！

"打得厉害么？"为什么这里一点动静都听不到？是不是皇宫太大的缘故？

"没有看见打，只是许多兵往那边去，说是调兵什么的。放心，我们说不定可以躲过。"孤于箸反手要拉起杜小曼，"快，这里的其他人一时半刻都不会醒来，外面有弈哥哥和卫棠哥两个人接应……"

杜小曼站起身，但没有挪动脚步："箸儿，我不能和你走。这种时候，宫里的武装防备绝对会加强，你带不走我。你快走吧，告诉谢况弈，我没事的，在这里反而挺安全。"

孤于箬也摇了摇头："你若不离开，我就等于白进来了。你就当为了弈哥哥，也要和我一起出去。"

就是因为谢况弈，才更不能出去。

杜小曼叹了口气："箬儿，我真的很感激你，感激谢少主，但现在的事情很复杂，关系到朝廷和政治，你们千万别沾上。宁景徽对我安排很周全，我绝对不会有事。"

孤于箬低声道："弈哥哥不会听的，他喜欢你，难道你不喜欢他么？"

杜小曼一噎。

这个问题，要怎么答？要怎么在箬儿面前答？

孤于箬继续道："是啊，你好像喜欢的是时公子。"

杜小曼张了张嘴："我……"

砰砰砰！

窗外忽然响起砸门声。

砰砰砰！

"有要事传告，速速开门——"

杜小曼猛吃了一吓，反手推搡孤于箬："快，藏起来！"

砰砰砰！砰砰砰！砸门声越来越大，紧跟着是门扇霍然被砸开的声响。

"侍奉的人何在！"

火光染红窗纸，脚步声、兵器声，纷纷刺入耳膜。

杜小曼躺回床上抓紧被子。

"休要无礼，娘娘正在安歇，劳将军带诸位先在外面把守便可。里面就由咱家等人进去请安通传吧。"

一道耳熟的声音响起，是保彦公公。

"公公还是带些人手进去吧，无人应门，可能有诈。"

"娘娘凤体为重，咱家区区奴才，何足道哉？将军请暂先在门外守护，若真有什么变故，再权宜行事不迟。"

杜小曼屏息听着，冒险压低声音飞快对床下说了一句："箬儿，千万别出来，这可能是圈套。"你可千万藏住，别学你弈哥哥，冲出来看能不能把这些人摆平什么的。你摆不平。

孤于箬极轻地应了一声。

外面，那将军终于做出让步："公公多小心。"声音十分不情不愿。

保彦公公应该是进来了，但杜小曼听不到脚步声。重新陷入寂静的夜里，只有她自己的心跳声格外清晰。

含凉宫值夜的宫人，应该被箬儿都点穴或迷晕了，方才箬儿还说过，一时半刻不可能醒转，保彦公公看到这个场面，会……

"哎哟！"夜空中，响起保彦公公一声惊叫。

杜小曼的心又跟着猛一跳。

"哎哟，刚说没人呢，怎么一声不响都冒出来了，吓死咱家了！"

"公公，婢子们听到动静，一时不知何故。未能相迎，公公莫怪。"是那位最老成持重的大宫女晴照的声音。

怎么回事？她们为什么会醒？

还是……根本没被箬儿放倒？

杜小曼的脑袋已被问号填满。

"一声不响，还以为出了什么事情，无事便可。其余事情暂不能多说，快请娘娘起身，待会儿圣驾便到。"

皇帝要来！

听着宫女们推开外殿门扇的声音，杜小曼鸡皮疙瘩纷纷冒出。

她们要进寝殿了，自己是假装仍睡着，还是已经醒了？

这么大动静还假装睡着太矫情太假了，杜小曼推被坐起，宫女们手中的灯烛照亮帐外的黑暗。

外面，遥遥又有一道声音划破沉寂。

"皇上驾到——"

"臣妾迎驾来迟，妆容不整，请皇上恕罪。"杜小曼双膝着地。

"不必如斯自责，嫒儿受惊了吧，快快起来。"皇帝弯腰，作势搀扶，手指并未触碰到她的衣服。

这个应该是A版。

杜小曼谢恩自行站起。

皇帝妹子垂眸看她："两更时分，逆妇李氏派一内侍企图行刺于朕，内宫竟能生此祸端，朕惊忿自省。外面喧闹，朕暂来嫒儿这里躲一时清静。"

什么？杜小曼大大方方地任震惊出现在脸上。

皇后刺了皇帝！！！

李皇后看起来敦厚贤淑，居然是个战斗系的，真是人不可貌相。

那么，皇后是早已发现了皇帝的不对？

杜小曼来不及多想，忠承公公躬身已入殿。

"陛下，禁卫统领黄钦来请皇上旨意，内侍院查得反贼同党数人，当如何处置？"

皇帝袂子转身："杀。"

"禀万岁。"皇帝尚未在软榻坐下，又有小宦官来报，"凤仪宫中擒得数名宫人。"

皇帝淡淡道："可留一二活口待审，其余的，难道还让朕的内务府耗银子来养？杀。"

"禀皇上，中宫一带已查，无贼踪迹，所拿疑涉逆乱者……"

"杀。"

一个个杀字，听得杜小曼心惊肉跳。

皇帝似笑非笑瞥向她："媗儿难道觉得朕杀伐过重？"

杜小曼道："臣妾不敢，只是，里面可能有不是乱党的人，说不定还是保护皇上的忠臣，查明再杀会不会更好些？"

皇帝嗤笑一声："朕的媗儿真是个可人儿，凡涉及谋乱者，必死无赦，并非朕立下的规矩。你既已在宫中，这些事须得习惯。故作软善慈悲，毫无益处。"

杜小曼只能不作声。

"禀皇上。"忠承公公再度入内，"逆后李氏，已遵旨囚于凤仪宫坤和殿内。"

皇帝哦了一声："这等贱人，竟掌朕内宫多年，碎她为泥都不能解朕之恨。媗儿，你说，朕该如何处置她？"高高在上的视线之中，带着一丝玩味——典型的猫玩耗子姿态。

杜小曼在心里耸耸肩，表面却一脸认真地回答："皇上，皇后娘娘……"

"逆妇李氏。"皇帝淡淡纠正。

"逆后李氏，此时，不可杀。"

皇帝双眼微微一眯。

皇帝袂子，你开口问我，就等于自找不痛快，要么你连我一起拿下，要么你就得听着不顺耳的话。

杜小曼紧急调动脑细胞，现凑台词。

"逆后李氏毕竟是皇后，关乎国体。即便她做下这等令人震惊的逆天行为，审都不审，立刻就杀了，也不太合适。最好先审明白，确定行刺皇上的人是她派的，再定罪。这样，那些喜欢挑刺进谏的大臣也说不出什么来。"

皇帝定定看了她一瞬，像听到了十分好笑的话一样，仰面大笑："呵呵，朕说你是可人儿，真是说对了。你的纯善，真出朕之预料。媗儿，前日在清晖阁欲杀你之人，经朕查得，亦是皇后所派。朕可让保彦和忠承与你看证据及意图害你之宫人的首级。"

皇后娘娘这事干得并不扑朔迷离，我早就猜到了啊，皇上。

杜小曼配合着先做出惊诧表情，然后继续切换成圣母模式："皇上，不可因为臣妾这件事冲动。皇后，毕竟是一国之母，不能随便杀。"

皇帝一扯唇角："媗儿的这颗心，真是水晶做的，剔透无瑕。"

杜小曼垂下眼帘："臣妾其实是个最自私不过的人，正因如此，才不想走上与那些滥杀者同样的路。"

这话算是带了些真实情感。她这么做，一半是和皇帝妹子对呛，一半也是出于对皇后的同情。

同情要杀自己的皇后，杜小曼也觉得自己的脑袋后面能生出个大光圈。但是，自己连宁景徽的卧底都当了，同情情情皇后，也不算离谱。

想来皇后也是看出了皇帝的不对，才做出这种行为，算是为了这个朝廷在努力。其实她的动机与宁景徽相同，只是策划和行动能力的差别真是太大了。

帮她拖延时间，说不定宁景徽这个阵营的人会出手解救她。自己当是顺势而为地行善了。

皇帝再盯她良久，一挑眉："好吧，既然朕的媗儿都这么说了，那便暂将逆妇李氏继续拘禁，待朕审之。"

忠承领命离去。

皇帝懒懒地揉了揉额角："朕真是心乱且乏之。"

保彦从左右手中接过一个托盘："皇上请先用些宁心的茶水，与娘娘歇息吧。"却将托盘送到杜小曼面前。

杜小曼只得端起茶盏，呈给皇帝。皇帝接过，稍稍抿了一口，杜小曼接回茶盏，却感到一刹那间，皇帝妹子的目光又在自己脸上一扫。

带着尖利的寒意。

杜小曼不由得抬眼，皇帝已站起身。

杜小曼的心顿时提到了嗓子眼。

皇帝笔直地走向了大床。

箸儿就藏在床下。

"都退下吧，明日暂罢早朝。"皇帝妹子边行边下令，左右宫人连同保彦公公都退出寝殿。

殿里此时只剩下杜小曼一个，眼睁睁看着皇帝走到了床边。

皇帝妹子的手碰到了纱帐，侧转过身："媗儿为何站着不动？"

杜小曼假装体贴地答道："皇上龙体困乏，臣妾怕打扰皇上休息，在这边角落睡就成。"

皇帝妹子微微一笑："媗儿怎的这样说，朕岂能独宿榻上？快过来替朕更衣。"

Ａ版今天的行事很不对劲。

杜小曼捏了一把汗，却不能不故作镇定地走过去，皇帝妹子已自己解开了龙袍的衣带，杜小曼帮她将龙袍从肩上除下。

皇帝妹子坐在床边，又看着杜小曼："方才看你扭扭捏捏的模样，朕还以为这床中或有玄机，藏了什么人。"

杜小曼心中一跳。

皇帝妹子扑哧一笑："看你这慌乱模样，朕逗你呢。朕的媗儿怎会与那逆妇李氏一般，串通外人，来谋害朕？"展被上床，"朕今日精力不济，便各自睡吧。"

杜小曼做领命状，绕到另一侧床边，心跳得像打鼓一样。

皇帝妹子发现了，她绝对发现了床下的箸儿。

但为什么，她不点破？

罢了，顺势而为。

反正老娘无所畏惧！只是，箸儿别有事就行。

杜小曼一咬牙，熄灭灯烛，爬上床，谨慎地盖着被角在床的边缘躺平。

皇帝并没有发出声音，很安静，一直一直如此。

杜小曼的心一直揪在半空，揪心着箸儿，庆幸着离天亮应该不算远了。

静止之中，时间过得特别慢。当殿内的光线渐渐变亮时，杜小曼有种过了一百年的感觉。

皇帝妹子等到天色大亮，方才起身，竟是一脸愉悦。待保彦和忠承服侍他起身洗漱，左右宫人摆上早膳时，还含笑道："不想朕昨日经历此事，竟还能得一场好眠，嫣儿真是朕的解语花。"

侍立在一旁的杜小曼浑身一哆嗦。

皇帝妹子笑盈盈地看着碗道："此粥甚好，嫣儿亦吃一些吧。"

杜小曼在保公公的眼神示意下，跪谢赏赐。待皇帝用完膳，方才到犄角旮旯的小偏殿中吃了早饭，临吃前还得面朝皇帝妹子目前所在的方位，跪着喝下赏的那碗剩粥。

她此刻，又哪有心情吃早饭，箬儿仍在床下，这么久了，应该很辛苦，会不会口渴会不会饿，会不会想上厕所？

皇帝妹子到底打算在这里待多久？是有多享受猫玩耗子的快乐？

杜小曼匆匆再塞了两口饭菜，便又回到主殿，在廊下与匆匆奔上台阶的小宦官遇上。

小宦官立刻行礼避让，待杜小曼进殿后，方才碎步入殿。

"禀皇上，逆后李氏，已于凤仪宫中畏罪自裁。"

杜小曼心里一凉。

前几天才见过的、鲜活的一个人，就在这一句话中化成虚无。

皇帝妹子脸罩寒霜，双眉紧拧。

小宦官伏地："侍卫宫人看管不力，罪该万死，请皇上赐罚！"

皇帝妹子冷冷道："这个贱妇，竟得了痛快。李觥一府，可已拿下？"

小宦官再叩首："已在天牢。"

皇帝妹子淡淡道："着黄钦看管审讯，尤其李觥，这次若再死了，他也提头来见朕吧。大理寺、宗正府一概不得插手，李孝知暂不可入朝。"

李孝知？杜小曼混沌的脑浆转动，是那位和宁景徽是对头的左相大人吧？

怎么他也……

小宦官再领命。

皇帝神色凝重地站起身："看来朕还得再去前头一趟，不能在此清静了。"

杜小曼如闻纶音，欣喜相送，门前侍卫亦跟着撤了。

杜小曼做西子捧心状扶住柱子，叹了两口气："真是吓死我了，从未见过如此场面。"

左右宫人都未吭声。

杜小曼顺顺胸口："我要再躺会儿，你等都退下吧。待我独自定定神。"

宫女们都依言退下，杜小曼赶紧摸回床边。

她谨慎地选择先爬回床上，放下帐子，抖开被子，发现一个很小的东西骨碌碌滚了出来。

杜小曼小心翼翼地按住，是个纸团。

她缩到被子里，凭借多年来躲着被窝里刷手机看小说的经验，一埋头，打开纸团。

小曼姐，我会混在皇帝的侍从中出去，不要担心。

杜小曼的心揪得更厉害了。

皇帝刚刚遇刺，绝对盘查极严，尤其身边人，绝对精挑细选并严格防备。天黑时还好，这光天化日的，箸儿要怎么混进去，怎能不被发现，又怎么能混出宫墙？

简直比飞出银河系还难。

杜小曼急得想哭，翻到床边，向床下一望，空空荡荡。紧跟着便听见门扇开合的声音。

"娘娘。"

这个晴照会遁地术吗？门刚响，人就到跟前了？

杜小曼站在床边，努力维持镇定表情："不是让你等在外面侍候么，怎么进来了？"

晴照行礼："奴婢只是想看娘娘睡了没，是否要用些安神的汤水。宫中方出了大乱子，奴婢们不敢懈怠，逾越之处，请娘娘赐罪。"

这时候，也不能真的硬翻脸。杜小曼遂冷冷哦了一声。

晴照再道："娘娘可是又不想睡了？可要奴婢……"

"不是，我不过是起来如厕。"杜小曼仍冷冷道，"没你什么事，还是退下吧。"

晴照低头，一副乖顺模样，领命退下。

杜小曼揪心了一上午，假装关心皇帝，不断询问皇上回勤政殿有没有出现状况，是否又有刺客。

宫女们都回说："娘娘无须担心，那些逆贼小人如何能伤到圣上龙体。娘娘请安心。"

杜小曼稍稍松一口气。虽然仍很煎熬，但她午饭时总算能品尝出美食的滋味了。

她从昨天晚上开始，吃得就不多，几口菜下肚，反而觉得更饿了。按例，每道汤菜，她尝两筷之后，就会被撤下，但是某盘不知道是煎是炸还是炙烤的鹿肉条实在太美味了，还有另一道汤，杜小曼道："这个菜和这道汤我很喜欢，留在桌上吧。"

侍奉膳食的宫女们愣了一下，而后立刻拿出专业态度，态度恭敬中饱含着自然地将那两碟菜放回桌上，摆到杜小曼面前，仿佛刚才她们端起这一菜一汤就是为了换位置。

杜小曼满意地又吃了几块肉，将那个汤喝下去两碗。

啊，其实这边的双蓉酿松菇也不错，还有这道醉蟹卧白沙，还有……

杜小曼感到满足要站起身时，才发现肚子鼓到站起来有点困难。她估计，如果有后宫饭量排行榜，她这一战，绝对能拿下状元宝座。

杜小曼吃得太撑，踱向殿外，准备散个消食步，顺便再确认下皇帝摆驾回勤政殿是否真的没出任何状况。

刚跨出门槛，眼前的廊檐柱子扶栏及院中景致，忽然都带上了双影，杜小曼身子一晃。

几双手扶住了杜小曼。

"娘娘？"

"娘娘，怎么了？"

杜小曼想要抬手揉揉眼，眼前却更加模糊，一股虚冷从心口蹿向天灵盖，脚下一软。

"娘娘！"

"快，传御医——"

杜小曼的口中尝到淡淡苦味，浓黑，将喧嚣与一切感知远远隔离。

我这是，变成了鬼？

恢复意识之后，杜小曼发现自己的视角有点奇怪。

没错，她好像悬浮在半空。

而且是皇宫的半空。

下方那宫墙，那飞檐，那绵延的屋脊，还有……正在走的人。

这又长又森严的队伍，还有被簇拥在最中间的辇车那绣龙的顶盖，两把大扇子。这是皇帝的仪仗？

揣着疑惑，她又下降了一些，竟能透过帷幔，看到御辇中的皇帝。

呀，好像进入了电视剧画面中一样。

嗯？皇帝妹子这是……

杜小曼心念一动，视角又拉近了一些。

皇帝妹子手抓着扶手，尽力维持着端坐的姿势，但紧紧咬着嘴唇，像在忍受极大的痛苦。

片刻后，她的一只手松开，迅速从袖中取出了什么，放进口中，紧闭双目。

再过了一会儿，她慢慢睁开了双眼，杜小曼吃了一惊，忙往后缩了缩，但皇帝妹子完全没有感知一般，整理了一下脸上的表情，继续端坐。

妹子好像真的病得不轻。

所以才有两个皇帝？

为什么要一个男一个女呢？干脆一开始就都是男的不就行了？

杜小曼又开始混乱了。

忽然，她心中猛地一震。

对啊，箬儿说，她混在皇帝的仪仗中。

杜小曼的身体跟着她的念头升高再升高，她迅速漂浮起落，一一扫视那些兵卒的脸。

不是，不是，不是！

没有，没有，没有！

箬儿在哪里？！找不到！没有！

箬儿！还有谢况弈……

她猛转头，望向绵延宫墙，四周景色忽然再度模糊，身体像被一个旋涡扯住，大力后拉。

杜小曼下意识地奋力挣扎。

"娘娘……娘娘……"

手似乎被攥住，额头湿湿的。

眼皮，好重……

混沌中又出现了一条缝，温婉的声音由远及近。

"娘娘醒了，娘娘醒了。"

"娘娘休要担心，奴婢们都在呢。"

"娘娘……"

杜小曼动了动脑袋，努力清醒意识。头很沉，浑身无力，好像刚刚坐完N轮云霄飞车之后的感觉。

哦，刚刚是飞起来了……

那是……梦？

三根丝线按在她的右手腕上，过了一时，一个约四十岁的女子绕过屏风进入帐中，是杜小曼见过一回的医婆。

她向杜小曼施礼，再抬眼仔细看了看杜小曼，恭敬道："因娘娘方才入宫，许多事体尚未记录。奴婢冒犯，请问娘娘，上回月事是何日？"

杜小曼放空了片刻，努力思考。

这个，因为宫内的日子过得太跌宕了，她对月事的日子记得有些模糊。

"应该是……上个月的中下旬。二十号左右？二十来号？"

医婆再仔细端详了片刻杜小曼的脸，又看了看舌苔，再问："娘娘这几日饮食起居如何？"

杜小曼道："挺好的。"

旁边宫女回道："娘娘昨日胃口似不大好，但今日又好些了。"

杜小曼点点头："我中午吃得可多了，吃得很香。"

医婆再点点头，行礼退出。

片刻后，杜小曼只听到御医的声音道："臣启禀娘娘，娘娘的身体无碍，这些时日多吃温补膳食即可。臣会每隔两三日前来为娘娘请脉。臣这里再开一方，交由御膳房，调理娘娘的膳食。还有些起居方面需留意之处，臣亦会写一张单……"

杜小曼打断他："我真的没事？那怎么会晕倒？"

绝对很有事，肯定和那顿饭有关。御医这么说，是早就被人交代过了吧。

御医犹豫了片刻，方道："娘娘的脉相是有些……但臣医术拙劣，此时不敢定论。得再过些时日，方能定论。请娘娘这段时日留意休养，以静为主，饮食暂忌人参鹿茸。"

杜小曼道："我今天中午吃了很多鹿肉！"

御医立刻道："娘娘放心，娘娘福泽深厚，此次并无妨碍，以后就不要吃了。还有，万不可碰麝香。"

麝香？这个东东好像在某些剧情里经常出现啊。

"娘娘平日须情致开阔，心绪平缓，行走徐步慢行。若有困倦，便多休息。弯腰站起，不宜过猛，不可提放重物。上下台阶，更需留意。若有反胃，饮食不振……"

反胃？

"可食些乌梅。"

杜小曼脱口道："怎么整得我好像个孕妇似的。"

御医沉默了。

一个宫女惊喜地发出颤抖的声音："大人，娘娘可真是……"

御医谨慎回答："娘娘的脉相，确有些像喜脉，但臣不敢定论，得再察看些时日。"

一个刹那，杜小曼感觉宇宙寂灭了。

喜、喜脉？

宫女激动的声音，穿破宇宙湮尘与碎片而来。

"娘娘，可听见御医的话了么？娘娘可能……有了！"

有你个鬼！

老娘又不是圣母玛利亚，还能无性而孕！！！

"不可能！"杜小曼斩钉截铁道，"这个有没有我心里清楚！绝对不可能！"

宫女们和太医都噎了一下。

宫女们立刻敬业地再微笑。

"娘娘只管安心养着身子。"

"是呀，含凉宫中可怡情的物事还是太少了，奴婢们再去准备。"

……

竟是顺着她不再提这事。

怎么会跑出这么逆天猎奇的情节，这绝对是个大阴谋！杜小曼被雷得头正晕，暂时无暇细琢磨。

弃妇、小三百零一、打赌棋子、苦逼卧底这些身份已经是她的底线了，再变成假孕妇，绝不能忍！

太医默默写完方子，递给宫女，施礼告退。出了宫门，又交代宫人们道：

"娘娘这段时日的性情可能会与往日略不同，就如方才一般。记得千万不可惹娘娘动气，一定要心绪舒缓平和，大怒大喜大悲皆为不宜。"

宫人们皆认真牢记。

柴太医与医婆退出含凉宫，医婆询问："大人，当如何录呈？"

本朝例制，皇帝与后宫嫔妃的起居记录分属两支，本来，按照规矩，尚无名分的唐郡主有孕之事，当要禀告皇后，并誊录诊书药方，归入档中。

但此时宫中正乱，医婆也有些无措。

柴太医微微沉吟："待我直接禀明皇上便可。"

医婆感激道："多谢大人。"

柴太医回到太医院，自桌案下方的暗格中取出一方小盒。

少顷，有一在太医院中打杂的年老宦官捧着茶水进来。柴太医急忙退到无人的书架后，向那老宦官双膝跪下。

老宦官微微颔首，将漆盘放在案上："大人请用茶水。"不动声色地，将那方小盒收进袖中。

杜小曼啜着宫女们捧上的"补身汤"，慢慢喝着，脑子里的糨糊呼啦呼啦地搅动。

这两天，她的头壳里满满堆的都是三个字——为什么？

此时，这三个字加倍疯狂地在她意识中无限繁殖。

太医为什么要睁着眼说瞎话，把她说成一个孕妇？

她试着把这件事不当成自己的事，慢慢剖析。

刚进宫就有了的女人，进宫之前还和别的男人勾勾搭搭的女人，最容易被人怀疑的是什么？

她肚里的这个娃，是皇上的吗？

奸夫+淫妇+罪证孽子=统、统、给、朕、碎、尸、万、段！

唯一能把位高权重的皇叔璟璟立刻做掉，而且堵得大臣们哑口无言的理由——他勾搭过朕的女人，不单送朕绿帽，还让朕当便宜爸爸！

没错，之前还特意召璟璟到那个清晖阁喝酒。这是在制造证据啊。

太邪恶，太龌龊了！

能想明白的我真是在这个龌龊的地方锤炼出了犀利的眼神与智慧啊！

杜小曼一边在内心飙泪一边给自己点赞。

不过，按照这个推论推导出去，把她杜小曼引去清晖阁的人，真的是皇后的人吗？

会不会是皇帝的人？还是皇帝得知了皇后的计划后又跟着计划的？

杜小曼的思路绕成麻花，她恶狠狠咽下最后一口汤。

"娘娘，要不要再喝一些？"宫女柔声询问。

杜小曼刚要说不用，留着肚子吃晚饭，门外有宫人禀报："贤妃娘娘驾到。"

贤妃？

串门串得可真是风雨无阻啊。

杜小曼起身相迎。

"惊闻宫中有变故，又闻妹妹身体有恙，放心不下，便冒昧过来看看，不曾打扰妹妹休息吧？"

杜小曼盈盈一笑："谢贤妃娘娘关爱。妾的身体没什么大碍，中午多吃了两口肉菜，就出了点小问题，应该是吃饱了撑的。可笑太医还说我这是什么喜脉。真是笑话，怎么可能！"

不绕圈子，直接丢你关键词，贤妃娘娘你会怎么答呢？杜小曼直视着贤妃的脸。

贤妃的神情滞了一下，立刻惊讶道："妹妹，可不能这样说。宫中的太医，医术再高明不过，绝不敢误断。既然是喜脉，妹妹可要好好保养身子。皇上多年无嗣，宫中今又生祸端，若妹妹能为皇上添一皇子，可谓举国之喜。"

杜小曼道："怎么可能！这绝……"

啪嚓！贤妃手边的茶盏突然翻倒，左右宫人忙跪地请罪，收拾打扫，捧住贤妃的衣袖和裙摆。

杜小曼冷不防贤妃反应这么大，吃了一惊。

贤妃压住衣袖："是本宫自己拙手笨脚，不碍事的。"

杜小曼不由自主地看向了贤妃的脸。

刚刚，贤妃衣袖掀起的瞬间，她看到，贤妃的手臂有伤痕。青紫的条状伤痕，像被什么抽打出的。

贤妃的视线与她相遇，闪烁了一下，迅速转开："瞧我，险些砸了妹妹一个杯子。"

杜小曼道："碎碎平安，娘娘这是给我送吉祥来了。"

贤妃又弯起笑眼站起身："妹妹真会说话。看着你无恙，还添了大大喜事，我就安心替你开心了。不过，我这一身茶水，真得回去整容更衣，就先告辞了。"携住杜小曼的手，"万不要相送，你我姐妹，无须这么客气，身体为重。"

杜小曼站在原地，目送贤妃离开。

就在方才，贤妃携住她双手的时候，她的袖中多了一个纸球。

杜小曼找了个借口，遣开左右，打开了那个纸球。

"明日申时，畅思湖。"

又是畅思湖！

去那里，做什么？

傍晚，柴太医离开太医院，乘轿回府。

大约行了一刻钟左右，到达闹市区，一阵异常的嘈杂由远及近。

轿子行进突然快了一些，开始微微颠簸，柴太医心中一紧，心亦跟着轿子一同摇晃。

他抬手想要掀开轿帘，颈后突然感到微微一麻。

黑暗罩顶而下。

"皇上驾到。"

杜小曼终于再度等到了这句话。

她跪倒在地，看那龙袍的下摆携着夜色的薄寒，踏入殿内。

一双手握住了她的手臂，将她扶起。

"太医已告诉朕了。从今后，你见朕无须再行大礼。"

和煦的声音中掺杂着关爱。

杜小曼抬起眼，看向皇帝的双眼。

"臣妾……有事想禀告皇上，可以和皇上单独说话吗？"

皇帝微微一笑，抬袖示意宫人退下。

门扇合拢，偌大的殿内只有灯花偶尔噼啪的声响。皇帝走进寝殿，含笑看着杜小曼："要和朕说什么？"

杜小曼直截了当道："我不可能怀孕，这个皇上再清楚不过，为什么要这样做？"

皇帝仍是那副从容的神色看着杜小曼："昨夜，藏在床下的那个男子，是你什么人？"

筲儿！杜小曼心中一直紧绷着的一根弦，咔嘣断了。

"裕王、谢况弈、宁景徽，再加上此人，你到底还有多少的男人，是朕不知道的。"

"我和他绝不是那样的关系！他只是受别人之托进来看我，他还是个孩子。"

皇帝斜倚在软榻上，两根手指支着下巴，悠然地看着她。

"这段时日，太医会每天为你诊脉，再过月余，便正式断你有孕。"

杜小曼一咬牙，直视皇帝："如果我配合，皇上能不能放了他？"

皇帝又淡淡一笑："你这样和朕讲条件，还敢否认他之于你有多重要？"

杜小曼心一横："是，他很重要。皇上到底要怎样？"

皇帝像听了一个纯粹的笑话一般，笑意更浓："一个陌生的男子，爬进朕的女人的寝宫，藏在床下。你说，朕该怎样？"

杜小曼沉默地站着。

皇帝缓缓站起身："朕是杀你，还是杀他，还是两人一起杀？"

杜小曼道："如果我能选，当然是杀我就行。"

皇帝一步步逼近。

杜小曼稳住呼吸。

这是心理战，不能腿软，不能示弱！

皇帝垂眸看着杜小曼，衣料几乎能擦到她的鼻尖。

"你不想假孕？真的，朕亦可以给你。"

微凉的双唇，陡然封在了她的唇上。杜小曼猛一挣扎，一把推开了皇帝，却跟着身体某处一麻，僵在原地，不能动弹。

皇帝抬起她的下巴："听着，朕可以暂饶他一命，但你须记得，你已有身孕。这是朕的第一个子嗣，你要好好调养，爱惜身体。朕等着他十月之后，平安出生。"

杜小曼眨了一下眼，表示接受。

皇帝仍直直望着她，她从那双清透的瞳孔中清晰地看到了自己的影子。

为了防止皇帝没明白，她又再用力眨了两下眼。

皇帝转身而去，杜小曼身体一松，恢复自由，生出阵阵寒意。

"大人，请醒一醒。"

一个声音似乎从遥远的地方传来。柴太医的眼皮动了动，缓缓睁开。

四周景色渐渐清晰，柴太医撑起身，用力眨了眨眼，然后觉得自己要么在做噩梦，要么幻觉了。

他的对面，有三个人，两个坐着一个站着。

靠墙站着的那个年轻人双臂环抱，双唇紧抿，目光像雪亮雪亮的小刀子扎向他。

但让柴太医鸡皮疙瘩噗噗冒起的，却是对面小案边，端坐于左上首的裕王殿下，以及，陪坐在另一侧的宁相。

裕王，右相，这二人居然坐在了一起。

柴太医双膝一软，扑通跪倒在地。

"柴卿平身吧。"裕王的声音温和无比。

宁相上前扶住柴太医的手臂，亲自将他搀起。

柴太医的膝盖有点抖，勉强站定。

秦兰璪再又开口："孤想请问柴卿，今日你看诊的那个病人，究竟有何异常？"

柴太医哆哆嗦嗦回答："启禀殿下，臣窃踞于太医院，日常请脉，乃寻常事。牵涉内闱嫔妃，更不可道与他人，望殿下体谅。"

宁景徽温声道："近日内宫生变，李相不议阁事，本阁暂督宗正府。柴大人今日为唐郡主诊脉之后，便立刻让人传信与你家人，着他们收拾细软离开京城。本阁因此，特请大人前来一问。"

柴太医膝盖再一软，又扑通跪倒在地。

身为太医，过的是一种无形的刀口舐血的日子，险过上阵杀敌的兵卒所面对的刀光剑影。

因为这世上，人的言语态度、神情行事皆能作伪，但脉相、血行、气色，身体真实的好与坏、强与弱，却很难瞒过大夫。

太医可以说是整个皇宫中，知道真相最多的人。

所以，自踏进太医院的那一刻起，就得做好某些准备。

太医院中，常有些年老的宦官被差来做杂事。太医们私下称这些老公公为"放生人"。他们年岁已大，不太贪恋性命，无儿无女，无牵无挂，肯在关键时刻，拿些银钱，帮着他们给家人通风报信。

不求全身而退，但求保全家小。

柴太医匍匐在地："宁相明察,下官今日,的确为唐郡主请脉。郡主的脉相,是有些奇怪。"

"哪里奇怪?"这回出声问的,是裕王殿下。

柴太医只得略挪一下方向,再叩首。

"唐郡主的脉相,是喜脉。"

谢况弈与秦兰璪都变了颜色。

宁景徽再温声道："柴大人不必顾虑,所有疑惑,尽可直言。大人的家人皆平安无事,请大人放心。"

冷汗湿透衣襟,柴太医一闭眼,再伏地："且,从脉相看来,唐郡主腹中的胎儿已将有三个月。"

谢况弈脸色再变,目光扎向秦兰璪。

秦兰璪拧着眉,瞥了一眼谢况弈,又收回视线,看向地上的柴太医。

"只有这些?"

柴太医额头着地："还……还有。学生前一日刚替唐郡主诊过脉,当时郡主的脉相就有些蹊跷,说是有喜之兆亦可。但,绝不可能已有三月左右,臣还无知无觉。"

屋中一时寂静,柴太医颤巍巍偷偷抬眼,发现裕王殿下和另一名男子身上的寒意竟然弱了不少,两人的眼神都变得温和起来。

"的确十分蹊跷。"宁景徽仍是如常的神情语气,"敢问柴大人,是否能用药将脉相调成喜脉之兆?"

柴太医犹豫了一下："医道药理,博大精深,各类奇方更是浩瀚如星海。下官虽略窥医之门径,到底浅薄,不敢断言。"

"就是有可能,但你不知道是什么药。"谢况弈冷冷出声。

柴太医立刻点头："是、是,下官正是此意。"

"真邪了。"谢况弈紧锁双眉,"为什么要假装她有孕?"

为什么要我假装怀了个娃?

此时此刻,杜小曼也在反复思考这个问题。

她翻来覆去睡不着,爬起来喝水,宫女替她斟上温水,帮她顺背。

"娘娘,皇上今日未曾留宿,应该亦是体恤娘娘。毕竟娘娘已有龙嗣。"

哦呵呵呵……杜小曼在心里冷笑,爬回床上。

除了用这个娃，把她和璪璪打成奸夫淫妇做掉之外，难道还有其他原因？

会不会是A版和B版皇帝有了个皇宝宝，要给孩子找个娘？

A版妹子那暴躁脾气，有点孕妇躁狂症的意思。

A版又踢又踹打完她后，立刻就不舒服，难道是动胎气了？

吃的那药，是保胎小药丸？

A版对她杜小曼的憎恶亦可以有另一个解释了——朕的皇儿要管你叫娘？凭什么！踢死你！

不过，A版和B版都有小皇子了，为什么A版还要因为宁景徽吃飞醋呢？

唉，可以是身体属于这个男人，但心属于另外一个男人嘛！

但是，最大的困惑也来了——如果以上假设都成立，为什么这个孕妇非得唐晋媗来当呢？

大老远，费老大劲，把一个已婚妇女名不正言不顺搞进来，装成宠幸她。需要这么麻烦吗？月圣门会缺女人吗？

所以说，目的还是要做掉璪璪？

啊，绕回去了。

杜小曼拿被子蒙住头，不想了，睡觉。

柴太医暂被带下去了。

谢况弈仍双眉紧皱，环起双臂："假装她怀胎已三月，那决计不可能是皇上的娃。这是要借机对付谁？"目光定在秦兰璪身上。

秦兰璪挑眉看他："若你是指孤，日子不甚对。"

谢况弈神色又一变。

宁景徽温声道："想把此事引到慕王爷身上，应也无可能。"

谢况弈和秦兰璪一起看了向他。

"宁卿，你我谈的条件之中，第一便是她平安无恙，望你记得。"

"她被右相大人一手送进了龙潭虎穴，大人此时的口气真是毫无愧疚。你们到底想利用她做什么？"

宁景徽躬身："臣，以性命担保。"

谢况弈冷眼再扫向他与秦兰璪，冷哼一声，转身向门外走去。

畅思湖，清晖阁。

再度踏入此地，杜小曼的思绪被拉进更深的深渊。

贤妃让她来这里，又是要做什么？

这次随行的宫女与上次不同，亦步亦趋地跟着。

自从被判断可能是孕妇之后，宫女们更加乖顺了。杜小曼说想出去走走，她们并未阻拦，只建议杜小曼乘辇，被杜小曼拒绝之后，亦未多话，仅是小心地簇拥她行走，提醒她走稳，走慢。

快到清晖阁近前，在前方的宫女诧异地咦了一声："这里竟开着。"

清晖阁门窗大敞，杜小曼道："是不是可以过去看看？"

可能会有古怪。但现在，她最喜欢的就是古怪。

有宫女先去打探，少顷匆匆回来禀告道："未曾看见打扫的人。"

杜小曼道："既然没人戒严，想来过去看看也没什么。上次在这里受了惊吓，我还没好好看过这里呢。"说着往那个方向走。

宫女们亦未拦阻，只道："娘娘请走慢些。"

跨进清晖阁的门槛，内里是一间宽敞的大殿，一座顶梁落地的大书架将大殿的一侧做了半个隔断。

对面墙上亦有一扇门，正对着畅思湖，湖面上金灿灿的光芒反射进殿内，湖色秋光，令人心旷神怡。

靠墙有楼梯，杜小曼提起裙摆上楼，二楼的门窗亦敞着，更加亮堂通透，杜小曼突然发现，自己身边也很通透。

宫女们竟然都没有跟她上楼。

有情况！

杜小曼心中警报刚响起，便听见很轻的步伐声。她镇定地向着动静发出的方向转过身。

外堂和内室间的帷幕后，转出了一个人。

杜小曼这时却真的吃惊了，怎么出来的又是十七皇子？

秦羽言看着杜小曼的目光亦带着些意外与迷惑。

"杜……唐郡主怎会来此？"

杜小曼的反应神经已被训练得十分发达，两秒之内大脑分析完毕，做出回复。

"十七殿下你怎么会在这里？宫中刚出了大变故。"

秦羽言的表情犹豫了一下。

杜小曼立刻接着道："十七殿下你认识贤妃娘娘吗？是她让我今日到这里来的。看来……其中有诈，十七殿下请快离开吧。"

这是个套，又是个套。

杜小曼想过贤妃会给她下个套，却没想到是和上次差不多的套。

她竟然蠢到两次踏进了同样的圈套！

秦羽言再一怔，微微摇头："后宫嫔妃，我怎会认得。我是前几日……抱歉，杜姑娘，我不可详说。"

杜小曼催促秦羽言离开，偏偏秦羽言就是不动，他像下了什么决心一样，悄声匆匆道："杜姑娘，我想知道，皇兄他是否……"

杜小曼急得想翻白眼，她一把抓过十七皇子的手，在他的手心里飞快地写了两个字——

皇。假。

秦羽言整个人都像化成了石像，杜小曼后颈的寒毛唰唰竖起，她放开秦羽言的手，回过身，坦荡荡地面对某个鬼一般无声无息出现在门边的人。

"臣妾参见皇上。"

秦羽言亦跪倒在地："陛下，是罪臣无状，罪臣方才妄图……"

"媗媗，你的身子需多调养，为何不听御医的话？"温柔的声音，打断秦羽言的话。宠溺的眼神，让打算破罐破摔的杜小曼有点想打哆嗦。

"随朕回宫吧。"

秦羽言低头："陛下，是罪臣……"

皇帝轻轻揽住杜小曼，像根本就没秦羽言这个人一样，走出了门槛。

杜小曼镇定淡定地随着皇帝走，到了楼梯处，她的身体突然腾空而起，不由得发出一声惊呼。

皇帝居然把她打横抱起。

杜小曼石化了，皇帝就这样横抱着她，一步步走下楼梯。等候在楼梯下的宫人们大惊失色，齐齐匍匐在地。

皇帝从容自若地抱着杜小曼，从她们的面前经过，走出了清晖阁。

杜小曼无语地盯着皇帝的下巴线条与淡然的唇线，默默地想，皇帝看似单薄，扛着一身膘的她，却能走这么从容，果然是个练家子。武功应该起码不输给谢况弃。

忠承公公引着御辇远远而来，于平坦的道路上跪迎等候。

皇帝抱着杜小曼登上御辇，将她放在身边。御辇径直回含凉宫。

跨进殿内，随侍宫人退下，门扇合拢。

杜小曼跟着皇帝走进了寝殿，在沉默中等待。

皇帝斜倚到软榻上，抬眼看她："你在秦羽言的手中写了什么？"

杜小曼道："让他快走。"

皇帝笑了笑："是有关朕的事吧，宁景徽让你找到证据的那些。那是个小傻子，宁景徽都不带他玩。你这么一做，我得提早把他了结了。"

杜小曼如坠冰窟。

皇帝又轻叹一口气："嫆嫆你也很傻。经历了这么多事，我以为你会学到一些，看清一些。但一直把你当棋子的宁景徽，你居然还在帮他做事。有那么多女人的秦兰璪，你居然痴心地喜欢。李氏、贤妃，一模一样的小伎俩，都能算计到你。嫆嫆，你让我怎么放心得下？"

杜小曼继续沉默着。

"贤妃，朕只能暂留她活着。她会是皇后。"皇帝以手支着下颔，"没办法，我也没想到李氏竟如此愚蠢。你刚进宫，立刻就封你做皇后对你不利，必须得有个过渡。"

杜小曼惊恐地抬起眼。

她听到了什么？

皇帝仍用那种轻松的口气继续道："立新后之后，御医便会断你有孕，然后，朕会封你为妃。"

杜小曼张了张嘴。

皇帝又笑了笑："朕的时间，已经不多了。"

杜小曼心中又一震。

皇帝侧首看她："嫆嫆这是在为朕难过么？"

"……"

杜小曼只能定定地看着皇帝。

皇帝唇边仍带着笑意："你一直不喜欢月圣门。在你心里，我必然是个大恶人。我死了，你应该很开心啊，为何会有这种神情？难道我死了，你会心痛？"

不知怎的，杜小曼的心里，竟真的有些像被细针刺到的感觉。

用这种表情和语气说这种话的皇帝，让她感到了一丝……悲伤。

皇帝眨眨眼："逗你的。朕知道，你怎么可能会为我心痛，肯定是松一口气还来不及。不过，朕也不会这么快死。至少等你生下那个孩子，让你成为皇后，应该还绰绰有余。但接下来，就要靠你自己了。必然有一天，你得自己面对这些局面。嫄嫄，从此刻起，你就不能再像以前那样了。"

杜小曼怔怔地看着皇帝，终于哑声问："皇上，你到底打算做什么？"

皇帝起身，冰凉的手指又抚上她脸颊，吻住她的唇亦带着凉意。

杜小曼没有动。

不知怎的，她就这么僵硬地站着，没躲避，没后退，没闪开。那凉意仿佛麻醉剂，让她维持着固定的姿势，做不出任何反应。

片刻后，皇帝松开了她，又再度抚摸她的鬓边："其实，就算你会恨死我，我也想……但，我不能让你真的有孕，若用药，会与你现在用的这些药性相冲，那些御医，亦有可能会察觉。"

杜小曼紧盯着他的双瞳："你到底打算做什么？为什么是我？"

皇帝亦望着她的双眸："那个孩子，你再不喜欢，也要先做出喜欢的模样对他，至少在外人看来你像个亲娘。那孩子活不了太久，但到底活几岁，你就看着把握吧，我那时肯定帮不上你了。你应该明白了，奏折政务，并没有你想象的那么难，保彦和忠承会帮着你。当然，也别太靠着他们。差不多的时候，该处理亦要处理。嫄嫄，你唯一的弱点，就是心太软，太纯善。但如果不是这样，你也不是嫄嫄了。"

杜小曼真的开始抖了，她觉得有一个崭新神奇的宇宙正在自己面前炸开。

"你到底打算做什么？"

皇帝又微微笑起来。

"让你站到朕的位置上啊，嫄嫄。你该在万人之上，想要不再听任何人的摆布，就必须至高无上。嫄嫄，我要将这天下给你。"

杜小曼觉得自己要飞升了。

这是，让我当女皇？？？

哦哦哦哦哦，在"不敢置信""别逗了""开玩笑吧"的内心刷屏中，居然掺杂着隐隐的兴奋与激动是怎么回事？

"虽、虽然说，人生没什么不可以，但是我觉得……这个不适合我。"

皇帝微微一笑："既已觉得人生没什么不可以，何必还有后面这句话。其实这张龙椅，没什么大不了，和你打理酒楼有不少相通之处。日后学一学就明白了。"

皇帝很认真，他的确是认真的！

"为什么？"

"我方才已经说过了。"皇帝的口气很轻松，"你想要不被任何人管束，过随心所欲的日子，我就让你得到。"

杜小曼与他的双眸对视，忽然之间，觉得这双眼睛很熟悉。

"我们认识吗？还是以前有过什么？为什么要对我这么好？"

皇帝的表情似乎僵了一下，移开视线。

"放心吧，这些安排，都无须你领情。你可以继续把我当成坏人，继续恨着我。"

皇帝抓住自己的右上臂，揉了一下。

杜小曼不禁开口问："你，是不是受伤了？"

皇帝摇摇头，抬眼看向杜小曼："有点酸。"

"是不是我太沉了？"杜小曼僵硬地笑，"不好意思啊。"

"你不沉。"皇帝的口气很认真，"我可以抱着你走更久。"

杜小曼又噎了一下："咳咳，那什么，拿热毛巾敷一下，会好很多。"

"嗯。"皇帝卷起袖子，又看着杜小曼。

杜小曼在那充满期待的眼神下有些无措："我、我这就去让人拿来。"

"嗯。"

杜小曼跌跌撞撞地走到门口，拉开门，让宫女取热水手巾。

皇帝又回到了软榻上，片刻后，宫女们捧着盆巾等物入内，将东西放下，施礼退下，又将杜小曼与皇帝留在殿内。

杜小曼只得拿起手巾，浸了热水，敷上皇帝的手臂。

皇帝真的很瘦，但因为习武的关系，苍白的皮肤下是紧实的肌肉。

这么瘦，难道真的患了绝症？

但箬儿诊治的，命不久矣的应该是个女子，也就是A版皇帝，为什么连B版也……

杜小曼正在思考，视线忽然定在皇帝手臂的某处。

皇帝低下头，亲了亲她的额角。

杜小曼浑身一颤，布巾掉落在地，她慌忙去捡，皇帝放下衣袖："不用再弄了，我已经好很多了。"

杜小曼慢慢站起身。

皇帝的手臂上，有道伤疤。

那道疤还是伤口的时候，她曾在梦里见过。

他……他是……

慕、云、潇！！！

婠婠……婠婠……

是啊，我真蠢，怎么没想到呢。

皇帝打了个呵欠："竟有些困了。"

杜小曼后退两步："我不是唐晋婠。"

皇帝陡然抬眼看着她，她也不回避地盯着他的双眼："皇上，我不是唐晋婠，我……"

她的话骤然卡在喉咙里，冰凉的手指紧紧锁着她的咽喉，她的肩上一凉，衣服被扯开。

杜小曼猛烈一挣，身体一松，踉跄后退，险些跌倒。

她赶紧扯起肩头的衣服，努力镇定，稳住膝盖，直视面无表情的皇帝："皇上，你做的这些，都是为了唐晋婠吧。我叫杜小曼。我知道我和唐晋婠看起来一样，可我并不是她。"

杜小曼只觉得自己的双眼将要被皇帝的目光戳瞎，但她却像被眼镜蛇盯上的蛤蟆一样，移不开视线。

她拼命稳住呼吸，再要后退，身体却被猛地扯进皇帝的怀中，接着被紧紧圈住。

箍住她身体的双臂像两根铁箍，勒得杜小曼喘不上气。皇帝像要把她按进自己身体里一样，杜小曼双耳嗡嗡作响，两眼金星闪烁。

"你无须把自己当成谁。"

你就是你，婠婠。

你已经认出我来了，不是吗？

"你想是谁都可以。"

不论你把自己当成谁，忘了以前的事也罢，变得完全像另外一个人也罢，甚至连字迹都彻底不一样了也罢。

我都能知道，是你。

"你可以永远恨我，厌恶我，亦没必要记得我。"

因为我永远喜欢你。

杜小曼浑身僵直地站着，冰凉的手指又缓缓抚摸她的脸颊。

"嫒嫒。"

我的嫒嫒。

皇帝收回手，转身离开。

门外渗进来的清冷空气，让杜小曼有拿床被子把自己裹起来的冲动。

妈呀，皇帝病得很重啊！

杜小曼让宫女们沏了安神的花茶，喝下一整壶压惊。

慕云潇就是B版皇帝……

天啊，这个世界，到底还有多少神奇？

她试着推理一下整个剧情——

慕云潇，表面上是庆南王，其实还有一个秘密身份，是月圣门的圣爷。身为一个王爷，想当皇帝，是非常淳朴的理想。所以，慕云潇先是通过发展女教徒，打入皇宫内部，咔嚓掉了真皇帝，然后再由某女教徒扮演成皇帝，自己也扮演成皇帝，时常客串。

但是慕云潇不想总这么名不正言不顺下去，于是他就……

勾引唐晋嫒，结婚后冷淡她，逼她进月圣门，然后让唐晋嫒进宫，先假怀孕，再成为皇后，再一步步独揽大权，再成为女皇？

不对。

这样就没慕云潇什么事了啊。

按照正常的发展顺序，应该是慕云潇开始通过皇帝的身份，给自己扒拉权力，把障碍物譬如璪璪、十七皇子、宁景徽什么的统统咔嚓掉，最后改朝换代，真身闪亮登基。怎么突然改了路线，变成唐晋嫒背后的男人了？

是哦，B版说他活不长了。

在知道自己没多少命的时候，把这个天下，送给自己最爱的女人，送她到万人之上！

杜小曼的心口又一窒。

这么浓烈的爱吗？

突然感到慕渣是那么狠绝执着又痴情的男子，好像那些电视剧里狠辣美艳的反派大BOSS。

被这样的一个大BOSS深爱着……

扑通扑通，是她的少女心在跳吗？

"嫚嫚，我将这天下给你，从今后，江山由你掌控。忘了我吧，再见……"

"陛下，陛下……"

杜小曼的耳边突然响起呼唤。她下意识地回头，只见一群宫女太监匍匐在地，为首的保彦公公温声道："陛下，皇后之事，当要决断了吧？"

这是……在和我说话？

杜小曼环视四周，红漆大柱，擎出广阔殿堂，而她高高端坐在殿堂上首，面前是龙纹御案，袍上五爪龙纹，盘踞于山河社稷之上。

"陛下，许多大臣都上了折子，说陛下既已登大宝，后位不宜空悬，请陛下快快册封皇后。"

皇后？杜小曼结结巴巴回答："什么皇后？"

保彦公公掩口一笑："皇上是乾，皇后是坤，乾坤和睦，方可阴阳调和啊。朝臣们都觉得，宁右相才貌双全，论出身，论脾性，坐镇中宫，辅佐陛下，是再好不过了。"

"宁景徽？"不是吧，杜小曼一晕，"别啊，这位我可降不住。让他进中宫，干脆朕的龙椅直接让给他坐好了。"

"唉。"保彦公公一叹，"也是，宁相到底太聪慧了，还是就在相位便好。谢少侠出身江湖，身世大约会让朝臣非议，不过性情武艺，样样堪称陛下良配。"

"谢况弈？进中宫？"杜小曼眉头跳了跳，"朕觉得他不会肯啊，再说他有箸儿，我不能当小三。"

"那……秦羽言？"忠承公公也爬了起来，"抛开身份不谈，个性是不是太闷了一些？那么软的脾气，身处中宫之位，恐怕会被其他娘娘拿捏。"

"十七皇子。"杜小曼再一愣，"这个不行不行，不能毒害美少年，玷污纯洁的事物是不对的。"

保彦公公抬起眼，一脸心痛："皇上，奴才知道，皇上心中，还是最爱那秦兰璪。但奴才斗胆进言，就算不论他那身份，他进中宫，真的合适么？"

杜小曼的心头一跳，眼前浮起一个熟悉的油笑。

璪璪……自带三百后宫的小璪璪。

"不行，不能够，他要进来了，后宫到底是朕的后宫，还是他的后宫？"

整个皇宫都不一定能塞下他的那些妹子。

"朕也没有那么多钱让他盖小别墅！"

"皇上，正是这样啊！"保彦公公涕泪横流，"这秦兰璪他绝对是个祸国殃民的祸水，皇上立后不能以自己为主，更要考虑到天下！"

考虑天下么……

唉，皇帝真不容易。朕是何等寂寞，娶个老婆，啊不，找个老公，都不能完全听从自己的心意。还是要为了政治，为了天下！

做皇帝，真累……

"从天下的角度出发，是不是还是宁景徽比较……"

"娘娘，娘娘……"

杜小曼一凛，回头："哪个娘娘来了？"

"娘娘，醒一醒。"

杜小曼睁开双眼，宫女嫣然一笑："娘娘，没有哪个娘娘过来，奴婢是在唤娘娘呢。在这里睡容易着凉，还是回床上歇着吧。"

杜小曼尴尬地坐起身，擦擦嘴角潮湿处。

啊啊，是梦！

好丢脸，怎么会做那样的梦。

宫女扶她站起身，又道："过一时御医会来为娘娘请脉。届时奴婢还会来打扰，先和娘娘告罪。"

杜小曼微微颔首。

御医请完脉，说的是和上次差不多的内容，含糊地让杜小曼多保重，听声音，却是换了个御医。

杜小曼就这么听着。

过几个月，难道要在她的肚子上绑个枕头吗？

应该不会等到那一步吧。

晚上，皇帝又来过夜了。

杜小曼听到"皇上驾到"那声传报，心里便一紧。

那袭龙袍跨进门槛，杜小曼的心脏扑通扑通猛跳，听到一声淡淡的："嫿儿平身吧，日后无须再行大礼。"

不是那个B版皇帝，是A版妹子。

杜小曼松了口气，站起身。

A版仍和之前的步骤一样，与杜小曼不咸不淡地说了几句，便上床就寝。

站到床边，A版指使道："过来，替朕更衣。"

杜小曼便走过去，帮妹子脱下外袍。

A版又道："替朕将鞋摆好。"

杜小曼暗暗撇撇嘴，也照做了。

A版轻嗤一声："真是朕的贴心人儿。"

杜小曼不痛不痒地听着，绕到另一边，宽下外衣上床，仍搭着被角睡在床边。

她刚合眼调匀呼吸，身体突然被向内一扯，一只手按住她的嘴。

"嘘，保彦和几个奴婢小贱人耳目极灵，你若不想被察觉，就别出声。"A版的声音紧贴在她耳边。

杜小曼轻轻点了点头。

"看来你都知道了。朕和他，不是一个人。"

废话，你俩除了脸，哪点像一个人。

杜小曼再轻轻点头。

"那你怎么想？"A版的声音淡淡扎进她耳中，"现在的朕，就是将来的你，你真的想这样？"

杜小曼没有动。

A版又继续道："你若继续听宁景徽的，他那方赢了，也不可能留你。你就是一颗注定被弃的棋子。"

杜小曼又点头。

A版果然跟着便道："但是，朕现在有条活路给你。"

杜小曼在内心无奈地叹息。

拜托，妹子，你给人洗脑招募小伙伴的时候想想前提条件好吗？一直以来最巴不得我死的那个人是你啊。

其他人是利用完我再让我死，而你是无条件想立刻把我掐死踩死打死。前几天刚刚拳打脚踢过，上两分钟还让我帮你整衣拿鞋，这会儿就开始洗脑游说。你是太看得上我，还是太看不上我？

A版充满自信地松开了手。

杜小曼用最低的声线慢慢吟道："人生自古谁无死，是人早晚都得死。"

A版顿时掐住了杜小曼的脖子。

杜小曼仍是不动，从喉咙中挤出冷笑："就这点诚意？"

A版本就没掐紧，闻言便收回手："好死与歹死，分别却很大。朕可以让你体会一下什么叫生不如死。朕过的就是这样的日子。"

杜小曼低声道："你病了？"

A版冷冷道："你不需要知道。"

杜小曼便不再吭声，等着皇帝妹子自己爆料。

如她所料，皇帝妹子又接着道："你想活，只有一个办法。"

杜小曼道："那我会死更快吧。我不会武功，连鸡都没杀过。"

皇帝妹子淡淡道："你的悟性倒挺高。"

不是我悟性高，是妹子你的台词太经典，用意太明显。

"朕会帮你。"

哈哈哈，杜小曼强忍着不笑出来。她琢磨着，皇宫里的人，心思都九曲十八弯的，而一直要假冒皇帝的妹子肯定更是。自己如果装成呆呆傻傻地点头答应，她必然不会全信，反倒不利于套出更多情报，就索性坦坦荡荡地问："你干吗不自己做？"

"朕知道你怀疑朕的用意。"A版很平静地回答，"朕已时日无多，你是死是活，朕都不会多活一日，也不会少活一天。此事于朕毫无影响。朕这么做，是有别的原因，暂时不能告诉你。"

"那你能不能告诉我，"杜小曼也让自己的口气平静又淡然，这种超然的口吻，有着装逼与膈应人的双重功效，"真正的皇上在哪里？"

A版冷笑一声："你还想替宁景徽做事？你要活，首先就是让裕王和宁景徽死。别指望裕王娶你了，没男人真的喜欢你。"

身为激进女权团体月圣门的小BOSS，成功做了皇帝，攻击起同类来，仍然是拿男人当武器。唉……杜小曼觉得自己可以拿皇帝妹子为案例，写篇小论文——《论封建社会大环境造就的女性思想局限》。

"我只是想知道。"

"你另有盘算？"A版再冷笑，"朕就是皇上。除了听朕的话，你没有第二条活路。"

看来真皇帝凶多吉少。

A版开始了结束陈词："你的心计倒出朕意料，时不待人，其中利害想必你能自行斟酌。或你将朕说的这些告诉他也罢……"

杜小曼打断她的收尾："我答应，但请你帮我个忙。"

A版很痛快地道："说。"

杜小曼道："我有个朋友，十五的晚上进皇宫想救我，被他抓去了。请放了她。她不是宁景徽的人，也不懂这些那些乱七八糟的事，只是个不谙世事纯粹想帮我的孩子。"

"不谙世事？混进皇宫？"A版轻轻一喷，"好。朕并未听说十五那晚还另抓了什么人，帮你查一下吧。"

"确实抓了，他告诉我了。"杜小曼追加补充，"他以为是个少年，其实是个女扮男装的女孩子。"

算算时间，箬儿应该变回女身了。说出性别大概能增加皇帝妹子的好感度。

A版道："哦？朕知道了。"确实像又上心了一些。

杜小曼松了一口气。

箬儿被抓的事一直在煎着她的心。如果箬儿出了什么事……那么好的箬儿可能正在被折磨……一想到这里，杜小曼就急得想哭。

A版沉默地翻了个身。

杜小曼追问："那，你要我做什么？"

"不是朕要你做什么。"A版翻回来，"朕只是告诉你，怎样可以活。不用这么急不可耐，到时候自然会对你说。"

杜小曼点点头，滚向床角，忽然心里一凉。

不好，刚才脑残了，主动把箬儿的事告诉了皇帝妹子。皇帝妹子同样会用箬儿做把柄来要挟自己……落进A版皇帝的手中，和在B版皇帝手中，哪个更强点，真不好说。

啊啊，我怎么这么蠢！

杜小曼恨不得给自己几巴掌，咬住被角。

她心像被乱箭穿过，一夜都没有睡好。

天未亮，A版即起身准备早朝，坐在床沿伸出脚："帮朕穿袜。"

这是为了避免引起B版一党的怀疑么？

杜小曼只能绕到床边，跪下之前，A版在她耳边极低地道："朕不会用那人要挟你。朕不做那种事，亦无须做。"

杜小曼抬眼看见皇帝妹子似笑非笑的脸。

她是故意的。杜小曼敢肯定，皇帝妹子正因为她一夜没睡和脸上的黑眼圈十分开心。

喂，想笼络别人和你一条线可不能这样啊。

杜小曼低垂下眼，跪下替她套上袜子。

保彦公公小碎步赶来："娘娘，请让奴才来吧。"

A版冷冷道："你退下吧，朕由保彦服侍便可。"

杜小曼施礼站起身。

A版走后，她躺回床上补觉，仍然睡不着，脑内不停琢磨。

A版与B版之间的矛盾，看来已经激化到一定程度了。

A版与宁景徽都该庆幸，她不是真的唐晋嫱。

如果她是唐晋嫱，屏蔽其他一切情感，最好的选择肯定是——相信B版。因为她总觉得B版的感情很真实，而且做女皇真的很具诱惑啊。

把自己埋在被子里的杜小曼像感应到了什么，突然一骨碌爬起身，向天挥了挥拳头。

老娘一定会在混沌中维持超然，成为点亮真相的那束光芒！

在心里喊完这句口号，杜小曼双眼如刚打完鸡血般闪着精光。

门外的宫女在窃窃私语，声音她恰好能听见。

"听说，裕王殿下为了迎娶王妃，将之前的姬妾都要遣散。"

"啊？其实楚平公府并无太大权势，难道裕王对这位王妃是真心的？据说，是有一生一世只爱一个女人的男子。裕王以前看似风流，或许是未曾遇到真正的心上人。"

杜小曼的表情凝固了。

原来如此。

幸亏我也不是那么毫无防备。

她一弹指，定住要出声阻止外面碎嘴小宫女们的大宫女。

又一个宫女开口："宫里出了这么大乱子，裕王还能娶妃么？只怕礼部和宗正府也顾不上。此时遣散，以后还是会娶，男人哄女人，常常如此啦。"

"若是有人肯这么对我，哪怕一时，我也愿意呀。"起话头的那个宫女立刻道。

"我可不喜欢这样的男子。"插话的宫女马上接口，"我呀，希望能找个可靠的夫婿，最好能会武艺，又英俊，就像传奇里的侠士那样，带我浪迹天涯。"

"小蹄子思春了呢。"另一个宫女掩口笑，"不是所有女子都喜欢东奔西跑。再说，听说那些江湖客，也可风流了呢。江湖上的女子比男子还放得开，都和男人进进出出，同桌吃饭，一起喝酒，毫不避讳的。这更不让人放心吧。我就想着有人能和我携手并肩，看花赏月，便知足了。在天愿作比翼鸟，在地愿为连理枝。"

杜小曼面无表情地跨出门槛："天长地久有时尽，此恨绵绵无绝期。"

宫女们纷纷跪地请罪。

杜小曼内心的神兽奔驰着。

璪璪，你多情能不能有个限度？有些事可不可以悄悄进行？

这不是摆明了通知皇帝，你们要开战了么？

宁景徽该哭死了吧。

杜小曼去了一趟绮华宫。

明人不吃暗亏，被贤妃摆那么一道，杜小曼决定吃饱了散个步，看看她的反应。

宫门外，宫女深深福身："禀娘娘，我们娘娘身子不适，暂不能相见了。"

杜小曼微微颔首："原来贤妃娘娘生病了，那我真是冒昧了。烦请转告贤妃娘娘，多承娘娘照顾，请安心养病，过些日子，我再来拜望。"带着宫人转身离去。

绮华宫的宫女看着杜小曼雄起起的背影，不由得窃窃议论。

"这阵仗，是来请安的？"

"这位娘娘还未有正式名分吧，不知稍后会不会补份礼。"

"听说已怀了龙嗣，唉，我们娘娘以往可待她不薄呀。"

"但这位，不是进宫没几日么……"

杜小曼由宫人们拥着登上辇车。

贤妃避而不见在她意料中。

心虚不敢见她，还是真病了？抑或是，被B版皇帝打残了？

杜小曼觉得第一种和第三种的可能性比较大。

她摸不透宫里人的花花肠子，不过贤妃之前的作为，在她看来，是真的心怀善意。

突然翻脸，大概还是因为B版皇帝吧。

【姐在宫里耗尽心血卧了这么多年，为什么安排这个小贱人接班做皇帝，而不是姐？

该死的，看姐剁了她！】

嗯哪，很合理的心理活动。

辇车启行，忽而有绮华宫的宫人匆匆追来。

"请、请娘娘留步。我们贤妃娘娘方才醒了，请娘娘进去一叙。"

唔？

杜小曼扶着宫女下车："那再好不过了。"

"相爷，有贵客，已在前厅等了很久了。"管事轻声禀报。

宁景徽下了轿，匆匆赶向前厅。

管事小声道："是十七殿下。"

最近相府真是走贵客运，裕王和十七皇子轮番前来，管事已嗅到了骤雨将来风雷将至的气息。

但不管预料到什么，都要稳。

管事的稳稳地禀报，稳稳地随在宁景徽的身后。

稳而不乱，方可让相府在风吹浪打中定如磐石。

宁景徽跨进前厅，管事的稳稳地合上厅门，退到阶下，默默守候。

宁景徽向上首施礼："殿下，臣下陋居，纡尊驾临恐损清仪，若有事，传召臣即可。"

秦羽言轻声道："本不当在府中打扰宁卿，但最近出了太多事。皇叔不愿见我，阁部我不便踏足，别处都找不到宁卿，只能到这里来。"

他抬眼，正视宁景徽。

"请宁卿告诉我实情，到底皇兄他……"

"殿下。"宁景徽打断秦羽言的话，"臣有一事，想先请问殿下，请殿下恕罪。臣听闻殿下在宫中，曾与唐郡主见面。臣冒昧，想知道原委。"

秦羽言一怔："宁卿如何知道此事？"

宁景徽道："李相暂不问政务，宗正府的一些事务暂由臣打理，故而知道。"

秦羽言深深看了宁景徽一眼，慢慢道："因近来种种事，我心中有许多疑惑，想找人问询。井全自父皇在时便在御前服侍，我想找他说说话。"

宁景徽道："殿下本在清晖阁等井公公，不曾想却遇见了唐郡主？"

秦羽言微微蹙眉："第一次时，我在那里等着，却不曾想竟看到了唐郡主落水。而且，皇兄竟也定了那日与皇叔在清晖阁饮宴。"

"昨日，殿下又见到了唐郡主？"

秦羽言颔首："我上次未曾见到井全，就改了日子，但不曾想，宫中突然生变。"

他知道此微妙时期过去肯定不妥，又怕井全依然前去。

"宫中逢此变故，当向皇兄问安，我便进宫……"

"殿下担忧皇上之心切切，臣都明白。不过，此时变故，殿下呈折问安，是否更妥当些？"宁景徽一揖，"臣斗胆妄言，殿下恕罪。"

秦羽言垂下眼帘："宁卿说得不错，但我当时还是亲自入宫了。"

宁景徽看着他："殿下面圣之后，就去了畅思湖？"

秦羽言点头："是，可来的仍不是井全，而是杜姑娘。"

宁景徽微微颔首，再一揖："谢殿下告知。臣还想斗胆再询问，殿下与井全会面，可有让他人传信？"

秦羽言双目定定地望着他："那宁卿能否也告诉我，这些事你如何得知？特别是我第二次见唐郡主的事。我虽不问政事，但也知道，内宫言谈，宗正府不可能知晓。"

宁景徽从容地回望秦羽言："臣……"

门外忽响起脚步声，宁景徽收住话头，脚步声在门边停下。

"相爷，皇上急召，请相爷速速进宫。"

随行的宫人们等候在绮华宫的前殿，杜小曼独自随绮华殿的宫人跨进贤妃寝殿的门槛。

殿内拉着厚厚的帷帘，暗沉得好像夜晚。杜小曼隐隐嗅到一股淡淡的药香。

进入内殿，大床半挑的纱帐内，隐约可见一人半坐半躺的轮廓。

杜小曼向床帐施礼，听得贤妃的声音道："是妹妹啊，抱歉，我身子不好，不能下来迎你，请到床前说话吧。"柔婉的声音中透着虚弱。

杜小曼走上前去。

贤妃又道："你们都退下吧，屋里人多，总让本宫觉得喘不上气。"

左右宫人施礼退出。

殿门合拢，殿内顿时更阴暗了，杜小曼走到床边，莫名感到一股寒意。

贤妃又开口："妹妹坐啊，站着多累。"

杜小曼便再行礼道谢，坐到床边椅上。正要找一句寒暄的话，贤妃又开口："妹妹是过来兴师问罪的吧。"

啊，好直接。

杜小曼刚张嘴，贤妃又轻轻一笑："妹妹的性格真是直爽，不拐弯，什么都在明面上。愣是愣了些，其实我很喜欢。可是，你不是唐晋婳。"

杜小曼点点头："对，我不是。娘娘你看我那笔字，还有我一点文化素养也没有，怎么看都不可能是啊。"

贤妃再一笑："不错，我之前对你多有试探。你怎么也不可能是，更从未遮掩过。只是，他就是不信。"

杜小曼听了最后一句，浑身忽然有像过电的感觉，微微发麻，寒毛缓缓竖起。

贤妃苦笑着轻叹："我向他说过无数次，可无论如何，他都认定你是唐晋婳。"

杜小曼接话："所以娘娘想要干脆杀了我？"

"不止如此。"贤妃缓缓道，"我只是没想到，去的人不是裕王。若那个人是裕王，大概你不会活着。"

杜小曼皱眉。

什么意思？

"娘娘是说，你以为在畅思湖那里见我的人，应该是秦兰璪，而不是十七皇子？为什么是裕王，我就会死？他非常想杀掉裕王？如果抓到我和裕王在一起，那么趁机就可以除掉裕王，把我一道做掉也值得？"

贤妃颔首："我是这么打算的。但我并不曾料到，他居然不肯相信你根本不是唐晋婳。或者，你有这张脸，即便不是唐晋婳，他也无所谓。不过，他不杀你，其他人也会杀你。"

"其他人，是哪些人？"杜小曼再次直接地问。

贤妃望着她，扯了扯嘴角："裕王，宁景徽。"

"啊？"杜小曼看着贤妃，做出惊讶的表情。原来是来这一手啊，挑拨她和宁景徽及璨璨的关系。

杜小曼用迷惘的口气问："为什么？"

贤妃平静地道："因为裕王不会让你挡了他的路。他要皇位，宁景徽亦要他坐上皇位。"

杜小曼的头壳里刷满了无语的省略号。

贤妃看向她的双眼："该不会，裕王曾许诺，等他登上皇位，便与你逍遥山水，双宿双飞吧。"

杜小曼道："没有，他说了我也不信啊。"

贤妃怜悯地望着她，轻叹一口气："但愿如此。这二人心机之深沉，谋划之高远，连满朝大臣都骗过，还以为他二人不和。妹妹呀，恕我直言，你不可能看穿他们表象之万一。你帮着宁景徽，大约是觉得，我等居了这皇位不当不正，他乃匡扶正义。但你不知，秦兰璨和宁景徽着意灭我圣教，不是因为此事，而是因为我们知道一个秘密。"

哦？杜小曼又眨了一下眼。

她对什么秘密、阴谋、疑点之类的关键词已经麻木了，就算现在贤妃告诉她，璨璨和宁景徽是两个ET，代表外星人渗透进地球，准备挖取地底神器一统宇宙，她都不会惊讶。

贤妃将她的淡然解读为了震惊，缓缓道："其实裕王，不该姓秦。他并非本朝太祖的血脉。"

哦，天……

这真是个惊天八卦！

省略号又堆满了杜小曼的大脑。

贤妃转而看向床帐的方向。

"当年，端淑太妃初侍太祖，德慧公主殿下怜她年纪尚小便入深宫，常去与她叙话开解……"

杜小曼在心里自动翻译，也就是当年月圣门的创始人觉得璨璨的母妃小小年纪，就去陪伴一个快挂的老头子，肯定心有不甘，是个发展入教的好苗子，于是常常去找她聊天，准备先试探，后洗脑。

但是，德慧公主探了又探，却发现，太妃一点都不上道。

贤妃说："公主觉得，太妃必是生性贞静聪慧，自然豁达。"

杜小曼觉得，真实情况肯定是，德慧公主琢磨，一个妙龄少女真的会爱上我爹？太不科学了，其中必有内情。便暗暗观察。

"太祖皇帝驾崩后，太妃之父又因故被宁景徽的叔父弹劾，公主殿下唯恐太妃孕中悲伤过度，伤及胎气，便去探望。却正看见，太妃与一男子在一起。"

杜小曼道："当时太妃都有孕了，不能因此判断那男子才是亲爹吧。"

贤妃淡淡道："公主听见，太妃唤那男子为'时郎'。"

时郎。

时阑。

"裕王一直疑心我圣教知道此事，他意在皇位，绝不容真相败露，便与宁景徽合谋，一直污我教名声。后又故意用时阑为名，到杭州引圣教出面。你以为，在杭州时，你遇见他乃是偶然，其实早在他谋算之中。"贤妃扯起唇角，"从你前往杭州时，这个局便已布好。"

杜小曼立刻道："去杭州是我临时起意，你说的这个不可能。"

贤妃微微一笑："话不可说死。"

杜小曼耸耸肩，不多纠缠："那么娘娘你，为什么要告诉我这么多？"

贤妃再轻叹一口气："其实，妹妹坐在这里，一直在担心我会再害你，是么？"

杜小曼道："我既然坐这儿，就不怕娘娘你害我。"我做任务呢，有神仙罩着，最不怕的就是死。

贤妃又看向她双目："妹妹的确有豪气有魄力，其实可能还强过真正的唐晋媗。难怪他会……这也是我告诉你这些实话的原因。如今我杀不了你，亦不能杀你。那么我想让妹妹知道，到底你应该选择哪边。"

贤妃苦笑一声。

"我再掏心窝和妹妹说句实话，君上这般待你，已让圣教中许多姊妹不解甚至反对。我，也在其内。但，或许君上自有君上的理由。而他待你的这番心意，眼下你并不领情。"

杜小曼问："君上，就是圣教的最高领导人？"

贤妃淡淡道："圣教中人一般平等，君上乃月神之子，举动代表月神之意。"

杜小曼觉得，这句洗脑词，恐怕贤妃自己也不信。不过算是侧面肯定地回答了她。

贤妃一抬睫毛，双目锋利地看向杜小曼。

"你不单不领情，恐怕仍把君上和圣教，与宁景徽之流相提并论。就算你这么想，裕王与宁景徽也打算过不多久，便将你当成弃子杀之，而君上却为你做了这许多安排。到底哪边对你是真心，你应该明白吧？"

杜小曼未言语。

贤妃又补上一句："此时，你也无第三条路可走了。"

离开绮华宫，杜小曼在辇中揉揉发痛的额角。

贤妃最后和她说的话还是蛮地道的。

"我和你说这些话，的确是想要说服你。既然此时不能杀你，那么我希望，你能真的站在圣教这边。"

"如果我不能呢？"杜小曼问。

贤妃又看了杜小曼一眼。

这一眼里明明白白写着——绝对会让你死。

"我圣教，从不勉强他人。"

都把我看成了渺小的爬虫啊。杜小曼无奈。

皇宫出大乱子了，裕王府又有新情况了。

这两天，京城的老百姓都很兴奋。

身在京城，一朝云端一朝泥，昨日紫袍牙笏，明天满门做鬼的事都见怪不怪，但是皇后娘娘要行刺皇上，这种事平生还是头一回见。

本朝果然是个阴气过盛的朝代。

牵扯到宫里的头儿的事，不能明着议论，所以老百姓们略有些不能四处八卦的寂寥。恰刚好此时，从不让人失望的裕王府再出新戏码——裕王殿下遣散三千美人，洗心革面娶正妃。

一乘乘车轿，络绎从裕王府后角门中出来。

暗暗在附近围观的闲汉们心都随着微晃的轿穗摇荡。

不知轿中的美人，此时是怎样的梨花带雨，玉容凄切。

喔，可怜啊，可叹……

裕王府的高墙内，确实不负众望地不平静。

"妾如芦草，幸栽紫苑，自知无长久，不敢怨，只谢这些年恩泽，更不求来世缘……"

"夫人，夫人你怎么了，来人啊，夫人吞药了！！"

"愿王爷携新抱，日日如十五，无缺永团圆。"

"大夫，快，快些去落云院，快……"

……

裕王的寝殿紧闭，在满府清泪之中，昭示着恩断义绝的冷酷。

"真该让她来看看。"谢况弈靠在树杈上，面无表情地俯视下方。

秦兰璪坐在他旁边的枝丫上，一脸不痛不痒，亦盯着下面。

"若是用这种手段引出月圣门，未免下作。"谢况弈冷冷抱起双臂，"这些女子，还有那什么公的小姐，都是无辜女子。"

"弈哥哥。"一只柔荑轻轻扯了扯谢况弈的袖口，"时公子肯定有他的理由。大概，也是为了救小曼姐，必须要做给那些人看的戏吧。"

秦兰璪笑眯眯转过头："箬儿小姐真是蕙质兰心。对了，我还想问你一事，她的身体，应没什么大碍吧？"

孤于箬儿认真地想了想，摇摇头："应该没有，小曼姐的身体不像有病。只是我刚进去，那些兵就来了，我一直躲在床下，没来得及帮小曼姐把脉。"

御书房中，宁景徽与皇帝隔着御案，两两相望。

"今日让宁卿前来，乃为裕王之事。"皇帝似笑非笑，开门见山，"皇叔遣散宅中姬妾之事，相信宁卿必然知道。"

宁景徽躬身："裕王蓄养或遣散姬妾，都乃私事，臣不便多言。"

皇帝点点头："的确是私事。但有人上报，裕王皇叔多情，凡离开的姬妾，都得了一大笔安置钱财，或还有宅邸相赠。裕王府封邑属地，每年有多少进项？之前铺张奢靡，谏臣便有非议。而今娶妃之时，又生出此事，朕确实无法袒护。宁卿这几日多劳，朕本不忍再加重你的担子，但不得不将此事托与你。"

合上手中折子，轻轻一丢。

"与宗正府御史台，盘查裕王府账目，三日之内，给朕送来。"

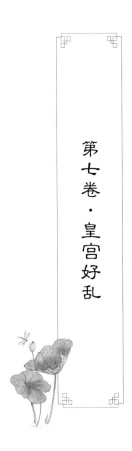

第七卷·皇宫好乱

天阴了。

仿佛对应世间的风暴一样，黑沉的天幕，也在酝酿着风暴。

杜小曼站在门槛处看了看天，总感觉即将有更大的事件发生。

尚不到酉时，天竟已全黑了，被打着呼哨的狂风吹得七零八落的树影在窗上摇摆，门窗都紧闭了，但烛光仍像感应着外面的风声一样，微微颤抖。

突然，极亮的白光一闪，一个惊天的炸雷在屋顶炸开，两个胆小的宫女吓得惊呼了一声，赶紧跪地请罪。

杜小曼道："不用不用，雷这么大，谁都会害怕，快起来吧。"又向大宫女道，"下去后也不要罚她们。"

两个小宫女叩首谢恩。

风声、闷雷声与啪啪开始降落的雨点声中，杜小曼好像听到了别的声音。

她竖起耳朵，是幻听么，怎么有……

"娘娘，皇上驾到！"

哇，是A版妹子？太辛苦了，这种天气也不能休息一下。

杜小曼赶紧跪地相迎，雨点狂风斜卷入殿，扬起跨入门槛的龙袍衣摆。

"嫚嫚，起身吧。朕都说过了，你以后无须如此行礼。"

杜小曼的脊梁像过电一样微微一麻。

来的是B版皇帝。

"风雨这么大，皇上还来看臣妾，臣妾感恩惶恐。"

B版携住她的手："怕雷么？不用怕，有朕在。"

杜小曼后颈的汗毛又竖了起来。

B版这种越来越浓烈的、对唐晋嫚的爱意，是目前最让她犯怵的。

爱得越深，恨得越切。

如果哪一刻，B版突然正常清醒起来，发现她的确不是唐晋嫚，一定会让她死得很难看。

她呵呵干笑两声："谢皇上厚爱。臣妾的神经很坚强，打雷什么的，我都当歌听的，一点儿都不会怕。"

B版凝视着她，清澈的双瞳在灯光中显得有点深邃，加上外面场景的烘托，杜小曼不由得有点发毛，刚要假装羞涩地垂下视线，B版轻声道："逞强。"

杜小曼暗暗打了个哆嗦。

保彦公公这次竟随侍在B版身侧，掩口笑道："皇上看见天色不好，担心娘娘得紧，不顾风雨和奴才们的劝阻，也要过来看娘娘。"

B版淡淡道："都退下吧。"

保彦及其他宫人皆施礼退出，杜小曼木木然被牵着走到内殿，在软榻上坐下。

"你休要听保彦多言，我只是有些累，才想着到你这里来。"

杜小曼又努力笑了一下，不自觉地将手往后缩了缩。

B版看着她，松开了手："你今天去看贤妃了？"

杜小曼道："随便聊了聊。"

B版倚到靠背上："不然，还是杀了她算了。"

杜小曼赶紧道："她真的一句您的坏话都没讲，还在劝我对圣教忠心。"

B版凝视着她，轻笑出声："吓你的，你当我很喜欢杀人么？"手指掠过杜小曼的鬓发，"你竟去找她，估计也惊到她了。你啊，总是出人意料。但居于上位，要的就是魄力，你做得甚好。"

杜小曼无语。

现在B版看她，就像王八看绿豆，胖头鱼看跳跳虾，怎么看怎么顺眼。

她抖擞精神，道："皇上，其实臣妾也有一个问题，你是不是……"

微凉的手指忽然按在她唇上，将差一点点就出口的"慕云潇"三字压下。

"别说那些杂事了。"B版突然将头枕在了她肩上，语气中透着浓浓的倦意，"这几天杂事太多，真的很累。陪我静静地歇一歇吧。"

风声、雷声、泼水一样的大雨声中，他浅浅的呼吸渐渐匀长。

杜小曼僵硬地维持着坐姿。

刚才B版是在逃避回答她这个问题？为什么呢？

不知为什么，杜小曼仍是无法将这个状态的B版和大脑中已有的慕云潇的形象糅合统一起来。

B版逃避问题的这个举动，居然让她觉得，有点像……撒娇。

慕渣撒娇……想想就恶心。

但是，现在枕在她肩上的这个人，她却不觉得讨厌，竟……还感觉挺自然的……甚至，觉得，有点萌……

我、我这是怎么了啊！

杜小曼掐了一把自己的大腿，冷静点，大娘。

她再小心调整了一下坐姿。枕着她的人轻轻动了动，将脸侧向一边，唇角浮起浅浅的笑。

雨砸花砖，星点水滴溅飞入帘。

谢况弈将杯中酒一饮而尽："好酒！裕王府中的藏酒的确不错。"

秦兰璪端着酒盏含笑道："承谢少主赞赏。孤闲余精力，多半耽于此道，故而藏品尚可。"

谢况弈微微挑眉："想来还有一半精力是耽于女人。"

孤于箸儿赶紧偷偷在桌下拉了拉谢况弈的衣摆。

秦兰璪笑吟吟道："看来谢少庄主可做本王的知己。"

谢况弈一脸不置可否。

孤于箸儿结结巴巴地开口："时公子、弈哥哥，雨大，这敞轩之中仍是能淋到，菜里都溅进雨点了。不然，还是回屋里去吧。天不算暖，别着凉了。"

谢况弈道："正是这般对雨畅饮才痛快！"

秦兰璪温声道："箸儿姑娘如斯纤弱，莫受风寒，请先回屋中吧。这些菜多半凉了，不宜姑娘食之，孤着人另备好饭菜，送到姑娘房中。"

孤于箬儿的脸顿时红了，慌忙摇手："不用不用，我身体很好的，小曼姐可能都比不上我呢。这些菜我都很喜欢，重做太浪费了，我吃这些就很开心了。王府的厨子做饭真好吃，我第一次吃到这么多美味的菜。"

秦兰璪又微微笑起来，孤于箬儿脸更红了，不敢看他的视线，低下头。

谢况弈硬声道："箬儿你就进去吧，正好我跟他还有点别的话要说。"

孤于箬儿抬眼看向他，站起身："啊，那……弈哥哥、时公子，你们慢慢吃。我正好吃饱了，就先进去了。"再看向秦兰璪，"时公子，我真的饱了，什么也吃不下了，不用再准备饭菜了。你……你和弈哥哥慢慢聊。"小步跑向通往内室的回廊。

秦兰璪看了看她的背影，再看向谢况弈："箬儿小姐真是个好姑娘。"

谢况弈目光一寒："你想做什么？"

秦兰璪笑眯眯弯起眼："谢庄主不要误会，孤只是真心实意地夸赞。其实箬儿姑娘和谢少庄主实在郎才女貌，佳偶天成。为何谢少庄主不惜手中花，却念墙外草？"

谢况弈的双瞳微微收缩："你眼里，她可能只是一棵草，与你那些女人差不多，或许还比不上，拿来利用完就扔。但是我不会放着她不管。"

"孤方才之言，不过是个比方。"秦兰璪稍收敛了一些笑意，口气仍是轻描淡写，"孤只是不明白，谢少庄主对她到底是何心意。你对她，必然心存侠意，但不知这份侠意，是坦荡荡，唯豪侠仁心而已，还是侠字之外，另有情？"

谢况弈沉默不语。

秦兰璪放下手中酒盏："谢少庄主休怪孤多事，她的情况，你应清楚。她若跟随少主，你要如何处置她？搭救之后，任她继续飘零江湖，自生自灭？若继续照拂，一男一女，总惹闲话。若你对她有情，又将置箬儿姑娘于何地？她的脾气，少主也知道，肯定不会与其他女子共侍一夫。"

谢况弈亦将酒盏往桌面上一搁，看向秦兰璪，面无表情："她喜欢你。"

秦兰璪一脸淡然。

谢况弈轻嗤一声："你既然把她看得连草都不如，其他的事情，不用多问。我的私事，她的私事，更不劳你操心。但请你明明白白说，到底做的这些那些，是不是打算救她？打算救，究竟怎么救？别拿她当幌子，诓我帮你们玩那些乌七八糟朝廷的肮脏事。若是这样，恕在下不奉陪！"

大雨滂沱，密如帘，倾如瀑。

仆从擎着被吹歪的雨伞踉跄奔跑，穿过庭院。

谢况弈紧盯着秦兰璪："她一个女孩子家，若不是真喜欢到了极点，不会亲口跟你说喜欢。男人都做不到那样。你一直把她耍得团团转，从来没有半点真心，更从没打算娶她吧？"

"嗯。"秦兰璪颔首，"没打算过。"

仆从奔到廊下，丢掉手中雨伞，跪倒在地："王爷……宁右相带兵围住了王府，说是奉旨前来，正在叩门。"

秦兰璪起身："开门请入。"

雷声渐远，烛火微曳，皇帝横抱起杜小曼，将她轻轻放到床上，手指抚着她的脸颊，俯视着她睡颜。

媗媗，你的神色如此舒缓，想来正做着一个好梦吧。

是不是，梦到了我们的昔日？

"媗媗，我要不要告诉你，我不是慕云潇。"

电光闪，裕王府正门大开。

宁景徽解开漆黑雨氅，率先跨入门内。

"臣等奉旨，请阅裕王府账目，求见裕王殿下。"

宗正令彭复在宁景徽身后悄悄向御史台都宪房瞻递了个眼神，房瞻微微一摇头。

当下朝局便如此时的天，惊雷时远时近，乱雨纷纷而落，一切难辨。

裕王与宁景徽的关系，亦扑朔迷离。

这二人原本素来不合，日前忽有这样那样的传言，说两人一同谋划着什么，其实暗中关系并不同于表面。

这桩差事，让宁景徽挑头，皇上显然有试探之意。

宁景徽接旨之后，立刻点人调兵，且请调了听令于皇上的羽林禁军。

房瞻与彭复都委婉道，是否少带些随从更妥当，毕竟只是看一看账目。

宁景徽一脸公事公办道，裕王府别业甚多，人少恐怕看不过来。再多添些人手，亦方便搬运账册。查账之时，王府内外，也必要肃清，免生枝节。遂带着几百禁军，加上皇上的心腹禁卫统领黄钦压阵，一副要连夜端了裕王府的架势，浩浩而来。

"下官恭迎各位大人。"裕王府府丞跪倒在雨中，"裕王殿下不在府中，下官代领圣旨。"

宁景徽微微蹙眉："殿下可有告诉大人，何时回来？"

府丞叩首："承宁相垂问，裕王殿下素来随性，几时回来，下官或王府仆从当真不知。"

"雷大雨急，殿下深夜尚未回府，着实令臣等忧心。"宁景徽向黄钦侧转过身，"黄将军，依本阁看，还是派些人出去寻一寻，迎一迎，较为妥当。"

府丞抬起身："但……王爷亦未告知，到底往何处去了……"

宁景徽温声道："这更令臣等担忧了。请黄将军着人全京城及城外都寻一寻。或许殿下已回府，下人尚未察觉，顺便也让人在府中看看。劳烦府丞引本阁与诸位大人先到账房。"

府丞站起身，向宁景徽一揖："下官代殿下谢过宁相，诸位大人里面请。"

彭复和房瞻在宁景徽之后，缓步前行。

雨水自伞外飞入领内，随从们手提的犀角灯笼似也不堪雨击，火光微微。

这到底又唱哪出呢？

暂且看着吧。

毕竟天已经变了，雨已经落了。

清晨时分，雨终于停了，杜小曼起身，让宫女们打开窗扇，嗅着格外清新的空气，清醒了一下头脑。

真是做了个很不错的梦呢。

梦里她一时和谢况弈在旷野中骑马，一时听十七皇子吹笛，突然璪璪就出现在了花丛里，连宁景徽都冒了出来，站在树下，袖着一卷书笑得清风拂面。

杜小曼不禁屏住了呼吸。

怎么了，这是又让朕选中宫了么？

"有了他们，你就会忘了我。"

她的耳边轻轻响起一个声音。

"也罢，你应该忘了我，只要你好便可以。"

然后，她就醒了。

骑马真好，笛子真好听，宁景徽确实很美，而在梦里，璪璪还是笑得那么油腻。

但那两句轻轻在耳边响起的话，总让她心里有另一种滋味。

有点涩然，或者说是……怜惜。

她不禁问："皇上什么时候走的？"

宫女道："禀娘娘，皇上卯时便起驾了，吩咐不让惊醒娘娘。"

杜小曼道："啊，是，好像刚才起来的时候，你们就告诉我了。"

宫女们嫣然："皇上说不定过一时还会来，奴婢们先帮娘娘梳妆吧。"

结果真被宫女们说中了，用完早膳没多大会儿，皇帝又驾到了。

杜小曼的心不禁快跳几拍。

不过，来的是A版妹子。

她笑盈盈扶起杜小曼："朕早上未曾惊动你，早膳可吃好了么？"

杜小曼垂头做羞涩状道："谢皇上，臣妾睡得好，吃得也好。"

A版放开她的手，坐到案旁，又开始批阅奏章，朱笔未提，先问忠承："对了，宁景徽那里尚无消息？"

忠承躬身道："奴才听说，宁相已在裕王府看账，裕王未在府邸，雨大路滑，恐出意外，宁相已让黄将军在京城及周边寻迎。"

杜小曼不禁抬起眼。

这是说，宁景徽抄了璪璪的家，璪璪跑路了？

皇帝垂目看向案上的奏折，淡淡道："是否其实在府中，下人不知道？"

忠承道："裕王府中已经找过，的确未回去。"

A版挑起唇角："那可令人忧心啊，和宁景徽说，人手不够的话，朕再派些去。"

忠承应了声喏。

A版又轻叹一声："皇叔是颗多情种子，遣散姬妾都如斯大张旗鼓。言官弹劾，朕不能不办。他倒也会选时辰，正是繁忙的时候闹这出，真是不让朕安生，亦不让宁景徽这些臣下安生。"

杜小曼低头拿针往布上戳着。

风雨虽停，天仍阴着。

直到晌午，正南方天上，方才有了一块略白亮些的云。

左相府内的花木已有数日未曾修剪，积存的水滴从擎出的枝丫上滴落，砸在散乱在积水中的落叶上。

书房的门闪开一条缝，管事的侧身入门，李孝知放下手中许久未翻一页的书册："老夫暂不用午膳。"

管事的躬身："老爷，有客。"

李孝知垂眼再看书册："早已说过，谁来都请回。"

管事张了张嘴，尚未出声，他身侧的房门大开，裹着长氅的一人跨入门内。

"李卿连口水也不打算给孤喝么？"

李孝知猛然怔住，继而起身，颤巍巍绕出桌案后，在无声合拢的门扇阴影中双腿一曲。

"老臣叩见裕王殿下。"

一双手托住了他的双臂，秦兰璪的双眼笑意盈盈。

"李卿不必多礼，孤被宁景徽抄了家，这是找李卿寻救来了。"

又有风起。

杜小曼看了看铅色打底铺满浓黑的天，应该还会下雨吧。

Ａ版皇帝今天铁了心要在后宫人等的眼中打造对她的宠爱，一直没走，在这里用了午膳，还特意赐了她很多汤菜。杜小曼只能在小黑屋里跪着吃完饭，膝盖跪得生疼。

忠承公公向杜小曼抬了抬眉，杜小曼居然领会了他的意思，做贤淑状走到桌案边："皇上，刚用完膳，歇一时吧。"

Ａ版道："内宫中出了许多事情，外面也不太平，朕不能置百姓不顾。这些折子，要尽快批完。"

杜小曼识趣地捧哏："皇上真是辛苦。"

忠承又看了看她，好像是让她再做点什么，杜小曼便去端茶，忠承道："娘娘，奴才来吧。"

Ａ版似笑非笑抬头："要么，嫚儿，你来替朕念一念折子。"

杜小曼只得拿起一本折子，打开："臣……"

嗯？这是个什么字？

"臣朋或有本……"

"朕的臣子中，应无人叫此名。"A版淡淡道。

杜小曼的脸有点热："这两个字，不太认识。"

忠承在一旁道："想来是蒯或蒯大人吧。"

A版从杜小曼手里接过折子，扫了一眼："的确是。"

杜小曼汗颜："对不起皇上，臣妾没有文化。"

A版唇边抿出一丝笑："久不碰书本，是会生疏。朕可着女官来，帮你一些。"

杜小曼内心泛起涟漪，这是要对她进行帝王培训的节奏？

她道："那，再请人来教臣妾些礼仪可不可以？"她与日俱增的体重需要拯救，而且她也想成为举手投足都优雅的女人。做卧底的时候顺便上点气质修炼的小课，也算福利吧。

她这副迫不及待的样子，看在忠承眼里倒是充满上进心，不禁莞尔。

A版微微扬了扬眉："好。"执起笔，又看向窗外，"该回来一些消息了。"

裕王府中，秦兰璪仍未出现。宁景徽与彭复、房瞻在一厅内督看御史查账，再行复审。

正在此时，黄钦带着几名下属匆匆而来。

"宁相、彭大人、房大人，兵卒在府内找寻裕王殿下时，无意中发现了一些东西。"

黄钦搓了搓手，充满兴奋。

本来他是打算在某屋或某个角落处放上点什么，却一直没机会下手，岂料手下竟发现裕王的书房中另有内室，推开暗门，豁然一片别样风景。

黄钦摆了摆手，两名兵卒托着漆盘呈上。

"宁相与两位大人请看这些书册图画与丹药，是否裕王殿下为巫蛊所惑？"黄钦取出一卷书，"尤其……这册。"

宁景徽接过，彭复、房瞻均凝目看来。

书册墨蓝，竟未有名。

宁景徽翻开一页，微黄的纸张上，赫然画着一条龙。

房瞻和彭复盯着那条龙，神色都变了。

宁景徽又再翻开一页。

右侧页上，赫然两行大字——云腾雨自润，姹水化青龙。

左侧页上，是一横跨马步，左臂举，右臂垂，左掌心向天，右掌心向地的男子。

宁景徽的眉毛跳了跳，房瞻和彭复的表情又变了变。

宁景徽再翻开一页。

密密小字书曰："嗟呼，润化之术，难乎？玄乎？实髓华唯阴、阳二字而已。阳者，为火，阴者，为水。世间凡水凡火，两不相容。但此水火，却是相济，阴水养阳火，乃天地第一道理。但要养得好，养得妙，方可助阳腾龙，其窍诀之法，便是润化……"

宁景徽合上了书册，再翻看漆盘。

祖露上身，盘膝而坐，双手各种抱印手势，身上画满点点与不同经脉行走图案，身外冒着袅袅烟雾，于头顶结为各样龙形的男子图画数张。

贴着初、次、叁的各种小药瓶无数。

同色皮的书册数本，《紫云飞化》两卷，《白虹阳贯法》数卷……

房瞻轻咳一声："裕王殿下真是……养元有术，咳咳。"

黄钦扫视他三人："宁相，两位大人，是否要将此送入宫中，呈交皇上？"

房瞻又猛咳两声，以袖掩口。

彭复打了个哈哈："黄将军尚未成亲吧，真是年少有为啊，呵呵……"

宁景徽抬眼看着他，缓声道："本阁以为，彭祖之术之物，呈于皇上，恐怕不妥。"

乌云堆挤，隐隐又有雷声。

雨点啪啪落下，街巷中的积水泥浆被御林禁军扫踏街巷的马蹄溅起。

长街的尽头，出现了一辆车，马身披着油毡，慢慢前行。

兵卒们顿时纵马涌上，马车停住，车夫取下雨笠："此乃裕王殿下的车驾，何人竟大胆阻拦？"

裕王！

踏破铁鞋无觅处，竟自己送上了门？

带队的副领与兵卒们谨慎靠前，车帘缓缓挑起，一人的声音飘了出来，在疾落的雨点中格外悠然。

"如斯多人拦住孤的车驾，是出了什么事么？"

真的是裕王！

副领按捺住内心的汹涌，抱拳行礼："禀王爷，宁相与御史台房都宪、宗正府彭大人奉圣上旨意，帮王爷处理些事务。因殿下羁夜未归，天阴雨急，宁相特命臣等来接迎。"

秦兰璪微露出恍然之色："哦，原来如此。孤昨天傍晚驱车赏雨，吃了些酒，便随便宿了一夜，今见京内处处兵卒，还以为哪个被抄家了，原来竟是为了孤。"

副领躬身，再道："恭请王爷回府。"

秦兰璪点点头："好啊，那就走吧。"

大雨如泼，裕王的马车在禁军的包围中缓缓前行。

行至某条街时，车忽然停了，车帘又一动。

兵卒们的手都按在了刀剑柄上，车帘挑起，一个小厮冒头道："王爷想在前方路口稍拐一下，在仁寿大街左边稍停片刻。"

仁寿大街有什么？

副领急忙派出探子前往，自个儿到轿前拖延。

探子打马撞开雨帘，片刻便到了所说之处，只见一座恢宏府邸，抬头望去，门匾上四个大字——楚平公府。

"禀、禀皇上。"

傍晚时分，就在杜小曼已认命地做好晚饭也跪着吃的思想准备时，报信的终于来了。

"裕王……"是个脸生的小宦官，初次来报信，偷偷瞟着皇帝和杜小曼，结结巴巴的，显得很不淡定，"裕王向楚平公府说要退婚。"

杜小曼一时间都忘了去看A版皇帝的表情。

如果璪璪现在站在她面前，她肯定会扑上去掐住他的膀子道，大哥，好好对待当下的剧情好吗？

连她这种政治白痴都知道，一场大戏即将到来。

夺皇位！争天下！看究竟谁主江山！

璪璪你这个时候还坚定不移地走言情线，是个什么意思？！

杜小曼努力维持着平静，A版瞥了她一眼，淡淡向小宦官道："哦？什么理由？"

小宦官继续结巴着回禀："裕、裕王说，不能耽误了小姐的大好青春，更不能连累楚平公爷一家。因为眼下，他又在被抄、抄家。"

"孤是被抄家的人，诸卿不必再勉强虚饰，爱怎样就怎样吧。"

秦兰璪站在暴雨中，素油纸伞下，脸色分外苍白，眉梢眼底都是死灰般的寡然。

转身，举步，迈入一旁亭中，在石桌边坐下。

"孤就在这里，裕王府任众卿查检，或是连孤身上也验一验亦可。诸卿若是带来了其他要给孤的东西，直接拿出无妨。"

彭复、房瞻只得顶着大雨重重跪在水中。

"王爷万不可如此说。"

"臣等万死，逾越冒犯，请殿下恕罪。"

宁景徽亦跪下。

秦兰璪叹了一声："三位都起来吧，这般淋着，若是病了，孤更是死亦不得超生。"

彭复和房瞻只能再叩首。

"王爷万万不可如此说！"

"臣等粉身碎骨，不能赎此罪。"

宁景徽起身："因有御史弹劾，皇上方才命臣等来帮王爷查点账目。此亦是体恤王爷之意，望王爷明白。"

秦兰璪垂着眼帘，淡声道："孤，知道了。"

其实，就冲他这个姿态，说是对皇上大不敬，都绝非牵强。

在折子里提还是不提呢？

房瞻和彭复很头疼。

要不，就交给黄钦好了？

在这个时节，每行一步，都十分艰难哪。

秦兰璪仍在亭子里坐着，一副打算就这么坐着的样子。

宁景徽恭敬道了声告退，就去继续看账册，一副不打算给裕王留脸的姿态。

真是把人往绝路上逼啊。

跟着做出战战兢兢的神情，而后告退折返，踏上台阶时，房瞻终于忍不住轻声一叹："雨下大了甚好。早下早了。"

"裕王皇叔真是每每能让朕惊奇。"A版皇帝轻叩桌面，"他说抄家，难道是说朕在抄他的家？除了朕，谁又能抄他的家？"

忠承躬身："裕王这是大不敬地污蔑皇上，更辜负皇上的厚爱。"

A版挥袖让双腿弹琵琶的小宦官退下，方才又道："裕王素来狡诈，他这样做必有缘故。"又瞥了一眼杜小曼，"朕觉得，情情爱爱只是个幌子，背后必另有文章。"

看来A版也认可影帝的演技了。

杜小曼默默在心里道，妹子你不用暗示得这么明显，我当然不会捂着扑通扑通的小心脏想，啊，难道他做这些也是为了向我暗示，他除了我之外，谁都不会爱，不会娶吗？

她突然觉得，连这种梦都不会做的自己好悲哀。

A版略一思索，向忠承道："着人示意楚平公，他的女儿，生是裕王的人，死也是裕王的人。"

杜小曼抬头："这样那女孩不就……"

A版淡淡道："逼她的人是裕王，而非朕。"

杜小曼一字字道："我希望，世间的女子，都不用遭受这些。"

谢谢月圣门站在道德制高点的句子，关键时刻挺好用的。

A版不耐烦地皱眉："朕不会真的让她怎样，大不了就让人……"

忠承轻咳一声。

A版摔下笔："那就再议吧。"继续看了两页奏折，啪地合上折子，"是了，朕想起还有他事，先去御书房一趟。"

杜小曼躬身相送，看着外面瓢泼的大雨，不禁想，璟璟跑路跑得这么令人难以捉摸，是和宁景徽商量好的吗？

一直到临睡，她杜小曼都情不自禁脑内演绎着之后可能发生的种种剧情。

"娘娘在想什么心事？"

头顶上方响起询问，她忙从脑补小剧场中拔出神志，向着铜镜中的自己一笑。

"可是在想着裕王殿下？"

杜小曼一惊，灯下的铜镜中，晴照那双在帮自己梳发的手一下一下，不紧不慢。

晴照取下她头上最后一根发簪,轻轻柔柔的话如丝般滑进她耳中。

"郡主请想一想,殿下为何要在此时还做这等冒险的事?唯有云开雾散,鸳鸯才能成双。"

杜小曼猛地起身,回过头,发现偌大的内殿中,竟只有她和晴照两人。

晴照敛身施礼:"奴婢告退。"

杜小曼上床就寝,在心里叹了口气。

在刚才她一惊站起之前,晴照还在她耳边飞快地说了一声。

"宁相请郡主拿到证据。"

杜小曼一夜没有睡好。

宁景徽要她拿到什么证据?

证明皇帝不是本人?这个年代,没有摄像头,没有照相机,怎样才算证据?

而且,她心中始终有点说不上来的感觉,有些事并不是很乐意去做。她情不自禁想,是不是因为自己对璟璪的确不是真爱呢?

据说真心喜欢一个人,会愿意为其付出一切。大约宁景徽也把她看成了这样的女人。

晴照说出那番话后,她有那么一瞬间一点都不想配合宁景徽了。这种明明白白利用她感情的感觉真是令人心塞。

那些被称为怨妇的女人,应该是非常非常喜欢那个不喜欢她的男人,即便对方不爱自己也愿意奉献,才造成了悲剧吧。

人还是最爱自己比较好。这样又算不算自私?

杜小曼在心里唏嘘一声,思路又回归卧底线。

对了,B版皇帝是慕云潇,从这里入手,有没有可以找到证据的地方?

比如,慕云潇总归是要在大众面前出现的,只能偶尔来扮一扮皇帝,那么他是怎么进出宫廷的?

或者,慕云潇在变身为B版时,有什么特殊装备可以证明他的身份?

又或者,用指纹证明?

杜小曼在被窝里捶了一下自己的腿,我真是太机智了!

拿到指纹,这件事应该好办。

次日,A版皇帝又来此办公,杜小曼暗暗拿捏时机。

和以前一样，宫女们端上茶水，杜小曼接过，亲自放上桌案，假装手一滑，茶盏没搁稳，盏盖一跳，茶水泼出些许。

杜小曼呀了一声，赶紧惶恐道："臣妾手滑，臣妾之罪！"假意拿手绢擦抹，袖口又扫了一下砚台。

杜小曼更惶恐："啊，皇上没事吧，对不住，臣妾……"

"娘娘，让奴才来吧。"保彦扶住了她的胳膊，"奴才该死，请皇上恕罪。"

杜小曼跪倒："不，是臣妾的错，臣妾该死，臣妾手滑。"躬身前一扫桌面。

见鬼，墨汁是洒出来了，但是只有一点点，A版早已搁下笔坐着，手指根本不可能碰到。

A版冷冷地道："都算了吧，擦干净便可，折子都险些污了。"一瞥杜小曼，"你也起来吧。"

杜小曼悻悻地站起身，这个计划果然太弱智了。

第一次尝试，失败。

A版拧着眉头问："宁景徽仍无禀报么？"

保彦躬身回道："宁相与彭大人、房大人的折子，奴才放在最上面了。"

A版取过翻开，扫了两眼，嗤了一声，将几本折子摔在一旁："这种空泛无实的折子，朕就不亲自批复了。让宁景徽进宫一趟，彭复和房瞻留在裕王府先查着。"

保彦领命，正要离去，忠承公公突然匆匆入内："启禀皇上，裕王不见了。"

杜小曼又吃了一惊。

A版一怔："怎么不见了？黄钦不是一直都在裕王府么？这么多人，能让一个大活人平白不见了？"

忠承深深低下头："来龙去脉奴才亦不清楚。黄将军已前来宫中请罪。"

A版站起身："摆驾，黄钦来了，就带他去勤政殿。"

杜小曼恭送他们离开。

下了两天大雨，今日始有转晴的迹象，天上的云盖很薄，好像下一秒太阳就能破出来。

但杜小曼却感觉，真的暴风雨才正要到来。

黄钦在勤政殿，把头磕得咚咚作响。

裕王的确是丢了，而且等于是他看着丢的。

昨日查账到夜里，秦兰璪摆出山珍海味，稀世佳酿，说裕王府平时就这么吃，让他们务必吃吃看，顺带算算每餐的银钱，还让几个没来得及离去的美姬弹曲歌舞，搞得他们吃也不是，不吃也不是。

宁景徽坚定推却，说自带了干粮。他们当然要唯宁相马首是瞻，就在歌舞倩影酒肉香中，啃着被雨水泡过的馒头继续查账。

秦兰璪又让人给他们备床铺，那华帐锦被神仙屋，住一晚肯定得变裕王同党，择都择不清。

宁景徽和彭复、房瞻就先告退了，只有他黄钦借口保护账册安全坚定地留了下来，并坚决地不离开回廊下方。

然后酒足饭饱的裕王揽着美姬，打着呵欠道，黄卿不睡，孤可有些熬不住了，黄卿是否还派几人守在孤床头，保护保护孤的安危？

黄钦再怎么样也不敢真把兵放进去，就派手下前后左右暗暗守好裕王寝殿的大门。

然后到了第二天早上，兵卒们只看见侍候起居的下人进进出出，左等右等就是不见裕王踪影，待到门窗大开，发现只有姬妾在镜前理妆。

追问裕王殿下何在。小厮睁大眼道："我们王爷一大早就出去了呀，诸位没看见吗？"

黄钦立刻知道进套了，但毕竟名义上只是查账，不是查抄，只能一面暗暗派人飞速追找，一面让人马上进宫报信，一面忍气吞声问，裕王殿下几时出门，到哪里去了？

小厮道："将军对不住，去哪儿了小的还真不知道。将军昨儿也见着了，我们王爷，去哪儿从来谁也说不准。"

黄钦只能把涌到喉咙的血往肚里吞，还没等再扯破些脸皮问一问姬妾，那美姬又哭了起来："王爷，昨宵情尽，今朝露散，妾去了，竟不能与王爷当面一别。"摸出一把小刀就要往胸口戳，黄钦还得拦着。

手背上那个被小刀误划出的血道，简直就是他的耻辱烙印。

黄钦再次以头砸地，手指死死扣住地面毡毯。

杜小曼在含凉宫心如猫抓，快傍晚，忠承公公前来带话："皇上政务繁忙，今日就不能到娘娘这边来了，请娘娘早些歇息。"

杜小曼实在八卦得熬不住，反正她跟忠承公公算是互相知根知底，就说了一句请皇上保重龙体，莫要劳累的场面话后，目光灼灼地问："裕王的事，到底怎么样了？"

忠承公公低下头："这个，奴才只是个奴才，真不懂政务。不过，下午宁相大人来时，皇上询问他的意思，宁相大人倒是和皇上说了一句，裕王应有反意。"

宁景徽……这是要和璪璪争拿大奖吗？

杜小曼忍住想抽搐的嘴角。

她绝对相信宁景徽对璪璪的真爱。右相大人的这个举动实在太深刻，她看不懂。

忠承又道："娘娘请放心，朝务之事，皇上自会处置。娘娘安心养身子，不要顾虑太多。"

杜小曼道："啊，后宫之中不应该讨论政事，是我逾越了。反正我什么也不懂，只要天下太平就行了。"

忠承笑盈盈看了她一眼："娘娘若是真记挂，奴才可以服侍娘娘去前面走走。"

杜小曼实在对前两次一出去逛就踩进坑的经历有点怕了，所以她的第一反应是，不会又有套让我钻吧？于是先回了一句："可以吗？"

忠承道："奴才服侍娘娘稳着些走，应无事。"

嗯，眼下为求情节，必须冒险，就跟忠承公公走走看吧。

杜小曼含笑点点头："那就有劳公公了。"

几个宫人轻盈地围过来，替杜小曼简略理了理妆，裹上一件斗篷。

杜小曼出了寝殿，一乘纱顶小轿已备好，四个宫人将小轿稳稳抬起，缓缓前行，忠承在轿边，一路向杜小曼指点。

"这里娘娘应来过，是往畅思湖去。"

杜小曼点头。

轿子在那个路口径直行了过去，没有折转。

"行这条路，可通往绮华宫等几座宫院，娘娘还未见过淑妃娘娘等几位娘娘吧？"

杜小曼再点头，不会是要把她领去见其他的妃子，然后发现都是月圣门的人，来个月圣门后宫大联欢吧？

轿子亦未往那个方向去。

　　暮色渐渐变重，轿子一径往前，忠承一直在和杜小曼讲解，敬业地扮演着一个好导游。

　　就在杜小曼怀疑是不是自己想多了，忠承的确就是带她出来观光，领略皇宫之美时，轿子停了，忠承道："娘娘，这里不可行轿了。"

　　轿帘掀起，杜小曼下轿。宫女替她把斗篷的兜帽罩在了头上，忠承扶着杜小曼，带她走进一巷，跨进一道门槛。

　　是个花园，里面花木葱茏，有假山亭阁，前方还有殿阁。

　　杜小曼问："这里是御花园么？"

　　忠承笑笑："不是，只是个小园子。"带着杜小曼上了一道游廊，蜿蜒走了很长，到得一处看似尽头的墙边，推开一扇小门。

　　杜小曼跨过门槛，门扇在她身后合上。

　　有了前两次的经验，她立刻十分敏锐地发现，一直跟随的宫人们，又没有跟上来。

　　走过这道小门的，只有她和忠承两人。

　　暮色更重了，四周一片寂静，游廊的前方，似通往无尽的所在。廊外花木浓叠，更显得前路深邃。

　　稳稳走着，忠承轻声道："娘娘可知，方才走过的那道，是什么门么？"

　　杜小曼道："不知，请公公明示。"

　　忠承含笑道："娘娘的声量请轻一些。此处已非内宫，方才那道门，本是奴才们走的门，委屈娘娘通过。内宫之中，除皇上之外，不能有其他男人，而这里，则不可有女人。"

　　杜小曼心里暗暗一震，打量前方，这里殿阁屋檐的式样，的确与内宫不同。

　　忠承为什么要带她来这里？

　　忠承引着她，拐过游廊的转角，前方有一道虚掩的门扇。

　　忠承停下脚步，轻声道："娘娘，这道门内，就是勤政殿了。皇上平日常在此理政，宣召臣子议政，亦多在此处。自此朝开国以来，这道游廊，从无一人以女子的身份走过，更无一人，以女子的身份跨过这道门槛。"

　　忠承走到那扇门前，无声地将门推开，躬下身。

　　杜小曼走到门边，跨了进去。

　　抬起脚的刹那，浑身有过电般的感觉，鸡皮疙瘩跟着一粒粒地冒起来。

　　她的脑中不由得冒出一句经典名言——

这是个人的一小步，却是人类的一大步。

踏进殿内，杜小曼便听见了说话声，是皇帝的声音。

她轻轻转过拦在门前的屏风，眼前十分昏暗，忠承又出现在她身边，引着她轻手轻脚地向前，到了一道厚厚的帷幔边停下。

帷幔的某处有空隙，光从这里落过来，皇帝的声音传了过来。

"裕王府有多少封地，如今田租几何，朕岂能不知？难道户部报上的田租岁贡都是虚数？！"

杜小曼凑近空隙，只见空旷殿内，灯烛已掌，皇帝在龙纹御案后，将几本册子啪地丢到地上。

这么火爆的举动，大概是A版皇帝妹子。

御案下首，跪着两个大臣，另有一个站着的，竟是宁景徽。

其中一个稍胖一些，胡梢有些花白的大臣以头触地："回皇上，户部钱款，绝无错漏。但裕王府进项，并非田租。臣等查看账册才知，裕王府封地，多非由佃农耕种。如苍雾山一带封地，遍是茶园，如今市面上'蛟雾''蟒鳞''螭吻'这几种茶，就是其茶园所出，价甚昂贵。天缘满、宝福兴等时下大茶贩商号，皆进此茶，源源出产，尤供不应求，仅这一项就……"

这是在说璨璨的家底？

另一略年轻些、髭须略短的大臣道："说来宫中御茶，似也有裕王府茶园进贡。"

皇帝神色一凝。

短髭大臣接着道："臣等也详查了，进贡御用的茶，名曰天华，于茶山最高处单独茶园栽种，摘采制茶，皆严慎无杂，造册明白。当然纸上记录，终究为虚，臣已派人亲去查证。臣还听闻，市井间有个十分不堪的小曲，名曰《春思》，其词有四句，'春雨靡靡意纷纷，听着莺儿抿螭吻。罗绡卷看红杏好，小桃结上第一梢。'其中螭吻，应指裕王封邑所产之茶。"

花白胡子大臣道："彭大人记得真清楚。"

彭复赶紧道："皇上，臣不敢记此靡靡小调，乃偶尔听得，昨日见账册条目，方才又忆起，特意让人查得。"

皇帝抓起手边茶盏，砸在地上。

宁景徽淡淡开口："臣以为，即便查得此歌谣与裕王有关，这般词句，亦无甚意义。朝廷律法，身有功名官职者不得经营买卖，但于皇亲却无明白约束，裕王只有封爵，未挂官职。自太祖皇帝以来，多有亲王国戚封邑所产供应商贾之事。还是得在账目上再查查。"

杜小曼无声地感叹，宁右相不愧为影帝的强力竞争者，一句句都是在说怎么对付璨璨。

皇帝冷笑："看来朕的天下果然富庶，商者多利，种几亩茶树，就能让裕王府富过朕的国库了。"

房瞻再顿首："禀皇上，看账上所录，裕王府进项中，茶叶所入，占不到百之一二。有茶园的那片封地之上，除茶树之外，还有蚕桑。其外，有不少封地原本荒废，后划与扩建的州县，街市繁华，多是大商户，租金高昂。"

彭复道："倒是可以深查一下这些大商户与裕王府的联系。"

房瞻又道："再者，裕王的封地中，还有一山开出了煤井，另有一地产瓷土。只这两样其一，供应裕王府所有花销便不止了。各地府宅看似铺张，其实庄园内蓄养奇草珍禽名马异兽，每年亦进贡宫中，也有经营，价皆不菲。供府邸开销之外，盈余颇丰。"

杜小曼险些打了个冷嗝，赶紧自己捂住嘴。

不是吧，璨璨那厮这么有钱！不要脸啊，居然还吃霸王餐。

宁景徽看向房瞻："税款如何？"

房瞻回道："还未与宁相看，但目前所查，账目明白。"

宁景徽向御案施礼："臣以为，先把与裕王府有钱财往来者理清，还有税款收取官员名单。此外，采煤之处往往有铁，可查一下有无私下锻造铁器。所养马匹，也当细查。"

皇帝冷笑："裕王必然是要反了，养马打铁，蓄敛钱财，准备了不止一年两年，可笑尔等竟此时才发现！"

房瞻彭复等人又叩首称罪。

皇帝再一拍桌案："如今告罪还有个甚用！裕王估计旗帜都扯起来了！也不用再在账上多费工夫，迅速找到关键，了结此事！"

房瞻微微抬首："臣斗胆进言，看账目的确须……"

宁景徽躬身道："臣会亲自监督，将账册之事办好。"

房瞻和彭复都暗暗抖了一下。

帷幕后的杜小曼也抖了一下。没会错意的话，宁景徽这是在明白地暗示应承皇帝，他会去搞假账嫁祸璨璨吗？

杜小曼惊诧，房瞻和彭复内心更澎湃。

唉，当下局面，若载入史册里，一定会震烁古今吧。

房瞻和彭复继续匍匐，听得上首皇帝哼道："都退下吧，宁景徽留下。"

连名带姓唤承相，实为不当。房瞻问自己，身为御史都宪，要不要劝谏圣上？

算了，都这时候了，还较真个甚？小节权随大势吧。

房瞻便只当没听见，迅速起身与彭复一道退出了勤政殿。

皇帝环视其他宫人："朕让宁景徽之外所有人退下，尔等没听到？"

宫人们皆称罪而退。

偌大殿阁中，只剩得皇帝与宁景徽。

皇帝走出了御案后，静静地看着宁景徽。

宁景徽从容地垂眸站着，不与皇帝对视，恭敬的仪态无可挑剔。

灯下两人纵长的影子亦静止着。

许久后，皇帝开口："朕知道，你和秦兰璪是一伙的。"

宁景徽微微躬身："皇上，臣食君禄，窃踞相位，只是皇上之臣，朝廷之臣，社稷之臣。"

皇帝冷笑一声："这等屁话就不要多说了。你方才一句句，却是帮着朕对付秦兰璪，是何居心？"

宁景徽声音平静："臣只是就事论事。当下情形，臣以为唯有如此处置才得当。并非为裕王殿下，亦非要顺皇上圣意。且皇上御口，不当被粗鄙之字所污。"

皇帝呵呵笑出声："朕爱说就说，你算个屁！"

宁景徽抬起眼，杜小曼身边的忠承突然掀开帷幔，闪了出去。

"皇上，奴才该死，惊扰皇上与宁相议事，实在是有一急报，须立刻呈与皇上。"

皇帝深吸了一口气，狠狠盯着宁景徽："你且退下吧。既然你说裕王有反意，那朕便以明日午时为限，你须将今日所奏尽数做到，午时之前把裕王谋逆证据送到朕面前！倘若差了分毫，便是诬陷朕的皇叔，该领何罪，你自己心里清楚，也不用来朕的面前了，自行了结了吧。"

宁景徽躬身："臣遵旨——告退。"

杜小曼半捂住嘴，屏住呼吸，看着宁景徽退出殿阁，最终连长长的影子也消失在门槛外，忽然很八卦地想——

宁景徽和A版皇帝妹子，该不会真的有过什么吧？

虐爱的氛围真的很浓烈耶。

"皇上不该对宁景徽说那些话。"忠承不甚高的声音在空旷的大殿中带出微微回响，"以宁景徽此人城府，怎会被言语诈出虚实，只徒然显得皇上这边沉不住气。"

A版硬声道："朕做事，不用你来教！"冰冷的视线盯向杜小曼藏身的所在。

杜小曼掀开帘子，挤出笑容，小小声道："参见皇上。"尽量用无辜的眼神表示自己是个普通的路人。

A版怕看多她脏了眼似的，立刻把视线收回。

忠承再道："那皇上打算怎么办？宁景徽必然知道裕王的藏身之处。"

A版冷笑："十有八九，人就是他放走的。但你方才也称赞了宁景徽的城府，即便他知道，派人盯着应该也盯不到什么，说不定还会被他刻意引到别的方向。"

忠承道："即便如此，也得派人盯着。"

A版表情再一僵，继而轻嗤一声："你们爱白费工夫就去做吧。"甩袖走向御案。

忠承温声道："请圣姑不要忘记自己的身份，以大局为重。"

A版猛地转过身："此时此地，你该喊我陛下。"

忠承迎向A版的目光，微微笑了笑。

杜小曼不吭声地杵在一旁。

她再白痴，也看得出来，忠承这是在当着她的面削A版，还明白地点出了A版就是圣姑。

这是在暗示和提点她杜小曼今后的前程吗？把月圣门内斗这么明明白白地表现出来，真的好吗？

A版不再理会忠承，在椅上坐下，提起朱笔，唰唰写了数行字，啪地将册子摔到地面。

"替朕传谕李孝知，朕信他与逆妇李氏之案无干，让他明天早上来上朝，回阁部理事。"

忠承弯腰捡起谕令，又笑了笑："皇上此举甚好。"

A版再嗤了一声："朕无须你夸赞，也望你记得自己的身份。"

忠承含笑躬身："奴才遵旨。"

A版再瞥向杜小曼："她现在出现在这里，还不大好吧。哪里来的，回哪里去吧。"

忠承再躬身："此事不劳皇上操心。奴才告退。"

A版淡淡道："谕令不能有丝毫耽误，越快越好。"

忠承又躬身："奴才遵命。"

杜小曼低下头，僵硬地向A版福福身："那臣妾也告退了。"

A版只当作没听见。

忠承含笑走向杜小曼，用眼神向她示意，杜小曼遂与忠承一道退出。

勤政殿外面的天已近全黑，杜小曼在寂静的走廊上停下脚步："你们将来也会那样对我吗？"

忠承亦停步，转目看向她。

杜小曼道："我知道公公今天带我来是什么用意。但是……今天这样的情形，以后也会发生在我身上吗？"

她知道，自己这么说挺白痴的。但是，她真心对绕来绕去棉花里行针的场景烦透了。

刚才的A版让她心酸。

不知道A版成为月圣门的人之前到底是怎样的出身，经历了什么才加入这个组织。现在生病了，快没有用了，就被这么对待，真是让人倒胃口。

这也算是同样身为棋子产生的共鸣吧。

忠承轻轻一笑："君上真是没看错人呢。"随即垂下视线，"娘娘这边请。"径直向那扇门走去，竟是没回答杜小曼的话。

将杜小曼送出那扇门，忠承又躬身道："奴才不能再相送，请娘娘恕罪，娘娘慢行。"

宫女们无声地围来，引着杜小曼穿行在浓重的夜幕中，原路返回。

这厢，圣谕也随着飞奔的快马，赶往左相府。

李孝知从书房踱到廊下，一抹朦胧残月，隐在层层叠叠的云后。

侍立在旁的男子轻声道："大人，宁景徽与房瞻、彭复下午都进宫面圣了。"

李孝知抬头看向那抹淡白："圣旨该快来了。"

那人轻叹："宁景徽显然与裕王乃一路，云乱难辨形影，大人何必蹚这趟浑水？"

李孝知淡淡道："骤雨已落，谁能不湿衣袍？再者你我着这官服，即便力如蚍蜉，亦当倾尽全力报效社稷。"

云遮月影，飞马至，左相府大门缓缓打开。

相府管事当门而跪："启禀天使，左相大人不在府中。"

次日清晨，杜小曼尚在酣睡中，便被宫女唤醒。

"娘娘，圣旨到，快起身接旨。"

杜小曼睡眼惺忪地被宫女们揽起身，匆匆更衣梳妆后在外殿跪下。忠承打开圣旨，开始宣读。

关键词入耳，杜小曼愕然抬起头。

她被册封为宸妃？

喂，不是说等确诊为孕妇之后再封妃的吗，怎么突然……

忠承合上圣旨，笑眯眯地交给她，捧着各种托盘箱笼的宫人鱼贯而入。

"奴才贺喜宸妃娘娘。皇上下朝后会来看娘娘，请娘娘更衣理妆。"

杜小曼接下圣旨，心中却有一种不太妙的感觉。

宸妃，怎么听都觉得这个封号很高端。就算迫不及待想提拔她，是不是也太……急进了点？

宫人们都跪地贺喜，抬进香汤，服侍杜小曼沐浴，穿上层叠华服，云鬟重梳，簪上金翅彩凤。

妆罢刚不久，圣驾即到。

来的，还是A版皇帝妹子。

她扶起杜小曼，挥退宫人，甩手走到内殿，扯上帷帘。

"忠承告诉你了么，裕王已真的反了。"

杜小曼心里咯噔一下。

璪璪啊，终于还是走上了这条路。

A版面无表情地负手："左相和皇后娘家跟他成了一伙，要来夺位了。他倒是够能耐啊，连老奸巨猾的李老头都能拉成同伙。"

杜小曼无言以对。

璪璪确实是一个飘忽莫测的男子。

A版一挑眉："宁景徽最近吩咐了你什么？"

杜小曼心中一跳，正色回答："什么都没有，还是那四个字，顺势而为。"

A版轻呵一声："本来封你的事要再缓缓，慢慢来。但如今形势如此，朕不便再常常过来宠幸你，索性就一步到位，这样，你以后就可以到乾元宫侍寝了。"

杜小曼心里再一震，抬起眼。

A版似笑非笑地看着她，用"千万不要辜负了组织对你的培养"的力道拍拍她的肩，突然凑近她耳边。

"你倒真行啊，昨晚居然通过了忠承的试探。如何抉择与把握，看你自己。"

裕王造反，京城禁严。

街道上兵卒处处可见，家家关门闭户。茶楼酒肆客栈内外更多有兵卒或便装探子，小伙计招呼客人时都格外小心拿捏分寸，万一赶巧对某个谁笑得多了几分，成了乱党同伙，真是死都不敢喊冤。

孤于箬儿提着篮子回到暂居的小宅内，谢况弈正和卫棠在院中说话。

谢况弈双眉紧拧，脸色极其阴沉："这是宁景徽早就计划好的？"

卫棠面无表情："朝廷的人行事谋算，属下不敢妄断。但看这情形，必然是。"

谢况弈狠狠团起手中的纸。

孤于箬儿快步走向前："弈哥哥，卫大哥，怎么了？"

谢况弈将纸球塞进怀中，勉强展开眉头："没事。"

卫棠看向孤于箬儿手中的篮子："箬儿小姐怎么还亲自买菜？吩咐属下一声便是。"

孤于箬儿放下篮子叹了口气："反正我也帮不了别的忙。但是卫大哥，恐怕真得麻烦你弄些菜来了，市集上卖什么的都没有。说是米上会刻字，馒头包子里能藏字条，菜叶上可以书暗文，鱼肚子里易藏书信……我就买了点葱和香菜，还被翻来覆去查了好久。"

卫棠立刻躬身一抱拳："是属下考虑不周，请少主和箬儿小姐稍等，我这就去准备酒菜。"

谢况弈抬手："罢了，现在哪还有空管吃的事。"

卫棠抬眼看了看谢况弈："少主，恕属下直言，少主还是不要再参与这件事了。少主再怎样，也帮不到唐郡主。裕王应已不在京城，各州郡也不太平。裕王、月圣门、朝廷几方都蓄势待发，此事与江湖无干。属下以为，少主应先回山庄，庄主与夫人都十分担忧。"

谢况弈双眉复又敛起，孤于箬儿摇摇头："不行，弈哥哥不管，就真的没有人管小曼姐了。"

卫棠素无表情的脸上闪过一丝隐忍："只是……"

谢况弈摸了摸下巴："我还是觉得有些事情很蹊跷，当要弄个明白。"

卫棠道："就算裕王或宁景徽此时就在少主面前，恐怕少主也从他们嘴里问不出什么来。"

谢况弈一挑眉："但可能还有别人知情，譬如那个天天念经的小皇子。"

夜幕降临时，谢况弈、孤于箬儿、卫棠三人身着夜行衣，纵上屋脊，小心绕开兵卒，施展轻功赶往十七皇子府。

屋檐下栖息的蝙蝠扑棱着翅膀飞远。

刻漏滴答，已是入更。杜小曼披挂着华服在殿中坐着，心里暗暗嘀咕，自己不会又被皇帝妹子小整了吧，不是说好了，晚上去乾元宫侍寝的吗？

去亲眼瞧瞧皇上住的地方，杜小曼还挺期待的。

但是今天宫女们给她装扮时流程之烦琐，也格外考验人的耐心，真是位置越高，遭的罪越多。宸妃的这个装备啊，实在太沉重了。

晚饭后泡澡的时候，发髻松开，她整个发根都火烧火燎的，生怕自己的头发如秋叶一样，一绺一绺地飘下来。怪不得宫里早晚的糕点中多核桃、芝麻这些呢，防秃是很必要的。

好容易在浴桶里松快了一下被压得生疼的颈椎，泡完澡后，宫女们立刻又给她梳妆打扮上了，还好头饰没那么沉了，但是粉糊在脸上，还是很难受。

杜小曼坐着等了又等，传召左也不来，右也不来。她实在忍不了了，就道："帮我卸妆吧，今天晚上可能不会有传召了。"

宫女们立刻柔声劝慰。

"娘娘是否再等等？"

"这几日政务太多，可能皇上是太忙了。"

"娘娘请放宽心。"

……

杜小曼做出玻璃心粉碎的样子，一甩衣袖："都别说了，给本宫卸妆！"

宫女们掐算时辰，也都估摸着皇上今晚应该不会来了，便极其麻利地照办。

杜小曼爬进被窝，硬声道："你们都退下吧，让我自己清静睡。"

宫女们放下帐帘，灭了灯烛，无声无息地退下。

听到门扇合拢的声音，杜小曼松了口气。此时那些不知道各有什么特殊身份的宫女们在外面肯定也严密监视着里面的一举一动，但是眼不见为净，独处的这一刻对她来说就是放松。

她忍不住叹了口气："不用装了……"

"真好"二字还未出口，帐外有模糊的影子一晃。

纱帐无风扬起，杜小曼吓得连尖叫都忘了，眼睁睁看着帐子的空隙中凭空出现一个黑黝黝的物体，疑似落地灯烛，忽而伸出了两只手臂……

然后，扒去外皮，薅掉头顶的灯插蜡烛，重现萧白客飒爽的身姿。

"女娃，你从未让老夫失望。"

杜小曼一骨碌爬起来："萧大侠，您……"

您、您来了！

萧白客淡淡道："你尽管大声说话便可，外面那几个小娘们离开这屋之前，中了老夫藏在灯烛中的药烟。"微微眯起在黑暗中灼灼的眼，"你竟如无事一般，还看穿了老夫。"

杜小曼干笑两声："可能还是有点晕，我本来就挺晕的。"

萧白客塞给她一颗药丸："解药。"

其实，萧白客药烟的作用是让习武的人暂时失去听力和辨识，武功越高，中招越深。杜小曼丝毫没有武功，当然这药烟与解药对她来说就是普通的空气和糖丸。

杜小曼吞下药丸，迫不及待地问："您能带我出去么？"

萧白客道："不能。"

杜小曼心里一黯，想来萧大侠又是一时兴起，到此一游。

萧白客道："女娃，老夫不是那种见人落难，不伸援手之人。只是这皇宫的戒备比我之前来时更森严了。可惜你只有看破之才，而无易变之术。老夫亦未直闯城墙，乃是先做水罐，搭乘运水车而来。老夫方才进来时，是那个果盆，你可看出否？"

杜小曼张口结舌。

她记得，那个鲜果盆是她洗澡后，梳妆的时候端进来的。

寝殿内鲜果每早晚更换一次，果品不同，不是留着吃的，只为了摆放，加上用鲜果的香味调适气息。

　　果盆端进来之后，应该就开始摆了，萧大侠是怎么在这个时候脱身，再变出一个真的盆，再变成这个灯烛的？

　　算了，反正萧大侠本就是谜一样的男子。

　　杜小曼脑筋一转："萧大侠，那你能不能教教我，怎样找出一个人易容的破绽，抓到他的证据并拆穿？"

　　萧白客在黑暗中深深地看着她："这，不正是你擅长的么？女娃，你的心，乱了。"

　　杜小曼噎了一下，欲哭无泪。

　　萧大侠，我真的是啥都不懂啊，我也不知道为什么每回到您这里就这么巧，这真的只是命运啊！

　　萧白客又瓮声道："你的心，乱了，不是因为被那个装皇帝的娃娃封了个假妃子吧？"

　　杜小曼一阵心酸："当然不是。"

　　这算个啥？呵呵，就是现在她被封为皇后，她也不会乱。

　　萧白客晃了晃头："女娃，老夫习易容术多年，看穿了一件事，这世上，会易容也罢，不会也罢，有形无形，人都可以有千张面，万张脸。但总有一张，是真的。心，也是一样，虚荣心、浮华心、嫉妒心、奸诈心……各种心，生出各种意，各种情，但必须得有一颗实实在在的真心，不然就活不了。"

　　嗯？萧大侠怎么忽然如此深刻地抒情？

　　萧白客从怀里摸了摸，掏出一沓纸，塞进她手中："女娃儿，老夫觉得，那个娃，他对你，还是真心的。"

　　杜小曼如坠云雾，萧白客的手再往怀里一摸，掏出一颗发光的珠子，像颗小灯泡一样，幽幽照亮四周。

　　杜小曼睁大了眼，好大颗的夜明珠！

　　萧白客咳了一声："娃儿，看看你手里那些。"

　　杜小曼吸吸哈喇子，望向手中。

　　是一沓画。

　　萧白客再瓮声道："这些画里，其中的一幅，是老夫看着他画的。他画着画着，就笑了。老夫觉得，那个笑容不像装出来的。他画这些，更不是出于作伪之情。"

　　杜小曼的嘴角抽搐了一下。

没错，他画这些的时候，肯定得笑，她都想象到这厮是怎么笑的。

画上的那个几个圈几个点几道杠杠组成的人真是颇有现代简笔画的风采，在这张上拎着一只鸡，在那张上拉着一车鱼，还有一张上卷着袖子对着水牛做准备挤奶状，更有一张顶着一张荷叶在荒草丛中去够灌木上的葡萄……

真是对她有爱啊，璨璨这厮的画技明明很高超，写意工笔都甚好，山水更是一绝。

这几叠乱涂的纸上，除了那个人之外，鸡、鱼、牛、车、荒野、花木、房屋、葡萄，还有葡萄藤不远处挂在树权上的那个大蜂窝以及趴在蜂窝上和飞在蜂窝外的马蜂，虽也简单勾勒，皆栩栩如生。

唯独把她画这么清奇！

她在璨璨小别墅里，见过他画的嫦娥倚桂图，那画里的嫦娥，真是倾国之姿。不知道做原型参考的，是三百佳丽中的哪个？

或者是阮紫霄妹妹？

杜小曼磨了磨牙齿。

萧白客温声道："老夫觉得，这个娃儿，心里有你。"

杜小曼折起那叠纸，抬起头："萧大侠，我一直有个疑惑，想要冒昧请教。您和秦兰璨，到底是什么关系？"

萧大侠这位不食人间烟火的行为艺术家，为何竟陡然变身成居委会大妈？

他为什么要帮璨璨做这些？

萧白客沉声道："女娃，不要瞎想，老夫和他，不是你想的那样。"

杜小曼一怔。

萧大侠，是您别多想，我怎么会往那方面猜啊。

我只是想问，您是不是曾经用过某个姓，去过本朝太祖皇帝待的那个宫殿，然后遇见了……

萧白客微微侧首："有人来了。"

杜小曼尚未来得及反应，便觉某处穴道一麻，手中一空，闭着双眼倒回被窝，被子重新落到身上，纱帐垂下，萧白客的身影早已消失不见。

杜小曼挺在被窝中，眼皮睁不开，整个人动弹不得，连呼吸，都好像不受自己控制一样。她正在腹诽萧白客遁逃的借口太没创意了，忽然，她感到了一股特殊的气息。

真的有人！

没有脚步声，没有呼吸声，没有任何声音，但杜小曼能明明白白地感觉到，有人，正在黑暗中，向这张床走来。

空寂之中，只有她的呼吸声和心跳声。

她万幸萧大侠方才点上了她的穴道，否则，她真不能在这种情况下完美地假装自己正睡着。

不对，完美地装睡有个鬼用！如果是来做掉她的，跑都没法跑啊！

逼近了，那压迫的感觉逼近，冲破了床帐，逼近，逼近——

杜小曼的喉咙一下被一股冰凉扼住！

她的心像瞬间爆炸了一样，两耳嗡地尖响。

如果不是穴道被封，此时此刻，她一定尖叫出来了。

掐住她喉咙的手收紧了力道，杜小曼耳中的响声更厉，颈侧的血管突突发胀，突然，那只手松开了一些。

手在杜小曼的脖子上一动不动地停留着，然后再一点点、一点点地松开，再松开些。

杜小曼心跳稍稍平复，耳中的声响渐低，感到那手指上移到自己的脸颊，抚摸着，而后身畔一沉，那人欺上来，紧紧揽住了她，在她耳边轻轻喊："媗媗……媗媗……"

杜小曼的眼皮抖了一下，跟着，身体也哆嗦了一下，好像浑身又恢复了控制，她还没来得及思索是不是该继续装睡，后颈处又微微一麻，彻底失去了意识。

那人缓缓将她放回枕上，拉好她的被子。

"媗媗，就算没了这世间，也不可无你。"

"喂喂，你还好吧。"

一个空灵清脆的声音破开杜小曼的神识，眼前光华明亮，流霞云霭中，浮现出一男一女……

是……云玘和鹤白使！

杜小曼立刻跳起身："一点都不好！刚才差点被一个神经病掐死！这到底是怎么回事！那个神经病是假皇帝吧，他到底是谁？说好的和美男谈恋爱，怎么变成现在这样！"

云玘安抚地笑着看着她："好啦好啦，别太激动。变成现在这样，都是你自己的选择呀。这次我们两个就是来给你一点提示，要好好看清身边的这些人……"

见鬼的是，我就是一个也看不明白啊，个个都有好几张脸，个个都是影帝影后，给点实际的提示啊！

"也不是个个都骗你嘛。"云玳神色变得郑重，"你好好想想……"

鹤白使跨前一步，目光温和地道：

"你目前很想知道的问题，答案其实非常明显。人言多为虚妄，不可为信。举止更能作伪。你抛开所有外在因素想一想，谁一直表现得与常理不合？"

杜小曼脑子一阵放空，身体突然跟着一空。

眼前又模糊起来，鹤白使平稳的声音压在云玳"喂喂，想想谁真对你好"之上。

"别因为自己乱了心，真相很明显，一直在你眼前。"

杜小曼睁开眼，在浅薄的晨光中盯着帐子顶。

周围空荡荡的。

没有一会儿要掐死她一会儿深情喊她娟娟的B版皇帝。

没有神一样的萧大侠。

没有宫女。

杜小曼就这么一动不动地盯着帐顶，一阵寂寥。

刚才是那些神仙在梦里给她的提示吗？可那些算哪门子见鬼的提示啊！

大家做事，就不能不云山雾罩、故弄玄虚吗，痛快给个答案不行吗？

她也想依常理推断，靠大家的行为逻辑搞清楚到底是怎么回事。

谁一直表现得与常理不合，哈、哈、哈……

从她来到这个时空见到的所有人，哪个正常，哪个行事合理过？

易容神萧大侠、变身系箸儿、影帝璪璪、月圣门的那些鲜菇、AB两个假皇帝、双重间谍绿琉碧璃……

连慕渣男和阮表妹都似魔似幻。

大概也就高深的宁景徽、单纯的十七皇子和谢况弈三个人还算一直正常着。

啊，突然感觉这三个人在这堆不正常的人中正常得也好不正常。

杜小曼心里突然又跳快了一拍。

"想想谁真对你好。"

这个答案，她很清楚。

一直以来都是谢况弈真的在帮她，对她好啊。

可是……

"啊嚏——"

谢况弈一把掩住口鼻，压下一个喷嚏。卫棠警觉地观察周围。

孤于筈儿担忧地看向谢况弈，谢况弈向她微微摇头，示意自己没事。卫棠侧过身，比了个无碍的手势，谢况弈无声地掠向一扇窗。

晨雾微凉，秦羽言与平日一样来到经堂，左右服侍他净手后退下，空荡荡大殿中，只剩下他一人。

他正要拿起佛台上的香，梁上落下一道人影。

"十七殿下竟能如此临危不乱，佩服。"

秦羽言笑了笑："因我认识谢侠士。"示意谢况弈一同到摆放经卷的隔间内。

进了隔间，谢况弈开门见山道："在下是个粗人，有话直说，殿下莫要计较。在下一介草民，不想掺和朝廷事，只是不明白为什么堂堂王爷丞相竟要靠一个女人谋事，她一看也不是什么做西施、貂蝉的料，拿一个女人当卒子，有些下作。"

秦羽言蹙起眉。

这个疑问亦压在他心头，但小皇叔与宁景徽都不说，他当然不能将这样的情况告知谢况弈，便只能轻轻一叹："其实谢侠士也不是为了问我这些，而是想知道如何进宫吧？说实话，我此时……毫无办法。"

谢况弈沉默了一下，抱了抱拳："那在下想恳求殿下一事。倘若有一日，她落在裕王与宁景徽手中，可否请殿下救她一救？若殿下答允，谢某任凭差遣。"

秦羽言颔首："请谢侠士放心，我也很喜欢杜姑娘。"他脸微微一热，又赶紧道，"谢侠士请不要误会，我所说喜欢，只是赞赏杜姑娘之意，并无其他。"

谢况弈再抱拳："殿下真是磊落之人，谢某谢过。对了，殿下请多小心，在下过来时，发现尊府周围有许多探子。殿下若是想离京，有需要在下帮忙之处，只管吩咐。"

秦羽言含笑摇了摇头："我乃一闲人，应无甚事，若他日需援手，再恳请谢侠士帮忙。"

谢况弈拱手："那谢某就先告辞了。种种冒犯之处，请殿下海涵。"

秦羽言亦拱手："谢侠士客气了，此时不能备酒与侠士畅谈，乃我之憾。我其实十分向往江湖，纵马山水，何等畅快，可惜今生无缘。但望以后能与谢侠士一叙，略慰此愿。"

谢况弈道："待来日殿下若不弃，由在下做东，与殿下一醉。"

秦羽言一笑："好，一言为定。"

谢况弈侧身掠出经堂，闪上树梢，孤于箬儿与卫棠围过来，谢况弈摇了摇头："出去再说。"

孤于箬儿神色一黯。

三人纵轻功离开秦羽言府邸，跃上一棵树的树梢时，谢况弈忽然身形一顿，侧转身向十七皇子府的方向看了一眼。

秦羽言未曾封王，府邸不能与王府规模等同，只在预划的大片土地上盖了一部分，大门檐廊未有装饰，门上亦无匾额。被晨露打湿的屋瓦反射着初破薄霭的晨光，殿阁在周围的空地环绕下显得有些寂寥。

孤于箬儿轻声道："弈哥哥，怎么了？"

谢况弈舒开皱起的眉，转回头道："没什么，可能他们这些人说话一贯如此，文绉绉诗情画意的，是我想多了。"纵身掠向前方。

秦羽言焚香诵经完毕，离开了经堂。

侍从簇拥他来到寝殿，宽下外衫，束起金冠，穿上淡紫华袍。

贴身服侍的老宦官伏倒在地，背脊微微颤抖。

秦羽言温声道："府邸中，日后就多劳你照应了。后园菊花，过几日若开，莫忘记供奉佛堂。"

老宦官哽咽叩首："老奴一定好生照料着，等殿下回来……"

秦羽言迈出寝殿，向守在廊下的几位宫人道："启程吧。"

格外绵长奢华的早膳队伍进入殿内，杜小曼才想起自己已是宸妃了，早膳必然与以前不同。

唉，也唯有此事暂可告慰眼下的人生了。

杜小曼抖擞精神，正要扑向美食，却瞥见晴照在外殿门边，像在和门外的什么人说什么。

杜小曼旁侧的宫女发现她的目光，正要向门旁示意，晴照低头至桌前行礼："娘娘，贤妃娘娘已被册封为皇后，绶金印，通谕六宫。"

杜小曼放下筷子："那，本宫要不要前去恭贺皇后娘娘？"

另一宫女轻声道："禀娘娘，如今娘娘贵为宸妃，奴婢们不可再多妄言，可请掌仪姑姑来答娘娘问询。"

杜小曼点点头："那就赶紧请过来吧，这可是大事啊。"

掌仪姑姑，就是封宸妃之后新派给她的女官之一。杜小曼听着宫女嘴里那姑姑二字，就有不妙的猜测。

不一时，掌仪姑姑请来，是名约四旬年纪的女子，浑身散发一股知识渊博的资深女官气场。杜小曼想，这么有知识有水平的女人，应该不会脑残加入月圣门吧。

不过不好说，这个皇宫里，没几个人是正常的。

掌仪女官告诉杜小曼，皇后娘娘不是随随便便想见就见的，除了每日规定的请安之外，未经皇后娘娘传召就擅往中宫是有罪的。所以，她得先备一份贺礼，加上贺信一起呈过去，待皇后娘娘点头召见，方可再携贺礼，当面道贺。

贺礼更要小心许多忌讳，特别是先送的这份，一定要寓意吉祥喜庆，最好成双。特别是明珠玉璧，忌单只。唯独如意可以送一柄。不能有蝴蝶小鸟图样，因为皇后娘娘贵为金凤，这些不够尊贵的东西是对皇后娘娘的大不敬。也不能有粉色，因为粉色是侧室之色。花朵亦只能是深红牡丹或金牡丹……

杜小曼听得目瞪口呆，不由得感叹："幸亏姑姑提醒啊，要不本宫铁定怎么死的都不知道。"

这不上道的台词让掌仪姑姑双眉一皱，委婉道："娘娘日后要帮扶皇后娘娘管理后宫，一言一行更要格外谨慎。"

杜小曼赶紧笑道："嗯，以后还请掌仪姑姑多多提点本宫。本宫，实在不擅长写文章，这贺信能不能请姑姑……"

掌仪姑姑施礼道："娘娘唤掌册女史来侍奉便可。娘娘若亲拟礼单，亦可并传典宝前来。"

杜小曼马上照办。

贺礼送出，杜小曼暗暗琢磨，现在她这边和贤妃那边的升级速度都和B版皇帝之前说的不同，是不是这次造反，假皇帝月圣门这边的情况不太妙？

可惜A版皇帝也不来她这里办公了，什么消息都打探不到。

她便假装叹息，喃喃自语道："皇上最近那么忙，不知今天是不是也很劳累？唉，那群可恶的反贼。"

旁侧的宫女都被杜小曼的蠢震惊了，娘娘你和带头造反的那位的关系，大家都知道啊。这会儿主动提起，真的给自己添不上什么好。

一个宫女振奋精神捧哏道："娘娘这是又思念陛下了。陛下与娘娘心有灵犀，娘娘思念陛下，便是陛下正在思念娘娘呢。"

杜小曼假笑："哎呀，皇上若是在此时思念本宫，便会从政务上分心，这就是本宫的罪过了。不，我不希望皇上思念我，我思念他就好。"

宫女们都被她肉麻到了，竟都不帮那个捧眼的宫女接话，那个宫女只好再振奋了一下，道："娘娘是皇上的解语花，想起娘娘，亦可让皇上稍微缓缓精神。"

杜小曼也正在入戏的兴头上，遂做西子捧心状道："本宫不善言辞，怎能配解语花三个字。"转目望向虚空，"本宫只愿做皇上的忘忧草。"

那个宫女一时也怔住，说不出什么谄媚话了，只能努力笑道："娘娘在皇上心里，一定是的。"

"奴婢听说，皇上今日传召诸王皇子进宫。"一直不言语的晴照忽然开口，"昨晚便下旨到十七殿下的府邸了。想来此时，已经入宫了吧。"

杜小曼一惊，顿觉肯定不是什么好事。

十七皇子没权没势，但确实是皇帝同母的亲弟弟，其实比璪璪更有身份优势。应该是因为个性太软了，宁景徽和那些大臣才选了看起来精明强势的璪璪。

现在裕王造反，假皇帝和月圣门的人，第一防备的，必然是十七皇子。

且十七皇子和璪璪及宁景徽一直很亲密。

天啊，召他进来，难道是……

杜小曼腹中的疑惑正在翻滚，有宫女来报："皇后娘娘请宸妃娘娘速往绮华宫。"

杜小曼立刻更衣起驾。

绮华宫的宫人们正在准备新皇后迁宫的事宜，道路两旁皆用屏障遮蔽，不合皇后礼制的纹饰亦被帷幕遮挡。

杜小曼来到正殿，先在门槛外行拜贺礼，女官转皇后口谕，宣她入内。杜小曼进了殿，正要偷眼看一下端坐在上首的贤妃新皇后的姿态，肖皇后轻启朱唇："唐宸妃，跪下。"

杜小曼一怔，哇，这成了皇后立刻状态就不同了。

也是，她和新皇后之间都说开了，大约也不需要维持什么虚情假意的表面现象。

杜小曼便跪下："恭贺皇后娘娘，愿皇后娘娘万福千岁。"

几个宫人抬来一架案几，将一物摆在几上。

肖皇后又开口："宸妃妹妹暂莫恭贺本宫，先告诉本宫，这柄如意，可是你阅后，送到本宫这里的？"

杜小曼看了看那个架子，点点头："嗯，这件礼物是妾亲自挑选，请问……"

肖皇后一拍椅子扶手："来人，除唐氏钗服，暂押回住所。"

怎么回事？

杜小曼愣怔住，几名宫人上前，拔下她的钗环，扒下她的袍服，再将她扯起。

怎么回事？她是和皇后这个岗位的人都犯克吗？贤妃一升级，就立刻玩起宫斗戏码了？

杜小曼甩了甩披散下来挡住眼的乱发："请问皇后娘娘，妾犯了什么错？"

肖皇后再一击扶手："皇上封赐之物，汝竟如此不敬待之，犯此大过，还敢诘问本宫为什么？来人，请杖，责唐氏九杖！"

几个壮实的宫人立刻拖来了一个杖凳，将杜小曼按在其上，一个宫人抢着一根大棍子向她走来。

没搞错吧！

"我以前也送过皇上赐的东西……"

怎么这回如此上纲上线了？

肖皇后再重重一拍扶手："放肆！掌嘴三下，再加九杖！"

杜小曼抬头高声冷笑："原来娘娘在这宫里的真正意义是欺负其他女人。"

一个宫人喝道："放肆！"一掌掴向杜小曼。

杜小曼偏头躲避，听见肖皇后道："住手！"

那一掌还是扫在了杜小曼的脸颊上，杜小曼抬起火辣辣得发木的脸，再扯了扯嘴角。

"娘娘的作为，真是无愧于明月。其实这个世界上，女人欺负女人，绝不少于男人欺负女人，甚至下手更狠。可能是对付同类，会有种特殊的快乐吧。"瞥向那个打她的宫女，"就像你，因为皇后的命令，可以打我一巴掌，应该心里也充满了愉悦吧。"

肖皇后深吸了一口气："住口。"

杜小曼当然不会听："娘娘，想来你也知道，根据御医的诊断，我正怀着龙嗣，不可能扛下这么粗的大棍子。娘娘是要打出个一尸两命？我倒无所谓。"

肖皇后逸出一声长叹。

"你犯下此错，岂会是本宫的安排。本宫成了皇后，你有错，就要由我来罚，你却觉得是我在欺负你。而我，又怎想这般里外不是人？"

杜小曼微怔。

肖皇后合上双眼："我也不知，身在这皇宫中，到底是为了什么。"微微抬了抬手，"撤杖，将唐氏直接带回住所。"

杜小曼被左右宫人架出，丢上辇车，回到含凉宫中。

为首的皇后贴身女官冷冷通告，宸妃唐氏犯大不敬之过，奉皇后娘娘懿旨，暂将宸妃禁于殿中，等候发落。

杜小曼被架进寝殿，殿门咔嚓落锁。

她走进内殿，又听见锁响，晴照和另一名宫女闪了进来，满脸忧色，将杜小曼扶到梳妆台前，帮她梳理头发。

那名宫女轻声道："娘娘，怎会如此？"

杜小曼叹了口气："我送给皇后娘娘的那柄如意，是皇上的御赐之物。皇后娘娘说，犯了不敬之罪。"

但是，刚才肖皇后叹着气说的那番话，翻译过来的意思分明就是——不是姐要整你，姐也不想这么做。

到底是怎么回事？

杜小曼于是再叹了口气，放话试探道："本宫真是不明白。皇后娘娘还是贤妃娘娘的时候，我也曾拿过这含凉宫的东西送她，我进宫时两手空空，所有东西都是皇上赐的，为何这次……"

晴照的手停住："娘娘选的那柄如意，难道是娘娘封妃时，皇上的御赐之物？"

杜小曼顿了一下。跟着封妃圣旨一道来的是有很多箱子盒子，都直接被抬进放置珍宝的房间了，她没好意思立刻去观赏流哈喇子，真的不知道是不是封妃时的御赐之物。

晴照再问："娘娘，是怎样的如意？"

杜小曼道："黄玉镶红宝石，穗子也是红的。我看珍宝册子上写的名字叫禧福天宝，很吉利。"

晴照倒吸了一口气："娘娘，那应该正是封妃之时，皇上的御赐之物啊。"立刻跪倒在地，另一名宫女也跟着跪下。

"是奴婢们的错，奴婢们未有禀告娘娘，册封之物，不能转赠。"

杜小曼皱眉。

晴照伏倒在地："皇后娘娘与各宫娘娘册封时，御赐的物品乃礼部特制，均镌有御印与娘娘尊号，凡损之、妄动，皆为大不敬。"

杜小曼道："起来吧，这是我自己不懂才犯的错，我挑礼物的时候你们两个都不在旁边，怎么能怪你们呢。"

晴照再叩首："娘娘入宫时，奴婢们就应该将所有规矩都禀报娘娘，是奴婢们有罪。"

另一名宫女微微抬起头："可是，当时掌仪姑姑就在旁侧，如意应该是薛典宝帮娘娘取的，娘娘册封后，含凉宫的珍宝都由薛典宝掌管，那如意她应该认得。"

晴照沉声道："意菡，不得妄言。"

意菡垂下头。

杜小曼在心里无奈地呵呵两声。

掌仪和薛典宝何止是不作声，当时薛典宝捧来的册子里，禧福天宝如意在第三页的前几行，前后都是些荷花宝瓶、双蝶戏萝镯子之类本身与名字都不适合做皇后贺礼的东西。所以她挑了这柄如意和其他一些做礼物，那两人还帮她筛选，只差把这柄如意直接塞给她了。

她又叹了口气："现在说什么都于事无补，是我不懂规矩咎由自取罢了。你们起来吧，再跪着，可没人帮我梳头了。"

晴照和意菡站起身，意菡的眼眶红红的。

晴照道："意菡，听外面没什么动静了，你让她们备些水来服侍娘娘沐浴吧。"

意菡点点头，行礼退下，晴照又道："再沏些茶水。"

意菡小碎步走到门前，在门框上轻叩，自门扇闪出的缝隙中出了殿外，咔嗒又是门锁一响。

晴照手中的梳子继续在杜小曼的发上梳着："此时其他人不能过来服侍，委屈娘娘了。"

杜小曼道："不委屈。"

晴照半跪下，假装替杜小曼整理衣领，用最低的声音在她耳边飞快道："十七殿下处境危险，求郡主设法搭救。"

杜小曼假装咳嗽，挡住嘴："我现在自身难保，又在深宫，怎能……"

晴照起身，往妆匣探过身："宁相已有安排，请娘娘顺势而为。"

啪嗒，门锁声又响，晴照取另一把梳子笼起杜小曼的发，意菡急切切入内："娘娘，皇上驾到。"

总算来了。

杜小曼抬手甩散被笼住的头发："我乃有罪之身，皇后娘娘命令不准戴钗环、穿妃子服饰，给本宫取件素袍来。"

上锁的门扇大开，杜小曼迎门而跪。

"罪妇唐氏，叩见皇上。"

龙袍的下摆来到她面前。

"今日的事，朕都听说了。这次你的确犯了过错，朕也无法免你的罪。"

清冷的声音，措辞冷静简洁。

杜小曼抬起脸，迎上一双清澈的眼眸。

不是A版。

她再垂首："罪妇知道自己错了，不敢求恕，请皇上和皇后娘娘责罚，死也是自找的。"

"别说这种话！"

皇帝的语气蓦地一寒，继而轻轻一叹，声音又转为温和。

"朕不许你如此自称。"

他弯下腰，握住杜小曼的双肩，扶她站起。

"但这件事，朕必须得给众人一个交代。"

肖皇后果然是被B版皇帝命令这么做的。

为什么啊？

B版皇帝，你有病一定要治疗，要吃药！精神分裂真的不能轻视！

杜小曼哑声道："皇上怎么判，我都认。"

握在她双肩上的手紧了一下，她的身体被往前稍一拉，又顿住。

B版松开了手，声音又变得平淡。

"朕会去掉你宸妃之衔，从今日起，你暂时就待在含凉宫，不可前往别处。"

杜小曼不禁又抬起眼。B版已拂袖转身，向门外走去。

寝殿的大门再度关上，咔嚓，落锁。

杜小曼愣愣站在原地，殿内回归阴暗。门外声音渐远，沉寂再临。许久后，方才又有轻轻锁响，晴照与意菡闪进殿内。

"娘娘，水已备好，奴婢服侍娘娘沐浴更衣吧。"

杜小曼点点头，宫人们轻手轻脚抬着浴桶捧着巾盒等物入内，架好屏风，再无声退下，只留晴照与意菡两人服侍杜小曼更衣入浴。

热水浸泡全身，毛孔舒服地张开。杜小曼闭上双眼。

今天这件事，很像是……单纯不想让她做宸妃，要把她关在含凉宫。

为什么？

"娘娘。"晴照轻声问，"是否水温不适？"

杜小曼恍然一惊。

难道是……提防她救十七皇子？难道晴照的身份也已被发现了？

"娘娘，可是水有些凉了？"意菡亦小心翼翼地开口。

杜小曼摇摇头："不是，正好，本宫只是想到如今的处境，有些黯然罢了。"

如果晴照在被怀疑，那么这个叫意菡的小姑娘是什么人，真不好说啊。

唉，什么人都不能信的日子，真累。

她就势一唏嘘，带着淡淡忧伤再道："也别叫我娘娘了。皇上已要除我妃衔，明天，我还不定是什么呢。"

意菡与晴照赶紧安慰了她一番，无外乎就是"皇上最宠爱的还是娘娘，这事淡了之后，娘娘一定还会重得册封的"云云。

杜小曼也做足表面功夫配合。

傍晚，天彻底晴了，枯枝在秋风中瑟瑟，斜阳刺破窗纸，让幽暗的殿阁添了一抹亮暖。秦羽言不由得停下掐着念珠的手，走向被阳光照亮的地方。

门忽然吱呀开了，一个年轻的小宦官提着食盒跨入门槛。

"奴才侍奉殿下进膳。"

秦羽言轻声道："我想见一见皇兄，可否请公公帮我转禀？"

小宦官往桌上摆好饭菜，躬身："殿下，对不住。皇上若想见殿下，自然会见的。奴才真的说不上什么话。殿下请先用膳吧。"

秦羽言走到桌边坐下，小宦官提起酒壶，往盏中斟满酒。

秦羽言看了看那酒盏，小宦官道："殿下莫非怕这是毒酒？"

秦羽言淡淡道："皇兄是一国之君，又乃我兄长，若赐我死，不敢求活。只是我平素不饮酒，但膳食乃皇兄所赐，当拜领。"举盏饮之。

小宦官道："殿下这么勉强喝下，只怕心中也怨。"

秦羽言道："臣领君赐，唯谢恩矣。兄长予饭，食更涕零。便是平民百姓，骨肉至亲，何有怨字。"提箸夹菜。

小宦官站在一旁，袖着手看他用膳，也没再上前斟酒，待膳毕，方才又走上前，收拾碗筷。

秦羽言正要离座，小宦官忽然极低声地开口："殿下请勿担忧，唐宸妃娘娘已有安排，只这几日内，殿下便可脱身。"

秦羽言微怔，小宦官已提起食盒，迅速离开。

晚上，圣旨下，保彦公公声音平板地宣读完圣旨，杜小曼那个宸妃的头衔还没焐热乎，就被削了，贬为才人。

杜小曼开始品尝到了"犯事失宠"的滋味。

她仍得继续关禁闭，准许贴身服侍她的人只有晴照和意菡。在空荡荡的大殿里待着，各种空虚寂寞冷，想数蚂蚁地上也找不到一只。

临睡前，请脉的御医又来了一次，眯着眼睛诊完，道："娘娘的脉相，倒是越来越平和了，可先不用太记挂，该怎样就怎样，只是饮食上仍稍加留意些就好。"

竟然是暗示误诊没怀上的意思。

晴照和意菡神色都开始犹疑，恭送御医出殿，回来后意菡勉强笑道："是说娘娘并未因那件事动了胎气呢。娘娘可以安心了。"

杜小曼光明正大地皱起眉头。

怪哉，难道是B版皇帝要推翻以前的作为，把她当作弃子？

结合前日晚上要下杀手又打住……

难道是B版的神经病渐渐好转，越看她越不像真的唐晋媗了？

杜小曼看了看晴照和意菡："你们知道外面造反的事到底怎样了么？皇上把他们压下去了没？"

晴照和意菡神色都僵住了。

晴照垂下眼帘："奴婢们如何知道政事呢？娘娘亦请勿担心。"

意菡也道："是呀，娘娘安心养身子就好。"

次日上午，那掌仪女官居然又来了，身后还跟了一串儿的女官，言称奉皇后娘娘之命，来教唐才人礼仪规矩。

杜小曼心道，这是经典的宫廷虐待戏码要上演了。

哪知道，接下来，那几位女官竟真的开始轮流地教导她举止仪态、习字抚琴，态度都很恭敬。每过半个时辰左右，还会让她休息休息，就像上课一样。

用膳时，亦有女官陪侍在侧，将她不当的举止一一委婉点出。

下午，女官们方才告退离去，还给杜小曼留下了一本描字帖。并告知杜小曼，明日上午，会有人来为她讲书。

这、这绝不是在整她，而是在帮她呀。

究竟怎么回事？

杜小曼越来越糊涂了。

傍晚，当忠承公公笑眯眯地出现时，她顿有种看见亲人般的感动，压抑住扑上前拎住公公的领口求真相的冲动，坐着听忠承道："小的来给娘娘请安，娘娘还好么？"

杜小曼道："很好，请问公公，可是皇上让你来的？皇上还好么？"

她这一问，在别人眼里，自然是迫不及待至极，倒也符合此时她被贬低后幽怨独居的情景。

忠承微微一笑："请娘娘好生休养。奴才近日恐不及时常来问安，望娘娘恕罪。"竟避开了杜小曼的问话。

杜小曼又问："是不是，外面的反贼闹得很厉害？皇上他……"

忠承再一躬身，打断她的话："娘娘这段时日，就在含凉宫安心休养。如有什么需要，只管使唤奴才。前日奴才服侍娘娘，多有不当。天长日远，奴才望着日后长长久久地侍候娘娘呢。"

忠承告退离去，意菡立刻激动地向杜小曼道："娘娘，忠承公公定然是皇上派来的，否则，谁还能差得动他呢。听他话里的意思，娘娘还有什么可不放心的。"

晴照亦道："是啊，皇上对娘娘的宠爱，只增无减，娘娘请放宽心吧。"

杜小曼含糊地笑笑。

忠承离去之后，杜小曼仍在脑中思索。

忠承此次前来说的话，突然唤醒了她心中的一个疑点。

会不会，她其实是在A版和B版皇帝的斗争中被利用了，才造成了现在的局面？

除了太医对假怀孕的态度突然暧昧了之外，现在的头衔，女官的教导，其实都符合B版告诉她的计划。

而升做宸妃、恩宠有加，则是A版的主意。

所以，B版才不得不利用升成皇后的贤妃，把这件事修正过来。

问题是，A版为什么要这么做呢？

杜小曼想到自己以前在小说里读到的一句话——

想知道主谋为什么要这么做，就想想他这样做能得到什么利益。

杜小曼靠在榻上，轻轻吐了一口气。

晴照奉来夜宵汤水，歉然道："因这几日旁人还是不得到内殿侍奉，奴婢们服侍不当之处，请娘娘尽管责罚。"

杜小曼突觉心里一亮。

是啊，内殿、侍奉。

A版提拔她时，一直在说，升成宸妃，就让她去乾元宫侍寝。

会不会，关键就在乾元宫？

杜小曼用完消夜，意菡前去传唤沐浴香汤，晴照替杜小曼整理衣襟，又用极细的声音道："皇上恐怕要对十七殿下不利，退路已有，请郡主设法引开皇上及左右。"

杜小曼一怔。

她现在被关在这里，寸步难行，要怎么引开皇帝和左右？

她没有将这句话问出口的机会，意菡回来了。

她只能边泡澡，边在心里叹息，这算是右相大人肯定她能力的表现吧。

宁景徽既然能安排十七皇子离开，那么他是不是也有能力救其他人？

可不可以，也救一救箸儿？

自从那次A版象征性地答应她之后，就再也没有回复。杜小曼不敢再问，怕越显露出担心，箸儿就越危险。

箸儿，箸儿，你现在到底好不好？

深深小巷中的宅院内，饭香四溢。

厨房里，孤于箸儿掀开锅盖，在蒸腾雾气中捞出煮好的牛肉。

卫棠立刻出现在门外："箸儿小姐，让我来吧。"

孤于箸儿嫣然道："卫大哥，不是我不让你帮忙，除了生火外，恐怕厨房里的事情，你也帮不上什么。"

卫棠思考了一下，正色道："属下还帮着吃了很多饭菜。"

孤于箸儿扑哧笑出声，将牛肉切片，淋上方才捣好的蒜辣汁与醋，装盘。再从一旁的笼屉中取出其他已做好的菜，放入托盘。

卫棠过来帮忙端菜，两人穿过庭院。

正厅中，谢况弈正抱着手臂思考，孤于箸儿跨进门槛："弈哥哥，吃饭了。"

卫棠摆放桌椅，孤于箸儿将饭菜摆上桌面，谢况弈也过来帮忙。

孤于箸儿小心翼翼道："弈哥哥，你还没想到救小曼姐的方法啊？"

谢况弈的脸又黑了。

卫棠道："少主请放宽心，从那些消息来看，起码唐郡主在宫里过得还不错。眼下局面混乱，这不是急就能解决的事。"

谢况弈勉强点点头。

孤于箸儿道："是呀，又打起来了，是不是皇宫又会乱？上次我进去了一趟又出来，都没什么大碍，如果乱得再厉害点，救小曼姐出来应该没问题。反正小曼姐住的地方，我已经知道了。"

卫棠摇头道："只是，如果乱得再厉害点，这场乱子可就大了。"

谢况弈道："那是心怀大志的某些人与宁景徽考虑的事，与咱们无关。"抬手夹了一筷子菜。

卫棠点头："少主说得是。但庄中在京的产业，颇受了些影响。属下听说，裕王与李孝知的人马，在奉恩、沐广一带，恰好截断入京的盐粮漕陆要道。这两日京城盐粮价格飞涨，夫人正在与几位舵主商议，如何能让本庄的粮行不跟着涨价盘剥百姓，又不至于惹乱子。"

谢况弈道："不行就先关店几日，待京里真缺米时，再出来放粮。"

卫棠道："少主说的也是个办法……"

孤于箸儿插话："要不，弈哥哥，你先回去帮帮蕙姨吧。"

谢况弈夹菜的手顿了一下。

卫棠道："箸儿小姐，少主一直挂念庄中事务，只是怕回去了，就被夫人扣下，回不来了。"

孤于箸儿恍然地睁大眼，想了一想："要不，弈哥哥，你先回去。我躲起来，等到皇宫又乱了，你如果被蕙姨扣住了，我去救你出来，卫棠哥给我当内应，我们三个再一起去救小曼姐。"

谢况弈板着脸拿起公筷，往她碗里夹了一筷子菜："好好吃饭吧，这些不用你考虑。出来没多久，连内应都学会了。"

孤于箸儿悄悄吐吐舌头："我没有弈哥哥想的那么笨。"

谢况弈挑了挑眉："嗯嗯。"

卫棠看看他二人，素来冷静的脸上浮出一丝笑意，垂下眼一言不发地扒饭。

勤政殿的灯火，这两日都几乎彻夜亮着。

皇帝将折子重重拍在桌案上。

"一会儿说是奉恩沐广两郡，一会儿又说西北，逆贼兰璪与李孝知到底在何处，能否给朕个准信！"

宁景徽微微躬身："禀皇上，依臣之见，逆贼裕王、李孝知一党乍离京城，到不了西北一带。镇守西疆、北疆的王营、白固几位都一直向忠于皇上。臣以为，此消息疑为逆党的反间之计。奉恩、沐广亦未必就反了。臣看裕王名下产业，多在南部，而东南数州知府乃李孝知门生。造反非一时之计，若要谋划，恐怕在东南。此外，还有那邪教月圣门……"

皇帝微微眯眼："太祖皇帝亲封圣教，德慧公主创立，怎么到卿口中，竟成了邪教？朕在想，接连祸事不断，是否因卿在江南扑杀月圣门所致？"

宁景徽稍抬首道："皇上，邪教者，祸国害民，月圣邪教，纠集女子，行逆道妖乱之事，贻祸深远。月圣门巢穴，亦在江南。裕王蓄姬甚多，现在想来，恐与那月圣邪教有牵连。臣以为不如趁此扫清乱党之际，诏令地方官府，将月圣邪教也一并拔除。"

皇帝紧盯着宁景徽，冷笑了一声："乱党正闹着，宁卿却要朝廷花精力对付一群女子，该不会宁卿和乱党是一伙的，借此分散朝廷对乱党的打压，为乱党制造机会吧。"

宁景徽再躬身："臣忠于社稷，无愧于心。"

皇帝甩袖将折子扫落地面："那宁卿就去给朕把乱党先找出来。尤其朝中，凡疑有与乱党有牵连的统统不要放过。否则，再多忠字挂在嘴上，也是屁话！"

宁景徽告退出了勤政殿，皇帝脸上暴怒的神色一变，转回案后坐下，喝了口茶。

一旁侍立的保彦弯腰捡起地上的折子，放上桌案。

"皇上对付那宁景徽很不错，想来他已相信皇上束手无策了。"

皇帝哼了一声："这种戏，朕还是会做的。对了，各地局势如何？"

保彦含笑："请皇上放心，都在君上掌握之中。皇上只安心于朝中便可。"

皇帝冷笑："朝廷么，忠君的倒也有几个，但多是墙头草。玩朝政的男人，都是这种德行。"

保彦道："君上的意思，稳妥起见，还是全部弃之为妙。"

皇帝一挑眉："朝中现在这些臣子到底是读过书，懂朝政的，若是以后弄些生手上来，还不如收他用之。"

保彦含笑道："开始生，慢慢就会熟了。譬如皇上，譬如奴才，还是稳妥要紧。再者，儒教终要灭之，不妨借此机会，由上而下。"

皇帝一笑："行啊，反正朕都没意见，就待朕想想先拿谁祭刀吧。宁景徽得留着钓朝廷里的那串儿鱼，暂先留之。是了，召进宫中的那几个亲王皇子，搁着也是祸根，等于浪费粮食给乱党养着顶裕王的萝卜。尤其那个十七，朕总是不放心他。"

保彦道："那个小皇子与裕王和宁景徽都十分亲近，可暂留之。"

皇帝皱了皱眉："好吧，那就先饶了他。"猛翻桌上奏折。

保彦又微微笑道："请皇上放心，他决计祸害不到皇上。"

皇帝冷笑："朕恐怕也等不到他祸害，又岂会怕他祸害，只是为圣教着想。我也不多说，只要你们放心就行。"

杜小曼思考了半宿如何达成右相大人指派的任务，次日早晨，觉得微微偏头疼，待要起身，小腹有点发胀。

她顿时暗觉不好，果然，最不能得罪、最难以琢磨的至亲大神大姨妈，驾临了。

杜小曼一副赤脚光棍的姿态挑明了问晴照和意菌，该怎么办。

意菌表情呆滞了一下，晴照一蹙眉："娘娘，快上床休息，取安胎药来，定然是这几日娘娘忧虑过重了。"

杜小曼真是服了晴照姐姐了，不愧是拥有月圣门加宁相密探双面间谍身份的高级女特工，反应力太敏捷。

意菡结巴道："要、要不要奴婢去请御医……"

杜小曼道："不用惊动御医。"别再害人了，御医也不容易，"我没事的，躺一躺就好。"

意菡道："那奴婢去这就去煎药。"

杜小曼有气无力道："药也不用了，乱吃药对孩子不好。给、给我点红糖水就行，如果里面能再放几颗大枣，那就更好了……"

晴照和意菡沉默地去办了。

杜小曼自然也不用再上课，挺在床上养着。

她这件事自然也被报了上去。

下午，当杜小曼听到"皇上驾到"的通报时，竟有种要给大姨妈大神烧香的冲动。

她要从床上爬起身，便被左右按住。

待穿着龙袍的身影进入内殿，杜小曼听到那声"嫒儿，身体如何了"时，更加热泪盈眶。

老天，谢谢你。来的是A版皇帝妹子，真是太好了！

A版大概是近来操劳国事，杜小曼总觉得她瘦了些，演技亦因疲惫略有浮夸，握住她的手，像背书一样道："嫒儿，你总这样让朕放心不下。"

杜小曼幽幽道："妾一个罪人，想不到皇上还会来看我。"

左右都知情识趣地退下了。

杜小曼吸吸鼻子，A版脸色一变，嗤笑道："你倒真是越来越听话了。放心，他知道了，欣慰得很。"

杜小曼轻声道："宁景……"

A版一把压住她的嘴，从袖中取出一沓纸、一根树棍模样的东西塞到她手中，继续问她，这几日吃得如何，可习惯之类的话。

杜小曼一面答着，一面用那个树棍在纸上划拉，被A版一把抽出，掉了个头，再放进她手中。

杜小曼汗颜了一下，接着划，这次能划出痕迹了，是淡淡的灰色。对她这个现代人来说，拿着棍子写字真是太顺手了。

『你说与我合作，是算数的吧。』

她繁体字认得不少了，但写惯了简体，下笔的时候有些笔画还是含糊，歪歪扭扭的。

A版一脸嫌弃地看了看，微微挑眉，做了个"废话，不过你不信朕也无所谓"的表情。

杜小曼再写。

『宁景徽让我找证据。』

A版目光一闪。

杜小曼接着写。

『我只要他的证据，这对你我都有好处。』

A版露出一抹冷笑摇摇头。

杜小曼继续写。

『证据我自己找，你只要在不暴露的情况下帮我就行。乾元宫里有他的证据吗？』

A版从她手中夺过笔。

『你倒精。不怕我把这叠纸拿给他？』

这对你也没好处呀。

杜小曼抓回笔。

『既然合作，我相信诚信。』

A版无声地一挑唇，向杜小曼点了一下头。

杜小曼立刻低头，再写。

『你上次还答应过我，帮我救出那个孩子。』

A版面无表情夺回她手中的笔棍，在纸上唰唰批下一行字。

『不要得寸进尺。』

杜小曼神情一黯。

A版再一敛眉，又在纸上写道——『几日后或有间隙。山河万里图后。艮兑坤乾。』收起笔棍，将写了字的纸一团，尽成粉尘，撒进香炉灰屑之中。

"你好好养着，朕得空再来看你。"

杜小曼遂趁某个空隙，悄悄告诉晴照："我已有计划，但要等几天。"

晴照微微颔首。

但这个几天，实在是个很缥缈的数字。

杜小曼等了又等，一天两天三天，左右总是等不到A版的消息。

A版再也没来看过她，B版亦未出现。

一直等到姨妈大神都摆驾离开了，女官们又来给她上课了，仍是毫无消息。

杜小曼对门外出现皇帝的身影或皇帝相关的东西掩不住的渴望被宫女和女官们看在眼中，都十分可怜她。几个单纯不明情况的女官还帮她说了说情。

杜小曼终于被解除了禁闭，仍不能踏出含凉宫，但可以华服装扮，饭菜份例也恢复了。

但这也意味着，周围服侍的人多了，她和晴照更不好互通消息了。

在杜小曼正式解除禁闭的前一天晚上，晴照趁左右不在，委婉道："郡主，敢问何时可准备？"

杜小曼实在吃不准A版是不是又要玩玩她，向晴照道："就这两天，时辰真的不好把握，你们能不能时刻准备着，待机会有了，立刻走人？"

晴照脸上露出一丝为难，但还是点了点头。

杜小曼再等了一日，仍无信息。

这几天她也试探打听过造反的情况，宫女们统一的口径是，娘娘不要劳心政务，皇上英明神武，扫平几个乱党，就是这几天的事。

杜小曼觉得玄得慌。

不论是璨璨那方占上风，还是月圣门这边占上风，对十七皇子来说，都不是什么好事。

就在杜小曼挣扎着要不要进行计划二时，这天凌晨，天还未亮，杜小曼忽然被宫女从梦中唤醒。

一个面生的小宦官小步入殿："皇上思念娘娘，无暇脱身，命奴才前来相请。"

有几个宫女马上替杜小曼露出惊喜的笑容，有一个道："皇上此时应快要早朝了，怎会……"

小宦官道："皇上想在早朝后见一见娘娘，请娘娘即刻起驾吧。"

杜小曼含笑道："好啊。"镇定自若地唤晴照等宫女过来服侍自己梳妆。

晴照从盒中取出发簪，杜小曼一反手，将簪子扫落在地："皇上召我了，这是我翻身的关键时刻，这种簪子，怎能凸显我的容貌？"

晴照叩首谢罪，其他宫女接替上来，杜小曼摆手："行了，不要再磕头了。白白耽误时间。正是要紧的时候，我急着呢，抓紧点准备。"

这么明显的暗示，晴照应该能听懂吧。

杜小曼随小宦官出了门，默默在心里嘀咕，天上的各位神仙，求你们给我开个外挂，让这个计划成功吧。

她的计划很简单，就是调虎离山。

故意和A版说出宁景徽托付之事，要求去乾元宫。A版肯定会密切关注她的一举一动的，而她去乾元宫的消息，应该瞒不过B版，那么B版的注意力也会放在这件事上。

她还可以借机翻找B版皇帝假冒的证据。

证据能否找到不是关键，只要能达成绊住AB两头BOSS的任务，剩下的就看宁景徽的安排是不是足够缜密，让十七皇子顺利脱身了。

一定要成功啊！

如果万幸，A版妹子真的诚意足够，这个时段又确实是B版老虎打盹的时刻，而自己能够成功捞到B版的证据，那就是惊喜大礼包到手了。

嗯，不能想那么美。切实点，第一目标达成就好。

杜小曼脚步稳健地登上了一乘小轿。

轿子没入黎明前的浓黑，几个宫人绕到廊下，正要从怀中取出什么，忽然后颈一麻，躺倒在地。

秦羽言正在幽深的殿阁中沉睡。

睡梦中，恍是幼年时，他被母后训斥，躲到御花园的藤萝架下，忽而有一只手覆上他头顶。他抬头，便对上一双和煦的眼眸。

"言弟。"

"皇兄……"

皇兄在他的身边坐下，他向旁边挪了挪。

那温暖的手又揉了揉他头顶。

"怎么了，不想和皇兄玩了？"

他垂着头，想将脸埋起来："若我和皇兄并非兄弟，皇兄还会理我么？"

"胡说，你我怎么可能不是亲兄弟？"

他咬住嘴唇："可是，我听说，我的生母是卑贱的宫女，是母后把我捡回来养的。"

"怎么可能。"皇兄的声音严肃了起来，"什么人瞎扯，皇兄去打他们板子。母后怀你时，我可看着呢。我给你做证。"

他抬起头，视线中的皇兄却模糊了起来，他想伸手抓，不由自主站起身，那身影却又清晰。

"言弟？"

他躬身："臣弟见过皇兄。"

皇兄轻声一叹："我还未登基，你便开始称臣，如此拘谨。臣与君字，即便后面加了兄弟，依然隔离，仿佛生疏。君者，果真寡人。"

他怔了怔："皇兄怎可如此说，弟与皇兄，乃血脉至亲，只要我活着，皇兄便是我最亲的兄长。"

皇兄侧转过身："言弟，那若你我并非亲兄弟，你会疏远我么？"

他愕然愣住，耳边隐约听到人唤："十七殿下，十七殿下……"

秦羽言从梦中惊醒，翻身坐起，一个小宦官侍立在床头，手中提的灯笼在黑暗中晕开一抹朦胧的暖黄。

"皇上口谕，召十七殿下见驾。"

小轿在凉寒的晨雾中停下，小宦官扶着杜小曼下轿："因近日时局，皇上不能公然让娘娘进乾元宫，亦是对娘娘呵护之意。娘娘请随奴才行此小路。"

杜小曼轻声道："多谢小公公。"

抬轿的宫人与轿子都停留在原地，杜小曼随小宦官踏进一门，走上一条长长的甬道。

那个小宦官似乎时不时地偷偷打量她，她突然觉得自己像一头被赶早牵去宰了卖肉的猪。

寒雾让杜小曼的鼻尖有点发凉，行走时头上珠翠摇晃的细微声响在这长长寂寂的道路上都仿佛有回音。

沉着。

一定要冷静，沉着。

"娘娘，这里。"

小宦官在一扇大门处停下，向杜小曼示意。

杜小曼抬头打量，黑暗中，仍可模糊看出这扇门的恢宏。

小宦官抬手将门扇轻轻推开一条缝，闪身立到一旁。

"娘娘，请吧。"

小宦官手中的灯盏在晨雾中微微摇晃，引着十七皇子穿过层层宫院。

熟悉的殿宇轮廓渐现。

殿内并无灯火，殿阁空寂如幽冥，秦羽言仍是步履从容地跟随小宦官到了近前。

小宦官在门前立定，未施礼，未传报，径直抬手一推。

门扇嘎嘎吱吱打开，小宦官躬身道："殿下，请吧。"

秦羽言垂下眼帘，迈过门槛，踏进漆一般的黑暗。

门扇嘎吱合拢。

忽然，一点火光亮起，化开浓墨。

跟着，另一灯烛亦燃起，落地的灯烛旁，立着身着龙袍的身影。

秦羽言敛衣跪倒："臣拜见皇上。"

皇帝静静垂眸看着他，片刻后开口："你是朕的弟弟，为何只称臣，却不称朕为兄？"

秦羽言垂首跪着，平和答道："因臣的眼前，只见帝冕龙服，不见兄长。"

皇帝的双眼微微一眯："哦？何意？"

秦羽言抬起头："着龙服之人，绝非我的兄长。你是何人？"

皇帝的神色一厉，秦羽言站起身："臣见帝仪，便当行君臣之礼。孤方才一跪，只拜龙服。尔是何妖人，敢行此大逆不道之事，冒我皇兄容貌，窃踞皇座，祸乱天下？"

皇帝一挑眉，突然长笑一声："朕以为，秦家的男人，都是弱鸡，才会被兰璪那个野种占尽风头。宁景徽、李孝知这帮人放着皇嗣不拥，跑去对一个贱人私通不知哪里来的野汉生出的杂种磕头称臣。不想看着最不中用的你，竟有几分骨气，敢当面问朕这些话。"

秦羽言的脸色微微泛红，冷冷道："天子称谓，妖人岂敢妄用。天自有道，尔等妖邪之流，秽纲窃国，必不能长久，终有报应。你是何人，我皇兄又在何处？"

皇帝又扑哧一笑："蠢货，阿弥陀佛念多了，还以为世事都跟哄孩子的瞎话似的。自古立国得天下者，哪有一个干净过？不过方法不同罢了。就是本朝开国皇帝，做下的脏事也多了去了，你岂不要把而今，当成报应？"

皇帝一步步走向秦羽言，拍了拍他的脸。

"小皇子，你得要记住，把那些阿弥陀佛从脑子里去了，你才看得清这天下，明白什么是真正的道理。"

秦羽言猛一甩袖，挡开皇帝手臂，后退两步。

"妖人，我皇兄到底在何处？"

皇帝望着他泛青的脸微微侧首，眨了眨眼，吐出与方才完全不同的婉转之声："你不是想知道朕到底是何模样么？"

秦羽言愕然怔住，眼睁睁看着皇帝抬手，除下帝冕，拔去金簪，如瀑的乌发披泻，自脸上揭下一张面具，露出年轻女子的面容。

"你……你……"

女子嫣然："怎么，看见朕是个女人，你很意外？你不该意外啊，谁让秦家总是出你这样不顶用的男人？所以这皇位，只好由朕来坐了。"

秦羽言的脸已惨白无色："我皇兄呢？"

女子再歪了歪头："你说呢？"抬手轻轻一划，"当然是……"

秦羽言静默地立在原地。

女子轻噻一声："你来来回回问簌恒在何处，真是拿他当亲哥。所以才说你是个不中用的蠢货。帝王之家无兄弟父子，就算他是你亲哥，有他，你就只能做一辈子的皇子。也是，你连兰璪那个杂种都能当成亲叔。呵呵，秦家出你这样的男人，就算没有圣教，没有朕，也撑不了几天！"

秦羽言闭上了双目，那女子看了看他无声微动的唇和袖子里的手："你在念经？这时候你在念经？！真是无可救药！别念了！"

秦羽言睁开双眼，忽然转身向一旁柱子撞去。

女子手腕一翻，弹出两物，秦羽言的身形生生顿住，女子缓步上前，一把拎住他的衣领。

"挣都不挣一下，就自己要死要活了，怪不得宁景徽之流宁拥立野种也不甩你。你这等德行，若做皇帝，也是惠帝之流。"

秦羽言面色平静："今生合此缘，生做帝家子，知罪当坠阿鼻狱，亦不辱于妖人手。"

女子扣住他下颌："是么？你想死，得朕来成全啊。"反手将一颗黑丸拍进他口中。

杜小曼跨进了那扇气魄的大门，大片空荡的黑暗之外，巍峨恢宏的殿阁轮廓充满了庄严与压迫。

小宦官又轻声道："娘娘，这里就是乾元宫了。"

乾元宫，皇帝的寝宫，气势果然不一样啊。杜小曼感到一股麻意从脚底升起，她小声道："那不是应该有很多服侍的人么？怎么看不见其他人？"

小宦官道："是啊，应该有其他人才是。"好像和她一样疑惑。

"圣姑在做什么？"黑暗的角落里，忽然响起人声。

女子擒着秦羽言转过头，只见一个人影踱入光亮。

女子冷冷道："令使大人盯得可真紧。"

保彦一揖："这个小皇子，君上自有处置，请圣姑将他交给属下。"

女子手一收："朕杀个人玩玩，还轮不到你来管。"

"圣姑。"方才的角落中，又走出一个人影，"请以大局为重，不要擅自妄为。"

女子哈地笑了一声："二位令使竟然不服侍月君左右，都跑来勤政殿看朕，不怕这个时候有人趁机对月君不利么？"

忠承笑了笑："圣姑不告知君上，这个时辰偷偷下令，将秦羽言带到此处，不知是何安排？圣姑以为，你的那些小心思，小动作，君上都……"

他的声音突然顿住，不敢相信一般，缓缓低头。

一把匕首，插在他左胸的位置。

女子丢开秦羽言，从袖中抽出一抹银光，一道黑影自梁上跃下，与她一起扑向保彦。

小宦官引着杜小曼绕过前殿，四周一片空寂，前方殿阁中，却有灯光。

小宦官道："皇上正在寝殿中，可能现下情势紧张，皇上想见娘娘，又不想让别人说什么闲话，所以就把人给屏退了吧。"

杜小曼心中警铃大响，但来都来了，里面就是刀山火海又怎样，闯闯也是经历嘛！

殿门大开，灯火辉煌。

杜小曼踏上台阶，小宦官又偷偷看了看她，笑了笑："娘娘……真的不认得小的了么？"

杜小曼疑惑："嗯？"

小宦官更小声地道："娘娘，小的就是……"

杜小曼脚下突然踩到了什么东西，她下意识低头，好像是一把无鞘的小刀？

她身边的小宦官突然倒抽了一口冷气，向大殿跑去。

杜小曼跟着快跑两步，也愣住。

大开的大门正对的地上，躺着一个宫人，一动不动，好像是一具尸体。

小宦官挡在杜小曼身前："娘娘，跟在小的身后！"

杜小曼点点头，两人屏住呼吸，贴着门扇，跨进门槛。

殿内空旷而华丽，落地的龙纹灯台上，灯烛在水晶罩内灼灼燃着，杜小曼只能听到自己的心跳声和她与小宦官两人的呼吸声。

小宦官小步跑到那躺倒的宫人身边，查看了一下，站起身，对杜小曼比了个噤声的手势。

帷幕边，座椅旁，又各躺着几名宫人。其中两个眼处青黑，口鼻渗血，绝不像是活着的了。杜小曼和小宦官猫着腰小心翼翼地查看了一圈，才慢慢走向内殿。

这是怎么个情况？

难道宁景徽的人已经和AB两位假皇帝打起来了？

杜小曼估摸着，不管是什么情况，如果此时殿内还有人，他们应该也早已在人家的监控之中了。

她索性就开口问那小宦官："这究竟是怎么回事？"

小宦官一脸不敢相信地摇头，表情不像作伪："小的……小的早起，服侍皇上到勤政殿。皇上说，想见娘娘，命小的悄悄把娘娘请来乾元宫。是不是皇党的人趁机……"

嗯？称呼皇党，这个小宦官果然也是月圣门的人。

杜小曼道："是哪个皇上说要见我？圣姑，还是君上？"

"是圣姑告诉小的的。"小宦官警觉地环视左右，才悄声答，"但想见娘娘的，自然是君上。君上回来后，就想立刻见到娘娘。娘娘，左右恐怕有人，先不要再说了。"

杜小曼在心里翻个白眼，这小宦官在月圣门里肯定是个打酱油的，蠢得可以。如果这里还有别人，绝对早就发现他们了，能让他们这样聊天，也够沉得住气的。

小宦官一直坚持背贴墙壁或某物挪移，带着杜小曼这么一寸寸蹭向内殿。

杜小曼跟着一同蹭，大脑尽平生所能，飞速旋转。

这个情况，最大的可能是，A版妹子忠实地兑现了承诺。

听小宦官之前的言语，B版之前外出了，A版皇帝妹子趁机放倒了这些人，然后自己去了勤政殿，还特意挑一个笨笨的小宦官带她到这里来？

保彦和忠承也被A版拖住了？

若情况真是这样，皇帝妹子真是太够意思，太有诚意了。

不过，放倒了这么多人……假如B版回来……

杜小曼一咬牙，脊背离开墙壁，大步向内殿走去。

小宦官着急地低唤两声娘娘，也只好缩头咬牙离开墙壁，不时地张望四周，小碎步跟上。

杜小曼开口道："皇上，皇上你在吗？"

内殿灯烛绚烂，沉寂无声。

杜小曼在殿内打圈，突然，她扫到了一架屏风。

屏风之上，水墨山河纵横磅礴。

山河万里图。

杜小曼深吸了一口气。

圈套？还是……

她需要迅速做出一个决定。

杜小曼做失神状，走到案台旁，口中喃喃："这是怎么回事？君上，你在哪里……"

小宦官继续缩头缩脑向四周看着："娘娘放心，君上神功绝世，天下无人可奈何。"

杜小曼长叹："愿如你所说……"视线猛盯向某一点，"啊？"

小宦官向那方一转头，杜小曼抢起案上摆件，狠狠砸上他颈后某侧，小宦官委顿在地。

杜小曼长吐出一口气，将玉桃摆件重新搁回桌上，大步走向那扇屏风。

她围着屏风绕了一圈儿，没看到什么可以触发机关的地方。

等等，这扇屏风是活的，能搬来搬去。杜小曼的含凉宫寝殿中也有，如果在殿内沐浴，就会拿来挡在浴桶前。

现在这个屏风摆放的位置，是斜对着龙床。

这个时空的科技应该没有高端到有移动遥控的地步。那么，一个机关的开关，应该是在一个不可挪动的地方。

屏风，排除。

花瓶，排除。

杜小曼抱着灯柱挪动了一下，排除。

那么，不可动的，只剩下，地面，墙壁，天花板了。

艮兑坤乾。

杜小曼趁着女官教自己读书的时候，特意表现了对道家学说的兴趣，努力背熟了八卦中这四卦的方位以及各自代表的意义。

艮是山，兑是水，坤是地，乾是天。

机关应该是开启密室用的，密室的入口，不是墙，就是地面。

杜小曼看看周围，再看看天，看看地。然后，她的目光粘在地上。

屏风被后面的灯烛照射，投在地上的阴影中，恰好有一个圆圆的好像月亮的光圈。

杜小曼卷袖掀起了地毡，光圈映在地砖上。

但圈是圆的，怎么定方位？

快，要快，B版随时可能回来，没时间了……

杜小曼手心渗出湿汗，心里越来越焦急。

啊，对啊，寝殿方位，必定是坐北朝南！门对的位置，就是南！

她迅速调整方位，定下南北，在艮、兑、坤、乾的位置各按了按。

没用，没有任何反应。

别慌，别慌……

她再吸了一口气，回顾了一下背下的东西，在那四个方位以小花砖为格，分别按下艮、兑、坤、乾的卦象。

轰隆隆，龙床对着的墙壁，闪开一道缝隙。

杜小曼心跳得像打鼓一样，她再吸了一口气，拔下一根蜡烛，走向那道缝隙，推开。

烛光晕开黑暗，狭窄的通道，正对一扇屏风一样的墙壁。

杜小曼的心快要跳出胸口，努力让膝盖不要打战，绕过墙壁。

灯光照清眼前的一切，她怔住了。

狭小的四方室内，只有一张竹榻，白衣少年端坐在榻上。

"箸儿？"

杜小曼倒吸了一口气。

孤于箸睫毛一颤，抬眼看向她，杜小曼扑到他面前："你没事真是太好了！

有没有哪里伤到？啊……眼下不是说这个的时候！"

她一把抓住少年的手腕："快，那个B版男皇帝马上就回来了，能动吗？快走！"

孤于箬随她起身，杜小曼拖着他到了密室门外，赶紧吹熄手中的蜡烛，小心翼翼探头向外看了看。

外面依旧寂静，灯烛还是那样明亮，宫人以及被她打晕的那个小宦官仍然一动不动地躺在地上。

杜小曼拉着孤于箬快步出了密室："出了这个门，不要管我，有多快跑多快。我不会武功，只能是你的负累，让咱俩都跑不掉。我还有用，他们一时不会把我怎么样。"

孤于箬轻轻嗯了一声。

杜小曼握着孤于箬手腕的掌心冒出了汗，她小跑几步，忽然停住了脚。

门外的黑已变成了蓝，是晨光破晓的颜色，殿内灯火仍辉煌如白昼。杜小曼缓缓回过身，少年的手腕在她的手中如玉般沁凉。

"箬儿你……今天不是十五，为什么……"

孤于箬凝望着她，双眸清透如晨光下的泉水。

"你总算反应过来了，媗媗。"

媗媗……

杜小曼彻底石化了。

这一瞬间，简直是她穿越过来之后，最崩溃的瞬间。

箬儿，箬儿，那么单纯、可爱的箬儿……

"你……你不是箬儿……你是……"

白衣少年好整以暇地看着她，眼眸清澈，一如初次见面，他看向她的那时一样。即便站在一排咸鱼前，亦不染半点人间烟火，仿佛从仙境误入人间的精灵。

"你和箬儿，不是一个人！"

少年的唇边漾出一丝笑，如第一抹晨光点亮拂晓。

"本来长得就不一样。我一直不明白，为什么那么假的话你会信。"

杜小曼闭了闭眼。

是啊，"孤于箬"和"孤于箬儿"确实长得就不一样。变身之后，脸怎也会跟着变得不同了？她为什么一直都没有质疑过这个？

孤于主人，下诅咒的蚌精，每到十五月圆就变成男人的少女……和这整个时空的设定完全画风不符的东西，她怎么能毫不犹豫地一听就信了？！

人言多为虚妄，不可为信。举止更能作伪。你抛开所有外在因素想一想，谁一直表现得与常理不合？

现在一想，鹤白使的提示真是明显啊，为什么，为什么当时就想不到？！

是我蠢！我是猪！因为自己是外来的，因为见过天庭帝君和玄女娘娘这些神仙，就忘记了这个世界是个普通的人类世界！

杜小曼脚下踩的仿佛是海绵，整个人有一种晕车的感觉。

"那么谢况弈他……"

少年淡淡道："这世上总会有人，蠢得和你忘记一切之后的单纯能相提并论。"

好半天，杜小曼才稍稍缓过了些许。

"那你……究竟是谁？"

"他自然就是我们圣教的君上，也是从头到尾在玩你的那个人。"一个女子的声音遥遥响起。

少年平静将视线移向门的方向："你为何要这样？"

女子咯咯一笑："朕本来就是这样。朕登此皇位，本就是光明正大的事情，为什么一直要偷偷摸摸的，还要装成那个贱种一般的模样！"

杜小曼转过身——这是A版妹子原本的声音相貌？

矮了很多，果然之前的鞋子里有乾坤。肩膀也狭窄了，龙袍穿在身上空荡荡的，显得更加瘦。帝冠下的脸下巴尖尖的，比杜小曼想象的要更加精致妩媚，某些地方，甚至让她感到眼熟。A版此时眼神表情带着睥睨众生的傲气，高高在上的凌然气魄从骨子里散发出来，完美匹配身上的龙袍。

杜小曼暗暗松了一口气，万幸，A版只是单纯的A版，没再将另一个她相信的人碎成粉末后再跳出来。

少年淡淡道："愚蠢。"

A版嗤地一笑："蠢的可不是朕。说起来，君上真的这般年幼呢，怪不得恋上一个女子就昏了头。"

连A版都一直不太清楚他的真身？

杜小曼看看A版再看看少年，她的惊诧值在刚才已到达极限，此时毫无升值的空间了。

A版微微侧身，向身后道："你们还愣着做什么？快都进来见过君上啊。"

一群女子整齐地鱼贯入内，走在最前面的，竟然是晴照。

杜小曼的心又咯噔了一下。

女子们齐齐在A版身后站定，施礼："见过君上。"

少年问："保彦与忠承何在？"

A版无视了这个问题，微微抬起下巴："君上，如今朕与众姊妹只问你一句，你所做种种，到底是为了圣教，为了天下的姊妹，还是只为你自己，为这个女人？"

那群女子亦齐齐刷刷地抬眼看着少年。

这架势，分明就是圣姑派与月君派的火并。

少年淡漠地看着她们，目光如神祇俯视一群蝼蚁："谋划这些不入流的把戏，只为了区区权势，究竟难逃世俗之心。尔等的一步步大约早在别人的算计之中。若我未算错，乱党此时应该已在皇宫门外了。"

A版一指杜小曼："君上为了你的私情，弃大局和苍生于不顾。这个女人，是裕王的姘头，乱党的探子！她进宫来，是为了把君上你的底细送给乱党，毁我圣教大业！我假意让晴照扮作乱党的人试探，她果然露出尾巴。就这样的女人，你不单爱上她，还要让她成为我教圣姑，把皇位给她。到底谁才是起了世俗之心的人？究竟君上心里，苍生、天下、所有的姊妹，和这个女人相比，孰轻孰重？！"

杜小曼的脑子嗡嗡作响，晴照不是宁景徽的人，她是A版为了对付B版，给她下的一个套！

A版假意与她的合作，晴照透露说宁相要她找证据，再到后来A版故意升她为妃要她去乾元宫侍寝，引得B版出手阻止，让她怀疑乾元宫内有名堂，再到所谓的救十七皇子……

其实她一直在被A版耍得团团转，被牵着鼻子走，做了A版钓出B版底牌上演逼宫大戏的棋子。

可笑，她竟还一直觉得自己很聪明。

少年平静道："不错，我喜欢她。"

杜小曼猛转过视线，看向少年。

这是第一次，有人在这么多人面前，肯定地、毫不犹豫地说，喜欢她。

这么做的人，居然是这个她方才见到真面目，还不知真名的少年。

不过，他的表白，是说给唐晋嫭的，而不是她杜小曼。

少年继续道："我想对她好，不论她怎样想我，对我如何，我只要她好就可以。"

A版呵呵冷笑了两声。

一个宫女打扮的女子开口道："君上，为什么？我太失望了。"

一堆女子纷纷跟着露出整个世界崩坏了的表情。

"是啊，君上。那君上把圣教当成了什么？"

"君上为什么要喜欢这样一个女人？"

"君上难道都不曾考虑我们姊妹和圣教一分一毫？"

"我们连君上的圣容都几乎没怎么见到，你真的是君上么？"

……

杜小曼忍不住开口："你们的君上对我这种明明不爱他还时刻想着插他一刀的渣女都这样好，难道不正符合绝世好男人的形象么？你们为什么反而这种反应？"

那些越来越激动的女子都怔了一下。

A版冷冷道："君上既代表月神的旨意，岂可堕入凡俗，为微末而舍苍生？"

那群女子眼看又要被这句话洗脑了，杜小曼立刻道："俗话说，以小见大。每个小节细节都是人节操的一个重要组成部分！如果连小处都做不好，比如以所谓苍生的名义，玩弄欺负我这个女人，就算我不多好吧，难道这种作为就显得好了么？这和你们嘴里的那些渣男有什么本质区别？你们觉得这样的人拿来当名义的所谓苍生大义是真大义？这样的人真的心怀天下，能拯救世间？哪个人渣男欺负一个女人的时候，都能说出一篇大道理！你们现在是为了伟大的苍生而奋斗，但你们进入圣教最直接的原因不是那些坏男人吗？最基本的做法不是让女人都不再被男人所欺负吗？你们现在用苍生道德绑架你们的圣君，问他为什么是个对女人这么好的男人，真的对么？"

她像放炮一样吐出的这段长篇大论里还带了几个那群女子听不懂的词汇，她们于是又怔住了。

杜小曼冲脸泛黑光的A版挑了挑眉毛。

她不是圣母，她清楚少年做过哪些事，A版对少年的逼宫戏码，就是一场黑吃黑的斗争，她这个局外人旁观就好了。

她这么做，是为了唐晋嫭。

真的有人真心喜欢着你啊，唐晋媗。

不管他事实上做了什么，刚刚这些话，就当她这个顶替了唐晋媗身份的人，对这点真心，做的一些回馈吧。

她亦暗暗庆幸。

万幸万幸，少年的表白对象是唐晋媗，否则，又美又狠毒的少年，玩弄天下唯独爱你对你一个好的设定，她这个狗血又肤浅的颜控真不一定能招架住……

少年浮起一丝清浅笑意："这就是我想让她接下圣姑与皇位的原因。此决定并非出于我之私情。只是我觉得，她是最适合的人。"

众女子又愣怔了一下。

"是啊，是啊。娘娘英明果敢，最合适了。小的拥戴娘娘！"那个傻头傻脑的小宦官在这个关键的时段醒了过来，奋力爬起身，没咋闹清情况，就赶紧出声附和。

双方都选择无视了他。

小宦官瞄了一圈儿，揉揉颈子，犹豫试探地看向杜小曼，显然对晕倒前的事充满疑惑。

杜小曼瞧着他那愣愣的眼神，脑海深处的记忆点一闪——这个小宦官，是不是那次她被拐子带到海岛，箬儿将她从海岛救回时，那个和她们一起逃出时划船的蓝衣小兵鲁禾？

我这猪一般的脑子总是看不到关键！杜小曼口中涌出淡淡的涩。

就在这时，一阵尖锐的哨声自远处天际扎入耳膜。

月圣门的女子们皆神色一变，侧身看向门窗方向。

鲁禾诧异探头："哪里出事了？"

少年毫不意外地淡淡道："乱党开始动手了。"

月圣门的女人们在关键时刻还蛮能拎清孰轻孰重的，立刻有两三名女子出列。

"属下们前去看看。"

少年道："探一下便可，不必交手。"

那几名女子抬眼看了看少年，稍年长的一位道："属下遵命，谢君上关怀。"

鲁禾踊跃道："小的也去！"

少年瞥都没瞥他一眼，一挥衣袖，鲁禾顿时扑倒在地。

少年看向杜小曼："我只是打晕了他，免得他碍事。"

杜小曼松了一口气，点点头。

A版冷眼站在一旁，她一开始汹汹而来的优势已被削弱得差不多了，但浑身的傲然依然不减，让杜小曼有些佩服。

那些跟着A版质疑月君的女子现在都安静如雕塑。

杜小曼想，如果自己是其中的一位，再容易被洗脑，此时也要考虑一下是不是站错了边。

杜小曼根据最近的观察总结，少年身为月君，虽然把控全局，派人紧盯A版，但是扮皇帝处理政务的主要任务还是由A版来负责。

被人打到皇宫门口，A版肯定责任最大，并且这个局面还是因她逼宫月君被人趁机钻了空子所造成的。

分内事做不好，光琢磨着夺权找事窝里斗的A版，和即便被手下反水仍宽宏大量着眼大局只关注敌我矛盾的月君，哪个头儿值得跟，显而易见。

偌大的寝殿内，静默如坟墓，气氛很尴尬。

A版一扬嘴角："朕还是先去更衣吧。"往那间暗室的方向走，晴照与两名女子尾随其后。

另外几名女子只有一个微微抬头看了一眼A版，又低下头，剩下的都垂着眼帘，仍如雕像般原地站着。

咻咻咻——又几声响哨破空连发。

有急急步履声逼近，月圣门的女子们皆神色一凛。

少年道："可是黄钦？"

他的声音已变成了B版皇帝的声音，殿外随着跪倒时铠甲的撞击声响起答话："启禀皇上，乱党祸至宫墙，臣不及通报，唐突圣驾，望皇上恕罪。"

少年一闪身避到帷帐后："造反到宫门外的，是哪些人？"

黄钦道："回禀陛下，正是逆贼兰璪一党。"

少年神色一寒。

A版皇帝妹子已从密室走出，换成皇帝的形容，立刻跟着喝道："混账！为什么乱党能直入京城到了朕的皇宫门外？！京城守军何用？禁军何用？京兆府何用？！"

黄钦在门外叩首："皇上，臣仅可调动羽林营的中军，虎贲与神机二营俱在弘醒手中。京兆尹与乱贼乃同党，正是臣布置的人换班时，京兆尹打开城门，让反贼入内。"

少年与A版对视了一眼，A版再道："那宫外情形现在如何？"

黄钦再叩首："请皇上放心，逆贼乃乌合之众，臣等以命抵挡，绝不会让他们入城门半步！"

A版冷冷开口："以命抵挡，就能万无一失了？羽林营的左右掖哨、京兆府的兵马，兵部应都可调动。邹旷手中，更有京兆府邻近两郡兵马的印符。章淙与他何在？"

黄钦道："邹老司马身体有恙，今日本未在朝中，臣已派人赶去他府中相告，可能令符已发。左右掖哨，恐怕已成逆贼之助力。章尚书那里，亦已发令调兵。"

A版语气稍缓："逆贼有多少人？"

黄钦道："人数不少，不过请陛下放心，皇宫禁军足以抵挡。眼下宁右相还正与贼首周旋，又可赢得些许时间。"

A版和少年的脸色都一变。

少年亲自开口："你让宁景徽去和逆贼兰璪周旋？"

皇宫外，重兵压临，旌旗招展。

箭在弦，刀出鞘，铠甲与利刃在朝阳下闪烁冷冷寒光。

皇城大门缓缓打开，宁景徽独自一人步出门外。

"本阁窃踞相位，谬参国事，今日生此祸端，当首承其罪。只想请问裕王殿下，为何要犯上谋反？"

秦兰璪将垂帘挑开一条缝隙，遥遥看着外方："宁卿真皎皎也，孤亲自造了这个反，此时却觉得，风头不及他胜。"

一旁的李孝知微微笑道："宁大人将戏做足，皆是为了王爷。想来那些妖人，已尽入王爷彀中。"

秦兰璪轻笑一声，示意随从近前。

"那篇为什么要如此做的长篇大论，实在太长了。孤举着它念给宁景徽听，委实有些傻气，若再与他在这太阳底下，刀兵丛中，你来我往地展开议论，就更加可笑了。此论就由你来念吧，记得，声音大些，念得慢些。"

随从应了声喏，接过那卷纸，快步到阵前，举起纸卷。

"回宁相之问。裕王殿下唯有一片忠诚之心，从未敢生任何不敬之意，因奸人蒙蔽圣听，致使裕王殿下蒙冤，殿下不得已，方行此兵谏之举……"

黄钦察觉到了少年口气中的不妙，赶紧俯首："禀皇上，宁相大人说，要亲自问诘逆贼为什么做下这等大逆不道之事。请皇上放心，宁相素有威德，此番是只身迎敌，叛贼应不至于杀宁相而落天下话柄。"

少年闭上双目，一声长叹："蠢材。"

黄钦茫然抬头，试探着望向殿内，想望见皇帝的身影。

A版一甩衣袖："成事不足败事有余的东西！赶紧回去守城门吧！"

少年又开口，接住A版的话尾："现在就传令到城门，若还赶得及，杀宁景徽！"

黄钦再一怔，叩头："臣，遵命。"

适才一幕，杜小曼在一旁看得一头雾水，宁右相大人的行事她真心从没看懂过。明明是他忽悠了璪璪造反，谋划一切，偏偏还要留在朝廷里做一副对皇帝赤胆忠心的模样，现在还唱孤身一人迎战叛党的大戏。这是为什么啊？难道宁景徽骨子里藏着强烈的表演欲，还是他其实不爽璪璪占着那个影帝的位置很久了？

这个问题不多时就有了答案。

方才前去打探的女子之一惶惶来报。

"君上，圣姑，宁景徽临阵倒戈，要和那些大臣一道谏劝皇上。宫门……宫门将破。"

少年面无表情："果然。"

A版长长厉笑一声："呵呵，我当他一直是在打什么算盘，原来是为了给逆贼兰璪贴这层金。丞相临阵倒戈，皇帝必失德甚重。他对逆贼兰璪，真是忠心！"

少年看了看A版，又移开视线，没多说什么。

那些月圣门的女子此时看A版的眼神亦很复杂，想来心里自有判断。

杜小曼默然旁观，心中对A版升起淡淡同情。

片刻后，少年才又开口："那些朝臣，本应换除了。"

A版立刻飞快地道："是换了，但想来又被他……被宁贼瞧出了端倪，可能有些没有换成功。"转头一扫晴照几人，"速速传令，尚未换掉的桩子，全部换下！"

晴照等几名女子立刻离开。

少年再看向A版："那十七皇子羽言究竟被你怎样了？"

A版干脆利落微一歪头："杀了。刚死没多久，皮应该还是新鲜的。君上若要立刻用他的脸皮，朕这就给你剥来。"

杜小曼的心上猛被扎了一冰刀，那种晕车的感觉再度泛了上来。

少年冷冷道："我从未说过要杀他。"

A版道："那君上让朕把他召进来是为何呢？若以他为质，兰璪那贼可不会管，巴不得我们杀快点，替他除一隐患。朕想君上留他的命，应该就是这个用处。"

少年望着A版："不曾化尸？"

A版道："当然不曾。"

少年突然身形一闪，一把扼住了A版的咽喉："秦羽言到底在何处？"

月圣门的女子们连同杜小曼都讶然变色。

A版勾起嘴角笑了笑："丢在勤政殿暗格里了。"

晴照急急上前："禀君上，属下可以做证。"

少年衣袖一甩，晴照身形摇晃了一下，摔倒在地。

"我让你召那小皇子进宫，是为牵制宁景徽。你到底，对他做了什么？"

A版迎着少年冰寒的目光眨了眨眼："啊，竟是朕会错了君上之意？君上，是朕错了。早知这样，朕就不留那烂尸碍事了。朕竟还想着，朕若把他的尸首化了，君上以后用什么呢？"

嘎吱——嘎吱——

黑暗中隐有断续的声响。

那声响愈来愈近，愈来愈清晰，秦羽言渐渐恢复意识，感到身在一个颠簸摇晃的所在。

他尽力睁开了眼，看见了淡淡的黄光。

嘎吱，嘎吱，光和他的身体一起摇晃着。

秦羽言转动视线，试着撑起身体，身下的摇晃一顿，一个颤抖的声音道："殿下，殿下你醒了？"

一道人影扑到他身边，将他扶起，秦羽言凝起仍有些涣散的视线："是……白祥？"

白公公颤着嘴唇，点点头，悄声道："殿下，小声些。此时仍在险地，恐那些妖人察觉，老奴护送殿下出去。"

秦羽言忍着锥心的头痛环视周围，发现身处之地是一条漆黑的甬道，他正在一架简陋的推车上，车前绑着的一根竹竿上挂着一盏小灯，勉强照亮周遭和前路。

他皱一皱眉，失去意识之前的情形翻出识海："为何我会……"

白公公哽咽着小小声道："殿下，说来话长。此处真不是说话的地方。待老奴服侍殿下出去，再细细向殿下禀报。"佝偻着身体转回车后，再推着车前进。

几个月圣门的女子试图上前劝解少年。

"君上，属下唐突，但眼下情形，计较此事已无甚用。"

"君上……"

少年置若罔闻，面无表情地盯着A版。

A版又扯了扯嘴唇："君上若不信朕的话，便去勤政殿察看好了。"

杜小曼紧张地盯着少年扣住A版咽喉的手，一时也不知如何是好。

预警的传信声又起，咻咻咻一声叠着一声，尖厉急促。一声尤其高的呼啸后紧跟着是大炮仗在半天炸开轰然一响。

一个浑身血迹的女子跟着这声响一道摔了进来。

"君上，宫门破了！"

少年松开了手，侧转过身。

A版重新挺直脊背，整理了一下表情。

杜小曼悄悄看了看她的脸，随即又想到，她这易容后的脸，用的难道是……她不敢再想，忍住寒战和胃部的不适。

那浑身是血的女子已被另外几个女子扶了起来。

A版皱眉："怎么这么快就攻破了，黄钦岂会如此无用？"

那女子断断续续地道："恐怕，挡……挡不住了……"

杜小曼也很讶然，月圣门布置了这么久，连皇帝都换掉了，对皇宫的掌控应该蛮严的，破门这么快，确实不科学。

A版瞥了杜小曼一眼，再看向少年。

少年道："贼党如宁景徽、李孝知者整日在前朝往来，端坐阁部，早有布置并不稀奇。此时内宫如何？"

报信的女子摇了摇头："……宫门破时，属下便过来这里了……"

剩下的月圣门女子立刻去查看内宫防守，报信的女子已呈半昏迷状态。A版拍醒晴照，着她替那女子疗伤。杜小曼也卷袖搭了把手，将那女子搀到榻上。

晴照垂下眼帘，向杜小曼道了声多谢，取出药粉，替那女子包裹。

京城一片死寂。道路上唯有兵卒，家家紧闭门户。

告病未朝已几日的户部侍郎高焉正躺在床上，假装病得正重。

小厮在门外轻声禀报："老爷，夫人让小的来送早膳。"

高焉道了声准入，小厮推开门，跨进房内，将早膳放到桌上，回转身，一抹寒光从袖中飞出。

铛铛，清脆两声响，寒光跌落在地。

小厮神色还未来得及变，一抹黑影便出现在他身后，将他一掌劈晕，捞住下坠身体，再补上一刀。

高侍郎撑身坐起，睁大双目，双股战战。

黑衣人向他抱拳："大人，这下可相信卑职了吧？"

高侍郎不敢相信地看着地上的尸首："知意乃管家之子，老夫看着他长大的，怎会……"

黑衣人俯身在尸首脸上抠了抠，揭下一张皮："大人，妖党擅用易容妖术，宁相深知，方才命属下贴身保护大人。"

高侍郎长叹一声："这些妖人……这些妖人……"

黑衣人直起身："妖党不除，社稷危矣。"自怀中取出一本折子，奉自床前，"可否请大人为了社稷，做一决断？"

高侍郎再长叹一声，推被起身，走到桌前，研墨提笔，在折子末尾处写下了自己的名字。

白公公推着车奋力在暗道中前行，突然，听到前方传来细微的声响。

白公公警觉地停下，猛地蹿到车头处，挡住秦羽言。

秦羽言起身走下推车。

一道人影从黑暗中步入灯光中。

"可是十七殿下？"

秦羽言绕过白公公，走到前方："卿乃何人？"

来人躬身抱拳："铠甲在身不能行大礼，望殿下恕罪。臣虎贲营萧尧，奉宁相之命，前来接应殿下。"

暗道尽头的石门打开，明媚的阳光透了进来。宫墙与龙首池边，皆是着甲执戈的兵卒。

萧尧引着秦羽言跨出石门："殿下请放心，和光门、龙首殿、东前苑这一带都已被虎贲营扫平。"

秦羽言微微颔首，又道："孤想请问萧卿，孤这番脱险，是否全仗宁相安排？"

萧尧一笑："说来话长。臣等先护送殿下离开皇宫。"

秦羽言又道："那……皇叔可在附近？"

萧尧垂下视线："裕王殿下此时不便与殿下相见。"

秦羽言再颔首，登上等候在龙首池边的马车。

车驾在虎贲铁骑护卫下，径直出了和光门，离开皇宫。

车窗垂帘随颠簸扬起，秦羽言瞥见窗外一抹浓彩，不由得微微掀起车帘。

疾驰的马车经过的兵阵，戈利马壮，勃勃骁悍，阵列森严，铠甲皆非禁军服色。高竿上，绣着唐字的旗帜迎风飘扬。

此时的杜小曼不知道，她正在经历的这一天，在后来的史书中，被称作光正之变。不论是朝史还是秦兰璪、秦羽言、宁景徽、李孝知等人的传记中，关于光正之变的种种，均被叙史之笔评为最传奇的篇章。

杜小曼更不知道，她扮演的这个唐晋媗，在史册之中，将会成为怎样神奇的存在。

杜小曼现在只在很淳朴地思考，月圣门这回，翻盘的可能性不大了。他们现在是打算决一死战，还是赶紧跑路？

砰！又一个月圣门女子摔进了乾元宫大殿。

消息不好，情况不妙。

外宫各门，已尽被攻下。外朝尽被掌控，众官由宁景徽领头，正前往宣政殿"劝谏"。

少年纵身欲出殿外，一道霓裳从天而降，拦在门前。

"君上，恕属下唐突，秦贼与宁贼等人蓄谋已久，不宜再中他们的圈套。"

是以前的贤妃，现在的新皇后。

A版接着她的话开口："肖婵说得极是。今日并无早朝，来得这么是时候这么齐全，看来早有准备。真真都是那个杂种的忠臣。诸贼破宫城竟这样快，怕是圣教之中另有内鬼。一时半刻间，难扳回局面。"

杜小曼一声不吭地在一旁看热闹。

她可不是内鬼，是明鬼。

肖婵立刻道："正如圣姑所言，属下以为，不妨就暂让他们占一时风头，来日方长。"

A版瞥了一眼杜小曼："见识极高的唐郡主，是不是也赞同我们的说法？"

杜小曼算服了A版了，在这样的时刻，居然还能不咸不淡来这么一句。

她点点头："我觉得既然没把握取胜，那就不要硬碰。无谓的牺牲没必要。留得青山在，不愁没柴烧嘛。不过我就是个小白路人，你们可以无视我。"

少年没有看她，略一颔首："传话给所有人，保命为上，准备撤离。"

A版哧地一笑。

此情此景，这声笑实在显得有些刺耳。殿内的诸人，除了已失去意识的重伤女子外，都不由得看向了她。

A版不以为意地一脚踹向地上的鲁禾："这里剩下的事，就交给肖婵你了。"继而整了一下表情，再踹了惴惴懂懂撑起身的鲁禾一脚，"服侍朕去宣政殿。"

肖婵蹙眉："圣姑你……"

A版一挑唇："朕是皇帝，还能到哪里去？前面接下来的那场大戏，少了朕可没法唱啊。"

肖婵脸上复杂的神色一掠而过，微微叹息，不再说什么。

少年平静地看看她："你真的不走？"

A版抬起下巴："朕乃为这张龙椅而生，坐上了，就坐到底。"

少年道："莫随情绪行事。我们会回来救你。"

A版又一笑："朕，尽量吧。"

杜小曼突然对冰锥子一样尖利又高傲的A版妹子产生了一点同情与……钦佩。她很好奇，A版真正的身份到底是什么呢？

A版走了两步，忽然侧转过身，视线唰地扎向杜小曼："你……"

嗯？杜小曼刚一对上A版的视线，身体便猛一歪，一抹寒影紧擦着她的衣袂，扎入不远处的屏风。

157

Ａ版一击未中，迅速后跃。

少年松开杜小曼的手臂，劈出一掌，Ａ版斜飞而起，重重撞上柱子。

就在这时，又一道寒光，从肖婵手中飞向了杜小曼。

少年反袖一扫，寒光落地。

杜小曼狼狈后退，又见几道影子在视线中一花，啪啪啪几声响后，少年反身挡在了她面前。

肖婵从地上撑起身，擦了擦嘴角的血渍，一声叹息。

"君上对唐郡主，果然爱得紧啊。"

少年未曾说话，后背却突然一僵。

杜小曼也一僵。

她恰好退到了重伤的月圣门女子躺着的榻边，而几枚银针，被这个应该昏睡于鬼门关前的女子，分别拍进了她和少年的背。

杜小曼摇晃了一下，她身后的女子闷哼一声，彻底踏进了鬼门关。

杜小曼眼前的景象又开始模糊，更模糊……

但见模糊到快成糨糊的世界里，又有一道身影跃向了他们。

像旱地里蹿起的一把葱。

葱、葱绿色，宦官服色……

鲁禾？

我靠，这个世界真是谁都不能信。

杜小曼一头扎倒在地，失去了意识。

鲁禾手中的软剑一抖，直刺向少年。

"君上！"地上的肖婵失声，少年捉住剑锋，一掌拍飞鲁禾。

肖婵跃起身，扑向Ａ版："原来你就是内鬼！"

Ａ版拧身避过，一把捞住鲁禾，闪出门外。

肖婵追到门槛处停下，回过身。

少年仍站在原地，冷冷看着她。

肖婵的身体摇晃了一下，跪倒在地。

"君上，属下自知该千刀万剐。但属下只是想让这个女人离开圣教和君上，又怕君上不舍，才出此下策。圣姑说，她与属下看法一致，属下真不知道，她就是内鬼。"

少年冷眼看着她，猛一抬手，却觉浑身一空，一直勉强维系的最后一丝真气与气力终于耗尽，身体一软。

肖婵抬起身，从怀中取出一个小瓶，拔开，几只小蜂飞出。片刻后，数名月圣门女子掠入殿内，轻手轻脚抬起少年。

其中一个低头看了看杜小曼。

"姐姐，这祸根死了没？"

肖婵轻声道："莫要动她，留她在这里，会有人给她安排最合适的下场。"

胸口一闷，杜小曼抽搐了一下，无尽黑暗中泛起金星闪烁。跟着，肚子上又受到一记重击，疼得她蜷缩起身体，彻底从昏迷中醒来。

穿着龙袍的A版一只脚踩在她身上，居高临下地瞧着她："醒了？那就赶紧起来吧。既然肖婵那群人留下了你这条命，朕就不让这番心意白费。走吧，跟着朕一起去看戏吧。"

杜小曼挣扎半天，终于爬起身。

殿内横七竖八躺满了尸体，只有她、A版和鲁禾三人。

那个少年呢？

是被抓了还是被月圣门的人救走了？

A版上下扫了她一眼，啧了一声："邋邋得跟个讨饭的婆娘似的，哪有一点朕的宠妃该有的样子？"一把扯住她，摔向内殿，"那边的柜中有梳镜巾帕，擦干净脸，把头发梳一梳。快一些，宣政殿那场大戏等着开台呢。"

杜小曼默默走进内殿，按指点找到了镜子妆匣巾帕，某案上有一浅水小池，澄澈清水中养着数枚漂亮的彩石。杜小曼毫不客气地将其征用做脸盆，洗干净脸，把头发散开梳顺，盘个简单发髻。

A版又将一套裙装摔在她身上："换上，脂粉也擦些，打扮得像样点。"

杜小曼拎起那套裙子看了看，挺漂亮。不过皇帝的寝殿里，怎么会有女裙、妆匣里还有脂粉？

想来A版不管再怎么装，内心总还是个女孩子，会在没人的时候自己偷偷穿吧。

A版不耐烦地催促，杜小曼拎着裙子到屏风后换上。

鲁禾始终一言不发地站在外殿，还是那副憨憨的样子。

他……才是宁景徽安排的真正卧底吧。

看这个情况，那少年应该是被月圣门的人救走了，而非落在A版手里。

A版和宁景徽达成了什么协议，才把月圣门及月君卖给了宁景徽？

这是爱情的力量吗？

杜小曼忽然记起，当时在桃花岛，她藏在树上，弘醒从树下路过，却假装没看见，走了过去。

原来那并不是真的放她一马，而是打算布置卧底了。

和他们同一条船的蓝衣小卒……演技和举动完全符合宁景徽"顺势而为"的纲领。看来从那时候起，他们的一举一动就在宁景徽的掌握之中了。

想来箬儿当时是和少年一起到了岛上，他们两个又是在什么时候切换的？上船的那阵混乱时？

杜小曼心里发闷，头又有点疼。

都是影帝影后啊……连箬儿也……

其实现在回头一想，的确很多漏洞。比如，箬儿这么离世出尘隐居的女孩子，跟朝廷八辈子都扯不上，为什么宁景徽听说过她，还知道她住哪里，特意找她给皇帝看病？

璨璨也知道箬儿的住址，还爬到那座山头去过。

箬儿，和……谢况弈……应该早就在朝廷的监控中了。

那箬儿给女皇帝看诊时，无意说破了皇帝是女子的事实，后来还告诉了她杜小曼。会不会此事只是少年一手安排，箬儿并不知情？

……

A版又再度催促，杜小曼赶紧抿了点胭脂。

A版甩给她的这套裙装绝对是她自己偷偷穿的，虽然是宽松版，杜小曼穿还是有点绷得慌，特别是坐下的时候，她能感觉自己的肚子正努力把裙子撑出一道道。料子很轻薄，内外几层衫，肩臂的肉仍隐隐可见。

杜小曼整了整领口，随在A版之后跨出殿门，鲁禾绕到杜小曼身后，三人走出了乾元宫。

宫门外，有一群禁军打扮的兵卒，见他们出来，便跪倒在地，一副誓死保护皇上的姿态。

A版道："都起来吧，陪朕去宣政殿，然后你们就可以散了，或是投降宁景徽也成。再动刀动枪也没什么用了，留着命吧。"

兵卒们都沉默了。

为首的将领砰砰磕头，道皇上万万不可如此，臣等会誓死保护皇上。

A版翻了个白眼："蠢蛋！"转头径直往宣政殿方向走去。

那群兵卒皆愕然。一些跪在原地，有一些起身，跟了过来，沉默地低头环卫左右，并且远远避开杜小曼。

一路之上，又遇上许多乱窜的宫人，见到他们，都跪地叩首。A版皆甩也不甩，直到有些跪在正面挡住前路者，方才不耐烦说一声："想逃命就赶紧逃吧。要么找个地方窝起来，看情况再做决定。休碍朕的事！"

有一些叩首不起，还有一些宫人默默加入了他们的队伍。不知道到底是尽忠，还是想跟着见证历史。

那些人都不约而同地不太靠近杜小曼。但杜小曼能感觉到，无数道目光都在偷偷打量自己，很锋利。

A版带她到宣政殿，绝对没打好主意。

反正开挂的人生无所畏惧。杜小曼在心里耸耸肩，A版究竟想做什么，她很期待。

宣政殿在内宫与外朝的交界处，再往外朝去，就是阁部与中书衙门。恢宏庄严，高出勤政殿实在太多。

穿过一道道宫院回廊，过了紫宸门，拾阶而上，从后门踏进宣政殿，杜小曼感受到宏大的肃穆之气。

A版在门槛处转身，向那堆兵卒和宫人道："尔等都退下吧，这里不是你们能进的地方。"又朝鲁禾一瞥，"去告诉宁景徽那些人，朕宣他们进殿。"

兵卒和宫人们便都止步在门槛处。

鲁禾小碎步跑去传话，杜小曼和A版一道走进空空大殿。

趁着这个机会，杜小曼小声道："你没杀十七皇子，你救了他，对吧？"

A版一副懒得与她废话的神情："爱妃，去那边的屏风后吧。等一下你会看到很多东西。朕特意带你过来，好好领受。"

杜小曼走到屏风后，A版昂首一步步走上玉阶，在龙椅上坐下，一副君临天下的姿态，仿佛乾坤尽在掌握，正等待群臣来拜。

群臣来了。

宁景徽为首，一群大臣沉默有序地鱼贯而入。

并未像杜小曼想象的那样，有人跳出，抬手一指："你这个妖人，居然还敢坐在龙椅上！"然后一堆兵卒涌进来，把A版拿下。

包括宁景徽在内的群臣，居然齐齐下跪，口呼万岁。

A版一声轻笑："众卿此时，竟还认朕这个皇上。"

众臣立刻称罪再拜。

与宁景徽并肩站着的一麟纹紫服中年男子叩首道："皇上，臣等万死。只因妖人作乱，内秽宫闱，外祸朝纲。臣等为清君侧，明圣听，方才冒死进谏。冒犯圣威，死不足惜，但望朝纲正，社稷清。"

A版道："众卿不必如斯含蓄，朕自然明白。事已至此，朕再坐这把龙椅已不妥，朕亦已无眷恋这帝位之心。众卿想朕禅位给裕王，朕下诏便是。"

众臣又再叩首，称臣等万死，绝无此意云云。

杜小曼在屏风后听得很佩服，都很能忍啊，都这时候了，居然还能把台面维护成这样。

A版又一声苦笑："众卿不要这样，好吧，卿等并未逼朕，只是朕真的不想再做这个皇帝了。有圣德者比如裕王，代朕居之，能让社稷清正，万民得福，朕谢天谢地。朕只想得一方山野小院，与爱妃嫮儿一同居之，布衣粗食，日日诵经，祈福万民，忏悔己过，足矣。"

杜小曼心里一跳，A版开始拉她下水了。

顿时有一大臣道："皇上，妖女秽乱宫闱，正是祸根孽首，绝不可留！"

A版一声轻叹："众卿，嫮儿只是个无辜女子。朕无能无德，致今日之乱，与她何干？都是朕自己的过错，何必让一个女子承担。朕退位后，会好好忏悔自己的过错，请众卿放过她吧。"

那紫服男子顿首："皇上！孽女唐晋嫮，便如妲己妹喜，祸孽深重，万不可留。"

A版垂眸看着他："唐卿啊，为何你也这么说？嫮儿她可是你的女儿。你这个爹爹，怎么都不帮她？"

杜小曼心口一滞，好像有一柄锋利的匕首穿胸而过。

那，居然是，唐晋嫮的亲爹……

德安王再叩首："皇上，罪臣前世为恶，竟生此孽种，淫秽不堪，为祸宫闱。罪臣万死不足赎罪，但求皇上速断此祸根！"

杜小曼方才发现，自以为炼得像钢铁一样的心脏，还是会疼的。

她又往窥视外面的缝隙处凑了凑，见宁景徽亦一拜。

"皇上，祸从妖女起，不杀不能除孽。且其背后，有月圣邪教，更务必除之。"

妖女，孽根，杀。

杜小曼心中熊熊火焰蹿起，挟着滚滚岩浆流灌入四肢，抬手猛一拍。

屏风轰然倒地，众臣皆抬头，杜小曼在兵卒们涌入殿内的脚步与兵器声中盯着宁景徽。

"右相大人，你忽悠我进宫给你当卧底的时候，可没说过还要背黑锅啊。"

A版眼中盛满兴致勃勃，颤声道："媗儿……"

杜小曼眯起眼："宁右相你让我顺势而为，原来最后就是……"

她迈步向前，脚下陡然一绊，声音一卡，在群臣及A版的炯炯注视下，一头栽倒，砸得屏风又轰然巨响。

如雨般箭矢嗖嗖嗖穿过她方才所站地方的空气，钉入柱子与墙壁。

宁景徽霍然起身："住手！"

更多挽在弦上的手顿住。

鲁禾与几个嬷嬷宦官一拥而上，按住摔得晕头转向的杜小曼。

杜小曼刚要挣扎，几处穴道一麻，便如同一只被绑了绳的大闸蟹一样，身不能动，口不能言，被众宫人抬起，只能怒目而视。

A版十分敬业地从龙椅上站起，颤声道："媗儿，媗儿……"

众臣又都跪下。

"皇上，莫再被妖女迷惑！"

"皇上，请速下决断！"

"皇上……"

杜小曼被抬往后门，A版幽幽长叹。

"众卿何以非要如此相逼？宁卿，方才媗儿那几句话，又是何意？"

杜小曼没听到宁景徽的回答，倒是德安王的声音立刻道："皇上，妖女污蔑之言，不当闻之，更不可信也。妖女媚君惑主，秽乱后宫，其罪一；后宫预政，祸及外朝，其罪二；信邪术，行巫蛊，其罪三。历代后宫，此三罪占其一，便当从诛。罪臣生此妖孽，更是罪魁祸首，请几罪并罚！"

宁景徽跟着发声了："德安王为社稷，断骨肉亲情，乃大义也。邪教不可姑息，孽患不可纵存。臣请皇上速速决断。"

A版道："媗儿从未参与过政务，何来祸及外朝之说？"

一名大臣道："臣听闻，皇上恩宠宸妃，在她入宫后，常于其所居之处批阅奏折，宸妃亦于朝务上，多有议论。"

"众卿是让朕非舍媗儿不可了。"A版感伤地叹了一口气，"可媗儿或已有了身孕，可否容她生下朕之子嗣再说？"

"妖女所怀，恐非皇嗣。"宁景徽从容对上，声音冷然平缓，"且据臣所知，有种药物，可令女子脉相似孕。斩祸需从速，请皇上圣裁！"

群臣再附和。

"皇上，请杀妖女！"

"不可再留！"

……

杜小曼已离开大殿，被抬下台阶，殿内声音渐远，模糊不清，唯剩凛冽的杀杀杀之意，重重捶着她的寸寸神经。

呵呵呵……

真是嘴脸尽现的时刻。

这才是这个世界的真面目！

被选中的弃子，达到目的后就被抛弃的炮灰。

唐晋媗，你有多可悲，多可怜。

上辈子的我，有多可悲，多可怜。

"假孕？并非皇嗣？"宣政殿上，A版冷冷轻笑，俯视群臣，"众卿啊，昔日亦曾有人指证，纯孝太妃品行不端，裕王兰瑑身世可疑。虽严密未宣，众卿应都有耳闻吧。众卿对裕王不疑不惑，拥而戴之，怎的到朕这里，朕没死，年岁正盛，媗儿日日被朕临幸，媗儿肚里的孩子，却成了并非皇嗣？"

殿中一时静了。

宁景徽一揖："皇上，太祖皇帝圣誉不容损犯，请皇上慎言。"

A版轻呵一声："宁卿真是忠心啊，你当着殿中这许多人之面，说媗儿肚子里的是野种，不知可曾想到朕之圣誉？罢了，朕反正是将要退位之人，何必计较这些呢。可怜朕那未出世的皇儿，不知能否有条活路。罢罢，黄泉路上，他们母子相伴，想来不会寂寞。浊浊世间，朕亦不会久存，很快便能与他们团聚了。宁卿哪，把备好的诏书拿来吧，朕这就签字盖印。"

德安王神色微变，待要开口，被宁景徽不露痕迹地一拦。

其余臣子皆沉默低头跪着。

方才闯进来欲杀杜小曼的那些兵卒更如木雕泥塑一般，垂目盯着地面。

宁景徽再一揖："臣等谏之唐突，惊扰圣驾，定已使皇上龙体倦乏，请圣驾先回乾元殿休息。臣，虽已当万死，仍兢兢跪求皇上，速灭祸根，除邪教，为天下正朝纲。"

一直在天上替九天玄女和北岳帝君看顾凡间种种的云玳和鹤白使，突然被云霓仙子传唤，说娘娘与帝君急召。

云玳和鹤白使随云霓甫入紫薇园，便见树下，九天玄女与北岳帝君已停止对弈，众小仙垂手侍立在两边，石桌前站着一乌纱红袍的仙者，却是冥司判官崔钰。

九天玄女道："崔判何事，可直说来。"

崔钰道："禀帝君、娘娘，凡间有一女子，阳寿尽，方至地府，本待要由阴律、察查二司计其今世及累世善恶，断罚赏，定轮回。谁料此女甫到孽镜台，记起前生，忽然道，她与帝君有个赌约，是她赢了。小神翻看簿册，发现这女子前生命尽时，的确曾被仙使带至天庭，而后又被送归阎殿，未经判裁，直接转投今世。那女子一直吵嚷，要见帝君与娘娘，小神因此唐突前来。"

北岳帝君一笑："怪了，难道本君还和谁打过赌却忘记了？那魂魄何在？"

崔钰道："在小神袖中魂袋内。"即取出魂袋，解开袋口，一抹魂光飘出，渐成人形。

"她前世姓唐名晋嬗，生于承朝庚午嘉元七年五月十二，本应享寿八十三载，却于承朝丁亥兴极五年，一十七岁时因情自尽。此生姓杜名晓曼，生于己酉年丁丑十二月二十五，卒于甲午年戊辰三月十六，享阳寿一百零四载终。不知帝君可有印象？"

杜小曼被抬回含凉宫，丢进寝殿，门扇关闭，落锁声干脆利落。

杜小曼穴道未解，跟个木乃伊一样僵直地挺在床上，瞪着帐子顶，眼皮发软，不自觉下垂，周围一切渐渐模糊，听到一个梦里偶尔出现的女子缥缈的声音。

"喂，喂……"

她忽觉浑身轻飘飘的，眼前光华绚烂，定神时，发现已身在云端。

云玳仙子和一开始她被带来天庭时，与鹤白使一起的那个比较冷艳的仙子云霓一左一右，并肩站着，一同看着她。

杜小曼瞅着二位仙子的表情，一凛："这不能算我输了吧？"

"不是，不是。"云玳小仙子努力笑了一下，"我们是奉了娘娘和帝座之命，特意请你上来一趟。有件很重要的事要告诉你……"

"什么事？"杜小曼顿生警惕，"你们安排的这剧情可够坑爹的。唐晋媗之前的那些事跟你们告诉我的差了一万个宇宙好吗？要不是不想输我都要立刻不玩了。别告诉我后面还有什么更坑的情节……"

"呃……"云玳的表情滞了一下。

云霓僵声道："到了紫薇园，你就知道了。"

杜小曼正要再开口，云玳与云霓一左一右将她挟住，纵云而起。

熟悉的大门，熟悉的园子，熟悉的大树。

北岳帝君、九天玄女娘娘、众仙子仙人们……

都和初次到来时一样。

不同的是，北岳帝君和玄女娘娘对弈的棋桌前，站着一红一白两道身影。

红袍男子头戴乌纱，一手捧册，一手执笔，丰神俊逸。但杜小曼的目光却不由自主被他身旁的那个白衣女子吸引。

那女子一身白色长裙，是现代洋装式样，乌黑秀发盘在脑后，妩媚端庄。

明明从未见过，杜小曼却感到了强烈的熟悉与亲切。

那女子望着她，露出娴静优雅的微笑。

"你就是另一个小曼吗？你好，我是杜晓曼，前生叫唐晋媗。"

第八卷·为你归来

虚、空、破、灭……

宇、宙、粉、碎……

杜小曼站在无尽空洞中，仿佛过了无数个亿万万年之后，她才僵僵地出声。

"这是……怎么……回事……"

北岳帝君淡然地道："哦，就是出了点小差错。你不是她。"

云玑与云霓又一左一右按住了要暴走的杜小曼。

一旁的鹤白使走上前来："这其中原委，便由我来解释吧。"

鹤白使的解释真是简单、明了、通畅、易懂。

杜小曼听完，深深吸了一口气，冷静地沉默了片刻，方才开口。

"就是说……唐晋媗的转世，名叫杜晓曼，生于己酉年十二月二十五，换成公历是19××年2月4日。但是你们没找到她，然后发现了和她隔了八十多年，生在丁丑年八月二十五，也就是19××年9月26日，很不幸名字只差了一个字还念起来是一样的我？"

鹤白使露出"你懂了我真欣慰"的表情，颔首："不错，因为你们二人一个生于己酉年丁丑月的二十五，一个生于丁丑年己酉月的二十五。当时我们未找到她，以为是簿册记载出了差错，写倒了年月，便这样查找，就发现了你。名字只差了一个字，也以为是记录笔误……"

"八十七年也差太多了吧！"杜小曼终于忍不住咆哮了，"你们当时不能与时俱进看看西洋公历吗？都要差出一个世纪了，画风能一样？换成公历，一个是2月，一个是9月，她水瓶座我天秤座好吗？我哪点像水瓶座的了？！"

北岳帝君淡淡道："座？那是什么？凡俗西夷之物？天庭从不感兴趣。"

明明是魂魄状态，杜小曼却感到喉咙口涌上一股腥甜。

"所以我就这么撞上了？话说，我出的那个车祸，该不会也是你们安排的吧！"

"不是。"鹤白使否定，"乃你命当如此。"

"一会儿是我为男人自杀，一会儿又是我命当如此，呵呵呵——"杜小曼龇出森森的牙，"你们如此神通广大英明神武的神仙，怎么会犯这种错误？一个活人都找不到，还找错人，还差了八十多年找错人？！还把一个天秤座的错当成水瓶座的？！"

"本君方才已经说了，"北岳帝君又淡淡开口，"那种凡间乱七八糟的东西，天庭众仙皆无兴趣。"

"错了还这种高贵的姿态呀！"杜小曼被云玘和云霓按住，未能跳起，"你狮子座的吗？！"

鹤白使道："不得对帝座无礼。"

北岳帝君一挑唇："松开她，本座岂会与一凡俗之魂计较尔。"

九天玄女亦向云霓和云玘示意，两位仙子犹豫着解开明显在发狂状态的杜小曼的禁制。

一旁的唐晋婳及时地道："大约……也有我的一部分责任。我本当生于京师，但那个时候不太平。家父原是顺天府衙门里一小吏，曾帮一位与革命党有关的商人脱罪。西太后与光绪皇帝死后，朝廷与衙门中的人也有替换，有人趁机提起此事，说家父有串通乱党之嫌。家父救的那人也的确是与兴中会有些关系，他劝家父说，时值风雨之秋，朝廷恐怕撑不了多久，不如趁机到海外避祸。家父在他的安排下，带上正有孕的我娘，连夜逃出京城，从天津坐船，到了旧金山。"

崔判翻阅簿册："不错，尔父杜祐，本当卒于庚戌年九月，因活广东商贾裘崧一族十五人，延寿两纪。"

鹤白使道："原来是到了西夷之处，难怪找寻不到。"

唐晋嫱道："而且……我是在教会医院出生的，是否也会……"

在场众仙表情皆很复杂。

北岳帝君道："记得本君与你打赌时，便告知了你，某年某岁时，会有一关，倘若过了这关，本君愿赌服输，且你能延寿一甲子，享人瑞之乐。虽一直未寻到你，但以你活的年岁，本君并未食言。"

唐晋嫱笑一笑："帝君所说的那一关，是六十年前的甲午年吧，就是我四十四岁那年。其实您说的那关，并没有因为我身在海外而消失，还是发生了。只是我自己闯过来了。"

杜小曼停止了抓狂，八卦地问："能不能详细说说呀。"

赢了北岳帝君的过程，她真的很想知道！

真·唐晋嫱·杜晓曼姐姐，不单赢了，还活了一百零四岁，经历过那个最动荡最波折的年代，真是太帅了！

想起自己以前常常在心里吐槽唐晋嫱是个懦弱的女子，杜小曼就深深羞愧。

唐晋嫱向她嫣然一笑："这要从我年轻的时候说起。对我来说是劫数的那个人，同样是华人，姓李。"

崔判又翻了翻手中簿册："不错，命书亦有记载，你年十九时，当逢书生李昉。"

唐晋嫱道："对，他是叫李昉。"

杜小曼暗暗对那本小册子投以关注视线，这么厉害，连跑到海外，都要按照剧本来走。不知道这个上面会不会有……

崔判的视线忽然转向她，和蔼一笑："小姑娘，你是生魂附体，不在轮回之内，故而你的定数未经地府安排。"

也就是说，这本册子上没有她。

北岳帝君淡淡道："你没有定数。"

杜小曼头皮一紧，继而又在心里冷笑两声，是么？她所经历的那么狗血的剧情，怎么可能没有他们掺和？

是了，这位神仙手中的册子如此厉害，是不是也写了那个李姓男子后面会出幺蛾子，所以唐晋嫱的转世才会又遭遇劫数？

根本就是神仙们都安排好的嘛，天命难违，什么赌局，根本就不公平！

北岳帝君又淡淡道："即便有所安排，但路怎么走，决定权一直在你自己手中。"

杜小曼尚未发问，崔判又开口："帝座所言甚是。凡人一向以为，所谓天命就是自己的一举一动都早已定好。其实不然。世上无数凡人，一生几十载，地府天庭仙官神官有限，一笔笔详录，不甚可能。不过是定下生于何年何地，父母何人，有因缘牵连者，将会遇上，大运关生死关，拟定一二。一步步怎么走，过程如何，皆看凡者自己作为，功过有录，福寿或抵或增。不过兜兜转转，都脱不出一个局面，就如日月轮转，皆在宇宙之内，江河奔流，终归四海之中。所以凡人或云，命有天定，或命自我立。其实皆算正确。"再看向唐晋媗，"譬如你与李生，的确命簿记录会有姻缘，但你若不予理会，机缘又可不同。"

杜小曼眨眨眼，就和打游戏选剧情线一样?

唐晋媗道："那我是随了这段缘分的。李昉当时还是大学生，他家里很穷，就在我家的店内做零工赚生活费和学费。渐渐地我就爱上他了。"

身为唐晋媗这一世的杜晓曼的父亲到了旧金山后也开始经商，做家具生意。中国风的家具装饰很流行，买卖做得很好。

虽然身在异国，穿洋服，吃洋餐，洋文越说越好，钱越赚越多，杜晓曼与弟弟妹妹们也在当地学校念书，但杜家的生活做派仍然沿袭国内，平日来往，多是华人。父母还另外请了老师教他们国学，学琴棋书画，读四书五经。

"与父亲相处甚好的几位世伯，有儿子与我年纪相当，亦曾向父亲提议联姻。但父亲在这点上却很开明，说要我喜欢才可以。他老人家希望我能嫁个如意郎君，一世幸福。也有其他的男子追求我，可惜我竟……"

竟就看上了李昉。

"也不能说我那时候瞎眼吧。李昉当时还是很好的，他念书很努力，成绩优秀，拿奖学金。他学物理的，数学也很好。"

李昉的父母原是平民百姓，都死于国内战乱，被一位表舅带到了旧金山。表舅家开小餐馆，对他很好。李昉从上中学后，就开始打工赚钱，尽量不花表舅家的钱。

店铺里带李昉的掌柜很喜欢他，说他踏实肯干，后来让他帮店铺看账，账目亦很清楚。

"我最初喜欢上他，是有一次，我到店中，不小心碰倒了柜子，砸伤了脚。他帮我冷敷，然后送我去医院。我觉得他很可靠，手臂很有力，好像能保护我一生一世。"

杜晓曼对李昉产生了好感，正出于女孩子的羞怯不好意思开口时，李昉却先向她表白，说早就喜欢上了她，知道自己的身份与她不相配，仍然难以压抑感情。但并未有非分之想，请她不要当作负担。

"我怎么会当作负担呢，我根本是高兴还来不及。我立刻告诉他，我也喜欢他。"

李昉又惊又喜，好像不敢相信这个现实。

两人偷偷恋爱了一段时间，杜晓曼就决定要嫁给他。

"我那时候还是个小姑娘，第一次谈恋爱，就觉得这辈子只会喜欢这一个人，没有他我根本无法活下去了。我去和父母说，我想和这个人结婚。"

杜祐觉得李昉是个品行很好奋发上进有才学的青年，没什么意见。但杜夫人一开始不同意，她说，看李昉的面相和行事，是个心气高的人。杜家条件比他家好了这么多，虽然他已无父无母，但若做上门女婿，恐怕心中会有芥蒂。

"家母当时还说了一句话，说越看着斯斯文文、表面温和的男人，越是会一点事在心里越憋越大，等爆发出来的时候，吃亏的是女人。"唐晋媗苦笑了一下，"可惜我那时哪里听得进家母的话。我还打算，如果父母真的不同意，我就不要家了，和他私奔。我还买了个小本子写下了私奔的计划呢。这个本子被家母发现了，她看完后，把我叫过去说，娘希望你好而已，但人生都是自己过的，谁也替代不了，如果你真的喜欢，那你就嫁吧。于是中学一毕业，我就和李昉结婚了。"

杜夫人是个很睿智的女人，在李昉念的大学附近给杜晓曼和李昉另外买了一栋房子，让两人搬过去住。

大学一年级开学没多久，杜小曼发现自己怀孕了，休学了一年半生产和照顾宝宝。

当时正值大萧条时期，很多人破产，购买昂贵家具的客户越来越少，杜家的生意缩水很多，杜祐和夫人决定将生意转向实用平价的现代家具。这样的转变意味着他们要以华人商人的身份杀进以白人为主的商圈，一下树立了很多新的敌人。要重新聘用现代家具的设计师，多年跟随的老伙计也不能亏待，需平衡新旧之间的关系。全家人忙得团团乱转，没人顾得上帮助刚做妈妈的杜晓曼，反倒是她在大肚子时和产后，还得帮忙家里的生意。

她恢复念书到了大三时，再度怀孕，于是再休学。

李昉此时已读完了博士，留校一边做讲师，一边搞研究。

"其实毕业证和学位对我来说已没有什么用。我自己不太想念书，觉得女人还是属于家庭的。"

　　而就在杜晓曼的第二个孩子出生后不久，她尚未恢复念书，父亲杜祐突然过世。家业应当由杜晓曼的弟弟继承，但他年纪还小，母亲就让杜晓曼帮忙照看家里的生意。

　　"我怕李昉会不开心，但他并没有反对。我忙着学习怎样做生意，他忙着教课做研究，现在回想起来，隔阂应该就是在那时产生的吧。可惜我当时并没有发现。"

　　经济大萧条尚未过去，杜家的生意正由传统的中式商铺向公司转变，老掌柜老伙计都不适应。不过也正因为是大萧条时期，许多公司破产，很多人失业，一些懂得现代经营的人才为了糊口，不顾忌杜家的华商身份，前来应聘。

　　这些人中有头脑和眼光非常优秀的人，告诉杜家，可能不久后会爆发大规模的战争，囤积木材、钢铁等原材料非常重要。

　　日军侵华，中国国内战乱，杜家在祖国的进货渠道几乎全部断掉，瓷器什么的根本运不过来。不过他们此时进货的重点也不再是瓷器了。杜晓曼的弟弟也办了休学，满世界跑着寻找原材料囤积。杜晓曼忙得连孩子都顾不上自己带。

　　"那时候虽然忙，但我心里很充实，我觉得自己有爱我的先生，有可爱的孩子，有家庭，这种幸福让我能想到像我一样年轻的主妇希望自己的家是什么样子，喜欢什么样的家具，会为了先生和宝宝选购什么样的餐具、桌椅、橱柜、壁纸和地毯。我经常拿自己的家做试验，重新粉刷墙壁，更换摆设和布置。某天李昉告诉我，你不能这样，你是在拿家人的健康开玩笑。他告诉我涂料、油漆和纤维可能有损害人体的物质。当然，我因此而发现这是一个生意上需要注意的地方。在那个年代，没有多少人会想到环保绿色家装呢，我们就先提出了这样的概念……"

　　杜家的生意在那样的年代里越来越好，杜晓曼得到了不少分红。

　　李昉被另一所大学聘用，需要资金，杜晓曼觉得自己的钱可以帮到老公，非常开心。

　　她打算过在适当的时候退出娘家的生意，回归家庭。就在这个时候，二战爆发了，两年多后，美国参战。

　　各种战时政策下，做生意又变得艰难起来，她不能在那样的时候退出，只有继续做下去。

　　打仗的时候，家具几乎卖不动了，但因为原材料囤积充足，他们把重点改成实用的工装布料、背包等类型，甚至还接到了政府的订单。

"等到战争结束，弟弟和我说，姐姐，我们的好机会到来了，亚洲、欧洲，有那么多的房子需要重建，有那么多人需要重新买家具。我去开拓亚欧市场，总公司这里就靠姐姐你了。我说，不好意思，弟弟，我要回家做主妇了，我的老公和孩子们需要我。"

不顾弟弟的挽留，杜晓曼在公司又待了差不多一年，就放开了所有的事务，回到家中做主妇。

她的大女儿快要中学毕业选择大学了，儿子刚进中学。

此时李昉的研究方向是量子物理学，在二战后非常热门，李昉因此变得更加忙碌。

"我那时每天早上很早起床，亲自给他们准备早餐，送他们离开。一整天要考虑的事情就是，今天客厅和卧室插什么颜色的鲜花，窗帘、沙发套和床单是否需要更换，花园是否要打理，晚餐的餐单是什么，适合用哪套餐具，搭配什么样的餐巾和桌布……他们的衣服也是我亲手熨的。一家人围坐在餐桌边用餐时，我感到我是世界上最幸福的女人……"

由于研究课题的原因，李昉频频接到各地演讲、访问的邀约。

这些年，杜家一直通过各种渠道向祖国捐出资金和物资，国内对杜家及杜晓曼李昉夫妇也有关注，新中国成立后，更辗转表达欢迎他们回国的意思。

杜晓曼从出生时就在海外，一直没有回国过，所以她很想回去。但当时中美尚未建交，种种政治因素，回国并不是太容易。杜晓曼的女儿大学正要毕业，儿子快要中学毕业，她想等孩子们都学业有成后，再回去。

一位同是华裔的戴教授经常因为这件事拜访他们家，戴教授有个女儿，比杜晓曼的女儿只大了一岁，常和父亲一起过来。

"她喊我杜姨，很喜欢吃我做的菜。她过生日时，我还送给过她裙子。我怎么也想不到……"

某一天，杜晓曼去看望刚生完孩子的弟妹，回来后，李昉对杜晓曼说，某个女佣在工作时间酗酒，打碎了一件很珍贵的斗彩花瓶，被他辞退了。

杜晓曼没多说什么。过了几天，这个女佣托人来说，被辞退后，她找不到好工作，能不能请杜晓曼给她写一封推荐信。

这个女佣在杜晓曼家里做了蛮久，手脚很麻利，杜晓曼一直对她挺满意。花瓶碎了，是不小心被打碎的，反正也黏不回来了。她并没有因此推辞，就写了这封推荐信。

不久后，女佣又托人问，能不能见杜晓曼一面，她有很重要的事情要告诉她。

在某咖啡馆内，女佣对杜晓曼说："夫人，我要告诉您一件事，那位戴小姐，在您不在家的时候，经常到您家来。"

"我当时还呆头呆脑地回答，我知道呀，她和我女儿芮儿是好朋友。然后女佣说……"

女佣说："不，她和您丈夫才真的好。她经常穿着您的睡衣，和您丈夫一起在你们的大床上。"

杜晓曼完全不能相信自己的丈夫竟会做出这种事。

女佣说，李昉和戴妍两人很早就开始调情了，因为这个女佣英文不好，所以两人不太防备她。

"但那种骚浪样子，我只要不瞎，就能看得出来。先生发现我知道了，就给我钱，让我不要说出去。"女佣非常坦率地告诉杜晓曼，"我的孩子要读书，我也需要时常喝一杯解解闷，所以我没拒绝这笔钱。"

李昉和戴妍一开始是偷偷摸摸地出去开房间，后来大概是感情越浓稠，越需要刺激，就发展到家里。

至于那个大花瓶，根本不是女佣打碎的，而是女佣开价越来越高，和李昉谈崩了，李昉一怒之下砸碎的。

女佣更加坦率地告诉杜晓曼："我之所以提价，是因为我发现了您的丈夫正在秘密找律师，商量怎么得到房子和财产。您先生和戴小姐上完床后聊天，以为我听不懂，但是我听懂了。戴小姐非常喜欢您的房子和您的那些衣服。戴小姐的父亲和您先生的同事们全部都支持他，为他们两个出谋划策。他们还商量以后把卧室刷成米白色，戴小姐要买一套粉色的梳妆台。对了，我还弄到了一张离婚条款的拟定本。"

拿到那份离婚条款的拟定本，杜晓曼崩溃了，她回到家里，质问李昉。

李昉很爽快地承认了。

"他说，我们两个根本就不是一类人，思想和心灵从来无法沟通，这么多年的婚姻，实在是维系得很痛苦。"

杜小曼脱口道："这简直是渣男离婚的经典台词呀。"

唐晋媗苦笑了一下："然后他举了个例子，当年，他告诉我频繁换家具和粉刷墙壁会对健康有害，我开玩笑地问他，要不要转行搞这种研究算了，为公司提供技术支持。他说：'我研究的是物理，你却连这些属于化学科的范畴都不知道。让我一个量子物理学家转行研究这些，多么的无知。'我没想到，一句玩笑话，他居然记恨这么多年。"

杜小曼默默地冷汗，这恐怕只是李昉的一个借口，这人早已在自己与老婆条件差太多的悬殊中默默变态了。

杜晓曼质问李昉，为什么可以这样无耻，和与自己女儿差不多大的女孩子上床。

李昉说，这跟年龄没有关系，戴妍理解他的思想，他们的灵魂是相通的。她是那么灵透聪慧的女孩子，懂得思考，懂得这世上真正的美，有深度，完全不同于你这种眼里只有钱的女人。

杜小曼瞠目结舌："他不是正在谋算着要夺你的家产吗？"

唐晋媗说："是啊，我问他，既然你们这么超尘脱俗，为什么偷偷找律师谋算家产？这张纸上明明写着，你们打算拿走这个家几乎全部的财产。这些财产大部分都是我赚来的吧。"

李昉义正词严地回答，你觉得自己赚得多，难道你花得少吗？在这个家最需要你的那些年，你都在做什么？而且，你不要想得那么庸俗，不要以为人人都和你一样，眼里只有豪宅、昂贵的首饰、手袋和衣服。我打算和你离婚后，就与戴妍一起回国，我们会把这些钱捐给受战乱伤害、需要帮助的人们！我们会为了他们，拿到这笔财产！

神哪，这男人的思维简直不属于地球。跟他一比，唐晋媗上辈子遇到的慕云潇都算小菜了。

杜小曼被雷得都结巴了："他们、他们不是商量着打算重新装修你们的房子吗？如果是要捐给全世界受苦的人，干吗还如此畅想呢？"

唐晋媗再苦笑了一下："其实，当时他说这些话的时候，应该心里很清楚只是借口。正因为没有理由，才要拼命找理由。正因为做得不对，才要想尽办法把自己变成对的，好占据上风。我心寒的只是，结婚几十年，我竟然一直不知道他的真面目，不知道他原来是这样的人。"

女佣说的情报没错，戴妍的父亲的确坚决地站在女儿这一边，觉得女儿和李昉是灵魂的伴侣，并积极为了把这个家的财产贡献给全世界受苦的人而奔走。

离婚的事正式闹上法院后，李昉的一些同事为他帮忙，还有一些原本与杜家有恩怨的商人也插手，离婚案闹得非常大。

为了赢得离婚官司，李昉一方甚至造谣是杜晓曼先有婚外情，并且合成了她和男人逛街进酒店的照片，刊登在报纸上。

"我以为自己是有理的一方，不需要多说什么。但当离婚开始的时候，我才发现并非如此。这个世界上多得是爱看热闹的人，事情的对错真相对看热闹的外人来说其实无关紧要，他们需要的只是能让自己兴奋的情节。有很多人过来关心和安慰我，最初，我会一遍遍向他们倾诉我的委屈，后来，我发现，这些人大部分也是看热闹的人，他们的关心和慰问，只是为了从我这里得到他们好奇的、能让他们开心的剧情罢了。一些看似站在我这边立场说的话语，不过是煽起我的情绪，让我崩溃，这样他们下午茶的内容就更丰富了。我甚至发现，我说过的话，会被署名'亲密好友提供'刊登在报纸上。而家人和真正的朋友，往往不会多说什么，他们会劝我让想别的事情，别太沉浸在这件事里。情绪正在极端的我，甚至不知好歹地觉得，他们还不如那些看热闹的外人那样站在我这边。那时候真的以为，整个世界都在与我作对。"

离婚案让李昉备受关注，他的一些没机会发表的论文还得到了发表的机会。一些媒体将他打造成不堪忍受拜金庸俗妻子的科学家，把他和戴妍的婚外恋吹捧成莎士比亚戏剧般唯美的恋情。

记者还偷拍到了杜晓曼蓬头垢面穿着睡衣在花园里大哭的照片，和戴妍"东方小茉莉"般清纯娇艳的照片放在一起。

"我那时候觉得，世界怎么是这样的呢？为什么会是这样？家人因为我的事也不好受。我的女儿因为心情不好，和她的男朋友分手了。她一直是很乖的好孩子，那天居然喝醉了，身上还带着烟味，一边哭一边跟我说：'妈妈你为什么连爸爸都看不住，那些报纸让我觉得好丢脸。'我儿子也在问我：'妈妈，你和爸爸的事到底什么时候能结束？'我当时真的对这个世界完全绝望了……"

儿子和女儿的话成了压垮她的最后一根稻草，她万念俱灰。

"那天是1954年的4月18日，我记得很清楚……"

崔判翻了一下册子："嗯，甲午年戊辰三月十六。"

"命中注定的日子啊。"唐晋媗笑着叹了口气，"我开着车，往金门大桥的方向去。但在经过一条街道的时候，我忽然听见了一阵非常悦耳的音乐，街道很拥堵，我不由自主在街边停下车，走到了街道上。然后我看见一个非常漂亮的孩子，手提着一个装满彩蛋和糖果的篮子，像从油画里走出来一样，微笑着跟着那音乐唱着歌。他走到我面前，递给我一枚彩蛋，对我说：'夫人，今天是复活节，昔日之我虽逝去，今日之我在天赐恩典下重生，心怀宽恕、喜乐与祥和。'"

在场众仙的表情又微妙了。

唐晋媗道："我接过那枚彩蛋，跟着这个孩子往前走，原来前方竟有一座教堂，那悦耳的音乐就是从其中传出来的。我走了进去，那个孩子放下篮子，走到台上，加入一群孩子中，一起唱着圣诗。不知为什么，我的心情忽然豁然开朗，感觉好像真的获得了新生……"

众仙的表情又更微妙了。

鹤白使道："原来如此。你再入轮回时，魂魄上有我仙界气息，想来是西方那边天界有所察觉，说不定一直都在默默地观察你，方才会在那样的时刻找上你。"

杜小曼张了张嘴，呃，也就是说，唐晋媗遇上的那个小朋友，可能是个小天使？

唐晋媗再轻叹："是么？这就并非我这个凡人能看清的了。若是真的，我更应该心怀感激。我之后的人生中，再遇到挫折时，的确还有过类似的事，不过我并未信奉任何宗教。毕竟，我曾经的老公是位量子物理学家。"

北岳帝君颔首："甚好。"

唐晋媗再接着道："但那个下午确实治愈了我。那枚彩蛋是巧克力做的，我走出教堂后，在车里吃掉了它，觉得天很蓝，人生还有那么多美好的事情。我去做了个头发，买了新衣服、新香水，再去吃了一杯冰淇淋，然后回到家里，给我的律师打电话，说，我不想再继续在官司上扯皮了。我会让出房子和一半财产，如果李昉愿意接受我就离婚。"

李昉对这个价码很满意，飞快地签了离婚协议。

杜小曼问："那他后来回国，把财产捐赠给全世界受苦的人了吗？"

唐晋媗挑挑眉："你觉得会吗？我没有特意打听过他的消息，不过他好像一辈子没有回国过。至于钱，我更不知道他们是不是捐赠了。反正后来他们又没钱了。我最后一次和他们的家人接触，是在四十多年前，李昉过世之后，他们的儿子写信给我，说想核对一下当年的离婚条款，看是不是有遗漏未付给他们的款项。"

杜小曼又被小雷了一下。

不过，有这样的后人，李昉和戴妍也算种瓜得瓜种豆得豆了。

唐晋媗接着道："我离婚后在另一个城市买了新的房子，后来又到欧洲打理分公司的生意，就这样遇到了我的第二位先生。"

杜晓曼的第二任丈夫是个很好的人，两人还又有了一个孩子。

十几年前，杜晓曼的第二任丈夫过世，她住在大宅子里，儿孙满堂，生活得很幸福。

"我感觉到我的日子也不多了，我之前也多次回国过，但停留的时间都不长，这次我忽然很想很想回来。"

杜小曼不禁又偷偷瞄了瞄崔判手里的那本册子，该不会是唐晋媗命定的日子将近，无形中感觉到这本小册子在召唤吧。看来还是颇有威力的。

"我就回到国内，度过了我人生最后的日子。也算叶落归根吧。这就是我的一辈子了。"这厢，唐晋媗结束了讲述。

"你，的确是赢了与本君的赌约。"片刻后，北岳帝君缓缓道，"本君愿赌服输，你有什么要求，也可向本君提出。"

"我没有什么要求。"唐晋媗摇了摇头，"此生我觉得十分完满，对一些事，也看得很淡了。"她看向杜小曼，"只是这个小姑娘……"

杜小曼耸耸肩："我就是个倒霉鬼，稀里糊涂被当成你拉上来了。然后这位帝君大人说我输了，于是我就又和他打了个赌，附身到你的上辈子，也就是唐晋媗的身体里去，发生了一系列狗血的事情……"

唐晋媗变了变神色："你该不会是和慕云潇……"

杜小曼摆手："那个渣男，我附身之后，把他骂了一顿，就跑路了。"

唐晋媗露出松了一口气的表情。

杜小曼又道："不过其实呢，慕云潇渣得不是那么单纯。他是奉了朝廷的命令，故意要欺负你，好把你逼进一个叫月圣门的门派，为朝廷做卧底。然后他那个阮表妹，实际上是月圣门的人……你听说过月圣门么？"

还有，这件事其实你的父母都知情，而且还是帮凶，打算拿你当炮灰成就大业。

这些话杜小曼没有说出口。

唐晋媗神色有些迷茫："抱歉……我又经历过一个漫长的人生，对那时的事情记忆有些模糊。"

"那么你还记不记得结婚前和慕云潇谈恋爱的事？那时候的那个慕云潇其实不是真的慕云潇，是另一个人假扮的，他是月圣门的月君。"

唐晋媗的神色更茫然了，目光中闪过一丝沉思，像在尽力回顾往事。

杜小曼道："那个假的慕云潇，也就是月君，他是真的喜欢你。"

唐晋媗带着迷惘微笑了一下："是吗？上辈子啊，真是令人怀念。可惜那一世，我太莽撞，太容易放弃了。"

她的口气很平淡。

是啊，杜小曼想，如果自己活了一百多岁，见证了近代最风起云涌的一个世纪，回忆起上个只活了十七岁的一生，恐怕也会觉得那真不值得一提。

不论是慕云潇，还是执着又扭曲爱着唐晋媗的B版，现在的唐晋媗都不会看在眼中，放在心上了吧。

虽然此时的唐晋媗是年轻的模样，但那种经历许多的从容与岁月沉淀出的气质，完全和这些营营碌碌挣扎在红尘中的人，和她杜小曼，不在一个境界。

通过唐晋媗，杜小曼也明白了，为什么这些大仙小仙们看着她和凡人，都是那种态度。自己在拥有无尽岁月的他们面前，就好像一只朝生暮死，跌跌撞撞于泥土上转圈的蚂蚁一般吧。

北岳帝君的声音传来，打断杜小曼的唏嘘："既是弄错了，那此事便就此结束吧。"

杜小曼看向北岳帝君："结束是说，我就不用再回去了？"

北岳帝君挑眉："难道你还想回去？"

杜小曼眨眨眼："那，能让我回到我真正的身体，就是杜小曼本来的身体里去，重新开始人生吗？"

鹤白使在一旁道："这恐怕不大方便。"

崔判翻动手中的簿册："杜小曼，命当生于丁丑年己酉月八月二十五，卒于甲午年戊辰三月十六，横祸而亡。你的阳寿的确如此，虽然仙使认错了魂魄，但地府并未勾错你。"

杜小曼愕然，我竟是命中注定红颜薄命？不科学！我这么淳朴，怎么会和这个词有关系？

她舌头打结："但、但我被错抓来，又跑到唐晋媗所在的那个世界，这不是我造成的吧？"

一直未言语的九天玄女此时道："不错，这件事，确实是我与帝君的错误。我先向你赔不是，想要什么补偿，你尽可提出。"

还是玄女娘娘好。

杜小曼听了这句话，如沐春风。

北岳帝君道："下辈子想投个怎样的胎？玄女与本君向地府讨个情面，定会满足你。"

生为公主，倾城倾国，一辈子吃香喝辣，有花不完的钱，身边无数美男，这样也行？

北岳帝君颔首："行。"

啊啊，帝座真是豪爽！

九天玄女凝视着她："你能误入此局，亦是有仙缘。若你想留在天庭，我亦可为你安排。"

这是……有成仙的机会？

杜小曼的小心肝一阵悸动，她擦擦口水，坚定地看向北岳帝君和九天玄女。

"我想回到唐晋媗的身体里去。"

杜小曼终于在北岳帝君和九天玄女的脸上看到了一丝诧异。

她耸耸肩："都到这一步了，要是现在放弃，我前面那些苦就白吃了。我不甘心。"

九天玄女若有所思地望着她，北岳帝君悠悠然敲敲棋盘："本君可要提醒你，你做唐晋媗后，一路走到如斯局面，恐怕不大可能赢。"

杜小曼硬声道："我知道，十有八九是输定了。不过，我想看看，到底是什么结局。"

云玳小声插话："结局，其实你在天上也可以看的。"

九天玄女和北岳帝君都微微颔首，示意允许杜小曼在天上当连续剧一样看完皇宫里发生的那些事，璪璪造反的那些事，宁景徽PK月圣门的那些事，看完整个故事的大结局。

云玳再劝她："地上就算立刻安排唐晋媗亡去，对事情的大局也没什么影响。"

杜小曼坚定地说："即使如此，我也想回去，亲眼见证一下历史。说不定，我能赢呢。"

北岳帝君凝视着她，一挑唇："好，本君接着和你赌。"

杜小曼直视北岳帝君："唐晋媗姐姐已经赢了帝君你一局了，证明不是女人更离不开男人，是由于环境、当时的社会和历史局限性等原因造成了种种悲剧人生。如果我赢了，就请帝君向玄女娘娘认输，彻底结束这场赌约。"

北岳帝君微微眯起眼："若你输了，便无种种补偿。再入轮回，由地府随意安排，说不定一生困顿不堪，或者入不了人道，转为草木六畜。"

哇，这么狠！

杜小曼斩钉截铁道："行。"

不就是再倒霉一辈子么！有经验，姐不怕！

九天玄女关怀地望着她，但未说话。

北岳帝君随手再拈起一枚棋子："你一向不乏鲁莽之勇。罢了，毕竟天庭确实是错提了你上来，为免别人说本君以大欺小，本君就再赠你一个机会。"一弹指，杜小曼的右手心发热，浮起一道符纹。

"记下此符，若你回到凡间，反悔了，想提前退出，便在右手心中画出此符，即可立刻回到天庭。而且，赌局不算你输。想投什么胎，仍可以选。"

杜小曼眨眨眼，唔？那么在眼看快输快挂掉的时候，趁着最后一口气画下这个符……

"仍是算你提前退出，结局不输不赢。投胎任选。"北岳帝君噙着微笑，"本君岂会和一个凡人计较要赖之事？"

杜小曼攥住右拳："多谢帝君。我还想提个条件。"

北岳帝君挑眉，杜小曼道："我目前碰到的这几个人，谢少主、宁景徽、十七皇子、秦兰璪，其实是帝君和玄女娘娘这边分别安排的吧？"

北岳帝君未回答，九天玄女缓声道："此事我来解释吧。说安排并不准确，机缘乃你自己遇上，帝君与我，只是看到了种种可能，或在一些将会发生的事上略有促成。事实上，路如何走，还是看你自己。"

有点飘忽。杜小曼总结了一下，也就是说，九天玄女和北岳帝君看到了她会遇到什么人，会产生怎样的结局，于是从这几人中各自选择自己这方的棋子？

"说帝君与我各自选定，亦不准确。"九天玄女又含笑道，"未出结果前，一切未定。而定下结局的，仍是要看你自己怎么做。"

杜小曼若有所思，瞬间又振奋精神。

"我想要求的事就是，让我看看一些我本来看不到的事情的片段。"

北岳帝君笑道："你这个要求，十分取巧啊。"

杜小曼咧嘴："我稀里糊涂就去了那个地方，之后一直被人耍得团团转，好多事都云里雾里，当然想开一下外挂呀。就当考试的时候，放水让我看一眼参考书嘛。好歹我算是被天庭罩着的，下去都没怎么感受到。"

北岳帝君轻呵一声："你本都该死好几回了，还没感受到？"

有那么夸张吗？是我一直活得很坚强好吗！杜小曼仍盯着九天玄女和北岳帝

君，眼神坚持。

九天玄女道："帝君，就答应此事吧。"

北岳帝君再瞥向杜小曼："你想看什么？"

杜小曼道："我就看一看，他们现在都在做什么。看一眼，几秒钟，几个镜头就好！"

北岳帝君一挥衣袖，金色流光中旋出一块硕大镜面，浮出图像。

杜小曼压抑住有些奔腾的情绪，走近了一些。

璪璪、宁景徽一伙已经打进了皇宫，假皇帝要被拉下马，这是最关键的时刻，应该也是所有人都流露出最真实一面的时刻。

镜中景象，赫然是皇宫，宫墙内外，兵戈森森，旌旗飘扬。旗上大字，有"裕"，还有"唐"。

重兵环绕的宫墙外，一棵大树上，有几个黑点。杜小曼心念一动，树便近了，那几个黑点赫然清晰，竟是谢况弈、孤于箬儿和卫棠。

谢况弈双眉紧锁，看着皇宫方向，卫棠低声说着什么，看神情似是在劝告。孤于箬儿在另一根树杈上，手攥着衣摆，凝视着远处皇宫，脸上满是担忧。

谢况弈对她说了一句什么，孤于箬儿回过头，勉强笑了一下，摇摇头。

卫棠又开始一脸恳请对谢况弈说话，谢况弈板着脸，再盯向皇宫，一言不发。

杜小曼有些怔忪。

镜中图景变化，山林中，白衣少年靠坐在一棵大树下，双目紧闭，脸色苍白，几名女子跪在一旁，其中一位浑身满是血迹，是肖婵，另几名女子从身边的溪流中舀起清水，送到少年口边。

月君逃出来了啊，杜小曼叹了一口气。

图景再变，化出亭台殿阁，秦羽言站在廊下，握着一根笛子，望向虚空某处，像在出神。

镜中画面再一变，又换回皇宫，空旷殿阁中，一身皇帝装扮的A站在御座前，阶下，只立着宁景徽一人。

Ａ版将一本册子掷下。

"宁卿所愿已遂。朕等着看你如何辅佐兰璪，缔千秋盛世，成万古美名。"

这里居然有声了！杜小曼紧盯镜中。

宁景徽捡起册子，放入袖中，从容行了一礼："请陛下回寝宫稍憩。"

左右立刻冒出几个宫人，挟着Ａ版，走下御阶。

宁景徽转身步出门外。

镜中情形又变，赫然浮现出……秦兰璪的身影。

他站在皇宫的某处高台上，眺望宫阙，顶束金冠，一袭深紫色的华丽长袍，上面盘着张牙舞爪的蛟纹，风范十足。

一位儒雅和气、身着鹤纹官服的中年伯伯站在他身侧，含笑道："殿下，宣政殿那边前来报信，皇上已下退位诏书。"

秦兰璪哦了一声。

那中年男子再道："微臣逾越多言一句，望殿下恕罪。殿下圣怀仁义，但当下已非能儿女情长时，请殿下……"

秦兰璪轻笑一声："看来李爱卿心中，孤乃多情之人。此前种种荒唐，已是昨日烟云。唐王助孤有功，他的女儿既是宫妃，以孤身份，无过问的余地。此事，就由合适的人来办吧。邪教务必根除。孤只望今日之后，乾坤正，天下安。"

北岳帝君再看向杜小曼："你，还要回去否？"

镜中景象再换，浮现杜小曼熟悉到不能再熟悉的含凉宫寝殿画面。厚厚帷帘隔绝一切光线，阴暗得好像墓穴的殿内，只有唐晋嫣的身体躺在大床上，看姿势，像被随便丢在那里的。

门外密密把守着面无表情的宫人。

杜小曼硬声道："回去。"

云玦着急地望着她，喂，别这么不撞南墙不回头呀，帝座这回是真的大发慈悲给你台阶下啦。

一直默默站在一边的唐晋嫣向杜小曼走近一步："小曼，前生的事，我忘了很多，镜中的这些人，我更都不认识。但我看得出来，好像你现在卷进的并不是小事，还牵扯了政乱。这话说出来或许有些唐突，我其实，并不喜欢自己是唐晋婳的那一生。回想起来，我都觉得，慕云潇不值得我记得。心中装着政治与权力的男人，是不太会真正爱某个人的。因为他们的爱，都给了权势。在压制女子的古代，女人本就被当成衣服、摆设一样的附属品。你牵扯进这样的事，更是十有八九，被当成了达到某种目的的工具。若说我前生学会了什么，那就是，莫要把人生浪费在不值得的人和事上。"

杜小曼苦笑了一下。唐晋婳真是聪慧啊，只凭几个片段，就看透了她现在的处境。

她再看向唐晋婳，心中涌动着奇妙的感慨。这才是真正的唐晋婳，她这个冒牌货，却在正主面前，对错得到的本不属于自己的人生与形体充满执着。

"嗯，我知道的。我当然不是因为喜欢或者留恋这种人生才打算回去，也不是赌气。我就是……我是杜小曼的那辈子，稀里糊涂就没有了。就算这次在这个朝代存在是个错误，本不该有，我也不想再稀里糊涂莫名其妙地结尾。你说的你今生的故事也告诉我这个道理，不论怎样的路，认真地走完它，画上句号，是对自己的一个完整的交代。"

人生的每个瞬间，不论苦甜，都想好好经历。每件事，亦想身在其中，亲眼见证。

九天玄女一弹指，云面之上，飞旋出一个洞口，蒙蒙雾霭下，依稀是与镜面中同样的含凉殿场景。

杜小曼向洞中一跃。

哐！

强烈跌入身体中的感觉，熟悉的耳膜嗡嗡蜂鸣后，杜小曼深深吸气，品味了一下实在呼吸的感觉，再动了动手臂。

成功再度登录上线！

她情不自禁呵呵了一声："我胡汉三又回来了！"

"胡汉三？"一个声音响起。

杜小曼猛地睁开眼。

殿内不是应该没人的么？

视线聚焦，床头矗立着一道穿龙袍的身影。

"你没死啊。"A版瞅着她，口气很失望，"别人告诉朕，你没气了，朕还以为你气性大，就这么死过去了。啧，朕还大老远赶来与爱妃话别。"

杜小曼爬起身："对不起啊，让你失望了。"向床外一张望，"咦，这里就你我两个？他们好放心呀。"

A版踱到一旁坐下："想要的都已经到手了，还有什么好不放心的。当然啦，外面还是有人守着的。"

杜小曼扑哧一声。

A版此时，已经不再端着种高冷敌视的态度了，让杜小曼感觉亲切了很多。

"那我们聊聊，他们应该也不太限制了吧？我可不可以问你一个问题？你其实没杀十七皇子，为什么？"

A版的结局，杜小曼可以想到。不过，A版不需要同情，杜小曼也不表露什么。

A版挑了挑眉，答非所问地道："你的真名叫胡汉三？"

杜小曼站起身，摸摸桌上的茶壶："当然不是，我真名真的叫杜小曼啊。胡汉三是我们那里的一个戏剧人物，不是个好人。不过他的一句台词很有趣，经常被拿来用。"

A版微微眯眼："你果然真的不是唐晋媗！朕就知道，你这么粗糙的妮子，一看就是上不了台面的货色。"

茶壶里有水，当然，只是凉白开水。杜小曼斟了一杯，口气轻松道："嗯，我其实是个跟你们这些人八竿子打不到一起的外人，算是稀里糊涂意外成了唐晋媗的替身。你爱信不信吧。你让我看唐王爷的作为，对我来说其实无所谓的。"

A版道："呵呵。"

杜小曼耸耸肩："我刚才问你的那个问题你还没回答呢。你救了十七皇子，对吧？我都还不知道你的真名。看来我十有八九也是要被过河拆桥了，之所以问这些，不过是不想稀里糊涂死了罢了。"

A版哼了一声，一副不屑的神情："朕救自己的亲弟弟，有什么好奇怪的。"

杜小曼一怔，果然啊。

A版瞥了她一眼，再开口，声音却不是装出来的男声了，换成了冷冰冰的女子声线："怎么？很让你惊诧？羽言虽然不争气，朕也不能让外姓人欺负他！你这种上不得台面的东西，站在这里都脏了皇宫的地面。觉得那毛孩子月君喜欢你，就可以肖想皇位了？呵呵，下下辈子你也不配做这种梦！可恨野种簒恒，冒充了朕，竟也坐过龙椅，真是污了这金銮殿。"

喂，不可以这么说嘛，王侯将相，宁有种乎？你们秦家的祖先没成皇帝之前，好像也不怎么样，有什么好歧视别人的？

依A版傲翻天的个性，如果杜小曼反驳，她肯定就翻脸什么都不说了。杜小曼便只在心里吐槽，敬业地捧眼："原来……您是公主殿下。"

A版傲然道："不错，若非这世间轻女子，皇位本该就是朕的。"

杜小曼用试探的口吻道："是不是……当年的太后娘娘把您……"

A版又哼了一声："朕的母后，被林德妃那个贱人气的，让人一拉，就入了月圣教。在后宫，女人得靠肚皮争气，她怕自己输了，让那贱人先生出皇子，月圣门就帮她从不知哪个地方抱来了簌恒那个贱种。"

皇后在产后，靠月圣门帮忙，把公主换成了假皇子。假皇子被立为太子，真公主却在月圣门内长大。

怪不得A版的个性有点扭曲，亲娘嫌她不是男孩，为了地位，宁可养根本没有血缘关系的孩子。月圣门养着她，也是把她当成将来谋夺政权的棋子。怎么长大的，怎么走到了今天，必然充满曲折。

"母后其实很疼羽言。"A版的声音很冷硬，"那么着对他，也是为他好。那孩子从小就软得不行，母后是怕月圣门以为她要反悔，扶自己的小儿子坐皇位。"

A版对秦羽言的情感，应该很微妙吧。必然会有嫉妒，所以，才会有皇帝登基后，对十七皇子不好的种种传言。

A版又瞥了一眼杜小曼，一扬眉："怎么，没想到朕会说这种话？你当朕和你这种不入流的东西一样愚蠢？月圣门打什么算盘，朕自然早知道。若不是朕，月圣门怎么可能败得这么容易？"

A版之前与宁景徽的种种，刚才在宣政殿上发生的种种还历历在目，杜小曼有些愕然："难道你和宁景徽……"

月圣门的那个真内奸，就是A版？

这个世界处处水都很深啊……

A版对杜小曼的表现很满意，轻呵了一声："是啊，朕帮了他。朕岂会真把我秦家的皇位送给外人？月君那毛孩子，以为玩得过朕？"

"可是……宁景徽现在……"

A版道："朕从小被那月圣门下了毒，没多少时间可活了。宁景徽就是朕一手提拔上来的，朕怎么会不知他是什么人，谋算些什么。只是，这笔买卖，对朕来说，还挺合算。"

杜小曼不知该说什么了。

A版大约是憋了这么多年，有个大方说出来的机会，也挺爽的，就滔滔不绝继续道："野种永远都是野种，我秦家的人再不济，也胜过野种千千万万倍！簇恒那个贱种，因为冒充朕，做了几天皇帝，还是当太子养大的呢，还这么多老师手把手教出来的呢，结果怎样？蚯蚓怎么刷漆也刷不成真龙！穿上龙袍坐上御殿也是条肉虫！那些大臣根本看不上他，把他当傻子耍得团团转。这里那里全是窟窿，朕补这些漏子花了无数功夫。若这个皇帝真让贱种做下去，我大承真该亡国了。如今的朝局，如今的盛世，全是朕一手缔就。朕减税减赋，还能让国库满粮仓足。是朕跟边疆那帮装软的懒货们说，朕花千万两银子，让他们骑好马拿好剑穿精甲，他们要是连光膀子骑土马抡铁刀饭都吃不饱的夷匪都打不过，就自己把下面切干净了回京吧，朕让内宫局养他们一辈子。那帮老臣们说宁景徽年纪太轻难当大任，朕就敢破格一路把他提到了今天这个位置，亦让那些没后台资历浅的明白，只要好好做事，朕看着顺眼，朕就是他们的后台！朝中方才有新格局，党争暂时难成气候。呵呵……这些说给你这种东西听有什么用，你能听得懂几句？总之，朕不计较什么虚名，就算明面上这么被逼宫下台，史册中，朕理政之种种，终要有录。即便史笔亦不正，天也知道！朕无愧此姓！朕即便是女人，亦未负天下，未负帝冕！"

A版走了。

走之前仍是俯视着杜小曼，用轻蔑嘲讽的口气道："爱妃，你就在这里好好待着吧。不论如何结局，对你来说，这辈子都活得够值了。几辈子的福气才换来的一遭。"

而后拂袖而去，仿佛左右仍有万人叩首，门外御辇正等着，将她抬回金銮殿，端坐龙椅，足下群臣山呼蹈拜称万岁。

杜小曼目送她出门，雕花门扇重重合拢，将A版的影子与光线一道阻绝在外。

这必然是最后一次见到A版了。

在这最后，杜小曼还是不知道她的真名是什么。

她也不屑让杜小曼这种人知道吧。

杜小曼的心里有种说不出的沉重与酸涩。

如果，A版这么能干强悍的人，不是生在这个时代的话……

妹子，祝你下辈子生在一个好时代。

杜小曼吸吸有点堵的鼻子，又倒了一杯凉白开喝下去，在这黑沉沉的殿阁内独自坐下。

没过多久，门扇又嘎嘎开了，脚步声渐近，走入视线的身影却让杜小曼有些意外。

她站起身，不太确定地盯着那个应该只见过一面的华服女子。

唐王妃？

她来做什么？再杀一遍女儿，还是……

王妃紧紧盯着她，一步步向她走近："我的女儿媗媗，到底在哪里？"

杜小曼与王妃对视数秒，方才开口："王妃问我这句话，是真心的吗？"

"我的女儿在哪里？"唐王妃的声音很冷静，但她的眼神，却像要活活把杜小曼吞噬，"你说出来，你有什么要求，我都可以想办法满足。"

杜小曼叹了口气："王妃娘娘您问唐晋媗在哪里，是准备把她找出来，再让她为朝廷献身吗？您女儿的两个陪嫁丫鬟绿琉和碧璃，都是朝廷早已派去月圣门的卧底。所以你们让唐晋媗嫁去慕家，一开始就打算让她做炮灰。现在目的已经达到了，唐晋媗是死是活，您真这么担心吗？"

唐王妃冷冷地看着她："即便你说这种话，我也知道你不是我的女儿。我看到你第一眼起，就知道你不是我的女儿。你这妖女，装得再像，也休想瞒过做娘的眼睛！"

杜小曼摊手："我本来也没打算装成你的女儿啊。有这副身体，我也不想的。我跟您的女儿除了样貌，其他没有半点相似，我也没遮掩过。王妃娘娘您现在过来，是后悔了之前的事吗？我可不可以因为这张脸，问您一声，为什么？"

唐王妃紧闭着双唇，盯着杜小曼，一言不发，眼中晶莹。

这样高傲的妇人，想来不愿意在她这样的人面前表露出真实的情感，吐露真言吧。

杜小曼叹了一口气："王妃，您请放心吧，唐晋媗没有落在月圣门的手中，她在一个遥远的地方，现在过得很好。"

唐王妃的身体微微摇晃了一下，片刻后才声音略沙哑地道："究竟是什么地方，能否请姑娘直言？"

在天上。现在应该正看着你我呢。

说出这句话，王妃非昏死过去不可。

杜小曼道："一个得漂洋过海，走很远很远的地方。比唐玄奘去的天竺国远多了。我向您保证，她生活得很快乐，有了新的人生，还有真正爱她的丈夫和……"

呃，折算一下时间，如果说出唐晋媗有孩子，估计王妃会当她胡扯，杜小曼于是折中地说："将来还会有可爱的孩子。"

唐王妃硬声道："那个地方，具体在哪里？"

杜小曼有些不忍心，但还是不得不说："对不起，王妃娘娘。她暂时，不能和您见面。但或许有一天会。"

唐王妃仍是直直地盯着她，眼中那种冷厉的杀气已经没有了，换成了另一种，让杜小曼觉得很沉重的东西。

杜小曼垂下视线。

唐王妃简单地道："多谢。"就这样转身，向门外走去。

杜小曼抬起眼，看着她优雅挺直的背影："王妃娘娘，我也要谢谢您。"

王妃顿了一下，停住了，但没有回头。

杜小曼再长长叹了一口气："本来，我觉得，这个地方的人和事，都挺冷酷的。但是王妃您这次过来，让我发现，也许有些东西，我没看到。也就感觉，没有白来这里啦。"

知道了唐晋媗的娘那次想毒死她，是看出了她并非唐晋媗，让她松了一口气。

虽然，杜小曼仍不能理解，他们为什么要把自己的亲女儿送去当炮灰，但是唐王妃这次过来，还是让她感受到了，这个时空，这些属于宫廷和政治的人，仍是有点人情味的。

唐王妃和救了十七皇子的A版，算是这场冰冷透顶的阴谋与互算中，仅有的两点温暖了吧。

王妃鬓边的步摇又轻轻晃了一下，但仍没有回头，继续向外走去。

殿中又只剩下了杜小曼自己，她坐下来，继续喝凉白开。

这次刚喝了两口，再有门响，她又抬眼，终于，她看到了那个她想看到的人——

宁景徽。

永远那么冷静从容的宁景徽。

看着他走来的模样，杜小曼内心五味杂陈。

在初见到这个男子的时候，她还是个不谙世事的小白，只觉得这个男人跟小说里走出的美男子或谪仙一样，优雅又清冷，看不透，仿佛与这尘世带着一丝疏离。

而现在，已被千锤百炼成了老油条的她方才发现，清冷的真名叫无情，神秘源于深深的城府，那种在花痴的她双眼中看到的超尘脱俗，乃是因为，他一直在用全局的俯视的眼光看待这个世界。

宁景徽倒是和神仙很像啊，拈着棋子，坐在棋盘前看尘世中卑微的人类，操纵一切。扔掉哪颗，留下哪颗，都无所谓。只要，这局能赢。

唔，也不对，像北岳帝君那种神仙，是俯视着棋盘，一副"你们这群痴愚的蚂蚁啊，就这样爬来爬去吧"的淡然，而宁景徽，则是务必要让每一着都按照自己的预想落下，每分每毫都在自己的把控之内，只能成功。

这种人，不是超尘脱俗，而是深深入世。

这种人，天生就该站在政治与权势的最中心。

宁景徽走到杜小曼的面前，躬身一揖。

"本阁代这社稷天下，谢过姑娘。"

好大的礼。

杜小曼在心里翻了个白眼，真想问，右相大人您怎么不抱个香炉进来，给我点上三根香再三鞠躬呢？

"宁相大人，您是真会忽悠人啊。把我弄进皇宫，还送我顺势而为这四个字，月圣门跟您实在比不了。"

宁景徽直起身凝望着杜小曼："本阁深知对不起杜姑娘，但为天下，不得不如此。"

"不得不如此？"杜小曼无奈轻笑一声，"宁相大人把我扔进皇宫，送我顺势而为这四个充满禅意的字，便撒手让我自己顺势而为了。那时候我就应该想到，右相大人打算干什么了。"

"本阁本就只是要唐郡主进宫便可。"宁景徽平静地道，"杜姑娘无须再做任何事。"

无须再做任何事，只要"唐晋媗"进了宫，便是往这潭看似平静的水中，投入关键的催化剂，接下来，水中沉浮的种种自然会翻开浮起，一切皆按照宁景徽的预想发生。

"宁相大人你早就知道月君和唐晋媗曾经相爱的事？"

宁景徽未做任何回答。

杜小曼又想呵呵了。

宁景徽当然早就知道月君的身份，以及月君和唐晋嫣的事。

堂堂的德安王府邸，一个男人来来回回翻墙出入，和小郡主花前月下谈恋爱，怎么可能没人察觉。

宁景徽当然还知道真公主假皇帝的身世，知道假皇帝喜欢他的事。

所有关键的点，沉着的宁右相都早已掌握。今天的一切，肯定在他的脑海里预演过无数无数回。

唐晋嫣进宫，是整场谋划最关键的一步，必然要走的一步。

月君方寸大乱。

真公主假皇帝醋海生波，与月君生出间隙。

月圣门内讧。

为了让这一步更加完美，宁景徽甚至还自我牺牲了色相。杜小曼想起了之前在杭州的次次"偶遇"，那让她静下心来的茶水，那取走她头发上落叶的手，那句"本阁可以娶你"……

一股说不上来的味道从胃里泛进口腔。

她杜小曼还自己买一赠一，附送了一个裕王造反的理由。

她苦笑两声："我真蠢，竟然进宫之后，还傻呆呆地找过内应，等着有人来和我接头什么的。"

哪里会有内应啊，宁景徽只要将唐晋嫣送进宫就一切OK。

不论是真是假，进宫了，作用就达到了，而后这个唐晋嫣就顺势而为地等着被废掉便成了。

顺势而为，这么一想，宁景徽赠她的四个字还真实在。

杜小曼紧盯着宁景徽："右相大人妙计无双，但是，靠牺牲无辜的不相干的人来成就心中的大业，难道你真觉得理所应当？"

宁景徽表情依然那么冷静："本阁从不敢言对错，只是身在此位，便务必要让损伤最低。"

以少换多，牺牲一点，成就大局。

典型的上位者思维。

杜小曼也冷静地道："那么我也罢，唐晋嫣也罢，都只能认自己活该倒霉，有幸被右相大人选中。"

宁景徽的双瞳仍是杜小曼看不透的墨色："本阁自知，对杜姑娘罪孽深重，亦不做辩解。当有的种种报应，愿数倍承受。"

杜小曼嗤道："原来宁相大人也信报应？我以为你这样的人什么都不信呢。我从没想过要为江山社稷做贡献。"

宁景徽望着她："但江山社稷，必会铭记姑娘的功德。"

哈、哈、哈——

杜小曼忍不住笑出了声："宁大人虽然贵为丞相，但代表社稷苍生说话，也实在太夸张了。铭记？怎么铭记，把我写进史书里吗？说到这儿，裕王起兵，是不是拿我做了借口？真是好计策啊，一箭N雕。即便进了史书，也是唐晋婳，而非我杜小曼。史学家们也不会在史书中夸这样的唐晋婳吧。"

宁景徽道："史墨皆为云烟，天地自有公道，无须他人论断。"

杜小曼连笑都懒得笑了："这话，宁大人真说得出口。"

幸好她有老天开外挂啊，如果真的两眼一抹黑，这时候听到宁景徽的这些话，肯定得疯了，估计要一边嗷嗷吐血一边撞墙吧。

宁景徽神色未变，望着杜小曼的眼神也仍是那么的温和。

"杜姑娘可还有什么心愿？本阁定竭力办到。"

杜小曼道："我想活着离开这里，可以吗？"

宁景徽没有回答，片刻后，垂下眼帘，又一揖："本阁再次谢过杜姑娘为这天下所做的一切。姑娘的功德，社稷必会记得。"

寝殿的门又响了，跟着响起的，是脚步声。

轻而稳，整齐得像一个人的步伐。

一列宫女手捧漆盘，徐徐进入杜小曼的视线，分成左右两行站定，如两排整齐的木偶。

宁景徽再深深看了看杜小曼，转身离去。

杜小曼皱眉："喂，宁相，你……"

"宸妃娘娘。"一个宫女上前一步，福身施礼，截断杜小曼的话，她抬起脸的瞬间，杜小曼怔了一怔。

竟然是……碧璃。

碧璃大大的眼眸不复有往日的单纯灵动，闪烁着锐利的神采。宫女们在她身后并成了一行，将宁景徽渐远的背影阻隔。

杜小曼脱口道：“你怎么会在这里？”

门扇轻轻地吱呀一声，再合拢，宁景徽离开了寝殿。

碧璃一抿唇，颊边的酒窝若隐若现："奴婢特意前来，答谢娘娘往日对奴婢的诸多关照。"

逃出慕王府，在杭州开酒楼的那段最单纯快乐的时光，又浮现在杜小曼眼前。

那时到现在，其实没过多久，却像已经历了几辈子一样。杜小曼觉得自己已经快换个人了，碧璃也不再是当初那个又单纯又嘴快的碧璃。

杜小曼道："绿琉，她还好吗？"

碧璃双颊的酒窝更深："好呀。她蒙娘娘所赐，已经在天上了，再不用受这世间的苦，想来，应该是无忧无虑了。"

杜小曼又怔住了。

碧璃紧盯着她的脸："怎么，娘娘忘记了？是你在月圣门的人面前，说出了她在庆南王府曾服侍过裕王的事。就因为娘娘这一句话，我的姐姐，一直忠心耿耿服侍娘娘的姐姐，命就到头了。"

杜小曼的心中脑内一片空白。

碧璃又一撇嘴："当然呀，我们是奴婢，天生该服侍娘娘的，因娘娘去死，应该感恩戴德才是。娘娘现在也该明白了，姐姐在月圣门，是奉了密令，为了社稷。但谁让她天生奴婢命奴婢心，总想着护着娘娘。娘娘看她不顺眼，也不会觉得她做得对。这么送命，只怪她自己蠢罢了。"

杜小曼干涩的嗓子里泛出苦与腥。

天啊，她做了什么……

竟然自作聪明地觉得绿琉曾经在慕王府服侍过裕王，而在杭州却假装认不出时阑，是因为绿琉背后的月圣门有更深的谋算。

于是她在月圣门的夕浣面前说出了这件事，想要以此刺探出自己臆想的阴谋。却不曾想，是让月圣门发现了绿琉的破绽。

绿琉因此……

杜小曼的腿有些发颤。

那时她身陷月圣门中，绿琉所做的种种，她对绿琉的种种，一一浮现……

好像有千万根针一起钉入了她的脑中。

碧璃柔声道："娘娘知道姐姐是怎么死的吗？月圣门中的细作和叛徒，都要在祭月礼上成为祭品，钉在柱子上一点一点地放干她的血……当然，想来娘娘觉

194

得，姐姐这么死，身为奴婢，乃是理所应当吧。"

杜小曼张了张嘴，艰难地发出声音："对不起，我……"

对不起？这三个字，她有资格说么？

没有。

说了，能挽回些什么吗？

不能。

碧璃盯着杜小曼面无人色的脸，眨了眨眼："奴婢今日特意来送娘娘，亦是加上了姐姐的一份，圆一圆与娘娘的一场主仆情义。娘娘，升天的时辰已到。不知娘娘想选哪种法子？奴婢一定会好好服侍娘娘。"

碧璃微微向一旁让开身，几名宫娥捧着漆盘行到杜小曼面前。

漆盘上有一沓白布、一个瓷瓶、一把匕首。

碧璃甜甜一笑："请娘娘择选。"

宫女们一起跪倒："奴婢们恭送娘娘升天。"

杜小曼稳住混乱的心智，迅速扫了一眼殿内。

碧璃盯着她变色的脸，笑意更深："这把短剑乃名匠所铸，宝库珍藏，据说能吹毛断发，用它能很快地升天。这匹长绫……"

她话刚说到这里，杜小曼一把拿起漆盘上的瓷瓶。

"抱歉碧璃，是我对不起绿琉。真的很抱歉。如果能用我的命把她的命换回来，我很愿意。"

说完这句话，她拔开瓷瓶上的塞子，仰头将瓶中的液体灌了下去。

熟悉的飘飘祥云场景又现，云玳和鹤白使又在眼前。

杜小曼脱口道："不会，这就算结束了吧，就这样算我输了？"

云玳立刻回答："当然不是呀。恭喜你，刚才的选择很正确！"

杜小曼松了一口气。

其实她也不算有绝对的把握，只是想豁出去赌赌运气罢了。

审视情形，当时的场景不大像有其他回转的余地，也不会突然冲出一道身影大喊且慢。那么，如果想争得一丝生机，只能是置之死地而后生。

上吊绳、刀子和毒药，哪个道具适合放水？一目了然。

幸亏我够机智，真的赌对了！杜小曼给自己点了个赞。

云玳脸上也是松了一口气的表情。

"对那个死掉的女孩子，你不必太自责。她早就被怀疑了，即使你没说那句话，她也是那个结果。"

杜小曼低下头："可是，我的话毕竟是原因之一。"

鹤白使淡淡道："那你就把这当成是定数吧。"

杜小曼心中一震，云玳赶紧道："好啦好啦，对了，我得告诉你，这里呢，的确是你命中要过的一关。如果你喜欢上的是那个宁景徽，可能这一关，就是你的结局了。"

杜小曼被转移了注意："怎么讲？"

云玳抬手一圈，化出一面大镜："大概，事情就会变成这样吧。"

镜中浮现出杜小曼版唐晋媗和宁景徽。

开始的画面杜小曼很熟悉，初次相见，宁景徽从酒楼的二楼缓缓走下，桌旁坐的她眼睛直直的，哈喇子仿佛随时会流下来。

杜小曼捧住脸，以旁观的角度看自己花痴的脸，好羞耻。原来她表现得这么明显。

然后，场景转换为第二次酒楼里相见，她以为自己的话被宁景徽听到了，一脸心虚与……花痴。

然后是杭州街头见面，她一脸意外和花痴。

再然后是再见面，再再，再再再……她看着宁景徽的眼神表情越来越花痴与心痴。

杜小曼不由得道："这……是不是有哪里不对，我记得我当时的心情，不应该露出这种表情。"

镜子中图像已经跳转成树荫下，宁景徽说："本阁可以娶你。"

她满脸通红，一脸痴相，结结巴巴说："你……你不要这样说，又不是真心的。"

杜小曼指向镜子："这绝对不对！我向天发誓，当时我绝对绝对不是这样说的！"

云玳安抚地笑："我们知道呀，这面天演镜只是将可能发生的情况演示一下啦。"

镜中的画面已是她被绊倒的时候，杜小曼看着那个挣扎在宁景徽怀中的自己，汗毛倒竖。

到她跌跌撞撞离开时，那一脸小心肝乱跳的迷醉，杜小曼简直无法再看下去了。

画面噌一下跳到了黑漆漆的夜间场。这里，就是从没发生过的镜子原创情节了。

一个挂着灯笼的回廊下，她仰望着宁景徽，脸上写着满满的花痴与痴心："放心吧，我在宫里会没事的。我、我不是为了你啦。"

宁景徽摸摸她的头发，温柔地道："万事小心，顺势而为就可以。"

天哪，那个随后咬一咬嘴唇，羞答答低下头，轻轻"嗯"了一声的女子会是她？！

杜小曼抖了一下："这不……"

"这不是事实，只是事情发展的预测啦。"云玳立刻道，"肯定和真实会发生的有出入，大情节，看大情节就可以！"

好吧，大情节。

接下来的大情节是——皇宫，含凉宫寝殿。

她一脸凄厉，指着宁景徽的鼻子："原来，这一切都是假的！好啊，宁右相，宁大人，你真了不起！为了家国天下，你真会牺牲！"

宁景徽的台词倒是原字原句。

"本阁自知，对杜姑娘罪孽深重，亦不做辩解。当有的种种报应，愿数倍承受。"

"啊哈哈哈——"镜中的"杜小曼"仰天长笑，"杜姑娘，你居然叫我杜姑娘！那个口口声声喊我曼儿的人，在哪里？那个人和现在站在我面前的人到底哪个才是真正的你？杜姑娘，呵呵——"

她再凄厉一笑，死死盯住宁景徽，充满了浓浓的由爱转成的怨与恨。

"宁景徽，你到底有没有真心爱过我？！我在你心中，到底是什么？！"

"这是什么鬼东西！"镜子外的杜小曼咆哮了，"能给我换个台词吗？细节不对也不能不对成这样吧！"

"你说！你说！你对我说的话可曾有一句是真的？！"镜中八点档继续播放。

杜小曼抓狂地颤声喊："切！切！直接上末尾就成！"

画面闪烁了两下，镜子好像对这个情节很是不舍，闪烁模糊清晰再闪烁，拖到镜子里的那个疯女人喊完"对我你到底有没有过一丝真心"之后，才慢吞吞换了一个场景。

应该是大结局了。

碧璃和宫女们都跪下了，"杜小曼"眼中满是幽怨，脸上也满是幽怨，凄然一笑，周身十米开外都充满了幽怨。

　　"罢了，是我太傻，太痴心，爱上了这个无情的男人，这个心里只有天下的男人，这个不该爱的男人。是我错了，大错特错，我愿赌服输！"伸手抓起漆盘上的小匕首，拔鞘。

　　噗——

　　画面抖动两下，满屏猩红。

　　哦、呵、呵、呵——

　　杜小曼如石头柱子一样挺立着，感觉自己下一秒就会升华成雾。

　　半晌后，她才有力气开口："我，就算，真的，爱上了宁景徽，也，绝对，绝对，亿万个绝对，不会，变成，这样。"

　　"总之，没有在这一关输掉真的很好呀。"云玳的语气洋溢着欢喜，"接下来也继续努力吧！我觉得你一定能赢！"

　　杜小曼耸耸肩，哈了一声："那么，我再回去继续？"

　　"嗯嗯！"云玳点点头，"记住哦，我一直在这里帮你打气！"

　　"还有我。"头顶的虚空中，忽然传来了真正的唐晋婳的声音，看来，明心坪那里，一直在现场直播中。

　　"加油啊，小曼。"

　　"嘿，一定会！"杜小曼抬头看向虚空，挥挥手。

　　云玳正露出欢送的笑容，杜小曼突然问道："对了，我过了这一关，有奖励发吗？"

　　云玳和鹤白使没料到她会冷不丁冒出这样一句，都一怔。

　　杜小曼一副理所当然的表情："打游戏过了一关，还会发经验和奖品哩。"

　　鹤白使道："此乃帝座与你的赌约，岂可与游戏并论？"

　　杜小曼道："既然比游戏高端大气上档次得多，那就更不应该一点甜头都不给了。"

　　她这副讨价还价的市井无赖模样，让鹤白使有点无奈，正要再劝，却听半空里，北岳帝君的声音道："小姑娘，那你想要什么？"

　　杜小曼抬头，眨眨眼："能不能给我个护身道具什么的？你们又没有让我有盖世神功什么的，目前剧情太腥风血雨，想杀我的人那么多。就刚才那里，如果我选错了，肯定分分钟死翘翘了。要是不明不白死了，该怎么算呢？我就想要个道具，比如能够让我在面对敌人的时候把他震晕定身，有个逃跑的机会。这样也可以让你们省事，不用老救我呀。"

北岳帝君轻笑一声："倒挺有道理，只是本君的法宝，以你的魂体，难以承受。"

鹤白使躬身道："帝座，小仙这里倒收有几件俗品法器，可赠一件与她。"自袖中取出一袋，摸出一道细细光圈，向杜小曼一抛。

杜小曼感到右手臂一热，只见一个由朵朵祥云组成的流彩光圈环上她的小臂，渐渐隐没。

"此环唤作云光环，祛妖辟邪，念诵'光明速现，覆映吾身，急急如律令'，可召雷电。你无修为，可召得的电光极弱，但眩晕几个凡夫，应是绰绰有余了。"

杜小曼大喜："谢谢仙使大人！"又向天上道，"多谢帝座和玄女娘娘！那，我就准备回下面去了。"

云玟朝她又比了个加油的手势。

杜小曼向她和鹤白使挥挥手，再向天上挥挥手，感觉这里很适合来个画外配音——运动员准备再度入场了！

接下来，是意料之中的，脚下一空。

着陆了。人间，你好。

杜小曼睁开眼，以江湖老鸟的淡然心态望着朵朵浮云。

天，挺蓝的。

四野空旷寂静，看来又进入野外地图了。

她试图以一个鲤鱼打挺的洒脱姿势起身，胃部忽一阵抽搐，仿佛万针齐扎，不禁捂住肚子倒抽一口冷气，乖乖地手肘撑地坐起。

头很晕，头壳整体涨痛，局部刺痛。口腔干而黏，泛着腥臭的酸味，隐隐恶心。

唐晋婳的身体啊，真是对不起了，让你跟着我吃了这么多苦。

杜小曼按着肚子，后悔刚才没再和神仙要一颗大补丹，护养一下这不容易的身体。

这么想着，身体忽然轻松了一些，胃也不疼了。可能是天上的云玟小仙子看她这样，偷偷帮忙吧。

杜小曼感激地试图朝天上笑一下，脸有些僵，嘴角一扯，唇皮干疼，她再转动涩而涨的眼珠打量四周，萧萧荒野，瑟瑟秋草，浅水曲穿乱石，老树残挂枯叶。头顶响起扑棱棱的振翅声，一只颇为肥硕的乌鸦"呀呀"叫着扎向远处流云。

甚好，甚荒凉。

看阳光，现在应该是上午，风颇有凉意。

杜小曼再低头打量自己，她身上盖着一张厚厚的深棕色毯子，上身是民妇式样的窄袖夹衫，裙不长，都是布的，灰扑扑的颜色，干爽厚实。裤脚扎着，套着一双窄筒的软靴。头发不腻不痒，摸一摸，梳成简单的发髻，还包着布巾。

甚至她的指甲也被修剪得短而整齐，洗掉了在宫中曾经涂染的颜色。

杜小曼再掀开袖口，看了看小臂，云光环所在的位置隐隐热了一下，向杜小曼示意自己的存在。

杜小曼放下袖口，打开放在身边的包袱，里面有一沓换洗衣服，一个鼓鼓的钱袋，两个纸包，一只水袋，还有一把杜小曼很眼熟的匕首。

这不是能吹毛断发、请娘娘升天的道具之一吗？

杜小曼的眉头跳了跳，拿起那把匕首掂了掂，拔出。

已经有了仙宝加持，还需要它吗？

嗯，在野外，匕首倒是挺实用的工具，以后换点钱花也比扔了强嘛。

杜小曼小心翼翼地摸摸薄刃，某个地方突然传来一声响动，她猛转头，只见矮草、大树和几根枯藤，未有活物的踪影。

杜小曼把匕首插回鞘中，拿着水袋站起身，晃晃头赶走眼前的金星，拖着发僵无力好像每一步都踩在海绵上一样的腿脚，走到那条小溪边，盛了点水，拼命漱口，又猛灌了几口。深秋的水沁凉，口腔恢复清爽，心里也像被冲刷过一样，顿时敞亮起来。

杜小曼再大口大口喝了些水，捧起溪水狠狠洗了洗脸，感觉自己的电力又多了两格。

她拿着装满水的水袋回到之前躺着的大树下，拆开那两个纸包，其中一个纸包里是荷叶包着的几大块卤肉和一沓饼，杜小曼抓起一只饼咬了一口，嗯，软软的，很新鲜。

另一个纸包内有一面小镜，一把梳子，两张叠起的纸。

一张是地图，另一张上写着两个字——

珍重。

未落款。

冲着这个字体，还有这熟悉的行李打包方式，似曾相识的野外场景，也确实无须落款。

杜小曼嗤了一声，如果当时她没选小药瓶，宁相大人会不会改用黄纸题写"走好"二字烧给她？

她拿这张纸擦了擦手，丢到一旁，又抓起一块肉。

吃饱喝足，电力恢复到满格。杜小曼抖开地图，图上还用小点标注了她和大树的位置。

按地图显示，此处距离京城已颇远，朝正南走可以到达一条小路，走到有人烟的地方。

杜小曼背着包袱站起身，将地图塞进怀里，抬头看了看太阳的方位，捡了根长树棍，扫着前方的草丛，朝正南稍偏东的方向大步走去。

被她远远抛在身后的草丛中，飞虫盘旋，落在几个僵挺昏厥的劲装男子身上。

阳光渐暖，杜小曼步履稳健。

深秋的活物较少，偶有个别秋虫被探路的树棍惊动扑飞，一只野兔蹿过杜小曼侧前方，缩进远处一块大石头后，支棱着耳朵探头探脑打量了这个活人一番。

杜小曼朝野兔吹了声口哨，脚下草丛忽然簌簌声响，她一低头，看见一条摇摆穿行中的长长黑影。

蛇！杜小曼向后一跳，手中长棍一挑，居然把那条蛇甩飞了。

她赶紧再往另一边闪，那蛇肚量不错，没有过来找她拼命的意思，朝另一方向去了。

身后又有动静，杜小曼再猛回头，荒草寂寂，仍无甚异常。

她便回身继续向前，刚才的野兔也不见了。往前再行了一时，前方竟好像是个断崖。

原来这里是一个稍高的小山丘上方，杜小曼走近边缘处探头打量了一下，很高很陡峭，直接下去是不行的。

不按照提示还真的无路可走啊。

杜小曼远眺下方广阔原野，叹了一声。

身后呼啦啦疾响，她转头，只见一道黑影飞奔而来。她下意识后退，脚下一绊，黑影以快过闪电的速度扑到她眼前，钳住她手臂，大力一扯。

杜小曼一头扎上黑影的肩膀，鼻子撞得生疼，抬头只见一张毛蓬蓬沧桑的老脸，皮色黑黄，长眉乱须，褶子层叠深刻，下垂的眼皮下，漆黑眼瞳放射出灼灼之光。

好一位充满山野气息的老大爷！

杜小曼定了定神，老大爷与杜小曼对上视线，松开了紧钳着她手臂的枯黑双手，后退两步，抬手比画了一下。

杜小曼扯扯嘴角："呃，大爷，您好。我是路过这里的，您……"

大爷指指自己的嘴，摇摇手。

杜小曼眨眨眼："您，不会说话？"

大爷点点头，他一身摞着补丁的短衫布裤，背着一个篓子，里面似乎有些树枝之类。

杜小曼于是道："您家住在附近么？"

大爷抬手往远处指了指，喉咙中哦哦两声，又比画几下。

杜小曼道："我是路过这里的，想找条小路，谁知道走到这里才发现，前方居然没路了。"

大爷侧转向某方，往远方指一指，再指指自己身边，向杜小曼招招手。

杜小曼道："您要带着我走？"

大爷又点点头。

杜小曼弯腰捡起包袱和树棍，走到他身边。

大爷伸出手，似乎想拉她的手臂，但没碰到，只抬起做了个"这边走"的手势。

杜小曼跟上，碰碰他的胳膊，递出手里的长棍："您，要不要用这个？"

大爷目光闪烁了一下，接过，拿长棍探扫着草丛前行。

在荒草中穿梭了半晌，前方出现一片树林，林中隐约可见小径。

大爷回头看看杜小曼，朝一棵树下指了指，再比画几下，哦哦两声。

杜小曼道："您是说要不要休息一下？"

大爷点头。

杜小曼也一点头："好啊，那就歇口气吧。"

大爷瞅着她，似乎笑了一下，但那笑掩盖在乱须之下，不甚分明，与杜小曼的视线相碰，立刻移开，大步走到那棵树下。

杜小曼从包袱里取出那张毯子，铺在草上，对佝偻着脊背提了提裤脚坐在一旁的大爷道："这张毯子很长的，一起坐吧。"

大爷立刻摇头摆手，往离杜小曼稍远的地方挪了挪。

杜小曼在毯子上坐下，从包袱里取出水袋，灌了两口，向大爷一递："您也喝一些吧。"

大爷立刻再猛摇头，指指嘴，摇摇手。

杜小曼便把水袋放到身边，取出那包吃的，将两个饼掰开，各撕了些肉夹进去，给大爷一个。

大爷再猛摇头，指肚子比画比画。

杜小曼起身，把饼往他手里一塞，再回毯子上坐下，咬了一大口自己的饼。

大爷捧着饼定定地望着她，片刻后垂下眼帘，将饼凑到嘴边，咬了一口。

杜小曼咽下口中的饼："这个挺好吃的，可惜，要是再夹点生菜涂点辣酱更好。"

大爷嚼着饼嗯嗯两声，点头。

杜小曼抓起水袋，又灌了一口水，再把水袋递过去，晃了晃。

"喏，饼太干了，喝点水吧。"

大爷啃着饼抬起头，顿了顿，接过水袋。

杜小曼笑了笑，咬着饼，转而又看向远方。

中午的阳光晒起来很舒服，旷野长草在流泻的黄金下静默。没有任何污染的空气，纯粹而清爽。

上一世的时候，她最喜欢坐在操场边的树下吃午餐。特别是春天，风软软的，阳光暖暖的，空气里混合着青草与花木的香味，棉花糖一样的云朵点缀着碧蓝的天。

就算吃着最简单的便当，心里也是满满的甜。

她想学捏可爱的饭团给陆巺，做出的造型却逆天又清奇，只好当自己的午餐。

陆巺看着她往嘴里塞被紫苏汁、菠菜汁、番茄汁、黑芝麻染成各种乱七八糟色彩的饭团，夺过她的饭盒，把自己的饭拨给她。

"别吃这种东西了，小心吃坏肚子。"

她嘴里塞满饭团含含糊糊地说："不会的，看起来是比较丑，但其实还蛮好吃的。你看，里面还有火腿和鸡蛋丁呢。"

陆巺拧着眉毛勉强直视那饭团："真的？"向着一团尤其难以形容的紫黑缓缓伸出筷子。

她赶紧捂住饭盒："我、我自己吃就行，我太爱吃这个了！"

杜小曼不禁轻笑出声。

虽然后来被陆巽甩掉了，但是现在想一想，那段过程还蛮开心的。

和喜欢的人一起在树下吃饭，真的很美好。

幸福本就是一个时刻，一个片段，一个过程。

开心的时刻，幸福的时刻，艰难的时刻，茫然的时刻，想流泪的时刻……这样那样的片段和过程组成了人生，过程之中，亦是结果。

深秋的景致，不同于春天的明快绚烂，澄静又悠远。

真美啊，可惜从来到这个时空之后，她就一直没有多少机会用悠闲的心慢慢欣赏景色了。

杜小曼啃着肉夹饼，轻轻哼了两句歌，转头看见大爷正定定地瞧着她。

她笑笑："我唱歌很难听的，吓到了吧？"

大爷摇摇头。

杜小曼挑挑眉："一个饼够吃吗？要不要再来一个？"

大爷顿时又摇头。

杜小曼再笑了一下，三口两口解决掉自己手中剩下的饼，拍拍手，准备起身。大爷将水袋送到她面前。

杜小曼接过："谢了。"又灌了两大口水，塞好塞子，整理包袱，"歇得差不多了，继续赶路？"

大爷沉默了一下，点点头，拿起身边的筐，杜小曼将包袱甩上肩头，站起身，两人一道向林中走去。

树木的枝杈大都秃了，林中并不算阴暗，厚厚的落叶踩着咔咔作响。

走到小径的一个拐弯处，大爷停下了，转向杜小曼，往前方指了指，又比画几下。

杜小曼看向那方："我往这边走就行？"

大爷点点头，从怀中摸出一个小布袋，往她手中一塞。

杜小曼立刻推开后退："哈，这怎么能行。您给我带了路，我怎么能要您的东西。"

大爷两手比出个饼的形状，送到嘴边，牙齿上下咬合几下，再做个喝水的动作。

杜小曼摆手："一个饼几口水而已，能算什么啊。"

大爷掂一掂小布袋，攥了两下，表示里面东西很少。

杜小曼肯定地说："再怎样我也不会收。"

大爷的目光从乱蓬蓬的毛发中射出来，定定的。

杜小曼迎着这目光爽朗一笑，学着侠客的姿态抱抱拳："多谢一路照顾，就此别过。"

她刚洒脱转身走了两步，便听到重重摔倒在地的声音。

杜小曼回首，视线的余光瞥见几个黑点以快过光的速度掠来，地上的大爷狼狈地翻了几个滚，几点寒芒钉入他方才躺着的地面。

杜小曼下意识朝寒芒来处看去，大爷突然猛地跃起，将她扑翻在地，半空中，无声而来的霓裳女子手中的银光一抖，转而向地上的两人刺下！

寒光闪，又几点飞芒破空而来，钉入霓裳女子的身体，霓裳女子手中的剑却未滞，刺入大爷的后背。

挡在杜小曼身上的大爷身体一沉。

霓裳女子的长剑弯起，竟无法刺进他的身体。

霓裳女子急忙撤剑回闪，劈手封住大爷的穴道，一把拎起大爷，抛到一旁树下，回身扫落飞来的暗器，看着杜小曼，嫣红双唇露出薄笑："姐姐，我们又见面了呢。"

竟然是，阮紫霁。

阮表妹再举起手中剑，毫不留情向杜小曼刺下，一道白影携风而来，长袖一挥，阮紫霁斜飞出去，坠落地面，咳出两口污血。

她撑起身，看向落到地面、挡在杜小曼身前的白衣人："君上，属下只是为圣教除去……"

她的话戛然而止，颈上的细痕涌出猩红，身体软软瘫倒，眼中尤带着不敢相信的呆滞。

"君上！"肖婵带着几名女子自树上掠下。白衣少年置若罔闻，转身看着撑身坐起的杜小曼，脸上浮出浅浅的微笑。

"媗媗，不要怕，有我在。谁敢伤你，我就杀了他。"

杜小曼张了张嘴："你……"

少年俯身，轻轻抚摸她的脸颊。

"媗媗，我一直都在看着你。"

一直。

"以前是，现在也是，那些对你不怀好意的人，我不会让他们活着。"

冰冷从少年的指尖渗进杜小曼的肌肤，杜小曼盯着他的双眼，沉潜在记忆最深处的零碎片段缓缓浮起。

"闻道书院里，半夜在我床边的人是你？"

少年微笑。

"难道，在杭州的时候，你就……杀了朱员外的是你？"

少年的笑容一敛："他该死。"

"朱员外是去看时阑的，他对我并没有过丝毫恶意，照顾了我很多生意！"

"他想要你的酒楼，已经去买通官员找打手了。"少年平静地道，"媗媗，你真的不懂得这世间的险恶。就像那个喝你糖水的女子，她让你住到她家里，是想让你变成和她一样的人，用你来赚钱。"

郑九娘！

所以郑九娘也是……

寒意蔓延进杜小曼的每一寸骨头，少年捧住她的脸，双眸清亮，如阳光下最纯净的泉水。

"你不用考虑这些，有我在你身边，你永远都不用担心这些事。就像现在这样便好，媗媗。"

就像现在这样的单纯，这样的善良。

这么傻的你，什么都相信的你，怎么可能不是媗媗呢？

不管你看得见，看不见。

不管你记得，还是忘记。

我永远都在，媗媗。

月圣门的女子们忽又回身跃起。

铮、铮、铮——

几枚飞镖钉入树干和地面，一道黑影飞扑而下，肖婵与其余月圣门的女子提剑迎上。

少年却向另一方向抬头，纵身掠起，手中银光一划。

剑光现，蓝衣少年踏枝而来。

谢况弈！

杜小曼猛然站起身，半空中，谢况弈的身影一顿，望向白衣少年："你……"

白衣少年的剑丝毫未滞，向谢况弈斩去。

杜小曼脱口大喊："快停下！"

谢况弈避开少年的剑锋，回剑抵挡，又一抹白影自林间而来，向他和少年掠去。

"住手！哥哥，弈哥哥，你们不要打了！"

谢况弈闪身一避，与被剑光斩下的树杈一起降落地面，孤于箬儿飞扑而至，挡到他面前。

白衣少年手中的长剑疾收，险险掠过孤于箬儿的衣角。

孤于箬儿转过身，定定地望着他："哥哥。"

谢况弈从孤于箬儿身后一步跨出，双眉紧锁："这到底是怎么回事？"

"别管是怎么回事了！"杜小曼踉跄冲上前，"这是朝廷的圈套，官兵肯定就在附近，马上就会冒出来，你们快走！"

谢况弈看向她，身体刚一动，白衣少年手中的剑立刻一抬。

孤于箬儿急急再喊："哥哥！"

谢况弈皱眉将少年上下一扫："孤于箬，你们兄妹的身世一直有不便言说之处，我也一直未问及。但这时候，我必须要问了，你到底是做什么的，怎会和月圣门扯上关系？"

孤于箬儿的表情惨淡，像随时都会哭出来。

少年冷冷道："事已至此，不必再隐瞒。我乃月圣门的月君。"

谢况弈神色陡寒。

"但此事与箬儿无关，她一直不知道。"少年一瞥仍在与月圣门几个女子打斗的卫棠，轻扯唇角，"你们谢家真对这些一无所知？恕我不大相信。"

谢况弈的双眉又拧在了一起。

"别聊这些了！你们都快走！"被晾在一旁的杜小曼吼，"朝廷的兵立刻就会来！"

谢况弈向她一瞥："别过来，暂时没你的事。"

少年也微侧身道："媗媗，你别过来，这里不关你的事。"手中的长剑再一抬，指向谢况弈咽喉。

"我是宁景徽故意留活口钓你们出来的饵！"杜小曼急得跳脚，"朝廷要把你们一网打尽，快走吧！"

仍没人理会她。

孤于箬儿又挡在了谢况弈身前，张开双臂。

"箬儿，你护不住他。"少年的目光越过孤于箬儿的头顶，盯着因身高差距，完全无法被遮挡的谢况弈的脸，"我随时可取他性命。"

谢况弈轻嗤一声："那你不妨试试。"

孤于箬儿双唇微颤："哥哥，你若要杀弈哥哥，就先杀我。弈哥哥，你带小曼姐快——"

她的声音忽然卡住，浑身也再不能动。

孤于箬轻哼一声，长剑毫不留情地刺向刚点了孤于箬儿穴道的谢况弈。

谢况弈闪身避过，反剑回招。

忍无可忍的杜小曼直冲了过来。

光明速现，覆映吾身，急急如律令！

谢况弈忙将剑势一收，孤于箬的剑锋堪堪划过他颈侧的空气。

一道耀眼白光忽而一闪，咔嚓一声雷响，谢况弈只觉得眼前一花，浑身一麻，整个人被一股大力冲开，倒飞出丈许，摔倒在地。

他翻身跃起，只见孤于箬仍挺立在方才所在之处，举着长剑，仿佛石像，然后摇晃了一下，直栽向地面。

地上根根如上了浆般直竖的荒草在孤于箬砸下的瞬间，粉碎成尘，弥漫出淡淡焦煳气息。

也被这一雷击的威力吓得僵在原地的杜小曼这才缓缓收回右手，低头看看掌心。

哇，太猛了，神仙的法宝和俗世的武功真心不是一个境界！

卫棠和几名月圣门的女子一时忘记了打斗，定定看向这方。

被震开了穴道的孤于箬儿怔怔看着杜小曼，再看向地上，颤声喊了一声哥哥，扑向孤于箬。

杜小曼干巴巴道："那个……理论上，他应该只是晕过去了。"

月圣门的女子们醒过神，奋身向杜小曼扑来，卫棠回剑刺穿一女，又有几名回身与之缠斗，肖婵却脱开身，直掠向这里。

"君上！"

孤于箬儿将孤于箬翻过身，双手颤着按了按他的颈侧，再探了探他的鼻息，哇地哭了出来。

肖婵长剑一抖，钉向杜小曼。

孤于箬儿忙哽咽抬头："哥哥只是晕过去了，别伤小曼姐！"

谢况弈挥剑格开肖婵的剑势，反手将杜小曼扯到身后。肖婵趁势回身闪向地上的孤于箬，谢况弈亦未再动手，只转过身，看向杜小曼。

"你竟会武功？这是什么招数。"

杜小曼整理了一下表情，抬头与他对视。

"不错，我练过。方才是我的独门绝学，天雷掌。"

谢况弈的双眉一跳。

杜小曼再道："你和箬儿快走，朝廷的人马上……"

"嗯。"谢况弈一把扣住她手臂。

杜小曼挣扎着想甩开："我不能和你一起走。"

谢况弈抓着她的手臂回身，再皱眉："你武功怎么练的，一点都感觉不出来。"

"我是负担有秘密使命的人，当然不会被你看穿底细。"杜小曼心一横，正色再直视谢况弈的双眼，"谢少主你难道没想过，从遇上我开始，事情就变得很奇怪？"

谢况弈将她身子一拖："哦，等离开这里再慢慢说。"

杜小曼稳住被拉得前倾的身体，大力再一甩手臂："你难道还不明白吗？我从德安王府逃出就是个圈套！徐淑心二人会找你帮忙，你救了我，我要和你去杭州，全部都是圈套！我一个郡主还能跟慕云潇和离不了？干吗要出逃，干吗要死皮赖脸和你去杭州？怎么就那么巧遇见了宁景徽？因为宁景徽早就知道箬儿，早就怀疑谢家！我是个卧底，用来对付你和月圣门的。我良心发现不能再害你们了，快走吧。"

谢况弈维持着之前的表情和动作，听她噼里啪啦飞快喊出这段话，愣在原地。

孤于箬儿惊呼一声："弈哥哥，当心！"

谢况弈回袖一挥，扫落几枚暗器。

无声发招的肖婵又挥剑刺来。

孤于箬儿抢身上前，拦住肖婵。

谢况弈仍是看着杜小曼："既然如此，先走再说。"

杜小曼正要抓狂，忽听见一声惊呼。

她转目一看，怔住。

卫棠从天而降，手中剑刺向地上的孤于箬，一道白影飞身挡在了孤于箬的身上。

卫棠忙收回剑势，剑锋却因他的下坠之势，仍是刺进了白影的身体。

谢况弈松开杜小曼，掠到孤于箬儿身边，孤于箬儿按住肩部咬唇撑起身："弈哥哥，我没事……"

话未落音，她忽然撞向谢况弈。

几乎与此同时，卫棠一声疾呼："少主当心！"

肖婵紧随着惨呼一声："君上！"

一切都太快。

快到杜小曼根本没看到过程。

等画面定住时，她方才看见，孤于箬儿靠在谢况弈身上，孤于箬跌在数尺外，一动不动。肖婵身上已血痕处处，如不要命的母豹一样拦住卫棠。

谢况弈的手疾点孤于箬儿几处穴道，孤于箬儿抬手抓住他衣袖："弈哥哥……求……放过……我哥哥这次……"

谢况弈脸色青白，咬牙抬眼："卫棠，回来！"

卫棠一怔，剑势一顿，略一犹豫，收剑后跃。

肖婵其实早已难以支撑，摇晃了一下，咬牙仍挡在孤于箬面前。

谢况弈打横抱起孤于箬儿，孤于箬儿摇了摇头："弈哥哥……你和小曼姐……快走……别管我了……我哥哥的毒……我……我也解不了……没有人能解……"

谢况弈硬声道："少废话，天下没有不能解的毒。"

孤于箬儿轻轻笑了一下："弈哥哥……你总是这样……对不起……我对不起你和小曼姐……"她的身体一缩，猛烈咳嗽，"哥哥是跟着我……才找到这里的……知道小曼姐没事……我就……就把这件事告诉了哥哥……其实后来……我知道哥哥在做什么……但是，我……我……"

谢况弈硬声道："别说了，你什么都没做错。"

杜小曼一动不动地站着。

她看到了，谢况弈虽然这么说，抱着箬儿的手臂却丝毫不敢动。

孤于箬儿如玉琢的脸庞已变成惨灰，肩上的伤流出的血是黑色的。

半空中，云玳"啊"了一声，鹤白使俯视下方，温声道："她居然是走上了这个结局？"

云玑一阵心塞，连声也不想出。

别啊，不能这么快就真的结局了啊！你努力过那么多，不要放弃！

紫薇园内，棋盘上，忽白忽黑流转着光芒的棋子们，颜色渐渐不再迅速变幻，而是像要固定为一色。

北岳帝君饶有兴趣地转动指间棋子。

"玄女，似乎你我无须再落子了。"

九天玄女微微颔首："就让这棋局自己下完吧。"

孤于箬儿将脸埋向谢况弈的肩侧："弈哥哥……其实……这样挺好的……我一直在害怕……你知道了我家的事……哥哥的事……就不会再理我了……如果……我不姓孤于多好……真的每月有几天不能做女人……我也愿意……要是，我不是这样的人……"

卫棠向某个方向微微侧首，喉结动了动："少主……"

谢况弈失去了颜色与表情的脸没有任何变化，声音涩而哑："官兵快来了，今天，因为箬儿，我放过此人。"

肖婵怔了一下，吃力地回身，扶起孤于箬。

谢况弈再出声："卫棠，你带人离开。"

这次是卫棠一愣，一瞥杜小曼："少主，属下护送你们一起走。"

谢况弈道："一起走，谁都走不了。"

杜小曼涩然张口："我……"

谢况弈凌厉的目光猛地扎向她："你还嫌拖出的事和害的人不够多？"

杜小曼迎着谢况弈冷如兵刃的眼神，发不出声音。

卫棠道："少主和孤于姑娘先走，由属下来断后。"

谢况弈道："你断后，拖不住他们。别再废话。"

卫棠垂首，谢况弈将怀中的孤于箬儿轻轻缓缓放进他双臂中，一匹马拖着一辆车自远处奔来。

杜小曼走向谢况弈："谢……"

谢况弈又打断她的话："休再废话。卫棠会带你离开。你的话我不想再听，你我也不想再看到。不管你是何身份，我承诺过救你，便会守诺办到。这是最后一次。"

"嗯，我知道。"杜小曼望着他。

谢况弈，唯一拥有纯粹之心的谢况弈，一直在帮她的谢况弈。

"真的，对不起。真的不知道，该怎么感谢你。"

谢况弈注视着卫棠臂弯中的孤于箬儿，看也没再看她，表情忽然一滞。

轰隆——

白光未尽时，谢况弈干脆利落地倒地。

杜小曼收手，后退一步，看向神色大变的卫棠。

"快带着你们少主和箬儿走，相信你也不想再让他们和我有任何干系了。"

卫棠目光复杂地看了她一眼，干脆地将孤于箬儿放上马车，再架起谢况弈，放进车厢。

杜小曼又喂了一声，一指树下："那位大爷穴道被封住了，怎么解？"

卫棠手腕一翻，一颗小石子击中一直僵挺在树下，成为被遗忘的人肉布景的大爷胸前，翻身上马。

马蹄嘚嘚，马车奔向树林深处。

杜小曼深吸一口气，迅速跑到月圣门女子们的尸首边，翻找了一下她们的袖袋和腰间小袋，翻出了几个竹筒。

她按照记忆中的方式，将竹筒上的棉线一拉，筒内的火石进出火花，点燃捻子，咻——一枚响弹直蹿入云。

她向卫棠的马车离开的方位跑了几步，放出一响，再往肖婵带着孤于箬离开的方向跑了几步，放出一响。

然后她走到树下，一把拎住已默默坐起的某大爷的领口，扯下他的假发脸皮胡须，拔出雪亮的小匕首，架上他颈旁。

"裕王殿下，卸个妆吧，是你上场的时候了。啊，是不是该改称皇帝陛下了？"

秦大爷缓缓站起身，盯着她，双眼幽幽，杜小曼手跟着抬起，威胁地将刀刃再往他皮肤上一贴。

"老实点。这把匕首吹毛断发，我不能保证不会手抖。"

秦兰璪淡淡开口："你架的位置不太对，再往上一些，往喉间一些，才能最快最省事地割断喉管，一着取命。"

杜小曼冷冷一笑："别跟我来这套，质疑我的专业性我也不会手抖。你目前有利用价值，只要乖乖听话就没事。我的确没杀过人也没杀过鸡，但如果你一个不乖，我就不能保证会做出什么事了。"

秦兰璪仍旧凝望着她："做你的第一只鸡，我愿意。"

杜小曼镇定地一哼。

"不用了。鸡在我们那里不是什么好词。"

秦兰璪的眼睛闪了闪："哦？"

杜小曼匕首再一横："少废话，这边走！"

秦兰璪摇了摇头，那匕首真的十分锋利，他的皮肤上立刻出现一道细细的红线。杜小曼见了，把匕首往后撤了撤。

秦兰璪温声道："依宁景徽的行事作风，任何一条路他都不会放过。你在谢况弃和月圣门离开的方位放出信号，以为宁景徽会把那当作障眼法，转而往你走的方向追，纯属无用功。"

他抓住杜小曼的手腕，动作幅度过大，颈侧顿时又划出一道红。

"走这边。"

杜小曼心里紧了一下，把匕首撤到他肩旁，还好那道红线只渗出了些许血，应该仅是破了皮。

秦兰璪叹了口气："你只有和谢况弃走同一条路，才能拖住官兵往前追，这个道理，难道不明白？"扯她转身，抬脚一挑，将地上一把长剑挑到手中。

"这把匕首太短，我若不屈腿弯腰，你就举不到合适的位置了。换把剑更方便些。"

杜小曼接过长剑，丢下匕首，将剑架到他颈上。

他们往卫棠的马车消失的方向走了两步，秦兰璪忽停下："把那个小袋子还给我。"

杜小曼茫然。

秦兰璪淡淡道："就是我之前要给你的那个小袋子，我救你的时候把它放到你怀里了，还我。"

当时你竟还能顺便做这事？

杜小曼往衣襟中摸了一下，果然摸到了那个小袋，她不禁捏了捏，有些疑惑里面是什么，秦兰璪已伸出了手。

杜小曼把小袋放在他手中，秦兰璪从袋里取出了一枚玉佩，依稀是他曾经送给杜小曼又要回去的那块与月圣门同款的那块，丢在地上。

杜小曼低头看了看："宁景徽会因为这个追我们这条路？"

秦兰璪简洁地吐出一个字："会。"

好吧，相信你对他的了解。杜小曼不再多说，看看被秦兰璪卷起的那个小袋："这里面还装了什么？"

秦兰璪将小袋放进自己怀中："一些无用之物，你不用知道。"

唔，杜小曼眨眨眼。马上就是君临天下的男人了，怎么还如此傲娇呢。

回想刚才捏那个小袋的手感，里面貌似是点钱。

可能璪璪为了演好大爷，放得少，这时候又觉得没面子。

杜小曼一动剑身："那就别再啰唆，快点走！"

落满枯叶的道路坑洼不平，杜小曼为了行走方便，索性走在秦兰璪身后，将长剑架在他肩上。

"谢况弈方才对你说的那些话，并非他本意。"

秦兰璪开口，声音如步履一般平稳。

"孤于兄妹乃前朝余孽，又建邪教谋逆，即便孤于姑娘无辜，朝廷也不可能让她活着。她必是这个结局，与你无干。这些谢况弈定然都明白，只是孤于姑娘陡然如此，他心绪混乱，言辞难免生硬。"

杜小曼没吭声。

秦兰璪继续道："他话说得那么硬，亦是想你快些走。与你对他说的那些话用意相同。一些词句，你不必当真。"

杜小曼看看他的后背，仍没说话。

"你说的那些话，他也不会相信。"秦兰璪再接着道，"谢况弈只是少年心性，并非不通人情。陡然发生了许多事，一时心乱，但冷静下来一想，必然全能明白。他会知道你是为了什么。"

杜小曼不由得呵呵了一下。

"皇上你这是在和我演名侦探解密戏吗？我说的那些大部分都没错吧？本来的计划是，唐晋媗嫁给了慕云潇，受到冷落，然后让她趁势打入月圣门。你早就认识阮紫霁，朝廷肯定也早就知道她是月圣门的人。但在开始计划这件事的时候，被月圣门知道了，月君想将错就错，把唐晋媗真的变成月圣门的人，就装扮成慕云潇，和她培养感情。没想到培养出了真感情，朝廷就更不能放弃唐晋媗这颗棋子了。"

唐晋嫒生为郡主，没受过训练，只有这样的身份和真情实感，才能够让月圣门相信她，并且培养她做高层。

"我在寺院上香时，遇见徐淑心和她的情郎，可能的确是意外。总之，朝廷觉得，唐晋嫒想逃走，他们也可以追另一条线查月圣门，那就是谢家。"

现在回头看来，徐淑心实在是一个柔弱单纯毫无社会经验的女子，寺院里偷偷会情郎都能被人撞见，和情郎书信联系逃跑的事，却一直没被发现，还捎带上了她杜小曼以及两个丫鬟，真是超级幸运，幸运得不可思议。

这世上，又怎么可能有这么不可思议的幸运，根本就和后来的种种一样，是幕后操纵者一直在放水。

徐淑心的情郎与谢况弈结识以及找谢况弈帮忙有没有朝廷授意，她不能肯定地判断。

杜小曼也不太愿意相信，徐淑心夫妇是用"找谢况弈帮忙，让他带走唐晋嫒"这样的条件，换来自己的一世平安。

徐淑心的关怀，临别时担忧和欲言又止的眼神……

杜小曼硬声接着说："你和宁景徽都知道孤于箬儿的地址，肯定怀疑过谢家在这件事中扮演的角色。我逃走这件事，正好能够顺势而为地利用一下。"

所以，才会那么"偶然"地遇到了宁相大人。

宁景徽亲自上场，旅馆首次相遇，肯定是颇具深意——

探看谢况弈及白麓山庄的反应？

把月圣门对唐晋嫒的关注度也提升起来，推进剧情的发展？

右相大人的谋算，她想穿脑袋也不可能想到全部的。

杜小曼默默叹了口气，突然不想再往下说了。

这些破事，说都觉得太累。

秦兰璪突然停下了脚步。

杜小曼差点一头扎在他后背上，手一闪，赶紧抬头看看有没有真把璪璪的脖子割了，秦兰璪却一侧身，将她猛一带，转了半个圈儿。

"追兵过来了。"秦兰璪抓住她手臂，捏着剑身，重新架回自己颈旁，"这么举，这只胳膊这样架，嗯，现在挟持的姿势就比较对了。"

杜小曼将剑刃往他颈边凑了凑，冷冷道："你以为我这票绑得不专业？只是我不怕你跑，我的天雷掌，这世上无人可挡，谢况弈和月君都躲不开，何况是你。只是嫌你晕了会让我有些费事罢了，乖乖走，别想耍花招。"

秦兰璪面无表情："追兵从后而来，倘若放箭，扎穿你，可能也会扎到我。"

杜小曼双眉一挑："你身上不是穿了刀枪不入的东西么？"

秦兰璪道："是啊，所以这个姿势，我还能帮你挡剑。我只是想做好你的第一只鸡。"

杜小曼轻嗤一声："别以为讲个笑话我就会当你很萌对你手软。"她这么箍着秦兰璪的肚子举着剑侧身走，隐隐见后方树枝微有摇晃，"不过你的耳朵还真好使。"

秦兰璪淡淡道："多谢，我也练过。"

其实，在他二人头顶上方，早已有大内高手的哨探。几位探子屏息，小心翼翼观察下方，觉得裕王殿下和挟持他的妖女之间，气氛略有些诡奇。

几个探子不敢妄加猜测判断，互相眼神交流一下，有一人飞身回后方报信。

"殿下的确是被妖女所挟持，那妖女好像懂得一门名叫天雷掌的秘术，十分厉害，故卑职等不敢妄动。"

马上的李孝知顿时深深皱眉："方才查看时，地上的焦土枯草，难道正是这妖女的妖术所为？邪教妖术，真是叵测。宁大人，老夫唯恐除那妖女之外，还有月圣邪教的余孽隐在附近，殿下安危要紧，如何救驾？"

宁景徽沉吟了一下："暂勿打草惊蛇，再看一看吧。"

若是殿下被妖女咔嚓了，卑职们该怎么办？哨探真的很想开口问。

但若真问了，两位相爷及其他大人们定会怒斥，竟连此话都说得出来，要尔等何用？

唉，罢了，位卑人贱，认命吧。

哨探默默地飞身再跃上树梢，无声潜行向前。

妖女挟着裕王殿下仍在那么侧着一步步退着走，哨探向一直尾随的几个探子露出情况如何的眼神，几个探子的表情都很一言难尽，示意他自己往下看。

挟持人真是个力气活，杜小曼胳膊举得有点酸，要不是为了专业效果，都想换换手，便说话转移注意。

"对了，既然你练过，刚才穴道解开，你干吗不跑？"

秦兰璪道："腿麻了。"

"你干吗……自己来呢？都是要做皇上的人了。你看宁景徽，轻易都不会自己出马。"

好恶毒的妖女!

树上的哨探们一凛。

这就离间上裕王殿下和宁右相了。

不过,王爷英明,应该不会上当。

哨探们继续无声跟随,各自都竖好耳朵。

他们也想知道,裕王殿下怎么会这副打扮,落到这个妖女手里,殿下这时候不应该在皇宫么?

秦兰璪沉默了片刻,道:"我不放心。"

哨探们都一怔。

杜小曼道:"哦……皇帝是个寂寞的职业,谁都不能完全相信,其实也很累的。你记得多吃点补脑安神的东西,作息规律一些,适当放松自己,给自己留下一些舒缓的空间。"

秦兰璪平静道:"你不是说,等我没用了就杀么?"

杜小曼道:"唔,其实呢,我本想等到能脱身的时候,说不定心情一好,就宽宏大量放你一条生路。但既然你这么说了,那就只能用完就杀了。"

秦兰璪轻笑一声:"随你用,随你杀。"

树梢上的哨探们都不禁佩服,不愧是醉卧花丛风流冠天下的王爷,利刃在颈,气定神闲,从容不迫,还能将与妖女周旋的言辞说得像调情一样。连他们听着,都不禁酥麻了起来。

麻归麻,触及了几个关键的词句,一名哨探不得不再飞身折返,迎上大队兵马禀报。

"妖女放话,要将王爷用完就杀!"

宁景徽神色自若,微微颔首。

李孝知神情一凛:"用?那妖女要如何用哪?"

哨探一愣,抬头:"李相……"

李孝知一抖缰绳:"快,火速赶上,营救王爷!"

马蹄声急促逼近,脚下的路到了一个拐弯处。

杜小曼扯着秦兰璪猛地折转,只听得树枝窸窣,她手中剑一动,高声道:"跟着的各位,别以为我没发现你们,最好老实点!否则,明年的今天就是你们王爷的祭日！"

窸窣声顿时静了。

片刻后，一人扬声道："这位姑娘，本阁李孝知，以乌纱帽与性命作保，若你放回王爷，本阁可保你平安离开。"

秦兰璪低声道："再走几步，应该还有个弯，拐过去。"

杜小曼加快脚步，大声一笑："你当我三岁孩子么？你们王爷这么关键的道具，我怎么可能放！"

李孝知顿了一下，再用商量的语气喊道："姑娘，本阁知道，你们教派阴寒功夫，需男子元阳调和。但王爷早已非纯阳之体，若你放回王爷，本阁除放你平安离去外，再另择一二纯正少阳之人与你，可否？"

树上的几名哨探不禁捂住了领口。

马上的兵卒们心中亦紧了一下，随行官员，有几人悄悄看了一眼宁景徽。

杜小曼脚下险些一绊，感到璪璪也浑身僵硬了一下。

她忍了一下，还是没忍住："哈哈，李左相说你不纯了。"

秦兰璪幽幽道："是啊，我不纯了。"

杜小曼扯着秦兰璪再往另一个拐弯处一转，脚步顿了一下。秦兰璪被她挟着，面向来路后退，轻声道："看到悬崖了吧。"

"嗯。"

"还有那座吊桥。"

"嗯。"

"知道接下来该怎么办了？"

"嗯。"

秦兰璪声音低而平缓地道："你就这样继续挟持我，上吊桥，到对岸去，然后你走。最妥当的办法是你下桥之后立刻将桥砍断，你那把匕首断桥绳应不费力。"

杜小曼道："我砍绳子的时候，如果你还在桥上怎么办。"

秦兰璪道："你砍桥绳，就必须是我在桥上的时候，否则没有机会。"

杜小曼沉默了一下。

"别这样，我不想再和你这么说话了。"

秦兰璪道："是我自己失算，不放心他人，想把月君亲手……"

杜小曼打断他："你再这样说，就没意思了。我又不是白痴瞎子，我怎么可能以为宁景徽这些人是你喊来的？"

秦兰璪也沉默了一下："那我有句话要问你。"

他微微侧转身，大队兵马在此时呼啦啦涌出，弓弩弦满，刀剑出鞘，矛尖森森，杜小曼手中长剑一举，又把他身体扳回去。

两人一步步退向崖边吊桥的方位。

阵中一些官员，在看到杜小曼的脸时，都呆住了。

宣政殿劝谏，他们都在场，这张脸出现的时间虽短，却给他们留下了不可磨灭的印象。

德安王之女，宸妃唐氏，怎么会在这里？她不是应该在宫中自尽了么？

她和裕王之间，好像……

那此刻的裕王和她……

两人双唇似都微动，难道在谈天？

秦兰璪冷声道："你为什么要喝那瓶毒药？"

杜小曼理所当然地说："因为只有那瓶药看起来有活路啊。难道不是你和宁景徽一起安排的？"

秦兰璪语气缓了些许："不是。你就不曾想过，若那瓶真的是毒……"

"喂，保持姿势。"杜小曼又将剑横了横，"这么多观众，别穿帮了。"

裕王和这有着唐宸妃面孔的女子，好像是在聊着什么。

几名官员不由得又暗暗侧目，宁景徽已和李孝知两人策马而出，到了阵前。

李孝知高声道："天罗地网，已无处可逃，若肯悔悟，或可放你一条生路。"

杜小曼再把剑身一抬："若你们想知道，是你们的箭和暗器快，还是老娘我手快，不妨来试试！"

宁景徽望着她："杜姑娘，休做傻事。"

杜小曼呵呵冷笑。

李孝知再苦口婆心劝告："两败俱伤，于你也无任何好处，放开王爷，本阁绝对会兑现承诺！"

杜小曼脚步停住："那说了给我的人呢？找好了么？"

李孝知一噎，已默默退到后方的哨探们又捂住了领口，一些兵卒的小心肝微微一颤，又有几簇暗戳戳的目光，瞄向了淡然如白开水的宁景徽。

秦兰璪沉声道："莫被拖延，说不定已有兵卒绕往对岸了。"

杜小曼道："唔，不急。我告诉你，那瓶就算是毒药，我也不怕。因为我真的不是一般人。我曾和你说过，我是另一个世界的人，这些都是真话。我和神仙打了个赌，才会到这里来。我的天雷掌其实也是神仙送我的法宝。我完全可以另外跑路，要不是因为谢况弈，我都不会站在这里。"

秦兰璪轻声道："谢况弈必已走远。他醒来，若不知道你的消息，定会心急。他的心里，应已把你看成最重。"

杜小曼道："嗯。那什么，你以后也多保重啊，我刚才讲的那些话不是气你，是真心的。身体是革命的本钱。做人呢，开心最重要。"

颈边与腰间一松，秦兰璪猛转过身，杜小曼已反身跳下了悬崖。

桥是坏的。

连接对岸的那端斜垂下万丈深渊，只有残余一点点勉强挂在石柱上。

一只栖息的飞鸟，都有可能让它彻底坠落。

没想到有这招等着！还以为能蒙混过这关呢！

杜小曼发现这个残酷的真相时，内心咆哮了一万亿遍。

她怕回来的真实目的被读取，一直强迫自己不要想。但是，现实证明，作弊是没有用的。

其实，她选择再次回到这个世界的最主要原因，是谢况弈。

一直帮她的谢况弈，在那样的时候，还想着救她的谢况弈。

她喝的那瓶不是毒药，宁景徽放她一条生路，必是因为大鱼没落网，鱼饵不能丢。

按照宁景徽的行事方式，如果她真的死了，宁大人肯定能再捣鼓出一个唐晋媗，把想逮的，想抓的，都一网打尽。

就算谢家早已被盯上观察，她的出逃，也是把谢况弈拖进这个泥潭的最关键最直接的原因。

她回来可能没有多大用处，但是她做不到去投个超级好胎或者选择成仙，而不闻不问，任谢况弈因她坠入圈套。

但她不可能和谢况弈在一起。

所以她回来，就绝对会输。

对不起，玄女娘娘。真的是觉得，有些事，比赌局的输赢对我来说更重要。

当然啦，其实内心，有过那么一小星星侥幸的念头。

但在看到那个悬崖那个桥的时候，杜小曼知道自己赖不掉了。

瞒天过海这种事，是不可能的。

到结局了，她输了。

杜小曼忽然想到了回来的时候，玄女娘娘那句意味深长的话。

真往下蹦的时候，杜小曼又念头一动，要不要再赌一把主角跳崖不死的定律？

算了，别耍赖了。

风在耳边呼啸，她大喊一声："我愿赌服输，这么做只是怕疼！"迅速在掌心中画下那个符文。

嗡，耳中狂鸣，眼前好像有一个宇宙炸开。

这么快就到底了？

唔，不是触底，是立刻升天。

杜小曼站在云上，微微心虚，不敢抬头直视云玳和云霓两位仙子。

豪迈地喊着必胜的口号，好像真的勇士一样地下去了，还说什么这次不会回来得太快，结果才半天左右就结束历程。若是按照天庭的时间计算方式，绝对一眨眼的工夫，秒输归天。

"对不起，我输了。"杜小曼低头认错。

鹤白使不在，大约已赶去与北岳帝君一道享受胜利的喜悦了。

"你感觉还好吧？"云玳的口气却没有埋怨她的意思，满满都是关怀，往她身上丢了一道恢复的法术，"这么快的速度来回，又使用了法术，你的魂魄可能会难以承受。有无什么不适？"

杜小曼摇摇头："对不起，我……"

云玳对她笑笑："别说那么多啦。确实没想到你竟然是抱着这样的打算回去的，不过，你的做法很勇敢呀，我支持你。"

杜小曼心口处一暖，虽然现在是魂魄的状态，没有眼泪，但她仍感到鼻子有点酸，眼眶有点湿润。

"但是，因为我自私的打算，让玄女娘娘和北岳帝座的赌局……"

"紫薇园那里正等着呢。"云霓打断她的话，"我们快快过去吧。"

到达紫薇园，杜小曼情不自禁又想低头。

北岳帝君和鹤白使这一方，她反倒能大大方方面对。但是，对她那么好的玄女娘娘和小仙女们，还有唐晋媗……

扭扭捏捏地逃避就更不对了，一定得好好道歉。

杜小曼直起脊背，跟着云玳和云霓走向那棵大树，北岳帝君和九天玄女仍在石桌边对面而坐，唐晋媗亦立在原本的位置，向着杜小曼遥遥露出微笑。甚至那位地府的陆判也还……

嗯？

杜小曼停下脚步，目瞪口呆看向某方。

"……尔之阳寿，尚有数十载，地府不收。"

"但孤的魂魄，已站在这里了，怎能不算？唉，她以性命护别的男子周全，孤却甘愿为这样的她舍生做鬼。孤不是怨夫，还有谁是怨夫？就这样吧，一个抵一个，扯平，可否？"

"胡闹。"鹤白使皱眉，"天庭之上，玄女与帝座面前，岂容凡俗市井讨价还价之事！"

眼前的星星在飞，脚下的云朵在飘。

杜小曼愣愣愣愣愣了许久，那个滔滔不绝的魂魄忽然停住了口，看向了她。

视线相交，杜小曼半张开嘴，那只鬼眨眨眼，大步向她走来。

"你……"

杜小曼终于发出了一个音节。

那个魂在她面前站住，捏了捏她的脸。

魂的状态，没有任何实际的触感，他却微笑起来。

"以前总觉得你的一些神情跟脸不搭，还是长这样更合适。"

"废话，原版的能不合适么！"杜小曼终于吼了出来，想一把拎住这货的领子，手却拎了个空，"你怎么会在这里？你不是应该君临天下怀抱后宫万万岁吗？！"

璪璪的魂魄答得极其干脆："你不在了，我怎能独活。你是人，我就是人。你是鬼，我也做鬼。"

"你……"杜小曼愤怒沸腾的心室了一下，"你疯了？！！"

"冷静，冷静。"秦兰璪试图阻止完全陷入暴走状态的杜小曼，"其实，也不算疯，你仔细听我说……"

忍无可忍的鹤白使抛出一道光束，定住了杜小曼："事情变成如此，乃为意外，无须太过激动。"

"不错。"秦兰璪虚虚握住她的双肩："我方才说得是有些夸张。实际上是，你挟持我的时候，我怕你一个性子上来，没过桥就把我扔了，不能平安脱身，于是就趁你不备，在你我之间绑了一根无色的天冰丝。"

"……"

"你跳下去的时候，我本想扎稳马步，拉住你。"秦兰璪诚挚地望着她，"但是，你这段时间确实在宫里吃太多了。"

于是，裕王殿下便在众目睽睽之下，向着悬崖踉跄两步，一个倒栽大葱式扎了下去。

"他随你坠崖，你用了帝座传你的法咒，脱魂离体之时，将他也带了上来。"鹤白使淡淡接口，将事件补充完。

杜小曼不知该用什么表情消化这个事实。

"你干吗不把绳子割断？"

"来不及。"秦兰璪摇摇头，"你是不知道自己有多沉，下坠的力道有多大。"他虚虚摸摸她头顶，"所以，这事纯属我自己搞出的意外，和你没有多大关系，不必因此自责。"

"既然这人都承认了。"杜小曼转而看向鹤白使和北岳帝君，"那就放他回去吧。他和这个赌局没什么关系。刚刚，我听陆判大人说，他的阳寿还挺长呢。他知道了不该知道的事，应该能用法术抹掉记忆吧。我是因为谢况弃而死，其实我下去的时候也是这么打算的，我愿赌服输。"

"杜小曼！"

明明魂魄状态应该没什么感觉，杜小曼却感觉到了一股凛冽的寒意与压迫，秦兰璪一瞬间收起了全部的表情，收手转身。

"诸位上仙，不论经过为何，我身在此处，的确已成魂魄。诸位上仙与这个女子的赌约，确实与我无干。但我甘愿做鬼，不想再还阳。"

"你别以为做鬼挺好。"杜小曼苦笑一声，"这里是天庭，所以看起来很棒，但鬼魂没资格待的，得进地府。还不知道下辈子变成什么呢。你这辈子能是王爷，有个好皮相，还有机会当皇上，大概是前生不知道烧了什么高香或者撞了个什么大运。下辈子可能就没这么好了，说不定还得当鱼当猫当树……"

"听起来甚有趣。"秦兰璪未回头，"若来生能做江畔柳，看尽烟波亦风流。"

"风流个鬼呀，没眼没嘴，没手没脚。天天只能在那儿站着，蚂蚁啃你的根，知了喝你的汁，说不定还被砍了做家具。"

"无心无识，无感无觉，无喜无悲，无挂无碍。"

"那你就去投胎吧！"杜小曼颤声吼，"境界这么高，皇帝这么庸俗的职业是配不上你！你下辈子当高僧，立地成佛四大皆空。你去你的西方极乐世界，我走我的轮回道。反正马上孟婆汤一喝，谁也不认得谁！"

秦兰璪缓缓回过身："你赶我走，就是怕再入轮回，我忘了你？"

杜小曼微微一僵，不吭声。

秦兰璪扯了扯唇角："那么，我回去。让上仙们抹了我此时的记忆，我再活几十年，只记得有那么个来历不明说自己叫杜小曼的假唐晋媗，为了另一个男人在我面前跳了悬崖。我一定会记你到我死的时候，到我下辈子投胎喝孟婆汤的时候。可以么？"

杜小曼浑身发颤，终于哇地哭了出来，没有眼泪，却抑制不住地抽噎："把、把关于我的记忆也删除，不就行了吗……你为什么要绑绳子，你看不出来我肥了很多么……你穴道解开后就跑啊，干吗被我抓住……做皇上多好啊……谢况弈……他帮了我那么多……我不能让宁景徽拿我当饵抓住他啊……我……"

"我知道，你喜欢他，你为他做那些，你为他连命都不要，我都明白。"秦兰璪又虚虚环住她的双肩，"绳子是我绑的，你又不知道。我自己来不及割断，不关你的事。杜小曼，我做这些，都是我自己想做而已，你不用……"

"是我不明白！"杜小曼带着哭腔咬牙切齿地抬头，"我干吗不喜欢谢况弈！我干吗就是喜欢你！跟谁说谁都不信，我怎么就喜欢上你了！"

秦兰璪怔了一下，却笑了："你，喜欢我？"

杜小曼狠狠点头。

本来以为不会见到了。

你就跟镜子里显示的那样，开开心心当皇帝很好啊。

没想到醒来之后还能再看见一下你，真的开心。

一起在树下吃肉夹馍的时候，感觉赚到了，这辈子没什么遗憾了。

你为什么还……

"我是个打赌输掉的魂……还是从另外一个时空来的……你挂了我拿什么赔你……我赔不起啊……"

秦兰璪抬手，像要帮她擦去不存在的眼泪一样轻轻触碰她的脸颊："我喜欢你。我愿意的，不要你赔。"

"凡间男女拌嘴真是无聊。"北岳帝君悠悠开口，"若你二人还要继续这样夹缠不清下去，本座就为你们单独剖开一界慢慢吵。"

"凡人之情的确难以琢磨。"云玟站在九天玄女身边喃喃，"娘娘，为什么他们两个要这么喊来喊去？为什么她还以为自己输了？不是很明显她没输吗？"

杜小曼以不可思议的速度噌地转过了头："我没输？！"

紫薇园中所有的眼睛都在看着她。

云玟理所当然地道："是呀，你变成怨妇了吗？没有，那就是你没输呀。"

杜小曼有种自己已经灰飞烟灭了的错觉。

"那我为什么在这里？"

"你自己念法咒回来的呀。"

"还多带回一个不相干者。"鹤白使淡淡补充。

杜小曼舌头打结："可是，可是，我是为了谢况弈跳的悬崖。"

"对。"云玟点点头，"但你不是怨妇呀。"

"谢况弈对我说，他不想再看到我。我为了保护他，去跳悬崖。"

"没错。"云玟再点点头，抬手一指，"但你喜欢的是这个人。"

呃……

九天玄女温柔地开口："小姑娘，你是不是一直没完全明白，这个赌局到底是什么意思？"

杜小曼立刻回答："不依靠男人，独立自主地活着，不会因为男人去死，就算赢。"

九天玄女噙起微笑："这就是你的误解所在。痴怨者，乃倾心恋慕一人，并将此恋慕看作活着的唯一理由，得不到对方的回应，无法与对方在一起，便觉生无可恋，弃绝生命。你这次的作为，是因为所爱的人不爱你么？"

不是……

九天玄女望着她："那你为什么觉得，你输了？"

杜小曼张了张嘴。

那……那……

"果然，吾才是那个怨夫。"秦兰璪幽幽道。

杜小曼打了个哆嗦。

秦兰璪往她身边凑了凑："她并非因痴恋谢况弈不得而死，还带回了痴恋她的我，这赌局，她应该是大胜吧。"

"你是意外落崖，误被带回。"鹤白使再淡淡道。

杜小曼抓抓头："那、那该怎么算啊……"

"你这小小凡魂，的确让本君意外。"北岳帝君又悠悠开口，"原本，本君与玄女预卜你将遇到的男子，各自推算了你可能的结局。"

"啊，这个我早就猜到了，上次也说了。"杜小曼接口，"帝君你看中的是宁景徽和我旁边这家伙，玄女娘娘看中的是谢况弈和十七皇子？"

"竟有此事？"秦兰璪又幽幽出声，"吾不过是四人之一，一个备选。"

"不错。"杜小曼干脆地道，"而且不是好结局的备选。"

"尔等若要拌嘴，本君就为你们单开一个虚空。"北岳帝君面无表情道，"什么时候废话说完了，什么时候出来。"

杜小曼立刻在嘴上比了个上封条的手势："对不起，我绝对不再跑题了。那个，后来，是不是我进宫，遇见了月君，然后选项发生了变化？"

九天玄女欣慰一笑："你很聪明。不错，本来，那谢姓少年我最看好，他心性纯粹洒脱，光明磊落，是最适合你的人选。"

"卜算镜推演的结果，你和他在一起，应该是最幸福的。所以我在天上一直很替你着急呢。"云玳双手一划，一枚熟悉的镜子再度浮现，逐渐放大，"你看，大概就是这样的。"

镜面上，旷野辽阔，芳草连天浓碧，蜂蝶翩跹成双。

青衫佩剑的少年将粉衣少女抱上雪白的骏马。

"别害怕，骑马很容易的，抓紧缰绳。"

少女扬起下巴："我才没怕呢，告诉你，我骑马很有天分的。"

谢况弈挑了挑眉，在马臀处一拍："那就跑一程试试吧。"

马嘚嘚跑起，少女身体一晃，紧张地抓紧缰绳，差点叫出声，却尽力克制住，寻找着平衡，随着骏马的奔驰越来越放松。

谢况弈望着驰骋的少女，露出微笑。

……

真的，很美好啊……杜小曼紧紧盯着镜子。

除了男女衣装的颜色带有这镜子的独特趣味，外加那个长着唐晋媗脸代表她杜小曼的女子表情稍有些浮夸之外，真的不能更美好了。

秦兰璪又不声不响往杜小曼身边站了站。

镜中，少女骑着白马兜了一圈儿，向谢况弈挥了挥手："喂，你看我现在很不错吧，要不要我们比一比？"

谢况弈扬眉一笑："好啊。"飞身跨上另一匹骏马。

杜小曼也不由得露出微笑，蓝天下的俊朗飞扬的少年，符合最梦幻的少女童话。

镜子摇摆了一下，那对骑马的男女周身披挂上了闪亮的七彩光圈儿，欢快地奔向红彤彤圆滚滚的夕阳。

"来嘛来嘛，弈，快追我呀。你一定追不上的，咯咯咯——"

"哈，怎么可能，这就追上喽！"

杜小曼看到这里，忍不住扭过了头。

秦兰璪碰碰她的手臂，幽幽道："很可惜。"

杜小曼僵着脸道："是不是当我认识月君的那一刻起，我跟谢况弈就不可能有好结局了？"

"只是有了不好结局的可能。"九天玄女道。

"因为你知道了孤于箬的身份，那么孤于箬儿的死必定会和你有关。"云玑进一步补充，"其实悬崖这里，的确是你为了谢况弈而死的地方，但……如果真的是你输的话，不应该是现在这样。"

杜小曼眨眨眼："那应该是什么样？"

云玑向镜子一弹手指："大概是……这样吧。"

树林外，断崖边。

谢况弈抱着白衣上染满血痕的孤于箬儿，杜小曼附体的唐晋媗以及卫棠站在旁侧。

看来镜子颇喜欢狗血虐恋戏，居然还配上了背景音乐，凄凄二胡吱呀吱呀拉起。

完好未断的吊桥，随着二胡声缓缓摇摆。

杜小曼因看见孤于箸儿而刺痛的心情生生被雷得一寒。

　　"能……不要配乐吗？"

　　镜子晃了晃，二胡抖了几个花式颤音，云玑拍拍镜子："乖，别放曲子，现实一点。"

　　镜子再摇摆了一下，二胡乐又颤了几个弯儿，不甘地消音了。

　　镜中的"杜小曼"痴痴凝望着谢况弈，眼中蓄满了泪，双唇颤了颤："对不起……"

　　谢况弈看也不看她："你还要说什么，因为你，箸儿已经变成了这样。你还嫌不够？"

　　"杜小曼"仍是定定地凝望他："你……应该恨我。"

　　"我不恨你，箸儿也不会。"谢况弈仍未看向她，声音很平淡，"从一开始，救你就是我自己的选择。这次我一定会让你平安离开，但今日之后，我谢况弈，再不认识你这个人。"

　　"杜小曼"的身体一晃，面无人色："不！弈，我知道我错了，你可以尽管恨我，你可以杀了我替箸儿偿命，我情愿死在你手里！但是，求你不要这样对我，求求你！！！"

　　云玑赶紧安抚住画面外要暴走的杜小曼："这只是推演，现实肯定不会是这样。"

　　杜小曼盯着镜子，这货跟我有仇吧？

　　镜子似乎更来劲了，播放的清晰度又提高了一些。

　　谢况弈眉梢眼底，写满无动于衷的淡漠。

　　"杜姑娘，请不要再浪费时间。"

　　"杜小曼"身体又再剧烈一抖，捂住了胸口，不敢置信地睁大眼："弈，求求你，不要这样叫我！你杀了我都可以，求求你，不要这样称呼我……"

　　谢况弈冷酷地道："杜姑娘，唐郡主，到底哪个才是你的真名，我都不知道，也不想知道。此刻不是废话这些的时候，请姑娘随卫棠快离开。"

　　马蹄声如雷鸣，树林中已经出现了兵卒的身影，卫棠拉扯"杜小曼"："杜姑娘，请随属下快走吧。"

效果:

"杜小曼"居然不动，仍是定定痴痴地盯住谢况弈："你是不是永远都不想再看到我，更不会叫我曼儿了？"

谢况弈将怀中的孤于箸儿交给卫棠，拔出宝剑，仍没有看"杜小曼"一眼。

"姑娘，请你离开。"

"杜小曼"双手捧心，死死地盯着谢况弈，在作为群众演员的宁景徽、李左相带着大堆官兵涌出树丛，拔出兵刃，摆好包围造型的这段时间里，她的脸上和眼中，掠过了绝望、心碎、凄然、万念俱灰却仍痴心不改等种种表情……

杜小曼一瞥身边吭吭笑得打战的秦兰璪："再笑我就掐死你！"

然后忍无可忍地吼道："科学点行吗？这时候卫棠在干吗，肯定得把她敲昏了拖走吧！"

观众不捧场还拆台，让镜子很不满意，它的身体又噌噌涨大些许，镜面上"杜小曼"的脸更大了许多，那些一一掠过的表情越发清晰。

终于，她盯着谢况弈，凄然一笑："弈，你能这样想，很好。忘了我吧。忘了这个给你带来许多麻烦、许多不幸的我，这个害了箸儿的我，就当，从来不曾，认识过我。"

大喘气着说完这几句话后，她居然还是站着不动，仍旧用那个造型望着也依旧冷酷望向另一个方向的谢况弈。

拜托，你们中间有一个人去看看官兵好吗？！

杜小曼连声都没力气出了，也懒得再理会身边浑身乱抽的璪璪，继续看下去。

卫棠和宁景徽这些观众居然也都没有动，任由那个刚背完一大串台词、很明显接下来会干什么的女人再度缓缓地露出了一个凄然的笑容。

唇未动，但她的声音却空灵响起。

"但是……弈，你知道吗？你的爱，是我活在这个冰冷残酷的世界上，唯一的理由……"

哇靠，还有画外音！

在杜小曼五雷轰顶中，镜子里那女人终于一个跃式，跳下了悬崖。

"你应该明白你为什么不算输了吧？"云玳问木雕泥塑状的杜小曼。

杜小曼机械地点头："明白了。不过这面镜子……实在太不靠谱了。"

镜子嗡地蜂鸣了一下，以示抗议。

云玳笑道："它卜演的事情是比较夸张一点点，我就是觉得它很好玩，才收了它的。"

想来这面镜子给云玳仙子带来了很多乐趣吧。杜小曼默默环视了一下刚直起腰的璪璪，已坐在石桌边和九天玄女、北岳帝君一同面向这方品茶的陆判大人，各位神采奕奕的仙者仙娥们以及嫣然望着这里的唐晋嬗。

镜子身周冒出淡淡灰雾，云玳拍拍它："乖，说你好玩不是说你不好啦。不要小心眼呀。"

杜小曼顺顺气，转回正题："我好像意外赚到了。是不是本来我答应宁景徽进皇宫之后，和谁都不会有好结果了？"

云玳立刻道："怎么会，当然有啊。你喜欢那个爱吹笛子的小皇子的话，肯定会是好结局，不会比和谢况弈的结局差。"

杜小曼一怔，十七皇子？

因为他实在太纯洁善良了，她真的从来没有往那方面想过……

云玳又拍拍镜子："要不要看一看大概的结果？"

杜小曼眉头一跳。

镜面上一片漆黑。

云玳再拍拍它。

镜子纹丝不动。

杜小曼一喜："它是不是坏了？要不就算……"

话刚说了一半，镜身骤然金光大盛，画面立现。

夜晚，一间点着蜡烛的房间，房中站着两个人。

一个是秦羽言，一个是宁景徽，两人面对面。

宁景徽温柔地笑着："殿下安然无恙，臣就放心了。"

秦羽言抬眼凝望宁景徽的双目："我有一事，想求宁卿。"

"殿下岂可出此言，折杀微臣。"宁景徽立刻躬身，"殿下有何吩咐，臣在此恭领。"

"我想请宁卿，放过杜姑娘。"

宁景徽身形一顿。

"我这次能从宫中脱身，乃仰仗杜姑娘相救。我知道她并不是唐晋嬗，亦非月圣邪教中人。无辜卷进此事，还为朝廷出力，怎可让她却因此不幸？"秦羽言一揖，"死的无辜者已经够多了，请宁卿让杜姑娘平安活着。"

宁景徽神色复杂地看着秦羽言，片刻后微微叹了一口气："请殿下放心。"

秦羽言脸上浮起喜悦的笑容："多谢宁卿。"

"殿下对微臣，何须言谢。"宁景徽垂下眼帘，"臣又折杀了。"

镜面的图画切换，已变成了白天。

房间也成了另一间，陈设素雅，一张大床靠墙摆放。

"杜小曼"终于出现了，躺在床上。

她眼皮动了动，睁开双眼，秦羽言立刻出现在床前。

"杜小曼"不敢相信地看着他，挣扎着要起身："十七殿下，怎么是你？我不是已经死了么？这是……"

秦羽言扶住她："小曼姑娘，放心吧，已经没事了。你的药效还未全清，需好好休养。"又惊觉姿势唐突一般收回手，脸微微泛红。

"杜小曼"深深地望着他："是殿下救了我？"

秦羽言垂下眼睫："宁卿本就未曾想过要伤害你。还有，请……不必称呼我为殿下。"

"杜小曼"仍是深深地望着他："那，也请……请你不要喊我姑娘……不嫌弃的话，就喊我曼儿吧。"

秦羽言微微颔首，抬起睫毛，目光与"杜小曼"的相遇，两人都迅速移开视线，脸颊泛红。

画面又变，这次是外景了。

繁华庭院，蜂逐蝶绕，异草奇石环拱盈盈碧水，蜻蜓栖小荷，锦鲤逐莲影。

"杜小曼"站在曲折浮桥上，凭栏望水。秦羽言突然向她飞奔而来，一把抓住了她的袖子。

"曼儿，不要——"

"杜小曼"的身体一倾，伸展手臂，纱质长袖舞动着，旋转了半圈，扎进秦羽言怀中，仰头，二人视线相接。

粉红花瓣，纷纷而坠。

一直忍着各种恶寒观看画面的杜小曼终于忍不住，脱口道："这是桃花瓣？荷花都开了，怎会还有桃花？这不科学吧。"

镜子嗡一响，画面开始抖动。

秦兰璪道："你可以当它是仙桃。"

镜子摆了摆，图像又恢复清晰。

"杜小曼"和秦羽言凝望了许久后，猛地分开，两人都脸颊通红，转过身去。而后秦羽言复又转回身："小……小曼姑娘，皇叔他立后，可能只是不得已，你不要太难过……"

"杜小曼"盯着水面："你说的那个人，我早已不记得了，我只是看看花而已。倒是你……"她轻轻一咬唇，委屈地看向秦羽言，"不是说好了，叫人家曼儿吗？"

秦羽言一怔。

"杜小曼"抓着一缕头发，在胸前玩弄着，一跺脚："傻瓜，人家心里面有谁，难道你还不明白？以后再叫错，人家可不依了。"

秦羽言的脸又红了，轻轻点了点头。

"杜小曼"拧腰嘻嘻一笑，奔向了岸上的花丛，双臂伸开，在花丛里转了N个圈圈，摘下一朵芍药，插在鬓边，向秦羽言再一回眸："含笑问檀郎，花强妾貌强？"

秦兰璪望着镜面，略有些诧异："你竟知道这两句？"

杜小曼哼道："不要小看我，我文化水平还是不错的，那个什么画眉深浅入时无我也知道！"

秦兰璪道："那句用在此处不甚贴切。还是方才的用得好。"

杜小曼冷笑两声。

镜中那女人张开双臂，转起圈圈："哇，这些花，好美好美好美好美哦——看着它们，真的好想跳舞——"

　　站在桥头的秦羽言望着那个转圈的女子，露出温柔的笑容，从袖中取出长笛，横在唇边。

　　"杜小曼"停止了转圈，随乐起舞。

　　杜小曼僵硬地转过头，不再看画面。

　　好吧，不看画面的话，曲子还是很美的，而且有些耳熟。

　　好像是在酒楼的某个傍晚，秦羽言曾经吹过……

　　"真可惜。"云玳叹了口气，"你好像一直没对他动过男女之情。为什么？和你有缘分的这几个男人里，他性情最单纯，而且身边没有其他女子。"

　　杜小曼整理起凌乱的情绪："看这个剧情，应该是在我最后一次下去之后发生的呀，好像我动没动心都没关系。可为什么我睁开眼，是在大树底下……"

　　云玳说："唔，因为事实是这样的。"

　　镜子又开始播放画面，可能因为这次是转播真实事件，没有原创空间的缘故，画质略显粗糙，也没什么梦幻的光圈加持。

　　烛光下的二人一站一坐。

　　站着的人是宁景徽，坐着的那位是……现在站在杜小曼身边的这个魂。

　　杜小曼向身边看了一眼，秦兰璪一脸从容镇定。

　　镜面上的璪璪很有派头地倚在椅上，道："祸首潜逃，宁卿打算如何追捕？"

　　宁景徽微微躬身："臣会尽快。"

　　秦兰璪道："邪教经营多年，必有退路及藏身之所，越快越易铲尽。与其撒网寻捞，不如待鱼出水。"

　　宁景徽看向秦兰璪："请殿下放心，臣定会保全杜姑娘的性命。"

　　秦兰璪淡淡道："这些由宁卿把握，孤自然放心。"

　　杜小曼看到这里，不由得挑了挑眉，又看向身边的秦兰璪。

　　镜上画面已变成了另一间房，另一片烛光。

　　秦羽言凝望宁景徽的双目："我想请宁卿，放过杜姑娘。这次能从宫中脱身，多仰仗杜姑娘相救。我知道……"

　　"请殿下安心。"宁景徽微微一笑，"臣已对裕王殿下保证过，定会让杜姑娘平安无事。"

秦羽言一怔,继而露出些微笑容:"如此,我便放心了。"

云玳看看杜小曼:"如果在悬崖那里,你没有跳下去的话,其实你还是和这个小皇子有些许的可能。"

"小十七是个好孩子。"杜小曼尚未回答,秦兰璪便开口道,"性情沉静,心思纯良,与你同岁,年龄亦很匹配。"

杜小曼无奈:"放心吧,令侄单纯善良,而且总感觉他比我小,我没有起过歹念。"

秦兰璪垂下眼皮:"方才,镜子里那些,的确都是实情。我当时⋯⋯"

"你当时那样做,是想让宁景徽只考虑我的利用价值,不多琢磨你的其他心思。否则他或许权衡利弊后会觉得宁可多费点工夫抓月圣门的余孽,也不能留下我祸害你。"

秦兰璪抬眼看着她,双眼亮晶晶的。

杜小曼耸耸肩:"不要露出那种梦幻少女的眼神啦。我可是受到月圣门高度肯定,差点做了女皇的人,还能看不出这小小真相?"

秦兰璪点头:"嗯嗯,掌柜的英明神武!"

杜小曼在心里叹了口气,唉,说起来,孤于箸对唐晋媗倒的确是真爱,可惜⋯⋯

"月君是没好结果的,对吧?"

"当然啊。"云玳难得误解了杜小曼问话的意思,"他喜欢的是真正的唐晋媗。因为你一直说自己不是唐晋媗,他便非认定你是。但如若你真的对他心动⋯⋯"

云玳并未做任何示意,镜子就在这时候晃了一下,啪地开启播放模式。

披头散发的"杜小曼"双手捧心,两眼凄楚地喊:"箸!箸!为什么你不相信!我们有同样的相貌,同样的声音,我还有她没有的爱你的心,你为什么不能接受我——"

孤于箸冷冷地望着她:"敢冒充媗媗?找死。"

一剑劈下。

噗——

234

镜面一片血红。

"……"杜小曼盯着回到待机模式的镜子，这货故意的。

镜子斜立着，微微摇晃，一副慵懒姿态。

杜小曼再望向身后站着的唐晋婠。她正望着镜面，神情有些许若有所思，但总体仍是那样恬淡。

毕竟，唐晋婠已历经两世，不再是那个十几岁的少女，一个偏执的少年可能会让她一声轻叹，却不会再怦然心跳。

杜小曼又在心里轻叹了一口气，也许有一天，自己也会拥有这样的超然吧。

"你——"这时候，她身边的秦兰璪又幽幽开口了，"还打算再看和几个男人之间可能发生的事？"

杜小曼回过神："呃，应该是没了。"她望向云玟以及仍在悠悠品茶中的九天玄女和北岳帝君，"我本来可能的结局，就是这些吧。"

不对！杜小曼脑中某道光一闪。

"我和旁边这个人，本来应该没什么好结局吧。他不是北岳帝座这方的一号选手么？"

看了这么多个狗血的小剧场，被雷得七荤八素的杜小曼竟雷着雷着有点爽了。她跟璪璪的结局，在这个神奇的镜面上会有怎样的表现？

她对璪璪有信心，小剧场之天雷滚滚，必定不会输给其他版！

云玟看着目光炯炯的杜小曼，表情有点犹豫："他的作为，是出乎了原本的预料，但你们现在……"

秦兰璪道："她与别人的可能，在下都已看过。看看自己的，应不犯忌讳吧。"

云玟转而询问地看向九天玄女和北岳帝君。

九天玄女含笑道："只是一种推测罢了，既非事实，此时又已无丝毫成真的可能，让他们看看无妨。"

云玟行礼领命，拍拍镜子。

镜子懒懒地晃了一下，一副老子现在不想动的模样。

云玟轻声道："你干什么呀，这可是娘娘的命令。"

镜子这才缓缓直起，身周浮出光圈，镜面上慢吞吞地显出图像。

大殿、龙纹、帷帐！

宫廷戏！

杜小曼燃烧了，哦哦，璪璪版果然是大片！

这是个奢华又眼熟的场景是——皇帝的寝宫。

龙床华帐下，璪璪一身浅金色内袍，领口微敞，将一名香肩裸露的女子护在身后。

"曼曼，你听朕解释！"

手执长剑站在床前的女子脸色青紫，死死盯住床上的这对狗男女，颤抖的华丽袍袖上绣着乾坤地理纹，微乱的发上是金凤珠冠。

"皇后娘娘，"缩在璪皇上身后的半裸美女瑟缩开口，"执利刃向皇上，乃、乃大不敬……请皇后娘娘……"

"我竟然会做皇后？！"杜小曼哈一声，"原来你这么爱我！"

一旁的秦兰璪没吭声。

"住口，贱人！"镜子里的杜皇后一声凄厉呵斥，举起长剑，"本宫和皇上算账，轮不到你这贱人插嘴！"

"曼曼，你冷静一些！朕并非真的喜欢她！"璪皇帝一脸诚挚，"要让那些大臣们不再参你失德，朕必须略匀雨露，让别人怀上朕的子嗣，这是为社稷着想，亦是为了你我能天长地久，长相厮守啊！"

"哈哈哈——"杜皇后仰天大笑，声如厉鬼，"又是为了我！你说你要选妃只是个过场，让那些大臣们不多议论我，你谁都不会纳，我信了。你说大臣们不满意，为了你我长相厮守，放几个进后宫，做做摆设，我又信了。现在，你把这小贱人带到寝宫，白日宣淫，居然还说是为了我，哈哈哈——秦兰璪，你真的好能耐！我真的好愚蠢！"

"曼曼，我——"璪皇上向她伸出手，他身后的女子突然爬下床，跪倒在地，拼命磕头。

"皇后娘娘，请不要误会皇上。都是妾的错，是妾勾引了皇上！皇上他心中只有娘娘！今日太医给妾诊脉，说妾已有身孕，妾来告诉皇上，一时情不自禁才……"

女子双手按在自己精美性感小肚兜的下方。

"皇后娘娘，妾再也不敢引诱皇上了，皇上亦不会再临幸妾。请皇后娘娘看在妾肚子里龙嗣的分上，让妾生下他之后再领死。皇后娘娘才是皇上心中最爱最重之人，皇上对妾，真的就是皇上说的那样。妾愿身死一万次，请皇后娘娘不要再误会皇上！"

杜小曼摸摸下巴："唔，这个妹子很聪慧嘛。"

"你放心。"秦兰璪轻声道，"我已是孤魂野鬼，不可能有这样的事。"

"喂。"杜小曼无奈了，璪璪的小心灵真是蛮纤细的，"你不要这么敏感嘛，我就是评论一下剧情。难道现在和刚才那些小剧场里的疯妇是我吗？我会是那样？你会当我是那样？"

秦兰璪又靠近了她一些："嗯，我知道，你不会跳舞。"

杜小曼嗯哼了一声。

镜面上的杜皇后也已哈哈完了一段格外长格外凄厉尖锐的笑，血红的眼珠像要崩出熔化一切的岩浆，手中的长剑和身体一起颤抖。

"好，好啊——原来——原来你们早就——龙嗣，哈哈哈哈哈————秦兰璪，你骗得我好——只怪我愚蠢！我居然会相信你，相信你爱我！"

"朕真的爱你啊，曼曼！"璪皇帝用力地吼，"朕对你的心，天地可鉴！"

"都这时候了你还想骗我！"杜皇后抖着剑，"这样的时候，你还能说出这样的话！我竟会上这样的当！我错了，我大错特错，愿赌服输！"胳膊猛一抡，长剑劈下！

跪倒在地的那女子一声尖叫。

杜皇后癫狂地笑着，从璪皇帝身上拔出剑，朝向自己。

噗——

镜面一片血红。

"这……场景气氛很有，但情节太不现实了。"杜小曼在里嫩外焦中维持着理智，点评道。

"看来你最爱的还是我。"秦兰璪却很满足的样子，"只有我你做鬼也要带上。"

杜小曼无视了他这句话，接着点评："这个是我主动要求看的。这样说好像不太好，但是我肯定不可能当皇后，就算当了我也会跑路。"

秦兰璨表示赞同："没错，还会带上皇宫里最值钱的东西。"

镜子幽幽地冒出黑光。

这两个痴愚的凡夫对它的推演挑这嫌那指手画脚，它不爽已经很久了，只是不屑与凡人计较。

这回是他们自己嚷着要看，看完后又叽叽歪歪，真是不能忍！

镜子嗡嗡两声。

行，跑路是吧？满足你！

镜面上啪地闪出图像。

鞭炮噼啪，喜乐喧天。

路人争在街道边围观。

"是白麓山庄谢况弈庄主的孙子成亲吧，哎呀，真是热闹！"

"第六个孙子？谢庄主多子多孙，真是享人间至福。"

……

锣鼓声响，一行官家仪仗遥遥而来，迎亲喜轿暂时回避。

路人又指指点点。

"今年的采选好大阵仗。"

"皇上这把年岁了，一批十几岁的小姑娘纳进去，吃得消么？"

"嘘，不要命了！皇上乃风流圣德天子，龙体精神，岂是凡夫可比？话说淳王殿下的儿媳已定下是宁太傅的孙女了吧，隔不多久就该赐婚了。看来淳王殿下的皇储之位已经坐稳了。"

"那是，而且这位小姐之母是绍王羽言殿下的长女繁昌郡主。说不定我们杭州本朝除了太傅之外，还会出一位皇后娘娘。"

路边，一个满脸褶子一头白发的老太太佝偻着脊背，拄着拐杖颤巍巍地走进小巷，迎面风来，老太太一阵咳嗽，几乎站不住。

巷口摆烧饼摊的妇人见状，不忍心跑上前，搀着老太太，走到矮趴趴的小棚屋前。

老太太在裤腰带上摸索了一阵，摸出钥匙，妇人帮她开了门，老太太在黑漆漆的门边拖出个半残的小板凳。

"坐，你坐。"

妇人扶她坐下："杜婆婆，我就不坐了，还得回去看着摊上。杜婆婆你这是又去衙门了？偷你钱的贼人可抓到没有？"

老太太叹了一声："怎么可能呦……找不着了……棺材，没有指望了……"

妇人脸上满是同情："杜婆婆你别这么说，官府查着呢，肯定能找着的。"

老太太像个被风吹动的稻草人一样来来回回晃着头："没指望喽……我的银子……我的酒楼……我的棺材本儿……我怎么就把账本……"

妇人轻声道："婆婆，你有没有什么亲戚之类的？"

老太太慢慢抬头，残存着两三颗牙的牙床间吐出一声长叹："没有……这个世界上，我一个亲人都没有，因为我根本不是这里的人……唉，说了你也不会明白……"

锣鼓鞭炮声顺风隐隐传来，老太太抖索索抱住拐杖："其实我年轻的时候，有很多个英俊的男人喜欢我……这些人你都听说过……"

妇人赶紧笑道："杜婆婆，我真得回去了。晚上我那儿要有剩下的饼，我给你带过来。"飞快离开。

老太太独自坐在门槛内，层叠下耷的眼皮撑出缝隙，望着天空，闪烁着亮晶晶的光。

"年轻的时候……爱过。"

镜面转白，浮出两行漆黑大字——

杜氏，孤独幽怨一生，八十三岁，卒。

"冷静！"云玳赶紧拦住要冲向镜子的杜小曼，"这不可能成真的。"

镜子扬扬得意地摇摇摆摆滚来滚去。

云玳转头呵斥它："你也太胡闹了。"

镜子不满地嗡嗡两声。

北岳帝君笑着放下茶盏："呵呵，这的确亦是一种可能。"

九天玄女亦开口："凡人之机缘万万千千，你既能出乎我与帝君预料，走到了这一步，又何须对已不会成真之事太过执着？"

杜小曼这才想起还是正事要紧："那我现在，真的算是赢了么？"

"没错。"九天玄女嫣然，"本来，还有些许争议。但因你身边的这个魂，你就确定是赢了。"

"因为我心甘情愿跟着你做鬼。"秦兰璪笑眯眯的。

"我自己认输那句话，不会算的……"

"本君岂会因一句误喊而赖账？"北岳帝君起身，向九天玄女拱手，"连败两局，本君向玄女认输。"

九天玄女起身还礼："凡尘俗世，诸多痴迷执怨。帝君与我定下此局，亦是悲悯众生，怀点化之心。"

杜小曼长长地舒了一口气，情不自禁露出微笑。

北岳帝君认输的姿态这么洒脱，让她没有痛快淋漓的翻盘感。

不过这种浑身通畅的喜悦，更令她轻松。

赢了，真好！

云霓询问："娘娘，帝座，那些痴怨凡魂当如何安置？"

九天玄女道："恰好陆判大人在这里，请知会秦广王殿下，他们皆算有些仙缘，入轮回道时请多行方便。"

陆判躬身："小神定会将话带到。玄女娘娘放心。"又一一扫视杜小曼、秦兰璪和唐晋媗，"这位真正唐晋媗转生的杜晓曼，乃寿终正寝，按理小神亦当带回地府。"

北岳帝君向唐晋媗道："你比那小姑娘还要先赢本座，在凡间应该仍有牵挂之人，为何未像这个小姑娘一样，要求看这看那。"

唐晋媗微微笑道："我是略偏心我的小孙女和大重孙子，若能看一看也好。但儿孙自有儿孙福，我不知道他们的想法，也无法为他们决定讨要什么。如果帝君能让他们一生平安，无大灾大祸，那真是多谢了。"

九天玄女道："这些都是小事，你自己可还有什么牵挂？譬如你与后来的夫君情意甚好，来生可要再重聚？"

唐晋媗道："他早我许多年过世，可能早已转生了吧。今生想来自有今生的安排，即便我转生与他重逢，也各自无前生记忆。新的人生，应有真正新的开始，随今生之缘。"

北岳帝君赞许地点头："你竟全无凡人之执念，真是难能可贵。"

唐晋媗谦然道："多谢帝座谬赞，不敢当。大约是这一生活得足够久，看得足够多，什么都能想得开一些。"

杜小曼钦佩地看着唐晋媗，相比起来，自己真是好多执念，好想也拥有这样的心境。

唐晋媗察觉到她艳羡的目光，便又向她笑了一下："小曼不要和我比较呀，我是活过一百多岁的老太婆了。我其实很希望自己在和你同样年纪的时候能有你这样的性格。当然，做唐晋媗那辈子就更不用提了。"

杜小曼赶紧道："我……我哪有那么好，都在胡乱跑来跑去。就是唐晋媗那一世，也是你一时气愤，因为你什么都不知道啊，我是在天上得知了剧情才下去的。"

虽然知道的是比较坑爹的简略版。

唐晋媗嫣然，又转目望向九天玄女和北岳帝君："我觉得，我再重新开始一世，也蛮好的。"

"但你好像对转生也并不是太执着。"九天玄女凝望着她，"你这般心境，已合道意，可愿留在天庭？"

唐晋媗讶然："我？合适么？"

九天玄女道："天庭为仙者，有逍遥三界无拘无束的，也有略负责一些仙务的。譬如帝君、云霓、云玳与我这般。积累功德，自然会拥有修为，长久便能提升品级。"

杜小曼道："好像很好玩，晋媗你试试吧！"

唐晋媗思考了一下："对我来说，这样确实蛮新鲜有趣的，是从未想尝试过的挑战。小曼也赞同吗？那我就试一试吧。"

太好了，杜小曼一阵开心："你以后要多罩着我呀。"

唐晋媗看着她："你不和我一样，也留在天庭吗？"

"我……"杜小曼笑一笑。

"你先熟悉一下天庭，待测得你的资质后，再择选你到哪个仙者座下更合适吧。"九天玄女唤过云霓，吩咐她暂时照顾唐晋媗，带其到天庭各处转转。

唐晋媗九天玄女道谢。

陆判上前一步："此女的命册仍在地府，小神小得请她到地府一趟。"

九天玄女颔首应允。

杜小曼道："判官大人，我可不可以问您一件事，我在凡间认识的两个人，我想知道，现在怎样了。"

陆判肃然："凡间在世之人的命数乃天机，不可泄露。"

杜小曼道："我、我就是想问一下他们现在是否还在人世，这样也不行么？就是，您之前在镜子里也看到的那个被剑刺中的白衣女孩子孤于箸儿和她的哥

241

哥，被我用天雷掌劈昏的那个……"

陆判凝眉，掐指算了算，手中册子凌空飞起，唰唰自动翻开。

"孪生兄妹，同日同时生，同日亡。魂魄应已到地府。"

杜小曼心里一凉，陆判合上册子："你这小小凡魂，已在天庭，想来也可得仙籍，怎还如此多世俗牵挂。"

杜小曼张了张嘴，身边的秦兰璪向她侧转身。

"看来，你我也要就此分开了。"

杜小曼眨眨眼，盯着他。

秦兰璪伸手想拉她的手，却无法有实质的触碰，秦兰璪看着互相穿过的两人手的虚影，再抬起眼，温柔地注视着杜小曼。

"能多和你在一起这许久，我便已知足。来生必然什么都不记得。掌柜的，你好好做神仙，就此忘了我吧。"

杜小曼道："嗯，等我仙法大成，如果你这回投胎还是个人，性别没转换，我多给你加点桃花运，让你多遇见几个美女。"

秦兰璪深情道："来世不论是何物，你能偶尔看我两眼便好，若觉得我有些慧根，可以点化的话……"

杜小曼摆摆手："行了行了，打住吧。你这个脾气有时候真让人着急。你要去投胎，地府让吗？陆判大人，您收他吗？"

陆判摇摇头："阳寿未尽者，地府不取。"

杜小曼呵呵两声："听见了没？"

秦兰璪沉默。

杜小曼向九天玄女和北岳帝君转过身："我还想和他一起回人间去，把这一辈子过完。"

秦兰璪神色一变。

九天玄女和北岳帝君皆露出意料之中的表情。

杜小曼向秦兰璪眨眨眼："别这样看着我嘛。地府不收你，你应该也没资格留在天庭。"

北岳帝君袖手遥遥道："天庭能留下你与那个女子，乃因你们二人赢了本君，特此破例。"

杜小曼道："看吧，你两边都不行，肯定只能再回去了。你刚才说那么一大堆，其实就是觉得自己回去很惨，记着我，或者被天庭把关于我的记忆洗掉，实在太苦情了，对吧？"

秦兰璪苦笑："曼曼，你不要说得这么直白。"

"这点涩涩的小情怀有什么不能直说的。"杜小曼耸耸肩，"我是这么不讲义气的人吗？你都跟着我上来了，我能让你一个人回去？"

"掌柜的，你真是义薄云天。"秦兰璪叹了口气，"但是，你放着神仙不做再回凡间真的是非常蠢。而且，据说天上一日，地下一年。你算一算我们上来了多久，说不定人间孤的七七法事都做完了。"

"既然送尔等还阳，便不会有躯壳顾虑。"北岳帝君又遥遥道，"但他说得不错。你再下凡间，几十年的一世眨眼便过，经种种生老病死轮回之苦，岂能及超脱三界，自在逍遥之万一。"

"不过做凡人也有做凡人的好处吧，跑来跑去，今天不知道明天会发生什么，也蛮有趣的。"杜小曼再眨眨眼，"我这辈子结束后，可以再回来这里么？"

北岳帝君失笑："你真是贪。你方才自己也说了，做凡人，今天不知明天会发生什么。既归俗尘，一世之后的事，本君岂能许你承诺？"

唔，我就是问问嘛。杜小曼嘿嘿一笑。

九天玄女慈爱地看着她："你这次，本是自己放弃了凡世，真的还要再回去？"

杜小曼肯定地道："嗯。我喜欢他，所以想跟他一起回去。"

九天玄女笑着叹了口气："的确还是个年轻的孩子啊。"

北岳帝君又开口道："本君与玄女的赌约虽已结束，但凡人多变，他与你之情爱，是否如你想的那么靠得住，本君与玄女都不能断言。"

"我知道。"杜小曼认真地道，"您和玄女娘娘这样的大仙都不能确定的事，我考虑再多也没用啊。但是现在，他喜欢我，我也喜欢他，我就和他一起回去。如果以后他不喜欢我了，我不喜欢他了，我踹了他或者他甩了我，那就到那时再说。"

都见识过这么多了，没什么是不能承担的。到那时候，自有那时候的活法。现在呢，就先过好现在。

"仍是凡人俗念，倒也有趣。"北岳帝君呵呵一笑，看向九天玄女，"玄女有何看法？"

九天玄女微微一笑："我无甚看法，顺其自然吧。"

北岳帝君一甩衣袖，彩云上忽然浮起画面。

"小姑娘，你应该一直还想要看这些吧。这，就当是你赢过本君的额外奖赏。"

杜小曼一愣，忽然捂住了嘴。

那是……家的画面。

她，真正的家，和家人。

爸爸、妈妈和哥哥一起，正在商场里购物，哥哥身边，还有一个很漂亮的女孩子。

女孩子从店铺的展架上取下一个包包，递到妈妈手中。妈妈提着包，到镜子前照了照，露出满意的笑容，回身与那女孩子亲昵地谈笑。哥哥和爸爸在一旁含笑看着。

画面再一变，是……熟悉的饭厅，熟悉的吊灯，熟悉的餐桌。

桌上摆满了饭菜，一看就是老妈亲自下厨做的。红烧鱼、红烧排骨、红烧茄子、红烧鸡块、红烧羊肉……

爸爸、妈妈、哥哥以及那个女孩子围坐在餐桌边，哥哥夹起一筷子菜，放到那女孩子的碗中。

杜小曼捂住嘴，无声地抽噎着。

"没……没想到……我哥还会给人夹菜。明明吃饭的时候，最能抢菜的就是他。他……"

他找到了自己喜欢的人，真好。

爸爸、妈妈、哥哥，现在都这么幸福，真好。

秦兰璪虚虚环住她的肩，画面渐渐消失，方才的位置旋开一个洞口，洞外碧蓝天宇下，山河万里，亭台楼阁。

杜小曼用手背揩了下眼眶，擦掉并不存在的眼泪，缓缓站直。

北岳帝君袖手道："这次可别像上次一样，嘴上说了一大通，转头眨眼就回来了。本君与鹤白赠你的法咒法宝都已收回，云玟与鹤白也不会再看着你，你这回，就只是做一个寻常的凡人了。"

杜小曼郑重地点头："我会好好珍惜今后的人生。"

陆判向九天玄女和北岳帝君施礼："小神亦得赶回地府，就此告退。"

杜小曼和唐晋媗依依道别，以后都不知道能不能再见面，虽然相处的时间不长，但因为"唐晋媗"这个名字，两人之间存在着特殊又浓厚的情谊。

"小曼，多保重。"

"你也是，早日修成大仙，多关照关照我。"

唐晋媗嫣然："一定。"

云玑走过来，看向秦兰璪："虽然赌局已经结束，我们不会像之前那样时刻看着小曼，不过，我如果想念小曼了，心念一动，就能看到。你明白吧？"

"请仙子放心。"秦兰璪正色道，"其实在下与她初见后不久，便已确定，她是我今生唯一真爱之人。"

居然对我情根深种得这么早？

杜小曼刚讶然看向秦兰璪，天演镜突然从云玑腰间的锦囊中跳了出来，日日变大，灼灼冒光。

镜面上赫然浮起裕王府后花园的图景。

秦兰璪玉簪束发，长袍宽松，一身家常装束，揽着"杜小曼"站在廊下。

"曼曼，你能不再与南绡她们置气，愿意留在我身边，真是太好了。孤向你保证，虽她们都在你之前进府，但你永远是正妃，更是我今生最爱之人！"

"杜小曼"含嗔一笑："谁让我喜欢你呢，只要你待我是真心，能与你今生长相守，其他事，就不多计较了。"

"……"

杜小曼缓缓转过头，秦兰璪立刻睁大无辜的双眼："掌柜的，这镜子不能信你明白的！就算我有过这个念头，那也是很久以前了，我知道你肯定不愿意。我现在已经跟着你到这里了，你要相信我！"

"就算？那还是这么想过。"杜小曼磨牙，"果然我一直对你保持戒备是对的！你个后宫种马男！"

云玑想要抓回镜子，镜子敏捷跳跃闪避，又涨大许多，光芒愈发明亮，镜面上画面一变。

"陛下，这几位都是刚入宫的美人。"

镜上场景，竟是皇宫。

金銮大殿，高高龙椅之上，身披龙袍、头戴十二旒帝冠的赫然是"杜小曼"。

龙椅旁侍立女官恭敬禀报。

"谢美人、宁美人、羽言美人、孤于美人、兰璪美人和慕美人乃臣等层层择选，侍奉君侧，充纳后宫。陛下可还满意？"

龙椅上的杜女皇皱眉一指："这个姓慕的怎么混进来的？来人，给朕叉出去，别污染朕的眼睛！"

左右冒出几个侍卫，将慕云潇叉了出去。

女官战战兢兢抬眼看着杜女皇："陛下，剩下的五位美人，皆天姿国色，出身高贵，才貌兼备。不知陛下各赐什么封衔？后位如今尚且空缺……"

杜女皇微微眯眼："这个问题，朕得慢慢思考，很难抉择啊。"视线在阶下五人身上反复流连，"都把头抬起来，让朕仔细看看。嗯，不然先都送进后宫，待朕一一宠幸吧。今晚先翻谁的牌子好呢？"

杜小曼张大嘴盯着镜子，这……这……

云玑飞身一把扑住镜子，盖上镜盒，强行用法力将其变小，塞进了锦囊。

秦兰璪一声不吭地看着杜小曼。

杜小曼哈哈一声："这个镜子，真是太不靠谱了！简直乱扯嘛！我怎么可能想过后宫，就算想过后宫，怎么可能里面连慕云潇都有！"

秦兰璪垂下眼帘："原来我只排到第五，在孤于美人之后。"

"没有的事。"杜小曼安抚他，"我最喜欢你了，真的！这我……"

她身体突然一空，眼前一花，直坠而下。

北岳帝君再一弹指，云上洞口消失。

"无聊的凡人，本君真是看不下去了。"

第九卷・明天永未知
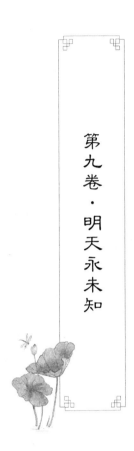

薄雾氤氲，隐有白衣美人，广袖飘逸，遗世独立，似近在眼前，又似遥在天边。

　　好美……

　　怎么可能有这么美的人……

　　一定是仙人吧……

　　这是……还在天庭吗？

　　杜小曼张了张嘴，努力看向那抹勾魂夺魄的玉影。

　　白影一动，向她走来。

　　"女娃，醒了？"

　　一张猥琐老脸陡然特写，杜小曼一个激灵，直弹起身。

　　萧白客睬眼俯视她："看来恢复得尚可，四肢未残。"

　　杜小曼拍拍胸口，顺了顺气，目光扫视四周。

　　素纱帐，大床，陈设雅致的房间。床头的小炉子上架着小砂锅，咕咕冒着药香浓郁的蒸气。

就是她刚才恍惚中看到的……仙雾？

杜小曼再看看萧大侠身上那件款式相当仙风道骨的白袍，内心流泪。

朦胧什么的真是害人啊。

一道熟悉的影子扑进了房门，站在门口欣喜地看着她。

"曼曼，你醒了！"

杜小曼扯了扯唇，望着璪璪，想说话，又不知道该说什么，发现自己在傻笑。

两人对视着傻笑了片刻，萧白客道："这个女娃已经没事了，你可过来看看她。"

秦兰璪立刻扑到杜小曼床边："有无哪里不适？"

"目前还行。"杜小曼试着动了动，"就是身体有些沉重。"

可能是在天上当魂惯了，猛一下接受不了实体的沉重感。

"对了，你什么时候醒的？"

"我也刚醒。"秦兰璪坐到她身边，抓住她的手，"方才出去透了一口气，就听到你醒了。还是做人好，能摸到你的手，真好。"

萧白客递来一个冒着热气的药碗："女娃，把这碗药喝掉。"

杜小曼从璪璪爪中抽出手，接过碗，脸有些热。

璪璪又摸向杜小曼端着碗的手："我喂你。"

杜小曼往后一闪："我自己喝就行。"

萧白客瓮声道："非老夫不让你们调情，此药乃为女子身体而配，男子凑近闻多了，无甚好处。"

秦兰璪敛了些笑容，但仍旧坐在原处不动。

杜小曼咳嗽一声："萧大侠，是您救了我们两个？"

萧白客道："老夫只是恰好在场，顺手罢了。"

在场……

杜小曼抱着碗，努力回顾了一下之前的场景。

树林、悬崖……奇怪的东西还是蛮多的。对于一切皆有可能的萧大侠到底是啥……

萧白客淡淡的语气中饱含惋惜："老夫是那个桥墩，真是再容易看出不过。不过当时情形，你无心其他，倒也可谅解。小儿女你情我爱之类琐事，委实于长进无益。"

桥墩……

萧大侠什么时候到达的那里，为什么要蹲在那里，什么也不做，只扮演一个桥墩？

杜小曼默默流着冷汗喝了一口药。

萧大侠的艺术人生，凡人就不要去破解了。

"多谢萧大侠，救命之恩，真不知道该如何报答。"

萧白客道："不必。老夫一直很喜欢你这个女娃，把你二人从崖下的树杈上摘下来，未能让你们做成一对腊鸳鸯，只是顺手，莫怪老夫多管闲事。先把药喝完。"

杜小曼赶紧道："真的太感谢您了，救命的恩情，下辈子做牛做马也报答不完。"咕嘟咕嘟灌了两口药。

秦兰璪亦道："多谢相救，但阁下分明答应过我，会扮作我的模样在宫中，为何又到了那里？"

萧白客高冷地瞥他一眼："老夫想去看看，不行么？女娃，当日老夫让你带的话，你是否尚未带到？"

杜小曼陡然被点名，一口药哽在喉咙里。

萧大侠和璪璪两人之间的气氛，很是一言难尽啊。

萧大侠竟成了璪璪的召唤宝宝，帮忙跑腿送信做替身。明明交流得如此深刻，此时距离不到一米的两个人，却非让她传话。

这算什么事？她夹在这中间算什么啊？

秦兰璪看看杜小曼，再看向萧白客："什么话？"

萧白客微微侧身，一副老夫就是不说的冷傲姿态。

杜小曼深深地无奈了。她两口灌完剩下的药，一抹嘴角："哦，萧大侠曾经让我带话给你，说事情不是你想的那样。没有的事，让你不要瞎想。"

秦兰璪挑了挑眉。

杜小曼索性帮他们打开窗户说亮话："我猜，萧大侠是想说，他不是你爹。"

萧大侠和璪璪这别扭的样子，其实很有父子相啊。

秦兰璪的目光闪了闪："你都知道了。"

杜小曼点点头："假皇帝妹子恨不得让全天下人知道你不是皇家血统，我肯定听说了呀。萧大侠这样的高人肯这么帮你，再加上他对我说的话，就差不多能猜到喽。"

"女娃，你的聪慧老夫不需要多夸。"萧白客仍维持着那个姿势，"可惜这小子远不及你的见识。小子，老夫帮你，只因故人之谊。令堂是个好女人，你可疑心老夫，但不要侮辱她。"说罢，劈手夺过杜小曼手中的空碗，大步离开。

秦兰璪又抓起她的手："抱歉，天庭都去过了，其实这些凡尘事，本是浮云罢了。"

一直习惯了璪璪奸猾油腻的画风，突然之间他切换成这么正经深情的模式，杜小曼还挺不适应的。

她张了张嘴，秦兰璪垂眸望着她："嗯？"

杜小曼尴尬笑笑："我是在想，这个时候该和你说些什么好。我好像，忽然不知道该说些什么了。"

脑子有点空白，反应很迟钝，特别是在看着这个人的时候。

秦兰璪的眼眸离她越来越近："那就不要说。"继而一低头，攫住了她的双唇。

咚、咚、咚……

真实的心跳声快震破耳鼓。

意识更加空白了，浑身如同陷进了棉花堆一般的飘飘然。

许久许久之后，杜小曼的唇齿才获得自由，秦兰璪在她耳边低低一笑："虽然天庭甚好，到底不及做凡人的滋味。"

杜小曼把烫得简直能煎肉的脸贴在他肩上，秦兰璪双臂又收紧了些。

"我本以为，今生没有这个机会了。所以那时在山神庙，我才硬拖着你拜堂。我想着，反正不可能，就有一次假拜堂也好。"

杜小曼心里某个地方像被戳了一下。她抬起头："对了，你我现在在哪里？目前是哪年哪月了？你我昏迷了多久？那些事，都怎么样了？"

又转目看看四周，他们待的这个屋子，摆设很雅致的样子。

秦兰璪道："这里是京城。"

杜小曼听出他语气里的微妙，从他怀抱中挣扎出来。

秦兰璪叹气："一醒，有些事就躲不过。宁景徽在外面。"

杜小曼的头晕了一下："不是萧大侠救的你我吗？"

秦兰璪道："他装成那个桥墩，在你我下崖之后，就变成人跟着下去了。宁景徽又不是瞎子。"

杜小曼又流下冷汗。

当时在场的人目睹了裕王殿下跟着月圣门的妖女唐郡主跳崖，然后又看到桥墩大变活人，三观肯定受到了强烈的冲击。

"大内高手没有萧白客的轻功，不敢追随下崖。可宁景徽知道你我二人被萧白客所救，他带着我们两人走不远，而救人也需要药材，你是女子，救治看护还需要仆妇帮忙。所以，宁景徽找到我们，真是非常轻易。"

杜小曼无奈地翻个白眼，宁相大人不去侦探剧当主角真浪费。

"那你……要做皇上了？"

秦兰璪抓住她双肩："想不想当皇后母仪天下？可比做酒楼老板娘霸气多了。"

真要按照那狗血天演镜的剧情来进展啊。

不想，不是那块料。一个酒楼就够折腾了。

再说她也是有常识的，自己现在这样，怎么样也当不了皇后了。

杜小曼道："说真的，你当皇上很合适。"

秦兰璪微微侧首："哦？掌柜的竟对我如此高度评价？"

杜小曼点点头："嗯。摆摆架子的时候蛮像回事的，造反这么酷炫的事也都做了，我在宫里听过你的账本状况，你赚了不少钱来着，搞经济也有一手。宁景徽对你这么死心塌地的，那个丞相那些官员也都支持你。综上所述，你当皇上，还是不错的。"

秦兰璪一笑："多谢夸赞。我得出去和宁景徽聊一聊。放心，不会有多久，你待在这里就可以了。"

秦兰璪起身走出房门，杜小曼想了一下，也跟了出去。

外面的空气微有些凉寒，廊下院中，一株蜡梅开得正好。

宁景徽于树下向秦兰璪施礼，抬头看见杜小曼，杜小曼停下脚步。

面对宁景徽，她的心情很复杂，宁景徽倒是一如既往的从容平静，向她这里走来。

杜小曼不由自主迎了上去，下得台阶，两人在距离四五步远的地方同时停住了脚步。

秦兰璪抢到杜小曼身边站定，抓住了她的手。

宁景徽淡淡开口："月圣门邪教孽首孤于箸等人已在朝廷追捕中当场伏法，其余地方之势力亦在清扫。"

孤于箸儿兄妹已死的消息虽在天庭就已得知，杜小曼心中仍然一沉。

"多谢宁相告知。"

宁景徽声音和缓："孤于兄妹乃前朝余孽。邪教覆灭，社稷去一大毒瘤。本阁再次谢过姑娘。"

"宁相客气了。"杜小曼扯了扯嘴角，"其实我并没有做什么，都是……顺势而为。"

宁景徽的立场，她自始至终都能理解。

宁景徽从袖中取出了一本册子："此乃月圣门邪教与孤于兄妹身世之真相，或许姑娘有兴趣一看。"

杜小曼接过册子，秦兰璪松开她的手："宁卿，孤有些话要同你说，那边厢房中说话吧。"

宁景徽道了声遵命，两人走向游廊尽头的厢房，杜小曼在回廊长椅上坐下，晒着太阳，翻开了册子。

册子里的字都用正楷书写，她能看懂。

阳光渐渐西斜，册子差不多看完的时候，尽头的房门嘎吱一声打开，宁景徽和秦兰璪先后走了出来。

杜小曼不由得抬头起身，秦兰璪含笑向宁景徽道："孤明日会按约出现。其余事情，便倚仗宁卿了。"

宁景徽抬袖："臣尽力而为。"侧身扫了一眼杜小曼，下了台阶，向院外走去。

斜阳下他的身影比以往更清瘦了，虽还是那样的淡定，但杜小曼总觉得那背影有些寂寞。

她转头看向负手站在廊下的璪璪："你跟宁景徽谈了什么？"

秦兰璪道："没什么，就是商议我明日进宫拥立十七皇子，后日举行登基大典一事。"

杜小曼瞪大眼，秦兰璪捏捏她两颊："怎么，难道你想当皇后了？我这就去追上宁景徽，告诉他我改主意了。"

别！杜小曼鼓起腮："我只是想象不出十七皇子当皇上的样子。"

秦兰璪呵呵一笑："我倒真心觉得十七能当好这个皇上。至少比如今的我合适。你喜欢我，当然怎么看我怎么好。但我身世不清白之谣言已传开，必有人拿此做文章。我起兵造反，和皇上抢一个有夫之妇，又跟着掌柜的你跳崖，亦是

德行有污，贪恋美色，罔顾社稷，不配为帝。唐王匡乱有功，我和他女儿的纠葛
却会让他台面上难以交代，十分尴尬。那些言官平日里没少弹劾我，查抄裕王府
有不少人都参与了，若我为帝，必然内心惶惶。这次宁景徽在暗，李孝知助我在
明，若我即位，刚开始必要更厚赏李孝知。他本来官位就高于宁景徽，再升一
级，就是太傅了。这样的话，后来再压制他也较麻烦。种种纠葛的情况下，不如
让清清白白的小十七登基，他身份压得住，各方都能均衡，重开新局面。"

杜小曼撇嘴："谁看你怎么看怎么好了？我只是觉得十七皇子比你柔弱，他
那么超凡脱俗，那么单纯善良，和皇帝画风有些不搭而已。"做个解说还能自我
吹嘘一番，真是够了。

秦兰璪笑眯眯地环住她肩："那在你眼中还是我英俊又霸气呀。十七年纪
小，个性温吞了一些，但遇事很有分寸决断，骨子里挺倔的。我们在天上这几
日，臣子武将彼此间钩心斗角，翻来覆去好几轮了，已有人提议让他即位，只是
这孩子太实诚，一直不肯。当然，他目前手中的确无权。不过我这里替他压一
压，别人就没什么话好说了。我朝才不过三代，就出了这么多的幺蛾子，很需要
一个温和慈悲的皇帝爱惜天下。"

杜小曼道："嗯，但你别往脸上贴金了。英俊霸气这两个词跟你没关系，说
谢况弈还差不多。"

这个名字无意识脱口而出，杜小曼自己僵了一下。

秦兰璪自然察觉到了，瞄了瞄她手中的册子："你都看完了。"

杜小曼点点头："嗯。"

月圣门的真相，孤于箬和孤于箬儿兄妹的身世，都让人意外又苦涩。

孤于兄妹其实是前朝皇族遗脉，但按照古代的算法，又不是。

因为他们是亡国公主的后人。

前朝最后几个皇帝子息不旺，末代那位是唯一独苗，吃奶的时候就继位了。
节度使高荆乱国废了前朝，杀了小皇帝，皇族的男丁也都断绝了。

小皇帝的姐姐昭圣公主辗转各处，想复亡国之仇。当时的江南节度使王铣表
示愿意帮助公主剿灭高荆，公主相信了，但等她到了王铣之处，才发现王铣其实
只是贪图她的美色以及她手中的前朝宝藏。

王铣夺走了公主的所有复国财宝，杀了跟随她的人，把她囚禁在杭州府
邸中。

一个晚上，公主突然消失了。

各地节度使拥兵自立互斗了十几年，各有消长。王铣有公主的财宝加持，渐渐成为势力最大的一方。

忽有一夜，王铣遇刺，满门皆灭。

据下人中苟活下来的人说，前一日，王铣刚在民间找到了自己遗落在外的儿子。原来，那个孩子就是昭圣公主所生。

当日公主消失，是前朝残余的死士将公主救出，公主却发现自己怀孕了。她生下了一对龙凤胎。

这对孩子流着王铣的血，但又是前朝皇家血脉仅存的延续。

公主在被王铣折磨那么久，于生下孩子后已近疯狂，她已没有能力复仇，就隐匿起来，让死士们教自己的孩子武功。

孩子们在公主的教养下自认是前朝皇族，憎恨自己的父亲。公主设计让儿子与父亲相认，再吩咐儿子杀了王铣满门，而那个孩子，也因在屠杀中受重伤不治而死。

这件事后，世间又没了昭圣公主的消息。

天下未定，也无人有闲心去追查一个没有夺江山之力的亡国公主。王铣死后，各方势力开始新一轮逐鹿。本朝太祖渐占上风，最终夺得天下。

谁都没有发现暗处有一股一直在默默发展的小势力。

待到德慧公主婚姻不幸时，这股势力凭空出现，世上多了个月圣门。

德慧公主也罢，后来的圣姑们也罢，都只是幌子。真正操控月圣门的，其实是昭圣公主的后人。

他们自称姓"孤于"，取"孤余"之意。

秦兰璪从杜小曼手中取过册子，翻了翻："所以我对你说过，如果谢况弈知道了真相，只会谢你。说不定谢庄主夫妇此时都想把你插香供起来。"

杜小曼喉咙中泛出一丝苦涩："但是箬儿，真的很无辜。"

秦兰璪摇头："孤于姑娘是个好姑娘，可若说所有的事情她一概不知，也不太可能。她武功很高，又懂制毒和解药之术，你知不知道她的洞府中有多少稀世毒草？我相信她心性单纯不谙世事绝非作伪，但她这种单纯，乃是孤于一系故意为之，为了让谢况弈相信她，娶她，延续前朝血脉。这一族如何繁衍，你也知道了。"

杜小曼沉默。

昭圣公主在经历了向王铣复仇，儿子也赔进去了之后，彻底扭曲变态。她手中也只剩下女儿可以培养利用。于是孤于一族开创了一个奇特的繁衍方式，他们每一代，都会生一个男孩、一个女孩，把其他多生的杀掉，男孩学习武功，负责刺杀等事务，后来就成为实际掌管月圣门的月君，而女孩则挑选合适的男子，骗其婚配，待生下孩子后，再灭男方满门。

秦兰璪卷起手中的册子："你还记得杭州的牛瀚古吧，他的叔父便是中了这种圈套，成为孤于氏女子借种之人。他的祖父母与父亲在那女子有了孩子后一同被杀，幸亏当时他母亲带他回外祖家省亲，逃过一劫。他母亲很聪慧，闻知当时情况后，立刻带着他隐姓埋名逃到外地，但其外祖一家亦遭不幸。"

杜小曼愕然。

秦兰璪叹了口气："这些事不便记录于书册之中。牛瀚古考科举就是为了报仇，所以宁景徽才会把他调去杭州。多亏他，才能彻底查得孤于孽族的底细。牛瀚古还记得他那位婶娘，柔柔弱弱，看见花落都会流泪，飞虫蝼蚁也不忍心伤害，怎么也想不到这样的女子能变成恶鬼。那个女子，应就是孤于箐儿兄妹之母。"

杜小曼浑身寒毛倒竖。也就是说，和谢况弈的爹结义并定下儿女亲事的那对男女，根本不是夫妻，而是一对兄妹。

"他们遇见谢庄主是圈套，还是……早就相中了谢家？"

白麓山庄在江湖颇有地位，家业甚大。谢家习武世家，基因良好。谢庄主好像没什么兄弟，谢况弈又是独子，和谢况弈生了孩子，灭谢家之后，还能接手谢家的财产，搞到谢家的武功秘籍之类的，简直是再合算不过的买卖。

秦兰璪颔首："不错。因为谢庄主和谢夫人都是精明之人，小孩子在他们眼前耍花招不容易，月圣门才索性就先让孤于姑娘真的单纯无忧地长大。白麓山庄一直视月圣门为邪道，帮了朝廷不少忙，可一直没想到，罪魁祸首，其实就养在身边。"

上一代丧心病狂的孤于兄妹死于几个被朝廷策反的死士之手，然后孤于箐接掌月君之位。而箐儿……则继续天真无邪地生活在竹幽府中，等着做谢况弈的新娘。

"可我还是相信，箐儿不会做这样的事。"杜小曼艰难地开口，"她真的喜欢谢况弈。谁都没办法选择自己的出身。"

秦兰璪将她的手笼进自己袖中暖着："事已至此，无法挽回。那个结果，可能对孤于氏的女子来说，算是个好结果。宁景徽已经告诉了谢家真相，谢况弈应该也知道了。"

杜小曼攥住拳，真正无辜的是谢况弈，本是阳光少年，快意江湖，却莫名其妙被拖进这个事那个事之中，不断被伤害。

秦兰璪将她的手指展开，掌心抵住她的掌心。

"对于这件事，你丝毫没有自责的必要。若你担心谢况弈以为你死了又添心痛，我可着人去告知他你的消息。你想与他见面，我也可以安排。"

杜小曼道："见面就不用了。"她和谢况弈暂时不见面对大家都好，"让他知道我没死就行。谢谢你。"

掌心上的温度蔓延至心脏，她踮起脚，双唇飞快地在璪璪脸颊上触了一下。

璪璪的双眼弯得连眼珠都看不见了，一把将她又扯进怀中，低头亲了亲："虽然吾只是小五，但一定会让掌柜的觉得我贤良淑德，识大体又大度。"

他还记得这事！

杜小曼流着冷汗干笑两声："啊，那个狗血镜子，你不说我都忘了……哈哈，说起来，咱们现在这个场景，好像那个镜子里演的，你和我说我不嫉妒你那堆美人肯进你王府的时候……唔……"

这种转移话题的方法真叫耍流氓吧。

杜小曼合上眼。

不过，她还……蛮喜欢。

史书载，丁亥兴极五年十一月，皇帝秦簇恒驾崩，谥号代皇帝，后世称代宗。

代宗无嗣，弟十七皇子羽言宽厚有德，皇叔裕王、左相李孝知、右相宁景徽与众臣跪请继位。数辞不能，遂登基，减赋免役，大赦天下。

钟鸣九下，百官陈列御阶，等待贺拜新皇。

宁景徽独自踏进偏殿，宫人们敛身退下，紫烟缭绕，簇新龙袍山河社稷纹之上金龙腾云，十二旒珠帘闪着熠熠光泽。

"陛下，吉时将至，莫让众官久候。"

秦羽言自窗前转身："皇兄的尸骨，还是未曾找到？"

宁景徽微微摇首："妖党有一药物，名为化尸粉。臣想，他们那时需做得不留痕迹，大约……"

秦羽言沉默。

他身上的龙袍，十分沉重，头上珠冕，更若顶泰山。

从古到今，穿戴上这套衣冠者，便从此禁锢加身，与那把高高在上的龙椅，永远捆绑在一起。

秦羽言逸出一声轻叹："宁卿此时，应有许多无奈。我亦自知非帝王之材，本愿青灯佛前，了此一生。只是时势所迫，你我都不得不如此。朕唯能向宁卿与天下起誓，既登此位，定竭尽今生所能，不负社稷，不负百姓。若违此誓，身便如此。"取出袖中玉笛，重重一摔，玉笛跌落地面，碎作数段。

宁景徽敛衣跪倒。

"臣宁景徽，亦立誓殚精竭虑辅佐皇上。吾皇万岁万万岁。"

腊月的微风寒凉入骨，柔暖阳光自重叠云间落下，照耀巍峨陵墓。

秦兰璪携住杜小曼的手，站在陵前。

"母妃，这就是你的儿媳，拜堂之前，带来给你看看。从今后相携白头，请母妃在九泉下勿再挂念。"

杜小曼和秦兰璪向着太妃的陵墓三叩首，一道起身。

两人退到一旁，一直站立在远处树下的萧白客走向墓碑。

他并不拜祭，只是沉默站在碑前。

杜小曼抬头看了看秦兰璪，有些不解。

秦兰璪盯着萧白客的侧影，低声道："我出生之前，父皇便驾崩了。我对他所知，只是太庙中的牌位，史书中的记载。他乃太祖皇帝，无人敢妄加议论，即便母妃提到他，也只能恭敬赞颂，不敢多言。太后不喜欢我，一直担心我会谋位。我很小的时候就听到了一些谣传，说我非父皇之子。"

杜小曼小声道："你很想念母亲，当时在天上时，为什么不……"不向玄女娘娘和北岳帝君请求看一眼。

秦兰璪道："那时来不及，即便来得及，我也不会问。她已过世多年，可能早已转生。其实拜祭先人，更多是为了仍在人世者的一点牵挂吧。"

矗立在阳光中的萧白客伸手抚摸碑顶。

二十多年前，他尚是一个身在血雨腥风之中的美男子，竟惹得天狼教圣女米萨苏、欢喜门掌教花媚媚、双合楼主秋烟袅几位祖奶奶级的大妈出山，争要品一品这根嫩草的滋味。

萧白客被从西域追到中原，从中原奔命到南疆，在自南疆逃回江南的路上又遭江湖怨夫团联手伏击，负重伤改逃进京城，躲入太上皇休养的行宫中。

他听说太上皇多半时间人事不省，本想躲在其寝殿，可以捞几口珍稀补药吃。但伤重之下眼神不济，加之对宫内等级规矩不甚懂，拣了间看起来最奢华的寝殿就藏了进去，未曾想却是太妃的寝殿。

因为重伤，萧白客在床下晕了过去，醒来时发现自己在一个满是书的陌生房间。

一个少女给他端水送药，告诉他，因为她的嗅觉异于常人，闻到了血腥味，发现了他，把他藏到了这里。

少女向他保证，自己不会告发他，让他安心养伤。

萧白客以为少女必有所图，深宫女子，必然寂寞，想来是觊觎自己的美色和肉体，便打算为渡过此劫，稍微牺牲一下色相。

但少女除了给他送吃的和药之外，并没有再做什么。偶尔萧白客言语举动有戏弄之意，便敛起笑容走开，举动仍然客气。

萧白客越来越觉得，自己只是被当成了一只受伤的猫或兔子在被照顾。

也不对，猫和兔子还会被摸摸毛。少女就是很正经地把他当成了一个需要救治的人而已。

萧白客指尖滑过碑上的刻字，淡淡开口："小子，不怕和你说实话，老夫今生唯一爱的女人，便是她。可惜我爱的人，却不会爱我。"

他平生所见的女子，如花海繁星，百妍千娇，各种品性脾气，但这样的女子，确实第一次遇到，所以成了此生的独一无二。

她容貌很美，但他见过的女人里，艳丽过她的亦有。且举止毫无娇媚姿态，淡如白水，再美又有何趣？一看就是从生下来起，便拘禁在院墙之中，全无见识。

举止永远得当，言语永远和缓，即便生气，亦不形于色。

一个年未过双十的女孩子，怎么会是这般模样？

他忍不住想看她笑，逗她生气。讲的笑话，她有些却听不懂，只是睁大了眼。觉得被冒犯时，亦只是找个借口，从容离开。

初见时近在眼前，越靠近越觉得遥在云外，远不可攀，这就是所谓的名门闺秀？

他藏身的房间是个书房，她常过来拿书看，都是那些男人也看不下去的书，他本以为她是那种负责侍奉笔墨的侍女或女官。

　　后来才知道，她就是太妃。

　　韶龄少女，居然是那个老且垂死的太上皇的妃子。

　　他便觉得自己明白了她救他的原因："待我重伤恢复，带你离开，并非难事。且我易容之术已有小成，若是你自己不露真身，今生无人能识得出你我。"

　　但他还是猜错了。

　　"侠士无拘无束，不会明白我这样的人生来便身不由己。我自进宫起，身上便系着全家性命，一步走错，就是满门覆亡。"

　　那就一生如此，守着一个老头，等他咽气后继续住在这冷宫里？

　　他的确是不能明白。

　　"我与她相识时，她已有身孕。当日她曾托付过老夫一些事，故而老夫才如此帮你。"

　　斜阳染成金红的室内，她向他福身，语气恳切，但没有他期待的神色与话语。亦永远不可能有。

　　"我已有身孕，不知能否守着这个孩子平安长大。若来日他有难处，望侠士方便时帮他一二。"

　　萧白客瞥向秦兰璪："她当日救我，只是为了给你这个小子积德。你老子开国时杀孽太重，你做皇帝的哥哥和皇后嫂子也不是什么凡角，她怕你稀里糊涂就没了命。旁人传些谣言倒也罢了，你竟也如此想。老夫若真是你爹，早该打断你的腿！"

　　秦兰璪沉默。

　　杜小曼抓住他的手，握紧了一些。

　　萧白客再又向墓碑转过身，从脸上摘下一张皮，拉下花白头发。

　　"自别后，第一次过来看你。当日诺，未相负。"

　　杜小曼倒吸一口冷气，两眼金星闪烁，不敢相信地盯着前方。

　　苍天天天——

　　世上，竟竟竟有如此美美美人！！！

那那那是萧白客？？？

杜小曼倒抽了两口气，白衣美人乌瀑般的发丝微动，无瑕侧颜一转，清亮若九天星辰的双眸向她望来。

"老夫承诺已兑现，就此别过。女娃，你若不想和这个小子在一起，愿做我徒弟时，便到峻山之巅找我。"

杜小曼浑身发颤，双膝一软："大神，我……"

秦兰璪恶狠狠一把揪住她："你敢跟他走试试！"

萧白客夺魄的双唇中逸出一声高冷的笑，飞身而起。

杜小曼抬头痴痴望着树杈上绝尘而去的清影，喃喃："他肯定不是你爹。他如果是你爹，你不可能才长成这样。"

"你嫌我不够美了？"秦兰璪阴鸷地眯起眼，"你不是说最喜欢我的脸么？"

杜小曼赶紧擦擦嘴边的哈喇子："那什么，虽然你跟萧大侠一比，实在，咳咳……但，即便在对比下你没那么美了，我依然喜欢你。这才说明，我爱你爱得更本质更深刻更纯粹了呀。"

璪璪双眼幽幽的："嗯。"

出了皇陵，天有些转阴了，杜小曼抬头看看天，不知道今天会不会下雪，今年到现在还没下过雪呢。

她和秦兰璪一道回到那个养伤的小宅内。

这个小宅实际是宁景徽花钱买的，当时宁景徽出于种种考虑，在他二人昏迷时，将消息暂时封锁。小宅中寥寥几个仆从，也都是经过了严格的挑选。

杜小曼觉得，暂时享受一下免费住宿挺好，就当是做卧底的抵扣工资了，住得颇心安理得。

但是清醒后的璪璪一直不肯回王府，也非跟她一起赖在这里。

杜小曼忍不住问："你干吗老不回去？这个小院子，肯定没有你的王府住着舒服吧。你是不是担心我怀疑你在王府里还留有妹子？放心吧，我不会吃这种醋。"

秦兰璪笑眯眯地道："掌柜的在哪里，我就在哪里。"趁机又揽住她，"天这么冷，你我这样在一起比较暖和。"

好吧。璪璪的厚脸皮总是让她无话可说。

秦兰璪又道："那府邸我其实不算喜欢。当日是太后赐给我的，连地方都是她亲自挑选，据说还找人测算过，决计不会冲撞皇上的龙气。"

宫斗总是这么的复杂啊。杜小曼有点唏嘘，璪璪这个王爷确实当得不太容易。

那位息夫人也是奉太后之命到裕王府，名义上是帮助当时还在世的太妃娘娘打理王府，其实就是监视。

不过息夫人比较会做人，两边都不想得罪，又能管得住那些太后赐给璪璪的美女们。所以太后薨后，她依然留在王府。

他扶住杜小曼的双肩，望着她双眼。

"那些侍妾，我得给你一个解释。我少年时，的确风流过。一是少年荒唐心性，二则，也觉得不羁些，皇兄、太后与先帝便不会那么防备我。太后便将计就计，赏了我许多侍婢。还有一些，譬如南绡，是侍奉过我母妃的人。后来，宁景徽来与我谈剿灭月圣门一事，我答应助他，便只要遇上刻意接近我的女子，就都收入府内。"

"她们很多都是真的喜欢你。"

"可我在那时，不敢信什么真心。"秦兰璪轻叹，"我知道，你定然觉得我人渣。其实，与其说我相信萧白客可能是我爹，不如说我希望过。"

希望实际跟帝王家没什么关系，一身洒脱，快意江湖。

这种情怀，小老百姓出身的杜小曼没办法全部理解。

不过，当时璪璪为了找这个愿望中的爹真蛮拼的，各种访察打探，查证出当日自己母亲救下的、化名时载的侠客就是传说中的萧白客，还给自己起了个名字叫时阑，学了几招武功，有意无意成了一名演技精湛的影帝。

"我在杭州遇见你，的确是个意外。我曾有段时间，觉得什么都无甚乐趣。游荡各处，在哪里都待不久。阮紫霄便是我那时遇上的。她当时装成一个游湖的女子，在船上弹琴，与我的画舫相遇，我为她所弹的曲子和其中几句词，后来题在一幅画上。真的只有这些。"

杜小曼点点头："我在你的小别墅里见过那幅画。"

当时还因此又怀疑璪璪和月圣门有联系。

秦兰璪抓紧她手臂："我与她真的只有这些。后来去慕府听琴，又见到她，甚是吃惊。想来是月圣门想让她离间我与庆南王府之关系。"

杜小曼"嗯"了一声。

璪璪的那堆妹子，说她完全大度地当没有那回事，一点儿都不介意，那是假话。

不过，璪璪这个认真交代的态度还是蛮让她受用的。

秦兰璪接着道："那时在我身边的人，各有各的目的，即便真心待我，大约也是因为我是裕王。宁景徽与我相商国事，亦是因为他无别人可选择。若我一无所有，什么也不是，身边还会剩下谁？"

杜小曼回忆当时在慕王府，第一次遇见璪璪时，在门内听他的声音，笑得颇开朗嘛，真听不出正身患牛角尖忧郁症。

"我一时觉得活着无趣，便扔下一切到了江南，装作一文不名，混迹于市井。即便我还有一张好皮相，亦无人待见，人人厌憎。"

杜小曼无语，那是因为你吃霸王餐好吗？

用脸刷卡只是一种说法，现实里哪有这么多冤大头啊。

秦兰璪望着她露出笑容："然后就遇上了你。你知道你当时有多危险么？一个显然未见过世面的小姑娘，带着个小丫鬟就敢女扮男装招摇过市，还敢露富，大手笔开酒楼，简直是等人去劫。"

"所以你就来我店里吃霸王餐了？"杜小曼挑眉。

秦兰璪一点都不羞愧地道："我本是一时好奇，没想到你竟然把我留下了，且也不是贪图我的美色。"

"谁贪图你的美色。"一直不忘自吹自擂倒真是你的本色！

秦兰璪一脸沉醉："世上竟有不图财也不贪我色的女子，甚令我意外，我就留在掌柜的你身边了。那段日子，真是每天都有惊喜。"

"你也是个令人惊奇的人啊。"杜小曼僵硬地呵呵一笑，"别告诉我你是惊着惊着就喜欢上我了。"

秦兰璪神色一正："我真的不知道什么时候喜欢上你的。回过神来时，就发现，总是想着你了。"

"听起来很玄幻。"

"我后来想想，也是理所当然的吧。"秦兰璪摸了摸下巴，"你虽然逼我签了卖身契，但给我吃住，亦不让我奉献美色，嘴巴凶一点，性子蛮特别，和我一道逃跑时，还把甜葡萄给我吃，我生病的时候，还那么照顾我……"

杜小曼皱起眉，怎么越听越不对劲呢。

一个男人喜欢一个女人的心路历程，不应该是"啊，这个女孩子好可爱，我喜欢，我要好好保护她"吗？

为什么璪璪是"她给我吃住，对我好好哦，我好喜欢"……

她心情复杂地望着璪璪的脸，拍拍他的肩："明白了，天上都一起去过，那些细枝末节就忽略吧。"

秦兰璪又一笑，亲一亲她的发。

最重要的是，与你在一起便觉得开心，觉得世间一切充满希望。

杜小曼抬头："嗯？"

秦兰璪道："没什么。"又在怀里摸了摸，"对了，一直忘记了，这个，给你。"

杜小曼接过那个小布袋。呃，这个不是当时在树林里，璪大爷偷偷塞到她怀里，又一脸傲娇要回去的东西么。

她扯开袋口，里面是一块玉、两张纸、几个铜板。

秦兰璪拿起那块玉，挂到她颈上："送你好几次，你都摘下了，这次永远别再还我了。"

杜小曼点点头，摸摸玉上的花纹："这玉是不是你们每个皇子皇女都有一块？"

秦兰璪颔首："这是本命玉，玉上兰草暗合了我的名字。"

在杭州的时候，月芹临死前塞给她的那块，就是假女皇真公主的本命玉吧，玉上有月亮，代表皇女。所以月芹才说，她们知道一个秘密，才会被朝廷灭口。

唉，都过去了，不想了。

杜小曼再掏出那张纸，嗯？

这个，是璪璪的卖身契和自己签署的二掌柜文书嘛。

她抬头看看璪璪，璪璪眨了眨眼："当日把这个还你，是想让你心里踏实，明白我不会再纠缠你了。"

杜小曼道："那你现在为什么给我？"

"你我之间怎还需这个？"秦兰璪娇羞地低头，"人家已经是你的人了。"

杜小曼嘴角抽搐了一下，把那两张纸重新折起："那我留着做纪念。"

璪璪依偎着她："嗯。"

杜小曼的手哆嗦了一下，拉紧小布袋的收口绳："你那时候也太抠了，宁景徽还送我一包银子呢，就算意思一下，也多塞几个铜子儿嘛。"

秦兰璪从她手中拿回布袋，重新打开，取出两枚钱，平摆在她手心："仔细看看。"

两枚钱一模一样，崭新的，正面镌刻着四个清逸的楷字——"永世至宝"。是看似寻常的折二钱，但这个色泽……

不是铜，是金？

秦兰璪轻轻将钱翻到背面。

一枚方孔左侧镌着一个"木"字，一枚方孔右侧有一"土"字。

秦兰璪从布袋里再取出两枚钱，换下方才那两枚，摆上她手心。

同样大小，正面亦是"永世至宝"四字，但是不是楷书，而是行书，一枚背后方孔上有一"日"字，另一枚方孔下是一横卧的"目"字。

秦兰璪再换了两枚钱。

这一对，"永世至宝"四字是篆书，其中一枚背后方孔左侧有一"小"字，另一枚，背后方孔下方有一"又"字。

杜小曼定定看着手心中的钱。

秦兰璪轻声道："这几枚钱都是琼灵金所铸，此金乃前代流传，据说是天界遗落之宝。上面的字皆我亲笔所书。楷、行、篆三版，共六枚，至于背字——"

杜小曼道："我看出来了。"

楷书版背后的"木"和"土"，合起来是杜。

行书版的"日"、"目"加上篆书版的"又"字背书，是曼。

还有篆书的那个"小"。

这么明显，破解起来一点智商要求都没有。

璪璪对此很得意的样子，笑得特别甜腻。

"既然造反夺位，就得逼真一些，我便让人铸了这些钱。你手中这套是祖钱，世上绝无仅有。还有一套小平祖钱，我自己留下了。知道你喜欢大的，给你的是折二。"

杜小曼缓缓抬头注视秦兰璪的笑脸："这钱，你铸了多少？"

"还有两套寻常金的折二，赐给了宁景徽和李孝知。"璪璪两眼亮晶晶的，"另有金质小平几套，赐给了唐王和几位大将。银质的略多一些，做赏赐给了军士，还有……"

"你到底铸了多少？！"

打算把"永世至宝杜小曼"撒遍天下吗？

心里是……是有暖暖的，说不出的甜啦……

但，还是觉得蛮羞涩！

"只试铸了些许，没多少。"秦兰璪神色一正，"但我本打算，若真做了皇帝，就把年号改成永世，将此钱通行天下。我知道，你最喜欢钱。在这世上，不论身处何方，都必须用钱。我要你天天都摸得到，看得到。"

杜小曼愕然："你、你不是把卖身契还给我，让我忘了你好好过吗？"

妈呀，幸亏是选了璪璪，要是他说的这种情况成真……

简直不能想象！

秦兰璪双眼微眯："我把卖身契和二掌柜的契约还给你，是告诉你我不会再纠缠你。但，我想让你知道我的心，让你永远都记得我。"

杜小曼无语凝噎，半响才结结巴巴道："那……那你为什么后来又把这袋子要回去？"

秦兰璪双瞳转为幽深，语气平淡："你打晕谢况弈，以为别人看不出你的打算？你那么喜欢他，我又何必执念。"

杜小曼磕巴了一下："你……是不是还考虑到万一我一个不谨慎，在挟持的过程中把你给咔嚓了，也不会因为看到这些东西，增加愧疚？"

秦兰璪眼中光芒闪动，突然俯身，在她脖子上咬了一口。

杜小曼惊呼一声，璪璪咬得并不重，立刻就松开牙，将她紧紧搂住。

"而今，这些更加都用不上了。"

杜小曼缓缓抬起手，尚未抱住他的背，秦兰璪又松开了她，把所有钱都塞回布袋，扎好口，一脸哈皮地往她怀中一塞。

"但是这些钱得收好。存世本就不多，这一套的价值就不用提了。再多过几年，其价更不可估量。"

"这，怎么也算纪念品吧。"杜小曼握紧了布袋，璪璪一副打算挑个好时机出手捞一票的架势是怎么回事？

秦兰璪低头亲亲她的脸。

"都是身外之物，要回布袋那时我就想通了，金玉纸铁，换来变去，物件不过是物件。满天下都是又如何？你我在一起，有没有这些东西，无所谓。你我不在一起，有没有这些东西，更无所谓。不过，你觉得留着好，就留着，给我们的儿孙也不错。到时候和他们说，想卖就卖，想留就留，不要因为是祖传的东西就太执念。"

秦兰璪的目光闪了闪，唇角又挑起来。

"你觉得，我们生四个孩子，一个名永，一个名世，一个名至，一个名宝，怎么样？"

刚要夸你哲学了一把，立刻又换回天雷滚滚了。

杜小曼道："我觉得，别人会说你称帝之心未死。"

秦兰璪再揽住她："是哦，此事须从长计议。"

天空簌簌飘下点点银白。

今冬的第一场雪降临了。

唐晋媗随陆判一道，踏入幽冥地府，前往秦广殿。

忘川河中黑水滔滔，魂魄们列序穿过奈何桥，等待再入轮回。

桥头魂魄，悲啼喜怒，诸般形象。

唐晋媗的视线无意间落到路边某处，一个少女的魂魄，正扯着一少年魂魄哭泣。

鬼差不耐烦道："哭甚。你二人上辈子是兄妹，下辈子就无关系了。你身无罪孽，可直接投胎，他好几道重罪在身，还要去血池受罚，快松手吧。"

少女哭着不肯松手："求大人行行好，我愿代哥哥受罚。"

少年甩开她的手："箸儿，别闹。一人之罪一人当，我生前做下那些，便不怕死后如此。你我兄妹情分已尽，快去投胎吧。"

唐晋媗看清那少年的面容，听他唤出的名字，不由得停下脚步。

陆判看了看她，亦停步，但未说话。

少年的魂魄似有所感，侧身看向此方。

此时的唐晋媗已是转生为杜晓曼时的模样，少年看着这个望着自己的陌生女子，面无表情。

和判官一起，是灵官？

在看痴愚凡魂的笑话？

少年欲不屑冷笑，心里却感到一丝莫名的熟悉。

一股寒冷的寂寞包裹住他这抹残魂，像要将他彻底消抹散尽。

他转过身，不再看那女子。

"生生世世，来来回回，轮轮转转，其实都不过如此。"陆判悠悠开口，"你既要入仙籍，这些便要先看破。"

唐晋媗再深深看了一眼少年，回身："多谢陆判大人指点。"跟随陆判继续往秦广殿去。

少年却又回过了头，盯着她的背影。

幽暗冥府，仿佛化作初春庭院，他藏身树后，以别人的容貌等待着那颗坠入彀中的棋子，但不知为甚，心却忐忑，充满期待，想看到她的笑颜，一时恍惚，不知何是真实，何为虚幻。

"媗媗。"

新帝登基次年，改年号为重明。

裕王秦兰璪上书，自请擅动兵马之罪，求贬为庶民。

帝重叔侄之情，再三不能允。裕王便捐尽家产入国库，各地府邸亦皆献出，只留些许封地，亲王之尊降为郡王。

民间一时议论纷纷。

裕王兵破皇宫，本该是皇帝的，却功成身退，主动拥立今上为帝。这等功绩，不封赏，反得此结局，不由得让人惊诧。

那场不清不楚的"匡乱"更显得神秘。

朝廷的说法是，德慧公主创立的月圣门，已被心怀不轨之乱党控制，堕落成邪教，潜伏朝野，祸乱纲纪。

先帝其时病重，本欲亲灭乱贼，奈何龙体不支，便拟密旨托与裕王和左右二相，更立下遗诏封今上为皇太弟，承继大统。

先帝起初将遗诏交由皇后保存，皇后竟被奸人所害，先帝再立肖贤妃为后，将遗诏托付与右相宁景徽。

裕王接到皇上除邪教妖党的密旨后，与左右二相定下计策，里应外合，在德安王等忠臣良将佐助下，一举剿灭妖党，匡正社稷。

先帝在欣慰中驾崩，肖皇后哀痛随殉。

裕王与众臣拥立今上，登上皇位。

令人不能忍的是，这套冠冕堂皇的说法中，竟将那个以有夫之妇之身先勾引了裕王与其私奔，又媚惑了皇上的祸水清龄郡主宸妃娘娘彻底模糊了过去。

裕王若真是如此忠心耿耿，又何至于如今下场。

于是各种小道秘辛，便就传开。

有一说，裕王本就不是皇家血脉，乃先太妃与一侍卫私通所生，将要龙袍加身时，却发现此事早被先帝告知群臣，裕王自知登基难堵众口，便只能如此大度。

亦有谣传说，裕王是中邪了，那个清龄郡主根本不是真正的郡主，乃被秘密剿灭的邪教月圣门的妖姬。

妖女真身，是一条千年大蛇，设立月圣门邪教，每月圆之夜摄取少壮男子吸

268

食其血。因要渡千年天劫，寻常凡夫之血不足进补，便摄取清龄郡主魂魄，借附其躯勾引裕王，又魅惑皇上。

裕王被这妖精勾得起兵作乱，皇上亦被吸干阳气驾崩。

妖姬想做皇后，更先后谋害了李、肖两位皇后。幸而右相宁景徽手中有宁氏祖先传下的降妖天书，方才降服此妖。不想第一次未能杀之，妖姬逃出皇宫，于兵营中摄走裕王，欲将裕王吸干，强渡天劫。

所幸宁右相再度及时赶到，斩杀妖姬。

妖姬临死前将裕王拖下山崖，紧要关头，上天垂怜，山神显化相救，裕王苟存一命，但已魂魄不全，神气尽失，只能一世浑噩。

亦有当日在场的人起誓曰，的确看到了数道不寻常的雷光。还有桥墩忽然化成人形，飞身相救裕王。

断崖树林之中，残留了雷击痕迹，与寻常雷击有种种神秘的不同，更是令人信服的证明。

裕王降为郡王后，娶一杜姓女子为正妃，裕王妃出身平平，据说是皇上让钦天监与数位道人高僧批命择八字，算得只此女能为裕王挡煞续命延香火，方才指给裕王的。

裕王大婚时并未请宾客，亦没多少人见到新王妃的容貌。

裕王大婚后便离开京城，避世到深山老林中求仙问道，常人难知踪迹。

但那场"匪乱"与蛇妖祸国的故事，却为市井田间津津乐道。

妖姬挟持裕王的断崖，已成游览胜地。

断崖从此得名镇灵崖，许多人还去山神显化的那个桥墩处烧香，据说颇为灵验。便有富人捐资，在此建一山神庙，香火甚盛。

"这个塑像，还真有点形似萧大侠日常版的模样。"

六月十五，杜小曼挤在一群涌进庙里烧香求签的妇人中，打量刚镀完闪亮金身的神像。长须垂眉，少了萧大侠猥琐的神韵，颇有几分真人风采。

只是……

山神大人脚下踩的那条长虫，是传说中的她吧。

为什么偏偏是条蛇？祸国妖姬不应该是狐狸吗？九尾白狐，多拉风多闪亮。

秦兰璪捏捏她的脸颊："当是进庙受香火了，其他的何必在意这么多。"

"这哪叫受香火？"杜小曼撇撇嘴。

"为夫想进还进不去呢。"秦兰璪看看神像，"只能眼睁睁看着你与萧老头在庙里。"

喂，这种醋都吃，真是够了。

杜小曼一阵无奈。

这里算是她和璪璪之间的一个命运转折点了，故地重游本来算是件蛮浪漫甜蜜的事情，但现在这个场景……

璪璪却很兴致勃勃，拉着她在小摊上吃了两碗名叫斩蛇段的蒸粉卷，喝了两杯山神酿，又挤到卖天雷珠的摊边。

所谓天雷珠，其实就是油炸糯米面丸子，有甜有咸，六文钱一份。先在摊主那里拿一根竹签，再在小铜锣敲响时扎从篓子里滚下的丸子，扎到几个，吃几个。

璪璪扎中了六个，杜小曼只扎中五个，小输。

璪璪把自己那串递到她面前。

杜小曼接过咬了一口，嗯，这颗是甜的，豆沙馅，还蛮好吃的。璪璪凑过来叼走剩下半颗。

杜小曼失笑，忽听遥遥有人喊："小曼！小曼！"

她回头，只见洛雪蝉正欢快地穿过人群，向这里奔来。

杜小曼笑嘻嘻地向她挥了挥手。

几个月前，璪璪非说她在杭州白待过那么久，真正好吃的好玩的都没经历过，拉她去杭州看桃花。

杜小曼还偷偷去看了看自己的不二酒楼，璪璪让宁景徽做了点安排，着官府把酒楼给了曹师傅，胜福他们都做二掌柜，酒楼已恢复了往日的火爆。杜小曼正准备悄悄看完，偷偷离开，却凑巧遇见了路过的洛雪蝉。

洛大小姐的眼神犀利，一眼就认出了她和璪璪。那个匡乱的传奇故事和妖姬的神话洛雪蝉自然都听说了，大小姐行事也依旧霸道，尾随、威胁、撒娇种种手段用上，发誓绝不泄露，还主动献上白麓山庄和谢况弈的近况做交换，追问她和璪璪的八卦。

在这个死缠烂打的过程中，杜小曼居然和她成了挺好的朋友。

洛雪蝉知道了自己喜欢的李公子是以前的十七皇子，现在的皇上，还小小地伤感了一下下。

杜小曼安慰她："即使他是皇上，你们也……"

洛雪蝉摆摆手："我才不要进皇宫，天下男人多得是。唉，总会有下一个的，一定就在某处等本小姐呢。"

这么乐观，杜小曼也就不多说了。

这次她和璪璪返京，洛雪蝉传信给她，说有事想在京城附近一见。此地算是个大家都方便的地点，就约在了这里。

洛雪蝉小步跑到近前，伸手扇风喊热，和杜小曼聊了两句近况，从腰间小袋中取出一本册子："这么着急约你过来，是我一个朋友无意中得到了这本书，怕是那个什么门死灰复燃，就找你来问问。"

杜小曼接过册子，顿时冒出冷汗，封皮上的四个字居然是《郡主秘式》。

这是什么书名!

杜小曼镇定着翻开册子，里面就如同武功秘籍一般，右页一个招式名称，搭配几行解说，左页一名宫装妖媚女子摆出各种造型。

但是……

杜小曼一页页翻下去，配图女子或伸展双臂，或跨马步，或一手叉腰，一手上举贴耳侧弯腰……

杜小曼从书页上抬起眼："呃，这个书，可能真和我有点关系……"

秦兰璪和洛雪蝉的眼都噌地雪亮了。

杜小曼搜索记忆，确认了一下："应该是我在皇宫里的时候，吃得太多太好了，我怕胖得门都出不了，就偶尔运动运动，跳跳操。这些是健身操的姿势，就是……就是我的家乡，锻炼身体的一种很平常的运动，不是武功。"

洛雪蝉眨眼："就像五禽戏那样?"

杜小曼点头："对，对! 就是那种! 画这个图的，可能是当时宫里侍候的人。不一定和邪教有关系，可能就是纯粹画来卖卖钱的。"

各种谣言越传越神奇，她和璪璪都有不少相关周边产品，什么"宸颜膏""王府秘酿""媗锦裙""思情簪"等等。两人无聊的时候，还到市集上比拼过各自周边的种类和销量。

比起那些凭空捏造的东西，这本册子算良心产品了。

"哦，原来是这样。"洛雪蝉一脸了悟，又眨眨眼，"好像比较复杂，我怕我转述有误，这样，我的那个朋友和我一起过来了，就在附近，小曼你直接跟他说一说好不好?"随即转身，向某个地方招了招手。

杜小曼心中一跳，只见一个熟悉的身影，从某个摊子后转了出来，朗朗如这夏日阳光。

洛雪蝉抱歉地看看杜小曼和秦兰璪，吐吐舌头："对不起呀，是我自作主张，硬拉弈哥哥来见你的。"回身跑向那个身影，一把拉住他，"弈哥哥，不要别扭了，大大方方过来吧。"

再见到他时会是怎样的情形，杜小曼曾想过无数次。但此时，看着人群中向她走来的少年，那些顾虑、担忧，全都没有了。

因为阴霾和曲折，从来和这个人无关。

她向着阳光下的少年灿烂一笑："谢少主，好久不见。"

谢况弈亦露出雪白的牙齿，爽朗一笑："好久不见。"

"最近过得怎么样？"

下一句很自然地问出。

谢况弈语气轻松道："挺不错。最近天下太平，江湖事少了，不过生意方面的事还不少。"他神色一敛，认真道，"这次的事，是我让雪蝉帮忙的。册子只是个借口，我想当面和你说声抱歉，那时我竟对你说了那样的话。"

杜小曼也换回认真的表情："谢少主你曾经跟我说过，不用说谢谢。你帮过我那么多，都不用我说谢谢，那么你我之间，也不用这样说抱歉。"

谢况弈定定看着她，片刻，又露出笑容："好。"

杜小曼和谢况弈、洛雪蝉三人沿着山神庙前的小集街道边走边聊了一会儿。

谢况弈终于平静地说出，他将箬儿安葬在了竹幽府的花丛中。

孤了两个字，杜小曼和谢况弈都没有提起。

他们心中的箬儿，只是那个单纯又善良的女孩子，出离尘世，与一切阴霾无干。

洛雪蝉叹气："弈哥哥那时候两眼发直，不怎么吃饭睡觉，和谁都不说话。伯母急得不行，还到我们山庄来寻药，怕弈哥哥想不开去做和尚。"

谢况弈板着脸道："哪有的事。"

"弈哥哥你就别死要面子了。"洛雪蝉继续爆料，"小曼你大概不知道，自从弈哥哥变成了痴情心碎大侠之后，有多少女子对他因怜生爱。伯母到我家为弈哥哥找过药，那些女人就以为谢家要和我们洛家联姻了，我惨得不行，天天被人放暗箭。前几天那个洞庭剑派的崔浣儿，还直接在道上拦住我，要我别再妄想用父母之命绑住弈哥哥，我怎么解释她都不听，我只好把她打走了。"

杜小曼看着冷着脸做若无其事状打量街边摊位的谢况弈，强忍住笑。

与谢况弈和洛雪蝉作别，杜小曼回身寻找璪璪。

走回山神庙，便看见璪璪站在庙前的石狮子处，手里还拿着那两串天雷丸。

她快步奔上前，秦兰璪擦擦她额头上的汗："那边有冰镇的甘蔗汁，过去喝？"

"我方才走过来看这边也有。"杜小曼向小集另一边比了比，"还有很多好吃的。"

秦兰璪用汗巾蹭蹭她鼻尖："好，去这边。"

杜小曼反手抓住秦兰璪的手臂，正要往甘蔗汁摊儿方向去，突然又听见有人在喊自己的名字。

"小曼。"

杜小曼下意识侧首扫视人群。奇怪，难道又遇上了熟人？

"小曼。"一道霓色倩影陡然出现，杜小曼吃了一惊，愣怔地盯着那盈盈笑颜。

这这这，怎么会是……

"是我呀。"云玳笑嘻嘻地抬起手指晃了晃。

杜小曼看看秦兰璪，秦兰璪向她点点头，表示他也能看到。

杜小曼再看看周围人群。

云玳笑吟吟道："别担心，我是化成了凡人模样。"示意杜小曼和秦兰璪随她走到一个僻静好说话的地方。

杜小曼方才再问："仙子，你怎么会在这里？"

她以为在这辈子过完之前，都不能再见到神仙们了，突然见到云玳，不能更惊喜。

"这座庙香火甚盛，求祷的人很多，有日游神报告天庭，天庭决定真的派一位地仙镇守此处，广施恩泽。我跟着下来玩玩，算到你也会来这边，就过来看看你。"云玳笑眼弯弯，"你们两个，一切都还好吧？"

杜小曼点头："挺好的。"

秦兰璪挽住杜小曼的手："多谢仙子关心，都甚好。"

云玳看向他："因为之前可能的命数全被破掉，你本来的命格也被更改了。而小曼根本是命册上都没有的人，所以一切都重新再来。"

"这样才有意思。"杜小曼立刻回答。

云玟欣慰地点头："看到你这样我就放心啦。"取出百宝袋，翻了几下，掏出一面镜子。

　　镜身熟悉的光辉一闪，杜小曼心中一跳。

　　幸而云玟好像只是为了方便找东西才把它拿出来，立刻又塞了回去，再翻找几下，取出一个小瓶。

　　"找到了。"她一脸欣喜将小瓶往杜小曼手中一递，"这里面有两颗清虚丹，凡人可用，服之能轻体祛疴除秽。"

　　杜小曼赶紧道谢接过。

　　"这几枚枣子是方才常容仙人给我的。可能是人间的供果，也送给你们吃吧。"云玟又把几颗鲜枣塞给杜小曼。

　　"你们两个一定要好好过完这辈子呀，虽然赌局完毕了，但帝座那边的人，肯定也常看着你们呢。"

　　秦兰璪含笑道："幸能重获此生，必不辜负。"

　　"我不能在这里多耽搁，那就先告辞了。"云玟再笑盈盈挥挥手，"不知下次会是何时，但我们定然会再见。"

　　"云玟仙子的最后那句话，是不是暗示，等你我这辈子过完，还有成仙的机会？"坐到凉棚下喝甘蔗汁时，杜小曼不禁喃喃，说完，又一笑，"啊，现在说这个太无聊啦。"

　　今天都才过去一上午，将来的人生还很长很长。

　　她正和喜欢的人一起，吃着点心，看山顶风光。

　　太阳很热，山风却仍带着凉爽的气息，十分惬意。

　　不能更美好了。

　　明天都未可知，干吗要想那么遥远缥缈的事？

　　"我倒觉得，方才有些蹊跷。"秦兰璪拨了拨桌上的枣核，"仙人取物，应心即至。那位小仙子翻找东西，却有些刻意。"

　　杜小曼松开牙间的麦秆管，愣住："那肯定是云玟仙子没错。"

　　秦兰璪安抚地对她笑笑："小仙子当然不是别人冒充的，她是真的关心你，连我都跟着沾光了。可能就是捎带开个玩笑而已。"

　　唔？杜小曼睁大眼，又喝了一大口甘蔗汁。

　　天庭，广华宫。

几名彩衣小仙结伴至侧园小轩内，轻手轻脚推开门扇。

"云玑，你回来啦？"

云玑自内殿闪出，几名小仙娥忙小心翼翼进门，封上门扇，加了几道禁制，随云玑飘进内殿。

云玑取出天演镜，催其变大。

"千万要保密呀，被娘娘知道我就惨啦。都是这个家伙，不感受一下正主的气息，就推演不出下面的剧情。"

天演镜涨到一面墙大，灼灼冒出光芒。

几名小仙娥取出带来的瓜果点心摆在案上，与云玑一起迅速面对镜子坐下。

镜面浮出图像。

女皇装束的"杜小曼"站在大殿前，眯起双眼。

"朕给你的还不够多么，为何要离开朕？！"

少年在几级阶下，坦荡荡抬首望着她。

"对我谢况弃来说，这壮阔宫殿，不过是一个牢笼。我非笼中之鸟，只想天高海阔，自由翱翔。皇上要么杀了我，要么，就让我离开。"

说罢，他转身，大步走下一层层台阶。

"杜小曼"面无表情望着他的背影，任萧瑟的风卷起衣袂。

"皇上为何不追上去？"她身后突然响起一个声音。

"杜小曼"猛转身，狠狠盯着站在不远处的男子。

"兰璪，没有朕的允许，你怎么会在这里！"

男子浮起淡淡的微笑："皇上可知，世上的人为什么只有一颗心？因为一个人这一生，只能真正爱着一个人。皇上虽贵为天子，只有这一点与世人相同。皇上其实知道自己最爱的人是谁，错过了，会后悔一生。"

"杜小曼"抬手掐住他的脖子："朕的事，不用你来多嘴！说得你好像什么都懂一样，你怎么知道朕的心！"

男子深深地望着她："因为，我的心里，就有这样的一个人，所以，我知道，那是什么感觉。"

"你果然不忠于朕！""杜小曼"一把将他掀翻在地，"说，那贱人是谁？！"

男子咳咳两声，吐出一口鲜血，却仍抬头深深望着她："皇上，别等谢贵妃真的走了，千万别错过……"

"来人！""杜小曼"一声大吼，"朕废璪贵人为庶人，把他给我拖进冷宫！"

　　几个宦官拥上，倒拖着男子向后。

　　男子闭上双眼，不再言语。

　　"杜小曼"狠狠一咬牙，奔下台阶，向着已走远的少年追去。

　　被拖走的男子睁开双眼，望着她的背影，纯白长衫的前襟上，点点血迹仿若红梅，挂着殷红血丝的唇角又勾起一个浅笑。

　　"我知道，你此生不可能爱上我。我只望，你可以幸福……"

　　几个小仙娥握紧了潮湿的绢帕。

　　"为什么这么虐啊……"

　　"现实里杜小曼和秦兰璪在一起了，她一直真喜欢的就是秦兰璪，那么这里面，曼皇真正爱的应该也是璪贵人。"

　　"不一定，本来现实里的杜小曼的感情线也有好几种可能的，要不我们也没这个推演看。从这个发展来看，璪贵人结果不会好吧，孤于宸妃给他下的不是不可能解的毒药吗？"

　　"我总觉得宁皇后会帮璪贵人。还有，羽妃不是也很照顾他吗？"

　　"我看宁皇后心思很深，凡人都很容易生出特别多阴暗的念头，说不定他正是等着孤于宸妃先整死璪贵人，再让谢贵妃专宠，废掉孤于宸妃和羽妃。谢贵妃脾气那么爆，肯定会和曼皇又闹僵，然后宁皇后就可以真正成为曼皇唯一的男人了。"

　　"哪有你说的那么坏，宁皇后虽然很有智慧，但不阴险好吗？我觉得曼皇那么暴躁，爱宁皇后才是正确的选择！"

　　"璪贵人不会在装弱吧，现实里他不是造反了吗？现在却弱得像和羽妃换魂了一样。会不会这里后面他也造反，把曼皇拉下皇位，变成他一个人的？"

　　"那就和真正的凡间之事一样了，我们还看推演干吗？不会的。璪贵人真爱曼皇，但曼皇真爱谢贵妃，勉强不来啊……"

　　"我觉得曼皇感情翻来覆去的好奇怪，凡人的情果然很无常。唉，不管喜欢谁，只要不那么虐就好。"

　　……

　　"啊嚏，啊嚏，啊嚏——"

大路边的小摊中，杜小曼重重打了一长串喷嚏。

秦兰璪触触她额头，杜小曼摇摇头："不是伤风，就是鼻子突然有点痒。"耳朵也很热，真奇怪。

她揉揉耳垂，秦兰璪拿开两人面前的空碗，取出一张地图展开："接下来，咱们怎么走？"

杜小曼摸着下巴打量图纸。

璪璪非说某张他从地摊上买来的黄纸卷一定是张藏宝图，标识的地方能找到春秋时燕国的宝物。

反正闲着也是闲着，杜小曼觉得，就当是旅游，过去看看吧。

说不定真能挖到宝贝呢。

她打算再开个店，比如杂货铺什么的，卖点天南地北各处的小玩意儿。这次寻宝的路上，就顺便开拓点进货渠道，囤点货也挺好的。

她指了指图纸："我觉得陆路有点绕，是不是直接坐船到饶城一带更快一点？"

"走水路乃逆流，这些天北方都在下雨，未必方便。"秦兰璪往她身边坐了坐，"而且，如果走陆路，据说晋州、灵丘一带风光甚美，好吃的亦多。"

"那就走陆路！"杜小曼斩钉截铁道，美景美食绝不可放过，"回来的时候我们再走水路，又顺，又能领略不同的风情。"

"掌柜的真是太聪慧了。"秦兰璪的眼笑得弯弯的，"我全听你安排。"

道路上人来来往往，面摊老板娘噙着笑，收走两人面前的空碗。

重明四年，左相李孝知致仕。

重明六年，右相宁景徽称病辞官。

重明二十一年，裕王世子秦允娶江湖女子谢氏为正妃，一生未纳姬妾。

裕王共有两子一女，皆王妃杜氏所育。秦允乃长子。女秦临咏封敏嘉郡主，常入宫，甚受皇帝皇后疼爱。幺子秦介，幼年便离府游历江湖，据说拜异士萧白客为师，后入玄门修道。

重明二十三年，裕王秦兰璪让王衔与世子，从此遁隐山野，再无踪迹。

但市井坊间故事中的裕王，仍只是秦兰璪。

有人说，裕王吃错了丹药，疯疯癫癫，不能见人了。

亦有人说，当日裕王被山神所救，之所以还魂，是吞食了蛇妖内丹，不生不死，已非凡人。如今乃是告别凡俗，做神仙去了。

重明二十八年，白麓山庄谢老庄主七十大寿，大摆寿宴。

谢老庄主只有谢况弈一个儿子，但孙辈重孙辈甚多。山庄外院款待来贺的各方朋友，内院自家人另摆酒席。还特辟出一处，做女眷的游园会。孙婿秦允亦从京城赶来贺寿。

杜小曼与洛雪蝉在凉亭下吃茶闲聊，看花园里如繁春花朵一般娇艳的女孩子们嬉闹谈笑。

说是女眷的游园会，却有不少的少年混了进来。玉带轻衫，与少女们相遇在树荫湖畔。

杜小曼不禁想起当年自己被谢况弈带着初次参加洛雪蝉家举办的游园会时的情形。

仿佛就是昨天的事，没留神已经过去了这么多年。

那时湖畔吹笛的少年，已是金銮殿中的天子。

竹影中取下她发上落叶的宁景徽，更多年无音讯。

"有时候真感觉像做梦一样。"洛雪蝉放下玉盏，看向另一侧草丛中，跑来跑去闹成一团的小娃娃，"还觉得自己跟以前没两样呢，一眨眼孙子都这么大了。"

"你是和以前没两样嘛，我们成亲早，生孩子早，孩子们也都早早成家，于是身份就快速升级喽。"杜小曼抿了一口手中的草莓汁。

这么多年过去了，洛雪蝉对果汁的爱依然浓厚。

杜小曼以前也觉得四五十岁是个很了不得的年纪，自己到这么大的时候，应该很老成了。但现在的她，并没觉得心态变化太多。

"哪有，我最近眼睛下面都生细纹了。你倒是真的没变化啊。"洛雪蝉歪头看她的脸，"喂，你是不是最近又找到了什么秘方？"

杜小曼微有些心虚，云玞小仙子送的仙丹和枣好像有驻颜功效，她和璪璪两个的相貌一直没怎么变过，像这样见亲友的时候，还不得不化点小妆，让自己符合年龄一些。其实洛雪蝉才是真正的保养高手，不像杜小曼有仙丹开挂，皮肤依旧宛如少女。她与谢夫人婆媳一道钻研的各种保养品，可是让杜小曼垂涎得不行。

"我们到处跑，我到哪里都找点当地的秘方试试。我这次带过来的那个乌脂胶，我觉得很好用，你调制看看。"

洛雪蝉立刻点头："对了，我和娘新做的荷凝冰露膏对防止被晒黑很有效果，我前段时间和弈哥哥去岭南，暴晒了好几天，用了这个竟没有变成炭。我给你多拿几盒。"

杜小曼心花怒放地道谢，一团影子扎进凉亭，扑上杜小曼的膝盖，咧开缺了几颗牙的嘴，兴奋地嚷："祖母祖母，我拿到了小叔叔的绝世秘籍！我将来也能变成外祖父那样的大侠了！"

杜小曼捏捏孙子肉肉的腮："你小叔叔竟然有秘籍？"

洛雪蝉向他招手："阿泙，是什么秘籍？拿来给外祖母看看。"

秦泙站直身，从鼓鼓囊囊的怀里掏出一本册子，墨蓝的皮上赫然四个大字——《绝世秘籍》。

洛雪蝉掩口："这个名字真霸道。"

杜小曼接过，翻开内页，一皱眉，噌地站起身："小介，你个混账！我知道你肯定在附近，给我滚出来！让你小侄子碰这种书，欠揍是吧！"

亭外大树上跳下一个薄衫的俊美年轻人，跃进凉亭，嘻嘻一笑。

"娘，你别生气，我不是故意的。是姐姐非要我教姐夫两招易容术，好让姐夫在边关时遇到情况不对立刻变身。就姐夫那茅坑石头一样的脾气，能愿意么？姐姐非说是我不肯教，我和她说易容术都是靠实践磨出来的，没有捷径，她也不信，认定我这里有秘籍。我知道她一定来找，就把这本《灵妙小狐仙》贴个书皮蒙蒙她，等她当真偷回去，在姐夫面前一翻，嘿嘿……哪知道她会让阿泙来偷。"

秦泙抓着杜小曼的裙摆晃了晃，抬起圆圆的亮闪闪的眼："祖母，《灵妙小狐仙》是你常讲的童话故事吗？为什么我不可以看？"

"呃。"杜小曼揉揉他头顶，"乖，这种书还是等你长大了再看吧。"又向秦介挑挑眉，"随身带着这种书，你也够可以啊。"

秦介嘿嘿一笑："随手买的，随手买的……啊，娘，我突然想起来，爹说下午要和谢伯伯赌酒，让我做裁判来着，快到时辰了，我先过去了！"轻盈掠出亭外。

秦泙也颠颠跑出亭子，去找草地上的那堆孩子玩了。

洛雪蝉笑盈盈执起团扇："小孩子长得真快。记得小介在阿泙这个岁数的时候，总和真真一起玩。我以为真真会嫁给小介呢，没想到是阿允娶了真真。"

秦兰璪和杜小曼的三个孩子相貌都极好。秦允长得有点像唐家人，端正华贵，而秦介则完全升华了他爹祸水的特质，还是小孩子的时候，桃花眼笑得一弯就迷死人了，兜里有多少糖都想掏给他，资深颜控洛雪蝉本来一直想要小介做女婿来着。

"小介这么个不靠谱的脾气，哪是做夫君的料。阿允比他弟弟稳重多了，真真的眼光不错。"

杜小曼知道，谢况弈和洛雪蝉之前一直顾虑阿允的世子与裕王身份，更喜欢活泼不羁的小介。但是子女感情的事，真不是大人可以做主的。

现在真真和阿允过得这么美满，几个孩子都特别可爱，阿汧的性格还有点像谢况弈，谢洛二人应该已经放心了。

"对了，雪蝉，请你帮我留意一下，有没有可能和小介对脾气的女孩子。"

洛雪蝉扑哧一笑："你不是常说爹妈不要包办儿女的婚姻吗？怎么突然变了？"

杜小曼无奈："小介到现在恋爱都没谈一个，我是有点着急了。我怕万一，小介真的变成萧白客那样……"

洛雪蝉的表情也凝滞了一下，立刻道："不会的，凭小介的长相，怎么可能缺桃花？"

杜小曼轻叹一声，那是因为，你没见过萧大侠的真容啊……

"总之，拜托了。"

"放心，包在我身上！"

微风摇曳树枝，凉亭的尖顶不屑地无声一笑。

可叹，世人堕入凡俗，便会被红尘蒙蔽双目，这个女子，从前的灵透资质尽皆失去，又怎能明白探求幻化极致的快乐？

树叶飘落在石色外壳之上，萧白客淡然合着双目，无心无我。

至境之处，总是寂寞。

杜小曼又斟了一杯果汁，看向亭外。

"咦，那个孩子是谁家的？"

草丛里，滚作一堆一堆的孩子中有个相貌异常清秀漂亮的孩童，不怎么跑闹，文文静静的，在一堆野猴子里格外打眼。

秦汧拉他团泥巴，他就将泥球整齐摆好，一个个按顺序发给拿泥团互丢的孩子们。

秦汧那堆孩子滚打成一团，他在一旁把方才乱丢的树杈铲子都拢起来。

洛雪蝉道："哦，昨日我和弈哥哥去迎我爹他们，路上遇着辆马车，说是探亲归家。我见是几个老仆带着一个小孩子，这两天寿宴，来往的江湖人士太多，恐也聚了些不是正道上的人，赶路不甚安全，就让他们先到山庄中来歇脚。他们住杭州附近，等寿宴结束，正好可以和我娘家人同路。这么小的孩子独自由仆人陪着探亲，这家大人也真放心。"

杜小曼点点头，看举止，这孩子是出身官宦或读书人家吧。

洛雪蝉让下人端来点心鲜果和新冰好的果汁，招呼孩子们过来吃。

那孩子站在一堆拥抢的孩子后面，秦汧抓着满满两把糕饼果子从孩子堆里撞出来，把其中一把往他手中塞。

杜小曼端了两杯西瓜汁递给他和秦汧："慢慢吃，别噎着。"

小少年接过杯子，像小大人一样道谢。

杜小曼摸摸他的头："你姓什么，多大了？"

小少年垂下眼睫："回夫人的话，小侄姓宁，名希知。今年七岁。"

杜小曼一怔："你姓宁？"

夜晚，白麓山庄内灯火通明。

杜小曼站在浮桥上，看千万朵烟花绽放于夜空。秦兰璪从背后揽住她，夹着淡淡酒味的衣香将她包裹。

杜小曼轻声道："我今天，看到了一个姓宁的孩子。"

"哦？在这山庄里？"秦兰璪轻笑，"天下姓宁的多得是。"

"但那孩子看起来和普通的孩子不太样，又住在杭州附近……我总觉得，宁景徽一直没有放弃对你的爱。"

杜小曼深深呼吸了一口夜晚清爽的空气。

"算啦，你我都是和神仙打过交道差点做过皇帝的人，只要坚持自己，再多外因也无法干扰人生。"

"嗯。"秦兰璪亲亲她发顶，"记得天上的镜子推演，若你是皇帝，我只是排在最末的小五。"

杜小曼浑身一抖："哈哈，你、你还记得这个……"

秦兰璪揽紧她："即使是那样，最后你还是会封我做皇夫的吧？要怎么封呢？"

杜小曼额头有点冒汗。

呃呃，这个……

当皇上，不能不考虑很多很多……

江山、社稷、朝政啊……

璟璟这厮，要是搁后宫，肯定就是个能使君王不早朝的祸水。

抛开感情，站在客观的角度来说，最有正宫相的，应该是宁……

秦兰璟幽幽在她耳边道："你该不会，心中另有人选吧？"

"哈哈哈，怎么会！"杜小曼立刻爽朗地笑，"我只喜欢你，怎么会想别人呢。我也根本不可能做皇帝，皇后都不做怎么会考虑做皇帝那么麻烦的职业？"

绝对会脚底抹油跑路啦，后来的事，估计仍和现在差不多吧。

所以，是不是这世上的确有些事，不论过程如何，结果都一定呢。

这就是所谓注定吧。

"压根儿不可能的事就不要想啦……哇，看！那边，那颗星好亮！"

重明二十九年，皇帝秦羽言崩于乾元殿，谥号文皇帝，史称文宗。

文宗仁爱宽厚，崇儒尚德，史官赞颂其英比尧舜，尤胜汉时文、景。在位三十载，数减徭赋，重治轻刑，朝无党争，百姓富庶，天下大治。

文宗立皇长子为太子。太子即位，改年号为庆和。庆和十一年，皇帝崩，谥号英皇帝。九皇子继位，年方两岁。太后垂帘，太傅辅政，定年号大安。

大安五年，外戚李氏谋逆，小皇帝驾崩，无嗣。

三年后，裕王秦汧诛清乱党，匡正社稷。天命所向，群臣叩请，加冕为帝。追尊祖父秦兰璟为昭德玄尚启圣皇帝，祖母杜氏为端仁庄贤天圣皇后。这是秦兰璟与杜氏的后人初次公开将两人当作离世之人对待。但秦兰璟与杜氏的亡讯从未正式发过，皇陵中，亦一直无这二人的陵墓。

乃至百余年后，仍有人声称，见一年轻男子，俊逸华美，仿佛裕王模样，与一年少女子携手游玩，嬉笑甚欢。

秦汧又尊父王秦允为太上皇帝，母谢氏为皇太后，外祖父谢况弈为扬义侯。姑母敏嘉郡主加封懿嘉公主，叔父秦介尊号灵妙真人。革整朝纲，废左右相制。

扶助裕王平乱登位的谋士宁希知以布衣之身登丞相位，辅政当国。

【全文终】

番外·龙吟曲

【一】

二月初二，是皇帝寿辰。

眼看元宵将过，小宦官聆咏忍不住悄悄问十七皇子羽言："十七殿下今年送什么寿礼？"

他听说，诸皇子王侯的贺礼早早便都送到宫里去了，唯独十七皇子还毫无动静。身为十七殿下的贴身小宦官，聆咏心里十分着急。

十七殿下虽与皇上是一母同胞，但并不亲厚。皇上极少召见他，他已满了十六岁，皇上却一直没有赐封王衔府邸放他出宫，好像压根儿忘了这回事。十七皇子就仍然不尴不尬地住在王宫角落的小宫院里。

羽言向聆咏道："贺礼还没有找到，再等两日吧。"

聆咏在心里想，只怕再拖下去，皇上以为殿下你有意拖延，煞费苦心找来的礼物反倒不讨好。

但他只敢在心里想，不敢说出口。

【二】

正月十六上午，羽言悄悄出了宫。

除夕夜，领御宴守岁的时候，大总管马公公向他道："最近皇上听说，前朝有一名曲，名曰《龙吟曲》，音若天籁，失传许久。皇上十分想听，可惜寻不到啊。"

羽言从小就不受待见，也很少打赏宫中的宦官内侍，马公公这样特意地和他说悄悄话，这是头一回。

肯定是饱含深意的。

羽言便决定，找到这支失传的曲子，献给皇兄做今年的生辰贺礼。

这些时日，他翻遍典册，四处寻访，终于打听到，法缘寺中，可能有这支曲子的曲谱。

他斋戒三日，换了布衣素服，前往法缘寺求曲。

法缘寺离皇宫甚远，羽言走了很久。他穿得不算多，竟然走得冒汗了。这般一个随从不带，像寻常百姓一般走在熙熙攘攘的京城街道上，他感到了一种从未有过的喜悦。

好像，他这个一无是处之人，终于有了一点小小的用处。

一辆华车从他身边疾驰而过，在前方猛地停住，车中的人打起车窗帘子，诧异地看着他："十七？"

羽言愣了一下，而后欢喜地向那人笑起来，疾步走到车前，轻声道："皇叔。"

裕王放下车帘，转而下了车："你怎么一个随从都不带，自己在大街上溜达？"一把拉住他的衣袖，"走，跟叔喝酒去。"

羽言向后退了一步："叔，我……我有点急事……"

裕王挑眉看了看他，松开他的衣袖："也罢，要我捎你一程么？"

羽言摇头，裕王的神色有了几分无奈："不会又是去那些庙里观里吧，小小年纪，老去那种地方，当心将来娶不到老婆。"

羽言只是笑："叔，我赶着过去，先走了。"

裕王道："好吧，你今天有事，叔明天再找你吃酒。"径自上了车，华车转向另一条路去。

羽言继续朝前走。方才，在车帘起落的瞬间，他瞥见车厢内还有一个裹着彩色绫罗的婀娜身影，裕王的衣衫上也染着浓郁的脂粉香气。

车中的，说不定又是他新纳的姬妾吧。

羽言恍惚记起，他初见小皇叔秦兰瑹时，也是皇兄过生辰的时候。

那时皇兄还是太子，他熬夜画了一幅画，想送给皇兄做礼物，母后却说他哭丧着脸，一副扫把星模样，不准他在大喜的日子接近皇兄，免得给皇兄带来晦气。

他抱着画往寝殿走，画被眼泪浸湿得皱了，突然听见一个声音道："喂，怎么堂堂男儿，还哭鼻子啊？"

他揉揉泪眼循声望去，只见一个穿着棠紫色貂袍的少年站在前面的蜡梅树下，笑吟吟地看着他："你是哪个皇子？难道是给太子送礼物，他看不上，把你赶出来了？"

羽言吸吸鼻子，哽咽着道："我名羽言，行十七，你又是谁，为什么站在这里？"

少年的笑意更深了："哦，你是那个和太子同母的、不受待见的小十七啊。我和你一样，也是来给太子送礼的。今天是太子的寿辰，我娘觉得，我们应该来巴结他一下，我懒得过去，就在这里等，让我娘自己去了。"

今天来给皇兄送礼的人很多，有各位妃嫔，也有王侯的家眷们。他问："你是哪位皇兄或王兄？我怎么以前没见过你？"

少年俯身捏捏他的脸："我不住在皇宫，你当然没见过我。我不是你皇兄，小十七，我是你的皇叔。"

羽言曾听旁人偷偷议论过这位小皇叔，他是先帝退位做太上皇之后才生的皇子，比皇兄还小了一岁，名兰瑹。先帝驾崩后，他身份尴尬，一直住在行宫。

自这回给太子送完礼后，兰瑹和太妃就时常进宫了。兰瑹不耐烦陪他母妃在皇后那边应酬，就跑到羽言的寝宫找他玩。

他年纪比羽言大了数岁，懂的东西多，羽言跟着他，学会了玩骰子，打马球，踢蹴鞠，叶子戏，兰瑹还教他射箭，带他去行宫的围场打猎。

兰瑹十六岁时，获封裕王，搬出行宫，有了自己的王府，就不常进宫了，只时常让羽言到他的裕王府玩。

兰瑹年纪渐大，玩得越来越开，羽言年幼，个性又温吞，混在兰瑹玩乐的队伍中，总有些不伦不类，他自己觉得别扭，常常推托不去，兰瑹就不大找他了。

再后来，太妃薨，皇兄登基，羽言与兰瑹越发来往得少了，裕王府的风流韵事却常常灌进他的耳朵里，这日裕王收了一名美姬，那一日裕王居然纳了一个胡蛮舞娘……诸如此类。

羽言听了，也只是笑一笑。

皇兄皇威日重，小皇叔也已不是当年那个只带着他玩的小皇叔。

唯有他仍停留在原地，不进不退，不上不下，如同山石花木、翠屏池塘一般，是这偌大的皇宫中，一件无用的摆设。

【三】

法缘寺的住持禅房内，茶烟袅袅。

羽言向住持悟明法师说明来意，悟明法师道："出家人不打诳语，十七殿下所说的曲谱，本寺的确有。此曲被世人遗忘已久，敢问殿下为何要找它？"

羽言便道："我听闻此曲音如天籁，十分思慕，更想赠予一人，做生辰贺礼。"

悟明法师的神色有些古怪："不知殿下是否知道此曲的典故？老衲不便询问殿下想把它送给谁，但这支《龙吟曲》，不宜轻易赠人。"

二月初二，皇上寿辰，百官朝贺，万民称喜。

帝尚简朴，命寿筵不得铺张，只在万寿宫内摆下数席，与诸王重臣共饮。

席中的诸人均早已送过贺礼，内侍府清点礼单，唯独十七皇子羽言的贺礼在前两天刚送到，只是一幅寿图、一柄如意，显得有些寒碜。但按照惯例，在席间，诸人还要再送一两件小物，或一画一诗，或一两句吉祥话儿，添些喜庆应景。不知十七皇子是否把最珍贵的贺礼，留到席间再送？

几个沉不住气的小宦官探头打量，只见十七皇子两手空空，真不像带了什么好东西的模样。

诸位皇子中，只有羽言还没有封王，他的位置被安排在了其他皇子之下。

坐在最上首的兰璪遥遥向他道："小十七，过来和我坐吧。"

羽言婉拒，在最末的席位上坐了。

礼乐舞蹈之后，众人开始逐次献上贺礼，羽言出列道："臣弟有支曲子，愿献与皇兄，席间助兴。"

御座上的皇帝微笑道："十七弟擅音律，为朕准备的曲子，定然极其珍贵，不知是否乃失传许久的名曲？"

羽言并未回答，只向御座行礼道："那臣弟便献拙了。"从袖中取出玉笛，横在唇边。

笛声清越，扬风而起。风暖桃花，燕啄新柳，水滴青石，溅于清涧，清涧潺潺，染翠春山，山远天高，流云舒卷。

皇帝击掌赞叹："妙极，妙极，果然好曲，不知此曲何名？"

羽言收起玉笛，躬身道："臣弟听闻，前朝有一支曲子，名曰《龙吟曲》，音若天籁，失传已久，因此……"

他话刚说到此处，突然一个声音道："且慢！"

对面重臣座席之首，当今国丈、左相李同州霍然起身："臣冒昧打断，十七殿下为皇上吹了《龙吟曲》，可知此曲的典故？"

羽言刚要出声，皇帝已道："朕听此曲十分悦耳，竟还有典故？"

李同州肃然道："禀皇上，据老臣所知，《龙吟曲》乃前朝殇帝夏敫所作，夏敫笃信道术，狠毒残暴，在位时滥杀无辜，为修炼邪法，求长生不老，甚至亲手杀死自己有孕的嫔妃，最终天理不容，二十余岁便暴毙而亡。《龙吟曲》就是他自称自己看到了龙而作的曲子。此曲十分不祥，老臣不解，十七殿下在皇上寿辰时，把这首曲子献给皇上，是什么用意？"

殿中一时寂静。

羽言抬眼望向御座，御座上的皇帝半垂着双目，面无表情。

裕王站起身道："陛下，臣想，小十七并不知道这支曲子的典故，只是觉得好听，才把它献给皇上。"

皇帝道："哦，皇叔所言有理，李卿不必小题大做。"

羽言再沉默了片刻，忽而躬身道："陛下，《龙吟曲》的来历，臣弟知道，这支曲子的确是夏敫作的，但并非不祥的曲子。即便大恶之人，亦不可能心中没有一丝良善，此曲集夏敫一生之良善，也是他一生的思慕。"

皇帝凝目向羽言，裕王愣了愣。

李同州冷笑道："但不知十七殿下所谓的思慕，是否指夏敫想要长生误入邪术的思慕？"

羽言道："史书记载，夏敫幼年时，曾见过龙神，他执着一生，都只想再见那龙神一面，后来误入歧途，的确残酷暴虐，罪不容恕。但作出此曲时，心中只是纯粹对龙神的思慕，再无其他……"

李同州拖长了声音道:"殿下所言,不免牵强吧……"

皇帝打断他的话:"李卿,方才朕听这曲声,婉转柔和,确无戾气杀戮。一支曲子,何必斤斤计较。"

羽言躬身道:"臣弟思虑不周,寿宴上献上此曲,的确不妥,助兴不成反倒成了败兴,实在惭愧难当,请陛下容臣弟先行告退。"

竟就请辞,离开了寿宴。

【四】

献曲一事再没有了下文。

羽言知道,这件事必然会被记住,对他今后或许有些影响,亦或许没有,不过都无所谓。

兰璪过来探望时埋怨了他一顿。

"你也太不会做事了,寿宴之上,怎么能献这种曲子?李老儿的行径有些奇怪,倒像是事先准备好一样,该不会你被谁陷害了吧?你怎么想到要找这支曲子的?"

羽言只说:"没有,是我做事不够谨慎,下次会记得了。"

为什么马公公要对他说那些话,为什么寿宴上会出现那些情况,他都不愿意深想。

夜晚,羽言在院中吹笛,聆咏在旁儿中侍候。

这是支聆咏从未听过的曲子,曲调极其简单,反反复复,只是那几个调子,高高低低,像在说悄悄话儿,像在喊着什么,又像有人在一遍遍地念……

不知怎的,聆咏听着,就觉得心里酸得很,眼泪忍不住掉了下来,攥着袖头偷偷地蹭。

一曲吹完,羽言依然在原地站着。

聆咏忍不住哑声劝道:"殿下,晚上风凉,别受寒了。奴才知道,殿下心里苦……"

羽言回过头,笑了笑:"我不苦,是这曲子苦。"

聆咏辗转了一夜,没有睡好,脑里绕来绕去,都是那支曲子,做梦还在绕。

第二天早上，他小心翼翼和羽言道："殿下昨晚吹的那支曲真好，奴才跟邪了门一样，总是在心里头绕。这支曲是殿下写的么？叫什么名？"

羽言停住夹菜的手，抬眼看了看他："你听得懂这曲子，作它的人若是知道了，定然很欣慰。"

聆咏又问："这曲子到底叫什么名儿呢？"

羽言却没有回答。

他没告诉聆咏，这支曲子叫《龙吟曲》。

真正的《龙吟曲》。

他在寿宴上吹的，并不是《龙吟曲》，而是另一首曲子，那首曲子是他作的。

母后刚怀他时，就失了宠，母后认定是因为怀胎时被德妃乘虚而入，夺走了父皇的宠爱，于是一直觉得他是衰星。

从小，他便不被待见，母后讨厌他，父皇对母后已厌倦，亦不理会他。母后倾尽全力栽培他的皇兄、太子簇恒，唯恐簇恒的太子之位不保，便不准他靠近簇恒。

连簇恒过生辰时，他想送幅画，都会被母后赶出东宫。

但是母后不知道，每次他被赶后不久，皇兄都会偷偷来找他。

皇兄还会带好吃的给他，塞给他一些不容易被发现的、新奇的小玩意儿。皇兄说，我们是亲兄弟，世上再没有比你我更亲的了，母后被德妃气傻了，等我做了皇上，母后一开心，可能就好了。就算她没好，那时有我给你撑腰，这世上没有谁再敢欺负你。

他一边点头，一边任由皇兄给他擦眼泪。

皇兄拿来的云蓉酥很甜，甜到他做梦都会笑。

皇兄的生辰过去不久，春天就来了，墙边长出嫩绿，桃树开满繁花。

这初春时明艳的景色，让他作了此生的第一支曲子。

他只把这支曲子吹给皇兄一个人听过，那时皇兄笑得很开心，说，比他听过的任何曲子都好。

悟明法师向他道："《龙吟曲》是夏敳所作，世人多有忌讳，并不适合送人。殿下若以音律为礼，又何必拘泥什么名曲，只要曲中有诚挚之情，便最珍贵，举世无双。"

年幼时春日的美好，对他来说仍无比珍贵，但对皇兄，已是过眼云烟，或许早已忘记，根本不再记得。

但属于他的这支曲子，终归是明亮的，快乐的。

《龙吟曲》，据说是夏敫临死前不久所作。

传说，夏敫幼年时曾跌入池塘，却被龙神救起，正因当时的一瞥，造成了他一生的执念，又因执念，误入歧途，铸成大错。

他临死前所作的这支曲，反反复复，只有最纯粹的思慕。抛却了一切杂质，夏敫的一生，仅剩下悲哀。

这种强烈又无望的感情，羽言并不能体会。

他自己作的那支曲子，他会永远封存，不会再吹。但他想，也许有一天，他会再作新曲，曲中仍是初春景色，欣欣艳艳，但曲调全然不同。

【五】

寿宴上那件事，后来再也没有被提起过。

羽言依然还没有被封王，他也不急，经常出去走走，偶尔到法缘寺坐坐，和住持下几盘棋。

春天又到了，绿浓红艳，他在法缘寺的后园看风景，听说寺中来了王侯家的女眷上香，他正要回避，却在园口撞见了一个少女。

只是匆匆的一瞥，他甚至都没怎么看清她的形容打扮，只记得那少女的身上有种特别的神采。

好像春天的藤蔓一样，单纯、带着些莽撞、洋溢着勃勃生机。

是他从没见过的神采。

又过了许久，他终于知道了她的名字，她叫杜小曼。

【番外完】

Q版人设立卡玩法：

① 沿着齿线将多余部分撕去

② 沿着折线将底座部分向后翻折，确保人物形象可以直立即可